BASTEI
LÜBBE

Michael Moorcock

DER RUNENSTAB

Fantasy-Saga

BASTEI LÜBBE

BASTEI-LÜBBE-TASCHENBUCH
Band 20 255

Erste Auflage:
Februar 1995
Zweite Auflage:
August 1996
Dritte Auflage:
Oktober 1998

Originaltitel:
The History of the Runestaff
(The Jewel in the Skull,
The Mad God's Amulet
The Sword of the Dawn,
The Runestaff)

Originaltitel:
The Chronicles of Castle Brass
(Count Brass,
The Champion of Garathorn,
The Quest for Tanelorn)

Deutsche Lizenzausgabe 1995
Bastei-Verlag Gustav H. Lübbe
GmbH & Co., Bergisch Gladbach
Lektorat: Stefan Bauer
Titelbild: Luis Royo,
Norma Agency, Barcelona
Umschlaggestaltung:
Quadro Grafik, Bensberg
Satz: KCS GmbH,
Buchholz/Hamburg
Druck und Verarbeitung:
Cox and Wyman Ltd.
Printed in Great Britain

ISBN 3-404-20255-4

Ins Deutsche übertragen
von Lore Straßl
und Susi Grixa

Inhalt

Die Sage vom Herzog von Köln

Erster Band

Ritter des Schwarzen Juwels 17

Erstes Buch 19

1. Graf Brass
2. Yisselda und Bowgentle
3. Baron Meliadus
4. Der Kampf auf Burg Brass

Zweites Buch 55

1. Dorian Falkenmond
2. Die Abmachung
3. Das Schwarze Juwel
4. Die Reise nach Burg Brass
5. Falkenmonds Erwachen
6. Die Schlacht um die Kamarg

Drittes Buch 137

1. Oladahn
2. Agonosvos' KaraWane
3. Der Ritter in Schwarz und Gold
4. Malagigi
5. Das Leben des Schwarzen Juwels
6. Diener des Runenstabs

Zweiter Band

Feind des Dunklen Imperiums 177

Erstes Buch 179

1. Soryandum
2. Huillam d'Averc
3. Die Geistermenschen
4. Der mechanische Wächter
5. Die Maschine
6. Das Schiff des Wahnsinnigen Gottes
7. Der Ring am Finger
8. Der Mann des Wahnsinnigen Gottes

Zweites Buch 241

1. Der wartende Ritter
2. Die Burg des Wahnsinnigen Gottes
3. Falkenmonds Dilemma
4. Die Macht des Amuletts
5. Das Gemetzel im Thronsaal
6. Die Bestien des Wahnsinnigen Gottes
7. Zwischenfall in einer Taverne
8. Das Lager der Granbretanier
9. Die Reise südwärts
10. Der Zusammenbruch der Kamarg
11. Die Rückkehr des Ritters
12. Zuflucht im Nichts

Dritter Band

Kämpfer der Morgenröte 325

Erstes Buch 327

1. Die letzte Stadt
2. Die Flamingos tanzen
3. Elvereza Tozer
4. Flana Mikosevaar
5. Taragorm
6. Die Audienz
7. Die Botschafter
8. Meliadus im Palast der Zeit
9. Zwischenspiel auf Burg Brass
10. Die Sehenswürdigkeiten Londras
11. Gräfin Flanas Überlegungen
12. Eine Enthüllung
13. König Huons Unwille
14. Das Ödland von Yel
15. Die verlassene Höhle
16. Mygan von Llandar

Zweites Buch 405

1. Zhenak-Teng
2. Die Charkis
3. Der Sayou
4. Valjon von Starvel
5. Pahl Bewchard
6. Narleen
7. Das Feuer
8. Die Mauern von Starvel
9. Der Tempel des Batach Gerandiun
10. Ein Freund aus den Schatten
11. Der Abschied

Vierter Band

Diener des Runenstabs 475

Erstes Buch 477

1. Im Thronsaal des Reichskönigs
2. Gräfin Flanas Gedanken
3. Falkenmond ändert den Kurs
4. Orland Fank
5. Stadt der glühenden Schatten
6. Jehamiah Cohnahlias
7. Ein wohlbekannter Reisender
8. Ein Ultimatum
9. Der Runenstab
10. Der Geist des Runenstabs
11. Der Tod eines Bruders

Zweites Buch 523

1. Verschwörung
2. Gespräche neben der Maschine
3. Taragorm vom Palast der Zeit
4. Ein Auftrag für Meliadus
5. Die Flotte vor Deau-Vere
6. Rückkehr nach Burg Brass
7. Der Kampf der Tierkrieger
8. Taragorms Erfindung
9. Huons Kriegsrat
10. Fast Mitternacht

Drittes Buch 555

1. Die Uhr schlägt Mitternacht
2. Die verbrannten Marschen
3. Blutbad des Dunklen Imperiums
4. Neue Helme
5. Fünf Helden und eine Heldin
6. Ein neuer Verbündeter
7. Die Schlacht um Huons Palast
8. Flana beobachtet die Schlacht
9. König Huons Ende
10. Aufbruch der Helden
11. Neuigkeiten verschiedener Art
12. Die neue Reichskönigin
13. Was siehst du?
14. Die Kraft kehrt zurück
15. Die Tore von Londra
16. Der Endkampf
17. Die trauernde Königin

Die Chronik von Burg Brass

Erster Band

Graf Brass 609

Erstes Buch: Alte Freunde 613

1. Dorian Falkenmonds Heimsuchung
2. Die Begegnung in der Marsch
3. Ein Brief von Königin Flana
4. Ein Trupp von Toten

Zweites Buch: Alte Feinde 661

1. Eine sprechende Pyramide
2. Die Rückkehr der Pyramide
3. Die Reise nach Soryandum
4. Eine Begegnung mit noch einem anderen alten Feind
5. Ein anderes Londra
6. Noch ein Opfer

Drittes Buch: Alte und neue Träume 705

1. Die unfertige Welt
2. Ein Museum der Lebenden und Toten
3. Graf Brass entscheidet sich für das Leben
4. Ein gewaltiger Wind bläst
5. Einem Traum gleich

Epilog

Zweiter Band

Der Held von Garathorm 739

Erstes Buch: Aufbruch 741

1. Grübeleien und Träumereien
2. Graf Brass macht eine Reise
3. Eine Lady in eiserner Rüstung
4. Neuigkeiten von hinter den Bulgarbergen
5. Ein zwiespältiger Ritt

Zweites Buch: Eine Heimkehr 795

1. Ilian von Garathorm
2. Ausgestoßene aus tausend Welten
3. Eine Zusammenkunft im Wald
4. Ein Pakt wird geschlossen
5. Einbruch in Virinthorm
6. Der falsche Held

Drittes Buch: Ein Abschied 841

1. Triumphale Schlacht, süße Rache
2. Ein unmöglicher Tod
3. Das schwankende Gleichgewicht
4. Das Seelenjuwel

Dritter Band

Die Suche nach Tanelorn 871

Erstes Buch: Welt im Wahnsinn – ein Held der Träume 873

1. Ein alter Freund auf Burg Brass
2. Auf der Silberbrücke
3. Im Nebel
4. Die Zusammenkunft der Weisen
5. An der Küste

Zweites Buch: Zwischen den Welten – unterwegs nach Tanelorn 911

1. Die wartenden Krieger
2. Der blinde Kapitän
3. Die Insel der Schatten
4. Eine Gespensterstadt
5. Agak und Gagak
6. Die Schlacht um alles
7. Die Helden trennen sich

Drittes Buch: In dem vieles Verschiedene sich als das gleiche herausstellt 969

1. In Schatten gestrandet
2. In Tanelorn
3. Die Tode der Nichtsterbenden
4. Gefangene des Schwertes
5. Der Kapitän und der Steuermann
6. Das Schwert und der Stab
7. Zurück zur Burg Brass

Europa unter dem
ISLANDIEN
Skare Brae
Norwegisches Meer
SKANDIEN
GRANBRETANIEN
Halapandur
Londra
HOLLANDIEN
Deau-Vere
Berlin
GERMANIEN
Karlye
Köln
NORMANDIEN
Parye
Rhein
ÖSTERLAND
FRANKREICH
Bazhel
Vien
Munchein
Bradichla
Bordeax
Lyon
Rhone
Schwytzerberge
TSCHECHIEN
Padova
Donau
Aigues-Mortes
(Burg Brass)
Arles
Marshais
KAMARG
ESPANYIEN
SLAVIEN
ITALIEN
CATALANIEN
Roma
Mittelmeer
SIZILIEN
Tunis
nach AMAREHK
und zur Stadt des
RUNENSTABES
Golf von Sidra

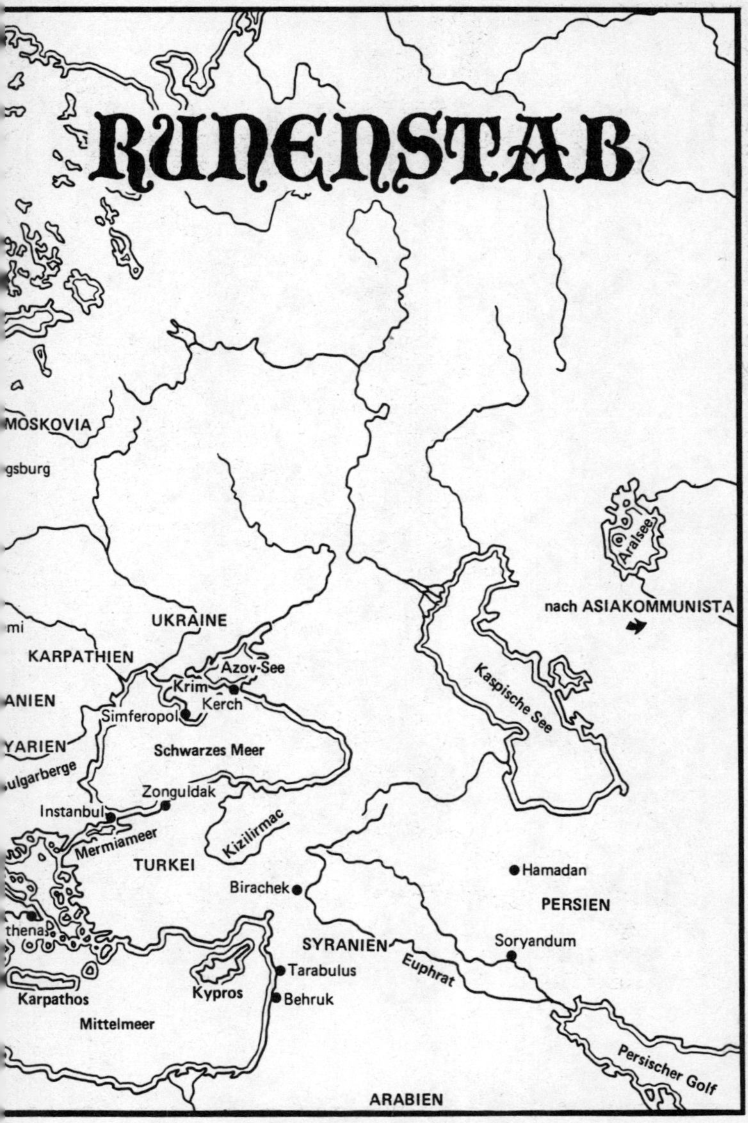

RUNENSTAB
MOSKOVIA
gsburg
UKRAINE
mi
KARPATHIEN
Azov-See
Krim
Kerch
ANIEN
Simferopol
YARIEN
Schwarzes Meer
ulgarberge
Zonguldak
Instanbul
Kizilirmac
Mermiameer
TURKEI
Birachek
Hamadan
PERSIEN
thenas
SYRANIEN
Soryandum
Euphrat
Tarabulus
Kypros
Behruk
Karpathos
Mittelmeer
Aralsee
nach ASIAKOMMUNISTA
Kaspische See
Persischer Golf
ARABIEN

ERSTER BAND

Die Sage vom Herzog von Köln

RITTER DES SCHWARZEN JUWELS

ERSTES BUCH

Und die Erde wurde alt, ihr Gesicht verlor an Ausdruckskraft, sie schien launisch und schrullig wie ein Mensch am Abend seines Lebens.

—Die hohe Geschichte des Runenstabs

1. Graf Brass

Graf Brass ritt eines Morgens auf seinem gehörnten Roß, um das Land zu besichtigen. Er ritt, bis er zu einer kleinen Anhöhe kam, die eine uralte Ruine trug. Es waren die Überreste einer gotischen Kirche, deren dicke Steinwände von Wind und Regen glattgeschliffen waren. Efeu überwucherte große Teile, und dieser Efeu blühte, so daß zu dieser Jahreszeit purpurne und bernsteinfarbene Blüten die dunklen Fenster zierten. Sie waren ein ausgezeichneter Ersatz für die bunten Glasfenster, deren Platz sie nun eingenommen hatten.

Auf seinen Ritten kam Graf Brass stets zu der Ruine. Er fühlte eine gewisse Freundschaft zu ihr, denn wie er war auch sie alt; wie er hatte sie schwere Zeiten überlebt, und wie ihn schienen die Widrigkeiten der Zeit sie eher gestärkt als geschwächt zu haben. Der Hügel, auf dem die Ruine stand, war bewachsen mit kräftigem, hohem Gras, das der Wind bewegte. Um den Hügel erstreckten sich die unendlich wirkenden Marschen der Kamarg – die Heimat der weißen Stiere, der Herden gehörnter Pferde und der riesigen Flamingos, die so groß waren, daß sie leicht einen erwachsenen Mann tragen könnten.

Der Himmel trug blaßgraue Wolken, die Regen mit sich führten, und zwischen ihnen hindurch fiel wäßriggoldenes Sonnenlicht auf die polierte Messingrüstung Graf Brass', die wie eine Flamme erstrahlte. Der Graf trug ein gewaltiges Breitschwert an der Seite, und ein einfacher Helm, der ebenfalls aus Messing gefertigt war, saß auf seinem Kopf. Sein ganzer Körper steckte in schwerem Messing, und sogar Handschuhe und Stiefel bestanden aus Messingringen, die auf das Leder aufgenäht waren. Der Graf war groß und breitschultrig, mit einem sonnengebräunten Gesicht, das aussah, als wäre es ebenfalls aus Messing geformt, und zu dem die goldbraunen Augen gut paßten. Nur der Schnurrbart und das dichte Haupthaar hoben sich in leuchtendem Rot von dem glänzenden Goldton ab. In der Kamarg und noch weit darüber hinaus munkelte man, daß Graf Brass gar kein Mensch, sondern eine lebende Statue aus Messing sei – ein Titan, unbesiegbar und unsterblich.

Doch jene, die ihn näher kannten, wußten sehr wohl, daß er ein Mensch in jedem Sinn war – ein treuer Freund und ein schrecklicher Feind; ein Mann, der gerne lachte, dessen Zorn man aber fürchten mußte; ein großer Zecher, ein gewaltiger, aber nicht wahlloser Esser; ein kluger Kopf; ein Schwertkämpfer und Reiter sondersgleichen; ein Gelehrter der Geschichte und der Belange der Menschen; ein Liebhaber, gleichermaßen zärtlich und wild. Graf Brass, mit seiner rollenden, weichen Stimme und seiner Lebenskraft, war eine Legende; denn so außergewöhnlich wie er selbst waren auch seine Taten.

Der Graf streichelte den Kopf seines Pferdes hinter dem spitzen, spiralförmigen Horn und blickte nach Süden, wo sich weit entfernt der Himmel und das wogende Meer berührten. Das Pferd schnaubte vor Behagen, und der Graf lächelte. Er lehnte sich im Sattel zurück und zog kurz am Zügel. Das Tier brachte seinen Reiter den Hügel hinunter auf einen geheimen Pfad durch die Marschen auf die nördlichen Türme jenseits des Horizonts zu.

Der Himmel wurde finster, als er den ersten Turm erreichte und seinen Wächter erblickte, eine wachsame, bewaffnete Silhouette gegen den Horizont. Obwohl die Kamarg nicht mehr angegriffen worden war, seit Graf Brass den korrupten ehemaligen Lordhüter abgelöst hatte, bestand nun eine mögliche Gefahr, daß umherziehende Armeen, bestehend aus jenen, die das Dunkle Imperium besiegt hatte, in seinen Hoheitsbereich eindrangen, um Dörfer und Siedlungen zu plündern. Der Wächter, wie auch alle anderen, war gerüstet mit einer Flammenlanze von barockem Aussehen, einem vier Fuß langen Schwert, einem zahmen Reitflamingo, der an einer Seite der Brustwehr angebunden war, und einer heliographischen Vorrichtung, um Nachrichten an die anderen Türme weitergeben zu können. Es befanden sich auch noch andere Waffen in den Türmen, Waffen, die der Graf selbst gebaut und aufgestellt hatte. Die Wächter wußten zwar, wie diese Waffen wirkten, aber gesehen hatten sie es noch nie. Graf Brass versicherte ihnen, daß sie mächtiger waren als alle Waffen, die das Dunkle Imperium von Granbretanien besaß, und sie glaubten ihm, obwohl sie sich vor den seltsamen Apparaten ein wenig fürchteten.

Der Wächter wandte sich um, als sich Graf Brass dem Turm näherte. Der schwarze Eisenhelm, der sich an die Wangen und die Nase schmiegte, verdeckte fast das gesamte Gesicht, den Körper bedeckte ein schwerer Ledermantel. Er salutierte mit hoch erhobenem Arm.

Graf Brass hob auch den Arm. »Ist alles in Ordnung, Wache?«

»Alles in Ordnung, mein Lord.« Der Wächter nahm eine Hand von der Flammenlanze und zog sich die Kapuze seines Mantels über den Kopf, als die ersten Tropfen fielen. »Abgesehen vom Wetter.«

Graf Brass lachte. »Warte, bis der Mistral bläst, und beschwer dich dann.« Er lenkte sein Pferd weg vom Turm auf den nächsten zu.

Der Mistral war der kalte schneidende Wind, der in den Wintermonaten durch die Kamarg peitschte und dessen wildes Heulen bis zum Frühling beständig zu hören war. Graf Brass liebte es zu reiten, wenn der Wind am stärksten blies. Die Regenschwaden, die gegen sein Gesicht gepeitscht wurden, färbten seine bronzene Haut dann glühend rot.

Jetzt platschte der Regen auf seine Rüstung, und er griff hinter dem Sattel nach seinem Umhang, legte ihn um die Schultern und zog die Kapuze über. Der Tag wurde dunkler, und überall beugte sich das Riedgras unter dem sturmgetragenen Regen. Beständig war das Platschen von Wasser auf Wasser zu vernehmen, als die schweren Tropfen in die Lagunen fielen und deren Oberflächen wild kräuselten. Die Wolken über ihm wurden schwärzer, und es sah aus, als stürze in Kürze eine Menge Wasser vom Himmel; also beschloß Graf Brass, seine weitere Besichtigung auf morgen zu verschieben und in seine Burg zu Aigues-Mortes zurückzukehren, die etwa einen Vierstundenritt durch die gewundenen Marschenpfade entfernt lag.

Er lenkte das Pferd zurück auf den Pfad, den er gekommen war, wohlwissend, daß das Tier den Weg instinktiv finden würde. Der Regen wurde stärker und durchweichte den Mantel; die Dunkelheit rückte immer näher, bis nur noch eine dichte, schwarze Wand zu sehen war, auf die der Regen silberne Streifen malte. Das Pferd ging langsam, blieb aber nie stehen. Graf Brass konnte das feuchte Fell riechen und versprach dem Tier eine besonders gute Behandlung durch die Stallknechte, sobald sie Aigues-Mortes erreichten. Er schüttelte mit der Hand Wasser aus der Pferdemähne und versuchte, die Dunkelheit vor sich zu durchdringen, erblickte aber nur die Riedgräser, die unmittelbar um ihn wuchsen. Gelegentlich war das wilde Flügelschlagen einer Stockente zu hören, die von einem Wasserfuchs oder einem Otter verfolgt über die Lagune flatterte. Manchmal vermeinte er eine dunkle Gestalt über sich zu erkennen und fühlte den Luftzug eines dahinbrausenden Flamingos, der auf dem Weg zu seinem Nest war. Auch Geräusche eines Kampfes zwischen einem Moorhuhn und einer Eule drangen durch die Finsternis. Einmal erhaschte er einen Blick auf etwas Weißes und lauschte den donnernden Hufen einer Herde weißer Stiere auf dem Weg zu ihren Schlafplätzen auf festerem Boden. Einen Augenblick später hörte er einen Marschbären, der sich an die Herde heranschlich; er erkannte den pfeifenden Atem und das leise Patschen der Pfoten auf dem sumpfigen Grund. Graf Brass kannte all diese Geräusche, und keines beunruhigte ihn.

Selbst das angsterfüllte schrille Wiehern von Pferden und deren Hufschläge in einiger Entfernung brachten ihn nicht aus der Ruhe, bis sein eigenes Reittier unvermittelt stehen blieb und verunsichert tänzelte. Die Pferde kamen direkt auf ihn zu, sie rasten von Panik erfüllt den schmalen Pfad entlang. Jetzt sah Graf Brass den Leithengst. Augenblicklich erkannte er die rollenden, furchterfüllten Augen und die geblähten Nüstern.

Graf Brass brüllte und winkte mit den Armen in der Hoffnung, den Hengst ablenken zu können. Das von Panik erfaßte Tier jedoch beachtete ihn nicht. Es gab keine andere Möglichkeit: Graf Brass riß die Zügel seines Pferdes herum und lenkte es in den Sumpf; er hoffte verzweifelt, daß der Grund wenigstens fest genug war, ihn und sein Reittier zu tragen, bis die Herde vorüber war. Das Pferd stolperte durch die Riedgräser und suchte mit den Hufen Halt auf dem sumpfigen Boden, dann stürzte es ins Wasser. Graf Brass fühlte, wie eine Welle sein Gesicht traf. Das Pferd schwamm, so gut es konnte, durch das kalte Wasser der Lagune und trug tapfer seine gewappnete Last.

Die Herde jagte rasch vorbei. Graf Brass fragte sich, was sie so in Panik versetzt haben mochte; die gehörnten Pferde der Kamarg waren für gewöhnlich nicht sehr schreckhaft. Dann, als er das

Pferd zurück zum Pfad lenkte, vernahm er ein Geräusch, das ihm die Aufregung der Pferde augenblicklich verständlich machte. Seine Hand legte sich um den Schwertgriff.

Es war ein schabender, schleifender Laut. Das Geräusch des Baragoons – des Marschbrabblers. Nur wenige dieser Ungeheuer gab es noch. Sie waren die Schöpfung des früheren Lordhüters, der mit ihnen die Menschen der Kamarg terrorisiert hatte, ehe Graf Brass kam. Er und seine Mannen hatten bald mit ihnen aufgeräumt. Doch einige hatten überlebt und gelernt, nur des Nachts zu jagen und allen Menschen, außer einsamen Wanderern oder Reitern, aus dem Weg zu gehen. Stießen sie jedoch auf letztere, dann griffen sie an und rächten sich an ihnen für ihr Geschick; denn auch sie waren einst Menschen gewesen, ehe sie als Sklaven zu dem früheren Lordhüter gebracht und in seinen Zauberlaboratorien umgestaltet wurden. Nun waren sie Ungeheuer, acht Fuß hoch und fünf Fuß breit und grün wie Galle. Auf ihren Bäuchen schlitterten sie durch das Marschland. Sie richteten sich nur auf, um über ein Opfer herzufallen und es mit ihren stahlharten Klauen zu zerreißen.

Graf Brass' Pferd wieherte und bäumte sich auf. Der Baragoon hörte es und hielt an.

Der Graf stieg ab und stellte sich zwischen sein Roß und das Ungeheuer. Er nahm sein Breitschwert mit beiden Händen und begann mit steifen Schritten auf den Baragoon zuzustapfen.

Sofort begann dieser in seiner schrillen Stimme zu brabbeln. Er richtete sich auf und fächelte wild mit seinen Klauen, um dem Grafen Angst einzujagen. Doch Graf Brass hatte in seinem Leben Furchterregenderes gesehen. Allerdings war ihm bewußt, daß seine Chance gegen die Bestie nur gering war, da der Marschbrabbler in der allmählich zur Nacht werdenden Dämmerung besser als er sehen konnte und die Gegend hier sein Zuhause war. Doch vielleicht mochte ein wenig List helfen.

»Nun, du übelriechende Ausgeburt der Hölle«, begann er von oben herab. »Mir verdankst du es, daß nur noch wenige deiner Brüder und Schwestern übriggeblieben sind. Vermißt du sie? Möchtest du sie gerne wiedersehen?«

Das Ungeheuer öffnete die mißgestalteten Lippen und stieß einen Wutschrei aus. Es wirkte jedoch ein wenig unsicher und bewegte sich nicht auf den Grafen zu.

Graf Brass lachte. »Nun, du feiger Wurm – wie steht es mit einer Antwort?«

Das Monster versuchte Worte hervorzubringen, aber nur wenige der Laute, die aus dem gräßlichen Maul drangen, waren als menschliche Worte zu erkennen. Seine Augen wichen denen des Grafen aus.

Mit gekonnt zur Schau gestellter Lässigkeit grub der Graf sein gewaltiges Schwert vor sich in den Grund und ließ die gepanzerten Hände auf der Parierstange ruhen. »Wie ich sehe, schämst du dich, daß du die Pferde, die ich beschütze, erschreckt hast. Ich bin guter Laune heute und werde dich verschonen. Geh jetzt, und ich lasse dich noch ein paar Tage leben. Bleib, und du stirbst noch zu dieser Stunde.«

Er sprach so überzeugend, daß das Ungeheuer sich wieder zu Boden fallen ließ. Es zog sich jedoch nicht zurück. Der Graf hob, scheinbar vor Ungeduld, das Schwert und ging entschlossen auf das Monster zu. Er rümpfte die Nase vor dem Gestank, der ihm entgegenschlug, hielt inne und machte eine abweisende Geste mit der Hand. »Zurück in den Sumpf, in den du gehörst, dann lasse ich ausnahmsweise Mitleid walten.«

Der Baragoon knurrte, zögerte aber immer noch.

Der Graf runzelte die Brauen und schätzte die Lage ab. Er wußte, daß sich der Baragoon nicht so einfach zurückziehen würde. Dann hob er das Schwert. »Wird das dein Schicksal besiegeln?«

Der Baragoon richtete sich wieder auf seine Hinterbeine auf. Der Graf hatte sich nicht verschätzt. Er schwang bereits sein Schwert auf den Hals des Ungeheuers zu.

Die beiden Klauen schossen vor, und ein brabbelnder Schrei war zu vernehmen, eine Mischung aus Haß und Entsetzen. Metall kreischte, als die Klauen Furchen in Graf Brass' Rüstung gruben, er stolperte zurück. Das Maul des Ungeheuers öffnete und schloß sich einen Fingerbreit vor dem Gesicht des Grafen. Der Haß in den riesigen schwarzen Augen schien ihn verschlingen zu wollen. Als er zurückstolperte, zerrte er an seinem Schwert. Es kam frei. Er fand wieder festen Halt und hieb erneut zu.

Schwarzes Blut sprudelte aus der Wunde und ergoß sich über den Grafen. Die Bestie stieß einen markerschütternden Schrei aus und preßte die Pranken gegen den halbdurchtrennten Hals. Doch die Kräfte verließen sie. Der Schädel kippte auf die Schulter, und der sterbende Baragoon brach zusammen.

Graf Brass stand bewegungslos und atmete schwer. Grimmige Zufriedenheit war in seinem Gesicht zu lesen. Er wischte das Blut des Wesens angewidert aus seinem Gesicht, strich sich mit dem Handrücken den Schnurrbart glatt und gratulierte sich selbst, nichts von seiner Listigkeit und seinem Geschick eingebüßt zu haben. Jeden Augenblick der Begegnung hatte er geplant, und von Anfang an war es seine Absicht gewesen, das Ungeheuer zu töten. Mit List hatte er den Baragoon getäuscht, bis die Gelegenheit zum Zuschlagen da war. Er sah kein Unrecht darin, daß er das Wesen getäuscht hatte. Hätte es einen fairen Kampf gegeben, so läge vermutlich er nun ohne Kopf im Sumpf.

Graf Brass holte tief Luft. Mit einiger Anstrengung gelang es ihm, den toten Baragoon mit dem Fuß vom Pfad zu stoßen, so daß er ins Wasser glitt.

Dann schwang sich Graf Brass wieder auf sein Roß und kehrte ohne weitere Zwischenfälle nach Aigues-Mortes und zu seiner Burg zurück.

2. Yisselda und Bowgentle

Graf Brass' Söldnerarmeen waren an fast allen nennenswerten Schlachten seiner Zeit beteiligt gewesen. Er hatte als die eigentliche Macht hinter den Thronen eines halben Dutzends Herrscher in Europa gegolten. Er hatte Könige und Fürsten erhoben und andere ihrer Macht beraubt. Er war ein Meister der Intrige, ein Mann, dessen Rat bei jeglichen politischen Differenzen gesucht wurde. Er war niemandem untertan, ein Einzelgänger, der sein Ziel darin sah, zu Europas Vereinigung und einem dauerhaften Frieden beizutragen. Wie oft hatte er es abgelehnt, ein eigenes Land zu regieren; denn nur zu gut wußte er, wie leicht ein Mann in diesen Zeiten schon in wenigen Jahren ein Reich aufbauen und in wenigen Monaten wieder verlieren konnte. Die gesamte Welt befand sich in Aufruhr und würde sich während seiner Lebzeiten auch nicht beruhigen. Eben darum hatte er sich bemüht, die Geschichte ein wenig in jene Bahn zu lenken, die er als die beste erachtete.

Aber schließlich wurde der alte Held der Kriege und Intrigen müde, vielleicht sogar ein wenig seiner Ideale, und als die Menschen der Kamarg ihn baten, ihr Lordhüter zu werden, nahm er das Angebot an.

Dieses alte Land der Marschen und Seen lag nahe der Mittelmeerküste. Einst war es Teil eines Staates gewesen, der sich Frankreich nannte. Doch Frankreich war nun zwei Dutzend Herzogtümer mit hochtrabenden Namen. Die Kamarg mit ihrem weiten Himmel, ihren Erinnerungen an eine sonst längst vergessene Vergangenheit, ihren schier unveränderlichen Sitten und Gebräuchen hatte es dem Grafen angetan, und er machte es sich zur Aufgabe, seine neue Heimat zu befestigen.

Während seiner vielen Reisen und seiner Besuche an den Höfen Europas hatte der Graf viele Geheimnisse erfahren, und so vermochte er die trutzigen Wachtürme, die das gesamte Land an der Grenze entlang einschlossen, mit kaum bekannten Waffen auszurüsten, die wirkungsvoller waren als die üblichen Breitschwerter und Flammenlanzen.

An ihrer südlichen Grenze vereinten die Marschen sich mit dem Meer. Manchmal legten Schiffe in den kleinen Häfen an, doch nur selten brachten sie Reisende; denn das wilde Land war trügerisch für jene, die es nicht kannten, und die Wege durch das Moor waren schwer zu finden. Auch war die Kamarg entlang aller drei Inlandsgrenzen von Bergketten umgeben. Wer sie wirklich besuchen wollte, ging weiter östlich an Land und nahm ein Schiff die Rhone hoch. So erreichten die Kamarg nur wenig Neuigkeiten von außerhalb, und jene, die bis zu ihr durchdrangen, waren gewöhnlich schon überholt.

Das war zweifellos auch einer der Gründe, weshalb Graf Brass sich hier niedergelassen hatte. Er genoß das Gefühl der Abgeschiedenheit. Zu lange hatte er sich ausschließlich mit Allerweltsangelegenheiten beschäftigt, als daß ihn selbst die sensationellste Neuigkeit noch sehr interessierte. In seiner Jugendzeit hatte er Armeen in den Kriegen geführt, die überall in Europa wüteten. Jetzt jedoch war er der Auseinandersetzungen überdrüssig geworden, und er wies alle Gesuche um Hilfe oder Rat, die an ihn gesandt wurden, zurück, ganz gleichgültig, wie reizvoll die Angebote waren.

Im Westen lag das Inselreich von Granbretanien, der einzigen Nation mit wahrhaft politischer Stabilität, mit einer halbverrückten Wissenschaft und ehrgeizigen Eroberungsplänen. Es hatte eine hohe Bogenbrücke aus Silber errichtet, dreißig Meilen lang, die es mit dem Festland verband. Mit Hilfe seiner Schwarzen Weisheit und seiner Kriegsmaschinen, wie die ehernen Ornithopter mit ihrer Reichweite von hundert Meilen, war es darauf erpicht, immer mehr Gebiet an sich zu reißen. Aber selbst der Übergriff des Dunklen Imperiums auf das europäische Festland beunruhigte Graf Brass nicht sonderlich. Er betrachtete es als Gesetz der Geschichte und sah die endgültigen Vorteile einer Vereinigung, durch welch unvorstellbare, unmenschliche Grausamkeiten sie auch herbeigeführt wurde.

Graf Brass' Philosophie war die Philosophie der Erfahrung, die Philosophie eines Mannes, der die Welt kannte, und weniger die eines Gelehrten, und er sah keinen Grund, an ihr zu zweifeln. Und die Kamarg, für die er verantwortlich war, war stark genug, um sogar der gesamten Gewalt Granbretaniens zu widerstehen.

Und da er für sein Land nichts zu befürchten hatte, beobachtete er mit einer gewissen vagen Bewunderung die grausame und wirkungsvolle Art, mit der diese Nation ihre Schatten von Jahr zu Jahr weiter über Europa breitete.

Über Skandia und alle Länder des Nordens fiel dieser Schatten entlang einer Linie von berühmten Städten wie Parye, Munchein, Vien, Krahkov, Kerningsburg (eine Festung für sich im geheimnisvollen Land Muskovia). Und dieser gewaltige Halbkreis der Macht innerhalb des Festlandes wuchs von Tag zu Tag und mußte schon bald die nördlichen Fürstentümer von Italien, Magyarien und Slavien erreichen. Graf Brass nahm an, daß es nicht mehr lange dauern würde, bis die Faust des Dunklen Imperiums von der Norwegischen See bis zum Mittelmeer reichte und nur die Kamarg noch selbständig sein würde. Vielleicht hatte auch dieses Wissen dazu beigetragen, daß er die Lordhüterschaft angenommen hatte, als der vorherige Lordhüter, ein korrupter und falscher Zauberer aus dem Land der Bulgaren, von den einheimischen Hütern in Stücke gerissen worden war.

Graf Brass sicherte die Kamarg vor Angriffen von außen und gegen Bedrohungen aus dem Inneren. Nur noch wenige der Baragoons, die die Leute in den vielen kleinen Dörfern terrorisierten, waren noch übrig, und auch mit anderen Schrecken war er fertig geworden.

Und nun lebte der Graf auf seiner Burg und erfreute sich des einfachen Landlebens, während die Kamarganer zum erstenmal seit vielen Jahren frei von Angst ihr Dasein genießen konnten.

Die Burg, die die Leute nun Burg Brass nannten, war vor einigen hundert Jahren auf einer künstlichen Erhöhung inmitten der Stadt Aigues-Mortes errichtet worden. Jetzt aber bedeckte ein dicker Erdmantel das pyramidenförmige Gebilde, und in terrassenartig angelegten Gärten wuchsen Gras und Blumen, Reben und Gemüse. Hier fand man gut gepflegte Rasenflächen, auf denen die Kinder der Burg herumtollen und die Erwachsenen spazierengehen konnten. Hier wuchsen die Rebsorten, aus denen die besten Weine der Kamarg gekeltert wurden. Weiter unten standen Reihen von Bohnen und Beete mit Kartoffeln, Blumenkohl, Karotten, Salat und vielen anderen Gemüsen, darunter auch exotischen wie den riesigen Kürbistomaten. Obstbäume und -sträucher versorgten die Burg während fast aller Jahreszeiten.

Die Burg war aus demselben weißen Stein erbaut wie die Häuser der Stadt. Ihre Fenster waren aus dickem, meist phantasievoll bemaltem Glas. Türme und Brustwehren waren kunstvoll gestaltet. Von den höchsten Türmen übersah man den größten Teil des Landes, das die Burg beschützte. In das Bauwerk war eine Anzahl kleiner Türen, Öffnungen und Klappen eingefügt, die, während der Mistral blies, betätigt werden konnten; dann sang die Burg, so daß ihre Musik gleich der einer Orgel meilenweit vom Wind getragen zu hören war.

Die Burg blickte hinab auf die roten Dächer der Stadt und auf die Stierkampfarena, die, so sagte man, vor vielen tausend Jahren von den Römern erbaut worden war.

Graf Brass lenkte sein müdes Pferd die sich windende Straße zur Burg hinauf und rief den Wachen zu, das Tor zu öffnen. Der Regen ließ jetzt nach, aber es war kalt, und Graf Brass freute sich auf das Feuer im Kamin. Er ritt durch das große Eisentor in den Hof, wo ein Stallknecht sich sogleich des Pferdes annahm. Dann stapfte er die Stufen hinauf, durch die Türen der Burg und durch einen kurzen Gang in die Haupthalle.

Dort loderte ein großes Feuer im Kamin, und daneben, in wuchtigen gepolsterten Sesseln, saßen seine Tochter Yisselda und sein alter Freund Bowgentle. Sie erhoben sich, als er eintrat. Yisselda stellte sich auf die Zehenspitzen und küßte seine Wange. Bowgentle lächelte.

»Du siehst aus, als würde dir eine warme Mahlzeit und etwas bequemere Kleidung guttun«, meinte Bowgentle und zog an einer Glockenschnur.

Graf Brass nickte dankbar, stellte sich an das Feuer und nahm den Helm ab. Yisselda kniete bereits neben ihm und half ihm aus dem Beinschutz. Sie war neunzehn, von bezaubernder Schönheit mit ihrer samtigen, goldrosagetönten Haut und ihrem hellen Haar, das weder ganz golden noch völlig kupfern war, sondern von einer Farbe, die diese beiden an Schönheit übertraf. Sie trug ein fließendes Gewand von flammend oranger Farbe, so daß sie einem Flammengeist ähnelte, als sie mit anmutiger Gewandtheit den Beinschutz zu einem Diener trug, der nun mit einem Gewand für ihren Vater bereitstand.

Ein anderer Diener half Graf Brass aus seinem Brust- und Rückenharnisch und dem Rest der Rüstung, und bald trug der Graf weiche, weite Beinkleider, ein Hemd aus weißer Wolle und ein Leinengewand darüber.

Ein kleiner Tisch wurde ans Feuer gebracht. Auf ihm stand eine Platte mit großen gebratenen Rindfleischscheiben, Kartoffeln und eine Schüssel mit Salat und ein Krug mit gewürztem, warmem Wein. Graf Brass seufzte vor Behagen, setzte sich und langte zu.

Bowgentle stand neben dem Kamin und sah ihm zu, während Yisselda es sich auf dem Stuhl ihm gegenüber bequem machte und wartete, bis sein erster Heißhunger gestillt war.

»Nun, mein Lord«, sagte sie lächelnd, »wie war Euer Tag? Herrscht Sicherheit im Land?«

Graf Brass nickte mit gespieltem Ernst. »So hat es den Anschein, meine Lady, allerdings war es mir versagt, die nördlichen Türme zu besuchen. Es begann zu regnen, und ich entschloß mich, nach Hause zurückzukehren.« Er erzählte von seiner Begegnung mit dem Baragoon. Yisselda lauschte mit großen Augen; Bowgentle jedoch wirkte ernst, sein gütiges, asketisches Gesicht neigte sich vor, und er schürzte die Lippen. Der berühmte Philosoph und Poet hieß die

Ausflüge des Grafen nicht immer gut, und er war offensichtlich der Meinung, daß Graf Brass solche Abenteuer sich selbst zuzuschreiben habe.

»Ich warnte dich, nicht allein auszureiten. Du hättest von Villach und einige der anderen mitnehmen sollen.« Von Villach war des Grafen höchster Offizier, ein treuer alter Soldat, der schon in einigen der ersten Schlachten an seiner Seite gekämpft hatte.

Graf Brass lachte über die tadelnde Miene des Freundes. »Von Villach? Er wird alt und behäbig. Es wäre nicht recht, ihm bei diesem Wetter einen Ritt zuzumuten.«

Bowgentle lächelte schief. »Er ist nur ein oder zwei Jahre jünger als du.«

»Schon möglich. Aber könnte er einen Baragoon ohne Hilfe töten?«

»Das tut nichts zur Sache«, wehrte Bowgentle streng ab. »Hättest du noch ein paar Bewaffnete mitgenommen, wäre dir gar kein Baragoon über den Weg gelaufen.«

Graf Brass winkte ab. »Ich muß in Übung bleiben, sonst werde ich noch so schwerfällig wie von Villach.«

»Er hat recht, Vater«, warf Yisselda ein. »Du mußt auf dich aufpassen. Du bist für die Menschen hier verantwortlich. Wenn dir etwas zustieße . . .«

»Mir stößt nichts zu!« Der Graf lächelte abwehrend, als wäre der Tod etwas, was nur andere anginge. Im Feuerschein glich sein Gesicht einer Kriegsmaske eines uralten Barbarenstammes, aus Erz geschmiedet, und es wirkte tatsächlich auf eine Weise unvergänglich.

Yisselda zuckte die Schultern. Sie war ihrem Vater im Wesen sehr ähnlich und wußte, daß es keinen Sinn hatte, gegen seinen Dickkopf ankämpfen zu wollen. Bowgentle hatte einst in einem privaten Gedicht über sie geschrieben, ›Sie ist wie Seide, zugleich stark und weich‹, und wie er sie nun beide in stiller Zuneigung ansah, erkannte er, wie der Ausdruck des einen Gesichtes sich in dem anderen spiegelte.

Bowgentle wechselte das Thema. »Ich habe heute erfahren, daß Granbretanien vor etwa fünf Monaten die Provinz Köln einnahm. Das Dunkle Imperium breitet sich aus wie die Pest.«

»Aber eine nützliche Pest«, erwiderte der Graf und lehnte sich in seinem Sessel zurück. »Sie schaffen zumindest Ordnung.«

»Politische Ordnung vielleicht«, meinte Bowgentle leicht erhitzt, »aber gewiß keine geistige oder moralische. Die Grausamkeit der Granbretanier ist ohne Beispiel. Der Wahnsinn steckt in ihnen. Ihre Seelen kranken an einer Liebe für alles Böse und Schlechte und an einem Haß auf alles, das gut und edel ist.«

Graf Brass strich sich über den Schnurrbart. »Ihre Bösartigkeit ist nichts Einmaliges. Denk doch nur an den bulgarischen Zauberer, der vor mir hier Lordhüter war. Er war nicht weniger böse als sie.«

»Ja, aber der Bulgare war nur einer. Genau wie der Marquis von Pesht, Roldar Nikolajeff und ihresgleichen. Bei ihnen handelte es sich um Ausnahmen, und die Menschen, denen sie ihre Knute zu spüren gaben, lehnten sich schließlich gegen sie auf und töteten sie. Aber das Dunkle Imperium ist eine ganze Nation solcher Menschen wie sie, und die Bösartigkeit und Grausamkeit liegt in ihrem Blut. In Köln machten sie sich einen Spaß daraus, jedes kleine Mädchen zu kreuzigen und jeden Jungen zu kastrieren, und alle Erwachsenen, die um ihr Leben baten, mußten auf der Straße öffentlich Obszönitäten zum Vergnügen der Eroberer betreiben. Das ist keine natürliche Grausamkeit, Graf, und das war bei weitem noch nicht das Schlimmste, zu dem sie in der Lage sind. Sie ergötzen sich daran, alles Menschliche zu erniedrigen.«

»Solche Geschichten werden gern übertrieben, mein Freund. Das müßtest du doch wissen. Erinnerst du dich denn nicht, wessen man mich alles beschuldigte?«

»Nach allem, was ich höre«, unterbrach Bowgentle, »sind diese Berichte keine Übertreibungen, sie sind eher untertrieben. Wenn sie in der Öffentlichkeit solche Dinge tun, womit vergnügen sie sich dann privat?«

Yisselda schauderte. »Ich kann es nicht ertragen zu denken . . .«

»Genau«, sagte Bowgentle und wandte sich ihr zu. »Und wenige ertragen es zu wiederholen, was sie gesehen haben. Die Ordnung, die geschaffen wird, ist oberflächlich. Das Chaos aber, das geschaffen wird, zerstört die Seelen der Menschen.«

Graf Brass schüttelte die breiten Schultern. »Was immer sie auch tun, es wird vergehen. Doch die Einheit, die sie erzwingen, ist von Dauer. Dessen kannst du sicher sein.«

Bowgentle verschränkte die Arme vor der schwarzgekleideten Brust. »Der Preis ist zu hoch!«

»Kein Preis ist dafür zu hoch! Was willst du denn? Die Fürstentümer in Europa befinden sich in ständigem Krieg gegeneinander. Heutzutage gibt es nur noch wenige, die in ihren Lebzeiten überhaupt je erfahren, was Frieden ist. Eine Veränderung reicht der anderen die Hand, Granbretanien bietet zumindest noch Beständigkeit.«

»Und Terror! Nein, mein Freund, ich vermag deine Meinung nicht zu teilen.«

Graf Brass leerte sein Glas und gähnte. »Du nimmst die gegenwärtigen Ereignisse zu ernst, Bowgentle. Hättest du meine Erfahrung, würde dir klar sein, daß alles Böse bald vorübergeht; entweder weil es jene, die es tun, von selbst zu langweilen beginnt, oder weil andere es irgendwie erfolgreich bekämpfen. Glaube mir, in hundert Jahren wird Granbretanien eine respektgebietende und ethisch erhabene Nation sein.« Graf Brass blinzelte seiner Tochter verschmitzt zu, aber sie erwiderte sein Lächeln nicht; offensichtlich teilte sie Bowgentles Meinung.

»Die Krankheit ist zu tief in ihnen verwurzelt, als daß hundert Jahre sie zu heilen vermöchten. Das läßt sich schon allein aus ihrer Aufmachung schließen. Diese edelsteingeschmückten Tiermasken, die sie nie abnehmen, diese groteske Kleidung, die sie selbst bei größter Hitze tragen, ihre Art sich zu bewegen – all das beweist, was sie sind. Der Wahnsinn ist erblich bei ihnen und wird auch bei ihren Kindern und Kindeskindern grassieren.« Bowgentle klopfte ungehalten mit der Hand gegen eine Säule. »Durch unsere Nichteinmischung machen wir uns mit ihnen schuldig. Wir sollten . . .«

Graf Brass erhob sich. »Wir sollten schlafen gehen, mein Freund. Morgen beginnen die Festlichkeiten, und man erwartet unsere Anwesenheit in der Arena.« Er nickte Bowgentle zu, küßte seine Tochter auf die Stirn und verließ die Halle.

3. Baron Meliadus

Zu dieser Zeit des Jahres feierten die Leute der Kamarg ihr großes Fest zum Abschluß der Arbeiten, die der Sommer mit sich brachte. Blumen schmückten die Häuser, und die Menschen trugen reichbestickte Gewänder aus Seide und Leinen; junge Stiere liefen frei in den Straßen umher, und die Wachen trugen ihre glanzvollsten Uniformen zur Schau. An den Nachmittagen fanden in dem uralten Amphitheater am Rand der Stadt die Stierkämpfe statt.

Die Sitze des Amphitheaters waren stufenweise angeordnet und bestanden aus Granit. Nahe an der steilen Wand zum Ring selbst an der Südseite befand sich eine überdachte Nische aus behauenen Säulen und einem roten Schieferdach. Dort saßen Graf Brass, seine Tochter Yisselda, Bowgentle und der alte von Villach.

Von dieser Loge aus konnten Graf Brass und seine Gefährten nahezu das gesamte Amphitheater überschauen, das sich nun langsam füllte. Auch drang das aufgeregte Stimmengewirr der Schaulustigen zu ihnen und das Schnauben und Scharren der Stiere hinter den Barrikaden.

Bald stießen die sechs Wächter auf der anderen Seite des Amphitheaters, die in himmelblaue Gewänder gekleidet waren und Federhelme trugen, in ihre Fanfaren. Die bronzenen Instrumente hallten das Geräusch der Stiere und der Menschenmenge wider. Graf Brass trat an die Balustrade.

Das Jubeln der Menge schwoll an, als er lächelnd die Hand zum Gruß hob. Als sich der Lärm ein wenig gelegt hatte, begann er mit der traditionellen Ansprache, mit der das Fest eröffnet wurde.

»Kinder der Kamarg, vom Schicksal verschont vor dem Pesthauch des Tragischen Milleniums! Euch ist das Leben gegeben, feiert heute dieses Leben. Der Mistral bewahrte eure Vorfahren vor Tod oder Entstellung; er fegte das Gift vom Himmel. Dankt in diesem Fest dem Kommen des Lebenswindes!«

Erneut jubelten die Zuhörer, und auch die Fanfaren erschollen wieder. Dann donnerten zwölf riesige Bullen in den Ring. Sie stampften durch die Arena, mit hoch erhobenen Schwänzen, glänzenden Hörnern, geblähten Nüstern und roten, leuchtenden Augen. Sie waren die Blüte der Kampfbullen der Kamarg; das ganze Jahr hindurch hatte man sie für diesen Auftritt trainiert. Ihre Gegner waren unbewaffnete Männer, die versuchten, die Girlanden, die um Hörner und Nacken gewunden waren, an sich zu reißen.

Die Wächter winkten nun der Menge zu und trieben die Stiere wieder in die Umfriedung unter dem Amphitheater.

Als das nach einigen Schwierigkeiten geschehen war, erschien der Zeremonienmeister, gewandet in einen regenbogenfarbenen Mantel, auf dem Kopf trug er einen breitkrempigen leuchtend blauen Hut. Mittels des goldenen Megaphons, das er trug, sagte er den ersten Kampf an.

Verstärkt durch das Megaphon und die Wände des Amphitheaters, glich die Stimme des Mannes fast dem wilden Brüllen eines gereizten Bullen. Er nannte den Namen des ersten Bullen – Cornerouge von Aigues-Mortes, im Besitz von Pons Yachar, dem berühmten Stierzüchter – und dann den Namen des ersten Stierkämpfers, Mahtan Just von Arles. Der Zeremonienmeister lenkte sein Pferd herum und verschwand. Unmittelbar darauf erschien Cornerouge. Seine gewaltigen Hörner durchschnitten die Luft, und die roten Bänder daran flatterten in der frischen Brise.

Cornerouge war ein riesiger Bulle mit einer Schulterhöhe von über fünf Fuß. Sein Schwanz peitschte hin und her wie der eines Löwen, seine roten Augen starrten in die Menge, die ihm zujubelte. Blumen wurden in den Ring geworfen und fielen auf seinen breiten weißen Rücken. Er fuhr herum, scharrte im Sand der Arena und zertrampelte die Blumen.

Dann tauchte unauffällig eine stämmige Gestalt auf. Der Mann trug einen schwarzen, rot gefütterten Umhang, ein enganliegendes schwarzes Wams und goldverzierte Beinkleider und silberbeschlagene, kniehohe schwarze Lederstiefel. Sein Gesicht war dunkel, jung und wirkte lebhaft. Er zog seinen breitkrempigen Hut vor den Leuten, drehte sich rasch um die eigene Achse und stellte sich Cornerouge. Obwohl er gerade erst zwanzig war, hatte sich Mahtan Just bereits auf den vergangenen drei Festen hervorgetan. Jetzt warfen ihm die Damen Blumen zu; er verneigte sich galant und warf Handküsse in die Menge, als er sich dem schnaubenden Bullen näherte. Dann nahm er den Umhang von den Schultern, so daß Cornerouge das rote Futter erkennen konnte. Dieser tänzelte ein paar Schritte näher, schnaubte wieder und senkte die Hörner.

Der Stier griff an.

Mahtan Just trat zur Seite und zog mit einer Hand ein Band vom Horn Cornerouges. Die Menge jubelte und stampfte mit den Füßen. Der Stier wirbelte herum und donnerte erneut auf Just zu. Der machte wieder im letzten möglichen Augenblick einen Schritt weg vom Stier und packte mit der Hand das zweite Band. Mit beiden Trophäen zwischen den weißen Zähnen grinste er zunächst den Stier an und dann in die Menge.

Die ersten beiden Bänder von den Stierhörnern waren, verglichen mit den anderen, leicht zu gewinnen. Just, der das wußte, machte sich fast einen Spaß daraus. Nun mußten die Bänder vom Hornansatz gezogen werden, und das war weitaus gefährlicher.

Graf Brass lehnte sich nach vorne und blickte voller Bewunderung auf den Stierkämpfer. Yisselda lächelte. »Ist er nicht wundervoll, Vater? Wie ein Tänzer!«

»Ja, er tanzt mit dem Tod«, meinte Bowgentle mit fast spöttischem Ernst.

Der alte von Villach lehnte sich in seinem Sitz zurück, das Spektakel schien ihn zu langweilen. Vielleicht aber waren auch einfach seine Augen nicht mehr so gut wie einst, und er wollte es nicht zugeben.

Jetzt donnerte der Stier auf Mahtan Just zu, der mit den Händen in die Seite gestemmt dastand. Der Umhang fiel in den Sand. Als der Stier ihn fast erreicht hatte, sprang Just hoch in die Luft. Sein Körper streifte die Hörner; und nach einem Salto kam er hinter dem Stier wieder zum Stehen. Cornerouges Hufe gruben sich in den Sand; er schnaubte verwundert und wandte den Schädel in die Richtung, aus der Justs Lachen kam.

Ehe der Stier sich wieder herumdrehen konnte, sprang Just erneut. Diesmal landete er auf dem Rücken des Stieres und hielt sich mit der einen Hand am Horn fest, während er mit der anderen die Bänder zu lösen versuchte. Der Bulle bäumte sich in einem wilden Tanz auf. Just konnte sich nicht lange halten und fiel zu Boden, aber in seiner Hand wehte ein weiteres Band, er rollte sich zur Seite und kam gerade rechtzeitig auf die Beine, um dem Stier, der bereits wieder angriff, auszuweichen.

Ein gewaltiges Getöse brach nun aus, als die Menge applaudierte und jubelte, und ein wahrer Regen farbenprächtiger Blüten ergoß sich über den Ring. Just lief leichtfüßig durch die Arena, gefolgt vom Stier.

Er hielt kurz inne, als überlegte er, dann drehte er sich auf dem Absatz um und wirkte überrascht, den Stier so dicht hinter sich zu finden.

Jetzt sprang Just erneut, aber ein Horn verfing sich in seinem Umhang, und er verlor die Balance. Mit einer Hand stützte er sich auf dem Stierrücken auf und setzte über den Bullen hinweg, allerdings stürzte er zu Boden und rollte herum, als der Stier wieder angriff.

Just robbte aus der Bahn, er hatte sich nach wie vor unter Kontrolle, war aber nicht in der Lage, sich zu erheben. Der Kopf des Bullen senkte sich, und ein Horn zog sich über den Körper des Mannes. Bluttropfen glitzerten im Sonnenlicht, und die Menge stöhnte auf in einer Mischung aus Mitleid und Blutlust.

»Vater!« Yisselda packte Graf Brass' Arm. »Er wird getötet! Hilf ihm!«

Obwohl er unwillkürlich nach vorne gefahren war, schüttelte Graf Brass den Kopf. »Das ist seine Sache. Er weiß, was er riskiert.«

Justs Körper wurde nun hoch in die Luft geschleudert, die Arme und Beine waren schlaff wie die einer Stoffpuppe. Die berittenen Wächter kamen in den Ring und versuchten mit Lanzen den Stier zu bewegen, von seinem Opfer abzulassen.

Aber der Stier wich nicht zur Seite. Er stand über dem Körper, ähnlich einer Raubkatze über ihrer Beute.

Graf Brass sprang in den Ring, ehe ihm bewußt wurde, was er tat. Wie ein metallener Riese stürzte er in seiner Messingrüstung auf den Stier zu.

Die Reiter rissen ihre Tiere zur Seite, als sich Graf Brass auf den Kopf des Stieres warf und die Hörner packte. Die Adern in seinem Gesicht traten hervor, als er den Stier allmählich zurückschob.

Dann bewegte sich der Kopf, und der Graf hatte keinen Boden mehr unter den Füßen. Aber seine Hände ließen nicht locker; er verlagerte sein Gewicht auf eine Seite, so daß sich der Bulle langsam zu neigen schien.

Überall herrschte Stille. Bowgentle, Yisselda und von Villach starrten mit blassen Gesichtern über die Balustrade.

Cornerouges Knie zitterten. Er schnaubte, brüllte, und sein Leib zuckte. Aber Graf Brass, der vor Anstrengung zitterte, gab nicht nach. Schnurrbart und Haare schienen sich zu sträuben, die Muskeln auf seinem Rücken standen hervor und färbten sich rot, aber schließlich wurde der Stier schwächer und fiel langsam auf die Knie.

Männer rannten herbei und zogen den verwundeten Just aus dem Ring. Die Menge war noch immer still.

Dann drückte Graf Brass Cornerouge mit einem gewaltigen Ruck auf die Seite.

Der Stier lag still, er erkannte seinen Meister an, und er nahm hin, daß er zweifelsohne der Geschlagene war.

Graf Brass stolperte zurück, und der Stier rührte sich nicht; er sah ihn nur durch glasige, verwunderte Augen an, sein Schwanz zuckte leicht, und die gewaltige Brust hob und senkte sich.

Jetzt brach der Jubel los, er wurde immer lauter und schwoll so stark an, daß man meinte, die ganze Welt müßte ihn hören.

Jetzt erhoben sich die Zuschauer und priesen ihren Lordhüter mit noch nie gekannter Inbrunst, als Mahtan Just auf ihn zu stolperte, mit einer Hand auf seiner Wunde, und dankbar den Arm des Grafen drückte.

Yisselda in der Loge weinte vor Stolz und Erleichterung, und auch Bowgentle wischte sich ohne Verlegenheit Tränen aus den Augen. Nur Villach weinte nicht, er nickte in grimmiger Anerkennung dessen, was sein Herr vollbracht hatte.

Graf Brass ging zurück zur Loge. Er lächelte seiner Tochter und den Freunden zu, dann zog er sich wieder hoch auf seinen Platz. Er lachte aus tiefster Seele und winkte der Menge, die ihn hochleben ließ.

Dann hob er die Hand und sprach zu ihnen, als der Jubel abflaute.

»Spendet den Beifall nicht mir – er gebührt Mahtan Just. Er gewann die Trophäen. Seht . . .« er streckte die Handflächen vor. »Ich habe nichts!« Lachen folgte. »Fahrt fort mit dem Fest.« Graf Brass setzte sich.

Bowgentle hatte seine Gelassenheit zurückerlangt. Er beugte sich vor zu Graf Brass. »So, mein Freund, behauptest du immer noch, du hieltest dich gerne aus den Angelegenheiten anderer heraus?«

Graf Brass lächelte ihm zu. »Du bist unermüdlich, Bowgentle. Das war doch eine *lokale* Angelegenheit, oder etwa nicht?«

»Wenn du immer noch von einem vereinten Kontinent träumst, dann sind Europas Angelegenheiten lokale Angelegenheiten.« Bowgentle strich sich über das Kinn. »Oder etwa nicht?«

Graf Brass' Gesichtsausdruck wurde einen Augenblick lang ernst. »Vielleicht . . .« begann er, dann schüttelte er den Kopf und lachte. »Oh, tückischer Bowgentle, du bringst es immer noch von Zeit zu Zeit fertig, mich zu verwirren!«

Aber später, als sie die Loge verlassen hatten, auf dem Weg zurück zur Burg, war der Graf still und ernst.

Als sie in den Burghof ritten, kam ihnen einer der Gefolgsleute des Grafen entgegengerannt und deutete auf eine reichverzierte Kutsche und vier schwarze, mit Federbüschen geschmückte Hengste, denen die Stallburschen eben die Sättel abnahmen.

»Sire«, keuchte der Mann, »während Ihr an den Festlichkeiten teilnahmt, traf hoher Besuch ein. Ich weiß nicht, ob Ihr ihn willkommen heißen werdet.«

Graf Brass besah sich die Kutsche. Sie bestand aus gehämmertem Metall, aus dunklem Gold, Stahl und Kupfer, eingelegt mit Perlmutt, Silber und Onyx. Sie war in der Form eines eigenartigen Tieres gearbeitet, dessen Beine in Klauen endeten, welche die Achsen umschlossen. Der Kopf war der eines Reptils mit rubinroten Augen, er war oben offen und hohl und stellte den Kutschbock dar. An den Türen prunkten kunstvoll gearbeitete Wappenschilde, auf denen merkwürdige Tiere, Waffen und Symbole, die eigenartig abstoßend wirkten, abgebildet waren. Graf Brass erkannte die Machart des Gefährts und das Wappen. Erstere war das Werk der irren Schmiede Granbretaniens; letzteres war das Wappen eines der mächtigsten und niederträchtigsten Adligen dieser Nation.

»Das ist Baron Meliados von Kroiden«, stellte Graf Brass fest, als er abstieg. »Was mag einen so mächtigen Lord in unsere kleine ländliche Provinz führen?« Seine Stimme klang ironisch, aber er wirkte verwirrt. Er warf einen Blick auf Bowgentle, als dieser sich neben ihn gesellte.

»Wir werden ihn höflich behandeln«, warnte der Graf. »Alle

Gastfreundschaft der Burg Brass sei ihm zuteil. Wir haben keinen Streit mit den Lords von Granbretanien.«

»Zur Zeit nicht«, erwiderte Bowgentle, der offensichtlich Mühe hatte, seine Gefühle zu verbergen.

Graf Brass und Bowgentle schritten vor Yisselda und von Villach die Stufen hinauf und betraten die Halle, wo Baron Meliadus alleine auf sie wartete. Er war fast so groß wie Graf Brass und ausschließlich in glänzendes Schwarz und Dunkelblau gekleidet. Selbst seine juwelenverzierte Tiermaske, die seinen Kopf wie ein Helm bedeckte, war aus einem fremdartigen schwarzen Metall mit tiefblauen Saphiren als Augen. Die Maske war in Form eines Wolfsschädels mit gefletschten Zähnen geschmiedet. Baron Meliadus nahm die Maske ab, als er den Burgherrn mit Begleitung nahen sah. Sie gab ein bleiches, fleischiges Gesicht mit blaßblauen Augen frei. Der Baron war offenbar unbewaffnet, möglicherweise zum Zeichen, daß er in friedlicher Absicht kam. Er verbeugte sich und sprach mit tönender Stimme.

»Seid gegrüßt, edler Graf Brass, und verzeiht mein Eindringen. Ich sandte Boten voraus, doch sie erreichten die Burg erst, nachdem Ihr sie bereits verlassen hattet. Ich bin Baron Meliadus von Kroiden, Grandkonnetabel des Wolfsordens, Oberbefehlshaber der Armeen unseres erhabenen Reichskönigs Huon . . .«

Graf Brass neigte den Kopf. »Ich kenne Eure ruhmreichen Taten, Baron Meliadus, und war mit Eurem Wappen auf der Kutsche vertraut. Seid willkommen. Burg Brass ist Euer, solange Ihr zu bleiben wünscht. Was wir zu bieten haben, ist bescheiden im Vergleich mit den Reichtümern, die, wie ich hörte, selbst in der geringsten Stadt des Imperiums von Granbretanien zu finden sind, aber es steht zu Eurer Verfügung.«

Baron Meliadus lächelte. »Eure Höflichkeit und Gastfreundschaft beschämt die Granbretaniens, großer Held. Ich danke Euch.«

Er stellte dem Granbretanier seine Tochter vor. Der Baron verbeugte sich tief, von ihrer Schönheit offensichtlich beeindruckt, und küßte ihre Hand. Auch Bowgentle bedachte er mit größter Höflichkeit und versicherte ihm, daß er viele seiner poetischen und philosophischen Werke kenne, und schien nicht zu bemerken, daß Bowgentles Höflichkeit erzwungen war. Auch von Villach gegenüber erwähnte der Baron bewundernd einige der großen Schlachten, in denen der alte Krieger sich ausgezeichnet hatte, und von Villach fühlte sich geschmeichelt.

Trotz der ausgetauschten Höflichkeiten herrschte eine gespannte Stimmung. Bowgentle entschuldigte sich als erster, kurz darauf gefolgt von Yisselda und von Villach, die dem Baron eine Chance geben wollten, sich ungestört mit dem Grafen zu unterhalten. Baron Meliadus blickte dem Mädchen eine Weile hinterher, als sie den Saal verließ.

Diener brachten Wein und Erfrischungen, und die beiden Herren ließen sich in zwei gegenüberliegenden geschnitzten Sesseln nieder.

Baron Meliadus blickte Graf Brass über den Rand des Weinkelchs hinweg an. »Ihr seid ein Mann der Welt, mein Lord, in jeder Beziehung, und werdet sicher bereits geschlossen haben, daß mein Besuch nicht nur der Erholung und der Bewunderung dieser hübschen Provinz gilt.«

Der Graf lächelte ein wenig. Die Offenheit des Barons gefiel ihm. »So ist es«, gestand er, »obgleich ich es als große Ehre betrachte, einen so berühmten Gefolgsmann des erhabenen Königs Huon persönlich kennenzulernen.«

»Und mir ist es eine Ehre, Euch kennenzulernen«, erwiderte Meliadus. »Ihr seid zweifellos der berühmteste Held Europas, vielleicht sogar der Geschichte. Ich muß gestehen, es überrascht mich geradezu, festzustellen, daß Ihr tatsächlich aus Fleisch und Blut und nicht aus Metall seid.« Er lachte, und Graf Brass stimmte in sein Lachen ein.

»Ich hatte eben Glück«, meinte der Graf. »Und das Schicksal war wohl auch gnädig, indem es meine Entscheidungen bestätigte. Wer vermag schon zu sagen, ob diese Zeit, in der wir leben, gut für mich ist oder ich gut für diese Zeit bin?«

»Eure Philosophie steht jener Eures Freundes Sir Bowgentle nicht nach.« Baron Meliadus lächelte. »Und bestätigt, was ich von Eurer Weisheit und Urteilskraft gehört habe. Wir in Granbretanien sind stolz auf unsere Fähigkeiten in dieser Beziehung, aber ich glaube, wir könnten von Euch lernen.«

»Ich kenne nur die Details«, erklärte Graf Brass. »Ihr jedoch habt die Gabe, das Ganze zu sehen.« Er versuchte aus Baron Meliadus'

Gesicht zu lesen, worauf dieser hinauswollte, fand aber nicht, wonach er suchte.

»Aber es sind die Einzelheiten, die wir brauchen«, versicherte ihm Baron Meliadus, »um unsere Pläne so schnell zu realisieren, wie wir es gern möchten. Es ist unsere Absicht, ganz Europa zu regieren.«

Jetzt erkannte Graf Brass, warum Baron Meliadus hier war, aber er ließ sich nichts anmerken, er setzte eine etwas verwirrte Miene auf und goß seinem Gast Wein nach.

»Über Europa zu herrschen, ist unsere Bestimmung«, sagte Baron Meliadus.

»Ihr scheint dafür geschaffen«, Graf Brass nickte und nippte am Wein. »Ich unterstütze im Prinzip Eure Ambitionen.«

»Das freut mich, Graf Brass. Wir werden oft mißverstanden. Unsere Feinde verleumden uns.«

»Mich interessiert die Wahrheit oder Unwahrheit dieser Gerüchte nicht«, versicherte ihm der Graf. »Nur Eure eigentlichen Taten . . .«

»Ihr würdet Euch also einer Ausbreitung unseres Imperiums nicht entgegenstellen?« Baron Meliadus blickte ihn forschend an.

»Nicht, solange die Kamarg, das Land, das ich beschütze, nicht bedroht ist.«

»Würdet Ihr die Sicherheit eines Friedensvertrags begrüßen?«

»Ich sehe keine Notwendigkeit dafür. Ich verlasse mich auf die Sicherheit, die mir meine Wachtürme bieten.«

»Hmmm . . .« Baron Meliadus blickte auf den Boden.

»Ist das der Grund Eures Besuchs, mein Lord? Wollt Ihr mir einen Friedensvertrag vorschlagen, oder gar einen Pakt?«

»Gewissermaßen«, gestand Meliadus. »Eine Art von Pakt.«

»In den meisten Dingen würde ich mich Euch weder entgegenstellen noch Euch unterstützen«, meinte der Graf. »Euch entgegenstellen würde ich mich lediglich, wenn Ihr mein Land angreifen solltet. Und ich unterstütze Euch nur mit meiner Ansicht, daß eine verbindende Kraft nötig ist, Europa zu einigen.«

Baron Meliadus überlegte einen Augenblick, dann fragte er schließlich: »Und wenn diese Einigung bedroht wäre?«

Der Graf lachte. »Ich kann mir nicht vorstellen, daß das überhaupt möglich wäre. Kein Land ist mehr so mächtig, als daß es Granbretanien widerstehen könnte.«

»Ihr habt recht«, bestätigte ihm der Baron. »Unsere fortwährenden Siege langweilen uns schon fast. Doch je weiter wir vordringen und erobern, desto dünner verteilen sich unsere Besatzungskräfte. Wenn wir die Höfe Europas so gut kennen würden wie Ihr, wüßten wir, wem wir vertrauen dürfen und wem nicht, und könnten uns so auf die schwachen Stellen konzentrieren. Wir machten den Großherzog Ziminon zu unserem Gouverneur in der Normandie. Was meint Ihr«, er blickte Graf Brass fragend an, »fiel unsere Wahl auf den Richtigen? Er suchte bereits den Thron an sich zu reißen, als sein Vetter Jewelard noch regierte. Glaubt Ihr, er wird sich mit der Herrschaft zu unseren Bedingungen zufriedengeben?«

»Ziminon, hm?« Der Graf grinste. »Ich war an seiner Niederlage bei Rouen nicht unbeteiligt.«

»Ich weiß. Aber was haltet Ihr von ihm?«

Graf Brass' Grinsen wurde breiter, je mehr der Baron drängte. Nun wußte er genau, was Granbretanien von ihm wollte. »Er ist ein großartiger Reiter und hat ein Faible für Frauen«, sagte er.

»Das sagt uns jedoch nicht, ob wir ihm vertrauen können oder nicht«, brummte der Baron schon beinahe ein wenig ungehalten.

»Stimmt«, pflichtete Graf Brass ihm bei. Er sah auf die große Wanduhr über dem Kamin. Die goldenen Zeiger standen auf elf Uhr. Das große Pendel schwang langsam hin und her und warf einen flackernden Schatten an die Wand. Es begann zu schlagen. »Wir sind es gewohnt, früh zu Bett zu gehen auf der Burg«, sagte er beiläufig. Er erhob sich aus seinem Sessel. »Ein Diener wird Euch Eure Gemächer zeigen. Eure Männer wurden in Eurer Nähe untergebracht.«

Ein Schatten überflog Baron Meliadus' Gesicht. »Graf Brass, wir sind uns Eurer politischen Fähigkeiten bewußt, Eurer Weisheit, Eurer vermutlich einmaligen Kenntnisse aller Schwächen und Stärken der europäischen Höfe. Wir möchten uns diese Kenntnisse zunutze machen. Wir bieten Euch dafür Reichtum, Macht, Sicherheit . . .«

»Von den beiden ersteren habe ich in ausreichendem Maße und bin überzeugt, daß es auch an letzterem nicht mangelt«, erwiderte der Graf sanft. Er zog an einer Glockenschnur. »Ihr müßt mir verzeihen, ich hatte einen sehr anstrengenden Nachmittag und bin außerordentlich müde.«

»Seid doch vernünftig, mein Lord, ich bitte Euch.« Baron Meliadus bemühte sich offensichtlich, seinen Ärger zu unterdrücken.

»Ich hoffe, Ihr werdet noch eine Weile bei uns bleiben, Baron, und uns in Ruhe über alles berichten können.« Graf Brass wandte sich an den Diener, der eben die Halle betrat. »Führe unseren Gast zu seinen Gemächern.« Er verbeugte sich vor dem Baron.

»Gute Nacht, Baron Meliadus. Ich freue mich auf unser gemeinsames Frühstück um acht Uhr.«

Als der Baron mit dem Diener die Halle verlassen hatte, lächelte Graf Brass amüsiert. Es schmeichelte ihn, daß Granbretanien seine Hilfe suchte, aber er hatte nicht die Absicht, sie zu geben. Er hoffte nur, er würde die Bitte höflich abschlagen können, denn er wollte nicht auf schlechtem Fuß mit dem Dunklen Imperium stehen und auch den Baron nicht beleidigen. Irgendwie mochte er ihn. Sie schienen gewisse Wesenseigenheiten gemein zu haben.

4. Der Kampf auf Burg Brass

Schon eine Woche hielt Baron Meliadus sich auf Burg Brass auf. Nach dem ersten Abend gelang es ihm, seine Haltung wiederzugewinnen. Er verriet auch nicht mehr das geringste Zeichen von Ungeduld, als Graf Brass dem Verlangen und den Verlockungen Granbretaniens kein Ohr schenkte.

Vielleicht war es auch nicht nur sein Auftrag, der ihn so lange hielt. Es war offensichtlich, daß er Yisselda einen beträchtlichen Teil seiner Aufmerksamkeit widmete. Ihr gegenüber zeigte er sich von seiner besten Seite und war besonders aufmerksam. Genauso offensichtlich war es jedoch auch, daß sie in ihrer Unerfahrenheit sich von ihm angezogen fühlte.

Graf Brass schien das nicht zu bemerken. Eines Morgens, als sie auf den oberen Terrassen des Burggartens spazieren gingen, sprach Bowgentle zu seinem Freund.

»Mir scheint, Baron Meliadus plant nicht nur, dich zu verführen, den Verlockungen Granbretaniens zu erliegen«, sagte er. »Er hat eine noch ganz andere Art der Verführung im Sinne, wenn ich mich nicht irre.«

»Was meinst du?« Graf Brass wandte den Blick von den Reben, denen er sich gewidmet hatte. »Was sonst wollte er hier?«

»Deine Tochter«, erwiderte Bowgentle sanft.

»Du siehst Gespenster, weil du dem Baron nicht über den Weg traust«, lachte der Graf. »Er ist ein Gentleman. Und außerdem will er etwas von mir. Er wird doch seine Mission nicht durch einen Flirt in Gefahr bringen. Ich glaube, du tust ihm Unrecht. Mir ist er recht sympathisch.«

»Dann wird es höchste Zeit, daß du dich wieder mit Politik beschäftigst, mein Lord«, sagte Bowgentle erregt, aber trotzdem sanft, »denn es scheint, deine Urteilskraft ist nicht mehr so scharf, wie sie einmal war!«

Graf Brass zuckte die Schultern. »Sei es, wie es will. Ich meine, du benimmst dich wie eine nervöse alte Frau, mein Freund. Baron Meliadus hat sich seit seiner Ankunft vorbildlich benommen. Ich gebe zu, es ist mir nicht entgangen, daß er keine Eile an den Tag legt. Ich wünschte, er verließe uns bald. Aber ich habe keinen Hinweis, daß er beabsichtigt, meine Tochter zu heiraten. Eine Heirat zwischen ihm und ihr käme für ihn einem Bündnis zwischen mir und Granbretanien gleich. Aber damit wäre Yisselda nicht einverstanden und ich ebensowenig.«

»Und was ist, wenn Yisselda ihn liebt, und er Leidenschaft für sie empfindet?«

»Aber wie könnte sie ihn lieben?«

»Nun, sie kennt wenige so gutaussehende und galante Männer hier in der Kamarg.«

»Hmmm«, knurrte der Graf. »Wenn sie den Baron liebt, dann würde sie mir das nicht verschweigen, nicht wahr? Ich glaube deine Geschichte, wenn Yisselda selbst sie mir bestätigt!«

Bowgentle fragte sich, ob die Blindheit des Grafen in dieser Sache wohl darauf zurückzuführen war, daß er insgeheim gar nicht wissen wollte, wie der wahre Charakter jener, die Granbretanien regierten, aussah, oder ob es einfach die Unfähigkeit eines Vaters war, sein Kind so zu sehen wie andere auch.

Bowgentle beschloß, Baron Meliadus und Yisselda nicht mehr aus den Augen zu lassen. Er konnte nicht verstehen, wie der Graf einen Mann schätzen konnte, der schuld am Massaker von Lyttich gewesen war, der Sahbrock brandschatzen ließ und dessen perverse Gelüste der Schrecken aller Sklaven vom Nordkap bis Tunis waren. Der Graf hatte schon zu lange die reine Landluft geatmet und vermochte nun den Gestank der Korruption nicht mehr zu erkennen, selbst wenn er ihm direkt in die Nase stieg.

Obgleich Graf Brass in seinen Gesprächen mit Meliadus sehr zurückhaltend war, war der Baron es durchaus nicht. Er ließ durchblicken, daß selbst in Gebieten, die nicht unter Granbretaniens Herrschaft fielen, unzufriedene Edelleute und Bauern geheime Pakte mit den Agenten des Dunklen Imperiums schlossen, die ihnen Macht versprachen, wenn sie halfen, die Gegner Granbretaniens zu vernichten. Granbretaniens Ambitionen schienen nicht einmal an den Grenzen Asiens haltzumachen. Jenseits des Mittelmeers gab es wohlorganisierte Gruppen, die bereit waren, das Dunkle Imperium zu unterstützen, sobald die Zeit dafür gekommen schien. Graf Brass' Bewunderung für die Taktik Granbretaniens wuchs von Tag zu Tag.

»In zwanzig Jahren«, bedeutete ihm Baron Meliadus, »wird ganz Europa unser sein. Zehn Jahre später gehört uns Arabien – und alle Länder rundherum. Und noch ehe fünfzig Jahre vergangen sind, werden wir stark genug sein, jenes geheimnisumwitterte Land anzugreifen, das sich Asiakommunista nennt...«

»Ein uralter und romantischer Name«, meinte Graf Brass. »Ein Land, das von Zauberei beherrscht wird. Ist nicht dort der Runenstab zu finden?«

»So wird berichtet – daß er auf dem höchsten Berg der Welt steht, wo der Schnee ewig wirbelt und der Wind nie zu stürmen aufhört. Behaarte Männer von unvorstellbarer Weisheit sollen ihn beschützen. Männer, die zehn Fuß hoch sind und das Gesicht von Affen haben.« Baron Meliadus lächelte. »Aber es gibt viele Orte, an denen der Runenstab angeblich sein soll – selbst in Amarekh, sagt man.«

Graf Brass nickte. »Ah, Amarekh. In Eure Träume von einem Weltreich, schließt Ihr da auch Amarekh ein?« Amarekh war der gewaltige Kontinent, der angeblich jenseits des Meeres weit im Westen liegen und von göttergleichen Mächten beherrscht werden sollte. Man glaubte, daß das Leben dort unvorstellbar ruhig und friedlich sei. Das Tragische Jahrtausend, als der Rest der Welt in Schutt und Asche zerfiel, sei an Amarekh unbemerkt vorbeigegangen, ging die Geschichte. Graf Brass hatte nur einen Spaß gemacht, als er diesen Erdteil erwähnte, aber Baron Meliadus lächelte verstohlen, und seine Augen glänzten.

»Warum nicht?« meinte er. »Ich stürmte selbst die Himmelsmauern, wenn ich sie fände.«

Ein leises Unbehagen machte sich in Graf Brass breit. Zum erstenmal fragte er sich, ob sein Entschluß, neutral zu bleiben, wirklich so gut war, wie er geglaubt hatte.

Yisselda war zwar nicht weniger klug als ihr Vater, aber ihr fehlte sowohl seine Erfahrung als auch seine normalerweise unfehlbare Menschenkenntnis. Sie fand selbst des Barons berüchtigten Ruf interessant, glaubte aber zur gleichen Zeit nicht, daß all die Geschichten über ihn wahr seien. Denn wenn er sich mit ihr in seiner einschmeichelnden Stimme unterhielt und ihre Schönheit pries, sah sie in ihm einen Mann von sanftem Gemüt, der nur aufgrund seines Standes und seiner Rolle in der Geschichte dazu gezwungen war, sich grimmig und skrupellos zu geben.

Zum drittenmal seit seiner Ankunft stahl sie sich aus ihrer Kemenate, um sich mit ihm im Westturm zu treffen, der seit dem gewaltsamen Tod des vorherigen Lordhüters nicht mehr benutzt wurde.

Die Rendezvous waren auch völlig harmlos gewesen – Händehalten, eine Berührung mit den Lippen, geflüsterte Liebesbeteuerungen und ein Heiratsantrag. Obgleich sie sich noch nicht entschließen konnte, letzteren anzunehmen (denn sie liebte ihren Vater und spürte, daß sie ihm weh tun würde, wenn sie den Baron heiratete), vermochte sie sich der Aufmerksamkeit des Barons nicht zu entziehen. Sie war sich nicht sicher, ob es Liebe war, die sie für ihn empfand, aber sie genoß das Gefühl von Abenteuer und Aufregung, das ihr diese heimlichen Zusammenkünfte boten.

An diesem Abend, als sie leichtfüßig durch die dunklen Gänge huschte, ahnte sie nicht, daß ihr jemand folgte – jemand in einem schwarzen Umhang, mit einem langen Dolch, noch in seiner Lederhülle, in der Rechten.

Mit klopfendem Herzen und erwartungsvollem Lächeln rannte Yisselda die Wendeltreppe des Turmes empor zu einer kleinen Kammer, wo der Baron sie bereits erwartete.

Er verbeugte sich tief vor ihr, dann nahm er sie in die Arme und liebkoste ihre samtige Haut durch das dünne seidene Nachtgewand. Sein Kuß war diesmal fordender, ja schon fast brutal, und ihr Atem ging schneller, als sie ihn erwiderte und ihre Arme fest um seinen Rücken klammerte. Nun wanderte seine Hand tiefer, zu ihrer Mitte, dann zu ihren Hüften, und einen Augenblick schmiegte sie sich dicht an ihn. Doch dann versuchte sie sich von ihm zu lösen, als eine ihr völlig fremde Panik sie befiel.

Er aber hielt sie keuchend fest. Ein Mondstrahl fiel durch das schmale Fenster auf sein Gesicht, und sie sah seine gesträubten Brauen und den stechenden Blick.

»Yisselda, Ihr müßt mich heiraten!« stieß er hervor. »Wir können noch heute nacht Burg Brass verlassen und haben bereits morgen die Türme der Kamarg hinter uns. Euer Vater würde es nicht wagen, uns nach Granbretanien zu folgen.«

»Mein Vater würde alles wagen«, erwiderte sie überzeugt. »Aber ich hege nicht den Wunsch, mein Lord, ihn zu diesem Wagnis zu veranlassen.«

»Was wollt Ihr damit sagen?«

»Daß ich Euch nicht ohne seine Zustimmung ehelichen würde.«

»Gäbe er denn seine Zustimmung?«

»Ich glaube es nicht.«

»Dann . . .«

Sie versuchte, ganz von ihm freizukommen, aber seine kräftigen Hände packten ihre Arme. Sie fragte sich, wie ihre Leidenschaft sich so schnell hatte in Furcht verwandeln können.

»Ich muß gehen!« keuchte sie.

»Nein, Yisselda, ich bin es nicht gewohnt, abgewiesen zu werden. Erst verweigert Euer dickköpfiger Vater mir, worum ich ihn bat – und jetzt Ihr! Ich töte Euch eher, als Euch gehen zu lassen ohne Euer Versprechen, mich nach Granbretanien zu begleiten!«

Er zog sie heftig an sich und preßte seine Lippen auf ihre. Sie stöhnte, als sie sich zu wehren versuchte.

Da betrat die dunkelgekleidete Gestalt die Kammer und zog den Dolch aus der Scheide. Der Stahl leuchtete im Mondlicht. Baron Meliadus starrte den Eindringling böse an, gab jedoch das Mädchen nicht frei.

»Laßt sie los!« befahl der Mann mit der Klinge. »Denn tut Ihr es nicht, muß ich Euch hier und jetzt entgegen aller meiner Prinzipien töten.«

»Bowgentle!« schluchzte Yisselda. »Holt meinen Vater. Ihr seid nicht stark genug, mit ihm zu kämpfen!«

Baron Meliadus lachte und stieß Yisselda rücksichtslos in die entgegengesetzte Ecke der Kammer. »Kämpfen?« höhnte er. »Es wäre kein Kampf mit Euch, Philosoph, sondern eitle Schlächterei. Geht mir aus dem Weg, und ich lasse Euch in Frieden – aber das Mädchen nehme ich mit mir!«

»Geht alleine«, erwiderte Bowgentle. »Ich möchte nicht Euer Leben auf mein Gewissen laden. Doch Yisselda bleibt!«

»Sie wird heute nacht mit mir gehen – ob es ihr Wunsch ist oder nicht!« Meliadus warf seinen eigenen Umhang zurück und gab so ein Kurzschwert frei, das von seiner Seite hing.

»Geht mir aus dem Weg, Sir Bowgentle, oder ich verspreche Euch, daß Ihr nicht leben werdet, um ein Lied über *diese* Geschichte zu reimen.«

Bowgentle ließ sich nicht einschüchtern. Nach wie vor zeigte die Spitze seines Dolches auf die Brust des Barons.

Mit flinker Handbewegung zog der Granbretanier das Schwert aus der Scheide.

»Eure letzte Chance, Philosoph!« warnte er.

Yisselda stieß einen schrillen Schrei aus, der durch die ganze Burg zu dringen schien.

Wütend hob Meliadus das Schwert.

Bowgentle sprang vorwärts und stieß ungeschickt mit dem Dolch zu. Doch die Waffe prallte an dem dicken Lederwams des Barons ab. Meliadus lachte höhnisch und schlug zweimal auf Bowgentle ein. Ein Hieb traf dessen Kopf, der zweite seine Brust. Der Philosoph brach auf dem Steinboden zusammen.

Yisselda schrie erneut auf, doch diesmal aus Grauen und Mitleid für den väterlichen Freund. Baron Meliadus packte das sich heftig wehrende Mädchen am Arm und drehte ihn, daß sie wimmerte. Wie einen Sack warf er sie sich über die Schulter und begann die Wendeltreppe hinunterzusteigen.

Er mußte durch die große Halle, um zu seinen Gemächern zu kommen. Graf Brass stürmte gerade durch die entgegengesetzte Tür. Als er Meliadus kommen sah, blieb er stehen und versperrte sie. Er erwartete den anderen mit einem Breitschwert in den Händen.

»Vater!« rief Yisselda gellend. Der Granbretanier schleuderte sie von sich und zückte sein Kurzschwert.

»So hatte Bowgentle doch recht!« knurrte der Graf. »Ihr mißbraucht meine Gastfreundschaft, Baron.«

»Ich will Eure Tochter. Sie liebt mich.«

»So sieht es aus«, meinte der Graf ironisch. Er warf einen Seitenblick auf Yisselda, die schluchzend auf die Füße kam. »Verteidigt Euch, Baron.«

Baron Meliadus runzelte die Stirn. »Ihr habt ein Breitschwert, während meine Klinge kaum mehr als ein Tafelmesser ist. Abgesehen davon habe ich nicht das Bedürfnis, mit einem Mann Eures Alters zu kämpfen. Gewiß können wir uns friedlich . . .«

»Vater – er hat Bowgentle getötet!«

Graf Brass erbebte vor Grimm, als er das vernahm. Er schritt zur Wand und holte das größte und beste Schwert. Wortlos warf er es dem Baron zu. Meliadus ließ seine eigene Klinge fallen und ergriff das Schwert. Nun befand er in seinem dicken Lederwams sich im Vorteil, denn der Graf trug nur sein linnenes Nachtgewand. Graf Brass kam mit erhobenem Breitschwert auf ihn zu und holte aus. Doch der Baron parierte gewandt. Wie Männer, die einen gewaltigen Baum fällen wollen, schwangen sie ihre schweren Klingen. Das Schwertgeklirr ließ des Barons Diener und die Gefolgsleute herbeieilen. Letztere überlegten offenbar noch, ob sie eingreifen sollten, als bereits von Villach mit seinen Männern in die Halle stürmte. Die Granbretanier sahen, daß sie in der Minderzahl waren, und beschlossen abzuwarten.

Funken sprühten in der Dunkelheit der Halle, als die beiden Männer mit den Breitschwertern aufeinander einhieben. Jeder Schlag wurde mit meisterlichem Geschick pariert. Schweiß bedeckte beider Gesichter, und sie atmeten schwer, während sie kämpfend die Halle durchmaßen.

Baron Meliadus' Klinge streifte des Grafen Schulter, während Brass' Schwert am dicken Lederwams seines Gegners abglitt. Eine Reihe flinker Hiebe folgte, daß es schien, als müßten beide Männer in Stücke gehauen sein. Aber als sie je einen Schritt zurücktraten, um sich zu einem neuen Angriff bereitzumachen, hatte der Graf lediglich eine unbedeutende Schnittwunde auf der Stirn davongetragen, und sein Nachtgewand war aufgeschlitzt, während des Barons Wams in Fetzen von der Brust hing und auch ein Ärmel aufgerissen war.

Ihr Keuchen und das Scharren ihrer Füße mischte sich mit dem Klirren der Schwerter, die Schlag um Schlag aufeinanderprallten.

Da stolperte Graf Brass über ein niedriges Tischchen und stürzte auf den Rücken. Triumphierend grinste Baron Meliadus und hob seine Waffe. Der Graf rollte zur Seite und brachte mit einem Hieb gegen dessen Beine auch den Baron zu Fall.

Beide vergaßen für den Augenblick die Klingen und rangen auf dem Steinboden, die Zähne wütend gefletscht, während die Schwerter, die noch an Schlaufen an ihren Handgelenken hingen, gegen den Boden schlugen.

Baron Meliadus warf sich zurück und sprang flink auf, doch im gleichen Augenblick kam auch der Graf behende auf die Füße. Er schwang sein Schwert und schlug dem Gegner die Waffe aus der Hand, daß sie durch die ganze Halle schlitterte und in einer Holzsäule steckenblieb.

Graf Brass' Augen verrieten kein Mitleid, nur die Absicht, den Baron zu töten.

»Ihr habt meinen getreuesten und besten Freund ermordet«, knurrte er und hob sein Breitschwert. Baron Meliadus faltete die Hände über der Brust und wartete mit gesenktem Blick und – wie es schien – gelangweilter Miene auf den Todesstoß.

»Ihr habt Bowgentle getötet, und deshalb töte ich Euch!«

»Brass!«

Der Graf zögerte, das Schwert hoch über dem Kopf erhoben.

Es war Bowgentles Stimme. »Brass, ich lebe. Er traf mich nur mit der flachen Klinge, und die Wunde in meiner Brust ist nicht gefährlich.«

Bowgentle bahnte sich einen Weg durch die Dienerschaft, die Hand auf seiner Brustverletzung und mit einer Platzwunde auf der Stirn.

Graf Brass seufzte erleichtert. »Danke dem Schicksal dafür, Bowgentle. Aber trotzdem . . .« Er betrachtete finster den Baron. »Dieser Schurke wagte es, meine Gastfreundschaft zu mißbrauchen, meine Tochter zu beleidigen und meinen Freund zu verwunden . . .«

Baron Meliadus hob den Kopf und blickte dem Grafen in die Augen. »Verzeiht mir, Graf Brass. Die Schönheit Eurer Tochter raubte mir die Sinne. Ich beabsichtigte nicht, um mein Leben zu bitten, als Ihr mich bedrohtet, doch nun ersuche ich Euch zu verstehen, daß nur ehrliche menschliche Gefühle mich zu meiner Tat bewegten.«

Graf Brass schüttelte den Kopf. »Ich kann Euch nicht vergeben, Baron. Auch werde ich nicht länger Eure doppelzüngigen Worte anhören. Innerhalb einer Stunde müßt Ihr meine Burg und bis zum Morgen mein Land verlassen haben, oder ich kenne keine Gnade mehr.«

»Ihr würdet es wagen, den Zorn Granbretaniens auf Euch zu laden?«

Der Graf schüttelte den Kopf. »Es liegt mir fern, das Dunkle Imperium zu beleidigen. Wenn Euer König die Wahrheit über diesen Vorfall erfährt, wird er Euch für Eure Untat bestrafen und nicht gegen mich ziehen, weil ich der Gerechtigkeit Genüge tat. Ihr habt versagt, was Euren Auftrag betrifft, Baron. Ihr habt *meinen* Zorn auf *Euch* geladen, nicht ich den Granbretaniens auf mich.«

Vor Grimm kochend, jedoch ohne ein weiteres Wort verließ der Baron die Halle, um sich für die Reise bereitzumachen. Noch ehe eine halbe Stunde verstrichen war, rollte sein bizarres Gefährt durch das Burgtor. Er verabschiedete sich nicht.

Graf Brass, Yisselda, Bowgentle und von Villach standen im Burghof und blickten ihm nach.

»Du hattest recht, Bowgentle«, murmelte der Graf. »Yisselda und ich, wir beide ließen uns von diesem Menschen blenden. Kein Abgesandter Granbretaniens wird je noch meine Burg betreten.«

»Du siehst also nun ein, daß das Dunkle Imperium bekämpft werden muß?« erkundigte Bowgentle sich hoffnungsvoll.

»Das sagte ich nicht. Soll es tun, was ihm beliebt. Uns hier wird weder Granbretanien noch Baron Meliadus belästigen.«

»Du täuschst dich, mein Freund«, murmelte Bowgentle überzeugt.

Und während die schwarze Kutsche über die nächtlichen Straßen der Kamarg holperte, schwor Baron Meliadus einen Eid bei dem

Geheimnisvollsten und Heiligsten, das er kannte. Er schwor beim Runenstab, jenem verlorenen Relikt, das alle Geheimnisse der Vorsehung in sich barg, daß er Graf Brass, gleichgültig durch welches Mittel auch immer, in seine Hände bekommen, daß er Yisselda besitzen und die Kamarg zu einem Ruinenfeld machen würde, auf dem alle Bürger ihr Leben lassen müßten.

Dies schwor er beim Runenstab. Und dadurch war das Geschick von Baron Meliadus, Graf Brass, Yisselda und das des Dunklen Imperiums, und all jener, die jetzt und später in die Ereignisse auf der Burg eingriffen, unabänderlich entschieden.

Das Spiel stand fest, die Bühne war frei und der Vorhang hoch. Nun mußten die Spieler ihrer Bestimmung folgen.

ZWEITES BUCH

Jene, die beim Runenstab schwören, müssen die Folgen – ob nun in ihrem Sinne oder nicht – des rollenden Schicksalsrads tragen, das sie selbst in Bewegung setzten. Einige solche Eide wurden in der Geschichte des Runenstabs geleistet, doch keiner mit solch weitreichenden und schrecklichen Auswirkungen wie der Racheschwur des Barons Meliadus von Kroiden, ein Jahr, ehe Dorian Falkenmond von Köln zum erstenmal von sich reden machte.

– Die hohe Geschichte des Runenstabs

1. Dorian Falkenmond

Baron Meliadus kehrte nach Londra, der düsteren Hauptstadt des Dunklen Imperiums, zurück und brütete fast ein Jahr über seinem Plan, ehe dieser Form annahm. Doch auch andere Dinge beschäftigten ihn während jener Zeit. Aufstände mußten unterdrückt, Exempel an neu eroberten Städten statuiert, weitere Schlachten geplant und geschlagen und Marionettengouverneure eingesetzt werden.

Baron Meliadus widmete sich treulich und einfallsreich diesen Pflichten, aber selten vergaß er seine Leidenschaft für Yisselda und seinen Haß auf Graf Brass. Und obgleich er keinen Schimpf erdulden mußte, weil es ihm nicht gelungen war, den Grafen auf Granbretaniens Seite zu ziehen, fühlte er sich doch in seinem Stolz verletzt. Abgesehen davon stieß er ständig auf Probleme, zu deren Lösung der Graf ihm mit Leichtigkeit zu helfen vermocht hätte. Wann immer so ein Problem auftauchte, kamen dem Baron ein Dutzend verschiedener Rachepläne in den Sinn, aber keiner schien ihm vollkommen geeignet. Er mußte Yisselda haben, er brauchte die Hilfe des Grafen bei den Angelegenheiten, die Europa betrafen, und er mußte die Kamarg zerstören. Das waren unvereinbare Ziele.

In seinem hohen Obsidianturm am Fluß Tayme, auf dem Barken aus Bronze und Elfenbein ihre Fracht von der Küste in die Stadt brachten, schritt Baron Meliadus in seinem Studienzimmer auf und ab. Die Zeit hatte hier das Braun, Schwarz und Blau der Tapeten gebleicht, und auf den dicken, herbstfarbenen Teppichen lag und stand alles in wirrem Durcheinander, ein Planetarium aus wertvollen Metallen und Juwelen, Weltkugeln und Astrolabien aus getriebenem Eisen und Silber und Möbel aus dunklem, poliertem Holz.

Um ihn, an allen Wänden, auf jedem Regal und in jeder Ecke, waren seine Uhren. Sie waren perfekt synchronisiert und schlugen zur viertel, zur halben und zur vollen Stunde, viele von ihnen mit melodischem Klang. Alle hatten sie verschiedene Größen und Formen, Gehäuse aus Metall, Holz oder anderen, weniger bekannten

Substanzen. Manche trugen so ausgefallene Verzierungen, daß es praktisch unmöglich war, von ihnen die Zeit abzulesen. Sie stammten aus vielen Teilen Europas und aus dem Nahen Osten, Kriegsbeute aus besiegten Provinzen. Baron Meliadus liebte sie von allem, was er besaß, am meisten. Nicht nur sein Studierzimmer, sondern auch jeder andere Raum des Turmes war voller Uhren. Auf der Spitze des Turmes stand eine gewaltige Uhr mit vier Zifferblättern nach den Windrichtungen, aus Bronze, Onyx, Gold, Silber und Platin, und wenn die lebensgroßen Gestalten, in Form nackter Mädchen mit Hämmern, die großen Glocken schlugen, hallte ganz Londra davon wider. Die Uhren standen in ihrer Vielfalt denen Taragorms, des Herrn des Palastes der Zeit, in nichts nach. Meliadus verabscheute Taragorm, seinen Schwager, und neidete ihm die perverse und launische Zuneigung seiner seltsamen Schwester.

Schließlich blieb er an seinem Schreibtisch stehen und studierte ein Stück Pergament. Es enthielt den neuesten Bericht über die Provinz Köln, mit der er vor zwei Jahren ein Exempel statuiert hatte. Es schien nun fast, als sei er damals vielleicht doch ein wenig zu weit gegangen, denn der Sohn des Herzogs von Köln – Meliadus hatte dem Alten höchstpersönlich auf dem Stadtplatz von Köln den Bauch aufgeschlitzt – hatte eine Rebellenarmee aufgestellt und damit fast die gesamte granbretanische Besatzungsmacht aufgerieben. Wenn nicht sofort bewaffnete Ornithopter zur Unterstützung geschickt worden wären, dann hätte Köln sich wahrscheinlich, wenn auch nur vorübergehend, vom Dunklen Imperium zu lösen vermocht.

Aber die Ornithopter hatten die Streitmacht des jungen Herzogs vernichtet und ihn selbst gefangengenommen. Er würde bald in Granbretanien ankommen und sollte durch die Foltern, deren man ihn hier unterziehen würde, die Edelleute ergötzen. Auch in dieser Situation wäre Graf Brass' Rat von großem Wert gewesen. Denn ehe der Herzog von Köln offen rebellierte, hatte er freiwillig als Befehlshaber einer Söldnergruppe, die zum größten Teil zuvor seinem Vater gedient hatte, bei Nuremberg und Ulm für Granbretanien gekämpft und sich das Vertrauen des Dunklen Imperiums erworben. Mit seiner Truppe war er dann urplötzlich umgekehrt und nach Köln zurückmarschiert, wo er die Besatzungsmacht angriff.

Baron Meliadus blickte finster drein. Der junge Herzog hatte ein Beispiel gesetzt, dem möglicherweise andere folgen mochten. Bereits jetzt wurde er in allen deutschen Provinzen als Held angesehen. Nur wenige wagten es, sich gegen das Dunkle Imperium aufzulehnen wie er.

Hätte Graf Brass seinem Vorschlag nur zugestimmt...

Mit einemmal begann Baron Meliadus zu lächeln. Unerwartet war ihm ein Plan in den Sinn gekommen. Vielleicht ließe der junge Herzog sich für etwas Brauchbareres als nur zur Unterhaltung der Edelleute verwenden!

Er legte das Pergament zurück und zog an einer Glockenschnur. Eine Sklavin, deren Nacktheit nur mit Rouge bedeckt war, betrat das Turmgemach und fiel vor ihm auf die Knie. (Baron Meliadus duldete nur Sklavinnen in seinem Haushalt, da er Sklaven und sonstigem männlichen Gesinde nicht traute.)

»Lauf zum Hauptmann der Gefängniskatakomben«, trug er dem Mädchen auf. »Sag ihm, Baron Meliadus beabsichtigt den Gefangenen Dorian Falkenmond von Köln zu verhören, sobald er in Londra ankommt.«

»Ja, Meister.« Das Mädchen erhob sich und verließ rückwärts den Raum. Baron Meliadus starrte aus seinem Fenster auf den Fluß, und ein leichtes Lächeln spielte auf seinen vollen Lippen.

Wie es nach Ansicht der Granbretanier seinem Rang zukam, hatte man Dorian Falkenmond in vergüldete Eisenketten gelegt. Nun stolperte er das Fallreep von der Barke zum Kai hinunter, blinzelte ins Abendlicht und starrte auf die riesigen, bedrohlich wirkenden Türme Londras. Er hatte noch nie Zweifel am angeborenen Wahnsinn der Bewohner der Dunklen Insel, doch nun meinte er, sogar den handfesten Beweis vor sich zu haben. Die Architektur selbst wirkte unnatürlich, jede Farbwahl, jede Verzierung. Jedoch strahlte alles auch Kraft aus, Zweck und Intelligenz. Kein Wunder, dachte er, daß es so schwer war, die Psychologie der Leute des Dunklen Imperiums zu ergründen, wenn soviel davon so paradox war.

Eine Wache in Totenkopfmaske, als Zeichen ihres Ordens, gab ihm einen leichten Stoß, und der junge Herzog begann zu taumeln, denn seit fast einer Woche hatte er nichts mehr gegessen. Seine

Gedanken waren umnebelt, verworren, er war kaum mehr Herr seiner Sinne. Seit seiner Gefangennahme in der Schlacht von Köln hatte niemand mit ihm gesprochen. Die meiste Zeit hatte er im dunklen Laderaum des Schiffes gelegen. Hin und wieder hatte er vom schmutzigen Wasser getrunken, das man in einem Trog neben ihn gestellt hatte. Er war unrasiert, seine Augen stierten blicklos, sein langes Haar war verfilzt und das aufgerissene Kettenhemd und die Beinkleider waren dick mit Schmutz bedeckt. Die Ketten hatten ihm die Haut aufgescheuert, so daß sich auf seinem Hals und den Armgelenken rohes Fleisch zeigte. Aber er spürte keinen Schmerz. Er spürte kaum etwas. Er bewegte sich wie ein Schlafwandler und sah alles wie im Traum.

Nach zwei Schritten auf dem Kai stolperte er und fiel auf ein Knie. Die Wachen, es waren nun zwei, zogen ihn hoch und stützten ihn auf seinem Weg auf eine schwarze Wand zu, die über dem Kai hochragte. Dort befand sich eine kleine massive Türe, neben der zu beiden Seiten je ein Soldat in rotgefärbter Schweinsmaske stand. Der Orden des Schweins wachte über die Gefängnisse Londras. Die Wachen wechselten einige gebrummte Worte in der geheimen Sprache ihres Ordens, einer lachte, packte Dorians Arm und schob ihn durch die Tür.

Es war dunkel hier. Die Tür schloß sich hinter Falkenmond, und für ein paar Atemzüge war er allein. Dann sah er in dem dämmrigen Licht, das von der Türe kam, eine Maske; eine Schweinsmaske, aber eine kunstvoller gearbeitete als die der Wachen draußen. Eine weitere solche Maske tauchte auf, und noch eine. Falkenmond wurde ergriffen und durch faul stinkende Finsternis durch die Gefängniskatakomben des Dunklen Imperiums geführt. Er wußte, ohne daß es ihn wirklich kümmerte, daß sein Leben zu Ende war.

Schließlich hörte er, wie eine weitere Tür sich öffnete. Auf dem Steinboden und den Wänden klebte ein schleimiger, fauler Film. Falkenmond lehnte gegen die Wand und glitt langsam zu Boden. Ob er in Ohnmacht fiel oder in den Schlaf, wußte er nicht, aber seine Augen schlossen sich, und Vergessen umgab ihn.

Vor einer Woche noch war er der Held von Köln gewesen, der Kämpfer gegen die Aggressoren, ein Mann von Würde und von scharfem Verstand, ein erfahrener Krieger. Nun hatten die Männer

Granbretaniens ihn zum Tier gemacht – ein Tier, das kaum mehr den Willen zum Leben besaß. Ein geringerer hätte sich, genährt von Haß, an sein Menschsein geklammert und auf Entkommen gesonnen; aber Falkenmond, der alles verloren hatte, wollte nichts mehr.

Vielleicht würde er aus dieser Benommenheit erwachen. Er wäre dann ein anderer Mann als der, der mit so unverschämtem Mut in der Schlacht von Köln gekämpft hatte.

2. Die Abmachung

Als Falkenmond müde die Lider hob, sah er Fackellicht sich auf glänzenden Tiermasken widerspiegeln. Eine höhnische Schweinsfratze und ein zähnefletschendes Wolfsgesicht, weiße Brillant- und blaue Saphiraugen starrten auf ihn herab. Als der Wolf sich über ihn beugte und die Fackel dicht an sein Gesicht hielt, schloß er die Lider, aber er machte keine Anstrengung, der sengenden Hitze auszuweichen.

Der Wolf richtete sich auf und wandte sich an das Schwein. »Sinnlos, jetzt mit ihm sprechen zu wollen. Gebt ihm zu essen, wascht ihn, seht zu, daß Ihr ihn wieder einigermaßen zur Besinnung bringt.«

Als Falkenmond wieder erwachte, trug man ihn gerade durch fackelerhellte Korridore. Man trug ihn in einen Raum, in dem Lampen brannten. Dort stand ein Bett, auf dem feine Fell- und Seidendecken lagen, auf einem geschnitzten Tisch war eine Mahlzeit angerichtet, und neben einem großen Trog aus orange schimmerndem Metall, der mit dampfendem Wasser gefüllt war, standen zwei Sklavinnen bereit.

Man nahm ihm die Ketten ab und dann die Kleider, dann hob man ihn erneut hoch und ließ ihn in das dampfende Wasser gleiten. Die Seife biß in seine Wunden, als die Mädchen ihn wuschen. Ein Mann betrat den Raum und begann, ihn zu rasieren, ihm die Haare zu kämmen und zu stutzen.

Falkenmond ließ alles ohne Interesse über sich ergehen. Erst als er in kostbaren Beinkleidern aus Samt und in einem seidenen

Wams steckte, begann ein vages Gefühl von Wohlbehagen sich in ihm zu regen. Aber als sie ihn an die reichgedeckte Tafel setzten, fing sein leerer Magen an zu rebellieren. So flößten sie ihm nur ein wenig Milch mit einem Schlafmittel ein und legten ihn auf das weiche Bett.

Tage vergingen, und allmählich begann Falkenmond zu essen und des ihn umgebenden Luxus gewahr zu werden. Es gab wertvolle Bücher in seinem Gemach, und die beiden Sklavinnen warteten nur auf seine Aufforderung, aber er hatte noch kein Bedürfnis, sich um sie oder die Bücher zu kümmern.

Falkenmonds Geist, der kurz nach seiner Gefangennahme vor sich hin zu dämmern begonnen hatte, brauchte lange, ehe er wieder erwachte. Und als er es schließlich tat, erinnerte er sich seines vergangenen Lebens, als sei es nur ein Traum gewesen.

Eines Tages öffnete er ein Buch, aber die Schrift schien ihm fremd, obgleich er sie zu lesen vermochte. Nur sah er keinen Sinn in den Worten, in den Sätzen, die sie formten, obwohl das Werk einst von Falkenmonds bevorzugten Philosophen geschrieben war. Er zuckte die Schultern und ließ das Buch achtlos fallen.

Eine der Sklavinnen, die ihm zugesehen hatte, schmiegte sich an ihn und streichelte seine Wange. Gleichgültig schob er sie zur Seite und legte sich, die Hände im Nacken verschränkt, auf sein Bett.

Schließlich fragte er: »Weshalb bin ich hier?«

Es waren die ersten Worte seit langem.

»Oh, mein Lord Herzog, ich weiß es nicht – nur, daß Ihr ein bevorzugter Gefangener seid.«

»Ich nehme an, eine Laune, ehe die Lords von Granbretanien sich ihren Spaß mit mir machen.« Seine Stimme war ausdruckslos, aber tief. Selbst die eigenen Worte schienen ihm seltsam, als er sie sprach. Er blickte mit seinem in sich gekehrten Blick auf das Mädchen, und sie begann zu zittern. Sie hatte langes blondes Haar und war wohlgewachsen. Ihrer Aussprache nach eine Skandierin.

»Ich weiß nichts, mein Lord, nur daß ich Euch erfreuen muß, wie immer es auch Euer Begehr ist.«

Falkenmond nickte und sah sich im Gemach um. »Sie bereiten mich für eine Folter oder irgendeines ihrer grausamen Spiele vor, deucht mich«, murmelte er.

Der Raum hatte keine Fenster, aber nach dem Geruch der Luft zu schließen, nahm er an, daß sie sich irgendwo unter der Erde befanden, vermutlich in den Gefängniskatakomben. Er maß die Zeit nach den Lampen, die einmal täglich nachgefüllt wurden. Vierzehn Tage vergingen, ehe er den Wolf wiedersah, der ihn in seinem Verlies besucht hatte.

Die Tür öffnete sich, und herein trat die stattliche Gestalt, von Kopf bis Fuß in schwarzes Leder gekleidet. Das lange Schwert mit einem schwarzen Griff steckte in einer schwarzen Hülle. Die schwarze Wolfsmaske bedeckte den Kopf zur Gänze. Die klangvolle Stimme, die er das erste Mal nur vage gehört hatte, drang aus der Maske.

»Nun, unser Gefangener scheint sich körperlich und geistig gut erholt zu haben.«

Die beiden Sklavinnen verbeugten sich tief und verließen das Gemach. Falkenmond erhob sich von dem Bett, auf dem er die meiste Zeit seit seiner Ankunft hier zugebracht hatte, und schwang sich auf die Beine.

»Gut. Recht beweglich, Herzog von Köln.«

»Nun.« Falkenmond gähnte unbewußt, beschloß, daß es eigentlich zum Stehen keinen Grund gab, und legte sich wieder auf das Bett.

»Ich nehme an, Ihr wißt, wer ich bin?« fragte der Wolf ein wenig pikiert.

»Nein«, erwiderte Falkenmond gleichgültig.

»Ihr erratet es nicht?«

Falkenmond bemühte sich nicht um eine Antwort.

Der Wolf durchschritt den Raum und blieb vor einem Tisch stehen, auf dem eine riesige Kristallschale mit Früchten stand. Mit einer behandschuhten Hand griff er nach einem Granatapfel, und die Wolfsmaske beugte sich vor, als untersuchte sie die Frucht. »Seid Ihr sicher, daß Ihr Euch völlig erholt habt?«

»Es scheint mir so«, antwortete der Herzog. »Ich verspüre ein großes Wohlbehagen. Es ist für alle meine Bedürfnisse gesorgt, wie Ihr es wohl befahlt. Und nun nehme ich an, soll ich Euch zu einem Eurer Spiele dienen?«

»Es berührt Euch jedoch offensichtlich nicht.«

Falkenmond zuckte die Schultern. »Auch das wird schließlich enden.«

»Es könnte ein Leben lang dauern. Wir Granbretanier sind erfinderisch.«

»Ein Leben ist nicht sehr lang.«

Der Wolf spielte mit den Früchten auf dem Tisch. »Wir überlegen, ob wir Euch nicht vielleicht diese Unbequemlichkeit ersparen sollten.«

Falkenmonds Gesicht blieb ausdruckslos.

»Ihr seid sehr beherrscht, mein Lord Herzog«, fuhr der Wolf fort. »Sehr eigenartig, da Ihr Euer Leben doch nur einer Laune Eurer Feinde verdankt – jener gleichen Feinde, die Euren Vater auf so erniedrigende Weise töteten.«

Falkenmonds Brauen zogen sich überlegend zusammen. »Ich erinnere mich«, sagte er vage. »Mein Vater. Der alte Herzog.«

Der Wolf warf den Apfel in seinen Händen auf den Boden und hob die Maske. Sie gab das gutaussehende, schwarzbärtige Gesicht frei.

»Ich war es. Ich, Baron Meliadus von Kroiden, der ihm das Leben nahm!« Ein lauerndes Lächeln spielte um seine vollen Lippen.

»Baron Meliadus ...? Ah – der ihm das Leben nahm?«

»Wo ist Euer Stolz geblieben, Lord?« keuchte der Baron. »Oder versucht Ihr uns zu täuschen, in der Hoffnung, uns noch einmal in den Rücken fallen zu können?«

Falkenmond verzog das Gesicht. »Ich bin müde«, erklärte er.

Baron Meliadus blickte ihn verwirrt und mit einer Spur von Ärger an. »Ich habe Euren Vater getötet!«

»Das sagtet Ihr bereits.«

Aus der Fassung gebracht, drehte der Baron sich um und schritt auf die Tür zu. Doch kurz davor wirbelte er herum. »Ich kam nicht hierher, um mit Euch darüber zu sprechen. Es scheint mir jedoch sehr merkwürdig, daß Ihr so tut, als empfändet Ihr keinen Haß auf mich und hegtet keine Rachegelüste.«

Falkenmond langweilte das viele Gerede. Er wollte, Meliadus würde ihn in Ruhe lassen. Seine angespannte Haltung, sein halb hysterischer Gesichtsausdruck störten ihn, ähnlich wie das Summen einer Mücke einen Menschen stört, der schlafen möchte.

»Ich empfinde nichts«, erwiderte Falkenmond und hoffte, der Eindringling wäre nun endlich zufrieden.

»Habt Ihr denn Euer Rückgrat verloren?« rief Meliadus ergrimmt. »Die Gefangenschaft hat Euren Willen zerstört!«

»Vielleicht. Ich bin müde. Laßt mich allein . . .«

»Ich kam mit dem Angebot, Euch Euer Land zurückzugeben«, fuhr Meliadus schnell fort. »Einen autonomen Staat innerhalb unseres Imperiums. Das ist mehr, als wir je einem eroberten Land zusagten.«

Eine winzige Spur von Neugier regte sich nun in Falkenmond. »Weshalb solltet Ihr das tun?«

»Wir wollen eine Abmachung mit Euch treffen – die sowohl Euch als auch uns zum Vorteil gereicht. Wir brauchen einen Mann, der listig und im Kriegshandwerk erfahren ist wie Ihr.« Baron Meliadus runzelte zweifelnd die Stirn. »Zumindest wie Ihr einst wart«, fügte er hinzu. »Und es muß jemand sein, dem jene vertrauen, die Granbretanien mit Argwohn betrachten.« Meliadus hatte nicht vorgehabt, den Handel auf diese Weise vorzutragen, doch Falkenmonds merkwürdige Gefühlsleere hatte ihn aus dem Konzept gebracht.

»Wir möchten, daß Ihr uns einen kleinen Dienst erweist – dafür erhaltet Ihr Euer Land zurück.«

»Es wäre schön, heimzukehren.« Falkenmond nickte. »Die grünen Wiesen meiner Kindheit.« Er lächelte in Erinnerung daran.

»Was Ihr tut, wenn Ihr wieder zu Hause seid«, schnappte der Baron aufgebracht über die vermeintliche Sentimentalität des anderen, »ob Ihr Blumenkränze flechtet oder Burgen baut, ist uns gleichgültig. Doch werdet Ihr Eure Heimat nur dann wiedersehen, wenn Ihr unseren Auftrag getreulich ausgeführt habt.«

Falkenmonds abwesender Blick ruhte auf Meliadus. »Ihr denkt, ich habe meinen Verstand verloren, mein Lord Baron?«

»Ich bin mir nicht so sicher. Doch haben wir Mittel und Wege, das festzustellen. Unsere Magier-Wissenschaftler werden Euch bestimmten Tests unterziehen . . .«

»Mein Geist ist gesund, Baron Meliadus. Gesünder vielleicht als je zuvor. Ihr habt nichts von mir zu befürchten.«

Baron Meliadus hob den Blick zur Decke. »Beim Runenstab, was soll ich hiermit anfangen!« Er öffnete die Tür. »Wir werden alles über Euch herausfinden, Herzog von Köln. Ich lasse heute nachmittag nach Euch schicken.«

Nachdem Baron Meliadus gegangen war, blieb Falkenmond auf dem Bett liegen. Er dachte nicht über das Gespräch nach, und er erinnerte sich nur vage daran, als drei Stunden später Wachen mit Schweinsmasken kamen, um ihn abzuholen.

Die Wachen führten ihn durch viele Gänge, die beständig aufwärts führten, bis sie eine große Eisentür erreichten. Einer der Wächter stieß mit dem Griff seiner Flammenlanze dagegen, und die Tür öffnete sich knarrend und ließ frische Luft und Tageslicht ein. Hinter der Tür wartete eine Abteilung Wachen in purpurner Rüstung und Umhängen von derselben Farbe; die purpurnen Masken vom Orden des Stiers bedeckten ihre Gesichter. Falkenmond wurde an sie übergeben, er sah sich um und erblickte einen Hof, der, abgesehen von einem schmalen, mit Kies bedeckten Fußpfad, mit feinem Rasen begrünt war. Eine hohe Mauer mit einem schmalen Tor umgab den Hof, auf ihr schritten Wachen mit Schweinsmasken auf und ab. Hinter der Mauer erhoben sich die düsteren Türme der Stadt.

Falkenmond wurde den Pfad entlang und durch das schmale Tor in eine enge Gasse geführt, wo ein Gefährt aus vergoldetem Ebenholz in der Form eines zweiköpfigen Pferdes auf ihn wartete. Begleitet von zwei schweigenden Wachen stieg er ein. Das Fahrzeug setzte sich in Bewegung. Durch einen Spalt zwischen den Vorhängen sah Falkenmond die Türme, an denen sie vorbeifuhren. Es war Sonnenuntergang, und ein gespenstisches Licht durchflutete die Stadt.

Schließlich hielt die Kutsche an. Falkenmond ließ sich gleichgültig hinausführen und sah sofort, daß sie am Palast des Herrschers Huon angekommen waren.

Der Palast war stufenförmig erbaut und so hoch, daß man seine Spitze fast nicht mehr sehen konnte. Vier gewaltige Türme umgaben ihn, und diese Türme glühten in einem tiefgoldenen Licht. Basreliefs, die seltsame Riten darstellten, Schlachtszenen und bekannte Begebenheiten aus der Geschichte Granbretaniens zierten das Gebäude ebenso wie Wasserspeier, Figuren und abstrakte Gebilde – an dem gesamten grotesken und fantastischen Werk war Jahrhunderte lang gebaut worden. Jede Art von Baumaterial hatte man verwendet, und alles war bemalt, so daß das Bauwerk in allen erdenklichen Farben schillerte. Die Farben waren nicht nach einer bestimmten Methode aneinandergereiht; auch hatte man sich nicht die Mühe gemacht, sie miteinander abzustimmen oder Kontraste zu erzielen. Eine Farbe floß in die nächste, sie forderten das Auge und beleidigten den Verstand. Die Intensität des Irrsinns, die dieser Palast ausstrahlte, übertraf den Rest der Stadt.

An den Toren warteten erneut Wachen auf Falkenmond. Sie trugen Rüstungen und Masken des Ordens der Gottesanbeterin, dem König Huon selbst angehörte. Ihre kunstvollen Insektenmasken waren mit Juwelen bedeckt, die Fühler bestanden aus Platindraht, und viele schillernde Edelsteine stellten die Facettenaugen dar. Die Männer hatten lange, dünne Beine und Arme, und ihre schlanken Körper steckten in Rüstungen aus schwarzen, goldenen und grünen Metallen, die Insektenleibern nachempfunden waren. Wenn sie sich in ihrer geheimen Sprache unterhielten, klang es wie das Schaben und Klicken von Insekten.

Schließlich betraten sie eine riesige hohe Halle, deren dunkle Wände wie Marmor mit weißen, grünen und rosa Adern durchzogen waren. Aber diese Adern bewegten sich fortwährend; sie flackerten und änderten Form, Länge und Breite von Wand und Decke.

Auf dem Boden der Halle, der gewiß eine Viertelmeile lang und ebenso breit war, standen in bestimmten Abständen Geräte, die Falkenmond für Maschinen hielt, deren Funktion er aber nicht kannte. Wie alles, was er in Londra bisher gesehen hatte, waren sie reich verziert und bestanden aus wertvollen Metallen und Halbedelsteinen. In sie waren Instrumente eingelassen, die Falkenmond ebenfalls unbekannt waren; sie registrierten, zählten und maßen, bedient von Männern in Schlangenmasken vom Orden der Schlange – dem Orden, dem nur Zauberer und Wissenschaftler im Dienst des Reichskönigs angehörten. Die Männer trugen melierte Umhänge und hatten die Kapuzen tief ins Gesicht gezogen.

Auf dem Hauptgang kam eine Gestalt auf Falkenmond zu und entließ mit einer Handbewegung die Wachen.

Falkenmond schloß aus der reich verzierten Schlangenmaske, daß dieser Mann im Schlangenorden einen hohen Rang einnehmen mußte, vielleicht war er sogar der Grandkonnetabel selbst.

»Lord Herzog, seid gegrüßt.«

Falkenmond erwiderte die Verbeugung mit einer leichten Verbeugung seinerseits; viele Gewohnheiten aus seinem früheren Leben waren ihm noch geblieben.

»Ich bin Baron Vitall, der oberste Wissenschaftler unseres erhabenen Reichskönigs. Wie ich hörte, seid Ihr für einen oder mehrere Tage mein Gast. Willkommen in meinem Heim und meinen Laboratorien.«

»Ich danke Euch. Was erwartet Ihr von mir?«

»Als erstes möchte ich gerne, daß Ihr mit mir speist.«

Der Baron ließ ihm höflich den Vortritt, bis sie zu einer Tür kamen, die offensichtlich zu den Privatgemächern des Wissenschaftlers führte. Ein Tisch war bereits gedeckt, und der Baron bedeutete Falkenmond, es sich schmecken zu lassen. Es war ein einfaches Mahl, verglichen mit dem, was Falkenmond während der letzten vierzehn Tage zu sich genommen hatte, aber alles war gut zubereitet und wohlschmeckend. Als sie ihr Mahl beendet hatten, schenkte Kalan, der zum Essen seine Maske abgenommen und ein blasses Gesicht mit dünnem, weißem Haar und weißem Bart enthüllt hatte, Wein für sie beide ein.

Falkenmond nippte daran. Er schien ihm vorzüglich.

»Meine eigene Erfindung, dieser Wein«, erklärte Kalan lächelnd.

»Ich trank nie ähnlichen«, gestand Falkenmond. »Welche Rebsorte . . .«

»Keine Reben, sondern Korn. Selbst ein etwas anderer Herstellungsprozeß.«

»Er ist stark.«

»Stärker als andere Weine.« Er sah Falkenmond nachdenklich an. »Ihr wißt vielleicht bereits, daß ich beauftragt wurde, Euch auf Euren Geisteszustand und Eure Gemütsverfassung zu untersuchen und festzustellen, ob Ihr in der Lage seid, Seiner Majestät, dem Reichskönig Huon, zu dienen.«

»Ja. Baron Meliadus erwähnte es, denke ich.« Falkenmond lächelte vage. »Auch mich interessiert Ihr Urteil.«

»Hmmm . . .« Baron Kalan musterte Falkenmond. »Nun verstehe ich meinen Auftrag. Ich muß sagen, Ihr *scheint* völlig normal zu sein.«

»Danke.« Unter der Wirkung des starken Weins kam eine Spur von Falkenmonds früherem Sarkasmus zurück.

Kalan rieb sich das Gesicht und hüstelte, ein trockenes, kaum vernehmbares Räuspern. Seit er die Maske abgenommen hatte, wirkte er etwas nervös. Falkenmond hatte bereits bemerkt, daß die Granbretanier es vorzogen, ihre Masken aufzubehalten.

Kalan leerte sein Glas und stülpte sich erleichtert seine kostbare Schlangenmaske über. Sofort verstummte das Hüsteln, und der Baron entspannte sich sichtlich. Obgleich Falkenmond gehört hatte, daß es von Unhöflichkeit zeugte, die Maske in Anwesenheit eines hochgestellten Gastes zu tragen, ließ er sich nichts anmerken.

»Ah, Lord Herzog«, seufzte Kalan. »Wer vermag zu beurteilen, was normal ist und was nicht? Es gibt viele, die uns Granbretanier für geistesgestört halten.«

»Ist das möglich?«

»In der Tat. So manche, die nur bis zu ihrer Nasenspitze zu sehen vermögen, sind nicht von der Notwendigkeit unserer Kreuzzüge überzeugt. Sie halten *uns* für wahnsinnig. Hah, hah!« Baron Kalan erhob sich. »Wenn Ihr nun die Güte habt, mich zu begleiten, können wir mit den Untersuchungen beginnen.«

Wieder durchquerten sie den riesigen Raum mit den Maschinen und betraten einen, der kaum merklich kleiner war. Seine Wände waren dunkel wie die des anderen, aber sie pulsierten in einem ständigen Wechsel von Violett bis Schwarz. Nur eine einzige Maschine befand sich in diesem Raum, ein gewaltiges Ding aus glänzendem, blauem und rotem Metall, über dem von einem Gerüst eine Art Glocke hing, die offenbar Teil der Maschine war. Auf einer Seite davon stand eine Konsole mit Knöpfen und Hebeln, welche von einem Dutzend Männern in der Uniform des Schlangenordens bedient wurden, deren Metallmasken das pulsierende Licht der Wände widerspiegelten.

»Dies ist die Maschine, mit der wir Euch auf Euren Geisteszustand untersuchen werden«, erklärte Kalan stolz.

»Sie ist sehr groß«, murmelte Falkenmond und schritt darauf zu.

»Eine unserer größten. Ihre Funktion ist sehr vielseitig. Sie ist das Resultat unserer wissenschaftlichen Magie, Lord Herzog, die nicht mit den unzuverlässigen Zauberformeln und sonstigem mystischen Firlefanz zu vergleichen ist, wie er auf dem Kontinent gehandhabt wird. Unsere Wissenschaft ist es, die uns über die anderen Nationen erhebt.«

Als die Wirkung des Weines nachließ, wurde Falkenmond wieder, wie er in den Gefängniskatakomben gewesen war. Er war gleichgültig und bewegte sich wie im Traum. Als man die Glocke über ihn herabsenkte, verspürte er weder Interesse noch Angst.

Die Glocke bedeckte ihn schließlich ganz, und ihre fleischigen Innenwände umschlossen seinen Körper. Der alte Dorian Falkenmond, der die Schlacht zu Köln geschlagen hatte, hätte sich vor dieser obszönen Umarmung geekelt, aber dieser neue Falkenmond empfand nur eine vage Ungeduld und ein schwaches Unbehagen. Sein Gehirn schien zu krabbeln, als stächen dünne Nadeln in seinen Schädel und suchten dort herum wie Spürhunde.

Wahnvorstellungen drängten sich ihm auf. Er sah grellfarbige Ozeane, verzerrte Gesichter, Bauwerke und Pflanzen von unnatürlichen Formen. Jahrelang regnete es Edelsteine. Dann bliesen schwarze Winde um seine Augen, die als verschwindende Nebelstreifen Gewässern Platz machten, welche gleichzeitig steifgefroren und in ständiger Bewegung waren. Tiere von unvorstellbarer Sanftmut und edlem Körperbau lösten sie ab, gefolgt von mütterlich liebreizenden Frauen. Und zwischendurch drängten sich ihm Bilder seiner Erinnerungen auf, angefangen von seiner Kindheit bis zu dem Augenblick, da die Glocke sich über ihn senkte. Stück für Stück bauten sich seine Erinnerungen auf, bis schließlich sein ganzes Leben abgerufen war und sich ihm präsentiert hatte. Aber immer noch empfand er keine Gefühle, nur die Erinnerung an jene, die mit den Bildern der Vergangenheit an ihm vorüberhuschten.

Als die Glockenwand ihn schließlich wieder freigab und die Glocke sich hob, blieb Falkenmond gleichgültig stehen, und es schien ihm, als wäre er ein uninteressierter Zeuge der Erlebnisse eines Fremden gewesen.

Kalan faßte ihn am Arm und führte ihn von der Maschine weg. »Diese erste Untersuchung ergab, daß Ihr geistig mehr als völlig gesund seid, Lord Herzog – wenn ich die Instrumente richtig abgelesen habe. Die Maschine wird in wenigen Stunden einen ausführlichen Bericht auswerfen. Doch nun müßt Ihr Euch ausruhen. Wir werden morgen früh mit unseren Untersuchungen fortfahren.«

Am nächsten Morgen wurde Falkenmond wieder der Umarmung der Maschine ausgesetzt, doch diesmal lag er ausgestreckt auf seinem Rücken in ihrem Innern und blickte hoch.Ein Bild nach dem anderen erschien vor seinen Augen, und das erste Bild, das ihm jeweils dazu einfiel, wurde auf eine Leinwand projiziert. Falkenmond verzog während dieser Prozedur kaum eine Miene. Einige Halluzinationen drängten sich ihm auf, in denen er sich äußerst gefährlichen Situationen gegenüber sah – ein Seeungeheuer griff ihn an, eine Lawine, drei Schwertkämpfer, einmal mußte er von einem dreistöckigen Gebäude springen oder aber verbrennen –, stets rettete er sich mit Geschick, obwohl seine Reflexe rein mechanisch waren und keine Furcht ihn beflügelte. Viele weitere solcher Tests wurden durchgeführt, aber selbst wenn die Maschine ihn zum Lachen, Weinen, Hassen, Lieben und so weiter veranlaßte, war seine Reaktion rein psychisch.

Endlich entließ die Glocke ihn, und er stand Baron Kalan gegenüber.

»Es sieht so aus, als wäret Ihr auf seltsame Weise geistig zu gesund, mein Lord Herzog«, murmelte der Baron. »Paradox, nicht wahr? Tja, zu gesund. Es ist, als fehle ein Teil Eures Gehirns oder habe sich vom Rest abgekapselt. Doch wie dem auch sei, ich kann Baron Meliadus nur melden, daß Ihr für seinen Zweck wie geschaffen seid, solange bestimmte Vorsichtsmaßnahmen getroffen werden.«

»Welcher Zweck ist das?« fragte Falkenmond ohne wirkliches Interesse.

»Es obliegt ihm, Euch das zu sagen.«

Kurz danach verabschiedete Baron Kalan sich von Falkenmond, der von zwei Wachen vom Orden der Gottesanbeterin durch ein Labyrinth von Gängen geführt wurde. Schließlich standen sie vor einer Tür aus poliertem Silber, die sich zu einem karg möblierten Raum öffnete. Spiegel bedeckten Wände, Boden und Decke; einzig am anderen Ende gab ein großes Fenster, durch das man auf einen Balkon gelangte, den Blick auf die Stadt frei. Nahe dem Fenster stand eine Gestalt mit schwarzer Wolfsmaske, die nur Baron Meliadus sein konnte.

Baron Meliadus wandte sich den Ankömmlingen zu und schickte mit einer Handbewegung die Wachen fort. Dann zog er an einer Kordel, und Wandteppiche entfalteten sich vor den Spiegeln. Falkenmond konnte sein Spiegelbild jedoch noch immer an der Decke oder auf dem Boden erkennen. Er blickte aber durch das Fenster.

Ein dicker Nebel bedeckte die Stadt, grünschwarze Schwaden

umhüllten die Türme und verbargen den Fluß. Es war Abend. Die Sonne war nahezu völlig untergegangen, und die Türme glichen seltsamen unwirklichen Felsformationen, die aus einem Urmeer ragten. Hätte sich ein großes Reptil erhoben und ein Auge gegen das nebelnasse Fenster gepreßt, wäre Falkenmond gewiß nicht verwundert gewesen.

Ohne die Spiegel wirkte der Raum noch trister; denn es gab keine künstliche Lichtquelle. Der Baron, der sich gegen das Fenster abhob, summte vor sich hin und beachtete Falkenmond nicht.

Von irgendwo aus den Tiefen der Stadt hallte ein schwacher, verzerrter Schrei durch den Nebel und erstarb. Baron Meliadus nahm seine Wolfsmaske ab und besah sich Falkenmond, den er jetzt kaum mehr erkennen konnte. »Kommt näher ans Fenster, mein Lord«, forderte er ihn auf. Falkenmond ging auf ihn zu und rutschte ein oder zweimal auf den kleinen Teppichen aus, die den Spiegelboden teilweise bedeckten.

Baron Meliadus räusperte sich. »Ich habe mir Baron Kalans Bericht angehört. Ihr seid ihm ein Rätsel. Es ist, sagt er, als wäre ein Teil von Euch gestorben. Ich frage mich woran. An Demütigung? Oder starb es aus Gram? Aus Furcht? Ich hatte nicht mit solchen Komplikationen gerechnet. Ich dachte, mit Euch einen simplen Handel abzuschließen – Euch etwas zu geben, das Ihr Euch ersehnt, für einen Dienst, den Ihr mir erweist. Ich bin immer noch daran interessiert. Seid auch Ihr es, mein Lord Herzog?«

»Woran dachtet Ihr?« Falkenmond blickte an Baron Meliadus vorbei durchs Fenster auf den immer dunkler werdenden Himmel.

»Ihr habt sicher von Graf Brass, dem alten Helden, gehört?«

»Ja.«

»Er ist jetzt Lordhüter der Provinz Kamarg. Er weigert sich, unserem erhabenen Reichskönig zu Willen zu sein, und beleidigt Granbretanien. Wir gedenken, ihn zur Besinnung zu bringen. Das läßt sich am besten dadurch bewerkstelligen, daß wir seine Tochter, die ihm lieb und teuer ist, entführen und als Geisel hierherbringen. Das ist jedoch nicht so einfach, denn der Graf würde keinem unserer Abgesandten und auch keinem ihm Unbekannten trauen. Sicher hat er jedoch von Eurer Rebellion und der Schlacht zu Köln gehört und sympathisiert zweifellos mit Euch. Bätet Ihr ihn in der Kamarg um Asyl, er würde Euch bestimmt willkommen heißen.

Seid Ihr erst in seiner Burg, dürfte es einem Mann von Eurem Einfallsreichtum nicht schwerfallen, den richtigen Augenblick zu nutzen und das Mädchen zu entführen. Außerhalb der Grenzen der Kamarg könnt Ihr mit unserer vollsten Unterstützung rechnen. Die Kamarg ist nur ein kleines Land, und Ihr werdet sicher keine Schwierigkeiten haben zu entkommen.«

»Das wollt Ihr also von mir?«

»So ist es. Als Dank erhaltet Ihr Euer eigenes Land zurück, das Ihr nach Eurem Gutdünken regieren mögt, solange Ihr Euch weder in Wort noch Tat gegen das Dunkle Imperium auflehnt.«

»Meine Leute leben in bitterer Not unter Granbretanien«, murmelte Falkenmond plötzlich überlegend. Er sprach ohne Gefühl, nur mit dem Verstand. »Es wäre besser für sie, wenn ich sie wieder regierte.«

»Ah!« Baron Meliadus lächelte. »So erscheint Euch mein Pakt vernünftig.«

»Ja. Obgleich ich nicht glaube, daß Ihr Euer Versprechen einhalten werdet.«

»Warum nicht? Es ist doch zu unserem Vorteil, wenn ein Land, das uns Kummer macht, von jemandem regiert wird, dem die Bürger vertrauen – und dem auch wir trauen können.«

»Ich werde mich in die Kamarg begeben. Ich werde ihnen die Geschichte erzählen, die Ihr mir vorschlagt. Ich werde das Mädchen entführen und nach Granbretanien bringen.« Falkenmond seufzte und sah Baron Meliadus an. »Warum nicht?«

Der Baron blickte ein wenig unbehaglich drein. Falkenmonds Wesen gab ihm Rätsel auf. »Obgleich die Maschine sich bisher nie irrte, könnte es sein, daß Ihr über geheime Zauberkraft verfügt, die sie verwirrte.«

»Ich verstehe nichts von Zauberei.«

»Ich glaube Euch – fast.« Baron Meliadus' Stimme klang plötzlich ein wenig zuversichtlicher. »Aber wir haben keinen Grund zur Besorgnis – wir vermögen eine gewisse Vorsichtsmaßnahme zu treffen, die jeglichen Verrat Eurerseits verhindert. Eine Vorsichtsmaßnahme, die Euch zu uns zurückbringen oder töten wird, falls wir Grund zur Annahme haben, daß wir Euch nicht länger trauen können. Es handelt sich um eine Neuentdeckung Baron Kalans, der jedoch, wie ich hörte, nicht ihr eigener Erfinder ist. Man nennt es das Schwarze Juwel. Ihr sollt es morgen bekommen. Heute nacht schlaft Ihr in Gemächern, die im Palast für Euch vorbereitet wurden. Ehe Ihr Euch von uns verabschiedet, widerfährt Euch noch die hohe Ehre, Seiner Majestät, dem Reichskönig Huon, vorgestellt zu werden.«

Damit rief Meliadus die Wachen mit den Insektenmasken und trug ihnen auf, Falkenmond in sein Quartier zu bringen.

3. Das Schwarze Juwel

Am nächsten Morgen wurde Falkenmond wieder zu Baron Kalan gebracht. Die Schlangenmaske schien nahezu zynisch dreinzublicken, aber der Baron führte ihn ohne viele Worte durch einige Räume und Hallen, bis sie an eine Kammer kamen, deren Tür aus glattem Stahl gefertigt war. Diese stand offen und gab so den Blick auf eine weitere, ebensolche Tür frei, und als diese geöffnet wurde, kam eine dritte zum Vorschein. Diese führte in eine kleine Kammer aus weißem Metall, die von blendend hellem Licht erfüllt war und die eine Maschine von beeindruckender Schönheit enthielt. Diese Maschine bestand fast ausschließlich aus zartem Schleiergewebe in Rot, Gold und Silber. Als Falkenmond sie streifte, hatte er das Gefühl, von warmer, zarter Haut berührt zu werden. Wispernde Töne drangen aus den sich wie im Winde wiegenden Schleierstreifen.

»Es ist, als lebte es«, hauchte Falkenmond.

»Es lebt wirklich«, versicherte Baron Kalan stolz.

»Ist es ein Tier?«

»Nein, eine Zauberschöpfung. Was es genau ist, weiß ich selbst nicht«, gestand der Baron. »Ich habe es nach einer alten Schrift angefertigt, die ich vor vielen Jahren von einem Mann aus dem geheimnisvollen Osten erstand. Es ist die Maschine des Schwarzen Juwels. Ah, und schon bald werdet Ihr eins mit ihr sein, Lord Herzog.«

Tief in Falkenmonds Innern regte sich eine Spur von Panik, aber sie drang nicht an die Oberfläche. Er ließ sich von dem Schleierstreifen aus Rot und Gold und Silber streicheln.

»Sie ist noch nicht soweit«, sagte Kalan. »Noch nicht. Sie muß das Juwel spinnen. Kommt näher, mein Lord. Begebt Euch *in* sie hinein. Ihr werdet keinen Schmerz empfinden, das verspreche ich Euch. Sie muß das Juwel spinnen, spinnen!«

Falkenmond gehorchte. Die Schleiersträhnen begannen zu rauschen und melodiös zu summen. Die einschmeichelnden Töne und das nun immer schneller werdende Wirbeln begannen ihn zu verwirren. Die Maschine des Schwarzen Juwels liebkoste ihn, schien in ihn einzudringen, wurde er – und er sie. Er seufzte, und seine Stimme war die Musik des Schleiergewebes. Er bewegte sich, und seine Glieder waren spinnwebdünne Strähnen.

Er verspürte einen Druck in seinem Schädel und absolute Wärme und Weisheit, die seinen Leib einhüllten. Er schwebte körperlos dahin und verlor jegliches Zeitgefühl. Aber er wußte, daß die Maschine etwas aus ihrer eigenen Substanz zu spinnen begann. Etwas, das hart wurde und sich in seine Stirn pflanzte, daß er urplötzlich das Gefühl empfand, ein drittes Auge zu haben, mit dem er die Welt aus neuer Sicht zu sehen vermochte. Doch dieses Gefühl verschwand, und er stellte fest, daß er den Grafen anblickte, der die Maske abgenommen hatte, um ihn besser betrachten zu können.

Mit einemmal spürte Falkenmond einen stechenden Schmerz in seinem Kopf, der jedoch nur kurz anhielt. Er starrte die Maschine an. Ihre leuchtenden Farben waren stumpf geworden und ihre dichten Schleierstreifen dünn und unscheinbar. Er hob die Hand zu seiner Stirn und betastete erschrocken etwas Hartes, das sich vorher nicht dort befunden hatte.

Er zitterte.

Baron Kalan blickte ihn jetzt besorgt an. »Ihr seid doch nicht dem Wahnsinn verfallen? Ich war mir meines Erfolges sicher! Ihr seid doch nicht wahnsinnig?«

»Meinem Verstand fehlt nichts«, murmelte Falkenmond. »Aber ich glaube, ich habe Angst.«

»Ihr werdet Euch an das Juwel gewöhnen.«

»Das Juwel? Ist das das Harte in meiner Stirn?«

»Ja, so ist es. Wartet.« Kalan drehte sich um und zog einen scharlachroten Vorhang beiseite, der ein flaches Oval aus milchigem Quarz freigab. In ihm begann sich ein Bild zu formen. Falkenmond sah Kalan dort, wie er in das Quarzoval starrte. Das Oval enthüllte genau das, was Falkenmond sah. Als er seinen Kopf ein wenig schräg legte, veränderte sich das Bild entsprechend.

»Es funktioniert!« murmelte Kalan erregt. »Seht Ihr, es funktioniert. Was Ihr seht, nimmt auch das Juwel wahr. Wohin Ihr Euch auch immer begebt, wir werden alles und jeden sehen, mit dem Ihr zusammentrefft.«

Falkenmond versuchte zu sprechen, aber er konnte nicht. Seine Kehle war wie zugeschnürt, und ein Druck lastete ihm auf den Lungen. Wieder berührte er das warme Juwel, das sich ähnlich anfühlte wie Fleisch, und doch so sehr anders war, in jeder Beziehung.

»Was habt Ihr mit mir gemacht?« fragte er beiläufig mit seiner gewohnt uninteressiert klingenden Stimme.

»Wir haben uns Eurer Loyalität versichert«, schmunzelte Kalan. »Ihr habt einen Teil des Lebens der Maschine in Euch aufgenommen. Wenn wir wollen, können wir ihre ganze Lebenskraft in das Juwel überströmen lassen, und dann . . .«

Falkenmond griff steif nach dem Arm des Barons. »Und dann?«

»Wird es Euer Gehirn verschlingen, Herzog von Köln. Es wird Euer Gehirn verschlingen.«

Baron Meliadus geleitete Dorian Falkenmond durch die glitzernden Gänge des Palastes. Falkenmond trug nun ein Schwert an der Seite, und Kleidung und Rüstung ähnelten denen, die er zur Schlacht in Köln getragen hatte. Nur das Juwel in seiner Stirn beschäftigte ihn, sonst nichts. Die Gänge weiteten sich nun, Wachen mit den Masken des Ordens der Gottesanbeterin säumten die Wände. Mächtige Tore, deren Mosaikmuster mit Juwelen gestaltet waren, ragten vor ihnen auf.

»Der Thronsaal«, raunte der Baron. »Jetzt wird der Reichskönig Euch in Augenschein nehmen.«

Langsam öffneten sich die Tore und enthüllten den Prunk des Thronsaals. Falkenmond war geblendet vom Glanz der gewaltigen Kuppelhalle. Galerie über Galerie hob sich rundum in eine Höhe, die kein Ende zu nehmen schien. Von ihnen hingen die glitzernden Banner von fünfhundert der edelsten Familien Granbretaniens.

Entlang der Wände und Galerien standen, mit ihren Flammenlanzen in Saluthaltung, Soldaten vom Orden der Gottesanbeterin in ihren Insektenmasken und Rüstungen in Schwarz, Grün und Gold. Höflinge in Masken aller Art und kostbaren Gewändern blickten Falkenmond neugierig entgegen.

Die Reihen der Soldaten reichten weit bis zum anderen Ende der Halle. Dort, fast schon außer Blickweite, hing etwas, das Falkenmond zunächst nicht erkennen konnte. Er blinzelte.

»Die Thronkugel«, flüsterte Meliadus. »Folgt nun genau meinem Beispiel.« Er schritt gemessen darauf zu, während Fanfaren von den Galerien ertönten.

Die Wände des Thronsaals waren kräftig grün und purpurn, aber auf den Bannern waren alle Farben vertreten, ebenso wie auf den Stoffen, Metallen und kostbaren Steinen, die die Höflinge trugen. Falkenmonds Augen ruhten jedoch einzig auf der Kugel.

Sie waren schon weit gegangen, bevor Falkenmond endlich Einzelheiten ausmachen konnte. Die Kugel enthielt eine milchigweiße Flüssigkeit, die sich in steter Bewegung befand und hin und wieder zu schillern schien. Inmitten dieser Flüssigkeit, an einen Fötus erinnernd, schwebte ein uralter Mann mit runzeliger Haut, offenbar völlig nutzlosen Gliedmaßen und einem überdimensionalen Kopf, aus dem scharfe, boshafte Augen starrten.

Meliadus' Beispiel folgend, ließ Falkenmond sich auf die Knie fallen und senkte den Kopf.

»Erhebt Euch!« Es traf Falkenmond wie ein Schock, als er erkannte, daß die Stimme aus der Kugel kam. Es war eine bezaubernd klangvolle und jugendliche Stimme. Falkenmond fragte sich, welcher Jüngling sein Leben dafür hatte geben müssen.

»Eure Majestät, dies ist Dorian Falkenmond, Herzog von Köln, der zusagte, einen Auftrag für uns auszuführen. Ihr werdet Euch erinnern, erhabener Herrscher, daß ich Euch meinen Plan darlegte . . .« Meliadus verbeugte sich, während er sprach.

»Es kostet uns viel Zeit und Mühe, von den ungewöhnlichsten Mitteln ganz zu schweigen, uns der Dienste des Grafen Brass zu versichern«, erklang erneut die jugendliche Stimme. »Ich verlasse mich auf Eure Urteilskraft in dieser Sache, Baron Meliadus.«

»Majestät, Ihr könnt Euch wie immer auf mich verlassen«, versicherte Meliadus, sich erneut verbeugend.

»Habt Ihr den Herzog vor den Folgen gewarnt, wenn er seinen Vertrag nicht einhält?« fragte sarkastisch die jugendliche Stimme. »Weiß er, daß wir ihn zu jeder Zeit und über jede Entfernung hinweg zerstören können?«

»Er weiß es, mächtiger Herrscher.«

»Habt Ihr ihm auch eröffnet, daß das Juwel in seinem Schädel«, fuhr die Stimme fort, »alles sieht, was er sieht, und uns die Bilder in die Kammer mit der Maschine des Schwarzen Juwels schickt?«

»Ja, edler Herrscher.«

»Ist er sich auch darüber im klaren, daß wir, sollten wir Anzeichen über einen Verrat seinerseits entdecken – und das ist leicht aus den Gesichtern seiner Gegenüber abzulesen –, dem Juwel seine ganze Kraft übertragen? Habt Ihr ihm gesagt, Baron Meliadus, daß das Juwel, besitzt es diese Kraft, sich einen Weg durch sein Gehirn fressen und seinen Geist verschlingen wird und von ihm nichts zurück bleibt als ein geistloses, sabberndes Tier?«

»Er hat davon erfahren, großer Herrscher.«

Das Ding in der Thronkugel gluckste. »So wie er aussieht, ist für ihn die Drohung, geistlos zu werden, keine Drohung an sich. Seid Ihr sicher, daß er nicht schon von der ganzen Kraft des Juwels besessen ist?«

»Was Ihr seht, scheint sein Charakter zu sein, unsterblicher Herrscher.«

Nun wandten sich die Augen Dorian Falkenmond zu.

»Ihr seid einen Vertrag mit dem unsterblichen Reichskönig von Granbretanien eingegangen, Herzog von Köln. Es ist ein Zeichen unserer Großzügigkeit, daß wir einem, der schließlich nichts weiter als unser Sklave ist, eine solche Chance bieten. Dafür müßt Ihr uns mit absoluter Treue dienen, im Bewußtsein, daß Ihr teilhabt am Geschick der größten Rasse, die dieser Planet je hervorbrachte. Aufgrund unserer unübertrefflichen Intelligenz und Macht und unserer Unfehlbarkeit ist es unser Recht, über die Erde zu herrschen. Und bald werden wir vollen Gebrauch von diesem Recht machen können. All jenen, die uns in diesem edlen Ziel unterstützen, ist unsere Anerkennung sicher. Geht jetzt, Herzog, und gewinnt Euch diese Anerkennung.«

Das runzelige Gesicht drehte sich. Die uralte Zunge schob sich über die Lippen und berührte einen winzigen Edelstein an der

Innenwand der Kugel, die sich daraufhin verdunkelte, bis die fötusgleiche Gestalt des Reichsherrschers, des letzten und unsterblichen Nachkommens einer Dynastie, die vor etwa dreitausend Jahren begründet wurde, einige Momente als Silhouette zu sehen war. »Und denkt an die Macht des Schwarzen Juwels!« warnte die jugendliche Stimme noch, als die Kugel bereits ein dunkler Ball war.

Die Audienz war beendet. Meliadus und Falkenmond verbeugten sich noch einmal tief und taten einige Schritte rückwärts, ehe sie sich umwandten und auf den Ausgang des Thronsaals zuschritten. Die Audienz hatte einen Zweck erfüllt, mit dem weder der Baron noch sein Herr gerechnet hatten. Tief in Falkenmonds seltsamem Geist, in dessen verborgensten Tiefen, begann sich etwas zu regen, geweckt jedoch nicht vom Schwarzen Kristall, sondern von etwas weit weniger Greifbarem.

Vielleicht war dieses noch vage Erwachen ein Zeichen, daß Falkenmonds eigentliches Wesen zurückkehrte. Vielleicht war es aber auch dem Einfluß des Runenstabs zuzuschreiben.

4. Die Reise nach Burg Brass

Falkenmond wurde in seine Gemächer in den Gefängniskatakomben zurückgeleitet. Dort verbrachte er zwei Tage. Schließlich kam Baron Meliadus mit einem Gewand aus schwarzem Leder, Stiefeln, Panzerhandschuhen, einem schweren schwarzen Mantel mit Kapuze, einem Breitschwert mit Silbergriff in einer schwarzen Lederscheide mit einfachen Silberverzierungen und einer schwarzen Helmmaske, die in der Form eines knurrenden Wolfes gearbeitet war. Diese Ausstattung einschließlich der Wolfsmaske glich genau der Tracht, die er selbst trug.

»Ihr werdet Graf Brass erzählen, daß es Euch mit Hilfe einer Sklavin gelang, mir ein Betäubungsmittel in den Wein zu mischen, meine Sachen an Euch zu bringen, Euch als mich auszugeben und so die Grenzen Granbretaniens und ihrer eroberten Provinzen zu überqueren, ehe ich wieder zu Bewußtsein kam. Das ist eine einfache Geschichte, die er Euch gewiß glauben und die Euch seine Gunst sichern wird.«

»Ich verstehe«, murmelte Falkenmond. »Doch wie erkläre ich das Schwarze Juwel?«

»Ihr sagt, Ihr wart bestimmt, Euch einem meiner Experimente zu unterziehen, vermochtet jedoch zu entkommen, ehe man Euch dauerhaften Schaden zufügte. Ihr müßt Eure Sache gut machen, Herzog von Köln, denn Eure Sicherheit hängt davon ab. Wir werden genau auf die Reaktion des Grafen achten – und auch auf jene dieses Reimeschmieds Bowgentle. Wenn wir auch nicht hören, was Ihr sprecht und was sie antworten oder Euch erzählen, so wissen wir doch sehr wohl die Lippen zu lesen. Bei dem geringsten Anzeichen von Verrat werdet Ihr die volle Kraft des Juwels zu spüren bekommen.«

»Ich verstehe«, wiederholte Falkenmond mit ausdrucksloser Stimme.

Meliadus runzelte die Stirn. »Zweifellos werden sie sich über Euer eigenartiges Wesen wundern. Hoffen wir, daß sie es mit Eurem Unglück erklären.«

Falkenmond nickte gleichgültig.

Meliadus sah ihn durchdringend an. »Ich mache mir noch immer Gedanken über Euch, Falkenmond. Noch immer bin ich mir nicht sicher, daß Ihr nicht doch irgendein Zaubermittel besitzt, mit dessen Hilfe Ihr uns zu hintergehen sucht – trotzdem jedoch bin ich mir Eurer Loyalität sicher. Das Schwarze Juwel ist meine Versicherung.« Er lächelte. »Ein Ornithopter steht bereit, Euch nach Deau-Vere an die Küste zu bringen. Macht Euch bereit, mein Lord Herzog, und dient Granbretanien treu. Seid Ihr erfolgreich, so herrscht Ihr in Kürze wieder über Eure eigenen Länder.«

Der Ornithopter wartete auf dem Rasen vor dem Eingang zu den Katakomben. Er war eine wundervolle Maschine aus Kupfer, Messing, Silber und schwarzem Stahl, und er hatte die Form eines Greifen, der auf seinen mächtigen löwenähnlichen Pranken ruhte, die vierzig Fuß großen Flügel auf dem Rücken gefaltet. Unterhalb des Kopfes in einem kleinen Cockpit saß der Pilot. Er trug die Vogelmaske seines Ordens – des Ordens der Krähe, dem alle Flieger angehörten. Seine Hände, die in Handschuhen steckten, ruhten auf den juwelenbesetzten Kontrollknöpfen.

Etwas vorsichtig kletterte Falkenmond, der jetzt das Gewand trug, das dem Meliadus' glich, auf den Sitz hinter dem Piloten. Er hatte Schwierigkeiten mit dem Schwert auf dem langen, schmalen Sitz. Schließlich fand er eine einigermaßen bequeme Position und legte die Hände auf die metallenen Seiten der Flugmaschine, als der Pilot einen Hebel drückte und sich die Flügel entfalteten und mit einem seltsamen, widerhallenden Krachen zu schlagen begannen.

Der ganze Ornithopter zitterte und neigte sich einen Augenblick lang auf eine Seite, ehe der Pilot ihn fluchend unter Kontrolle bekam. Falkenmond wußte, daß diese Flugmaschinen nicht ganz ungefährlich zu bedienen waren. Während der Schlacht von Köln hatte er mehrmals beobachtet, daß Maschinen, die ihn angegriffen hatten, plötzlich ihre Flügel zusammenfalteten und zu Boden stürzten. Aber trotz dieser Unsicherheit waren die Ornithopter die wichtigste Waffe bei der raschen Eroberung des europäischen Festlandes, denn keine andere Rasse besaß fliegende Maschinen irgendwelcher Art.

Jetzt begann der Metallgreif mit einer ruckartigen Bewegung langsam aufzusteigen. Die Flügel schlugen durch die Luft, und das Flugzeug stieg höher und höher, bis sie über den höchsten Türmen Londras flogen, in Richtung Südosten. Falkenmond atmete schwer; ihm gefiel diese ungewöhnliche Art zu reisen nicht.

Bald hatten sie die schwere, dunkle Wolkenschicht hinter sich gelassen, und Sonnenstrahlen glänzten auf den metallenen Schuppen des Ornithopters. Durch die Juwelenaugen der Maske, die er trug, sah Falkenmond das Sonnenlicht in Millionen Regenbogenblitze gebrochen. Er schloß die Augen.

Zeit verging, und er fühlte, daß der Ornithopter abwärts flog. Er öffnete die Augen und sah, daß sie gerade die Wolken hinter sich ließen. Unter ihnen lagen aschgraue Felder, eine Stadt mit vielen Türmen und dahinter die bleifarbene, aufgewühlte See.

Mit schwerfälligem Flügelschlag näherte sich die Maschine einem hohen abgeflachten Fels, der der Stadtmitte entwuchs.

Sie landete mit lautem Humpeln und rasend schlagenden Flügeln und kam schließlich nahe dem Rand dieses künstlichen Plateaus zum Stehen.

Der Pilot gab Falkenmond ein Zeichen, auszusteigen. Er tat es mit steifen Gliedern und zitternden Beinen, während der Pilot seine Kontrollapparate abschloß und ebenfalls ausstieg. Hier standen noch andere Ornithopter. Als sie über das Felsplateau gingen, flatterte einer hoch in die Luft, und Falkenmond fühlte den scharfen Windzug seiner Flügel im Gesicht, als das Ding knapp über seinen Kopf flog.

»Deau-Vere«, sagte der Pilot mit der Krähenmaske. »Ein Hafen, der nahezu allein der Luftflotte gehört, obwohl auch unsere Kriegsschiffe ihn noch benutzen.«

Falkenmond sah eine runde Stahltür im Fels vor ihnen. Der Pilot blieb daneben stehen und klopfte mit dem Stiefel eine Serie rhythmischer Schläge dagegen. Schließlich schwang die Tür nach unten und gab eine Steintreppe frei. Sie stiegen hinunter, während sich die Stahlklappe wieder schloß. Es war düster im Inneren; hier und da sah man drohende Steinmonster und einige wenig kunstvoll gearbeitete Reliefs.

Schließlich gelangten sie durch ein bewachtes Tor auf eine gepflasterte Straße, die zwischen den Türmen der Stadt hindurchführte. In den Straßen wimmelte es von Soldaten des granbretanischen Reiches. Viele Flieger mit ihren Krähenmasken sah man hier, die Besatzungen der Kriegsschiffe, die Fisch- und Seeschlangenmasken trugen, auch Infanterie und Kavallerie, vertreten durch die verschiedensten Orden, die des Schweins, des Wolfes, des Schädels, der Gottesanbeterin, des Stiers, des Hundes, der Ziege und viele mehr. Schwerter schlugen gegen gepanzerte Beine, Flammenlanzen stießen im Gewühl gegeneinander, und überall sah man die finstere Pracht militärischer Rüstungen.

Falkenmond wunderte sich, daß man so willig vor ihm zurückwich, bis er daran dachte, wie sehr er Baron Meliadus ähneln mußte.

An den Stadttoren wartete ein Pferd mit vollen Proviantsatteltaschen auf ihn. Falkenmond wußte bereits Bescheid über das Pferd und den Weg, den er einschlagen mußte. Er stieg auf und ritt auf das Meer zu.

Bald teilten sich die Wolken, und die Sonne brach durch, und Dorian Falkenmond sah zum erstenmal die Silberbrücke, die sich dreißig Meilen über das Meer spannte. Sie war wunderschön, wie sie im Sonnenlicht vor ihm glänzte. Man meinte, sie sei zu zart, um auch nur der geringsten Brise widerstehen zu können, aber sie konnte tatsächlich sämtliche Armeen Granbretaniens tragen. Sie zog sich über das Meer bis zum Horizont. Die Straße, die über sie führte, war fast eine Viertelmeile breit und seitlich begrenzt von einem Netzwerk aus Silbertrossen, die von Pfeilern hingen, welche nach militärischen Motiven geformt waren.

Über die Brücke floß in beiden Richtungen reger Verkehr. Falkenmond erblickte Gefährte, die so außergewöhnlich geformt waren, daß er sich fragte, wie sie überhaupt fahren konnten; Schwadronen von Kavallerie ritten hier, und die Rüstungen der Pferde ware nicht weniger kunstvoll als die ihrer Reiter; Infanteriebattaillone marschierten in Viererreihen mit unwahrscheinlicher Präzision; Wagenkarawanen mit Handelsgütern und Tragtiere, bepackt mit allen möglichen Waren – Fellen, Seiden, Fleisch, Früchten, Gemüsen, Schatztruhen, Kerzenleuchtern, Betten, Stühlen – vieles davon, erkannte Falkenmond, war Plündergut aus Staaten wie Köln, die vor kurzem von denselben Armeen unterworfen wurden, die hier an den Karawanen vorbeizogen.

Auch Kriegsmaschinen waren zu sehen – Gebilde aus Eisen und Kupfer –, Rammböcke, Belagerungstürme, große Schleudern für Feuerbälle und Steinkugeln. Daneben, in den Masken des Maulwurfs, des Dachses und des Frettchens, marschierten die Maschinenbauer des Dunklen Imperiums, ihre kräftigen Leiber sowie alles andere wirkten winzig klein, im Vergleich zu dem mächtigen Gebilde der Silberbrücke, das, wie die Ornithopter, wesentlich zu Granbretaniens Eroberungen beigetragen hatte.

Die Wachen am Tor der Brücke waren angewiesen worden, Falkenmond passieren zu lassen, und die Tore öffneten sich, als er näher kam. Er ritt auf die vibrierende Brücke; die Hufe seines Pferdes klapperten auf dem metallenen Untergrund. Von der Nähe aus gesehen, verlor das Bauwerk ein wenig von seinem Zauber. Ihre Oberfläche war verschrammt und verbeult durch den starken Verkehr. Hier und dort sah man Haufen Pferdekot, Lumpen, Stroh und anderen Unrat. Es war unmöglich, eine so stark benutzte Durchgangsstraße in einwandfreiem Zustand zu halten, aber auf eine Weise symbolisierte der verdreckte Boden etwas vom Geist der seltsamen Zivilisation Granbretaniens.

Falkenmond überquerte die Silberbrücke und gelangte nach einer Weile auf das europäische Festland. Er machte sich auf den Weg nach der Kristallstadt, die kürzlich vom Dunklen Imperium erobert worden war. In der Kristallstadt Parye würde er einen Tag Rast machen, ehe er weiter nach Süden zog.

Er konnte Parye nicht am selben Tag erreichen, beschloß aber, nicht in Karlye, der Stadt an der Brücke, zu bleiben, sondern ein Dorf in der Nähe zu suchen, um dort die Nacht zu verbringen.

Noch vor Sonnenuntergang erreichte er ein Dorf mit hübschen Häusern und Gärten, an denen die Verwüstungen deutliche Spuren hinterlassen hatten. Von einigen der Häuser standen nur noch die Grundmauern. Es war seltsam still in dem Dorf. Nur wenige Lichter brannten, und die Tür der Dorfschenke war versiegelt; auch drangen keine Geräusche nach draußen, die auf Lustbarkeiten schließen ließen. Im Hof der Schenke saß er ab und hieb mit der Faust gegen die Tür. Nach einigen Minuten wurde der Riegel zurückgeschoben, und ein Knabengesicht sah ihn an. Der Junge wirkte erschrocken, als er die Wolfsmaske sah. Widerwillig öffnete er die Tür und ließ Falkenmond eintreten. Gleich nachdem er eingetreten war, nahm Falkenmond die Maske ab und versuchte, dem Jungen zuzulächeln, um ihn zu ermutigen, aber das Lächeln wirkte nicht echt, denn Falkenmond hatte vergessen, wie man beim Lächeln die Lippen bewegte. Der Junge schien seinen Gesichtsausdruck zu mißdeuten, er stolperte rückwärts und wirkte halb trotzig, als erwarte er zumindest einen Schlag.

»Ich will dir nichts tun«, sagte Falkenmond steif. »Kümmere dich nur um mein Pferd und gib mir ein Bett und etwas zu essen. Ich breche bei Sonnenaufgang wieder auf.«

»Herr, wir haben nur einfache Dinge zu essen«, murmelte der Junge, der ein wenig Selbstsicherheit wiedererlangt hatte.

Den Menschen in Europa war es nichts Neues, Besatzungsmächte erdulden zu müssen. Nur die Aggressivität der Granbretanier war ungewohnt, und das war es offensichtlich, was der Junge fürchtete. Er erwartete keinerlei Gerechtigkeit von einem, der offensichtlich ein Adliger Granbretaniens war.

»Ich nehme, was ihr habt. Hebt euer bestes Essen und den Wein für euch auf. Ich will nur meinen Hunger stillen und schlafen.«

»Sire, die guten Sachen sind alle fort. Wenn wir . . .«

Falkenmond brachte ihn mit einer Handbewegung zum Schweigen. »Das interessiert mich nicht. Tu Wort für Wort das, was ich von dir will, so dienst du mir am besten.«

Er sah sich um in der Schenke, zwei alte Männer saßen in einer düsteren Ecke und tranken aus schweren Krügen; sie vermieden es, ihn anzusehen. Er setzte sich in die Mitte des Raumes an einen Tisch, nahm den Umhang ab, wischte sich den Staub der Straße vom Gesicht und seiner Kleidung. Dann stellte er die Wolfsmaske auf den Boden, was bei einem Adligen des Dunklen Imperiums wohl eher merkwürdig anmutete. Er bemerkte, wie einer der Männer ihn überrascht anstarrte, er mußte wohl das Schwarze Juwel entdeckt haben. Nach einer Weile kehrte der Junge zurück; er brachte dünnes Bier und ein wenig Schweinefleisch, und Falkenmond wußte, daß das tatsächlich das Beste war, was das Haus zu bieten hatte. Er aß und trank und verlangte dann, in seine Kammer gebracht zu werden. Er badete und legte sich anschließend zu Bett, wo er sofort einschlief.

Irgend etwas jedoch weckte ihn in der Nacht, und ein unwiderstehlicher Drang ließ ihn ans offene Fenster treten. Er blickte in den Hof und sah einen Reiter auf einem schweren Kriegsroß, der zu ihm emporblickte. Der Mann war ganz in Schwarz und Gold gekleidet, und das Visier seines Helms verbarg das Gesicht. Er starrte Falkenmond ein paar Sekunden an, dann wandte er sein Pferd und ritt davon.

Falkenmond fühlte, daß das, was er gesehen hatte, für ihn wichtig war. Er ging jedoch zurück ins Bett und schlief ebenso tief wie zuvor. Am nächsten Morgen aber wußte er nicht, ob der Reiter Wirklichkeit oder nur Traumgestalt gewesen war. Falls es ein Traum gewesen sein sollte, so wäre es der erste seit seiner Gefangenschaft. Er wußte nicht recht, was er davon halten sollte. Nachdem er sich angekleidet hatte, ging er in den Schankraum und fragte nach einem Frühstück.

Falkenmond erreichte die Kristallstadt am Abend. Ihre Gebäude waren aus reinem Quarz gefertigt und schillerten in herrlichen Farben. Überall klingelten die Glasdekorationen, mit denen die Bürger Paryes ihre Häuser, die öffentlichen Gebäude und ihre Monumente schmückten. Die Stadt war so wunderschön, daß selbst die Kriegslords des Dunklen Imperiums sie verschont hatten. Anstelle Parye im Sturm zu nehmen, ließen sie sich mehrere Monate Zeit und erreichten dasselbe mit List.

Innerhalb der Stadt jedoch sah man deutlich überall die Zeichen der Fremdherrschaft. Angst kennzeichnete die Gesichter der Menschen. Krieger mit Tiermasken stolzierten durch die Straßen, und Flaggen wehten von den Häusern, die einst den Edlen Paryes gehört hatten. Es waren die Banner der granbretanischen Feldherren, die sich hier einquartiert hatten. Falkenmond sah das Banner Jarak Nankenseens, des Kriegslords des Fliegenordens; das Adaz Promps, des Grandkonnetabels des Hundeordens; Mygel Holsts, des Erzherzogs von Londra; und Asrovak Mikosevaars, des Renegaten von Muskovia und Söldnerkriegslords der Geierlegion. Mikosevaar hatte Granbretanien schon gedient, noch ehe der Eroberungsplan offensichtlich war. Er war der grausamste und perverseste Kriegslord des Dunklen Imperiums, und sein Wahlspruch *Tod dem Leben*, der in Scharlachrot auf sein Banner gestickt war, jagte allen, die gegen ihn kämpfen mußten, Angst und Schrecken ein. Offenbar ruhte er sich in Parye nur aus, dachte Falkenmond, denn der Söldnerlord war fast immer an der vordersten Front anzutreffen. Leichen zogen den Muskoviter an wie Rosen die Bienen.

Es gab keine Kinder auf den Straßen der Kristallstadt. Jene, die Granbretanien nicht niedergemetzelt hatte, wurden in Kerkern gehalten, um die Unterwürfigkeit der überlebenden Bürger zu gewährleisten.

Die Sonne schien die Kristallbauten in Blut zu tauchen, als sie unterging. Falkenmond war zu müde, um weiterzureiten, und suchte die Schenke auf, die Meliadus ihm genannt hatte. Dort schlief er bis lange in den Tag hinein, ehe er seine Reise nach Burg Brass fortsetzte. Er hatte erst die Hälfte seines Weges hinter sich.

Jenseits der Stadt Lyon hörte die Macht Granbretaniens vorerst auf. Aber der Weg dorthin war mit Leichen gepflastert. Männer und Frauen jeglichen Alters, Knaben und Mädchen, ja sogar Haustiere wie Katzen, Hunde und Kaninchen waren an roh errichtete Kreuze genagelt, die die Straßen säumten. Ganze Familien waren hier grausam verendet, vom jüngsten Baby bis zum ältesten Diener war keiner verschont geblieben.

Der Gestank von Verwesung quälte Falkenmond, als er auf seinem Pferd die Straße nach Lyon entlang ritt; der Todesgestank drückte ihm die Kehle zu. Feuer hatte Felder und Wälder versengt, Dörfer und kleine Städte niedergebrannt und die Luft grau und schwer werden lassen. Alle, die noch lebten, waren zu Bettlern geworden, gleichgültig, welchen Rang sie früher innehatten, außer den Frauen, die als Huren zu den Soldaten des Herrschers gegangen waren, und jenen Männern, die sich dem Reichskönig kriecherisch unterworfen hatten.

Hatte er bislang noch Neugierde verspürt, so erfüllte ihn nun Abscheu, doch wie alle Gefühle nahm er auch dieses nur am Rande zur Kenntnis. Mit der Wolfsmaske auf dem Kopf ritt er auf Lyon zu. Keiner hielt ihn auf, und keiner stellte Fragen; denn jene, die zum Orden des Wolfes gehörten, kämpften zur Zeit im Norden, und so war Falkenmond sicher vor allen, die ihn in der Geheimsprache des Ordens ansprechen mochten.

Als er Lyon hinter sich gelassen hatte, nahm Falkenmond die Wolfsmaske ab und versteckte sie in den nun leeren Satteltaschen. Er ritt querfeldein, wo die Luft noch rein war und wo er nicht in Gefahr lief, von einer Patrouille der Eroberer aufgehalten zu werden und Erklärungen abgeben zu müssen.

In Valence, wo die Einwohner und Krieger, die sich dort zurückgezogen hatten, sich auf die Verteidigung vorbereiteten, indem sie nutzlose Strategien ersannen und wirkungslose Kriegsmaschinen bauten – erzählte Falkenmond zum erstenmal seine Geschichte.

»Ich bin Dorian Falkenmond von Köln«, eröffnete er dem Hauptmann, zu dem ihn die Soldaten brachten.

Der Hauptmann sah ihn sich genau an. »Der Herzog von Köln lebt gewiß nicht mehr – die Granbretanier nahmen ihn gefangen«, sagte er. »Ich halte Euch für einen Spion.«

Falkenmond protestierte nicht, sondern erzählte die Geschichte, die Meliadus ihm vorgeschlagen hatte. Ohne Anteilnahme berichtete er von seiner Gefangennahme und seiner Flucht, und seine seltsame Art, dies alles vorzutragen, überzeugte den Hauptmann mehr als die Geschichte selbst. Dann bahnte sich ein Schwertkämpfer in verbeulter Rüstung einen Weg durch die Menge und rief Falkenmond beim Namen. Falkenmond erkannte die Abzeichen auf dessen Waffenrock als die eigenen, die Wappen von Köln. Der Mann war einer der wenigen, die nach dem Kampf von Köln hatten fliehen können. Er sprach zum Hauptmann und zur Menge und berichtete ihnen vom Mut und vom Einfallsreichtum des Herzogs. Daraufhin hieß man Dorian Falkenmond als Helden in Valence willkommen.

Am Abend, als seine Ankunft gefeiert wurde, eröffnete Falkenmond dem Hauptmann, daß er auf dem Weg in die Kamarg war, um Graf Brass für einen Kampf gegen Granbretanien zu gewinnen. Der Hauptmann schüttelte den Kopf. »Der Graf ergreift keine Partei«, sagte er. »Aber wahrscheinlich schenkt er Euch eher Gehör als irgend jemand anderem. Ich hoffe, Ihr habt Erfolg, Lord Herzog.«

Falkenmond verließ Valence am nächsten Morgen in Richtung Süden. Er stieß auf viele Männer mit harten Gesichtern, die vorhatten, sich im Norden jenen anzuschließen, die sich darauf vorbereiteten, dem Dunklen Imperium die Stirn zu bieten.

Heftiger Wind begrüßte ihn, als Falkenmond sich seinem Ziel näherte und endlich das flache Marschland der Kamarg vor sich liegen sah, das schöne einsame Land mit seinen Lagunen und dem Mistral, vor dessen Gewalt die Riedgräser sich tief beugten. Als er nahe an einem der hohen alten Türme vorüberritt, bemerkte er das Aufblitzen der Heliographen. Da wußte er, daß Burg Brass noch vor seiner Ankunft von seinem Kommen unterrichtet war.

Mit kaltem Gesicht saß Falkenmond aufrecht auf seinem Pferd, das auf der sich windenden Straße durch die Marschen dahintrottete. Das Riedgras flüsterte, und manchmal flog ein Vogel über den traurigen alten Himmel, der sich im gekräuselten Wasser der Lagunen spiegelte.

Kurz vor Nachtanbruch erblickte er Burg Brass, ihr Terrassenberg und die eleganten Türme hoben sich als schwarzgraue Silhouette gegen das Abendlicht ab.

5. Falkenmonds Erwachen

Graf Brass reichte Dorian Falkenmond einen frischen Becher Wein und murmelte: »Bitte, fahrt fort, mein Lord Herzog«, als Falkenmond seine Geschichte zum zweitenmal vortrug. Die liebreizende Yisselda, Bowgentle mit nachdenklichem Gesicht und von Villach, der sich ratlos den Bart strich, hörten ihm ebenfalls zu.

Falkenmond beendete seine Geschichte. »Und so hoffte ich, Hilfe in der Kamarg zu finden, da ich wußte, daß nur dieses Land vor der Macht des Imperiums sicher ist.«

»Ihr seid uns willkommen«, Graf Brass runzelte die Stirn, »solange es nur Zuflucht ist, die Ihr begehrt.«

»Das ist alles.«

»Ihr wollt nicht, daß wir die Waffen gegen Granbretanien erheben?« Eine Spur hoffnungsvoller Erwartung lag in Bowgentles Frage.

»Ich habe zuviel gelitten, als ich selbst es tat, und möchte niemanden ermuntern, ein Geschick auf sich herabzubeschwören, dem ich in letzter Sekunde noch entkam«, erwiderte Falkenmond.

Yisselda schien fast enttäuscht. Es war offensichtlich, daß alle in der Halle, den weisen Grafen ausgenommen, gern Krieg gegen Granbretanien gesehen hätten. Aus unterschiedlichen Gründen, vielleicht. Yisselda, um sich an Meliadus zu rächen, Bowgentle, weil er der festen Überzeugung war, daß den Grausamkeiten Granbretaniens Einhalt geboten werden mußte. Und von Villach einfach deshalb, weil er endlich wieder sein Schwert schwingen wollte.

»Ich bin sehr froh darüber«, erklärte ihm der Graf, »denn ich bin der Argumente überdrüssig, die mich überzeugen sollen, daß ich dieser oder jener Seite helfen müßte. Doch Ihr scheint müde zu sein, mein Lord Herzog. Wahrlich, selten habe ich einen Mann so erschöpft gesehen wie Euch. Ich werde Euch persönlich Eure Gemächer zeigen.«

Falkenmond empfand keine Genugtuung, daß ihm die Täuschung gelungen war. Er erzählte die Lügengeschichte, weil er es so mit Baron Meliadus vereinbart hatte. Und wenn die Zeit kam, Yisselda zu entführen, würde er es genauso teilnahmslos tun.

Graf Brass wies ihm eine Suite an, die aus einem Schlafgemach, einem Wasch- und einem kleinen Arbeitsraum bestand.

»Ich hoffe, Ihr werdet Euch hier wohl fühlen«, meinte er.

»Oh, durchaus.«

Graf Brass blieb unter der Tür stehen. »Der Edelstein – jener in Eurer Stirn –, Ihr sagtet, Meliadus' Experiment blieb erfolglos, da er es nicht zu Ende führen konnte.«

»So ist es, mein Lord Graf.«

»Aha . . .« Brass blickte auf den Boden, dann nach einer Weile wieder hoch. »Ich wüßte vielleicht eine Zauberkunst, die das Juwel zu entfernen vermag, wenn es Euch stört . . .«

»Es stört mich nicht«, murmelte Falkenmond.

»Aha«, wiederholte der Graf und verließ das Gemach.

In jener Nacht erwachte Falkenmond genauso abrupt wie Tage zuvor in dem kleinen Städtchen. Er vermeinte eine Gestalt am Fenster zu sehen – einen Ritter in schwarzer und goldener Rüstung. Einen Augenblick schlossen sich seine schlafschweren Lider, und als er sie wieder öffnete, war die Gestalt verschwunden.

In Falkenmonds Brust begann sich ein Konflikt zu entspinnen – ein Konflikt vielleicht zwischen einer menschlichen Regung und ihrem Fehlen. Vielleicht war es auch ein Kampf zwischen dem Gewissen und der Abwesenheit des Gewissens. Wenn Konflikte dieser Art überhaupt möglich waren!

Doch was immer auch die Art dieses Konfliktes war, es bestand kein Zweifel, daß Falkenmonds Wesen sich ein zweitesmal veränderte. Es war nicht dasselbe, das ihn bei der Schlacht zu Köln geleitet, noch glich es jener Apathie, die ihn seither befallen hatte. Es war eine von Grund auf neue Charakterbildung, als würde er noch einmal als völlig anderer Mensch geboren. Doch diese Anzeichen seiner Neugeburt waren noch äußerst schwach und verborgen, und ein Auslöser war erforderlich, um sie ganz herbeizuführen.

Als er am Morgen erwachte, dachte Falkenmond darüber nach, wie er die Entführung Yisseldas so schnell wie möglich bewerkstelligen konnte, um nach Granbretanien zu fliehen und, vom Schwarzen Juwel befreit, ins Land seiner Jugend zurückkehren zu können.

Als er seine Gemächer verließ, traf er Bowgentle.

Der Poet und Philosoph nahm ihn beim Arm. »Ah, mein Lord Herzog, wollt Ihr mir nicht ein wenig von Londra erzählen. Ich war noch nie dort, obwohl ich in meiner Jugend viel gereist bin.«

Falkenmond wandte sich Bowgentle zu, wissend, daß mittels des Schwarzen Juwels auch die Adligen Granbretaniens dieses Gesicht so sehen konnten wie er selbst. Bowgentle wirkte aufrichtig interessiert, und Falkenmond sah, daß dieser keinen Verdacht hegte.

»Es ist riesig und hoch und düster«, erwiderte Falkenmond. »Von komplexer Architektur mit wunderlichem, verschnörkeltem Schmuckwerk.«

»Und die Stimmung? Ich meine, welche Aura strahlt Londra aus? Was war Euer Eindruck?«

»Macht«, erwiderte Falkenmond. »Selbstbewußtsein . . .«

»Irrsinn?«

»Ich bin nicht in der Lage zu beurteilen, was normal ist und was nicht, Sir Bowgentle. Vielleicht findet Ihr mich, sagen wir, seltsam? Meine Manieren unbeholfen?«

Erstaunt über diese Wendung des Gesprächs, betrachtete Bowgentle Falkenmond nachdenklich. »Ich glaube, so ist es – aber weshalb stellt Ihr mir diese Frage?«

»Weil ich Eure Fragen mehr oder weniger sinnlos finde. Verzeiht, ich will Euch damit nicht beleidigen . . .« Falkenmond rieb sich das Kinn. »Ich finde sie sinnlos, das ist alles.«

Sie stiegen die Treppe zum großen Saal hinab. Dort war das Frühstück gerichtet, und von Villach bearbeitete bereits ein großes Steak mit Messer und Gabel.

»Sinn«, murmelte Bowgentle. »Ihr fragt Euch, was Irrsinn ist – und ich mich, was Sinn ist.«

»Das weiß ich nicht«, sagte Falkenmond. »Ich weiß nur, was ich tue.«

»Durch Euer Schicksal habt Ihr Euch in Euch selbst zurückgezogen – Gewissen und Moral verdrängt?« meinte Bowgentle mitfühlend. »Das ist unter den Umständen nicht ungewöhnlich. In alten Schriften liest man viel über solche, die unter Zwang die nämlichen Gefühle verloren. Gutes Essen und angenehme Gesellschaft sollte dazu beitragen, daß Ihr wieder gesundet. Es war Euer Glück, den Weg nach Burg Brass gefunden zu haben. Vielleicht sandte Euch eine innere Stimme zu uns.«

Falkenmond hörte ihm ohne Interesse zu; er beobachtete Yisselda, die die Treppe auf der gegenüberliegenden Seite des Saals herunter kam und ihn und Bowgentle anlächelte.

»Habt Ihr Euch gut ausgeruht, Lord Herzog?« fragte sie. Noch ehe Falkenmond antworten konnte, sagte Bowgentle: »Er hat mehr gelitten, als wir ahnten. Es werden vermutlich noch zwei Wochen oder mehr vergehen, ehe unser Gast sich ganz erholt hat.«

»Oh«, murmelte Yisselda. »Vielleicht hättet Ihr Lust, Euch heute vormittag mir anzuschließen? Ich würde Euch unsere Gärten zeigen. Sie sind selbst im Winter ein herrlicher Anblick.«

»Es ist mir eine Ehre«, murmelte der Herzog.

Bowgentle lächelte. Er wußte, daß Falkenmonds Leid Yisseldas warmes Herz gerührt hatte. Niemand schien ihm besser geeignet als sie, ihm zu helfen, zu sich selbst zurückzufinden.

Sie gingen über die Terrassen der Burggärten mit ihren immergrünen und anderen winterharten Pflanzen und Gewächsen und blickten hinab auf die Dächer der Stadt, die friedlich zu ihren Füßen lag. Es war ein klarer Tag. Die Sonne schien, und ihre dicken Mäntel schützten die beiden vor dem eisigen Wind. Yisselda hatte ihren Arm bei Falkenmond untergehakt, sie erzählte, was ihr in den Sinn kam, und erwartete keine Antwort von dem Mann mit dem ausdruckslosen Gesicht. Das Schwarze Juwel in seiner Stirn hatte sie anfangs ein wenig verwirrt, doch dann sagte sie sich, daß es sich kaum von einem edelsteinbesetzten Reif unterschied, wie sie ihn manchmal um die Stirn trug, um ihre langen Haare aus den Augen zu halten.

Ihr Herz war voll Mitgefühl und Wärme, und diese Liebe zu allen Geschöpfen hatte zu ihrer Hinwendung zu Baron Meliadus geführt, da ihr Herz zum Überquellen voll war. Wie gerne wollte sie nun diesem so unbewegten und – wie ihr schien – schwermütigen Helden von Köln helfen, damit seine Wunden heilten.

Sie bemerkte bald, daß ein wenig Ausdruck in seine Miene kam, wenn sie seine Heimat erwähnte.

»Erzählt mir von Köln«, bat sie. »Nicht, wie es jetzt ist, sondern wie es früher war – und vielleicht eines Tages wieder sein wird.«

Ihre Worte erinnerten Falkenmond an Meliadus' Versprechen,

ihm sein Land wiederzugeben. Er starrte auf die windzerzausten Wolken und verschränkte seine Arme über der Brust.

»Köln«, sagte sie sanft. »War es wie die Kamarg?«

»Nein ...« Er wandte sich um und starrte auf die Dächer weit unten. »Nein – denn die Kamarg ist wild und war es schon seit Anbeginn der Zeit. Köln war von den Menschen geprägt – es hatte Hecken, Felder und gerade Wasserläufe, kleine Straßen schlängelten sich zu den Dörfern und Gehöften. Es war nur eine kleine Provinz mit saftigen Wiesen, fetten Kühen und Schafen und Heuschobern. Es hatte gelbe Zäune und kühle Wälder, und ein rauchender Kamin war fast immer in Sichtweite. Die Leute waren einfach und freundlich, und sie liebten kleine Kinder. Die Häuser waren alt und anheimelnd und so einfach wie die Leute, die in ihnen lebten. Nichts war finster in Köln, bis Granbretanien kam; eine Flut von klirrendem Eisen und lechzenden Flammen brachten sie über den Rhein. Auch Granbretanien prägte das Land mit Fackel und Schwert ...«

Er stöhnte, und zum erstenmal klang eine Gefühlsregung in seiner Stimme. »Schwert und Feuer vertrieben Pflug und Egge ...« Er wandte sich um und sah sie an. »Aus dem Holz der gelben Zäune errichteten sie Kreuze und Galgen. Und die Kadaver der Rinder und Schafe füllten die Bach- und Flußläufe und vergifteten das Land. Die Steine der Bauernhäuser dienten ihnen als Wurfgeschosse für die Katapulte, und die Bürger wurden Leichen oder Soldaten – eine andere Wahl gab es nicht.«

Sie legte ihre Hand sanft auf seinen Lederärmel. »Ihr sprecht, als liege das alles unendlich lange zurück.«

Sein Gesicht wurde ausdruckslos wie zuvor. »So ist es – es scheint mir wie ein längst vergangener Traum. Und es bedeutet mir nur noch wenig.«

Yisselda sah ihn an, als sie wieder durch die Gärten gingen. Sie meinte, nun einen Weg zu wissen, wie sie ihm helfen konnte.

Falkenmond jedoch war wieder daran erinnert worden, was er verlieren würde, wenn er das Mädchen nicht nach Granbretanien brächte. Nur aus diesem Grund begrüßte er ihr Mitgefühl.

Graf Brass untersuchte gerade einen alten Kriegsgaul. »Er hat ausgedient«, wandte er sich an den Stallburschen. »Führ ihn auf die Weide. Er soll es seine letzten Jahre noch schön haben.« Da sah er

Falkenmond und seine Tochter. »Sir Bowgentle meint, Ihr seid erschöpfter, als wir ahnten. Erholt Euch bei uns und seid unser Gast, solange es Euch gefällt. Ich hoffe, Yisselda hat Euch mit ihrer Unterhaltung nicht zu sehr angestrengt.«

»Nein. Ich finde es – erholsam...«

»Gut«, Graf Brass lächelte Falkenmond zu. »Wir haben heute abend eine kleine Unterhaltung. Bowgentle wird aus seinem neuesten Werk vorlesen. Etwas Leichtes, Humorvolles. Ich hoffe, es wird Euch gefallen.«

Falkenmond bemerkte, daß Brass ihn forschend musterte. War es möglich, daß der Graf seinen Auftrag durchschaute? Er war für seine Weisheit und Menschenkenntnis bekannt. Aber schließlich hatte sein Charakter selbst Baron Kalan in Erstaunen versetzt, also beschloß Falkenmond, daß er nichts zu befürchten hatte. Er ließ sich von Yisselda zur Burg zurückbringen.

Des Abends fand ein Festmahl statt. Das Beste, was Burg Brass zu bieten hatte, war zu einem Bankett aufgebaut. Um die Tafel saßen die angesehensten Bürger der Kamarg, einige Stierzüchter und Stierkämpfer, auch Mahtan Just, dessen Leben der Graf im Vorjahr gerettet hatte. Fisch und Fasan, rotes und weißes Fleisch, Gemüse aller Art, ein Dutzend verschiedener Weine, Bier und delikate Soßen wurden herumgereicht. An Graf Brass' rechter Seite saß Dorian Falkenmond und an seiner Linken Mahtan Just, der in diesem Jahr den Titel des ersten Stierkämpfers errungen hatte. Just verehrte den Grafen offensichtlich und behandelte ihn mit einem Respekt, den Graf Brass als ein wenig ungemütlich empfand. Neben Falkenmond saß Yisselda und ihr gegenüber Bowgentle. Am anderen Ende der Tafel saß der alte Zhonzhac Ekare, der bedeutendste der bekannten Stierzüchter. Er trug schwere Fellkleidung, und ein gewaltiger Bart verbarg sein Gesicht; er lachte viel und verschlang gewaltige Mengen. Neben ihm saß von Villach, und die beiden Männer schienen aneinander Gefallen zu haben.

Nachdem die Speisenreste abgeräumt waren, stellten die Diener vor jeden Gast drei Flaschen mit verschiedenen Weinen, ein kleines Bierfäßchen und einen Becher. Nur Yisselda hatte nur eine Flasche vor sich stehen und ein kleineres Trinkgefäß. Früher hatte sie den

Männern beim Trinken in nichts nachgestanden, jetzt jedoch schien es ihr eigener Wunsch zu sein und nicht so sehr die Etikette, weniger zu trinken.

Der Wein hatte Falkenmonds Sinne ein wenig benebelt, und er wirkte nun irgendwie menschlicher. Er lächelte sogar ein- oder zweimal, und wenn er auch nicht jeden Scherz seiner Tischnachbarn erwiderte, so stieß er sie wenigstens nicht mit einem saueren Gesicht vor den Kopf.

Graf Brass' dröhnende Stimme rief nach Bowgentle. »Bowgentle! Die Ballade, die du uns versprochen hast!«

Bowgentle erhob sich, sein Gesicht war wie das der anderen vom Wein und dem guten Essen gerötet.

»Ich nenne diese Ballade *Kaiser Glaukom*, und ich hoffe, Ihr werdet Freude daran haben«, sagte er.

Einst schritt Glaukom der Kaiser
vorbei an den Wachen
vor den weißen Arkaden
und betrat den Basar,
wo vom letzten Kriege bitter
Zeugnis anzusehen war,
Tempelritter,
Ottomanen,
Horden Alkazars
und mächt'ge Khane,
im schatt'gen Hain
der Tempelrosen
bettelnd um Almosen.
Doch es schritt Glaukom der Kaiser
um so manches weiser
daran vorbei,
zum Spiel der Trommel
und Schalmei,
die ihm zu Ehren
mit dabei.

Graf Brass betrachtete aufmerksam Bowgentles ernste Miene, ein trockenes Lächeln auf den Lippen, während Bowgentle mit fast tänzerischen Bewegungen seiner Arme und Hände den Rhythmus seiner Reime unterstrich. Falkenmond sah sich die Gäste an der Tafel an, manche lächelten, einige wirkten verwundert, verwirrt, was wohl vom Wein herrührte, Falkenmond lächelte weder, noch wirkte er nachdenklich. Yisselda beugte sich vor und flüsterte ihm etwas zu, aber er hörte es nicht.

Die Regatte
nicht viel leiser
schoß Salut,
als dann dem Kaiser
Stigmata
auf dem Körper brannten
vor Vatikans Gesandten,

»Wovon spricht er eigentlich?« brummte von Villach.

»Von Dingen aus uralter Zeit, lange vor dem tragischen Jahrtausend«, erklärte ihm Zhonzhac Ekare.

»Ein Schlachtlied hörte ich lieber.«

Ekare legte einen Finger auf seine Lippen und warf seinem Freund einen komisch-vorwurfsvollen Blick zu.

der ihn beehrt
mit Alabaster,
Damaszenerschwert
und Stein vom Pflaster
um das Grab
von Zoroaster,
das unversehrt
in Oleaster
lag.

Falkenmond hörte die Worte kaum, aber der Rhythmus übte eine merkwürdige Wirkung auf ihn aus. Zuerst machte er den Wein dafür verantwortlich, doch dann bemerkte er, daß bei bestimmten Stellen des Vortrags etwas in ihm erzitterte und längst vergessene Gefühle zu erwachen begannen. Er schwankte ein wenig auf seinem Stuhl.

Bowgentle ließ Falkenmond nicht aus den Augen, während er

mit seinen Reimen fortfuhr und sie mit ausdrucksstarken Gesten begleitete.

Der Poeta laureatus
in kostbarem Brokate
verziert mit Topas
und Opalen
und schimmernder Jade,
in Lorbeer und Myrte,
im Duft von Lavendel
und Blüten und Myrrhe,
Samarkands Reichtum
und Thrakiens Schatz,
sank nieder
auf dem Marktplatz.

»Fühlt Ihr Euch nicht wohl, mein Lord?« erkundigte Yisselda sich besorgt.

Falkenmond schüttelte verneinend den Kopf. »Ich bin in Ordnung, danke.« Er fragte sich, ob er die Lords von Granbretanien auf irgendeine Weise erzürnt hatte und sie nun die volle Kraft in das Juwel strömen ließen. Alles begann zu verschwimmen.

Empfindungslos,
zu Hymnen
weißer Chöre,
die seinen Ruhm
besangen,
in Schuh'n aus Gold
und Elfenbein,
über ihn schritt,
von Scharen umjubelt
der sterbliche Gott.

Nun sah Falkenmond nur noch die Gestalt und das Gesicht Bowgentles, hörte aber nichts, außer dem Rhythmus und den klingenden Reimen, er dachte an Zauberei. Wollte Bowgentle ihn in seinen Bann ziehen? Welchen Grund hatte er?

Aus Fenstern und Mauern
im Schmuck von Girlanden
fielen in Schauern
Blüten und Kränze,
die Kinder banden
aus Wiesenrauten,
und Rosen und Sträuße
von Hyazinthen
auf den Weg,
den Glaukom nahm.

Falkenmond nahm einen tiefen Schluck Wein und atmete tief durch, ließ aber keinen Blick von Bowgentle, der mit seinen Versen fortfuhr.

Von den Türmen und den Zinnen
Kinder warfen Lilien,
Veilchen und Päonien
und schließlich wie von Sinnen
sich selbst hinab
in Glaukoms Weg.
Mondlicht bleich,
die Sonne schwankte,
hielt zurück den Tag
im Sternenreich,
Seraphe
stimmten an Gesang,
denn bald der Kaiser
würde stehen
an heiligem Orte,
erhaben,
und berühren mit der Hand
jene Pforte,
der Zeit verwehrt,
der er allein
von allen Sterblichen
gebieten konnte.

Falkenmond sog tief Luft ein, als hätte man ihn in Eiswasser getaucht. Yisselda legte ihre Hand auf seine schweißnasse Stirn, sie wirkte besorgt. »Mein Lord . . .?«

Falkenmonds Blick hing an Bowgentle, der unbarmherzig fortfuhr.

Glaukom schritt,
den Blick gesenkt
vorbei an der Ahnen Schrein,
mit Perlen geschmückt,
mit Rubinen und Bein.
Er schritt durch Tor und Säulengang,
zu Posaunenschall und Trompetenklang;
die Erde bebt
Und oben schwebt
das himmlische Heer,
die Luft erfüllt von Amberduft schwer.

Falkenmond stöhnte, er merkte, wie Yisselda sein Gesicht berührte. Er starrte Bowgentle an und konzentrierte sich auf die Verse. Der Weinkelch entfiel seinen Händen. Er war offensichtlich krank, aber Graf Brass machte keine Anstalten, etwas zu unternehmen, sondern blickte von Falkenmond zu Bowgentle, das Gesicht hatte er halb hinter seinem Becher verborgen, und seine Augen wirkten amüsiert.

Und nun wird der Kaiser befrei'n
eine Taube, schneeweiß,
eine Taube so rein
wie der Frieden,
so selten,
daß alle sich lieben
und sind vereint.

Falkenmond stöhnte. Am anderen Ende der Tafel setzte von Villach seinen Becher heftig ab. »Das finde ich auch. Warum singt er nicht ›Die Bergschlacht‹, das ist ein gutes . . .«

Und der Kaiser entließ
die schneeweiße Taube.
Sie entfloh aus aller Auge
flog höher,
immer höher,
der Sonne näher,
immer näher
und verbrannte
für ihren Kaiser Glaukom,
der sie sandte.

Falkenmond torkelte auf die Füße, versuchte, etwas zu Bowgentle zu sagen, fiel dabei jedoch mit dem ganzen Oberkörper über den Tisch und stieß Weinkrüge und Kelche um.

»Ist er betrunken?« fragte von Villach angewidert.

»Er ist krank!« rief Yisselda. »Oh, er ist krank!«

Graf Brass richtete Falkenmond auf und zog eines seiner Lider zurück. »Nein, ich glaube, er ist nicht betrunken, aber zweifellos nicht bei Sinnen.«

Er blickte lächelnd Bowgentle an, der sein Lächeln erwiderte. »Ich hoffe, du täuschst dich nicht, Brass«, murmelte er.

Falkenmond lag die ganze Nacht in tiefer Bewußtlosigkeit. Als er am späten Morgen erwachte, fand er Bowgentle, der auch ein wenig von Heilkunde verstand, am Bett. Falkenmond war sich immer noch nicht klar, ob der Wein seinen Zustand herbeigeführt hatte oder das Schwarze Juwel oder gar Bowgentle. Er fühlte sich schwach, und seine Stirn brannte.

»Ihr habt Fieber, mein Lord Herzog«, erklärte Bowgentle ihm. »Doch sorgt Euch nicht, wir werden Euch heilen.«

Erst jetzt bemerkte Falkenmond, daß Yisselda auf der anderen Seite des Bettes saß.

»Und ich werde Euch pflegen«, versicherte sie ihm.

Falkenmond blickte in ihr liebliches Gesicht, und eine Flut von Gefühlen überschwemmte ihn. »Lady Yisselda ...«

»Ja, mein Lord?«

»Ich – ich danke Euch ...« Verwirrt blickte er sich im Gemach um. Von hinter sich hörte er Graf Brass' drängende Stimme. »Sagt nichts weiter. Ruht Euch aus. Haltet Eure Gedanken unter Kontrolle. Schlaft, wenn Ihr könnt.«

Falkenmond hatte gar nicht bemerkt, daß Graf Brass auch im Zimmer war. Yisselda hielt ihm ein Glas an die Lippen; er trank die kühle Flüssigkeit und war bald wieder eingeschlafen.

Am nächsten Tag quälte ihn kein Fieber mehr, aber er fühlte sich körperlich und geistig wie taub. Er fragte sich, ob man ihn mit Drogen betäubt hatte.

Yisselda kam zu ihm, als er gefrühstückt hatte, und lud ihn zu einem Spaziergang durch die Gärten ein; denn der Tag war für die Jahreszeit ungewöhnlich schön.

Er rieb sich die Stirn und fühlte die seltsame Wärme des Juwels an der Hand. Ein wenig erschrocken ließ er die Hand wieder fallen.

»Fühlt Ihr Euch noch krank, mein Lord?« fragte Yisselda.

»Nein – ich – ich weiß nicht«, seufzte Falkenmond. »Es ist alles so seltsam.«

»Etwas frische Luft wird Euch vielleicht guttun.«

Fast willenlos stand Falkenmond auf und ging mit ihr in den Garten. Allerlei angenehme Gerüche hingen dort in der Luft, die Sonne schien, und Sträucher und Bäume wirkten wunderschön in der klaren Winterluft.

Er empfand Yisseldas Arm in dem seinen als sehr angenehm. Auch der kalte Wind in seinem Gesicht und der Anblick der Terrassengärten und der Häuser tief unten erfüllten ihn mit guten Gefühlen. Aber er verspürte auch Angst, das Schwarze Juwel könne sich zu regen beginnen, wenn er seine neuen Gefühle offenbarte. Und noch etwas empfand er: ein Mißtrauen Graf Brass gegenüber, der irgendwie mehr als nur eine Ahnung zu haben schien, weshalb er hierhergekommen war. Er sollte jetzt das Mädchen packen und ein Pferd stehlen; vielleicht konnte er entkommen. Er starrte sie plötzlich an.

Sie lächelte zu ihm empor. »Hat die frische Luft Euch geholfen?« fragte sie ihn. »Fühlt Ihr Euch besser?«

Er blickte in ihr Gesicht, während die widerstreitendsten Gefühle ihn verwirrten.

»Besser?« echote er heiser. »Ich weiß nicht ...« Sein Kopf begann zu schmerzen, und wieder überfiel ihn die Angst vor dem Schwarzen Juwel. Er griff nach Yisselda und packte sie.

Sie glaubte, ein Schwächeanfall habe ihn übermannt, und versuchte, ihn zu stützen. Da ließ er hilflos seine Arme sinken. Er konnte es nicht tun. »Ihr seid zu gütig«, murmelte er.

»Und Ihr seid ein merkwürdiger und unglücklicher Mann.«

Er riß sich von ihr los und starrte über den Rand der Terrasse. Konnten die Lords von Granbretanien wissen, was in ihm vorging? Nein, das war unwahrscheinlich. Andererseits aber mochten sie mißtrauisch werden und dem Juwel jeden Augenblick Leben geben. Er nahm einen tiefen Atemzug der kalten Winterluft und straffte die Schultern. Hatte der Graf nicht gewarnt, seine Gedanken unter Kontrolle zu halten?

Der Schmerz in seinem Schädel wuchs. Er drehte sich um. »Wir sollten besser auf die Burg zurückkehren«, schlug er vor.

Yisselda nickte und legte erneut ihren Arm in seinen, sie gingen den Weg zurück, den sie gekommen waren.

Im großen Saal trafen sie Graf Brass. Falkenmond erkannte in seinem Gesicht nur freundliche Anteilnahme, und nichts verriet den drängenden, warnenden Tonfall, den Falkenmond letzte Nacht gehört hatte. Er fragte sich, ob er alles nur geträumt hatte oder ob Graf Brass ahnte, wie das Juwel wirkte, und sich nun entsprechend verhielt, um die Lords Granbretaniens zu täuschen.

»Der Herzog von Köln fühlt sich nicht wohl«, erklärte Yisselda ihrem Vater.

»Ich bedauere, das zu hören«, murmelte der Graf. »Kann ich etwas für Euch tun, mein Lord?«

»Nein«, flüsterte Falkenmond schwach. Er stützte sich auf Yisselda, die ihn bis zur Tür seines Schlafgemachs begleitete. Voll Mitleid blickte sie ihn an und strich ihm sanft über die Stirn, ehe sie wegrannte.

Die Berührung hatte ihn erschaudern lassen. Mit schmerzendem Kopf warf er sich aufs Bett und versuchte verzweifelt zu verstehen, was in und mit ihm vorging, und was den Schmerz in seinem Kopf verursachte. Schließlich schlief er jedoch wieder ein.

Am Nachmittag erwachte er und fühlte sich unsagbar erschöpft, aber der Schmerz war fast vergangen. Bowgentle beugte sich über ihn. »Ich hatte mich getäuscht«, gestand er, »als ich dachte, das Fieber habe Euch verlassen.«

»Was ist nur los mit mir?« murmelte Falkenmond.

»Soviel wir beurteilen können, nur ein leichtes Fieber, das durch die Unbill, die Ihr erlitten habt, erst jetzt hervorgerufen wurde. Vielleicht ist es auch unsere Schuld, da wir Eurem Magen durch die reichhaltigen Speisen und den Wein ein wenig zuviel zumuteten. Ihr werdet Euch jedoch sicherlich schon bald gänzlich erholt haben, mein Lord Herzog.«

Insgeheim wußte Falkenmond, daß diese Diagnose nicht stimmte, aber er sagte nichts. Er hörte ein Hüsteln, sah jedoch nichts weiter als die offenstehende Tür zum Waschraum. Jemand hielt sich dort auf. Er blickte Bowgentle fragend an, doch der tat, als interessiere er sich nur für Falkenmonds Puls.

»Ihr habt nichts zu befürchten«, sagte die Stimme aus dem Waschraum. Die gehörte Graf Brass. »Wir wollen Euch helfen. Wir kennen nun die Eigenschaft des Juwels in Eurer Stirn. Wenn Ihr Euch ein wenig besser fühlt, dann begebt Euch zur großen Halle, wo Sir Bowgentle Euch in ein unbedeutendes Gespräch ziehen wird. Wundert Euch nicht, wenn sein Benehmen ein wenig merkwürdig scheint.«

Bowgentle erhob sich. »Ihr werdet wieder gesund sein, mein Lord. Ich lasse Euch jetzt allein.«

Falkenmond blickte Bowgentle nach, als er das Gemach verließ, und hörte auch eine zweite Tür schließen, die vom Waschraum. Wie mochten sie nur die Wahrheit entdeckt haben? Und welche Folgen würde das für ihn haben? Bestimmt wunderten die Dunklen Lords sich über die eigenartige Wendung der Ereignisse und hatten schon Verdacht geschöpft. Jeden Augenblick konnten sie dem Schwarzen Juwel das volle Leben geben. Irgendwie beunruhigte ihn das nun mehr denn je zuvor.

Aber was konnte er schon tun, als Graf Brass' Befehl nachzukommen? Obgleich dieser vielleicht den Grund seines Hierseins herausgefunden haben mochte und seine Rache sicher nicht erfreulicher sein würde als die Granbretaniens. Falkenmonds Situation war, wie er sie auch betrachtete, äußerst unangenehm.

Bei Einbruch der Dämmerung stieg Falkenmond die Treppe hinunter in die große Halle und fragte sich, ob er nicht in eine Falle gelockt wurde. Er sah sich um im flackernden Feuerschein. Niemand außer ihm befand sich hier.

Bowgentle betrat gerade die Halle durch die gegenüberliegende Tür und lächelte ihm zu. Seine Lippen bewegten sich, obwohl kein Laut über sie drang. Dann tat er, als lausche er Falkenmonds Antwort. Und nun erst wurde dem Herzog klar, daß das Ganze nur dazu diente, jene zu täuschen, die mit Hilfe des Schwarzen Juwels beobachteten, was er selbst sah.

Als er Schritte hinter sich vernahm, drehte er sich nicht um, sondern tat, als antworte er Bowgentle.

Nun hörte er Graf Brass' Stimme in seinem Rücken. »Wir wissen, was das Schwarze Juwel ist, mein Lord Herzog, und daß man Euch hierherschickte, und wir glauben auch den Grund Eures Besuches zu kennen. Ich werde Euch alles erklären . . .«

Es war eine merkwürdige Situation, in der er sich befand. Bowgentle, der sich nun ihm gegenüber niedergelassen hatte, täuschte Rede und Antwort vor, während des Grafen tiefe Stimme von hinter ihm erklang.

»Als Ihr hier ankamt, ahnte ich sofort, daß das Schwarze Juwel mehr war, als Ihr sagtet – selbst wenn Ihr es vielleicht nicht wußtet. Die Herren des Dunklen Imperiums scheinen mich zu unterschätzen. Ich bin nicht weniger in Zauberkunst und Wissenschaft bewandert als sie. Und ich besitze auch ein uraltes Werk, in dem die Maschine des Schwarzen Juwels beschrieben ist. Ich war mir jedoch nicht klar, ob Ihr ein unwissendes oder wissendes Opfer des Juwels wart, und mußte es herausfinden, ohne daß die Granbretanier meine Absicht auch nur ahnten.

Aus diesem Grund bat ich Sir Bowgentle am Abend des Festmahls, alte Beschwörungen in seine Verse zu flechten. Diese Beschwörungsformeln sollten Euch und damit das Juwel des Bewußtseins berauben, damit wir Euch ohne Wissen des Lords des Dunklen Imperiums zu untersuchen vermochten. Wir hofften, sie würden Euch für betrunken halten und so nicht Sir Bowgentles hübsche Reime für Euren Zustand verantwortlich machen.

Die Beschwörungsverse mit ihrem besonderen Rhythmus erfüllten Ihren Zweck, und Ihr fielt in ein tiefes Koma. Während Ihr Eurer Sinne nicht mächtig wart, vermochten Bowgentle und ich zu Eurem wahren Ich vorzudringen, das sich wie ein verängstigtes

Tier zutiefst in Eurem Inneren vergraben hatte und bereits Gefahr lief zu ersticken. Einige Ereignisse hatten allerdings Euer inneres Ich ein wenig näher an die Oberfläche dringen lassen als zu Eurer Zeit in Granbretanien, und wir konnten es befragen. Wir erfuhren fast alles, was Ihr in Londra erlebt hattet, und auch, weshalb Ihr hierherkamt. In diesem Augenblick war ich nahe daran, Euch Eurem Schicksal zu überlassen oder Euch gar selbst zu töten. Aber dann erkannte ich auch, daß sich ein Konflikt in Eurem Inneren abzeichnete, dessen Ihr Euch kaum bewußt wart.«

Falkenmond, der vortäuschte, auf eine von Bowgentles ungestellten Fragen zu antworten, erschauderte gegen seinen Willen.

»Es wurde mir bewußt, daß nicht Euch die Schuld traf, und daß obendrein, wenn ich zuließe, daß das Schwarze Juwel Euch tötete, Granbretanien einen potentiellen mächtigen Feind verlöre. Obgleich ich gedenke, neutral zu bleiben, hat Granbretanien doch zuviel getan, mich zu beleidigen, als daß ich einen solchen Mann tot sehen möchte. Deshalb beschlossen wir, Euch einzuweihen und wissen zu lassen, daß ich über die Mittel verfüge, die Kraft des Schwarzen Juwels für einen unbestimmten Zeitraum auszuschalten. Wenn ich zu reden aufhöre, dann begleitet Euch Sir Bowgentle zu meinen Gemächern, wo ich tun werde, was zu tun ist. Es bleibt uns wenig Zeit, ehe die Lords des Dunklen Imperiums die Geduld verlieren und das volle Leben des Juwels freigeben . . .«

Falkenmond hörte Graf Brass die Halle verlassen und gleich darauf Bowgentle laut sagen: »Wenn Ihr also Lust habt, mich zu begleiten, mein Lord, zeige ich Euch den Teil der Burg, den Ihr noch nicht kennt, unter anderem auch die Privatgemächer des Grafen, die nicht viele Besucher sehen.«

Falkenmond war sich dessen bewußt, daß Bowgentle das alles sagte, um die Lords Granbretaniens zu beschwichtigen und ihre Neugier zu erwecken, um dadurch Zeit zu gewinnen.

Bowgentle führte ihn einen Gang entlang, der vor einem dicken Wandbehang endete. Er schob ihn beiseite und drückte auf einen Knopf. Sofort begann ein Teil der Wand aufzuleuchten, und als das Leuchten verging, gab sie eine Öffnung frei, durch die sie gebückt traten. Sie kamen in einen kleinen Raum, dessen Wände mit alten Karten und Diagrammen behangen waren und von ihm aus in ein größeres Gemach mit alchimistischen Apparaturen und vergilbten Büchern der Chemie, Zauberei und Philosophie.

»Hier entlang«, forderte Bowgentle Falkenmond auf und schob erneut einen Wandbehang zur Seite. Sie gelangten auf einen dunklen Gang.

Falkenmonds Augen bemühten sich, die Dunkelheit zu durchdringen, aber es war unmöglich. Vorsichtig stapfte er den Korridor entlang. Plötzlich leuchtete ein grelles Licht auf.

Falkenmond sah Graf Brass mit einer seltsamen Waffe in der Hand auf seinen Kopf zielen. Er warf sich zur Seite, aber der Gang war zu eng. Er hörte einen Knall, der schier sein Trommelfell zerriß, vernahm ein eigenartig melodiöses Summen und stürzte, das Bewußtsein verlierend, zu Boden.

Als er erwachte, fühlte er sich wohl wie nie zuvor. Er lächelte und streckte sich. Er lag auf einer Bank allein in einer kleinen Kammer. Vorsichtig tastete er nach seiner Stirn. Das Schwarze Juwel war noch an seinem Platz, aber es fühlte sich nicht mehr warm und lebendig an, sondern wie ein normaler Edelstein, kalt und glatt.

Eine Tür öffnete sich, und Graf Brass trat ein. Er lächelte zufrieden.

»Es tut mir leid, daß ich Euch gestern abend erschreckte«, entschuldigte er sich. »Aber ich mußte sehr schnell handeln, um das Schwarze Juwel zu lähmen und seine Lebenskraft herauszulocken. Ich halte sie nun sowohl durch physische als auch magische Mittel gefangen, doch vermag ich es nicht für immer. Sie ist zu stark. Einmal wird sie freikommen und in das Juwel zurückfließen, wo immer Ihr auch sein mögt.«

»So ist mir zumindest eine Gnadenfrist vergönnt«, murmelte Falkenmond. »Für welche Dauer glaubt Ihr?«

»Ich kann es nicht mit Sicherheit sagen. Sechs Monate fast gewiß, vielleicht auch ein Jahr oder zwei. Allerdings könnte es sich möglicherweise nur um Stunden handeln. Ich möchte nicht, daß Ihr Euch in falscher Sicherheit wiegt, Dorian Falkenmond, doch kann ich Euch zusätzliche Hoffnung geben. Im Osten lebt ein Zauberer, der das Schwarze Juwel aus Eurem Kopf entfernen könnte. Er ist ein Gegner des Dunklen Imperiums und hilft Euch vielleicht, wenn Ihr ihn zu finden vermögt.«

»Sagt mir seinen Namen.«

»Malagigi von Hamadan.«

»Er ist also in Persien zu Hause, dieser Magier?«

Graf Brass nickte. »Ja. In schier unerreichbarer Ferne.«

Falkenmond seufzte und setzte sich auf. »Nun, dann bleibt mir nichts als zu hoffen, daß Eure Zauberkunst eine Weile anhält. Ich werde Euer Land verlassen, Graf Brass, und nach Valence ziehen und mich der Armee dort anschließen, die sich gegen Granbretanien sammelt. Sie hat keine Chance zu gewinnen, aber zumindest werde ich ein paar der reichsköniglichen Hunde mit mir nehmen können, um wenigstens ein bißchen Rache zu üben für alles, was das Dunkle Imperium mir angetan hat.«

Graf Brass lächelte. »Kaum gebe ich Euch Euer Leben zurück, und schon beschließt Ihr, es zu opfern. Ich würde vorschlagen, Ihr geht ein wenig mit Euch selbst zu Rate, ehe Ihr etwas unternehmt. Wie fühlt Ihr Euch überhaupt, mein Lord Herzog?«

Dorian Falkenmond schwang sich von der Bank und streckte sich erneut. »Wach«, erwiderte er. »Ein neuer Mensch . . .«

Er runzelte die Stirn. »So ist es. Ein neuer Mensch«, wiederholte er nachdenklich. »Und ich muß Euch recht geben, Graf Brass. Die Rache mag warten, bis sich eine echte Chance ergibt.«

»Indem ich Euch rettete«, sagte Graf Brass, traurig fast, »nahm ich Eure Jugend fort, Ihr habt sie so für immer verloren.«

6. Die Schlacht um die Kamarg

»Sie breiten sich weder nach Osten noch nach Westen aus«, sagte Bowgentle eines Morgens gut zwei Monate später, »sondern treiben einen Keil nach Süden. Es besteht kein Zweifel, Brass, daß sie die Wahrheit erkannt haben, und sich nun an dir rächen wollen.«

»Vielleicht ist ihre Rache auch gegen mich gerichtet«, meinte Falkenmond, der in einem Sessel neben dem Kamin saß. »Möglicherweise gäben sie sich zufrieden, wenn ich ihnen entgegenreite. Sie halten mich zweifelsohne für einen Verräter.«

Graf Brass schüttelte den Kopf. »Nein, ich meine, ich kenne Baron Meliadus, ihn dürstet nach unser aller Blut. Er und seine

Wölfe führen die Armee an. Sie werden nicht haltmachen, bis sie die Grenze erreichen.«

Von Villach wandte sich vom Fenster ab, von wo er auf die Stadt hinabgeblickt hatte. »Mögen sie kommen. Wir werden sie wegblasen wie der Mistral die Blätter von den Bäumen.«

»Hoffentlich«, murmelte Bowgentle mit Zweifel in der Stimme. »Sie haben ihre Kraft geballt. Zum erstenmal gehen sie nicht nach ihrer üblichen Taktik vor.«

»Diese Narren!« Graf Brass lächelte. »Ich bewunderte ihre Strategie, sich im ständig wechselnden Halbkreis auszudehnen. Auf diese Weise vermochten sie zu jeder Zeit ihre Nachhut zu verstärken, ehe sie vorwärtsdrangen. Nun haben sie an beiden Flanken unerobertes Gebiet, und feindliche Streitkräfte hinter sich, die ihnen den Rückweg abschneiden können. Wenn wir sie schlagen, haben sie kaum eine Chance, überhaupt den Rückzug anzutreten. Baron Meliadus' Venedetta gegen uns scheint ihn seines klaren Verstandes zu berauben.«

»Aber wenn sie siegen«, warf Falkenmond ein, »haben sie einen Weg von Meer zu Meer geschlagen, der ihnen die weiteren Eroberungen erleichtern wird.«

»Vielleicht begründet Meliadus seine Handlungsweise damit«, pflichtete Bowgentle ihm bei. »Und wer weiß, vielleicht gelingt es ihm auch.«

»Unsinn!« schnaubte von Villach. »Unsere Türme werden Granbretanien in Schach halten.«

»Sie dienen dazu, einen Angriff über Land abzuwehren«, gab Bowgentle zu bedenken. »Wir rechneten nicht mit der Luftflotte des Dunklen Imperiums.«

»Wir haben unsere eigene Luftwaffe«, erinnerte ihn der Graf.

»Aber die Flamingos sind nicht aus Metall«, brummte der Philosoph.

Falkenmond erhob sich. Er trug immer noch das schwarze Lederwams und die Beinkleider, die er von Meliadus hatte. »Schon in wenigen Wochen werden die Granbretanier an unserer Grenze stehen. Welche Vorbereitungen müssen wir treffen?«

Bowgentle tippte mit dem Finger auf eine große Landkarte, die er zusammengerollt unter dem Arm trug. »Als erstes müssen wir sie studieren.«

»Breite sie auf dem Tisch aus«, bat Graf Brass.

Bowgentle tat es und beschwerte die Ecken mit Weinkelchen. Graf Brass, von Villach und Falkenmond beugten sich darüber. Die Karte zeigte die Kamarg und einige hundert Meilen des sie umgebenden Gebiets.

»Sie ziehen in etwa den Fluß entlang, am östlichen Ufer«, erklärte Graf Brass und deutete auf die Rhone. »Nach Angaben des Boten müßten sie innerhalb einer Woche hier ankommen«, er deutete auf das Cevennenvorland. »Wir müssen Kundschafter aussenden, die uns ständig auf dem laufenden halten. Wenn sie dann unsere Grenze erreichen, wäre es gut, unsere Hauptmacht genau an der richtigen Stelle bereit zu haben.«

»Was ist, wenn sie Ornithopter vorausschicken?« fragte Falkenmond.

»Wir werden unsere eigenen fliegenden Späher einsetzen und sie so rechtzeitig bemerken«, schnaubte von Villach. »Und die Türme werden schon mit jenen fertig, die den Luftreitern entkommen.«

»Eure Streitkräfte sind zahlenmäßig nicht sehr stark«, erinnerte Falkenmond. »Ihr müßt Euch deshalb hauptsächlich auf die Türme verlassen und fast ausschließlich einen Defensivkampf führen.«

»Das genügt durchaus«, versicherte ihm Graf Brass. »Wir warten an unseren Grenzen und füllen die Lücken zwischen den Türmen mit unserer Infanterie. Mit Hilfe der Heliographen und sonstigen Melder unterrichten wir die Türme, wo ihr Einsatz am dringendsten ist.«

»Wir sind nur daran interessiert, ihren Angriff abzuwehren«, warf Bowgentle mit unverkennbarer Ironie ein.

Graf Brass blickte ihn an und hob die Brauen. »Genauso ist es, Freund Bowgentle. Es wäre Selbstmord, einen Angriff zu wagen – unsere wenigen Leute gegen ihre vielen. Unsere einzige Überlebenschance liegt in den Türmen, und indem wir dem Reichskönig und seinen Mannen beweisen, daß wir ihnen widerstehen können, gleich ob sie uns belagern oder offen angreifen – von Land, See oder aus der Luft. Es wäre sinnlos, einen Kampf außerhalb unserer Grenzen zu versuchen.«

»Was meint Ihr, Freund Falkenmond?« fragte Bowgentle. »Ihr habt Erfahrung im Krieg gegen das Dunkle Imperium.«

Falkenmond studierte die Karte. »Graf Brass' Taktik ist klug durchdacht. Ich habe am eigenen Leibe erfahren, daß ein offener Angriff nicht zum Sieg führen kann. Aber wie wäre es, wenn wir den Ort der Schlacht wählen könnten? Wo ist die Verteidigung am stärksten?«

Von Villach deutete auf ein Gebiet südöstlich der Rhone. »Hier stehen die Türme am dichtesten, und unsere Mannen könnten sich auf dem etwas höhergelegenen Terrain sammeln, während der Feind durch ein Gebiet kommen müßte, das zu dieser Jahreszeit besonders sumpfig ist.« Er zuckte die Schultern. »Aber was nutzt es? Sie werden den Angriffsort bestimmen, nicht wir.«

»Außer man könnte sie dorthin *treiben*«, überlegte Falkenmond laut.

»Und was würde sie treiben? Fliegende Messer?« Graf Brass lächelte.

»Ich!« sagte Falkenmond überzeugt. »Mit Hilfe von zweihundert Berittenen – wenn wir sie nie zum offenen Kampf herausfordern, sondern ständig durch kleine Überfälle an den Flanken in Atem halten, könnten wir sie mit ein wenig Glück genau zu jener Stelle treiben, so wie Eure Hunde es mit den Bullen tun. Gleichzeitig wüßten wir immer, wo sie sich befinden, und könnten Euch in regelmäßigen Abständen durch Boten informieren.«

Graf Brass strich sich über den Schnurrbart und bedachte Falkenmond mit einem respektvollen Blick. »Ein Taktiker nach meinem Herzen«, murmelte er. »Vielleicht macht mein Alter mich übervorsichtig. In jüngeren Jahren hätte ich wahrscheinlich einen ähnlichen Plan ausgearbeitet. Es könnte zu machen sein, Freund Falkenmond. Mit viel Glück könnte es zu machen sein!«

Von Villach räusperte sich. »Ja, Glück und eine ungeheure Ausdauer. Seit Ihr Euch klar, was Ihr da auf Euch nehmt, Junge? Zum Schlafen und Ausruhen werdet Ihr so gut wie gar nicht kommen. Ihr müßtet jede Sekunde die Augen offenhalten. Und selbst wenn Ihr es durchsteht, glaubt Ihr, Eure Soldaten werden es? Dann müßtet Ihr noch auf die fliegenden Maschinen achten ...«

»Nein, aufpassen müssen wir lediglich auf ihre Späher«, widersprach Falkenmond. »Denn wir schlagen zu und verschwinden, ehe sie die Hauptmacht der Ornithopter überhaupt in der Luft haben. Eure Mannen kennen das Gebiet. Sie wissen, wo man sich verbergen kann.«

Bowgentle blickte nachdenklich drein. »Es gibt noch etwas, das in Betracht gezogen werden muß. Ihr Grund, weshalb sie am Fluß entlangziehen, ist, daß sie in der Nähe ihrer Versorgung bleiben wollen. Sie transportieren ihre Verpflegung, Kriegsmaschinen, Ersatzpferde und selbst ihre Ornithopter auf Schiffen auf der Rhone – darum kommen sie auch so schnell vorwärts. Wie, meint Ihr wohl, ließen sie sich davon trennen?«

Falkenmond dachte einen Augenblick nach, dann grinste er. »Diese Frage ist gar nicht so schwer zu beantworten. Hört . . .«

Am nächsten Tag ritt Dorian Falkenmond, mit Lady Yisselda an seiner Seite, über das wilde Marschland. Sie hatten seit seiner Genesung viel Zeit miteinander verbracht, und er fühlte sich sehr von ihr angezogen, auch wenn er es ihr kaum zeigte. Zwar war sie schon zufrieden, in seiner Nähe sein zu können, aber hin und wieder schmerzte es sie doch, daß er auch nicht das geringste Zeichen von Zuneigung verriet. Sie ahnte nicht, daß er nichts lieber täte, aber daß sein Verantwortungsbewußtsein und seine Sorge um sie ihn davon abhielten. Denn er wußte, daß er schon im nächsten Augenblick innerhalb von Minuten zum Körper ohne Geist, ohne Verstand werden konnte. Er lebte im ständigen Bewußtsein, daß die Kraft des Schwarzen Juwels die Fesseln sprengen mochte, in die Graf Brass es gelegt hatte, und daß die Dunklen Lords von Granbretanien dann dem Juwel sofort seine volle Kraft geben würden, die sein Gehirn zerstörte.

Darum gestand er ihr nicht, daß er sie liebte, daß es diese Liebe gewesen war, die sein eigentliches Ich aus dem tiefen Schlummer weckte. Und daß Graf Brass, weil er es erkannt hatte, ihn deshalb am Leben ließ. Und sie war zu schüchtern, ihm ihre Liebe einzugestehen.

Nebeneinander galoppierten sie durch die Marschen und spürten den Wind in ihren Gesichtern und an ihren Umhängen zerren. Sie ritten schneller, als es klug war, über die sich windenden verborgenen Wege durch Moor und Lagunen. Sie scheuchten Sumpfhühner und Enten auf, erschreckten Herden weißer Pferde und lachten über die erstaunten Augen der weißen Stiere und deren Familien, die ihnen nachstarrten, bis die Hufe ihrer Pferde den Sand des

Strandes hochschleuderten und das Meer vor ihnen lag. Sie brachten die Tiere zum Halten und riefen sich durch das Pfeifen des Mistrals zu.

»Bowgentle erzählte mir, daß Ihr morgen aufbrecht«, rief sie. Plötzlich ließ der Wind einen Augenblick nach, und alles war still.

»Ja. Morgen.« Er drehte ihr sein traurig-ernstes Gesicht zu, doch schnell wandte er es wieder ab. »Aber es wird nicht lange dauern, dann bin ich wieder zurück.«

»Paßt auf Euch auf, Dorian. Sie dürfen Euch nicht töten!«

Er lachte. »Ich glaube, es ist mir nicht bestimmt, von Granbretaniern getötet zu werden – sonst wäre ich schon mehrmals gestorben.«

Sie wollte etwas erwidern, aber da begann der Wind erneut zu stürmen und wehte ihr Haar um ihr Gesicht. Er beugte sich vor und half ihr, es zurückzubinden. Dabei berührte er ihre samtige Haut und wünschte sich von ganzem Herzen, er dürfte sie in die Arme schließen und ihre Lippen mit den seinen berühren. Sie griff nach seiner Hand, aber er zog sie sanft zurück, drehte sein Roß und begann zurückzutraben.

Am Himmel über dem tiefgebeugten Schilf und dem aufgewühlten Wasser der Lagunen begannen sich Wolken zu ballen. Aber nur wenige Tropfen fielen. Langsam ritten sie zurück, jeder in schwermütige Gedanken versunken.

Ein Kettenhemd bedeckte Falkenmond vom Hals bis zu den Waden und ein Helm mit Gesichtsschutz seinen Kopf. Von seiner Seite hing ein Breitschwert und ein Schild ohne Wappen. Er hob die Hand, und seine Mannen hielten an. Sie waren alle schwerbewaffnet – mit Schleudern, Bögen, Wurfäxten, Speeren, manche auch mit Flammenlanzen, eben mit allem, was sich aus einiger Entfernung werfen ließ. Falkenmond sprang vom Pferd und folgte seinem Späher halb kriechend auf den Hügelkamm. Als er ihn erreichte, legte er sich auf den Bauch und blickte hinunter ins Tal, wo der Fluß einen Bogen machte. Zum erstenmal sah er die gesamte Streitmacht Granbretaniens.

Ihm erschien es eine endlose Legion geradewegs aus der Hölle, die sich langsam südostwärts bewegte, Bataillon um Bataillon von

Infanterie, Schwadron auf Schwadron von Kavallerie. Und jeder Mann maskiert, daß es aussah, als zöge das gesamte Tierreich gegen die Kamarg. Riesige Banner flatterten im Wind, und metallene Standarten schwankten an hohen Stangen. Er erkannte Asrovak Mikosevaars Banner mit seinem grinsenden Skelett, das ein Schwert schwang und auf dessen Schulter ein Aasgeier kauerte. Darunter stand in großen, gestickten Lettern: TOD DEM LEBEN. Der von hier so winzig kleine Reiter darunter mußte Mikosevaar persönlich sein. Abgesehen von Baron Meliadus war er der grausamste und skrupelloseste Kriegslord Granbretaniens. In der Nähe hob die Katzenstandarte Herzog Vendels, des Grandkonnetabels dieses Ordens, sich über die Köpfe der Marschierenden, und das Fliegenbanner Lord Jarak Nankenseens und hundert ähnliche Fahnen von hundert anderen Orden. Selbst das Banner der Heuschrecken fehlte nicht, obgleich ihr Grandkonnetabel es nicht begleitete, denn dieser war Huon, der Reichskönig. Allen voraus jedoch ritt Baron Meliadus in seiner Wolfsmaske. Er hielt seine Standarte persönlich – ein Wolf mit gefletschten Zähnen. Selbst sein Roß war in eine eiserne Rüstung gehüllt, die kunstvoll einem Wolf nachgebildet war.

Die Erde erbebte bis hierher, als die Armee dahinzog, und das Klirren ihrer Waffen und der Schweiß- und Tiergestank drangen bis zu Falkenmond.

Nun wandte er sich dem Fluß zu. Die schwerbeladenen Schiffe zogen so dicht neben- und hintereinander dahin, daß vom Wasser kaum etwas zu sehen war. Er lächelte und flüsterte dem Späher an seiner Seite zu: »Es könnte nicht besser stehen. Sie haben ihre gesamten Wasserfahrzeuge dicht zusammengedrängt. Kommt, wir müssen uns ein gutes Stück hinter den Landstreitkräften halten.«

Sie rannten den Hügel hinab. Falkenmond stieg auf seinen Rappen und winkte seinen Mannen zu, ihm zu folgen. Er galoppierte voran, und sie wußten, daß keine Zeit zu verlieren war.

Sie ritten fast den ganzen Tag, bis die Riesenarmee Granbretaniens nur noch eine Staubwolke im Süden und der Fluß frei von Schiffen des Dunklen Imperiums war. Hier verengte sich die Rhone und wurde seicht, so sie durch ein von Menschenhand geschaffenes Bett aus uralten Steinen floß und wo eine niedrige Steinbrücke ihre Ufer miteinander verband. Das Gebiet, durch das sie sich hier schlängelte, war auf einer Seite flach, während es sich auf der anderen sanft zu einem Tal neigte.

Als der Abend kam, studierte Falkenmond die steinernen Ufer, betrachtete überlegend die Brücke und begutachtete die Beschaffenheit des Flußbettes, indem er den Fluß ein Stück auf und ab watete. Das Bett befand sich hier in sehr schlechtem Zustand. Es war noch vor dem Tragischen Jahrtausend gebaut und seither vermutlich kaum repariert worden. Man hatte es geschaffen, um den Fluß aus irgendeinem Grund umzuleiten. Falkenmond beabsichtigte, sich das zunutze zu machen.

Am Ufer verteilt, warteten die Flammenlanzenträger auf sein Zeichen. Falkenmond kletterte zurück ans Ufer und wies ihnen einige Stellen auf der Brücke und am Ufer an. Die Flammenlanzenträger salutierten und begaben sich an die bezeigten Stellen. Falkenmond wies mit ausgestrecktem Arm in Richtung Westen, wo das Gelände abfiel, und rief ihnen etwas zu. Sie nickten.

Als sich die Nacht bereits herabgesenkt hatte, schoß rotes Feuer aus den Spitzen der Lanzen, fraß sich in Stein und brachte Wasser zum Sieden, bis rings um sie Hitze und Aufruhr herrschte.

Die ganze Nacht hindurch taten die Lanzen ihre Arbeit, bis die Brücke ächzend zusammenbrach und kochendes Wasser in alle Richtungen spritzte. Nun wandten die Lanzenträger sich dem Westufer zu und schnitten riesige Steine heraus. Sie polterten in den Fluß, der sich bereits um die blockierenden Brückentrümmer einen Weg bahnte.

Gegen Morgen floß die Rhone durch ein neues Bett ins Tal. Nur ein unbedeutendes Bächlein plätscherte noch durch das alte.

Müde, aber zufrieden grinsten Falkenmond und seine Mannen sich zu. Dann stiegen sie auf ihre Pferde und ritten zurück. Sie hatten ihren ersten Schlag gegen Granbretanien getan – und es war ein wirkungsvoller.

Falkenmond und seine Soldaten rasteten ein paar Stunden in den Bergen, dann sahen sie wieder nach der Armee des Dunklen Imperiums.

Falkenmond lächelte, als er hinter einem Busch verborgen auf die Verwirrung und das Chaos hinuntersah.

Der Fluß war hier nur noch Morast, in dem wie gestrandete Wale die Schiffe Granbretaniens auf Grund lagen. Manche von ihnen hatten den Bug erhoben und das Heck tief im sumpfigen Flußbett vergraben, manche lagen auf der Seite, manche mit dem Bug im Morast, andere völlig umgekippt mit überall verstreuten Kriegsmaschinen, verdorbener Verpflegung und angstvoll brüllendem Vieh. Dazwischen wateten die Soldaten, die versuchten, die schlammbedeckte Ladung an Land zu ziehen und die eingepferchten und angebundenen Pferde, Schafe, Schweine und Kühe zu befreien.

Es herrschte ein unvorstellbares Durcheinander und ein ohrenbetäubender Lärm. Die geschlossenen Ränge der einzelnen Orden waren gebrochen. Kavalleristen mußten ihre stolzen Rosse als Zugtiere einsetzen, um die Schiffe auf festeren Boden zu ziehen. Zelte wurden errichtet; denn Meliadus sah ein, daß er nicht weitermarschieren konnte, ehe nicht die Ladung geborgen war. Wachen waren rund um das Lager postiert, aber sie widmeten ihre Aufmerksamkeit dem Fluß und nicht den Bergen, wo Falkenmond und seine Männer warteten.

Die Dunkelheit brach allmählich herein, und da die Ornithopter des Nachts nicht zu fliegen vermochten, würde Baron Meliadus nicht vor dem Morgen den Grund für das plötzliche Austrocknen des Flusses erkennen. Dann, so nahm Falkenmond an, würde er sicher Pioniere den Fluß abwärts schicken, um den Schaden zu beheben. Aber darauf war Falkenmond vorbereitet.

Nun war es Zeit, seine Männer einzusetzen. Er kletterte in die Schlucht zurück, wo sie ausruhten, und besprach sich mit den Hauptleuten. Er hatte etwas Besonderes vor, das, so hoffte er, die Krieger Granbretaniens demoralisieren würde.

Die Nacht brach herein, und die Männer unten im Tal arbeiteten bei Fackelschein weiter; sie zogen die schweren Kriegsgeräte und die Verpflegung die steilen Ufer hoch. Meliadus trieb in seiner Ungeduld, die Kamarg zu erreichen, seine schwitzenden Soldaten an und gönnte ihnen keine Rast. Hinter ihm standen die Zelte der verschiedenen Orden, jeweils ringförmig nebeneinandergestellt, und in der Mitte eines jeden Ringes erhob sich die jeweilige Standarte des Ordens. Allerdings befanden sich nur wenige Soldaten in den Zelten, da die meisten noch bei der Bergung zu tun hatten.

Keiner sah die dunklen Gestalten auf leisen Hufen die Hügel herunterreiten.

Falkenmond hielt seinen Hengst an. Seine Rechte holte die kostbare Klinge, die Meliadus ihm gegeben hatte, aus der Scheide und hob sie zum Zeichen des Angriffs über den Kopf.

Ohne Kriegsgeschrei, nur begleitet vom Donnern der Hufe, fielen sie – allen voran Falkenmond – über das Lager her. Ein völlig überraschter Wächter fand ein rasches Ende durch den Streich von Falkenmonds Schwert. Mit mächtigen Hieben zertrennten sie die Haltetaue der Zelte und machten die wenigen Bewaffneten nieder, die sich ihnen entgegenstellten, ohne zu wissen, wer ihre Gegner waren. Falkenmond erreichte die erste Standarte, die des Hundes. Weit ausholend fällte er die Stange. Das Feldzeichen fiel geradewegs in eines der Lagerfeuer, daß die Glut aufwirbelte und die brennenden Scheite davonkatapultierten.

Falkenmond hielt nicht an. Er trieb sein Roß auf die Mitte des riesigen Lagers zu. Die Soldaten am Fluß bemerkten nichts davon; denn die Geräusche, die die Kamarger verursachten, wurden von ihrem eigenen Lärm weit übertönt.

Drei nur halbgerüstete Schwertkämpfer rannten auf Falkenmond zu. Er riß seinen Rappen zur Seite und schwang sein Breitschwert von links nach rechts und parierte so die Klingen seiner Angreifer. Eine schlug er aus der Hand ihres Besitzers. Die beiden anderen drängten auf ihn ein, aber Falkenmond hieb nach einer Hand und trennte sie vom Gelenk. Der dritte Krieger wich zurück. Falkenmond stieß ihm das Schwert durch die Brust.

Sein Pferd bäumte sich auf, und Falkenmond hatte Mühe, es wieder unter Kontrolle zu bringen. Schließlich konnte er es in einen anderen Zeltkreis lenken. Seine Leute folgten ihm. Auf dem offenen Platz inmitten der Zelte blockierte eine Gruppe Schwertkämpfer, die ihre Rüstungen für die Nacht bereits abgelegt hatten, seinen Weg. Falkenmond rief seinen Männern einen Befehl zu. Sie schwärmten aus und griffen in gerader Linie mit vorgestreckten Schwertern an. Wie ein Mann durchbrachen sie die Kette und ließen ihre Gegner leblos hinter sich zurück. Sie waren im Nu im nächsten Zeltkreis und zertrennten auch hier die Halteseile. Inmitten dieser Zeltgruppen fand Falkenmond, was er gesucht hatte: das Gottesanbeterinnenbanner von des Reichskönigs eigener Garde.

Eine Gruppe von Kriegern bemühte sich, die Helme über den Kopf zu stülpen und die Schilde festzuschnallen. Ohne auf seine Männer zu warten, stürmte Falkenmond mit einem lauten Schrei auf sie ein. Einen kurzen Moment war sein Schwertarm wie betäubt, als seine Klinge auf den Schild des nächsten Soldaten prallte. Aber er hob ihn erneut, und diesmal spaltete das Schwert den Schild und schlitzte das Gesicht des Kriegers dahinter auf. Einen weiteren stach Falkenmond in die Seite, und einen dritten enthauptete er. Seine Klinge hob und senkte sich, schwang von rechts nach links. Und nun hatten ihn auch seine Männer erreicht und drängten die Soldaten immer weiter, in einem stetig enger werdenden Ring um das Gottesanbeterinnenbanner zurück.

Ein Schwerthieb schlitzte Falkenmonds Kettenhemd auf, der Schild wurde ihm aus der Hand geschlagen, aber er kämpfte unermüdlich weiter, bis nur noch ein einziger Krieger das Banner verteidigte.

Der Herzog von Köln beugte sich vor, hob den Helm des Soldaten mit der Schwertspitze und spaltete ihm den Schädel. Dann packte er das Banner und riß es aus der Erde. Hoch über dem Kopf schwenkend, zeigte er es seinen jubelnden Männern. Er drehte sein Pferd, das leichtfüßig über Leichen und zusammengebrochene Zelte sprang, und kehrte zu den Bergen zurück.

Hinter sich hörte er einen verwundeten Krieger aufschreien: »Habt ihr ihn gesehen? Er hat ein schwarzes Juwel in seinem Schädel!« Da wußte er, daß Baron Meliadus bald erfahren würde, wer sein Lager überfallen und die kostbarste Standarte der ganzen Armee geraubt hatte.

Falkenmond drehte sich in die Richtung des Rufenden, schwenkte das Feldzeichen und lachte triumphierend.

»Falkenmond!« schrie er. »Falkenmond!« Das war der uralte Schlachtruf seiner Vorväter. Ungewollt kam er ihm nun über die Lippen, herausgedrängt durch sein Bedürfnis, seinen Feind, den Mörder seines Vaters, wissen zu lassen, wer hier sein Gegner war.

Sein pechschwarzer Hengst brach sich mit geblähten Nüstern und funkelnden Augen einen Weg durch das Chaos im Lager.

Hastig sprangen einige der feindlichen Soldaten auf ihre Pferde und verfolgten ihn. Sein Gelächter stachelte ihre Wut noch weiter an.

Bald hatten Falkenmond und seine Mannen die Berge wieder erreicht, sie jagten auf ihr vorbereitetes Versteck zu, dessen Eingang sie gut getarnt hatten. Meliadus' Männer verfolgten sie. Falkenmond drehte sich um und sah, daß auf dem ausgetrockneten Flußbett nun ein noch größeres Durcheinander herrschte. Fackeln bewegten sich rasch auf das Lager zu.

Da sie mit der Landschaft bestens vertraut waren, hatten Falkenmonds Leute die Verfolger bald hinter sich gelassen. Schließlich kamen sie an den Eingang einer Höhle, den sie am vorangegangenen Tag getarnt hatten. Sie ritten in die Höhle hinein, saßen ab und tarnten erneut den Eingang. Die Höhle war groß, und tiefer im Fels lagen sogar noch größere Höhlen. So hatten sie ausreichend Platz für sich und ihre Pferde. Durch die letzte Höhle floß ein kleines Bächlein; dort war auch Proviant für mehrere Tage gelagert. Ähnliche geheime Unterschlüpfe waren auf dem ganzen Weg zurück zur Kamarg vorbereitet.

Einer der Männer zündete Fackeln an. Falkenmond sprang von seinem Roß und schleuderte die Gottesanbeterinnenstandarte in eine Ecke. Er grinste Pelaire, seinen pausbäckigen Unterführer, an.

»Meliadus wird morgen Pioniere zu unserem Damm entsenden; denn zweifellos werden die Ornithopter keine Schwierigkeiten haben, ihn zu finden. Wir müssen sichergehen, daß sie unsere mühsame Arbeit nicht zuschanden machen.«

Pelaire nickte. »Ja, aber selbst wenn wir eine Gruppe niedermachen, wird er die nächste schicken . . .«

»Und weitere.« Falkenmond zuckte die Schultern. »Aber ich baue auf seine Ungeduld; er hat es gewiß eilig, die Kamarg zu erreichen. Es wird ihm schließlich klarwerden, daß er nur Zeit vergeudet, wenn er den Fluß in sein altes Bett zurückzuleiten versucht. Also wird er vorwärts drängen – und mit ein bißchen Glück und falls wir überleben, sollte es uns gelingen, ihn südostwärts zur Grenze zu treiben.«

Pelaire hatte angefangen, die rückkehrenden Krieger zu zählen. Falkenmond wartete, bis er damit fertig war, dann fragte er: »Verluste?«

Pelaires Gesichtsausdruck war eine Mischung aus Unglauben und Begeisterung. »Keine, Herr – wir haben nicht einen einzigen Mann verloren!«

»Ein gutes Omen.« Falkenmond schlug Pelaire auf die Schulter. »Wir müssen uns nun ausruhen. Morgen wartet ein langer Ritt auf uns.«

Gegen Morgengrauen stürzte die Wache, die sie vor den Eingang postiert hatten, in die Höhle.

»Eine fliegende Maschine!« berichtete der Mann aufgeregt dem Herzog, der sich gerade im Bach wusch. »Sie kreist schon seit zehn Minuten über dem Berg.«

»Denkt Ihr, der Pilot hat unsere Spuren gesichtet?« rief Pelaire.

»Völlig unmöglich«, wehrte Falkenmond ab und trocknete sich das Gesicht. »Nicht einmal vom Boden aus wären Spuren auf dem harten Fels zu erkennen. Wir wollen uns mit Geduld wappnen. Diese Ornithopter können nur begrenzte Zeit in der Luft bleiben.«

Aber eine Stunde später kehrte die Wache zurück und meldete, daß ein zweiter Ornithopter den ersten abgelöst habe. Falkenmond biß sich auf die Unterlippe. »Die Zeit wird knapp. Wir müssen den Damm erreichen, ehe die Pioniere mit der Arbeit beginnen. Es bleibt uns nichts übrig, als ein Risiko einzugehen . . .«

Er zog einen der Männer zur Seite und erklärte ihm etwas. Dann rief er zwei Flammenträger zu sich, und schließlich befahl er dem Rest, die Pferde zu satteln und sich zum Aufbruch bereitzumachen.

Ein wenig später trabte ein einsamer Reiter aus der Höhle und bewegte sich langsam den felsigen Schränghang hinab.

Falkenmond beobachtete vom Eingang aus, wie die fliegende Maschine sich mit schleppend flatternden Flügeln auf den Mann herabzusenken begann. Er winkte mit der Hand. Die Lanzenträger zielten mit ihren schweren Waffen, deren Rubinspiralen bereits glühten. Der Nachteil der Flammenlanzen war, daß es eine Weile dauerte, ehe sie einsatzbereit waren, und daß sie manchmal zu heiß wurden.

Der Ornithopter kreiste immer niedriger. Die gut versteckten Lanzenträger hoben ihre Waffen. Falkenmond sah, wie der Pilot sich aus der Maschine beugte und nach unten spähte.

»Jetzt!«

Die Flammen schossen aus den Lanzenspitzen. Die der ersten Lanze schlugen gegen die Seite der Maschine und erhitzten lediglich das Metall ein wenig. Aber die der zweiten leckten nach dem Piloten, dessen Kleidung sofort aufflammte. Erschrocken versuchte er sie zu ersticken und vergaß dabei die Kontrollen. Die Flügel des Ornithopters flatterten unregelmäßig, die Maschine drehte sich in der Luft, torkelte auf eine Seite und stürzte steil ab. Sie schlug auf einem nahen Felsen auf, und ihre zerfetzten Teile flogen mitsamt dem Piloten nach allen Richtungen, ohne jedoch Feuer zu fangen.

Falkenmond stieg auf seinen Rappen und bedeutete seinen Mannen, ihm zu folgen. Sie galoppierten den felsigen Abhang hinunter und in die Richtung des Damms, den sie am Vortag errichtet hatten.

Der Wintertag war sonnig und klar. Sie waren guter Dinge, was sicher auch auf ihren Erfolg am vorangegangenen Tag zurückzuführen war. Als der Damm und der neue Flußlauf in Sichtweite kamen, ritten sie langsamer. Aus sicherer Deckung beobachteten sie erst, wie eine Einheit von Pionieren die eingestürzte Brücke betrachtete, die einen so wirkungsvollen Damm bildete. Dann setzten sie zum Sturm an, die berittenen Lanzenträger mit ihren einsatzbereiten Waffen voran.

In zehn Reihen schossen die Flammen auf die überraschten Granbretanier zu und machten sie zu lebenden Fackeln, die heulend auf das Wasser zurannten. Das Feuer leckte nach den Pionieren in ihren Maulwurfs- und Dachsmasken und nach den Schutzwachen, die die Geiermasken von Mikosevaars Söldnertruppe trugen. Und dann hatten Falkenmonds Krieger sie erreicht, und die Luft hallte wider von Waffengeklirr. Blutige Äxte pfiffen durch die Luft, Schwerter wurden geschwungen, Männer brüllten, Todesschreie gellten in den Ohren, Pferde schnaubten und bäumten sich wiehernd auf.

Falkenmonds durch einen Kettenüberwurf geschützter Hengst schwankte, als ein riesiger Krieger mit seiner zweischneidigen Kriegsaxt auf ihn einhieb. Das Roß stürzte und begrub Falkenmond bis zur Brust unter sich. Der Axtkämpfer mit der Geiermaske hob seine schwere Waffe über Falkenmonds Gesicht. Falkenmond zog seine Hand unter dem Pferd hervor; das Schwert hatte er noch fest im Griff. Er konnte es gerade noch rechtzeitig hochreißen, um die Hauptgewalt des Hiebs abzufangen. Das Pferd kam wieder auf die Beine. Falkenmond sprang in den Sattel, während er sich gleichzeitig vor der schwingenden Axt schützte.

Mehrmals trafen Axt und Schwert aufeinander, bis Falkenmond

seinen Arm kaum noch spürte. Als die Axt erneut herniedersauste, begegnete das Schwert ihr in halber Höhe und zertrennte das Handgelenk des Geierkriegers. Die Waffe polterte auf den Boden, und ein dumpfer Schrei drang aus der Maske. Falkenmond schlug das Schwert gegen die Maske und drückte sie ein. Der Söldner stöhnte und begann zu taumeln. Nun packte Falkenmond sein Breitschwert mit beiden Händen und ließ es mit aller Gewalt auf die bereits eingedrückte Stelle oben am Kopf herabsausen. Die Geiermaske zersprang, und ihr ehemaliger Träger begann um Gnade zu winseln. Falkenmonds Augen verengten sich, denn er verabscheute die Söldner noch mehr als die Granbretanier. Noch einmal holte er mit dem Schwert aus. Der Mann war bereits tot, als er gegen einen Kameraden stürzte, der sich gegen einen Kamarganer wehrte.

Falkenmond nahm sich den nächsten Gegner vor und ruhte nicht, bis alle Geiermänner tot am Boden lagen und nur noch die Pioniere mit ihren Kurzschwertern übrig waren, mit denen die Kamarganer schließlich kurzen Prozeß machten.

Pelaire musterte Falkenmonds finsteres Gesicht, als sie zu den Bergen zurückritten. »Ihr kennt kein Erbarmen, Hauptmann«, murmelte er.

»Nicht mehr«, erwiderte Falkenmond. »Mann, Frau oder Kind, wenn es Granbretanier sind, so sind es meine Feinde, die vernichtet werden müssen.«

Acht der Kamarganer waren auf dem Schlachtfeld zurückgeblieben. In Anbetracht der zahlenmäßig so hohen Überlegenheit des Gegners waren sie sehr glimpflich davongekommen. Die Granbretanier waren es gewohnt, ihre Feinde niederzumetzeln, nicht jedoch auf solche Weise überfallen zu werden. Vielleicht erklärte das die geringen Verluste der Kamarganer.

Meliadus sandte vier weitere Expeditionen aus, um den Damm zu zerstören, jede mit noch mehr Soldaten als die vorherige. Und jede wurde von den im Sturm angreifenden Kamarganern niedergemacht. Die Verluste der letzteren waren im Verhältnis immer noch gering. Von den zweihundert Kriegern, die mit Falkenmond ausgezogen waren, konnten noch hundertfünfzig den zweiten Teil des Plans ausführen und die Granbretanier auf die Route locken, die Falkenmond vorgesehen hatte.

Nach der ersten Schlacht griff Falkenmond nie mehr bei Tag an, wenn die Ornithopter am Himmel kreisten, sondern wartete bis zur Dunkelheit. Seine Flammenlanzen brannten Hunderte von Zelten und die darin Schlafenden nieder. Seine Pfeile streckten Dutzend um Dutzend der Posten nieder, die die Zelte bewachten, und auch jene, die tagsüber nach dem Versteck der Kamarganer suchten. Die Schwerter trockneten kaum noch, ehe sie erneut Blut zu trinken bekamen. Die Äxte wurden stumpf von ihrer tödlichen Arbeit. Und von den vielen Wurfspeeren seiner Mannen waren nur noch wenige übrig. Falkenmond und die Kamarganer waren hager geworden, ihre Augen blutunterlaufen, und sie vermochten sich manchmal kaum noch im Sattel zu halten. Oft waren sie nahe daran, von Ornithoptern oder Suchtrupps entdeckt zu werden. Aber sie sorgten dafür, daß der Weg vom Fluß weg mit Leichen der Granbretanier gepflastert war – und dies war der Weg, den sie für die Streitmacht Granbretaniens vorgesehen hatten.

Wie Falkenmond erwartet hatte, nahm Meliadus sich nicht ernsthaft die Zeit, die Partisanen aufzustöbern. Seine Ungeduld, die Kamarg zu erreichen, überwog sogar noch seinen Haß auf Falkenmond. Zweifellos sagte er sich, daß er sich noch ausreichend mit ihm beschäftigen konnte, wenn die Kamarg erst gefallen war.

Ein einziges Mal trafen die beiden aufeinander, als Falkenmond mit seinen Leuten sich gerade von einem neuen Überraschungsangriff zurückziehen wollte, weil die Morgendämmerung nicht mehr fern war. Meliadus stürmte mit einer Gruppe seiner Reiter auf die Kamarganer los. Als er Falkenmond entdeckte, der auf ein paar in ihr gestürztes Zelt verstrickte Granbretanier einhieb, galoppierte er auf ihn zu.

Falkenmond blickte auf und hob sein Schwert, um Meliadus' Hieb zu parieren. Er lächelte grimmig und drückte die Klinge des anderen langsam nach hinten.

Meliadus knurrte, als Falkenmond seinen Arm immer weiter zurückzwang.

»Meinen Dank, Baron Meliadus.« Falkenmond lachte voller Hohn. »Die Pflege, die Ihr mir in Londra angedeihen ließt, scheint mir neue Kraft verliehen zu haben . . .«

»Falkenmond«, erwiderte Meliadus, sich mühsam beherrschend. »Ich weiß nicht, wie es Euch gelang, Euch der Macht des Juwels zu entziehen. Aber Ihr werdet ein vieltausendmal schlimmeres Schicksal erleiden, als es je durch den Stein möglich gewesen wäre, wenn ich erst die Kamarg erobert habe und Ihr erneut mein Gefangener seid.«

Blitzschnell stieß Falkenmond seine Klinge unter die Parierstange von Meliadus' Schwert und riß es ihm aus der Hand, daß es durch die Luft wirbelte. Er hob sein Breitschwert zum Hieb, stellte jedoch fest, daß zu viele Granbretanier bereits in bedrohliche Nähe kamen.

»Bedaure, Baron«, rief er. »Aber ich muß mich beeilen. Ich werde mich Eures Versprechens entsinnen – wenn Ihr mein Gefangener seid!«

Er drehte sein Pferd und bahnte lachend für sich und seine Männer einen Weg durch das Chaos der gestürzten Zelte. Kochend vor Wut stieg Meliadus von seinem Roß, um sein Schwert aufzuheben. »Noch ehe ein Monat vergangen ist«, knurrte er, »wird er vor mir im Staub kriechen.«

Der Tag kam, da Falkenmond und seine Reiter sich durch die Marschen auf den Weg zum Vorgebirge machten, wo Graf Brass, Leopold von Villach und ihre Armee sie erwarteten. Die düsteren Türme, die fast so alt wie die Karmarg selbst waren, ragten hier drohend fast bis zu den regenschweren Wolken. Mehr als ein Hüter hielt nun in ihnen Wache, und Rohre und Schnauzen bizarrer Waffen schoben sich durch fast jede Öffnung.

Falkenmonds Rappe klomm den Hügel hinan und blieb vor der einsamen Gestalt Graf Brass' stehen, der erleichtert lächelte, als er den Reiter erkannte.

»Ich bin froh, daß ich mich entschloß, Euch leben zu lassen, Herzog von Köln.« Er grinste. »Ihr habt alles wie geplant erreicht – und seid sogar mit dem größten Teil Eurer Leute zurückgekommen. Ich bin mir nicht sicher, ob ich es in meiner Jugend besser hätte machen können.«

»Ich danke Euch, Graf Brass. Doch nun müssen wir die nötigen Vorbereitungen treffen. Baron Meliadus befindet sich kaum einen halben Tagesmarsch hinter uns.«

Unter ihm, am Fuß der Rückseite des Hügels, sah er die Infanterie der Kamarg sich sammeln. Die kaum tausend Mann schienen ihm erbärmlich wenig, verglichen mit der erdrückenden Übermacht der granbretanischen Soldaten. Auf einen der Kamarganer dürften zwanzig, wenn nicht gar doppelt so viele feindliche Krieger kommen.

Graf Brass bemerkte Falkenmonds Miene. »Keine Angst, mein Freund, wir haben bessere Waffen als Schwerter, um die Invasion zurückzuschlagen«, versicherte er ihm.

Falkenmond hatte sich getäuscht, als er dachte, die Armee des Dunklen Imperiums würde die Grenze in einem halben Tag erreichen. Meliadus hatte beschlossen, vor dem Weitermarsch eine ausgedehnte Rast einzulegen. Erst am Mittag des nächsten Tages rückte sie in breiter Formation über die Ebene an. Jede Infanterie- oder Kavallerieabteilung war aus Kriegern, die jeweils dem selben Orden angehörten, zusammengesetzt, und jeder Angehörige des Ordens hatte einen Schwur abgelegt, für jeden anderen Angehörigen dieses Ordens einzustehen, ob jener nun tot war oder ob er lebte. Dieses System war mitverantwortlich für die Stärke Granbretaniens, denn es bedeutete, daß kein Soldat je den Rückzug antrat, wenn dieser nicht ausdrücklich von seinem Grandkonnetabel befohlen wurde.

Graf Brass saß auf seinem Pferd und beobachtete das Anrücken des Feindes. An seiner Seite befanden sich Dorian Falkenmond und Leopold von Villach. Doch hier würde Falkenmond die Kommandos geben. Nun wird es ernst, dachte Falkenmond. Wie sollten sie gegen diese Übermacht bestehen? War Graf Brass nicht zu zuversichtlich?

Das gewaltige Heer mit seinen Kriegsmaschinen kam schließlich etwa eine halbe Meile entfernt zum Stehen. Zwei Gestalten lösten sich aus ihm und ritten auf den Hügel zu. Als sie näher kamen, erkannte Falkenmond die Wolfsstandarte und einen Augenblick später Baron Meliadus selbst, den ein Herold begleitete. Er hielt einen bronzenen Schalltrichter, der den Wunsch nach einer friedlichen Unterredung anzeigte.

»Er kann gewiß nicht vorhaben, sich zu ergeben – oder erwarten, daß wir es tun!« rief von Villach verblüfft.

»Sicher nicht.« Falkenmond lächelte. »Es ist zweifellos einer seiner Tricks, für die er berüchtigt ist.«

Graf Brass wußte des Herzogs Lächeln richtig zu deuten und mahnte. »Laßt Euch nicht von Eurem Haß beherrschen, so wie Baron Meliadus, junger Freund.«

Falkenmond starrte schweigend vor sich hin.

»Ich spreche für Baron Meliadus, Grandkonnetabel des Wolfsordens, Oberbefehlshaber des erhabenen Reichskönigs Huon, Herrscher über Granbretanien und bald ganz Europa.«

»Sagt Eurem Herrn, er soll seine Maske lüften und selbst den Mund auftun«, rief Graf Brass zurück.

»Mein Herr bietet Euch einen ehrenhaften Frieden. Wenn Ihr Euch jetzt ergebt, verspricht er, daß kein Blut fließen wird. Er beabsichtigt lediglich, sich im Namen unseres erhabenen Reichskönigs Huon zum Gouverneur einzusetzen und dafür Sorge zu tragen, daß bald Gerechtigkeit und Ordnung in diesem Land herrscht. Wir werden Gnade walten lassen. Solltet Ihr jedoch auf unser großzügiges Angebot nicht eingehen, wird es keine Kamarg mehr geben. Wir werden alles niederbrennen und dem Meer danach den Weg öffnen, das ganze Land zu überfluten. Unser Baron Meliadus ist überzeugt, daß Ihr wißt, es steht in seiner Macht, all dies zu tun. Euer Widerstand wäre der Tod für alle, die Euch lieb und teuer sind, und für Euch selbst ebenfalls.«

»Sagt Baron Meliadus, der sich hinter seiner Maske versteckt und sich schämt, selbst zu sprechen, weil er weiß, daß er ein erbärmlicher Schurke ist, der meine Gastfreundschaft mißbrauchte und von mir im fairen Kampf geschlagen wurde – sagt Eurem Herrn, daß wir sehr wohl sein Tod und der aller seiner Art sein mögen. Sagt ihm, daß er ein feiger Hund ist und tausend seiner Art nicht einen einzigen unserer Bullen niederzuzwingen vermögen. Sagt ihm, daß wir über sein Friedensangebot lachen, denn selbst ein Kind weiß, wie es gemeint ist. Sagt ihm, daß wir keinen Gouverneur benötigen, daß wir durchaus imstande sind, zur Zufriedenheit aller zu regieren. Sagt ihm . . .«

Graf Brass brach in höhnisches Gelächter aus, als Baron Meliadus sein Pferd wütend drehte und mit dem Herold zurückgaloppierte.

Sie warteten eine Viertelstunde, dann sahen sie die Ornithopter sich in die Luft erheben. Falkenmond seufzte. Schon einmal hatten die fliegenden Maschinen seine Niederlage herbeigeführt. Würden sie es auch dieses Mal?

Graf Brass hob den Arm. Da begann ein mächtiges Flügelrauschen. Falkenmond blickte über die Schulter und sah die scharlachroten Flamingos aufsteigen. Ihr fast lautloser und graziöser Flug war ein herrlicher Anblick, vor allem verglichen mit den plumpen, knarrenden Bewegungen der metallenen Ornithopter, die sie parodierten. Die edlen Vögel, von denen jeder in einem hohen Sattel einen Flammenlanzenkämpfer trug, schwebten auf die fliegenden Maschinen zu.

Da sie höher zu fliegen vermochten, waren sie in einer besseren Position, aber es war schwer zu glauben, daß sie den metallenen Maschinen ein gleichwertiger Gegner sein konnten. Rote Flammenzungen, aus dieser Entfernung kaum zu sehen, leckten nach den Ornithoptern. Ein Pilot wurde getroffen und fiel aus seiner Maschine, die mit flatternden Flügeln in den Sumpf am Fuß der Berge stürzte. Falkenmond beobachtete, wie ein Ornithopter seine doppelflammige Kanone auf einen Flamingo richtete. Reiter und Vogel fielen in einer Wolke aus Federn zu Boden. Die Luft war heiß und der Krach der fliegenden Maschinen ohrenbetäubend. Aber Graf Brass wandte nun seine Aufmerksamkeit der granbretanischen Kavallerie zu, die den Hügel im Sturm zu nehmen versuchte.

Zuerst beobachtete der Graf sie reglos, bis die gewaltige Masse von Pferdeleibern und Reitern näher war. Dann hob er erneut sein Schwert über den Kopf und rief: »Türme – eröffnet das Feuer!«

Die Mündungen einiger fremdartiger Waffen zielten auf die Kavalleristen. Ein durch Mark und Bein dringendes Kreischen durchschnitt die Luft, und Falkenmond dachte, sein Schädel müsse bersten, aber er sah nicht einmal einen Strahl oder sonst etwas aus den Waffen kommen. Jetzt erst bemerkte er, daß die Pferde sich aufbäumten, die Augen rollten und dicker Schaum aus ihren Nüstern trat. Sie warfen ihre Reiter ab, und bald zappelte die halbe Kavallerie im Morast.

Graf Brass wandte sich an Falkenmond. »Es ist eine Waffe, die einen für uns nur zum Teil hörbaren Schall aussendet. Für die Pferde ist er jedoch in seiner vollen Intensität zu vernehmen.«

»Sollen wir sie jetzt angreifen?« fragte Falkenmond.

»Nicht nötig. Zügelt Eure Ungeduld.«

Die Tiere brachen leblos zusammen. »Es tötet sie leider letztlich«, sagte der Graf mit Bedauern.

Nach wenigen Minuten lagen alle Pferde starr im Sumpf. Ihre Reiter wateten auf festeren Grund zurück und wußten offensichtlich nicht, was sie tun sollten.

Über ihnen brausten die Flamingos durch die Luft, umkreisten die Ornithopter und machten mit ihrer Wendigkeit wett, was ihnen an Kraft fehlte. Aber viele der Riesenvögel fielen – mehr als die fliegenden Maschinen mit ihren knarrenden Flügeln und brummenden Motoren.

Schwere Steinbrocken hagelten gegen die Türme.

»Sie setzen die Katapulte ein«, knurrte von Villach. »Sollten wir nicht jetzt . . .«

»Geduld!« mahnte Graf Brass scheinbar ungerührt.

Eine gewaltige Hitzewelle streifte sie. Sie sahen einem blendenden Feuerstrahl gegen den nächsten Turm schießen. Falkenmond deutete. »Eine Feuerkanone – die größte, die ich je sah. Sie wird uns alle vernichten!«

Graf Brass preschte auf den Turm zu, der unter Angriff stand. Sie sahen ihn von seinem Pferd springen und das Bauwerk betreten, das sie bereits für verloren hielten. Augenblicke später begann der Turm sich immer schnell und schneller zu drehen, und Falkenmond stellte mit offenem Mund fest, daß er unter der Erde verschwand. Die Flamme schoß harmlos über ihn hinweg. Die Kanone zielte nun auf den nächsten Turm, und auch dieser begann sich unter die Erde zurückzuziehen, während der erste mit großer Geschwindigkeit zurückwirbelte, zum Stillstand kam und mit einer Waffe auf der Brustwehr die Flammenkanone unter Beschuß nahm. Diese neue Waffe leuchtete grün und purpur und hatte einen glockenförmigen Schlund. Weiße Bälle flogen heraus und landeten in der Nähe der Flammenkanone. Falkenmond sah, wie die Bälle zwischen der Bemannung umherhüpften. Doch ein ganz in der Nähe aufgeschlagener Ornithopter lenkte seine Aufmerksamkeit davon ab und zwang ihn, mit seinem Hengst am Hügelkamm entlang in Sicherheit zu galoppieren, ehe die Maschine explodierte. Von Villach folgte ihm eilig. »Was sind das für seltsame Kugeln?« fragte ihn Falkenmond. Aber von Villach wußte es nicht. Er war genauso überrascht wie der Herzog.

Jetzt sah Falkenmond, daß die weißen Bälle zu hüpfen aufgehört hatten und kein Feuer mehr aus der Flammenkanone drang. Auch die rund hundert Mann in ihrer Nähe bewegten sich nicht mehr. Staunend erkannte er, daß sie steifgefroren waren. Weitere der weißen Bälle hüpften in der Nähe der Katapulte und anderer Kriegsmaschinen. Bald war auch ihre Bemannung erstarrt, und keine Geschosse bedrohten mehr die Türme.

Graf Brass verließ den Turm und ritt zu ihnen zurück. Er grinste über das ganze Gesicht. »Wir haben noch andere Waffen, mit denen wir es diesen Toren zeigen können«, versicherte er.

»Ja, aber wird die Übermacht uns nicht erdrücken?« fragte Falkenmond zweifelnd, als nun die Infanterie sich in Bewegung setzte. Die Zahl dieser Krieger schien so gewaltig, daß nach seiner Ansicht selbst die mächtigste Waffe sie nicht aufzuhalten vermochte.

»Wir werden sehen.« Graf Brass winkte einem Späher auf einem nahen Turm zu. Der Himmel über ihnen war schwarz von kämpfenden Vögeln und Maschinen. Rote Feuerstreifen zuckten durch die Luft, und Metallstücke und blutige Federn segelten überall um sie herum zu Boden. Es war unmöglich zu schätzen, welche Seite im Vorteil war.

Die Infanterie hatte den Hügel schon fast erreicht, als Graf Brass ein drittes Mal das Schwert hob und dem Beobachter auf dem Turm signalisierte. Der Turm richtete Waffen mit einer gähnenden Öffnung auf die Armee Granbretaniens. Blauschimmernde Glaskugeln fielen in die Reihen der nahenden Krieger. Falkenmond sah, wie sie aus der Formation ausbrachen, wild um sich schlugen und sich die Masken von den Köpfen rissen.

»Was ist denn passiert?« fragte er den Grafen verblüfft.

»Die Kugeln enthalten ein Gas, das Wahnvorstellungen hervorruft.« Graf Brass lächelte. »Es läßt sie grauenhafte Dinge sehen.« Er drehte sich im Sattel und winkte den am Fuß des Hügels wartenden Kamarganern zu. Sie begannen den Vormarsch. »Nun werden wir den Granbretaniern mit den üblichen Waffen entgegentreten«, sagte er.

Aus den hinteren Reihen der noch kampffähigen Infanterie schoß ein Pfeilregen auf sie zu, und Flammenlanzen spuckten Feuer. Graf Brass' Bogenschützen erwiderten den Angriff, genau wie seine Flammenlanzenträger. Pfeile klirrten gegen die Rüstungen, und mehrere Männer stürzten, während andere dem Flammenbeschuß zum Opfer fielen. Doch die Infanterie Granbretaniens kam trotz des Chaos aus Feuer und fliegenden Pfeilen und ihrer geschrumpften Zahl unbeirrbar näher. Als sie den mit Pferdeleibern über und über bedeckten Sumpf erreichten, hielten sie an, aber ihre Offiziere trieben sie sofort wieder weiter.

Graf Brass befahl seinen Herold zu sich. Der Mann kam heran mit dem einfachen Banner seines Herrn – ein roter Handschuh auf weißem Feld.

Die drei Männer warteten, bis die Infanterie ihre Formation brach, um durch den Morast und über die Pferdekadaver zu steigen, damit sie zum Hügel kämen, wo die Streitmacht der Kamarg auf sie wartete.

Falkenmond erblickte Meliadus in einiger Entfernung und erkannte die barbarische Geiermaske Asrovak Mikosevaars, als der riesige Muskoviter seine Geierlegion zu Fuß anführte und als einer der ersten den Sumpf überquerte und den Berghang erreichte.

Falkenmond ritt ein Stück voran, um Mikosevaar den Weg zu verstellen.

Die Geiermaske funkelte ihn mit ihren Rubinaugen an. »Ah! Falkenmond! Der Hund, der uns mit seinem Kläffen störte. Wollen wir sehen, wie ein Verräter sich im Kampf verhält!«

»Nennt mich nicht Verräter«, fuhr Falkenmond ihn an. »Ihr Aasgeier!«

Mikosevaar packte seine Streitaxt mit beiden Händen, brüllte einen Schlachtruf und stürmte auf Falkenmond zu, der von seinem Rappen sprang und sich mit Schild und Breitschwert zur Verteidigung bereitmachte.

Die schwere Axt donnerte gegen den Schild und ließ Falkenmond einen Schritt zurücktorkeln. Ein zweiter Hieb spaltete den oberen Schildrand. Falkenmond schwang mit aller Macht sein Schwert. Es traf Mikosevaars dicke Rüstung an der Schulter, daß Funken sprühten. Beide Männer wichen keinen Schritt zurück und beantworteten Hieb mit Hieb, während die Schlacht um sie tobte. Aus den Augenwinkeln sah Falkenmond von Villach mit Mygel Holst, dem Erzherzog von Londra, kämpfen, der ihm ein gleichwertiger Gegner war. Graf Brass brach sich durch die Krieger eine blutige Bahn auf Baron Meliadus zu, der offensichtlich die Absicht hatte, seine Befehle von außerhalb des Schlachtfelds zu geben.

Durch ihre günstigere Stellung waren die Kamarganer durchaus in der Lage, dem Gegner zu widerstehen und ihre Formation beizubehalten.

Falkenmonds Schild war durch viele Treffer unbrauchbar geworden. Er schleuderte ihn von sich, dann packte er sein Breitschwert mit beiden Händen und schwang es, um Mikosevaars Schlag abzuwehren, der seinem Kopf galt. Die beiden Männer stöhnten vor Anstrengung, während sie aufeinander einhieben.

Falkenmond war schweißüberströmt unter seiner Rüstung. Plötzlich glitt sein Fuß im Schlamm aus, und er fiel auf ein Knie. Mikosevaar sprang mit erhobener Axt auf ihn zu, um ihm den Schädel zu spalten. Falkenmond warf sich flach auf den Boden und packte Mikosevaar an den Beinen, so daß er ebenfalls in den Morast stürzte. Ineinander verschlungen rollten beide den Abhang hinunter auf den Sumpf mit den toten Pferden zu.

Schließlich prallten sie gegen einen Kadaver, der sie stoppte. Keiner von ihnen hatte seine Waffe verloren. Sie stolperten beide auf die Beine, um ihren Kampf fortzusetzen, Falkenmond stemmte sich gegen ein totes Streitroß und ließ sein Schwert herabsausen. Der Hieb hätte Mikosevaar den Hals gebrochen, doch er duckte sich rechtzeitig. Aber sein Helm löste sich und gab ein weißbärtiges Gesicht und im Wahnsinn funkelnde Augen frei. Der Muskoviter stieß seine Axt von unten gegen Falkenmonds Bauch, doch des Herzogs Breitschwert blockierte den Hieb.

Falkenmond ließ sein Schwert fallen und stieß den anderen mit beiden Händen, daß er auf den Rücken stürzte. Während er sich noch aufzurichten versuchte, bückte Falkenmond sich nach seinem Schwert, hob es hoch und schmetterte es in das Gesicht des Muskoviters. Der Mann heulte auf. Blitzschnell hob und senkte sich die Klinge erneut. Mikosevaars gellender Schrei erstarb. Falkenmond wandte sich von dem Toten ab und schaute, wie die Schlacht verlief.

Es war schwer zu sagen. Überall fielen Männer, aber es schien, als wären die meisten von ihnen Granbretanier. Der Luftkampf war fast zu Ende. Nur noch wenige Ornithopter kreisten am Himmel, dafür jedoch wesentlich mehr Flamingos.

Konnte es sein, daß die Kamarg den Sieg errang?

Falkenmond drehte sich um, als zwei Krieger der Geierlegion auf ihn zustampften. Unbekümmert bückte er sich, um die blutige Maske Mikosevaars aufzuheben. Er lachte ihnen entgegen. »Seht!« höhnte er. »Euer Grandkonnetabel ist gefallen – Euer Kriegslord wird euch nicht mehr anführen!« Die Legionäre zögerten, dann machten sie ein paar Schritte rückwärts und ergriffen schließlich die Flucht. Die Geierlegion war nicht so diszipliniert wie die anderen Orden.

Falkenmond begann über die Pferdekadaver zu klettern, die zum Teil bereits unter den Soldatenleichen begraben waren. Die Schlacht war an dieser Stelle so gut wie zu Ende, aber er sah, wie von Villach den Toten Mygel Holst den Abhang herunterstieß und sich mit einem Triumphschrei den mit Speeren auf ihn zustürmenden Kriegern des gefallenen Erzherzogs stellte. Der alte Haudegen schien keine Hilfe zu benötigen. Falkenmond rannte hinauf zum Hügelkamm, um den Verlauf der Schlacht besser abschätzen zu können.

Dreimal bekam sein Breitschwert neue Arbeit, ehe er sein Ziel erreicht hatte und das Feld überblicken konnte. Die gewaltige Armee, die Meliadus gegen sie geführt hatte, war kaum noch ein Sechstel ihrer ehemaligen Größe, während die Reihen der Kamarganer kaum gelichtet schienen.

Die Hälfte der granbretanischen Banner flatterte nicht länger stolz von ihren Stangen, und andere befanden sich in arger Bedrängnis. Die engen Formationen der feindlichen Infanterie waren zum größten Teil aufgerissen. Falkenmond sah, was in der ganzen Geschichte des Dunklen Imperiums noch nie vorgekommen war: Die Soldaten der verschiedenen Orden waren bunt durcheinandergewürfelt. Das lähmte ihren Kampfgeist, denn die Krieger waren nur gewohnt, Seite an Seite mit ihren eigenen Ordenskameraden zu kämpfen.

Falkenmond sah den immer noch berittenen Graf Brass im Gefecht mit einigen Schwertkämpfern am Fuß des Hügels. Meliadus' Standarte flatterte in einiger Entfernung. Sie war von Männern des Wolfsordens umgeben. Der Baron hatte sehr wohl für seinen Schutz gesorgt. Nun sah Falkenmond auch einige der Konnetabeln auf Meliadus zureiten – unter ihnen Adaz Promp und Jarak Nankenseen. Offensichtlich wollten sie den Rückzug antreten, mußten aber auf Meliadus' Befehl warten.

Es fiel ihm nicht schwer zu erraten, was die Kriegslords sagten – daß die Besten ihrer Leute erschlagen waren und daß die winzige Provinz diese enormen Verluste nicht wert war.

Aber die mit ihren Trompeten bereitstehenden Herolde warteten umsonst. Meliadus hatte sich offensichtlich nicht überreden lassen.

Von Villach kam auf einem ausgeliehenen Pferd herangetrabt. Er schob seinen Helm ein wenig zurück und grinste Falkenmond an. »Ich glaube, wir schlagen sie. Wißt Ihr, wo Graf Brass ist?«

Falkenmond deutete hügelabwärts. »Er räumt ganz schön auf. Sollen wir unsere Stellung halten oder vorrücken? Das ließe sich nun ohne weiteres machen. Mir scheint, die granbretanischen Kriegslords werden unruhig und möchten den Rückzug antreten. Ein kleiner Stoß, und wir beschleunigen ihre Entscheidung.«

Von Villach nickte. »Ich schicke einen Boten hinunter zum Grafen. Es liegt an ihm.«

Er wandte sich an einen Reiter und erteilte ihm einen Befehl. Der Mann ritt den Hügel hinunter, mitten durch das Schlachtgetümmel.

Falkenmond sah, wie er den Grafen erreichte und wie Graf Brass zu ihnen hochsah und ihnen zuwinkte und schließlich sein Pferd herumlenkte und zurückritt.

Zehn Minuten später hatte Graf Brass sich zu ihnen heraufgekämpft. »Fünf ihrer Kriegslords habe ich erschlagen«, erklärte er zufrieden. »Aber Meliadus hat sich gedrückt.«

Falkenmond wiederholte, was er bereits zu von Villach gesagt hatte. Graf Brass hielt die Idee für gut. Auf seinen Befehl rückte die Infanterie langsam vor und drängte die Granbretanier den Hügel hinunter.

Falkenmond fand ein frisches Pferd und führte den Vormarsch an. Er stieß seinen Schlachtruf aus, und sein Schwert mähte die Gegner reihenweise nieder. Er hieb die Köpfe von den Hälsen und die Gliedmaßen von den Rümpfen wie ein Schnitter das reife Korn. Von Kopf bis Fuß war er vom Blut der Erschlagenen bespritzt. Sein Kettenhemd war mehrmals aufgeschlitzt und drohte auseinanderzufallen. Sein ganzer Oberkörper war mit Blutergüssen und kleineren Wunden bedeckt. Sein Arm blutete, und ein Bein bereitete ihm Schmerzen, aber in seinem Rausch beachtete er es nicht und machte Gegner um Gegner nieder.

Während eines verhältnismäßig ruhigen Augenblickes murmelte

von Villach, der neben ihm ritt: »Ihr scheint gewillt, mehr dieser Hunde zu erledigen als der Rest unserer Armee zusammen.«

»Ich hörte nicht auf, selbst wenn das Blut der Granbretanier das ganze Tal hier überflutete«, erwiderte Falkenmond grimmig. »Ich würde nicht aufhören, ehe nicht auch der letzte des Dunklen Imperiums sein Leben ausgehaucht hat.«

»Euer Blutdurst steht ihrem nicht nach«, brummte von Villach.

»Meiner ist größer«, versicherte ihm Falkenmond mit verzerrtem Grinsen. »Denn ihrer ist zum Teil nur Vergnügen.«

Und noch während er das sagte, hieb er weitere Granbretanier nieder.

Schließlich schien es, daß die Ordensführer Meliadus überredet hatten, denn die Trompeten bliesen zum Rückzug, und die Überlebenden wandten sich von den Kamarganern ab und begannen zu laufen.

Falkenmond erschlug noch einige, die ihre Waffen von sich warfen, um sich zu ergeben. »Ich halte nichts von *lebenden* Granbretaniern«, sagte er, als er einen Mann aufspießte, der sich die Maske von seinem jungen Gesicht gerissen hatte und um Gnade flehte.

Doch schließlich war auch Falkenmonds Bitterkeit für den Augenblick gestillt und er lenkte sein Pferd neben das Graf Brass' und von Villachs und sah mit ihnen zu, wie die Granbretanier sich aufstellten und abzogen.

Falkenmond vermeinte einen Wutschrei zu hören und ihn als Racheschwur Meliadus' zu erkennen. Er lächelte.

»Irgendwie und irgendwann werden wir den Baron wohl wiedersehen.«

Graf Brass nickte zustimmend. »Er hat erkannt, daß die Kamarg seinen Armeen zu trotzen vermag, und er weiß, daß wir nicht auf seine leeren Versprechungen hereinfallen. Aber er wird einen anderen Weg finden. Schon bald wird alles Land um die Kamarg zum Dunklen Imperium gehören, und wir werden Tag und Nacht auf der Hut sein müssen.«

Als sie an jenem Abend zur Burg zurückkamen, sprach Bowgentle zum Grafen. »Nun siehst du endlich ein, daß Granbretanien vom Wahnsinn befallen ist – ein Krebsherd, der sich über die ganze

Welt ausbreiten und nicht nur zur Ausrottung der menschlichen Rasse führen wird, sondern schließlich auch zur Vernichtung jeglicher intelligenten und potentiell intelligenten Kreatur im gesamten Universum?«

Graf Brass lächelte. »Du übertreibst, Bowgentle. Woher willst du das alles wissen?«

»Weil es meine Berufung ist, die Kräfte zu verstehen, die das schaffen, was wir Bestimmung nennen. Ich sage dir, Graf Brass, das Dunkle Imperium wird das Universum infizieren, wenn es nicht auf diesem Planeten ausgemerzt wird – und vorzugsweise auf diesem Kontinent.«

Falkenmond streckte die Beine vor sich aus und rieb sich die schmerzenden Muskeln. »Ich verstehe nichts von den philosophischen Prinzipien, auf die sich Eure Vermutungen stützen, Sir Bowgentle«, sagte er, »aber ich weiß instinktiv, daß Ihr recht habt. Wir meinen lediglich, einen unerbittlichen Feind vor uns zu sehen, der die Welt unterwerfen will – solche gab es viele in der Vergangenheit –, aber mit dem Dunklen Imperium verhält es sich anders. Vergeßt nicht, Graf Brass, daß ich in Londra war, und somit auch Zeuge vieler ihrer exzessiven Verrücktheiten. Ihr habt nur ihre Armeen gesehen, die, wie die meisten Armeen, hart kämpfen und, um zu gewinnen, sich konventioneller Taktiken bedienen, weil diese die wirkungsvollsten sind. Aber an ihrem Reichskönig ist nichts mehr konventionell; ein unsterblicher Leichnam ist er in seiner Thronkugel. Auch an der Art, wie sie miteinander verkehren, ist nichts Konventionelles mehr. Die Stadt selbst umgibt eine Aura des Wahnsinns . . .«

»Ihr meint also, daß wir noch nicht das Schlimmste erlebt haben, dessen sie fähig sind?« fragte der Graf ernst.

»Dessen bin ich überzeugt«, versicherte ihm Falkenmond. »Es ist nicht nur mein Verlangen nach Rache, das sie mich töten läßt – etwas Tieferes in mir zwingt mich dazu, etwas, das sie als Bedrohung des Lebens selbst sieht.«

Graf Brass seufzte. »Vielleicht habt ihr recht. Ich weiß es nicht. Nur der Runenstab vermöchte die Richtigkeit Eurer Behauptungen zu bestätigen oder zu widerlegen.«

Falkenmond erhob sich steif. »Ich habe Yisselda noch nicht gesehen, seit wir zurückkehrten«, murmelte er.

»Sie zog sich früh in ihre Gemächer zurück«, erklärte ihm Bowgentle.

Falkenmond war enttäuscht. Er hatte sich auf ihr Willkommen gefreut, hatte ihr von seinen Siegen erzählen wollen. Es erstaunte ihn, daß sie nicht gewartet hatte, ihn zu begrüßen.

Er zuckte die Schultern. »Ich werde mich auch zurückziehen. Gute Nacht, meine Herren.«

Sein Schlafgemach war dunkel, aber er empfand eine merkwürdige Ahnung. Leise zog er sein Schwert, ehe er auf Zehenspitzen zum Tisch schlich und die Lampe dort entzündete.

Auf seinem Bett lag jemand und lächelte ihn an. Es war Yisselda.

»Ich hörte von deinen ruhmvollen Taten«, flüsterte sie, »und wollte dich persönlich willkommen heißen. Du bist ein großer Held, Dorian.«

Falkenmond fühlte seinen Atem schneller gehen und sein Herz schlagen. »O Yisselda . . .«

Langsam ging er auf das Mädchen zu, sein Verantwortungsbewußtsein rang mit seinem Verlangen.

»Du liebst mich, Dorian, das weiß ich«, sagte sie sanft. »Willst du es leugnen?«

Das konnte er nicht. Mit einem Kloß in der Kehle sprach er. »Ihr – seid sehr – kühn.« Er versuchte zu lächeln.

»Ich muß es sein, denn du scheinst mir ungewöhnlich scheu. Denke deshalb nicht, daß ich nicht sittsam zu sein vermag.«

»Ich bin nicht scheu, Yisselda, aber es kann nicht gutgehen mit uns beiden. Ich bin verdammt. Das Schwarze Juwel . . .«

»Was ist dieses Juwel?«

Zögernd erzählte er ihr alles, auch, daß er nicht wußte, wie lange Graf Brass' Zauber die Lebenskraft des Juwels zu bannen vermochte. »Du siehst also«, schloß er, »daß alles nur noch schlimmer wäre – für dich und für mich – wenn wir . . .«

»Aber dieser Malagigi«, unterbrach sie ihn. »Warum suchst du ihn nicht auf und bittest um seine Hilfe?«

»Diese Reise würde Monate dauern, also höchstwahrscheinlich ein hoffnungsloses Unterfangen sein.«

»Wenn du mich liebtest«, murmelte sie, als er sich zu ihr ans Bett setzte und ihre Hand in seine nahm, »würdest du dieses Risiko eingehen.«

Er sah sie nachdenklich an. »Vielleicht hast du recht . . .«

Sie nahm sein Gesicht zwischen die Hände, zog es zu sich herab und küßte ihn zärtlich, wenn auch ohne Erfahrung.

Nun konnte er nicht länger seine erzwungene Zurückhaltung bewahren. Er erwiderte ihren Kuß und drückte sie an sich.

»Ich werde mich auf den Weg nach Persien machen«, versprach er. »Auch wenn es gefährlich ist. Denn außerhalb der Kamarg werden Meliadus' Truppen mich aufspüren und . . .«

»Du wirst zurückkommen«, sagte sie überzeugt. »Ich weiß tief in meinem Herzen, daß du zurückkommen wirst. Meine Liebe wird dich zu mir ziehen.«

»Ja, auch meine Liebe wird mich zurückführen.«

»Morgen«, sagte sie. »Brich gleich morgen noch auf. Vergeude keine Zeit. Doch heute . . .«

Sie küßte ihn erneut, und er erwiderte stürmisch ihre Leidenschaft.

DRITTES BUCH

Die Historien berichten, wie Falkenmond die Kamarg verließ und auf einem riesigen scharlachroten Vogel ostwärts flog, tausend Meilen und mehr, bis er zu den Bergen kam, die das Land der Griechen von jenem der Bulgaren trennten . . .

– Die hohe Geschichte des Runenstabs

1. Oladahn

Der Flamingo war überraschend leicht zu reiten, wie Graf Brass ihm versichert hatte. Wie ein Pferd folgte er den Zügeln und flog so anmutig, daß Falkenmond nie fürchtete, herunterzufallen. Obgleich der Vogel sich weigerte, bei Regen zu fliegen, trug er Falkenmond doch zehnmal schneller als das flinkste Roß. Er bedurfte nur einmal am Tag einer kurzen Rast und schlief wie Falkenmond des Nachts.

Der hohe, weiche Sattel mit den geschwungenen Knäufen war bequem, daran hingen Beutel mit Proviant. Ein Gurt sicherte Falkenmond. Die großen, sanft schlagenden Flügel des scharlachroten Vogels trugen ihn über Berge, Täler, Wälder und Ebenen. Falkenmond suchte sich zum Landen stets einen Flußlauf oder einen See, damit sich der Vogel dort seine Nahrung suchen konnte.

Hin und wieder pochte Falkenmonds Kopf und erinnerte ihn an die Dringlichkeit seiner Mission. Aber je weiter östlich ihn sein geflügeltes Reittier trug und je wärmer die Luft wurde, desto zuversichtlicher wurde er, daß er Yisselda wiedersehen würde.

Eine Woche, nachdem er die Kamarg verlassen hatte, flog er über eine zerklüftete Felslandschaft und hielt Ausschau nach einem Landeplatz.

Es war schon spät am Abend, und der Vogel schien müde und hungrig und ging immer tiefer. Doch nirgends vermochten sie auch nur einen Bach zu finden, der Nahrung für den Flamingo geboten hätte. Plötzlich entdeckte Falkenmond eine menschliche Gestalt auf dem felsigen Hang unter ihnen, und fast gleichzeitig kreischte der Vogel auf, flatterte heftig mit den Schwingen und begann zu taumeln. Da sah Falkenmond einen Pfeil aus seiner Seite ragen. Ein zweiter drang tief in den Hals und der Flamingo stürzte mit einem letzten Krächzen in die Tiefe. Falkenmond klammerte sich an den Knauf des Sattels, während die Luft durch seine Haare pfiff. Er sah einen Fels vor sich auftauchen, fühlte eine gewaltige Erschütterung, und sein Kopf schlug auf, und er schien in einen schwarzen, grundlosen Brunnen zu fallen.

Von Panik erfüllt, erwachte Falkenmond. Es schien ihm, als habe das Schwarze Juwel seine Lebenskraft wiedergefunden und nagte nun wie eine Ratte an seinem Gehirn. Er preßte stöhnend beide Hände gegen den Kopf und spürte die Beulen und Schürfwunden. Erleichtert erkannte er, daß sein Schmerz körperlicher Art und seinem Sturz in die Tiefe zuzuschreiben war. Er lag im Dunkeln, offenbar in einer Höhle. Als er den Kopf drehte, sah er vor dem Eingang der Höhle ein Feuer flackern. Er stand auf und ging darauf zu.

Auf dem Weg stolperte er über etwas, und als seine Augen sich an die Dunkelheit gewöhnt hatten, erkannte er seine Sachen, die säuberlich neben ihm aufgestapelt lagen – der Sattel, die Taschen, sein Schwert und der Dolch. Lautlos zog er das Schwert aus seiner Hülle und schritt dann durch den Eingang.

Die Hitze eines großen Feuers schlug ihm ins Gesicht. Darüber war ein Bratspieß errichtet worden, an dem sich der gerupfte, von Kopf und Klauen befreite Flamingo drehte. Den Spieß bediente mittels einer komplizierten Anordnung von Lederstreifen, die er von Zeit zu Zeit benetzte, ein kräftiger Mann, der etwa halb so groß war wie Falkenmond.

Als Falkenmond näher kam, drehte der kleine Mann sich um. Er sah die Klinge in des Herzogs Hand, schrie erschrocken auf und sprang vom Feuer weg. Falkenmond starrte ihn überrascht an. Das Gesicht des Kleinen war über und über mit feinem, rotem Haar bewachsen, und ein dichtes Fell der gleichen Farbe bedeckte offenbar seinen ganzen Körper. Er trug ein Lederwams und ein kurzes Lederbeinkleid mit einem breiten Gürtel. Seine Füße steckten in weichen Rehlederstiefeln, und auf seiner Mütze wiegten sich vier oder fünf der seidigsten Flamingofedern, die er sich beim Rupfen des Vogels offenbar zurückbehalten hatte.

Mit flehend erhobenen Händen stolperte er rückwärts. »Vergebt mir, Herr! Ich versichere Euch, ich bedauere es zutiefst. Hätte ich gewußt, daß dieser Vogel einen Reiter trug, ich würde ihn ganz sicherlich nicht erschossen haben. Aber in meinem Hunger sah ich nur die Mahlzeit, die ich mir nicht entgehen lassen durfte . . .«

Falkenmond ließ das Schwert sinken. »Wer bist du? Oder vielmehr, was bist du?« Er preßte eine Hand gegen seine Stirn. Die sengende Hitze und die Anstrengung verursachten ein Schwindelgefühl.

»Ich bin Oladahn vom Stamm der Bergriesen«, begann der Kleine, »und wohlbekannt hier . . .«

»Riese? *Riese!*« Falkenmond lachte heiser, schwankte und fiel, als ihn das Bewußtsein erneut verließ.

Als er das nächstemal erwachte, stieg ihm der Duft gebratenen Geflügels in die Nase. Er lag im Höhleneingang, sein Schwert war verschwunden. Etwas zögernd kam der kleine Pelzmann auf ihn zu und hielt ihm einen gewaltigen gebratenen Flamingoschenkel hin. »Eßt, Herr«, forderte er ihn auf. »Dann werdet Ihr Euch besser fühlen.«

Falkenmond nahm das große Fleischstück. »Warum nicht«, murmelte er. »Da du mich wahrscheinlich ohnehin all dessen beraubtest, was mir noch hätte helfen können.«

»Hing Euer Herz an diesem Vogel, Herr?« fragte Oladahn bedrückt.

»Das nicht. Aber ich befinde mich in Todesgefahr, und der Flamingo war meine einzige Hoffnung zu entkommen.« Falkenmond kaute an dem zähen Fleisch.

»Jemand verfolgt Euch?«

»Etwas verfolgt mich – ein ungewöhnliches und abscheuliches Geschick . . .« Und plötzlich hatte Falkenmond das Bedürfnis, jener Kreatur, die dieses grausame Ende noch näher gebracht hatte, alles zu erzählen. Er verstand selbst nicht, wieso er diesem pelzigen Wesen so sehr vertraute. Vielleicht lag es an der Art, wie es ihm mit seinem halbmenschlichen Gesicht aufmerksam und mitfühlend lauschte, wie seine Augen sich bei jeder neuen Einzelheit weiteten. »Und hier bin ich also«, schloß er, »und verzehre den Vogel, der meine Rettung hätte bedeuten können.«

»Das ist ein ironisches Geschick, Herr«, seufzte Oladahn und wischte sich Fett aus den Haaren um den Mund. »Ich bedauere von ganzem Herzen, daß mein knurrender Magen dieses Euer letztes Mißgeschick herbeiführte. Morgen werde ich zusehen, daß ich Euch ein Reittier besorgen kann, das Euch in den Osten zu bringen vermag.«

»Eines, das fliegen kann?«

»Leider nein, Herr. Ich dachte an eine Ziege.« Ehe Falkenmond den Mund öffnen konnte, fuhr Oladahn fort. »Man hat Respekt vor mir hier in den Bergen. Ihr müßt wissen, ich entstamme der ungewöhnlichen Verbindung zwischen einem abenteuerlichen jungen Mann mit etwas ausgefallenem Geschmack – einem Zauberer – und einer Bergriesin. Doch längst bin ich eine Waise, denn Mutter aß Vater in einem harten Winter, und dann wurde sie ihrerseits von Onkel Barkyos verspeist. Er ist der wildeste und am meisten gefürchtete Riese dieser Gegend. Seither bin ich ganz auf mich allein gestellt. Meine einzige Gesellschaft waren die Bücher meines Vaters. Ich bin ein Ausgestoßener – zu fremdartig, als daß die Familie meines Vaters oder die Verwandten meiner Mutter mich aufgenommen hätten. Wenn ich nicht so klein gewesen wäre, hätte mein Onkel Barkyos mich zweifellos ebenfalls verspeist . . .«

Oladahns Gesicht wirkte so komisch in seiner Melancholie, daß Falkenmond ihm nichts mehr übelnehmen konnte. Außerdem war er müde von der Hitze des Feuers, und das gewaltige Stück Fleisch, das er verzehrt hatte, lag wie ein Klumpen in seinem Magen.

»Genug, Freund Oladahn«, murmelte er. »Laßt uns vergessen, was nicht mehr zu ändern ist. Begeben wir uns jetzt zur Ruhe, und morgen suchen wir ein Reittier für mich, das mich nach Persien bringt.«

Als sie bei Morgengrauen erwachten, sahen sie die Glut unter dem Spieß und eine Gruppe von Männern in dicken Pelzen, mit Schwertern bewaffnet, die sich gierig über den Vogel hermachten.

»Räuber!« schrie Oladahn und sprang erschrocken auf. »Ich hätte das Feuer löschen sollen!«

»Wo hast du mein Schwert versteckt?« fragte Falkenmond, aber da stapften bereits zwei der Männer, die nach ranzigem Tierfett stanken, auf sie zu, die plumpen Schwerter gezogen. Falkenmond stand auf, bereit, sich so gut wie möglich zu verteidigen, doch da sprach Oladahn mit ihnen.

»Ich kenne dich, Rekner!« brummte er und deutete dabei auf den größten der Räuber. »Und du solltest wissen, daß ich Oladahn von den Bergriesen bin. Nun, da Ihr Euch gestärkt habt, verschwindet von hier, oder meine Familie wird Euch erschlagen.«

Rekner grinste ungerührt. »Ich habe tatsächlich von dir gehört, du Zwerg von einem Riesen. Du siehst mir nicht sehr furchteinflößend aus. Die Dörfler hier haben mir zwar gesagt, man solle dir aus dem Weg gehen, aber schließlich sind wir keine Memmen wie die. Halt jetzt das Maul, sonst töten wir dich ganz langsam, statt schnell.«

Oladahn schien zu schrumpfen, aber sein Blick hing nach wie vor fest an dem Räuberhauptmann. Rekner lachte. »Na, was hast du denn für Schätze in deiner Höhle versteckt?«

Wie vor ununterdrückbarer Angst schwankte Oladahn von Seite zu Seite und murmelte etwas vor sich hin. Falkenmond blickte von ihm zu dem Räuber und fragte sich, ob er es schaffen würde, in die Höhle zu stürzen und sein Schwert zu finden. Nun wurde Oladahns Gemurmel lauter. Rekners Grinsen erstarrte, und seine Augen wurden glasig, als der Kleine ihn weiter anstarrte. Plötzlich hob Oladahn die Arme, deutete auf den anderen und befahl mit kalter Stimme: »Schlaf, Rekner!«

Der Räuberhauptmann sank auf den Boden. Seine Männer fluchten und wollten sich über den Pelzgesichtigen hermachen, aber Oladahn schüttelte warnend den Kopf. »Nehmt Euch in acht. Bedenkt, daß Oladahn eines Zauberers Sohn ist!«

Die Räuber zögerten und starrten verwirrt auf ihren reglosen Hauptmann. Verwundert betrachtete Falkenmond den Kleinen, der die kriegerischen Männer im Zaum zu halten vermochte. Dann tauchte er schnell in die Höhle und fand sein Schwert bei seinen restlichen Sachen. Eilig schnallte er sich den Gurt um, in dem es steckte, genau wie der Dolch, und kehrte zu Oladahn zurück. Der Pelzgesichtige flüsterte ihm zu: »Holt Euer Zeug. Ihre Reittiere sind am Fuß des Hanges angepflockt. Wir werden sie für unsere Flucht benutzen, denn Rekner mag jeden Augenblick erwachen. Danach kann ich sie nicht mehr zurückhalten.«

Falkenmond holte die Satteltaschen und begann mit Oladahn vorsichtig den Abhang hinabzusteigen. Rekner rührte sich bereits ein wenig. Er stöhnte und setzte sich auf. Seine Männer halfen ihm auf die Beine.

»Jetzt!« murmelte der Kleine und fing zu rennen an. Falkenmond folgte ihm, und zu seinem Staunen sah er ein halbes Dutzend Ziegen von Ponygröße, jede mit einem Schaffellsattel auf dem Rücken. Oladahn schwang sich auf die nächste und hielt die Zügel einer weiteren für Falkenmond bereit. Mit einem leicht ironischen Lächeln schwang sich der Herzog von Köln in den Sattel. Rekner und seine Räuber stürmten den Hang herab. Mit der flachen Schwertklinge gab Falkenmond den restlichen Ziegen einen Klaps auf die Kehrseite, daß sie eiligst davonhüpften.

»Folgt mir!« rief Oladahn und lenkte seine Geiß bergabwärts zu einem schmalen Pfad. Aber Rekners Männer hatten Falkenmond inzwischen erreicht, und sein scharfes Schwert parierte ihre stumpfen Waffen, mit denen sie wütend auf ihn einhackten. Er stach einem direkt ins Herz, einem anderen in die Seite, und es gelang ihm im letzten Augenblick, noch die Klinge auf Rekners Schädel herabsausen zu lassen. Dann trieb er die hüpfende Ziege dem merkwürdigen kleinen Mann nach, während die restlichen Räuber ihn fluchend verfolgten.

Die Bocksprünge des ungewöhnlichen Reittiers schienen jeden Knochen in Falkenmonds Körper durchzuschütteln, aber bald hatte er kurz nach Oladahn den Bergpfad erreicht, wo die Bewegungen der Ziege erträglicher wurden. Oladahn blickte sich triumphierend grinsend zu ihm um. »Na, nun haben wir unsere Reittiere, Lord Falkenmond. Es war leichter, als ich dachte. Ein gutes Omen. Folgt mir, ich führe Euch auf die Straße nach Persien.«

Falkenmond lächelte gegen seinen Willen. Der kleine Mann gefiel ihm, und sein Respekt vor ihm, über die Art und Weise, wie er ihrer beider Leben gerettet hatte, ließ ihn fast vergessen, daß dieser kleine pelzige Verwandte der Bergriesen die Ursache für seine neuerlichen Schwierigkeiten war.

Oladahn bestand darauf, ihn ein paar Tagesritte zu begleiten, bis sie zu einer gelben Ebene kamen, auf die der Kleine deutete. »Ihr müßt sie überqueren«, erklärte er.

»Ich danke dir.« Falkenmond starrte in die Richtung, in der Asien lag. »Es ist schade, daß wir uns trennen müssen.«

Oladahn grinste. »Ihr habt recht. Wißt Ihr was? Ich begleite Euch, damit Ihr noch ein wenig Gesellschaft habt.« Ohne eine Antwort abzuwarten, trieb er seine Geiß an und ritt voraus.

Falkenmond lachte, zuckte die Schultern und folgte ihm.

2. Agonosvos' Karawane

Der Regen setzte ein, kaum daß sie die Ebene zu überqueren begannen. Die Ziegen, die sie so sicher durch die Berge getragen hatten, waren den nachgiebigen, aufgeweichten Boden nicht gewohnt und kamen deshalb nur so langsam voran. Einen Monat lang ritten sie nun schon so dahin, in ihre Umhänge gehüllt und bis auf die Knochen durchgefroren. Immer häufiger pochte Falkenmonds Schädel, dann preßte er die Hände dagegen, und seine Augen starrten schmerzerfüllt ins Leere. Er wußte, daß die Lebenskraft des Juwels Graf Brass' Bande zu durchbrechen begann, und er zweifelte, daß er Yisselda je wiedersehen würde.

Pausenlos peitschte der von einem kalten Wind getriebene Regen auf sie herab. Durch den bewegten Wasservorhang sah Falkenmond weites Marschland vor ihnen liegen, zerfetzte Stechginsterbüsche und schwarze, verschrumpelte Bäume. Er konnte kaum die Richtung bestimmen, in die sie ritten, denn meistens war der Himmel wolkenverhangen. Das einzige Orientierungsmittel waren die Gebüsche, die hier ausnahmslos in südliche Richtung geneigt wuchsen. Er hatte nicht erwartet, hier, so weit im Osten, auf eine solche Landschaft zu treffen. Er vermutete, daß irgendein Ereignis während des Tragischen Jahrtausends der Gegend dieses Aussehen gegeben hatte.

Falkenmond strich sich die feuchten Haare aus der Stirn und fühlte das harte Juwel, das dort eingebettet war. Er schauderte, blickte auf Oladahns erbarmungswürdiges Gesicht und dann wieder auf den Regen. In einiger Entfernung erkannte er einen dunklen Streifen, das mochte ein Wald sein, wo sie wenigstens vor dem Regen geschützt wären. Die spitzen Hufe der Ziegen stolperten durch das sumpfige Gras. Falkenmond fühlte sich schwindlig, als nagte etwas an seinem Gehirn, und ein Druck lastete ihm auf der Brust. Er schnappte nach Luft und preßte einen Unterarm gegen die Stirn. Oladahn blickte ihn mitfühlend an.

Schließlich erreichten sie den Wald. Die Bäume hier wuchsen nicht aufrecht, sie lagen fast am Boden, und das Vorankommen war hier noch langsamer als zuvor, zumal sich überall schwarzes Wasser zu kleinen Teichen gesammelt hatte, die umgangen werden mußten. Die Stämme und Äste der Bäume wirkten unnatürlich verwachsen, sie drehten sich mehr auf den Boden zu, als weg davon. Die Borke war schwarz oder braun. Zu dieser Jahreszeit trugen die Bäume kein Laub, aber trotzdem war der Wald dicht und schwer zu durchqueren. Ehe sie hineingelangten, mußten sie einen kleinen flachen Graben durchqueren.

Die Hufe der Ziegen platschten durch schlammiges Wasser, als sie in den Wald hineinritten, der ihnen wenig Schutz vor dem unaufhörlichen Regen bot.

Am Abend ließen sie sich auf relativ trockenem Boden nieder. Falkenmond versuchte, Oladahn zu helfen, ein Feuer zustandezubringen, aber bald war er gezwungen, sich gegen einen Baumstrunk zu lehnen, wo er nach Luft rang und sich die Hände gegen den Kopf preßte.

Am nächsten Morgen ging es weiter durch den Wald, Oladahn führte auch die Zügel von Falkenmonds Ziege; denn der Herzog von Köln lag nun auf seinem Reittier und umklammerte dessen Hals. Am späten Vormittag hörten sie menschliche Stimmen, und Oladahn zog in der Richtung, aus der diese kamen, weiter.

Es war eine Art Karawane, die sich durch den Schlamm und zwischen dem Wasser und den Bäumen dahinbewegte. Etwa fünfzehn Wagen mit durchweichten Seidenplanen in Scharlach, Gelb, Blau und Grün. Maultiere und Ochsen plagten sich ab, getrieben von Männern mit Peitschen und spitzen Stöcken, die neben ihnen gingen. An den Wagenrädern halfen andere Männer mit, sie fortzubewegen, und auch hinter den Wagen schoben und drückten welche mit aller Kraft. Trotzdem jedoch kamen die Wagen kaum voran.

Es waren jedoch die Reisenden, denen die beiden Beobachter ihre Aufmerksamkeit schenkten. Falkenmond sah sie durch seine getrübten Augen und wunderte sich.

Ausnahmslos waren sie grotesk: Zwerge und Riesen und Fettleibige, Menschen, die am ganzen Körper mit Fell bedeckt waren – ähnlich wie bei Oladahn, nur daß ihr Pelz unschön anzusehen war –, andere bleich und haarlos, ein Mann mit drei Armen, eine Frau mit nur einem Arm, ein Paar, Mann und Frau, mit Bocksfüßen, Kinder mit Bärten, Hermaphroditen mit den Merkmalen beider Geschlechter, weitere mit schuppiger, gefleckter Haut wie Schlangen, wieder andere mit Schwänzen, mißgestalteten Gliedmaßen und krummen Körpern. Gesichter ohne Nasen oder Lippen oder sonstwie entstellt, manche der Gestalten waren bucklig, ohne Hälse, einer hatte purpurnes Haar und ein Horn, das aus seiner Stirn wuchs. Nur der Gesichtsausdruck war bei allen derselbe – hoffnungslos und verzweifelt.

Falkenmond vermeinte, in der Hölle zu sein und auf die Verdammten zu schauen.

Der Wald roch nach feuchter Rinde und nassem Moder, und nun mischten sich noch andere Gerüche in die feuchte Luft. Es waren der Gestank von Menschen und Tieren, schwere Duftessenzen, würzige Kräuter, aber irgend etwas anderes überlagerte dieses Geruchsgemisch und ließ Oladahn schaudern. Falkenmond hatte sich ein wenig aufgerichtet und schnüffelte nun wie ein vorsichtiger Wolf. Er runzelte die Brauen und sah Oladahn an. Die mißgestalteten Wesen schienen die Neuankömmlinge nicht zu bemerken, sondern setzten still ihre Bemühungen fort. Nur das Ächzen der Wagen war zu hören und das Schnauben und Platschen der Tiere in den Jochen.

Oladahn zog am Zügel und wollte von der Karawane wegreiten, Falkenmond aber folgte seinem Beispiel nicht. Er starrte weiter auf die seltsame Prozession.

»Kommt«, sagte Oladahn. »Hier lauert Gefahr, Lord Falkenmond.«

»Wir müssen uns erkundigen, wo wir uns befinden. Auch haben wir kaum noch etwas zu essen. Außerdem glaube ich zu wissen, wessen Karawane dies ist.«

Der Kleine blickte ihn fragend an.

»Ein Mann führt sie an, von dem ich gehört, den ich aber nie selbst kennengelernt habe. Er ist ein Landsmann, ein Verwandter sogar, der Köln vor neunhundert Jahren verließ.«

»Vor neunhundert Jahren? Aber das gibt es doch gar nicht!«

»O doch! Lord Agonosvos ist unsterblich – zumindest fast. Wenn er es wirklich ist, könnte er uns helfen, denn ich bin immer noch sein rechtmäßiger Herrscher . . .«

»Ihr glaubt, er kennt noch ein Gefühl der Treue für Köln? Nach neunhundert Jahren?« zweifelte Oladahn.

»Wir werden sehen.« Falkenmond lenkte sein Reittier auf den vordersten Wagen der Karawane zu, dessen Plane aus goldener Seide und mit komplexen Mustern bemalt war. Mit einem unguten Gefühl folgte der Kleine ihm, als Falkenmond bereits einen Mann in Bärenfellumhang ansprach. Sein Kopf war bis auf die Augen verborgen hinter einem einfachen, schwarzen Helm.

»Lord Agonosvos«, sagte Falkenmond. »Ich bin der Herzog von Köln, der letzte jener, deren Herrschaft tausend Jahre zurückreicht.«

»Ein Falkenmond. Nicht schwer zu erkennen! Ohne Land jetzt, eh?« erwiderte der Angesprochene lakonisch mit tiefer Stimme. »Granbretanien nahm Köln, ist es nicht so?«

Falkenmond nickte.

»Und so sind wir beide des Landes verbannt. Ich durch Euren Vorfahren, Ihr durch die Eroberer.«

»Sei es, wie es mag. Ich bin der letzte des Herrscherhauses und somit Euer Regent.« Falkenmond blickte ihn fest an.

»Mein Regent, he? Die Befehlsgewalt über mich wurde aufgehoben, als mich Herzog Dietrich in die wilden Lande schickte.«

»Ihr wißt sehr wohl, daß kein Gefolgsmann Kölns sich seinem Prinzen verweigern darf.«

»Darf er das nicht?« Agonosvos lachte still. »Darf er das nicht?« Falkenmond wollte sich abwenden, aber Agonosvos hob eine dünne, knochenweiße Hand. »Bleibt. Ich habe Euch beleidigt und muß es wieder gutmachen. Wie kann ich Euch dienen?«

»Ihr gebt zu, daß Ihr mir ergeben seid?«

»Ich gebe zu, daß ich unhöflich war. Ich werde meine Karawane anhalten lassen und Euch gastfreundlich aufnehmen. Was ist mit Eurem Diener?«

»Er ist nicht mein Diener, sondern mein Freund. Oladahn von den Bulgarbergen.«

»Ein Freund? Und nicht von Eurer Rasse? Doch mag er uns Gesellschaft leisten, wenn Ihr es so wollt.« Er lehnte sich aus seinem Wagen und rief ein paar Befehle. Die Leute, die die Wagen geschoben hatten, hielten an. Sie blieben stehen, wo sie waren, ihre Körper waren schlaff und in den Augen erkannte man stumpfe Verzweiflung.

»Wie gefällt Euch meine Sammlung?« erkundigte Agonosvos

sich, als sie von ihren Ziegen in den Wagen gestiegen waren. »Diese grotesken Geschöpfe amüsierten mich einst, doch nun bin ich ihrer überdrüssig, und sie müssen arbeiten, um sich ihren Unterhalt zu verdienen. Ich habe einen von fast jeder Art.« Er betrachtete Oladahn. »Auch Euresgleichen. Manche züchtete ich durch mehrfache Kreuzung selbst.«

Oladahn fühlte sich unbehaglich. Es war unnatürlich warm in dem Wagen, von einem Ofen oder einer anderen Wärmequelle jedoch war nichts zu sehen, Agonosvos goß ihnen aus einer blauen Kürbisflasche ein. Der Wein selbst war von tiefblauer Farbe. Der uralte Vertriebene aus Köln trug noch immer seinen schwarzen, glatten Helm, und seine schwarzen, ironischen Augen sahen Falkenmond beinahe abschätzend an.

Falkenmond gab sich große Mühe, wie ein gesunder Mann zu wirken, aber es war offensichtlich, daß Agonosvos die Wahrheit vermutete. Als er ihm einen goldenen Weinkelch reichte, sagte er: »Das wird Euch guttun, mein Lord.«

Der Wein belebte ihn tatsächlich, und bald waren auch die Schmerzen verschwunden. Agonosvos fragte ihn, wie er in diesen Teil der Welt gelangt war, und Falkenmond erzählte einen großen Teil seiner Geschichte. »So, und ich soll Euch also helfen, unserer Verwandtschaft wegen, eh? Ich werde darüber nachdenken. Inzwischen ruht Euch in meinem Wagen aus, den ich für Euch richten ließ. Am Morgen unterhalten wir uns weiter.«

Falkenmond und Oladahn schliefen nicht sofort ein. Sie lagen unter den Seiden und Pelzen, die Agonosvos ihnen zur Verfügung gestellt hatte.

»Er erinnert mich an jene Lords des Dunklen Imperiums, von denen Ihr mir erzähltet«, murmelte Oladahn. »Ich glaube, er meint es nicht gut mit uns. Vielleicht will er sich an uns rächen, weil Euer Vorfahr ihn verbannt hat. Es könnte sein, daß er mich seiner Sammlung einverleiben möchte.« Er schauderte.

»Möglich«, sagte Falkenmond nachdenklich. »Aber es wäre unklug, ihn grundlos zu verärgern. Er könnte uns noch helfen. Schlafen wir darüber.«

»Schlaft wachsam«, mahnte Oladahn.

Aber Falkenmond schlief tief, und als er erwachte, stellte er erschrocken fest, daß er mit dicken Ledergurten gebunden war. Sein unsterblicher Landsmann blickte – das Gesicht immer noch unter dem Helm verborgen – höhnisch auf ihn herab.

»Du wußtest von mir, letzter der Falkenmonds. Aber du wußtest nicht das, was für dich wichtig gewesen wäre. Nicht, daß ich viele Jahre in Londra verbrachte und die Lords von Granbretanien meine Geheimnisse lehrte. Das Dunkle Imperium und ich schlossen ein Bündnis. Baron Meliadus erzählte mir von dir, als ich ihn das letztemal traf. Er wird mir jeden Wunsch erfüllen, wenn ich ihm dich ausliefere.«

»Wo ist mein Begleiter?«

»Die Pelzkreatur? Sie hat sich des Nachts verkrochen, als sie uns kommen hörte. Sie sind alle gleich, diese Tiermenschen – dumm und feige.«

»So wollt Ihr mich zu Baron Meliadus bringen?«

»Wie du sagst. Ich werde diese traurige Karawane einstweilen alleine weiterschicken. Wir wollen uns schneller fortbewegen – auf besonderen Reittieren, die ich gerade für eine Gelegenheit wie diese bereithielt. Ihr – bringt ihn her!«

Auf Agonosvos' Befehl schleppten zwei kräftige Zwerge ihn hinaus in die Morgendämmerung. Immer noch plätscherte der Regen herab und verhinderte eine gute Sicht. Trotzdem sah Falkenmond bereits aus einiger Entfernung zwei große Pferde mit glänzendem, blauem Fell, intelligenten Augen und kräftigen, hohen Beinen. Nie hatte er so schöne Tiere gesehen. »Ich züchte sie selbst«, erklärte Agonosvos ihm gleichgültig. »Nicht ihres Aussehens, sondern ihrer Schnelligkeit wegen. Mit ihnen werden wir Londra bald erreicht haben.«

Er kicherte hämisch, als die Zwerge Falkenmond über den Rücken des einen warfen und ihn an den Steigbügeln festbanden. Dann kletterte er auf den Sattel des zweiten, nahm die Zügel beider Rosse und trieb sie an. Falkenmond erschrak über die schnelle Gangart seines Reittiers. Es bewegte sich leichtfüßig und galoppierte fast so schnell, wie sein Flamingo geflogen war. Aber wo der Vogel ihn seiner Rettung nähergetragen hatte, trug das Pferd ihn zu seiner Vernichtung. Verzweifelt dachte Falkenmond, daß ihm wohl ein hoffnungsloses Schicksal beschieden sei.

Eine lange Weile ritten sie über den aufgeweichten Waldboden. Bald war Falkenmond von oben bis unten mit Schlamm bedeckt und vermochte kaum noch aus den Augen zu sehen. Plötzlich hörte er Agonosvos fluchen und brüllen: »Aus dem Weg!« Falkenmond versuchte etwas zu erkennen, sah jedoch nur des anderen Rücken. Schwach vernahm er eine zweite Stimme, ohne zu verstehen, was sie sagte. Dann ragte plötzlich ein Pfeil aus Agonosvos' Seite, und der Zauberer stürzte in den Morast.

Eine kleine Gestalt kam nun in seinen Sichtbereich, sprang über den sich windenden Körper, und eine Klinge sägte an den Lederbanden. Falkenmond rutschte aus dem Sattel und hielt sich am Sattelknauf fest. Oladahn grinste ihn an. »Ihr findet Euer Schwert in Agonosvos' Satteltasche.«

Falkenmond stöhnte erleichtert: »Ich dachte, du wärst in deine Berge zurückgekehrt.«

Der Kleine wollte etwas erwidern, da brüllte Falkenmond: »Paß auf!« Der Zauberer stolperte auf Oladahn zu und warf sich auf ihn. Falkenmond vergaß seine eigenen Schmerzen, rannte zum Pferd des Zauberers und fand dort sein Schwert. Oladahn und Agonosvos rangen miteinander im Schlamm.

Falkenmond sprang hinzu, wagte aber nicht, einen Streich zu führen, um nicht seinen Freund zu verletzen. Er packte Agonosvos' Schulter und zog ihn zurück. Ein Knurren drang aus dem Helm, und der Zauberer zog sein eigenes Schwert. Es pfiff durch die Luft, als er nach Falkenmond hieb. Falkenmond, der noch kaum richtig stehen konnte, fing den Hieb ab und stolperte zurück. Der Zauberer schlug erneut zu.

Falkenmond lenkte die Klinge ab und schlug, ein wenig schwach, mit dem eigenen Schwert nach Agonosvos' Kopf, verfehlte ihn und konnte gerade noch den nächsten Streich parieren. Dann erkannte er eine ungedeckte Stelle, nutzte dies und stach die Spitze seiner Waffe in den Bauch des Zauberers. Der kreischte auf und fuhr mit seltsam steifen Schritten zurück; seine beiden Hände hielten Falkenmonds Schwert, das dieser nicht mehr hatte halten können. Dann breitete er die Arme weit aus, begann zu sprechen und fiel ins Wasser eines der schwarzen Teiche.

Keuchend lehnte sich Falkenmond gegen einen Baumstamm, die

Schmerzen in seinen Gliedern wurden stärker, als das Blut wieder zu zirkulieren begann.

Oladahn erhob sich aus dem Schlamm, er war kaum wiederzuerkennen. Sein Köcher war ihm vom Gürtel gerissen worden, er hob ihn nun auf und besah sich die Pfeile. »Einige sind kaputt«, sagte er, »aber die werde ich bald ersetzen.«

»Woher hast du sie?« fragte Falkenmond verwundert.

»Als Ihr eingeschlafen wart, beschloß ich, mich ein wenig in Agonosvos' Lager umzusehen. Ich fand die Pfeile und den Bogen in einem der Wagen und dachte, sie könnten uns vielleicht noch recht nützlich sein. Als ich zu unserem Wagen zurückmarschierte, sah ich den Zauberer hinaufsteigen und erriet sein Vorhaben. Ich hielt mich versteckt und folgte Euch.«

»Wie konntest du das, bei diesen flinken Pferden?«

»Ich fand einen noch schnelleren Verbündeten.« Oladahn grinste und deutete zu den Bäumen. Eine groteske Gestalt mit unglaublich langen Beinen, deren restlicher Körper jedoch normal proportioniert war, eilte auf sie zu. »Das ist Vlespen. Er haßt Agonosvos und half mir nur zu gern.«

Vlespen blickte von seiner gewaltigen Höhe auf sie herab. »Ihr habt ihn getötet«, sagte er. »Gut.«

Oladahn durchstöberte Agonosvos' Gepäck. Er rollte ein Pergament auf. »Eine Karte. Und genug Proviant für uns drei, um die Küste zu erreichen. Sie ist nicht weit, seht.«

Falkenmond studierte mit Oladahn die Karte, bis zum Mermiameer waren es tatsächlich nur noch etwa hundert Meilen. Vlespen ging, um sich den gefallenen Agonosvos noch einmal anzusehen. Einen Augenblick später hörten sie ihn schreien und fuhren herum, sie sahen, wie der Zauberer mit steifen Schritten auf Vlespen zuging, das Schwert, das ihn niedergestreckt hatte, in der Hand. Das Schwert fuhr hoch und grub sich in Vlespens Bauch, die langen Beine klappten zusammen wie die einer Marionette, dann fiel er. Falkenmond war entsetzt. Aus dem Helm kam ein trockenes Kichern. »Narren! Ich lebe seit neunhundert Jahren. In der Zeit habe ich gelernt, dem Tod mein eigenes Schnippchen zu schlagen.« Ohne nachzudenken, hechtete Falkenmond auf ihn, er wußte, daß das die einzige Chance war, sein Leben zu retten. Obwohl er einen eigentlich tödlichen Hieb überlebt hatte, war Agonosvos offensichtlich nur geschwächt. Die beiden rangen am Rand des Teiches, und Oladahn hüpfte um sie herum, schließlich sprang er auf den Rücken des Zauberers und zog ihm den Helm vom Kopf. Agonosvos heulte auf, und Falkenmond wurde übel, als er auf den weißen, fleischlosen Kopf starrte. Vor sich sah er das Gesicht eines uralten Leichnams, den die Würmer schon abgenagt hatten. Agonosvos vergrub sein Gesicht in den Händen und stolperte davon.

Als Falkenmond sein Schwert aufhob und sich anschickte, das blaue Pferd zu besteigen, hörte er eine Stimme, die ihm vom Wald nachrief.

»Ich werde das nicht vergessen, Dorian Falkenmond. Baron Meliadus soll noch seinen Spaß mit dir haben – und ich werde dabei sein und mich an deiner Pein ergötzen!«

Falkenmond schauderte und lenkte sein Pferd südwärts, wo, der Karte nach, das Mermiameer lag.

Nach zwei Tagen hatte sich der Himmel gelichtet, und die gelbe Sonne strahlte aus einem blauen Himmel. Vor ihnen lag eine Stadt am glitzernden Meer, von wo aus sie sich in die Turkei einschiffen konnten.

3. Der Ritter in Schwarz und Gold

Der schwere tarkianische Kauffahrer durchschnitt die ruhigen Wasser des Ozeans, Schaum brach sich am Bug, und das Lateinsegel blähte sich, einer Vogelschwinge ähnlich, im vollen Wind. Der Kapitän trug einen Hut mit goldenen Quasten, eine bestickte Weste und weite, lange Beinkleider, die an den Fußgelenken mit Goldkordeln zusammengehalten wurden. Er stand mit Falkenmond und Oladahn auf dem Achterdeck. Mit dem Daumen zeigte er auf die beiden riesigen Pferde, die auf dem Unterdeck angepflockt waren. »Das sind feine Tiere, Herr. Nie habe ich ihresgleichen gesehen.« Er kratzte sich seinen Spitzbart. »Wollt Ihr sie nicht verkaufen? Ich bin Teilhaber an diesem Schiff und könnte einen guten Preis bezahlen.«

Falkenmond schüttelte den Kopf. »Die Pferde sind uns mehr wert als alle Reichtümer.«

»Das kann ich gut verstehen«, erwiderte der Kapitän und blickte nach oben, als der Ausguck auf dem Topmast brüllte und westwärts deutete.

Falkenmond blickte in die gleiche Richtung und sah drei kleine Segel am Horizont. Der Kapitän hob sein Fernglas. »Bei Rakar!« fluchte er. »Schiffe des Dunklen Imperiums!« Er gab Falkenmond das Glas. Nun sah der Herzog deutlich die schwarzen Segel der Schiffe. Jedes trug als Wappen die Haiflosse, das Symbol der Kriegsflotte des Reichsherrschers.

»Haben die es auf uns abgesehen?« fragte er.

»Die haben es auf alle abgesehen, die nicht von ihrer eigenen Rasse sind«, erwiderte der Kapitän grimmig. »Die See wimmelt nun schon von ihnen. Sie greifen alles an. Vor einem Jahr . . .« Er hielt inne, um seinen Männern Befehle zuzurufen. »Vor einem Jahr noch gab es nur wenige, und sie trieben friedlichen Handel. Jetzt beherrschen sie das Meer. Und ihre Armeen liegen in der Turkei, in Syrien, Persien – überall! Sie schüren Aufstände und unterstützen bestehende Revolten. In zwei Jahren, schätze ich, werden die Granbretanier den Osten genauso unterdrückt haben wie den Westen.«

Bald waren die drei Schiffe wieder verschwunden, und der Kapitän seufzte erleichtert auf. »Ich fühle mich erst wieder wohl«, sagte er, »wenn der Hafen in Sicht ist.«

Bei Sonnenuntergang erreichten sie den Hafen, mußten aber vor der Küste bis zum Morgen warten, um dann mit der Flut einlaufen zu können.

Kurz darauf kamen die drei Imperiumschiffe in den Hafen, und Falkenmond und Oladahn hielten es für ratsam, rasch Proviant einzukaufen und der Karte nach Osten zu folgen, nach Persien.

Schon nach einer Woche hatten die großen Pferde sie an Ankara vorbei und über den Kizilirmac getragen, und sie ritten durch Bergland, das von der Sonne ausgedörrt war. Mehrmals sahen sie Scharen von Soldaten in der Ferne und wichen ihnen aus. Es handelte sich um einheimische Truppen, die jedoch häufig von Kriegern in den Tiermasken Granbretaniens geführt wurden. Falkenmond war bestürzt darüber, denn er hatte nicht erwartet, daß der Einfluß des

Dunklen Imperiums bereits so weit reichte. Einmal wurden sie aus sicherer Entfernung Zeuge einer Schlacht. Die disziplinierte Streitmacht Granbretaniens schlug die gegnerischen Truppen mit Leichtigkeit.

Einen Monat später trotteten ihre Pferde am Ufer eines großen Sees entlang, als ein Trupp von etwa zwanzig Kriegern über einen Hügelkamm auf sie zustürmte. Die Strahlen der glühenden Sonne spiegelte sich in den Wolfsmasken.

»Hoh!« brüllte der vorderste Reiter. »Die zwei, die unser Konnetabel sucht! Eine hohe Belohnung ist uns sicher, wenn wir den Großen lebend zu ihm bringen.«

»Das dürfte unser Ende sein, Lord Dorian«, sagte Oladahn gefaßt.

»Wir werden unsere Haut so teuer wie möglich verkaufen«, erwiderte Falkenmond grimmig und zog sein Schwert. Wären ihre Pferde nicht zu müde gewesen, sie hätten sich leicht noch in Sicherheit bringen können. Aber so war es hoffnungslos.

Gleich darauf drangen die Wolfsgeier auf sie ein. Falkenmond hatte den Vorteil, daß er sie niedermachen wollte, wohingegen sie ihn lebend haben wollten. Er stieß einem den Knauf seines Schwertes voll in die Maske, schnitt einem anderen den Arm halb durch, stach einen dritten in den Leib und hieb einen vierten vom Pferd. Sie kämpften nun bereits im seichten Wasser. Falkenmond sah, daß Oladahn sich tapfer verteidigte. Aber plötzlich schrie der Pelzgesichtige auf und rutschte aus dem Sattel. Falkenmond vermochte ihn in dem Getümmel nicht zu sehen, wehrte sich jedoch mit noch größerer Wut.

Immer dichter drangen sie auf ihn ein, daß er kaum noch mit dem Schwert ausholen konnte. Voll Ingrimm erkannte er, daß sie ihn in wenigen Augenblicken überwältigt haben würden. Er schlug und stach um sich, so gut es noch ging. Seine Ohren dröhnten wider vom Klirren des Eisens, und der Blutgeruch quälte seine Nase.

Mit einemmal lockerte sich das Gedränge, und er sah durch den Schwerterwald, daß jemand ihm zu Hilfe kam. Er kannte den Mann – aber nur aus seinen Träumen und Visionen, die sich kaum von Träumen unterschieden. Er hatte ihn in Frankreich und später in der Kamarg gesehen. Der Fremde steckte von Kopf bis Fuß in einer schwarzen und goldenen Lederrüstung, deren Helm sein Gesicht völlig verbarg, und ritt auf einem weißen Streitroß, das an Größe Agonosvos' Blauen nicht nachstand. Kraftvoll holte der Ritter mit seinem sechs Fuß langen Breitschwert aus und mähte die Gegner von ihren Pferden. Bald saßen nur noch ein paar Wolfskrieger auf ihren Rossen, die schließlich durch das Wasser galoppierend die Flucht ergriffen, ohne sich um ihre Toten und Verwundeten zu kümmern.

Falkenmond sah einen der gefallenen Reiter auf die Füße stolpern und einen weiteren sich neben ihm erheben und erkannte Oladahn. Der Kleine hielt immer noch sein Schwert und setzte sich verzweifelt gegen den Granbretanier zur Wehr. Falkenmond trieb sein Pferd durchs Wasser und stieß dem Wolfskrieger die Klinge in den Rücken.

Falkenmond drehte sich zum Ritter in Schwarz und Gold um. »Seid gedankt, mein Lord«, sagte er und steckte sein Schwert in die Scheide zurück. »Ihr seid mir einen weiten Weg gefolgt.«

»Weiter als Ihr ahnt, Dorian Falkenmond«, drang eine klangvoll hallende Stimme aus dem Helm. »Ihr reitet nach Hamadan?«

»So ist es. Um den Zauberer Malagigi zu finden.«

»Gut. Ich werde Euch ein Stück des Weges begleiten. Es ist nicht mehr weit.«

»Wer seid Ihr?« erkundigte sich Falkenmond. »Wem darf ich danken?«

»Ich bin der Ritter in Schwarz und Gold. Und dankt mir nicht, daß ich Euch das Leben rettete. Ich wißt noch nicht, wofür. Kommt.« Der Ritter führte sie weg vom See.

Etwas später, als sie eine kurze Rast machten, um sich zu stärken, fragte Falkenmond den Ritter, der ein wenig abseits saß und ein Bein seltsam abgewinkelt hatte. »Kennt Ihr diesen Malagigi? Wird er mir helfen?«

»Ich kenne ihn. Vielleicht hilft er Euch. Aber Ihr müßt wissen, daß in Hamadan Bürgerkrieg herrscht. Königin Frawbras Bruder Nahak hat sich gegen sie verschworen und wird von vielen unterstützt, die die Masken jener tragen, die wir am See bekämpften.«

4. Malagigi

Eine Woche später blickten sie von einem Hügel herab auf die Stadt Hamadan, deren weiße Türme und Kuppeln und mit Gold und Silber und Perlmutt eingelegte Minarette in der strahlenden Sonnenglut gleißten.

»Ich verlasse Euch nun.« Der geheimnisvolle Ritter wandte sein Pferd. »Lebt wohl, Dorian Falkenmond. Zweifellos werden unsere Wege sich wieder kreuzen.«

Falkenmond schaute ihm nach, bis er über den Kamm eines Hügels verschwand, dann lenkten er und Oladahn ihre Rosse stadtwärts.

Als sie die Tore erreichten, hörten sie Waffenklirren und Schreien hinter den Stadtmauern. Plötzlich hastete eine wirre Schar von zum Teil schwerverwundeten Kriegern aus dem Tor. Die beiden Reiter versuchten ihnen auszuweichen, aber die Fliehenden beachteten sie überhaupt nicht. Eine Gruppe von Berittenen stürmte an ihnen vorbei, und Falkenmond hörte die Rufe. »Es ist alles aus! Nahak hat gesiegt!«

Ihnen folgte ein mit vier Pferden bespannter bronzener Streitwagen. Eine schwarzhaarige Frau in blauer Rüstung hielt die Zügel und versuchte, die Krieger zur Umkehr und zum Weiterkämpfen zu bewegen. Die Frau war jung und von großer Schönheit, mit mandelförmigen Augen, die vor Grimm funkelten. In einer Hand hielt sie hocherhoben ein Krummschwert.

Sie zerrte an den Zügeln, als sie Falkenmond und Oladahn sah, die verwirrt dreinblickten. »Wer seid Ihr? Weitere Söldner des Dunklen Imperiums?«

»Nein, ich bin ein Feind Granbretaniens«, versicherte ihr Falkenmond. »Was geht hier eigentlich vor?«

»Ein Aufstand. Mein Bruder Nahak und seine Verbündeten drangen durch den Geheimgang aus der Wüste ein und überraschten uns. Wenn Ihr ein Feind des Dunklen Imperiums seid, dann solltet Ihr jetzt besser fliehen. Sie haben schreckliche Bestien bei sich, die . . .« Doch sie war bereits weitergefahren und schrie auf ihre Männer ein.

»Es wird das beste sein, wir kehren in die Berge zurück«, murmelte Oladahn, aber Falkenmond schüttelte den Kopf.

»Ich muß Malagigi finden. Er ist irgendwo in der Stadt. Mir bleibt nur noch wenig Zeit.«

Sie drängten sich durch das Gewühl durchs Tor. Weiter voraus herrschte immer noch Kampfgetümmel, doch die spitzen Helme der Verteidiger gingen in der Überzahl der Wolfsmasken unter. Das Gemetzel war grauenhaft. Falkenmond und Oladahn galoppierten durch einige ruhigere Seitenstraßen, die zu einem großen Platz führten. Auf dessen gegenüberliegender Seite sahen sie geflügelte Bestien, riesigen Fledermäusen ähnlich, doch mit langen Armen und gekrümmten Klauen. Sie stürzten sich auf die fliehenden Krieger, und einige von ihnen fraßen bereits an den Leichen. Hier und dort trieben Nahaks Männer diese Kampftiere noch an, aber es war offensichtlich, daß diese ihren Zweck bereits erfüllt hatten.

Eine der Fledermäuse entdeckte sie plötzlich. Sie schoß, noch während Falkenmond sein Pferd drehte, über den Platz auf sie zu. Halb rennend, halb mit den Flügeln schlagend kam sie näher, wobei sie widerwärtige pfeifende Geräusche ausstieß und einen gräßlichen Gestank verbreitete. Hastig lenkten sie ihre Pferde durch eine enge Gasse, aber die geflügelte Höllenkreatur zwängte sich auch zwischen die Häuser und gab die Verfolgung nicht auf. Zu allem Unglück näherten sich vom entgegengesetzten Ende der Gasse sechs Wolfsreiter. Falkenmond zog sein Schwert und stürmte auf sie zu, denn es gab keinen anderen Ausweg.

Er stieß den ersten aus dem Sattel. Ein Schwert traf seine Schulter, aber trotz des schier betäubenden Schmerzes hieb er auf den nächsten ein. Das Höllenwesen kreischte und die Wolfskrieger rissen ihre Pferde in Panik zurück.

Falkenmond und Oladahn brachen zwischen ihnen durch und erreichten einen größeren Platz, auf dem dicht an dicht Leichen lagen. Falkenmond sah einen Mann aus einem Torbogen laufen und sich über einen Toten beugen, dessen Beutel er hastig in seinen Sack schob. Der Mann erschrak zu Tode, als der Herzog von Köln und Oladahn plötzlich hinter ihm standen. Falkenmond tupfte den Dieb mit der Schwertspitze an. »Wo ist Malagigis Haus?« fragte er drohend.

Der Mann deutete mit zitterndem Finger und krächzte: »Dort entlang, Herr. Das mit der Kuppel ist es, in die auf silbernem Grund die Sternzeichen aus Ebenholz eingelegt sind. Tötet mich nicht. Ich ...« Er seufzte erleichtert auf, als Falkenmond sein großes blaues Pferd weglenkte und auf die Straße zuritt, die er ihm gewiesen hatte.

Sie erreichten den Kuppelbau, Falkenmond hielt unmittelbar vor dem Eingang und hieb mit dem Schwertknauf dagegen. Sein Kopf begann erneut furchtbar zu pochen. Es war ihm klar, daß er auf höflichere Weise Einlaß begehren sollte, aber die Zeit drängte; er wußte instinktiv, daß Graf Brass' Zauber das Juwel nicht mehr lange in Schach halten konnte. Außerdem trieben sich überall die Soldaten des Dunklen Imperiums herum, und die Riesenfledermäuse flatterten, nach Opfern suchend, durch die Luft.

Schließlich schwangen die Tore auf, und vier riesige Neger in purpurnen Gewändern und mit Piken bewaffnet versperrten den Weg. Er wollte hineinreiten, aber die Piken bedrohten ihn sofort. »Was wollt Ihr von unserem Herrn Malagigi?« fragte einer der Neger.

»Ich suche die Hilfe Eures Herrn. Es ist eine Angelegenheit von größter Wichtigkeit. Ich bin in Not.«

Ein Mann mit langem, grauem Haar und einfacher weißer Toga erschien auf der Treppe, die ins Haus führte. Er war glatt rasiert, sein Gesicht war mit Falten durchzogen und alt, die Haut jedoch wirkte jugendlich. »Weshalb sollte Malagigi Euch helfen?« fragte er. »Ich sehe, Ihr seid aus dem Westen. Die Menschen von dort bringen nur Krieg und Unfrieden nach Hamadan. Hebt Euch hinweg. Ich will mit Euresgleichen nichts zu tun haben.«

»Seid Ihr Lord Malagigi?« fragte Falkenmond hoffnungsvoll. »Ich bin ein Opfer jener, die Ihr meint. Helft mir, und ich kann Euch helfen, sie zu vertreiben. Bitte, ich flehe Euch an ...«

»Hebt Euch hinweg!« wiederholte der Alte finster. »Ich mische mich nicht ein in Eure Streitigkeiten.« Die Neger schoben Falkenmond und Oladahn mit den Speerspitzen zurück und schlossen das Tor.

Falkenmond begann erneut dagegen zu hämmern, da faßte Oladahn ihn am Arm und deutete die Straße aufwärts, von wo sechs Wolfsreiter auf sie zukamen, angeführt von einem, dessen reich geschmückte Maske dem Herzog von Köln nur allzu wohlbekannt war.

»Hah! Euer Ende ist nahe, Falkenmond!« schrie Meliadus triumphierend. Er zog sein Schwert und stürmte vorwärts.

Falkenmond zerrte sein Pferd herum. Obgleich sein Haß für den grausamen Kriegslord unvermindert in ihm brannte, wußte er, daß er im Augenblick nicht zu kämpfen imstande war. Er und Oladahn galoppierten die Straße zurück, und bald hatten ihre flinkeren Pferde Meliadus und seine Krieger abgehängt.

Offenbar hatte Agonosvos Meliadus mitteilen lassen, wohin Falkenmond unterwegs war, und der Grandkonnetabel des Wolfsordens hatte sich diese Gelegenheit nicht entgehen lassen.

Nachdem sie viele der schmalen Gassen hinter sich gelassen hatten, brauchten sie die Reiter nicht mehr zu fürchten. »Wir müssen raus aus der Stadt!« rief er Oladahn zu. »Das ist unsere einzige Chance. Später müssen wir vielleicht noch einmal zurückschleichen und Malagigi überzeugen, uns zu helfen . . .« Er sprach nicht mehr weiter, denn eine der riesigen Fledermäuse war auf sie herabgetaucht und vor ihnen gelandet. Mit ausgestreckten Krallen kam sie nun auf sie zu. Voller Verzweiflung über die Ablehnung Malagigis vergaß Falkenmond alle Vorsicht und stürzte auf die Bestie zu. Die Fledermaus pfiff und packte Falkenmonds bereits verwundeten Arm. Der junge Edelmann hackte immer und immer wieder auf den Arm der Fledermaus ein, bis schwarzes Blut hervorspritzte und die Klaue seinen Arm freigab. Das schnabelförmige Maul schnappte nach Falkenmond. Das Pferd bäumte sich auf, als der große Kopf sich senkte, und Falkenmond stach mit dem Schwert in eines der großen schwarzen Augen, es drang tief ein. Die Bestie kreischte auf. Gelber Schleim floß aus der Wunde.

Falkenmond führte einen weiteren Streich. Das Ding bäumte sich auf und fiel auf ihn zu. Falkenmond konnte gerade noch sein Pferd zur Seite lenken. Nun trabte er, gefolgt von Oladahn, auf das offene Tor zu. »Ihr habt es getötet, Lord Dorian!« rief der Kleine begeistert.

Bald erreichten sie die Hügel und Hunderte geschlagener Krieger, die die Schlacht in der Stadt überlebt hatten. Nun ritten sie langsamer weiter und kamen schließlich in ein flaches Tal, dort sahen sie den bronzenen Streitwagen, den die junge Königin gelenkt hatte, Reihe um Reihe erschöpfter Krieger, die im hohen Gras lagen, und die schwarzhaarige Frau, die zwischen ihnen umher ging. Neben dem Kriegswagen sah Falkenmond eine weitere Gestalt. Es war der Ritter in Schwarz und Gold, der auf ihn zu warten schien.

Der Herzog sprang vom Pferd, als er ihn erreichte. Die Frau näherte sich ebenfalls und lehnte sich gegen den Wagen. Immer noch funkelten ihre Augen voll Grimm.

Die tönende Stimme des Ritters klang ein wenig lakonisch von unter seinem Helm, als er sagte: »Malagigi wollte Euch also nicht helfen, hm?«

Falkenmond schüttelte den Kopf und sah ohne Neugierde auf die Frau. Seine Verzweiflung machte dem tiefen Fatalismus Platz, der ihm beim Kampf mit der Riesenfledermaus das Leben gerettet hatte. »Nun gibt es keine Hoffnung mehr für mich«, murmelte er. »Aber ich kann zumindest zurückkehren und versuchen, Meliadus zu vernichten.«

»Wir scheinen den gleichen Wunsch zu haben«, sagte die Frau. »Ich bin Königin Frawbra. Mein heimtückischer Bruder begehrt den Thron und versucht, ihn mit Hilfe von Meliadus und dessen Kriegern an sich zu reißen. Vielleicht gelang es ihm bereits. Ich vermag es nicht zu sagen – aber mir scheint, sie sind in erdrückender Überzahl, und es besteht kaum eine Chance, die Stadt wiederzugewinnen.«

Falkenmond sah sie nachdenklich an. »Wenn es auch nur die geringste Chance gäbe, würdet Ihr sie ergreifen?«

»Selbst ohne jegliche Chance hätte ich gute Lust, es zu versuchen«, erwiderte die junge Frau. »Aber ich bin mir nicht sicher, ob meine Soldaten mir folgen würden.«

In diesem Augenblick ritten drei weitere Krieger in das Lager. Königin Frawbra rief ihnen zu. »Kommt Ihr aus der Stadt?«

»Ja«, antwortete einer. »Sie beginnen bereits zu plündern. Nie sah ich je so grausame Eroberer wie diese Soldaten aus dem Westen. Ihr Anführer ist in Malagigis Haus eingedrungen und hat ihn gefangengenommen.«

»Was?« stöhnte Falkenmond auf. »Dann gibt es für mich keine Rettung mehr.«

»Unsinn!« widersprach der Ritter in Schwarz und Gold. »Es besteht immer noch eine Hoffnung. Solange Meliadus Malagigi am Leben läßt – und das wird er eine Weile, da der Zauberer gewiß viele Geheimnisse kennt, die er zu erfahren begehrt –, habt Ihr noch eine Chance. Ihr müßt mit Königin Frawbras Soldaten die Stadt zurückgewinnen und Malagigi befreien.«

Falkenmond zuckte die Schultern. »Ob mir die Zeit dazu bleibt? Schon jetzt fühle ich die ersten Anzeichen von Wärme im Juwel. Das bedeutet, daß sein Leben zurückkehrt. Bald wird mein Körper nichts weiter sein als eine leere Hülle . . .«

»Dann habt Ihr ja ohnehin nichts zu verlieren, Lord Dorian«, warf Oladahn ein. Er legte eine pelzige Hand auf Falkenmonds Arm und drückte ihn freundschaftlich.

Der Herzog von Köln lachte bitter. »Du hast recht. Nun, Königin Frawbra, was meint Ihr dazu?«

»Laßt uns mit dem mir verbliebenen Rest meiner Armee sprechen«, erwiderte die Frau in der blauen Eisenrüstung.

Ein wenig später redete Falkenmond vom Streitwagen herab die kampfesmüden Krieger an. »Männer von Hamadan«, begann er. »Ich komme viele hundert Meilen aus dem Westen, wo Granbretanien die Macht an sich gerissen hat. Mein eigener Vater wurde von jenem Baron Meliadus zu Tode gefoltert, der nun die Feinde Eurer Königin anführt. Ich habe ganze Länder in Feuer untergehen sehen und ihre Bevölkerung sich in ihrem Blut wälzen oder zu Sklaven werden. Ich habe gekreuzigte Kinder gesehen und andere, die vom Galgen hingen.

Ihr glaubt, es besteht keine Hoffnung mehr, den Männern des Dunklen Imperiums Widerstand zu leisten, aber sie können geschlagen werden. Ich selbst war einer der Hauptleute einer winzigen Armee von nicht mehr als tausend Mann, die die zwanzigfach stärkere Streitmacht Granbretaniens in die Flucht schlug. Es war unser unverzagter Lebenswille, der uns dabei half – das Wissen, daß es kein Erbarmen für uns gäbe, daß wir schließlich alle niedergemetzelt würden, selbst wenn wir die Flucht ergriffen oder uns ergäben.

Soldaten Hamadans! Ihr könnt zumindest wie Männer sterben und wissen, daß es eine Chance gibt, die Truppen zu vernichten, die heute Eure Stadt genommen haben . . .«

So sprach er fort, bis langsam Hoffnung und Kampfgeist in den erschöpften Kriegern wiedererwachte und einige ihm sogar zujubelten. Dann redete auch Königin Frawbra zu ihnen und forderte sie auf, Falkenmond nach Hamadan zu folgen und zuzuschlagen, nun, da der Feind es nicht erwartete und während seine Soldaten ihren Sieg feierten und sich um die Beute stritten.

Falkenmonds Worte hatten ihnen Zuversicht gegeben, und nun sahen sie die Logik in jenen der Königin. Sie begannen in ihre Rüstungen zu schlüpfen, sich ihre Waffen umzugurten und nach ihren Pferden zu sehen.

»Wir greifen noch heute abend an«, rief die Königin. »Nur so schließen wir die Gefahr aus, daß sie Wind von unserem Plan bekommen.«

»Ich denke, ich werde mit Euch reiten«, erklärte der Ritter in Schwarz und Gold.

Und in der gleichen Nacht noch kehrten sie zurück nach Hamadan, wo die Sieger sich ihren Gelagen hingaben, die Tore kaum bewacht waren und offenstanden und die geflügelten Bestien mit vollgefressenen Bäuchen tief schliefen.

5. Das Leben des Schwarzen Juwels

Mit donnernden Hufen waren sie in die Stadt eingedrungen und schlugen zu, noch ehe der Feind überhaupt begriff, was vor sich ging. Falkenmond führte sie an. Sein Schädel war ein einziger Schmerzherd, und das Schwarze Juwel hatte bereits zu pulsieren begonnen. Sein Gesicht war angespannt und weiß wie der Tod, und es war etwas an ihm, das den Feind die Flucht vor ihm ergreifen ließ, während sein Roß sich aufbäumte und er mit seinem Schlachtruf »Falkenmond! Falkenmond!« das Schwert zur alles niedermähenden Sense werden ließ.

Unmittelbar hinter ihm folgte der Ritter in Schwarz und Gold, der methodisch, aber irgendwie unbeteiligt das Schwert schwang. Auch Königin Frawbra selbst nahm am Angriff teil und lenkte ihren Streitwagen mitten durch die noch unorganisierten feindlichen Truppen. Oladahn stand hocherhoben in den Steigbügeln und schoß mit großer Treffsicherheit einen Pfeil nach dem anderen ab.

Straße um Straße trieben sie Nahaks Mannen und die Wolfsmaskenkrieger durch die Stadt. Als Falkenmond die Kuppel von Malagigis Haus sah, ließ er sein Pferd über die Köpfe jener springen, die ihm den Weg versperrten, und kletterte vom Rücken seines Rosses über die Mauer.

Fast wäre er auf den Leichen der Negerwachen gelandet, die in ihrem Blut im Vorhof lagen. Der Hauseingang war eingeschlagen und das Mobiliar im Inneren zertrümmert.

Über Scherben und Möbeltrümmer stolpernd erreichte Falkenmond eine schmale Wendeltreppe. Zweifellos führte sie zu den Laboratorien des Zauberers. Er hatte noch nicht den halben Weg zurückgelegt, als ihm von oben zwei Wolfskrieger entgegenstürmten. Falkenmond riß das Schwert hoch, um sich zu verteidigen. Sein Gesicht grinste verzerrt wie ein weißer Totenschädel, und in seinen Augen funkelte ein aus Wut und Verzweiflung geborener Wahnsinn. Einmal, zweimal schoß sein Schwert vor, und dann fielen zwei tote Krieger die Treppe hinunter. Die letzten Stufen nahm er im Lauf und riß die Tür am Ende der Treppe auf. Er entdeckte Malagigi an die Wand gebunden, mit Foltermalen am ganzen Körper.

Schnell durchschnitt er die Bande und legte den alten Mann behutsam auf ein Sofa in einer Ecke des Raumes, in dem überall Tische mit alchimistischen Apparaten und kleinen Maschinen standen. Malagigi stöhnte und öffnete die Augen.

»Ihr müßt mir helfen, Lord«, beschwor ihn Falkenmond heiser. »Ich kam hierher, um Euer Leben zu retten. Ich flehe Euch an, versucht zumindest, meines zu erhalten.«

Malagigi setzte sich auf und wand sich vor Schmerzen. »Ich sagte – Euch – ich – will nichts mit – Euren Streitigkeiten – zu tun haben. Foltert mich, wenn – Ihr wollt, wie Eure Landsleute es taten, aber – ich werde nicht ...«

»Seid verdammt!« fluchte Falkenmond. »Mein Schädel birst vor Schmerz. Ich kann von Glück reden, wenn ich noch bis zum Morgen durchhalte. Ihr dürft mich nicht abweisen. Ich kam zweitausend Meilen, um Eure Hilfe zu erbitten. Ich bin nicht weniger ein Opfer Granbretaniens als Ihr. Mehr noch. Ich ...«

»Beweist es. Vielleicht helfe ich Euch dann«, knurrte Malagigi. »Vertreibt den Feind aus der Stadt und kommt zurück.«

»Bis dahin wird es zu spät sein. Immer mehr seiner Lebenskraft strömt bereits in das Juwel zurück. Jeden Augenblick . . .«

»Beweist es!« wiederholte Malagigi und sank auf das Sofa zurück.

Falkenmond hob das Schwert. In seiner Wut und Enttäuschung war er fast soweit, den Alten zu erschlagen. Doch dann drehte er sich um, rannte die Treppe hinunter, öffnete das Tor und schwang sich wieder auf den Sattel des wartenden Pferdes.

Er hielt Ausschau nach Oladahn. »Wie steht die Schlacht?« brüllte er über die Köpfe der kämpfenden Krieger hinweg, als er ihn sah.

»Nicht zu gut, fürchte ich. Meliadus und Nahak haben ihre Soldaten neu formiert und halten nun gut die Hälfte der Stadt. Ihre Hauptmacht befindet sich auf dem Stadtplatz, wo der Palast steht. Königin Frawbra und Euer geheimnisvoller Freund führen bereits den Angriff, aber große Hoffnung besteht nicht.«

»Laßt uns selbst nachsehen«, schlug Falkenmond vor und bahnte sich einen Weg durch die Krieger, indem er nach Freund und Feind schlug, je nach dem, wer gerade im Weg stand.

Oladahn folgte ihm, und schließlich erreichten sie den Stadtplatz, wo sich gerade die gegnerischen Streitkräfte gegenüber aufstellten. An der Spitze seiner Mannen, hoch zu Roß, befand sich Meliadus und mit ihm der etwas dümmlich aussehende Nahak, der zweifellos nicht mehr als ein Werkzeug des Barons war. Ihnen gegenüber standen Königin Frawbra auf ihrem zerbeulten Streitwagen und auf seinem Pferd der Ritter in Schwarz und Gold.

Gerade als Falkenmond und Oladahn zum Platz kamen, hörten sie Meliadus donnern: »Wo ist dieser verräterische Feigling Falkenmond? Hat er sich vielleicht verkrochen?«

Falkenmond drängte sich durch die Reihen der Verbündeten und bemerkte, daß es nicht mehr sehr viele waren. »Hier bin ich, Meliadus!« rief er. »Ich bin gekommen, um Euch zu vernichten!«

Meliadus lachte höhnisch. »Mich vernichten? Wißt Ihr denn nicht, daß Ihr überhaupt nur noch aus einer meiner Launen heraus lebt? Spürt Ihr etwa nicht, daß das Schwarze Juwel bereit ist, Euer Gehirn zu verzehren?«

Unwillkürlich langte Falkenmonds Hand zur hämmernden Stirn. Er fühlte die bedrohliche Wärme des Schwarzen Juwels, und er wußte, daß Meliadus die Wahrheit sprach. »Weshalb zögert Ihr dann?«

»Weil ich gewillt bin, Euch einen Vorschlag zu machen. Erklärt diesen Toren, daß ihr Unterfangen hoffnungslos ist. Sagt ihnen, sie sollen ihre Waffen strecken – dann werde ich Euch das Schlimmste ersparen.«

Nun war Falkenmond klar, daß Meliadus seine Rache nur aufgeschoben hatte, in der Hoffnung, dem Dunklen Imperium weitere Verluste zu ersparen. Eine spannungsgeladene Stille setzte ein, als alle auf seine Entscheidung warteten. Er wußte wohl, daß das Schicksal Hamadans nun sehr wohl von ihm abhängen mochte.

Während der Schmerz schier unerträglich in seinem Kopf tobte und er kaum noch fähig war zu überlegen, zupfte Oladahn ihn am Arm und flüsterte: »Lord Dorian, hier!« Rein mechanisch griff Falkenmond nach dem Ding, das der pelzgesichtige Freund ihm zuschob. Es war ein Helm. Schließlich erkannte er ihn als jenen, den Oladahn Agonosvos vom Kopf gezerrt hatte. Er erinnerte sich des gräßlichen Totenschädels.

»Was soll ich mit diesem ekligen Ding?« fragte er und schüttelte sich vor Abscheu.

»Mein Vater war ein Zauberer«, erinnerte ihn der Kleine. »Er lehrte mich so manches Geheimnis. Dieser Helm hat ganz bestimmte Eigenschaften und wird Euch für eine kurze Weile vor der vollen Kraft des Schwarzen Juwels zu schützen vermögen. Stülpt ihn Euch über den Kopf, mein Lord, ich bitte Euch.«

»Wie kann ich sicher sein?«

»Zieht ihn über – und findet es selbst heraus.«

Zweifelnd nahm Falkenmond seinen Helm ab und zog sich den anderen über den Kopf. Er war sehr eng und unbequem, aber da merkte er, daß das Schwarze Juwel nicht mehr so heftig pochte.

Er lächelte, und eine wilde Freude befiel ihn. Er zog das Schwert. »Dies ist meine Antwort, Baron Meliadus!« schrie er und drang auf den überraschten Kriegslord ein.

Meliadus fluchte und bemühte sich, sein Schwert aus der Scheide zu bekommen. Er hatte es kaum gezogen, als Falkenmonds Klinge ihm auch schon seinen Wolfshelm vom Kopf gehauen hatte und sein wutverzerrtes Gesicht offenlag. Hinter Falkenmond drängten die jubelnden Soldaten Hamadans, angeführt von Oladahn, Königin Frawbra und dem Ritter in Schwarz und Gold. Sie schlugen auf den Feind ein und drängten ihn zu den Palasttoren zurück.

Aus den Augenwinkeln sah Falkenmond, wie Königin Frawbra sich aus ihrem Streitwagen beugte und ihren Bruder zu sich herüberzog. Dann blitzte zweimal ein Dolch in ihrer Rechten auf, und die Leiche Nahaks fiel zu Boden, wo sie von den nachfolgenden Reitern zertrampelt wurde.

Verzweiflung verlieh Falkenmond doppelte Kraft, denn er wußte, daß Agonosvos' Helm ihn nicht lange zu schützen vermochte. Wie ein Berserker schwang er sein Schwert und hieb pausenlos auf Meliadus ein, der jedoch genauso flink parierte.

Meliadus' Gesicht war verzerrt, es ähnelte der Wolfsmaske, die er verloren hatte, und der Haß, der in seinen Augen brannte, stand dem Falkenmonds nicht nach.

Ihre Schwerter klirrten rhythmisch in einer kriegerischen Harmonie. Jeder Hieb wurde pariert, jeder erwidert, und es schien, als würde das so weitergehen, bis einer vor Müdigkeit vom Pferd fiel. Doch da prallte eine Gruppe Kämpfender gegen Falkenmonds Roß. Es bäumte sich wiehernd auf, so daß sein Reiter den Halt in den Steigbügeln verlor und zurückrutschte.

Meliadus grinste und stieß gegen Falkenmonds ungeschützte Brust. Es lag nicht viel Kraft in dem Stoß, aber er genügte, den Herzog von Köln aus dem Sattel zu werfen. Er schlug auf dem Boden auf, geradewegs vor die Hufe des Barons Pferd.

Hastig rollte Falkenmond zur Seite, als Meliadus ihn zu zertrampeln versuchte, und er tat sein Bestes, sich gegen die Hiebe zu verteidigen, die auf ihn herabregneten.

Zweimal traf Meliadus den Helm Agonosvos' und beulte ihn ein. Falkenmond spürte, wie das Juwel erneut zu pochen begann. Mit einem Schrei sprang er auf und stürzte sich auf den Baron.

Verwirrt durch diesen unerwarteten Angriff, gelang es Meliadus, Falkenmonds Hieb nur halb abzuwehren. Des Herzogs Schwert schnitt eine tiefe Furche entlang einer Seite des ungeschützten Schädels des Barons, dessen ganzes Gesicht sich zu öffnen schien. Sein Mund verzerrte sich vor Schmerz. Er versuchte, sich das Blut aus den Augen zu wischen, aber Falkenmond packte seinen Schwertarm und zog Meliadus daran zu Boden. Der Baron riß sich frei und stolperte rückwärts. Dann stürmte er gegen Falkenmond an, wobei er mit dem Schwert so heftig auf ihn einschlug, daß beider Waffen brachen.

Einen Augenblick standen sich die keuchenden Feinde wortlos und mit funkelnden Augen gegenüber. Dann zog jeder seinen Dolch und versuchte, auf den anderen einzudringen. Meliadus' einst so anziehende Züge würden nie mehr das Wohlgefallen einer Frau erregen. Und wenn er mit dem Leben davonkam, mußte er das Mal Falkenmonds für immer tragen. Unaufhörlich troff das Blut aus der Wunde und färbte den Brustpanzer.

Falkenmond ermüdete immer mehr. Die Verletzung, die er am Tag zuvor davongetragen hatte, schwächte ihn. Sein Kopf hämmerte unerträglich. Er konnte kaum noch gerade stehen und stolperte deshalb zweimal, vermochte aber glücklicherweise beide Male Meliadus' Dolch auszuweichen.

Meliadus stach nach Falkenmonds Auge, traf jedoch nur den Helm, an dem seine Klinge abglitt. Falkenmonds Dolch hieb auf Meliadus' Kehle ein, aber dem Baron glückte es, seines Gegners Handgelenk zu fassen und umzudrehen.

Pausenlos wanden sie sich nun in enger tödlicher Umarmung, Brust an Brust, und hofften, endlich den tödlichen Stoß anbringen zu können. Ihr Atem kam als heftiges Keuchen, ihre Augen funkelten in brennendem Haß, der nicht enden würde, ehe nicht die des einen oder anderen brachen.

Vor ihnen tobte die Schlacht. Immer weiter drängten Königin Frawbras Truppen den Feind zurück. Niemand kämpfte mehr in Falkenmonds und Meliadus' unmittelbarer Nähe. Nur noch Leichen umgaben sie.

Das erste Licht des nahenden Tages färbte den Himmel.

Meliadus' Arm zitterte, als Falkenmond ihn zurückzuzwingen versuchte, um sein Handgelenk freizubekommen. Seine eigene freie Hand um Meliadus' Unterarm wurde immer schwächer, denn es war seine verwundete Seite. Verzweifelt stieß Falkenmond sein gepanzertes Knie in die nicht weniger gepanzerte Leiste des Barons. Meliadus taumelte. Sein Fuß verfing sich im Zügel seines toten Pferdes, und er stürzte auf den Kadaver.

Er versuchte sich zu erheben, dabei verstrickte er sich nur noch mehr. Angst begann sich in seinen Augen abzuzeichnen, als Falkenmond, der sich selbst kaum noch auf den Beinen zu halten vermochte, näher kam.

Der Herzog von Köln hob den Dolch. Da erfaßte ihn ein Schwindelgefühl. Er stürzte auf den Baron, und die Klinge entglitt ihm.

Blind tastete er nach der Waffe, aber sein Bewußtsein begann ihn zu verlassen. Er lehnte sich wütend dagegen auf, doch die Kraft schwand. Sein letzter Gedanke war, daß Meliadus ihn nun, da er seinem Sieg schon so nahe gewesen war, ohne Anstrengung töten konnte.

6. Diener des Runenstabs

Falkenmond blinzelte durch die Augenschlitze des Helmes in die strahlende Helligkeit. Sein Kopf schmerzte noch, aber Verzweiflung und Grimm waren verflogen. Er drehte den Hals und sah Oladahn und den Ritter in Schwarz und Gold auf ihn herabstarren. Der pelzgesichtige Mann wirkte besorgt. Das Gesicht des Ritters war wie immer völlig hinter dem Visier verborgen.

»Ich bin nicht tot?« fragte Falkenmond schwach.

»Es sieht jedenfalls nicht so aus«, erwiderte der Ritter lakonisch. »Obwohl Ihr es vielleicht seid.«

»Lediglich völlig erschöpft«, warf Oladahn hastig ein und warf seinem mysteriösen Begleiter einen tadelnden Blick zu. »Eure Armwunde ist versorgt. Sie wird sicher bald heilen.«

»Wo bin ich?« erkundigte sich Falkenmond nun. »Ein Gemach . . .«

»In Königin Frawbras Palast. Die Stadt ist wieder in ihrer Hand. Die feindlichen Soldaten sind entweder erschlagen, gefangen oder geflohen. Wir haben Euch bewußtlos über dem dahingestreckten Baron Meliadus gefunden. Im ersten Augenblick hielten wir Euch beide für tot.«

»So lebt Meliadus nicht mehr?«

»Vermutlich nicht. Als wir zurückkehrten, um nach seiner Leiche zu sehen, war sie verschwunden. Zweifellos haben seine fliehenden Mannen sie mitgenommen.«

»Ah. Endlich tot!« seufzte Falkenmond dankbar. Nun, da Meliadus für seine Verbrechen bezahlt hatte, empfand er plötzlich einen inneren Frieden, trotz des Schmerzes, der in seinem Gehirn pulsierte. Da erinnerte er sich an etwas anderes.

»Malagigi. Sucht ihn für mich. Sagt ihm . . .«

»Der Zauberer ist bereits auf dem Weg hierher. Als er von Euren Taten hörte, kam er zum Palast.«

»Wird er mir helfen?«

»Ich weiß es nicht«, murmelte Oladahn und warf einen Blick auf den Ritter in Schwarz und Gold.

Kurz darauf betrat Königin Frawbra das Gemach, gefolgt von dem greisen Magier. Er trug einen in Tuch gehüllten Gegenstand von der Größe eines Männerkopfes.

»Lord Malagigi«, murmelte Falkenmond und versuchte aufzusitzen.

»Seid Ihr der junge Mann, der mich in den vergangenen Tagen belästigt hat? Der Helm verbirgt Euer Gesicht.« Die Stimme des Zauberers klang gereizt. Falkenmonds Hoffnung schwand erneut.

»Ich bin Dorian Falkenmond. Ich habe Hamadan meine Verbundenheit bewiesen. Meliadus und Nahak sind tot, ihre Streitkräfte geschlagen.«

»Hm?« Malagigi runzelte die Stirn. »Ich habe von diesem Juwelending in Eurem Schädel gehört. Ich verstehe ein wenig von solchen Zauberschöpfungen und ihren Eigenschaften. Doch ich vermag nicht zu sagen, ob es *möglich* ist, ihnen die Kraft zu rauben . . .«

»Aber man versicherte mir, daß Ihr der einzige seid, der es tun könnte.« Verzweiflung sprach aus Falkenmonds Stimme.

»Könnte? Ich konnte es vielleicht einmal. Aber jetzt? Ich weiß es nicht. Ich bin alt geworden . . .«

Der Ritter in Schwarz und Gold legte seine Hand auf die Schulter des Greises. »Ihr kennt mich, Magier?«

Malagigi nickte.

»Und Ihr wißt auch, welcher Macht ich diene?«

»Auch das.« Wieder runzelte Malagigi die Stirn, und seine

Augen wanderten von einem zum anderen. »Aber was hat das mit diesem jungen Mann zu tun?«

»Auch er dient dieser gleichen Macht, obwohl er sich dessen nicht bewußt ist.«

»Dann werde ich ihm helfen«, sagte Malagigi entschlossen. »Selbst wenn ich dabei mein Leben aufs Spiel setze.«

Nun gelang es Falkenmond, sich aufzurichten. »Was bedeutet das alles? Wem soll ich dienen? Ich bin mir nicht . . .«

Malagigi winkte ab und zog das Tuch von dem Gegenstand in seinem Arm. Eine Kugel kam zum Vorschein, von der sich kleine Unebenheiten abzeichneten. Jede von diesen leuchtete in einer ständig wechselnden Farbe. Falkenmond blinzelte verwirrt.

»Ihr müßt Euch konzentrieren«, befahl ihm Malagigi und hielt die eigenartige Kugel dicht an sein Gesicht. »Seht sie Euch an, Dorian Falkenmond. Laßt keinen Blick von ihr. Seht die vielen Farben . . .«

Nun blinzelte Falkenmond nicht länger. Er vermochte seine Augen nicht von dem sich immer schneller verändernden Farbenspiel zu reißen. Ein merkwürdiges Gefühl der Schwerelosigkeit befiel ihn, ein unvorstellbares Wohlbefinden. Er begann zu lächeln, und es war ihm, als hülle ein wohltuender, warmer Nebel ihn ein, und er schwebte jenseits von Raum und Zeit. Auf bestimmte Weise war sein Bewußtsein durchaus wach, aber er nahm nichts von der Welt um sich wahr.

Dieses Gefühl hielt eine lange Weile an. Vage spürte er, daß sein Körper, der ihm kaum noch einen Teil seiner selbst zu sein schien, getragen wurde.

Die zarten Farben des Nebels verschwammen ab und zu, wurden von rosigem Rot zu Himmelblau und Sumpfdotterblumengelb. Aber das war das einzige, was er sah. Und er spürte auch nichts. Er empfand nur einen tiefen Frieden wie nie zuvor, außer vielleicht als Säugling in den Armen seiner Mutter.

Dann begannen dunklere Streifen die Pastellfarben zu durchziehen, und langsam verlor sich das Gefühl des Friedens, als schwarze und blutrote Blitze vor seinen Augen zuckten. Er verspürte einen entsetzlichen ziehenden Schmerz und schrie qualerfüllt auf.

Erst jetzt öffnete er die Lider und starrte voller Grauen auf die

Maschine vor ihm. Sie war ein Ebenbild jener in Baron Kalans Laboratorium in König Huons Palast.

War er wieder in Londra?

Die Spinnwebstreifen in Schwarz und Gold und Silber murmelten ihm zu, aber sie liebkosten ihn nicht, wie sie es zuvor getan hatten. Im Gegenteil, sie wichen vor ihm zurück, zogen sich immer dichter zusammen, bis sie nur noch einen Bruchteil ihres bisherigen Raumes beanspruchten.

Falkenmond blickte um sich und sah Malagigi und das Labor, in dem er den Zauberer vor den Männern des Imperiums gerettet hatte.

Malagigi wirkte völlig erschöpft, aber er sah sehr zufrieden aus. Er packte die Maschine des Schwarzen Juwels und verstaute sie sorgfältig in einer Metalltruhe, deren Deckel er sorgfältig verschloß.

»Die Maschine«, fragte Falkenmond heiser. »Woher habt Ihr sie?«

»Ich stellte sie her.« Malagigi lächelte. »Ich fertigte sie selbst an, Herzog Dorian. Eine ganze Woche intensiver Arbeit steckt in ihr. Eine Woche, während derer ich Euch nur kraft meiner Magie vor jener anderen Maschine in Londra zu schützen vermochte. Ich befürchtete schon, es gelänge mir nicht. Aber endlich, heute morgen, war sie komplett, es fehlte ihr nur noch eines . . .«

»Und das war?«

»Die Kraft. Unser Erfolg hing vom richtigen Augenblick der Beschwörung ab. Ich mußte die volle Lebenskraft des Schwarzen Juwels durch Euch leiten und konnte nur hoffen, daß meine Maschine sie in sich zog, ehe die Kraft begann, sich an Euch zu nähren.«

Falkenmond stieß einen tiefen Seufzer der Erleichterung aus. »Und es ist gelungen!«

»Es ist gelungen. Nun seid Ihr wenigstens frei von dieser Bedrohung.«

»Und mit jeder anderen hoffe ich es selbst aufnehmen zu können.« Falkenmond erhob sich von der Couch. »Ich bin zutiefst in Eurer Schuld, Lord Malagigi. Wenn ich Euch zu Diensten sein kann . . .«

»Nicht nötig.« Der Zauberer verzog sein Gesicht zu einem verschmitzten Grinsen. »Ich habe ja nun diese Maschine hier.« Er klopfte auf die Truhe. »Wer weiß, wozu sie mir noch gut sein wird. Außerdem ...« Er runzelte die Stirn und blickte Falkenmond nachdenklich an.

»Was wolltet Ihr sagen?«

»Oh, nichts.« Malagigi zuckte die Schultern.

Falkenmond berührte seine Stirn. Das Schwarze Juwel war immer noch dort eingebettet, aber es fühlte sich kalt an. »Ihr habt das Juwel nicht entfernt?«

»Nein. Obgleich es getan werden kann, wenn Ihr es wünscht. Es ist absolut ungefährlich. Es bedarf nur einer einfachen Operation, es Euch aus der Stirn zu schneiden.«

Falkenmond wollte Malagigi gerade fragen, wann es getan werden könnte, als ihm schließlich ein Gedanke kam. »Nein«, murmelte er schließlich. »Es soll bleiben. Als Zeichen des Hasses, den ich für das Dunkle Imperium empfinde. Ich hoffe, seine Männer werden es bald fürchten lernen.«

»So beabsichtigt Ihr, Euren Kampf gegen sie fortzuführen?«

»Ja. Und mit doppelter Anstrengung, nun, da Ihr mich befreit habt.«

»Ihr habt recht. Man muß etwas gegen diese Ungeheuer in Menschengestalt unternehmen.« Der Magier seufzte. »Entschuldigt mich nun. Ich muß mich ausruhen. Ich bin sehr müde. Ihr findet Eure Freunde im Hof.«

Falkenmond schritt die Treppe hinunter in den warmen, sonnigen Morgen. Über das ganze pelzige Gesicht strahlend blickte Oladahn ihm entgegen. Der Ritter in Schwarz und Gold saß aufbruchsbereit auf seinem Pferd.

»Ihr seid wieder völlig hergestellt?« erkundigte er sich.

»Durchaus.«

»Gut. Dann verlasse ich Euch. Lebt wohl, Dorian Falkenmond.«

»Seid bedankt für Eure Hilfe«, rief Falkenmond ihm nach. Da erinnerte er sich plötzlich. »Wartet!« bat er.

Der Ritter hielt kurz vor dem Tor sein Roß an und blickte über die Schulter zurück. »Was gibt es noch?«

»Als Ihr Malagigi überredetet, die Kraft des Schwarzen Juwels zu brechen, behauptetet Ihr, ich diene derselben Macht wie Ihr. Ich weiß nichts von einer Macht, der ich untertan wäre.«

»Ihr werdet eines Tages noch davon erfahren.«

»Und was ist diese Macht, der Ihr dient?«

»Der Runenstab!« rief der Ritter in Schwarz und Gold und trabte hinaus auf die Straße, ehe Falkenmond weitere Fragen zu stellen vermochte.

»Der Runenstab?« murmelte Oladahn erstaunt. »Ich hielt ihn für eine Legende.«

»Genau wie ich. Ich glaube, der Ritter findet Spaß daran, anderen Rätsel aufzugeben. Zweifellos macht er sich nur einen Scherz mit uns.« Falkenmond grinste und schlug Oladahn kräftig auf die Schulter. »Sollten wir ihn jemals wiedersehen, wird er uns die Wahrheit erzählen müssen.« Er lächelte. »Ich habe entsetzlichen Hunger. Ein gutes Mahl . . .«

»Königin Frawbra ließ eine Festtafel im Palast für Euch bereiten.« Oladahn zwinkerte ihm zu. »Das Beste vom Besten. Und ich glaube, das Interesse der schönen Königin an Euch hat nicht allein mit Dankbarkeit zu tun.«

»Meinst du? Dann hoffe ich nur, daß ich sie nicht verletzen werde, Freund Oladahn, denn ich bin bereits einem liebreizenden Mädchen versprochen.«

»Ihr habt mir nie von ihr erzählt«, sagte der Kleine.

»Komm«, drängte Falkenmond. »Laß uns die Gastfreundschaft der Königin genießen und dann Vorbereitungen zu unserer Rückkehr treffen.«

»O – müssen wir schon so bald weg von hier?« brummte Oladahn enttäuscht. »Man verehrt uns hier als Helden. Und außerdem haben wir uns doch eine kurze Erholung verdient, oder meint Ihr nicht, Lord Dorian?«

Falkenmond lächelte. »Du darfst gern bleiben, wenn du es möchtest. Doch ich muß mich um eine Hochzeit kümmern – meine eigene.«

»Die möchte ich natürlich nicht versäumen«, versicherte ihm der Kleine.

Königin Frawbra begleitete sie am nächsten Morgen persönlich bis zu den Toren Hamadans. »Wollt Ihr es Euch nicht doch noch überlegen, Dorian Falkenmond? Ich biete Euch einen

Thron – den Thron, für den mein Bruder kämpfte und sein Leben gab.«

Falkenmond blickte gen Westen. Zweitausend Meilen und eine vielmonatige Reise entfernt wartete Yisselda auf ihn. Und sie wußte nicht, ob er sein Ziel erreicht hatte oder das Opfer des Schwarzen Juwels geworden war. Auch Graf Brass wartete und mußte von den neuen Übergriffen Granbretaniens erfahren. Möglicherweise stand Bowgentle in diesem Augenblick mit Yisselda auf dem höchsten Turm der Burg und bemühte sich, das Mädchen zu trösten, das mit leerem Blick auf das wilde Marschland der Kamarg herabstarrte und sich fragte, ob der Mann, den sie liebte, je zurückkehren würde.

Er verbeugte sich tief vor der schönen Königin. »Ich danke Euch, Majestät. Ich bin geehrt, daß Ihr mich würdig erachtet, mit Euch zu herrschen. Doch ich muß ein Versprechen einlösen – das zu halten ich zwanzig Throne geben würde. Auch wird mein Schwert gegen das Dunkle Imperium benötigt.«

»Dann geht«, sagte die Königin leise. »Aber vergeßt Hamadan und seine Königin nicht.«

»Das verspreche ich Euch.«

Er ritt seinen blauen Hengst hinaus auf die steinige Ebene. Hinter ihm drehte Oladahn sich noch einmal um und warf der Königin eine Kußhand zu, ehe er dem Freund folgte.

Frohgemut zog Dorian Falkenmond, Herzog von Köln, westwärts, um Yisselda in die Arme zu schließen – und Rache am Dunklen Imperium zu nehmen.

HIER ENDET DER ERSTE BAND
DER SAGE VOM HERZOG VON KÖLN

ZWEITER BAND

Die Sage vom Herzog von Köln

FEIND DES DUNKLEN IMPERIUMS

ERSTES BUCH

Wir erfuhren bisher, wie Dorian Falkenmond, der letzte Herzog von Köln, sich der Macht des Schwarzen Juwels entledigte und die Eroberung der Stadt Hamadan durch das Dunkle Imperium Granbretaniens verhinderte. Nach dem Sieg über seinen Erzfeind, Baron Meliadus, machte sich Falkenmond westwärts auf den Weg zur belagerten Kamarg, wo die ihm versprochene Yisselda, Tochter des Grafen Brass, auf ihn wartete. Mit einem stets fröhlichen Begleiter Oladahn aus den Bulgarbergen ritt Falkenmond von Persien zum Meer von Zypern. Sie hofften im Hafen von Tarabulus ein Schiff zu finden, das sie zur Kamarg bringen würde. Sie verirrten sich jedoch in der Wüste von Syranien und erlagen fast dem Durst und der Erschöpfung, ehe sie die friedlichen Ruinen Soryandums am Fuß einer Kette grüner Berge liegen sahen.

Inzwischen breitete sich in Europa die schreckliche Macht des Dunklen Imperiums weiter aus, während an einem unbekannten Ort der Runenstab pulsierte und seinen Einfluß über Tausende von Meilen hinweg ausübte und die Geschicke diverser Menschen unterschiedlichsten Charakters und verschiedenster Ambitionen leitete.

– Die hohe Geschichte des Runenstabs

1. Soryandum

Die Stadt war alt, und die Zeit hatte ihre Spuren hinterlassen. Wind hatte an den Steinen genagt, und das Mauerwerk war bröckelig, Türme standen schief und Gemäuer waren zerfallen. Wildschafe kauten am Gras, das zwischen den Pflastersteinen wuchs, und Vögel mit bunter Federhaube nisteten zwischen den Säulen, deren Mosaik verblaßt war. Einst war die Stadt prunkvoll und mächtig gewesen, nun war sie von friedlicher Schönheit.

Die zwei Reiter erreichten sie im milchigen Morgendunst, als ein leichter Wind durch die schweigenden Straßen blies. Das wildwuchernde Gras dämpfte den Hufschlag der Pferde, deren Reiter sie zwischen moosbewachsene Türme lenkten, vorbei an den Ruinen, denen orange, gelbe und purpurne Blüten eine bezaubernde Schönheit verlieh.

Dies war das von seinen Einwohnern verlassene Soryandum. Männer und Pferde waren über und über mit Staub bedeckt, was ihnen das Aussehen von Statuen verlieh, die zum Leben erwacht waren. Sie ritten langsam und betrachteten staunend die Schönheit der toten Stadt. Der vordere war hochgewachsen und fast hager, und obwohl er erschöpft war, bewegte er sich doch mit der selbstverständlichen Sicherheit des erfahrenen Kriegers. Die Sonne hatte sein langes helles Haar nahezu weiß gebleicht, und seine wasserblauen Augen verrieten eine Spur von Verzweiflung. Was jedoch besonders an ihm auffiel, war das in seiner Stirnmitte eingebettete stumpfschwarze Juwel, ein Stigma, das er den abartigen Magier-Wissenschaftlern Granbretaniens verdankte. Er war Dorian Falkenmond, Herzog von Köln, der dem Dunklen Imperium, das ihn aus seinem Land vertrieben und die Weltherrschaft anstrebte, Rache geschworen hatte.

Der zweite Reiter trug einen großen beinernen Bogen und einen Köcher mit Pfeilen auf seinem Rücken. Er war lediglich in Kniehosen und Stiefel aus weichem Leder gekleidet, aber seinen ganzen Körper, das Gesicht nicht ausgenommen, bedeckte feines rotes

Haar. Er reichte Falkenmond kaum bis zur Schulter. Er war Oladahn, der Sohn eines Zauberers und einer Bergriesin aus den Bulgarbergen.

Oladahn schüttelte den Sand aus seinem Pelz. »Nie zuvor sah ich eine so schöne Stadt. Weshalb gibt es hier keine Menschen? Wer würde einen so herrlichen Ort wie diesen verlassen wollen?« brummte er verwundert.

Falkenmond rieb das Juwel an seiner Stirn, wie immer, wenn ihm etwas ein Rätsel aufgab. »Vielleicht gab es hier eine Seuche? Wenn ja, laß uns hoffen, daß sie uns nicht mehr zu befallen vermag. Doch darüber machen wir uns später Gedanken. Ich bin sicher, daß ich das Rauschen von Wasser hörte – und das brauche ich als erstes, danach etwas zu essen und dann Schlaf, Freund Oladahn.«

Auf einem der Plätze der Stadt fanden sie einen blaugrauen Stein vor, in den Figuren eingemeißelt waren. Aus den Augen eines Mädchens fiel reines Quellwasser, das in einer Steinschale darunter aufgefangen wurde. Falkenmond stieg ab und trank. Mit nassen Händen wischte er sich über das staubige Gesicht und machte Oladahn Platz, dann tränkten sie die Pferde.

Falkenmond holte aus seiner Satteltasche die Karte, die sie in Hamadan bekommen hatten. Sein Finger fuhr auf ihr entlang und blieb an dem Punkt, der mit Soryandum bezeichnet war, stehen. Er lächelte erleichtert. »Wir sind nicht allzusehr von unserer Route abgekommen«, erklärte er Oladahn. »Hinter diesen Bergen fließt der Euphrat, und Tarabulus liegt etwa eine Wochenreise jenseits davon. Wir werden uns hier ausruhen und morgen weiterreiten. Ausgeruht kommen wir schneller voran.«

Oladahn grinste. »Und Ihr wollt wohl vorher die Stadt erst gründlich durchstöbern.« Er goß sich Wasser übers Fell, dann bückte er sich und hob Bogen und Köcher auf. »Und ich werde nun für etwas zu essen sorgen. Ich sah wilde Schafböcke auf den Bergen – heute abend gibt es Hammel am Spieß.« Er schwang sich wieder aufs Pferd und ritt durch das zerfallene Stadttor, während Falkenmond aus den Kleidern schlüpfte und genußvoll das kühle Wasser über sich schüttete. Dann holte er frische Sachen aus der Satteltasche. Er streifte sich das Seidenhemd über, das Königin Frawbra von Hamadan ihm geschenkt hatte, und schlüpfte in eine blaue

Baumwollhose mit weiten Beinen und in leichte Sandalen. Er war froh, aus dem schweren Leder und Eisen befreit zu sein, das er zum Schutz getragen hatte, falls die Männer des Dunklen Imperiums ihnen durch die Wüste folgten. Nur das Schwert gürtete er sich vorsichtshalber um, obwohl er nicht glaubte, daß ihnen in dieser friedlichen Stadt Gefahr drohen könnte.

Er nahm seinem Pferd den Sattel ab und legte sich in den Schatten eines zerfallenen Turms, um auf Oladahn und den Hammelbraten zu warten.

Der Mittag kam und verging. Falkenmond fragte sich, wo der Freund so lange blieb. Er gab sich noch eine Stunde dem Genuß des Schlafes hin, ehe er begann, sich echte Sorgen zu machen. Dann stand er auf und sattelte sein Pferd.

Es war sehr unwahrscheinlich, daß ein so guter Schütze wie Oladahn so lange brauchen würde, ein selbst noch so flinkes Schaf zu erlegen. Andererseits gab es hier keinerlei Anzeichen von Gefahr. Vielleicht hatte Oladahn sich entschlossen, erst eine Stunde auszuruhen, ehe er die Jagdbeute hierherbrachte? Bestimmt würde es jedoch auch in diesem Fall nichts schaden, nach ihm Ausschau zu halten.

Falkenmond stieg auf und ritt durch die Straßen zur verfallenen äußeren Mauer der Stadt und von dort zu den Hügeln. Als das Pferd die Wiesen unter den Hufen spürte, schien seine frühere Kraft sich wieder voll zu entfalten, und Falkenmond mußte die Zügel kurz halten. Er ritt in leichtem Galopp auf die Hügel zu.

Vor sich sah er eine Herde Wildschafe, die ein großer, weise dreinsehender Widder anführte. Vielleicht war es der, den Oladahn erwähnt hatte, aber von dem kleinen Mischling war nichts zu sehen.

»Oladahn!« rief Falkenmond und sah sich um. »Oladahn!« Aber nur dumpfe Echos antworteten ihm.

Falkenmond ließ das Pferd den höchsten Hügel emporklimmen, von wo aus er eine gute Aussicht hatte. Er sah sich nach allen Seiten um, aber von Oladahn war nichts zu sehen.

Auch über die Stadt schweiften Falkenmonds Blicke. Verschwand da nicht gerade ein Mann in eine der Seitenstraßen in Brunnennähe? War Oladahn aus einer anderen Richtung zurückgekehrt? Nur, wenn ja, weshalb hatte er sich dann auf seine Rufe hin nicht gerührt?

Angst um den Freund beschlich Falkenmond nun, doch noch immer konnte er nicht glauben, daß die Stadt selbst Gefahr barg.

Er lenkte das Pferd den Hügel hinunter, und es sprang durch eine eingestürzte Stelle in der Stadtmauer.

Durch den Staub gedämpft, tappten die Hufe des Pferdes dumpf durch die Straßen auf den Platz mit dem Brunnen zu. Immer wieder rief Falkenmond Oladahns Namen. Aber wieder antworteten ihm nur Echos, und auf dem Platz war nichts von dem kleinen Mann zu sehen.

Falkenmond runzelte die Stirn. Er war sich nun fast sicher, daß sie doch nicht allein in der Stadt gewesen waren. Aber von Einwohnern fehlte jede Spur.

Er lenkte sein Pferd wieder auf die Straßen zu. In dem Moment hörte er ein schwaches Geräusch über sich. Er sah hinauf und versuchte, etwas zu erkennen, das Geräusch kannte er nur zu gut. Schließlich sah er es – weit entfernt noch, eine schwarze Gestalt oben in der Luft. Dann blitzte Sonnenlicht auf, das von Metall reflektiert wurde, und das Geräusch wurde deutlicher – ein Klirren und Surren von großen bronzenen Flügeln. Falkenmond wurde schwer ums Herz. Das immer näher und tiefer kommende Ding war ohne Zweifel ein Ornithopter in der Form eines gewaltigen Kondors, blau, scharlach und grün lackiert. Es konnte nur eine Flugmaschine des Dunklen Imperiums sein; denn keine andere Nation auf Erden verfügte über Ähnliches.

Damit wurde Oladahns Verschwinden verständlich. In Soryandum hielten sich offenbar Krieger Granbretaniens auf. Sie hatten Oladahn erkannt und wußten, daß Falkenmond nicht fern sein konnte. Und Falkenmond war der am meisten gehaßte Feind des Dunklen Imperiums.

2. Huillam d'Averc

Falkenmond zog sich in den Schatten der Ruinen zurück und hoffte, daß man ihn vom Ornithopter aus noch nicht entdeckt hatte.

Konnte es wirklich sein, daß die Granbretanier ihnen durch die ganze Wüste hindurch gefolgt waren? Es schien unwahrscheinlich. Doch wie sonst war ihre Anwesenheit an diesem so abgelegenen Ort zu erklären?

Falkenmond zog seine kampferprobte Klinge aus der Scheide und sprang vom Pferd. In seiner ungewohnten, dünnen Kleidung fühlte er sich ungeschützt, während er Deckung suchend durch die Straßen rannte.

Der Ornithopter flog nun nur wenige Fuß über dem höchsten Turm Soryandums, ganz sicherlich auf der Suche nach ihm, dem Mann, dem der Reichskönig Huon bittere Rache wegen seines ›Verrats‹ am Dunklen Imperium geschworen hatte. Auch wenn es Falkenmond tatsächlich gelungen sein mochte, Baron Meliadus in der Schlacht von Hamadan zu töten, so hatte König Huon offenbar sofort einen neuen Mann mit der Jagd nach dem verhaßten Herzog von Köln beauftragt.

Falkenmond hatte keine gefahrlose Reise erwartet, aber auch nicht damit gerechnet, daß man ihn so schnell entdecken würde.

Er kam zu einem dunklen, halbzerfallenen Gebäude und schlüpfte durch den Eingang in einen kühlen Korridor mit Wänden aus hellen, mit Reliefs verzierten Steinen, die teilweise mit weichem Moos und blühenden Flechten überwuchert waren. Auf einer Seite des Ganges führte eine Treppe nach oben. Falkenmond stieg sie mehrere Stockwerke hoch empor, bis er zu einem kleinen Raum kam, in den durch eine Mauerlücke strahlender Sonnenschein fiel. Falkenmond drückte sich gegen die Wand und spähte vorsichtig hinaus. Von hier aus war ein großer Teil der Stadt zu überblicken, und er sah auch den Ornithopter und den Piloten mit der Geiermaske, der im Tiefflug die Straßen absuchte.

Ein Turm aus grünem Granit befand sich nicht allzu weit entfernt. Er stand etwa im Zentrum Soryandums und beherrschte in seiner Höhe die Stadt. Ein paarmal umkreiste der Ornithopter ihn.

Falkenmond nahm zuerst an, daß der Pilot ihn dort vermutete, doch dann landete die Flugmaschine auf dem flachen, mit einer Brustwehr versehenen Dach. Vom Inneren des Bauwerks kamen mehrere Gestalten auf den Ornithopter zu.

Ohne Zweifel gehörten auch sie zu den Soldaten Granbretaniens. Sie trugen schwere Harnische mit Umhängen darüber, und Metallmasken bedeckten trotz der großen Hitze ihre Köpfe. Unter keinen Umständen trennten die Granbretanier sich von ihren Masken. Sie schienen offenbar eine tiefverwurzelte Abhängigkeit zu ihnen zu haben.

Die Masken waren rostbraun und schmutziggelb und so geformt, daß sie den Schädeln von Keilern glichen, mit Juwelenaugen, die in der Sonne funkelten, und mit gewaltigen, gekrümmten Elfenbeinhauern.

Demnach gehörten die Krieger dem Eberorden an, der für seine Grausamkeit bekannt war. Ihrer sechs standen um ihren Anführer, einen hochgewachsenen, schlanken Mann, dessen Maske aus Gold und Bronze so kunstvoll gearbeitet und fast schon eine Karikatur der Masken war, die die einfachen Soldaten trugen. Der Mann stützte sich auf zwei seiner Untergebenen – einer breitschultrig und untersetzt, der andere von riesiger Gestalt mit nackten Armen und Beinen, die fast unmenschlich dicht behaart waren. Falkenmond fragte sich, ob der Anführer wohl verwundet war. Etwas schien jedoch gekünstelt an seiner Art, wie der sich auf sie stützte, es wirkte zu theatralisch. Doch gerade daran glaubte Falkenmond ihn zu erkennen. Höchstwahrscheinlich handelte es sich bei ihm um Huillam d'Averc, der einst ein großer Maler und Architekt gewesen war. Er hatte sich dem Dunklen Imperium verschrieben, noch ehe es Frankreich überrannte. D'Averc war ein Mann voll Rätsel und zweifellos ein gefährlicher Gegner, auch wenn er ein Gebrechen vortäuschte.

Nun sprach der Eberführer zu dem geiermaskigen Piloten, der daraufhin den Kopf schüttelte. Offenbar hatte er Falkenmond nicht gesehen. Er deutete jedoch auf die Stelle, wo der Herzog sein Pferd zurückgelassen hatte. D'Averc – wenn er es war – gab einem seiner Männer ein Zeichen, woraufhin dieser nach unten verschwand und gleich darauf mit dem sich wütend wehrenden Oladahn zurückkehrte.

Falkenmond beobachtete, wie zwei der Ebermaskierten den Mann aus den Bulgarbergen an die Brustwehr heranzerrten. Wenigstens lebte der Freund noch.

Wieder sagte der Eberführer etwas zu dem Piloten. Letzterer holte ein glockenförmiges Megaphon aus der Flugmaschine und gab es dem Riesen, auf den der Führer sich immer noch stützte. Der Gigant hielt das Megaphon dicht an die Schnauze der Maske seines Herrn.

Plötzlich dröhnte die gelangweilt klingende Stimme des Eberführers durch die Luft.

»Herzog von Köln, wir wissen, daß Ihr Euch in dieser Stadt befindet, denn wir nahmen Euren Diener gefangen. In einer Stunde wird die Sonne untergehen. Wenn Ihr Euch bis dahin nicht ergeben habt, müssen wir damit beginnen, den kleinen Burschen zu töten . . .«

Nun wußte Falkenmond ganz sicher, daß es d'Averc war. Kein anderer Mann konnte diese Haltung und Stimme haben. Der Riese gab dem Piloten das Megaphon zurück und half seinem Herrn gemeinsam mit seinem untersetzten Kameraden zu der Brustwehr, gegen die er sich lehnte und von der aus er auf die Straße hinunterblickte.

Falkenmond unterdrückte seinen Grimm und schätzte die Entfernung zwischen dem Gebäude, in dem er sich befand, und dem Turm. Wenn er durch die Mauerlücke sprang, konnte er über mehrere flache Dächer einen Ruinenhaufen erreichen, der unmittelbar an eine der Turmmauern anschloß. Von dort würde es ihm nicht schwerfallen, zur Brustwehr hochzuklettern. Aber sobald er seine Deckung hier verließ, würde man ihn sehen. Bliebe nur, die Dunkelheit abzuwarten, doch bis dahin hatte man zweifellos begonnen, Oladahn zu foltern.

Nachdenklich strich Falkenmond über das Juwel in seiner Stirn. Wenn er sich ergab, das wußte er, würde man ihn nach Granbretanien bringen und dort zum Ergötzen der abartigen Lords des Dunklen Imperiums langsam, aber unter unvorstellbaren Qualen töten. Er dachte an Yisselda, die sein Versprechen hatte, daß er zu ihr zurückkehren würde; an Graf Brass, dem er zugesagt hatte, ihn zu unterstützen – und er dachte an Oladahn, dem er in Freundschaft verbunden war, seit der kleine Mann mit dem Pelzgesicht ihm das Leben gerettet hatte.

Durfte er ihn opfern, nur weil sein Verstand ihm sagte, daß sein, Falkenmonds, Leben im Kampf gegen das Dunkle Imperium von größerer Wichtigkeit war? Aber auch wenn er sich für Oladahn opferte, gab es keine Garantie, daß der Eberführer den Freund freiließ, nachdem er sich ergeben hatte.

Falkenmond biß sich auf die Lippen und faßte einen Entschluß. Er zwängte sich durch die Lücke in der Mauer, hielt sich draußen mit einer Hand an einem Vorsprung fest und winkte mit der blanken Klinge. D'Averc blickte in seine Richtung. »Ihr müßt Oladahn freigeben, ehe ich zu Euch komme«, rief Falkenmond hinüber. »Denn ich weiß, daß alle Granbretanier Lügner sind. Ich gebe Euch *mein* Wort, daß ich mich ergebe, wenn mein Gefährte frei ist.«

»Vielleicht sind wir Lügner«, erwiderte die müde, kaum vernehmbare Stimme, »aber Narren sind wir nicht. Wie kann ich mich auf Euer Wort verlassen?«

»Ich bin der Herzog von Köln«, erwiderte Falkenmond schlicht. »Wir lügen nicht.«

Ein ironisches Lachen drang aus der Ebermaske. »Ihr scheint mir recht naiv, Herzog von Köln, doch Sir Huillam d'Averc ist es nicht. Ich bin jedoch zu einem Kompromiß bereit.«

»Und der wäre?« fragte Falkenmond.

»Ich schlage Euch vor, Ihr trefft uns auf halbem Weg, so daß Ihr in der Reichweite der Flammenlanzen des Ornithopters seid, dann gebe ich Euren Diener frei.« D'Averc hüstelte und stützte sich schwer auf die Brustwehr. »Was haltet Ihr davon?«

»Das läßt sich wohl kaum als Kompromiß bezeichnen«, protestierte Falkenmond. »Denn dann könntet Ihr uns beide mit Leichtigkeit töten, ohne Euch selbst in Gefahr zu begeben.«

»Mein treuer Herzog, der Reichskönig sieht Euch lieber lebend. Sicher wißt Ihr das. Außerdem brächte es mir höchstens eine kleine Grafschaft ein, tötete ich Euch jetzt. Überbringe ich Euch andererseits lebend, ist mir ein Fürstentum gewiß. Ich bin sehr ehrgeizig, das habt Ihr doch bestimmt schon gehört.«

D'Avercs Argument war überzeugend, aber Falkenmond kannte auch seinen Ruf und wußte, daß ihm nicht zu trauen war. Es stimmte zwar, daß er d'Averc lebend mehr wert war, andererseits mochte es sein, daß der Renegat kein Risiko eingehen wollte, und ihn zu töten beabsichtigte, sobald er in Reichweite der Flammenlanzen war.

Er überlegte kurz, dann seufzte er. »Ich akzeptiere Euren Vorschlag, Sir Huillam.« Er setzte zum Sprung auf das nächste Hausdach an.

»Nein! Herzog Dorian!« schrie da Oladahn. »Sie sollen mich ruhig töten. Mein Leben ist nicht viel wert.«

Falkenmond tat, als hätte er den Freund nicht gehört, und sprang. Das alte Mauerwerk des Flachdachs, auf dem er gelandet war, krachte, und ein breiter Sprung zeichnete sich ab. Hastig schritt er auf den Turm zu.

Wieder schrie Oladahn auf und wand sich in den Armen seiner Wächter.

Falkenmond ignorierte ihn und ging weiter. Das Schwert hielt er noch immer in der Hand, ohne sich dessen wirklich bewußt zu sein.

Oladahn riß sich los. Von zwei Soldaten verfolgt, rannte er zur Brustwehr. Falkenmond sah ihn einen Herzschlag lang zögern, dann schwang er sich darüber und stürzte in die Tiefe.

Falkenmond war für einen Augenblick wie erstarrt über das Opfer seines Freundes. Dann eilte er auf den Rand des Daches zu, gerade als die Flammenlanze sich in seine Richtung drehte. Es gelang ihm, einen tieferen Mauervorsprung zu erreichen und von dort über weitere zur Straße zu kommen, während der Hitzestrahl über ihn hinwegzischte.

Nun begann er zu rennen, aber nicht weg vom Turm, sondern darauf zu. Er hatte nur einen Gedanken, den Freitod des Freundes an d'Averc zu rächen.

Kaum hatte er den Eingang betreten, hörte er das Klappern von eisenbeschlagenen Stiefeln die Treppe heruntereilen. Er suchte sich eine Stelle auf einem Treppenabsatz aus, wo er sich einen Gegner nach dem anderen vornehmen konnte.

D'Averc kam als erster. Er blieb abrupt stehen, als er Falkenmonds grimmiges Gesicht sah, dann griff er mit der behandschuhten Rechten nach seiner langen Klinge.

»Es war unbedacht von Euch, die Chance zur Flucht nicht zu nutzen, die Euer Diener Euch verschaffte«, sagte er abfällig. »Nun bleibt uns wohl nichts übrig, als Euch zu töten . . .«

Er begann zu husten, krümmte sich vor Schmerzen und lehnte sich gegen die Wand. Kraftlos winkte er dem untersetzten Soldaten zu, den Falkenmond mit ihm auf dem Turm gesehen hatte. »Oh, mein teurer Herzog Dorian, Ihr müßt mir verzeihen, mein Gebrechen überwältigt mich manchmal im ungünstigsten Augenblick. Ecardo – würdest du . . .«

Der bullige Ecardo sprang vor und zog ein kurzstieliges Schlachtbeil aus seinem Gürtel. Mit der anderen Hand zog er ein kurzes Schwert. Er lachte siegessicher. »Habt Dank, Meister. Jetzt wollen wir sehen, wie der Nacktgesichtige tanzt.« Geschmeidig wie eine Katze griff er an.

Falkenmond machte sich bereit, Ecardos ersten Schlag abzufangen.

Der Mann sprang mit einem wilden Schrei vor, die Kriegsaxt zischte durch die Luft und prallte gegen Falkenmonds Klinge. Dann stach Ecardos Schwert nach oben. Falkenmond, der durch Entbehrungen und Hunger geschwächt war, konnte nicht gänzlich ausweichen, und die Klinge biß durch die dünne Hose in sein Fleisch.

Falkenmonds Schwert glitt unter der Axt weg und krachte gegen Ecardos Ebermaske, dabei riß ein Hauer ab, und die Schnauze wurde eingedrückt. Ecardo fluchte und wollte erneut mit dem Schwert zustechen, aber Falkenmond lehnte sich gegen seinen Schwertarm und preßte ihn gegen die Wand. Dann ließ er sein eigenes Schwert los, daß es nur noch mit dem Band am Handgelenk hing, und versuchte, Ecardo die Axt zu entwinden.

Ecardos gepanzertes Knie schnellte hoch und traf Falkenmond in der Leistengegend. Falkenmond jedoch wich trotz des Schmerzes nicht zurück, er riß Ecardo herum in Richtung Treppe und ließ ihn los, daß der Schwung ihn hinabschleuderte.

Ecardo schlug mit einem Krachen auf, das den ganzen Turm erzittern ließ. Er bewegte sich nicht mehr.

Falkenmond blickte zu d'Averc hoch. »Nun, Sir, habt Ihr Euch inzwischen von Eurem Anfall erholt?«

D'Averc schob seine kostbare Maske zurück. Falkenmond sah ein bleiches Gesicht mit den blassen Augen eines Kranken. Doch der Mund war zu einem schwachen Lächeln verzerrt. »Ich werde mein Bestes tun«, versprach der Eberführer. Er griff mit einer Gewandtheit und Flinkheit an, wie sie selbst für einen völlig gesunden und durchtrainierten Mann erstaunlich war.

Falkenmond stieß blitzschnell zu. Fast wäre es ihm gelungen, den anderen zu überraschen, doch d'Averc parierte mit unvorstellbarer Geschwindigkeit. Seine Reflexe straften die müde Stimme Lügen.

Falkenmond wurde klar, daß der Eberführer in seiner Art nicht weniger gefährlich war als der kräftige Ecardo. Und noch etwas wurde ihm bewußt. Wenn letzterer lediglich betäubt war, konnte es leicht sein, daß er bald zwischen zwei Gegnern in der Zange saß.

Die Schwerter hieben so rasend schnell aufeinander ein, daß die Klingen nur noch schemenhaft zu sehen waren. D'Averc lächelte, und in seinen Augen war ein Ausdruck stillen Vergnügens. Er wirkte, als gäbe er sich einer angenehmen Freizeitbeschäftigung hin.

Falkenmond wußte, daß er, geschwächt durch Hunger und den langen Ritt durch die Wüste, ein Duell wie dieses nicht lange durchstehen konnte. Verzweifelt suchte er nach einer Bresche in d'Avercs Verteidigung. Einmal stolperte sein Gegner kurz auf einer unebenen Stufe. Sofort stieß Falkenmond zu, doch auch diesmal parierte der andere flink, und Falkenmond trug noch dazu eine Streifwunde am Unterarm davon.

Hinter d'Averc warteten die Eberkrieger ungeduldig darauf, ebenfalls in den Kampf eingreifen zu können.

Falkenmond ermüdete immer schneller, bis er schließlich nur noch defensiv kämpfte und kaum noch in der Lage war, den stählernen Tod abzuwehren, der nach seinen Augen, seiner Kehle, seinem Herz oder seinem Magen stach. Er machte einen Schritt zurück, dann noch einen.

Beim zweiten Schritt zurück hörte er ein Ächzen hinter sich und wußte, daß Ecardo wieder zu Bewußtsein kam. Jetzt würde es nicht mehr lange dauern, bis die Eber ihn abschlachteten. Doch nun, da Oladahn tot war, kümmerte es ihn kaum noch. Er hackte mit dem Schwert um sich, und d'Avercs Lächeln wurde immer breiter, je näher er sich seinem Sieg sah.

Anstatt auf einen Angriff von hinten zu warten, sprang Falkenmond unvermittelt rückwärts die Stufen hinunter. Er stieß mit der Schulter gegen einen anderen, wirbelte herum, um sich Ecardo zu stellen.

Vor Überraschung fiel ihm beinahe das Schwert aus der Hand.

»Oladahn!«

Der Pelzgesichtige hob gerade das Schwert des eben erwachenden Eberkriegers über dessen Kopf.

»Ja. Ich lebe, doch verstehe ich selbst nicht, wieso.« Mit aller Wucht schlug er die flache Klinge auf Ecardos Helm. Der untersetzte Krieger brach erneut zusammen.

Zum Sprechen war nun keine Zeit. Falkenmond vermochte nur mit Mühe den nächsten Hieb d'Avercs zu parieren. Auch dessen Augen weiteten sich, als er Oladahn sah.

Es gelang Falkenmond, die Deckung des Franzosen zu durchbrechen und dessen Schulterschutz aufzuschlitzen. Aber wieder stieß d'Averc die Klinge beiseite und griff erneut an. Jetzt jedoch hatte Falkenmond nicht mehr den Vorteil der besseren Position. Die wilde Ebermaske grinste ihn an, als die Krieger die Treppe herunterdrängten.

Gegen die Übermacht hatten Oladahn und Falkenmond kaum noch eine Chance. Trotzdem gelang es ihnen, zwei der Granbretanier zu töten und drei weitere zu verwunden. Aber ihre Erschöpfung machte sich immer mehr bemerkbar. Falkenmond vermochte kaum noch sein Schwert zu halten. Wie durch einen Schleier hindurch sah er seine Gegner zum Todesstoß ausholen, aber dann hörte er noch d'Avercs triumphierende Stimme: »Nehmt sie lebend!« ehe er zu Boden ging.

3. Die Geistermenschen

Völlig in Ketten gewickelt, daß sie kaum noch zu atmen vermochten, wurden Falkenmond und Oladahn endlose Stufen in die Tiefe des großen Turms geschleift, der in diese Richtung nicht weniger weit als in die Höhe zu reichen schien.

Schließlich erreichten die Eberkrieger eine Kammer, die offensichtlich einst ein Lagerraum gewesen war, nun aber einen vorzüglichen Kerker abgab.

Man stieß die beiden mit dem Gesicht voraus auf den Steinboden des Verlieses, wo sie völlig erschöpft liegenblieben, bis ein gestiefelter Fuß sie grob umdrehte. Im flackernden Fackellicht sahen sie Ecardo, dessen eingedrückte Maske triumphierend zu grinsen schien. D'Averc stand, immer noch ohne Maske, zwischen Ecardo und dem riesigen Krieger, den Falkenmond auf dem Turm gesehen hatte. D'Averc hielt sich einen Brokatschal an die Lippen und stützte sich schwer auf den Arm des Riesen.

D'Averc hüstelte theatralisch und lächelte auf seine Gefangenen herab. »Ich fürchte, ich muß Euch bald verlassen, diese feuchte Luft tut mir nicht gut. Jungen Kerlen wie Euch wird das jedoch nichts ausmachen. Doch ich versichere Euch, auch Ihr braucht nicht länger als vielleicht einen Tag hier zu warten. Ich habe bereits nach einem größeren Ornithopter geschickt, der Euch beide morgen nach Sizilien bringen wird, wo meine Hauptmacht gerade lagert.«

»Ihr habt Sizilien bereits erobert?« fragte Falkenmond.

»So ist es. Das Dunkle Imperium verschwendet keine Zeit. In aller Bescheidenheit«, d'Averc hüstelte gekünstelt, »ich bin der Held von Sizilien. Unter meiner Führung konnte die Insel genommen werden. Aber dieser Sieg war nichts Besonderes. Das Dunkle Imperium hat viele fähige Führer wie mich. Wir haben in den letzten Monaten größere Eroberungen in Europa gemacht – auch im Osten.«

»Aber die Kamarg steht noch«, warf Falkenmond ein. »Das dürfte dem Reichskönig ein Dorn im Auge sein.«

»Oh, die Kamarg wird sich unter Belagerung nicht lange halten können«, erklärte d'Averc wegwerfend. »Wir schenken dieser kleinen Provinz unsere besondere Aufmerksamkeit. Wer weiß, vielleicht ist sie schon gefallen ...«

»Nicht, solange Graf Brass lebt.« Falkenmond lächelte.

»Möglich«, meinte d'Averc. »Aber ich hörte, daß er schwer verwundet wurde und Hauptmann von Villach den Tod fand.«

Falkenmond wußte nicht, ob d'Averc log. Er versuchte, sich nichts anmerken zu lassen, aber er war zutiefst erschrocken. Mußte die Kamarg tatsächlich aufgeben? Und wenn ja, was würde dann aus Yisselda?

»Offensichtlich beunruhigt Euch diese Neuigkeit«, murmelte der Eberführer. »Aber Ihr braucht Euch keine unnötigen Gedanken zu machen, Herzog. Wenn die Kamarg fällt, wird sie in meine Obhut übergehen; denn ich gedenke sie als Belohnung für Eure Ergreifung zu beanspruchen. Und jene, meine munteren Begleiter«, er zeigte auf seine rohen Diener, »werde ich dort einsetzen, die Kamarg zu regieren, wo ich es nicht kann. Sie teilen jeden Bereich meines Lebens mit mir – meine Geheimnisse, meine Freuden. So ist es nur gerecht, daß sie auch an meinem Triumph teilhaben. Ecardo hier wird der Verwalter meiner Güter, und aus Peter hier werde ich wohl einen Grafen machen.«

Aus der Maske des Riesen kam ein tierisches Grunzen. D'Averc lächelte. »Peter hat nicht viel im Hirn, aber seine Kraft und seine Loyalität stehen außer Frage. Vielleicht werde ich ihn Graf Brass' Platz einnehmen lassen.«

Falkenmond zerrte zornig an seinen Ketten. »Ihr seid ein gerissenes Tier, d'Averc, aber ich lasse mich von Euch nicht reizen. Ich warte ab. Vielleicht entkomme ich Euch auch noch. Und wenn es mir gelingt, müßt Ihr in steter Furcht vor dem Tag leben, an dem unsere Rollen vertauscht werden und Ihr mein Gefangener seid.«

»Ich fürchte, Ihr seid zu optimistisch, Herzog. Ruht Euch aus, genießt den augenblicklichen Frieden, denn es wird keinen für Euch mehr geben, wenn Ihr Granbretanien erreicht habt.« Er verbeugte sich spöttisch und verließ mit seinen Begleitern das Verlies. Falkenmond und Oladahn blieben im Dunkeln zurück.

»Es fällt mir schwer, meine Lage ernstzunehmen, nach allem, was mir heute zugestoßen ist«, brummte Oladahn nach einer Weile. »Ich bin mir nicht einmal sicher, ob ich wache oder träume.«

»Erzähl, Oladahn«, bat Falkenmond. »Wie war es möglich, daß du diesen schrecklichen Sturz überlebtest? Ich meinte, du wärst am Fuß des Turms zerschmettert worden.«

»Das wäre ich auch, hätten mich nicht die Geisterwesen in der Luft aufgefangen.«

»Geister? Du scherzt.«

»Durchaus nicht. Diese – diese Geisterwesen erschienen plötzlich aus den Fenstern des Turmes und trugen mich sanft zu Boden. Sie hatten die Form und Größe von Menschen, waren jedoch durchsichtig.«

»Du hast dir sicher den Kopf angeschlagen und das nur geträumt.«

»Möglich.« Oladahn hielt inne. »Doch wenn es so war, dann träume ich auch jetzt noch. Seht nach links.«

Falkenmond wandte den Kopf und riß vor Staunen den Mund auf. Ganz deutlich konnte er eine Männergestalt erkennen, doch war sie von milchiger Transparenz, daß er die Wand dahinter sah.

»Ein richtiger Geist«, murmelte er. »Seltsam, daß ich den gleichen Traum wie du träume.«

Ein melodisches Lachen erklang. »Ihr träumt nicht, Fremdlinge«, versicherte ihnen das Geistwesen. »Wir sind Menschen wie Ihr. Nur ist unsere Körpermasse ein wenig verändert, das ist alles. Wir existieren nicht direkt in der gleichen Dimension wie Ihr. Doch sind wir durchaus Menschen. Wir sind die Bewohner dieser Stadt.«

»So ist Soryandum gar nicht verlassen«, staunte Oladahn. »Aber wie kamt Ihr zu – dieser eigenartigen Form des Daseins?«

Das Wesen lachte erneut. »Durch die Beherrschung unseres Geistes, durch bestimmte wissenschaftliche Experimente und auch durch eine gewisse Kontrolle von Raum und Zeit. Ich bedauere, daß es mir unmöglich ist, Euch zu erklären, wie wir diesen Zustand erlangt haben; denn wir schafften es unter anderem, indem wir uns einer völlig neuen Wortschöpfung bedienten, und die Sprache, die ich verwendete, wäre nichtssagend für Euch. Seid jedoch versichert, daß wir dadurch nicht verlernt haben, Menschen einzuschätzen. So erkannten wir Euch als potentielle Freunde und jene anderen als gefährliche Feinde.«

»Eure Feinde? Wie ist das möglich?« fragte Falkenmond.

»Ich werde es Euch später erklären.« Der Geistmann beugte sich über den Herzog und hob ihn empor. Das Wesen mochte vielleicht körperlos scheinen, aber es war stärker als ein normaler Sterblicher. Zwei weitere Geistmenschen schwebten aus der Dunkelheit herbei. Einer trug Oladahn, während der andere die Hand hob und ein Leuchten schuf, das das Verlies erhellte. Falkenmond sah nun, daß die Geistmenschen hochgewachsen und schlank waren und schmale, gutaussehende Gesichter mit blind wirkenden Augen hatten.

Falkenmond hatte angenommen, diese Bürger Soryandums könnten durch feste Wände dringen, aber nun sah er, daß sie von oben herabgekommen waren; denn etwa in mittlerer Höhe einer Seitenwand zeichnete sich eine Öffnung mit einem Schacht dahinter ab. Vielleicht hatte er früher einmal als Lastenaufzug gedient.

Die Geistmenschen schwebten mit ihrer Last empor, bis in der Ferne der Mond und Sternenlicht zu sehen waren.

»Wohin bringt Ihr uns?« erkundigte sich Falkenmond.

»An einen sicheren Ort, wo wir Euch von den Ketten befreien können.«

Als sie das Ende des Schachtes erreichten und die kühle Nachtluft sie umfing, hielten sie an, während der Geistmensch ohne Last vorausschwebte, um sich zu vergewissern, daß keine Granbretanier sich in der Nähe befanden. Er bedeutete den anderen, ihm zu folgen, und sie kamen schließlich zu einem dreistöckigen Haus, das in besserem Zustand zu sein schien als die restlichen Gebäude, doch offenbar keinen ebenerdig gelegenen Einlaß besaß. Die Geistmänner schlüpften mit Falkenmond und Oladahn durch ein Fenster des ersten Stocks, wo sie die beiden in einem einfach ausgestatteten Raum absetzten.

»Hier wohnen wir«, erklärte einer der Geistmenschen. »Es gibt aber nicht mehr sehr viele unserer Art. Wir leben zwar jahrhundertelang, doch sind wir, seit wir diese Form annahmen, nicht mehr fortpflanzungsfähig. Das mußten wir aufgeben, um zu werden, wie wir heute sind.«

Weitere Soryandumer, einige von ihnen Frauen, betraten nun das Zimmer durch eine Tür. Sie waren alle von fast unirdischer Schönheit und Grazie, milchiger Transparenz, und keiner trug Kleidung. Weder ihre Gesichter noch Körper verrieten ihr Alter, und sie strahlten einen solchen Frieden aus, daß Falkenmond sich bei ihnen sofort geborgen fühlte.

Einer der Neuankömmlinge hatte ein fingerförmiges Instrument mitgebracht, mit dem er Falkenmonds und Oladahns Kette löste.

Falkenmond richtete sich auf und rieb seine schmerzenden Glieder. »Ich danke Euch. Ihr habt uns vor einem äußerst unangenehmen Schicksal bewahrt.«

»Es freut uns, daß wir Euch helfen konnten«, erwiderte einer, der etwas kleiner als die anderen war. »Ich bin Rinal und war einst der Ratsvorsitzende dieser Stadt.« Er trat lächelnd näher an Falkenmond heran. »Würde es Euch interessieren zu hören, daß auch Ihr uns helfen könntet?«

»Für den Dienst, den Ihr uns erwiesen habt, bin ich gerne bereit, alles für Euch zu tun, was in meiner Macht steht«, versicherte ihm Falkenmond ernst. »Und wie können wir Euch behilflich sein?«

»Auch für uns sind diese Krieger mit den seltsamen Tiermasken eine große Gefahr, denn sie beabsichtigen, Soryandum niederzureißen.«

»Aber wieso? Die Stadt bringt doch keine Gefahr für sie, und sie ist zu entlegen, als daß es sich für sie lohnen würde, sie ihrem Reich anzuschließen.«

»Wir haben ihre Besprechungen belauscht«, erklärte Rinal, »und erfahren, daß sie planen, hier ein gewaltiges Gebäude zu errichten für Hunderte, ja Tausende ihrer Flugmaschinen, die sie von hier aus strategisch am wirkungsvollsten zur Eroberung der umliegenden Länder einsetzen können.«

»Ich verstehe«, murmelte Falkenmond. »Deshalb wurde auch gerade d'Averc, der ehemalige Architekt, mit dieser Mission beauftragt. Es herrscht kein Mangel an Baumaterialen, die sie für eine solche Ornithopter-Basis brauchen, außerdem liegt die Stadt so abgelegen, daß kaum jemand auf die Aktivität hier aufmerksam würde. Das Dunkle Imperium hatte auf jeden Fall schon den Vorteil der Überraschung auf seiner Seite. Nein, das dürfen wir nicht zulassen.«

»Selbst wenn es nur unseretwillen wäre«, fuhr Rinal fort. »Wir sind ein Teil Soryandums, mehr vielleicht, als Ihr verstehen könnt. Die Stadt und wir sind eins. Würde sie zerstört, wäre es auch unser Ende.«

»Aber wie können wir sie aufhalten?« überlegte Falkenmond. »Und was kann ich tun? Ihr verfügt doch gewiß über hochentwickelte, wissenschaftliche Mittel. Ich habe nur ein Schwert – und selbst das ist nun in den Händen d'Avercs.«

»Ich sagte Euch, daß wir mit der Stadt verbunden sind«, sagte Rinal geduldig. »Und so müßt Ihr Euch das auch vorstellen. Es ist uns nicht möglich, die Stadt zu verlassen. Vor langer Zeit entledigten wir uns so plumper Behelfe wie Maschinen. Wir begruben sie unter einem Berg, viele Meilen außerhalb Soryandums. Nun benötigen wir jedoch eine davon, sind aber nicht in der Lage, sie zu holen. Ihr dagegen könnt Euch frei bewegen und sie uns bringen.«

»Dazu bin ich gern bereit«, versicherte ihm Falkenmond. »Erklärt uns genau, wo wir sie finden können, und wir holen sie.

Das beste ist, wir brechen möglichst schnell auf, ehe d'Averc unsere Flucht bemerkt.«

»Da habt Ihr recht, es sollte so rasch wie möglich geschehen.« Rinal nickte. »Doch habe ich leider noch nicht alles berichtet. Wir versteckten die Maschinen, als wir noch fähig waren, kürzere Entfernungen außerhalb der Stadt zurückzulegen. Um sicherzugehen, daß die Maschinen unangetastet blieben, ließen wir einen mechanischen Wächter zurück – eine Tiermaschine. Eine schreckliche Vorrichtung, um jeden abzuschrecken, der das Lager entdecken sollte. Dieser Wächter tötet jeden, der es wagt, die Höhle zu betreten und nicht von unserer Rasse ist.«

»Wie läßt sich diese Maschinenbestie ausschalten?« erkundigte sich Oladahn.

»Überhaupt nicht. Es besteht für Euch nur eine Möglichkeit, nämlich sie zu bekämpfen – und zu vernichten.«

»Ich verstehe«, murmelte Falkenmond. »Ich entgehe also einer Gefahr, nur um mich einer nicht geringeren gegenüberzusehen.«

Rinal hob abwehrend die Hand. »Nein, es liegt nicht in unserer Absicht, es von Euch zu verlangen. Wenn Ihr meint, Ihr würdet anderswo dringender gebraucht, seid Ihr frei, Eures Weges zu ziehen.«

»Ich verdanke Euch mein Leben«, sagte Falkenmond fest, »und könnte es nicht mit meinem Gewissen vereinbaren, von dannen zu ziehen, wenn die Gefahr besteht, daß Soryandum zerstört und damit Eure Rasse untergehen wird. Außerdem möchte ich verhindern, daß das Dunkle Imperium noch mehr Unheil über die Welt bringt. Nein, ich werde tun, was ich vermag, doch ohne Waffen dürfte es nicht einfach sein.«

Rinal gab einem der Geistmenschen einen Wink, der daraufhin aus dem Zimmer schwebte und kurz darauf mit Falkenmonds eingedellter Klinge und Oladahns Bogen, Pfeilen und Schwert zurückkehrte. »Es fiel uns nicht schwer, die Waffen an uns zu bringen.« Rinal lächelte. »Wir haben auch noch etwas anderes, das Euch helfen wird.« Er reichte Falkenmond das fingerförmige Instrument, mit dem ihre Ketten gelöst worden waren. »Dies behielten wir zurück, als wir fast alle anderen Maschinen wegbrachten. Damit läßt sich jedes Schloß öffnen – Ihr braucht nichts weiter zu tun, als es auf das Schloß zu richten. Damit kommt Ihr in den Hauptlagerraum, wo der mechanische Wächter unsere alten Maschinen vor Eindringlingen schützt.«

»Und was ist die Maschine, die wir Euch bringen sollen?«

»Es ist ein kleines Gerät, etwa von der Größe eines Menschenkopfes, und es leuchtet in allen Regenbogenfarben. Aussehen tut es wie Kristall, doch fühlt es sich an wie Metall. Sein Fundament besteht aus Onyx, aus dem ein oktagonales Objekt herausragt. Möglicherweise befinden sich zwei dieser Geräte im Lagerraum. Wenn Ihr könnt, dann bringt am besten beide.«

»Wozu dient es denn?« erkundigte sich Falkenmond.

»Das werdet Ihr sehen, wenn Ihr damit zurückkehrt.«

»Wenn wir damit zurückkehren«, unkte Oladahn.

4. Der mechanische Wächter

Nachdem sie sich gestärkt hatten – die Geistmenschen hatten Essen und Wein von d'Avercs Männern für sie gestohlen –, schnallten Falkenmond und Oladahn ihre Waffen um und machten sich zum Aufbruch bereit.

Zwei der Männer von Soryandum trugen die Gefährten sanft zur Straße hinab.

»Möge der Runenstab Euch beschützen«, flüsterte einer Falkenmond zu, als sie sich verabschiedeten. »Wir haben gehört, daß Ihr ihm dient.«

Falkenmond wollte ihn fragen, wie sie das erfahren hatten. Es war das zweite Mal, daß jemand behauptete, er diene dem Runenstab, obgleich er sich selbst dessen nicht bewußt war. Doch ehe er den Mund öffnen konnte, waren die Geistmänner verschwunden.

Falkenmond runzelte die Stirn und stampfte entschlossen los.

Tief in den Hügeln, einige Meilen von Soryandum entfernt, hielt Falkenmond an, um sich zu orientieren. Rinal hatte ihm eine Stelle beschrieben, an der seine Vorfahren vor Jahrhunderten Granitsteine angehäuft hatten. Schließlich fand er die alten Steine, die im Mondlicht silbern glänzten.

»Nun wenden wir uns nordwärts«, sagte er, »und suchen nach dem Hügel, aus dem der Granit gebrochen wurde.«

Nach einer halben Stunde fanden sie den Hügel. Er sah aus, als hätte ein Riese mit seinem Schwert einen Hang geglättet. Inzwischen war dort wieder Gras gewachsen, und der Hang paßte sich der Landschaft an.

Über federnden Torfboden erreichten sie eine Stelle am Hang, an der dickes Gestrüpp wuchs. Sie zwängten sich durch das Buschwerk und kamen an einen schmalen Spalt im Hügel.

Das war der geheime Eingang zum Maschinenlager der Leute von Soryandum.

Sie schlüpften durch den Eingang und fanden sich in einer großen, eckigen und offensichtlich künstlich geschaffenen Höhle wieder.

Falkenmond erinnerte sich an die Anweisungen, durchquerte die Höhle und suchte an der gegenüberliegenden Wand ein winziges Zeichen in Schulterhöhe. Schließlich fand er es – ein fremdartiges Schriftzeichen und darunter ein winziges Loch. Falkenmond holte aus seinem Hemd das Instrument hervor, das man ihm gegeben hatte und richtete es auf das Loch.

Er verspürte ein Kribbeln in seiner Hand, als er auf das Instrument einen leichten Druck ausübte. Der Fels vor ihm begann zu zittern. Ein kräftiger Luftstrom drohte die Fackeln auszublasen. Die Wand begann zu glühen, dann wurde sie transparent und verschwand schließlich. »Sie wird immer noch da sein«, hatte ihnen Rinal erklärt, »aber vorübergehend in einer anderen Dimension.«

Vorsichtig, mit den Schwertern in der Hand, schlichen sie durch einen riesigen Tunnel. Ein grünliches Licht erhellte ihn, das aus den glasähnlichen Wänden kam.

Vor ihnen lag eine weitere Wand. In ihr glühte ein roter Punkt, darauf zeigte Falkenmond mit dem Instrument.

Wieder bemerkten sie einen starken Luftstrom, der sie diesmal beinahe umblies. Dann wurde die Wand zunächst glühend weiß, dann milchig blau, ehe sie verschwand.

Dieser Teil des Tunnels war ebenfalls von milchig blauer Farbe, aber die Wand vor ihnen war schwarz. Als auch sie verschwunden war, gelangten sie in einen Tunnel aus gelbem Stein, dahinter, so wußten sie, lag der Maschinenraum und der Wächter.

Falkenmond zögerte, ehe er das Instrument an die weiße Wand vor ihnen legte.

»Wir müssen geschickt und rasch handeln«, sagte er zu Oladahn, »denn das Ding hinter dieser Wand wird aktiviert werden, sobald es unsere Gegenwart spürt . . .«

Er brach ab, als er ein dumpfes Dröhnen vernahm – ein enormes Krachen und Stoßen. Die weiße Wand erzitterte, als habe man auf der anderen Seite ein großes Gewicht dagegen geworfen.

Oladahn betrachtete zweifelnd die Wand. »Vielleicht sollten wir es uns noch einmal überlegen. Wenn wir hier unser Leben wegwerfen, ohne etwas zu erreichen . . .«

Aber Falkenmond hatte bereits das Instrument aktiviert, die schützende Wand wechselte die Farbe, und der seltsame kalte Wind blies ihnen ins Gesicht. Von hinter der Wand ertönte ein grausliches, schmerzerfüllt und erstaunt klingendes Winseln. Die Wand wurde rosa, verblaßte – und gab das Maschinenungeheuer frei.

Das Verschwinden der Wand hatte es offenbar überrascht, und es machte im Augenblick keine Anstalten, sich auf sie zu stürzen. Obwohl es auf den metallenen Hinterbeinen kauerte, überragte es sie, und die vielfarbigen Schuppen blendeten sie fast. Entlang seinem Rücken bis zum Hals hoben sich messerscharfe Hörner ab. Es erinnerte mit seinen kurzen Hinter- und langen Vorderbeinen, die in Metallhänden mit spitzen, langen Krallen ausliefen, in etwa an einen Affen. Seine Augen waren facettiert wie die einer Fliege, und aus seiner Schnauze ragten rasiermesserscharfe Zähne.

Hinter dem mechanischen Wächter waren an den Wänden entlang unbekannte Maschinen ordentlich aufgereiht oder übereinandergestapelt, und auch in der Mitte des riesigen Raumes standen viele. Hier entdeckte Falkenmond die beiden Kristallgeräte, die Rinal beschrieben hatte. Schweigend deutete er darauf, dann rannte er, gefolgt von Oladahn, an dem Maschinentier vorbei in die Lagerhalle.

Ihre Bewegungen rissen den Wächter aus seiner Starre. Er brüllte auf und setzte ihnen nach, wobei er einen metallischen Gestank verströmte, der in Falkenmonds Nase biß.

Aus dem Augenwinkel sah Falkenmond eine metallene Krallenhand nach ihm greifen. Er sprang zur Seite und stieß dabei eine kleinere Maschine um, die auf dem Boden zerschellte. Die Klaue zischte dicht an seinem Gesicht vorbei und holte erneut aus, aber Falkenmond war bereits außer Reichweite.

Ein Pfeil prallte klirrend gegen die Metallschnauze, aber die gelben und schwarzen Metallschuppen wurden nicht einmal angekratzt.

Mit einem Brüllen hielt das Ungetüm nach seinem anderen Gegner Ausschau und schnellte sich auf ihn zu.

Oladahn stolperte zurück, aber nicht schnell genug, denn die Bestie packte ihn mit der Pranke und zog ihn auf das weit geöffnete Maul zu. Falkenmond brüllte auf und stach dem Ding mit dem Schwert in die Lende. Es grunzte und schleuderte sein Opfer von sich. Oladahn lag schlaff in einer Ecke, bewußtlos oder tot.

Falkenmond sprang zurück, als die Bestie nun auf ihn zukam. Dann wechselte er die Taktik, duckte sich und rannte unter den gespreizten Beinen des Metalltieres hindurch. Als es sich umzudrehen begann, rannte Falkenmond wieder zurück.

Das Metallungeheuer schnaubte vor Wut. Es hieb mit den Klauen um sich. Es sprang hoch in die Luft und landete mit einem ohrenbetäubenden Krachen, dann raste es über den Boden der Halle auf Falkenmond zu, der sich zwischen zwei Maschinen gezwängt hatte, mit ihnen als Deckung kroch er näher auf die Geräte zu, die er holen sollte.

Jetzt stieß das Monster auf der Suche nach seinem Widersacher Maschinen um. Falkenmond hatte sich inzwischen bei einer Maschine mit glockenförmiger Schnauze versteckt, an deren Ende sich ein Hebel befand. Er hoffte, daß es sich um eine Waffe handelte, und zog am Hebel. Ein schwaches Summen drang aus der Maschine, doch das schien alles.

Jetzt hatte der Wächter ihn fast erreicht.

Falkenmond machte sich bereit, er wollte das Schwert in eines der Augen schleudern, sie schienen der verwundbarste Teil der Kreatur zu sein. Rinal hatte ihm erzählt, daß die mechanische Bestie nicht wirklich getötet werden konnte, aber wenn man sie blenden konnte, hatte man vielleicht eine Chance.

Das Ungeheuer taumelte plötzlich und grunzte, als es die gerade Linie der Schnauzenmaschine schnitt. Offenbar sandte die Maschine irgendwelche unsichtbaren Strahlen aus, die den komplizierten Mechanismus des Wächters beeinträchtigten. Er stolperte,

Falkenmond meinte schon, freudig erregt, der Sieg wäre ihm sicher, aber das Ding schüttelte sich nur und kam langsam, mit schmerzhaft wirkenden Bewegungen näher.

Falkenmond erkannte, daß das Ding wieder zu Kräften kam. Er mußte jetzt zuschlagen, um überhaupt eine Chance zu haben. Er rannte auf die Bestie zu. Sie drehte langsam den Kopf, aber da sprang Falkenmond schon, an den Schuppen Halt suchend, auf ihre Schultern. Mit einem Knurren hob sie den Arm, um Falkenmond herunterzuzerren.

Verzweifelt lehnte Falkenmond sich nach vorn und schlug mit dem Schwertgriff erst auf das eine, dann auf das andere Auge ein. Beide zersplitterten, und winzige Kristallstücke regneten auf den Boden.

Der Wächter heulte auf, und seine Klauen fuhren gegen die gebrochenen Augen. Das gab Falkenmond Zeit, herabzuspringen und auf die beiden gewünschten Geräte zuzulaufen. Hastig stopfte er sie in den Sack, der an seinem Gürtel hing.

Das Ungeheuer hieb mit den langen Armen um sich. Maschinen polterten zu Boden oder wurden durch die Wucht der Schläge eingebeult. Der Wächter mochte zwar blind sein, doch von seiner Kraft hatte er nichts verloren.

Falkenmond machte einen Bogen um das wütende Ungeheuer, griff sich Oladahn und warf ihn sich über die Schulter. Dann rannte er auf den Ausgang zu.

Die Metallbestie hatte seine Schritte gehört und nahm die Verfolgung in die Richtung, aus der sie kamen, auf. Falkenmond lief schneller, er meinte, sein Brustkorb würde bersten vor Anstrengung. Er floh durch die Gänge, bis er in die Höhle gelangte und zu der schmalen Öffnung, die nach draußen führte. Das Metallmonster würde ihm durch einen so engen Spalt nicht folgen können.

Als er sich mit seiner Last durch den Spalt gezwängt hatte und die kühle Nachtluft fühlte, hielt er inne und besah sich Oladahns Gesicht. Der kleine Bepelzte atmete; er schien sich auch nichts gebrochen zu haben, nur am Kopf war eine aschgraue Stelle, die wohl der Grund für seine Ohnmacht war. Noch als er Oladahns Körper untersuchte, öffneten sich die Augen des Pelzigen. Ein leises Stöhnen kam über seine Lippen.

»Oladahn, bist du in Ordnung?« fragte Falkenmond besorgt.

»Oh – mein Schädel birst«, stöhnte er. »Wo sind wir?«

»In Sicherheit«, brummte Falkenmond erleichtert. »Versuch jetzt aufzustehen. Die Sonne wird bald aufgehen, und wir müssen Soryandum noch in der Dunkelheit erreichen, sonst sehen d'Avercs Männer uns.«

Ächzend erhob sich Oladahn. Aus der Höhle kam ein wildes Heulen und ein Donnern, als das mechanische Ungeheuer versuchte, zu ihnen zu gelangen.

»In Sicherheit?« sagte Oladahn und zeigte auf den Spalt im Hügel. »Vielleicht, aber wie lange noch?«

Falkenmond sah in die Richtung. Der Spalt war größer geworden durch die Bemühungen des mechanischen Ungeheuers, seinen Feinden zu folgen.

»Um so mehr sollten wir uns beeilen«, sagte Falkenmond, nahm sein Bündel auf und machte sich auf den Rückweg nach Soryandum.

Sie waren noch keine halbe Meile weit gekommen, als sie hinter sich ein gewaltiges Krachen vernahmen, sie blickten zurück und sahen, daß der Hang des Hügels aufgerissen war und die Bestie herauskam. Ihr Heulen hallte in den Hügeln wider und mochte vielleicht auch in Soryandum gehört werden.

»Das Ding ist blind«, erklärte Falkenmond, »vielleicht wird es uns nicht gleich finden. Wenn wir die Stadt vor ihm erreichen können, sind wir vielleicht sicher vor ihm.«

Sie liefen noch schneller und erreichten bald die Außenbezirke von Soryandum.

Nicht viel später, als es dämmerte, schlichen sie durch die Straßen von Soryandum und suchten das Haus der Geistleute.

5. Die Maschine

Rinal und zwei Begleiter erwarteten sie vor dem Haus und trugen sie eilig zum Eingangsfenster.

Im Licht der aufgehenden Sonne, die durch die Fenster fiel, wirkten die Geistleute noch körperloser als vorher. Rinal nahm aufgeregt die Geräte aus dem Sack.

»Sie sind so, wie ich mich ihrer erinnere«, murmelte er. Sein seltsamer Körper schwebte zum Licht, damit er die Objekte besser betrachten konnte. Seine Geistfinger strichen über das Onyxfundament. »Nun brauchen wir keine Angst mehr vor den maskierten Fremden zu haben«, murmelte er. »Wir können ihnen entkommen, wann immer wir wollen . . .«

»Sagtet Ihr nicht, Ihr könntet diese Stadt nicht verlassen?« wunderte sich Oladahn.

»Das stimmt – aber mit diesen Maschinen können wir die ganze Stadt mit uns nehmen, wenn wir Glück haben.«

Falkenmond wollte gerade eine Frage stellen, als er aufgeregte Stimmen auf der Straße hörte. Er drückte sich gegen die Wand und spähte vorsichtig durch das Fenster. Er sah d'Averc, seine bulligen Begleiter und etwa zwanzig Soldaten. Einer von ihnen deutete zum Fenster herauf.

»Sie müssen uns gesehen haben«, stieß Falkenmond hervor. »Wir müssen weg. Gegen so viele kommen wir nicht an.«

Rinal runzelte die Stirn. »Wir können auch nicht fort von hier. Und wenn wir unsere Maschine benutzen, müßten wir Euch zurücklassen, und Ihr würdet d'Averc in die Hände fallen.«

»Benutzt die Maschine«, forderte Falkenmond ihn auf, »und überlaßt uns d'Averc.«

»Wir können Euch nicht opfern, nach allem was Ihr für uns getan habt.«

»Benutzt die Maschine!«

Aber Rinal zögerte immer noch.

Falkenmond hörte ein scharrendes Geräusch und wagte einen Blick hinaus. »Sie haben Leitern aufgestellt und klettern bereits empor. Schnell, Rinal, benutzt die Maschine!«

Eine Geistfrau sagte sanft: »Tu es, Rinal. Wenn es stimmt, was wir gehört haben, dann ist es sehr unwahrscheinlich, daß d'Averc unseren Freunden im Augenblick viel anhaben kann.«

»Was meint Ihr damit?« fragte Falkenmond. »Woher wißt Ihr das?«

»Wir haben einen Freund, der nicht zu unserem Volk gehört«, erwiderte die Frau. »Er besucht uns hin und wieder und berichtet uns, was in der Welt vor sich geht. Auch er dient dem Runenstab . . .«

»Ist er ein Ritter in schwarzer und goldener Rüstung?«

»Ja. Er erzählte uns . . .«

»Herzog Dorian«, rief Oladahn und deutete auf das Fenster. Der erste der Eberkrieger hatte es bereits erreicht.

Falkenmond zog sein Schwert aus der Scheide und stieß es dem Granbretanier durch die Kehle, gleich oberhalb der Halsbeuge. Mit einem gurgelnden Schrei stürzte der Mann in die Tiefe. Falkenmond packte die Leiter und versuchte sie zu kippen, aber sie wurde unten festgehalten. Ein zweiter Krieger kam in Fensterhöhe. Oladahn schlug ihm auf den Kopf, aber der Mann wich nicht. Falkenmond ließ die Leiter los und hackte auf die behandschuhten Finger des Soldaten ein. Aufheulend stürzte auch dieser auf die Straße.

»Die Maschine!« rief Falkenmond drängend. »Benutzt sie endlich! Wir können sie nicht viel länger zurückhalten.«

Von hinter ihnen ertönte ein melodisches Summen. Ein leichtes Schwindelgefühl erfaßte Falkenmond, als sein Schwert auf das des nächsten Angreifers traf.

Dann begann plötzlich alles zu vibrieren. Die Wände des Hauses verfärbten sich tiefrot, und drunten auf der Straße brüllten die Eberkrieger – doch nicht vor Überraschung, sondern aus Angst. Falkenmond verstand nicht, warum der Anblick sie so sehr erschreckte.

Er sah nun, daß die ganze Stadt sich rot färbte und im Rhythmus des Summens vibrierte. Dann erlosch mit einemmal der melodische Laut, die Stadt verschwand, und Falkenmond schwebte sanft bodenwärts. Er hörte leise die entschwindende Stimme Rinals: »Wir lassen Euch die zweite Maschine zurück, sie soll Euch gegen Eure Feinde helfen. Sie vermag ganze Gebiete dieser Erde in eine andere Raumzeitdimension zu versetzen. Unsere Feinde werden Soryandum jetzt nicht bekommen . . .«

Da landete Falkenmond auf dem Boden, und dicht neben ihm Oladahn. Von der Stadt gab es keine Spur mehr. Wo sie gestanden hatte, sah die Erde wie frisch gepflügt aus.

In einiger Entfernung entdeckten sie die Granbretanier mit d'Averc. Nun verstand Falkenmond ihr Entsetzen. Die Maschinenbestie hatte die Stadt erreicht und die Eberkrieger angegriffen. Überall lagen die verstümmelten Toten herum, während die noch

Lebenden von d'Averc angespornt wurden, das Ungeheuer zu vernichten.

Die metallenen Stachelhörner schüttelten sich in wilder Wut, und das künstliche Tier knirschte mit den stählernen Zähnen, während seine Klauen Rüstung und Fleisch in Fetzen rissen.

»Die Bestie wird mit ihnen fertig werden«, sagte Falkenmond. »Schau – unsere Pferde.« Etwa sechshundert Fuß entfernt tänzelten die beunruhigten Tiere. Oladahn und Falkenmond rannten auf sie zu, saßen auf und verließen den Ort, wo einst Soryandum gestanden hatte, und das Gemetzel, das das mechanische Ungeheuer unter den Eberkriegern anrichtete.

Nun setzten die beiden Gefährten ihre Reise zur Küste fort. In Falkenmonds Satteltasche, sorgsam verstaut, befand sich das seltsame Geschenk des Geistvolkes.

Die Pferde kamen auf dem federnden Torfboden rasch voran, und sie ließen die Hügel bald hinter sich. Schließlich erreichten sie das breite Tal, durch das der Euphrat floß.

Am Ufer des breiten Flusses schlugen sie ihr Lager auf und berieten, wie sie am besten auf die andere Seite kämen, denn die Strömung war hier sehr stark. Falkenmonds Karte zufolge mußten sie einige Meilen in südlicher Richtung reiten, um zu einer Furt zu kommen.

Falkenmond starrte über das Wasser, das die untergehende Sonne blutrot gefärbt hatte. Ein langer, fast geräuschloser Seufzer entfuhr ihm, und Oladahn, der gerade das Feuer entfachte, blickte überrascht hoch.

»Was betrübt Euch, Herzog Dorian? Ich dachte, Ihr wärt guter Dinge nach unserer Flucht.«

»Es ist die Zukunft, die mir Sorgen macht, Oladahn. Wenn d'Averc die Wahrheit gesagt hat und Graf Brass verwundet ist, von Villach erschlagen und die Kamarg unter schwerer Belagerung liegt, fürchte ich, werden wir nichts mehr als die Asche und den Schlamm vorfinden, zu der Meliadus die Kamarg machen wollte.«

»Laßt uns abwarten, bis wir dort sind«, sagte Oladahn ohne übertrieben zuversichtlich zu wirken, »wahrscheinlich wollte d'Averc

Euch nur Kummer bereiten. Die Kamarg steht ziemlich sicher noch. Ihr habt mir so viel über die starke Verteidigung und die Tapferkeit der Provinz erzählt, und ich glaube nicht, daß das Dunkle Imperium sie besiegt hat. Ihr werdet sehen ...«

»Werde ich das?« Falkenmonds Blick senkte sich. »Werde ich das, Oladahn? D'Averc sagte gewiß die Wahrheit über die anderen Eroberungen Granbretaniens. Wenn sie Sizilien unterworfen haben, so müssen auch Italien und Spanien gefallen sein. Verstehst du nicht, was das bedeutet?«

»Mein geographisches Wissen erstreckt sich mehr auf die Bulgarberge«, sagte Oladahn ein wenig verlegen.

»Es bedeutet, daß alle Wege in die Kamarg – zu Land und zu Wasser – durch die Horden des Dunklen Imperiums blockiert sind. Selbst wenn wir das Meer erreichen und ein Schiff finden, werden wir wohl nicht ungehindert durch den sizilianischen Kanal kommen. Dort kreuzen gewiß Unmengen von Schiffen des Dunklen Imperiums.«

»Müssen wir denn diesen Weg nehmen? Wie steht es mit der Route, die Ihr auf Eurer Reise in den Osten genommen habt?«

Falkenmond runzelte die Stirn. »Über die meisten Landstriche bin ich hinweggeflogen, und der Weg zu Pferd würde doppelt so lange dauern. Abgesehen davon hat Granbretanien auch dort neue Eroberungen gemacht.«

»Aber die Landstriche, die sie besetzt halten, könnten wir umgehen«, sagte Oladahn. »Unsere Chance zu Land scheint mir größer zu sein als über das Meer, nach allem, was Ihr sagt.«

»Hm.« Falkenmond überlegte. »Dann müßten wir die Turkei durchqueren – das ist eine Reise von mehreren Wochen. Aber vielleicht könnten wir dann über das Schwarze Meer fahren, soweit ich weiß, gibt es dort noch kaum Schiffe des Imperiums.« Er besah sich die Karte. »Ja, über das Schwarze Meer nach Romanien – aber dann wird es gefährlich, je näher wir Frankreich kommen, denn dort sind die Imperiumstruppen überall. Trotzdem denke ich, hast du recht – unsere Chancen auf diesem Wege sind größer. Vielleicht gelingt es uns sogar, ein paar Granbretanier zu erschlagen und ihre Masken als Verkleidung zu benutzen. Das ist einer ihrer Nachteile, sie können nicht an den Gesichtern erkennen, ob sie es mit Feind oder Freund zu tun haben. Wären nicht die Geheimsprachen der verschiedenen Orden, so könnten wir, durch Tierrüstungen getarnt, sicher reisen.«

»Dann ändern wir unsere Marschrichtung also«, sagte Oladahn.

»Ja. Morgen reiten wir nordwärts.«

Einige Tage folgten sie dem Euphrat nach Norden, überquerten die Grenzen zwischen Syranien und der Turkei und kamen schließlich zu dem stillen weißen Städtchen Birachek, wo aus dem Euphrat der Firatfluß wurde.

In Birachek meinte der Wirt einer Taverne wohl, sie seien Diener des Dunklen Imperiums, und sagte ihnen, er habe keine Zimmer frei. Falkenmond jedoch zeigte auf das Schwarze Juwel in seiner Stirn und sagte. »Mein Name ist Dorian Falkenmond, letzter Herzog von Köln und geschworener Feind des Dunklen Imperiums.« Selbst an diesem abgelegenen Ort hatte man von ihm gehört, und der Wirt ließ sie ein.

In derselben Nacht saßen sie im Schankraum, tranken süßen Wein und unterhielten sich mit den Händlern einer Karawane, die kurz vor ihnen angekommen war.

Die Händler waren dunkelhäutige Männer mit ölig glänzendem, blauschwarzem Haar. Sie trugen Lederhemden und farbenprächtige Wollröcke, darüber gewebte wollene Umhänge mit geometrischen Mustern in Purpur, Rot und Gelb. Diese Umhänge, so erklärten sie, wiesen sie als Männer von Yenahan und Händler aus Ankara aus. Um ihre Mitte gegürtet steckten Krummsäbel, deren Griffe prunkvoll verziert und deren blanke Klingen reich graviert waren. Diese Händler verstanden vom Kämpfen ebensoviel wie vom Feilschen.

Saleem, ihr Anführer mit der Falkennase und den stechend blauen Augen, lehnte sich über den Tisch und sprach leise zu Falkenmond und Oladahn.

»Habt ihr gehört, daß die Abgesandten des Dunklen Imperiums dem Kalifen von Istanbul den Hof machen, daß sie diesen verschwenderischen Monarchen dafür bezahlen, daß er sie eine große Anzahl von Kriegern in Stiermasken innerhalb der Stadtmauern stationieren läßt?«

Falkenmond schüttelte den Kopf. »Ich erfahre wenig von den Neuigkeiten in der Welt. Aber ich glaube das gerne. Es ist die Art

Granbretaniens, sich lieber etwas zu erkaufen als zu erkämpfen: Nur wenn ihr Gold ihnen nicht mehr weiterhilft, schicken sie ihre Waffen und Armeen vor.«

Saleem nickte. »Wie ich mir dachte. Ihr meint also, daß die Turkei vor diesen Wölfen aus dem Westen nicht sicher ist?«

»Kein Ort der Welt, nicht einmal Amarehk ist vor ihren Ambitionen sicher. Sie träumen sogar davon, Länder zu erobern, die es vielleicht gar nicht wirklich gibt, sagenumwobene Orte. Sie wollen Asiakommunista erobern, obwohl sie es erst finden müssen. Arabien und der Osten sind weiter nichts als Stationen auf ihrem Weg.«

»Aber haben sie denn solche Macht?« fragte Saleem erstaunt.

»Sie haben die Macht«, erwiderte Falkenmond bestimmt. »Und sie sind besessen, das macht sie wild, unberechenbar – und erfinderisch. Ich habe Londra gesehen, die Hauptstadt Granbretaniens; dort sind phantastische Alpträume architektonische Wirklichkeit geworden. Ich habe auch den Reichskönig gesehen in seiner Thronkugel aus milchiger Flüssigkeit, in die er als welker Unsterblicher getaucht ist – mit der goldenen Stimme eines jungen Mannes. Ich habe die Laboratorien der Magier-Wissenschaftler gesehen – unzählige Räume mit bizarren Maschinen, deren Funktionen die Granbretanier selbst erst wieder erforschen müssen. Und ich habe mit ihren Edelleuten gesprochen und von ihren Ambitionen erfahren, und ich weiß, daß sie wahnsinniger sind, als es sich ein normaler Mensch vorstellen kann. Sie sind ohne Menschlichkeit, auch hegen sie für einander keine tiefen Gefühle, und solche, die sie als niedere Spezies betrachten – das sind alle außer den Granbretaniern selbst –, zählen für sie nicht. Sie kreuzigen Männer, Frauen, Kinder und Tiere, solche Kreuze säumen die Straßen, die sie zu ihren Eroberungen ziehen, und von ihnen zurück . . .«

Saleem lehnte sich zurück und winkte ab. »Ah, haltet ein, Herzog Dorian, Ihr übertreibt . . .«

Falkenmond sah Saleem fest in die Augen und sagte bestimmt: »Ich sage Euch, Händler aus der Turkei – das Böse, das Granbretanien tut, *kann* ich gar nicht übertreiben!«

Saleem runzelte die Brauen und schauderte. »Ich – ich glaube Euch«, sagte er. »Aber ich wünschte, ich könnte es nicht. Denn wie kann die kleine Turkei gegen solche Macht und Grausamkeit bestehen?«

Falkenmond seufzte. »Ich kann keine Lösung anbieten. Ich würde sagen, haltet zusammen und laßt Euch nicht vom Gold verführen und durch kleinere Übergriffe schwächen – aber ich verschwende meine Worte, denn die Menschen sind gierig und sehen im Glanz des Goldes die Wahrheit nicht. Widersetzt euch ihnen, würde ich sagen, mit Ehre und wahrem Mut, mit Weisheit und Idealismus. Jedoch werden jene, die sich widersetzen, unterworfen und gequält, ihre Frauen werden vor ihren Augen vergewaltigt und abgeschlachtet, ihre Kinder werden zum Spielzeug der Krieger und auf Scheiterhaufen geworfen, die ganze Städte niederbrennen. Aber wenn ihr euch nicht widersetzt, wenn ihr die Schlachten überlebt, wird euch trotzdem dasselbe widerfahren, ihr werdet zu kriechenden Wesen, niederer als Menschen und bereit, alles zu tun, alles Unwürdige und Böse, um eure Haut zu retten. Ich sprach von Ehrlichkeit, und Ehrlichkeit verbietet mir, euch mit großen Worten zu ermutigen, tapfere Schlachten zu schlagen und einen edlen Tod als Krieger zu finden. Ich strebe danach, sie zu vernichten – ich bin ihr erklärter Feind –, aber ich habe mächtige Verbündete und eine beträchtliche Menge Glück. Und selbst ich fühle, daß ich mich ihrer Rache nicht für immer entziehen kann, obwohl mir das bereits mehrmals gelungen ist. Ich kann jenen, die sich den Schergen König Huons verweigern wollen, nur raten, sie zu täuschen. Verwendet List, mein Freund. Es ist die einzige Waffe gegen das Dunkle Imperium.«

»Soll man etwa vortäuschen, ihnen zu dienen?« fragte Saleem nachdenklich.

»Ich habe es getan. Ich lebe und bin nun verhältnismäßig frei . . .«

»Ich werde mich Eurer Worte erinnern, Mann aus dem Westen.«

»Erinnert Euch *aller*«, schärfte Falkenmond ihm ein. »Denn der schwerste Kompromiß ist der, wenn Ihr Euch entschließt, kompromißbereit zu *scheinen*. Die Täuschung wird oft Realität, ehe man es merkt.«

Saleem zupfte an seinem Bart. »Ich verstehe Euch.« Er sah sich im Schankraum um. Die flackernden Schatten der Fackeln erschienen ihm plötzlich bedrohlich. »Wie lange, frage ich mich, wird es noch dauern? So große Teile Europas haben sie schon genommen.«

»Habt Ihr etwas von der Provinz Kamarg gehört?« fragte Falkenmond.

»Die Kamarg. Ein Land gehörnter Werbestien, nicht wahr – und halbmenschlicher Monster mit gewaltigen Kräften, das es irgendwie geschafft hat, dem Dunklen Imperium zu widerstehen. Ein Riese aus Metall führt es an, der Graf Brass ...«

Falkenmond lächelte. »Viel von dem, was Ihr gehört habt, ist Legende. Graf Brass ist aus Fleisch und Blut, und Monster gibt es in der Kamarg nicht mehr viele. Die einzigen gehörnten Tiere sind die Stiere der Marschen und die Pferde dort. Widersteht die Kamarg dem Dunklen Imperium noch? Wißt Ihr, wie es dem Grafen Brass geht, oder seinem Feldherrn von Villach – oder Graf Brass' Tochter, Yisselda?«

»Ich hörte, daß Graf Brass tot sei, und sein Feldherr auch. Aber von einem Mädchen weiß ich nichts – und soviel ich weiß, steht die Kamarg noch.«

Falkenmond rieb am Schwarzen Juwel. »Eure Information ist mir nicht sicher genug. Ich kann nicht glauben, daß die Kamarg noch steht, wenn Graf Brass nicht mehr lebt. Wenn Graf Brass fällt, so fällt die Provinz mit ihm.«

»Ich habe nur Gerüchte gehört, die schon vielfach weitererzählt wurden«, sagte Saleem. »Wir Händler wissen über das, was in unserem Umkreis vor sich geht, bestens Bescheid, aber die Nachrichten aus dem Westen sind stets unklar und ungenau. Ihr kommt aus der Kamarg, nicht wahr?«

»Sie ist meine Wahlheimat«, bestätigte Falkenmond. »Wenn es sie noch gibt.«

Oladahn legte Falkenmond die Hand auf die Schulter. »Gebt nicht auf, Herzog Dorian. Ihr sagtet selbst, daß die Nachrichten des Händlers kaum den Tatsachen entsprechen können. Wartet, bis wir unserem Ziel näher sind, ehe Ihr alle Hoffnung verliert.«

Falkenmond versuchte seine düstere Stimmung abzuschütteln und rief nach Wein und gebratenem Hammelfleisch und heißem, ungesäuertem Brot. Und obwohl es ihm gelang, etwas fröhlicher dreinzusehen, quälten ihn die Sorgen um jene, die er liebte – waren sie wirklich tot, und war die wilde Schönheit der Kamarg ein verwüstetes Ödland?

6. Das Schiff des Wahnsinnigen Gottes

Sie reisten mit Saleem und seinen Kaufleuten nach Ankara und von dort zum Hafen von Zonguldak am Schwarzen Meer. Dank der Papiere, die ihnen Saleems Zunftmeister besorgt hatte, konnten sie eine Schiffspassage auf der *Lächelnden Maid* buchen, dem einzigen Schiff, das bereit war, auszulaufen, und Kurs auf Simferopol an der Küste des Landes Krim nahm. Die *Lächelnde Maid* war kein schönes Schiff und auch kein heiteres. Der Kapitän und seine Mannschaft waren schmutzig, und die Unterdecks stanken entsetzlich. Trotzdem mußten sie für das Privileg, in diesem Zuber reisen zu dürfen, einen hohen Preis bezahlen, und – ihr Quartier war nur wenig reinlicher als der Kielraum, über dem es angebracht war.

Kapitän Mouso mit seinem langen öligen Schnurrbart und dem unsteten Blick flößte ihnen kein großes Vertrauen ein, ebensowenig wie die Flasche mit dem starken Wein, die der Maat ständig in seiner haarigen Pranke zu halten schien.

Falkenmond erwog die gute Seite eines solchen Schiffes und meinte, daß ein solches Gefährt wohl kaum die Aufmerksamkeit von Piraten auf sich ziehen würde – und ebensowenig die der Schiffe des Dunklen Imperiums ... Kurz bevor es auslief, ging er mit Oladahn an Bord.

Mit der Flut am frühen Morgen lief die *Lächelnde Maid* mit schwerfälligem Manöver aus. Als der Wind sich in ihren geflickten Segeln fing, ächzte und krängte sie und nahm Kurs auf Nordnordost, wo schwarze, regenschwere Wolken den Himmel verhingen. Der Morgen war kühl und grau, die feuchte Luft um sie ließ jedes Geräusch gedämpft klingen und behinderte die Sicht.

In seinen Umhang gehüllt, stand Falkenmond auf dem Vorderdeck und sah zu, wie Zonguldak hinter ihnen verschwand.

»Ich habe unsere Kabine, so gut es ging, von Schmutz befreit«, erklärte Oladahn, der sich neben ihn auf die Reling lehnte. »Doch den Gestank des restlichen Schiffes werden wir wohl ertragen müssen, auch die Ratten und das Ungeziefer, die sich hier sehr wohl fühlen.«

»Wir werden es ertragen«, erwiderte Falkenmond ruhig. »Wir haben schon Schlimmeres erlebt, und schließlich dauert die Reise nur zwei Tage.« Falkenmond warf einen Blick auf den Maat, der aus dem Steuerhaus getorkelt kam. »Obgleich ich mich wohler fühlen würde, wenn der Kapitän und seine Mannschaft ein wenig zuverlässiger wären.« Er lächelte. »Wenn der Maat so weitersäuft und der Kapitän schnarchend in seiner Kabine bleibt, könnte es leicht sein, daß wir das Kommando übernehmen müssen.«

Die beiden zogen es vor, im Regen auf Deck zu bleiben, als in ihr Quartier zu gehen. Sie blickten nach Norden und fragten sich, was ihnen wohl auf ihrer Reise in die Kamarg widerfahren würde.

Das Wetter war ebenso übel wie das Schiff. Ein Wind, der immer wieder zum Sturm zu werden schien und immer wieder kurz davor abflaute, peitschte die See auf. Von Zeit zu Zeit stolperte der Kapitän an Deck, um seine Mannschaft anzubrüllen und sie in die Wanten zu prügeln, damit sie dort ein Segel refften oder ein anderes lösten. Falkenmond und Oladahn schien es, als würden diese Befehle alle aufs Geratewohl gegeben.

Gegen Abend ging Falkenmond zum Kapitän auf die Brücke. Mouso sah mit seinem unsteten Blick zu ihm hoch.

»Guten Abend, Sir«, grüßte er. »Ich hoffe, die Reise gefällt Euch.« Mit dem Ärmel wischte er sich die lange Nase ab.

»Ja, ja«, murmelte Falkenmond. »Kommen wir gut voran oder schlecht?«

»Gut genug«, brummte der Kapitän und drehte sich so, daß er Falkenmond nicht in die Augen schauen mußte. »Soll ich in der Kombüse Bescheid geben, daß man Euch ein Abendessen bereitet?«

Falkenmond nickte. »Ja, tut das.«

Der Maat kam von unter der Brücke hervor. Er grölte vor sich hin und war offensichtlich völlig betrunken.

Plötzlich legte eine gewaltige Woge das Schiff gefährlich schief. Falkenmond klammerte sich an die Reling, von der er das Gefühl hatte, daß sie jeden Augenblick unter seinem Griff zerbrechen würde. Kapitän Mouso achtete die Gefahr überhaupt nicht. Der Maat war aufs Gesicht gefallen, und die Flasche rollte ihm aus der Hand. Jeden Augenblick mochte er über Bord gespült werden.

»Ihr solltet ihm helfen«, meinte Falkenmond.

Kapitän Mouso lachte. »Ihm geschieht schon nichts. Er hat das Glück der Betrunkenen.«

Aber nun war der Maat gegen die Steuerbordreling gerutscht, und eine Schulter hing schon über dem Wasser. Falkenmond sprang den Niedergang hinunter, um den Mann zu packen und ihn in Sicherheit zu ziehen, aber in diesem Augenblick neigte sich das Schiff auf die andere Seite, und Salzwellen überspülten das Deck.

Falkenmond blickte auf den Mann, den er gerettet hatte. Der Maat lag auf dem Rücken, seine Augen waren geschlossen, und er grölte noch immer, wenn auch etwas leiser, dasselbe Lied von vorhin.

Falkenmund lachte, schüttelte den Kopf und rief zum Skipper hinauf: »Ihr hattet recht – er hat das Glück des Betrunkenen.« Dann wandte er seinen Blick nach Backbord und vermeinte, trotz der stetig zunehmenden Dunkelheit nicht allzuweit entfernt etwas im Wasser gesehen zu haben.

»Kapitän – seht Ihr dort etwas?« Er lehnte sich über die Reling und schaute auf die schaukelnden Wellen.

»Sieht aus wie eine Art Floß!« rief der Kapitän zurück.

Als die Wogen es näher spülten, erkannte Falkenmond, daß es sich tatsächlich um etwas Floßähnliches handelte, an das sich drei Menschen klammerten.

»Schiffbrüchige, offenbar«, meinte Mouso lakonisch. »Die armen Teufel.« Er zuckte die Schultern. »Aber was geht es uns an.«

»Kapitän, wir müssen sie retten!« drängte Falkenmond.

»Unmöglich. Nicht bei diesem schlechten Licht«, knurrte Mouso. »Außerdem würden wir nur Zeit verlieren. Ich habe keine Fracht an Bord, nur Euch und Euren Diener, und muß Simferopol rechtzeitig erreichen, um die bestellte Ladung zu übernehmen, ehe sie mir jemand wegschnappt.«

»Wir müssen sie retten!« bestand Falkenmond. »Oladahn, ein Seil!«

Der Mann aus den Bulgarbergen fand eine Rolle Tau im Ruderhaus und eilte damit herbei. Das Floß war immer noch in Sicht, und die drei Schiffsbrüchigen klammerten sich verzweifelt daran. Manchmal verschwand es unter einer hohen Welle und tauchte dann Augenblicke später, immer ein Stück weiter vom Schiff entfernt, wieder auf. Die Entfernung nahm ständig zu. Falkenmond wußte, daß sie sich beeilen mußten, wenn sie noch etwas für die Bedauernswerten tun wollten. Er vertäute ein Seilende an der

Reling und band das andere um seine Mitte. Dann nahm er Umhang und Schwert ab und tauchte in das schäumende Wasser.

Falkenmond erkannte sofort das Ausmaß der Gefahr, in die er sich begeben hatte. Es war fast unmöglich, gegen die riesigen Wellen anzuschwimmen, die ihn jeden Augenblick gegen die Schiffshülle schmettern mochten. Aber er biß die Zähne zusammen und schwamm, so gut es ging, unter ihnen hindurch, nur hin und wieder auftauchend, um nach dem Floß Ausschau zu halten. Da war es. Die Männer auf dem Floß hatten das Schiff entdeckt. Sie winkten und brüllten. Falkenmond, der auf sie zuschwamm, hatten sie noch nicht bemerkt.

Durch die Gischt hindurch konnte Falkenmond ihre Gestalten nur verschwommen sehen. »Haltet aus!« rief er ihnen durch den tobenden Wind zu und kämpfte sich weiter durch die aufgebrachten Elemente.

Endlich erreichte er den Rand des Floßes und sah, daß zwei der Männer miteinander kämpften, während der dritte ruhig in der Mitte saß und ihnen zuschaute. Er sah auch, daß sie Ebermasken trugen. Also waren es Krieger Granbretaniens.

Einen Augenblick überlegte Falkenmond, ob er sie nicht ihrem Schicksal überlassen sollte. Aber tat er es, war er nicht besser als sie. Er mußte sie retten und dann entscheiden, was mit ihnen geschehen sollte.

Er rief den beiden Streitenden, die ihm näher waren, zu, aber die beiden schienen ihn nicht zu hören. Sie knurrten und fluchten, und Falkenmond fragte sich, ob das, was sie offenbar durchgemacht hatten, ihnen nicht vielleicht den Verstand geraubt hätte.

Falkenmond versuchte, sich selbst auf das Floß zu stemmen, aber das Wasser und das schwere Seil um seine Mitte zogen ihn wieder zurück. Er sah, wie ihm der Sitzende fast beiläufig zuwinkte.

»Helft mir«, keuchte Falkenmond, »denn sonst kann ich Euch nicht helfen.«

Der Mann erhob sich und kam schwankend auf ihn zu, bis sein Weg von den Kämpfenden blockiert war. Dann packte er sie am Hals, wartete einen Augenblick, bis sich das Floß schräg legte, dann stieß er sie ins Wasser.

»Falkenmond, mein teurer Freund!« drang eine Stimme aus der

Ebermaske. »Wie ich mich freue, Euch zu sehen. Hier – ich habe Euch geholfen. Das Floß ist nun leichter . . .«

Falkenmond versuchte, einen der Ertrinkenden, der immer noch kämpfend mit dem anderen verschlungen war, zu packen, aber er konnte ihn nicht mehr erreichen. Die schweren Masken und Rüstungen zogen sie in Sekundenschnelle in die Tiefe. Falkenmond sah zu, wie die Masken unter die Wellen sanken.

Wütend starrte er zu dem Überlebenden hoch, der ihm die Hand entgegenstreckte. »Ihr habt Eure Freunde gemordet, d'Averc. Ich habe gute Lust, Euch ihnen nachzuschicken.«

»Freunde? Bester Falkenmond, sie waren nichts dergleichen. Diener waren sie, aber keine Freunde.« D'Averc stemmte sich gegen den Schlag einer Welle gegen das Floß, und Falkenmond war beinahe gezwungen, loszulassen. »Keine Freunde. Sie waren zwar sehr anhänglich, aber entsetzlich langweilig. Und wie Ihr selbst saht, benahmen sie sich äußerst töricht, das kann ich nicht dulden. Kommt, laßt Euch auf mein kleines Wasserfahrzeug helfen. Es ist kein stolzes Schiff, aber . . .«

Falkenmond ließ sich von d'Averc auf das Floß ziehen und winkte dem Schiff zu, das durch die Dunkelheit gerade noch zu sehen war. Er spürte, wie das Tau sich straffte, als Oladahn daran zu ziehen begann.

»Ein glücklicher Umstand, daß Ihr gerade vorbeikamt«, meinte d'Averc ohne jegliche Gefühlsregung. »Ich hatte schon mit dem Leben abgeschlossen, und das, noch ehe alle meine Hoffnungen sich erfüllt hatten. Und – wer erscheint mit seinem herrlichen Schiff? Niemand anderer als der edle Herzog von Köln. Wieder einmal hat das Schicksal uns zusammengeführt.«

»Ja, und wenn Ihr nicht den Mund haltet und mir mit dem Tau helft, werde ich dafür sorgen, daß uns das Schicksal wieder trennt, und zwar sofort«, brummte Falkenmond.

Das Floß schnitt durch die See und schlug endlich gegen die fast morsche Bordwand der *Lächelnden Maid*. Eine Strickleiter senkte sich herab, die Falkenmond als erster emporkletterte. Erleichtert schwang er sich über die Reling und holte keuchend Luft.

Als Oladahn den Kopf des nächsten auftauchen sah, stieß er einen wilden Fluch aus und griff nach dem Schwert, aber Falkenmond hielt ihn zurück. »Er ist unser Gefangener«, beruhigte er ihn,

»und es kommt uns vielleicht zugute, ihn am Leben zu lassen. Er mag uns später als wertvolle Geisel dienen, sollten wir in Schwierigkeiten geraten.«

»Wie vernünftig!« rief d'Averc. Er begann plötzlich heftig zu husten. »Verzeiht, ich fürchte, das feuchte Abenteuer ist mir absolut nicht bekommen. Trockene Kleider, ein heißer Grog und ein paar Stunden Schlaf werden mich jedoch wieder auf die Beine bringen.«

»Ihr könnt von Glück reden, wenn wir Euch nicht den Ratten im Laderaum überlassen«, brummte Falkenmond. »Bring ihn in unsere Kabine, Oladahn.«

In ihrer engen Kabine sahen Falkenmond und Oladahn dem Eberanführer zu, wie er aus Maske, Rüstung und dem nassen Unterzeug schlüpfte.

»Wie kamt Ihr auf das Floß, d'Averc?« erkundigte sich Falkenmond, während der Franzose sich betulich trockentupfte. Insgeheim bewunderte er dessen offensichtliche Ungerührtheit und fragte sich, ob er den anderen nicht auf gewisse Weise sogar sympathisch fand. Vielleicht war es d'Avercs Offenheit, mit der er seine Ambitionen zugab, seine Weigerung, seine Handlungen zu rechtfertigen, selbst wenn es sich, wie eben erst, um Mord handelte.

»Das ist eine lange Geschichte, mein teurer Freund. Wir drei – Ecardo, Peter und ich – überließen es den Soldaten, sich mit der blinden Bestie abzugeben, die Ihr auf uns losgelassen hattet. Wir erreichten ohne Zwischenfälle die Berge. Ein wenig später traf der Ornithopter ein, den wir bestellt hatten, um Euch zu holen, und begann, offenbar verwirrt über das Verschwinden der Stadt – Ihr müßt mir bei Gelegenheit erzählen, wie Ihr das gemacht habt –, in der Höhe zu kreisen. Wir winkten dem Piloten, der daraufhin landete. Es war uns natürlich klar, in welch unangenehmer Lage wir uns befanden ...« D'Averc machte eine Pause. »Wäre es eigentlich möglich, etwas zu essen zu bekommen?«

»Der Kapitän hat bereits das Abendessen für uns bestellt«, brummte Oladahn. »Fahrt fort.«

»Nun, wir waren drei Männer ohne Pferde in einer öden, abgelegenen Gegend. Außerdem war es uns nicht gelungen, Euch festzuhalten, nachdem Ihr bereits unser Gefangener wart. Und soweit wir wußten, war der Pilot der einzige Lebende, der sich ein Bild des Geschehens zu machen vermochte . . .«

»Ihr habt ihn getötet?« fragte Falkenmond.

»Es ließ sich nicht umgehen. Wir stiegen in seine Flugmaschine mit der Absicht, uns zum nächsten Stützpunkt zu begeben.«

»Was geschah? Wußtet Ihr denn überhaupt, wie ein Ornithopter zu bedienen ist?«

D'Averc lächelte. »Tja, das war der wunde Punkt, Sir Falkenmond. Meine Kenntnisse in dieser Beziehung sind sehr beschränkt. Es gelang uns zwar aufzusteigen, doch dann ließ das Ding sich nicht steuern. Es trug uns einfach weiß der Runenstab wohin. Ich muß zugeben, ich bangte um mein Leben. Die Flugmaschine benahm sich völlig unberechenbar, und schließlich begann sie an Höhe zu verlieren. Es glückte mir, sie wenigstens so weit zu steuern, daß sie am sandigen Ufer eines Flusses landete, ohne daß wir uns größere Verletzungen zuzogen. Ecardo und Peter hatten vor Angst offenbar den Verstand verloren. Sie begannen miteinander zu streiten und hörten nicht einmal mehr auf mich. Irgendwie gelang es uns jedoch trotzdem, ein Floß zu bauen, mit dem wir vorhatten, uns flußabwärts bis zur nächsten Stadt treiben zu lassen . . .«

»Dasselbe Floß?« fragte Falkenmond.

»Dasselbe, ja.«

»Wie kamt Ihr dann mitten aufs Meer?«

»Die Strömung, mein teurer Freund. Ich hatte keine Ahnung, daß wir uns so nahe der Mündung befanden. Mit unvorstellbarer Geschwindigkeit schossen wir dahin, bis das Land bald weit hinter uns lag. Wir verbrachten mehrere Tage auf diesem verfluchten Floß. Ecardo und Peter hatten sich wieder in den Haaren und gaben sich einander die Schuld für die mißliche Lage, statt mir, dem sie doch im Grunde genommen zuzuschreiben war. Ich kann Euch nicht sagen, wie entsetzlich es war, Herzog Dorian.«

»Ihr habt Schlimmeres verdient«, brummte Falkenmond.

Ein Klopfen an der Tür kündigte das Abendessen an.

Falkenmond nahm dem zerlumpten Schiffsjungen das Tablett mit drei Schüsseln ab, die einen undefinierbaren, grauen Eintopf enthielten.

Falkenmond reichte d'Averc eine davon mit einem Löffel. Der Franzose zögerte kurz, dann nahm er einen Löffel voll. Seiner Miene war nichts anzumerken. Er kaute langsam und stellte schließlich die leere Schüssel auf das Tablett zurück.

»Köstlich«, murmelte er. »Vollkommene Schiffsküche.«

Falkenmond, dem allein von dem Geruch schon übel wurde, streckte ihm auch seine Portion entgegen, und auch Oladahn stellte seine zur Verfügung.

»Habt Dank«, wehrte d'Averc jedoch ab. »Ich bin ein maßvoller Mensch. Eine ausreichende Mahlzeit ist so viel wert wie ein Festessen.«

Falkenmond lächelte und bewunderte den Franzosen auch jetzt. Zweifellos hatte er das graue Zeug genauso ekelerregend wie sie gefunden, aber sein Hunger war so groß, daß er es trotzdem verzehrt hatte, und mit Würde obendrein.

D'Averc streckte sich, und sein Muskelspiel strafte seine angebliche Invalidität Lügen. »Ahh«, gähnte er. »Wenn Ihr gestattet, edle Herren, werde ich mich nun zur Ruhe begeben. Ich habe ein paar sehr anstrengende Tage hinter mir.«

»Nehmt mein Bett«, lud Falkenmond ihn ein und wies auf die schmale Koje. Er erwähnte jedoch nicht, daß er zuvor bemerkt hatte, daß sich offenbar ganze Heerscharen von Ungeziefer darin breitgemacht hatten. »Ich werde sehen, ob der Kapitän vielleicht eine Hängematte für mich hat.«

»Ich bin Euch sehr dankbar«, murmelte d'Averc. Es klang so überraschend ernst und ehrlich, daß Falkenmond sich an der Tür umdrehte. »Wofür?« fragte er. D'Averc hustete heftig, dann blickte er auf und sagte in seinem üblichen, mokierenden Ton: »Aber, mein lieber Herzog, dafür natürlich, daß Ihr mir das Leben gerettet habt.«

Gegen Morgen legte sich der Wind, und obgleich die See noch unruhig wogte, war sie doch bei weitem nicht mehr so stürmisch wie am Tag zuvor.

Falkenmond traf d'Averc an Deck. Der Franzose trug Kniehose und Weste aus grünem Samt, hatte jedoch seine Rüstung nicht angelegt. Er verbeugte sich, als er Falkenmond sah.

»Ich hoffe, Ihr hattet einen angenehmen Schlaf.«

»Oh, durchaus, durchaus.« D'Averc lächelte. Falkenmond nahm an, daß er von oben bis unten zerstochen war.

»Wir werden heute abend von Bord gehen«, erklärte ihm Falkenmond. »Betrachtet Euch als mein Gefangener oder meine Geisel, wenn Euch das lieber ist.«

»Geisel? Glaubt Ihr wirklich, das Dunkle Imperium rührt auch nur einen Finger für mich, nachdem ich nicht mehr nützlich bin?«

»Wir werden sehen.« Falkenmond betastete das Juwel in seiner Stirn. »Wenn Ihr zu fliehen versucht, werde ich Euch töten, genauso gefühllos wie Ihr Eure Männer.«

D'Averc hüstelte in sein Taschentuch. »Ich schulde Euch mein Leben. Es ist demnach Euer Recht, es zu nehmen, wenn Ihr wollt.«

Falkenmond runzelte die Stirn. D'Averc war viel zu gerissen für ihn, als daß er ihn völlig zu durchschauen vermochte. Er begann seinen Entschluß zu bereuen, ihn überhaupt gefangengenommen zu haben. Der Franzose schien eine größere Last zu werden, als er angenommen hatte.

Oladahn kam auf sie zugestürzt. »Herzog Dorian!« rief er. »Ein Segel – und es kommt direkt auf uns zu!«

Falkenmond lächelte. »Es besteht wohl kaum eine Gefahr für uns. Ich kann mir nicht vorstellen, daß Piraten an diesem Schiff interessiert wären.«

Doch wenige Augenblicke später bemerkte Falkenmond, daß unter der Besatzung zweifellos Panik ausgebrochen war. Er faßte den Kapitän am Ärmel, als dieser gerade an ihm vorüberlaufen wollte. »Käpt'n Mouso – was ist los?«

»Gefahr, Sir«, keuchte der Angesprochene. »Erkennt Ihr das Zeichen auf dem Segel nicht?«

Falkenmond kniff die Augen ein wenig zusammen und sah, daß das näher kommende Schiff nur ein Segel trug. Auf schwarzem Hintergrund hob sich ein Zeichen ab, das er jedoch nicht erkennen konnte. »Sie werden uns doch bestimmt nicht belästigen«, meinte er. »Was sollten sie mit einem Kahn wie diesem, der noch dazu nicht einmal eine Ladung bei sich führt?«

»Sie sind nicht an Fracht interessiert, Sir. Sie greifen alles auf See an, das auch nur in ihre Reichweite kommt. Sie haben ihr Vergnügen daran, zu töten und zu zerstören.«

»Wer sind sie? Ein Schiff des Dunklen Imperiums scheint es dem Aussehen nach nicht zu sein«, murmelte d'Averc.

»Nicht einmal die Granbretanier würden sich die Mühe machen, uns anzugreifen«, keuchte Kapitän Mouso. »Nein, die Besatzung des Seglers gehört dem Kult des Wahnsinnigen Gottes an. Sie stammen von Muskovia und terrorisieren seit einigen Monaten diese Gegend.«

»Sie scheinen uns tatsächlich angreifen zu wollen«, sagte d'Averc ungerührt. »Mit Eurer Erlaubnis, Herzog Dorian, werde ich mir meine Rüstung und meine Klinge von unten holen.«

»Ich werde unsere Waffen ebenfalls bringen«, rief Oladahn.

»Kämpfen ist zwecklos«, brummte der Maat und setzte seine Flasche an die Lippen. »Am besten, wir springen gleich über Bord.«

Kapitän Mouso nickte und blickte d'Averc und Oladahn nach. »Er hat recht. Sie werden uns zahlenmäßig weit überlegen sein und uns in Stücke reißen. Wenn wir uns gefangennehmen lassen, foltern sie uns tagelang.«

Falkenmond wollte etwas darauf erwidern, als er ein Platschen hörte. Der Maat war seinem eigenen Rat gefolgt und tatsächlich ins Wasser gesprungen. Er eilte an die Reling, vermochte ihn jedoch nicht mehr zu sehen.

»Gebt Euch keine Mühe, ihm zu helfen«, rief Mouso. »Tut es ihm lieber gleich. Er ist der Klügste von uns.«

Das Segel des nahenden Schiffes war nun deutlich zu erkennen. Ein Paar gewaltige, rote Schwingen zeichnete sich darauf ab und in ihrer Mitte ein abgrundtiefe Grausamkeit ausstrahlendes Gesicht, das sich vor wildem Lachen zu schütteln schien. Auf dem Deck standen dichtgedrängt nackte Männer, die nichts weiter trugen als Gürtel mit Schwertern und metallbestückte Halsbänder. Ein unheimlicher Laut drang über das Wasser, den Falkenmond zuerst nicht zu deuten wußte, der sich jedoch nur allzubald als das hemmungslose Lachen von Irren herausstellte.

»Das Schiff des Wahnsinnigen Gottes«, flüsterte Mouso tonlos, und seine Augen füllten sich mit Tränen. »Es ist unser Tod.«

7. Der Ring am Finger

Falkenmond, Oladahn und d'Averc standen Schulter an Schulter an der Heckreling, als das unheimliche Schiff mit großer Geschwindigkeit näher kam.

Die Besatzung hatte sich am Bug um ihren Kapitän geschart – so weit entfernt von den Angreifern wie möglich.

Falkenmond musterte die Angreifer. Sie rollten die Augen, und Schaum quoll aus ihren Mündern. Er befürchtete, daß ihre Chance hier auf der *Lächelnden Maid* nicht sehr groß war. Die ersten Enterhaken fraßen sich bereits in das morsche Holz der Reling. Sofort hackten die drei Männer nach den Seilen, und es gelang ihnen auch, die meisten davon zu durchtrennen.

Falkenmond brüllte Mouso zu. »Schickt Eure Leute in die Masten. Versucht das Schiff zu wenden.« Aber die verängstigten Männer bewegten sich nicht. »Ihr seid auf den Masten sicherer!« rief Falkenmond. Sie begannen sich zwar zu rühren, taten jedoch nichts.

Falkenmond mußte notgedrungen seine Aufmerksamkeit wieder dem angreifenden Schiff zuwenden und erschrak, als er es hoch über ihrem eigenen aufragen sah. Einige seiner Mannschaft kletterten bereits über die Reling, um mit gezogenen Entermessern auf das Deck der *Lächelnden Maid* herabzuspringen. Ihr Gelächter erfüllte die Luft, und Blutlust funkelte in ihren Augen.

Der erste kam auf Falkenmond heruntergeflogen. Sein nackter Körper glänzte, doch noch ehe er mit der Klinge zuzustoßen vermochte, hatte der Herzog ihm bereits die seine durch den Leib gebohrt, und der Angreifer stürzte in die See. Innerhalb von wenigen Augenblicken wimmelte es in der Luft von nackten Wilden, die sich auf Tauen herunterschwangen oder auch ohne Hilfe auf die *Lächelnde Maid* sprangen. Falkenmond, Oladahn und d'Averc stoppten die erste Welle. Sie hieben pausenlos um sich, bis alles um sie herum blutrot war. Aber langsam wurden sie doch von der Reling abgedrängt, als immer mehr der Wahnsinnigen über das Deck schwärmten und, wenn auch ohne viel Geschick, so doch völlig ohne Rücksicht auf ihr Leben kämpften.

Falkenmond wurde von seinen Gefährten getrennt, ohne zu wissen, ob sie noch lebten. Die blutdurstigen Wilden warfen sich auf ihn, doch er schwang seine schwere Klinge wie eine Sense um sich und mähte in weitem Bogen alles nieder. Er war bereits von Kopf bis Fuß in Blut gebadet, nur seine Augen leuchteten noch stahlblau aus dem Visier seines Helmes.

Die ganze Zeit lachten die Männer des Wahnsinnigen Gottes – sie lachten auch noch, wenn ihre Köpfe von den Hälsen und ihre Glieder von den Rümpfen flogen.

Es war Falkenmond klar, daß er nicht endlos so weitermachen konnte. Allmählich würde die Müdigkeit ihn übermannen. Schon jetzt schien sein Schwert schwerer zu wiegen, und seine Knie zitterten. Doch noch gab er nicht auf. Weiter schwang er die Klinge und tötete Welle um Welle der lachenden Wahnsinnigen, deren Klingen nach seinem Blut lechzten.

Doch als er schließlich zwei Schwerter blockierte, die gleichzeitig auf ihn eindrangen, gaben seine Beine nach, und er sank in die Knie. Das Gelächter wurde noch lauter, triumphierender, als die Männer des Wahnsinnigen Gottes zum Todesstreich ausholten.

Falkenmond schlug verzweifelt nach oben und entwand gleichzeitig einem der Angreifer das Schwert, so daß er nun über zwei Klingen verfügte. Indem er die des Irren zum Stoßen und seine eigene zum Schwingen verwendete, gelang es ihm, wieder auf die Beine zu kommen. Er rannte den Niedergang hoch, an dessen oberem Ende er den Vorteil über die Wahnsinnigen hatte, daß sie die Stufen zu ihm hochkommen mußten. Er entdeckte nun sowohl d'Averc als auch Oladahn, die von der Takelage aus ihre Angreifer in Schach hielten. Er warf einen raschen Blick hinüber auf das Schiff des Wahnsinnigen Gottes. Immer noch verbanden einige Entertrossen es mit der *Lächelnden Maid*, aber es war leer. Seine gesamte Besatzung befand sich an Bord des kleinen Frachters. Das brachte Falkenmond auf eine Idee.

Er wirbelte herum und sprang über die Enterer hinweg auf die Reling, von wo aus er ein Tau zu fassen bekam, das von den Quersailings herunterhing. Damit schwang er sich durch die Luft und landete eine Handbreit innerhalb der Reling des anderen Schiffes. Sofort hackte er die Entertrossen entzwei und brüllte dabei: »Oladahn – d'Averc! Schnell, springt herüber!«

Die beiden sahen ihn und kletterten eilig höher und dann vorsichtig entlang der Rahnock des Hauptmasts, während die Anhänger des Wahnsinnigen Gottes ihnen auf den Fersen blieben.

Das große Schiff driftete bereits leicht ab, und der Spalt zwischen ihm und der *Lächelnden Maid* wurde breiter.

D'Averc sprang als erster. Es gelang ihm gerade noch, sich mit einer Hand an einem Tau der Takelage des Enterers festzuhalten, sonst wäre er in den Tod gestürzt. Oladahn folgte ihm, er schnitt ein Tau los und schwang sich damit über das Wasser. Er glitt das Seil hinunter an Deck und fiel mit gespreizten Armen und Beinen aufs Gesicht.

Mehrere der wahnsinnigen Krieger versuchten ihnen zu folgen, und einige schafften es auch. Lachend kamen sie, mehrere auf einmal, auf Falkenmond zu. Vermutlich hielten sie Oladahn für tot.

Falkenmond war in arger Bedrängnis. Eine Klinge riß ihm den Arm auf, eine andere schlug unterhalb des Visiers gegen sein Gesicht. Doch plötzlich sprang von oben eine Gestalt in die Mitte der nackten Krieger und begann wie ein Berserker um sich zu hauen.

Es war d'Averc, dessen eberköpfige Rüstung dick mit dem Blut derer gefärbt war, die er erschlagen hatte. Und nun nahte Oladahn, der offenbar nur leicht betäubt gewesen war, mit einem wilden Schlachtschrei aus den Bulgarbergen von hinten.

In Kürze war auch der letzte der Irren, die auf ihr Schiff zurückgesprungen waren, tot. Die anderen hüpften von Bord der *Lächelnden Maid* und versuchten, immer noch lachend, dem Schiff nachzuschwimmen.

Falkenmond bemerkte, daß wie durch ein Wunder der größte Teil der Mannschaft ihres ehemaligen Schiffes überlebt hatte. In letzter Minute waren die Männer den Kreuzmast hochgeklettert.

D'Averc rannte zur Brücke und übernahm das Ruder. Er steuerte eilig von den schwimmenden Verfolgern weg.

»Da sind wir ja ziemlich glimpflich davongekommen«, brummte Oladahn, »und mit einem besseren Schiff noch dazu.«

»Mit ein bißchen Glück laufen wir noch vor der *Lächelnden Maid* im Hafen ein.« Falkenmond grinste. »Hoffentlich hat sie nicht vor, den Kurs zu ändern. Unsere ganze Habe befindet sich an Bord.«

Geschickt hatte d'Averc das Schiff in nördliche Richtung

gedreht. Das schwarze Segel blähte sich auf, und sie ließen die schwimmenden Wahnsinnigen schnell zurück, die, selbst als sie ertranken, noch lachten.

Nachdem sie d'Averc geholfen hatten, das Ruder so zu vertäuen, daß es geraden Kurs hielt, machten sie sich daran, das Schiff zu durchsuchen. Es war vollgestopft mit Schätzen von gewiß einem Dutzend geplünderter Schiffe. Aber es fanden sich auch eine Menge nutzlose Dinge – zerbrochene Waffen und Schiffsinstrumente, Bündel mit alten Kleidern und hier und da eine verweste Leiche oder ein verstümmelter Körper. Die drei beschlossen, sich erst der Toten zu entledigen. Sie wickelten die Leichen in Tücher und warfen alles über Bord. Es war eine widerliche Arbeit.

Plötzlich hielt Oladahn inne und starrte auf eine abgeschlagene, schon ausgetrocknete Hand. Ekelerfüllt hob er sie auf und betrachtete den Ring am kleinen Finger. »Herzog Dorian!« rief er.

Falkenmond schaute von seiner Arbeit auf. »Laß den Ring, wo er ist, und sieh zu, daß du das scheußliche Ding loswirst.«

»Aber – der Ring hat eine eigenartige Gravierung . . .«

Ungeduldig beugte Falkenmond sich in der Düsternis des Laderaums darüber. »Nein, das darf nicht sein!« keuchte er.

Es war Yisseldas Ring; derselbe, den Graf Brass ihr zur Verlobung mit Falkenmond an den Finger gesteckt hatte.

Betäubt vor Entsetzen nahm Falkenmond die mumifizierte Hand. Sein Verstand schien nicht zu begreifen, was seine Augen sahen.

»Was erschreckt Euch so sehr?« flüsterte Oladahn betroffen.

»Es ist ihr Ring. Er gehört Yisselda.«

»Aber was sollte sie hier auf dem Meer gesucht haben, so viele hundert Meilen von der Kamarg entfernt? Es ist nicht möglich, Herzog Dorian.«

Falkenmond griff zögernd nach der Hand und betrachtete sie. Er atmete erleichtert auf. »Es ist zwar ihr Ring, aber nicht ihre Hand. Graf Brass steckte ihr den Ring an den Mittelfinger, und selbst da war er ihr noch etwas zu groß, während er hier nur auf den kleinen Finger paßte. Es ist gewiß die Hand eines Diebes.« Er zog den kostbaren Ring von der dürren Hand und schleuderte sie von sich.

»Eines Diebes«, fuhr er fort, »der in der Kamarg gewesen ist . . .« Er schüttelte den Kopf. »Es klingt nicht sehr wahrscheinlich. Aber welch andere Erklärung könnte es geben?«

»Vielleicht reiste sie in diese Gegend, um Euch zu suchen?« meinte Oladahn.

»Das wäre sehr unklug gewesen, aber immerhin möglich. Doch wenn es stimmte, wo ist Yisselda dann jetzt?«

Oladahn wollte gerade antworten, als sie ein wildes Kichern vernahmen. Ein irr grinsendes Gesicht blickte zu ihnen herunter. Einem wahnsinnigen Krieger war es gelungen, das Schiff einzuholen. Nun sprang er schwertschwingend herab.

Falkenmond gelang es gerade noch, sein Schwert zu ziehen, um den Hieb abzufangen. Metall krachte auf Metall.

Oladahn zog seine Klinge, und d'Averc eilte herbei, aber Falkenmond brüllte. »Nehmt ihn lebend! Wir brauchen ihn lebend!«

Falkenmond lenkte den Irren ab, und Oladahn und d'Averc steckten ihre Waffen zurück in die Scheide und packten den Krieger von hinten bei den Armen. Zweimal gelang es ihm, sie abzuschütteln, aber schließlich überwältigten sie ihn und verschnürten ihn mit einem Tau. Selbst als er sich nicht mehr zu rühren vermochte, kicherte er, und Schaum trat über seine Lippen.

»Von welchem Nutzen kann er uns denn lebend sein?« fragte d'Averc mit höflicher Neugier. »Weshalb schneiden wir ihm nicht die Kehle durch?«

»Deshalb«, erwiderte Falkenmond und zeigte ihm den Ring. »Er gehört Yisselda, Graf Brass' Tochter. Ich muß erfahren, wie diese Irren an ihn gekommen sind.«

»Merkwürdig«, murmelte der Franzose. »Soviel ich weiß, befindet sich das Mädchen noch in der Kamarg und pflegt ihren Vater.«

»Dann ist Graf Brass also verwundet?«

»So ist es. Doch die Kamarg hält nach wie vor stand. Ich wollte Euch beunruhigen, Herzog Dorian. Ich weiß nicht, wie schwer verletzt der Lordhüter ist, aber er lebt jedenfalls noch. Und sein weiser Freund Bowgentle unterstützt ihn bei der Führung seiner Truppen. Das letzte, was ich gehört habe, ist, daß zwischen dem Dunklen Imperium und der Kamarg ein Patt herrscht.«

»Und Ihr wißt nichts weiter über Yisselda? Daß sie vielleicht die Kamarg verlassen hat?«

»Nein.« D'Averc runzelte die Stirn. »Aber ich glaube, ich erinnere mich – ah, ja. Ein Mann, der unter Graf Brass diente. Es wurde ihm nahegelegt, das Mädchen zu entführen, doch der Versuch war nicht von Erfolg gekrönt.«

»Woher wißt Ihr das?«

»Juan Zhinaga – das war der Mann – verschwand. Vermutlich hat Graf Brass von seiner geplanten Untat erfahren und ihn getötet.«

»Ich kann nicht glauben, daß Zhinaga ein Verräter ist. Ich kannte ihn. Er war Hauptmann der Kavallerie.«

»Den wir in der zweiten Schlacht um die Kamarg gefangennahmen.« D'Averc lächelte. »Ich glaube, er war Deutscher, und wir hatten ein paar seiner Angehörigen in unserer Gewalt ...«

»Ihr habt ihn also erpreßt!«

»Er wurde erpreßt. Tut mir aber nicht die Ehre an, mir das zuzuschieben. Ich hörte lediglich während einer Konferenz in Londra von dem Plan. König Huon hatte die Führer seiner Streitkräfte zusammengerufen, um sich von ihnen über die Entwicklungen auf dem Kontinent unterrichten zu lassen.«

Falkenmond runzelte die Stirn. »Aber gesetzt den Fall, Zhinaga entführte Yisselda, und es gelang ihm nur nicht, zu Euren Leuten durchzudringen – vielleicht weil er unterwegs von den Männern des Wahnsinnigen Gottes abgefangen wurde ...«

D'Averc schüttelte den Kopf. »Nein. Wenn sie bereits bis Südfrankreich vorgedrungen wären, hätten wir bereits davon gehört.«

»Welche Erklärung kann es dann geben?«

»Fragen wir diesen Herrn hier«, schlug d'Averc vor und zeigte auf den Wahnsinnigen, dessen Gekichere kaum noch vernehmbar war.

»Wie wollen wir etwas Vernünftiges aus ihm herausbekommen?« Oladahn blickte ihn zweifelnd an.

»Würde es helfen, wenn wir ihm Schmerz zufügten?« überlegte d'Averc laut.

»Das kann ich mir nicht vorstellen«, meinte Falkenmond. »Sie kennen keine Angst. Wir müssen uns etwas anderes einfallen lassen.« Er blickte mißmutig auf den Wahnsinnigen herab. »Soll er eine Weile hier liegen. Vielleicht beruhigt er sich dann ein wenig.«

Sie kehrten an Deck zurück und schlossen die Luke zum Laderaum hinter sich. Die zerklüftete Küste der Krim hob sich bereits im Schein der untergehenden Sonne in der Ferne ab. Das Meer war ruhig, und der Wind blies nach Norden.

»Ich korrigiere am besten unseren Kurs ein wenig«, schlug d'Averc vor. »Wir segeln, scheint mir, ein bißchen zu weit nach Norden.« Er ging ans Steuerruder, löste die Halteseile und drehte es mehrere Grade in südlicher Richtung.

Falkenmond nickte abwesend und beobachtete d'Averc, der wie ein erfahrener Seemann den Kurs des Schiffes änderte. Die große Ebermaske hatte er hochgeschoben.

»Wir müssen wohl heute nacht vor der Küste Anker werfen«, sagte Oladahn. »Und morgen weitersegeln.«

Falkenmond antwortete nicht. In seinem Kopf kreisten viele unbeantwortete Fragen. Die Anstrengungen der letzten vierundzwanzig Stunden hatten ihn an den Rand der Erschöpfung getrieben, und die Furcht, die er verspürte, drohte ihn in einen Wahnsinn zu treiben, der dem des Mannes im Laderaum in nichts nachstand.

Später am Abend kehrten sie in den Laderaum zurück und betrachteten das Gesicht ihres jetzt schlafenden Gefangenen im Licht der Lampen, die von der Decke hingen. Die Lampen schaukelten mit den Bewegungen des Schiffes an der Ankerkette. Schatten und Licht spielten über die Schiffswand und über die angehäufte Beute, die hier überall aufgetürmt lag. Eine Ratte quiekte, aber die Männer überhörten es. Sie hatten alle ein wenig geschlafen und fühlten sich nun etwas frischer.

Falkenmond kniete sich neben den Gefesselten und berührte sein Gesicht. Sofort öffneten sich seine Augen und blickten verwundert und ohne jede Spur von Wahnsinn um sich.

»Wie heißt du?« fragte Falkenmond.

»Coryanthum von Kerch. Wer seid Ihr. Wo bin ich?«

»Das müßtest du aber wissen«, sagte Oladahn. »An Bord eures eigenen Schiffes. Erinnerst du dich denn nicht? Du und deine Kameraden, ihr überfielt unseren Segler. Es kam zum Kampf. Wir entkamen euch und ihr schwammt uns nach, um uns zu töten.«

»Ich entsinne mich, daß wir das Segel setzten«, murmelte Coryanthum verwirrt. »Doch an nichts weiter.« Er versuchte sich aufzusetzen. »Weshalb bin ich gebunden?«

»Weil du gefährlich bist«, erklärte ihm d'Averc. »Du bist wahnsinnig.«

Coryanthum lachte. Es war ein völlig natürliches Lachen »Ich wahnsinnig? Wie absurd!«

Die drei blickten einander an. Es stimmte, der Mann wirkte nun völlig normal. Falkenmond begann zu verstehen. »Woran erinnerst du dich als letztes?«

»An die Ansprache des Kaptäns.«

»Was sagte er?«

»Daß wir an einer Zeremonie teilnehmen würden, bei der wir alle einen besonderen Trank bekämen . . . Das war eigentlich alles.« Coryanthum runzelte die Brauen. »Dann tranken wir . . .«

»Beschreib euer Segel!« befahl Falkenmond.

»Unser Segel? Warum?«

»Fiel dir etwas Besonderes daran auf?«

»Durchaus nicht. Es war aus dunkelblauer Leinwand. Das ist alles.«

»Bist du ein Händler zur See?«

»Ja.«

»Und das ist deine erste Fahrt auf diesem Schiff?«

»Ja.«

»Wann hast du angeheuert?«

Coryanthum wurde langsam ungeduldig. »Gestern abend – am Tag des Pferdes nach kerchscher Zeitrechnung.«

»Und nach universaler Zeitrechnung?«

Der Seemann runzelte die Brauen. »Tja, am elften des dritten Monats.«

»Vor drei Monaten«, stellte d'Averc fest. Coryanthum starrte im unsteten Licht auf den Franzosen. »Vor drei Monaten? Was meint Ihr damit?«

»Man gab euch Drogen ein«, erklärte ihm Falkenmond. »Unter ihrem Einfluß veranlaßte man euch zu den abscheulichsten Missetaten, die ein Pirat nur verüben kann. Weißt du etwas über den Kult des Wahnsinnigen Gottes?«

»Ein wenig. Er soll irgendwo in der Ukraine beheimatet sein, man sagt, daß seine Anhänger in letzter Zeit in andere Gebiete vordringen, angeblich sollen sie sogar bis zum Meer vorgestoßen sein.«

»Ist dir klar, daß dieses Schiff unter der Flagge des Wahnsinnigen Gottes segelt? Daß du noch vor ein paar Stunden gewütet und dich in Blutlust vor Lachen gewälzt hast? Sieh dir deinen Körper an . . .« Falkenmond beugte sich über ihn und zertrennte die Bande. »Lang an deinen Hals.«

Coryanthum von Kerch erhob sich langsam. Erstaunt betrachtete er seine Nacktheit, während seine Finger das Halsband betasteten. »Ich – ich verstehe nicht. Ist dies ein Trick?«

»Ein sehr schlimmer Trick, mit dem wir jedoch nichts zu tun haben«, brummte Oladahn. »Man hat euch mit Drogen vollgestopft, die euch wahnsinnig machten. In dem Zustand brachte man euch dazu, alles zu töten, was euch in den Weg kam, und die Beute einzusammeln. Sicher war euer Kapitän der einzige, der wußte, was mit euch geschehen würde. Er ist ziemlich wahrscheinlich nicht mehr an Bord. Erinnerst du dich an etwas? Wohin sollte eure Fahrt gehen?«

»Ich erinnere mich an absolut nichts.«

»Zweifellos setzte der Kapitän sich noch vor Anbruch der Fahrt ab und beabsichtigte, später an Bord zu kommen, um das Schiff in den Hafen zurückzubringen«, vermutete d'Averc. »Vielleicht gibt es ein Schiff, das ständige Verbindung mit allen anderen hält, wenn sie alle mit solchen Narren wie diesem hier bemannt sind.«

»Es muß ein größerer Vorrat dieser Droge an Bord zu finden sein«, meinte Oladahn. »Zweifellos nahmen die Männer sie regelmäßig ein. Coryanthum konnte sie nur deshalb nicht nehmen, weil wir ihn gebunden hatten – nur darum kam er zu sich.«

»Wie fühlst du dich?« erkundigte sich Falkenmond.

»Schwach – irgendwie ohne Leben und Gefühle.«

»Verständlich«, brummte Oladahn. »Es ist bestimmt eine Droge, die schließlich den Tod herbeiführt. Ein grauenhafter Plan. Man nimmt Nichtsahnende, füttert sie mit einem Mittel, das sie wahnsinnig macht und später tötet, benutzt sie zum Morden und Plündern und sammelt die Beute ein. Ich habe noch nie von etwas Ähnlichem gehört. Ich dachte, der Kult des Wahnsinnigen Gottes bestünde lediglich aus echten Fanatikern, doch nun scheint mir eine sehr kaltblütige und berechnende Intelligenz dahinterzustecken.«

»Auf den Meeren auf jeden Fall«, sagte Falkenmond. »Ich möchte mir den vorknöpfen, der dafür verantwortlich ist. Er allein mag wissen, wo Yisselda zu finden ist.«

»Ich schlage vor, wir holen erst einmal das Segel ein«, meinte d'Averc. »Die Flut wird uns in den Hafen treiben, und ich glaube, unser Empfang ließe zu wünschen übrig, wenn man das Segel sähe. Wir wollen doch die Schätze, die hier an Bord liegen, nutzbringend anwenden. Wir sind jetzt reiche Leute!«

»Ihr seid nach wie vor mein Gefangener, d'Averc«, erinnerte Falkenmond ihn. »Aber es stimmt, wir könnten einen kleinen Teil der Schätze für unsere Weiterreise verwenden und den größeren einem ehrlichen Mann anvertrauen, damit er sich um die Entschädigung jener bemühe, die durch die wahnsinnigen Piraten Verluste erlitten.«

»Und dann?« fragte Oladahn. »Dann setzen wir erneut Segel – und warten darauf, daß der Eigner nach seinem Schiff sucht.«

»Können wir sicher sein, daß er das tun wird? Was ist, wenn er von unserem Besuch in Simferopol erfährt?«

Falkenmond lächelte grimmig. »Dann wird er uns zweifellos erst recht suchen.«

8. Der Mann des Wahnsinnigen Gottes

So wurden die Schätze in Simferopol verkauft. Einen Teil des Erlöses benutzte Falkenmond, um Proviant, eine neue Ausrüstung und Ersatz für die Pferde zu erstehen, die sie in Zonguldak hatten zurücklassen müssen. Den Rest übergab er zur Verwaltung einem Kaufmann, der ihm als der ehrlichste der ganzen Krim empfohlen worden war. Kurz nach ihnen war auch die *Lächelnde Maid* im Hafen eingelaufen. Falkenmond erkaufte sich Kapitän Mousos Schweigen, nichts über die Herkunft des erbeuteten Schiffes zu verraten, und ließ sich von ihm ihr Eigentum aushändigen, unter anderem auch die Satteltasche mit Rinals Geschenk. Am gleichen Abend stach das Schwarze Schiff wieder in See. Coryanthum blieb bei dem Kaufmann zurück, um sich zu erholen.

Über eine Woche trieb das Schwarze Schiff auf dem ruhigen

Meer dahin, der Wind hatte sich fast völlig gelegt. Falkenmond vermutete, daß sie auf den Kanal zutrieben, der das Schwarze Meer von der Azov-See trennte, nahe Kerch, wo Coryanthum angeheuert hatte.

D'Averc hatte sich mittschiffs eine Hängematte befestigt, in der er sich von den Bewegungen des Schiffs schaukeln ließ, gelegentlich übertrieben hustete und sich über Langeweile beklagte. Oladahn saß oft im Ausguck und suchte das Meer ab, während Falkenmond an Deck auf und ab schritt und sich fragte, ob sein Plan irgend etwas anderes verfolgte, als den Wunsch zu stillen, etwas über Yisseldas Verbleiben zu erfahren. Er fing schon an zu zweifeln, daß es überhaupt ihr Ring gewesen war, vielleicht waren in der Kamarg mehrere solche Ringe gemacht worden.

Eines Morgens jedoch tauchte ein Segel am Horizont im Nordwesten auf. Oladahn entdeckte es als erster und machte Falkenmond darauf aufmerksam, der rannte vor an die Reling und blickte in die bezeigte Richtung. Es mochte das Schiff sein, da sie erwarteten.

»Runter«, rief er. »Geht runter!«

Oladahn kletterte hastig vom Mast hinunter, und d'Averc, der plötzlich munter wurde, schwang sich aus seiner Hängematte und schlenderte über Deck auf die Leiter zu, die zu den Unterdecks führte. Sie trafen sich in der Finsternis des mittleren Laderaums und warteten ...

Eine Stunde schien vergangen zu sein, ehe sie Holz auf Holz krachen hörten, und wußten, daß das andere Schiff längsseits gekommen war. Es mochte sich lediglich um ein Schiff handeln, dessen Kapitän neugierig war, warum ein offensichtlich unbemanntes Schiff auf dem Meer trieb.

Wenig später hörte Falkenmond das Geräusch gestiefelter Füße auf dem Oberdeck. Mit gemessenen Schritten ging dort jemand die Länge des ganzen Decks auf und ab. Schließlich herrschte Stille, als der Mann eine Kabine betrat oder auf die Brücke kletterte.

Die Spannung wuchs, bis die Schritte wieder erklangen, und diesmal direkt auf die Luke des mittleren Laderaums zukamen.

Falkenmond sah eine Silhouette, die von oben versuchte, in der Dunkelheit etwas zu erkennen. Die Gestalt zögerte kurz, dann kletterte sie vorsichtig die Leiter hinunter. Falkenmond kroch auf die Leiter zu.

Als der Ankömmling von der letzten Sprosse stieg, sprang Falkenmond lautlos auf ihn zu und legte den Arm um dessen Hals. Es war ein wahrer Riese, über sechseinhalb Fuß, mit einem buschigen, schwarzen Bart, zu Zöpfen geflochtenem Haar und einem Messingharnisch über einem schwarzen Seidenhemd. Er knurrte überrascht und schwang herum, Falkenmond mit sich reißend. Der Gigant war unvorstellbar stark. Seine Finger tasteten sich nach Falkenmonds Arm und begannen, ihn von seinem Hals zu zerren.

»Schnell – helft mir!« keuchte Falkenmond. D'Averc und Oladahn warfen sich auf den Fremden und zwangen ihn zu Boden.

D'Averc zog sein Schwert. In seiner Ebermaske und der glänzenden Rüstung sah er sehr gefährlich aus. Er drückte die Spitze der Klinge gegen die Kehle des Riesen. »Wie heißt Ihr?« fragte er, und die Stimme erschallte dröhnend durch die Maske.

»Kapitän Schagaroff. Wo ist meine Mannschaft?«

»Sprecht Ihr von den Wahnsinnigen, die Ihr zum Töten und Plündern ausgeschickt habt?« fragte Oladahn. »Sie sind alle ertrunken, außer einem, der uns von Eurem Verrat berichtete.«

Schagaroff schien ungerührt. »Ihr Narren!« knurrte er. »Glaubt ihr denn wirklich, ihr könnt mich zu dritt hier gefangenhalten? Die Mannschaft meines anderen Schiffes besteht aus Kriegern.«

D'Averc lächelte ironisch. »Wir sind mit einer Schiffsladung solcher Krieger fertig geworden, und wir werden es auch mit der anderen.«

Einen Augenblick huschte eine Spur von Angst über die Züge des Kapitäns, doch dann wurden sie wieder hart. »Ich glaube euch nicht. Die Besatzung dieses Schiffes lebte nur, um zu töten. Wie könntet ihr . . .«

»Nun, wir taten es jedenfalls«, erklärte d'Averc von oben herab. Er drehte sich Falkenmond zu. »Wollen wir jetzt an Deck zurück und den Rest unseres Plans durchführen?«

»Einen Moment noch.« Falkenmond beugte sich über Schagaroff. »Haben Eure Mannen einmal ein Mädchen gefangen und . . .«

»Sie hatten den Befehl, alle Mädchen lebend zu mir zu bringen.«

»Warum?«

»Das weiß ich nicht – ich hatte den Auftrag, ihm Mädchen zu

schicken – und ich schickte ihm Mädchen.« Schagaroff lachte. »Ihr könnt mich hier nicht lange festhalten. Meine Männer werden mißtrauisch. Ihr werdet noch innerhalb einer Stunde tot sein.«

»Weshalb habt Ihr sie nicht gleich mitgebracht? Vielleicht weil es sich bei ihnen nicht um Wahnsinnige handelt – weil es ihnen nicht gefiele, was Ihr hier vorzufinden erwartetet?«

Schagaroff zuckte die Schultern. »Ich brauche nur nach ihnen zu rufen.«

»Möglich«, brummte d'Averc. »Erhebt Euch jetzt.«

»Diese Mädchen«, fuhr Falkenmond fort. »Wohin habt Ihr sie geschickt? Und zu wem?«

»Zu meinem Herrn natürlich, ins Inland – zum Wahnsinnigen Gott.«

»So dient Ihr wahrhaftig diesem Wahnsinnigen Gott und täuscht nicht nur vor, daß diese Piraterie von seinen Anhängern verübt wird?«

»Richtig – ich diene ihm, obwohl ich nicht seinem Kult angehöre. Doch seine Beauftragten bezahlen mich gut, die Meere unsicher zu machen und ihm die Beute zu schicken.«

»Warum wird es auf diese Art gehandhabt?«

»Er hat unter seinen Anhängern keine Seeleute«, grunzte Schagaroff. »Aus diesem Grund ist man wohl an mich herangetreten. Wozu die Beute verwendet wird, weiß ich nicht.« Er stand auf und meinte grinsend: »Kommt, laßt uns nach oben gehen. Es wird mir Spaß machen zu sehen, was ihr vorhabt.«

D'Averc nickte den beiden anderen zu, die aus der Finsternis des Lagerraums lange, unangezündete Fackeln holten. D'Averc wies Schagaroff an, Oladahn auf Deck zu folgen.

Langsam kletterten sie hoch und erblickten im Sonnenlicht einen wundervollen Dreimaster, der neben ihrem Schiff lag.

Die Männer an Bord des anderen Schiffes erkannten sofort, was vor sich ging und wollten näher kommen, aber Falkenmond hielt drohend die Schwertspitze an Schagaroffs Rippen und rief: »Verhaltet euch ruhig, oder wir töten euren Kapitän.«

»Tötet mich – dann töten sie euch«, knurrte Schagaroff. »Wer erreicht dadurch etwas?«

»Schweigt!« befahl Falkenmond. »Oladahn, zünde die Fackeln an.«

Oladahn setzte die erste der mitgebrachten Fackeln mit Feuerstein und Zunder in Brand und entzündete die beiden anderen mit ihr und gab sie an seine Kameraden weiter.

»Wir haben das ganze Schiff mit Öl überschüttet«, rief Falkenmond zur Besatzung des Dreimasters hinüber. »Wenn unsere Fackeln damit in Berührung kommen, wird das Schiff in Flammen aufgehen – und eures höchstwahrscheinlich ebenfalls. Ich rate euch deshalb, versucht gar nicht erst, euren Kapitän zu befreien.«

»So werden wir alle verbrennen«, brummte Schagaroff. »Ihr seid nicht weniger wahnsinnig als jene, die Ihr erschlagen habt.«

Falkenmond schüttelte den Kopf. »Oladahn, kümmere dich um das Beiboot.«

Oladahn ging nach achtern zur letzten Luke und öffnete sie. Dann schwenkte er den Drehkran über die Öffnung und verschwand mit der Trosse in der Hand im Inneren des Schiffes.

Falkenmond sah, daß die Besatzung des Dreimasters unruhig wurde, und schwenkte warnend seine Fackel. Die Hitze der Flammen rötete sein Gesicht, und der Feuerschein spiegelte sich in seinen Augen.

Jetzt erschien Oladahn wieder und drehte an der Ladewinde, in der anderen Hand hielt er immer noch die Fackel. Langsam erschien etwas in der Luke, etwas, das für die Öffnung fast zu groß zu sein schien.

Schagaroff sog vor Überraschung die Luft ein, als er ein großes Boot erkannte, auf dem drei furchtsam dreinsehende Pferde angebunden waren. Oladahn ließ das Boot auf das Wasser hinausschwenken und sanft auf dem Meer aufsetzen.

Als er alles erledigt hatte, lehnte sich Oladahn schnaufend und erschöpft gegen den Ladebaum, er achtete aber darauf, daß die Flammen seiner Fackel dem Holz des Schiffes nicht zu nahe kamen.

Schagaroff knirschte mit den Zähnen. »Nicht schlecht ausgedacht – aber ihr seid trotzdem nur zu dritt. Was gedenkt ihr jetzt zu tun?«

»Euch hängen«, erklärte Falkenmond. »Vor den Augen Eurer Mannschaft. Ich hatte zweierlei Gründe, Euch diese Falle zu stellen. Erstens benötigte ich Auskunft, zweitens bin ich entschlossen, für eine gerechte Strafe für Euch zu sorgen.«

»Wessen Gerechtigkeit?« keuchte Schagaroff, seine Augen waren vor Furcht weit geöffnet. »Warum mischt ihr euch in die Angelegenheiten anderer ein? Wir wollten euch nichts tun.«

»Falkenmonds Gerechtigkeit«, sagte der bleichgesichtige Herzog von Köln. Sonnenstrahlen, die auf das düstere schwarze Juwel in seiner Stirn fielen, ließen es erscheinen, als glühe eigenes Leben in ihm.

»Männer!« brüllte Schagaroff über das Wasser. »Männer – rettet mich. Greift an.«

»Wenn ihr euch näher heranwagt«, rief nun d'Averc zum Dreimaster hinüber, »töten wir euren Kapitän sofort und setzen das Schiff in Flammen. Ihr erreicht nichts. Wollt ihr euer eigenes Leben retten, dann legt ab und verschwindet. Wir sind nur an Schagaroff interessiert.«

Wie sie erwartet hatten, schien die Besatzung des Dreimasters keine große Liebe für ihren Kapitän zu empfinden und kein besonderes Verlangen, ihm zu helfen, wenn ihre eigene Haut dabei in Gefahr kam. Aber sie holten einstweilen die Enterhaken noch nicht ein, sondern warteten ab, was die drei als nächstes tun würden.

Falkenmond kletterte den Mast hinauf zur Quersaling. Er trug ein Seil bei sich, das bereits zur Schlinge geknüpft war. Er befestigte es so, daß es über das Wasser hing, dann kehrte er an Deck zurück.

Ein allgemeines Schweigen setzte ein, als Schagaroff langsam erkannte, daß er keine Hilfe von seinen Männern zu erwarten hatte.

Im Heckwasser schaukelte das Boot mit den Pferden und der Habe der drei mit den Wellen. Der Bootskran kreischte und die Flammen der Fackeln brannten spuckend.

Schagaroff versuchte wegzulaufen, aber drei Schwertspitzen hielten ihn zurück.

»Das könnt ihr nicht . . .« stieß Schagaroff hervor. Seine Stimme erstarb, als er die Entschlossenheit in den Augen der drei Männer sah.

Oladahn holte die baumelnde Schlinge mit dem Schwert zur Reling. D'Averc schob Schagaroff darauf zu, und Falkenmond erweiterte sie, daß er sie über des Kapitäns Kopf ziehen konnte. Als sie um seinen Hals hing, brüllte Schagaroff auf und schlug nach Oladahn, der auf der Reling balancierte. Der kleine Mann stieß einen Schrei aus und stürzte ins Wasser. Falkenmond beugte sich hastig über die Reling, um nach dem Freund zu sehen. In diesem Augenblick sprang Schagaroff auf d'Averc zu und hieb ihm die Fackel aus der Hand. Der Franzose machte einen Schritt zurück und hielt ihm das Schwert unter die Nase.

Der Piratenkapitän spuckte ihm ins Gesicht und schwang sich auf die Reling. Er stieß mit dem Fuß nach Falkenmond, der ihn aufhalten wollte, dann sprang er.

Die Schlinge spannte sich, die Rahnock krümmte und streckte sich wieder. Kapitän Schagaroff baumelte hilflos am Seil. Sein Genick brach, und er starb.

D'Averc sprang hastig nach der zu Boden fallenden Fackel, aber sie hatte das ölgetränkte Deck bereits entzündet. Er versuchte eilig, die Flammen mit den Stiefeln auszutreten.

Falkenmond suchte rasch nach einem Seil, mit dem er den tropfnassen Oladahn, der bereits an der Schiffswand hochkletterte, an Bord ziehen konnte.

Die Besatzung des Dreimasters begann unruhig zu werden. Falkenmond fragte sich, warum sie sich nicht in Sicherheit brachten.

»Verschwindet!« brüllte Oladahn, als er wieder an Deck war. »Oder ihr geht auch in Flammen auf.« Aber sie machten keine Anstalten, die Enterhaken einzuziehen.

»Das Feuer, ihr Narren!« Oladahn wies auf die züngelnden Flammen, die bereits am Mast fraßen und die Takelage zerstörten.

D'Averc lachte. »Sehen wir zu, daß wir in unser kleines Boot kommen.«

Falkenmond warf seine Fackel fort. »Warum legen sie nicht ab?«

»Der Schatz«, sagte d'Averc, als sie an Bord des Bootes gingen, auf dem die Pferde aufgeregt schnaubten. »Sie glauben, daß die Beute noch an Bord ist.«

Sobald sie alle drei im Boot waren, kappten sie die Leinen und ließen sich abtreiben. Das Schwarze Schiff war nur eine Masse züngelnder Flammen und öligen Rauchs. Gegen das Feuer sahen sie die Leiche Schagaroffs, die nach der einen und der anderen Seite baumelte, als suche sie der Hitze der Flammen zu entgehen.

Sie hißten das Segel, das sich sofort aufblähte und sie vom Feuer wegtrug. Die Segel des Piratenschiffs schwelten dort, wo Funken übergesprungen waren. Einige der Piraten machten sich daran, den Rauch zu ersticken, während andere zögernd die Entertrossen kappten. Nun war es aber allerhöchste Zeit, abzulegen, sonst würde auch ihr Schiff unrettbar verloren sein.

Das Boot der drei Gefährten war bald zu weit entfernt, als daß sie hätten erkennen können, ob der Dreimaster sich hatte in Sicherheit bringen können. In der anderen Richtung war Land in Sichtweite gekommen; es war die Krim, und dahinter lag die Ukraine.

Und irgendwo in der Ukraine würden sie den Wahnsinnigen Gott finden, und vielleicht auch Yisselda . . .

ZWEITES BUCH

Während Dorian Falkenmond und seine Gefährten zur Felsenküste der Krim segelten, stürmten die Armeen des Dunklen Imperiums mit immer größerem Aufwand auf die Kamarg ein, mit dem Befehl Huons, des Reichskönigs, weder an Leben noch Material zu sparen, um jene auszurotten, die es wagten, sich gegen Granbretanien zu stellen. Über die dreißig Meilen lange Silberbrücke, die sich über die See spannte, kamen die Horden des Dunklen Imperiums – die Krieger der Orden des Schweines, des Wolfes, des Geiers, des Hundes, der Gottesanbeterin und des Frosches in ihren eigenartigen Rüstwagen und den Waffen aus funkelndem Metall. Und in seiner Thronkugel, fötusgleich in einer Flüssigkeit schwimmend, die ihm Unsterblichkeit verlieh, brannte Huon vor Haß auf Falkenmond, Graf Brass und die anderen, die sich, für ihn unverständlicherweise, nicht von ihm manipulieren ließen wie der Rest der Welt. Es war, als helfe ihnen eine stärkere Macht – die sie leitete, wie er es nicht vermochte –, und dieser Gedanke war es, den der Reichskönig nicht ertrug . . .

Viel hing von jenen ab, die nicht unter Huons Einfluß standen, den wenigen freien Seelen – Falkenmond, Oladahn, vielleicht auch d'Averc, der geheimnisvolle Ritter in Schwarz und Gold, Yisselda, Graf Brass und eine Handvoll weiterer. Auf sie verließ der Runenstab sich in der Ausführung des von ihm vorherbestimmten Geschicks.

– Die hohe Geschichte des Runenstabs

1. Der wartende Ritter

Als sie sich der öden, zerklüfteten Küste näherten, betrachtete Falkenmond verstohlen d'Averc, der seinen Ebermaskenhelm zurückgeschoben hatte und mit einem leichten Lächeln auf die See hinausschaute. D'Averc schien Falkenmonds Blick zu spüren und sah ihn an.

»Ihr macht Euch Gedanken, Herzog Dorian. Freut Ihr Euch denn nicht, daß unser Abenteuer so gut ausgegangen ist?«

»Doch.« Falkenmond nickte. »Meine Überlegungen gelten Euch. Ihr stelltet Euch, ohne ein Wort zu verlieren, auf unsere Seite, obwohl Ihr nichts dadurch gewinnt. Ich bin sicher, daß es Euch gleichgültig war, ob Schagaroff seine gerechte Strafe erhielt oder nicht, und ganz gewiß interessiert es Euch wenig, was aus Yisselda geworden ist. Aber Ihr habt keinen einzigen Fluchtversuch unternommen.«

D'Avercs Lächeln wurde stärker. »Weshalb sollte ich? Ihr trachtet mir nicht nach dem Leben. Im Gegenteil, Ihr habt es mir gerettet. Im Augenblick scheint mir mein Geschick mehr mit Eurem verknüpft als mit dem des Dunklen Imperiums.«

»Aber Eure Loyalität gilt nicht mir und meinem Streben.«

»Meine Loyalität, mein lieber Herzog, gilt nur, wie ich bereits einmal erwähnte, dem Zweck, der meine Ambitionen fördert. Ich muß jedoch gestehen, daß ich meine Ansicht über die Hoffnungslosigkeit Eures Unterfangens revidiert habe – Ihr habt ein so unwahrscheinliches Glück, daß ich hin und wieder sogar geneigt bin zu glauben, Ihr könntet vielleicht gegen das Dunkle Imperium bestehen. Wenn das möglich wäre, wäre ich sogar mit größter Begeisterung bereit, mich Euch anzuschließen.«

»Ihr wartet also nicht vielleicht nur ab, in der Hoffnung, unsere Rollen vertauschen zu können und mich erneut für Eure Herren gefangenzunehmen?«

»Ihr würdet meinen Beteuerungen ohnehin nicht glauben.« D'Averc lächelte. »Also verschwende ich lieber gar keine Zeit damit.«

Die rätselhafte Antwort ließ Falkenmond die Brauen runzeln.

Als wolle er dem Thema des Gesprächs eine andere Wendung geben, schüttelte sich d'Averc in einem starken Hustenanfall und lehnte sich heftig atmend im Boot zurück.

Oladahn rief plötzlich vom Bootsbug aus. »Herzog Dorian! Seht – am Strand!«

Falkenmond blickte in die angewiesene Richtung. Jetzt konnte er unter den aufragenden Klippen einen schmalen Streifen Strand erkennen und einen Reiter, der bewegungslos in ihre Richtung sah, als erwarte er sie mit einer besonderen Botschaft.

Der Kiel des Bootes schabte über den Kies des Strandes, und Falkenmond erkannte den Reiter, der im Schatten der Klippe wartete.

Falkenmond sprang aus dem Boot und näherte sich ihm. Von Kopf bis Fuß war der Körper des Ritters gepanzert, der unter dem Helm verborgene Kopf nickte, als bewegten den Reiter düstere Gedanken.

»Wußtet Ihr, daß ich hierherkomme?« fragte Falkenmond.

»Es war anzunehmen, daß Ihr Euch diesen Ort zur Landung aussuchen würdet«, erwiderte der Ritter in Schwarz und Gold. »Also wartete ich.«

»Ich verstehe.« Falkenmond sah zu ihm auf und wußte nicht so recht, was er als nächstes tun sollte. »Ich verstehe . . .«

D'Averc und Oladahn stapften nun ebenfalls den felsigen Strand auf sie zu.

»Kennt Ihr diesen Herrn, Herzog Dorian?« erkundigte sich d'Averc.

»Ein alter Bekannter«, erklärte Falkenmond.

»Ihr seid Sir Huillam d'Averc«, stellte der Ritter in Schwarz und Gold mit tiefer Stimme fest. »Ich sehe, Ihr tragt noch immer die Rüstung Granbretaniens.«

»Sie ist nach meinem Geschmack«, erwiderte d'Averc. »Ihr habt Euren Namen noch nicht genannt.«

Der Ritter in Schwarz und Gold ignorierte den Franzosen. Mit einer Hand, die in einem schweren Panzerhandschuh steckte, zeigte er auf Falkenmond. »Er ist es, mit dem ich sprechen muß. Ihr sucht die Euch versprochene Yisselda, Herzog Dorian, und seid auf dem Weg zum Wahnsinnigen Gott?«

»Ist Yisselda seine Gefangene?«

»Auf gewisse Weise ja. Aber Ihr müßtet den Wahnsinnigen Gott auch aus einem anderen Grund aufsuchen.«

»Lebt Yisselda?« drängte Falkenmond.

»Sie lebt. Aber ehe sie wieder die Eure sein kann, müßt Ihr erst den Wahnsinnigen Gott vernichten und ihm das Rote Amulett abnehmen – denn dieses Amulett ist rechtmäßig Eures. Zwei Dinge hat der Wahnsinnige Gott gestohlen, und beide gehören Euch – das Mädchen und das Amulett.«

»Yisselda ist mein, doch ich weiß von keinem Amulett. Ich habe nie eines besessen.«

»Es handelt sich um das Rote Amulett, und es gehört Euch. Der Wahnsinnige Gott hat kein Recht, es zu tragen, deshalb raubte es ihm den Verstand.«

Falkenmond lächelte. »Wenn es die Eigenschaft dieses Amuletts ist, dann soll er es ruhig behalten.«

»Dies ist eine ernste Angelegenheit, Herzog Dorian. Das Rote Amulett hat den Wahnsinn des Gottes herbeigeführt, weil er es von einem Diener des Runenstabs stahl. Aber wenn der Diener des Runenstabs es trägt, ist er in der Lage, gewaltige Kräfte durch dieses Amulett aus dem Runenstab herbeizurufen. Nur einer, der es zu Unrecht trägt, verfällt dem Wahnsinn – und nur der rechtmäßige Eigentümer kann es sich holen, wenn ein anderer es trägt. Deshalb konnte ich es ihm nicht abnehmen, noch vermag es irgendein anderer außer Herzog Dorian Falkenmond von Köln, der Diener des Runenstabs.«

»Wieder nennt Ihr mich Diener des Runenstabs, doch weiß ich von keinen Pflichten, die ich dem Runenstab gegenüber hätte. Ich bin mir nicht einmal sicher, ob dies nicht alles ein Phantasiegespinst ist und Ihr nicht selbst ein Verrückter seid.«

»Denkt, was Ihr wollt. Aber es stimmt doch, daß Ihr nichts anderes im Sinn habt, als den Wahnsinnigen Gott aufzusuchen. Euer Streben geht dahin, ihn zu finden, nicht wahr?«

»Um Yisselda zu finden, seine Gefangene.«

»Wie Ihr meint. So brauche ich Euch nicht erst von Eurer Aufgabe zu überzeugen.«

Falkenmond runzelte die Stirn. »Seit meinem Aufbruch von Hamadan erlebte ich eine Reihe von recht merkwürdigen Zufällen . . .«

»Es gibt keine Zufälle, wo der Runenstab wirkt. Nur sind seine Handlungen manchmal erkennbar und manchmal nicht.« Der Ritter in Schwarz und Gold drehte sich im Sattel um und deutete auf einen Weg, der in Serpentinen eine Klippe emporführte. »Hier können wir aufsteigen und oben übernachten. Am frühen Morgen machen wir uns dann auf den Weg zur Burg des Wahnsinnigen Gottes.«

»Ihr wißt, wo sie liegt?« fragte Falkenmond eifrig und vergaß für einen Moment seine Zweifel.

»Ja.«

Dann kam Falkenmond plötzlich ein anderer Gedanke. »Ihr habt nicht etwa Yisseldas Gefangennahme selbst in die Wege geleitet? Vielleicht, um mich dazu zu bringen, den Wahnsinnigen Gott zu suchen?«

»Yisselda wurde von Juan Zhinaga, einem Verräter in der Armee ihres Vaters, entführt, der vorhatte, sie nach Granbretanien zu bringen. Doch unterwegs nahmen Soldaten des Dunklen Imperiums sie ihm ab, weil sie selbst die Belohnung einstecken wollten. Während sie kämpften, floh Yisselda und schloß sich schließlich einer Flüchtlingskarawane durch Italien an. Sie gelangte an Bord eines Schiffes, das angeblich zur Provence fuhr, in Wirklichkeit aber ein Sklavenschiff war, das das Mädchen nach Arabien verschleppte. Unterwegs wurde es doch von Piraten überfallen – von jenem Schiff, das Ihr in Flammen setztet . . .«

»Ich kenne den Rest. Die Hand, die wir fanden, gehörte demnach einem Piraten, der Yisseldas Ring stahl. Aber Eure Geschichte klingt mir nicht sehr glaubhaft. Diese Zufälle . . .«

»Ich sagte Euch doch – es gibt keine Zufälle, wo der Runenstab wirkt. Manchmal ist das Muster einfach zu erkennen, manchmal schwerer.«

Falkenmond seufzte. »Ist sie unverletzt?«

»Ziemlich.«

»Was meint Ihr damit?«

»Wartet, bis Ihr zur Burg des Wahnsinnigen Gottes kommt.«

Falkenmond versuchte, weiter in den Ritter in Schwarz und Gold zu dringen, der rätselhafte Mann jedoch sprach nicht mehr. Er saß auf seinem Pferd und schien tief in Gedanken versunken, während Falkenmond zum Boot zurückging und Oladahn und d'Averc half, die nervösen Pferde an den Strand zu bringen und die restliche Habe und die Verpflegung, die sie gekauft hatten, auszuladen. Er fand seine alte Satteltasche und fragte sich, ob er sie wohl sicher durch alle Abenteuer bringen konnte.

Als sie fertig waren, wendete der Ritter in Schwarz und Gold stumm sein Pferd und begann ohne Pause den steilen Pfad hinanzureiten.

Die drei Gefährten jedoch mußten absteigen und konnten ihm nur langsam folgen. Einige Male stolperten die Männer, und auch die Pferde und drohten abzustürzen. Steine brachen los und hüpften tief hinunter auf den schieferfarbenen Strand. Aber schließlich hatten sie den beschwerlichen Aufstieg bewältigt. Vor ihnen lag eine sanft hügelige Ebene, die sich endlos dahinzustrecken schien.

Der Ritter in Schwarz und Gold zeigte nach Westen. »Am Morgen reiten wir in Richtung zur Pulsierenden Brücke. Dahinter liegt die Ukraine, und die Burg des Wahnsinnigen Gottes liegt viele Tagesreisen im Inneren des Landes. Wir müssen vorsichtig sein, denn auch hier sind die Truppen des Dunklen Imperiums zugegen.«

Er sah zu, wie die anderen es sich gemütlich machten. D'Averc sah zu ihm hoch. »Wollt Ihr nicht an unserem Mahl teilnehmen, Sir?« fragt er, spöttisch fast.

Aber der große, behelmte Kopf bewegte sich nicht, und sowohl der Ritter als auch das Pferd standen die ganze Nacht wie ein Standbild, unbeweglich, und schienen über die Gefährten zu wachen – vielleicht wachten sie aber auch darüber, daß die drei nicht alleine aufbrachen.

Falkenmond lag in seinem Zelt und sah hinaus auf die Silhouette des Ritters in Schwarz und Gold. Er fragte sich, ob dieser überhaupt menschlich war und ob er ihm, Falkenmond, letztendlich freundlich gesonnen war oder nicht. Er seufzte. Er wollte nur Yisselda finden, sie retten und mit ihr in die Kamarg zurückkehren, um zu sehen, ob die Provinz noch immer gegen das Dunkle Imperium aushielt. Aber sein Leben war kompliziert geworden durch dieses seltsame Mysterium des Runenstabs und durch diese Bestimmung, der er folgen mußte und die in den ›Plan‹ des Runenstabs paßte. Jedoch war der Runenstab ein Ding und keine Intelligenz. Oder war er eine Intelligenz? Er war die größte Macht, die man anrufen konnte, wenn man einen Schwur tat. Man glaubte, daß er die Geschichte der Menschheit lenkte. Warum also, fragte Falkenmond sich, brauchte er ›Diener‹, wenn ihm ja doch schließlich alle Menschen dienten?

Aber vielleicht dienten ihm gar nicht alle Menschen. Vielleicht erwuchsen von Zeit zu Zeit Mächte – wie das Dunkle Imperium –, die dem entgegenwirkten, was der Runenstab für die Menschheit bestimmt hatte. Dann brauchte der Runenstab vielleicht Diener.

Falkenmonds Gedanken verwirrten sich. Es war ihm nicht bestimmt, über solche Tiefgründigkeiten nachzudenken. Wenig später war er eingeschlafen.

2. Die Burg des Wahnsinnigen Gottes

Zwei Tage ritten sie, bis sie zur Pulsierenden Brücke kamen, die sich über das Meer spannte, von zwei Klippen aus, die einige Meilen entfernt voneinander aufragten. Die Pulsierende Brücke war ein erstaunlicher Anblick; denn sie schien nicht aus fester Substanz, sondern aus einer großen Anzahl von sich überkreuzenden, vielfarbigen Lichtstrahlen zu bestehen, die irgendwie miteinander verflochten zu sein schienen. Gold und leuchtendes Blau waren zu sehen, helles, glänzendes Scharlach, und Grün und pulsierendes Gelb. Die ganze Brücke pulsierte wie ein lebendes Organ, und unter ihr schlug die See schäumend gegen die spitzen Felsen.

»Was ist das?« fragte Falkenmond den Ritter in Schwarz und Gold. »Das ist gewiß kein natürliches Gebilde.«

»Eine uralte Schöpfung«, erwiderte dieser, »hervorgebracht von einer vergessenen Wissenschaft einer vergessenen Rasse, die irgendwann zwischen dem Fallen des Todesregens und dem Entstehen der Prinzentümer lebte. Wer sie waren, woher sie kamen und weshalb sie wieder untergingen, weiß man nicht.«

»Aber Ihr wißt es doch sicher«, meinte d'Averc gutgelaunt. »Ihr enttäuscht mich. Ich hielt Euch für allwissend.«

Der Ritter in Schwarz und Gold erwiderte nichts. Das Licht, das von der Pulsierenden Brücke ausging, spiegelte sich in ihren Rüstungen wider und tauchte sie in die verschiedensten Farben. Die

Pferde fingen an zu tänzeln und waren schwer unter Kontrolle zu halten, als sie sich der großen Lichterbrücke näherten.

Falkenmonds Pferd schnaubte und bäumte sich auf, als er es auf die Brücke zulenkte. Erst als die Hufe das pulsierende Licht betraten und das Tier feststellte, daß es sie durchaus zu tragen vermochte, wurde es ruhiger.

Der Ritter in Schwarz und Gold hatte bereits die Mitte der Brücke erreicht. Sein ganzer Körper schien in einen vielfarbigen Schein getaucht. Falkenmond bemerkte, wie das seltsame Strahlen auch ihn und sein Pferd einhüllte, genau wie d'Averc und Oladahn, die ihm zögernd folgten.

Unter ihnen, durch die sich überkreuzenden Strahlen nur schwach zu sehen, schäumte die See, und in seine Ohren drang ein melodisches Summen. Sein Körper vibrierte im Rhythmus der Brücke.

Als sie sie schließlich überquert hatten, fühlte Falkenmond sich frisch, als hätte er sich mehrere Tage ausgeruht. Er machte eine Bemerkung darüber, woraufhin der Ritter in Schwarz und Gold erklärte, daß dies eine weitere Eigenschaft der erstaunlichen Brücke sei.

Sie ritten weiter über Land, auf dem Weg zur Burg des Wahnsinnigen Gottes.

Am dritten Tag ihres Rittes begann es zu regnen, und das ständige Nieseln legte sich auf ihr Gemüt. Die Pferde trotteten über das aufgeweichte ukrainische Flachland, und es schien, als nähme dieses trostlose graue Land kein Ende.

Am sechsten Tag hob der Ritter in Schwarz und Gold den Kopf und brachte sein Pferd zum Stehen. Er bedeutete den anderen stehenzubleiben und wirkte, als lausche er.

Kurz darauf hörte auch Falkenmond das Geräusch – das Trommeln von Pferdehufen. Dann sahen sie auf einer kleinen Erhebung zu ihrer Linken einige Reiter in Schafwollkappen und Mänteln galoppieren, mit langen Speeren und Säbeln auf den Rücken.

Von Panik getrieben, sahen sie die Gefährten nicht, sondern donnerten an ihnen vorüber. Ihre Hacken hieben so fest in die Seiten ihrer Pferde, daß Blut aufspritzte.

»Was ist los?« brüllte Falkenmond ihnen zu. »Wovor flieht ihr?«

Einer der Reiter wandte sich, ohne langsamer zu werden, im Sattel um. »Eine Armee des Dunklen Imperiums!« rief er und war schon wieder fort.

Falkenmond runzelte die Brauen. »Sollen wir in dieser Richtung weiterziehen oder uns anderswohin wenden?« fragte er den Ritter.

»Nein, kein Weg ist sicher«, erwiderte der Ritter in Schwarz und Gold. »Die Richtung, in der wir ziehen, ist ebensogut wie jede andere.«

Nach etwa einer halben Stunde sahen sie in der Ferne Rauch. Es war dicker, öliger Qualm, der am Boden dahinkroch und stank. Falkenmond wußte, was diesen Qualm verursachte, sagte aber nichts. Schließlich kamen sie in eine brennende kleine Stadt, auf deren Marktplatz eine Pyramide aus toten Leibern errichtet und angezündet worden war. Die Toten, alle ausnahmslos nackt, lagen in würdelosem Durcheinander über- und nebeneinander, Kinder sah man, Frauen und Männer und selbst Tierkadaver.

Es war ein Scheiterhaufen aus Leibern, von dem der Gestank ausging, und es gab nur ein Volk, das nach Falkenmonds Wissen solche Greueltaten verübte. Die Reiter hatten recht gehabt. Soldaten des Dunklen Imperiums waren in der Nähe. Ein Bataillon mußte die Stadt genommen und geschleift haben.

Sie ritten um die Stadt herum, denn hier gab es nichts, was sie noch hätten tun können, und zogen, wachsamer als zuvor, weiter.

Oladahn, der noch nicht so viele Grausamkeiten des Dunklen Imperiums mit angesehen hatte, war offensichtlich durch das, was sie in der Stadt vorgefunden hatten, am meisten betroffen.

»Aber – normale Menschen können doch nicht – können doch nicht . . .«, stammelte er.

»Sie betrachten sich nicht als normale Menschen«, sagte d'Averc. »Sie sehen sich als Halbgötter und ihre Führer als Götter.«

»Das rechtfertigt ihre grausamen Handlungen in ihren Augen«, sagte Falkenmond. »Und abgesehen davon lieben sie es, Zerstörung herbeizuführen, Schrecken zu verbreiten, zu foltern und zu töten. Wie bei manchen Tieren, beim Vielfraß zum Beispiel, ist die Lust am Töten fast größer als der Wille zum Leben – und so ist es beim Dunklen Imperium. Die Insel hat eine Rasse von Wahnsinnigen hervorgebracht, deren Gedanken und Taten allem gegenüber feindlich sind, was nicht in Granbretanien geboren wurde.«

Der trostlose Regen hielt an, als sie die Stadt und ihre schwelende Pyramide hinter sich ließen.

»Es ist nicht mehr weit zur Burg des Wahnsinnigen Gottes«, sagte der Ritter in Schwarz und Gold.

Am nächsten Morgen gelangten sie in ein weites, flaches Tal und an einen kleinen See, auf dem grauer Nebel wogte. Jenseits des Sees sahen sie ein schwarzes, düsteres Gebilde, ein Bauwerk aus grob behauenem Stein.

Am Strand, zwischen dem Wasser und dem Bauwerk standen einige armselige windschiefe Katen, und am Ufer waren mehrere Fischerboote vertäut. Netze hingen zum Trocknen, doch nirgends rührte sich eine Menschenseele.

Der Tag war düster und kalt, und eine bedrückende Atmosphäre umgab See, Fischerdorf und Burg. Die drei Gefährten folgten dem Ritter in Schwarz und Gold nur zögernd, als er sich am Seeufer entlang auf den Weg zur Burg machte.

»Was ist eigentlich mit diesem Kult des Wahnsinnigen Gottes?« flüsterte Oladahn. »Wie viele Anhänger hat er? Und sind sie alle so besessen wie die Piraten? Unterschätzt der Ritter ihre Stärke oder überschätzt er unsere Kräfte?«

Falkenmond zuckte schweigend die Schultern. Ihn beschäftigte nur der Gedanke an Yisselda. Er betrachtete die düstere Burg und fragte sich, wo sie dort gefangen sein mochte.

Als sie das Fischerdorf erreichten, verstanden sie die unnatürliche Stille. Keiner seiner Bewohner lebte mehr. Schwerter und Äxte hatten sie niedergemetzelt. Einige der Waffen steckten noch in den Schädeln, die sie gespalten hatten.

»Das Dunkle Imperium!« rief Falkenmond aus.

Aber der Ritter in Schwarz und Gold schüttelte den Kopf. »Das ist nicht ihr Werk, nicht ihre Waffen und nicht ihre Art und Weise.«

»Aber – was?« murmelte Oladahn zitternd. »Der Kult?«

Der Ritter antwortete nicht. Statt dessen saß er ab und ging schweren Schrittes auf einen Toten zu, der in der Nähe lag. Auch die anderen stiegen ab und sahen sich wachsam um. Der Nebel vom See legte sich um sie wie eine böse Macht, die sie zu umschlingen suchte.

Der Ritter wies auf den Toten. »All jene hier waren Anhänger des Kultes. Einige dienten, indem sie fischten und so die Burg mit Nahrung versorgten. Andere lebten in der Burg. Einige von diesen hier sind aus der Burg.«

»So haben sie sich also gegenseitig bekämpft?« meinte d'Averc.

»In gewissem Sinn, vielleicht«, erwiderte der Ritter.

Plötzlich ertönte ein durch Mark und Bein dringendes Geschrei von hinter den Katen. Sofort zogen die Gefährten ihre Waffen und bildeten abwehrbereit einen Kreis.

Doch als der Angriff kam, senkte Falkenmond vor Überraschung das Schwert. Eine wilde Horde kam mit erhobenen Schwertern und Äxten zwischen den Hütten hervorgestürmt.

Die Angreifer trugen Brustpanzer und Kilts aus Leder. Ihre Augen funkelten wild, und sie hatten die Zähne wie tollwütige Hunde gefletscht.

Doch nicht das war es, was Falkenmond und seine Gefährten vor Erstaunen fast erstarren ließ – sondern ihr Geschlecht. Denn die wild kreischenden Wahnsinnigen waren Frauen von überdurchschnittlicher Schönheit.

Als Falkenmond seine Fassung einigermaßen wiedergefunden hatte, hielt er Ausschau nach Yisselda und war sehr erleichtert, daß sie sich nicht unter den Tobenden befand.

»Deshalb verlangte der Wahnsinnige Gott also nach Frauen«, stöhnte d'Averc. »Aber warum . . .«

»Er ist ein abartiger Gott«, murmelte der Ritter und stieß mit der Klinge vor, um den Hieb der vordersten Kriegerin abzuwehren.

Obgleich Falkenmond sich verzweifelt gegen die Klingen der wahnsinnigen Frauen wehrte, vermochte er es einfach nicht, selbst zum Angriff überzugehen, obwohl er mit Leichtigkeit durch Gegenstöße mehrere von ihnen hätte töten können. Seinen Gefährten schien es nicht anders zu ergehen. Während einer kurzen Gefechtspause blickte er um sich, und da kam ihm eine Idee.

»Zieht euch langsam zurück«, rief er seinen Freunden zu. »Folgt mir. Ich habe einen Plan, wie wir einen unblutigen Sieg erringen könnten.«

Langsam zogen sie sich zurück, bis sie bei den Pfosten ankamen, über die die Fischernetze zum Trocknen aufgehängt waren. Falkenmond faßte, während er sich gegen die Angreiferinnen wehrte, mit der freien Hand das Ende eines der Netze. Oladahn, der erkannte, was Falkenmond beabsichtigte, packte das andere Ende. »Jetzt!« rief Falkenmond, und sie warfen das Netz über die Köpfe der Kriegerinnen.

Die meisten von ihnen waren in den Maschen verfangen, doch einigen gelang es, sich freizukämpfen und weiter auf sie einzudringen.

Nun folgten d'Averc und der Ritter dem Beispiel der beiden anderen und schwangen ein Netz über jene, die entkommen waren. Falkenmond warf ein weiteres Netz über alle so Gefangenen, und noch einige Netze hinterher. Schließlich hielten die starken Netze die Frauen sicher gefangen, und die Gefährten konnten sie nach und nach entwaffnen.

Falkenmond keuchte, als er eines der erbeuteten Schwerter zu den anderen in den See schleuderte. »Vielleicht ist der Wahnsinnige Gott gar nicht so irr. Kriegerinnen haben immer einen gewissen Anfangsvorteil über männliche Kämpfer. Zweifellos sind sie nur ein Teil eines größeren Plans . . .«

»Ihr meint, die von den Piraten erbeuteten Schätze dienten der Aufstellung und dem Unterhalt einer Armee von Weibern?« fragte Oladahn, der ebenfalls Waffen in den See warf, während die Frauen in den Netzen langsam ruhiger wurden.

»Das mag wohl sein«, stimmte d'Averc zu. »Aber warum haben die Frauen die anderen getötet?«

»Das erfahren wir vielleicht, wenn wir die Burg erreicht haben«, sagte der Ritter in Schwarz und Gold. »Wir . . .« Er verstummte, als eines der Netze nachgab, und eine der Kriegerinnen mit zu Klauen gekrümmten Händen auf sie zustürmte. D'Averc packte sie, er schlang seine Arme um sie, daß sie die Hände nicht mehr rühren konnte, während sie mit den Füßen trat und kreischte. Oladahn trat hinzu, drehte sein Schwert um und schlug ihr mit dem Knauf auf den Kopf.

»Sosehr es mir widerstrebt«, sagte d'Averc, als er das ohnmächtige Mädchen auf den Boden legte, »scheint es mir, Ihr habt die beste Methode gefunden, mit diesen Mörderinnen fertig zu werden, Oladahn.« Er ging zum Netz und begann systematisch eine Kriegerin nach der anderen ins Land der Träume zu schicken.

Schließlich meinte er: »Wir haben sie nicht getötet – und sie haben uns nicht getötet. Eine wundervolle Lösung.«

»Ich frage mich, ob das die einzigen Kriegerinnen waren«, sagte Falkenmond düster.

»Ihr denkt an Yisselda?« fragte Oladahn.

»Ja. Ich denke an Yisselda. Kommt.« Falkenmond saß auf. »Sehen wir uns die Burg an.« Er galoppierte rasch über den Strand auf das finstere Gebäude zu. Die anderen folgten ihm etwas gemächlicher. Als letzter ritt d'Averc; sein Pferd trabte elegant dahin, er wirkte wie ein sorgloser Jüngling auf einem Morgenritt.

Je näher er der Burg kam, desto langsamer ritt Falkenmond. An der Zugbrücke ließ er sein Pferd anhalten.

In der Burg war alles still. Ein wenig Nebel umgab die Türme. Die Zugbrücke war herabgelassen, und auf ihr lagen die Leichen der Wachen.

Irgendwo über den höchsten Türmen krächzte ein Rabe und flog dann über den See.

Keine Sonne schien durch die Wolken. Es war, als hätte die Sonne hier noch nie geschienen. Es kam ihnen vor, als verließen sie die Welt, um eine andere Ebene zu betreten wo ewige Hoffnungslosigkeit und Tod zu Hause waren.

Der dunkle Eingang der Burg gähnte Falkenmond entgegen.

Die Nebel formten seltsame Gebilde, und überall herrschte bedrückende Stille. Falkenmond sog die kalte Luft tief ein, zog seine Klinge, gab dem Pferd die Sporen und jagte über die Brücke hinweg. Mit einem Satz fegte er über die Leichen, hinein in die Burg des Wahnsinnigen Gottes.

3. Falkenmonds Dilemma

Der riesige Innenhof der Burg war über und über mit Leichen bedeckt. Manche waren Kriegerinnen, doch die meisten trugen das Kettenhalsband des Wahnsinnigen Gottes. Wo keine Toten lagen, bedeckte verkrustetes Blut den Steinboden.

Falkenmonds Pferd schnaubte furchtsam, als der Gestank des

faulendes Fleisches in seine Nüstern stieg, aber er trieb es weiter, immer in Angst, er könne Yisseldas Gesicht unter den Toten finden.

Er stieg ab und drehte die steifen Körper einiger Frauen herum, Yisselda war nicht dabei.

Der Ritter in Schwarz und Gold kam in den Hof, Oladahn und d'Averc hinter ihm. »Sie ist nicht hier«, sagte der Ritter. »Sie lebt – drinnen.«

Falkenmond sah ihn an, seine Hand zitterte, als er den Zügel seines Pferdes ergriff. »Hat – hat er ihr etwas angetan, Ritter?«

»Das müßt Ihr selbst sehen, Herzog Dorian.« Der Ritter in Schwarz und Gold zeigte auf den Haupteingang der Burg. »Ein kurzer Gang führt in die große Halle; dort sitzt er und wartet auf Euch . . .«

»Er weiß von mir?«

»Er weiß, daß der rechtmäßige Besitzer des Roten Amuletts kommen muß, um zu holen, was ihm gehört . . .«

»Das Rote Amulett ist mir gleichgültig. Mich interessiert nur Yisselda. Wo ist sie, Ritter?«

»Wie ich sagte, im Innern der Burg. Geht, und holt Euch, was Euch gehört, Frau und Amulett. Beide sind wichtig für den Plan des Runenstabs.«

Das Burginnere war unglaublich kalt. Wasser tropfte von der Decke des Korridors, und Moos wuchs an den Wänden. Mit der Klinge in der Hand, jeden Augenblick auf einen Angriff gefaßt, schlich Falkenmond den Gang entlang. Doch er erreichte ungestört eine große, hölzerne Tür, die etwa zwanzig Fuß hoch aufragte, und hielt an.

Hinter der Tür ertönte ein seltsam dröhnendes Geräusch, das Murmeln einer tiefen Stimme, das die ganze Halle dahinter zu füllen schien. Vorsichtig drückte Falkenmond gegen die Tür, und sie gab lautlos nach. Er spähte durch den Spalt in einen riesigen, bizarren Raum.

Die Halle selbst wirkte eigenartig verzerrt. An manchen Stellen hing die Decke ganz tief herab, während sie sich an anderen bis zu fünfzig Fuß in die Höhe schwang. Es gab keine Fenster. Das einzige

Licht kam von den Fackeln, die in unregelmäßigen Abständen in Haltern an den Wänden steckten.

In der Mitte des Saals, auf dessen Boden zwei oder drei Leichen lagen, wie sie gefallen waren, stand ein Thronsessel aus schwarzem Holz mit Messingeinlagen. Unmittelbar davor schwang ein großer Käfig von der hier sehr niedrigen Decke. Eine zusammengekauerte Gestalt befand sich darin.

Ansonsten war der riesige Raum menschenleer, Falkenmond trat ein und bewegte sich leise auf den Käfig zu.

Falkenmond erkannte, daß dieses verzweifelt klingende, murmelnde Geräusch von dort kam, er konnte es jedoch kaum glauben, da es so kräftig war.

Er erreichte den Käfig und sah im unsteten Licht eine zusammengekauerte Gestalt.

»Wer seid Ihr?« erkundigte sich Falkenmond. »Ein Gefangener des Wahnsinnigen Gottes?«

Das stöhnende Murmeln verstummte, und die Gestalt bewegte sich. »So könnte man sagen«, erwiderte eine tiefe, hallende, melancholische Stimme. »Der unglücklichste aller Gefangenen.«

Inzwischen hatten Falkenmonds Augen sich an die Düsternis gewöhnt, und er sah den Mann im Käfig deutlicher. Er war groß und dünn und hatte einen langen, hageren Hals. Seine bis zur Schulter hängenden grauen Strähnen waren schmutzverfilzt, genau wie der Spitzbart, der bis über seine Brust reichte. Seine Nase erinnerte an den Schnabel eines Vogels, und seine tiefliegenden Augen verrieten den melancholischen Wahnsinn.

»Kann ich Euch helfen?« fragte Falkenmond. »Soll ich die Gitterstäbe auseinanderstemmen?«

Der Mann zuckte die Schultern. »Die Käfigtür ist nicht verschlossen. Nicht der Käfig ist mein Gefängnis, sondern mein eigener dröhnender Schädel. Habt Mitleid mit mir.«

»Wer seid Ihr?«

»Ich bin aus der einst so großen Familie der Stalnikoff.«

»Und der Wahnsinnige Gott bemächtigte sich Eurer?«

»Genau, so ist es. Er bemächtigte sich meiner.« Der Gefangene in dem unversperrten Käfig betrachtete Falkenmond wehmütig. »Wer seid Ihr?«

»Ich bin Dorian Falkenmond, Herzog von Köln.«

»Ein Deutscher?«

»Köln gehörte einst zu einem Land namens Germania.«

»Ich habe Angst vor den Deutschen.« Stalnikoff rutschte auf die Falkenmond entgegengesetzte Käfigseite zu.

»Ihr braucht keine Angst vor mir zu haben.«

»Nein?« Stalnikoff kicherte, und der irre Klang erfüllte die Halle. »Nein?« Er griff unter sein Wams und zog an etwas, das an einem langen Lederband um seinen Hals hing. Das Etwas, das zum Vorschein kam, glühte in einem tiefen, roten Licht wie ein von innen leuchtender riesiger Rubin. Falkenmond sah in ihm das Zeichen des Runenstabs. »Nein? So seid Ihr nicht der Deutsche, der mir meine Macht rauben will?«

»Das Rote Amulett!« stieß Falkenmond hervor. »Wie kommt Ihr dazu?«

»Warum?« Stalnikoff richtete sich auf und grinste verzerrt. »Ich trage es seit dreißig Jahren, als einer meiner Gefolgsleute den Krieger erschlug, dem es gehörte.« Er spielte mit dem Amulett. Sein Licht funkelte in Falkenmonds Augen und blendete ihn ein wenig. »*Dies* ist der Wahnsinnige Gott! *Dies* ist es, was mich gefangenhält!«

»Ihr seid also der Wahnsinnige Gott! Wo ist meine Yisselda?«

»Yisselda? Das Mädchen mit dem blonden Haar und der weichen, weißen Haut? Was interessiert es Euch?«

»Sie ist mein!«

»Ihr wollt nicht das Amulett?«

»Ich will Yisselda!«

Der Wahnsinnige Gott lachte. Sein Gelächter erfüllte jeden Winkel des gewaltigen Raums und schallte in unzähligen Echos wider. »Dann sollt Ihr sie haben, Deutscher!«

Er klatschte in seine klauengleichen Hände, seine Bewegungen glichen denen einer schlaffen Marionette, und der ganze Käfig schwang hin und her. »Yisselda, mein Mädchen! Yisselda, komm und diene deinem Meister!«

Aus dem Teil der Halle, wo die Decke am tiefsten hing, erschien eine Gestalt. Falkenmond sah sie silhouettenhaft, war sich aber nicht sicher, ob es Yisselda war. Er zog das Schwert und schritt auf sie zu. Ja – die Bewegungen – die Haltung – ja, es war Yisselda.

Er lächelte erleichtert und streckte die Arme nach ihr aus, um sie an sich zu drücken.

Dann ertönte ein tierisches Kreischen, und das Mädchen rannte auf ihn zu und stieß ihre mit Metallkrallen verlängerten Finger nach seinen Augen, wobei ihr Gesicht von Blutlust verzerrt war. Aus ihrer Kleidung, die den Körper völlig einhüllte, ragten lange, spitze Stacheln hervor.

»Töte ihn, mein Täubchen«, kicherte der Wahnsinnige Gott. »Töte ihn, dann erhältst du als Belohnung seinen Kadaver.«

Falkenmond hob die Hände, um die Metallkrallen abzuwehren, dabei wurde ihm der Handrücken seiner Linken tief aufgerissen. Hastig sprang er zurück. »Nein, Yisselda!« rief er beschwörend. »Ich bin es, Dorian . . .«

Aber die Augen, aus denen der Wahnsinn sprach, verrieten keine Spur von Erkennen, und Speichel träufelte aus dem Mund des Mädchens, als sie erneut mit den Metallkrallen ausholte. Noch weiter sprang Falkenmond zurück. »Yisselda . . .« flehte er vergeblich.

Der Wahnsinnige Gott kicherte und rüttelte an den Gitterstäben des Käfigs. »Töte ihn, mein Täubchen. Zerreiß ihm die Kehle!«

Falkenmond war den Tränen nahe, als er hierhin und dorthin sprang, um Yisseldas Krallen auszuweichen.

Er rief Stalnikoff zu. »Welcher Macht gehorcht sie, die sie ihre Liebe zu mir vergessen läßt?«

»Sie gehorcht der Macht des Wahnsinnigen Gottes, genau wie auch ich«, erwiderte der Befragte. »Das Rote Amulett macht alle zu Sklaven!«

»Nur wenn es in den Händen einer bösen Kreatur ist . . .« Falkenmond hechtete zur Seite, als Yisseldas Krallen nach ihm schlugen. Er stolperte auf die Füße und rannte auf den Käfig zu.

»Es macht alle, die es tragen, böse«, erwiderte Stalnikoff kichernd, während die Metallklauen Falkenmonds Kragen aufschlitzten. »Alle . . .«

»Alle, außer einem Diener des Runenstabs!«

Die Stimme erklang vom Eingang der Halle, sie gehörte dem Ritter in Schwarz und Gold.

»Helft mir«, sagte Falkenmond.

»Ich kann nicht«, erwiderte der Ritter. Er stand bewegungslos im Eingang, seine gepanzerten Hände ruhten auf dem Schwertknauf, die Waffe ruhte blankgezogen mit der Spitze auf dem Boden vor ihm.

Falkenmond stolperte. Er spürte, wie Yisseldas Krallen sich in seinen Rücken gruben. Er hob die Hände, um ihre Handgelenke zu packen. Vor Schmerz schrie er auf, als die Stacheln sich in seine Handflächen bohrten, aber es gelang ihm, sich von ihren Krallen zu befreien, sie von sich zu stoßen und auf den Käfig zuzustürzen, wo sich der Wahnsinnige Gott vor Vergnügen schüttelte.

Falkenmond sprang zum Käfig hoch, der sich daraufhin zu drehen begann. Yisselda streckte die Krallen nach ihm aus, erreichte ihn jedoch nicht.

Stalnikoff hatte sich in die äußerste Ecke des Käfigs verkrochen. Seine irren Augen waren nun furchterfüllt. Es gelang Falkenmond, die Tür zu öffnen, in den Käfig zu klettern, und die Tür hinter sich zu schließen. Yisselda heulte in ihrer Blutlust vor Enttäuschung auf, das Licht des Amuletts färbte ihre Augen scharlachrot.

Nun brach Falkenmond in Tränen aus, als er einen Blick auf die Frau warf, die er liebte. Dann wandte er sein haßerfülltes Gesicht dem Wahnsinnigen Gott zu.

Stalnikoffs noch immer kraftvolle Stimme dröhnte durch die Halle. Er nahm das Amulett zwischen die Finger und lenkte das Licht in Falkenmonds Augen. »Zurück, Sterblicher! Gehorche mir – gehorche der Macht des Roten Steines!«

Falkenmond blinzelte. Eine betäubende Schwäche erfüllte ihn plötzlich. Seine Augen vermochten sich nicht von dem leuchtenden Amulett zu lösen. Er spürte, wie seine Macht auf ihn übergriff.

»Jetzt«, sagte Stalnikoff, »jetzt wirst du dich deinem Gegner ergeben.«

Aber Falkenmond nahm nun seine ganze Kraft zusammen und tat einen Schritt vorwärts. Das bärtige Kinn des Wahnsinnigen Gottes senkte sich vor Erstaunen. »Ich befehle dir im Namen des Roten Amuletts . . .«

Von der Tür erklang erneut die sonore Stimme des Ritters. »Er ist der einzige, den das Amulett nicht zu beherrschen vermag. Er ist sein rechtmäßiger Besitzer.«

Stalnikoff zitterte und drückte sich gegen die Gitterstäbe, als Falkenmond, immer noch geschwächt, auf ihn zukam.

»Zurück!« kreischte der Wahnsinnige Gott. »Verlaßt den Käfig!«

Inzwischen war es Yisselda gelungen, die Gitter des Käfigs zu packen, und sie zog ihren metallbewehrten Körper daran hoch.

Ihre Augen blickten noch immer voller Mordlust auf Falkenmonds Kehle.

»Zurück!« Stalnikoffs Stimme hatte ein wenig an Kraft eingebüßt. Er erreichte die Tür des Käfigs und trat sie auf.

Yisselda hing nun mit gefletschten Zähnen außen am Käfig, das wunderschöne Gesicht war zu einer Maske des Wahnsinns verzerrt. Der Wahnsinnige Gott hatte ihr den Rücken zugewendet und das Rote Amulett auf Falkenmond gerichtet.

Yisseldas Kralle schoß vor und riß Stalnikoff den Hinterkopf auf, er brüllte und sprang auf den Boden hinunter. Jetzt erblickte Yisselda Falkenmond wieder und schickte sich an, in den Käfig zu kommen.

Falkenmond wußte, daß mit seiner dem Irrsinn verfallenen Verlobten im Augenblick nicht zu sprechen war. Er nahm all seine Kraft zusammen, duckte sich unter ihren Krallen vorbei, und landete auf dem unebenen Steinboden, wo er einen Augenblick atemlos liegenblieb.

Schwerfällig erhob er sich wieder, als auch Yisselda sich fallen ließ.

Der Wahnsinnige Gott kletterte auf die Rückenlehne des Thronsessels, unmittelbar außerhalb des Käfigs, wo er sich zusammenkauerte. Das Rote Amulett, das um seinen Hals baumelte, warf ein seltsames, rotes Licht auf Falkenmonds Gesicht. Blut strömte über seine Schultern aus der Wunde, die Yisseldas Krallen gerissen hatten.

Stalnikoff zitterte vor Entsetzen, als Falkenmond den Thronsessel erreicht hatte und auf die Armlehnen gestiegen war. »Ich flehe Euch an, laßt mich – ich werde Euch nichts Böses tun . . .«

»Ihr habt mir bereits genug angetan«, sagte Falkenmond und zog sein Schwert. »Genug, um die Rache zu versüßen.«

Stalnikoff lehnte sich so weit zurück, wie er nur konnte. »Yisselda – halt ein!« rief er. »Nimm dein früheres Wesen wieder an. Ich befehle es dir bei der Macht des Roten Amuletts!«

Falkenmond drehte sich um und sah, daß Yisselda stehengeblieben war und sich verwirrt umblickte. Ihre Lippen öffneten sich vor Entsetzen, als sie auf die Metallkrallen an ihren Händen und die eisernen Stacheln an ihrem engen Anzug starrte. »Was – was ist geschehen?« stammelte sie. »Was hat man mit mir gemacht?«

»Du wurdest von dieser Bestie hier hypnotisiert«, krächzte Falkenmond heiser und deutete mit dem Schwert auf Stalnikoff. »Aber er wird dafür bezahlen.«

»Nein!« schrillte der Wahnsinnige Gott. »Das ist nicht recht!«

Yisselda brach in Tränen aus.

Stalnikoff sah sich suchend um. »Wo sind meine Diener – meine Kriegerinnen?«

»Ihr habt sie einander töten lassen, um Eures perversen Vergnügens willen«, brummte Falkenmond. »Und die, die noch leben, nahmen wir gefangen.«

»Meine Kriegerinnen!« heulte der Wahnsinnige Gott. »Ihre Schönheit sollte die ganze Ukraine besiegen, mir mein Erbe zurückgewinnen . . .«

»Dieses Erbe ist hier«, erklärte Falkenmond und hob das Schwert.

Stalnikoff sprang vom Sessel und rannte zur Tür, schwenkte jedoch seitwärts in die Dunkelheit ab, als er sah, daß sie durch den Ritter in Schwarz und Gold blockiert war.

Falkenmond stieg vom Sessel und beugte sich über Yisselda, die schluchzend auf dem Boden kauerte. Sanft löste er die blutbefleckten Metallkrallen von ihren Fingern.

Sie blickte auf. »O Dorian. Wie hast du mich gefunden? Oh, mein Liebster . . .«

»Dank des Runenstabs«, ertönte wieder die Stimme des Ritters in Schwarz und Gold.

Falkenmond drehte sich um und lachte vor Erleichterung. »Ihr gebt nicht nach, Ritter, hm?«

Der Ritter in Schwarz und Gold erwiderte nichts, sondern stand wie eine Statue ohne Gesicht im Eingang.

Falkenmond half dem Mädchen aus dem stachelbewehrten Anzug.

»Findet den Wahnsinnigen Gott«, mahnte der Ritter. »Vergeßt nicht, das Rote Amulett gehört Euch. Es wird Euch Macht geben.«

Falkenmond runzelte die Stirn. »Und mich ebenfalls in den Wahnsinn treiben.«

»Narr! Es ist rechtmäßig Euer Eigentum!«

Der Ton in der Stimme des Ritters rüttelte Falkenmond auf. Er spähte in die Dunkelheit, in der der Wahnsinnige Gott Zuflucht gesucht hatte.

»Stalnikoff!« brüllte er.

In der entferntesten Ecke des Raums glühte ein winziger roter Funke. Falkenmond zog den Kopf ein und ging darauf zu. Er hörte ein Schluchzen, das in seinen Ohren widerhallte.

Falkenmond näherte sich beständig der Quelle des roten Glühens. Das seltsame Weinen wurde immer lauter. Schließlich erstrahlte das Rot äußerst hell, und in dem Schein sah er den Träger des Amuletts, der sich gegen eine Wand aus grob behauenen Steinen stützte und ein Schwert in der Hand hielt.

»Dreißig Jahre lang habe ich auf dich gewartet, Deutscher«, sagte er plötzlich mit fast ruhiger Stimme. »Ich wußte, du würdest kommen, um meine Pläne und Ideale zu zerstören und alles zu vernichten, für das ich gelebt habe. Und doch hoffe ich, diese Gefahr abwenden zu können. Vielleicht ist es sogar jetzt noch möglich.«

Mit gewaltigem Brüllen hob er das Schwert und hieb auf Falkenmond ein.

Falkenmond wehrte den Hieb ohne Schwierigkeiten ab und drehte die Klinge des anderen, daß Stalnikoff sie loslassen mußte. Die Spitze seiner eigenen drückte leicht gegen die Brust des Gegners.

Einen kurzen Moment blickte der Herzog von Köln den zitternden Wahnsinnigen überlegend an. Das Licht des Amuletts färbte ihre Gesichter rot. Stalnikoff räusperte sich, als wollte er um Gnade bitten, doch dann ließ er die Schultern hängen.

Falkenmond stieß die Klinge ins Herz des Wahnsinnigen Gottes. Danach drehte er sich auf dem Absatz und ließ ihn und das Rote Amulett, wo sie lagen.

4. Die Macht des Amuletts

Falkenmond legte seinen Umhang über Yisseldas nackte Schultern. Das Mädchen zitterte von den Nachwirkungen des Ausgestandenen und gleichzeitig vor Freude über das Wiedersehen mit Falkenmond. Der Ritter in Schwarz und Gold stand noch immer bewegungslos am Eingang.

Während Falkenmond Yisselda in die Arme nahm, begann der Ritter sich wieder zu bewegen. Er durchquerte die Halle und tauchte in der Dunkelheit unter, wo die Leiche Stalnikoffs, des Wahnsinnigen Gottes, lag.

»O Dorian«, schluchzte Yisselda. »Du kannst dir nicht vorstellen, was ich in den vergangenen Monaten alles durchgemacht habe. Einmal war ich von einer, dann von einer anderen Gruppe gefangen, während wir Hunderte von Meilen durchs Land zogen. Ich weiß nicht einmal, wo dieser schreckliche Ort hier liegt. Ich habe keine Erinnerung an die letzten Tage, nur ganz schwach entsinne ich mich eines Alptraums, in dem ich gegen ein furchtbares Verlangen ankämpfte, dich zu töten . . .«

Falkenmond drückte sie fest an sich. »Ein Alptraum, Geliebte, mehr war es nicht. Komm, brechen wir auf und kehren zur Kamarg in die Sicherheit zurück. Erzähle mir, was ist mit deinem Vater und den anderen?«

Ihre Augen weiteten sich. »Weißt du es nicht? Ich dachte, du wärst erst dorthin zurückgekehrt, ehe du nach mir suchtest.«

»Ich habe nichts als Gerüchte vernommen. Wie geht es Bowgentle? Von Villach? Graf Brass . . .?«

Sie senkte den Blick. »Von Villach wurde an der Nordgrenze im Kampf gegen die Granbretanier durch eine Flammenlanze getötet. Graf Brass . . .«

»Ja?«

»Als ich ihn das letzte Mal sah, lag er im Krankenbett. Selbst Bowgentles Heilkünste schienen ihm nicht helfen zu können. Es war, als hätte er jeden Wunsch zu leben verloren. Er sagte, die Kamarg würde bald fallen – er hielt dich für tot, als du nicht in der vorausberechneten Zeit zurückkamst.«

Falkenmonds Augen blitzten wie kaltes Eisen. »Ich muß sofort zur Kamarg zurück – selbst wenn es nur dazu wäre, Graf Brass den Lebenswillen zurückzugeben. Daß auch du noch verschwandest, muß ihn schwer getroffen haben.«

»Wenn er überhaupt noch lebt«, sagte sie leise.

»Er muß leben. Wenn die Kamarg noch steht, dann lebt auch Graf Brass noch.«

Auf dem Gang zum großen Thronsaal dröhnten eilige Schritte. Falkenmond stellte sich vor Yisselda und zog sein Schwert.

Die Tür wurde aufgestoßen, und Oladahn stand keuchend vor ihnen, d'Averc folgte ihm dicht auf.

»Granbretanier«, stieß der Kleine hervor. »Mehr als wir bekämpfen könnten. Sie durchsuchen wahrscheinlich die Burg und die Gegend nach Beute und Überlebenden.«

D'Averc drängte sich an dem kleinen Bepelzten vorbei. »Ich versuchte, mit ihnen zu reden, sie zu überzeugen, daß ich das Recht habe, sie zu befehligen, da mein Rang höher ist als der ihres Anführers, aber ...« Er zuckte die Schultern, »offensichtlich habe ich überhaupt nichts mehr zu sagen. Der verdammte Ornithopterpilot lebte wohl noch lange genug, um einem Suchtrupp zu verraten, daß ich mich zu dumm anstellte, Euch gefangenzuhalten. Nun bin ich nicht weniger ein Gesetzloser als Ihr.«

Falkenmonds Gesicht verfinsterte sich. »Kommt beide herein und verriegelt die Tür. Sie ist vielleicht stark genug, um einem Angriff standzuhalten.«

»Ist sie der einzige Zugang?« D'Averc betrachtete sie abschätzend.

»Vermutlich«, sagte Falkenmond. »Doch darüber können wir uns später Gedanken machen.«

Der Ritter in Schwarz und Gold kam aus der Düsternis zurück. Von einer Hand baumelte an einem blutigen Lederband das Rote Amulett.

Der Ritter war bedacht, das Amulett selbst nicht zu berühren, er hielt es Falkenmond entgegen, als d'Averc und Oladahn die Türe versiegelten.

»Hier«, murmelte er. »Es gehört Euch.«

Falkenmond zuckte zurück. »Ich will es nicht. Bleibt mir damit vom Leibe. Etwas Böses geht von ihm aus. Es ist schuld am Tode vieler und an ihrem und anderer Wahnsinn. Selbst der bedauerliche Stalnikoff war nichts weiter als sein Opfer. Behaltet es. Findet einen anderen, der bereit ist, es zu tragen.«

»Ihr müßt es tragen!« klang die Stimme aus dem Helm. »Nur Ihr dürft es.«

»Ich werde es nicht nehmen!« Falkenmond zeigte auf Yisselda. »Dieses Ding machte aus dem zarten Mädchen hier ein blutgieriges Monster. All jene, die wir im Fischerdorf sahen, starben durch die Macht des Roten Amuletts. All jene, die sich uns entgegenstellten, waren dem Wahnsinn verfallen – durch das Rote Amulett. All jene, die erschlagen im Hof liegen, sind Opfer des Roten Amuletts.« Er schlug dem Ritter das Ding aus der Hand. »Ich will es nicht. Wenn es das ist, was der Runenstab hervorbringt, will ich nichts davon wissen!«

»Das ist, was Menschen – Narren wie Ihr – damit machen«, sagte der Ritter in Schwarz und Gold mit seiner ernsten ausdruckslosen Stimme. »Es ist Eure Pflicht als der erwählte Diener des Runenstabs, die Gabe anzunehmen. Es wird Euch nichts anhaben. Es gibt Euch nichts außer Macht.«

»Macht, um zu zerstören und um andere zum Wahnsinn zu treiben?«

»Macht, Gutes zu tun – Macht, die Horden des Dunklen Imperiums zu bekämpfen.«

In diesem Augenblick krachte etwas gegen die Tür, und Falkenmond wußte, daß die Krieger Granbretaniens sie gefunden hatten.

»Sie sind in der Überzahl«, sagte Falkenmond. »Wird das Amulett uns die Macht geben, ihnen durch jene Tür zu entkommen, wenn es keinen anderen Ausweg gibt?«

»Es wird Euch helfen«, versicherte ihm der Ritter in Schwarz und Gold und hob das Amulett wieder an seinem Band vom Boden auf.

Die Tür ächzte unter dem Druck und den Schlägen derer auf der anderen Seite.

»Wenn es so viel Gutes tun kann, weshalb berührt Ihr es dann nicht selber?« fragte Falkenmond.

»Das steht nur Euch zu. Täte ich es, geschähe mir das gleiche wie Stalnikoff. Hier, nehmt es. Seinetwegen kamt Ihr hierher.«

»Ich kam hierher, um Yisselda zu retten. Das habe ich getan.«

»Das war der Grund für ihr Hiersein.«

»So war es ein Trick, um mich hierherzulocken . . .?«

»Nein, es war ein Teil des Planes. Aber Ihr sagt, Ihr kamt, um sie zu retten, und dennoch weigert Ihr Euch, das Mittel zu benutzen, das Euch und sie sicher aus dieser Burg bringen kann. Gibt diese Türe nach, werden die Krieger Granbretaniens euch alle niedermachen. Und Yisseldas Schicksal mag noch schlimmer sein als das Eure . . .«

Ein Spalt öffnete sich in der Tür. Oladahn und d'Averc sprangen mit erhobenen Schwertern zurück. Verzweiflung zeichnete ihre Züge.

»Gleich werden sie hier sein«, sagte d'Averc. »Lebt wohl, Oladahn – und auch Falkenmond. Ihr wart weniger langweilige Gefährten als einige andere ...«

Falkenmond betrachtete das Amulett. »Ich weiß nicht, wie ...«

»Vertraut meinen Worten«, sagte der Ritter in Schwarz und Gold. »Ich habe Euch schon mehrere Male gerettet. Hätte ich das getan, um Euch hier zu vernichten?«

»Vernichten wohl nicht – aber damit liefere ich mich einer bösen Macht aus. Wie will ich wissen, daß ich ein Diener des Runenstabs bin? Ich habe nur Euer Wort, daß ich ihm diene, und nicht einer finsteren Macht!«

»Die Tür gibt nach!« brüllte Oladahn. »Herzog Dorian, wir brauchen Eure Hilfe. Laßt den Ritter mit Yisselda fliehen, wenn er kann!«

»Rasch«, sagte der Ritter und streckte Falkenmond das Amulett erneut entgegen. »Nehmt es und rettet wenigstens das Mädchen.«

Einen Augenblick zögerte er noch, dann nahm Falkenmond das Amulett. Es schmiegte sich wie ein lebendes Wesen in seine Hand – wie ein außerordentlich mächtiges, lebendes Wesen. Sein rotes Licht schien kräftiger zu strahlen; es durchflutete jeden Winkel des seltsamen Saales. Falkenmond fühlte Kraft aus ihm in sich überströmen, und ein Gefühl des Wohlbehagens beflügelte ihn. Seine Bewegungen waren nun geschmeidig und sehr schnell, die Ereignisse des vergangenen Tages schienen nicht länger auf ihm zu lasten. Lächelnd streifte er sich das blutverschmierte Lederband über den Kopf. Er bückte sich und küßte Yisselda, und mit diesem wundervollen Gefühl, das durch seinen Körper schoß, wirbelte er herum, um sich mit dem Schwert in der Hand der heulenden Horde zu stellen.

Schließlich fiel die Türe in den Saal, dahinter standen in lauernder Haltung die keuchenden Bluthunde Granbretaniens. Tigermasken aus emailleverziertem Metall und Halbedelsteinen glänzten, und Waffen richteten sich auf die kleine Gruppe, die im Saal wartete.

Der Führer der Granbretanier trat vor. »So viel Mühe wegen so weniger«, keuchte er. »Brüder, das sollen sie uns bezahlen.«

Und dann begann das Töten.

5. Das Gemetzel im Thronsaal

»Beim Runenstab«, murmelte Falkenmond heiser. »Diese Kraft in mir!«

Dann sprang er vor, die große Klinge pfiff durch die Luft und brach den metallgepanzerten Hals des vordersten Kriegers, der Rückhandschlag traf den Mann zur Linken, der zu Boden geschleudert wurde, und der folgende Hieb durchschnitt die Rüstung des Mannes zu seiner Rechten.

Blut und verbogenes Metall waren plötzlich überall. Das Licht des Amuletts warf scharlachrote Schatten auf die Masken der Krieger, als Falkenmond seine Gefährten zum Angriff führte – das war das letzte, was die Granbretanier erwartet hatten.

Aber das Leuchten des Amuletts blendete sie. Sie hoben ihre eisengeschützten Arme vor die Augen und hielten ihre Waffe in der anderen Hand, verwirrt über die Geschwindigkeit, mit der Falkenmond, Oladahn und d'Averc gegen sie vorgingen. Den dreien folgte der Ritter in Schwarz und Gold, dessen gewaltiges Breitschwert sich wie mühelos in einem alles vernichtenden Kreis schwang.

Ein Klirren und Brüllen von den Granbretaniern erklang, als die vier, mit Yisselda immer in ihrem Rücken, sie in den Saal trieben.

Sechs fluchende Axtträger drangen auf Falkenmond ein und versuchten ihn davon abzuhalten, sein tödliches Schwert zu schwingen. Aber der junge Herzog von Köln trat nach einem, stieß einen zweiten mit dem Ellbogen zur Seite und brachte die Klinge auf den dritten herab, daß sie nicht nur den Helm, sondern auch den Schädel darunter spaltete. Die Klinge wurde bei dieser Arbeit rasch stumpf, und Falkenmond benutzte sie mehr als Axt denn als Schwert. Er entriß einem seiner Angreifer die Klinge, ohne jedoch seine wegzuwerfen. Mit dem neuen Schwert hieb er, mit dem alten hackte er auf die Angreifer ein.

»Ah«, flüsterte er anerkennend. »Das Rote Amulett ist seinen Preis wert.« Es baumelte von seinem Hals und verwandelte sein rachedurstiges, schweißüberströmtes Gesicht in eine rote Dämonenmaske.

Schließlich versuchten die Krieger, zur Tür zu fliehen, doch der

Ritter und d'Averc standen dort und hieben sie nieder, als sie an ihnen vorbeigelangen wollten.

Flüchtig sah Falkenmond Yisselda, sie hatte das Gesicht in den Händen vergraben, um das Gemetzel nicht mit ansehen zu müssen, das Falkenmond und seine Gefährten unter den Granbretaniern anrichteten. »Oh, es ist eine süße Rache, diese Kadaver zu erschlagen«, sagte Falkenmond. »Sieh nur hin, Yisselda – dies ist unser Triumph!« Aber das Mädchen blickte nicht auf.

An vielen Stellen des Saales häuften sich nun die Leichen der Niedergestreckten. Falkenmond keuchte und suchte nach weiteren, denen er den Garaus machen könnte, aber es waren keine mehr übrig. Er ließ die fremde Klinge fallen und steckte die eigene in die Scheide. Die Blutlust verließ ihn ebenso rasch, wie sie gekommen war. Er runzelte die Brauen, als er sich das Rote Amulett genauer ansah. Ein einfacher, mit Runen beschnitzter Stab war dort eingeschnitten.

»So«, murmelte er. »Deine erste Hilfe war es also, mich beim Töten zu unterstützen. Ich frage mich immer noch, ob du nicht mehr eine Macht des Bösen als des Guten bist ...« Das Licht aus dem Amulett flackerte und wurde schwächer. Falkenmond blickte den Ritter in Schwarz und Gold an. »Das Amulett glänzt nicht mehr – was bedeutet das?«

»Nichts«, erwiderte der Ritter. »Es zieht seine Kraft aus einer großen Entfernung in sich, das kann es nicht über einen längeren Zeitraum hinweg tun. Es wird wieder leuchten.« Er hielt inne und wandte den Kopf. »Ich höre Schritte, die Krieger hier waren wohl nicht die gesamte Streitmacht.«

»Dann wollen wir ihnen entgegengehen«, sagte d'Averc mit einer tiefen Verbeugung und ließ Falkenmond den Vortritt. »Nach Euch, mein Freund! Ihr scheint mir am besten gerüstet, der erste zu sein.«

»Nein«, sagte der Ritter in Schwarz und Gold. »Ich werde gehen. Das Amulett ist für eine Weile außer Kraft. Kommt.«

Vorsichtig traten sie durch die zerborstene Tür. Falkenmond mit Yisselda als letzter. Sie blickte ihn fest an. »Ich bin froh, daß du sie getötet hast«, murmelte sie. »Obgleich ich nicht gerne sehe, wenn der Tod so mitleidlos kommt.«

»Sie leben ohne Mitleid«, erklärte ihr Falkenmond sanft, »und sie verdienen es, ohne Mitleid zu sterben. Nur so kann man den Granbretaniern begegnen. Nun müssen wir uns weiteren von ihnen stellen. Sei tapfer, Geliebte, denn die schlimmste Gefahr liegt noch vor uns.«

Vor ihnen kämpfte der Ritter in Schwarz und Gold bereits gegen die ersten der neuen Truppe. Er schwang sein Schwert mit solcher Heftigkeit, daß sie in der Enge des Ganges zurückstolperten, wozu offenbar auch die Tatsache beitrug, daß keiner ihrer Gegner schwer verletzt zu sein schien, während gut zwei Dutzend ihrer Kameraden offensichtlich den Tod im Inneren des Saals gefunden hatten.

Die Soldaten des Dunklen Imperiums zogen sich auf den mit Leichen übersäten Hof zurück und versuchten sich nun zu formieren. Die vier, die auf sie zukamen, waren von Kopf bis Fuß in Blut gebadet und bildeten einen schrecklichen Anblick, als sie in das Tageslicht hinaustraten.

Immer noch fiel der Regen, und es war kalt, aber gerade das erfrischte Falkenmond und seine Gefährten, und ihr jüngster Erfolg gab ihnen das Gefühl von Unbesiegbarkeit. D'Averc und Oladahn fletschten grinsend die Zähne wie Wölfe und mit solch grimmiger Selbstsicherheit, daß die Granbretanier mit dem Angriff zögerten, obgleich sie zahlenmäßig bei weitem überlegen waren. Der Ritter in Schwarz und Gold hob einen behandschuhten Finger und deutete auf die Zugbrücke. »Zurück!« befahl er mit ernster Stimme. »Oder wir müssen euch vernichten, wie wir eure Kameraden vernichtet haben.«

Falkenmond fragte sich, ob der Ritter nur bluffte oder ob er tatsächlich glaubte, daß sie auch ohne Hilfe des Roten Amuletts so viele erschlagen könnten.

Doch noch ehe er sich dessen klar war, stürmte ein weiterer Trupp Krieger über die Zugbrücke. Sie trugen die Waffen von Gefallenen und schäumten vor Wut.

Die Kriegerinnen des Wahnsinnigen Gottes hatten sich aus den Netzen befreit.

»Zeigt ihnen das Amulett«, flüsterte der Ritter in Schwarz und Gold Falkenmond zu. »Sie sind gewohnt, ihm zu gehorchen.«

»Aber sein Licht ist erloschen«, protestierte Falkenmond.

»Das macht nichts. Zeigt es ihnen!«

Falkenmond zog sich das Rote Amulett über den Kopf und zeigte es den heulenden Frauen.

»Im Namen des Roten Amuletts befehle ich euch, nicht uns anzugreifen, sondern diese . . .« Er deutete auf die ratlosen Granbretanier. »Kommt, ich führe euch an.«

Falkenmond sprang vorwärts. Sein stumpfes Schwert fällte den vordersten Krieger, noch ehe dieser erfaßt hatte, was vor sich ging.

Die Frauen waren den Soldaten des Dunklen Imperiums nicht nur zahlenmäßig überlegen, sondern auch in ihrer Blut- und Vernichtungslust, so daß d'Averc den anderen zurief: »Sollen sie es zu Ende bringen – wir können uns nun zurückziehen.«

Falkenmond zuckte die Schultern. »Bestimmt treiben sich noch mehr von den granbretanischen Horden in der Gegend herum. Es ist nicht ihre Art, sich allzuweit von ihrer Hauptmacht zu entfernen.«

»Folgt mir«, rief der Ritter in Schwarz und Gold. »Es scheint mir an der Zeit, die Bestien des Wahnsinnigen Gottes freizulassen.«

6. Die Bestien des Wahnsinnigen Gottes

Der Ritter in Schwarz und Gold führte sie zu einer Stelle des Innenhofs, wo zwei gewaltige, eiserne Falltüren in das Kopfsteinpflaster eingelassen waren. Sie mußten erst einige Leichen zur Seite ziehen, ehe sie an die Messingringe herankonnten, um die Türen zu heben, hinter denen eine Steinrampe in die düstere Tiefe führte.

Von drinnen stieg ein warmer Geruch auf, der Falkenmond gleichzeitig vertraut und doch nicht vertraut schien. Er zögerte am Kopfende der Rampe; denn er war sich sicher, daß der Geruch Gefahr bedeutete.

»Habt keine Angst«, sagte der Ritter mit fester Stimme. »Schreitet nur hinab, dort unten findet Ihr die Möglichkeit, von hier zu entkommen.«

Langsam stieg Falkenmond in die Tiefe. Die anderen folgten ihm zögernd.

Das Licht, das nur schwach von oben herunterdrang, zeigte ihnen einen langen Raum, an dessen Ende etwas stand, auf das Falkenmond sich keinen Reim machen konnte. Er wollte darauf zugehen, doch der Ritter hielt ihn zurück. »Nicht jetzt. Erst die Tiere. Sie sind in ihren Boxen.«

Da erkannte Falkenmond, daß der lange Raum eine Art Stall mit geschlossenen Boxen an jeder Seite war. Von einigen davon drang Scharren und Knurren, und plötzlich erzitterte eine Tür, als sich offenbar von der anderen Seite etwas dagegenwarf.

»Das sind gewiß keine Pferde«, murmelte Oladahn. »Auch keine Rinder. Wenn Ihr mich fragt, Herzog Dorian, ich würde sagen, es riecht nach *Katzen.*«

Falkenmond nickte und befingerte den Schwertgriff. »Raubkatzen – ja, so riecht es. Aber wie können Katzen uns bei der Flucht helfen?«

D'Averc hatte eine Fackel von der Wand genommen und sie angezündet. In ihrem Schein sah Falkenmond, daß das, was am Ende des Ganges stand, eine Art Streitwagen war, der ihnen bequem Platz bieten würde. Die Doppeldeichsel wies Halterungen für vier Zugtiere auf.

»Öffnet die Boxen«, forderte der Ritter Falkenmond auf, »und spannt die Katzen ein.«

Falkenmond wirbelte zu ihm herum. »Katzen an den Wagen spannen? Das ist ein verrückter Einfall, der zu dem Wahnsinnigen Gott paßt – wir aber sind vernünftige Sterbliche, Ritter. Außerdem hört es sich den Geräuschen nach an, als handle es sich um Raubkatzen. Wenn wir die Boxen öffnen, fallen sie möglicherweise über uns her.«

Wie zur Bestätigung erscholl ein dröhnendes Brüllen aus einer der Boxen, und die anderen Bestien stimmten ein, bis das Gebrüll im ganzen Stall widerhallte und nicht mehr zu übertönen war.

Als sich der Lärm etwas gelegt hatte, zuckte Falkenmond mit den Schultern und ging auf die Rampe zu. »Wir werden schon irgendwo Pferde finden und mit ihnen weiterziehen.«

»Habt Ihr immer noch nicht gelernt, meinem Rat zu vertrauen?« fragte der Ritter in Schwarz und Gold. »Sprach ich nicht die Wahrheit über das Rote Amulett und alles andere?«

»Diese Wahrheit habe ich noch nicht gänzlich ergründet«, sagte Falkenmond.

»Diese wahnsinnigen Frauen gehorchten der Macht des Amuletts, nicht wahr?«

»Das taten sie«, stimmte Falkenmond zu.

»Die Bestien des Wahnsinnigen Gottes sind auch darauf abgerichtet, dem Herrn des Roten Amuletts zu gehorchen. Was nutzte es mir, wenn ich Euch anlöge, Falkenmond?«

Falkenmond zuckte die Schultern. »Das Mißtrauen ist mir zur zweiten Natur geworden, seit ich meine Erfahrungen mit dem Dunklen Imperium machte. Ich weiß nicht, ob Ihr etwas davon hättet oder nicht. Aber . . .« Er schritt auf die nächste Box zu und legte die Hand auf den hölzernen Riegel. »Ich bin des Hin- und Hergeredes müde und will sehen, ob ich Euch trauen kann . . .«

Er zog den Riegel zurück, und die Tür der Box wurde von innen durch eine riesige Pranke aufgestoßen. Ein Kopf schob sich heraus, größer als der eines Stiers, wilder als der eines Tigers, ein zähnefletschender Katzenkopf mit schrägen, gelben Augen und langen, elfenbeinfarbigen Zähnen. Als das Tier auf weichen Ballen heraustappte, sahen sie, daß sein Rücken mit einer Reihe etwa ein Fuß hoher in Stacheln auslaufender Hörner, der gleichen Farbe und desselben Aussehens wie die Reißzähne bewachsen war, die bis zum Schwanz führten, der – unähnlich dem einer Katze – ringsum Widerhaken aufwies.

»Eine zum Leben erwachte Legende«, stieß d'Averc, für den Moment weniger gefaßt als sonst, hervor. »Einer der mutierten Kriegsjaguare aus Asiakommunista. Ich sah sie in einem uralten Buch abgebildet, und der Text besagte, wenn es sie überhaupt gegeben habe, seien sie vor etwa tausend Jahren einem verrückten biologischen Experiment entsprungen und nicht fähig gewesen, sich fortzupflanzen . . .«

»Das sind sie auch nicht«, warf der Ritter in Schwarz und Gold ein, »aber ihre Lebensspanne ist schier unbegrenzt.«

Der gewaltige Kopf wandte sich nun Falkenmond zu, und der Widerhakenschwanz fegte hin und her, während das Tier das Amulett beäugte.

»Befehlt ihm, sich hinzulegen«, schlug der Ritter vor.

»Hinlegen!« befahl Falkenmond, und sofort streckte das Tier sich auf dem Boden aus, und seine Augen verloren ein wenig von ihrer Wildheit.

Falkenmond lächelte. »Ich muß mich bei Euch entschuldigen,

Ritter. Also wollen wir auch die anderen drei aus ihren Boxen holen. Oladahn, d'Averc . . .«

Seine Freunde hoben die Riegel von den restlichen Boxen, und Falkenmond legte den Arm um Yisseldas Schultern.

»Die Kutsche wird uns nach Hause bringen, Liebste.« Plötzlich ersann er sich etwas. »Ritter, meine Satteltaschen – sie müssen noch an meinem Pferd hängen, außer, die granbretanischen Hunde haben sie gestohlen.«

»Wartet hier.« Der Ritter in Schwarz und Gold drehte sich um und stieg die Rampe hoch. »Ich werde nach ihnen sehen.«

»Das werde ich selbst«, versuchte Falkenmond ihn zurückzuhalten. »Ich kenne . . .«

»Nein«, widersprach der Ritter. »Ich gehe.«

Erneutes Mißtrauen erwachte in Falkenmond. »Weshalb?«

»Nur Ihr, mit dem Amulett, habt die Macht, die Tiere unter Kontrolle zu halten. Ließet Ihr sie allein, würden sie über Eure Freunde herfallen und sie zerfleischen.«

Widerstrebend blieb Falkenmond zurück und sah dem Ritter nach, der schweren Schrittes die Rampe emporstieg.

Aus den restlichen Boxen schlichen lautlos drei weitere der stachelhornigen Katzen. Oladahn räusperte sich nervös. »Ihr solltet sie vielleicht darauf aufmerksam machen, daß sie Euch zu gehorchen haben«, wandte er sich an den Herzog von Köln.

»Hinlegen!« befahl Falkenmond, und die drei Bestien ließen sich auf dem Boden nieder. Er schritt auf die nächste zu und legte eine Hand auf ihren dicken Nacken, unter dessen drahtigem Fell er die harten Muskeln spürte. Die Tiere waren etwa von Pferdehöhe, aber viel kräftiger und breiter – und zweifellos unvorstellbar gefährlich. Sie waren ganz sicher nicht gezüchtet worden, um Kutschen zu ziehen, sondern um in der Schlacht zu töten.

»Wir wollen die Tiere einspannen«, sagte Falkenmond.

D'Averc und Oladahn schoben das Gefährt aus der Ecke. Es war aus schwarzem Messing und grün und golden und roch unsagbar alt. Nur das Ledergeschirr war verhältnismäßig neu. Sie legten das Geschirr über Köpfe und Schultern der Katzen, und die mutierten Jaguare bewegten sich kaum, nur hin und wieder legten sie die Ohren an, wenn die Männer zu rasch festzogen.

Falkenmond half Yisselda in die Kutsche. »Wir müssen nur noch auf den Ritter warten, dann können wir aufbrechen«, erklärte Falkenmond.

»Wo ist er denn?« erkundigte sich d'Averc.

»Meine Satteltaschen holen.«

D'Averc zuckte die Schultern und zog den schweren Helm über das Gesicht herunter. »Er braucht aber reichlich lange. Ich bin froh, wenn wir diesen schrecklichen Ort hinter uns haben. Er stinkt nach Tod und Verderben.«

Oladahn deutete zur Rampenöffnung. »Ist es das, was ihr riecht, d'Averc?«

An der Falltür standen sieben oder mehr Soldaten des Wieselordens. Ihre langschnauzigen Masken schienen vor Vorfreude auf die Beute geradezu zu zittern. »Schnell in die Kutsche«, ordnete Falkenmond an, als die Wieselkrieger begannen, die Rampe herunterzusteigen.

Vorne am Wagen befand sich der erhabene Kutschbock, und daneben in einer Halterung, die wohl einst für Wurfspeere gedacht war, steckte eine Peitsche mit langem Griff. Falkenmond sprang auf den Kutschbock, packte die Peitsche und ließ sie über den Köpfen der Tiere schnalzen. »Auf, meine Schönen, auf!« Die Katzen erhoben sich. »Los!« befahl er ihnen.

Die Kutsche machte einen gewaltigen Satz vorwärts, als die starken Tiere sie die Rampe hinaufzogen. Die wieselmaskigen Krieger brüllten auf, als sie die riesigen, gehörnten Katzen auf sich zukommen sahen. Manche retteten sich von der Rampe, aber die meisten gerieten unter die klauenbewehrten Pranken und die eisenbeschlagenen Räder.

Als das bizarre Gefährt im Hof auftauchte, rannten die Krieger, die gekommen waren, um die offene Falltüre zu untersuchen, panikerfüllt auseinander.

»*Wo ist der Ritter*?« rief Falkenmond über den Lärm der aufgeschreckten Soldaten. »Wo sind meine Satteltaschen?«

Aber der Ritter in Schwarz und Gold war nirgends zu sehen, ebensowenig wie Falkenmonds Pferd.

Nun warfen die Schwertkämpfer des Dunklen Imperiums sich gegen die Kutsche. Falkenmond ließ die Peitsche auf sie herabzischen, während hinter ihm Oladahn und d'Averc sie mit ihren Klingen abwehrten.

»Lenkt sie durchs Tor!« schrie der Franzose. »Beeilt Euch – sonst erdrücken sie uns mit ihrer Übermacht!«

»Wo ist der Ritter!« Falkenmond blickte wild um sich.

»Zweifellos wartet er vor der Burg!« schrie d'Averc mit Verzweiflung in der Stimme. »Schnell, Herzog Dorian, sonst sind wir verloren!«

Da sah Falkenmond plötzlich sein Pferd über die Köpfe der sich zusammendrängenden Krieger hinweg. Es war ohne seine Satteltaschen.

Panikerfüllt schrie er erneut. »Wo ist der Ritter in Schwarz und Gold? Ich muß ihn finden! Der Inhalt der Satteltaschen mag Tod oder Leben für die Kamarg bedeuten!«

Oladahn schüttelte ihn an den Schultern. »Und wenn Ihr die Kutsche nicht sofort hinauslenkt, bedeutet es unseren Tod – und vielleicht noch Schlimmeres für Yisselda!«

Falkenmond war vor Unentschlossenheit schier verzweifelt, aber schließlich begriff er Oladahns Worte. Er stieß einen schrillen Befehl aus, schnalzte mit der Peitsche und lenkte die Katzen, die gewaltige Sprünge machten, durch das Tor über die Zugbrücke und das Seeufer entlang. Hinter ihnen stürmten die Horden Granbretaniens.

Schneller als Pferde zogen die Bestien des Wahnsinnigen Gottes den hüpfenden Wagen fort von der finsteren Burg, dem nebelverschleierten See, dem Hüttendorf und den verstreut liegenden Leichen, ins Vorgebirge jenseits des Sees, auf einer schlammigen Straße, die zwischen düsteren Felsen hindurchführte, und schließlich wieder auf die weite Ebene.

»Wenn mir der Einwand erlaubt ist«, sagte d'Averc, der sich verzweifelt an der Reling des Gefährts festhielt, um nicht hinausgeschleudert zu werden, »möchte ich doch feststellen, daß wir ein wenig zu schnell fahren ...«

Oladahn versuchte durch seine zusammengebissenen Zähne zu grinsen. Er kauerte auf dem Boden des Fahrzeugs und versuchte, Yisselda vor den schlimmsten Schlägen dieser rasenden Fahrt zu schützen.

Falkenmond jedoch schien nichts zu hören. Er hielt die Zügel umklammert und machte keine Anstalten, die Geschwindigkeit der Bestien zu verringern. Sein Gesicht war bleich, und seine Augen funkelten vor Grimm; denn er war sicher, daß der Ritter in Schwarz und Gold ihn betrogen hatte – ausgerechnet der Mann, der behauptete, sein wichtigster Verbündeter im Kampf gegen das Dunkle Imperium zu sein.

7. Zwischenfall in einer Taverne

»Falkenmond! Falkenmond! Beim Runenstab, haltet an! Mann, seid Ihr besessen?« D'Averc war besorgt wie noch nie. Er zupfte an Falkenmonds Ärmel, als der Herzog die keuchenden Bestien mit der Peitsche zu noch größerer Geschwindigkeit antrieb. Die Kutsche stürmte nun schon stundenlang dahin. Sie hatten zwei Flüsse überquert und brausten bei Einbruch der Nacht durch einen Wald. Jeden Augenblick mochte ein Baum im Weg sein, und sie würden alle den Tod finden. Selbst die mächtigen, stachelhornigen Katzen begannen zu ermüden, aber Falkenmond peitschte sie erbarmungslos weiter.

»Falkenmond! Ihr seid irr!«

»Man hat mich betrogen!« rief Falkenmond. »Betrogen! Ich hatte die Rettung der Kamarg in diesen Satteltaschen, und der Ritter in Schwarz und Gold stahl sie mir. Er gab mir ein Spielzeug dafür, dessen Kräfte begrenzt sind, im Austausch für eine Maschine, deren Kräfte für meine Zwecke unbegrenzt sind. Weiter, ihr Bestien, weiter!«

»Dorian, hör auf ihn. Du wirst uns alle umbringen!« Yisselda schluchzte. »Du wirst dich auch selbst umbringen – und wie willst du so Graf Brass und der Kamarg helfen?«

Das Gefährt hüpfte hoch in die Luft und kam mit einem ohrenbetäubenden Krachen wieder auf dem Boden auf. Kein normales Fahrzeug hätte einen solchen Schlag ausgehalten. Die Passagiere spürten bereits jeden einzelnen Knochen.

»Dorian! Hast du den Verstand verloren? Der Ritter würde uns nie hintergehen. Er hat uns geholfen. Vielleicht haben die Granbretanier ihn überwältigt – und ihm die Satteltaschen abgenommen.«

»Nein – ich ahnte den Verrat bereits, als er den Stall verließ. Er ist fort – und mit ihm Rinals Geschenk.«

Aber Falkenmonds Wut legte sich langsam, und er peitschte nicht länger auf die müden Tiere ein. Das Gefährt wurde allmählich langsamer, als die Tiere, nicht länger durch die Peitsche angetrieben, ihrem Bedürfnis nach Ruhe nachkamen.

D'Averc nahm Falkenmond die Zügel ab. Der junge Krieger wehrte sich nicht dagegen. Er ließ sich wie betäubt auf dem Boden der Kutsche nieder und vergrub den Kopf in seinen Händen.

D'Averc hielt die Tiere an, die sich sofort heftig keuchend auf dem Moos ausstreckten.

Yisselda strich über Falkenmonds Haar. »Dorian – die Kamarg braucht nur dich zu ihrer Rettung. Ich weiß nicht, was jenes Geschenk war, aber ich bin sicher, daß wir es nicht benötigen. Außerdem hast du ja noch das Rote Amulett, das uns gewiß noch von Nutzen sein wird.«

Die Nacht war bereits eingebrochen. Der Mond leuchtete durch das Blattwerk der Bäume. D'Averc und Oladahn stiegen aus dem Wagen und rieben ihre wunden Leiber. Dann verschwanden sie, um Holz für ein Feuer zu sammeln.

Falkenmond sah hoch. Das Mondlicht fiel auf sein bleiches Gesicht und auf das Schwarze Juwel in seiner Stirn. Er betrachtete Yisselda mit melancholischen Augen, obwohl seine Lippen zu lächeln versuchten. »Ich danke dir, Liebste, für dein Vertrauen in mich. Aber ich fürchte, es bedarf mehr als nur Dorian Falkenmonds, um den Kampf gegen Granbretanien zu gewinnen. Und die Heimtücke des Ritters hat mir einen großen Schlag versetzt . . .«

»Es gibt keinen Beweis, daß er tatsächlich . . .«

»Das nicht, aber ich wußte instinktiv, daß er vorhatte, uns zu verlassen und das Gerät mit sich zu nehmen. Er spürte auch mein Mißtrauen. Ich zweifle nicht daran, daß er inzwischen schon viele Meilen zwischen sich und uns gelegt hat. Es ist möglich, daß er, von seiner Warte aus gesehen, nicht einmal einen unehrenhaften Grund für seine Tat hatte, ja, daß dieser Diebstahl vielleicht sogar von größerer Bedeutung ist als mein eigenes Streben. Trotzdem vermag ich seine Handlung nicht zu entschuldigen. Er hat mich an der Nase herumgeführt. Er hat mich betrogen.«

»Wenn er dem Runenstab dient, weiß er wahrscheinlich mehr als du. Vielleicht will er das Gerät, von dem du sprichst, nur retten, oder er hält es für gefährlich, es in deinen Händen zu lassen.«

»Ich habe keinen Beweis, daß er dem Runenstab dient. Er könnte genausogut für das Dunkle Imperium arbeiten und mich als sein Werkzeug benutzen.«

»Dein Argwohn geht zu weit, Liebster.«

»Mein Mißtrauen ist aus den Umständen geboren.« Falkenmond seufzte. »Es wird sich daran wohl auch nichts ändern, solange Granbretanien nicht geschlagen ist oder ich tot bin.« Er preßte sie fest an sich und drückte seinen Kopf gegen ihre Brust. So schlief er die ganze Nacht.

Am Morgen strahlte die Sonne, aber die Luft war kühl. Der tiefe Schlaf hatte Falkenmonds Stimmung gebessert. Auch die anderen schienen bei froher Laune zu sein. Alle hatten Hunger wie die Wölfe, natürlich erst recht die mutierten Jaguare. Oladahn hatte sich Pfeile geschnitzt und einen Bogen zurechtgebunden und war schon früh zur Jagd in die Tiefe des Waldes verschwunden.

D'Averc hustete theatralisch, während er seinen Eberhelm mit einem Stück Stoff polierte, das er in der Kutsche gefunden hatte.

»Die Luft dieser Gegend tut meiner schwachen Lunge gar nicht gut«, stöhnte er. »Ich wäre viel lieber wieder im Osten, vielleicht in Asiakommunista, wo sich eine edle Zivilisation entwickelt haben soll, wie ich hörte. Möglicherweise würde man meine Fähigkeiten dort schätzen und mich auf einen hohen Posten erheben.«

»Ihr habt also die Hoffnung auf eine Belohnung durch den Reichskönig aufgegeben?« Falkenmond grinste.

»Die Belohnung, die mich durch ihn erwartet, ist die gleiche wie Eure«, erwiderte d'Averc wehmütig. »Wenn dieser verdammte Pilot nicht am Leben geblieben wäre . . . Und dann sah man mich auch noch in der Burg an Eurer Seite kämpfen . . . Nein, mein Freund Falkenmond, ich fürchte, meine Ambitionen, soweit sie mit Granbretanien zusammenhängen, wären nun, gelinde gesagt, etwas unrealistisch.«

Oladahn kam unter der Last zweier Rehe über seinen Schultern angestolpert. Sie sprangen auf, ihm damit zu helfen.

»Jedes mit nur einem Schuß«, gab der Kleine stolz kund. »Und dabei waren es nur zwei sehr grobe Pfeile.«

»Wir schaffen nicht einmal eines, geschweige denn beide«, meinte d'Averc.

»Habt Ihr die Katzen vergessen?« erinnerte ihn Oladahn. »Ich wette mit Euch, wenn sie nicht bald zu fressen bekommen, ist ihnen das Rote Amulett gleichgültig, und sie schlagen sich mit uns die Mägen voll.«

Sie viertelten das größere Reh und warfen die Teile den Jaguaren zu, die sich ausgehungert darüberstürzten. Das andere spießten sie auf und brieten es über offenem Feuer.

Als sie sich schließlich daran stärkten, stieß Falkenmond einen zufriedenen Seufzer aus und lächelte. »Man sagt, ein voller Bauch vertreibt die Sorgen. Bisher hatte ich es nicht geglaubt, aber das Sprichwort hat gar nicht so unrecht. Ich fühle mich wie ein neuer Mensch. Das ist die erste gute Mahlzeit seit Monaten. Frisches Wild, am Spieß gebraten und im Wald verspeist – herrlich!«

D'Averc, der sich geziert die Finger abwischte, nachdem er mit vornehmen Manieren, unauffällig, wie er glaubte, eine enorme Menge gegessen hatte, sagte: »Ich beneide Euch um Eure Gesundheit, Herzog Dorian. Ich wollte, ich hätte Euren Appetit.«

Oladahn lachte laut. »Und ich wollte, ich hätte Euren, denn Ihr habt genug verzehrt, daß Ihr nun eine Woche durchhalten könntet.«

D'Averc warf ihm einen mißbilligenden Blick zu. Yisselda, die immer noch in Falkenmonds Umhang gehüllt war, fröstelte ein wenig. Sie schob den Knochen beiseite, an dem sie genagt hatte. »Können wir vielleicht bald eine Stadt suchen?« bat sie. »Es gibt Dinge, die ich dringend brauche ...«

Falkenmond blickte ein wenig verlegen drein. »Natürlich, Liebling, obgleich es vermutlich nicht ungefährlich sein wird ... Da es hier von Soldaten des Dunklen Imperiums nur so wimmelt, wäre es vielleicht besser, erst weiter südlich und dann westlich in Richtung Kamarg zu fahren. Vielleicht finden wir in Karpathien eine Stadt. Wir müssen schon bald die Grenze erreicht haben.«

D'Averc deutete auf die Kutsche und die Raubkatzen. »Wir würden vermutlich nicht sehr freundlich empfangen werden, wenn wir damit in eine Stadt kommen«, gab er zu bedenken. »Es wäre wahrscheinlich besser, wenn erst einer von uns sich im Dorf umsieht. Aber was könnten wir als Zahlungsmittel verwenden?«

»Ich habe das Rote Amulett«, meinte Falkenmond. »Es ließe sich eintauschen ...«

»Narr!« tadelte d'Averc mit tiefem Ernst und sah ihn aufgebracht an. »Das Amulett ist Euer und unser Schutz, das einzige, das diese niedlichen Tierchen hier unter Kontrolle zu halten vermag. Mir scheint, es ist nicht einmal das Amulett, das Ihr verabscheut, sondern die Verantwortung, die es mit sich bringt.«

Falkenmond zuckte die Schultern. »Möglich. Vielleicht war ich wirklich ein Narr, diesen Vorschlag zu machen. Trotzdem, ich mag dieses Ding nicht. Ich sah, was Ihr nicht sehen konntet – ich sah, was es aus einem Mann gemacht hatte, der es dreißig Jahre lang trug.«

Oladahn mischte sich ein. »Euer Wortwechsel ist unnötig, Freunde, denn ich sah unsere Bedürfnisse voraus. Und während Ihr unsere Feinde im Thronsaal des Wahnsinnigen Gottes niederstrecktet, Herzog Dorian, stach ich den granbretanischen Soldaten ein paar Augen aus ...«

»Augen!« rief Falkenmond voll Abscheu. Doch dann lächelte er, als Oladahn eine Handvoll Edelsteine emporhielt, die er aus den Helmmasken herausgebrochen hatte.

»Großartig!« lobte d'Averc. »Wir brauchen unbedingt Proviant und Lady Yisselda etwas zum Anziehen. Wer von uns wird am wenigsten Aufsehen erregen, wenn er eine Stadt in Karpathien betritt?«

Falkenmond grinste ironisch. »Nun, Ihr natürlich, Sir Huillam, ohne Eure granbretanische Rüstung. Mich würde man mit dem Juwel in der Stirn nicht übersehen, und Oladahn mit seinem Pelzgesicht genausowenig. Aber Ihr seid immer noch mein Gefangener ...«

»Ich bin gekränkt, Herzog Dorian. Ich dachte, wir seien Verbündete – verbündet gegen einen gemeinsamen Feind, verbündet durch Blut und dadurch, daß wir einander das Leben retteten ...«

»Ich entsinne mich nicht, daß Ihr meines gerettet hättet.«

»Nun, nicht direkt. Aber ...«

»Und ich halte es nicht für richtig, Euch eine Handvoll Juwelen auszuhändigen und freizusetzen«, fuhr Falkenmond fort. »Außerdem bin ich heute nicht gerade in einer sehr vertrauensseligen Stimmung.«

»Ihr hättet mein Wort, daß Ihr Euch auf mich verlassen könnt, Herzog Dorian«, sagte d'Averc leichthin, aber seine Augen wurden hart.

»Er hat sich schon in mehreren Kämpfen als Freund erwiesen«, brummte Oladahn.

Falkenmond seufzte. »Verzeiht mir, d'Averc. Also gut, wenn wir Karpathien erreichen, kauft Ihr für uns, was wir benötigen.«

D'Averc begann zu husten. »Diese entsetzliche Luft. Sie wird noch mein Tod sein.«

Sie fuhren weiter. Die Stachelhornkatzen liefen nun weniger rasch als am Vortag, waren aber immer noch bedeutend schneller als Pferde. Gegen Mittag kamen sie aus dem Wald, und gegen Abend sahen sie in der Ferne die Berge Karpathiens liegen, zur gleichen Zeit, als Yisselda gen Norden die winzigen Gestalten näher kommender Reiter bemerkte.

»Sie haben uns entdeckt«, knurrte Oladahn, »und scheinen uns den Weg abschneiden zu wollen.«

Falkenmond ließ die Peitsche schnalzen. »Schneller«, brüllte er, und sofort begannen die mutierten Jaguare zu galoppieren.

Ein wenig später schrie d'Averc durch das Rumpeln und Rattern der Räder: »Es sind Granbretanier – daran besteht kein Zweifel. Ich glaube, vom Orden des Walrosses.«

»Der Reichskönig scheint eine Invasion der Ukraine vorzuhaben«, sprach Falkenmond seine Gedanken aus. »Ein anderer Grund für die vielen Horden des Dunklen Imperiums hier wäre unwahrscheinlich. Das bedeutet zweifellos, daß alle Länder weiter westwärts und südlich bereits erobert sind.«

»Außer der Kamarg, hoffentlich«, sagte Yisselda. Falkenmond lächelte grimmig und ließ die Granbretanier, die sich in einem Winkel zu ihrem Kurs näherten, in dem Glauben, sie könnten aufschließen. »Nimm den Bogen, Oladahn, hier kannst du beweisen, daß du noch in Übung bist.«

Als die Reiter in ihren grotesken Walroßmasken aus Ebenholz und Elfenbein näher kamen, spannte Oladahn den Bogen. Ein Reiter fiel, und einige Speere flogen auf den Wagen zu, erreichten ihn aber nicht. Drei weitere Walroßkrieger starben durch Oladahns

Pfeile, ehe die Jaguare die Reiter weit hinter sich gelassen hatten und ihre Last ins Vorgebirge der Karpathischen Berge zogen.

Zwei Stunden später wurde es dunkel, und sie schlugen ihr Lager auf.

Drei Tage später sahen sie sich steilen Felswänden gegenüber. Sie wußten, daß sie Wagen und Zugtiere zurücklassen mußten, sollten sie gezwungen sein, diese zu überwinden. Dann ginge es zu Fuß weiter; eine andere Möglichkeit gab es nicht.

Die Gegend hier wurde immer unwegsamer, und die mutierten Jaguare hatten immer größere Schwierigkeiten, den Wagen aufwärtszuziehen. Sie hatten versucht, einen Paß zu finden, und damit zwei wertvolle Tage zugebracht, ohne jedoch fündig zu werden.

Ihre Verfolger, falls sie ihnen noch immer auf den Fersen waren, mußten sie daher schon bald erreicht haben. Sie zweifelten nicht daran, daß Falkenmond als der Mann erkannt worden war, den der Reichskönig Huon zu vernichten geschworen hatte. Deshalb waren gewiß Krieger des Dunklen Imperiums, die in der Gunst ihres Königs stehen wollten, hinter ihnen her.

So setzten sie also an, den steilen Berg zu ersteigen, und ließen die abgeschirrten Tiere und den Wagen zurück.

Als sie sich einem Sims näherten, das sich eine beträchtliche Strecke um den Berg herumwand und einen verhältnismäßig sicheren Pfad zu bieten schien, hörten sie das Klirren von Waffen und Klappern von Hufen, und sahen offenbar die gleichen Walroßkrieger, die sie auf der Ebene verfolgt hatten, hinter einigen Felsen unter ihnen auftauchen.

»Aus dieser Entfernung dürften sie keine Schwierigkeiten haben, uns mit ihren Speeren zu treffen«, murmelte d'Averc grimmig. »Und hier gibt es nirgends eine Deckung.«

Falkenmond lächelte verbissen. »Es bleibt uns nur eines«, erklärte er und hob seine Stimme. »Tötet sie, meine Schönen!« rief er zu den Jaguaren hinunter.

Die Stachelhornkatzen wandten ihre wilden Augen den maskierten Kriegern zu, die so erfreut waren, ihre Opfer in der Falle zu sehen, daß sie den Tieren keine Beachtung schenkten. Der Anführer hob den Speer.

Da sprangen die Katzen.

Yisselda wandte ihr Gesicht ab, als die gellenden Schreie die Luft durchschnitten, das bestialische Knurren von den stillen Bergen widerhallte und das Bersten von Knochen zu vernehmen war.

Am nächsten Tag hatten sie die Berge überquert und kamen zu einem grünen Tal, in dem ein friedliches Städtchen lag.

D'Averc blickte auf die Häuser herab und hielt Oladahn die Hand entgegen. »Die Edelsteine, wenn ich darum bitten darf, Freund Oladahn. Beim Runenstab, ich fühle mich nackt nur in Hemd und Hose.« Er nahm die Juwelen, steckte sie in eine Tasche, winkte den Gefährten noch zu und schritt zur Stadt.

Yisselda, Falkenmond und Oladahn streckten sich im Gras aus und sahen ihm zu, wie er pfeifend zwischen den Häusern verschwand.

Vier Stunden warteten sie, Falkenmonds Miene verfinsterte sich, und er warf immer häufiger finstere Blicke auf Oladahn, der nur hilflos die Schultern zuckte.

Doch da kehrte d'Averc zurück, aber nicht allein. Erschrocken stellte Falkenmond fest, daß es sich um Granbretanier handelte, und zwar um Soldaten des gefürchteten Wolfsordens, dessen Grankonnetabel einst Baron Meliadus gewesen war. Hatten die d'Averc erkannt und gefangengenommen? Aber nein, ganz im Gegenteil, sie schienen sich angeregt mit ihm zu unterhalten. Er verabschiedete sich nun von den Kriegern und begann mit einem großen Bündel auf dem Rücken gemächlich auf die Stelle zuzuschreiten, wo die Gefährten sich im Gras versteckt hatten. Falkenmond wußte nicht, was er davon halten sollte, denn die Krieger mit den Wolfsmasken waren ohne d'Averc in das Städtchen zurückgekehrt. »Reden kann er, unser d'Averc«, grinste Oladahn. »Er muß sie überzeugt haben, daß er ein harmloser Reisender ist. Zweifellos wenden die Granbretanier hier noch die sanfte Tour an.«

»Möglich«, murmelte Falkenmond, nicht recht überzeugt. Als d'Averc sie erreichte, warf er das Bündel ins Gras und öffnete es. Er enthüllte mehrere Hemden, eine Hose und die verschiedensten Nahrungsmittel wie Käse, Brot, Wurst, kalten Braten und anderes. Er gab Oladahn den größten Teil der Edelsteine zurück. »Ich konnte ziemlich billig einkaufen«, erklärte er. Er blickte Falkenmond erstaunt an, als er dessen Miene bemerkte. »Was ist los, Herzog Dorian? Nicht zufrieden? Ich vermochte leider kein Kleid für Lady Yisselda zu erstehen, aber die Hose und eines der Hemden müßten ihr passen.«

»Krieger des Dunklen Imperiums«, brummte Falkenmond und deutete mit dem Daumen auf das Städtchen. »Ihr scheint mir auf recht gutem Fuß mit ihnen.«

»Ich war nicht wenig beunruhigt«, gestand d'Averc, »aber sie halten sich hier offenbar noch vor Ausschreitungen zurück. Sie sind einstweilen nur hier, um den Bürgern Karpathiens das Leben unter der Herrschaft des Dunklen Imperiums schmackhaft zu machen. Soviel ich verstanden habe, ist einer der hohen Herren Granbretaniens zu Gast beim König von Karpathien. Die übliche Taktik – erst das Zuckerbrot, dann die Peitsche. Sie stellten mir ein paar Fragen, waren jedoch nicht übermäßig mißtrauisch. Sie erzählten, daß sie gerade Krieg in Tschechien führen und es, von ein paar größeren Städten abgesehen, bereits eingenommen haben.«

»Ihr spracht nicht von uns?«

»Natürlich nicht.«

Falkenmond entspannte sich ein wenig.

D'Averc hob den Stoff auf, in den er die Sachen gewickelt hatte. »Seht, vier Umhänge mit Kapuzen, wie die heiligen Männer sie in dieser Gegend tragen. Sie verbergen auch unsere Gesichter zum größten Teil. Ich hörte, daß sich etwa einen Tagesmarsch von hier eine größere Stadt befindet, in der Pferdehandel betrieben wird. Was haltet Ihr davon, wenn wir uns dort Rösser besorgen?«

Falkenmond nickte. »Eine gute Idee.«

Die Stadt hieß Zorvanemi und wimmelte von Pferdehändlern und Käufern. Die Gestüte befanden sich in den Vororten, und es gab hier alle Arten von Rössern, vom edelsten Rennpferd bis zum kräftigen Ackergaul.

Sie kamen zu spät am Abend an, um noch einzukaufen. Sie suchten sich eine Herberge neben einer Stallung, um sich gleich früh am Morgen mit Pferden versorgen und weiterreiten zu können. Hin und wieder sahen sie kleinere Trupps granbretanischer Soldaten, aber diese beachteten sie in ihrer Verkleidung als heilige

Männer überhaupt nicht – um so weniger, als sich viele Klosterbrüder in der Stadt aufhielten.

In der Wirtsstube ihrer Herberge bestellten sie heißen Wein und ein kräftiges Essen, bei dem sie die Karte studierten, die d'Averc in dem kleinen Städtchen gekauft hatte, um den besten Weg nach Südfrankreich zu finden.

Ein wenig später schwang die Tür heftig auf, und die kalte Nachtluft drang herein. Über das Stimmengewirr der Gäste hörten sie die grobe Stimme eines Mannes, der nach Wein für sich und seine Kameraden brüllte und dem Wirt erklärte, daß er ihnen auch Mädchen schicken solle.

Falkenmond blickte wachsam hoch. Bei den Männern, die eingetreten waren, handelte es sich um Krieger des Eberordens, dem d'Averc so lange angehört hatte. In ihren kräftigen, gepanzerten Leibern und den schweren Helmmasken sahen sie im Zwielicht des Schankraums tatsächlich so aus wie die Tiere, die sie darstellten. Man meinte, etliche Keiler hätten das Sprechen und das Gehen auf den Hinterbeinen gelernt.

»Wein, der Stimmung macht, und viel davon«, brüllte der Anführer. »Das gleiche gilt für die Dirnen. Wo habt Ihr sie versteckt? Ich hoffe, sie sind ansehnlicher als Eure Gäule. Beeilt Euch, Mann. Wir haben den ganzen Tag nichts anderes getan als Pferde gekauft und damit zum Wohlstand Eurer Stadt beigetragen – nun tut etwas für uns.«

Offenbar waren die Truppen des Dunklen Imperiums also hier, um Pferde zu erstehen, vermutlich für die Armee, die dabei war, Tschechien zu erobern.

Falkenmond, Yisselda, Oladahn und d'Averc zogen die Kapuzen tief über die Stirn und nippten an ihrem Wein, ohne hochzusehen.

Außer dem Wirt und zwei Burschen bedienten drei Schankmädchen in der Wirtsstube. Als eine an ihm vorbeikam, packte der Anführer des kleinen Ebertrupps sie und drückte den Rüssel seiner Maske gegen ihre Wange.

»Gib einem alten Schwein einen Kuß, kleines Mädchen«, grölte er.

Sie wand sich und versuchte freizukommen, aber er hielt sie fest. Plötzlich herrschte Schweigen in der ganzen Stube und eine spürbare Spannung.

»Komm hinaus mit mir«, fuhr der Eberführer fort. »Ich bin gerade in der richtigen Stimmung.«

»O nein, bitte laßt mich gehen«, schluchzte das Mädchen. »Ich bin versprochen und werde nächste Woche heiraten.«

»Heiraten, eh?« Der Krieger grinste. »Dann kann ich dir noch ein paar Dinge beibringen, die du deinen Zukünftigen lehren magst.«

Das Mädchen weinte laut auf und versuchte weiter, sich loszureißen. Niemand in der Gaststube rührte sich.

»Komm schon«, befahl der Soldat heiser. »Wir wollen hinaus ...«

»Nein«, wimmerte das Mädchen. »Ich tue es nicht, ehe ich nicht verheiratet bin.«

»Ist das alles?« Der Ebersoldat lachte. »Na gut, ich heirate dich, wenn es das ist, worauf du aus bist.« Er blickte sich im Raum um und entdeckte die vier Freunde. »Ihr seid heilige Männer, nicht wahr?« wandte er sich an sie. »Einer von euch kann uns den ehelichen Segen geben.« Ehe Falkenmond und den anderen bewußt wurde, was geschah, hatte er Yisselda gepackt, die am Rand der Bank saß, und auf die Füße gezerrt.

»Verheirate uns, heiliger Mann, oder ... Beim Runenstab! Welche Art von heiliger Mann seid Ihr?« Yisseldas Kapuze war zurückgerutscht und gab ihr langes, seidiges Haar frei.

Falkenmond erhob sich. Es gab nun keine andere Wahl mehr, als zu kämpfen. Oladahn und d'Averc standen ebenfalls auf.

Wie ein Mann zogen sie die Schwerter unter ihren Umhängen und stürzten sich auf die bewaffneten Krieger, doch nicht, ohne vorher den Frauen zuzurufen, sich in Sicherheit zu bringen.

Die Ebersoldaten waren betrunken und überrascht. Die drei Freunde waren keines von beidem. Doch mehr Vorteil hatten sie nicht. Falkenmonds Klinge drang zwischen Brustpanzer und Halsschutz in die Kehle des Anführers und tötete ihn, ehe er sein Schwert zu ziehen vermochte. Oladahn nahm sich die kaum geschützten Beine eines anderen vor und legte ihn flach, während d'Averc die Hand eines anderen abschlug, der sich des eisernen Handschuhs entledigt hatte.

Nun kämpften sie erbittert, hin und her tänzelnd in der Wirtsstube. Die Frauen waren eilig zur Stiege und Tür gelaufen, und viele der Gäste drängten sich gegen das Geländer im ersten Stock, von wo aus sie herabschauen konnten.

Oladahn, der die üblichen Kampfregeln außer acht ließ, war auf den Rücken eines Gegners gesprungen und versuchte, ihm den Dolch durch die Augenöffnungen in der Maske in den Kopf zu jagen. Der Krieger versuchte unbeholfen, seinen Reiter loszuwerden, und stolperte halbblind umher.

D'Averc focht gegen einen ausgezeichneten Schwertkämpfer, der ihn zur Treppe zurückdrängte, während Falkenmond sich verzweifelt gegen einen Axtkämpfer wehrte, dessen schwere Waffe jedesmal, wenn sie Falkenmond knapp verfehlte, ganze Holzscheite aus der Einrichtung spaltete.

Falkenmond, den sein Umhang behinderte, versuchte gleichzeitig, diesen loszuwerden und den Axthieben auszuweichen. Er machte einen Schritt zur Seite, verfing sich in den Falten des Umhangs und stürzte. Der Axtkämpfer, der über ihm stand, hob seine Waffe zum tödlichen Hieb.

Es gelang Falkenmond, sich in letzter Sekunde noch herumzurollen, und die schwere Waffe schnitt lediglich durch sein Gewand. Er sprang auf, als die Axt noch im Holz des Fußbodens steckte, und hieb mit dem Schwert gegen den Hinterkopf des Axtkriegers. Der Mann stöhnte auf und fiel betäubt auf die Knie. Falkenmond trat mit dem Fuß die Maske hoch, und das rote, verzerrte Gesicht des Eberkriegers kam zum Vorschein. Falkenmond stieß sein Schwert in den offenen Mund tief in die Kehle, daß es die Halsschlagader aufschnitt; dann riß er seine Klinge wieder heraus, und der Helm schloß sich wieder.

In der Nähe rang Oladahn mit seinem Gegner, der nun einen Arm des kleinen Mannes gepackt hatte und ihn von seinem Rücken zog. Falkenmond sprang vor und jagte sein Schwert mit beiden Händen durch Rüstung und Lederwams in den Leib des Mannes. Brüllend brach der Eberkrieger zusammen.

Dann nahmen sich Oladahn und Falkenmond gemeinsam d'Avercs Gegner vor, bis auch der tot am Boden lag.

Es blieb nur noch, dem Krieger mit der abgehauenen Hand, der wimmernd auf einer Bank lag und versuchte, seine Hand wieder anzustecken, den Garaus zu machen.

Keuchend blickte Falkenmond sich im Schankraum um. »Keine schlechte Arbeit für heilige Männer«, brummte er.

D'Averc schien zu überlegen. »Vielleicht«, meinte er, »wäre es angebracht, uns eine bessere Verkleidung zuzulegen.«

»Wie meint Ihr das?«

»Seht doch. Es liegen genügend Teile von Eberrüstungen hier, um uns alle auszustatten, und ich besitze noch meine eigene. Abgesehen davon spreche ich auch die Geheimsprache des Eberordens. Mit ein bißchen Glück könnten wir als solche weiterreiten, die wir am meisten fürchten und verachten – als Krieger des Dunklen Imperiums. Wir haben uns Gedanken gemacht, wie wir durch die Länder kommen könnten, die von den Granbretaniern eingenommen sind. Nun – hier ist unsere Antwort.«

Falkenmond ließ es sich durch den Kopf gehen. D'Avercs Vorschlag schien ihm äußerst wagemutig, aber nicht undurchführbar, schließlich war d'Averc selbst mit allen Ritualen des Eberordens vertraut.

»Gut«, stimmte Falkenmond zu. »Vielleicht habt Ihr recht, d'Averc. Wir könnten selbst durch Gegenden reisen, in denen die Truppen des Dunklen Imperiums stark vertreten sind, und es ist eine Chance, rascher zur Kamarg zu kommen. Wir werden es tun.«

Sie begannen, den Toten die Rüstungen auszuziehen.

»Wir können sicher sein, daß der Wirt und die Gäste hier den Mund halten«, sagte d'Averc überzeugt. »Denn bestimmt wollen sie es nicht an die große Glocke hängen, daß hier sechs Krieger des Dunklen Imperiums den Tod fanden.«

Oladahn sah ihnen zu und rieb sich seinen verdrehten Arm. »Schade«, seufzte er. »Das hier wäre es wert, niedergeschrieben zu werden.«

8. Das Lager der Granbretanier

»Brut der Berggiganten!« stöhnte Oladahn. »Ich werde erstickt sein, noch ehe wir eine Meile gekommen sind.« Er entledigte sich ächzend des schweren Eberhelms und sah Falkenmond kläglich an, der versuchte, sich aus einzelnen Teilen eine passende Rüstung zusammenzustellen. Die vier hatten sich mit den Eberrüstungen in einen Raum über der Wirtsstube zurückgezogen.

Auch Falkenmond fühlte sich ungemütlich in dem Eisenzeug und empfand fast Platzangst, obwohl er schon einmal zuvor etwas Ähnliches getragen hatte, nämlich die Wolfsrüstung des Baron Meliadus. Doch ihm schien, diese war bedeutend leichter und bequemer gewesen. Aber wenn es schon ihm so erging, wieviel schlimmer mußte es dann erst für Yisselda sein. Nur d'Averc war daran gewohnt. Er war bereits in seine eigene geschlüpft und amüsierte sich ein wenig über das Unbehagen der anderen.

»Kein Wunder, daß Ihr über Eure Gesundheit klagt«, brummte Falkenmond. »Ich kenne nichts, das ungesünder sein könnte. Ich habe gute Lust, die ganze Verkleidung aufzugeben.«

»Ihr gewöhnt Euch während des Rittes allmählich daran«, versicherte ihm d'Averc. »Nachdem ihr die ersten Schwierigkeiten überwunden habt, werdet ihr euch ohne die Rüstungen nackt vorkommen.«

»Da ziehe ich es aber vor, nackt herumzulaufen«, knurrte Oladahn erbost und warf die Ebermaske auf den Boden.

»Geht behutsam damit um«, mahnte d'Averc. »Ihr werdet sie noch brauchen.«

Oladahn trat noch einmal nach der Maske.

Einen Tag und eine Nacht später ritten sie bereits durch Tschechien. Es bestand kein Zweifel, daß das Dunkle Imperium die Provinz erobert hatte, denn die Städte und Dörfer waren menschenleer, gekreuzigte Tote hingen entlang den Straßen, Aasvögel kreisten und sättigten sich. Die Nacht war so hell, als schiene die Sonne am Himmel, denn überall brannten die Leichenhaufen, die Dörfer, Höfe, Villen und Städte. Und die schwarzen Horden des Inselimperiums von Granbretanien ritten wie heulende Dämonen, in der einen Hand eine Fackel und in der anderen das Schwert, durch das verwüstete Land.

Überlebende versteckten sich zitternd vor Angst, als die vier in ihrer Verkleidung durch diese Welt des Terrors galoppierten. Sie erregten keinen Argwohn, sondern wurden lediglich für eine kleine Gruppe von Mördern und Plünderern gehalten, und weder Freund noch Feind ahnte auch nur, wer sie wirklich waren.

Nun wurde es Morgen, ein von schwarzem Rauch verhangener Morgen, den ferne Feuer schwach erwärmten; ein Morgen mit aschebestreuten Feldern, zertrampelten Blumen und blutigen Leichen; ein gewöhnlicher Morgen unter der Knute Granbretaniens.

Durch den aufgeweichten Lehm der Straße kam ihnen ein Trupp Reiter entgegen. Zelttuchumhänge mit Kapuzen verhüllten die maskierten Köpfe und die Körper. Die Krieger ritten auf kräftigen Pferden und saßen in den Sätteln, als wären sie schon mehrere Tage unterwegs.

Als sie sich näherten, flüsterte Falkenmond: »Soldaten des Dunklen Imperiums. Sie scheinen sich für uns zu interessieren . . .«

Der Anführer schob seine Kapuze zurück, und zum Vorschein kam eine gewaltige Ebermaske, größer und kunstvoller verziert selbst als die d'Avercs. Er hielt seinen schwarzen Hengst an, und seine Männer blieben hinter ihm stehen.

»Seid alle drei still«, flüsterte d'Averc, und führte seine kleine Gruppe auf die wartenden Krieger zu. »Ich werde sprechen.«

Seltsame schnaubende Laute und eine Art Winseln drangen aus der Maske des Eberführers. Die Geheimsprache des Ordens, nahm Falkenmond an. Er war überrascht, als ähnliche Töne aus d'Avercs Kehle kamen. Das Gespräch dauerte eine Weile. D'Averc deutete den Weg, den sie gekommen waren, zurück. Der Eberführer winkte in die entgegengesetzte Richtung. Dann trieb er sein Pferd an, und er und seine Männer ritten weiter.

»Was wollte er?« fragte Falkenmond.

»Er fragte, ob wir irgendwo Vieh gesehen hätten. Sie sind eine Art Furagiertrupp, unterwegs auf Suche nach Eßbarem für das Lager vor uns.«

»Was ist das für ein Lager?«

»Ein sehr großes, sagte er. Etwa vier Meilen weiter voraus. Sie machen sich bereit, eine der letzten sich noch haltenden Städte anzugreifen – Bradichla. Ich kenne sie. Ihre Architektur ist von einmaliger Schönheit.«

»Dann sind wir ja Österland schon verhältnismäßig nah«, warf Yisselda ein. »Und jenseits davon liegt Italien, die Provence – und zu Hause!«

»Stimmt«, brummte d'Averc. »Eure Geographiekenntnisse sind bewundernswert. Aber wir sind noch nicht zu Hause. Noch liegt der gefährlichste Teil unserer Reise vor uns.«

»Was machen wir mit dem Lager?« fragte Oladahn. »Einen weiten Bogen herum, oder versuchen wir, mitten hindurchzureiten?«

»Es ist riesig«, erklärte ihm d'Averc. »Unsere beste Chance wäre tatsächlich, mitten hindurchzureiten, wenn möglich sogar die Nacht dort zu verbringen und zu sehen, ob wir etwas über die Pläne des Dunklen Imperiums in Erfahrung bringen können – beispielsweise, ob man weiß, daß wir uns in der Nähe befinden.«

Falkenmonds Stimme klang gedämpft aus dem Helm. »Ich weiß nicht, ob das nicht zu gefährlich ist. Andererseits erregen wir möglicherweise Argwohn, wenn wir das Lager zu umgehen versuchen. Also gut, wir reiten hindurch.«

»Werden wir nicht unsere Masken abnehmen müssen, Dorian?« fragte Yisselda.

»Das brauchen wir wahrhaftig nicht zu befürchten«, erwiderte d'Averc für Falkenmond. »Der Granbretanier schläft häufig sogar mit seiner Maske. Er verabscheut nichts so sehr, als sein Gesicht zu zeigen.«

Falkenmond hatte die Erschöpfung in Yisseldas Stimme bemerkt und wußte, daß sie unbedingt bald ausruhen mußte. Das konnten sie nun nur im Lager der Granbretanier.

Sie hatten ein großes, nicht aber ein so ungeheuer riesiges Lager erwartet. In der Ferne jenseits davon erhoben sich die Stadtmauern Bradichlas und ihre Türme und hohen Gebäude.

»Sie sind von bemerkenswerter Schönheit.« D'Averc seufzte und schüttelte traurig den Kopf. »Wie schade, daß sie morgen fallen wird. Ihre Bürger waren sehr unklug, dieser Armee Widerstand zu leisten.«

»Ja, es ist eine Streitmacht von kaum vorstellbarer Größe, und doch sicher nicht in ihrer ganzen Zahl notwendig, um die Stadt zu nehmen«, murmelte Oladahn.

»Das Dunkle Imperium ist bemüht um schnelle Eroberungen«, erklärte ihm Falkenmond. »Ich habe größere Armeen kleinere Städte stürmen sehen. Aber das Lager erstreckt sich über eine enorme Fläche, da kann die Organisation nicht hundertprozentig sein. Ich glaube, wir können uns hier verstecken.«

Überall waren Zelte errichtet worden, Baldachine und hier und da sogar Hütten. Über den Kochfeuern garten die verschiedenartigsten Speisen, und auch die Koppeln für Pferde, Ochsen und Maultiere befanden sich innerhalb des Lagers. Angetrieben von Kriegern des Ameisenordens, zogen Sklaven Kriegsmaschinen durch den Schlamm des Lagerbodens. Banner flatterten im Wind, und einige Standarten steckten hier und da im Boden. Von einiger Entfernung aus meinte man, ein Treffen urzeitlicher Tiere vor sich zu haben, wenn einige Wölfe über ein zertrampeltes Feld tappten oder eine Gruppe Maulwürfe sich um ein Kochfeuer versammelt hatte, während man anderswo Wespen, Raben, Frettchen, Ratten, Füchse, Tiger, Keiler, Fliegen, Hunde, Dachse, Ziegen, Vielfraße, Ottern und sogar ein paar Gottesanbeterinnen der erwählten Garde sah, deren Grandkonnetabel König Huon selbst war.

Falkenmond erkannte einige der Banner – jenes von Adaz Promp, dem fetten Grandkonnetabel des Hundeordens; Brenal Farnus reichverzierte Flagge, die ihn als Baron von Granbretanien und Grandkonnetabel der Ratten auswies; die wehende Standarte Shenegar Trotts, des Grafen von Sussex. Falkenmond vermutete, daß Bradichla die letzte der zu erobernden Städte war und daß sich deshalb eine so große Ansammlung von hohen Kriegslords hier zusammengefunden hatte. Er entdeckte sogar Shenegar Trott persönlich, der von einer Pferdesänfte zu seinem Zelt getragen wurde. Sein Gewand war über und über mit Edelsteinen bestickt, und seine Maske war die Karikatur eines menschlichen Gesichts.

Shenegar Trott schien einer jener verweichlichten Aristokraten zu sein, die ein bequemes Leben lieben und sich durch zu gutes und reichliches Essen und übermäßigen Alkoholgenuß zugrunde gerichtet haben. Aber Falkenmond hatte ihn an der Furt von Weizna am Rhein kämpfen sehen. Er war mit voller Absicht mit seinem Pferd unter Wasser getaucht und auf dem Grund zum feindlichen Ufer geritten. Das war das erstaunlichste an den Edelleuten des Dunklen Imperiums. Sie wirkten verweichlicht, faul und selbstgefällig, und doch waren sie so stark und ausdauernd wie die Tiere, die sie mit ihren Masken zu sein vorgaben, und manchmal sogar mutiger. Shenegar Trott war auch der Mann, der einem schreienden Kind einen Arm abgehackt hatte, während die Mutter gezwungen wurde, zuzusehen.

Falkenmond holte tief Luft, dann schlug er vor: »Reiten wir so weit wie möglich zum entgegengesetzten Ende des Lagers. Vielleicht können wir uns dann am Morgen unbemerkt absetzen.«

Langsam bewegten sie sich an den Zelten vorbei. Hin und wieder grüßte sie ein Eberkrieger, dann antwortete d'Averc für sie. Endlich erreichten sie den entgegengesetzten Lagerrand und stiegen von den Pferden. Sie hatten die Ausrüstung mitgebracht, die sie den in der Herberge Getöteten abgenommen hatten, und bauten nun die dazugehörigen Zelte auf. D'Averc sah ihnen dabei zu, da es, wie er sagte, Verdacht erregen würde, wenn einer seines hohen Ranges selbst mit Hand anlegen würde. Eine Gruppe Pioniere des Dachsordens kam mit einer Wagenladung Waffenteilen wie Axtklingen, Schwertgriffen, Speerspitzen und Ähnlichem vorbei. Sie führten auch ein Schleifgerät mit sich.

»Irgendeine Arbeit für uns, Brüder Eber?« erkundigten sie sich und hielten neben den kleinen Zelten.

Falkenmond zog seine stumpfe Klinge. »Ihr würde Schärfe nicht schaden«, grinste er.

»Und ich habe meinen Bogen und den Köcher mit Pfeilen verloren«, erklärte Oladahn, als er einen Haufen Bogen auf dem Boden des Wagens sah.

»Was ist mit Eurem Kameraden?« fragte einer der Dachskrieger. »Er hat ja überhaupt kein Schwert.« Er deutete auf Yisselda.

»Dann gib ihm eins, Narr!« bellte d'Averc in seiner hochmütigsten Stimme, und der Pionier beeilte sich zu gehorchen.

Als sie bewaffnet und ihre Klingen frisch geschärft waren, kehrte Falkenmonds Selbstvertrauen zurück. Nur Yisselda war niedergeschlagen. Sie legte die Hand um den Griff des Schwertes, das ihr aufgezwungen worden war. »Noch mehr Gewicht«, stöhnte sie. »Ich kann mich kaum noch auf den Beinen halten.«

»Zieh dich ins Zelt zurück«, schlug Falkenmond vor. »Dort kannst du einen Teil des Zeugs abnehmen.«

D'Averc wirkte irgendwie beunruhigt. Er sah Falkenmond und Oladahn zu, als sie ein Lagerfeuer machten.

»Was habt Ihr, d'Averc?« fragte Falkenmond. Er blickte hoch und blinzelte durch die Augenschlitze seines Helmes. »Setzt Euch, das Essen ist bald soweit.«

»Ich habe ein ungutes Gefühl«, brummte der Angesprochene. »Irgendwie spüre ich Gefahr.«

»Weshalb? Glaubt Ihr, die Dachse schöpften Verdacht?«

»Nein, gewiß nicht.« D'Averc blickte über das Lager. Die Abenddämmerung setzte ein, und er wurde ruhiger. Auf den Mauern der fernen Stadt reihten sich die Verteidiger, bereit, sich gegen eine Armee zur Wehr zu setzen, der bisher noch niemand widerstanden hatte, außer die Kamarg. »Gewiß nicht«, wiederholte d'Averc mehr zu sich selbst. »Aber mir wäre wohler, wenn . . .«

»Wenn was?«

»Ich glaube, ich werde ein wenig durch das Lager streifen und sehen, ob ich ein paar Neuigkeiten erfahren kann.«

»Haltet Ihr das für sehr klug? Außerdem, was ist, wenn uns Krieger des Eberordens anreden und wir ihnen nicht in ihrer Geheimsprache antworten können?«

»Ich werde nicht lange bleiben. Zieht Euch in Eure Zelte zurück.«

Falkenmond hätte ihn gerne zurückgehalten, aber wußte nicht, wie er es tun sollte, ohne Aufsehen zu erregen. Besorgt blickte er dem Franzosen nach.

In diesem Augenblick erklang eine Stimme hinter ihm. »Eure Wurst läßt einem das Wasser im Mund zusammenlaufen.«

Falkenmond wandte sich erschrocken um. Es war ein Krieger in der Maske des Wolfsordens.

»Möchtest du eine Scheibe – ah – Bruder?« fragte Oladahn schnell. Er säbelte ein Stück ab und gab es dem Wolfssoldaten.

Der Mann drehte sich um, hob seine Maske, schob die Wurst in den Mund und zog hastig den Helm wieder herab, dann drehte er sich erneut den Gefährten zu.

»Habt Dank«, brummte er mit vollem Mund. »Ich war seit Tagen unterwegs und habe so gut wie nichts in den Magen bekommen. Unser Konnetabel ist ein arger Antreiber. Wir sind eben erst angekommen.« Er lachte. »Und mit welcher Eile dazu. Es war ein Gewaltmarsch von der Provence hierher.«

»Von der Provence?« entfuhr es Falkenmond unwillkürlich.

»Kennst du sie?«

»Ich war einmal dort. Haben wir die Kamarg schon erobert?«

»So gut wie. Unser Konnetabel meint, es kann sich nur noch um Tage handeln. Sie sind führerlos, und die Verpflegung geht ihnen aus. Die merkwürdigen Waffen, die sie haben, haben zwar Millionen von uns getötet, aber damit dürfte nun bald Schluß sein.«

»Was ist mit ihrem Lordhüter passiert? Dem Grafen Brass?«

»Er ist tot, habe ich gehört, oder zumindest fast. Ihr Widerstandsgeist läßt immer mehr nach. Bis wir zurück sind, dürfte dort alles vorbei sein. Ich bin sehr froh darüber. Wir waren Monate dort. Das ist das erste Mal, daß ich zu einem anderen Kriegsschauplatz komme. Noch mal Dank für die Wurst, Kameraden. Gutes Töten morgen!« Falkenmond blickte dem Wolfskrieger nach, als er in die Nacht stapfte, die nun von Tausenden von Lagerfeuern erhellt war. Er seufzte und betrat Yisseldas Zelt. »Hast du es gehört?« fragte er sie.

»Ja.« Sie hatte Helm und Beinschienen abgenommen und kämmte ihr Haar. »Offenbar lebt mein Vater also noch.« Sie sprach mit betont beherrschter Stimme, und Falkenmond sah sogar in der Dunkelheit des Zeltes die Tränen in ihren Augen.

Er nahm zärtlich ihr Gesicht in seine Hände. »Du darfst dir keine unnötigen Sorgen machen, Liebste«, mahnte er. »In ein paar Tagen werden wir an seiner Seite sein.«

»Wenn er so lange lebt . . .«

»Er erwartet uns. Er wird nicht sterben.«

Später trat Falkenmond wieder ins Freie. Oladahn saß beim erlöschenden Feuer. »D'Averc bleibt lange aus«, murmelte er.

Falkenmond machte ein besorgtes Gesicht. »Ob ihm etwas zugestoßen ist?«

»Eher glaube ich, er hat uns einfach verlassen . . .« Der Mann aus den Bulgarbergen hielt inne, als mehrere Gestalten sich aus den Schatten lösten.

Falkenmond sah mit Schrecken, daß es sich um Eberkrieger handelte. »Schnell ins Zelt«, flüsterte er Oladahn zu.

Aber es war bereits zu spät. Einer der Ebersoldaten begann in der Geheimsprache seines Ordens auf Falkenmond einzureden. Der Herzog nickte und hob die Hand, als erwidere er einen Gruß, in der Hoffnung, daß es damit getan war. Aber der Ton des anderen wurde eindringlicher. Falkenmond versuchte in sein Zelt zu schlüpfen, doch der Sprecher hielt ihn am Arm zurück.

Wieder redete er auf ihn ein. Falkenmond hustete und täuschte eine Halskrankheit vor. Er deutete auf seine Kehle. Da sagte der Eber: »Ich lud dich ein, *Bruder,* mit uns zu trinken. Nimm die Maske ab!«

Falkenmond wußte, daß kein Angehöriger irgendeines Ordens

das von einem verlangen würde – außer, er verdächtigte ihn, sie zu Unrecht zu tragen. Er machte einen Schritt zurück und zog sein Schwert.

»Tut mir leid, daß ich nicht mit dir trinken kann, Bruder!« brummte er. »Aber wenn es sein muß, kämpfe ich statt dessen mit dir.« Oladahn sprang mit gezogenem Schwert neben ihn.

»Wer seid ihr?« knurrte der Ebersoldat. »Warum tragt ihr die Rüstung eines fremden Ordens? Was wollt ihr damit?«

Falkenmond warf seinen Helm zurück und entblößte sein bleiches Gesicht mit dem Schwarzen Juwel in der Stirn. »Ich bin Falkenmond«, erklärte er nun und sprang auf die verdutzten Krieger zu.

Falkenmond und Oladahn nahmen das Leben von fünf Eberkriegern, ehe der Kampflärm andere von allen Richtungen herbeieilen ließ. Bald waren sie von allen Seiten eingekreist. Ein Schlag mit einem Speerschaft traf Falkenmond auf den Nacken, daß er in den Schlamm sank.

Halbbetäubt spürte er, wie man ihn in die Höhe zerrte und vor einen hochgewachsenen Mann in schwarzer Rüstung schleppte, der etwas entfernt von der Menge auf einem Pferd saß.

»Ah, welch angenehme Überraschung, Herzog von Köln«, ertönte eine tiefe Stimme aus dem Helm des Reiters, eine Stimme, in der Bosheit und Gehässigkeit schwangen; eine Stimme, die Falkenmond vertraut schien.

»Meine lange Reise war demnach nicht umsonst«, wandte der Reiter sich an seinen ebenfalls berittenen Begleiter.

»Das freut mich, Euer Lordschaft«, erwiderte dieser. »Ich nehme an, damit bin ich nun auch in den Augen des Reichskönigs in Gnaden wieder aufgenommen.«

Falkenmonds Kopf zuckte hoch, um den anderen genauer zu betrachten. Seine Augen funkelten, als er die kunstvolle Ebermaske d'Avercs sah.

»So habt Ihr uns also verraten!« rief er. »Noch ein Verräter! Ist es mein Geschick, nur mit Verrätern zusammenzukommen?« Er versuchte sich loszureißen, um sich auf d'Averc zu stürzen, aber die Krieger hielten ihn fest.

D'Averc lachte. »Wie naiv Ihr seid, Herzog Dorian . . .«
Er hustete gekünstelt.

»Habt ihr die anderen?« fragte der Reiter. »Das Mädchen und den Pelzgesichtigen?«

»Jawohl, Eure Exzellenz.«

»Dann bringt sie in mein Lager. Ich will sie mir genauer ansehen. Dies ist ein sehr großer Triumph für mich.«

9. Die Reise südwärts

Ein Gewitter hatte sich über dem Lager zusammengebraut, als Falkenmond, Oladahn und Yisselda durch den Schlamm und Schmutz geschleppt wurden, vorbei an den neugierigen Kriegern und dem Lärm und Durcheinander, zu einem Platz, wo ein großes Banner im frisch aufkommenden Wind flatterte.

Die ersten Blitze zuckten, einer nach dem anderen, unmittelbar von Donnerschlägen gefolgt. Falkenmond hielt die Luft an, als er das Banner erkannte. Er versuchte, zu Oladahn oder Yisselda zu sprechen, aber man zerrte ihn in ein riesiges Zelt, wo ein Maskierter auf einem geschnitzten Stuhl saß und d'Averc neben ihm stand. Der Mann auf dem Stuhl trug die Maske des Wolfsordens. Das Banner wies ihn als Grandkonnetabel dieses Ordens aus – einer der höchsten Edelleute Granbretaniens, der Generalfeldmarschall der Armeen des Dunklen Imperiums unter dem Reichskönig Huon, ein Baron von Kreiden – ein Mann, den Falkenmond für tot gehalten, von dem er sicher gewesen war, daß er ihn selbst niedergestreckt hatte.

»Baron Meliadus«, knurrte er. »So tötete ich Euch gar nicht in Hamadan?«

»Nein, Falkenmond, obgleich Ihr mich sehr schwer verwundet habt, entkam ich diesem Schlachtfeld.«

Falkenmond lächelte dünn. »Das gelang nur wenigen Eurer Soldaten. Wir haben Euch geschlagen, Euch vernichtet.«

Meliadus wandte seine reichverzierte Wolfsmaske einem Hauptmann zu, der in der Nähe stand. »Bringt Ketten, viele Ketten, starke und schwere. Windet sie um diese Hunde und schmiedet sie fest. Sie sollen keine Chance haben, Schlösser zu öffnen.

Diesmal möchte ich sichergehen, daß sie in Granbretanien ankommen.«

Er erhob sich von seinem Stuhl und spähte durch die Augenschlitze seiner Maske in Falkenmonds Gesicht. »Man hat viel über Euch an Reichskönig Huons Hof gesprochen, und man hat sich besonders exquisite Foltern für Euch ausgedacht, Verräter! Euer Sterben wird sich ein oder zwei Jahre hinziehen, und jeder Augenblick davon wird eine Qual für Euren Leib und Euren Geist sein. Unseren ganzen Einfallsreichtum setzen wir zu diesem Zweck ein, Falkenmond.«

Mit behandschuhten Fingern hob er Yisseldas wutfunkelndes Gesicht, in dessen Augen Tränen der Hilflosigkeit glitzerten. »Was Euch betrifft, meine Schöne – ich erwies Euch die Ehre, Euch zu bitten, meine Frau zu werden. Ehre werdet Ihr nun keine mehr haben, doch werde ich Euch nehmen, bis ich Euer müde bin oder Euer Körper gebrochen ist.« Der Wolfskopf drehte sich langsam und betrachtete Oladahn. »Und diese Kreatur, nichtmenschlich und doch eingebildet genug, aufrecht zu gehen, sie wird sich auf allen vieren bewegen und wimmern und winseln wie das Tier, das sie ist . . .«

Oladahn spuckte die juwelenbesetzte Maske an. »In Euch hätte ich ein gutes Vorbild dazu.«

Meliadus wirbelte mit wallendem Umhang herum und hinkte schwerfällig zu seinem Stuhl zurück.

»Ich werde euch alle bei guter Gesundheit erhalten, bis ihr unter der Thronkugel steht«, erklärte er mit wutbebender Stimme. »Ich ließ mich bisher von Geduld leiten, und so soll es auch noch ein paar Tage bleiben. Wir werden bei Morgengrauen aufbrechen, zurück nach Granbretanien. Aber wir machen einen kleinen Umweg, damit ihr die endgültige Vernichtung der Kamarg miterlebt. Ich habe dort einen Monat verbracht, müßt ihr wissen, und täglich das Sterben ihrer letzten Verteidiger und das Fallen ihrer Türme beobachtet – einer nach dem anderen. Ich befahl, mit dem letzten Sturm bis zu meiner Rückkehr zu warten. Ich dachte, ihr würdet gern sehen, wie euer Heimatland vergewaltigt wird.« Er lachte und legte seinen grotesk maskierten Schädel schief. »Ah! Hier kommen die Ketten.«

Männer des Dachsordens brachten gewaltige Eisenketten, eine Feuerschale, einen kleinen Amboß und Hämmer.

Falkenmond, Yisselda und Oladahn wehrten sich, als die Dachse sie ketteten, doch bald wurden sie vom Gewicht des Eisens zu Boden gedrückt.

Dann wurden die Kettenenden mit weißglühenden Nieten verschlossen, und Falkenmond wußte, daß es unmöglich war, sich selbst daraus zu befreien.

Baron Meliadus stand auf und besah sich die Arbeit der Dachse. »Wir werden über Land zur Kamarg reisen und von dort nach Bordeaux, wo ein Schiff auf uns warten wird. Ich bedaure, daß ich nicht mit einer Flugmaschine dienen kann, aber wir brauchen die meisten davon, um die Kamarg zu schleifen.«

Falkenmond schloß die Augen; mehr blieb ihm nicht, seine Verachtung für Meliadus auszudrücken.

Am nächsten Morgen warf man die drei Gefangenen in einen offenen Wagen, und gleich darauf brach Baron Meliadus' schwer bewaffnetete Kolonne auf. Hin und wieder, wenn er in seine Blickrichtung kam, sah Falkenmond seinen Erzfeind, der mit Sir Huillam d'Averc an der Spitze des Trupps ritt.

Immer noch herrschte ein Sturm, und schwere Regentropfen fielen auf Falkenmonds Gesicht und in seine Augen. In seinen Ketten vermochte er kaum den Kopf zu bewegen, um das Naß abzuschütteln.

Der Wagen holperte dahin, während in der Ferne die Armee des Dunklen Imperiums auf Bradichla zumarschierte.

Falkenmond fühlte sich von allen Seiten verraten. Er hatte dem Ritter in Schwarz und Gold vertraut – und dieser stahl ihm seine Satteltaschen. Er hatte d'Averc schließlich sein Vertrauen geschenkt – und der lieferte ihn in Baron Meliadus' Hände. Er seufzte. Nun war er sich nicht einmal mehr gewiß, ob nicht auch Oladahn ihn verraten würde, wenn er die Gelegenheit dazu bekäme ...

Er fiel übergangslos in fast dieselbe seelisch-geistige Stumpfheit wie vor Monaten nach seiner Niederlage und Gefangenschaft durch das Dunkle Imperium, als er eine Armee von Aufständischen in Deutschland gegen Baron Meliadus angeführt hatte. Seine Züge schienen wie eingefroren, seine Augen glanzlos, und er hörte auf zu denken.

Manchmal sprach Yisselda ihn an. Er antwortete, aber er hatte keine Worte des Trostes. Er wußte, daß es keine gab, die sie zu überzeugen vermochten. Manchmal gab Oladahn eine Bemerkung von sich, die von Galgenhumor zeugte, aber die anderen gingen nicht darauf ein, bis schließlich auch er in dumpfes Schweigen verfiel. Nur wenn man ihnen in größeren Abständen Essen in den Mund schob, gaben sie Zeichen von Leben von sich.

Und so vergingen die Tage, während die Kolonne südwärts zog.

Seit Monaten hatten sie diesen Augenblick der Heimkehr ersehnt, doch nun erfüllte sie keine Freude mehr darüber. Falkenmond wußte, daß er versagt hatte, er, der die Kamarg retten wollte. Und er war voll von Selbstverachtung.

Bald durchquerten sie Italien, und eines Tages rief Baron Meliadus: »In ein paar Tagen werden wir die Kamarg erreichen. Wir überqueren gerade die Grenze nach Frankreich!« Und er lachte.

10. Der Zusammenbruch der Kamarg

»Setzt sie auf«, befahl Baron Meliadus, »damit sie sehen können, was vor sich geht!«

Aus dem Sattel blickte er in den Wagen. »Ihr müßt sie aufrichten!« wandte er sich an seine schwitzenden Männer. Sie mühten sich mit den dreien ab, die durch ihre Rüstung und die Ketten ein gewaltiges Gewicht hatten. »Sie sehen nicht besonders gut aus«, fügte er hinzu. »Und ich dachte, sie seien so ausdauernd!«

D'Averc kam an Baron Meliadus' Seite geritten. Er hustete und hing halb zusammengekauert im Sattel. »Und Ihr seid noch immer in recht schlechter gesundheitlicher Verfassung, d'Averc«, wandte der Baron sich an ihn. »Hat mein Feldscher Euch denn nicht die Medizin zusammengebraut, nach der Ihr verlangtet?«

»Doch, das tat er, Lord Baron«, erwiderte d'Averc schwach, »aber sie lindert meine Schmerzen nur wenig.«

»Vielleicht tatet Ihr zuviel des Guten mit dieser Mischung von Kräutern, die Ihr ihm angabt.« Meliadus wandte seine Aufmerksamkeit wieder den drei Gefangenen zu. »Seht, wir halten auf diesem Hügel an, damit Ihr einen Blick auf Euer Land werfen könnt.«

Falkenmond blinzelte in der Mittagssonne und erkannte die Marschen seiner geliebten Kamarg, die sich bis zum Horizont erstreckten.

Doch in der Nähe sah er die gewaltigen, düsteren Wachtürme – die Stärke der Kamarg – mit ihren ungewöhnlichen Waffen von unvorstellbaren Kräften, deren Geheimnis nur Graf Brass bekannt war. Und ganz in ihrer Nähe kampierte eine schwarze Masse von Männern – die geballten Streitkräfte des Dunklen Imperiums.

»Oh!« schluchzte Yisselda. »Einer solch gewaltigen Zahl vermag sie nicht zu widerstehen!«

»Eine sehr vernünftige Einsicht, meine Teure.« Baron Meliadus lächelte. »Ihr habt natürlich völlig recht.«

Der Hügel, auf dem die Kolonne haltgemacht hatte, führte allmählich abwärts zu der Ebene, wo die Truppen des Dunklen Imperiums sich dicht an dicht drängten. Falkenmond sah Infanterie, Kavallerie, Pioniere, Kompanie um Kompanie. Er sah Kriegsmaschinen von gewaltiger Größe, riesige Flammenwerfer, Ornithopter, die durch den Himmel flatterten, in solcher Zahl, daß sie die Sonne über den Köpfen der Zuschauer verdunkelte. Alle Arten von Metall waren gegen die friedvolle Kamarg herbeigeschleppt worden – Messing und Eisen und Bronze und Stahl, widerstandsfähige Legierungen, denen die Flammenlanzen nichts anzuhaben vermochten, Gold und Silber und Platin und Blei. Geier marschierten neben Fröschen, Pferde neben Maulwürfen, und Wölfe, Eber, Hirsche, Wildkatzen, Adler, Ratten, Dachse und Wiesel drängten sich Seite an Seite. Seidene Banner flatterten in der feuchtwarmen Luft, sie trugen die Farben von gut drei Dutzend Edelleuten aus allen Ecken Granbretaniens. Rot leuchtete hier, Gelb, Purpur und Schwarz, Blau und Grün und grelles Rosa, und das Sonnenlicht brach sich in hunderttausend Augen und ließ die Masken so scheinbar böse grinsen.

»Hah!« lachte Baron Meliadus. »Das ist *meine* Armee. Hätte Graf Brass sich damals nicht geweigert, uns zu helfen, wäret ihr nun ehrenvolle Verbündete des Dunklen Imperiums. Aber weil ihr euch widersetztet, sollt ihr bestraft werden. Ihr dachtet, eure Waffen und Türme und der Mut eurer Mannen wäre genug, sich Granbretanien zu widersetzen. Doch dem ist nicht so, Dorian Falkenmond! Seht selbst, welche Toren ihr wart!« Er warf seinen Kopf zurück und brach in hämisches Gelächter aus. »Zittert, Falkenmond – und Ihr, Yisselda ebenfalls –, zittert, wie eure Freunde nun in ihren Türmen zittern, denn sie wissen, daß diese fallen werden, wissen, daß die Kamarg Schutt und Asche sein wird, ehe die Sonne wieder aufgeht. Ich werde die Kamarg vernichten und wenn ich dazu meine ganze Armee opfern muß!«

Und Falkenmond und Yisselda zitterten in der Tat, doch in Trauer über das, was der wahnsinnige Baron prophezeite.

»Graf Brass ist tot!« rief Baron Meliadus und wandte sein Pferd, um an die Spitze seines Trupps zu reiten. »Und nun stirbt auch sein Land!« Er hob den Arm. »Vorwärts! Laßt sie das Gemetzel miterleben!«

Der Wagen begann sich erneut in Bewegung zu setzen und holperte hügelabwärts zur Ebene, und die Gefangenen, die mit Stricken aufrecht gehalten wurden, blickten wie betäubt vor sich hin.

D'Averc blieb an der Seite des Wagens und hustete übertrieben. »Die Medizin des Barons ist nicht schlecht«, bemerkte er schließlich. »Sie müßte eigentlich die Krankheiten aller heilen.« Nach dieser etwas rätselhaften Bemerkung trieb er sein Pferd an und ritt erneut an die Seite seines Herrn.

Falkenmond sah seltsame Strahlen aus den Türmen der Kamarg in die Reihen der auf sie Einstürmenden schießen. Sie hinterließen rauchende Narben im Boden, wo sich vorher Männer befunden hatten. Er sah die Kavallerie der Kamarg sich in Stellung begeben – eine dünne Linie von Hütern, die auf ihren gehörnten Pferden ritten, mit Flammenlanzen über den Schultern. Er sah Bürger aus den Ortschaften mit Schwertern und Äxten bewaffnet der Kavallerie folgen. Aber Graf Brass sah er nicht, auch nicht den Philosophen Bowgentle. Die Männer der Kamarg marschierten ohne Führer in ihre letzte Schlacht.

Was hätte Falkenmond nicht dafür gegeben, frei zu sein, ein Schwert in seiner Hand zu schwingen, ein Pferd zwischen den Schenkeln zu spüren und den Männern der Kamarg vorauszustürmen, die sich sogar noch ohne Führer dem Dunklen Imperium widersetzten, obgleich ihre Zahl nur ein Bruchteil der des Feindes darstellte. Er wand sich in seinen Ketten und fluchte in seiner Wut und Hilflosigkeit.

Der Abend brach herein, und die Schlacht ging weiter. Falkenmond sah Millionen Flammen aus den Kanonen der Granbretanier einen der uralten, düsteren Türme durchdringen. Er sah ihn schwanken und schließlich zu Schutt zerfallen. Und die schwarzen Horden jubelten.

Die Nacht senkte sich herab, doch weiter wütete die Schlacht. Die Hitze, die von ihr aufstieg, ließ den Schweiß über die Gesichter der drei Gefangenen strömen. Um sie herum saßen die Wachen des Wolfstrupps; sie redeten lachend über den bevorstehenden Sieg. Ihr Herr war mitten in das Gewühl der Angreifer geritten, wo er sich besser über den Stand der Schlacht zu informieren vermochte, und sie hatten einen prallen Sack Wein herbeigeschleppt, aus dem lange Strohhalme herausragten, damit sie durch ihre Masken hindurch daraus trinken konnten. Als die Nacht voranschritt, verstummte allmählich ihre angeregte Unterhaltung und ihr Gelächter, bis sie seltsamerweise eingeschlafen waren.

Oladahn wunderte sich darüber. »Es sieht den wachsamen Wölfen gar nicht ähnlich, so tief zu schlafen. Sie scheinen sich unser völlig sicher zu sein.«

Falkenmond seufzte. »Was hilft es uns? Diese verdammten Ketten sind so fest zusammengeschmiedet, daß wir nicht hoffen können, uns daraus zu befreien.«

»Na, na«, erklang die Stimme d'Avercs. »Wo habt Ihr Euren Optimismus gelassen, Herzog Dorian? Ich erkenne Euch gar nicht wieder.«

»Verschwindet, Verräter!« knurrte Falkenmond, als der Franzose aus der Dunkelheit an den Wagen trat. »Kehrt zu Eurem Herrn zurück und leckt ihm die Füße.«

»Ich habe etwas mitgebracht«, erklärte d'Averc in übertrieben gekränktem Ton, »um zu sehen, ob es Euch vielleicht helfen könnte.« Er deutete auf einen klobigen Gegenstand in seiner Hand. »Schließlich war es meine Medizin, die die Wachen in den Schlaf schickte. Ein seltenes Stück, das ich auf dem Kampfplatz fand. Vermutlich das Eigentum eines hohen Führers, denn heutzutage gibt es nur noch wenige ihrer Sorte. Es ist eine Art Flammenlanze, doch klein genug, sie in einer Hand zu tragen.«

»Ich habe davon gehört.« Falkenmond nickte. »Aber wie könnte sie uns nützen? Wir sind in Ketten, wie Ihr seht und wißt.«

»Ich weiß und sehe. Doch wenn Ihr bereit wärt, ein Risiko einzugehen, könnte ich Euch vielleicht befreien.«

»Ist das eine neue Falle, d'Averc, die Ihr und Meliadus euch für uns ausgedacht habt?«

»Ihr kränkt mich, Falkenmond. Wie könnt Ihr so etwas nur denken?«

»Weil Ihr uns in Meliadus' Hand geliefert habt. Ihr müßt weit vorausgeplant haben, als Ihr mit den Wolfskriegern in dem karpatischen Städtchen spracht. Ihr habt sie geschickt, Ihren Herrn zu finden, und arrangiert, uns zu dem Lager zu führen, wo wir ohne viel Schwierigkeiten gefangengesetzt werden konnten.«

»Es klingt durchaus vorstellbar«, pflichtete d'Averc ihm bei. »Aber man könnte es auch von einer anderen Seite sehen – die Wolfskrieger erkannten mich, folgten uns und benachrichtigten dann ihren Herrn. Ich hörte im Lager, daß Meliadus gekommen war, um Euch zu suchen. Also beschloß ich, ihm zu erzählen, daß ich Euch in die Falle gelockt habe, damit wenigstens einer von uns frei bliebe.« D'Averc hielt inne. »Nun, wie klingt das?«

»Unglaubhaft.«

»Nun, vielleicht klingt es wirklich unglaubhaft. Aber Falkenmond, wir haben nicht viel Zeit. Soll ich versuchen, Eure Ketten aufzuschweißen, und hoffen, daß ich Euch dabei nicht versenge, oder wollt Ihr etwa lieber hier auf Eurem Tribünenplatz sitzen bleiben, um nichts von der Schlacht zu versäumen?«

»Schweißt die verdammten Ketten auf«, brummte Falkenmond. »Denn mit freien Händen habe ich zumindest die Chance, Euch zu erwürgen, falls Ihr lügt!«

D'Averc hob die kleine Flammenlanze und richtete sie schräg auf die Kette an Falkenmonds Arm. Dann drückte er auf den Knopf, und ein Strahl intensiver Hitze zischte aus der Mündung. Falkenmond spürte einen brennenden Schmerz am Arm, aber er biß wortlos die Zähne zusammen. Die Qual erhöhte sich, bis er glaubte, er müsse sie hinausschreien, doch in diesem Augenblick klirrte ein Teil der Kette auf den Wagenboden. Sein rechter Arm war frei. Er rieb ihn und schrie fast, als er eine Stelle berührte, wo die Rüstung weggebrannt war.

»Beeilt Euch«, drängte d'Averc. »Haltet ein Stück der Kette, das erleichtert mir die Arbeit.«

Endlich war Falkenmond seiner Ketten ledig, und er konnte d'Averc bei der Befreiung Yisseldas und Oladahns helfen. D'Averc wurde sichtlich unruhiger.

»Ich habe eure Schwerter hier«, erklärte er, »und neue Masken und frische Pferde. Ihr müßt mir jetzt folgen. Und beeilt euch, jeden Augenblick mag Meliadus zurückkehren. Ich muß gestehen, ich hatte ihn schon längst zurückerwartet.«

Sie schlichen durch die Dunkelheit zu den Pferden, stülpten die Masken über die Köpfe, gürteten die Schwerter und kletterten in die Sättel.

Da hörten sie Pferdegetrappel hügelaufwärts auf sie zukommen, ein Durcheinanderbrüllen und wütende Flüche, die nur von Meliadus stammen konnten.

»Schnell!« zischte d'Averc. »Wir müssen reiten – über die Grenze, in die Kamarg!«

Sie trieben ihre Pferde zu einem wilden Galopp an und stürmten hügelabwärts auf das Hauptkampffeld zu. »Macht Platz!« brüllte d'Averc. »Macht Platz für die Verstärkung! Neue Truppen für die Front!«

Krieger sprangen zur Seite, als sie mitten durch das Gewimmel preschten, und fluchten auf die vier tollkühnen Reiter.

»Macht Platz!« brüllte d'Averc erneut. »Aus dem Weg! Eine Nachricht für den Oberkommandierenden!« Er nahm sich die Zeit, sich nach Falkenmond umzudrehen und ihm zuzurufen: »Immer die gleiche Lüge langweilt mich!« Wieder schrie er. »Macht Platz! Das Serum für die Seuchenkranken!«

Hinter sich hörten sie das Klappern von Hufen, als Meliadus und seine Leute näher kamen.

Sie sahen nun, daß die Kämpfe an der Front noch immer anhielten, aber nun nicht mehr mit solcher Wildheit geführt wurden wie zu Beginn der Schlacht.

»Macht Platz für Baron Meliadus!« schrie d'Averc.

Ihre Pferde sprangen über kleinere Gruppen von Soldaten, galoppierten um Kriegsmaschinen und mitten durch das Feuer und kamen immer näher an die Türme der Kamarg heran, während sie hinter sich bereits Meliadus wütend brüllen hörten.

Sie galoppierten nun über die Leichen der gefallenen Granbretanier, nachdem sie die Hauptmacht hinter sich gelassen hatten.

»Nehmt die Masken ab!« schrie d'Averc. »Es ist unsere einzige Chance. Wenn die Kamarganer Euch und Yisselda rechtzeitig erkennen, stellen sie das Feuer, ein. Wenn nicht ...«

Aus der Dunkelheit schoß der Strahl einer Flammenlanze auf sie zu. Er verfehlte d'Averc um nicht mehr als eine Handbreit. Weitere Flammenlanzen sandten ihren verzehrenden Tod aus. Zweifellos waren es Meliadus' Männer, die auf sie schossen. Falkenmond fummelte am Verschluß seines Maskenhelms und atmete erleichtert auf, als es ihm endlich gelang, ihn nach hinten zu schwingen.

»Halt!« brüllte Meliadus, der inzwischen aufgeholt hatte. »Ihr werdet durch eure eigenen Leute umkommen! Ihr Narren!«

Auch von der Seite der Kamarganer strahlte nun eine Flammenlanze nach der anderen auf und erhellte die Nacht mit ihrem rötlichen Licht. Die Pferde stolperten über die Toten, d'Averc hatte den Kopf auf den Hals seines Pferdes gepreßt, und auch Oladahn und Yisselda kauerten sich tief. Aber Falkenmond zog sein Schwert und brüllte: »Männer der Kamarg! Ich bin es, Falkenmond! Falkenmond ist zurück!«

Die Flammenlanzen stoppten ihr Feuer nicht, doch die vier kamen nun einem Turm immer näher. D'Averc richtete sich im Sattel auf.

»Kamarganer!« rief er. »Ich bringe euch Falkenmond, der euch ...« Da traf ihn der Strahl einer Lanze. Er warf seine Arme in die Höhe, stieß einen Schmerzensschrei aus und taumelte im Sattel. Falkenmond ritt hastig an seine Seite und stützte ihn. D'Avercs Rüstung war rotglühend und an manchen Stellen geschmolzen, aber der Franzose war noch nicht tot. Ein schwaches Lachen kam über die Brandblasen seiner Lippen. »Eine arge Fehlkalkulation, mein Geschick mit Eurem zu verknüpfen, Falkenmond ...«

Die beiden anderen hielten an. Ihre Pferde tänzelten unruhig. Hinter ihnen kamen Baron Meliadus und seine Männer immer dichter heran.

»Nimm die Zügel seines Pferdes, Oladahn«, bat Falkenmond. »Ich halte ihn im Sattel, und wir werden zusehen, daß wir näher an den Turm herankönnen.«

Flammen schossen knapp an ihnen vorbei, diesmal von granbretanischer Seite. »Haltet an, Falkenmond!«

Falkenmond achtete nicht darauf, sondern ritt weiter, durch den Schlamm und um die Toten herum und hielt d'Averc im Sattel.

Als ein gewaltiger Lichtschein aus dem Turm aufstrahlte, brüllte Falkenmond: »Männer der Kamarg! Wir sind es. Falkenmond und Yisselda – Graf Brass' Tochter.«

Das Licht erlosch. Immer näher trabten die Pferde mit Meliadus und seinen Männern. Yisselda schwankte vor Erschöpfung im Sattel. Falkenmond bereitete sich auf den Empfang seines Erzfeindes vor.

Da stürmten etwa zwei Dutzend der Hüter auf den weißen, gehörnten Pferden der Kamarg einen Hang herab und umringten die vier.

Einer der Wächter besah sich Falkenmonds Gesicht genau, dann strahlte er vor Freude. »Es ist unser Herr Falkenmond! Es ist Yisselda. Ah, jetzt wird sich doch noch alles zum Guten wenden!«

Meliadus und seine Männer waren in einiger Entfernung stehengeblieben, als sie die Kamarganer sahen. Nun drehten sie sich um und ritten zurück in die Dunkelheit.

Sie erreichten Burg Brass gegen Morgen, als das erste bleiche Sonnenlicht auf die Lagunen fiel. Die wilden Stiere, die dort ihren Durst stillten, hoben die Köpfe und blickten ihnen nach. Der Wind verwandelte die Schilfwiesen in wogende Meere, und auf dem Hügel, der auf die Stadt herabschaute, reiften Trauben heran und andere Früchte. Auf seinem Kamm erhob sich die Burg Brass, alt und trutzig und offenbar unberührt von den Schlachten, die an den Grenzen der Kamarg wüteten.

Sie ritten die gewundene Straße zur Burg empor und überquerten den Innenhof, wo über das ganze Gesicht strahlende Stallburschen ihnen die Pferde abnahmen. Dann betraten sie die Halle, in der die Trophäen Graf Brass' standen. Es war seltsam kalt und still hier, und eine einsame Gestalt stand am Kamin und erwartete sie. Obgleich er lächelte, verrieten seine Augen doch die Sorge. Es war Sir Bowgentle, der Philosoph und Poet – und er war sehr gealtert, seit Falkenmond ihn zuletzt gesehen hatte.

Bowgentle umarmte Yisselda, dann drückte er Falkenmonds Hand.

»Wie geht es Graf Brass?« fragte Falkenmond.

»Körperlich gut, aber er hat den Willen zu leben verloren.« Bowgentle winkte ein paar Dienern zu, d'Averc zu helfen. »Bringt ihn in die Krankenstube im Nordturm. Ich kümmere mich so schnell wie möglich um ihn. Kommt«, wandte er sich wieder an Falkenmond und Yisselda. »Seht selbst . . .«

Sie ließen Oladahn bei d'Averc zurück und stiegen die alte Steintreppe zu dem Zwischenstock empor, in dem sich Graf Brass' Räumlichkeiten befanden. Bowgentle öffnete eine Tür, und sie betraten das Schlafgemach.

Ein einfaches Soldatenbett stand in dem Raum mit weißen Decken und einfachen Kissen. Auf den Kissen ruhte ein großer Kopf, der aus Metall gegossen schien. Das rote Haar war mit mehr Grau durchzogen, als Falkenmond in Erinnerung hatte, das bronzefarbige Gesicht war um eine Spur bleicher, aber der rote Schnurrbart war noch derselbe. Auch die schweren Brauen über den tiefliegenden, goldbraunen Augen waren die gleichen. Doch die Augen selbst starrten blicklos an die Decke.

»Graf Brass«, sagte Bowgentle. »Seht.«

Aber die Augen bewegten sich nicht. Falkenmond mußte näher kommen, und ihm direkt ins Gesicht sehen, und auch Yisselda tat dasselbe. »Graf Brass, Eure Tochter Yisselda ist zurückgekehrt, und auch Dorian Falkenmond.«

Ein kraftloses Murmeln drang nun über die Lippen. »Neue Wahnbilder, Bowgentle. Ich dachte, das Fieber wäre vorbei.«

»So ist es auch, mein Lord – sie sind keine Hirngespinste.«

Die Augen bewegten sich endlich und nahmen ein wenig Glanz an. »Bin ich nun endlich tot und wieder vereint mit euch, meine Kinder?«

»Ihr seid auf Erden, Graf Brass!« versicherte ihm Falkenmond.

Yisselda küßte ihren Vater auf die Lippen. »Ein irdischer Kuß, Vater, spürt Ihr es?«

Langsam schmolzen die wie eingefrorenen Züge, bis ein breites Lächeln ihnen neues Leben verlieh. Der Körper bewegte sich unter den Decken, und plötzlich setzte der Graf sich auf.

»Ah, es ist wahr!« Er strahlte. »Ich hatte jegliche Hoffnung verloren. Welch ein Narr ich war!« Nun lachte er laut vor Freude.

Bowgentle schüttelte ungläubig den Kopf. »Brass, ich glaubte dich an der Schwelle des Todes!«

»Das war ich auch, mein guter Freund – aber ich bin davon zurückgesprungen, wie du siehst. Es war ein weiter Sprung. Wie steht es mit der Belagerung, Falkenmond?«

»Es sieht schlecht für uns aus, Graf Brass. Aber nun, meine ich, doch wieder etwas besser, da wir drei wieder beisammen sind.«

»Richtig. Bowgentle, laß meine Rüstung bringen. Und wo ist mein Schwert?«

»Brass – du mußt doch noch völlig von Kräften sein . . .«

»Dann sorge für etwas zu essen – und zwar reichlich –, dann stärke ich mich, während wir uns unterhalten.« Und Graf Brass sprang aus dem Bett, um seine Tochter und ihren Verlobten zu umarmen.

Sie speisten in der Halle, während Dorian Falkenmond Graf Brass alles berichtete, was ihm zugestoßen war, seit er die Burg vor so vielen Monaten verlassen hatte. Graf Brass seinerseits erzählte von seinen Schwierigkeiten mit, wie es schien, der gesamten granbretanischen Streitmacht. Er erzählte über Villachs letzte Schlacht, mit welchem Heldenmut er etwa zwei Dutzend Granbretanier mit sich in den Tod genommen hatte. Er erzählte, wie er selbst verwundet worden war und dann von Yisseldas Verschwinden erfahren hatte, woraufhin er jeglichen Lebenswillen verlor.

Oladahn kam aus der Krankenstube, und Falkenmond machte die beiden Männer miteinander bekannt. Der Pelzgesichtige brachte frohe Botschaft. D'Averc war zwar sehr schwer verletzt, aber Bowgentle war überzeugt, daß er sich wieder erholen würde.

Im großen und ganzen war es eine frohe Heimkehr, getrübt jedoch von dem Bewußtsein, daß an der Grenze die Hüter in einer wahrscheinlich verlorenen Schlacht um ihr Leben kämpften.

Graf Brass hatte inzwischen seine Messingrüstung übergestreift und sein schweres Breitschwert gegürtet. Er überragte die anderen, als er sich erhob. »Kommt, Falkenmond, und Ihr, Sir Oladahn«, forderte er die beiden auf. »Wir müssen an die Front und unseren Männern neuen Mut geben.«

Bowgentle seufzte. »Vor zwei Stunden hielt ich dich noch für so gut wie tot – und jetzt willst du schon in die Schlacht reiten. Dazu bist du noch nicht gesund genug, Brass.«

»Meine Krankheit war eine des Geistes und nicht des Körpers – und sie ist nun bezwungen!« polterte Graf Brass. »Pferde! Laß unsere Pferde satteln, Bowgentle.«

Falkenmond war zwar erschöpft, aber die Energie des Grafen schien auch auf ihn überzugreifen und die betäubende Müdigkeit aus den Gliedern zu nehmen, als er mit dem alten Kämpen auf den Hof trat. Er warf Yisselda einen Kuß zu und stieg aufs Pferd.

Die drei gönnten sich keine Rast, als sie auf nur wenig bekannten Pfaden durch das Marschland ritten. Schwärme von Riesenflamingos flatterten vor ihnen auf, und Herden von wilden, gehörnten Pferden ergriffen die Flucht. Graf Brass deutete mit behandschuhten Fingern um sich. »Ein Land wie dieses ist es wert, daß man es verteidigt mit allem, was man hat. Solcher Frieden muß beschützt werden.«

Bald hörten sie den Schlachtenlärm und kamen zu jenem Abschnitt, wo die Truppen des Dunklen Imperiums die Türme stürmten. Sie zügelten die Pferde, als sie das Schlimmste sahen.

»Unmöglich«, flüsterte der Graf tonlos.

Aber es war so.

Die Türme waren gefallen. Nur Schutt und Asche zeugten noch von ihnen. Die Überlebenden wurden immer weiter zurückgedrängt, obgleich sie sich tapfer verteidigten.

»Das ist das Ende der Kamarg«, murmelte der Graf mit gebrochener Stimme.

11. Die Rückkehr des Ritters

Einer der Hauptleute hatte sie entdeckt und kam auf sie zugeritten. Seine Rüstung hing in Fetzen von ihm, und sein Schwert war gebrochen, aber er strahlte über das ganze Gesicht. »Graf Brass!« rief er. »Endlich! Kommt, Sir! Wir müssen die Leute neu sammeln und die Hunde des Dunklen Imperiums zurücktreiben!«

Graf Brass zwang sich zu einem Lächeln. Er zog sein Breitschwert und sagte: »Das müssen wir, Hauptmann. Seht, ob Ihr einen Herold findet, der allen verkündet, daß Graf Brass zurück ist!«

Die schwer bedrängten Kamarganer stießen Jubelrufe aus, als sie Graf Brass und Falkenmond sahen. Nun schafften sie es, ihre Stellung zu halten, ja die Granbretanier teilweise sogar zurückzudrängen. Graf Brass, gefolgt von Falkenmond und Oladahn, ritt mitten unter seine Leute, und wie früher schien er der unschlagbare Held zu sein. »Zur Seite, Männer«, rief er. »Zur Seite, laßt mich an den Feind heran!«

Graf Brass nahm einem der Reiter seine Standarte ab. Er klemmte sie sich unter den Arm und schwang mit der Rechten das Schwert. So stürmte er auf die geballte Masse der Tiermaskenkrieger ein.

Falkenmond ritt neben ihm. Sie gaben ein furchterregendes, ja geradezu übernatürliches Gespann ab, der eine in seiner flammenden Rüstung aus Messing, der andere mit dem Schwarzen Juwel in der Stirn. Ihre Schwerter hoben sich und sausten herab auf die Köpfe der eng aneinandergedrängten granbretanischen Infanteristen. Und als eine dritte Gestalt sich ihnen anschloß, ein untersetzter Gesell mit einem pelzüberwucherten Gesicht, dessen Säbel wie der Blitz um sich hieb, erschienen sie wie eine Dreiheit aus der Mythologie, die den Tierkriegern solchen Schrecken einflößte, daß sie zurückwichen.

Falkenmond suchte nach Meliadus. Er schwor, daß er ihn diesmal ganz sicher töten würde. Aber er konnte ihn nirgends entdecken.

Behandschuhte Finger versuchten, ihn aus dem Sattel zu zerren, doch sein Schwert stach zu, spaltete Helme und trennte Köpfe von Schultern.

Der Tag schritt voran, und der Kampf tobte pausenlos weiter. Falkenmond begann im Sattel zu wanken. Er war erschöpft und halbbetäubt vom Schmerz, den Dutzende von unbedeutenden Verletzungen und nicht weniger Prellungen verursachten. Sein Pferd bekam einen tödlichen Hieb, aber das Gedränge um ihn war so groß, daß es noch eine halbe Stunde aufrechtstand und Falkenmond erst dann bemerkte, daß es tot war. Er sprang daraufhin vom Sattel und kämpfte zu Fuß weiter.

Er wußte, so viele er und seine Gefährten auch getötet hatten, daß sie zahlenmäßig unterlegen und auch viel zu dürftig ausgerüstet waren. Allmählich wurden sie immer weiter zurückgedrängt.

»Ah«, murmelte er. »Wenn wir nur Verstärkung hätten von ein paar hundert Mann, würden wir vielleicht noch gewinnen. Beim Runenstab, wir brauchen Hilfe!«

Plötzlich durchzuckte ihn etwas wie ein elektrischer Schlag. Er schnappte heftig nach Luft, als ihm bewußt wurde, daß er unbewußt den Runenstab angerufen hatte. Das Amulett glühte nun an seinem Hals und warf einen roten Schein über die Rüstungen seiner Feinde. Es begann, neue Energie in ihn zu pumpen. Er lachte laut und schlug mit unvorstellbarer Kraft um sich. Sein Schwert brach, aber er packte eine Lanze von einem Reiter neben ihm, zog den Mann dabei vom Pferd, sprang selbst in den Sattel und schwang die Lanze wie ein Schwert, während er den Angriff wieder aufnahm.

»Falkenmond! Falkenmond!« brüllte er den alten Schlachtruf seiner Vorfahren. »He, Oladahn – Graf Brass!« Er brach sich einen Weg durch die maskierten Krieger zwischen sich und seinen Freunden. Graf Brass' Standarte flatterte noch immer in dessen Hand.

»Treibt sie zu unserer Grenze zurück!«

Und dann war Falkenmond überall – ein berittener Todesbringer. Er pflügte durch die Reihen der Granbretanier, und hinter ihm blieben nur Tote zurück. Ein angstvolles Murmeln erhob sich unter den Feinden, und sie begannen zurückzuweichen.

Bald fielen sie zurück. Manche ergriffen Hals über Kopf die Flucht. Da ritt Baron Meliadus herbei und befahl ihnen, zu bleiben und zu kämpfen.

»Zurück!« brüllte er. »Ihr werdet doch nicht vor diesem Häufchen Angst haben!« Aber die Panik hatte bereits um sich gegriffen, und er wurde von der Flut der Fliehenden erfaßt und mit zurückgetragen.

Sie flohen in Schrecken vor dem bleichen Ritter, in dessen Stirn ein schwarzer Edelstein düster leuchtete und um dessen Hals ein Amulett hing, das rotes Feuer ausstrahlte. Auch hatten sie ihn den Namen eines Toten rufen hören und erfahren, daß er selbst ein Toter war – Dorian Falkenmond, der bei Köln gegen sie gekämpft und sie dort beinahe besiegt hätte; der sich selbst dem Reichskönig widersetzt und Baron Meliadus fast erschlagen und ihn nicht nur einmal besiegt hatte. Falkenmond! Es war der einzige Name, den das Dunkle Imperium fürchtete.

»Falkenmond! Falkenmond!« Der wie ein Berserker wütende Herzog von Köln hielt seine Waffe hoch, als sein Pferd sich erneut aufbäumte. »Falkenmond!«

Besessen von der Macht des Roten Amuletts verfolgte Falkenmond die fliehende Armee und lachte wild in seinem Triumph. Hinter ihm ritt Graf Brass in seiner rotgoldenen Rüstung, mit seiner gewaltigen Klinge, von der das Blut seiner Feinde tropfte. Oladahn folgte ihm unmittelbar, er grinste durch seinen Gesichtspelz, und seine Augen leuchteten, als er den rottriefenden Säbel schwang. Die Streitmacht der Kamarg schloß dicht auf – eine Handvoll Männer, die über die mächtige Armee spotteten, die sie in die Flucht geschlagen hatte.

Doch allmählich ließ die Kraft des Amuletts nach, und Falkenmond spürte, wie Schmerzen und Erschöpfung zurückkehrten. Aber es berührte ihn nicht mehr; denn sie hatten die Grenze wieder erreicht, die die zerstörten Türme anzeigten, und von dort aus sahen sie dem flüchtenden Feind nach.

Oladahn lachte. »Unser Sieg, Falkenmond.«

Graf Brass zog die Brauen zusammen. »Das wohl – aber kein Sieg, dessen wir uns lange erfreuen werden. Wir müssen uns zurückziehen, neu formieren und eine sichere Stellung suchen; denn im freien Feld wird es uns nicht mehr gelingen, sie zu schlagen.«

»Ihr habt recht.« Falkenmond nickte. »Nun, da die Türme gefallen sind, brauchen wir eine andere Verteidigungsmöglichkeit – und der einzige Ort, der dafür in Betracht käme ...« Er blickte Graf Brass an.

»... ist Burg Brass«, vollendete der Graf den Satz für ihn. »Wir müssen alle Städte und Dörfer der Kamarg benachrichtigen und die Bürger auffordern, mit ihrer Habe nach Aigues-Mortes in den Schutz der Burg zu kommen.«

»Werden wir denn imstande sein, so viele während einer längeren Belagerung zu versorgen?« fragte Falkenmond.

»Das wird sich herausstellen.« Graf Brass beobachtete, wie die entfernte Armee sich neu zu gruppieren begann. »Doch zumindest werden wir einen gewissen Schutz haben, wenn die Truppen des Dunklen Imperiums unsere Kamarg überschwemmen.«

Tränen standen in seinen Augen, als er sein Pferd zur Burg zurücklenkte.

Vom Balkon seiner Gemächer im Ostturm blickte Falkenmond hinunter auf die Leute, die ihre Herden in die uralte, befestigte Stadt Aigues-Mortes trieben. Die meisten wurden im Amphitheater an einem Ende der Stadt untergebracht. Soldaten brachten Nachschub und halfen den Flüchtlingen mit ihren hochbeladenen Wagen. Bis zum Abend hatten fast alle Zuflucht hinter den dicken Stadtmauern und Unterschlupf in den Häusern oder in Zelten auf den Straßen und Plätzen gefunden. Falkenmond hoffte aus tiefster Seele, daß keine Seuchen oder Panik ausbrechen würden, denn eine Menschenmenge von diesem Ausmaß würde schwer unter Kontrolle zu halten sein.

Oladahn trat zu ihm auf den Balkon hinaus und deutete nordostwärts. »Seht! Flugmaschinen!« Falkenmond sah die drohenden Silhouetten der granbretanischen Ornithopter über dem Horizont flattern – ein sicheres Zeichen, daß die Armee des Dunklen Imperiums im Aufbruch war.

Als die Nacht sich niedersenkte, sahen sie bereits die Lagerfeuer der vordersten Truppen.

»Morgen«, murmelte Falkenmond, »mag leicht unsere letzte Schlacht zu Ende gehen.«

Sie stiegen hinunter zu der großen Halle, wo Bowgentle sich mit Graf Brass unterhielt. Ein Mahl war vorbereitet, so üppig wie eh und je. Die zwei Männer blickten ihnen entgegen, als sie ihre Schritte hörten.

»Wie geht es d'Averc?« erkundigte sich Falkenmond.

»Er ist schon bedeutend kräftiger. Er verfügt über eine beneidenswerte Konstitution. Er äußerte den Wunsch, zum Abendessen aufzustehen. Ich glaube, ich kann es gestatten.«

Yisselda trat durch die Außentür. »Ich habe mit den Frauen gesprochen«, berichtete sie. »Sie sagen, alle seien nun in der Stadt. Wir haben genug Proviant für ein Jahr, wenn wir das Vieh schlachten . . .«

Graf Brass lächelte traurig. »Es wird gewiß kein Jahr dauern, die Schlacht zu entscheiden. Und wie ist die Stimmung in der Stadt?«

»Nicht schlecht«, versicherte sie ihm, »nun, da sie von eurem heutigen Sieg erfahren haben und wissen, daß ihr beide lebt.«

»Es ist ganz gut«, sagte Graf Brass schwer, »wenn sie nicht wissen, daß sie morgen sterben werden. Und wenn nicht morgen, dann den Tag danach. Wir können uns nicht lange gegen eine solche Übermacht halten, mein Kleines. Die meisten unserer Flamingos ließen ihr Leben in den vergangenen Schlachten. Wir haben deshalb kaum noch einen Schutz aus der Luft. Ein großer Teil unserer Hüter ist gefallen, und die Truppen, die uns blieben, sind kaum ausgebildet.«

Bowgentle seufzte. »Und wir dachten, die Kamarg könnte nie fallen . . .«

»Ihr seid zu sicher, daß sie es tun wird«, erklang eine Stimme von der Treppe her. Es war d'Averc, der blaß und mitgenommen in einem weiten Gewand herbeihumpelte. »Mit einer solchen Einstellung müßt ihr ja verlieren. Ihr könntet zumindest versuchen, vom Sieg zu sprechen.«

»Ihr habt recht, Sir Huillam.« Graf Brass bemühte sich um eine bessere Gemütsstimmung. »Und wir wollen uns nun auch an diesem hervorragenden Mahl laben, das uns neue Kraft für den bevorstehenden Kampf geben soll.«

»Wie fühlt Ihr Euch, d'Averc?« fragte Falkenmond, als sie sich alle an die Tafel gesetzt hatten.

»Nun, gut genug, um eine kleine Stärkung zu mir zu nehmen«, erwiderte der Franzose. Er begann, seinen Teller mit Braten anzuhäufen.

Sie aßen zum größten Teil schweigend und genossen das Mahl, das sehr wohl ihr letztes sein mochte.

Als Falkenmond am nächsten Morgen aus seinem Fenster schaute, sah er, daß das ganze Marschland von Tiermaskensoldaten überflutet war. In der Nacht hatten die Truppen des Dunklen Imperiums sich dicht an die Stadtmauern herangeschlichen und bereiteten sich zum Sturm vor.

Hastig schlüpfte Falkenmond in Gewand und Rüstung und lief

zur Halle hinunter, wo d'Averc bereits im Brustpanzer auf ihn wartete. Oladahn reinigte seine Klinge, und Graf Brass besprach sich noch mit zwei seiner überlebenden Hauptleute.

Eine angespannte Atmosphäre herrschte in der Halle, und die Männer sprachen nur im Flüsterton miteinander.

Yisselda erschien auf der Treppe und rief leise. »Dorian . . .«

Er wandte sich um und eilte die Stufen hinauf zur Veranda, wo sie stand. Er nahm sie in die Arme, drückte sie an sich und küßte sie zärtlich auf die Stirn. »Dorian«, sagte sie, »laß uns schnell heiraten, ehe . . .«

»Ja.« Falkenmond nickte. »Suchen wir Bowgentle.« Sie fanden den Philosophen in seinem Gemach in ein Buch vertieft. Er blickte auf, als sie eintraten, und lächelte. Sie erklärten ihren Wunsch, und er legte sein Buch nieder. »Ich hatte auf eine große Feier gehofft«, murmelte er. »Aber ich verstehe.«

Er ließ sie die Hände halten und vor ihm niederknien, während er die von ihm selbst entworfene Trauungsrede hielt, die für Vermählungen benutzt wurde, seit er und sein Freund, der Graf, nach Burg Brass gekommen waren.

Als alles vorbei war, stand Falkenmond auf und küßte Yisselda. »Nehmt Euch ihrer an, Bowgentle«, bat er und verließ das Gemach, um sich seinen Freunden anzuschließen, die bereits auf den Innenhof hinaustraten.

Als sie auf ihre Pferde stiegen, verdunkelte plötzlich ein gewaltiger Schatten den Hof, und sie hörten das Rasseln und Knattern über sich, das nur von einem der granbretanischen Ornithopter stammen konnte. Ein Feuerstrahl schoß herab. Er verfehlte Falkenmond nur knapp und ließ dessen Pferd sich mit geblähten Nüstern und rollenden Augen aufbäumen.

Graf Brass hob die Flammenlanze, mit der er sich kurz zuvor bewaffnet hatte, und drückte auf den Auslöser. Rote Flammen zischten auf die Flugmaschine zu. Sie hörten den Piloten gellend schreien und sahen, daß die Flügel zu flattern aufhörten. Der Ornithopter torkelte außer Sicht, und sie vernahmen das Krachen, als er auf der Seite des Burgbergs aufschlug.

»Ich muß Flammenlanzenkämpfer in der Burg stationieren«,

sagte Graf Brass. »Sie sind am wirkungsvollsten gegen die Ornithopter. Meine Herren – auf in die Schlacht.«

Als sie aus dem Burgtor und hinunter zur Stadt ritten, sahen sie, daß die gewaltige Flut von Granbretaniern sich bereits gegen die Stadtmauern warf, wo die Kamarganer sie verzweifelt zurückzudrängen versuchten.

Ornithopter in Form von grotesken Metallvögeln kreisten über der Stadt und sandten ihre Feuerstrahlen hinab auf die menschenüberfüllten Straßen. Die Luft war voll von den Schreckensschreien der Bürger, dem Pfeifen der Flammenlanzen und dem Klirren von Metall auf Metall. Manche der Häuser brannten bereits, und schwarzer Rauch hing über Aigues-Mortes.

Falkenmond führte den kleinen Trupp an. Sein Pferd drängte sich durch die Menge verängstigter Frauen und Kinder auf den Straßen und Plätzen, bis sie die Stadtmauer erreichten. Die Freunde verteilten sich, als sie auf die Mauer stiegen, um gegen die anstürmenden Truppen des Dunklen Imperiums zu kämpfen.

Plötzlich erschallte ein verzweifeltes Schreien an einer Mauerstelle, dem ein triumphierendes Geräusch aus granbretanischen Kehlen folgte. Falkenmond rannte in diese Richtung und sah, daß die Feinde eine Bresche geschlagen hatten und die ersten Wolfs- und Bärenkrieger dabei waren, in die Stadt zu dringen.

Falkenmond ritt auf sie zu, und sofort zögerten sie, denn sie erinnerten sich seines vorherigen Kampfes. Zwar verfügte er nicht länger über übermenschliche Kräfte, aber er nutzte die Pause, seinen Familienschlachtruf: »Falkenmond! Falkenmond!« auszustoßen und auf sie einzustürmen. Sein Schwert drang durch Metall, Fleisch und Knochen, und es gelang ihm, die Eindringlinge durch die Bresche zurückzujagen.

So kämpften sie den ganzen Tag. Sie hielten die Stadt, obgleich die Zahl der Verteidiger immer mehr schrumpfte. Aber als die Nacht hereinbrach und die Truppen des Dunklen Imperiums sich zurückzogen, wußte Falkenmond wie sonst alle auch, daß sie den nächsten Tag nicht mehr überstehen konnten.

Müde führten Falkenmond, Graf Brass und die anderen ihre nicht minder erschöpften Pferde den Berg hinauf, zurück zur Burg Brass. Ihre Herzen waren schwer, als sie an all die Unschuldigen dachten, die an diesem Tag niedergemetzelt worden waren, und an all jene, die es morgen treffen würde – wenn sie überhaupt das Glück hatten, gleich sterben zu dürfen.

Da hörten sie ein galoppierendes Pferd hinter sich. Wie ein Mann wirbelten sie mit gezogenen Schwertern herum und sahen einen hochgewachsenen Reiter die Straße heraufeilen. Er trug einen Helm, der sein Gesicht völlig bedeckte, und seine Rüstung war aus goldenem und schwarzem Metall. Falkenmond runzelte finster die Stirn. »Was will dieser verräterische Dieb?« knurrte er.

Der Ritter in Schwarz und Gold hielt sein Pferd bei ihnen an. Seine tiefe, klangvolle Stimme drang aus dem Helm. »Seid gegrüßt, Verteidiger der Kamarg. Ich sehe, daß ihr keinen sehr glücklichen Tag hattet. Und morgen wird Baron Meliadus euch schlagen.«

Falkenmond wischte sich die Stirn mit einem Tuch. »Nicht nötig, in einer offenen Wunde zu rühren, Ritter. Was seid Ihr diesmal zu stehlen gekommen?«

»Nichts«, erwiderte der Ritter. »Ich kam, um Euch etwas zu bringen.« Er griff hinter sich und brachte Falkenmonds Satteltaschen zum Vorschein.

Neue Hoffnung erfüllte Falkenmond. Er lehnte sich vor, um die Taschen an sich zu nehmen. Eilig öffnete er eine. Und wirklich, darin befand sich immer noch, in einen Umhang gehüllt, jenes Gerät, das Rinal ihm vor so langer Zeit geschenkt hatte. Er streifte den Umhang zurück, der Kristall war unversehrt.

»Aber weshalb habt Ihr es überhaupt gestohlen?« fragte er.

»Auf Burg Brass werde ich es euch allen erklären«, versicherte ihm der Ritter.

Der Ritter stand neben dem offenen Kamin in der großen Halle, während die anderen sich gesetzt hatten und gespannt seinen Worten lauschten.

»Ich trennte mich von euch auf der Burg des Wahnsinnigen Gottes«, begann er, »weil ich wußte, daß ihr mit Hilfe der mutierten Jaguare die Burg ohne Schwierigkeiten würdet verlassen können. Aber ich wußte auch von anderen Gefahren, die vor euch lagen, und vermutete, daß man euch gefangennehmen würde. Deshalb beschloß ich, Rinals Geschenk in sichere Verwahrung zu nehmen, bis ihr die Kamarg erreicht hattet.«

»Und ich hielt Euch für einen Dieb!« rief Falkenmond. »Verzeiht mir, Ritter.«

»Was ist denn dieser Gegenstand?« erkundigte sich Graf Brass.

»Eine uralte Maschine«, erklärte der Ritter in Schwarz und Gold, »die von den bedeutendsten Wissenschaftlern unserer Erde entwickelt wurde.«

»Eine Waffe?«

»Nein. Es ist ein Gerät, mit dem man ganze Raumzeitgebiete krümmen und in eine andere Dimension versetzen kann. Solange die Maschine existiert, vermag sie diese Versetzung aufrechtzuerhalten. Doch sollte sie durch einen unglücklichen Zufall oder einen böswilligen Anschlag zerstört werden, dann kehrt das gesamte Gebiet, das sie gekrümmt hat, sofort in seine ursprüngliche Raumzeit zurück.«

»Wie bedient man sie eigentlich?« Falkenmond wurde plötzlich bewußt, daß Rinal es ihm überhaupt nicht gesagt hatte.

»Das ist sehr schwierig zu erklären, da Ihr keines der Worte kennen würdet, die ich benutzen müßte«, erwiderte der Ritter in Schwarz und Gold. »Doch Rinal hat mir unter vielem anderem auch ihre Anwendung beigebracht, und ich vermag sie zu bedienen.«

»Aber wozu?« fragte d'Averc. »Um den lästigen Meliadus und seine Soldaten in das Nichts zu schicken, wo sie uns nichts mehr anhaben können?«

»Nein«, der Ritter lächelte. »Ich werde es Euch erklären ...« In diesem Augenblick stürmte einer der erschöpften Verteidiger in die Halle. »Herr«, rief er Graf Brass zu. »Baron Meliadus hat eine weiße Fahne gehißt. Er will mit Euch an der Stadtmauer verhandeln.«

»Ich habe mit ihm nichts zu besprechen«, brummte Graf Brass.

»Er sagt, er wird noch heute nacht angreifen. Er kann die Mauern innerhalb einer Stunde niederbrechen, denn er hat eigens zu diesem Zweck gut ausgeruhte Truppen zurückgehalten. Er sagt, wenn Ihr ihm Eure Tochter, Sir Falkenmond, Sir d'Averc und Euch selbst ausliefert, wird er mit den anderen Gnade walten lassen.«

Graf Brass überlegte einen Augenblick.

»Es ist nutzlos, über einen solchen Handel auch nur nachzudenken, Graf Brass«, mahnte Falkenmond. »Wir wissen beide gut genug, was von Meliadus' Versprechen zu halten ist. Er will damit den Kamarganern nur den letzten Mut nehmen, um zu einem leichteren Sieg zu kommen.«

Graf Brass seufzte. »Aber wenn es stimmt, was er sagt, und daran habe ich keinen Zweifel, dann wird er die Mauern in kürzester Zeit durchbrochen haben, und wir werden alle sterben.«

»In Ehren zumindest«, warf d'Averc ein.

»Ja.« Graf Brass lächelte ein wenig wehmütig. »In Ehren zumindest.« Er wandte sich an den Kurier. »Sag Baron Meliadus, daß wir nicht das Bedürfnis haben, mit ihm zu sprechen.«

Der Kurier verbeugte sich. »Das werde ich, mein Lord.« Er verließ die Halle.

»Es wird das beste sein, wir kehren zur Stadtmauer zurück« schlug Graf Brass vor und erhob sich müde, gerade als Yisselda den Raum betrat.

»Ah, Vater, Dorian, dem Himmel sei Dank – ihr seid beide unverletzt.«

Falkenmond umarmte sie. »Aber wir müssen nun zurück«, erklärte er ihr. »Meliadus beabsichtigt einen neuen Angriff.«

»Wartet!« rief der Ritter in Schwarz und Gold. »Ihr habt meinen Plan noch nicht gehört.«

12. Zuflucht im Nichts

Baron Meliadus lächelte, als er die Botschaft des Kuriers vernahm.

»Nun gut«, wandte er sich an seine Hauptleute. »Wir werden die ganze Stadt zerstören und so viele ihrer Bürger wie nur möglich am Leben lassen, um zum Siegesfest zu unserem Ergötzen ein paar Spielchen mit ihnen zu veranstalten.« Er drehte das Pferd und kehrte zu den frischen Truppen zurück.

»Vorwärts!« befahl er ihnen und blickte ihnen nach, als sie auf die dem Untergang geweihte Stadt zuströmten.

Er sah die Feuer auf den Stadtmauern, die in ihrer Zahl geschrumpften Verteidiger dort, die wußten, daß nun ihr Ende kam. Er sah die malerische Silhouette der Burg, die einst die Stadt so wohl beschützt hatte, und er lächelte hämisch. Triumph erfüllte ihn mit innerer Wärme, denn so lange hatte er auf diesen Augenblick seines Sieges gewartet – es waren jetzt zwei Jahre vergangen, seit man ihn aus der Burg geworfen hatte.

Nun hatten seine Truppen die Mauer fast erreicht. Er stieß seinem Pferd die Sporen in die Weichen, um es voranzutreiben, damit er die Schlacht besser überblicken könne.

Er runzelte die Stirn. Irgend etwas schien mit dem Licht nicht zu stimmen, denn die Umrisse der Stadt und Burg verschwammen plötzlich.

Er öffnete die Maske und rieb sich heftig die Augen, dann starrte er erneut.

Die Silhouetten von Burg Brass und der Stadt Aigues-Mortes schienen zu glühen, rosa zuerst, dann blaßrot und schließlich scharlachfarben. Baron Meliadus benetzte seine trockenen Lippen und fürchtete um seinen Verstand.

Die Truppen hielten in ihrem Angriff inne. Erschrocken wichen sie zurück. Die ganze Stadt, der Burgberg und die Burg selbst waren nun von einem flammenden Blau umgeben. Dann begann es zu verblassen, und Burg Brass mitsamt der Stadt Aigues-Mortes war verschwunden. Ein heftiger Wind erhob sich, der Baron Meliadus fast aus seinem Sattel riß.

»Wachen!« schrie er. »Was ist geschehen?«

»Die Stadt – ist weg, mein Lord«, stammelte eine nervöse Stimme.

»Weg? Unmöglich. Wie kann eine ganze Stadt und ein Berg verschwinden? Nein, nein, sie sind noch hier. Sie müssen einen Schutzschirm darum errichtet haben, der sie unsichtbar macht.«

Baron Meliadus galoppierte auf die Stelle zu, wo die Stadtmauer gestanden hatte. Er erwartete, auf eine Barriere zu stoßen, doch nichts hielt ihn auf. Die Pferdehufe stampften nun über weiche Erde, die aussah, als wäre sie frisch gepflügt.

»Sie sind mir entwischt!« heulte er auf. »Aber wie? Welcher Macht verdanken sie das? Wer könnte über eine größere Wissenschaft verfügen als ich?«

Die Truppen wichen immer weiter zurück. Einzelne Krieger rannten, was die Beine hergaben. Aber Baron Meliadus stieg vom Pferd. Er streckte die Arme aus und versuchte, nach der verschwundenen Stadt zu tasten. Doch vergeblich. Voll hilfloser Wut brüllte er und warf sich schließlich auf den schlammigen Boden, die Fäuste gegen jene Stelle erhoben, wo noch vor wenigen Minuten Burg Brass gestanden hatte.

»Ich werde dich finden, Falkenmond!« heulte er. »Dich und deine Freunde! Die ganze Wissenschaft Granbretaniens werde ich einsetzen, bis wir euch gefunden haben. Und ich werde euch folgen, wenn es sein muß, zu welchem Ort ihr euch auch verkrochen habt, sei er auf der Erde oder fern von ihr. Ihr werdet meine Rache noch kosten. Das schwöre ich beim Runenstab.«

Und dann blickte er auf, als er das Getrappel von Hufen hörte, und er vermeinte, den Bruchteil eines Augenblickes eine Gestalt in Schwarz und Gold vorbeireiten zu sehen und ein ironisches Lachen zu hören.

Er stützte sich auf seine Hände und stand auf, um sich nach seinem Pferd umzusehen.

»Falkenmond! Falkenmond!« fluchte er durch zusammengebissene Zähne. »Du wirst mir nicht entgehen!«

Wieder hatte er beim Runenstab geschworen, wie an jenem schicksalsschweren Morgen vor zwei Jahren. Sein damaliger Schwur hatte die Geschichte in eine neue Bahn gelenkt, sein jetziger festigte den ersten, egal ob er nun Meliadus oder Falkenmond begünstigen mochte, und bekräftigte ihrer aller Geschick.

Baron Meliadus fand sein Pferd und kehrte zum Lager zurück. Morgen würde er nach Granbretanien zurückkehren und sofort das Labyrinth des Schlangenordens aufsuchen. Früher oder später mußte sich ein Weg zu der verschwundenen Burg finden.

Yisselda blickte mit großen Augen durch das Fenster. Ihr Gesicht war glückerfüllt. Falkenmond lächelte auf sie herab.

Graf Brass hüstelte hinter ihnen. »Um die Wahrheit zu sagen, meine Kinder«, murmelte er, »ich bin ein wenig verwirrt von all dieser – dieser Wissenschaft. Wo, sagte der Ritter, sind wir?«

»In einer anderen Kamarg, Vater«, versicherte ihm Yisselda.

Der Ausblick aus dem Fenster war dunstverhangen. Obgleich die Stadt und der Burgberg völlig real schienen, wirkte alles außerhalb unwirklich. Sie sahen, wie durch einen blauen Schimmer, glitzernde Lagunen und sich im Winde wiegendes Schilf, aber nicht im gewohnten Grün und Gelb, sondern von einem Schillern in allen Regenbogenfarben.

»Er sagte, wir könnten diese Gegend ruhig erforschen«, murmelte Falkenmond. »Also muß sie von festerer Substanz sein, als es den Anschein hat.«

D'Averc hüstelte. »Ich glaubet, ich bleibe hier in der Stadt. Was meint Ihr, Oladahn?«

Oladahn grinste. »Ich denke, ich auch – zumindest bis ich mich ein wenig daran gewöhnt habe.«

Graf Brass lachte. »Ich schließe mich euch an. Aber jedenfalls sind wir hier sicher. Und all unsere Leute ebenfalls. Dafür müssen wir dankbar sein.«

»Ja«, brummte Bowgentle nachdenklich. »Doch dürfen wir den zweifellos erbitterten Eifer der granbretanischen Wissenschaftler nicht außer Betracht lassen. Wenn es einen Weg gibt, uns hierher zu verfolgen, dann werden sie ihn auch finden – dessen können wir sicher sein.«

Falkenmond nickte. »Ihr habt recht, Bowgentle.« Er deutete auf Rinals Geschenk. Es lag nun auf der leeren Speisetafel, umhüllt von dem fremdartigen, blaßblauen Licht, das durch das Fenster drang. »Wir müssen es am sichersten Ort aufbewahren, den es hier gibt. Ihr erinnert euch, was der Ritter sagte – sollte es zerstört werden, kehren wir sofort wieder in unsere eigene Raumzeit zurück.«

Bowgentle schritt auf die Maschine zu und hob sie behutsam auf. »Ich werde dafür sorgen, daß sie einen sicheren Platz bekommt«, versprach er.

Als er gegangen war, drehte Falkenmond sich erneut dem Fenster zu, und seine Finger spielten mit dem Roten Amulett. »Der Ritter sagte, er würde mit einer Botschaft und einem neuen Auftrag für mich zurückkommen«, murmelte er. »Ich zweifle nun nicht länger daran, daß ich dem Runenstab diene. Und wenn er erst wieder hier ist, muß ich Burg Brass verlassen und aus dieser Zuflucht hier in die wirkliche Welt zurückkehren. Du mußt darauf gefaßt sein, Yisselda.«

»Laß uns jetzt nicht daran denken«, bat sie ihn, »sondern unsere Hochzeitsfeier nachholen.«

»Das wollen wir tun«, stimmte er mit einem Lächeln bei. Aber er vermochte den Gedanken nicht ganz beiseite zu schieben, daß es irgendwo, von ihnen durch eine unvorstellbare Barriere getrennt, die eigentliche Welt gab, die immer noch vom Dunklen Imperium bedroht war. Obgleich er dankbar war für den gegenwärtigen Frieden hier, für die Zeit, die er mit der Frau verbringen durfte, die er liebte, war es ihm doch nur allzu klar, daß er bald in diese Welt zurück und wieder gegen die Granbretanier kämpfen mußte.

Doch bis es soweit war, würde er hier glücklich sein.

HIER ENDET DER ZWEITE BAND
DER SAGE VOM HERZOG VON KÖLN

DRITTER BAND

Die Sage vom Herzog von Köln

KÄMPFER DER MORGENRÖTE

ERSTES BUCH

Und so fanden Dorian Falkenmond, der letzte Herzog von Köln, seine junge Frau Yisselda und ihre Freunde – Graf Brass, Bowgentle, Huillam d'Averc und Oladahn von den Bulgarbergen – Asyl in einer anderen Kamarg, wo es das durch Granbretanien hervorgerufene Grauen nicht gab. Die alte Maschine der Geistmenschen, die Zeit und Raum zu krümmen vermochte, hatte sie in eine andere Dimension versetzt. Sollte jedoch das Kristallgerät aus irgendeinem Grund zerschellen, würden sie sofort in das Chaos ihrer eigenen Raumzeit zurückgerissen werden.

Eine Zeitlang erfreuten sie sich ihres Entkommens und genossen das friedliche Leben, doch mit der Zeit kehrten Falkenmonds Blicke immer häufiger zu seinem Schwert zurück, und er fragte sich, wie es wohl in ihrer ursprünglichen Welt aussehen mochte ...

– Die hohe Geschichte des Runenstabs

1. Die letzte Stadt

Die finsteren Reiter lenkten ihre Schlachtrosse den schlammigen Hügel empor. Der dicke schwarze Rauch, der aus dem Tal aufstieg, reizte sie zum Husten.

Es war Abend, und die untergehende Sonne ließ ihre langen Schatten noch grotesker erscheinen. Im Dämmerlicht meinte man, Wesen mit Tierköpfen auf Pferden reiten zu sehen.

Jeder von ihnen trug ein vom Kampf zerfetztes Banner; jeder hatte eine Tiermaske aus juwelenbesetztem Metall über den Kopf gestülpt und steckte in einer schweren Rüstung aus Stahl, Messing und Silber, mit seinem eigenen Emblem; und jeder umklammerte in seiner behandschuhten Rechten eine Waffe, an der das Blut unzähliger Unschuldiger klebte.

Die sechs Reiter erreichten den Kamm des Hügels und ließen ihre Pferde anhalten. Sie stießen ihre Banner in die Erde, wo diese im heißen Wind aus dem Tal wie das Schwingen von Raubvögeln flatterten.

Wolfsmaske wandte sich der Fliegenmaske zu, Affenmaske starrte auf Ziegenmaske, und Rattenmaske schien die Hundemaske anzugrinsen – ein Grinsen des Triumphs. Die Tiermaskenträger des Dunklen Imperiums, jeder ein Heerführer, blickten auf das Tal, und über das Tal und die Hügel hinweg auf das Meer und zurück auf die schwelende Stadt, die zu ihren Füßen lag.

Die Nacht brach herein. Der Feuerschein aus der brennenden Stadt drang mit dem Heulen und Wimmern der Gefolterten bis zu ihnen herauf und spiegelte sich in den Metallmasken der Lords von Granbretanien wider.

»Nun, meine Herren«, ertönte die klangvolle Stimme Baron Meliadus', des Grandkonnetabels des Wolfsordens und Oberkommandierenden der Eroberungsarmee. »Jetzt haben wir ganz Europa bezwungen.«

»So ist es«, fiel Mygel Holst ein, der Erzherzog von Londra und Grandkonnetabel des Ziegenordens. »Es gibt in ganz Europa keinen Fußbreit Boden mehr, der nicht uns gehört, und ein beachtlicher Teil des Ostens ist ebenfalls bereits unser.« Der Ziegenhelm nickte zufrieden, und die Rubinaugen, in denen der Feuerschein sich brach, glänzten böse.

»Bald wird uns die ganze Welt zu Füßen liegen«, rief Adaz Promp, der oberste Befehlshaber des Hundeordens, voller Genugtuung.

Die Barone Granbretaniens, Herren eines Kontinents, Taktiker und hervorragende Krieger voller wilden Muts, die ihr Leben bedenkenlos aufs Spiel setzten, deren Seelen korrupt waren und deren Verstand dem Wahnsinn verfallen, die alles haßten, was nicht so war wie sie, die ihre Macht benutzten ohne Skrupel, die keine Gerechtigkeit kannten, genossen auf ihre Art, wie die letzte europäische Stadt starb. Es war eine alte Stadt, die Athena hieß.

»Die ganze Welt«, murmelte Jerek Nankenseen, der Grandkonnetabel des Fliegenordens, »nur die verschwundene Kamarg nicht . . .«

Bei diesen Worten verlor Baron Meliadus beinahe die Fassung, es fehlte nicht fiel, und er hätte Jerek Nankenseen geschlagen.

Jerek Nankenseens Maske wandte sich Meliadus zu, und die Stimme, die aus ihr drang, klang spöttisch. »Genügt es Euch nicht, daß Ihr sie vertrieben habt, mein Lord Baron?«

»Nein«, knurrte der Wolf. »Es genügt mir nicht.«

»Sie sind keine Bedrohung für uns«, murmelte Baron Brenal Farnu im Rattenhelm. »Unsere Wissenschaftler nehmen an, daß sie in einer Dimension jenseits der Erde existieren – in einer anderen Zeit oder einem anderen Raum. Dort können sie uns nichts anhaben, wir ihnen allerdings auch nicht. Laßt uns unseren Sieg genießen, ohne ihn durch Gedanken an Falkenmond und Graf Brass zu schmälern . . .«

»Ich kann es nicht!«

»Oder ist es vielleicht ein anderer Name, der Euch verfolgt, Bruder Baron?« stichelte Nankenseen, der in Londra mehr als einmal Meliadus' Rivale bei amourösen Eroberungen gewesen war. »Ist es Yisselda? Ist es die *Liebe* , die Euch bewegt, mein Lord?«

Meliadus umklammerte den Schwertgriff wie in wilder Wut, aber er schwieg. Erst als er sich wieder gefangen hatte, sagte er mit leichter Stimme: »Rache ist es, Baron Jerek Nankenseen, die mich bewegt.«

»Ihr seid ein leidenschaftlicher Mann, Baron . . .«, bemerkte Jerek Nankenseen trocken. Meliadus steckte sein Schwert in die Scheide, streckte die Hand nach seinem Banner aus und riß es aus der Erde. »Sie haben den Reichskönig beleidigt, und unser Land – und mich. Ich will das Mädchen zu meinem Vergnügen, ich werde sie nehmen, ohne mich von irgendwelchen Gefühlen leiten zu lassen . . .«

»Natürlich nicht«, murmelte Jerek Nankenseen, nicht ganz ohne Sarkasmus.

». . . und was die anderen betrifft, auch sie werden zu meinem Vergnügen leiden – in den Kerkern Londras. Dorian Falkenmond, Graf Brass, der Philosoph Bowgentle, das Pelzgesicht Oladahn von den Bulgarbergen und der Verräter Huillam d'Averc – sie alle werden Qualen ausstehen, viele Jahre lang. Das habe ich beim Runenstab geschworen!«

Sie hörten ein Geräusch hinter sich und drehten die Köpfe, um durch das flackernde Licht zu spähen. Eine Sänfte mit Baldachin wurde von einem Dutzend Athener Gefangenen, die an die Tragestangen gekettet waren, den Hang emporgetragen. Darin saß lässig Shenegar Trott, Graf von Sussex. Graf Shenegar trug im Gegensatz zu fast allen anderen Granbretaniern nicht gerne eine Maske, und wenn es schon sein mußte, dann eine aus Silber, kaum größer als sein Kopf, die eine Karikatur seiner eigenen Züge aufwies. Er gehörte keinem Orden an und wurde am Hof des Reichskönigs seines ungeheuren Reichtums wegen, aber auch aufgrund seines fast übermenschlichen Mutes im Kampf gern geduldet. In seiner übertrieben prunkvollen Kleidung und seiner Bequemlichkeitsliebe mochte man ihn leicht für einen aufgeblasenen Narren halten. Er besaß aber, mehr noch als Meliadus, das Vertrauen des Reichskönigs Huon; denn sein Rat war fast immer ausgezeichnet. Offenbar hatte er Meliadus' letzte Worte gehört.

»Ein gefährlicher Schwur, mein Lord Baron«, sagte er sanft. »Einer, der ohne weiteres Auswirkungen auf den haben könnte, der ihn leistete . . .«

»Das ist mir durchaus klar«, erwiderte Meliadus. »Ich werde sie finden, Graf Shenegar, das dürft Ihr mir glauben.«

»Ich bin hier, um euch zu erinnern, meine Lords, daß unser

Reichskönig voll Ungeduld auf uns wartet, um zu erfahren, daß ganz Europa nun ihm gehört.«

»Ich werde sofort nach Londra abreisen«, erklärte Meliadus. »Denn dort kann ich unsere Magierwissenschaftler aufsuchen, um Mittel und Wege zu finden, meine Feinde aufzuspüren. Lebt wohl, meine Lords.«

Er riß sein Pferd herum und galoppierte den Hügel hinunter. Die anderen sahen ihm nach.

»Seine ungewöhnliche Mentalität könnte zu unser aller Vernichtung führen«, murmelte einer.

»Was macht das schon?« kicherte Shenegar Trott. »Solange alles mit uns untergeht.«

Das Gelächter, das daraufhin aus den Masken drang, verriet den Wahnsinn jener, die es ausstießen, und den Haß, den sie empfanden – Haß auf die Welt und auf sich selbst.

Und das war es, was den Lords des Dunklen Imperiums solche Macht verlieh. Sie schätzten nichts auf dieser Welt, keine menschlichen Wesen, nichts, auch nicht sich selbst. Ihre einzige Unterhaltung war die Verbreitung von Terror und Qualen – eine Beschäftigung, die ihr Leben erfüllte. Für sie war der Krieg das beste Mittel gegen ihre tödliche Langeweile.

2. Die Flamingos tanzen

Des Morgens, wenn sich ganze Wolken von riesigen scharlachroten Flamingos aus ihren Nestern hoben und in bizarrem Tanz durch die Luft schwebten, stand Graf Brass bereits am Rand der Marsch und blickte über das Wasser auf die eigenartige Anordnung der dunklen Lagunen und braunen Inseln, die ihm wie die Hieroglyphen einer alten Sprache schienen.

Die ontologische Offenbarung, die möglicherweise in diesen Mustern verborgen lag, hatte es ihm angetan. Er beschäftigte sich deshalb schon seit geraumer Zeit mit den Vögeln, dem Schilf und den Lagunen, um den Schlüssel zu dieser rätselhaften Landschaft zu finden.

Die Landschaft, so glaubte er, barg eine Botschaft. Vielleicht konnte er hier die Antwort zu dem Dilemma finden, dessen er sich selbst nur halb bewußt war – die Antwort auf diese wachsende Bedrohung, die ihn, so fühlte er, überwältigen würde, körperlich und geistig.

Die ersten Strahlen der Sonne ließen das blasse Wasser aufleuchten. Graf Brass hörte ein Geräusch und wandte sich um. Er sah seine Tochter Yisselda, eine goldhaarige Madonna der Lagunen, eine nahezu übernatürliche Gestalt in ihrem fließenden langen Gewand, auf ihrem ungesattelten gehörnten weißen Pferd auf sich zureiten. Ihr Lächeln erschien ihm, als wisse sie um ein Geheimnis, das er niemals ganz verstehen könnte.

Graf Brass tat, als hätte er sie nicht bemerkt, aber sie war schon sehr nahe und winkte ihm zu.

»Vater – wie früh du schon auf bist. Und nicht zum erstenmal in den letzten Tagen.«

Graf Brass nickte und wandte sich wieder ab, um die Wasser und das Schilf zu betrachten, dann sah er rasch nach oben, als wolle er die tanzenden Flamingos überraschen, als könnte er in einem solchen Augenblick das Geheimnis ihrer verschlungenen Drehungen erkennen.

Yisselda war abgestiegen und stand nun neben ihm. »Es sind nicht unsere Flamingos«, sagte sie leise. »Und doch sind sie ihnen so ähnlich. Was siehst du?«

Graf Brass zuckte die Schultern und sah sie lächelnd an. »Nichts. Wo ist Falkenmond?«

»In der Burg. Er schläft noch.«

Graf Brass sog scharf die Luft ein und rang die Hände, wie bei einem verzweifelten Gebet, und er lauschte dem Schlagen der großen Flügel über sich. Dann entspannte er sich, legte den Arm um ihre Schultern und führte sie am Ufer der Lagune entlang.

»Der Sonnenaufgang«, murmelte sie, »er ist wunderschön.«

Graf Brass schüttelte den Kopf. »Du verstehst nicht . . .« sagte er, hielt aber dann inne. Er wußte, daß sie die Landschaft nie auf dieselbe Weise sehen würde wie er. Er hatte einmal versucht, es ihr zu beschreiben, aber sie hatte rasch das Interesse daran verloren, ohne sich die Mühe zu machen, die Bedeutung der Muster zu verstehen, die er überall sah – im Wasser, im Schilf, in den Bäumen, in der

Fauna, die hier ebenso reichhaltig war wie in der Kamarg, die sie verlassen hatten.

Für ihn waren diese Muster, die er sah, der Inbegriff einer höheren Ordnung, für sie war es einfach schön – etwas, das man seiner ›Wildheit‹ wegen bewunderte.

Nur Bowgentle, der Philosoph und Poet, sein alter Freund, ahnte, was ihn bewegte. Aber selbst Bowgentle schrieb es weniger den Vorgängen in der Natur und der Landschaft zu als dem Wesen Graf Brass' selbst.

»Du bist erschöpft und verwirrt«, pflegte Bowgentle zu sagen. »Du vermeinst, etwas zu sehen, das in Wahrheit nur in deinem Geist existiert, ausgelöst durch Erschöpfung und Unruhe . . .«

Graf Brass' Antwort auf diese Argumente war lediglich ein finsterer Blick, dann legte er stets die Rüstung an und ritt, sehr zum Unbehagen seiner Familie und Freunde, aus, um die neue Kamarg zu erforschen, die seiner eigenen so sehr ähnelte, außer daß es hier nie Menschen gegeben hatte.

»Er ist ein Mann der Tat, genau wie ich«, hatte Falkenmond, ihr Gatte, ihr erklärt, als sie mit ihm und Bowgentle darüber sprach. »Ich fürchte, sein Geist wendet sich nach innen, aus Mangel an einem Problem, mit dem er sich beschäftigen könnte.«

»Das wirkliche Problem dürfte wohl unlösbar sein«, war Bowgentles Antwort gewesen. Falkenmond hatte sich daraufhin umgedreht, die Hand am Schwertgriff, und war ebenfalls allein seines Wegs gegangen.

Es herrschte eine merkliche Spannung auf Burg Brass, und selbst im Städtchen unten. Die Menschen waren ebenfalls besorgt. Sie freuten sich, den Schrecken des Dunklen Imperiums entkommen zu sein, aber sie wußten nicht, ob ihr Verbleib in diesen neuen, ihrem alten so ähnlichen Land von Dauer war. Als sie angekommen waren, wirkte alles hier unwirklich; die Farben waren die des Regenbogens gewesen, aber nach und nach schien es, als hätten ihre Erinnerungen sich auf das Land hier übertragen, und die Farben wurden natürlicher, und auch sonst fanden sie kaum noch einen Unterschied. Auch hier gab es Herden von einhornigen Pferden und weißen Bullen, die man zähmen konnte, und scharlachrote Flamingos, die sich mit viel Geduld zu Reittieren abrichten ließen. Aber die Angst, daß das Dunkle Imperium irgendwie einen Weg hierher finden würde, nagte ständig an ihnen.

Falkenmond und Graf Brass – möglicherweise auch d'Averc, Bowgentle und Oladahn – quälte dieser Gedanke weniger. Es gab Momente, da hätten sie einen Angriff aus der Welt, die sie verlassen hatten, geradezu begrüßt.

Während Graf Brass die Landschaft studierte und ihre Geheimnisse zu ergründen suchte, galoppierte Falkenmond über die Wege zwischen den Lagunen, daß die Pferde- und Bullenherden scheuten und die Flamingos sich in die Luft flüchteten.

Eines Tages, als er auf seinem schweißnassen Pferd von einem seiner wilden Ausflüge entlang der violetten See (Meer und Land schienen sich hier endlos dahinzustrecken) zurückkehrte, sah er die Flamingos mit den Luftströmungen aufwärtssegeln und wieder herabschweben. Er wunderte sich, denn es war Nachmittag, und die Flamingos tanzten sonst nur am frühen Morgen. Irgendwie schienen sie ihm auch aufgeregt.

Er beschloß, der Sache auf den Grund zu gehen.

Er jagte sein Pferd über den sich windenden Pfad durch die Marsch, bis er sich unmittelbar unter den Flamingos befand. Sie kreisten um eine kleine Insel, die mit hohem Riedgras bewachsen war. Er starrte angestrengt auf die Insel und meinte, dort etwas zu erblicken, etwas Rotes, das der Mantel eines Mannes sein mochte.

Zunächst dachte Falkenmond, es sei vielleicht ein Mann aus der Stadt, der hier Wildenten jagte, aber dann wurde ihm klar, daß dieser ihm sicherlich zugewunken oder ihn zumindest weggewunken hätte, damit er ihm nicht die Enten vertreibe.

Nachdenklich lenkte er sein Pferd ins Wasser und ließ es zur Insel schwimmen. Es brach sich einen Weg durchs Schilf, und wieder sah Falkenmond etwas Rotes. Nun war er sicher, daß es ein Mann war. »Hallo!« rief er. »Wer da?«

Er bekam keine Antwort, aber das Rohr bewegte sich wild, als der Mann die Flucht ergriff.

»Wer seid Ihr?« rief Falkenmond, als ihm bewußt wurde, daß das Dunkle Imperium einen Weg zu ihnen gefunden haben mochte und daß dort irgendwo im Ried Männer verborgen lagen, um Burg Brass anzugreifen.

»Halt!« schrie Falkenmond, aber der Mann schwamm weiter.

Falkenmonds Pferd tauchte wieder ins Wasser, daß es aufspritzte. Der Mann watete schon ans gegenüberliegende Ufer, als er sich umdrehte und Falkenmond dicht hinter sich sah. Er wandte sich ganz um und zog ein schlankes Schwert von außerordentlicher Länge.

Aber es war nicht das Schwert, das Falkenmond am meisten überraschte – sondern der Eindruck, daß der Mann kein Gesicht hatte! Der ganze Kopf unter dem langen, hellen, schmutzigen Haar war – leer. Falkenmond sog erstaunt Luft ein und griff nach seinem Schwert. War der Mann ein Bewohner dieser Welt?

Falkenmond schwang sich mit dem Schwert in der Hand aus dem Sattel, und sein Pferd stieg weiter ans Ufer. Plötzlich mußte er lachen, als er die Wahrheit erkannte. Der Mann trug eine Maske aus dünnem Leder. Mund- und Augenschlitze waren so schmal, daß er sie aus der Entfernung nicht bemerkt hatte.

»Warum lacht Ihr?« kreischte der Maskierte. »Ihr solltet nicht lachen, mein Freund, denn Ihr werdet jetzt sterben.«

»Wer seid Ihr?« fragte Falkenmond. »Ein Angeber auf jeden Fall.«

»Ich bin ein besserer Schwertkämpfer als Ihr«, erwiderte der Rotjackige. »Am besten ergebt Ihr Euch gleich.«

»Bedaure. Aber ich kann mich nicht auf Euer Urteil verlassen, was unsere Geschicklichkeit mit dem Schwert anbelangt.« Falkenmond lächelte. »Wie kommt es, beispielsweise, daß ein so großer Kämpfer so armselig gekleidet ist?«

Mit dem Schwert deutete er auf das mit vielen Flicken versehene rote Wams, die zerschlissene Hose und die Stiefel aus rissigem Leder. Nicht einmal für das glänzende Schwert gab es eine Hülle. Der Rotjackige hatte es lediglich in einer Seilschlinge an dem Strick hängen gehabt, der ihm als Gürtel diente und von dem auch ein praller Beutel baumelte. An seinen Fingern trug der Mann Ringe mit billigen Glassteinen. Er war groß und dürr, halbverhungert wie es schien, und seine Haut war ungesund grau.

»Ein Bettler, nehme ich an«, spottete Falkenmond. »Wo hast du denn das Schwert gestohlen, Bettler?«

Er riß die Augen auf, als der Mann plötzlich zustieß und wieder zurücksprang. Die Bewegung war von unglaublicher Flinkheit gewesen. Falkenmond spürte ein Brennen an seiner Wange. Als er danach tastete, stellte er fest, daß sie blutete.

»Soll ich Euch aufspießen?« höhnte der Fremde. »Legt lieber Euer schweres Schwert ab und ergebt Euch!«

Falkenmond lachte ehrlich erfreut. »Gut! Wahrhaftig ein würdiger Gegner! Ihr wißt ja nicht, wie willkommen Ihr mir seid, mein Freund. Zu lange ist es schon her, daß ich das Klirren von Stahl vernahm!«

Sein Gegner verteidigte sich geschickt, er führte seine Klinge auf eine Weise, daß er aus der Abwehr sofort einen Angriff machen konnte, vor dem Falkenmond sich kaum zu retten vermochte. Beide Männer standen mit gespreizten Beinen auf dem marschigen Grund, keiner wich auch nur einen Fingerbreit, beide kämpften mit vollendetem Können, ohne jegliche Gefühlsregung, jeder erkannte im anderen einen wahren Meister im Kampf mit der Klinge. Eine ganze Stunde fochten sie, ohne daß einer einen Vorteil erzielte.

Schließlich entschied Falkenmond sich für eine andere Taktik und begann, sich ganz allmählich zum Ufer zurückzukämpfen.

Der Maskierte glaubte, sein Gegner wolle die Flucht ergreifen, und hieb noch konzentrierter auf ihn ein, daß Falkenmond seine ganze Kraft für die Verteidigung brauchte.

Dann tat Falkenmond, als sei er im Schlamm ausgerutscht und ließ sich auf ein Knie fallen. Der andere sprang vorwärts und stach zu. Falkenmond parierte unvorstellbar rasch, und die flache Klinge schlug auf das Handgelenk des Rotjackigen. Der schrie auf, und das Schwert entfiel seinen Fingern. Schnell sprang Falkenmond hoch, stellte den Stiefel auf die Waffe und drückte gleichzeitig die Schwertspitze an die Kehle des Fremden.

»Eine unwürdige Finte«, knurrte der Besiegte.

»Ich langweile mich schnell«, erklärte Falkenmond. »Ich wurde unseres Spielchens müde.«

»Was nun?«

»Euren Namen«, verlangte Falkenmond. »Erst will ich ihn erfahren, dann Euer Gesicht sehen, danach wissen, was Ihr hier zu suchen habt, und schließlich – und das ist vielleicht am wichtigsten – wie Ihr hierhergekommen seid.«

»Meinen Namen kennt Ihr gewiß«, versicherte ihm der Maskierte mit unverhohlenem Stolz. »Ich bin Elvereza Tozer.«

»Elvereza Tozer!« echote der Herzog von Köln überrascht.

3. Elvereza Tozer

Falkenmond hätte sich Elvereza Tozer sicher anders vorgestellt, wäre er darauf vorbereitet worden, daß er Granbretaniens größten Dramatiker kennenlernen würde – einen Dichter, dessen Werke in ganz Europa beliebt waren, selbst bei jenen, die alles andere verabscheuten, das aus Granbretanien kam. Um den Autor von *König Stalien, Katine und Carna, Der Letzte der Braldurs, Annala, Chirshil und Adulf, Die Stahlkomödie* und vielen anderen Bühnenstücken war es in letzter Zeit sehr still geworden, aber Falkenmond hatte die Kriegswirren dafür verantwortlich gehalten. Er hätte Tozer in vornehmer Kleidung erwartet, selbstsicher und geistreich. Statt dessen begegnete ihm hier ein Mann, der mit dem Schwert besser als mit Worten umging, auffallend bunte Fetzen trug und, wie ihm schien, eingebildet und ein Tor war.

Als er Tozer über die Marschwege trieb, auf Burg Brass zu, rätselte Falkenmond über diesen offensichtlichen Widerspruch nach. Log der Mann? Und wenn, warum sollte er sich ausgerechnet als diesen berühmten Stückeschreiber ausgeben?

Tozer schien durch diese Wendung des Schicksals nicht sonderlich berührt, er schritt dahin und pfiff eine fröhliche Weise.

Falkenmond hielt inne. »Einen Augenblick«, sagte er und griff nach den Zügeln des Pferdes, das hinter ihm her trottete. Tozer wandte sich um. Er trug noch seine Maske. Falkenmond war so verblüfft gewesen, diesen Namen zu hören, daß er völlig vergessen hatte, sich auch das Gesicht des Mannes anzusehen.

»Nun«, bemerkte Tozer und sah sich um. »Das ist ja eine wundervolle Landschaft hier – sie scheint jedoch nicht allzu viele Zuschauer zu beherbergen, denke ich.«

»Ja«, erwiderte Falkenmond verlegen. »Ja . . .« Er deutete auf das Pferd. »Wir werden zu zweit reiten. In den Sattel, Meister Tozer.«

Tozer saß auf, und Falkenmond setzte sich hinter ihn und nahm die Zügel.

Im leichten Trab ritten sie zu den Toren der Stadt, und von dort ging es langsam durch die Straßen und die Serpentinen hinauf zur Burg Brass.

Sie saßen im Burghof ab, und Falkenmond übergab das Pferd

einem Stallknecht. Er wies auf das Tor zur Haupthalle der Burg. »Dort hinein, wenn es Euch recht ist«, wandte er sich an Tozer.

Tozer zuckte die Schultern und schlenderte durch das Tor, in der großen Halle verbeugte er sich vor zwei Männern, die dort am Kamin standen. Falkenmond nickte ihnen zu. »Guten Morgen, Sir Bowgentle – d'Averc, ich habe einen Gefangenen . . .«

»Nicht zu übersehen«, murmelte d'Averc, und seine gutgeschnittenen Züge verrieten sein Interesse. »Sind denn granbretanische Krieger an den Toren?«

»Er ist soweit der einzige, den ich gefunden habe«, erwiderte Falkenmond. »Er behauptet, Elvereza Tozer zu sein . . .«

»Tatsächlich?« Bowgentles ruhiges, asketisches Gesicht zeigte Neugierde. »Der Dichter, der *Chirshil und Adulf* schrieb? Das ist kaum zu glauben.«

Tozers Hand tastete nach den Riemen seiner Maske. »Ich kenne Euch, Sir«, erklärte er. »Wir unterhielten uns vor zehn Jahren miteinander, nach meiner Aufführung in Malaga.«

»Ich erinnere mich. Wir sprachen über einige Eurer neuesten Gedichte, die ich sehr bewunderte.« Bowgentle schüttelte den Kopf. »Ihr *seid* Elvereza Tozer, aber . . .«

Tozer nahm die Maske nun ab, und zum Vorschein kam ein ausgezehrtes, verschlagenes Gesicht mit einem stacheligen Bart, der das weiche fliehende Kinn nicht zu verbergen vermochte. Das Auffälligste in diesem Gesicht war die lange Nase. Die Haut machte einen ungesunden Eindruck, und Pusteln hatten sich auf ihr gebildet.

»Ich erinnere mich auch an Euer Gesicht«, fuhr Bowgentle fort, »nur war es damals voller. Was ist mit Euch geschehen, Sir? Seid Ihr ein Flüchtling, der Schutz vor seinen Landsleuten sucht?«

»Ah«, seufzte Tozer und warf Bowgentle einen flüchtigen, berechnenden Blick zu. »Vielleicht. Ladet Ihr mich zu einem Becher Wein ein, Sir? Mein Zusammenstoß mit Eurem kriegerischen Freund hat mich durstig gemacht.«

»Was? Ihr habt gekämpft?« warf d'Averc ein.

»Um Leben und Tod«, sagte Falkenmond grimmig. »Ich habe das Gefühl, Meister Tozer kam nicht aus Freundschaft zu uns hierher. Er versuchte, sich im Schilf zu verstecken. Ich fürchte, er ist ein Spion.«

»Und weshalb sollte Elvereza Tozer, der größte Dramatiker der Welt, den Spion spielen?« fragte Tozer in abfälligem Tonfall, der jedoch nicht überzeugte.

Bowgentle biß sich auf die Lippe und zog an einer Kordel, um einen Diener herbeizurufen.

»Das müßt Ihr selbst am besten wissen«, erwiderte d'Averc leicht amüsiert. Dann hustete er ausgiebig. »Vergebt – eine leichte Erkältung, denke ich. Es zieht in der Burg . . .«

»Ja, ein frischer Wind – das ist es, was ich für mich wünsche«, erwiderte Tozer. »Ein frischer Wind, der uns vergessen läßt, falls Ihr mich versteht . . .« Er sah sie erwartungsvoll an.

»Ja, ja«, murmelte Bowgentle hastig und wandte sich dem Diener zu, der eingetreten war. »Wein für unseren Gast«, wies er an. »Wollt Ihr auch essen, Meister Tozer?«

»›Das Brot Babels und das Fleisch Marakhans . . .‹«, flüsterte Tozer verträumt. »›Denn all jene Früchte sind lediglich . . .‹«.

»Wir können Euch zu dieser Stunde mit Käse bewirten«, unterbrach d'Averc grinsend.

»*Annala,* IV. Akt, V. Szene«, sagte Tozer. »Ihr erinnert Euch an diese Szene?«

»Ich erinnere mich«, nickte d'Averc. »Ich fand diese Stelle immer schwächer als den Rest.«

»Einfühlsamer«, konterte Tozer aufgebracht. »Einfühlsamer.«

Der Diener kehrte mit Wein zurück, und Tozer goß sich selbst den Kelch randvoll. »Die Belange der Literatur«, sagte er, »sind für das einfache Volk nicht immer leicht zu erkennen. In hundert Jahren wird man sehen, daß der letzte Akt von *Annala* nicht, wie einige dumme Kritiker meinten, kaum durchdacht und schnell dahingeschrieben sei, sondern vielmehr das komplexe Werk erkennen, das es ist.«

»Ich betrachte mich selbst als Dichter«, sagte Bowgentle, »aber ich muß gestehen, daß auch mir das Wesentliche wohl entgangen ist . . . Vielleicht wollt Ihr mir erklären . . .«

»Ein andermal«, unterbrach ihn Tozer mit einer lässigen Handbewegung. Er leerte den Weinkelch und füllte ihn erneut.

»Wie wär's, wenn Ihr uns Eure Gegenwart in der Kamarg erklärt?« forderte Falkenmond finster. »Immerhin hielten wir uns hier für sicher, und jetzt . . .«

»Keine Angst«, Tozer nahm einen tiefen Schluck. »Ihr seid auch jetzt noch sicher hier. Allein kraft meines Geistes versetzte ich mich hierher.«

D'Averc rieb sich das Kinn und sah skeptisch drein. »Kraft Eures *Geistes*? Wie dies?«

»Ein uraltes Können, das mich einer der Meisterphilosophen in den verborgenen Tälern Yels lehrte . . .«

»Yel ist eine Provinz im Südwesten Granbretaniens, nicht wahr?« erkundigte sich Bowgentle.

»Ja. Nur ein paar dunkelbraune Barbaren leben dort in Höhlen. Nachdem mein Stück *Chirshil und Adulf* Mißfallen am Hof erregte, hielt ich es für klüger, mich eine Weile zurückzuziehen, und überließ meinen Feinden notgedrungen all meine Besitztümer, Geld und Weiber. Woher sollte ich die kleinlichen Intrigen kennen und wissen, daß bestimmte Szenen meines Dramas die Zustände am Hof widerspiegelten?«

»So seid Ihr in Ungnade gefallen?« fragte Falkenmond und blickte den Mann aus zusammengekniffenen Augen an. Die Geschichte mochte zu Tozers Plan gehören.

»Mehr noch – fast büßte ich mein Leben ein. Aber das rauhe Landleben erreichte ohnehin beinah dasselbe . . .«

»Ihr habt also einen Philosophen gefunden, der Euch durch die Dimensionen zu reisen lehrte? Und danach kamt Ihr hierher, um Asyl zu suchen?« Falkenmond beobachtete Tozers Reaktion.

»Nein – ah, ja . . .«, stotterte Tozer. »Das heißt, ich wußte nicht genau, wohin ich kommen würde.«

»Ich glaube, Ihr seid vom Reichskönig geschickt worden, um uns zu vernichten«, sagte Falkenmond hart. »Ich bin davon überzeugt, daß Ihr uns belügt, Meister Tozer.«

»Lügen? Was sind Lügen? Was ist die Wahrheit?« Tozer sah mit glasigem Blick zu Falkenmond hoch, ein Schluckauf hatte sich seiner bemächtigt.

»Die Wahrheit«, konterte Falkenmond, »ist ein grober Strick um Euren Hals. Ich denke, wir sollten Euch hängen.« Er tastete nach dem Juwel in seiner Stirn. »Mir sind die Tricks des Dunklen Imperiums nicht neu. Ich war zu oft ihr Opfer, als daß ich mich wieder hereinlegen ließe.« Er sah die anderen an. »Wir sollten ihn hängen.«

»Aber wie wollen wir wissen, daß er wirklich der einzige ist, der weiß, wie man uns erreichen kann?« gab d'Averc zu bedenken. »Wir dürfen nicht überstürzt handeln, Falkenmond, mein Freund.«

»Ich bin der einzige! Ich schwöre es!« Tozers Stimme zitterte. »Ich gebe zu, guter Herr, daß ich zu dieser Reise gezwungen wurde. Meine einzige Alternative wäre gewesen, in den Kerkern des Königspalastes zu verrotten. Als ich das Geheimnis des Alten kannte, kehrte ich nach Londra zurück. Ich hoffte, mich mit meinem neuen Können rehabilitieren zu können – ich wollte nicht mehr als meinen früheren Status und ein Publikum für meine Stücke. Doch kaum hatten sie von meiner ungewöhnlichen Fähigkeit gehört, drohten sie mich zu töten, falls ich nicht hierherkäme und das vernichtete, was es euch ermöglichte, Burg und Stadt in diese Dimension zu versetzen. So kam ich – und ich muß gestehen, ich war froh, ihnen zu entrinnen. Ich war nicht übermäßig begeistert, meine Haut zu gefährden, indem ich euch, ihr guten Leute ...«

»Und sie vergewisserten sich nicht auf irgendwelche Weise, daß Ihr auch tatsächlich die Aufgabe ausführen würdet, mit der sie Euch beauftragten?« fragte Falkenmond. »Das ist erstaunlich.«

»Um ehrlich zu sein«, antwortete Tozer verdrossen, »ich hatte das Gefühl, daß sie nicht an meine Fähigkeiten glaubten. Sie wollten mich vermutlich nur auf die Probe stellen. Allerdings dürften sie ganz schön verblüfft gewesen sein, als ich zustimmte und sofort verschwand.«

»Es sieht den Lords des Dunklen Imperiums nicht ähnlich, einen solchen Fehler zu machen«, überlegte d'Averc. »Jedoch ist es nicht gewiß, daß Ihr ihr Vertrauen gewinnen konntet, da Ihr Euch auch bei uns so schwer tut. Trotzdem bin ich mir nicht sicher, ob man Euch trauen sollte.«

»Habt Ihr ihnen von diesem Alten erzählt?« erkundigte Bowgentle sich. »Sie werden das Geheimnis von ihm erfahren.«

»Nein«, feixte Tozer. »Ich sagte ihnen, ich hätte mir diese Fähigkeiten in den Monaten meiner Einsamkeit selbst angeeignet.«

»Kein Wunder, daß sie Euch nicht ernst nahmen«, grinste d'Averc.

Tozer leerte mit gekränkter Miene den Becher.

»Es fällt mir schwer zu glauben, daß Ihr Euch allein kraft Eures

Willens hierher versetzen konntet«, erklärte Bowgentle nachdenklich. »Seid Ihr sicher – habt Ihr keine Hilfsmittel benutzt?«

»Natürlich bin ich mir sicher.«

»Es gefällt mir gar nicht«, brummte Falkenmond düster. »Selbst wenn er die Wahrheit spricht, werden die Lords von Granbretanien sich inzwischen Gedanken machen, wie er wirklich zu seiner ungewöhnlichen Fähigkeit kam. Sie werden jeden seiner Schritte zurückverfolgen und so den alten Philosophen finden – und dann werden sie es auch möglich machen, eine ganze Armee hierherzuversetzen . . .«

»Tja, harte Zeiten«, bemerkte Tozer und füllte den Weinkelch erneut an. »Erinnert Ihr Euch an die zweite Szene im vierten Akt von *König Staleen* – ›Wilde Tage, wilde Reiter, Kriegsgestank über der ganzen Welt!‹ Ja! Ich war ein Prophet und wußte es nicht!« Er war nun offensichtlich betrunken.

Falkenmond starrte auf den Betrunkenen und konnte es noch immer kaum glauben, daß er der große Dramatiker Tozer war.

»Ihr wundert Euch über meine Armut«, lallte Tozer. »Das habe ich einigen Zeilen in *Chirshil und Adulf* zu verdanken. Oh, ungerechtes Geschick! Ein paar Zeilen, in gutem Glauben niedergeschrieben, und – nun – bin ich hier, und der Galgen droht mir. Erinnert Ihr Euch an die Szene? Bedauert mich, Sirs, hängt mich nicht. Vor euch sitzt ein großer Künstler, den sein eigenes Genie vernichtete.«

»Dieser Alte«, warf Bowgentle ein. »Was war er für ein Mensch? Und wo lebte er?«

»Der alte Mann . . .« Tozer nahm noch einen tiefen Schluck. »Der Alte erinnert mich ein wenig an Ioni in meiner *Stahlkomödie*, erster Akt, Szene vier . . .«

»Wie war er?« fragte Falkenmond ungeduldig.

»Er war der Sklave seiner Maschine. Er lebte nur für seine Wissenschaft, versteht Ihr? Alt wurde er bei seiner Arbeit, ohne daß er es bemerkte. Er stellte die Ringe her . . .«

Erschrocken drückte Tozer die Hand vor den Mund.

»Ringe? Welche Ringe?«, erkundigte d'Averc sich rasch.

»Ihr müßt mich entschuldigen.« Tozer versuchte, sich zu erheben. »Der Wein war wohl zu schwer für meinen leeren Magen. Habt Mitleid . . .«

Tozers Gesicht hatte eine grünliche Farbe angenommen.

»Na gut«, sagte Bowgentle. »Ich zeige Euch den Weg.«

»Ehe er geht«, erklang eine neue Stimme von der Tür her, »laßt Euch den Ring geben, den er am Mittelfinger seiner linken Hand trägt.« Die tiefe Stimme klang ein wenig ironisch. Falkenmond erkannte sie sofort und drehte sich um.

Tozer versteckte den Ring unter seiner Hand.

»Was wißt Ihr davon?« fragte er. »Wer seid Ihr?«

»Herzog Dorian hier«, erwiderte die Gestalt und zeigte auf Falkenmond, »nennt mich Ritter in Schwarz und Gold.«

Er überragte alle im Raum, und sein ganzer Körper steckte in einer schwarzen und goldenen Rüstung. Er hob den Arm und deutete auf Tozer. »Gib ihm diesen Ring . . .«

»Der Ring ist aus Glas, weiter nichts. Er hat keinen großen Wert . . .«

»Er erwähnte Ringe«, bemerkte d'Averc. »War es denn der Ring, der ihn hierherbrachte?«

Tozer zögerte noch, seine Augen waren glasig vom vielen Wein. »Ich sagte, er ist aus Glas und hat keinen besonderen Wert.«

»Beim Runenstab, ich befehle es dir!« dröhnte der Ritter mit gewaltiger Stimme.

Mit einer ruckartigen Bewegung zog Tozer sich den Ring vom Finger und warf ihn auf den Boden. D'Averc bückte sich danach und besah ihn sich. »Er ist aus Kristall«, sagte er, »nicht aus Glas. Und es ist eine Art Kristall, die wir kennen . . .«

»Er besteht aus demselben Stoff, aus dem das Gerät gearbeitet ist, das euch hierherbrachte.« Der Ritter in Schwarz und Gold hob eine behandschuhte Hand, und dort an seinem Mittelfinger sahen sie einen ebensolchen Ring wie den Tozers. »Er besitzt die Kräfte, einen Menschen durch die Dimensionen reisen zu lassen.«

»Wie ich dachte!« stieß Falkenmond hervor. »Es war nicht die geistige Kraft, die Euch hierherversetzte. Jetzt ist Euch der Galgen sicher. Woher habt Ihr den Ring?«

»Von dem Alten – von Mygan aus Llandar. Ich schwöre Euch, es ist die Wahrheit. Er hat noch mehr und kann weitere herstellen«, wimmerte Tozer. »Hängt mich nicht, ich flehe Euch an. Ich werde Euch genau beschreiben, wo Ihr den Alten finden könnt.«

»Das ist auch unbedingt erforderlich«, meinte Bowgentle nachdenklich, »denn wir müssen ihn erreichen, ehe die Lords des Dunklen Imperiums ihn entdecken. Wir brauchen ihn und seine Geheimnisse – um unserer Sicherheit willen!«

»Was? Wir sollen nach Granbretanien reisen?« fragte d'Averc überrascht.

»Es dürfte erforderlich sein«, meinte Falkenmond.

4. Flana Mikosevaar

Flana Mikosevaar, Gräfin von Kanbery, rückte ihre Maske aus Goldfiligran zurecht und warf einen flüchtigen Blick auf die anderen Zuschauer im Konzertsaal, die für sie nicht mehr waren als eine farbenfrohe, wogende Masse. Das Orchester in der Mitte des Saales spielte eine wilde und komplexe Weise, eines der späteren Werke von Londen Johne, Granbretaniens letztem großen Komponisten, der bereits vor zwei Jahrhunderten gestorben war.

Die Maske der Gräfin stellte einen Reiherkopf dar. Die Augen waren Facetten aus tausend seltenen Edelsteinen. Ihr schweres Gewand aus leuchtendem Brokat wechselte je nach dem Lichteinfall seine vielen Farben. Sie war die Witwe Asrovak Mikosevaars, des Krieglords, der unter Falkenmonds Klinge in der ersten Schlacht um die Kamarg gefallen war. Der Renegat aus Muskovia, der die Geierlegion, deren Wahlspruch *Tod dem Leben* war, einberufen hatte, um auf dem europäischen Festland zu kämpfen, wurde von seiner Witwe nicht betrauert; auch hegte diese keinen Groll gegen den, der sie zur Witwe gemacht hatte. Schließlich war er ihr zwölfter Ehegemahl gewesen, und der ungestüme Irrsinn des bluthungrigen Kriegslords hatte ihr Verlangen längst gestillt, ehe er in den Krieg gegen die Kamarg aufbrach. Seitdem hatte sie mehrere Liebhaber gehabt, und ihre Erinnerung an Asrovak Mikosevaar war nicht weniger verschwommen als die an all ihre anderen Männer; denn Flana war eine sehr selbstbezogene Persönlichkeit, die kaum zwischen einem und dem anderen unterschied.

Es war eine ihrer Angewohnheiten, ihre Männer und Liebhaber beseitigen zu lassen, wenn sie ihr unbequem wurden. Eher Instinkt als berechnende Überlegung hielt sie jedoch davon ab, die mächtigeren zu morden. Das hieß nicht, daß sie der Liebe nicht fähig war. Sie konnte sogar sehr leidenschaftlich lieben und sich uneingeschränkt dem Mann ihrer Zuneigung widmen, aber sie vermochte dieses Gefühl nie sehr lange aufrechtzuerhalten. Haß kannte sie nicht, ebensowenig wie Treue. Sie war in vieler Hinsicht ein unbeteiligtes Tier – sie erinnerte manche an eine Katze, andere an eine Spinne; ihre Schönheit und Anmut jedoch paßten mehr zu ersterer. Es gab viele, die sie haßten, weil sie ihnen den Gatten gestohlen oder einen Bruder vergiftet hatte, und sie hätten sich gerne gerächt, wagten es jedoch nicht, weil sie Gräfin von Kanbery und Kusine des Reichskönigs war, dieses unsterblichen Monarchen, der für alle Zeiten in seiner Thronkugel im riesigen Thronsaal seines Palastes lebte. Sie war auch der Mittelpunkt anderer Interessen. Da sie die einzige lebende Verwandte des Monarchen war, hätten gewisse Elemente am Hof den Reichsherrscher gern tot und sie als Reichsgöttin gesehen.

Flana von Kanbery war sich weder des einen noch des anderen bewußt, und es hätte sie auch nicht berührt, wäre es ihr zu Ohren gekommen. Sie interessierte sich absolut nicht für die Angelegenheiten anderer. Sie suchte nur ihr eigenes Verlangen zu stillen und die seltsame Melancholie in ihrem Herzen zu lindern, die sie sich nicht zu erklären wußte. Sie gab vielen ein Rätsel auf, und so mancher bemühte sich um ihre Gunst, nur um sie ohne Maske zu sehen und in ihren Zügen lesen zu können. Aber ihr bezaubernd schönes Gesicht, mit den stets sanft geröteten Wangen und den großen goldenen Augen, die abwesend und rätselhaft wirkten, schien noch mehr zu verbergen, als eine Maske es konnte.

Die Musik verklang und die Zuhörer erhoben sich; die Farben schienen nun zu leben mit den Bewegungen der Gewänder und den Masken, die sich umherdrehten und nickten. Die feinen Masken der Damen sammelten sich nun um die Kriegshelme der erst kürzlich zurückgekehrten Hauptleute der siegreichen Armee Granbretaniens. Die Gräfin erhob sich, ging aber nicht auf die Ansammlung zu. Vage erkannte sie einige der Helme – vor allem den von Meliadus von Kroiden, der noch vor fünf Jahren ihr Ehegemahl gewesen war und sich von ihr hatte scheiden lassen (was sie selbst kaum zur Kenntnis genommen hatte). Auch Shenegar Trott war hier; er lag auf weichen Kissen und ließ sich von nackten Sklavenmädchen vom Festland bedienen. Seine Silbermaske war die Parodie eines Menschengesichtes. Auch die Maske von Pra Flenn sah sie, dem Herzog von Lakasdeh; er war kaum achtzehn Jahre und hatte schon zehn große Städte erobert. Sein Helm war ein grinsender Drachenkopf. Auch die anderen, die gekommen waren, um ihre Siege zu feiern, die eroberten Länder unter sich aufzuteilen und sich das Lob des Reichskönigs zu sichern. Sie lachten und ließen sich stolz von den Damen umschwärmen. Nur ihr Exehemann hielt sich abseits und unterhielt sich statt dessen mit seinem Schwager Taragorm, dem Meister des Palasts der Zeit, und dem schlangenmaskigen Baron Kalan von Vital, dem obersten Magierwissenschaftler des Reichskönigs und Grandkonnetabel des Schlangenordens. Als sie darüber nachdachte, wunderte sie sich, denn sie erinnerte sich vage, daß Meliadus normalerweise Taragorm, der ihm die Schwester abspenstig gemacht hatte, aus dem Weg ging.

5. Taragorm

»Und wie ist es dir ergangen, Bruder Taragorm?« erkundigte sich Meliadus mit gezwungener Höflichkeit.

»Gut«, erwiderte der Mann, der seine Schwester geheiratet hatte, kurzangebunden. Er wunderte sich, warum Meliadus ihn solcherart ansprach, denn es war kein Geheimnis, daß Meliadus außerordentlich eifersüchtig auf ihn war. Die riesige Maske neigte sich ein wenig herablassend, sie war eine große Uhr aus vergoldetem und emailliertem Messing, mit Perlmutt und Silberfiligranarbeiten. Der Kasten mit dem Pendel reichte bis auf Taragorms Brust. Dieser Kasten bestand aus einem durchsichtigen Material, glasähnlich und von bläulicher Farbe, durch das man das goldene Pendel hin und her schwingen sehen konnte. Die ganze Uhr war mittels komplizierter Mechanismen so ausgerichtet, daß sie sich bei jeder Bewegung Taragorms selbst regulierte. Sie schlug die volle Stunde, die halben und die Viertelstunden, und zur Mittagszeit und um Mitternacht schlug sie die ersten acht Takte aus Shenevens *Temporaler Antipathie*.

»Und wie«, fuhr Meliadus in derselben ungewöhnlich freundlichen Art fort, »geht es den Uhren in deinem Palast? Ticken und tacken sie fleißig?«

Taragorm brauchte einen Augenblick, bis er verstand, daß sein Schwager tatsächlich den Versuch machte zu scherzen. Er enthielt sich einer Antwort.

Meliadus räusperte.

»Ich höre, Ihr experimentiert mit einer Maschine, die Zeitreisen ermöglichen könnte, Lord Taragorm.« Baron Kalan beendete das peinliche Schweigen. »Zufällig beschäftige ich mich ebenfalls mit einer Maschine . . .«

»Ich wollte dich nach deinen Forschungen fragen, Bruder«, warf Meliadus ein. »Wie weit bist du damit?«

»Ziemlich weit, Bruder.«

»Bist du schon durch die Zeit gereist?«

»Nicht persönlich.«

»Meine Maschine«, erklärte Baron Kalan, »kann Schiffe mit ungeheuerlicher Geschwindigkeit über große Entfernungen bewegen. Mit ihrer Hilfe könnten wir jedes Land auf dem Globus erobern, egal wie weit es . . .«

»Wann wird es soweit sein«, unterbrach Meliadus erneut und trat noch näher an Taragorm heran, »daß ein Mensch in die Vergangenheit oder Zukunft reisen kann?«

Baron Kalan zuckte die Schultern, ungehalten über Meliadus' Unhöflichkeit. »Ich muß in meine Laboratorien zurück. Der Reichskönig drängt mich, meine Arbeit zu vollenden. Lebt wohl, meine Lords.«

»Lebt wohl«, brummte Meliadus abwesend. »Du mußt mir mehr über deine Arbeit erzählen, Bruder. Oder besser noch, du zeigst mir, wie weit du bist.«

»Meine Arbeit ist geheim, Bruder. Ich kann dich nicht ohne König Huons Genehmigung in den Palast der Zeit mitnehmen.«

»Eine solche Genehmigung ist doch in meinem Fall gewiß unnötig?«

»Keiner ist so erhaben, daß er ohne den Segen unseres Reichskönigs handeln dürfte.«

»Aber die Sache ist von außergewöhnlicher Wichtigkeit, Bruder.« Meliadus' Stimme klang beschwörend. »Unsere Feinde sind entkommen, vermutlich in ein anderes Zeitalter. Sie sind eine Bedrohung für Granbretanien!«

»Du sprichst von einer Handvoll Raufbolde, die du in der Schlacht um die Karmarg nicht besiegen konntest?«

»Wir hatten sie schon so gut wie geschlagen – nur Wissenschaft oder Hexerei retteten sie vor unserer Rache. Niemand gibt mir die Schuld daran ...«

»Nur du selbst. Du gibst dir doch die Schuld?«

»Ich will die Sache endgültig bereinigen, das ist alles. Ich will das Imperium von seinen Feinden befreien.«

»Ich hörte flüstern, daß deine Kampagne mehr privat als im öffentlichen Interesse ist; daß du dich auf lächerliche Kompromisse eingelassen hast, nur um deine Rache gegen die paar Leute in der Kamarg zu befriedigen.«

»Das ist eine sehr verfärbte Ansicht. Ich fürchte lediglich um das Wohl unseres Imperiums«, erklärte Meliadus, der sich nur mühsam beherrschte.

»So berichte Reichskönig Huon von deiner Befürchtung, vielleicht gestattet er dir dann, meinen Palast zu besuchen.« Taragorm wandte sich ab. Meliadus wollte ihn zurückhalten, aber in diesem Augenblick begann Taragorms Uhrenmaske die volle Stunde zu schlagen und machte so momentan eine weitere Unterhaltung unmöglich. Wütend verließ Meliadus den Saal.

Umgeben von jungen Lords, von denen ein jeder ihre tödliche Aufmerksamkeit zu erregen suchte, beobachtete Gräfin Flana Mikosevaar Meliadus' Abgang.

Anhand seiner Haltung meinte sie zu erkennen, daß er schlechte Laune hatte. Dann vergaß sie ihn und wandte sich den Schmeicheleien ihrer Kavaliere zu und lauschte, nicht den Worten (die sie ohnehin kannte), sondern den Stimmen, die wie altbekannte Weisen klangen.

Taragorm sprach nun mit Shenegar Trott.

»Morgen habe ich eine Audienz beim Reichskönig«, erzählte dieser dem Herrn des Palastes der Zeit. »Es handelt sich wohl um einen Auftrag, von dem zur Zeit lediglich er weiß. Wir müssen uns beschäftigt halten, nicht wahr, Lord Taragorm?«

»Das müssen wir in der Tat, ehe die Langeweile uns alle hinwegrafft.«

6. Die Audienz

Am nächsten Morgen wartete Meliadus ungeduldig vor des Reichskönigs Thronsaal. Er hatte am Abend zuvor um eine Audienz gebeten und die Antwort bekommen, um elf Uhr zur Stelle zu sein. Jetzt war es bereits zwölf und die Tore hatten sich noch immer nicht geöffnet, um ihn einzulassen. Die hochaufragenden Tore, deren obere Enden sich in der Düsternis des riesigen Gebäudes verloren, waren mit Juwelen bedeckt, die Mosaikmuster uralter Darstellungen bildeten. Die fünfzig Wachen des Gottesanbeterinnenordens, die vor den Toren standen, glichen unbeweglichen Statuen. Ihre Flammenlanzen hielten sie alle im selben Winkel von ihren Körpern. Meliadus schritt vor ihnen auf und ab; hinter ihm schimmerten die Gänge des Palastes.

Meliadus versuchte seine Gefühle zu unterdrücken, er war gekränkt, daß ihm der Reichsherrscher nicht sofort Audienz gewährt hatte. Schließlich war er, Meliadus, der Oberbefehlshaber der Truppen in Europa. Und hatten sie unter seiner Führung nicht einen ganzen Kontinent erobert? Hatte er diese Truppen nicht bis in den Nahen Osten geführt und somit die Reichsgrenzen noch mehr erweitert? Welchen Grund hatte König Huon, ihn auf diese Weise zu beleidigen? Meliadus, der erste granbretanische Krieger, hatte Vorrang vor allen anderen Sterblichen. Er vermutete ein Komplott gegen sich. Wenn er Taragorms Worte richtig zu deuten wußte, vermutete man hier, daß er seinen Überblick verlor. Narren waren sie, daß sie nicht erkannten, welche Bedrohung Falkenmond, Graf Brass und Huillam d'Averc darstellten. Ihr Beispiel mochte Schule machen, wenn sie unbestraft blieben – andere würden rebellieren, und die Eroberung würde demzufolge langsamer voranschreiten. Aber sicherlich hatte König Huon nicht auf jene gehört, die gegen ihn sprachen? Der Reichskönig war weise, er war objektiv. Wäre er es nicht, wie könnte er dann regieren . . .

Erschreckt verdrängte Meliadus diesen Gedanken.

Schließlich öffneten sich die juwelenbesetzten Tore weit genug, um einen Mann hindurchzulassen – und durch diesen Spalt schritt eine vergnügte, korpulente Gestalt.

»Shenegar Trott!« rief Meliadus. »Euretwegen mußte ich also so lange warten!«

In Trotts Silbermaske schillerten die Lichter des Ganges. »Das bedauere ich zutiefst, Baron Meliadus, entschuldigt bitte. Es gab so viele Einzelheiten zu besprechen. Aber jetzt bin ich fertig. Man vertraute mir eine Mission an – eine Mission! Und was für eine Mission, ha, ha!«

Ehe Meliadus ihn nach der Art dieser Mission befragen konnte, war er schon davongeeilt.

Aus dem Thronsaal erklang eine jugendliche Stimme, die Stimme des Reichskönigs persönlich.

»Kommt zu mir, Baron Meliadus.«

Die Garde des Gottesanbeterinnenordens hatte ein Spalier gebildet, durch das Meliadus nun den Thronraum betrat.

In dieser gewaltigen Halle, die erfüllt war von blitzenden Farben, hingen die Banner von fünfhundert der edelsten Familien Granbretaniens. Etwa tausend Wächter der Gottesanbeterinnengarde standen still wie Statuen entlang der Wände. Baron Meliadus ließ sich auf die Knie fallen und senkte den Kopf.

Kunstvoll gearbeitete Galerie über Galerie erhob sich, endlos schier, bis hinauf zur gewölbten Decke. Die Rüstungen der Gottesanbeterinnenkrieger glänzten schwarz, grün und gold, und in der Ferne erkannte Meliadus, als er sich erhob, die Thronkugel des Herrschers als weißen Fleck gegen die grünen und purpurnen Wände des Hintergrunds.

Es dauerte zwanzig Minuten, bis Meliadus bei der Thronkugel ankam und sich nochmals auf die Knie warf. Die Kugel enthielt eine milchigweiße Flüssigkeit, die sich in steter Bewegung befand und in der hin und wieder blutrote und blaue Adern schillerten. Inmitten dieser Flüssigkeit, wie ein Fötus zusammengekauert, ruhte König Huon, unsterblich, mit runzliger Haut und einem überdimensionalen Kopf, aus dem scharfe, boshafte Augen starrten.

»Baron Meliadus«, erklang die Stimme, für die ein Jüngling sein Leben hatte lassen müssen.

»Großer König«, murmelte Meliadus. »Ich danke Euch für die Gnade, mir diese Audienz zu gewähren.«

»Aus welchem Grund wünscht Ihr diese Audienz, Baron?« Die Stimme klang ironisch und ein wenig ungehalten. »Möchtet Ihr erneut für Eure Erfolge in Europa gelobt werden?«

»Ich bin allein mit der Tatsache zufrieden, Eure Majestät. Ich kam, um zu warnen, daß immer noch Gefahr droht . . .«

»Was? Habt Ihr denn nicht den ganzen Kontinent unterworfen?«

»Das habe ich, Sire, von Küste zu Küste und bis zu den Grenzen Muskovias und noch weiter. Wenige leben noch, die nicht unsere Sklaven sind. Aber ich denke an jene, die uns entkamen . . .«

»Falkenmond und seine Freunde?«

»Keine anderen, Majestät.«

»Ihr habt sie verjagt. Sie bedeuten keine Gefahr mehr für uns.«

»Sie sind eine Bedrohung für Granbretanien, solange sie leben, Sire. Denn ihr Entkommen mag anderen Anlaß zur Hoffnung geben und zur Rebellion führen. Diese Hoffnung ist es, die wir unterdrücken müssen.«

»Mit Aufruhr seid Ihr bisher fertig geworden und Ihr werdet es auch in Zukunft. Wir fürchten, Baron Meliadus, daß Ihr Unser Interesse dem Euren hintanstellt . . .«

»Meine persönlichen Interessen sind die Euren, Majestät, und Eure Interessen sind die meinen – sie sind untrennbar. Bin ich nicht der treueste Eurer Diener?«

»Vielleicht haltet Ihr Euch selbst dafür, Baron Meliadus, vielleicht haltet Ihr Euch selbst dafür . . .«

»Wie meint Ihr das, mächtiger Herrscher?«

»Wir glauben, daß Eure Besessenheit, was den Deutschen, Falkenmond, und seine Handvoll Gauner anbelangt, nichts mit Unseren Interessen zu tun hat. Sie werden nicht zurückkehren, und sollten sie es doch tun, so werden wir schon mit ihnen fertig. Wir fürchten, daß Euer Beweggrund die Rache ist, und daß Euer Rachedurst Euch glauben macht, daß das gesamte granbretanische Imperium durch jene bedroht ist, an denen Ihr Euch rächen wollt.«

»Nein! Nein, allmächtiger Fürst! Ich schwöre Euch, daß es nicht so ist!«

»Laßt sie, wo sie sind, Meliadus. Beschäftigt Euch mit ihnen, wenn sie wiedererscheinen.«

»Großer König, sie stellen eine potentielle Bedrohung für das Imperium dar. Sie werden von unbekannten Mächten unterstützt, denn woher sonst hätten sie die Maschine, die sie uns in dem Augenblick entriß, als wir dabei waren, sie zu vernichten? Ich habe noch keine Beweise dafür. Aber wenn Ihr mir gestattet, mit Taragorm zu arbeiten und mich seines Wissens zu bedienen, um ihren Aufenthalt festzustellen, dann werde ich Euch den Beweis bringen, und Ihr werdet mir glauben!«

»Wir hegen Unsere Zweifel«, die melodische Stimme klang grimmig. »Wenn es Euch jedoch von Euren anderen Pflichten bei Hof nicht abhält, werden Wir Euch die Erlaubnis erteilen, Lord Taragorms Palast aufzusuchen und ihn um Unterstützung zu bitten, Eure Feinde aufzuspüren . . .«

»Unsere Feinde, Großmächtiger Prinz . . .«

»Wir werden sehen, Baron, wir werden sehen.«

»Ich danke Euch für Euer Vertrauen in mich, großer König. Ich werde . . .«

»Die Audienz ist noch nicht beendet, Baron Meliadus, denn Wir haben Euch noch nichts über die Pflichten erzählt, die Wir erwähnten.«

»Es wird mir eine Ehre sein, sie zu erfüllen, edler Herrscher.«

»Ihr befürchtet eine Bedrohung durch die Kamarg. Nun, ich glaube an eine Gefahr von anderer Seite – nämlich aus dem Osten, wo sich ein Feind gegen uns erheben kann, der, soweit wir erfuhren, ebenso mächtig sein könnte wie das Imperium selbst. Vielleicht habt Ihr mit Euren Vermutungen recht, und es handelt sich um Verbündete Falkenmonds, deren Botschafter sich bereits hier am Hof befinden . . .«

»Großmächtiger König, wenn das so ist . . .«

»Unterbrecht Uns nicht, Baron Meliadus!«

»Entschuldigt, Herr.«

»Gestern abend erschienen an den Toren Londras zwei Fremde, die sich als Gesandte des Imperiums von Asiakommunista ausgaben. Ihre Ankunft war sehr mysteriös. Sie deutete darauf hin, daß sie über eine uns unbekannte Methode der Fortbewegung verfügen, denn sie erklärten, sie hätten ihre Hauptstädte keine zwei Stunden zuvor verlassen. Es ist Unsere Meinung, daß sie uns besuchen, um sich ein Bild von unserer Stärke zu machen. Wir müssen nun unsererseits *ihre* Macht eruieren, denn die Zeit wird kommen, daß wir in einen Krieg mit ihnen verwickelt werden. Zweifellos hörten sie von unserem Vorstoß und unseren Erfolgen im Nahen und Mittleren Osten, und sie beginnen sich Gedanken zu machen. Wir müssen über sie erfahren, was wir können, und versuchen, sie zu überzeugen, daß wir ihnen wohlgesinnt sind. Sie müssen uns gestatten, Botschafter in ihr Reich zu entsenden. Sollte sich das ermöglichen lassen, werdet Ihr, Meliadus, einer dieser Botschafter sein, da Ihr in dieser Art von Diplomatie besser als jeder andere Unserer, Untergebenen versiert seid.«

»Das sind beunruhigende Neuigkeiten, Eure Majestät.«

»Aber wir werden sie zu unserem Besten wenden. Ihr macht den Führer und Begleiter dieser beiden Gesandten. Horcht sie aus. Wir wünschen die Größe und Grenzen ihres Reiches zu erfahren, die Zahl ihrer Krieger, die Art und Schlagkraft ihrer Waffen und die Art ihrer Transportmittel. Wie Ihr seht, Baron Meliadus, deutet dieser Besuch auf eine bedeutend größere potentielle Bedrohung als jene, die von seiten der verschwundenen Kamarg kommen könnte.«

»Vielleicht, Sire . . .«

»Nein – ganz gewiß sogar, Baron Meliadus!« Die auch zum Greifen geeignete Zunge zuckte aus dem runzeligen Mund. »Das ist Eure wichtigste Aufgabe. Nur wenn Euch wirklich noch Zeit bleibt, könnt Ihr sie Eurer Rache an Dorian Falkenmond widmen.«

»Aber Majestät . . .«

»Befolgt Unsere Anordnung gut, Meliadus. Enttäuscht Uns nicht.« Die Stimme klang drohend. Die Zunge berührte den Edelstein, der neben dem Kopf in der Flüssigkeit schwamm. Langsam verfärbte sich die Thronkugel, bis sie schließlich völlig schwarz von der Kuppeldecke hing.

7. Die Botschafter

Baron Meliadus konnte sich des Gefühls nicht erwehren, daß König Huon sein Vertrauen in ihn verloren hatte und ihn absichtlich mit anderen Aufgaben bedachte, um seine Nachforschungen über den Verbleib der Burg Brass zu verzögern. Gewiß – der König hatte durchblicken lassen, daß es wichtig sei, daß er, Meliadus, sich um die Abgesandten aus Asiakommunista persönlich kümmere. Er hatte ihm sogar geschmeichelt und erklärt, daß kein anderer für eine solche Aufgabe in Frage käme. Später hätte er sogar die Gelegenheit, nicht nur erster Krieger Europas zu sein, sondern auch oberster Heerführer von Asiakommunista. Aber Meliadus' Interesse an Asiakommunista war nicht so groß wie jenes an Burg Brass – denn er fühlte, daß Burg Brass eine bedeutend größere Bedrohung für das Imperium darstellte als Asiakommunista und daß er auch den Beweis für seine Vermutungen erbringen konnte, wohingegen es für eine Bedrohung aus dem Osten keinen Beweis gab.

In seiner kostbarsten Maske und in prunkvollem Gewand schritt Meliadus durch die glänzenden Gänge des Palastes auf den Saal zu, in dem er am Abend zuvor seinen Schwager Taragorm gesprochen hatte. Jetzt diente der Saal einem anderen Zweck – hier fand der Empfang für die Botschafter aus dem Osten statt.

Als Stellvertreter des Reichskönigs hätte sich Meliadus eigentlich höchst geehrt fühlen müssen; denn sie verlieh ihm Prestige, das gleich nach dem des Reichskönigs kam. Aber selbst dieses Wissen konnte Meliadus' rachsüchtiges Gemüt nicht völlig befriedigen.

Die Fanfaren von den Galerien rund um den Saal erschollen, als Meliadus den Saal betrat. Die Edelsten Granbretaniens waren hier versammelt, die Pracht ihrer Gewänder und Masken war überwältigend. Die Botschafter Asiakommunistas waren noch nicht erschienen. Meliadus schritt auf die drei goldenen Thronsessel zu, die auf mehreren, stufenförmig übereinander errichteten Plattformen aufgestellt waren, und nahm auf dem mittleren Platz. Das Meer der Adligen verbeugte sich vor ihm, und es wurde still im Saal. Meliadus hatte die Botschafter selbst noch nicht kennengelernt, Kapitän Viel Phong vom Orden der Gottesanbeterin war bis jetzt ihr Begleiter gewesen.

Meliadus sah sich im Saal um. Er sah Taragorm, Flana, Gräfin von Kanbery, Adaz Promp und Mygel Holst, Jerek Nankenseen und Brenal Farnu. Einen Augenblick später wunderte er sich, denn irgend etwas schien nicht zu stimmen. Dann erkannte er, daß von allen edlen Kriegslords nur Shenegar Trott fehlte. Er erinnerte sich daran, daß der fette Graf von einer Mission gesprochen hatte. Fehlte er deshalb? Weshalb hatte man ihn nicht davon unterrichtet? Hatte man Geheimnisse vor ihm? Sollte er tatsächlich das Vertrauen des Reichskönigs verloren haben? Die beunruhigendsten Gedanken schossen ihm durch den Kopf, als die Fanfaren erneut erklangen und zwei merkwürdig gekleidete Gestalten in den Saal traten.

Meliadus erhob sich unwillkürlich, um sie zu begrüßen. Ihr Anblick versetzte ihn in Erstaunen; denn sie wirkten barbarisch und grotesk. Beide waren über zwei Meter fünfzig groß und sie bewegten sich merkwürdig steif, wie Automaten. Waren sie wirklich menschlich, fragte er sich. Es war ihm noch nicht in den Sinn gekommen, daß sie etwas anderes hätten sein können. Vielleicht handelte es sich bei ihnen tatsächlich um monströse Geschöpfe aus dem Tragischen Millenium? Waren die Bürger Asiakommunistas vielleicht gar keine Menschen?

Wie die Granbretanier trugen auch sie Masken (er nahm jedenfalls an, daß die seltsamen Gebilde über ihren Schultern Masken waren), so daß es unmöglich war festzustellen, ob sich menschliche Gesichter dahinter verbargen. Es waren hohe, leicht ovale Gehäuse aus bemaltem Leder, auf denen sich Teufelszüge abhoben. Dicke Pelzmäntel reichten bis zum Boden, und darunter trugen sie lederne Kleidung, auf die ein Skelett mit farbigen Organen gepinselt war – eine Zeichnung, die Meliadus an Abbildungen in uralten medizinischen Büchern erinnerte.

Der Herold meldete sie:

»Lord Kominsar Kaow Shalang Gatt, Erbbeauftragter Seiner Hoheit des Präsidentenkaisers Jong Mang Shen von Asiakommunista und Prinzerwählter der Horde der Sonne.«

Der erste der beiden Gesandten trat vor. Sein Pelzumhang wallte ein wenig zurück und offenbarte Schultern von gut ein Meter dreißig Breite. Die bauschigen Ärmel seines Ledergewandes waren aus mehrfarbiger Seide. In seiner Rechten hielt er einen goldenen, dicht mit Juwelen besetzten zepterähnlichen Stab. Der Sorgfalt nach, mit der er ihn behandelte, mochte es der Runenstab selbst sein.

»Lord Kominsar Orkaj Heong Phoon, Erbbeauftragter Seiner Hoheit des Präsidentenkaisers Jong Mang Shen von Asiakommunista und Prinzerwählter der Horde der Sonne.«

Der zweite trat vor, ähnlich gekleidet, doch ohne Stab.

Meliadus breitete die Arme aus. »Ich heiße die edlen Gesandten Seiner Hoheit des Präsidentenkaisers Jong Mang Shen willkommen. Granbretanien liegt zu Ihren Füßen, hohe Herren.«

Der Mann mit dem Stab (wenn es ein Mann war) hielt vor der Stufenplattform an und begann in einem merkwürdig singenden Akzent zu sprechen, der verriet, daß seiner Zunge die Sprache Granbretaniens, ja selbst jene Europas und des Nahen Ostens, nicht vertraut war.

»Wir danken Euch zutiefst für Euer Willkommen und bitten zu vernehmen, welch mächtiger Herr es uns entbietet.«

»Ich bin Baron Meliadus von Kroiden, Grandkonnetabel des Wolfsordens, Oberster Heerführer Europas und Beauftragter Seiner Majestät des Unsterblichen Reichskönigs Huon des Achtzehnten, Herrscher über Granbretanien, Europa und alle Länder des Mittelmeergebietes, Grandkonnetabel des Ordens der Gottesanbeterin, Lenker der Geschicke, Schöpfer der Geschichte, gefürchteter und mächtiger Regent aller. Ich begrüße Euch als sein Bevollmächtigter; denn Ihr müßt wissen, daß er als Unsterblicher seine Thronkugel, die ihn erhält und die Tag und Nacht von Tausenden seiner Getreuen bewacht wird, nicht verlassen kann.« Meliadus hielt es für angebracht, die Unsterblichkeit des Reichskönigs hervorzuheben, dann wies er auf die beiden Throne neben dem seinen. »Bitte, setzt Euch und genießt die Unterhaltung, die wir zu bieten haben.«

Die beiden grotesken Gestalten stiegen die Stufen empor und ließen sich mit sichtbarer Schwierigkeit auf den goldenen Thronsesseln nieder. Ein Bankett war nicht vorgesehen; denn die Granbretanier aßen nicht in der Öffentlichkeit, da sie dazu ihre Masken abnehmen müßten, und es gab für sie nichts Schlimmeres, als ihre nackten Gesichter sehen zu lassen. Nur dreimal im Jahr legten sie Masken und Gewänder in der Sicherheit des Thronraumes ab, und dort gaben sie sich unter den gierigen Augen des Reichsherrschers wochenlangen Orgien hin und nahmen teil an widerwärtigen und blutigen Zeremonien, für die es nur in den geheimen Sprachen ihrer Orden Namen gab, die aber außer zu diesen drei Gelegenheiten auch nie genannt wurden.

Baron Meliadus klatschte in die Hände. Die Höflinge nahmen zu beiden Längsseiten des Saales Platz, und dann kamen die Akrobaten, die Gaukler und Clowns herein zu wilden Klängen, die von den Galerien herunterschollen. Pyramiden aus Menschenleibern schwankten, beugten sich und brachen in sich zusammen, um neue, kompliziertere Gebilde zu formen. Clowns spielten einander die gefährlichen Streiche, die von ihnen erwartet wurden, während Gaukler und Akrobaten mit unglaublicher Geschwindigkeit im Flicflac umhersprangen, auf Seilen tanzten, die hoch über den Köpfen der Zuschauer gespannt waren, und sich von Trapez zu Trapez schwangen.

Flana von Kanbery hatte kein Auge für die Gaukler; auch empfand sie die Scherze der Clowns nicht als komisch. Statt dessen wandte sie ihre wunderschöne Reihermaske den beiden Fremden zu und betrachtete sie mit einer für sie ungewöhnlichen Neugierde. Vage wünschte sie sich, die beiden näher kennenzulernen; denn sie schienen ihr außergewöhnliche Abwechslung bieten zu können, vor allem, wenn sie, und das vermutete Flana, nicht gänzlich menschlich waren.

Meliadus konnte den Gedanken nicht verdrängen, daß der König ihm gegenüber voreingenommen war, und daß die anderen Adligen gegen ihn paktierten; so strengte er sich außerordentlich an, den Fremden gegenüber höflich zu sein. Wenn er es wollte, so konnte er mit seiner Würde, seiner geistreichen Unterhaltung und seinem männlichen Auftreten durchaus Fremde beeindrucken (er hatte einst Graf Brass beeindruckt). Aber heute nacht kostete es ihn Anstrengung, und er fürchtete, daß man ihm das ansehen würde.

»Finden die Unterhaltungen Euer Wohlgefallen, hohe Lords aus Asiakommunista?« hatte er gefragt und als Antwort ein leichtes Nicken der großen Köpfe erhalten. »Erfreuen Euch die Clowns?« – und die Hand Kaow Shalang Gatts, der den goldenen Stab trug, hatte sich ein wenig bewegt. »Solches Geschick!« war Meliadus weiter bemüht kundzugeben, und: »Die Gaukler stammen aus unseren Territorien in Italien – und jene Akrobaten gehörten einst einem Herrscher von Krahkov – Ihr habt gewiß ebenso begabte Unterhalter an Eurem Hof ...«

Orkai Heong Phoon setzte sich lediglich bequemer auf seinen Stuhl. Meliadus wurde immer ungeduldiger; er bekam den Eindruck, daß diese merkwürdigen Gestalten sich ihm gegenüber erhaben fühlten oder sich vielleicht langweilten durch seine Versuche, höflich zu erscheinen, und es fiel ihm immer schwerer, leichte Konversation zu führen; denn mehr war nicht möglich, solange die Musik spielte.

Schließlich erhob er sich und klatschte in die Hände. »Genug hiervon. Schickt die Unterhalter fort und laßt uns Ausgefalleneres sehen.« Er entspannte sich ein wenig, als die Sexualtänzer eintraten und mit ihren Darbietungen begannen, die den anwesenden Granbretaniern großes Vergnügen bereiteten. Meliadus lachte in sich hinein, als er einige der Tänzer erkannte und seine Gäste auf sie aufmerksam machte. »Jener dort war ein Prinz in Magyaria – und diese beiden, die Zwillinge, waren die Schwestern eines turkischen Königs. Die Blonde dort nahm ich selbst gefangen – und den Hengst fand ich in einem bulgarischen Stall. Viele davon habe ich selbst ausgebildet.« Die Darbietungen beruhigten zwar die gepeinigten Nerven Baron Meliadus', die Botschafter des Präsidentenkaisers Jong Mang Shen aber schienen unbewegt und wortkarg wie zuvor.

Schließlich waren die Darbietungen vorüber, und die Akteure zogen sich (sehr zur Erleichterung der Botschafter, wie es schien) zurück. Baron Meliadus, der sich sehr viel frischer fühlte, fragte sich, ob die beiden überhaupt Wesen aus Fleisch und Blut waren, und gab Zeichen, daß der Ball beginnen könne.

»Und nun, meine Herren«, sagte er und erhob sich, »wollen wir uns ein wenig umsehen, damit ich Euch jene vorstellen kann, die Euch zu Ehren gekommen sind.«

Mit steifen Bewegungen folgten ihm die Gesandten Asiakommunistas. Sie überragten selbst die Größten im Saal.

»Möchtet Ihr tanzen?« fragte der Baron.

»Bedaure, wir tanzen nicht«, erklärte Kaow Shalang Gatt mit ausdrucksloser Stimme. Und da die Etikette verlangte, daß die Gäste den Ball mit einem Tanz eröffneten, war nun auch den anderen das Tanzen verwehrt. Meliadus kochte. Was erwartete König Huon von ihm? Wie sollte er mit diesen Robotern zurechtkommen?

»Ist in Asiakommunista denn Tanzen nicht üblich?« fragte er, und seine Stimme zitterte vor unterdrücktem Ärger.

»Nicht auf die Art, wie ihr sie hier offenbar bevorzugt«, erwiderte Orkai Heong Phoon. Obgleich sein Tonfall nichts verriet, glaubte Meliadus doch, er deute an, daß solcherart Vergnügen unter der Würde asiakommunistischer Edelleute war. Es fiel ihm immer schwerer, diesen eingebildeten Fremden gegenüber höflich zu bleiben. Meliadus war es nicht gewohnt, seinen Gefühlen Zwang anzutun, und schon gar nicht, wenn es sich um Ausländer handelte. Er nahm sich vor, es vor allem diesen beiden zu zeigen, sobald er die Ehre und das Vergnügen haben würde, eine Armee zur Eroberung des Fernen Ostens zu befehligen.

Baron Meliadus blieb vor Adaz Promp stehen, der sich vor den beiden Gästen verneigte. »Gestattet mir, euch Graf Adaz Promp, Grandkonnetabel des Hundeordens, Prinz von Parye, Protektor von Munchein, und Befehlshaber von Zehntausenden vorzustellen.« Wieder verbeugte sich die prunkvolle Hundemaske.

»Graf Adaz führte die Streitmacht an, die uns half, das gesamte europäische Festland in zwei Jahren zu erobern, während wir mit zwanzig gerechnet hatten.«

»Baron Meliadus schmeichelt mir«, murmelte Adaz Promp. »Ich bin überzeugt, Ihr habt mächtigere Legionen in Asiakommunista, meine Lords.«

»Vielleicht. Ich weiß es nicht. Eure Armee scheint mir, nach Euren Worten, so unaufhaltsam wie unsere Drachenhunde«, meinte Kaow Shalang Gatt.

»Drachenhunde? Was sind Drachenhunde?« Meliadus erinnerte sich, was der Reichskönig ihm befohlen hatte.

»Ihr habt keine in Granbretanien?«

»Möglicherweise nennen wir sie anders. Könnt Ihr sie uns beschreiben?«

Kaow Shalang Gatt hob seinen Stab. »Sie sind etwa doppelt so groß wie ein Mann – einer unserer Männer –, mit siebzig Zähnen wie Elfenbeinklingen. Sie sind dichtbehaart und haben Krallen wie eine Katze. Wir setzen sie zur Jagd auf die Reptilien ein, die wir noch nicht zu Kriegszwecken abgerichtet haben.«

»Ich verstehe«, murmelte Meliadus und überlegte, daß gegen solche Bestien eine besondere Taktik angewendet werden mußte. »Und wie viele dieser Drachenhunde habt Ihr?«

»Eine ganze Menge«, erwiderte sein Gast.

Baron Meliadus machte sie mit weiteren der Edelleute und ihren Damen bekannt. Jeder von ihnen war beauftragt, eine ähnliche Frage wie Adaz Promp zu stellen, um Meliadus die Möglichkeit zu geben, den Botschaftern Informationen zu entlocken. Es wurde ihm jedoch bald klar, daß sie die Macht ihrer Streitkräfte und Waffen nicht verheimlichten, aber zu bedachtsam waren, Einzelheiten auszuplaudern, was Zahl und Kapazität anbelangte. Meliadus erkannte, daß es mehr als dieses einen Abends bedurfte, um diese Informationen zu bekommen, und er fühlte, daß es sehr schwierig werden würde, sie überhaupt zu erfahren.

»Eure Technik ist vermutlich der unseren voraus?« fragte Meliadus ohne viel Hoffnung.

»Vielleicht«, erwiderte Orkai Heong Phoon. »Aber wir wissen viel zu wenig von Eurer. Es wäre gewiß interessant, sie zu vergleichen.«

»Ohne Zweifel«, pflichtete Meliadus ihm bei. »Ich hörte beispielsweise, daß Eure Flugmaschine Euch mehrere tausend Meilen in kürzester Zeit beförderte.«

»Es war keine Flugmaschine«, korrigierte ihn Orkai Heong Phoon.

»Nein? Wie seid Ihr dann . . .?«

»Wir nennen es Erdwagen – es bewegte sich durch die Erde . . .«

»Und sein Antrieb? Wie dringt er durch die Erde?«

»Wir sind keine Wissenschaftler«, warf Kaow Shalang Gatt ein. »Wir interessieren uns nicht für die Funktionsweise unserer Maschinen. Dinge dieser Art überlassen wir den niedrigeren Kasten.«

Baron Meliadus biß sich wütend auf die Unterlippe. Vor der bezaubernden Reihermaske der Gräfin Flana Mikosevaar hielt er an. Er stellte sie vor, und sie machte einen Knicks.

»Wie groß Ihr seid«, murmelte sie bewundernd mit rauchiger Stimme. »Ja, sehr groß.«

Baron Meliadus wollte rasch weiter, denn die Gräfin brachte ihn, wie er ohnehin vermutet hatte, in Verlegenheit. Er hatte sie lediglich vorgestellt, um die Stille nach der letzten Bemerkung des

Gastes zu überbrücken. Aber Flana legte die Hand auf Orkai Heong Phoons Schulter. »Und Eure Schultern sind so breit.« Der Botschafter schwieg und stand wie erstarrt. Hatte sie ihn beleidigt? Es wäre Meliadus eine Genugtuung gewesen. Sicher würde der Mann aus Asiakommunista sich nicht darüber beschweren, denn es war gewiß im Interesse seines Landes, sich mit den Edelleuten Granbretaniens gut zu stellen, und seine Anweisungen lauteten vermutlich ähnlich wie jene, die Meliadus von König Huon erhalten hatte. »Kann ich Euch irgendwie unterhalten?« fragte Flana und deutete eine vage Geste an.

»Danke, im Augenblick wüßte ich nicht, wie«, murmelte Orkai Heong Phoon und ging mit Kaow Shalang Gatt und Meliadus weiter.

Verblüfft blickte ihm Flana nach. Noch nie zuvor hatte man ihr einen Korb gegeben, und sie wußte nicht, was sie davon halten sollte. Sie beschloß, später darüber nachzudenken. Die beiden waren jedenfalls merkwürdige Gestalten mit ihrem steifen Gang. Wie Wesen aus Metall, dachte sie. Ob man wohl menschliche Gefühle in ihnen erwecken konnte?

Ihre großen bemalten Ledermasken ragten über die Menge hinaus, als Meliadus den beiden Jerek Nankenseen und seine Lady, die Gräfin Falmoliva Nankenseen, vorstellte, die in ihrer Jugend an der Seite ihres Mannes in die Schlacht geritten war.

Als Baron Meliadus mit den beiden Botschaftern die Runde gemacht hatte, kehrten sie zu den goldenen Thronen zurück. Shenegar Trott, sein Rivale, war tatsächlich abwesend, und in Meliadus wuchs der Ärger, weil König Huon ihn nicht über die Mission des Grafen aufgeklärt hatte. Außerdem drängte es ihn danach, die beiden Gesandten loszuwerden, um endlich zum Palast der Zeit zu eilen und festzustellen, welche Fortschritte Taragorm gemacht hatte und ob es eine Möglichkeit gab, den Aufenthalt jener, die er haßte, durch Zeit oder Raum ausfindig zu machen.

8. Meliadus im Palast der Zeit

Früh am nächsten Morgen, nach einer schlechten Nacht, während derer er nicht geschlafen und auch sonst kein Vergnügen gefunden hatte, machte sich Meliadus auf den Weg, um Taragorm im Palast der Zeit aufzusuchen.

In Londra gab es wenige offene Straßen. Häuser, Paläste, Warenhäuser und Baracken waren alle durch überdachte Passagen miteinander verbunden. Die Dachkonstruktionen in den Vierteln der Wohlhabenden waren bunt anzusehen, als bestünden die Wände aus gefärbtem Glas. In den ärmlichen Vierteln diente öliger, dunkler Stein als Überdachung.

Meliadus ließ sich von einem Dutzend Sklavenmädchen, deren Körper lediglich mit Rouge bedeckt waren, in einer Sänfte durch diese Passagen tragen. Er wollte Taragorm seinen Besuch abstatten, ehe die beiden tölpelhaften Botschafter aus Asiakommunista wach waren. Es war natürlich möglich, daß sie tatsächlich einer Nation angehörten, die Falkenmond und den anderen half, aber er hatte keinen Beweis. Würde sich jedoch durch Taragorms Experimente seine Hoffnung erfüllen, mochte er zu Beweisen kommen, mit denen er König Huon überzeugen konnte, und vielleicht war er dann der lästigen Aufgabe ledig, den Gastgeber für die beiden Abgeordneten zu spielen.

Die Passagen wurden breiter, und Geräusche waren zu vernehmen: dumpfes Dröhnen und gleichmäßiges, mechanisches Klicken. Meliadus wußte, daß er Taragorms Uhren hörte.

Als er sich dem Palast der Zeit näherte, wurde der Lärm betäubend. Tausend gigantische Pendel schwangen mit tausend verschiedenen Geschwindigkeiten. Zahnräder surrten und klickten, und Klöppel schlugen auf Glocken, Gongs und Zimbeln, mechanische Vögel schrien, und künstliche Stimmen sprachen. Es war ein unglaubliches Durcheinander an Geräuschen. Der Palast beherbergte mehrere tausend Uhren der verschiedensten Größen, war jedoch auch selbst eine gewaltige Uhr und gleichsam der Hauptregulator für alle anderen, und somit erscholl über all dem Lärm das langsame, widerhallende, dröhnende Klacken des gewaltigen Zahnrades hoch oben unter dem Dach und das Zischen des riesigen

Pendels durch die Luft in der Halle des Pendels, wo Taragorm seine meisten Experimente durchführte.

Meliadus' Sänfte gelangte schließlich an ein relativ kleines Bronzetor. Künstliche Wächter sprangen vor und versperrten den Weg, und eine mechanische Stimme übertönte den Lärm der Uhren und verlangte zu wissen:

»Wer begehrt Einlaß?«

»Baron Meliadus, Lord Taragorms Schwager, mit Erlaubnis Seiner Majestät König Huons«, brüllte Meliadus, um überhaupt gehört zu werden.

Meliadus meinte, daß das Tor noch eine geraume Weile länger verschlossen blieb, als unbedingt nötig gewesen wäre.

Sie gelangten durch eine Halle mit gewölbten Metallwänden, dem Sockel eines Uhrgehäuses nicht unähnlich, und der Lärm schwoll an. Die Halle war erfüllt von *Ticken* und *Tacken* und *Surren* und *Schnarren* und *dröhnenden Echos*. Meliadus hätte gewiß die Hände auf seine Ohren gepreßt, wäre ihm nicht sein Wolfshelm im Wege gewesen. Allmählich war er überzeugt davon, daß er in Kürze taub sein würde.

Von dieser Halle gelangten sie in eine weitere, deren dicke Tapeten (deren Muster, unvermeidlich, Zeitmesser aller Arten waren) glücklicherweise einen großen Teil des Lärms schluckten. Hier stellten die Sklavinnen die Sänfte ab, und Meliadus schob mit behandschuhter Hand den Vorhang zurück und wartete auf seinen Schwager.

Wiederum (meinte er) dauerte es unangemessen lange, bis dieser erschien. Er trat durch die Tür am anderen Ende der Halle ein, und seine riesige Maske nickte.

»Es ist früh, Bruder«, sagte Taragorm. »Ich bedauere, daß ich dich warten ließ, aber ich hatte noch nicht gefrühstückt.«

Es kam Meliadus kurz in den Sinn, daß sein Schwager für die Feinheiten der Etikette noch nie einen wesentlichen Sinn besessen hatte, dann sagte er: »Verzeih, Bruder. Es drängte mich danach, deine Arbeit zu sehen.«

»Wie schmeichelhaft. Komm mit mir.«

Taragorm wandte sich um und ging den Korridor, durch den er gekommen war, wieder zurück. Meliadus folgte ihm dichtauf.

Durch weitere Passagen, deren Wände mit dicken Wandteppichen behangen waren, gelangten sie schließlich an eine große Tür. Taragorm drückte mit dem ganzen Gewicht seines Körpers den Riegel auf, und die Tür öffnete sich. Unvermittelt erfüllte ein Geräusch wie von einem starken Wind die Luft, und es war, als schlüge eine gewaltige Trommel einen fast schmerzhaft langsamen Rhythmus.

Automatisch blickte Meliadus hoch und sah ein riesiges Pendel, das über ihm die Luft durchschnitt – es war aus Bronze, wog gut seine fünfzig Tonnen und war in der Form einer reichverzierten Sonne mit Strahlenkranz gearbeitet. Es verursachte einen Luftzug, der die Wandteppiche hinter ihnen flattern ließ und Meliadus' Gewand wie ein paar schwere Silberflügel aufbauschte. Es war die Ursache für das heftige Windgeräusch, und die nicht sichtbare Unruh war für den langsamen Trommelschlag verantwortlich. Über die ganze Pendelhalle verteilt standen Maschinen im unterschiedlichsten Konstruktionsstadium, Tische mit Laborgeräten, Instrumente aus Messing, Bronze und Silber, Knäuel mit dünnem Golddraht, Netze aus juwelenverkrustetem Draht, Zeitmeßgeräte – Wasseruhren, Pendeluhren, Ankeruhren, kleine Uhren, Chronometer, Planetarien, Sternhöhenmesser, Tischuhren und Sonnenuhren. An diesen Geräten arbeiteten Taragorms Sklaven, Wissenschaftler und Ingenieure aus den verschiedensten Ländern, viele davon die Besten ihres Fachs.

Während Meliadus sich noch umblickte, zischte aus einem Teil der Halle ein purpurner Blitz, ein grüner Funkenregen aus einem anderen und Schwaden scharlachroten Rauches aus einem weiteren. Er sah, wie eine schwarze Maschine zu Staub zerfiel. Der Mann, der sie bedient hatte, taumelte in den Staub und war verschwunden.

»Und was war das?« erklang eine Stimme ganz in der Nähe.

Meliadus drehte sich um und bemerkte, daß Kalan von Vital, der oberste Wissenschaftler des Reichskönigs, sich ebenfalls zu Besuch hier befand.

»Ein Zeitbeschleunigungsexperiment«, erklärte Taragorm. »Es gelingt uns zwar, den Prozeß in Gang zu setzen, jedoch nicht, ihn unter Kontrolle zu bekommen. Bis jetzt hatten wir noch mit keinem unserer Versuche Erfolg. Die dort . . .«, er deutete auf eine große, eiförmige Maschine aus gelber, glasartiger Substanz, »schafft genau den entgegengesetzten Effekt, aber leider können wir auch die noch nicht regulieren. Der Mann, den ihr daneben seht, steht schon seit Wochen so – reglos und wie erstarrt.« Meliadus hatte ihn für eine Statue aus dem Spielwerk einer Uhr gehalten, die hier repariert wurde.

»Und wie sieht es aus mit Reisen durch die Zeit?« erkundigte er sich.

»Dort drüben«, erwiderte Taragorm. »Siehst du den Satz Silberkästen? In jedem dieser Kästen befindet sich ein von uns erfundenes Instrument, das einen Gegenstand entweder in die Vergangenheit oder Zukunft befördern kann – wir wissen allerdings noch nicht, in welche zeitliche Entfernung. Für Lebewesen ist diese Art der Beförderung sehr unzuträglich. Wenige der Sklaven und Tiere, die wir für die Versuche benutzten, kamen lebend zurück. Und die, die noch lebten, erlitten körperliche Schäden und ungeheure Schmerzen.«

»Wenn wir Tozer nur geglaubt hätten, vielleicht wäre es uns dann doch gelungen, das Geheimnis der Zeitreise zu enträtseln. Wir hätten uns wirklich nicht über ihn lustig machen sollen – aber wer hätte schon gedacht, daß dieser kritzelnde Narr ein solches Geheimnis entdeckt haben könnte!«

»Was sagt Ihr da?« Meliadus wandte sich zu Kalan um. Er hatte nichts von Tozer erfahren. »Tozer, der Dramatiker? Ich hielt ihn für tot. Was hat er denn mit Zeitreisen zu tun?«

»Er erschien plötzlich wieder bei Hof und versuchte die Gunst des Reichskönigs durch eine Phantasiegeschichte, wie wir glaubten, wiederzugewinnen. Er erzählte, er habe von einem alten Mann im Westen gelernt, durch die Zeit zu reisen – mit Hilfe von Geisteskraft. Wir forderten ihn lachend auf, seine Geschichte durch eine Demonstration zu beweisen. Er erklärte sich einverstanden – und verschwand!«

»Ihr – ihr habt nicht versucht, ihn aufzuhalten?«

»Seine Geschichte war so lächerlich. Wir hielten sie für blanken Unsinn«, warf Taragorm ein. »Hättest du sie ihm denn geglaubt?«

»Zumindest wäre ich vorsichtiger gewesen.«

»Es war in seinem eigenen Interesse, wiederzukommen, nahmen wir an. Außerdem, Bruder, greifen wir nicht nach jedem Strohhalm.«

»Was meinst du damit – Bruder?« gab Meliadus zurück.

»Ich meine, daß wir echte wissenschaftliche Forschungen betreiben, während du sofortige Erfolge sehen möchtest, um deine Rache befriedigen zu können.«

»Ich, Bruder, bin ein Krieger – ein Mann der Tat. Es liegt mir nicht, herumzusitzen und mich mit Spielzeugen zu befassen oder über Büchern zu brüten.« Nachdem er seine Ehre solcherart wiederhergestellt hatte, wandte sich Meliadus wieder dem Thema Tozer zu.

»Ihr sagtet, der Dramatiker habe das Geheimnis von einem alten Mann im Westen erfahren?«

»Das hat er gesagt«, erwiderte Kalan. »Aber ich glaube, er log. Er behauptete, er könne allein mittels seiner Geisteskraft durch die Zeit reisen. Das trauten wir ihm jedoch nicht zu. Tatsache ist, daß er wahrhaftig vor unseren Augen verschwand.«

»Weshalb erfuhr ich nichts davon?« stöhnte Meliadus auf.

»Du warst auf dem Festland, als es geschah«, erklärte Taragorm. »Außerdem dachten wir nicht, daß es einen Mann wie dich interessieren würde.«

»Aber sein Wissen hätte eure Arbeit hier vielleicht vereinfachen können«, wandte Meliadus ein. »Der Verlust dieser Chance scheint euch nicht viel auszumachen.«

Taragorm zuckte die Schultern. »Sollen wir uns jetzt darüber aufregen? Wir kommen auch so allmählich voran...« Irgendwo schrie ein Mann, und ein violettes und oranges Leuchten zuckte durch die Halle. »... und bald werden wir die Zeit genauso unter unserer Kontrolle haben wie den Raum.«

»In tausend Jahren vielleicht«, schnaubte Meliadus. »Der Westen – ein alter Mann im Westen? Wir müssen ihn finden. Wie heißt er?«

»Tozer nannte ihn Mygan – er soll ein Magier von großer Weisheit sein. Aber, wie ich schon sagte, ich glaube, er log. Was gibt es schon im Westen außer Öde? Seit dem Tragischen Millenium lebt dort nichts und niemand außer verkrüppelten Kreaturen.«

»Wir müssen dorthin. Wir müssen uns dort umsehen. Wir dürfen uns ganz einfach keine Chance entgehen lassen...«

»Ohne mich!« Kalan schauderte. »Ich reise nicht auf gut Glück zu diesen schrecklichen Bergen. Ich habe genug hier zu tun – ich muß unsere Schiffe mit meinen neuen Motoren ausstatten. Schiffe, die es uns dann ermöglichen werden, den Rest der Welt so schnell zu erobern, wie wir Europa eroberten. Ich dachte außerdem, auch Ihr hättet Pflichten hier zu Hause, Baron Meliadus – unsere Besucher . . .«

»Die verdammten Botschafter! Sie kosten mich wertvolle Zeit.«

»Bald werde ich dir all die Zeit bieten können, die du benötigst, Bruder«, versprach ihm Taragorm. »Gib uns noch eine kleine Weile . . .«

»Pah! Hier kann ich nichts lernen. Deine zerfallenen Kästen und explodierenden Maschinen bieten einen spektakulären Anblick, aber sie sind von keinem Nutzen für mich. Beschäftige du dich nur mit deinem Spielzeug, Bruder, wie es dir Spaß macht. Ich verabschiede mich.«

Meliadus empfand spürbare Erleichterung, daß er seinem verhaßten Schwager gegenüber nicht mehr höflich sein mußte. Er drehte sich brüsk um und ging durch die Korridore zurück zu dem Saal, wo seine Sklavinnen mit der Sänfte auf ihn warteten.

Er schwang sich hinein und gab den Trägerinnen Anweisung, ihn fortzubringen.

Auf dem Weg zurück zu seinem eigenen Palast erwog Meliadus die Möglichkeiten, die ihm sein neues Wissen eröffneten.

Zunächst würde er sich irgendwie seiner Pflichten gegenüber den Gesandten entledigen, dann sofort nach Westen reisen, und versuchen, den Alten zu finden, von dem Tozer gesprochen hatte. Denn dieser verfügte nicht nur über das Geheimnis, durch die Zeit zu reisen, sondern dadurch auch über das Mittel, ihm, Meliadus, endlich seine Rache zu ermöglichen.

9. Zwischenspiel auf Burg Brass

Im Innenhof der Burg Brass stiegen Graf Brass und Oladahn auf ihre gehörnten Pferde und ritten durch die Stadt mit ihren roten Dächern hinaus zu den Menschen, wie sie es nun jeden Morgen taten.

Seit der Ritter in Schwarz und Gold sie besucht hatte, sonderte

Graf Brass sich weniger ab, ja, er legte sogar wieder Wert auf Gesellschaft.

Elvereza Tozer schien mit seiner Gefangenschaft in einer Turmsuite zufrieden zu sein, nachdem Bowgentle ihn mit Papier, Federn und Tinte versorgt und ihm erklärt hatte, er könne sich seinen Unterhalt verdienen, indem er ein neues Stück schreibe; außerdem versprach er ihm ein wenn auch kleines, so doch aufmerksames Publikum.

»Wie es wohl Falkenmond ergeht?« wandte Graf Brass sich an Oladahn, als sie nebeneinander her ritten. »Ich habe es sehr bedauert, daß nicht ich den Strohhalm zog, der es mir ermöglicht hätte, ihn zu begleiten.«

»Ich auch«, brummte der kleine Mann aus den Bulgarbergen. »D'Averc hatte Glück. Zu schade, daß es nur zwei solche Ringe gab – Tozers und der des Ritters in Schwarz und Gold. Wenn sie mit den restlichen zurückkommen, können wir wieder Krieg gegen das Dunkle Imperium führen . . .«

»Es war ein gefährlicher Vorschlag, Freund Oladahn, als der Ritter meinte, sie sollten direkt nach Granbretanien reisen und selbst versuchen, diesen Mygan von Llandar in Yel zu finden«, murmelte Graf Brass und lenkte sein Pferd auf den schmalen Pfad durch das Schilf. »Denn ich glaube, unsere Sicherheit ist nicht nur von einer Seite bedroht, sondern von vielen.«

»Das beunruhigt mich persönlich nicht übermäßig«, erklärte Oladahn, »aber ich habe Angst um Yisselda, Bowgentle und die Bürger der Stadt, die unser unruhiges Blut und unsere Freude am Kampf nicht teilen.«

Die beiden Männer ritten zum Meer. Sie genossen die Stille und sehnten sich doch gleichzeitig nach dem Lärm und dem Reiz, den eine Schlacht mit sich brachte.

Graf Brass fragte sich fast gegen seinen Willen, ob es nicht wert wäre, die Kristallmaschine, die ihnen diese Sicherheit hier bot, zu zerschmettern. Denn dann würden Burg Brass und die Stadt Aigues-Mortes zurück in ihre eigene Welt versetzt, wo sie ehrenvoll kämpfen konnten, auch wenn sie keine Chance hatten, die Horden des Dunklen Imperiums zu schlagen.

10. Die Sehenswürdigkeiten Londras

Die Ornithopterflügel schlugen, als die Flugmaschine über den Türmen Londras schwebte.

Es war eine große Maschine, die vier Personen befördern konnte. Auf dem metallenen Körper glitzerten eingearbeitete Schriftzeichen und barocke Verzierungen.

Meliadus lehnte sich über eine Seite und zeigte nach unten. Auch seine Gäste beugten sich ein wenig vor, gerade weit genug, um einigermaßen höflich zu erscheinen. Man meinte, ihre hohen Masken würden ihnen vom Kopf rutschen, sollten sie sich tiefer beugen.

»Dort ist der Palast König Huons, in dem sich auch Eure Gemächer befinden«, sagte Baron Meliadus, mit dem Finger auf das verrückte Bauwerk des Palastes gerichtet. Es überragte alle anderen Gebäude und war, von ihnen getrennt, in der Mitte Londras errichtet worden. Im Gegensatz zu den anderen Bauwerken konnte man den Palast nicht durch überdachte Korridore erreichen. Seine vier Türme, die in dunkelgoldenem Licht glänzten, ragten selbst jetzt, da sie im Ornithopter saßen und ein gutes Stück über den anderen Palästen schwebten, über ihre Köpfe. Reliefs, auf denen alle düsteren Freuden, denen die Granbretanier gerne nachgingen, abgebildet waren, zierten die Außenmauern, und riesige, groteske Figuren beugten sich über die Brustwehren, daß man meinte, sie würden in Kürze in die Tiefe stürzen. Alle nur vorstellbaren Farben bedeckten den Palast auf eine Weise, daß dem Betrachter die Augen schon nach kurzem Hinsehen schmerzten.

»Der Palast der Zeit«, Meliadus deutete auf ein prunkvolles Gebäude, das gleichzeitig eine gigantische Uhr war.

»Mein eigener Palast.« Er war in düsterem Schwarz gehalten, mit silberner Fassade.

»Der Fluß, den Ihr hier seht, ist natürlich die Tayme.« Auf dem Fluß herrschte lebhafter Verkehr. Seine blutroten Wasser trugen Barken aus Bronze, Ebenholz und Teak. Die Schiffe waren mit Wappen aus wertvollen Metallen und Halbedelsteinen geschmückt. Weiße Segel, auf die Muster gestickt oder gemalt waren, blähten sich im Wind.

»Etwas weiter links«, erklärte Baron Meliadus, der sich in seiner

Rolle als Fremdenführer gar nicht gefiel, »ist unser hängender Turm. Wie Ihr seht, scheint er vom Himmel herabzuhängen. Er ist nicht mit der Erde verbunden. Das ist dem Experiment eines unserer Magier zu verdanken, dem es glückte, den Turm etwa einen Meter zu heben, nicht jedoch weiter. Es gelang ihm aber nicht mehr, ihn auf den Boden zurückzusetzen – und so blieb er, wie Ihr ihn seht.«

Er zeigte den Botschaftern die Kais, wo die granbretanischen Kriegsschiffe ihre Beute entluden; das Viertel der Unmaskierten, wo der Abschaum der Stadt lebte; den Kuppelbau des riesigen Theaters, wo einst Tozers Stücke aufgeführt wurden; den Tempel des Wolfs; das Hauptquartier seines eigenen Ordens, dessen Dach ein monströser, grotesker Wolfsschädel zierte; und die vielen anderen Tempel mit ähnlich grotesken Tierhäuptern aus Stein, die gewiß mehrere Tonnen wogen.

Den ganzen Tag flogen sie über die Stadt und landeten nur, um aufzutanken und den Piloten zu wechseln. Meliadus wurde von Stunde zu Stunde ungeduldiger. Er zeigte den Gesandten alle Sehenswürdigkeiten der alten, düsteren Stadt und versuchte, wie der Reichskönig es befohlen hatte, die beiden mit der Macht Granbretaniens zu beeindrucken.

Als der Abend hereinbrach und blutrote Schatten die Stadt überfluteten, seufzte Meliadus erleichtert auf und gab dem Piloten Anweisung, auf der Landeplattform des Palastes aufzusetzen.

Die Flugmaschine schlug wild mit den Flügeln und landete. Die beiden Gesandten stakten steif hinaus.

Sie betraten den Palast und gelangten über sich abwärts windende Rampen in die Gänge mit den wechselnden Lichtern, wo ihre Ehrengarde, sechs Offiziere des Gottesanbeterinnenordens, sie erwarteten. Das Wechsellicht aus den Gängen spiegelte sich in den kunstvoll gearbeiteten Insektenmasken, sie führten die Gesandten zu deren Gemächern, wo sie essen und ruhen konnten.

Meliadus verabschiedete sich, nachdem sie noch ausgemacht hatten, sich am nächsten Tag über den Stand der granbretanischen und asiakommunistischen Wissenschaft und Technik zu unterhalten.

Mit großen Schritten hastete er schließlich durch die Gänge und hätte fast die Verwandte des Reichskönigs, Flana, Gräfin von Kanbery, umgerannt.

»Mein Lord!«

Er hielt kurz an, wollte um sie herumgehen, blieb aber dann doch stehen. »Meine Lady – verzeiht.«

»Ihr seid in Eile, mein Lord?«

»So ist es, Flana.«

»Und in schlechter Laune ebenfalls?«

»Meine Laune ist nicht die beste.«

»Vielleicht bedürft Ihr einer Aufheiterung?«

»Ich habe dringende Geschäfte zu erledigen . . .«

»Geschäfte sollte man mit kühlem Kopf erledigen.«

»Vielleicht.«

»Wenn Ihr Euer aufgebrachtes Gemüt erst etwas beruhigen wollt . . .«

Er ging ein paar Schritte weiter, blieb aber dann wieder stehen. Er kannte Flanas Methoden der Beruhigung. Vielleicht hatte sie recht. Vielleicht brauchte er sie wirklich. Andererseits mußte er die nötigen Vorbereitungen für seine Expedition in den Westen treffen. Aber jetzt waren die Botschafter noch hier, und er konnte ohnehin nicht weg. Außerdem war die vergangene Nacht nicht sehr erfolgreich gewesen, worunter sein Selbstbewußtsein ein wenig gelitten hatte. Zumindest könnte er beweisen, daß er ein guter Liebhaber war.

»Vielleicht«, wiederholte er, ein wenig nachdenklicher diesmal.

»Dann laßt uns rasch in meine Gemächer eilen, mein Lord«, beeilte sie sich zu sagen.

Mit wachsendem Interesse nahm Meliadus ihren Arm.

»O Flana«, murmelte er. »O Flana.«

11. Gräfin Flanas Überlegungen

Flanas Motive für ihre Aufforderung waren etwas gemischt; denn sie war nicht wirklich an Meliadus interessiert, sondern an seinen beiden Anvertrauten – den steifgliedrigen Riesen aus dem Osten.

Sie fragte ihn nach ihnen aus, als sie schweißüberströmt in ihrem riesigen Bett lagen, und er gestand ihr seinen Ärger über seinen

Auftrag und auf die beiden Botschafter ein, aber auch seine wahren Ambitionen, nämlich sich an seinen Feinden zu rächen – an den Mördern ihres Gatten, den Bewohnern der Burg Brass. Er erzählte ihr auch, daß Tozer im Westen, in der vergessenen Provinz Yel, einen alten Mann gefunden hatte, der vielleicht die Mittel besaß, ihm, Meliadus, einen Weg zu seinen Feinden zu zeigen.

Er gestand ihr auch seine Ängste, daß er Macht und Ansehen verlieren mochte (obwohl er wußte, daß er gerade mit Flana darüber nicht reden sollte), und daß der Reichskönig anderen, wie Shenegar Trott, sein Vertrauen schenkte, und daß er ihnen Dinge anvertraute, die früher nur für seine Ohren bestimmt gewesen wären.

»O Flana«, murmelte er, ehe er in einen tiefen Schlaf sank, »wenn du Königin wärst, könnten wir zusammen die kühnsten Träume Granbretaniens erfüllen.«

Aber Flana hörte ihn kaum, sie wälzte sich herum, denn es war Meliadus weder gelungen, den nagenden Schmerz in ihrer Seele zu lindern noch das Verlangen ihres Körpers, und ihre Gedanken weilten bei den Gesandten, deren Gemächer nur zwei Stockwerke über den ihren lagen.

Schließlich erhob sie sich, überließ Meliadus seinem unruhigen Schlaf, schlüpfte in Gewand und Maske und schlich durch Korridore und über Rampen, bis sie schließlich zu den Türen kam, vor denen die Krieger des Heuschreckenordens Wache hielten. Die Insektenmasken blickten ihr fragend entgegen.

»Ihr wißt, wer ich bin«, sagte sie, und ihre Stimme klang befehlend.

Sie wußten es und gaben die Türen frei. Sie wählte eine, öffnete sie und schlüpfte in die aufregende Dunkelheit des Schlafgemachs.

12. Eine Enthüllung

Nur der Schein des Mondes erhellte das Gemach. Er fiel auf ein Bett und das abgelegte Gewand und die Maske des Mannes, der darin lag.

Sie schlich näher.

»Mein Lord?« flüsterte sie.

Plötzlich fuhr die Gestalt im Bett auf, und sie sah das erschrockene Gesicht und die Hände, die es hastig zu bedecken versuchten.

»Ich kenne Euch!«

»Wer seid Ihr?« Der Mann sprang aus seinen seidenen Tüchern, eilte nackt im Mondenschein auf sie zu und packte sie. »Eine Frau!« rief er.

»Ja ...«, hauchte sie. »Und Ihr seid ein Mann.« Sie lachte sanft. »Und kein Riese, obwohl Ihr von beachtlicher Statur seid. Eure Maske und Eure Verkleidung ließen Euch ein gutes Stück größer erscheinen.«

»Was wollt Ihr?«

»Ich kam, um Euch zu unterhalten, Sir – und um unterhalten zu werden. Aber ich bin jetzt ein wenig enttäuscht, denn ich hielt Euch für etwas anderes als einen Menschen. Doch nun weiß ich, Ihr seid der Mann, den Meliadus vor zwei Jahren in den Thronsaal vor den Reichskönig brachte.«

»So wart Ihr an jenem Tag anwesend.« Sein Griff verstärkte sich. Mit der Linken riß er ihr die Maske vom Kopf und drückte die Hand auf ihre Lippen. Sie knabberte sanft an seinen Fingern und streichelte die Muskeln seines Armes. Die Hand auf ihrem Mund entspannte sich.

»Wer seid Ihr?« flüsterte er. »Wissen andere von Eurem Besuch?«

»Ich bin Flana Mikosevaar, Gräfin von Kanbery. Niemand außer den Wachen weiß davon, mein tollkühner Deutscher. Und ich werde auch niemanden rufen, wenn Ihr das erwartet, denn ich interessiere mich nicht für Politik und habe keine große Sympathie für Meliadus. Ich bin Euch im Gegenteil dankbar, denn Ihr habt mich von meinem lästigen Gatten befreit.«

»Ihr seid Mikosevaars Witwe?«

»So ist es. Und ich erkannte Euch sofort an dem Schwarzen Juwel in Eurer Stirn. Ihr seid Herzog Dorian Falkenmond von Köln. Zweifellos kamt Ihr in Eurer Verkleidung hierher, um einige Geheimnisse Eurer Feinde zu erfahren.«

»Ich glaube, ich muß Euch töten, Madame.«

»Ich habe nicht die Absicht, Euch zu verraten, Herzog Dorian. Zumindest nicht sofort. Ich bin hier, um Euer Bett mit Euch zu teilen, das ist alles. Ihr habt mich bereits meiner Maske beraubt«, ihre goldenen Augen betrachteten sein gutaussehendes Gesicht. »So nehmt auch mein Gewand . . .«

»Madame«, murmelte er heiser. »Ich kann nicht, ich bin verheiratet.«

Sie lachte. »Genau wie ich – ich war schon unzählige Male verheiratet.«

Schweiß stand auf seiner Stirn, als er ihren Blick erwiderte. »Madame, ich – ich kann nicht . . .«

Sie hörten beide ein Geräusch und wandten sich um.

Die Tür, die die beiden Suiten miteinander verband, öffnete sich, und ein schlanker, gutaussehender Mann stand dort, er hüstelte gekünstelt und verbeugte sich. Auch er war völlig nackt.

»Mein Freund, Madame«, erklärte Huillam d'Averc, »ist etwas altmodisch, was eheliche Moral betrifft. Ich wäre jedoch mit Vergnügen bereit . . .«

Sie schritt auf ihn zu und betrachtete ihn von oben bis unten. »Ihr scheint mir ein gesunder Mann zu sein.«

Er blickte zu Boden. »Wie liebenswürdig, Madame. Leider bin ich es nicht. Andererseits«, er nahm sie an der Schulter und führte sie in sein eigenes Gemach, »werde ich alles tun, Euch zu erfreuen, ehe mein schwaches Herz mich im Stich läßt . . .«

Die Tür schloß sich, und Falkenmond blieb zitternd zurück.

Er setzte sich auf den Bettrand und verwünschte sich, weil er nicht in der unbequemen Verkleidung geschlafen hatte. Aber die anstrengende Besichtigungstour hatte ihn Vorsicht dieser Art über Bord werfen lassen. Als der Ritter in Schwarz und Gold ihnen diesen Plan vorgeschlagen hatte, war er ihnen unnötig gefährlich erschienen. Aber seine Logik war nicht zu übersehen – sie mußten sich erst vergewissern, ob der Alte aus Yel nicht bereits von den Granbretaniern gefunden worden war, ehe sie selbst nach ihm suchten. Nun jedoch sah es ganz so aus, als würden sie diese Information nicht mehr bekommen können.

Die Wachen hatten die Gräfin eintreten sehen. Selbst wenn sie sie jetzt töteten oder gefangennahmen, würden die Posten vor der Tür argwöhnisch werden. Sie befanden sich in einer feindlichen Stadt, ohne Verbündete und ohne Hoffnung auf eine Fluchtmöglichkeit, falls ihre wahre Identität bekannt wurde.

Falkenmond zerbrach sich den Kopf, um einen Plan zu ersinnen, der es ihnen zumindest ermöglichen würde, aus der Stadt zu fliehen, ehe es zu spät war, aber es schien hoffnungslos.

Er kleidete sich wieder an. Seine einzige Waffe war der goldene Stab, den der Ritter ihm gegeben hatte, um damit den Eindruck zu verstärken, daß er ein wichtiger Abgesandter Asiakommunistas sei. Er schwang ihn und wünschte, er wäre ein Schwert.

Unruhig schritt er im Zimmer auf und ab, aber kein brauchbarer Fluchtplan kam ihm in den Sinn.

Er marschierte immer noch unruhig auf und ab, als der Morgen kam und Huillam d'Averc grinsend den Kopf durch die Tür streckte. »Guten Morgen, Dorian. Hast du nicht geschlafen? Ich auch nicht. Die Gräfin ist unermüdlich. Ich bin jedoch froh, dich reisebereit zu sehen, denn wir müssen uns beeilen.«

»Was willst du damit sagen, Huillam? Ich habe die ganze Nacht vergeblich nach einem Plan gesucht, aber . . .«

»Ich habe Flana von Kanbery viel gefragt, und sie hat mir alles erzählt, was wir wissen müssen, denn offenbar hat Meliadus ihr sein Herz ausgeschüttet. Sie hat auch vorgeschlagen, uns zur Flucht zu verhelfen.«

»Wie?«

»Mit ihrem privaten Ornithopter. Sie stellt ihn uns zu Verfügung.«

»Kannst du ihr vertrauen?«

»Wir müssen es. Hör zu – Meliadus hatte noch keine Zeit, nach Mygan von Llandar zu suchen. Unser eigenes Erscheinen hielt ihn davon ab. Aber er weiß von ihm, das heißt, er weiß, daß Tozer durch ihn zu seinem Geheimnis kam, und beabsichtigt, ihn zu finden. Wir haben nun die Chance, ihm zuvorzukommen. Einen Teil des Weges können wir in Flanas Ornithopter zurücklegen, den Rest zu Fuß.«

»Aber wir haben keine Waffen, ebensowenig wie unauffällige Kleidung!«

»Beides kann ich von Flana besorgen – auch Masken. Sie hat Hunderte Trophäen vergangener Liebesabenteuer in ihren Gemächern.«

»Dann laß uns sofort dorthin eilen.«

»Nein. Wir müssen warten, bis sie zurückkehrt.«

»Warum?«

»Weil – nun, vermutlich schläft Meliadus noch in ihren Gemächern. Hab Geduld. Das Glück ist uns hold. Hoffen wir, daß sich nichts mehr daran ändert.«

Kurz darauf kam Flana zurück. Sie nahm ihre Maske ab und küßte d'Averc fast scheu – wie ein junges Mädchen ihre erste Liebe. Ihre Züge schienen weicher, ihre Augen sanft, als hätte d'Averc ihr etwas gegeben, das ihr bisher fremd gewesen war und gefehlt hatte – Zärtlichkeit vielleicht, denn das war etwas, das die granbretanischen Männer nicht kannten.

»Er ist fort«, berichtete sie, »und ich hätte große Lust, dich hierzubehalten – für mich! Viele Jahre habe ich mich nach etwas gesehnt, das ich mir selbst nicht erklären konnte. Du hast dieses Verlangen fast gestillt . . .«

Er küßte sie sanft auf die Lippen, und seine Stimme klang ernst, als er sagte: »Flana, auch du hast mir etwas gegeben . . .« Er richtete sich in seiner steifen Verkleidung auf und stülpte sich die hohe Maske über den Kopf. »Wir müssen uns beeilen, ehe der Palast erwacht.«

Falkenmond folgte d'Avercs Beispiel und stülpte auch seine große Maske über, und so ähnelten die beiden wieder den halbmenschlichen Wesen, den Botschaftern aus Asiakommunista.

Flana schritt ihnen voraus bis zu ihren Gemächern. Die Ehrengarde folgte ihnen durch die sich windenden, schillernden Gänge. Als sie angekommen waren, befahl Flana den Wachen, vor der Türe zu warten.

»Sie werden melden, daß sie uns bis hierher brachten, und man wird dich verdächtigen, Flana!« sagte d'Averc.

Sie nahm die Reihermaske ab und lächelte. »Nein.« Dann schritt sie über den dunkelroten Teppich und öffnete eine mit Brillanten besetzte Truhe, der sie ein dünnes Glasröhrchen mit einer Plastikkugel an einem Ende entnahm. »Der Ball enthält ein Giftgas«, erklärte sie. »Wenn das Opfer es erst einmal eingeatmet hat, läuft es kopflos irgendwohin, ehe es daran stirbt. Ich benutze es nicht zum erstenmal. Es war immer äußerst wirkungsvoll.« Ihre Stimme klang süß und völlig ungerührt.

Falkenmond schauderte unwillkürlich.

»Ich muß lediglich das Röhrchen durch das Schlüsselloch stecken und dann den Ball drücken.«

Sie legte das Gerät auf den Truhendeckel und führte d'Averc und Falkenmond durch mehrere aufwendig, aber exzentrisch ausgestattete Gemächer, bis sie in einen Raum mit einem großen Fenster kamen, durch das man auf den breiten Balkon sehen konnte. Dort auf dem Balkon stand mit gefaltenen Flügeln ein rotsilberner Ornithopter, der in der Form eines wunderschönen Reihers gebaut war.

Im gleichen Raum zog Flana einen Vorhang zurück. Dort lag auf einem großen Haufen ihre Beute – Kleidung, Masken und Waffen aller ihrer von ihr gegangenen Liebhaber und Ehemänner.

»Nehmt, was ihr braucht, und beeilt euch«, flüsterte sie.

Falkenmond schlüpfte in Beinkleider aus schwarzem Elchleder und in ein blaues Samtwams. Darüber schnallte er sich einen brokatenen Waffengurt mit einer herrlich ausgewogenen Klinge und einem Dolch. Als Maske wählte er einen von Asrovak Mikosevaars Geierhelmen.

D'Averc zog sich ein tiefgelbes Gewand über und einen himmelblauen Umhang und Elchlederstiefel, er wählte eine ähnliche Klinge wie Falkenmond. Auch er zog sich eine Geiermaske über, denn es wirkte gewiß unauffälliger, wenn zwei Männer desselben Ordens miteinander reisten. Nun glichen sie zwei Adligen Granbretaniens.

Flana öffnete das große Fenster und trat hinaus in den kalten, nebligen Morgen.

»Lebt wohl«, flüsterte Flana. »Ich muß zurück zu den Wachen. Leb wohl, Huillam d'Averc. Ich hoffe, wir werden uns wiedersehen.«

»Das hoffe ich auch, Flana«, erwiderte d'Averc mit ungewohnt sanfter Stimme. »Leb wohl.«

Er kletterte ins Cockpit des Ornithopters und ließ die Maschine an. Falkenmond beeilte sich, hinter ihm einzusteigen.

Die Flügel begannen zu schlagen, und mit metallischem Knirschen erhob sich die Flugmaschine in den trüben Himmel von Londra und flog nach Westen.

13. König Huons Unwille

Seine Gefühle befanden sich im Widerstreit, als Baron Meliadus sich im Thronsaal niederwarf und anschließend den langen Weg zur Thronkugel antrat.

Die milchige Flüssigkeit in der Kugel schien aufgewühlter als sonst, und das beunruhigte ihn. Er war gleichzeitig wütend über das Verschwinden der Botschafter, besorgt über den Zorn des Monarchen und ungeduldig, die Suche nach dem Alten zu beginnen, der ihm das Mittel geben konnte, Burg Brass zu finden. Außerdem befürchtete er, sich die Ungnade des Königs zugezogen zu haben, daß dieser ihn seiner Ämter und Ehren enthob (man wußte vom König, daß er solche Dinge zu tun pflegte), und ihn in das Stadtviertel der Unmaskierten verbannte. Seine zitternden Finger strichen über den Wolfshelm, und er blickte zu der fötusgleichen Gestalt seines Reichsherrschers empor.

»Erhabener Reichskönig. Ich bin es, Euer untertänigster Diener Meliadus.«

Er fiel auf die Knie und verbeugte sich, daß seine Stirn den Boden berührte.

»Diener? Ihr habt Uns nicht gut gedient, Meliadus!«

»Es tut mir leid, Euer Majestät, aber ...«

»Aber?«

»Aber ich konnte nicht ahnen, daß die Botschafter uns schon in der vergangenen Nacht auf die gleiche Weise, in der sie kamen, verlassen würden.«

»Es war Eure Aufgabe, solche Dinge zu spüren, Meliadus.«

»Spüren? Ich verstehe Euch nicht, erhabener Herrscher ...«

»Euer Instinkt hat Euch im Stich gelassen. Früher war auf ihn Verlaß, und Ihr habt dementsprechend gehandelt. Doch nun machen Eure dummen Rachepläne Euch blind für alles andere. Meliadus, diese Botschafter töteten sechs meiner besten Wachen. Wie sie es bewerkstelligten, weiß ich nicht. Vielleicht bedienten sie sich eines Zaubers. Jedenfalls sind die Wachen tot und die Gesandten verschwunden. Sie haben viel über uns erfahren – doch wir, Meliadus, wissen so gut wie nichts über sie.«

»Wir wissen ein wenig über ihre militärische Ausrüstung ...«

»Wirklich, Meliadus? Können sie uns nicht angelogen haben? Wir sind sehr unzufrieden mit Euch. Wir gaben Euch einen Auftrag, und Ihr habt ihn nur teilweise ausgeführt, ohne Euch voll damit zu beschäftigen. Ihr habt Taragorms Palast besucht und die Botschafter sich selbst überlassen, während Ihr Euch um sie hättet kümmern sollen. Ihr seid ein Narr, Meliadus. Ein Narr!«

»Sire, ich . . .«

»Es ist Eure idiotische Besessenheit, was diese Handvoll Rebellen auf Burg Brass betrifft. Ist es das Mädchen, Meliadus? Ist sie an Eurer Blindheit schuld?«

»Ich befürchte, Falkenmond und seine Leute sind eine Bedrohung für das Imperium, erhabener Herrscher . . .«

»Auch Asiakommunista ist eine Bedrohung für uns, Baron Meliadus – eine Gefahr mit Waffen und Streitkräften und Schiffen, die durch die Erde reisen können. Baron, Ihr müßt Euren Rachedurst vergessen, wenn Ihr nicht Unsere Ungnade heraufbeschwören wollt.«

»Aber Sire . . .«

»Wir haben Euch gewarnt, Baron Meliadus. Schlagt Euch Burg Brass aus dem Kopf. Versucht statt dessen, alles über die Botschafter zu erfahren – wo ihre Maschine auf sie gewartet hatte, wie es ihnen gelang, die Stadt zu verlassen. Gewinnt dadurch Unsere Gunst zurück, Baron Meliadus.«

»Jawohl, Sire«, preßte Meliadus heraus und bemühte sich, seine Wut zu unterdrücken.

»Die Audienz ist beendet, Meliadus.«

»Ich danke Euch, Sire«, sagte Meliadus, und das Blut rauschte in seinem Schädel.

Rückwärts entfernte er sich von der Thronkugel.

Dann drehte er sich auf dem Absatz um und schritt durch die lange Halle.

Er gelangte an die juwelenbesetzten Tore, trat an den Wachen vorbei und ging die gleißenden Korridore entlang.

Weiter und weiter hastete er mit verkrampften Schritten dahin. Die Knöchel seiner Hand, die den Griff seines Schwertes umklammerte, standen weiß hervor.

Schließlich gelangte er in die große Empfangshalle, wo die Adligen warteten und um eine Audienz beim König ersuchten. Er stieg die Stufen, die nach draußen führten, hinunter und winkte seinen Sklavenmädchen zu, die Sänfte zu bringen. Er stieg ein, ließ sich schwer auf die weichen Kissen fallen und nach Hause tragen.

Nun empfand er nur noch Haß für den Reichskönig und Verachtung und Abscheu für diese Kreatur, die ihn so gedemütigt und beleidigt hatte. König Huon war ein Schwachkopf, daß er die Gefahr nicht erkennen wollte, die durch Burg Brass drohte. Ein solcher Narr war nicht zum Herrschen geeignet und nicht dazu, Sklaven zu kommandieren, viel weniger ihn, Baron Meliadus, den Grandkonnetabel des Wolfsordens.

Nein, er, Meliadus, würde nicht auf des Reichskönigs schwachsinnige Befehle hören, sondern tun, was er für das Beste hielt. Und wenn es Huon nicht paßte, würde er sich gegen ihn stellen.

Nicht lange danach verließ Meliadus hoch zu Roß seinen Palast. Er ritt an der Spitze von zwanzig Mann. Zwanzig Krieger, die er selbst ausgewählt hatte und die ihm überallhin folgen würden – selbst nach Yel.

14. Das Ödland von Yel

Gräfin Flanas Ornithopter sank immer tiefer, sein Rumpf streifte die Wipfel hoher Tannen, und die Flügel waren in Gefahr, sich im Astwerk der Bäume zu verfangen. Schließlich landete er im Gestrüpp der Heide jenseits des Waldes.

Der Tag war kalt, und ein schneidender Wind pfiff über die Heide und biß durch ihre dünnen Gewänder.

Zitternd kletterten sie aus der Flugmaschine und sahen sich um. Niemand war hier zu sehen.

D'Averc zog aus seinem Wams ein Stückchen dünnes Leder hervor, auf das eine Karte gekritzelt war.

Er zeigte in eine Richtung. »Wir müssen dorthin. Aber zuerst sollten wir den Ornithopter im Wald verstecken.«

»Warum lassen wir ihn nicht einfach hier?« meinte Falkenmond. »Es dürfte kaum damit zu rechnen sein, daß ihn in den nächsten Tagen jemand findet.«

»Ich möchte nicht, daß Gräfin Flana in Verdacht gerät«, erwiderte d'Averc ernst. »Es könnte schlimme Folgen für sie haben, wenn man die Maschine entdeckt. Komm jetzt.«

Mit viel Mühe zerrten sie das Gerät zwischen die Tannen und tarnten es mit Buschwerk. Es hatte sie getragen, bis der Treibstoff ausging. Sie hatten nicht erwartet, daß sie den ganzen Weg nach Yel fliegen konnten.

Jetzt mußten sie zu Fuß weiter.

Vier Tage marschierten sie durch Wälder und über Heide, bis die Gegend allmählich immer unfruchtbarer wurde und sie sich den Grenzen Yels näherten.

Eines Tages schließlich blieb Falkenmond stehen und deutete in die Ferne. »Schau, d'Averc, die Berge von Yel.«

Weit vor ihnen erhoben sich die purpurnen Gipfel der Berge in die Wolken, während die niedrigeren Hänge und die Ebene davor steinig gelbbraun waren.

Es war eine wilde und schöne Gegend, dergleichen Falkenmond nie zuvor gesehen hatte.

»So verletzt also nicht alles in Granbretanien das Auge«, rief er.

»Ein erfreulicher Anblick«, stimmte d'Averc zu. »Aber doch auch einschüchternd. Es wird nicht einfach sein, Mygan dort zu finden. Der Karte nach liegt Llandar noch viele Meilen von hier in diesen Bergen.«

»Dann wollen wir rasch weiterziehen«, drängte Falkenmond. »Zwar haben wir einen Vorsprung vor Meliadus, aber vielleicht ist er bereits auf der Suche nach Mygan.«

D'Averc stand auf einem Bein und rieb sich den Fuß. »Ich fürchte nur, meine Stiefel werden bald mehr Löcher als Sohlenleder aufweisen. Ich wählte sie nach ihrer Eleganz und nicht nach Haltbarkeit. Jetzt erkenne ich meinen Fehler.«

Falkenmond klopfte ihm auf die Schulter. »Ich habe gehört, daß es hier Wildpferde gibt. Vielleicht finden wir zwei, die sich zähmen lassen.«

Aber sie stießen auf keine Wildpferde, und der gelbe Boden unter ihren dünnen Sohlen war rauh. Bald schon begann der Himmel grell zu leuchten. Falkenmond und d'Averc verstanden allmählich, weshalb die Granbretanier diese Gegend mit so großer Scheu und voll Aberglauben betrachteten; denn wahrhaftig schien etwas, sowohl am Himmel als auch an Land, hier übernatürlich.

Endlich erreichten sie die Berge. Das Gestein war gelblich, mit dunkelroten und grünen Streifen durchzogen und wirkte gläsern und abweisend. Seltsame Tiere huschten vor ihnen davon, als sie über die zerklüfteten Felsen kletterten, und merkwürdige, menschenartige Wesen mit dichtbehaarten Leibern und völlig haarlosem Schädel, kaum mehr als ein Fuß hoch, musterten sie aus sicherer Deckung.

»Die Vorfahren dieser bedauernswerten Kreaturen waren Menschen«, erklärte d'Averc. »Aber das Tragische Jahrtausend hat hier allerhand angerichtet.«

»Woher weißt du das?« fragte ihn Falkenmond.

»Das habe ich gelesen. Hier in Yel waren die Auswirkungen des Tragischen Jahrtausends schlimmer als sonstwo in Granbretanien. Deshalb ist es hier auch so wild und öde, und darum kommen kaum noch Menschen hierher.«

»Außer Tozer – und diesem Mygan von Llandar.«

»Wenn man Tozer überhaupt glauben darf. Möglicherweise jagen wir nur hinter einem Phantom her.«

»Aber Meliadus hatte die gleiche Information.«

»Vielleicht ist Tozer lediglich ein versierter Lügner?«

Die Nacht brach herein, als die Bergbewohner aus ihren Höhlen krochen und d'Averc und Falkenmond angriffen.

Sie waren mit öligem Fell bedeckt, hatten Schnäbel wie Vögel und Krallen wie Katzen. Ihre großen Augen leuchteten, und ein gräßliches Zischen drang aus ihren geöffneten Schnäbeln, hinter denen sich scharfe Zähne verbargen. Soweit sie es in der Dunkelheit beurteilen konnten, handelte es sich um drei Weibchen und sechs männliche Exemplare.

Falkenmond zog sein Schwert und rückte die Geiermaske zurecht, wie er es auch mit einem anderen Helm getan hätte, und stellte sich mit dem Rücken gegen eine Felswand.

Kaum hatte d'Averc seinen Platz neben ihm eingenommen, fielen die Angreifer auch schon über sie her.

Falkenmond hieb nach dem ersten und schlitzte ihm die Brust auf. Kreischend stolperte er zurück.

Dem zweiten durchbohrte d'Averc das Herz, und Falkenmond

durchtrennte den Hals des dritten. Aber die Krallen eines vierten bohrten sich in seinen linken Arm. Er versuchte, den Dolch, den er in dieser Hand hielt, umzudrehen und ihn der Kreatur in die Klaue zu stoßen, während er sich gleichzeitig mit dem Schwert gegen einen anderen Angreifer wehrte, der ihn von rechts angefallen hatte.

Falkenmond hustete, und Übelkeit stieg in ihm auf, denn die seltsamen Wesen stanken grauenhaft. Endlich gelang es ihm, den Dolch in den Unterarm seines linken Angreifers zu stechen, der grunzte und ließ los.

Instinktiv stieß Falkenmond sofort den Dolch in eines der glühenden Augen und ließ ihn darin stecken, um sich ganz dem rechten Gegner zuzuwenden.

Es war nun völlig dunkel und schwer festzustellen, wie viele der Kreaturen noch übrig waren. D'Averc hielt sich gut und bedachte seine Angreifer mit Flüchen, während seine Klinge durch die Luft zischte und hieb und stieß.

Falkenmond glitt auf dem blutigen Boden aus. Er taumelte und setzte sich unfreiwillig auf einen spitzen Felsbrocken. Sofort drang eine weitere der Kreaturen zischend auf ihn ein. Sie umarmte ihn mit der Stärke eines Bären, und ihr scharfer Schnabel schnappte nach dem Geiervisier.

Falkenmond gelang es, seine Arme freizubekommen. Er riß sich den Helm, der in dem stinkenden Schnabel verblieb, vom Kopf. Dann löste er sich aus der Umklammerung und versetzte dem Wesen einen kräftigen Schlag auf die Brust. Es stolperte verwirrt zurück, ohne zu verstehen, daß die Geiermaske nicht Teil von Falkenmonds Körper war.

Schnell stieß Falkenmond ihm das Schwert durchs Herz, dann drehte er sich um, um d'Averc zu Hilfe zu kommen, der von zwei Angreifern arg bedrängt wurde.

Mit einem Hieb trennte er den Schädel des einen vom Leib und wollte sich den anderen vornehmen, als dieser d'Averc freigab und schreiend mit einem Fetzen seines Gewands in die Nacht davonlief. Er war das einzige der greulichen Geschöpfe, das mit dem Leben davongekommen war.

D'Averc keuchte heftig. Er war an der Brust verletzt, wo die Klauen das Wams aufgerissen hatten. Falkenmond verband die Wunde mit einem Streifen seines Umhangs.

»Nicht viel passiert«, murmelte d'Averc. Er zerrte sich den verbeulten Geierhelm vom Kopf und warf ihn von sich. »Sie waren uns recht nützlich«, meinte er. »Aber da du deinen nicht länger hast, verzichte ich auf meinen ebenfalls. Das Juwel in deiner Stirn ist unverkennbar, also hätte es auch keinen Sinn, wenn ich mich weiter verkleidete.« Er grinste. »Ich sagte dir doch, Freund Dorian, das Tragische Jahrtausend hat abscheuliche Kreaturen hervorgebracht.«

»Ich habe deine Worte nie bezweifelt.« Falkenmond lächelte. »Komm, wir müssen einen sicheren Ort finden, an dem wir übernachten können. Tozer hat einen auf seiner Karte eingetragen. Hol sie heraus. Im Sternenlicht läßt sie sich vielleicht lesen.«

D'Averc tastete sein Wams ab. Erschrocken blickte er auf. »O Dorian, wie entsetzlich! Die Kreatur hat ausgerechnet das Stück mit der Tasche abgerissen, in der die Karte steckte. Ohne sie finden wir den Weg nie.«

Falkenmond fluchte, steckte sein Schwert in die Scheide zurück und runzelte die Stirn.

»Dann müssen wir die Bestie wohl oder übel verfolgen. Sie war leicht verwundet und hat vielleicht eine Blutspur zurückgelassen. Möglicherweise hat sie die Karte auch irgendwo weggeworfen. Wenn nicht, müssen wir ihr eben bis in ihre Behausung nach und zusehen, wie wir wieder zu unserem Eigentum kommen.«

»Ist das wirklich nötig«, wandte d'Averc ein. »Meinst du nicht, wir könnten uns an den eingezeichneten Weg erinnern?«

»Nicht gut genug. Komm, d'Averc.«

Falkenmond machte sich daran, über die spitzen Felsbrocken zu klettern, über die das Wesen geflohen war, und d'Averc folgte ihm zögernd.

Glücklicherweise war die Nacht mondhell, und sie entdeckten tatsächlich glänzende Blutstropfen auf den Felsen.

»Hier entlang, d'Averc«, rief Falkenmond.

Sein Freund seufzte, zuckte die Schultern und folgte ihm.

Sie verfolgten die Spur bis zum Morgen, als Falkenmond sie schließlich verlor. Sie standen nun hoch auf einem Bergkamm und hatten einen guten Ausblick auf zwei Täler. Falkenmond fuhr mit der Hand durch sein blondes Haar und seufzte.

»Keine Spur von dem Ding. Und ich war mir doch so sicher . . .«

»Jetzt sind wir noch schlechter dran«, meinte d'Averc beiläufig und rieb sich die müden Augen. »Keine Karte – und nicht mehr auf unserem ursprünglichen Weg . . .«

»Es tut mir leid, d'Averc. Ich dachte, es wäre das beste.« Falkenmond ließ die Schultern hängen. Plötzlich jedoch erhellte sich seine Miene und er wies mit dem Finger.

»Da! Dort hat sich etwas bewegt. Komm.« Er jagte zwischen hohen Felsbrocken hindurch, und d'Averc verlor ihn aus den Augen.

Der Franzose hörte einen überraschten Aufschrei, und dann war alles still.

D'Averc zog sein Schwert und folgte seinem Freund.

Es dauerte nicht lange, bis er entdeckte, was Falkenmond so in Erstaunen versetzt hatte. Überrascht blickte er in die Tiefe. Weit unten in einem der Täler lag eine Stadt aus Metall, deren Dächer und Wände rot, grün, orange und blau glänzten. Es war jedoch selbst aus dieser Höhe zu erkennen, daß die Stadt unbewohnt und von Rost befallen war.

Falkenmond deutete den felsigen Hang hinunter. Dort rutschte ihr Angreifer der vergangenen Nacht in Richtung Stadt.

»Dort lebt er wahrscheinlich«, meinte Falkenmond.

»Ich möchte ihm nicht dorthin folgen«, murmelte d'Averc. »Die Luft könnte giftig und von der Art sein, die das Fleisch auflöst und zu Erbrechen und Tod führt . . .«

»Das Gift ist schon lange nicht mehr hier, d'Averc, und das weißt du auch. Es hält sich nur für eine Weile und verflüchtigt sich dann. Hier war gewiß schon seit Jahrhunderten kein Gift mehr.« Er begann hinter ihrem Feind herzuklettern, der noch immer das Stück aus d'Avercs Wams umklammert hielt, in dem Tozers Karte steckte.

»Schon gut«, stöhnte d'Averc. »Gehen wir also gemeinsam in den Tod.« Und wieder machte er sich daran, seinem Freund zu folgen. »Du bist ein unruhiger Geist, Herzog von Köln!«

Kleine Steinchen lösten sich unter ihren Füßen und beflügelten die Flucht des Wesens, während d'Averc und Falkenmond, die gebirgiges Terrain nicht gewohnt waren, nur langsam vorankamen. D'Averc hatte außerdem Schwierigkeiten mit seinen Stiefeln, die nur aus wenig mehr als aus Fetzen bestanden.

Sie sahen, wie das Wesen in die Schatten der Metallstadt eintauchte und verschwand.

Wenig später erreichten auch die beiden Freunde die Stadt und blickten, nicht ohne Ehrfurcht, auf die gewaltigen Metallbauten, die hoch in den Himmel ragten und düstere Schatten auf die Erde warfen.

Falkenmond entdeckte einige Blutstropfen und suchte im düsteren Licht zwischen den Streben und Pfeilern der Stadt nach weiteren.

Plötzlich hörte er ein zischendes Geräusch, ein merkwürdiges unterdrücktes Knurren . . .

. . . und schon hatte das Wesen sich auf ihn gestürzt. Die Klauen klammerten sich um seine Kehle und drückten nun fester und fester zu. Er fühlte, wie eine ihm die Haut aufriß und dann eine zweite. Seine Hände schnellten hoch, und er versuchte, die Krallen von seinem Hals wegzuzerren, während der Schnabel des Wesens auf seinen Hinterkopf einhackte.

Dann zerriß ein kreischender Schrei die Luft, und die Klauen gaben seinen Hals wieder frei.

Falkenmond wandte sich wankend um und sah d'Averc, der mit blutigem Schwert über dem Kadaver des Wesens stand.

»Diese gräßliche Kreatur hatte nicht einen Funken Verstand«, brummte d'Averc leichthin. »Was für ein Narr er war, dich anzugreifen und nicht an mich zu denken.« Er bückte sich und hob mit spitzen Fingern das Stück aus seinem Wams hoch, das das Wesen hatte fallen lassen. »Hier ist unsere Karte, so gut wie neu!«

Falkenmond wischte sich Blut von der Kehle. Die Krallen hatten wenig mehr als seine Haut verletzt. »Das arme Ding«, sagte er.

»Jetzt werd nur nicht weich, Falkenmond! Wie kannst du so reden, schließlich hat das Ding uns angegriffen.«

»Ich frage mich warum. Hier herrscht doch bestimmt kein Mangel an Beutetieren, die gewiß auch besser schmecken als wir.«

»Entweder waren wir die erste Beute, die ihnen über den Weg lief«, meinte d'Averc, und besah sich das Metallgitterwerk, das hier überall zu sehen war, »oder aber sie haben gelernt, Menschen zu hassen.«

Mit eleganter Bewegung steckte er sein Schwert zurück in die Scheide und machte sich auf den Weg durch die Streben und Pfeiler hindurch, die die Türme und Straßen der Stadt über ihnen trugen und stützten. Überall lag Abfall, Teile von Tierkadavern, verrottendes Zeug.

»Laß uns die Stadt ansehen, wenn wir schon hier sind«, schlug d'Averc vor, während er unter einer Strebe hindurchkletterte, »wir können hier schlafen.«

Falkenmond breitete die Karte aus. »Sie ist eingetragen«, stellte er fest. »Sie heißt Halapandur. Sie liegt gar nicht so weit östlich von der Höhle unseres mysteriösen Philosophen.«

»Wie weit?«

»Einen Tagesmarsch etwa, hier in den Bergen.«

»Dann sollten wir rasten und morgen weitergehen«, schlug d'Averc vor.

Falkenmond runzelte die Brauen. Dann zuckte er die Schultern. »Nun gut.« Dann kletterte auch er die Streben entlang, bis er auf eine der seltsamen gewundenen Metallstraßen gelangte.

»Wie wär's mit diesem Turm dort?« schlug d'Averc vor.

Sie gingen auf einer sanft ansteigenden Rampe auf einen Turm zu, der im Sonnenlicht türkis und dumpf rot glänzte.

15. Die verlassene Höhle

Am Fuß des Turmes befand sich eine kleine Tür, die aussah, als hätte die Faust eines Giganten sie nach innen gedrückt. Sie kletterten durch die Öffnung und versuchten im Zwielicht zu erkennen, was sich im Turm befand.

»Dort«, sagte Falkenmond. »Eine Treppe – oder etwas Ähnliches zumindest.«

Sie stolperten über Gerümpel, das hier lag, und entdeckten, daß sie keine Treppe vor sich hatten, sondern eine Rampe, ähnlich jener, die die Gebäude der Stadt miteinander verband.

»Soviel ich aus Büchern weiß, wurde die Stadt kurz vor dem Tragischen Jahrtausend gebaut«, erklärte d'Averc, während er mit Falkenmond die Rampe hinaufstieg. »Es war eine Stadt der Wissenschaftler, hier wurden Forschungen betrieben. Wissenschaftler aller Arten aus allen Teilen der Welt kamen hierher. Durch Erfahrungsaustausch sollten neue Entdeckungen gemacht werden. Wenn mich meine Erinnerung nicht im Stich läßt, wurden hier viele seltsame Erfindungen gemacht. Die meisten der Geheimnisse dieser Stadt sind jedoch längst verloren.«

Sie gingen die Rampe hinauf, bis sie auf eine breite Plattform gelangten, die einst rundum von Glasfenstern umgeben gewesen sein mußte. Die meisten der Fenster bestanden nur noch aus Scherben oder waren gänzlich zertrümmert. Von der Plattform aus hatte man jedoch einen guten Blick über die ganze Stadt.

»Zweifellos hatte man von hier aus alles, was in Halapandur vor sich ging, überwacht«, meinte Falkenmond. Er sah sich um. Überall waren die Trümmer von Instrumenten zu sehen, deren Funktion er nicht kannte. Die Geräte mußten alle aus vorgeschichtlicher Zeit stammen, denn ihre Gehäuse waren streng geometrisch geformt mit stumpfen, schmucklosen Oberflächen und glichen so gar nicht den modernen, barocken Formen. »Es ist wohl eine Art Kontrollraum.«

»Dorian, schau!« stieß d'Averc hervor und wies mit dem Finger.

In einiger Entfernung, vom anderen Ende der Stadt her, näherte sich ein Reitertrupp mit Maskenhelmen und Rüstungen des Dunklen Imperiums.

Von der Höhe, in der sich die beiden Freunde befanden, konnten sie keine Einzelheiten erkennen.

»Ich nehme an, es ist Meliadus mit seinen Leuten«, murmelte Falkenmond und legte die Hand um den Schwertgriff. »Er kann nicht genau wissen, wo Mygan sich befindet, wird jedoch erfahren haben, daß Tozer einmal in dieser Stadt war. Bestimmt hat er Spürer bei sich, die Mygans Höhle bald entdecken werden. Wir dürfen nicht hierbleiben, Huillam. Wir müssen rasch weiter.«

»Zu dumm«, brummte d'Averc. Er bückte sich, hob einen kleinen Gegenstand vom Boden auf und steckte ihn in sein zerfetztes Wams. »Ich glaube, das ist eine Ladung, wie man sie für die alten Gewehre brauchte. Sie kann uns vielleicht noch von Nutzen sein.«

»Aber wir haben doch keines dieser alten Gewehre!«

»Das ist auch nicht unbedingt nötig«, erwiderte d'Averc geheimnisvoll.

Sie rannten die Rampe hinunter zum Eingang des Turmes. Trotz der Gefahr, vielleicht von den Soldaten des Dunklen Imperiums gesehen zu werden, jagten sie über die breiten äußeren Rampen, und schließlich über die Streben und Stützen auf den Boden und außer Sicht.

»Ich glaube nicht, daß man uns gesehen hat«, sagte d'Averc. »Komm, wir nehmen diesen Weg zu Mygans Höhle.«

So rasch sie nur konnten, erklommen sie den Berghang, um noch vor Meliadus beim Zauberer einzutreffen.

Die Nacht brach herein, aber sie gönnten sich keine Rast.

Langsam ließen ihre Kräfte nach; denn sie hatten praktisch nichts mehr gegessen, seit sie sich auf die Suche nach dem Llandartal gemacht hatten.

Trotzdem stolperten und rutschten sie weiter in dem gebirgigen Gelände, bis sie kurz vor Dämmerungsanbruch in das Tal kamen, das auf der Karte eingezeichnet war. Das Tal, in dem der Zauberer Mygan leben sollte.

Falkenmond lächelte. »Die Granbretanier haben zweifellos über Nacht eine Rast eingelegt«, meinte er. »Das dürfte uns genügend Zeit geben, Mygan zu finden, die Kristalle von ihm zu bekommen und weg zu sein, ehe sie eintreffen.«

»Hoffentlich«, murmelte d'Averc. Er behielt für sich, daß Falkenmond seiner Meinung nach etwas Schlaf brauchte, denn seine Augen glänzten ein wenig fiebrig. Er folgte ihm ins Tal und holte die Karte hervor. »Dort oben«, sagte er. »Dort sollte der Karte nach Mygans Höhle sein, aber ich sehe nichts.«

»Die Höhle ist auf der halben Höhe dieser Felswand eingetragen«, sagte Falkenmond. »Klettern wir hinauf.«

Sie durchquerten das Tal und sprangen über einen kleinen, klaren Bach, der aus einem Spalt im Felsen hervorquoll und das Tal der Länge nach durchfloß. Zum Bach führte ein Pfad, und ein hölzernes Gebilde war hier errichtet worden; offensichtlich diente es dazu, Wasser zu schöpfen.

Sie folgten dem Pfad zum Berghang. Im Fels waren abgewetzte Fuß- und Handhalte, die nicht erst kürzlich in den Stein gehauen worden waren, sondern schon uralt sein mußten.

Sie begannen hochzuklettern.

Ohne größere Schwierigkeiten erreichten sie einen Sims mit

einem Felsblock, hinter dem sich tatsächlich der Eingang zu einer Höhle befand.

Falkenmond wollte aufgeregt hineinstürmen, aber d'Averc legte ihm warnend die Hand auf die Schulter. »Vorsichtig, mein Freund.« Er zog sein Schwert aus der Scheide.

»Ein alter Mann kann uns doch nichts anhaben«, brummte Falkenmond.

»Du bist müde, ja völlig erschöpft, sonst würdest du selbst daran denken, daß ein Mann von der Klugheit Mygans – zumindest so, wie Tozer ihn schilderte – gewiß über Waffen verfügt, die uns sehr wohl etwas anhaben können. Nach Tozers Worten hält er nicht sehr viel von den Menschen. Weshalb sollte er also uns mit offenen Armen empfangen?«

Falkenmond nickte, zog ebenfalls sein Schwert und trat in die Höhle. Sie war dunkel und scheinbar leer, aber dann erblickten sie weit hinten einen Lichtschimmer. Als sie sich auf die Lichtquelle zubewegten, kamen sie an eine scharfe Biegung.

Hinter dieser Biegung lag eine zweite Höhle, die viel größer war als die, durch die sie gekommen waren. Sie war mit allerlei Dingen ausgestattet, mit Instrumenten, wie sie auch in Halapandur standen, einigen Decken, Kochzubehör, Laborgeräten und vielem mehr. Die Lichtquelle war eine Kugel in der Mitte der Höhle.

»Mygan!« rief d'Averc, aber keine Antwort erfolgte.

Sie durchsuchten die Höhlen und hielten Ausschau nach einem Gang oder einer weiteren Nebenhöhle, fanden jedoch nichts.

»Er ist fort«, stöhnte Falkenmond und rieb nervös das schwarze Juwel in seiner Stirn. »Wer weiß, wohin er gegangen ist. Vielleicht hielt er sich hier nicht mehr für sicher, nachdem Tozer ihn verließ, und hat sich einen neuen Unterschlupf gesucht.«

»Das glaube ich nicht«, zweifelte d'Averc. »Er hätte gewiß seine Sachen mitgenommen, oder meinst du nicht? Außerdem sieht die Liegestatt aus, als hätte erst vor kurzem jemand darauf geschlafen. Es ist auch nirgends Staub. Mygan kommt möglicherweise bald zurück. Wir müssen auf ihn warten.«

»Und was ist mit Meliadus – falls er es war, den wir sahen?«

»Wir können nur hoffen, daß er eine Weile braucht, bis er hier ist und die Höhle entdeckt.«

»Wenn er es so eilig hat, wie Flana dir erzählte, dann wird er das Tal bald erreichen«, befürchtete Falkenmond. Er beugte sich über einen Tisch, auf dem verschiedene Schüsseln mit Fleischstücken, Gemüsen und Kräutern standen, und bediente sich hungrig. D'Averc folgte seinem Beispiel.

»Wir warten hier und ruhen uns dabei aus«, sagte Falkenmond. »Etwas anderes können wir nicht tun, mein Freund.«

Ein Tag verging und eine Nacht. Falkenmonds Ungeduld wuchs von Stunde zu Stunde, als der Alte nicht zurückkam.

»Vielleicht wurde er gefangengenommen«, meinte er. »Meliadus könnte auf ihn gestoßen sein, wenn er hier im Gebirge umherwanderte.«

»Dann wird Meliadus ihn hierherbringen, und wir werden die Dankbarkeit des Alten gewinnen, indem wir ihn befreien«, erwiderte d'Averc mit gezwungener Fröhlichkeit.

»Der Trupp, den wir sahen, bestand bestimmt aus mindestens zwanzig Mann – mit Flammenlanzen bewaffnet, wenn ich mich nicht täusche. Mit so vielen können wir es nicht aufnehmen, Huillam.«

»Deine Stimmung ist augenblicklich nicht die beste, Dorian. Wir haben nicht nur einmal zwanzig Mann und mehr geschlagen.«

»Ja«, stimmte Falkenmond zu, aber es war ihm anzusehen, daß die Reise ihn viel Kraft gekostet hatte. Vielleicht hatte ihr Gastspiel an König Huons Hof ihn auch mehr belastet als d'Averc, der Vergnügungen solcher Art durchaus auszukosten wußte.

Schließlich erhob sich Falkenmond und schritt hinaus in die Vorhöhle und von dort auf den Sims. Eine Ahnung schien ihn dorthin zu führen, denn er sah ins Tal hinunter und erblickte sie.

Sie waren nun nahe genug, daß er sicher sein konnte.

Der Anführer war tatsächlich Baron Meliadus. Seine prunkvolle Wolfsmaske glitzerte. Er blickte im gleichen Augenblick hoch, als Falkenmond hinunterstarrte, und erkannte ihn sofort.

Die gewaltige, brüllende Stimme hallte von den Bergen wider. Wut und Triumph schwangen in dem heulenden Schrei eines Wolfes, der seine Beute vor sich sah.

»Falkenmond!« ertönte es, »Falkenmond!«

Meliadus schwang sich aus dem Sattel und machte sich daran, die Wand zu ersteigen. »Falkenmond!«

Hinter ihm kamen seine bewaffneten Männer. Es war Falkenmond klar, daß er und d'Averc keine große Chance gegen sie hatten. Er schrie in die Höhle hinein: »Huillam – Meliadus ist hier! Beeile dich, oder die Höhle wird uns zur Falle. Wir müssen den Berg hochklettern.«

D'Averc schnallte sich im Laufen den Waffengurt um und warf einen Blick hinunter. Er überlegte einen Moment und nickte dann.

Falkenmond suchte nach Handhalten im rauhen Fels des Berges und begann, sich hinaufzuziehen.

Der Strahl einer Flammenlanze zischte gegen die Wand, dicht neben seiner Hand, und versengte die Härchen an seinem Handgelenk. Ein zweiter streifte die Wand etwas unterhalb, aber Falkenmond kletterte unbeirrt weiter.

Vielleicht hatten sie auf dem Gipfel eine größere Chance, sich zu verteidigen. Er mußte d'Averc und sein Leben so lange wie möglich schützen, denn die Sicherheit von Burg Brass mochte davon abhängen.

»Falkenmooond!« heulte Meliadus. »Falkenmooond!«

Falkenmond kletterte weiter. Er kratzte sich die Hand auf und schlug sich ein Bein blutig, hielt aber nicht inne und kletterte, ohne auf die Gefahren zu achten, mit atemberaubender Geschwindigkeit voran. D'Averc folgte ihm dichtauf.

Schließlich kamen sie oben an und sahen ein Plateau, das sich vor ihnen erstreckte. Wenn sie versuchten, es zu überqueren, würden die Flammenlanzen sie gewiß niedermachen.

»Jetzt«, sagte Falkenmond grimmig, »werden wir kämpfen.«

D'Averc grinste. »Na endlich. Ich dachte schon, du hättest die Nerven verloren, mein Freund.«

Sie blickten über den Rand und sahen, daß Meliadus gerade das Sims vor Mygans Höhle erreichte. Er befahl seinen Männern, die beiden Verhaßten weiterzuverfolgen, während er selbst in die Höhle stürzte. Vermutlich hoffte er, einige der anderen dort zu finden – Oladahn, Graf Brass, ja vielleicht sogar Yisselda, die, wie Falkenmond wußte, der Baron liebte, auch wenn er es nicht zugab.

Bald tauchte der Helm des ersten Wolfskriegers über den Rand. Heftig stieß Falkenmond mit dem Stiefel dagegen, aber der Mann stürzte nicht, sondern klammerte sich an des Herzogs Fuß fest und versuchte, seinen Halt wiederzugewinnen oder zumindest Falkenmond mit in die Tiefe zu reißen.

D'Averc sprang vor und stach dem Krieger das Schwert in die Schulter. Aufheulend ließ dieser los und stürzte in die Tiefe.

Doch inzwischen kletterten bereits weitere über den Rand. D'Averc nahm sich den nächsten vor, während zwei gleichzeitig auf Falkenmond einstürmten.

Ein verbissener Kampf tobte am Rand des Felsens, der gut hundert Meter steil in die Tiefe abfiel.

Falkenmond stieß einem die Spitze der Klinge genau zwischen Helm und Halsbeuge in die Kehle und dem zweiten geradewegs in den Leib, wo sich ein schmaler Spalt zwischen Brustpanzer und Bauchreifen gebildet hatte. Aber schon nahmen zwei neue ihren Platz ein.

So fochten sie eine Stunde. Sie hinderten so viele wie nur möglich daran, über den Rand zu klettern, und drangen auf jene ein, denen es doch gelang.

Aber schließlich waren sie eingekreist. Die Schwertspitzen näherten sich ihnen wie die Zähne eines riesigen Hais, bis ihre Kehlen von einem Klingenkranz umgeben waren und sie Meliadus' Stimme hörten: »Ergebt euch, meine Herren, oder ihr werdet niedergemetzelt.«

Falkenmond und d'Averc ließen ihre Schwerter sinken und blickten einander hoffnungslos an.

Es war ihnen klar, daß Meliadus sie mit verzehrender Leidenschaft haßte. Und nun, da sie Gefangene in seinem eigenen Land waren, schien es keine Möglichkeit zur Flucht mehr zu geben.

Offenbar dachte auch Meliadus gerade daran, denn er legte seinen maskierten Kopf schief und kicherte.

»Ich weiß nicht, wie ihr beide nach Granbretanien kamt, aber daß ihr Toren seid, steht fest. Seid ihr hier, um den Alten zu suchen? Weshalb? Ihr habt doch, was ihr brauchtet.«

»Vielleicht hat er noch anderes«, erwiderte Falkenmond so geheimnisvoll wie nur möglich. Denn je weniger Meliadus wußte, desto größer war ihre Chance, ihn zu überlisten.

»Anderes? Ihr meint, er besitzt weitere Geräte, die dem Dunklen Imperium von Nutzen sein könnten? Wie freundlich von Euch, mich darauf aufmerksam zu machen, Falkenmond. Der Alte wird uns zweifellos Genaueres darüber verraten.«

»Der Alte ist fort«, sagte d'Averc ungerührt. »Wir haben ihn vor Euch gewarnt.«

»Fort? Nun, dessen bin ich mir nicht so sicher. Ist es aber doch der Fall, so wißt Ihr gewiß, wohin er sich begeben hat, Sir Huillam.«

»Ich nicht«, murmelte d'Averc, während die Krieger ihn und Falkenmond zusammenbanden und eine Schlinge um ihre Arme knüpften.

»Das werden wir sehen.« Wieder kicherte Meliadus. »Ich bin euch dankbar, daß ihr mir gleich einen Grund bietet, ein wenig Gewalt anzuwenden. Ein Vorgenuß auf meine Rache. Später, wenn wir erst den Palast erreicht haben, werde ich diesen Genuß dann in vollem Umfang auskosten. Bis dahin habe ich dann auch den Alten und sein Geheimnis der Reise durch die Dimensionen...« Nur so, sagte er sich, würde er vielleicht die Gunst des Reichskönigs wiedergewinnen und sich sein Pardon für das unerlaubte Entfernen aus der Stadt sichern.

Seine behandschuhte Rechte strich fast zärtlich über Falkenmonds Wange. »Ah, Falkenmond – bald werdet Ihr meine Strafe spüren...«

Falkenmond schauderte zutiefst, dann spuckte er mitten auf die grinsende Wolfsmaske.

Meliadus zuckte zurück, aber gleich schlug er Falkenmond wütend ins Gesicht. Zornig knurrte er. »Dafür werdet Ihr noch einen Augenblick länger leiden – und ich verspreche Euch, diese Augenblicke werden Euch wie Unendlichkeiten erscheinen!«

Falkenmond wandte seinen Blick ab, voller Abscheu und Schmerz. Die Soldaten zerrten ihn und d'Averc unsanft an den Rand der Klippe und stießen sie hinunter.

Die Schlinge um ihre Brustkörbe fing den Fall bald auf, und sie wurden unsanft bis zum Sims hinuntergelassen, wo sich Meliadus ihnen kurz darauf anschloß.

»Ich muß erst noch den Alten suchen«, brummte der Baron. »Ich nehme an, er hat sich hier irgendwo ganz in der Nähe verkrochen. Wir werden euch gut gefesselt in der Höhle absetzen und ein paar Wachen am Eingang aufstellen – für den Fall, daß es euch irgendwie gelingen sollte, euch zu befreien. Gebt euch keiner Hoffnung hin, es gibt kein Entrinnen mehr für euch. Ihr gehört nun endlich mir! Bringt sie rein! Bindet sie mit allem, was ihr an Stricken finden könnt. Denkt daran – bewacht sie gut, denn ich habe noch vor, mit ihnen zu spielen!«

Meliadus sah noch zu, wie sie in die kleinere Höhle geschleift wurden, dann wandte er sich ab und kletterte in bester Laune die Wand hinunter.

Nicht mehr lange, und alle seine Feinde würden sich in seiner Hand befinden, und mit ihnen ihre Geheimnisse, die er aus ihnen herausfoltern würde. Und dann mußte der Reichskönig einsehen, daß er die Wahrheit gesprochen hatte.

Und wenn das nicht half, Huons Gunst wiederzugewinnen – auch gut. Dann gab es immer noch einen anderen Weg ...

16. Mygan von Llandar

Die Nacht senkte sich über das Tal. Falkenmond und d'Averc lagen im Schatten des Lichts, das aus der Innenhöhle zu ihnen herausdrang.

Die breiten Rücken der Wachen versperrten den Eingang, und die Fesseln schnitten den Freunden tief ins Fleisch.

Falkenmond versuchte, sich zu rühren, aber er konnte lediglich den Mund bewegen, die Augen, und den Hals ein wenig. D'Averc erging es nicht anders.

»Nun, mein Freund, mir scheint, wir waren nicht vorsichtig genug«, sagte d'Averc und versuchte dabei, nicht allzu bedrückt zu klingen.

»Wie recht du hast«, brummte Falkenmond. »Der Hunger und die Anspannung und Anstrengungen der letzten Tage sind wohl daran schuld. Wir haben uns unsere Lage selbst zuzuschreiben.«

»Vielleicht verdienen wir sie«, meinte d'Averc zweifelnd, »aber was ist mit unseren Freunden? Wir müssen uns etwas einfallen lassen, Dorian, so hoffnungslos unsere Situation auch aussieht.«

Falkenmond seufzte. »Ja. Wenn es Meliadus gelingen sollte, Burg Brass zu erreichen . . .«

Er schauderte.

Er hatte das Gefühl, daß Meliadus noch stärker dem Wahnsinn verfallen war als früher. Waren die Niederlagen daran schuld, die er Falkenmond und den Bewohnern von Burg Brass zu verdanken hatte? War es das plötzliche Verschwinden der Burg Brass, das ihn, als er den Sieg schon vor Augen hatte, des Triumphes beraubt hatte? Falkenmond wußte es nicht. Er fühlte nur, daß sein alter Feind sich noch weniger unter Kontrolle hatte als früher. Es war nicht abzuschätzen, was er in diesem derart unberechenbaren Zustand tun würde.

Falkenmond runzelte die Stirn. Ihm war, als hätte er aus der großen Höhle ein Geräusch vernommen. Von dem Platz, wo er lag, konnte er ein wenig in die erleuchtete Höhle hineinsehen.

Er wandte den Kopf, so gut er konnte, und wieder hörte er das Geräusch. D'Averc flüsterte so leise, daß die Wachen es nicht hören konnten: »Ich trau' mich zu schwören, daß dort jemand ist.«

In diesem Augenblick fiel ein Schatten über sie, und sie blickten in das Gesicht eines hochgewachsenen alten Mannes, dessen zerfurchtes Gesicht wie aus Stein gehauen schien. Dichtes, weißes Haar umrahmte dieses Gesicht wie eine Löwenmähne.

Er musterte die beiden mit gerunzelter Stirn, dann schaute er zum Eingang, wo die drei Krieger Wache hielten, und wieder zurück zu Falkenmond und d'Averc. Er kreuzte die Arme über der Brust, schwieg jedoch. Falkenmond bemerkte, daß er an allen Fingern, außer dem kleinen der Linken, ja sogar an den Daumen, Kristallringe trug. Er mußte demnach Mygan von Llandar sein. Aber wie war er in die Höhle gelangt? Durch einen Geheimgang?

Falkenmond blickte ihn flehentlich an und flüsterte ihm etwas zu.

Der hochgewachsene alte Mann lächelte und beugte sich ein wenig vor, so daß er Falkenmonds Worte vernehmen konnte.

»Bitte, Sir, wenn Ihr Mygan von Llandar seid, so laßt Euch versichern, daß wir Freunde sind – Gefangene Eurer Feinde.«

»Und wie soll ich wissen, daß Ihr die Wahrheit sprecht?« flüsterte Mygan zurück.

Eine der Wachen bewegte sich und begann sich umzudrehen, zweifellos hatte er etwas bemerkt. Mygan zog sich hastig in die innere Höhle zurück. Der Wächter grunzte.

»Was habt ihr da zu flüstern, he? Ihr fragt Euch wohl, was der Baron mit Euch vorhat. Nun, Ihr könnt Euch nicht vorstellen, welch ausgefallene Unterhaltungen er für Euch bereithält, Falkenmond.«

Falkenmond erwiderte nichts.

Als der Wächter sich lachend wieder abgewandt hatte, kam Mygan wieder näher.

»Ihr seid Falkenmond?«

»Ihr habt von mir gehört?«

»Ein wenig. Wenn Ihr Falkenmond seid, stimmt es vielleicht, was Ihr gesagt habt. Obgleich ich aus Granbretanien stamme, halte ich nichts von den Lords, die in Londra regieren. Aber woher wollt Ihr wissen, wer meine Feinde sind?«

»Baron Meliadus von Kroiden hat von dem Geheimnis erfahren, das Ihr Tozer anvertraut habt ...«

»Anvertraut? Ha! Er hat es mir auf heimtückische Weise entlockt und mir während des Schlafes einen meiner Ringe gestohlen. Er wollte die Gunst seiner Herren in Londra wiedergewinnen, nehme ich an ...«

»Stimmt. Tozer prahlte, er habe gelernt, durch Geisteskraft Zeit und Raum zu überwinden. Dann demonstrierte er seine Fähigkeit und landete in der Kamarg.«

»Zweifellos durch Zufall. Er hatte nicht die geringste Ahnung von der genauen Anwendung des Ringes.«

»Das vermuteten wir.«

»Ich glaube Euch, Falkenmond, und ich fürchte diesen Meliadus.«

»Werdet Ihr uns befreien, damit wir versuchen können, von hier zu fliehen und Euch gegen ihn zu schützen?«

»Ich glaube nicht, daß ich euren Schutz benötige.« Mygan verschwand aus Falkenmonds Sicht.

»Ich frage mich, was er vorhat«, murmelte d'Averc, der bisher absichtlich geschwiegen hatte.

Falkenmond schüttelte den Kopf.

Mygan kehrte mit einem langen Messer zurück und begann, Falkenmonds Fesseln zu durchschneiden. Als er frei war, nahm der Herzog ihm das Messer ab und löste, mit einem wachsamen Auge auf die Posten am Eingang, d'Avercs Bande.

Sie hörten Stimmen von draußen.

»Meliadus kommt zurück«, sagte einer der Wachen. »Er scheint schlechter Laune zu sein.«

Falkenmond warf d'Averc einen erschrockenen Blick zu, und sie sprangen beide auf.

Durch das Geräusch alarmiert, drehte einer der Posten sich um und schrie überrascht auf.

Die beiden Freunde rannten zum Eingang. Falkenmond hinderte den einen Krieger, das Schwert zu ziehen. D'Averc legte den Arm um den Hals des zweiten und zog dessen Schwert aus der Scheide. Die Klinge hob sich und fiel, bevor ein Laut über die Lippen des Mannes drang.

Falkenmond riß seinen Gegner zu Boden und drückte ihm ein Knie in den Leib. Er zog den Dolch, den er immer noch an der Seite trug, schob die Maske des Mannes zur Seite und schlitze ihm die Kehle auf.

Inzwischen hatte auch d'Averc sich seines Gegners entledigt und stand keuchend über dessen Leiche.

Mygan rief aus dem Höhleninneren. »Ich sehe, ihr tragt Kristallringe, ähnlich den meinen. Wißt ihr sie zu benutzen?«

»Nur wie man in die Kamarg zurückkehren kann. Eine Drehung nach links . . .«

Meliadus erschien am Eingang.

»Ah, Falkenmond, Ihr werdet immer lästiger. Der Alte! Schnell, Männer! Ergreift sie!«

Der Rest von Meliadus' Kriegern drängte sich in die Höhle. D'Averc und Falkenmond zogen sich verzweifelt kämpfend zurück.

»Eindringlinge!« donnerte der Alte erbost. »Zurück!« Er stürzte mit dem langen Messer vor.

»Nein!« brüllte Falkenmond. »Überlaßt uns das Kämpfen. Haltet Euch heraus, Mygan. Gegen ihresgleichen habt Ihr keine Chance.«

Aber Mygan wollte nicht untätig zusehen. Falkenmond versuchte, zu ihm zu gelangen, kam aber zu spät, Mygan sank von einem Schwertstreich getroffen zu Boden. Es blieb Falkenmond nur noch, den Angreifer niederzustrecken.

Verwirrung herrschte in der Vorhöhle, als sie sich in die größere Höhle zurückzogen. Das Klirren der Schwerter hallte von den Felswänden wider, und zwischendurch ertönten Meliadus' gebrüllte Befehle.

Falkenmond zerrte den verletzten Mygan mit sich und wehrte gleichzeitig die Hiebe ab, die auf sie beide herunterprasselten.

Doch nun drang Meliadus selbst auf ihn ein und schwang sein Schwert mit beiden Händen.

Falkenmond spürte einen betäubenden Schmerz in seiner linken Schulter und fühlte, wie der Ärmel sein Blut aufsog. Er parierte einen weiteren Hieb, dann schlug er zurück und traf Meliadus am Arm.

Der Baron ächzte und taumelte zurück.

»Jetzt, Huillam!« schrie Falkenmond laut. »Jetzt, Mygan! Dreht die Ringe! Es ist unsere einzige Hoffnung zu entkommen!«

Er drehte den Kristall seines Ringes nach Mygans Anweisung. Meliadus knurrte und drang erneut auf ihn ein.

Falkenmond hob sein Schwert, um den Hieb abzuwehren.

Da war Meliadus verschwunden – und mit ihm die Höhle und seine Freunde.

Falkenmond stand allein auf einer Ebene, die sich völlig flach in alle Richtungen ausdehnte. Es mußte Mittag sein, denn eine strahlende Sonne stand genau im Zenit. Niedriges Gras bedeckte die Fläche, und der Duft erinnerte Falkenmond an den Frühling.

Wo war er? Hatte Mygan ihn in die Irre geleitet? Wo waren die anderen?

Doch da materialisierte ganz in der Nähe Mygan von Llandar. Er lag zusammengekauert auf dem Rasen und preßte die Hände auf seine ärgste Wunde. Aus Dutzenden von Schnitten träufelte Blut, und das Gesicht war bleich und von Schmerz verzerrt. Falkenmond steckte das Schwert in die Scheide und rannte zu ihm. »Mygan . . .«

»Ich fürchte, ich habe nicht mehr lange zu leben, Falkenmond. Aber wenigstens gelang es mir mitzuhelfen, Euer Geschick zu formen. Der Runenstab . . .«

»Mein Geschick? Was wollt Ihr damit sagen? Und was ist mit dem Runenstab? Soviel habe ich über dieses mysteriöse Ding gehört, doch keiner will mir genauer erklären, was es mit mir zu tun hat . . .«

»Ihr werdet es erfahren, wenn die Zeit dazu gekommen ist. Inzwischen . . .«

Plötzlich erschien auch d'Averc und blickte sich erstaunt um. »Es funktioniert!« rief er. »Dem Runenstab sei Dank! Ich sah uns schon alle tot.«

»Sucht nach . . .« Ein Hustenanfall schüttelte Mygan. Blut drang aus seinem Mund.

Falkenmond legte den Arm um seinen Kopf. »Ihr dürft nicht sprechen, Mygan. Ihr seid schwer verwundet. Wir müssen Hilfe finden. Vielleicht, wenn wir nach Burg Brass zurückkehrten . . .«

Mygan schüttelte den Kopf. »Das geht nicht.«

»Es geht nicht? Wieso? Die Ringe brachten uns doch auch hierher. Eine Drehung nach links . . .«

»Nein. Nachdem Ihr sie bedient habt, müßten sie neu eingestellt werden.«

»Und wie können wir das tun?«

»Das darf ich Euch nicht verraten, Falkenmond. Es war beabsichtigt, daß Ihr in dieses Land kommt, um einen Teil Eurer Bestimmung zu erfüllen. Sucht nach . . . Oh, diese Schmerzen!«

»Ihr habt uns hereingelegt, Alter!« stieß d'Averc aus. »Wir sollten eine Rolle in einem Eurer Pläne spielen. Doch nun liegt Ihr im Sterben, und wir können Euch nicht helfen. Sagt uns, wie wir nach Burg Brass zurückkommen, dort kann ein Arzt Euch vielleicht noch retten.«

»Es war nicht Eigennutz, der mich euch hierherbringen ließ, das müßt ihr mir glauben. Ich kenne die Geschichte. Ich bin mit Hilfe meiner Ringe durch Raum und Zeit gereist und weiß deshalb viel – auch wem Ihr dient, Falkenmond. Und deshalb weiß ich auch, daß nun die Zeit dafür ist, daß Ihr hier Eure Mission erfüllt.«

»Aber wo sind wir hier?« fragte Falkenmond verzweifelt. »In welcher Zeit? Wie heißt dieses Land? Es scheint nur aus dieser Ebene zu bestehen.«

Aber Mygan hustete erneut Blut. Er war dem Tod sehr nahe.

»Nehmt meine Ringe«, keuchte er. »Sie können euch von Nutzen sein. Sucht zuerst Narleen und das Schwert der Morgenröte südlich von hier. Dann, wenn ihr eure Arbeit getan habt, wendet euch nach Norden und sucht die Stadt Dnark – und den Runenstab.«

Ein neuer schrecklicher Hustenanfall schüttelte ihn, und er hauchte sein Leben aus.

Falkenmond sah d'Averc an.

»Der Runenstab? Sind wir vielleicht gar in Asiakommunista, wo er sich befinden soll?«

»Wie ironisch, wenn wir dabei an unsere Tarnung denken.« D'Averc tupfte mit einem Taschentuch an einer Wunde am Bein. »Es ist mir egal, wo wir sind. Hauptsache, es ist weit weg von Meliadus und seiner blutdürstigen Meute. Die Sonne ist warm. Abgesehen von unseren Verletzungen sind wir jetzt besser dran als zuvor.«

»Ich weiß nicht so recht.« Falkenmond seufzte und blickte sich um. »Wenn Taragorm mit seinen Versuchen Erfolg hat, könnte er einen Weg zu unserer Kamarg finden. Ich wäre lieber dort als hier.« Er befingerte seinen Ring. »Ob wir nicht . . .«

D'Averc legte ihm die Hand auf die Schulter. »Nein, Dorian. Wir dürfen kein Risiko damit eingehen. Ich glaube dem Alten. Außerdem schien er dir wirklich wohlgesonnen. Wahrscheinlich wollte er dir ohnehin noch erzählen, wo wir uns nun befinden, und er hätte dir gewiß auch noch erklärt, wie wir diese Orte – wenn es Orte sind –, von denen er sprach, erreichen könnten. Wenn wir jetzt an diesen Ringen herumdrehen, mag es sein, daß wir an sehr unangenehmen Orten auftauchen, vielleicht landen wir auch direkt wieder in Meliadus' Armen!«

Falkenmond nickte. »Vielleicht hast du recht, d'Averc. Aber was sollen wir jetzt tun?«

»Zuerst befolgen wir Mygans Anweisung und nehmen seine Ringe an uns. Dann wenden wir uns gen Süden, zu diesem Ort – wie nannte er ihn?«

»Narleen. Es könnte aber auch eine Person sein, oder einfach irgendein Ding.«

»Wie dem auch sei, wir gehen südwärts und finden heraus, ob Narleen ein Mensch, ein Ort oder ein Ding ist. Komm.« D'Averc bückte sich und streifte dem toten Mygan von Llandar die Kritstallringe von den Fingern. »Nach allem, was ich in seiner Höhle gesehen habe, hat er sie gewiß in Halapandur gefunden. Offenbar waren sie Teil einer Erfindung jener Wissenschaftler, ehe das Tragische Jahrtausend einbrach . . .«

Aber Falkenmond hörte ihm nicht zu. Er deutete über die Ebene.

»Sieh doch!«

Wind hatte sich erhoben.

Aus der Ferne kam etwas Riesiges, Violettes angerollt, das Blitze verschoß.

ZWEITES BUCH

Genau wie Dorian Falkenmond, so war auch Mygan von Llandar ein Diener des Runenstabs gewesen (wissentlich allerdings). Der Philosoph von Yel hatte es für notwendig erachtet, Falkenmond in ein fremdes, unfreundliches Land zu versetzen, ohne ihn näher darüber aufzuklären, denn er hielt es im Sinne des Runenstabs für dienlich.

So viele Schicksale waren nun miteinander verbunden – das der Kamarg mit Granbretaniens, Granbretaniens mit Asiakommunistas, Asiakommunistas mit Amarehks, Falkenmonds mit d'Avercs, d'Avercs mit Flanas, Flanas mit Meliadus', Meliadus' mit König Huons, König Huons mit Shenegar Trotts, Shenegar Trotts mit Falkenmonds – so viele Geschicke verwoben sich, um das Werk des Runenstabs auszuführen, das mit Meliadus' Racheschwur gegen die Bewohner der Burg Brass begann und somit das Muster des Schicksals bestimmte. Ironie und Paradoxa zeichneten sich in diesem Gewebe ab und wurden jenen, deren Geschick darin verknüpft war, zusehends klarer. Und während Falkenmond sich fragte, wo in Raum und Zeit er sich befand, schufen König Huons Wissenschaftler noch wirkungsvollere Kriegsmaschinen, die den Armeen des Dunklen Imperiums halfen, sich immer schneller mit Blut und Feuer über die Erde auszubreiten.

– Die hohe Geschichte des Runenstabs

1. Zhenak-Teng

Falkenmond und d'Averc beobachteten die näher kommende, merkwürdige Kugel und zogen schließlich müde ihre Schwerter.

Ihre Kleider waren nur noch Fetzen und ihre Körper blutverkrustet, ihre bleichen Gesichter waren gezeichnet von der Anstrengung der vergangenen Tage und des überstandenen Kampfes, und in ihren Augen spiegelte sich wenig Hoffnung.

»Ah«, murmelte Falkenmond. »Jetzt könnte ich die Kraft des Amuletts brauchen.« Er hatte es auf Anraten des Ritters in Burg Brass zurückgelassen.

D'Averc lächelte gequält. »Ich gäbe mich schon mit meiner normalen Stärke zufrieden. Doch was soll's! Wir müssen unser Bestes tun, mein Freund.« Er straffte die Schultern.

Die donnernde Kugel kam näher, sie hüpfte über das Gras. Sie war riesig und blitzte in grellen Farben. Schwerter richteten gegen sie gewiß nichts aus.

Mit einem tiefen, ersterbenden Brummen kam sie neben ihnen zum Halt.

Dann begann sie schrill zu summen, und ein Spalt bildete sich in ihrer Mitte, der sich immer mehr weitete, bis es aussah, als bräche die Kugel entzwei. Weißer, zarter Rauch quoll aus dieser Öffnung und schwebte als Wolke auf den Boden.

Nun löste die Wolke sich auf und gab eine hochgewachsene Gestalt frei, deren langes, helles Haar durch einen silbernen Reif aus der Stirn gehalten wurde. Der Mann – denn zweifellos war es ein Mann – trug einen kurzen Hosenrock von der gleichen Bronzefarbe wie seine Haut. Er schien keine Waffen bei sich zu haben.

Falkenmond betrachtete ihn mißtrauisch.

»Wer seid Ihr?« fragte er. »Was wollt Ihr?«

Der Mann aus der Kugel lächelte. »Das sind Fragen, die ich eigentlich euch stellen sollte«, erwiderte er mit einem eigenartigen Akzent. »Ihr wart offenbar in einen Kampf verwickelt, und einer von euch ist tot. Er sieht mir ein wenig zu alt für einen Krieger aus.«

»Wer seid Ihr?« fragte Falkenmond erneut.

»Ihr seid hartnäckig, Krieger. Ich bin Zhenak-Teng aus der Familie der Teng. Verratet mir, gegen wen ihr hier gekämpft habt. Waren es die Charkis?«

»Der Name sagt uns nichts. Wir haben gegen niemanden hier gekämpft«, erklärte d'Averc. »Wir sind Reisende. Jene, gegen die wir uns zur Wehr setzen mußten, befinden sich weit von hier. Wir flohen hierher . . .«

»Und doch sehen eure Wunden noch ganz frisch aus. Wollt ihr mit mir nach Teng-Kampp kommen?«

»Ist das Eure Stadt?«

»Wir haben keine Städte. Wir können euch helfen, eure Wunden zu versorgen, vielleicht sogar euren Freund wiederzubeleben.«

»Unmöglich. Er ist tot.«

»Wir haben schon so manchem Toten das Leben zurückgegeben«, behauptete der gutaussehende Mann leichthin. »Kommt ihr mit?«

Falkenmond zuckte die Schultern. »Warum nicht?« Er und d'Averc hoben Mygans Leiche auf und luden sie in die Kugel. Zhenak-Teng zeigte ihnen den Weg.

Sie stellten fest, daß das Innere der Kugel eigentlich eine Art Kabine war, die mehreren Personen bequem Platz bot. Zweifellos war das Ding ein übliches Transportmittel hier, denn Zhenak-Teng machte keine Anstalten, ihnen zu helfen, und überließ es ihnen selbst, wo und wie sie sich niederlassen wollten.

Er schwenkte die Hand über die Kontrolltafel der Kugel, und der Öffnungsspalt schloß sich. Und schon rollte die Kugel sanft, aber mit unvorstellbarer Geschwindigkeit über die endlose Grasfläche, die man von innen undeutlich erkennen konnte.

Die Landschaft schien immer gleichzubleiben. Nirgends sahen sie Bäume oder Berge oder Flüsse. Falkenmond fragte sich, ob sie nicht vielleicht künstlicher Natur war – oder irgendwann maschinell hergestellt worden war.

Zhenak-Teng hatte die Augen an ein Instrument gepreßt, durch das er vermutlich den Weg sehen konnte. Seine Hände ruhten auf einem Hebel an einem Rad, den er von Zeit zu Zeit in die eine oder andere Richtung schob oder zog – zweifellos die Steuerung des merkwürdigen Gefährts.

Einmal kamen sie an weit entfernten, sich bewegenden Objekten vorbei, die sie jedoch durch die schimmernden Wände der Kugel nicht genauer sehen konnten. Falkenmond deutete darauf.

»Charkis«, erklärte Zhenak-Teng. »Wenn wir Glück haben, greifen sie uns nicht an.«

Es handelte sich um steingraue Dinge mit vielen Beinen und wedelnden Auswüchsen. Falkenmond war sich nicht klar, ob es Maschinen waren oder Lebewesen oder keins von beiden.

Eine Stunde war vergangen, als die Kugel langsamer rollte. »Wir nähern uns jetzt Teng-Kampp«, erklärte Zhenak-Teng. Kurz darauf rollte die Kugel zu einem Halt. Der bronzefarbige Mann lehnte sich zurück und seufzte erleichtert. »Gut«, murmelte er. »Ich habe erfahren, was ich wissen wollte. Der Charkistrupp weidet in südwestlicher Richtung von hier und dürfte Teng-Kampp nicht zu nahe kommen.«

»Was sind die Charkis?« D'Averc erhob sich und stöhnte, als seine Wunden wieder zu schmerzen begannen.

»Die Charkis sind unsere Feinde – Kreaturen, die geschaffen wurden, um menschliches Leben zu vernichten«, erklärte Zhenak-Teng. »Sie ernähren sich von der Energie, die sie von der Grasfläche aus den versteckten, unterirdischen Kampps unseres Volkes entnehmen.«

Er bewegte einen Hebel, und mit einem Rucken begann die Kugel in den Boden zu versinken.

Die Erde schien sie zu verschlingen und sich über ihnen wieder zu schließen. Eine kurze Weile tauchte die Kugel noch tiefer, dann hielt sie an. Eine plötzliche Helligkeit umgab sie. Sie sahen, daß sie sich in einem Raum befanden, der gerade groß genug für die Kugel war.

»Teng-Kampp«, sagte Zhenak-Teng lakonisch. Er berührte einen Knopf auf der Kontrolltafel, und die Kugel öffnete sich. Falkenmond und d'Averc hoben Mygan auf und folgten Zhenak-Teng in eine anschließende Kammer, aus der ihnen Männer entgegenkamen, die ähnlich wie Zhenak-Teng gekleidet waren. Offensichtlich war es ihre Aufgabe, sich um die Kugel zu kümmern.

»Hier hinein«, bedeutete ihnen Zhenak-Teng und stieg ihnen voraus in eine Kabine, die sich langsam zu drehen begann. Falkenmond und d'Averc lehnten sich an die Wand und bemühten sich, ein Schwindelgefühl zu unterdrücken. Glücklicherweise dauerte die Fahrt nicht lange. Zhenak-Teng führte sie in einen Raum mit dickem, weichem Bodenbelag und einfachem, aber bequem aussehendem Mobiliar.

»Hier sind meine Räume«, erklärte er. »Ich schicke nun nach meinen ärztlich geschulten Familienmitgliedern, die eurem Freund vielleicht helfen können. Entschuldigt mich bitte.« Er verschwand in einem anderen Raum.

Kurz darauf kam er lächelnd zurück. »Meine Brüder werden bald hier sein.«

»Hoffentlich«, murmelte d'Averc. »Ich habe mich in Gegenwart von Leichen noch nie sehr wohl gefühlt.«

»Kommt, wir gehen einstweilen in ein anderes Zimmer, wo wir eine kleine Stärkung zu uns nehmen können.«

Sie ließen Mygans Leiche zurück und betraten einen Raum, wo Tabletts mit Speisen und Getränken ohne sichtbaren Halt in der Luft über weichen Sitzkissen schwebten.

Sie folgten Zhenak-Tengs Beispiel und bedienten sich. Die Gerichte waren köstlich, und sie aßen beträchtliche Mengen mit großem Genuß.

Während sie aßen, betraten zwei Männer, die Zhenak-Teng sehr ähnlich waren, das Zimmer.

»Es war bereits zu spät«, wandte einer sich an ihren Gastgeber. »Es tut mir leid, Bruder, aber wir konnten den alten Mann nicht wiederbeleben. Die schweren Verletzungen und der Zeitverlust . . .«

Zhenak-Teng blickte d'Averc und Falkenmond bedauernd an. »Ihr habt es gehört. Wir hätten eurem Kameraden gern geholfen.«

»Vielleicht könnt ihr ihm eine gute Bestattung zuteil werden lassen«, sagte d'Averc fast erleichtert.

»Selbstverständlich. Wir tun, was erforderlich ist.«

Die beiden anderen zogen sich zurück und kamen nach etwa einer halben Stunde wieder, gerade als Falkenmond und d'Averc ihr Mahl beendet hatten. Der erste stellte sich nun als Bralan-Teng vor, und der zweite als Polad-Teng. Beide waren Zhenak-Tengs Brüder und übten die Heilkunst aus. Sie versorgten Falkenmonds und d'Avercs Wunden, und kurz darauf fühlten sich die beiden Freunde besser.

»Nun müßt ihr uns erzählen, wie ihr in das Land der Kampps

kamt«, forderte Zhenak-Teng sie auf. »Wegen der Charkis haben wir hier selten Besucher. Wie sieht es in anderen Teilen der Welt aus?«

»Ich bin nicht sicher, ob Ihr aus der Antwort zu Eurer ersten Frage klug würdet«, befürchtete Falkenmond, »noch daß wir Euch viele Neuigkeiten aus unserer Welt bieten könnten.« Aber er erklärte, so gut er es konnte, wie sie hierhergekommen waren und wo ihre Welt sich befand. Zhenak-Teng hörte ihm aufmerksam zu.

Er nickte. »Ihr habt recht. Ich verstehe nur wenig von Euren Worten. Ich habe noch nie von diesem ›Europa‹ oder einem ›Granbretanien‹ gehört. Und dieser Kristall, den Ihr beschrieben habt, ist unseren Wissenschaftlern unbekannt. Aber ich glaube Euch. Wie sonst hättet ihr so plötzlich im Land der Kampps erscheinen können?«

»Was sind die Kampps?« fragte d'Averc. »Ihr sagtet, es seien keine Städte?«

»Das sind sie auch nicht. Sie sind Familienhäuser, die einem Klan gehören. In unserem Fall gehört das Untergrundhaus der Familie Teng. Andere Familien in der Nachbarschaft sind die Ohns, die Seks und die Nengs. Früher gab es noch mehr – viel mehr, aber die Charkis entdeckten und vernichteten sie...«

»Und was sind die Charkis?« warf Falkenmond ein.

»Die Charkis sind unsere Urfeinde. Sie wurden von jenem geschaffen, der die Häuser der Ebene zu zerstören suchte. Dieser menschliche Feind vernichtete sich selbst, ungewollt natürlich, durch ein Sprengstoffexperiment. Aber seine Kreaturen, die Charkis, ziehen immer noch über die Ebene. Sie haben leider eine sehr unangenehme Art, uns zu besiegen, damit sie sich von unserer Lebensenergie ernähren können.« Zhenak-Teng schauderte.

»Sie ernähren sich von eurer Lebensenergie?« erkundigte sich d'Averc stirnrunzelnd. »Was ist das?«

»Nun, was immer es ist, das uns Leben gibt, sie nehmen es uns, saugen es auf und lassen uns als leere Hülle zurück. Wir sterben langsam, können uns nicht mehr bewegen...«

Falkenmond wollte noch eine Frage in dieser Richtung stellen, überlegte es sich jedoch, denn offensichtlich war Zhenak-Teng das Thema unangenehm. Statt dessen fragte er: »Was ist diese Ebene eigentlich? Sie scheint mir nicht natürlicher Art zu sein.«

»Das ist sie auch nicht. Sie war einst das Gebiet unserer Landeplätze. Ihr müßt wissen, wir von den Einhundert Familien waren früher reich und mächtig – bis jener kam, der die Charkis schuf. Er wollte unsere Kunstwerke und Kraftquellen für sich allein. Er hieß Shenatar-von-Kensai, und er brachte die Charkis aus dem Osten mit sich. Ihr einziger Zweck war, die Familien zu vernichten. Und das taten sie auch, mit Ausnahme der Handvoll, die überlebte. Aber nach und nach, im Laufe der Jahrhunderte, spüren die Charkis auch sie auf . . .«

»Ihr scheint mir sehr pessimistisch«, stellte d'Averc fast vorwurfsvoll fest.

»Nein, nur realistisch«, erwiderte Zhenak-Teng, ohne beleidigt zu sein.

»Wir möchten morgen weiter«, erklärte Falkenmond. »Habt Ihr Karten – oder etwas anderes, das uns den Weg nach Narleen weisen könnte?«

»Ich habe eine Karte, wenn sie auch nicht sehr genau ist. Narleen war früher eine bekannte Handelsstadt an der Küste. Doch das ist Jahrhunderte her. Ich weiß nicht, was aus der Stadt geworden ist.«

Zhenak-Teng erhob sich. »Ich zeige euch nun den Raum, den ich für euch habe richten lassen. Dort könnt ihr schlafen und morgen eure lange Reise antreten.«

2. Die Charkis

Ein Klirren wie von Schwertern weckte Falkenmond.

Einen Augenblick fragte er sich, ob er träumte oder wieder in der Höhle mit d'Averc war und der Kampf gegen Meliadus' Leuten weiterging. Er sprang aus dem Bett und griff nach seiner Klinge, die mit seinem zerfetzten Gewand auf einem Hocker lag. Er befand sich, wie er nun festgestellt hatte, in dem Zimmer, das Zhenak-Teng ihnen zur Verfügung gestellt hatte, und in einem zweiten Bett richtete d'Averc sich gerade mit erstaunter Miene auf.

Falkenmond schlüpfte hastig in seine Kleidung. Von hinter der Tür erklangen Kampflärm, Schreie, Schwertergeklirr und merkwürdiges Jammern und Stöhnen. Als er angezogen war, eilte er zur Tür und öffnete sie einen Spalt.

Verwirrt zuckte er zurück. Die gutaussehenden bronzefarbigen Menschen des Teng-Kampps waren erbittert dabei, einander umzubringen. Das Klirren, das er gehört hatte, kam jedoch nicht von Schwertern, sondern von Beilen, Eisenstangen und einer Anzahl von Haushaltsgeräten und wissenschaftlichen Instrumenten, die nun als Waffen dienten. Die Gesichter der Kämpfenden waren voll Haß. Schaum drang aus den Mundwinkeln, und die Augen funkelten irr. Sie alle schienen vom Wahnsinn besessen zu sein!

Dunkelblauer Rauch begann sich durch den Korridor zu schlängeln, und ein eigenartiger Gestank hing in der Luft.

»Beim Runenstab!« keuchte d'Averc. »Sie haben den Verstand verloren!«

Eine Gruppe Kämpfender drückte mit ihren Leibern die Tür nach innen, so daß Falkenmond sich plötzlich in ihrer Mitte befand. Er schob sie zurück und sprang zur Seite. Keiner der Tengs griff ihn oder d'Averc an. Sie fuhren fort, einander niederzumetzeln, als gäbe es keine Zuschauer.

»Schnell«, drängte Falkenmond d'Averc. Mit dem Schwert in der Hand eilte er auf den Korridor. Er hustete, als der blaue Rauch in seine Lunge drang und seine Augen tränen ließ. Chaos herrschte. Überall auf dem Gang lagen Tote.

Sie stiegen darüber hinweg, bis sie Zhenak-Tengs Apartment erreichten. Die Tür war verschlossen. Verzweifelt trommelte Falkenmond mit dem Schwertgriff dagegen.

»Zhenak-Teng! Wir sind es! Falkenmond und d'Averc!«

Etwas bewegte sich hinter der Tür, dann sprang sie auf. Zhenak-Teng blickte mit vor Grauen geweiteten Augen heraus, zog die beiden schnell herein und versperrte hastig die Tür hinter ihnen.

»Die Charkis!« keuchte er. »Irgendwo muß noch eine andere Meute herumgestreift sein. Ich habe versagt! Sie haben uns unvorbereitet überfallen. Wir sind verloren!«

»Ich sehe keine Ungeheuer«, wunderte sich d'Averc. »Eure Verwandten kämpfen untereinander.«

»Eben«, murmelte Zhenak-Teng. »Dadurch vernichten uns die Charkis ja. Sie strahlen Wellen aus, die unsere Gehirnströmungen beeinflussen – die uns wahnsinnig machen, uns in unseren Brüdern und besten Freunden die schlimmsten Feinde sehen lassen. Und während wir kämpfen, betreten sie unser Kampp. Sie werden jeden Augenblick hier sein.«

»Der blaue Rauch – was ist das?« fragte d'Averc.

»Der Rauch hat mit den Charkis nichts zu tun. Er kommt von unseren zerstörten Generatoren. Wir haben nun keine Energie mehr.«

Poltern und Dröhnen ertönte, und der Raum, in dem sie sich befanden, erzitterte.

»Die Charkis«, murmelte Zhenak-Teng. »Bald werden ihre Wellen auch mich erreichen, selbst mich ...«

»Wieso habt Ihr sie bisher nicht gespürt?« erkundigte sich Falkenmond.

»Einige von uns können ihnen besser widerstehen. Ihr scheint sie offenbar nicht zu fühlen. Andere werden ganz schnell betroffen.«

»Können wir denn nicht fliehen?« Falkenmond sah sich um. »Die Kugel, in der wir kamen ...«

»Es ist zu spät ...«

D'Averc packte Zhenak-Teng an der Schulter. »Kommt, Mann, wir können noch entkommen, wenn wir flink genug sind. Ihr braucht nur die Kugel zu bedienen.«

»Ich muß mit meiner Familie sterben! Ich bin an ihrem Untergang nicht schuldlos.« Zhenak-Teng war in seiner Haltung kaum noch wiederzuerkennen. Er war ein gebrochener Mann. Seine Augen wirkten bereits ein wenig glasig, und Falkenmond war überzeugt, daß er bald der fremdartigen Kraft der Charkis verfallen würde.

Nach kurzer Überlegung schlug er ihm den Griff seines Schwertes über den Schädel, daß er zusammenbrach.

»Hilf mir, Huillam«, drängte Falkenmond. »Wir bringen ihn in die Kugel.«

Der blaue Rauch wurde dicker und reizte zum Husten. Mit dem ohnmächtigen Zhenak-Teng zwischen ihnen stolperten sie aus dem Raum in den Korridor. Falkenmond erinnerte sich an den Weg, den sie gekommen waren, und führte d'Averc.

Plötzlich erbebte der gesamte Gang so heftig, daß sie stehenbleiben und Halt suchen mußten. Dann ...

»Die Wand bricht!« brüllte d'Averc und stolperte rückwärts. »Rasch, Falkenmond! Wir müssen zurück!«

»Das geht nicht! Die Kugel liegt in dieser Richtung!«

Trümmer brachen aus der Decke, und ein graues, steinartiges Ding kroch durch den Spalt in der Wand in den Gang. Vorne an dem Ding befand sich eine Art Tentakel; er bewegte sich auf sie zu wie ein Mund, der sie küssen wollte.

Falkenmond schüttelte sich vor Ekel und stach mit dem Schwert danach. Es zog sich zurück, und es sah fast so aus, als sei es ein bißchen beleidigt über diesen Empfang, aber durchaus bereit, doch Freundschaft zu schließen. Erneut kam der Rüssel auf sie zu.

Diesmal schlug Falkenmond mit der Schneide darauf ein. Die Kreatur zischte, offenbar überrascht, daß sich etwas ihr widersetzte. Falkenmond hob Zhenak-Teng auf seine Schulter, hieb noch einmal auf den Rüssel ein, dann sprang er darüber und rannte durch den einfallenden Gang.

»Komm, d'Averc! Auf zur Kugel!«

D'Averc setzte über den verwundeten Tentakel und folgte Falkenmond.

Nun brach die Wand völlig ein und gab eine riesige Masse aus schlenkernden Tentakeln, einem pulsierenden Schädel und einem Gesicht frei, das eine Parodie menschlicher Züge war und idiotisch zu grinsen schien.

»Es möchte uns liebhaben«, rief d'Averc mit grimmigem Humor, als er einem nach ihm greifenden Tentakel auswich. »Willst du denn seine Gefühle wirklich so verletzen, Dorian?«

Falkenmond war damit beschäftigt, die Tür zur Kugelgarage zu öffnen. Zhenak-Teng, den er neben sich auf den Boden gelegt hatte, begann zu stöhnen und die Hände an den Kopf zu pressen.

Als er die Tür offen hatte, hob Falkenmond Zhenak-Teng wieder auf die Schulter und trat in die Kugelgarage ein.

Kein Geräusch drang aus der Kugel, und auch die Farben waren verschwunden, aber ein Spalt, groß genug, sie einzulassen, klaffte an einer Seite. Falkenmond erstieg die Leiter und ließ Zhenak-Teng in den Kontrollsitz fallen. D'Averc folgte ihm.

»Startet dieses Ding«, drängte er Zhenak-Teng, »oder die Charkis verschlingen uns.« Er deutete mit dem Schwert auf das riesige Ungeheuer, das sich durch die Garagentür zwängte.

Mehrere Tentakel griffen in die Kugel. Einer berührte Zhenak-Teng leicht an der Schulter, und der Mann stöhnte. Falkenmond schrie und schlug mit dem Schwert danach. Es fiel auf den Boden. Aber inzwischen hatten sich bereits weitere um den bronzehäutigen Mann gewunden, der ihre Berührung nun völlig willenlos duldete. Falkenmond und d'Averc brüllten ihn an, die Kugel zu starten, während sie verzweifelt auf die Tentakel einhieben.

Schließlich packte Falkenmond Zhenak-Teng am Kragen. »Schnell, schließt die Kugel! Schnell!«

Wie ein Roboter gehorchte Zhenak-Teng. Er drückte auf einen Knopf. Die Kugel begann zu summen und in den verschiedensten Farben zu glühen.

Die Tentakel versuchten, sich gegen die schließenden Wände der Kugel zu stemmen. Drei gelangten an d'Averc vorbei und saugten sich an Zhenak-Teng fest, der aufstöhnte und schlaff in sich zusammensank. Falkenmond hieb erneut auf sie ein, und die Kugel schloß sich und begann aufzusteigen.

Einer nach dem anderen verschwanden die Tentakel, und Falkenmond seufzte erleichtert auf. Er wandte sich an den bronzehäutigen Mann. »Wir sind frei!«

Aber Zhenak-Teng starrte nur stumpf vor sich hin, seine Arme hingen kraftlos an seiner Seite.

»Zu spät«, flüsterte er. »Es hat mir das Leben ausgesaugt . . .« Er rutschte aus dem Sitz und schlug auf dem Boden auf.

Falkenmond beugte sich über ihn und drückte die Hand auf seine Brust. Schaudernd erhob er sich. »Er ist kalt, Huillam – unvorstellbar kalt!«

»Lebt er noch?« fragte der Franzose.

Falkenmond schüttelte den Kopf. »Sein Herz schlägt nicht mehr.«

Die Kugel stieg mit zunehmender Geschwindigkeit auf. Falkenmond sprang zur Kontrolltafel und starrte verzweifelt darauf. Aber er wagte nicht, irgend etwas zu berühren, damit die Kugel ja nicht zu sinken begänne und sie wieder in Teng-Kampp landeten, wo die Charkis die Lebensenergie der Tengs aussaugten.

Plötzlich befanden sie sich an der Oberfläche, und die Kugel begann hüpfend über den Rasen zu rollen. Falkenmond griff nach dem Hebel, den er am Tag zuvor Zhenak-Teng hatte bedienen sehen, und zog ihn ein wenig nach rechts. Sofort schlug das Gefährt diese Richtung ein.

»Ich glaube, ich kann sie steuern«, erklärte er erleichtert. »Aber wie man sie zum Halten bringt oder sie öffnet, ist eine andere Sache.«

»Solange wir nur diese Scheusale hinter uns lassen, stört mich das im Augenblick nicht«, versicherte ihm d'Averc mit einem grimmigen Lächeln. »Lenke das Ding nach Süden, Dorian. So kommen wir vielleicht sogar dorthin, wohin wir wollen.«

Falkenmond änderte die Richtung, und die Kugel rollte stundenlang über die Ebene, bis in der Ferne ein Wald in Sicht kam.

»Ich bin gespannt, wie die Kugel sich verhält, wenn sie die Bäume erreicht«, murmelte d'Averc. »Zweifellos ist sie nur für freies Gelände geschaffen.«

3. Der Sayou

Mit einem Ächzen gespaltenen Holzes und dem Knirschen von Metall prallte die Kugel gegen die Bäume.

D'Averc und Falkenmond wurden ans entgegengesetzte Ende der Kabine geschleudert, und der unangenehm kalte Leichnam Zhenak-Tengs mit ihnen.

Als nächstes prallten sie gegen die anderen Wände und die Decke des Gefährts, und wären diese nicht gepolstert gewesen, so hätten sie sich gewiß jeden Knochen gebrochen.

Endlich kam die Kugel zum Halten und öffnete sich. Die beiden Männer rollten hinaus.

»Ein schreckliches Erlebnis für einen Mann mit einer so schwachen Gesundheit wie meine«, stöhnte d'Averc.

Falkenmond grinste, teils über die Theatralik seines Freundes, teils aus Erleichterung.

»Wir sind jedenfalls glimpflicher davongekommen, als wir hoffen konnten. Steh auf, Huillam – wir wollen weiter nach Süden ziehen.«

»Ich glaube, es ist besser, wir erholen uns erst einmal von dem Schrecken«, schlug d'Averc vor. Er streckte sich und blickte zu dem grünen Laubdach auf, durch das vereinzelt goldene Sonnenstrahlen drangen. Der Geruch von Kiefernharz hing in der Luft und der erdige Duft von Birken, und von einem hohen Ast beobachtete ein Eichhörnchen mit schwarzen kleinen Augen die beiden Männer. Hinter ihnen lagen die Trümmer der Kugel inmitten zerborstener Äste und Wurzeln. Einige kleinere Bäume waren aus dem Boden gerissen worden, andere lagen geknickt. Falkenmond erkannte nun, daß sie wirklich nur knapp davongekommen waren. Er zitterte plötzlich und fühlte, daß d'Avercs Vorschlag, eine Rast zu machen, durchaus sinnvoll war. Er setzte sich auf einen kleinen grasbewachsenen Hügel, mit dem Rücken zu den Kugeltrümmern und zum kalten Leichnam Zhenak-Tengs.

D'Averc legte sich neben ihn. Er rollte sich auf den Rücken und zog aus seinem zerschlissenen Wams die Karte hervor, die Zhenak-Teng ihnen am Vorabend gegeben hatte.

Auf der Karte waren die Kampps auf der Ebene eingetragen und offensichtlich die Jagdpfade der Charkis. Viele von den Kampps waren durchgestrichen. Sicher jene, die von den Charkis zerstört worden waren.

D'Averc deutete auf eine Stelle an einer Ecke der Karte. »Hier ist der Wald«, erklärte er Falkenmond. »Und an seinem nördlichen Rand ist ein Fluß eingezeichnet, der Sayou. Dieser Pfeil hier deutet südwärts nach Narleen. Offenbar führt der Strom dorthin.«

Falkenmond nickte. »Dann werden wir diesen Fluß suchen, sobald wir uns ein wenig erholt haben. Je eher wir Narleen erreichen, desto besser, denn dort erfahren wir vielleicht, wo in Raum und Zeit wir uns befinden. Hätten diese Charkis nicht angegriffen, so hätten wir das gewiß von Zhenak-Teng erfahren.«

Sie schliefen im Schatten der Bäume etwa eine Stunde, dann standen sie auf, gürteten die Schwerter, zogen ihre zerlumpten Kleider zurecht und machten sich auf den Weg zum Fluß.

Der Wald wurde immer unpassierbarer, je weiter sie in ihn vordrangen, das Unterholz wurde dichter und die Hügel immer steiler. Gegen Abend waren sie müde und mißgelaunt und sprachen kaum miteinander.

Falkenmond fingerte in dem Lederbeutel, der von seinem Gürtel hing, und fand eine reich verzierte Zunderschachtel. Eine halbe Stunde gingen sie noch weiter, bis sie an einen kleinen Bach kamen, der in einen Teich mit hohen Ufern zu drei Seiten mündete.

Daneben befand sich eine kleine Lichtung, und Falkenmond sagte: »Wir werden die Nacht hier verbringen, d'Averc, ich kann nicht mehr weiter.«

D'Averc nickte, ließ sich neben dem Teich auf den Bauch fallen und trank in großen Zügen. »Er sieht tief aus«, sagte er und wischte sich den Mund ab.

Falkenmond entfachte ein Feuer und antwortete nicht.

Bald loderten die Flammen.

»Wir sollten uns etwas zum Braten jagen«, meinte d'Averc müde. »Ich werde hungrig. Kennst du dich in Wäldern aus, Falkenmond?«

»Ein wenig«, erwiderte Falkenmond. »Aber ich habe keinen Hunger.« Damit schlief er ein.

Falkenmond wurde durch einen gellenden Schrei seines Freundes aus tiefem Schlaf gerissen.

Er sprang sofort auf und blickte in die Richtung, in die d'Averc entsetzt starrte. Automatisch fast riß er sein Schwert aus der Scheide.

Aus dem Teich tauchte ein riesiges, reptilienartiges Wesen, Wasser rann über die schwarzen Schuppen und nachtschwarze Augen starrten böse. Im offenen Maul blitzten spitze weiße Zähne. Es bewegte sich auf die beiden zu.

Falkenmond schreckte zurück. Er fühlte sich wie ein Zwerg vor dem Ungeheuer, dessen Schädel auf ihn zuschoß. Der Gestank aus dem nach ihm schnappenden Rachen betäubte ihn fast.

»Lauf, Falkenmond! Lauf!« brüllte d'Averc, und gemeinsam flüchteten sie in den Wald hinein.

Doch inzwischen war die Bestie aus dem Wasser und verfolgte sie. Ein Quaken wie von einem riesigen Ochsenfrosch drang aus ihrer Kehle und hallte durch den Wald. Falkenmond und d'Averc hielten einander an der Hand, um sich nicht zu verlieren, während sie blindlings durchs Unterholz stolperten.

Wieder ertönte das Quaken, und eine lange weiche Zunge schoß auf sie zu und wickelte sich um d'Avercs Mitte.

D'Averc brüllte auf und hieb mit der Klinge auf die Zunge ein. Auch Falkenmond stieß einen Schrei aus, machte einen Satz und schlug mit aller Kraft auf das schwarze Ding ein. D'Avercs Hand ließ er dabei aber nicht los.

Immer näher zog die Zunge sie zu dem gähnenden Rachen, und Falkenmond erkannte, daß er d'Averc auf diese Weise nicht retten konnte. Er ließ seine Hand los, sprang zur Seite und hieb so gut er konnte auf die dicke schwarze Zunge ein.

Dann packte er das Schwert mit beiden Händen und ließ die Klinge mit all seiner Kraft heruntersausen.

Das Scheusal quakte erneut, und der Boden unter seinen Füßen erbebte, aber die Zunge war durchtrennt, und faulig stinkendes Blut schoß aus den Enden. Ein gräßliches Gebrüll erscholl, und die Bäume barsten, als die Wasserkreatur sich zu ihnen hindurchzwängte. Falkenmond packte d'Averc, riß ihn auf die Beine und löste das stinkende Fleisch der zertrennten Zunge.

»Danke«, keuchte d'Averc. »Mir mißfällt dieses Land immer mehr, Dorian. Die Gefahren hier erscheinen mir noch größer als in unserer Welt!«

Quakend und brüllend verfolgte sie das Ungeheuer.

»Es hat uns gleich eingeholt«, stöhnte Falkenmond. »Wir können ihm nicht entkommen!«

Sie drehten sich beide um und spähten durch die Finsternis. Alles, was sie sehen konnten, waren die glühenden Augen des Ungeheuers. Falkenmond wog das Schwert in seiner Hand. »Wir haben nur eine Chance«, rief er und warf die Klinge wie einen Speer in eines der Augen.

Ein durchdringender Schrei erschütterte die Luft, und die glühenden Augen waren nicht mehr zu sehen. Dann vernahmen sie das Bersten weiterer Bäume, das sich immer mehr entfernte, als das Untier zu seinem Teich zurückkehrte.

Falkenmond holte tief Luft. »Es hat offenbar aufgegeben, als es merkte, daß wir doch nicht eine so leichte Beute waren, wie es dachte. Komm, Huillam, sehen wir zu, daß wir den Fluß erreichen. Ich will so schnell wie möglich aus diesem Wald heraus.«

»Und woraus schließt du, daß der Fluß weniger gefährlich ist?« fragte d'Averc ein wenig spöttisch, als sie ihren Weg fortsetzten und ihre Richtung anhand der moosbewachsenen Seite der Bäume bestimmten.

Zwei Tage später erreichten sie den Rand des Waldes, der an einem steilen Hang endete. Durch ein Tal zu ihren Füßen floß ein breiter Strom, zweifellos der Sayou.

Ihre Kleidung bestand nur noch aus Fetzen. D'Averc trug nur noch seine zerschlissenen, schmutzigen Beinkleider, und Falkenmond, mit dessen Schwert sich das Teichungeheuer zurückgezogen hatte, besaß als einzige Waffe noch seinen Dolch.

Sie rannten, so schnell sie konnten, hangabwärts, ohne sich um die Äste zu kümmern, die ihnen ins Gesicht peitschten, und die Wurzeln, über die sie stolperten.

Wohin der Fluß sie bringen würde, wußten sie nicht, aber sie wollten den Wald und seine Ungeheuer so schnell wie möglich hinter sich bringen. Zwar waren sie keinem Monster mehr begegnet, das so schrecklich war wie jenes aus dem Teich, aber sie hatten einige aus sicherer Entfernung beobachtet und die Spuren anderer gefunden.

Am Fluß angekommen, warfen sie sich ins Wasser und wuschen sich den Schmutz und den Schlamm von den Körpern, fast fröhlich grinsten sie einander zu.

»Ah, herrliches Wasser!« seufzte d'Averc. »Du wirst uns zu Dörfern und Städten bringen, zurück in die Zivilisation! Es kümmert mich wenig, welcher Art diese Zivilisation sein wird – sie ist mir auf jeden Fall willkommener als dieser Urwald!«

Falkenmond lächelte. Er konnte d'Avercs Gefühle gut verstehen, wenn er sie auch nicht uneingeschränkt teilte.

»Wir werden uns ein Floß bauen«, sagte Falkenmond. »Wenn wir Glück haben, trägt uns der Fluß bis zu unserem Ziel.«

»Und du kannst fischen, Falkenmond, und uns köstliche Mahlzeiten bereiten. Ich bin nicht an die einfache Kost der beiden letzten Tage gewohnt – Beeren und Wurzeln!« D'Averc verzog das Gesicht.

»Ich werde auch dir beibringen, wie man Fische fängt, d'Averc. Vielleicht kann dir dieses Wissen von Nutzen sein, wenn du später einmal in eine ähnliche Situation kommen solltest!« Falkenmond lachte und schlug seinem Kameraden herzhaft auf die Schulter.

4. Valjon von Starvel

Vier Tage später hatte das Floß sie viele Meilen flußabwärts getragen. Nicht länger säumten Wälder die Ufer, statt dessen hoben sich sanfte Hügel, die mit wildem Mais bewachsen waren.

Falkenmond und d'Averc ernährten sich von den sättigenden Fischen, die sie aus dem Strom angelten, und von Mais und Früchten, die am Ufer wuchsen. Sie waren satt und ausgeruht und in zuversichtlicher Stimmung, während das Floß auf Narleen zutrieb.

Sie glichen schiffbrüchigen Seeleuten mit ihrer zerfetzten Kleidung und den Bärten, die von Tag zu Tag dichter wurden. Aber ihre Augen waren nun klar, der irre Blick, der auf Hunger und Entbehrung hatte schließen lassen, war verschwunden. Und auch die Laune der beiden Freunde hatte sich wesentlich gebessert.

Am Nachmittag des vierten Tages sahen sie das Schiff. Sie sprangen auf die Füße und winkten, um auf sich aufmerksam zu machen.

»Vielleicht ist es von Narleen!« hoffte Falkenmond. »Und vielleicht läßt uns der Kapitän die Fahrt zur Stadt abarbeiten.«

Das Schiff hatte einen hohen Bug, war aus Holz und bunt bemalt. Die Grundfarben waren Rot mit Gold, durch die sich ein verschnörkeltes Muster in Gelb und Blau zog. Obwohl es die Takelage eines Zweimastschoners hatte, verfügte es auch über Ruder, die es nun gegen die Strömung antrieben. Farbenfrohe Banner wehten im milden Wind, und die Männer an Deck trugen Kleidung, die dazu paßte.

Die Ruder stoppten, und ein bärtiges Gesicht beugte sich über die Reling. »Wer seid ihr?«

»Reisende – Fremde in diesem Teil des Landes. Könnt Ihr uns an Bord nehmen und uns für unsere Passage nach Narleen arbeiten lassen?« rief d'Averc zurück.

Der Bärtige lachte. »Warum nicht? Kommt herauf, meine Herren!«

Eine Strickleiter wurde hinabgelassen, und Falkenmond und d'Averc kletterten dankbar hinauf und gelangten auf das reich verzierte Deck.

»Dies ist der *Flußfalke*«, erklärte der Bärtige. »Schon davon gehört?«

»Wir sagten doch, wir sind fremd hier«, erwiderte Falkenmond.

»Richtig. Valjon von Starvel ist der Eigner – zweifellos ist *sein* Name euch nicht fremd.«

»Doch«, bedauerte d'Averc. »Aber wir sind ihm dankbar, daß er ein Schiff in diese Richtung sandte. Nun, mein Freund, was sagt Ihr dazu, daß wir unsere Passage nach Narleen abarbeiten?«

»Nun, wenn ihr kein Geld habt ...«

»Absolut keines.«

»Dann fragen wir am besten Valjon selbst, was er mit euch vorhat.«

Der Bärtige brachte sie zum Vorderkastell, wo ein hagerer Mann brütend über das Wasser starrte.

»Lord Valjon«, sprach der Bärtige ihn an.

»Was gibt es, Ganak?«

»Dies sind die beiden Männer, die wir an Bord nahmen. Sie haben kein Geld und wollen ihre Passage abarbeiten.«

»Sollen sie, wenn sie wollen, Ganak.« Valjon lächelte, ohne sie anzusehen. Dann drehte er ihnen wieder den Rücken zu und entließ sie mit einer Handbewegung.

Falkenmond hatte ein ungutes Gefühl, als er die grinsenden Gesichter der Besatzung sah. »Was finden sie so lustig?« fragte er Ganak.

»Lustig? Nichts, meine Herren. Doch nun kommt zu den Rudern, dort könnt ihr euch die Passage nach Narleen verdienen.«

»Nun, wenn uns diese Arbeit in die Stadt bringt«, meinte d'Averc wenig begeistert.

»Sieht nach anstrengender Arbeit aus«, stellte Falkenmond fest. »Aber es kann ja nicht mehr weit sein nach Narleen, wenn unsere Karte stimmt. Zeigt uns unsere Ruder, Freund Ganak.«

Ganak brachte sie backbord unter Deck, bis sie den Laufgang entlang der Ruder erreichten. Falkenmond erschrak, als er den Zustand der Männer hier sah. Alle waren halbverhungert und entsetzlich schmutzig. »Ich verstehe nicht ...« stammelte er.

Ganak lachte. »Das werdet ihr bald.«

»Was sind das für Ruderer?« fragte d'Averc entsetzt.

»Diese Ruderer sind Sklaven – genau wie ihr jetzt, meine *Herren*. Wir nehmen nichts und niemanden an Bord des *Flußfalken*, ohne Gewinn zu erzielen. Da ihr kein Geld habt und vermutlich auch niemand Lösegeld für euch zahlen würde, werdet ihr als unsere Sklaven dort unten rudern. Also, hinunter mit euch!«

D'Averc zog sein Schwert und Falkenmond seinen Dolch, aber Ganak winkte seinen Leuten. »Kümmert euch um sie, Männer. Zeigt es ihnen, denn sie verstehen offenbar nicht, wozu Sklaven da sind.«

Falkenmond und d'Averc bereiteten sich zum Kampf vor, als eine Gruppe bulliger Seeleute herbeieilte. Aber es kam nicht dazu, denn ein etwa sechzehnjähriger Bursche ließ sich an einem Tau vom Quersailing herunter und schlug ihnen einen Knüppel über die Köpfe, daß sie bewußtlos zu den Ruderern hinabstürzten.

Der Junge grinste, ließ sich auf den Laufgang fallen und legte seine Keule zur Seite. Ganak klopfte ihm auf die Schulter: »Gut gemacht, Orindo«, lobte er. »Auf diese Weise ersparen wir uns immer viel Blutvergießen.«

Andere kamen, um die Bewußtlosen von ihren Waffen zu befreien und sie an ein Ruder zu ketten.

Als Falkenmond wieder zu sich kam, saßen er und d'Averc Seite an Seite auf der harten Ruderbank, und Orindo ließ die Beine vom Laufgang baumeln und grinste frech.

Er rief jemandem zu, den sie nicht sehen konnten. »Sie sind wach, wir können aufbrechen – zurück nach Narleen.«

Er blinzelte Falkenmond und d'Averc zu. »Bedient die Ruder, meine Herren.« Es schien, als äffe er jemanden nach. »Ihr habt Glück«, fügte er hinzu. »Wir fahren mit der Strömung. Eure erste Arbeit wird nicht sehr schwer sein.«

Falkenmond beehrte ihn mit einer spöttischen Verbeugung. »Besten Dank, junger Mann. Wir wissen Eure Aufmerksamkeit zu schätzen.«

»Ich werde euch auch in Zukunft hin und wieder mit gutem Rat unter die Arme greifen«, erwiderte Orindo, »denn ich bin sehr hilfsbereit.« Er erhob sich, warf sich seinen blauen Mantel um und hüpfte den Laufgang hinunter.

Als nächster erschien Ganak. Er klopfte mit einem spitzen Bootshaken auf Falkenmonds Schulter. »Strengt euch an, meine Herren, oder ihr werdet meinen Bootshaken in euren Eingeweiden spüren«, drohte er. Ganak verschwand wieder, und die anderen Ruderer beugten ihre Köpfe noch tiefer über die Riemen, und d'Averc und Falkenmond waren gezwungen, ihrem Beispiel zu folgen.

Sie ruderten bis tief in die Nacht hinein und mußten den Gestank ihrer eigenen Körper und den der anderen ertragen. Mittags gab es einen unappetitlichen Brei. Die Arbeit war hart, aber sie konnten sich in etwa eine Vorstellung davon machen, was es hieß, stromaufwärts zu rudern, wenn die anderen Ruderer dankbar flüsterten, wie leicht ihre Arbeit sei.

Als die Nacht hereinbrach, lagen sie erschöpft über ihr Ruder gebeugt und waren kaum in der Lage, ihre zweite Mahlzeit zu sich zu nehmen. Der Brei war noch widerlicher als der zur Mittagszeit.

Falkenmond und d'Averc waren zu müde, um sich zu unterhalten, aber sie versuchten, sich von ihren Fesseln zu befreien. Es war jedoch unmöglich; sie waren zu erschöpft, diese straff geknüpften Seile zu lösen.

Am Morgen weckte Ganaks Stimme sie. »Alle Backbordruderer in die Riemen! Auf, ihr Mistkerle! Damit meine ich euch, meine Herren! Strengt euch an. Wir haben Beute vor uns. Wenn wir sie verfehlen, zieht ihr euch Lord Valjons Zorn zu!«

Bei dieser Drohung legten die ausgemergelten Sklaven sich sofort ins Zeug, und Falkenmond und d'Averc krümmten mit ihnen die Rücken, um das Schiff gegen die Strömung zu wenden.

Über sich hörten sie eilige Schritte, als die Männer sich zum Kampf vorbereiteten, und Ganaks Stimme brüllte vom Vorderdeck aus Befehle.

Falkenmond meinte, die Anstrengung würde ihn umbringen, er war zwar gut durchtrainiert, aber diese Arbeit verlangte Teilen seines Körpers Anstrengungen ab, die sie nicht gewohnt waren. Sein Herz drohte die Brust zu sprengen, und die Muskeln waren ein einziger Schmerz. Er vermochte kaum noch zu schnaufen.

»Oh, Falkenmond . . .«, keuchte d'Averc. »Das – ist – nicht – der mir – zugedachte – Platz – in der – Welt . . .«

Aber Falkenmond war nicht in der Lage, ihm zu antworten.

Ein lautes Knarren ertönte, als das Schiff gegen ein anderes prallte, und Ganak brüllte: »Backbordruderer, anhalten!«

Falkenmond und die anderen gehorchten nur zu gern. Sie ließen die Oberkörper über die Ruder fallen, während über ihnen der Kampf tobte. Sie hörten das Klirren von Schwertern und Todesschreie, aber Falkenmond vernahm es wie durch dichten Nebel hindurch. Er würde nicht mehr lange leben, wenn er hier weiter rudern mußte, das wußte er.

Plötzlich hörte er einen Schrei direkt über sich, und ein großes Gewicht prallte auf ihn. Ein verwundeter Seemann war von Deck gestürzt, er zuckte und rollte über Falkenmonds Kopf nach vorne auf das Ruder. Aus seiner Brust ragte ein kurzer Säbel. Der Dolch, mit dem er gekämpft hatte, entglitt seiner Hand, er bäumte sich ein letztes Mal auf und starb. Einen Augenblick lang starrte Falkenmond die Leiche dumpf an, dann arbeitete sein Gehirn wieder. Er tastete mit den Füßen nach dem Dolch, bis er ihn genau unter seiner Bank hatte. Dann ließ er sich wieder völlig ermattet über die Ruder fallen.

Allmählich erstarb der Kampflärm, und Falkenmond kam durch den Geruch brennenden Holzes wieder zu sich. Erschrocken fuhr er auf und blickte um sich.

»Das andere Schiff brennt, nicht unseres«, erklärte ihm d'Averc. »Wir befinden uns an Bord eines Piraten, Freund Dorian. Und ich, mit meiner schwachen Gesundheit . . .«

Mit ein wenig Neid dachte Falkenmond, daß d'Averc jedenfalls sichtlich in besserer Kondition war als er.

Er atmete tief durch und straffte die Schultern, so gut er konnte.

»Ich habe ein Messer . . .«, flüsterte er. Aber d'Averc nickte hastig.

»Ich weiß, ich hab' dich gesehen. Schnell geschaltet, Dorian. Kurz zuvor hatte ich schon befürchtet, du würdest keine Stunde mehr durchhalten.«

Falkenmond sagte: »Ruhen wir uns heute nacht aus. Kurz vor Sonnenaufgang werden wir uns befreien.«

»In Ordnung«, stimmte d'Averc zu. »Wir werden soviel Kraft sammeln wie nur möglich. Nur Mut, Falkenmond – bald sind wir wieder freie Männer!«

Den Rest des Tages ruderten sie ohne große Anstrengung flußabwärts, mit nur einer kurzen Pause für ihren Mittagsbrei. Ganak tupfte Falkenmond einmal kurz mit seinem Bootshaken auf die Schulter. »Noch ein Tag, mein Freund«, erklärte er ihm, »dann bist du dort, wo du hinwolltest. Wir legen morgen in Starvel an.«

»Was ist Starvel?« krächzte Falkenmond.

Ganak blickte ihn verblüfft an. »Du mußt von sehr weit her sein, wenn du noch nicht von Starvel gehört hast. Es ist ein Teil Narleens, der schönste Teil. Die Stadt hinter den Mauern, wo die mächtigen Flußlords leben – von denen Valjon der größte ist.«

»Sind sie alle Piraten?« fragte d'Averc.

»Hüte deine Zunge, Fremder«, warnte Ganak. »Alles auf dem Strom ist von Rechts wegen unser. Der Fluß gehört Lord Valjon und den anderen Lords.«

Er richtete sich auf und ging weiter. Sie ruderten weiter, bis die Nacht hereinbrach und Ganak ihnen befahl, die Ruder niederzulegen. Falkenmond war die Arbeit nun leichtergefallen, da sein Körper sich wohl bereits ein wenig darauf eingestellt hatte, aber er war noch immer müde.

»Wir müssen abwechselnd schlafen«, flüsterte er d'Averc zu. »Zuerst du, dann ich.«

D'Averc nickte und schlief fast augenblicklich ein.

Die Nacht war kalt, und es fiel Falkenmond schwer, nicht auch selbst einzuschlafen. Er hörte, wie die erste Wache geläutet wurde und dann die zweite. Erleichtert weckte er d'Averc.

D'Averc brummte, und schon war Falkenmond eingeschlafen. Vor Sonnenaufgang würden sie frei sein, erinnerte er sich noch kurz an d'Avercs Worte. Aber dann stand ihnen noch der schwere Teil bevor, das Schiff unauffällig zu verlassen.

Er erwachte und fühlte sich seltsam leicht. Mit wachsend guter Laune stellte er fest, daß seine Hände frei waren von den Rudern. D'Averc mußte die ganze Nacht gearbeitet haben. Das erste schwache Grau des nahenden Morgens zeichnete sich bereits am Horizont ab.

Er wandte sich seinem Freund zu, der grinste und zwinkerte ihm zu. »Bist du bereit?« flüsterte d'Averc.

»Bereit«, erwiderte Falkenmond. Mit ein wenig Neid blickte er auf den langen Dolch, den der Freund in der Hand hielt. »Wenn ich eine Waffe hätte«, murmelte er, »würde ich Ganak ein paar seiner Liebenswürdigkeiten zurückzahlen.«

»Dafür haben wir jetzt keine Zeit«, erklärte d'Averc. »Wir müssen so leise und schnell wie nur möglich sein.«

Vorsichtig erhoben sie sich von der Ruderbank und spähten über den Aufgang. Am vordersten Ende stand ein Pirat Wache, und am

Heck hob sich Lord Valjons Silhouette vom offenen Achterkastell ab.

Die Wache wandte ihnen den Rücken zu, und Lord Valjon schien nicht in ihre Richtung zu blicken. Die beiden schwangen sich auf den Laufgang und schlichen vorsichtig in Richtung Bug.

Erschrocken zuckten sie zusammen, als Valjon mit grabestiefer Stimme rief: »Was ist das? Zwei Sklaven, die zu fliehen versuchen?«

Falkenmond schauderte. Der Mann verfügte über einen unheimlichen Instinkt, denn er konnte sie nicht gesehen, höchstens flüchtig gehört haben. Seine Stimme war zwar tief und ruhig, aber sehr kräftig, so daß jeder auf dem Schiff sie hören mußte. Der Wächter wirbelte herum und stieß einen Ruf aus. Über ihm wandte sich Lord Valjon nun um, und sein todbleiches Gesicht starrte sie an.

Piraten eilten an Deck und versperrten ihnen den Weg zum Bug. Falkenmond und d'Averc warfen sich herum und rannten in Richtung Heck, wo Valjon auf dem Achterkastell stand. Die Wache holte mit dem Säbel aus, aber Falkenmond wagte in seiner Verzweiflung, ihn anzuspringen. Er packte ihn in der Mitte, ehe der Säbel fiel, hob ihn hoch und schmetterte ihn auf das Deck. Schnell griff er nach der unhandlichen Waffe und schlug ihm damit den Kopf ab. Dann drehte er sich um und starrte in Lord Valjons Augen.

Valjon auf dem Achterkastell schien unberührt von der Nähe der Gefahr. »Du bist ein Narr«, sagte er schleppend. »Denn ich bin Lord Valjon.«

»Und ich bin Dorian Falkenmond, Herzog von Köln! Ich habe gegen die finsteren Lords Granbretaniens gekämpft und sie besiegt, ich habe gegen ihre mächtigste Magie bestanden, was das Juwel in meiner Stirn beweist. Ich fürchte einen Piraten wie Euch nicht, Lord Valjon!«

»Dann fürchte jene«, murmelte Valjon und deutete mit einem knochigen Finger an Falkenmond vorbei.

Falkenmond wirbelte herum und sah eine größere Anzahl von Piraten auf ihn und d'Averc zukommen. Und der Freund war nur mit einem Dolch bewaffnet. Er warf ihm den Säbel zu. »Halte sie auf, Huillam«, rief er. »Ich nehme mir den Anführer vor!«

Er sprang auf das Achterkastell, während Lord Valjon mit leichtem Erstaunen einen Schritt zurücktrat.

Falkenmond kam mit ausgestreckten Armen auf ihn zu. Valjon zog eine schmale Klinge unter seinem losen Umhang hervor und richtete sie auf Falkenmond. Er machte jedoch keine Anstalten, anzugreifen, sondern trat einen weiteren Schritt zurück. »Sklave«, murmelte er. Seine grimmigen Züge drückten Überraschung aus. »Sklave!«

»Ich bin kein Sklave, wir Ihr gleich feststellen werdet.« Falkenmond duckte sich unter der Klinge vorbei. Er versuchte, den merkwürdigen Piratenkapitän zu packen. Valjon trat schnell zur Seite, das lange Schwert immer noch vor sich ausgestreckt.

Offensichtlich hatte er noch nie einen Angriff wie den Falkenmonds erlebt, denn er wußte kaum, was er tun sollte. Er war aus irgendwelchen düsteren Überlegungen herausgerissen worden und starrte nun seinen Gegner an, als sei er nicht von dessen Realität überzeugt.

Erneut sprang Falkenmond an dem ausgestreckten Schwert vorbei. Wieder trat Valjon zur Seite.

Unten auf dem schmalen Laufgang, mit dem Rücken zum Achterdeck, hielt sich d'Averc mit großer Mühe die angreifenden Piraten vom Leibe. Er rief hoch zu Falkenmond:

»Beeil dich, Freund Dorian, oder ich habe ein Dutzend Enterhaken im Leib.«

Falkenmond holte mit der Faust aus und spürte, wie sie auf kaltem, trockenem Fleisch aufschlug. Er sah Valjons Kopf zurückschnappen und das Schwert aus seiner Hand fallen. Schnell bückte er sich danach und bewunderte seine Leichtigkeit. Dann zerrte er den bewußtlosen Valjon auf die Beine und drückte die Schwertspitze gegen seine Brust.

»Zurück, ihr Lumpen!« brüllte er. »Zurück, oder euer Herr stirbt!«

Verwirrt ließen die Piraten von d'Averc ab. Drei aus ihrer Mitte blieben tot zu seinen Füßen liegen. Ganak kam gerade das Deck herauf, er trug nur Beinkleider und hielt einen Kurzsäbel in der Hand. Seine Augen weiteten sich, als er Falkenmond sah.

»Nun, Huillam«, rief Falkenmond, »willst du mir nicht vielleicht hier oben Gesellschaft leisten?«

D'Averc ging an der Achterhütte vorbei und stieg die Leiter zum Oberdeck hoch. Er grinste. »Gute Arbeit, Freund Dorian.«

»Wir warten, bis es hell wird«, rief Falkenmond zu den Piraten hinunter. »Dann werdet ihr das Schiff an Land steuern. Wenn das getan ist und wir frei sind, lassen wir eurem Herrn vielleicht das Leben.«

Ganak knurrte: »Du bist ein Narr, Lord Valjon so zu behandeln. Er ist der mächtigste Flußlord in Starvel.«

»Ich kenne euer Starvel nicht, Freund, aber ich habe den Gefahren Granbretaniens getrotzt, ich habe mich ins Herz des Dunklen Imperiums gewagt, und ich bezweifle, daß mir durch euch schlimmere Gefahren drohen können als durch die Lords des Dunklen Imperiums. Furcht ist ein Gefühl, das ich nur selten empfinde, Ganak. Aber merke dir das eine – ich werde mich an dir rächen. Deine Tage sind gezählt.«

Ganak lachte. »Dein Glück ist dir in den Kopf gestiegen, Sklave. Rache nehmen wird einzig und allein Lord Valjon.«

Das Licht der Dämmerung begann allmählich den Horizont zu erhellen. Falkenmond achtete nicht mehr auf Ganak.

Es schien eine Ewigkeit zu dauern, bis die Sonne schließlich aufging und ihre Strahlen auf die Bäume am Ufer fielen. Sie ankerten nahe der linken Flußseite, etwa eine Meile entfernt von einer kleinen Bucht.

»Gib den Befehl zum Rudern, Ganak!« rief Falkenmond. »Halte aufs linke Ufer zu.«

Ganak knurrte, machte aber keine Anstalten, dem Befehl nachzukommen.

Falkenmonds Arm legte sich um Valjons Kehle. Der Mann kam langsam wieder zu sich. Falkenmond hatte die Schwertspitze gegen seinen Leib gedrückt. »Ganak! Valjon wird langsam sterben!«

Aus der Kehle des Piratenlords kam unvermittelt ein leises, ironisches Kichern. »Langsam sterben . . .«, sagte er.

Falkenmond starrte ihn verwirrt an. »Ja, ich weiß, wo ich Euch treffen muß, um Euch langsam sterben zu lassen, und sehr schmerzhaft.«

Valjon sagte nichts mehr, er stand völlig ruhig mit Falkenmonds Arm noch immer um seinen Hals.

»Jetzt, Ganak!« rief d'Averc. »Gib den Befehl!«

Ganak holte tief Luft. »Ruderer!« brüllte er und begann, Befehle zu geben. Die Ruder krängten, die Rücken der Ruderer krümmten sich und das Schiff bewegte sich langsam auf das linke Ufer des breiten Sayouflusses zu.

Falkenmond ließ Ganak nicht aus den Augen, er fürchtete, der Mann könne sie überlisten. Aber Ganak rührte sich nicht, er starrte nur finster vor sich hin.

Falkenmond begann sich ein wenig zu entspannen, als das Ufer immer näher rückte. Sie waren nun fast frei. An Land konnten sie den Piraten leicht entkommen, da die vermutlich ohnehin zögern würden, das Schiff zu verlassen.

Plötzlich schrie d'Averc auf und deutete in die Höhe. Orindo schwang sich mit einer Holzkeule in der Hand an einem Tau zu ihnen herab. Ein wildes Grinsen verzerrte sein Kindergesicht.

Falkenmond ließ den inzwischen wieder zu sich gekommenen Piratenkapitän los und hob die Arme, um seinen Kopf zu schützen. Er brachte es nicht fertig, die Klinge gegen den Halbwüchsigen zu benutzen. Die Keule traf seinen Arm, und er taumelte zurück. D'Averc sprang vor. Er packte Orindo um die Mitte und preßte dessen Arme an den Leib.

Valjon sprang mit unvermuteter Flinkheit auf das Deck hinunter und stieß einen wilden Fluch aus.

D'Averc gab Orindo einen Stoß, daß er seinem Herrn folgte.

»Zum zweiten Mal auf den gleichen Trick hereingefallen, Dorian«, knurrte er. »Dafür verdienten wir den Tod!«

Triumphierende Piraten, von Ganak geführt, kamen nun den Niedergang hoch. Falkenmond schlug auf Ganak ein, aber der Bärtige parierte den Hieb und holte nach Falkenmonds Beinen aus. Falkenmond mußte zurückspringen und gab Ganak so die Gelegenheit, zum Achterkastell emporzueilen.

»Sklave!« knurrte Ganak. »Nun werden wir sehen, wie du gegen einen Mann kämpfst!«

»Mann?« höhnte Falkenmond. »Ich sehe nur ein stinkendes Scheusal.« Er lachte, als Ganak auf ihn einstieß und parierte mit der herrlichen Klinge, die er Valjon abgenommen hatte.

Ganak war ein vorzüglicher Fechter, aber mit seinem kurzen Säbel war er im Nachteil.

Falkenmond stieß ihm die lange Klinge in die Schulter, zuckte jedoch zurück, als der Säbel ihm das Schwert fast aus der Hand schlug. Aber er faßte sich schnell und stieß die Klinge nun in Ganaks linken Arm.

Der Bärtige brüllte auf wie ein verwundetes Tier und drang blindlings auf Falkenmond ein.

Falkenmond stieß erneut zu. Diesmal traf er Ganaks rechten Arm. Blut strömte nun über die beiden dunklen Arme, und Falkenmond war unverwundet. Panikartig verstärkte Ganak nun seinen Angriff.

Der nächste Stich des Herzogs drang durch Ganaks Brustkorb in dessen Herz, der Bärtige brach tot zusammen.

Inzwischen hatten die anderen Seeleute d'Averc jedoch zurückgedrängt; er hackte nach allen Seiten wild mit dem Säbel. Falkenmond sprang über die Leiche Ganaks, schlitzte einem die Kehle auf und stach einem weiteren in die Rippen, ehe sie überhaupt merkten, daß sie es jetzt mit zwei Gegnern zu tun hatten.

Rücken an Rücken kämpften Falkenmond und d'Averc nun, aber immer mehr der Piraten kamen den Niedergang herauf. Jeden Augenblick mußten sie der Übermacht erliegen.

Auf dem Achterdeck lagen bald haufenweise Leichen, und Falkenmond und d'Averc bluteten aus einem Dutzend Schnittwunden, aber sie kämpften weiter. Falkenmonds Blick fiel kurz auf das Gesicht Lord Valjons, der neben dem Hauptmast stand und ihn aus seinen tiefliegenden Augen anstarrte, als wolle er sich Falkenmonds Gesicht gut einprägen, um es, wenn nötig, ein Leben lang nicht mehr zu vergessen.

Falkenmond schauderte, dann wandte er wieder seine volle Aufmerksamkeit den Seeleuten zu. Die flache Seite einer Klinge traf ihn am Kopf, er stolperte gegen d'Averc und brachte ihn aus dem Gleichgewicht. Gemeinsam fielen sie auf das Deck und bemühten sich, ohne mit dem Kämpfen aufzuhören, sich wieder zu erheben. Falkenmond stach einem Piraten das Schwert in den Bauch und hieb einem zweiten, der sich niedergebeut hatte, die Faust ins Gesicht, dann stützte er sich auf seine Knie.

Doch plötzlich wandten die Piraten sich von ihnen ab und starrten über den Bug. Falkenmond und d'Averc sprangen auf die Füße.

Ein Schoner mit weißen, vom Wind geblähten Segeln näherte sich ihnen. An Deck des schwarz- und blaugestrichenen Schiffes drängten sich bewaffnete Männer dicht an dicht.

»Ein Rivale, offenbar«, murmelte d'Averc und nutzte die Gelegenheit, den nächsten Matrosen niederzumetzeln und zur Achterreling zu laufen. Falkenmond folgte seinem Beispiel. Mit dem Rücken gegen die Reling kämpften sie gegen die paar Piraten weiter, die noch nicht zu Lord Valjon am Großmast geeilt waren, um seine Befehle zu erwarten.

Eine Stimme schallte über das Wasser, aber das gegnerische Schiff war noch zu weit entfernt, als daß man die Worte hätte verstehen kennen.

Was Falkenmond in dem Durcheinander jedoch hörte, war Lord Valjons tiefe müde Stimme, die haßerfüllt ein Wort ausstieß: »Bewchard!«

Aber schon griffen die Piraten sie wieder an, und Falkenmond fühlte, wie ihn eine Klinge im Gesicht streifte. Mit vor Wut funkelnden Augen fuhr Falkenmond herum und stieß dem Angreifer die Schwertspitze ins Herz. Der Mann stieß einen langen, gräßlichen Schrei aus, ehe er starb.

Falkenmond fühlte kein Bedauern, er riß sein Schwert aus der Leiche und stieß es einem anderen in die Kehle.

Während sie kämpften, näherte sich der schwarze und mitternachtsblaue Schoner.

Einen Augenblick fragte sich Falkenmond, ob die Neuankömmlinge Freunde oder Feinde waren. Dann aber blieb ihm keine Zeit mehr für Überlegungen; denn die rachedurstigen Piraten kämpften immer wilder, ihre Entermesser gierten nach dem Blut der beiden Freunde.

5. Pahl Bewchard

Als das schwarze und blaue Schiff Seite an Seite mit dem ihren war, hörte Falkenmond Valjons Stimme.

»Laßt ab von den Sklaven! Macht euch bereit, Bewchards Hunde abzuwehren!«

Die restlichen Piraten zogen sich vorsichtig von Falkenmond und d'Averc zurück. Falkenmond stieß mit der Klinge nach einem, er war aber ebenso wie d'Averc zu erschöpft, die Seeleute zu verfolgen.

Sie blieben keuchend an der Reling lehnen und sahen zu, wie vom gegnerischen Schiff Matrosen in Wämsern und engen Beinkleidern, in der gleichen Farbe wie ihr Schoner, sich an Tauen auf das Deck des *Flußfalken* schwangen. Sie waren mit schweren Streitäxten und Säbeln bewaffnet und kämpften mit einer Finesse, gegen die die Piraten nicht ankamen.

Falkenmond hielt nach Valjon Ausschau, aber der hatte sich vermutlich inzwischen unter Deck zurückgezogen.

Er drehte sich nach d'Averc um. »Wir haben unseren Teil am Blutvergießen beigetragen. Was hältst du von einer etwas weniger tödlichen Beschäftigung? Wir könnten die armen Teufel auf den Ruderbänken befreien.« Er sprang hinunter auf den Backbordaufgang und von dort auf den Laufgang, dann beugte er sich über die Rudersklaven und durchtrennte die Seile, mit denen sie an die Ruder gefesselt waren.

Die Ruderer blickten verwundert hoch, die meisten verstanden gar nicht, was Falkenmond und d'Averc für sie taten.

»Ihr seid frei«, erklärte Falkenmond ihnen.

»Frei«, wiederholte d'Averc. »Hört auf mich und verlaßt lieber das Schiff, solange ihr könnt, denn man kann nicht abschätzen, wie der Kampf ausgehen wird.«

Die Sklaven standen auf, streckten ihre schmerzenden Glieder und kletterten dann einer nach dem anderen hoch zur Reling und ließen sich ins Wasser gleiten.

D'Averc blickte ihnen grinsend nach.

»Schade, daß wir nicht auch den anderen auf der Steuerbordseite helfen können.«

»Warum nicht?« fragte Falkenmond und deutete auf eine Luke im Laufgang. »Das führt sicher unter Deck.«

Er trat gegen das Schloß, es gab bald nach. Sie stiegen durch die Luke in den finsteren Raum darunter, unmittelbar über sich hörten sie den Kampflärm.

D'Averc hielt kurz inne und schlitzte mit seinem schartigen Säbel ein Bündel auf, das hier lag. Juwelen quollen daraus hervor. »Ihre Beute«, murmelte er.

»Dafür haben wir jetzt keine Zeit«, brummte Falkenmond, aber d'Averc grinste. »Ich hatte nicht vor, es zu behalten. Aber ich würde auch nicht gerne sehen, daß Valjon sich damit aus dem Staub macht, falls er mit dem Leben davonkommt. Schau . . .« Er deutete auf einen dicken Eisenpfropfen im Schiffsboden.

»Vielleicht könnten wir hier Wasser ins Schiff lassen.«

Falkenmond nickte. »Gut. Kümmere dich darum. Ich lasse inzwischen die anderen Sklaven frei.«

Er ließ d'Averc zurück und machte sich an der Luke am anderen Ende zu schaffen.

Die Tür sprang unter dem Gewicht zweier Kämpfender auf, die nun nach innen taumelten. Einer trug die Uniform des schwarzen und blauen Schoners, der andere war einer der Piraten des *Flußfalken*. Mit einem flinken Schwerthieb schaltete Falkenmond den Piraten aus. Der Uniformierte blickte ihn überrascht an. »Ihr seid einer der Männer, die wir auf dem Achterdeck kämpfen sahen!«

Falkenmond nickte. »Woher kommt Ihr?«

»Von Bewchards Schiff«, erwiderte der andere und wischte sich den Schweiß von der Stirn.

»Und wer ist Bewchard?«

Der Uniformierte lachte. »Valjons Todfeind, wenn es das ist, was Ihr wissen wollt. Er sah Euch ebenfalls kämpfen und war von Eurem Können beeindruckt.«

»Nun, ich gab auch mein Bestes heute«, erwiderte Falkenmond. »Schließlich focht ich um mein Leben.«

»Das macht viele zu guten Kämpfern«, stimmte der Mann zu. »Ich bin Culard – und Euer Freund, wenn Ihr Valjons Feind seid.«

»Dann warnt Eure Kameraden. Wir versenken das Schiff.« Er deutete in die Finsternis des Laderaums, wo d'Averc sich bemühte, den Pfropfen freizubekommen.

Culard nickte und tauchte wieder zu den Ruderbänken zurück. »Wir sehen uns wieder, Freund, wenn alles vorbei ist« rief er zurück. »Falls wir am Leben bleiben!«

Falkenmond folgte ihm und begann die Fesseln der Sklaven zu lösen.

Über ihm schienen Bewchards Männer Valjons Piraten zurückzuschlagen. Er spürte, wie das Schiff plötzlich zuckte, und sah d'Averc aus der Tür eilen.

»Wir wollen zusehen, daß wir an Land kommen.« Er lächelte

und deutete auf die Sklaven, die über die Reling verschwanden. »Folgen wir ihrem Beispiel.«

Falkenmond nickte. »Ich habe Bewchards Leute gewarnt und glaube, wir haben es Valjon jetzt heimgezahlt.« Er klemmte sich das Schwert unter den Arm. »Ich werde versuchen, es nicht zu verlieren, es ist die beste Klinge, die ich je besaß. Mit ihr wäre so mancher ein ausgezeichneter Schwertkämpfer.«

Er kletterte an Deck und sah, daß Bewchards Männer die Piraten auf die andere Schiffseite gedrängt hatten und sich nun selbst zurückzogen.

Culard hatte sie offensichtlich gewarnt.

Wasser flutete bereits über die Ruderbänke. Das Schiff würde bald sinken. Falkenmond blickte über die Reling. Zwischen den beiden Schiffen war kaum genügend Platz zum Schwimmen. Am besten war es, sich auf Bewchards Schoner zu retten.

Er gab d'Averc Bescheid, und beide kletterten auf die Reling und sprangen an Deck des Angreifers.

Keine Menschenseele fand sich hier. Nicht einmal Ruderer. Offenbar waren Bewchards Ruderer freie Männer, die am Kampf teilnahmen, und keine Sklaven wie die auf Valjons Schiff.

»Hallo, Freunde!« vernahm er plötzlich eine Stimme, die vom *Flußfalken* herüberschallte. »Ihr mit dem schwarzen Juwel in der Stirn. Wollt Ihr vielleicht auch mein Schiff versenken?«

Falkenmond drehte sich um und sah einen gutaussehenden jungen Mann, in schwarzes Leder gekleidet, mit einem blutbefleckten blauen Umhang, der über die Schultern zurückgeworfen war, und einem Schwert in der Hand.

»Es dient uns nur als Brücke, wir sind schon wieder auf dem Weg«, versicherte ihm Falkenmond. »Euer Schiff hat von uns nichts zu befürchten.«

»Bleibt einen Augenblick!« Der Schwarzgekleidete stieg auf die Reling des *Flußfalken*. »Ich möchte euch danken, daß ihr uns die halbe Arbeit abgenommen habt!«

Widerstrebend wartete Falkenmond, bis der junge Mann zu ihnen herübergesprungen war und auf sie zukam.

»Ich bin Pahl Bewchard, und dies ist mein Schiff. Ich wartete lange darauf, den *Flußfalken* zu erwischen – und es wäre mir vielleicht auch diesmal nicht gelungen, wenn ihr nicht gegen die

Mannschaft gekämpft und uns so Zeit gegeben hättet, uns unbemerkt zu nähern.«

»Schon gut«, brummte Falkenmond. »Aber ich will nicht länger etwas mit Piraten zu tun haben . . .«

»Ihr verkennt mich, Sir«, erklärte Bewchard. »Ich habe mir vorgenommen, den Fluß von den Piratenlords zu säubern. Ich bin ihr geschworener Feind.«

Bewchards Männer kamen auf ihr eigenes Schiff zurück und lösten die Entertaue. Der *Flußfalke* drehte sich in der Strömung. Sein Heck lag bereits unter Wasser. Einige der Piraten sprangen über Bord, aber von Valjon war nichts zu sehen.

»Wo ist ihr Anführer geblieben?« murmelte d'Averc, der das Schiff beobachtete.

»Er ist wie eine Ratte. Zweifellos hat er sich längst unbemerkt in Sicherheit gebracht, als er feststellte, daß der Kampf für ihn verloren war. Ihr habt mir sehr geholfen, meine Herren, denn Valjon ist der schlimmste der Piratenlords. Ich bin euch dankbar.«

Und d'Averc, der immer großen Wert auf Höflichkeit legte, erwiderte: »Und wir sind Euch dankbar, Kapitän Bewchard, daß Ihr im rechten Augenblick gekommen seid, als wir schon keine Hoffnung mehr hatten. Damit sind wir quitt.« Er lächelte freundlich.

Kapitän Bewchard nickte. »Ich danke Euch. Bitte, gestattet mir eine etwas direkte Feststellung. Ihr seid beide verwundet, und eure Kleidung – nun, sie ist wohl nicht gerade in einem Zustand, in dem Herren wie ihr sich normalerweise sehen lassen . . . Ich meine . . . nun, kurz gesagt, es wäre mir eine große Ehre, wenn ihr meine Gastfreundschaft hier an Bord meines Schiffes, und nachdem wir angelegt haben, in meinem Haus annehmen würdet.«

Falkenmond blickte ihn nachdenklich an. Der junge Kapitän gefiel ihm. »Und wo gedenkt Ihr anzulegen, Sir?«

»In Narleen, wo ich zu Hause bin«, erwiderte Bewchard.

»Ich danke Euch, Kapitän Bewchard«, sagte Falkenmond. »Wir wissen Euer großzügiges Angebot durchaus zu schätzen. Wir waren ohnehin auf dem Weg nach Narleen. Vielleicht könntet Ihr uns auf dem Weg dorthin einige Informationen geben, die uns nützen.«

»Mit Vergnügen.« Bewchard deutete auf eine Tür unterhalb des Achterdecks. »Dort geht es zu meiner Kabine, meine Herren.«

6. Narleen

Durch die Bullaugen von Kapitän Bewchards Kabine sahen sie den Schaum aufspritzen, als der Schoner mit geblähten Segeln flußabwärts durch das Wasser schoß.

»Wenn wir unterwegs auf mehr als ein Piratenschiff stoßen«, erklärte Bewchard ihnen, »hätten wir kaum eine Chance. Deshalb die hohe Geschwindigkeit.«

Der Koch stellte die letzten Speisen auf den Tisch. Es gab verschiedene Arten Fisch, Fleisch und Gemüse, Früchte und Wein. Falkenmond wußte, er konnte den Verlockungen nicht widerstehen, aber er wußte auch, daß sein in letzter Zeit so stiefmütterlich behandelter Magen ein so opulentes Mahl kaum vertragen würde, deshalb nahm er sich von jedem Gericht nur eine Kostprobe.

»Das ist ein Festmahl«, erklärte Bewchard vergnügt. »Monatelang war ich hinter Valjon her.«

»Wer ist dieser Valjon eigentlich«, fragte Falkenmond zwischen zwei Bissen. »Er schien mir ein ganz merkwürdiger Mensch zu sein.«

»Ganz anders, als ich mir je einen Piraten vorstellte«, warf d'Averc ein.

»Er ist Pirat aus Tradition«, sagte Bewchard ernst. »Seine Vorfahren waren alle Piraten und machten seit Jahrhunderten schon den Fluß unsicher. Eine lange Zeit zahlten wir Kaufleute den Lords von Starvel hohe Steuern, damit sie unsere Schiffe verschonten, aber vor ein paar Jahren begannen wir uns zu weigern. Das ließ Valjon sich nicht gefallen und überfiel unsere Schiffe. Daraufhin beschlossen wir, Kampfschiffe ähnlich jenen der Piraten zu bauen und sie in ihrem eigenen Element anzugreifen. Ich bin eigentlich auch Kaufmann, werde jedoch so lange meiner kriegerischen Betätigung nachgehen, bis Narleen von Valjon und seinesgleichen befreit ist.«

»Und habt Ihr Erfolg?« erkundigte sich Falkenmond.

»Das ist schwer zu sagen. Valjon und die anderen Piratenlords sind hinter ihren Mauern unangreifbar – Starvel ist eine befestigte Stadt innerhalb Narleens. Bisher gelang es uns lediglich, ihre Piraterie ein wenig einzuschränken. Es gab noch keine wirklich entscheidenden Kraftproben.«

»Ihr sagtet, Valjon sei ein Pirat aus Tradition . . .«, meinte d'Averc.

»Stimmt. Seine Vorfahren kamen vor vielen hundert Jahren nach Narleen. Sie waren mächtig und wir verhältnismäßig schwach. Legenden berichten, daß Valjons Urahn, Batach Gerandiun, seine Ziele auch mit Zauberkräften verfolgte. Sie bauten die Mauer um Starvel, den Stadtteil, den sie sich aneigneten, und dort leben sie seither.«

»Und wie reagiert Valjon, wenn Ihr sein Schiff angreift, wie heute beispielsweise?« fragte Falkenmond und nahm einen tiefen Schluck Wein.

»Er versucht mit allen Mitteln, es uns heimzuzahlen, aber ihre Kühnheit schwindet allmählich. Trotzdem gibt es noch viel für uns zu tun. Ich wollte, ich könnte Valjon töten. Das wäre der entscheidende Schlag gegen sämtliche Piraten. Aber er entkam mir bisher noch jedesmal. Er hat einen Instinkt für die Gefahr – er weicht ihr immer aus, ehe sie ihn persönlich bedroht.«

»Ich wünsche Euch, daß Ihr ihn zu fassen kriegt. Doch was anderes, Kapitän Bewchard. Wißt Ihr etwas über eine Klinge, die ›Schwert der Morgenröte‹ genannt wird? Man sagte uns, wir würden sie hier in Narleen finden.«

Bewchard blickte ihn überrascht an. »Ich habe davon gehört. Sie hängt mit der Legende zusammen, von der ich sprach – mit Valjons Vorfahren Batach Gerandiun. Batachs Zauberkräfte stecken angeblich in dieser Klinge. Übrigens haben die Piraten aus Batach einen Gott gemacht und verehren ihn in einem Tempel, den sie nach ihm nennen – den Batach-Gerandiun-Tempel. Sie sind eine abergläubische Sippe, diese Piraten. Ihr Gebaren ist für einen praktisch denkenden Kaufmann wie mich oft unverständlich.«

»Und wo ist die Klinge jetzt?« fragte d'Averc.

»Sie ist das Schwert, das die Piraten in ihrem Tempel anbeten, denn sie glauben, daß ihre Macht davon abhängt. Wollt ihr Euch diese Klinge aneignen, meine Herren?«

»Ich habe nicht . . .«, begann Falkenmond, aber d'Averc unterbrach ihn.

»Das möchten wir, Kapitän. Wir haben einen Verwandten – einen weisen Gelehrten aus dem Norden –, der von dieser Klinge hörte und sie sich gerne näher ansehen möchte. Er schickte uns hierher, um zu sehen, ob man sie erwerben kann . . .«

Bewchard lachte. »Das kann man, meine Freunde, mit dem Blut von Tausenden von Kriegern. Die Piraten würden bis zum letzten kämpfen, um das Schwert der Morgenröte zu beschützen, denn es bedeutet ihnen mehr als alles andere.«

Falkenmonds Zuversicht schwand. Hatte der sterbende Mygan etwas Unmögliches von ihnen erwartet?

»Dann eben nicht.« D'Averc zuckte philosophisch die Schultern. »Dann müssen wir hoffen und darauf warten, daß Ihr Valjon und die anderen schlagt und ihr Eigentum zur Versteigerung anbietet.«

Bewchard lächelte. »Ich fürchte, diesen Tag erlebe ich nicht mehr. Es wird viele Jahre dauern, bis Valjon endgültig besiegt ist.« Er erhob sich. »Entschuldigt mich einen Augenblick. Ich muß an Deck nach dem Rechten sehen.« Er verließ die Kabine mit einer höflichen Verbeugung.

Falkenmond blickte d'Averc stirnrunzelnd an. »Was jetzt? Nun sind wir in diesem fremden Land gestrandet, ohne eine Möglichkeit, das zu bekommen, weswegen man uns hierher versetzte.« Er nahm Mygans Ringe aus seinem Beutel und betrachtete sie. Es waren nun elf, denn er und d'Averc hatten die ihren abgenommen und dazugetan. »Wir können von Glück reden, daß wir sie noch haben. Vielleicht sollten wir sie benutzen – auf gut Glück in die Dimensionen springen und hoffen, daß wir unseren Weg zurück zur Kamarg finden.«

D'Averc wehrte ab. »Möglicherweise tauchen wir in König Huons Hof auf, oder direkt vor dem hungrigen Rachen eines Ungeheuers. Nein, ich bin dafür, daß wir uns nach Narleen begeben und eine Zeitlang dort zubringen – uns umsehen, wie schwierig es wirklich ist, an dieses Piratenschwert heranzukommen.« Er holte etwas aus seinem Beutel. »Ich hätte fast vergessen, daß ich dieses kleine Ding hier noch besitze.« Er hielt es hoch. Es war die Ladung eines Gewehrs, die er in der Stadt Halapandur aufgehoben hatte.

»Und was willst du damit machen, d'Averc?« fragte Falkenmond.

»Wer weiß, vielleicht kommt es uns bald zustatten.«

»Ohne das Gewehr?«

»Ohne das Gewehr«, nickte d'Averc.

Als er die Ladung zurück in seine Tasche steckte, kam Bewchard zurück. Er lächelte.

»In weniger als einer Stunde werden wir in Narleen anlegen,

meine Freunde. Ich glaube, unsere Stadt wird euch gefallen.« Er grinste und fügte hinzu: »Zumindest der Teil, der nicht von den Piratenlords bewohnt wird.«

Falkenmond und d'Averc standen an Deck, als das Schiff mit viel Geschick in den Hafen manövriert wurde. Die Sonne strahlte von einem blauen Himmel herab und hüllte die Häuser der Stadt in ihren Schein. Die Gebäude waren zumeist ziemlich niedrig, selten war eines mehr als vier Stockwerke hoch, aber sie waren mit prunkvollen Ornamenten verziert, die uralt schienen. Alle Farben waren von Wind und Wetter gebleicht, aber noch klar zu erkennen. Viel Holz war verwendet worden – Säulen, Balkone und Fassaden bestanden aus verziertem Holz –, doch manche Häuser hatten auch bemalte Eisengitter und sogar schmiedeeiserne Türen.

Auf den Kais häuften sich Kisten und Ballen, die entweder ausgeladen oder auf die unzähligen Schiffe, die sich im Hafen drängten, verladen wurden. Männer arbeiteten an Ladekränen und beförderten die Ladung entweder durch Ladeluken oder auf die Kais. Sie schwitzten in der Hitze des Tages und arbeiteten mit bloßem Oberkörper.

Überall war etwas los, und es war laut hier. Bewchard schien es zu genießen, als er mit Falkenmond und d'Averc über das Fallreep von seinem Schoner hinunterstieg und sie durch die Menge führte, die sich angesammelt hatte.

Bewchard wurde von allen Seiten begrüßt.

»Wie ist es Euch ergangen, Kapitän?«

»Habt Ihr Valjon gefunden?«

»Habt Ihr viele Männer verloren?«

Schließlich blieb Bewchard lachend stehen. »Ich sehe schon, meine lieben Mitbürger«, rief er laut, »daß ich euch erst Bericht erstatten muß, ehe ihr mich durchlaßt. Nun, wir haben Valjons Schiff versenkt . . .«

Rufe des Staunens wurden laut, dann setzte erwartungsvolles Schweigen ein. Bewchard sprang auf einen Kistenstapel und hob die Arme.

»Wir versenkten Valjons *Flußfalken* – aber er wäre uns vermutlich ohne die Hilfe meiner beiden Begleiter hier entwischt.«

Die Menge starrte überrascht auf Falkenmond und d'Averc, als könnte sie nicht glauben, daß diese zerlumpten und halbverhungerten Gestalten mehr als Sklaven sein könnten.

»Diese beiden sind eure Helden, nicht ich«, fuhr Bewchard fort. »Nur auf sich gestellt, kämpften sie gegen die Piraten, töteten Ganak, Valjons rechte Hand, und ermöglichten uns erst den Angriff auf den *Flußfalken*. Und dann versenkten sie eigenhändig das Schiff.«

Die Menge begann zu jubeln. Hochrufe erklangen.

»Bürger Narleens, ihr sollt ihre Namen erfahren. Ehrt sie als Freunde unserer Stadt und zeigt ihnen unsere Verbundenheit. Sie sind Dorian Falkenmond vom Schwarzen Juwel und Huillam d'Averc. Es gibt keine tapfereren Männer und keine besseren Fechter.«

Falkenmond war ehrlich verlegen und deutete Bewchard mit gerunzelter Stirn an, aufzuhören.

»Und was ist mit Valjon?« rief einer aus der Menge. »Ist er tot?«

»Er ist uns entkommen«, erwiderte Bewchard bedauernd. »Er rannte wie eine feige Ratte. Aber wir werden ihn schon noch bekommen.«

»Oder er Euch!« Der Sprecher war ein prunkvoll gekleideter Mann, der sich aus der Menge schob. »Ihr habt als einziges erreicht, ihn zu verärgern. Jahrelang zahlte ich meine Flußsteuern an ihn und seine Männer, und sie ließen mich unbehelligt. Dann kamt Ihr und Euresgleichen mit der Parole: ›Keine Steuern mehr an die Piratenlords!‹ Seither kenne ich keine Ruhe und kann nicht mehr ohne Furcht schlafen. Es besteht kein Zweifel, daß Valjon sich rächen wird. Und vermutlich nicht nur an Euch! Und was wird dann aus uns – wir, die wir unseren Frieden wollen und keine Ruhmestaten? Ihr bringt uns alle in Gefahr!«

Bewchard lachte. »Wenn ich mich nicht sehr täusche, Veroneeg, wart gerade Ihr es, der sich als erster über die Piraten beschwerte und behauptete, er könne die hohen Steuern nicht mehr aufbringen, die sie forderten. Und Ihr wart es auch, der uns unterstützte, als wir unsere Liga zum Kampf gegen die Piraten gründeten. Gewiß, Veroneeg, es ist ein harter Kampf, aber wir werden ihn gewinnen!«

Wieder jubelte die Menge, aber nicht mehr so laut wie vorhin, und die ersten begannen sich bereits zurückzuziehen.

»Valjon wird Rache nehmen, Bewchard!« wiederholte Veroneeg. »Eure Tage sind gezählt. Es gehen Gerüchte um, daß die Piratenlords ihre Kräfte sammeln, daß sie bisher nur Katz und Maus mit uns gespielt haben. Sie könnten ganz Narleen in Schutt und Asche legen, wenn sie es wollten!«

»Und sich damit um ihre Einnahmequelle bringen? Das wäre sehr unüberlegt von ihnen!«

»Unüberlegt vielleicht – so unüberlegt wie Eure Angriffe auf ihn!« brüllte Veroneeg. »Aber wenn sie uns erst genügend hassen, vergessen sie vielleicht, daß sie von uns leben!«

Bewchard lächelte und schüttelte den Kopf. »Ihr solltet Euch zur Ruhe setzen, Veroneeg. Die Härten des Kaufmannberufs sind zuviel für Euch.«

Die Menge hatte sich nun schon fast gänzlich verlaufen, und auf den Gesichtern zeichnete sich jetzt Besorgnis ab.

Bewchard sprang von dem Kistenstapel herunter und legte die Arme um die Schultern seiner Begleiter. »Kommt, Freunde. Vergessen wir den bedauernswerten Veroneeg. Er ist ein alter Schwarzseher. Wir wollen schauen, ob wir in meinem Haus nicht passendere Kleidung für euch finden. Morgen sehen wir uns dann in Narleen um und statten euch neu aus.«

Er führte sie durch die engen Straßen, in denen ihnen Tausende von Gerüchen entgegenschlugen und die überfüllt waren mit Matrosen und Kriegern und Kaufleuten und Kaiarbeitern, alten Frauen, hübschen Mädchen, Krämern, die ihre Waren feilboten, und Reitern, die sich einen Weg durch die Scharen der Fußgänger bahnten. Er schritt neben ihnen über Kopfsteinpflaster einen Hang hinauf zu einem Platz, der an seiner häuserfreien Seite einen Blick auf das in der Sonne glitzernde Meer freigab.

Bewchard blieb einen Augenblick stehen und schaute hinaus auf das Meer.

»Treibt Ihr auch über diesen Ozean hinweg Handel?« wollte d'Averc wissen.

Bewchard löste die Spange seines schweren Umhangs und warf ihn sich über einen Arm, dann öffnete er den Hemdkragen und schüttelte lächelnd den Kopf. »Niemand weiß, was jenseits des Meeres liegt. Nein, wir treiben nur entlang der Küste Handel, etwa zwei- bis dreihundert Meilen in jede Richtung. Das Land hier hat viele reiche Städte, die nicht allzusehr unter den Auswirkungen des Tragischen Jahrtausends gelitten haben.«

»Ich verstehe. Und wie nennt Ihr diesen Kontinent? Ist er, wie wir vermuten, Asiakommunista?«

Bewchard runzelte die Stirn. »Diesen Namen habe ich noch nie gehört, aber ich bin auch kein Gelehrter. Doch andere Namen dafür kenne ich: Yarschai, Amarehk und Nishtay. Den Legenden nach soll es auch noch andere Kontinente auf dieser Welt geben, doch wo sie liegen . . .«

»Amarehk!« rief Falkenmond. »Ich hatte immer gedacht, es sei das Land übernatürlicher Wesen!«

»Und ich hatte geglaubt, der Runenstab sei in Asiakommunista zu finden!« D'Averc lachte. »Man soll den Legenden nicht allzuviel Glauben schenken, Freund Dorian. Vielleicht gibt es den Runenstab überhaupt nicht!«

Falkenmond nickte. »Vielleicht.«

Bewchard blickte sie verwirrt an. »Der Runenstab – Legenden –, wovon sprecht ihr, meine Herren?«

»Unser Verwandter, der Gelehrte, von dem wir Euch erzählten, sprach davon«, erklärte d'Averc hastig. »Einzelheiten würden Euch sicher nur langweilen.«

Bewchard zuckte die Schultern. »Ich langweile mich nicht gerne, meine Freunde«, sagte er und führte sie weiter.

Sie hatten das Hafenviertel verlassen, und hier auf dem Hügel waren die Straßen viel breiter und die Häuser prunkvoller und weniger dicht beisammen. Hohe Mauern umgaben Gärten, von denen Baumwipfel und Fontänen zu sehen waren.

Vor dem Tor in einer solchen Mauer blieb Bewchard stehen.

»Willkommen bei mir zu Hause, meine Freunde«, sagte er und klopfte an das Tor.

Ein winziges Gitterfenster öffnete sich, und gleich darauf wurde das Tor weit aufgerissen. Ein Diener verbeugte sich vor Bewchard. »Willkommen zu Hause, Herr. War die Reise erfolgreich? Eure Schwester erwartet Euch.«

»Sehr erfolgreich, Per. Jeleana ist also hier. Sie wird euch gefallen, meine Freunde!«

7. Das Feuer

Jeleana war ein junges, schönes Mädchen mit rabenschwarzem Haar und sehr lebhaft. D'Averc fühlte sich sofort von ihr angezogen. Beim Abendessen flirtete er mit ihr und war erfreut, als sie vergnügt das Spiel erwiderte.

Bewchard lächelte über die Scherze, die sie austauschten, aber Falkenmonds Herz war schwer; denn er wurde schmerzhaft an Yisselda, seine Frau, erinnert, die Tausende von Meilen über der See und vielleicht Hunderte von Jahren in der Zeit auf ihn wartete (denn er wußte nicht, ob die Kristallringe sie nur räumlich versetzt hatten).

Bewchard bemerkte seine Melancholie und versuchte, ihn mit Anekdoten und Scherzen von Begebenheiten, die er während leichterer Zusammenstöße mit den Piraten erlebt hatte, aufzuheitern.

Falkenmond bemühte sich auch, seinen Gastgeber nicht zu enttäuschen, aber seine Gedanken wanderten immer wieder zu dem Mädchen, das er liebte, der Tochter des Grafen Brass. Wie mochte es ihr wohl ergehen?

War es Taragorm gelungen, seine Zeitreisemaschine fertigzustellen? Hatte Meliadus einen anderen Weg gefunden, Burg Brass zu erreichen?

Je länger sich der Abend ausdehnte, desto weniger gelang es ihm, sich an den leichten Gesprächen zu beteiligen. Schließlich erhob er sich und verbeugte sich höflich. »Verzeiht mir, Kapitän Bewchard«, murmelte er. »Aber ich bin sehr müde. Die Tage als Sklave an den Rudern – der Kampf heute . . .«

Jeleana und d'Averc bemerkten es gar nicht, so sehr waren sie in ihre eigene Unterhaltung vertieft.

Bewchard erhob sich ebenfalls. »Ihr müßt mir verzeihen, Sir Falkenmond. Meine Gedankenlosigkeit . . .«

Falkenmond lächelte schwach. »Gedankenlosigkeit, Kapitän? Durchaus nicht. Eure Gastfreundschaft ist unübertrefflich. Aber . . .«

Bewchard griff nach der Klingel, doch ehe er sie erreichte, stürzte der Diener Per, der ihnen das Tor geöffnet hatte, in den Raum. »Kapitän Bewchard!« rief er aufgeregt. »Feuer im Hafen! Ein Schiff brennt!«

»Ein Schiff? Welches?«

»Euer Schiff, Kapitän – das, mit dem Ihr heute kamt.«

Bewchard rannte zur Tür, gefolgt von Falkenmond, d'Averc und Jeleana.

»Eine Droschke, Per!« befahl der Kapitän. »Rasch, Mann! Eine Droschke!«

Wenig später fuhr ein Vierspänner am Haus vor und Bewchard sprang hinein. Ungeduldig wartete er auf Falkenmond und d'Averc. Jeleana wollte ebenfalls einsteigen, aber er schüttelte den Kopf. »Nein, Jeleana. Wir wissen nicht, was auf den Kais los ist. Warte hier auf uns!«

Dann fuhr die Kutsche los, die Pferde jagten durch die kopfsteingepflasterten Straßen auf die Kais zu.

Die engen Straßen waren mit Fackeln beleuchtet, die in Haltern an den Hauswänden steckten, und die Kutsche warf einen schwarzen Schatten gegen die Fassaden, als sie vorbeijagte.

Schließlich erreichten sie den Hafen. Lodernde Flammen zerfraßen den Schoner, der dort am Kai lag. Große Geschäftigkeit herrschte hier. Kapitäne anderer Schiffe kamen an den Kai und trieben ihre Leute an, ihre Schiffe aus der Nähe des brennenden Schoners wegzubringen, aus Furcht, das Feuer könnte übergreifen.

Bewchard sprang aus der Kutsche; Falkenmond und d'Averc, folgten ihm dichtauf. Er drängte sich durch die Menschenmenge, die sich hier angesammelt hatte. Als er aber am Kai angekommen war, ließ er den Kopf hängen.

»Er ist nicht mehr zu retten«, flüsterte er verzweifelt. »Das kann nur Valjons Werk sein.«

Veroneeg, dessen schwitzendes Gesicht im Feuerschein rot glänzte, löste sich aus der Menge. »Jetzt seht Ihr selbst, Bewchard!« rief er. »Valjon rächt sich! Ich habe Euch gewarnt!«

Sie drehten sich um, als Hufschlag ertönte und ein Mann die Stimme erhob: »Bewchard, der behauptet den *Flußfalken* versenkt zu haben! Hier habt Ihr etwas!« Über die Köpfe der Gaffer hinweg warf er eine Rolle vor Bewchards Füße. »Eine Rechnung für fünfzig Männer und vierzig Sklaven, für ein Schiff mit voller Ausstattung, plus Schätze im Wert von fünfundzwanzigtausend Smaygars. Ihr seht, Valjon hat etwas von euch Kaufleuten gelernt!«

Bewchard funkelte den Boten an und stieß die Schriftrolle ins Wasser.

»Versucht Ihr, mir mit diesem melodramatischen Auftritt Angst einzujagen?« spottete er. »Sagt Eurem Valjon, daß ich nicht beabsichtige, diese Rechnung zu bezahlen – er und seine schurkischen Vorfahren schulden Narleen bedeutend mehr. Und diese Schulden werde ich eintreiben!«

Der Reiter öffnete den Mund, als wollte er etwas erwidern, doch dann schloß er ihn wieder und galoppierte davon.

»Jetzt wird er Euch töten!« rief Veroneeg, und es klang fast schadenfroh. »Ich hoffe nur, er weiß, daß wir nicht alle solche Narren sind wie Ihr!«

»Und ich hoffe, daß nicht alle so kleinmütig sind wie Ihr, Veroneeg«, erwiderte Bewchard verächtlich. »Valjons Drohung beweist, daß es mir gelungen ist, ihn zu beunruhigen!«

Er schritt zurück zur Droschke, ließ Falkenmond und d'Averc einsteigen, dann kletterte er selbst hinein und knallte die Tür zu. Mit dem Schwertgriff klopfte er auf das Dach als Signal für den Kutscher, loszufahren.

»Seid Ihr sicher, daß Valjon so schwach ist?« fragte Falkenmond vorsichtig.

Bewchard lächelte grimmig.

»Ich bin sicher, daß er viel stärker ist – stärker noch als Veroneeg glaubt. Meine persönliche Meinung ist, daß Valjon noch ein wenig verblüfft ist über unsere Kühnheit, sein Schiff anzugreifen, wie es heute geschah. Und daß er bisher seine ganzen Kräfte noch gar nicht eingesetzt hat. Aber es wäre nicht gut gewesen, Veroneeg das zu sagen.«

Falkenmond blickte Bewchard mit ehrlicher Bewunderung an. »Ihr habt Mut, Kapitän.«

»Vielleicht nur den der Verzweiflung, Freund Falkenmond.«

Falkenmond nickte. »Ich glaube, ich weiß, was Ihr meint.«

Den Rest der Fahrt verbrachten sie schweigend und eher nachdenklich. Das Tor vor dem Haus stand offen, und sie fuhren hinein und hielten vor dem Haupteingang. Jeleana erwartete sie mit bleichem Gesicht.

»Bist du unverletzt, Pahl?« fragte sie, als ihr Bruder aus der Kutsche stieg.

»Natürlich«, erwiderte Bewchard. »Du scheinst unnötig besorgt.«

Sie wandte sich um und ging ins Haus, zurück in den Raum, in dem sie ihr Nachtmahl eingenommen hatten.

»Es – es ist nicht das brennende Schiff, das mir Sorgen macht«, erklärte sie zitternd. Sie sah ihren Bruder an, dann d'Averc und Falkenmond. Ihre Augen wirkten sehr groß. »Wir hatten einen Besucher, während ihr fort wart.«

»Ein Besucher? Wer?« fragte Bewchard und legte seine Arme um ihre zitternden Schultern.

»Er – er kam allein . . .«, stammelte sie.

»Und was ist so ungewöhnlich daran, daß ein Besucher allein kommt? Wo ist er jetzt?«

»Es war Valjon, Pahl – Lord Valjon von Starvel selbst. Er . . .« Sie vergrub ihr Gesicht in den Händen. »Er streichelte mein Gesicht – er sah mich mit seinen düsteren unmenschlichen Augen an und sprach in dieser – dieser Stimme . . .«

»Und was sagte er?« warf Falkenmond grimmig ein. »Was sagte er, Lady Jeleana?«

Wieder wanderte ihr Blick von einem der Männer zum nächsten und ruhte schließlich auf Falkenmond.

»Er sagte, er spiele nur mit Pahl. Er sei zu stolz, seine Zeit und Kraft mit einer Vendetta gegen ihn zu vergeuden. Aber er würde Pahl auf passende Weise bestrafen, wenn er nicht morgen vor dem Mittagsläuten auf dem Stadtplatz öffentlich verkündet, daß er mit seiner ›dummen‹ Belästigung der Piratenlords aufhört.«

Bewchard machte ein finsteres Gesicht. »Er kam hierher, in mein eigenes Haus, um so seiner Geringschätzung für mich Ausdruck zu geben, nehme ich an. Die Brandstiftung war nur eine Demonstration und eine Ablenkung, um mich zum Hafen zu locken. Er sprach mit dir, Jeleana, um mir zu zeigen, daß er, wann immer es ihm beliebt, sich meinen nächsten Verwandten nähern könnte.« Bewchard seufzte. »Es besteht kein Zweifel mehr, daß er nicht nur mein Leben bedroht, sondern auch das jener, die mir sehr nahestehen. Ich hätte es erwarten müssen, tat es eigentlich auch, und doch . . .«

Er blickte Falkenmond an. Seine Augen wirkten plötzlich müde.

»Vielleicht war ich tatsächlich ein Narr, Sir Falkenmond. Möglicherweise hat Veroneeg tatsächlich recht. Ich komme nicht gegen

Valjon an – nicht, solange er aus der Sicherheit Starvels kämpft. Ich habe keine Waffen wie die, die er gegen mich verwendet!«

»Ich mag Euch keinen Rat zu geben«, sagte Falkenmond ruhig. »Aber ich kann Euch meine Dienste anbieten – und d'Avercs ebenfalls –, falls Ihr Euren Kampf gegen Valjon fortführen wollt.«

Bewchard sah Falkenmond direkt in die Augen, lachte und straffte die Schultern.

»Ihr ratet mir nicht, Dorian Falkenmond vom Schwarzen Juwel, aber Ihr deutet an, was ich von mir selbst halten müßte, wenn ich die Hilfe zweier so prächtiger Männer, wie Ihr es seid, ausschlüge. Jawohl – ich werde weiterkämpfen. Und morgen werde ich mich ausruhen und nicht auf Valjons Warnung achten. Du, Jeleana, wirst hier sicher sein. Ich schicke nach Vater und bitte ihn, mit ein paar Kriegern zu eurer beider Schutz hierherzukommen. Falkenmond, d'Averc und ich – nun, wir wollen morgen ein paar Einkäufe tätigen.« Er deutete auf die ausgeliehene Kleidung der beiden. »Ich versprach euch neue Gewänder – und eine gute Hülle für Euer – Valjons – Schwert, Sir Falkenmond. Wir werden einen völlig normalen Tag verbringen und Valjon – und wichtiger noch, den Menschen dieser Stadt – zeigen, daß wir keine Angst vor seinen Drohungen haben.«

D'Averc nickte mit ernstem Gesicht. »Das ist, glaube ich, das einzig Richtige, wenn Eure Mitbürger nicht den Mut verlieren sollen. Solltet Ihr wirklich sterben, tut Ihr es als Held – und gebt jenen, die Euch folgen, ein leuchtendes Beispiel.«

»Ich hoffe, ich muß noch nicht so schnell sterben.« Bewchard lächelte. »Denn ich liebe das Leben sehr. Wir werden sehen, Freunde. Wir werden sehen.«

8. Die Mauern von Starvel

Der nächste Tag versprach so heiß wie der vorangegangene zu werden. Pahl Bewchard und seine Freunde verließen das Haus schon früh.

Als sie durch die Straßen Narleens schritten, war es offensichtlich, daß bereits viele von Valjons Ultimatum gehört hatten und gespannt waren, was Bewchard tun würde.

Bewchard tat nichts. Nichts, außer allen, denen er begegnete, ein freundliches Lächeln zu schenken, die Hände einiger Damen zu küssen, ein paar Bekannte zu grüßen und Falkenmond und d'Averc zur Stadtmitte zu führen, wo er einen guten Schneider wußte.

Daß der Laden des Schneiders kaum einen Steinwurf von den Mauern Starvels entfernt lag, kam ihm gut zupaß.

»Nach dem Mittagläuten«, erklärte er, »werden wir uns zu diesem Schneider begeben. Aber vorher nehmen wir in einem kleinen Lokal, für das ich mich verbürgen kann, ein Mahl ein. Es liegt in der Nähe des Stadtplatzes, und viele unserer führenden Bürger speisen dort. Man wird uns völlig entspannt und ohne Zeichen von Beunruhigung sitzen sehen, und wir werden uns über alles mögliche unterhalten, doch keinesfalls über Valjons Drohung, egal, wie sehr man sich bemühen wird, die Rede darauf kommen zu lassen.«

»Ihr habt Euch da allerhand vorgenommen, Kapitän Bewchard«, meinte d'Averc.

»Vielleicht«, erwiderte Bewchard, »aber ich habe das Gefühl, daß von den Ereignissen dieses Tages viel abhängt – mehr als ich selbst im Augenblick abschätzen kann. Dieser Tag kann mir den Sieg bringen – oder die Niederlage.«

Falkenmond nickte, schwieg aber. Auch er fühlte, daß sich etwas zusammenbraute, und er konnte daher Bewchards Instinkt nicht in Frage stellen.

Wie abgemacht, besuchten sie das Lokal, aßen, tranken Wein und taten, als bemerkten sie nicht, daß sie der Mittelpunkt der Aufmerksamkeit aller waren, und vermieden geschickt alle Versuche, sie über ihre Pläne im Hinblick auf Valjons Ultimatum auszufragen.

Die Mittagsstunde kam und verging, und immer noch saßen Bewchard und seine Freunde und genossen den köstlichen Wein. Erst nach einer weiteren Stunde stellte Bewchard den Becher nieder und sagte: »Nun, meine Herren, auf zu dem Schneider, den ich erwähnte.«

Die Straßen waren ungewöhnlich leer, als sie gemächlich hindurchspazierten und der Stadtmitte immer näher kamen. Aber so mancher Vorhang bewegte sich, und so manches Gesicht lugte hinter den Scheiben aus den Fenstern. Bewchard grinste, als mache ihm die ganze Sache Spaß.

»Wir sind heute die einzigen Schauspieler auf der Bühne, meine Freunde«, murmelte er. »Wir müssen unsere Rolle gut spielen.«

Endlich lagen die Mauern von Starvel in einiger Entfernung vor ihnen. Sie hoben sich weiß und stolz und rätselhaft und scheinbar ohne Tore über die Hausdächer.

»Es gibt ein paar kleine Tore«, erklärte Bewchard. »Aber sie werden ganz selten benutzt. Die Piraten verwenden hauptsächlich ihre großen unterirdischen Wasserläufe und Docks. Diese sind natürlich direkt mit dem Fluß verbunden.«

Bewchard führte sie nun in eine Seitenstraße und deutete auf ein Schild etwa in der Mitte der ganzen Straße. »Dort, meine Freunde, ist unser Schneider.«

Sie betraten den Laden, der mit Stoffballen vollgestopft war, mit Umhängen, Beinkleidern, Wämsern, Schwertern und Dolchen aller Art, kunstvollen Rüstungen, Helmen, Hüten, Stiefeln, Gürteln – kurz, mit allem, was Männer trugen. Der Ladenbesitzer war ein Mann mittleren Alters, kräftig gebaut, mit einem freundlichen Gesicht und weißem Haar. Er bediente gerade einen anderen Kunden, als sie eintraten, lächelte jedoch Bewchard zu. Der Kunde, ein noch sehr junger Bursche, drehte sich um, und seine Augen weiteten sich, als er die drei an der Tür stehen sah. Er murmelte etwas und machte sich eilig daran, den Laden zu verlassen.

»Wollt Ihr denn das Schwert nicht, junger Herr?« fragte der Schneider überrascht. »Ich gehe noch einen halben Smaygar herunter, aber mehr kann ich nicht.«

»Ein anderes Mal, Pyahr, ein anderes Mal«, antwortete der Bursche hastig, verbeugte sich vor Bewchard und rannte zur Tür hinaus.

»Wer war das?« fragte Falkenmond lächelnd.

»Veroneegs Sohn.« Bewchard lächelte. »Er hat die Feigheit seines Vater geerbt.«

Pyahr trat herbei. »Guten Nachmittag, Kapitän Bewchard. Ich hatte nicht erwartet, Euch heute hier zu sehen. Ihr habt die Erklärung nicht abgegeben, die man von Euch erwartete?«

»Nein, Pyahr, das habe ich nicht.«

Pyahr lächelte. »Ich dachte es mir fast. Aber Ihr befindet Euch nun in größter Gefahr, Kapitän. Valjon muß sein Gesicht wahren. Er wird etwas unternehmen . . .«

»Er wird es versuchen, Pyahr.«

»Und das bald, Kapitän. Seid Ihr sicher, daß es klug ist, den Mauern Starvels so nahe zu kommen?«

»Ich muß den Bürgern zeigen, daß ich keine Angst vor Valjon habe«, antwortete Bewchard. »Außerdem, weshalb sollte ich seinetwegen meine Absichten ändern? Ich versprach meinen Freunden hier, daß sie sich beim besten Schneider der Stadt ausstatten dürften, und ich halte mein Versprechen!«

Pyahr lächelte erneut und machte eine allumfassende Handbewegung. »Nun, meine Herren, seht euch um. Vielleicht findet ihr etwas, das euch gefällt.«

Falkenmond hob einen Umhang aus schwerem, scharlachrotem Samt mit einer goldenen Spange auf. »Ich sehe sehr viel hier, das mir gefällt. Ihr habt einen schönen Laden, Meister Pyahr.«

Während Bewchard sich mit dem Schneider unterhielt, sahen Falkenmond und d'Averc sich um, hoben hier ein Hemd auf, und dort ein Paar Stiefel. Zwei Stunden vergingen, bis sie sich endlich entschieden.

»Probiert die Sachen doch in meinem Umkleideraum an, meine Herren«, schlug Pyahr vor. »Ich glaube, ihr habt gut gewählt.«

Falkenmond und d'Averc zogen sich in den Umkleideraum zurück. Falkenmond schlüpfte in ein Seidenhemd in tiefem Fliederton, ein Wams aus weichem, hellem Wildleder und in weite Beinkleider, ebenfalls aus Seide, die in der Farbe zu dem purpurnen Schal paßten, den er sich um den Hals knotete.

Über die Beinkleider zog er Stiefel aus dem gleichen Leder wie das Wams. Dann schnallte er sich einen breiten Ledergürtel um und warf sich einen tiefblauen Umhang über die Schultern.

D'Averc hatte sich ein scharlachrotes Hemd und gleichfarbige Beinkleider ausgesucht und ein Wams aus glänzend schwarzem Leder, genau wie das der Stiefel, die bis fast an die Knie reichten. Darüber zog er einen Umhang aus steifer purpurner Seide. Er griff gerade nach seinem Schwertgürtel, als Rufe im Laden laut wurden.

Falkenmond schlug die Vorhänge des Umkleideraums zurück und erstarrte.

Der Laden war plötzlich gedrängt voll – offensichtlich mit Piraten von Starvel. Sie hatten Bewchard eingekreist, der nicht einmal dazu gekommen war, sein Schwert zu ziehen.

Falkenmond wirbelte herum, holte sein Schwert aus dem Stoß abgelegter Sachen, und stürmte in den Laden hinaus, wo er mit Pyahr zusammenstieß, der mit einer heftig blutenden Halswunde zurücktaumelte.

Die ersten Piraten verschwanden inzwischen aus dem Laden, und Falkenmond konnte Bewchard nicht einmal mehr sehen.

Falkenmond stach einem der zurückgebliebenen die Klinge ins Herz und parierte den Hieb eines anderen.

»Gebt Euren Kampf gegen uns auf«, knurrte der Pirat. »Wir sind nur an Bewchard interessiert.«

»Dann müßt ihr uns erst töten, ehe ihr ihn bekommt!« rief d'Averc, der ebenfalls herbeigeeilt war.

»Bewchard entgeht seiner gerechten Strafe für die Beleidigung unseres Lords Valjon nicht!« keuchte der Pirat und stach auf ihn ein.

D'Averc sprang zurück und stieß dem Piraten die Klinge mit einer unglaublich flinken Bewegung aus der Hand. Der Mann knurrte und schleuderte den Dolch in seiner anderen Hand. Aber d'Averc wehrte ihn ab und stach dem Gegner die Schwertspitze in die Kehle.

Etwa die Hälfte der Piraten hatte sich nun von ihren Kameraden, die den Laden verließen, getrennt und drangen auf Falkenmond und d'Averc ein, die langsam in den hinteren Ladenteil zurückgedrängt wurden.

»Die anderen entkommen mit Bewchard!« keuchte Falkenmond verzweifelt. »Wir müssen ihm helfen!«

Wild hieb er auf seine Angreifer ein und versuchte, sich einen Weg durch sie zu hauen, um Bewchard zu Hilfe kommen zu können. Aber dann hörte er d'Averc hinter sich rufen:

»Da sind noch mehr! Sie kommen durch den Hintereingang!«

Doch das war das letzte, das er vernahm, denn dann spürte er nur noch einen schweren Schlag auf seinen Hinterkopf, und er sank auf einen Stoß Hemden.

Er erwachte halberstickt und rollte sich auf den Rücken. Es war dunkel im Laden und seltsam still.

Schwerfällig taumelte er auf die Beine, das Schwert noch in der Hand. Das erste, was er sah, war Pyahrs Leiche, die neben den Vorhängen zum Umkleideraum am Boden lag.

Das zweite schien d'Avercs Leiche zu sein. Er lag auf einem Ballen orangefarbigen Stoffes, die Züge fast gänzlich unter einer Blutschicht verborgen.

Falkenmond wankte zu seinem Freund und schob die Hand unter dessen Wams. Erleichtert zog er sie zurück, als er fühlte, wie das Herz schlug. D'Averc war offenbar, genau wie er, nur bewußtlos geschlagen worden. Zweifellos war das die Absicht der Piraten, die jemanden brauchten, um den Bürgern Narleens zu berichten, wie es Männern wie Pahl Bewchard erging, die Lord Valjon beleidigten.

Falkenmond stolperte zu einem Hinterzimmer und fand einen Krug mit Wasser. Mühsam schleppte er ihn zu seinem Freund, hielt ihn an dessen Lippen, dann riß er einen Streifen des Stoffes vom Ballen ab und wusch d'Avercs Gesicht. Daß Blut stammte von einer breiten, aber glücklicherweise nicht tiefen Schläfenwunde.

D'Averc begann sich zu regen. Er öffnete die Augen und blickte geradewegs in Falkenmonds.

»Bewchard«, murmelte er. »Wir müssen ihn befreien, Dorian.«

Falkenmond nickte düster. »Das müssen wir. Aber inzwischen haben sie ihn nach Starvel gebracht.«

»Das weiß niemand außer uns.« D'Averc setzte sich steif auf. »Stell dir vor, wie das die Bürger aufrichten würde, wenn wir ihn zurückbrächten und ihnen dann die ganze Geschichte erzählten!«

»Also gut«, erklärte Falkenmond sich einverstanden. »Wir werden Starvel einen Besuch abstatten – und hoffen, daß Bewchard noch am Leben ist.« Er steckte sein Schwert in die Scheide. »Irgendwie müssen wir über diese Mauern, Huillam. Wir werden eine geeignete Ausrüstung brauchen.«

»Zweifellos finden wir alles in diesem Laden. Komm, wir wollen gleich danach Ausschau halten. Die Nacht bricht bereits an.«

Falkenmond betastete das Schwarze Juwel in seiner Stirn. Wieder wanderten seine Gedanken zu Yisselda und Graf Brass, Oladahn und Bowgentle, und er fragte sich, wie es ihnen wohl ergehen mochte. Am liebsten hätte er Bewchard und Mygan mit seinen Anweisungen, das legendäre Schwert der Morgenröte und den nicht weniger sagenhaften Runenstab vergessen und hätte das nächstbeste Schiff im Hafen gestohlen, um den Ozean zu überqueren. Aber er seufzte nur und straffte die Schultern. Sie durften Bewchard nicht seinem Schicksal überlassen. Sie mußten versuchen, ihn zu befreien.

Er sah die Mauern Starvels vor seinen Augen. Vielleicht hatte nie zuvor jemand versucht, sie zu erklimmen, denn sie waren steil und zweifellos gut bewacht. Aber vielleicht gelang es. Sie würden jedenfalls ihr Bestes tun.

9. Der Tempel des Batach Gerandiun

Falkenmond und d'Averc hatten jeder mehr als zwanzig Dolche in ihrem Gürtel stecken, als sie die Mauern Starvels erklommen.

Falkenmond kletterte voraus. Er wickelte Stoffstreifen um den Griff eines Dolches, hielt Ausschau nach einem Spalt zwischen den Steinen, in den er die Spitze stecken konnte, dann klopfte er sie fester hinein und hoffte nur, daß niemand auf der Mauer oben ihn hörte, und daß der Dolch ihn tragen würde.

Auf diese Weise erklommen sie die Mauer. Einmal gab ein Dolch unter Falkenmonds Fuß nach. Er klammerte sich an den, den er über seinem Kopf eingeschlagen hatte – da spürte er, daß auch der nachgab. Und die Straße lag bereits etwa dreißig Meter unter ihm. Verzweifelt zog er einen anderen Dolch aus seinem Gürtel und stieß ihn hastig in eine Ritze. Er hielt, während der unter seinem Fuß sich nun ganz löste. Er hörte, wie er mit einem leisen Klirren auf dem Kopfsteinpflaster aufschlug. Doch nun hing er an der Mauer, ohne vor oder zurück zu können. D'Averc versuchte, einen zweiten Dolch in den Spalt zu schlagen. Endlich gelang es ihm, und Falkenmond seufzte erleichtert auf. Sie hatten schon fast das Kopfende der Mauer erreicht und nur noch einen Meter oder so vor sich – doch keine Ahnung, was sie oben auf der anderen Seite erwarten mochte.

Möglicherweise waren ihre ganzen Anstrengungen nutzlos. Vielleicht war Bewchard bereits tot! Aber es hatte keinen Sinn, daran im Augenblick auch nur zu denken.

Falkenmond bewegte sich noch vorsichtiger, je näher er dem Ende der Mauer kam. Er hörte Schritte über sich und wußte, daß ein Posten die Runde machte. Er hielt kurz in seiner Arbeit inne. Nur noch ein Dolch, dann würde er den Rand ertasten können. Er blickte zurück und sah d'Avercs grimmiges Gesicht unter sich im Mondlicht. Die Schritte erstarben, und er klopfte den Dolch in die Ritze.

Dann, gerade als er sich hochziehen wollte, kamen die Schritte zurück, viel schneller als zuvor. Falkenmond blickte hoch, direkt ins Gesicht eines überraschten Piraten.

Nun setzte Falkenmond alles auf eine Karte. Er sprang nach dem Mauerrand, faßte ihn, als der Mann nach seiner Klinge griff, schwang sich darüber und schlug mit aller Gewalt nach den Beinen des Piraten.

Der Posten schnappte nach Luft und versuchte, sein Gleichgewicht zu halten, doch dann stürzte er lautlos über die Kante.

Heftig atmend beugte Falkenmond sich über den Rand und half d'Averc herauf. Inzwischen kamen bereits zwei weitere Posten angerannt.

Falkenmond richtete sich auf und zog sein Schwert.

Metall klirrte gegen Metall, als Falkenmond und d'Avercs Klingen auf die der beiden Piraten trafen. Der Kampf war kurz, denn die beiden Freunde konnten sich nicht leisten, Zeit zu verschwenden. Fast jeder ihrer Hiebe traf, und nach Sekunden schon lagen die zwei Piraten tot auf der Mauer.

Falkenmond und d'Averc spähten die Mauer entlang. Offenbar hatte niemand sonst sie bemerkt. Falkenmond deutete auf eine Treppe. Sie schlichen darauf zu und dann so leise und schnell wie möglich hinab, und sie hofften nur, daß ihnen niemand entgegenkommen würde.

Unten war es dunkel und still. Starvel erschien ihnen wie eine Totenstadt. In der Ferne, etwa im Zentrum, strahlte ein Licht, aber sonst herrschte Finsternis, die der schwache Schein aus Fensterladen- und Türritzen nicht zu durchdringen vermochte.

Als sie tiefer hinunterkamen, hörten sie Geräusche aus den Häusern – rauhes Gelächter und Johlen. Einmal öffnete sich eine Tür und gab den Blick auf einen Raum voller Zecher frei, ein Betrunkener torkelte ins Freie. Der Mann fiel flach aufs Gesicht, und die Tür schloß sich hinter ihm. Er blieb liegen und begann zu schnarchen.

Die Häuser hier in Starvel waren einfacherer Bauart und schmuckloser als die in Narleen. Hätte Falkenmond es nicht besser gewußt, würde er nun glauben, daß Starvel ärmer war. Aber Bewchard hatte erzählt, daß die Piraten mit ihrem Reichtum nur an ihren Schiffen und im Tempel Batach Gerandiuns protzten und ihn wohl auch an ihren Leibern trugen.

Mit gezogenen Schwertern stahlen sie sich durch die Straßen. Sie hatten keine Ahnung, wo Bewchard, falls er noch lebte, gefangengehalten wurde, aber irgend etwas zog sie zu dem Licht im Zentrum der Stadt.

Als sie ihm schon ganz nahe waren, füllte plötzlich das dumpfe Dröhnen von Trommeln die Luft und hallte durch die dunklen Straßen. Dann hörten sie Getrappel und das Stampfen von Hufen in der Nähe.

D'Averc spähte vorsichtig um eine Hausecke. Hastig zog er den Kopf zurück. »Sie kommen auf uns zu«, stieß er hervor. »Schnell zurück!«

Fackellicht warf riesige Schatten die Straße voraus. Falkenmond und d'Averc drückten sich in die Dunkelheit und beobachteten die Prozession, die nun an ihnen vorbei in Richtung auf das Licht zog.

Valjon selbst führte sie an. Er ritt auf einem Rappen; sein blasses Gesicht wirkte wie aus Stein gemeißelt, und er blickte weder nach rechts noch nach links. Hinter ihm kamen die Trommler, die ihre Instrumente in einem langsamen, monotonen Rhythmus schlugen, und ihnen folgte eine Gruppe prunkvoll gekleideter und bewaffneter Reiter, offenbar die anderen Lords von Starvel. Auch ihre Gesichter waren unbeweglich, und sie saßen wie Statuen in ihren Sätteln. Aber die Aufmerksamkeit der beiden Beobachter richtete sich auf das, was hinter den Lords kam.

Es war Bewchard.

Seine Arme und Beine waren auf einen riesigen Rahmen aus gebogenem Walbein gespannt, der aufrecht auf einer von sechs Pferden gezogenen Plattform stand. Eine Gruppe livrierter Piraten bewachte sie. Er war bleich, und sein nackter Körper war in Schweiß gebadet. Offensichtlich litt er große Schmerzen, doch kein Laut drang über seine zusammengepreßten Lippen. Seltsame Symbole waren auf seinen Leib gemalt und ähnliche auf seine Wangen. Seine Muskeln spannten sich, als er die Stricke zu sprengen versuchte, die in seine Hand- und Fußgelenke schnitten. Aber es gelang ihm nicht.

D'Averc wollte losspringen, doch Falkenmond hielt ihn zurück. »Nein«, flüsterte er. »Wir folgen ihnen. Vielleicht findet sich später eine bessere Gelegenheit, ihn zu retten.«

Sie folgten der Prozession im Schatten der Häuserwände, bis sie einen großen Platz erreichten, der durch ein Licht über dem Portal eines hohen Gebäudes von seltsam asymmetrischer Architektur beleuchtet war. Dieses merkwürdige Bauwerk schien ganz aus glasigem, vulkanischem Gestein geformt zu sein. Es machte einen düsteren Eindruck.

»Zweifellos der Tempel des Batach Gerandiun«, murmelte Falkenmond. »Weshalb sie ihn wohl dorthin bringen?«

»Das sollten wir herausfinden«, meinte d'Averc, als die Prozession im Tempel verschwand.

Rasch huschten sie über den Patz und kauerten sich in den Schatten in der Nähe des Portals. Es stand halb offen und war anscheinend unbewacht wie die zurückgelassenen Rosse. Die Piraten nahmen vermutlich nicht an, daß jemand unerlaubt die Stadt und den Tempel betreten würde.

Falkenmond blickte sich um. Als niemand zu sehen war, schlich er, dicht gefolgt von d'Averc, durch das Portal. Sie befanden sich nun in einem dunklen Gang. Von hinter einer Ecke drang rötliches Glühen und ein Gemurmel wie das Leiern von Gebeten. Langsam bewegten sie sich den Gang entlang.

Ehe sie die Ecke erreichten, hielten sie an. Ein eigenartiger, ekelerregender Geruch stieg ihnen in die Nase; er erschien ihnen gleichermaßen vertraut und doch fremd. Falkenmond schauderte und machte einen Schritt zurück. D'Averc verzog die Nase. »Pfui, was ist denn das?«

Falkenmond schüttelte den Kopf. »Es riecht nach – Blut ... Aber nicht nur ...«

D'Avercs Augen weiteten sich. Es schien, als wollte er Falkenmond vorschlagen, lieber zurückzukehren, doch dann straffte er entschlossen die Schultern und umklammerte den Schwertgriff noch fester. Er nahm den Schal vom Hals und drückte ihn sich gegen Nase und Mund mit einer Geste, die Falkenmond an des

Freundes normales Ich erinnerte und zum Lächeln reizte. Aber er folgte seinem Beispiel und wickelte sich ebenfalls den Schal um das Gesicht. Dann schlichen sie um die Ecke.

Das Licht wurde heller, ein rötliches Leuchten, das an die Farbe frischen Blutes erinnerte. Es kam aus einem Eingang am entgegengesetzten Ende des Korridors und schien im Rhythmus der Stimmen zu pulsieren, die nun lauter wurden und auf unheimliche Weise drohend klangen. Auch der Gestank wurde mit jedem Schritt schlimmer.

Eine Gestalt überquerte die Stelle, aus der das pulsierende Leuchten drang. Falkenmond und d'Averc blieben wie erstarrt stehen, wurden jedoch offenbar nicht bemerkt. Die Silhouette verschwand, und sie schlichen weiter.

So, wie der Gestank ihre Nasen peinigte, quälte nun auch der Singsang ihre Ohren. Halbblind durch das rötliche Leuchten, schien es ihnen fast, als fände ein Angriff auf alle ihre Sinne gleichzeitig statt. Trotzdem huschten sie weiter und hielten erst an, als sie noch etwa zwei Fuß vom Eingang entfernt waren.

Sie starrten auf eine Szene, die sie schaudern ließ.

Die vor ihnen liegende Halle war in etwa rund, aber die Höhe der Decke schwankte beträchtlich. Sie befand sich an manchen Stellen nur wenig über dem Boden, während sie sich an anderen in der rauchigen Düsternis verlor. Sie paßte so zu dem äußeren Bild des Gebäudes, und schien ebenfalls mehr organischen als künstlichen Ursprungs zu sein. Die glasigen Wände spiegelten das rötliche Leuchten wider, so daß die gesamte Szenerie in Rot getaucht war.

Die Quelle des Leuchtens befand sich an einer Stelle, wo die Decke sich ungewöhnlich hoch wölbte. Falkenmond legte den Kopf zurück und starrte in die Höhe.

Er erkannte das Ding sofort, das dort oben hing und das den ganzen Tempel beleuchtete. Es war zweifellos das, weshalb Mygan sie hierhergeschickt hatte.

»Das Schwert der Morgenröte«, flüsterte d'Averc. »Dieses grauenvolle Ding kann doch gewiß nichts mit unserem Schicksal zu tun haben.«

Falkenmond zuckte grimmig die Schulter. »Nicht deshalb sind wir jetzt hier. Wir kamen seinetwegen . . .« Er deutete.

Tief unterhalb des Schwertes waren etwa ein Dutzend Menschen auf Walbeinrahmen gespannt und in einem Halbkreis aufgestellt. Nicht alle dieser Männer und Frauen lebten noch, und diejenigen, die noch atmeten, waren ihrem Tod nahe.

D'Averc wandte den Blick ab, aber dann zwang er sich, mit vor Entsetzen geweiteten Augen, wieder hinzusehen.

»Beim Runenstab!« keuchte er. »Das – das ist barbarisch!«

Die Adern der Opfer waren aufgeschlitzt und das Blut floß heraus.

Die Gesichter der noch Lebenden unter den Opfern waren qualverzerrt, und sie lehnten sich gegen ihr Schicksal auf. Aber sie wurden immer kraftloser, je mehr Blut in die Grube unter ihnen sickerte – eine Grube, die aus dem Obsidian des Bodens geschlagen war.

Und in dieser blutgefüllten Grube schwammen dunkle Schatten, die hin und wieder an die Oberfläche sprangen, um nach frischem Blut zu schnappen.

Wie tief war dieser Teich? Wie viele Tausende hatten ihr Leben geben müssen, um ihn zu füllen? Und wieso gerann das Blut darin nicht?

Rund um den Teich drängten sich die Piratenlords von Starvel. Ihre Gesichter waren zu dem Schwert der Morgenröte erhoben, ihre Stimmen erklangen zu monotonem Singsang, und ihre Leiber wiegten sich im Rhythmus dazu. Unmittelbar unter dem Schwert hing Bewchard an seinem Walbeinrahmen gespannt.

Valjon hielt ein Messer in der Hand, und es bestand kein Zweifel, wofür er es benutzen würde. Bewchard blickte voll Verachtung auf ihn herab und sagte etwas, das Falkenmond nicht hören konnte. Die Messerklinge glitzerte, als wäre sie bereits naß von Blut, der Singsang erhob sich, und Valjons tiefe Stimme war durch ihn hindurch vernehmbar.

»Schwert der Morgenröte, in dem der Geist unseres Gottes und unserer Vorfahren lebt. Schwert der Morgenröte, du, das du Batach Gerandiun unüberwindlich machtest und dem wir alles verdanken. Schwert der Morgenröte, du, das die Toten wieder zum Leben erweckt und die Lebenden am Leben erhält. Schwert der Morgenröte, du, das sein Licht aus dem Lebensblut der Menschen gewinnt, nimm dieses unser letztes Opfer an, und sei versichert, daß du für alle Zeit von uns verehrt und angebetet wirst. Denn solange du über den Tempel Batach Gerandiuns wachst, wird Starvel nie fallen. Nimm dieses – Ding, diesen unseren Feind, diesen Emporkömmling, nimm ihn, diesen Pahl Bewchard der niedrigen Kaste, die sich selbst Kaufleute nennen!«

Wieder bewegten sich Bewchards Lippen, aber das hysterische Singen des Lords von Starvel übertönte seine Worte.

Das Messer näherte sich Bewchards Leib. Da konnte Falkenmond sich nicht mehr zurückhalten. Automatisch drang der Schlachtruf seiner Vorfahren über seine Lippen. Wild stieß er aus:

»Falkenmond! Falkenmond!«

Die Piratenlords drehten sich um und vergaßen ihren Singsang. Valjons Augen weiteten sich vor Grimm, und er warf seinen Umhang zurück, der ein Schwert genau wie das in Falkenmonds Hand freigab. Er ließ das Messer in die Grube fallen und zog seine Klinge. »Narr!« stieß er aus. »Weißt du nicht, daß noch kein einziger Fremder Batachs Tempel verlassen hat, ehe er nicht seinen letzten Blutstropfen gab?«

»Ihr werdet es sein, der heute seinen letzten Blutstropfen gibt, Valjon!« brüllte Falkenmond und holte mit seinem Schwert aus. Aber plötzlich versperrten ihm zwanzig Mann den Weg zu Valjon, und zwanzig Klingen erhoben sich gegen seine.

Kochend vor Wut schlug er auf sie ein, halberstickt von dem abscheulichen Gestank, und die Augen vom Leuchten des Schwertes geblendet. Er erstach den ersten, holte aus, und ein weiterer stolperte rückwärts in die Grube, wo ihn, was immer dort lebte, in die Tiefe zog. Dann hackte er einem dritten die Hand ab. Auch d'Averc kämpfte wie ein Berserker, und es gelang ihnen, sich die Angreifer vom Leib zu halten.

Eine Weile schien es, als würde ihr brennender Grimm ihnen den Weg zu Bewchard bahnen. Falkenmond erreichte sogar den Rand des blutgefüllten Teiches und versuchte, Bewchards Fesseln zu durchtrennen, während er gleichzeitig gegen die Piraten kämpfte. Doch da rutschte sein Fuß über den Grubenrand und verschwand bis zum Knöchel im Blut. Er spürte, wie etwas Schleimiges seinen Fuß berührte, und er zog ihn rasch zurück. Da packten die Piraten ihn von hinten und preßten ihm die Arme an die Seiten.

Er warf seinen Kopf zurück und rief: »Es tut mir leid, Bewchard – ich war zu ungestüm –, aber es blieb keine Zeit.«

»Ihr hättet mir nicht folgen sollen«, stöhnte der junge Kapitän. »Nun werdet auch ihr mein Geschick erleiden und die Ungeheuer dieser Grube nähren. Ihr hättet mir nicht folgen sollen, Falkenmond und d'Averc!«

10. Ein Freund aus den Schatten

»Ich fürchte, Freund Bewchard, Eure Großzügigkeit war an uns verschwendet!«

Selbst in dieser Situation konnte d'Averc es nicht lassen, seiner Ironie Ausdruck zu geben.

Er und Falkenmond wurden zu beiden Seiten Bewchards auf Walbeingerüste geflochten. Zwei der toten Opfer waren heruntergeschnitten und durch die beiden Freunde ersetzt worden. Im Teich bewegten sich die schwarzen Wesen ruhelos auf und ab. Das Licht vom Schwert der Morgenröte über ihnen warf sein rotes Glühen über die Halle, auf die erwartungsvollen Gesichter der Piratenlords und auf Valjons Gesicht, dessen dunkle Augen auf ihre Art triumphierend auf den nackten Körpern seiner Opfer ruhten. Auch Falkenmond und d'Averc waren mit den seltsamen Symbolen bemalt worden wie Bewchard.

Seltsame, blubbernde Geräusche aus dem Teich waren zu vernehmen, als die dunklen Wesen dort unruhig umherschwammen und zweifellos auf das frische Blut von oben warteten. Falkenmond schauderte und behielt nur mühsam seinen Mageninhalt bei sich. Sein Schädel pochte, und seine Glieder waren schwach und schmerzten unsäglich. Er dachte an Yisselda, an sein Zuhause und seine Bemühungen, das Dunkle Imperium zu bekämpfen. Er würde nun seine Frau nie wieder sehen, niemals mehr den Wind der Kamarg fühlen und nichts mehr dazu beitragen können, um den Untergang des Dunklen Imperiums herbeizuführen, falls es jemals soweit kommen sollte. Das alles hatte er aufgegeben bei einem vergeblichen Versuch, einen Fremden zu retten, einen Mann, den er kaum kannte, dessen Kampf unbedeutend war im Vergleich zum Kampf gegen Granbretanien.

Jetzt war es zu spät, darüber nachzudenken, denn seine Zeit war gekommen. Er würde auf schreckliche Weise sterben, verbluten, wie ein Schwein, mit jedem Pulsschlag fühlen, wie die Lebenskraft seinen Körper verließ.

Valjon lächelte.

»Du stößt keinen Schlachtruf mehr aus, mein Sklavenfreund. So schweigsam bist du jetzt. Willst du mich nicht anflehen? Um dein Leben winseln? Mich bitten, dich wieder zu meinem Sklaven zu machen? Möchtest du dich nicht entschuldigen, daß du mein Schiff versenkt, meine Männer getötet und mich beleidigt hast?«

Falkenmond spuckte ihn an, aber er traf nicht.

Valjon zuckte die Schultern. »Ich warte auf ein neues Messer. Wenn man es mir gebracht hat und es geweiht ist, werde ich eure Adern aufschlitzen und mich vergewissern, daß ihr ganz langsam sterben werdet, daß ihr seht, wie jene dort unten euer Blut auffangen. Eure ausgebluteten Leiber schicke ich dann dem Bürgermeister von Narleen – Bewchards Onkel, wenn ich mich nicht irre –, damit alle wissen, daß wir von Starvel uns nicht verächtlich machen lassen.«

Ein Pirat eilte durch die Halle. Er kniete vor Valjon nieder und hob ihm ein langes, scharfes Messer entgegen. Valjon nahm es, und der Pirat entfernte sich rückwärtsschreitend.

Valjon murmelte unverständliche Worte und führte mit der Rechten einige Gesten über das Messer aus, während er des öfteren zum Schwert der Morgenröte emporblickte. Dann nahm er das Messer in seine Rechte und hob es, bis die Spitze fast Falkenmonds Schenkel berührte.

»Nun werden wir von neuem beginnen«, erklärte er und fing an, die gleiche Litanei zu leiern wie schon zuvor.

Falkenmond kämpfte gegen seine Fesseln an, doch es war zwecklos. Wie durch Watte hindurch hörte er den Singsang, der immer lauter und hysterischer wurde.

»... Schwert der Morgenröte, du, das die Toten wieder zum Leben erweckt und die Lebenden am Leben erhält ...«

Die Messerspitze ritzte Falkenmonds Schenkel.

»... du, das sein Licht aus dem Lebensblut der Menschen gewinnt ...«

Abwesend fragte Falkenmond sich, ob das Schwert tatsächlich auf unerklärliche Weise sein Leuchten aus dem Blut gewann. Die Klinge berührte sein Knie, und er schauderte erneut. Er verfluchte Valjon und wehrte sich gegen seine Fesseln.

»... sei versichert, daß du für alle Zeiten von uns verehrt und angebetet wirst ...«

Plötzlich erstarb Valjons Singsang, und er starrte mit weitaufgerissenen Augen in die Höhe. Falkenmond legte seinen Kopf zurück, soweit er es vermochte, und riß ebenfalls überrascht die Augen auf.

Das Schwert der Morgenröte senkte sich von der Decke herab.

Es kam unsagbar langsam herab. Erst als es schon ziemlich tief war, konnte Falkenmond sehen, daß es in einer Art Metallnetz hing – und daß sich noch etwas in dem Netz befand – ein Mann.

Und dieser Mann trug einen Helm, der sein Gesicht verbarg, und seine Rüstung war schwarz und gold. An seiner Seite trug er ein gewaltiges Breitschwert.

Falkenmond kannte den Mann.

»Der Ritter in Schwarz und Gold!« rief er.

»Zu Euren Diensten!« klang die Stimme ein wenig ironisch aus dem Helm.

Valjon knurrte vor Wut und schleuderte das Messer nach dem Ritter. Es prallte an seiner Rüstung ab und fiel in die Grube.

Der Ritter hing nun mit der behandschuhten Linken am Griff des Schwertes der Morgenröte und durchtrennte mit seiner Klinge die Fesseln an Falkenmonds Handgelenk.

»Ihr – Ihr entweiht unser größtes Heiligtum!« stöhnte Valjon wie in Trance. »Weshalb trifft Euch nicht die Strafe? Unser Gott, Batach Gerandiun, wird sich rächen. Es ist sein Schwert! Sein Geist wohnt in ihm!«

»Ich weiß es besser«, erwiderte der Ritter. »Das Schwert gehört Falkenmond. Der Runenstab hielt es lediglich einst für angebracht, Euren Vorfahren Batach Gerandiun für seine Zwecke zu benutzen, und gab ihm deshalb Macht über diese rotleuchtende Klinge. Doch diese Macht habt Ihr nun verspielt, und sie ist nun Falkenmonds.«

»Ich verstehe Euch nicht«, murmelte Valjon verwirrt. »Wer seid Ihr? Woher kommt Ihr? Seid Ihr – könnt Ihr etwa gar – Batach Gerandiun sein?«

»Das könnte ich«, erwiderte der Ritter. »Ich könnte viele Dinge, viele Männer sein.«

Falkenmond betete innerlich, der Ritter möge endlich mit dem Durchtrennen seiner Fesseln fertig werden. Valjons Bestürzung würde nicht ewig anhalten. Er klammerte sich am Rahmen fest, als seine Hände frei waren, und nahm das Messer, das der Ritter ihm gab, um seine Fußfesseln zu durchschneiden.

Valjon schüttelte den Kopf.

»Das gibt es nicht. Es ist ein Alptraum.« Er drehte sich zu den anderen Piratenlords um. »Seht ihr ihn ebenfalls – den Mann, der vom Schwert hängt?«

Sie nickten wie erstarrt. Plötzlich fuhr einer von ihnen auf und rannte zum Eingang. »Ich hole Hilfe!«

Da sprang Falkenmond. Er packte den nächsten Piraten am Hals. Der Mann heulte auf und versuchte, Falkenmonds Griff zu lösen, aber der Herzog drückte seinen Kopf zurück, bis das Genick brach. Dann riß er das Schwert des Toten aus der Scheide und ließ die Leiche fallen.

Jetzt stand er nackt im Glühen des großen Schwertes, während der Ritter in Schwarz und Gold die Fesseln seiner Freunde durchtrennte.

Valjon wich zurück, er glaubte immer noch, seinen Augen nicht trauen zu können. »Es kann nicht sein«, murmelte er. »Es kann nicht sein . . .«

D'Averc schwang sich aus dem Rahmen und stellte sich neben Falkenmond. Bewchard folgte seinem Beispiel. Beide waren unbewaffnet und nackt.

Unentschlossen und verwirrt wie ihr Anführer, unternahmen auch die anderen Piraten nichts. Hinter dem nackten Trio schwang der Ritter am Schwert und zog es tiefer herab.

Valjon schrie auf. Er griff nach der Klinge und zerrte sie aus dem Metallnetz. »Sie ist mein!«

Der Ritter in Schwarz und Gold schüttelte den Kopf. »Nein, sie gehört Falkenmond!«

»Er wird es nicht bekommen!« Valjon preßte das Schwert an sich. »Tötet sie!«

Eine große Gruppe Männer mit Fackeln stürzte in den Tempel. Die Piratenlords zogen ihre Schwerter und kamen auf die vier zu, die am Teich standen. Der Ritter riß seine eigene Waffe aus der Scheide und schwang sie wie eine Sense vor sich. Er hielt die Piraten damit zurück und tötete einige von ihnen.

»Hebt ihre Schwerter auf«, wandte er sich an Bewchard und d'Averc. »Wir müssen jetzt kämpfen!«

D'Averc und Bewchard befolgten die Anweisung des Ritters und folgten ihm, während er auf die Piraten zuschritt.

Doch inzwischen hatten sich Hunderte, wie es schien, in den Tempel gedrängt und schrien nach ihrem Blut.

»Ihr müßt Valjon das Schwert abnehmen, Falkenmond!« brüllte der Ritter durch den Schlachtlärm hindurch. »Nehmt es ihm, oder wir sind alle verloren!«

Wieder wurden sie zum Rand der Grube gedrängt, und hinter ihnen erklang erneut das gräßliche Blubbern. Falkenmond warf einen flüchtigen Blick zurück und schrie entsetzt: »Sie klettern heraus!«

Mit einem Blick hatte er festgestellt, daß die Kreaturen der Wasserbestie ähnelten, die sie im Wald verfolgt hatte, nur daß diese viel kleiner waren. Höchstwahrscheinlich hatten Valjons Vorfahren sie vor Jahrhunderten hierhergebracht und sie allmählich gelehrt, nicht mehr im Wasser, sondern in menschlichem Blut zu leben!

Er spürte einen schleimigen Tentakel seine nackte Haut berühren und schüttelte sich vor Grauen. Die Gefahr in seinem Rücken verlieh ihm zusätzliche Kraft, und er hieb mit aller Macht auf die Piraten ein, bis er Valjon erreicht hatte, der von dem Schwert der Morgenröte, das er an sich preßte, in gespenstisches rotes Licht gehüllt wurde.

Als Valjon ihn sah, wand seine Hand sich um den Schwertgriff. Erwartungsvoll rief er etwas. Aber das, womit er offensichtlich gerechnet hatte, geschah nicht. Erschrocken schnappte er nach Luft und drang mit erhobenem Schwert auf Falkenmond ein.

Falkenmond sprang zur Seite und parierte den Hieb, halbgeblendet von dem Leuchten. Valjon brüllte und holte erneut mit dem Schwert der Morgenröte aus. Falkenmond duckte sich und stieß die Spitze seiner Klinge in Valjons Schulter. Vor Schmerzen aufheulend, schlug Valjon erneut zu, und wieder parierte Falkenmond den Hieb.

Valjon hielt inne und musterte Falkenmond mit einem Ausdruck des Entsetzens. »Wie ist das möglich?« murmelte er. »Wie ist das nur möglich?«

»Das dürft Ihr nicht mich fragen, Valjon, denn mir ist es nicht weniger ein Rätsel wie Euch. Aber man wies mich an, Euch das Schwert abzunehmen, und das werde ich auch tun!« Mit diesen Worten stieß er mit der Klinge auf den Piratenlord ein, doch der wehrte wieder mit dem Schwert der Morgenröte ab.

Nun stand Valjon mit dem Rücken zur Blutgrube, und Falkenmond sah die schuppigen Ungeheuer mit ihren schleimigen Tentakeln herauskriechen. Er drängte den Piratenlord immer weiter zu den scheußlichen Kreaturen zurück, bis ein Tentakel nach Valjons Bein griff. Valjon stieß einen Angstschrei aus und hieb mit der Klinge nach dem Tentakel.

Da tat Falkenmond einen Schritt vorwärts, versetzte Valjon einen Kinnhaken und entriß ihm mit der anderen Hand das Schwert.

Und dann sah er mit grimmiger Miene zu, wie die Kreatur den Piratenlord langsam zum Teich zog.

Valjon streckte die Hände nach Falkenmond aus. »Rettet mich – bitte, Sir Falkenmond, rettet mich.«

Aber Falkenmond stand reglos, mit den Händen um den Griff des Schwertes der Morgenröte, während der Piratenlord immer näher zur Blutgrube gezerrt wurde.

Kein Ton kam über Valjons Lippen, als erst das eine, dann sein anderes Bein in den Teich tauchte.

Mit einem letzten gurgelnden Schrei verschwand schließlich Valjon im tiefen Blut.

Falkenmond drehte sich nun um. Er hob das Schwert ein wenig und staunte über das Leuchten, das aus ihm drang. Dann faßte er es mit beiden Händen und sah sich nach seinen Freunden um. Sie standen dicht beisammen und wehrten Dutzende von Gegnern ab. Es war offensichtlich, daß sie bereits überwältigt worden wären, hätte der Teich nicht seine grauenvolle Horde ausgespuckt.

Der Ritter in Schwarz und Gold sah, daß Falkenmond das Schwert hatte und rief ihm etwas zu, das er jedoch in dieser Entfernung nicht hören konnte. Er mußte sich erst einen Weg durch einen Haufen Piraten bahnen, ehe er seine Freunde erreichen konnte.

Falkenmond stellte fest, daß ihre Lage so gut wie hoffnungslos war, denn sie befanden sich in der Falle zwischen einer Horde mit Schwertern bewaffneter Piraten an einer Seite und den Ungeheuern aus dem Teich auf der anderen.

Wieder rief der Ritter etwas, doch auch diesmal konnte Falkenmond es nicht hören. Er kämpfte weiter und versuchte verzweifelt, den Ritter zu erreichen. Langsam kam er seinem seltsamen Verbündeten näher.

Als der Ritter ein drittes Mal schrie, verstand Falkenmond ihn.

»Ruft sie herbei!« donnerte er. »Ruft die Legionen der Morgenröte, Falkenmond, oder wir sind verloren!«

Falkenmond runzelte die Stirn. »Was meint Ihr damit?«

»Ihr habt das Recht, die Legion herbeizurufen. Im Namen des Runenstabs, *ruft sie*!«

Falkenmond parierte einen Hieb und schlug seinen Gegner nieder. Das Licht der Klinge schien zu verblassen, aber vielleicht wurde sie auch nur durch die vielen Fackeln übertönt, die in der Halle loderten.

»Ruft Eure Männer, Falkenmond!« brüllte der Ritter in Schwarz und Gold verzweifelt.

Falkenmond zuckte die Schultern und rief ungläubig: »Ich rufe die Legion der Morgenröte!«

Nichts geschah. Falkenmond hatte auch nicht erwartet, daß etwas geschehen würde. Er glaubte nicht an Legenden, was er ja auch schon einmal erwähnt hatte.

Doch da bemerkte er, daß die Piraten aufschrien und neue Gestalten offenbar aus dem Nichts aufgetaucht waren – merkwürdige Gestalten, die im gleichen rötlichen Licht leuchteten wie das Schwert der Morgenröte, und die wild um sich hieben und die Piraten niedermetzelten.

Falkenmond holte tief Luft und wunderte sich über das, was er sah.

Die Fremden trugen eine reich verzierte Rüstung, die aus einer längst vergessenen Zeit zu stammen schien. Buntgefärbte Haarbüschel schmückten das vordere Ende ihrer Lanzenschäfte, und ihre schweren Streitkeulen waren kunstvoll geschnitzt. Sie heulten und brüllten und töteten mit unvorstellbarer Wildheit. In den wenigen Sekunden hatten sie bereits einen großen Teil der Piraten aufgerieben.

Ihre Haut, soviel davon sichtbar war, war braun. Ihre Gesichter bedeckte eine dicke Schicht Farbe, aus der große schwarze Augen funkelten. Und aus ihren Kehlen drang ein merkwürdig stöhnender Gesang, wie eine Totenklage.

Die Piraten kämpften verzweifelt und streckten viele der leuchtenden Krieger nieder. Aber wenn einer starb, verschwand sein Körper, und ein neuer Krieger erschien aus dem Nichts. Falkenmond versuchte zu sehen, woher sie kamen, doch nie gelang es ihm. Immer stand ein neuer Krieger gerade dort, wo er nicht hingeschaut hatte.

Kopfschüttelnd schloß Falkenmond sich seinen Freunden an. Die nackten Leiber Bewchards und d'Avercs wiesen Dutzende von Wunden auf, doch glücklicherweise schien keine davon gefährlich zu sein. Sie standen nun, wie er zuvor, und beobachteten, wie die Legion der Morgenröte die Piraten niedermachte.

»Das sind die Soldaten, die dem Schwert dienen«, erklärte der Ritter in Schwarz und Gold. »Mit ihrer Hilfe – denn das war damals die Absicht des Runenstabs – lehrte Valjons Vorfahr die Bürger Narleens das Fürchten. Doch nun hat das Schwert sich gegen Valjons Leute gewandt, um ihnen das zu nehmen, was es ihnen einst gab.«

Falkenmond spürte, wie etwas seinen Fuß berührte. Er drehte sich um und schrie entsetzt: »Die Kreaturen aus der Grube! Ich hatte sie vergessen!« Er hieb mit dem Schwert auf den Tentakel und sprang zurück.

Sofort befanden sich ein Dutzend der leuchtenden Krieger zwischen ihm und den Ungeheuern. Die Lanzen stießen zu und die Keulen hoben und senkten sich. Die Teichmonster versuchten sich in ihre Grube zu retten, aber die Soldaten der Morgenröte ließen es nicht zu. Sie umzingelten die Ungeheuer und ruhten nicht, bis nur noch eine schwarze Masse übrig war.

»Es ist vollbracht!« sagte Bewchard staunend. »Wir sind die Sieger. Die Macht Starvels ist endlich gebrochen.« Er bückte sich und hob eine noch brennende Fackel auf. »Kommt, Freund Falkenmond, laßt uns Eure gespenstischen Krieger in die Stadt gegen die restlichen Piraten führen.«

»Gut«, murmelte Falkenmond, aber der Ritter in Schwarz und Gold schüttelte den behelmten Kopf. »Nein, Falkenmond. Ihr habt die Legion nicht, um Piraten zu töten, sondern um die Arbeit des Runenstabs auszuführen.«

Falkenmond zögerte.

Der Ritter legte eine Hand auf Bewchards Schulter. »Nun, da die meisten der Piratenlords tot sind, wird Euch nichts mehr aufhalten, wenn Ihr mit Euren eigenen Leuten zurückkehrt, um die Arbeit in Starvel zu vollenden, die wir hier begonnen haben. Doch Falkenmond und sein Schwert werden für größere Aufgaben benötigt. Er muß bald von hier aufbrechen.«

Falkenmond spürte, wie Ärger in ihm aufstieg. »Ich bin Euch dankbar für das, was Ihr für uns getan habt, Ritter in Schwarz und Gold. Aber darf ich Euch auch daran erinnern, daß ich gar nicht erst in diese Lage gekommen wäre, hätte es nicht Eure Machenschaften und die des toten Mygan von Llandar gegeben. Ich muß nach Hause zurückkehren – nach Burg Brass, zu denen, die ich liebe. Ich bin mein eigener Herr, Ritter – mein eigener Herr! *Ich* allein bestimme mein Geschick.«

Der Ritter in Schwarz und Gold lachte. »Wie naiv Ihr noch seid, Dorian Falkenmond. Ihr seid der Diener des Runenstabs, so glaubt es mir. Ihr dachtet, Ihr seid nur zu diesem Tempel gekommen, um einem Freund in Not zu helfen. Aber das war der Plan des Runenstabs. Ihr hättet die Piratenlords nie herausgefordert, nur um an das Schwert der Morgenröte zu kommen, an dessen Legende Ihr ohnehin nicht glaubtet. Aber Ihr wagtet es, um Bewchard zu befreien. Das Wirkwerk des Runenstabs ist ein kompliziertes Muster. Nie sind die Menschen sich des Zwecks ihrer Handlungen bewußt, wenn sie mit dem Runenstab zusammenhängen. Nun müßt Ihr Euch an den zweiten Teil Eurer Aufgabe in Amarehk machen. Ihr müßt nach Norden reisen – Ihr könnt der Küste folgen, denn ich bin überzeugt, daß Bewchard Euch ein Schiff zur Verfügung stellen wird – nach Dnark, der Stadt der Großen Guten, die Eure Hilfe brauchen. Dort werdet Ihr auch den Beweis finden, daß es den Runenstab wahrhaftig gibt.«

»Ich bin nicht an Rätseln interessiert, Ritter. Ich möchte wissen, wie es meiner Frau und meinen Freunden geht. Sagt mir, existieren wir hier in der gleich Ära?«

»Ja, die Zeit stimmt mit jener überein, zu der Ihr Europa verlassen habt. Aber wie Ihr wißt, befindet Burg Brass sich nun anderswo . . .«

»Das ist mir klar.« Falkenmond runzelte die Stirn, »Nun, Ritter, vielleicht erkläre ich mich bereit, nach Dnark zu reisen. Vielleicht . . .«

Der Ritter nickte. »Kommt«, forderte er die Freunde auf. »Wir wollen diesen unreinen Ort verlassen und uns nach Narleen begeben. Dort können wir uns mit Bewchard über das Schiff unterhalten.«

Bewchard lächelte. »Alles, Falkenmond, was ich besitze, ist Euer. Ihr habt soviel für mich und die ganze Stadt getan. Ihr habt mir das Leben gerettet, und Euch verdanken wir die Vernichtung der uralten Feinde Narleens. Ihr könnt zwanzig Schiffe haben, wenn Ihr wollt.«

Falkenmond war in Gedanken versunken. Er beabsichtigte, den Ritter in Schwarz und Gold zu hintergehen.

11. Der Abschied

Am Nachmittag des nächsten Tages begleitete Bewchard sie an den Kai. Überall in der ganzen Stadt feierten die Bürger. Ein Trupp Soldaten hatte die letzten Piraten aus Starvel vertrieben.

Bewchard legte die Hand auf Falkenmonds Arm. »Ich wollte, Ihr würdet bleiben, Freund Falkenmond. Wir werden eine ganze Woche feiern – und Ihr und Eure Freunde solltenmit dabeisein. Es wird traurig für mich sein unter den fröhlichen Menschen ohne eure Gesellschaft – denn ihr seid die wahren Helden von Narleen, nicht ich!«

»Wir hatten Glück, Kapitän Bewchard. Glück, daß unsere Geschicke miteinander verknüpft waren. Ihr seid Eure Feinde los – und wir haben das, was wir suchten.« Falkenmond lächelte. »Wir müssen jetzt weiter.«

Bewchard nickte. »Wenn es sein muß, muß es sein.« Er blickte Falkenmond offen an und grinste. »Ich nehme nicht an, daß Ihr noch glaubt, Ihr hättet mich mit Eurer Geschichte eines ›verwandten Gelehrten‹ überzeugt, der an dem Schwert interessiert ist.«

Falkenmond lachte. »Nein, aber andererseits habe ich Euch auch keine bessere zu bieten. Ich weiß nicht, weshalb ich dieses Schwert finden mußte.« Er tätschelte die Scheide, in der das Schwert der Morgenröte nun steckte. »Der Ritter in Schwarz und Gold hier behauptet, es sei alles ein Teil einer größeren Bestimmung. Und doch bin ich ein sehr unwilliger Sklave dieses Geschicks. Alles, was ich ersehne, ist ein wenig Liebe, ein bißchen Friede – und Vergeltung an jenen, die mein Heimatland verwüsten. Dabei bin ich nun hier, Tausende Meilen von dem Ort, an dem ich gern sein möchte, erneut gegen meinen Willen auf der Suche nach einem legendären Objekt. Irgendwann werden wir das alles vielleicht einmal verstehen.«

Bewchard blickte ihn ernst an. »Ich bin überzeugt, daß Ihr einer großen Sache dient, Falkenmond, und einer edlen.«

Falkenmond lachte. »Und ich bin gar nicht an einem edlen Schicksal interessiert, lediglich an einem sicheren.«

»Wer weiß«, meinte Bewchard. »Wer weiß. Aber nun, mein Freund, ist mein bestes Schiff gerüstet und mit allem Nötigen zu Eurem Wohlergehen versorgt. Die besten Seeleute Narleens baten darum, mit Euch segeln zu dürfen, und warten an Bord. Ich wünsche Euch viel Glück, Freund Falkenmond – und Euch ebenfalls, d'Averc.«

D'Averc hüstelte. »Wenn Falkenmond schon der unwillige Diener einer ›größeren Bestimmung‹ ist, was bin dann erst ich? Ein großer Narr vielleicht? Ich bin von kränklicher Konstitution, und doch werde ich um die Welt gehetzt im Dienste dieses mystischen Runenstabs. Aber es ist zumindest ein Zeitvertreib.«

Falkenmond lächelte, dann drehte er sich fast erwartungsvoll um, um die Laufplanke zum Schiff zu betreten. Der Ritter in Schwarz und Gold schüttelte ungeduldig den Kopf.

»Dnark«, sagte er eindringlich. »Ihr müßt den Runenstab in Dnark suchen, Falkenmond.«

»Ja«, murmelte Falkenmond. »Ich habe Euch gehört, Ritter.«

»Das Schwert der Morgenröte wird in Dnark gebraucht«, fuhr der Ritter fort. »Und Ihr werdet gebraucht, es zu führen.«

»So werde ich tun, was Ihr wünscht, Ritter«, erwiderte Falkenmond leichthin. »Reist Ihr mit uns?«

»Ich habe andere Dinge zu tun.«

»Wir werden uns zweifellos wiedersehen.«

»Zweifellos.«

D'Averc hustete und hob die Hand. »Dann lebt wohl, Ritter. Habt Dank für Eure Hilfe.«

Falkenmond wies an, die Laufplanke einzuziehen und die Ruder auszufahren.

Gleich darauf legten die Ruderer sich in die Riemen, und das Schiff manövrierte aus der Bucht hinaus in die offene See. Falkenmond blickte zurück, bis die Gestalten Bewchards und des Ritters in Schwarz und Gold immer kleiner wurden, dann drehte er sich um und lächelte d'Averc an.

»Nun, Freund, weißt du, wohin die Reise geht?«

»Nach Dnark, nehme ich an«, erwiderte d'Averc ahnungslos.

»Nach Europa, Huillam. Ich halte nichts von diesem Geschick, das man mir ständig aufdrängen will. Ich möchte meine Frau wiedersehen. Wir überqueren den Ozean, Huillam, bis wir Europa erreicht haben. Dann werden uns unsere Ringe wieder nach Burg Brass zurückbringen. Ich werde Yisselda wiedersehen.«

D'Averc schwieg. Er blickte hoch zu den Segeln, die sich im Wind zu bauschen begannen. Das Schiff nahm größere Fahrt auf.

»Nun, was sagst du dazu, Huillam?« fragte Falkenmond grinsend und klopfte seinem Freund auf die Schulter.

D'Averc zuckte die Schultern. »Ich sage, daß es schön wäre, sich in Burg Brass ein wenig erholen zu können«, murmelte er.

»Du klingst skeptisch, mein Freund.« Falkenmond runzelte die Stirn. »Was hast du?«

D'Averc warf ihm einen Seitenblick zu, der zu seinem Ton paßte. »Vielleicht bin ich mir nicht so sicher wie du, Dorian, daß dieses Schiff seinen Weg nach Europa finden wird. Vielleicht traue ich dem Runenstab mehr zu als du.«

»Du – du glaubst an solche Legenden? Sollten nicht gottgleiche Wesen in Amarehk leben? Sie waren alles andere als das.«

»Ich glaube, du versteifst dich zu sehr darauf, daß es den Runenstab nicht gibt. Deine Sehnsucht nach Yisselda beeinflußt dich offenbar stark.«

»Möglich.«

»Nun, Dorian«, brummte d'Averc und starrte hinaus auf das Meer. »Die Zeit wird uns zeigen, wie mächtig der Runenstab ist.«

Falkenmond warf ihm einen verwunderten Blick zu, dann zuckte er mit den Schultern und schritt das Deck entlang.

D'Averc lächelte. Er schüttelte den Kopf, als er seinem Freund nachschaute.

Dann wandte er seine Aufmerksamkeit erneut den Segeln zu und fragte sich, ob er jemals Burg Brass wiedersehen würde.

HIER ENDET DER DRITTE BAND
DER SAGE VOM HERZOG VON KÖLN

VIERTER BAND

Die Sage vom Herzog von Köln

DIENER DES RUNENSTABS

ERSTES BUCH

Taktiker und Krieger von wildem Mut und bemerkenswertem Können; ohne Achtung für das Leben, ihres oder das anderer; korrupt bis ins tiefste Innere und von Wahnsinn geprägt; alles hassend, das nicht verderbt war wie sie; eine Macht ohne Moral – eine Kraft ohne Gerechtigkeit; das waren die Barone von Granbretanien, die das Banner ihres Reichskönigs Huon durch Europa trugen und diesen Kontinent an sich rissen; die es weiterschleppten, nach Westen und Osten, zu anderen Kontinenten, die sie für sich beanspruchten. Und es schien, als wäre keine Kraft, natürlichen oder übernatürlichen Ursprungs, imstande, die tödliche Flut der Wahnsinnigen aufzuhalten. Ja, niemand versuchte es auch nur. Mit kalter Verachtung verlangten sie ganze Nationen als Tribut – und der Tribut wurde bezahlt.

In all den unterdrückten Landen gab es nur noch wenige mit Hoffnung. Noch weniger wagten es, ihrer Hoffnung Ausdruck zu geben – und von diesen wenigen hatte kaum einer den Mut, den Namen auszusprechen, der diese Hoffnung symbolisierte.

Der Name war Burg Brass.

Jene, die diesen Namen flüsterten, kannten seine Bedeutung – Burg Brass war das einzige Bollwerk, das die Kriegslords von Granbretanien nicht erobert hatten. Und auf Burg Brass lebten Helden – Männer, die gegen das Dunkle Imperium gekämpft hatten, Männer, deren Namen Haß und Abscheu in ihm hervorriefen, wenn immer Baron Meliadus an sie dachte, und das tat er fast immer. Denn Baron Meliadus von Kroiden, Grandkonnetabel des Wolfsordens und Oberbefehlshaber der Eroberungsarmee, führte seinen eigenen Kampf gegen diese Helden, vor allem gegen den legendären Dorian Falkenmond, Herzog von Köln, der mit Yisselda, der Tochter Graf Brass' von Burg Brass, vermählt war, jener Frau, die Meliadus selbst begehrte.

Aber Burg Brass hatten die Armeen Granbretaniens nicht geschlagen; sie war ihnen mit Hilfe eines seltsamen, uralten Kristallgeräts in eine andere Dimension der Erde ausgewichen, wo die Helden – Falkenmond, Graf Brass, Huillam d'Averc, Oladahn von den Bulgarbergen und eine Handvoll kamarganischer Krieger –

jetzt lebten. Die meisten Menschen befürchteten, daß die Helden der Kamarg für immer von ihnen gegangen waren und sie ihrem Schicksal überlassen hatten. Sie nahmen es ihnen nicht übel, aber mit jedem Tag, der verstrich und sie nicht zurückbrachte, schwand ihre Hoffnung mehr und mehr.

In Granbretanien schäumte Baron Meliadus derweil vor Wut über die vermeintliche Beschränktheit des Reichskönigs, ihn nicht seinen Rachefeldzug gegen Burg Brass fortsetzen zu lassen. Als Huon, der seinem nicht mehr ganz zuverlässigen Kriegshelden immer mehr mißtraute, Shenegar Trott, Graf von Sussex, anscheinend ihm vorzog, rebellierte Meliadus und verfolgte ohne Erlaubnis des Reichskönigs seine eigenen Pläne. Er suchte im Ödland von Yel nach einem Weisen, der ihm vielleicht den Weg zur Kamarg öffnen konnte, fand statt dessen jedoch Falkenmond und d'Averc – und verlor sie wieder. Mit noch größerem Haß kehrte er nach Londra zurück und schmiedete seine Pläne nicht nur gegen die Helden von Burg Brass, sondern auch gegen seinen unsterblichen Herrscher, den Reichskönig Huon . . .

– Die hohe Geschichte des Runenstabs

1. Im Thronsaal des Reichskönigs

Die riesige Flügeltür schwang vor ihm auf, und Baron Meliadus, der erst vor kurzem von Yel zurückgekehrt war, trat in den Thronsaal, um dem Reichskönig Bericht über sein Versagen und seine Entdeckungen zu erstatten.

Als Meliadus den Fuß in den Saal setzte, dessen Kuppeldecke so hoch wie der Himmel selbst schien und dessen Wände so weit voneinander entfernt wirkten, daß ein ganzes Land zwischen ihnen Platz fände, versperrte ihm eine Doppelreihe von Wachen den Weg. Es sah fast so aus, als ob diese Wachen, Angehörige des Königs eigenem Orden der Gottesanbeterin, zögerten, ihn durchzulassen.

Mühsam beherrschte Meliadus sich und wartete, bis die Reihen sich teilten.

Dann schritt er durch die riesige Halle, die in den verschiedenen Farben schillerte. Mosaike aus wertvollen Steinen zierten die Wände, sie zeigten Bilder aus Granbretaniens Geschichte und Darstellungen der Stärke des Dunklen Imperiums. Farbenfrohe Banner der fünfhundert vornehmsten Familien Granbretaniens hingen von den Galerien. Tausende von Gottesanbeterinnenkriegern, die still wie Statuen standen, säumten den Weg zur Thronkugel, die etwa in einer Meile Entfernung vom Eingang von der Decke des Saales hing.

Auf halbem Weg zur Thronkugel kniete er sich nieder und verbeugte sich, wie es das Zeremoniell erforderte, aber es wirkte sehr unwillig.

Die völlig schwarze Kugel schien einen Moment zu zittern, als Meliadus sich wieder erhob. Dann schossen rote und weiße Adern durch das Schwarz und vermischten sich damit, bis die dunkle Farbe ganz verschwunden war und nur noch eine Mischung wie aus Milch und Blut zurückblieb. Sie wirbelte wie aufgerührt; als sie sich klärte, gab sie den Blick auf eine kleine, fötusgleiche Form in der Mitte der Kugel frei. Aus dieser zusammengekauerten Gestalt starrten hart und durchdringend schwarze Augen, die eine uralte – ja, unsterbliche – Intelligenz verrieten. Das war Huon, der Reichskönig, Grandkonnetabel des Ordens der Gottesanbeterin, absoluter Herrscher über zehn Millionen Seelen, der Diktator, der für immer und alle Zeit leben würde und in dessen Namen und Auftrag Baron Meliadus ganz Europa und mehr erobert hatte.

Die angenehme, klangvolle Stimme eines jungen Mannes drang aus der Kugel (der Jüngling, dem die Stimme gehört hatte, schlummerte schon seit tausend Jahren in seinem Grab): »Ah, unser ungestümer Baron Meliadus . . .«

Meliadus verbeugte sich tief und murmelte: »Euer getreuer Diener, erhabener Herrscher.«

»Und was habt Ihr uns zu berichten?«

»Erfolg, großer Reichskönig. Beweis meines Verdachts . . .«

»Ihr habt die vermißten Gesandten von Asiakommunista nicht gefunden?«

»Leider nicht, Sire . . .«

Baron Meliadus hatte nicht die geringste Ahnung, daß Falkenmond und d'Averc sich in dieser Tarnung in die Hauptstadt des Dunklen Imperiums gewagt hatten. Nur Flana Mikosevaar, die ihnen zur Flucht verholfen hatte, wußte es.

»Weshalb seid Ihr dann hier, Baron?«

»Ich stellte fest, daß Falkenmond – und ich betone, daß er immer noch die größte Gefahr für unsere Sicherheit darstellt – sich auf unserer Insel aufhielt. Ich begab mich nach Yel, wo ich ihn und den Verräter d'Averc und den Magier Mygan von Llandar aufspürte. Sie kennen das Geheimnis der Reise durch die Dimensionen.«

Meliadus erwähnte nicht, daß sie ihm entkommen waren. »Ehe wir sie festzunehmen vermochten, verschwanden sie vor unseren Augen. Mächtiger Monarch, wenn sie imstande sind, unser Land nach Belieben aufzusuchen, so ist es doch ganz offensichtlich, daß wir nicht sicher sein können, ehe sie nicht tot sind. Ich würde vorschlagen, daß wir sofort unsere Wissenschaftler – Taragorm und Kalan im besonderen – darauf ansetzen, ein Mittel zu finden, diese Rebellen zu finden und zu töten. Sie sind eine Bedrohung von innen . . .«

»Baron Meliadus. Was wißt Ihr Neues über die Gesandten von Asiakommunista?«

»Noch nichts, erhabener Reichskönig, aber . . .«

»Mit ein paar Guerillas, Baron Meliadus, wird unser Reich fertig. Aber wenn unsere Küsten von einer Macht bedroht werden, so groß wie unsere, wenn nicht gar größer, die dazu noch über wissenschaftliche Geheimnisse verfügt, denen wir nichts entgegenzustellen haben, geht es um unsere Existenz . . .« Die goldene Stimme sprach mit ätzender Geduld.

»Aber wir haben doch gar keinen Beweis, daß eine solche Invasion geplant ist, allmächtiger Herrscher«, warf Meliadus stirnrunzelnd ein.

»Zugegeben. Genausowenig haben wir einen Beweis, Baron Meliadus, daß Falkenmond und seine Bande von Terroristen die Macht haben, uns größeren Schaden zuzufügen.« Plötzlich mischten sich Streifen von eisigem Blau mit der Flüssigkeit der Thronkugel.

»Erhabener Reichskönig, gewährt mir die Zeit und die Mittel . . .«

»Wir sind ein expandierendes Reich, Baron Meliadus. Wir wollen uns noch weiter ausbreiten. Wäre es nicht pessimistisch, stillzustehen? Das ist nicht unsere Art. Wir sind stolz auf unseren Einfluß, den wir über weite Teile der Erde ausüben. Auch ihn wünschen wir weiter auszudehnen. Ihr scheint mir unwillig, Unsere Ambitionen zu verwirklichen, nämlich den Terror bis in den letzten Winkel der Welt zu tragen. Ich fürchte, Ihr seid engstirnig geworden.«

»Aber indem wir nichts gegen jene subtilen Kräfte unternehmen, die unsere Pläne zunichte machen mögen, verraten wir unsere Pläne ebenfalls!«

»Uns gefällt Eure Auflehnung gegen Unsere Meinung nicht, Baron. Euer persönlicher Haß auf Falkenmond und Euer Begehren für Yisselda von Brass, das ist Dissens. Wir haben nur Euer Wohl im Auge, Baron, denn wenn Ihr so weitermacht, zwingt Ihr Uns, einen anderen an Eurer Stelle zu ernennen und Euch von Unserem Dienst zu dispensieren – Euch vielleicht sogar aus Eurem Orden auszuschließen . . .«

Instinktiv fuhren Baron Meliadus' behandschuhte Hände angstvoll zu seiner Maske hoch. *Demaskiert zu werden!* Die schlimmste Erniedrigung, die man sich vorstellen konnte! Denn das war das, was die Warnung bedeutete. Sich dem tiefsten Abschaum der Bürger in Londra anschließen zu müssen – der Kaste der Unmaskierten! Meliadus schauderte und brachte kaum mehr ein Wort heraus.

Schließlich murmelte er. »Ich werde Eure Worte überdenken, Beherrscher der Erde . . .«

»Tut das, Baron Meliadus. Wir würden einen so verdienten Eroberer nicht gern einiger unüberlegter Gedanken wegen in Unehren sehen. Wenn Ihr Unsere Gunst zurückgewinnen wollt, so stellt die Art und Weise fest, auf die die Gesandten von Asiakommunista uns verließen.«

Baron Meliadus ließ sich auf die Knie fallen, seine Wolfsmaske nickte, und er streckte die Arme weit aus. So verabschiedete sich der Eroberer Europas unterwürfig von seinem Herrn, dem Reichskönig. Aber in seinem Kopf wirbelten rebellische Gedanken, und er konnte dem Geist seines Ordens nur dankbar sein, daß die Maske sein wutentbranntes Gesicht verbarg.

Rückwärts zog er sich von der Thronkugel zurück. Die schwarzen, spöttischen Augen blickten ihm nach. Dann schoß Huons Zunge aus dem Mund und berührte den Edelstein, der in der Nähe seines runzeligen Schädels schwamm. Die milchige Flüssigkeit wirbelte erneut auf, funkelte in allen Regenbogenfarben und wurde allmählich wieder zu einem tiefen Schwarz.

Meliadus fuhr herum und machte sich an den langen Rückweg zu den gigantischen Toren. Er meinte, alle Augen hinter den Gottesanbeterinnenmasken in boshaftem Schmunzeln auf sich gerichtet zu sehen.

Als er die Tore hinter sich gelassen hatte, wandte er sich nach links, er beabsichtigte, die Gräfin Flana Mikosevaar von Kanbery aufzusuchen, die Witwe Asrovak Mikosevaars, des muskovischen Renegaten, der einst das Haupt der Geier gewesen war. Gräfin Flana war durch seinen Tod die nominelle Führerin der Geierlegion, aber mehr noch, sie war auch die Kusine des Reichskönigs – seine einzige noch lebende Verwandte.

2. Gräfin Flanas Gedanken

Die Reihermaske aus Goldfiligran lag neben Gräfin Flana auf dem lackierten Tischchen neben ihr, als sie durch das Fenster über die scheinbar einem Alptraum entsprungenen Türme von Londra blickte. Ihr bleiches, schönes Gesicht wirkte melancholisch und nachdenklich.

Die untergehende Sonne spiegelte sich auf der Seide ihres wallenden Gewandes und ließ die Juwelen glitzern, als sie zu einem Schrank schritt und ihn öffnete. Seltsame Kostüme befanden sich seit dem Tag darin, da ihre beiden Besucher sie vor so vielen Wochen schon verlassen hatten. Es war die Verkleidung, die Falkenmond und d'Averc als angebliche Prinzen von Asiakommunista benutzt hatten. Nun fragte sie sich, wo die beiden wohl sein mochten – vor allem d'Averc, von dem sie wußte, daß er sie liebte.

Flana, Gräfin von Kanbery, hatte ein Dutzend Ehemänner und noch mehr Liebhaber gehabt und sich ihrer wieder entledigt, so wie eine Frau ein Paar zerrissene Strümpfe wegwerfen mag. Sie hatte nie erfahren, was Liebe ist, und nie Gefühle, wie andere sie empfinden – selbst die Obersten Granbretaniens –, gekannt.

Aber irgendwie war es d'Averc, dem ein wenig dandyhaften Renegaten, der ständig über seine angegriffene Gesundheit klagte, gelungen, diese in ihr zu erwecken. Vielleicht war sie bisher so weltentrückt geblieben, weil sie im Gegensatz zu ihrer Umgebung geistig normal war, weil sie sanftmütig und der selbstlosen Liebe fähig war, während die Lords des Dunklen Imperiums solche Gefühle nicht verstanden. Aber d'Averc hatte sie mit seiner Zärtlichkeit, seiner Einfühlsamkeit und seiner Rücksichtnahme, aus dieser Apathie geweckt, einer Apathie, die nicht von einem Mangel an Seele herrührte, sondern von einer Größe der Seele – einer Größe, die ihre Existenz in einer Welt des Wahnsinns, der Selbstsucht und Abartigkeit, wie die am Hofe des Reichskönigs Huon, nicht ertrug.

Doch nun, da Gräfin Flana erwacht war, konnte sie den Horror ihrer Umgebung nicht mehr ignorieren, und die Angst quälte sie, daß ihr Geliebter einer einzigen Nacht nie mehr zu ihr zurückkehren würde, daß er vielleicht schon tot war.

Sie hatte sich in ihre Gemächer zurückgezogen und mied Gesellschaft. So hatte sie zwar ihre Ruhe, aber auch zuviel Gelegenheit, sich ihrem Kummer hinzugeben.

Tränen rollten über Gräfin Flanas Wangen, und sie fing sie in einem duftenden, seidenen Tuch.

Eine Dienerin betrat den Raum und zögerte näher zu kommen. Automatisch griff Flana nach ihrer Reihermaske.

»Was gibt es?«

»Baron Meliadus von Kroiden, meine Lady. Er sagt, er hätte eine Sache von äußerster Wichtigkeit mit Euch zu bereden.«

Flana stülpte sich die Maske über den Kopf und rückte sie zurecht.

Sie bedachte einen Augenblick die Worte des Mädchens und zuckte dann die Schultern. Was war schon dabei, wenn sie Meliadus zuhörte? Vielleicht hatte er Neuigkeiten von d'Averc, den er, so wußte sie, haßte. Vielleicht konnte sie ihm durch einige sehr geschickte Fragen entlocken, was er wußte.

Aber was war, wenn der Baron gekommen war, um mit ihr nur das Bett zu teilen, wie schon gelegentlich zuvor?

Nun, dann würde sie ihn fortschicken, was sie auch schon des öfteren getan hatte.

Ihre wunderschöne Reihermaske nickte kaum merklich.

»Laß den Baron ein«, sagte sie.

3. Falkenmond ändert den Kurs

Die großen Segel blähten sich im Wind, als das Schiff durch die Wellen schnitt. Der Himmel war klar, und die ruhige See erstreckte sich azurblau bis zum Horizont. Die Ruder waren eingezogen, und der Rudergänger sah nun auf dem Hauptdeck nach dem rechten. Der Bootsmannsmaat, gekleidet in Orange und Schwarz, kletterte auf das Deck, wo Falkenmond stand und über den Ozean starrte, und salutierte.

»Ich habe Anweisung gegeben, nördlichen Kurs einzuhalten, Sir«, murmelte er.

»Wer hat Euch den Kurs vorgegeben, Maat?«

»Niemand, Sir. Aber ich nahm an, da Dnark unser Ziel ist . . .«

»Wir segeln nicht nach Dnark, sagt das dem Rudergänger.«

»Aber dieser seltsame Ritter – der Ritter in Schwarz und Gold, so nanntet Ihr ihn doch – sagte . . .«

»Er ist nicht mein Herr, Maat. Nein, wir nehmen Kurs auf die hohe See. Wir segeln nach Europa.«

»Nach Europa, Sir? Ihr wißt, daß wir alles für Euch tun würden, nachdem Ihr Narleen gerettet habt, daß wir Euch überallhin folgen werden, aber ahnt Ihr auch nur, welch unvorstellbare Strecke wir zurücklegen müßten, um Europa zu erreichen? Die Meere, die wir zu überqueren haben, die Stürme . . .«

»Ich weiß es. Trotzdem fahren wir nach Europa.«

»Wie Ihr befehlt, Sir.« Der Bootsmannsmaat machte kehrt, um dem Rudergänger den Befehl zu übermitteln.

D'Averc kam aus seiner Kabine unter dem Hauptdeck und kletterte die Leiter empor. Falkenmond grinste ihm entgegen. »Na, hast du gut geschlafen, Freund Huillam?«

»So gut es in diesem schwankenden Bottich eben geht. Selbst unter günstigsten Bedingungen neige ich zur Schlaflosigkeit, trotzdem gelang es mir, eine kurze Zeit zu schlummern. Was kann ich mehr erwarten?«

Falkenmond lachte. »Als ich vor einer Stunde nach dir sah, fand ich dich lautstark schnarchend vor.«

D'Averc hob die Brauen. »So? Du hast mich also schwer atmen gehört. Ich versuchte so leise wie möglich zu sein, aber diese Erkältung, die ich mir an Bord zugezogen habe, macht mir sehr zu schaffen.« Er holte ein Seidentuch hervor und betupfte die Nase.

D'Averc trug ein weites, blaues Seidenhemd, bequeme, scharlachrote Hosen aus demselben Stoff und einen Ledergurt, an dem sein Schwert und ein Dolch hingen. Um den Hals hatte er sich einen langen, purpurfarbenen Schal gebunden, und ein Band in der Farbe der Beinkleider hielt seine langen Haare zusammen. Seine feinen, fast asketischen Züge wirkten wie üblich ironisch.

»Habe ich recht gehört?« fragte er. »Hast du Anweisung gegeben, nach Europa zu segeln?«

»Das habe ich.«

»Du beabsichtigst also immer noch, Burg Brass zu erreichen,

ohne Rücksicht auf die Erklärung des Ritters in Schwarz und Gold, was dein Geschick betrifft. Du sollst doch die Klinge«, er deutete auf das große, rote Breitschwert an Falkenmonds Seite, »nach Dnark bringen, um dort dem Runenstab zu dienen.«

»Ich bin niemandem verpflichtet, außer meiner Frau und meinen selbstgewählten Freunden – sie kommen lange vor einem Artefakt, dessen Existenz ich ohnehin bezweifle.«

»Du hast auch nicht an die Macht des Schwertes der Morgenröte geglaubt«, erinnerte ihn d'Averc trocken, »und doch sahst du dann mit eigenen Augen, wie es die Krieger aus dem Nichts herbeirief, um uns zu helfen.«

Falkenmond preßte unwillig die Lippen zusammen. Schließlich sagte er zögernd: »Du hast recht. Aber trotzdem will ich nach Burg Brass zurück, wenn das möglich ist.«

»Wir wissen ja nicht einmal, ob sie in dieser oder einer anderen Dimension zu finden ist.«

»Auch das ist mir klar. Ich kann nur hoffen, daß sie in dieser liegt«, erklärte Falkenmond hart und wandte sich ab. D'Averc hob die Brauen erneut, dann verließ er Falkenmond und schlenderte pfeifend das Deck entlang.

Fünf Tage segelten sie über den ruhigen Ozean. Alle Segel waren gehißt, um das Schiff so schnell wie möglich voranzubringen. Am sechsten Tag trat der Bootsmannsmaat an Falkenmond heran, der am Bug stand, und deutete. »Seht Ihr den dunklen Himmel am Horizont, Sir? Ein Sturm, Sir, und wir fahren geradewegs auf ihn zu.«

Falkenmond blickte mit halb zusammengekniffenen Augen in die gewiesene Richtung. »Ein Sturm, sagt Ihr? Mir scheinen die Wolken recht seltsam.«

»So ist es, Sir. Soll ich die Segel reffen lassen?«

»Nein, Maat. Wir fahren weiter, bis wir uns ein Bild von dem machen können, was vor uns liegt.«

»Wie Ihr befehlt, Sir.« Der Bootsmannsmaat schritt kopfschüttelnd über Deck.

Ein paar Stunden später sah der Himmel vor ihnen wie eine dunkelglühende Wand aus, die sich vom Meer bis zum Horizont in düsterem Rot und Purpur erhob. Und doch war der Himmel darüber so blau wie bisher, und das Wasser war völlig ruhig. Nur der

Wind hatte ein wenig nachgelassen. Es war, als segelten sie in einem See, dessen Ufer an allen Seiten bis in den Himmel stiegen. Die Besatzung war unruhig, und der Bootsmannsmaat konnte die Spur von Angst in seiner Stimme nicht unterdrücken, als er sich erneut an Falkenmond wandte.

»Fahren wir weiter, Sir? Noch nie habe ich von einem so merkwürdigen Phänomen gehört. Die Mannschaft ist nervös, Sir, und ich muß gestehen, ich nicht weniger.«

Falkenmond nickte verständnisvoll. »Es ist wahrhaftig merkwürdig. Es scheint mir mehr übernatürlichen als normalen Ursprungs zu sein.«

»Das meint die Mannschaft auch, Sir.«

Falkenmonds Instinkt sagte ihm weiterzufahren und sich, was immer es auch war, zu stellen, aber er hatte die Verantwortung für die Besatzung, von der jeder einzelne sich freiwillig gemeldet hatte, aus Dank für seine, Falkenmonds, Befreiung der Stadt Narleen vom Piratenlord Valjon von Starvel, dem vorherigen Besitzer des Schwertes der Morgenröte.

Er seufzte. »Gut, Maat. Wir werden die Segel reffen und die Nacht abwarten. Mit ein bißchen Glück hat sich diese seltsame Erscheinung bis zum Morgen verzogen.«

Der Maat schien sehr erleichtert. »Habt Dank, Sir.«

Falkenmond erwiderte seinen Salut und starrte auf die riesige Wand. Waren es Wolken, die sie bildeten, oder etwas anderes? Es war unerwartet kühl geworden, und obgleich die Sonne noch schien, berührten ihre Strahlen offensichtlich die glühende Wand nicht.

Es herrschte eine unnatürliche Stille. Falkenmond fragte sich, ob seine Entscheidung, in entgegengesetzte Richtung von Dnark zu segeln, klug gewesen war. Wer mochte sagen, welche Schrecken in diesen unbekannten Ozeanen ihrer harrten? Die Nacht senkte sich herab, doch immer noch war die glühende rot- und purpurfarbige Wand deutlich zu sehen. Der Finsternis gelang es nicht, sie zu verschlucken. Und trotzdem schienen die Farben nicht selbst zu leuchten.

Ein nagendes Unbehagen erfüllte Falkenmond.

Am Morgen war die Wand noch viel näher, und die blaue See um sie schien viel kleiner. Falkenmond fragte sich insgeheim, ob sie sich nicht in einer Falle gefangen hätten, die von Riesen oder übernatürlichen Mächten ausgelegt worden war.

In einen dicken Umhang gehüllt, der aber nicht viel von der Kälte um ihn abhalten konnte, schritt Falkenmond an Deck auf und ab.

Bald leistete auch d'Averc ihm Gesellschaft. Auch er war warm gekleidet – auffällig warm gekleidet –, und trotzdem zitterte er merklich. »Ein kalter Morgen, Dorian«, stellte er fest.

»Mhm«, murmelte der Herzog von Köln. »Was hältst du davon, Huillam?«

Der Franzose schüttelte den Kopf. »Ein düsteres Zeug, nicht wahr? Ah, hier kommt der Maat.«

Sie blickten ihm beide entgegen. Auch er war warm gekleidet. Er hatte sich in einen schweren Lederumhang gehüllt, der normalerweise als Schutz bei starkem Sturm verwendet wurde.

»Habt Ihr irgendeine Ahnung, was diese glühende Wand bedeutet, Maat?« fragte d'Averc.

Der Bootsmannsmaat schüttelte den Kopf und wandte sich an Falkenmond. »Die Männer sagen, was immer auch geschieht, Sir, sie werden jeden Eurer Befehle ausführen. Sie sind auch bereit, für Euch zu sterben, Sir, falls es soweit kommen sollte.«

»Sie befinden sich in düsterer Stimmung, wie es scheint«, d'Averc lächelte. »Aber wer könnte es ihnen verübeln.«

»Wie recht Ihr habt, Sir.« Das runde, ehrliche Gesicht des Maats wirkte besorgt. »Soll ich die Anweisung geben, weiterzusegeln, Sir?«

»Es wäre sicherlich besser, als hier zu warten, bis das Zeug näher kommt und uns einhüllt«, erwiderte Falkenmond.

Der Bootsmannsmaat gab seine Befehle, und die Männer stiegen in die Wanten, setzten die Segel, und zurrten die Taue fest. Allmählich blähten sich die Segel, und das Schiff bewegte sich langsam – widerstrebend, wie es schien – auf die seltsamen Wolkenklippen zu.

Als sie näher kamen, begannen die glühenden Wolken wild zu wirbeln. Dunklere Farben vermischten sich mit dem düsteren Rot und Purpur, und ein eigenartiges Heulen drang von allen Seiten auf das Schiff ein. Die Mannschaft konnte sich kaum der Panik erwehren; sie stand wie erstarrt, als das Schiff immer schneller wurde. Falkenmond spähte aufgeregt voraus.

Plötzlich war die Wand verschwunden!

Der Herzog von Köln holte tief Luft.

Die See um sie herum war völlig ruhig. Alles war wie zuvor. Die Mannschaft stieß laute Freudenschreie aus, aber Falkenmond bemerkte, daß d'Avercs Gesicht kreideweiß war. Auch er selbst hatte das Gefühl, daß die Gefahr noch lange nicht gebannt war. Er wartete, die Hände auf die Reling gestützt.

Da stieß der Schädel eines gewaltigen Ungeheuers aus dem Wasser.

Die Freudenrufe der Mannschaft wurden zu Angstschreien.

Weitere Bestien tauchten an allen Seiten auf. Gigantische Reptilien waren es, mit schleimigen, roten Rachen und dreifachen Zahnreihen. Das Wasser floß von ihren glänzenden Schuppen, und ihre böse starrenden Augen funkelten.

Ein betäubendes Flügelschlagen erfüllte die Luft, und eine nach der anderen flatterten die unheimlichen Kreaturen in die Höhe.

»Das ist das Ende, Dorian«, murmelte d'Averc und zog sein Schwert. »Es ist traurig, daß wir Burg Brass nicht ein letztes Mal wiedersehen und den Frauen, die wir lieben, nicht einen letzten Kuß geben konnten.«

Falkenmond hörte ihn kaum. Bitterkeit erfüllte ihn, daß er hier an diesem trostlosen Ort sterben sollte, ohne daß jemals einer erfahren würde, wie und wo er sein Ende gefunden hatte...

4. Orland Fank

Die Schatten der gigantischen Reptilien huschten über das Deck hinweg, und der Lärm ihrer Flügel brauste wie heftiger Wind. Falkenmond blickte hoch, als eine der Bestien herabsauste, und machte sich auf sein Ende gefaßt. Aber in diesem Augenblick flatterte das Untier wieder aufwärts, nachdem es einmal nach dem Großmast geschnappt hatte.

Mit angespannten Nerven und Muskeln zog Falkenmond das Schwert der Morgenröte, die Klinge, die niemand außer ihm zu schwingen vermochte. Aber er wußte, daß selbst die übernatürliche Waffe nutzlos gegen die schrecklichen Ungeheuer sein würde, denn sie brauchten nicht einmal die Besatzung selbst anzugreifen, es genügte, wenn sie mit ein paar Schlägen das Schiff zerschmetterten und es so in die abgründige Tiefe schickten.

Das Schiff schaukelte im Wind, den die gewaltigen Schwingen verursachten, und die Luft stank nach dem fauligen Atem der Bestien.

D'Averc runzelte die Stirn. »Weshalb greifen sie uns nicht an? Treiben sie ihr grausames Spiel mit uns?«

»Sieht ganz so aus«, preßte Falkenmond zwischen den Zähnen hervor. »Vielleicht gefällt es ihnen, eine Weile mit uns zu spielen, ehe sie uns vernichten.«

Als ein großer Schatten herabfiel, sprang d'Averc hoch und schlug mit dem Schwert nach dem geflügelten Reptil, aber die Bestie hatte sich bereits erneut in die Luft erhoben, ehe d'Avercs Füße die Deckplanken berührten. Er rümpfte die Nase. »Puh! Welch ein Gestank! Er ist gewiß nicht gut für meine Lunge!«

Eines nach dem anderen der Ungeheuer tauchte nun herab und versetzte dem Schiff einen Schlag mit den ledrigen Flügeln. Es schwankte, und die Männer brüllten, als sie von der Takelung auf das Deck stürzten. Falkenmond und d'Averc klammerten sich an der Reling fest, um nicht umgeworfen zu werden.

»Sie drehen das Schiff!« schrie d'Averc erstaunt. »Man zwingt uns umzukehren!«

Falkenmond starrte grimmig auf die schreckerregenden Ungeheuer und schwieg. Bald hatte das Schiff eine Drehung um achtzig Grad erreicht. Die Bestien stiegen höher und schwebten, als berieten sie sich. Falkenmond versuchte, in ihren Augen Intelligenz zu finden, oder etwas über ihre Absichten herauszubekommen, aber es war unmöglich.

Kurz darauf flatterten sie davon, bis sie weit heckwärts flogen, doch dann machten sie wieder kehrt.

In Formation flatterten die Bestien so heftig mit den Flügeln, daß sich ein gewaltiger, sturmartiger Wind erhob. Jetzt konnten auch Falkenmond und d'Averc sich nicht mehr auf den Beinen halten, sie wurden gegen das Deck geschleudert.

Die Segel füllten sich prall in dem Wind, und d'Averc stieß vor Überraschung hervor: »Sie treiben das Schiff in die von ihnen gewünschte Richtung! Das ist unglaublich!«

»Wir kehren offenbar nach Amarehk zurück«, rief Falkenmond und kämpfte gegen den Wind an. »Ich frage mich . . .«

»Ich möchte wissen, was die fressen«, keuchte d'Averc. »Gewiß nichts, das ihren Atem versüßt. Einfach scheußlich!«

Falkenmond mußte unwillkürlich trotz ihrer wenig beneidenswerten Lage lachen.

Die Besatzung hatte sich an den Ruderbänken zusammengedrängt und starrte furchterfüllt zu den Reptilien empor, die mit ihren Flügeln den Wind für die Segel machten.

»Vielleicht sind ihre Nester in dieser Richtung«, überlegte Falkenmond laut. »Es könnte sein, daß sie ihre Jungen mit lebendem Fleisch füttern müssen.«

D'Averc warf ihm einen bestürzten Blick zu. »Was du da sagst, klingt nicht unwahrscheinlich, Freund Dorian.« Er schauderte. »Aber es war trotzdem taktlos von dir, es auszusprechen . . .«

Wieder grinste Falkenmond gegen seinen Willen. »Bestimmt befinden sich ihre Nester an Land. Da haben wir vielleicht eher eine Möglichkeit, uns gegen diese Ungeheuer zu wehren. Auf der offenen See besteht dazu überhaupt keine Chance.«

»Ich bewundere deinen Optimismus, Dorian . . .«

Mehr als eine Stunde trieben die gigantischen Reptilien das Schiff mit halsbrecherischer Geschwindigkeit voran. Plötzlich deutete Falkenmond schweigend geradeaus.

»Eine Insel!« rief d'Averc. »Damit hättest du schon einmal recht.«

Es war ein winziges Eiland, offensichtlich ohne jegliche Vegetation, das steil in die Höhe ragte, als wäre es der Kamm eines versunkenen Berges.

Falkenmond erkannte die neue Gefahr, die auf sie lauerte. »Klippen!« brüllte er. »Wir halten genau darauf zu. Männer! Auf eure Positionen! Rudergänger . . .« Aber Falkenmond war schon ans Ruder gestürzt, packte es, und versuchte verzweifelt, das Schiff davor zu bewahren, auf die spitzen Felsen zu laufen.

D'Averc eilte ihm zur Hilfe und stemmte sich ebenfalls mit aller Kraft gegen das Ruder. Die Insel ragte höher und höher über ihnen auf, und das Geräusch der Brandung dröhnte in ihren Ohren – wie ein Trommelwirbel, der die Verdammnis ankündigt.

Langsam drehte sich das Schiff, aber sie hatten die Klippen bereits erreicht, und sie vernahmen ein häßliches Schaben, und schließlich gaben die Planken der Steuerbordseite nach. Direkt unter der Wasserlinie klaffte ein großes Leck.

»Rettet Euch!« brüllte Falkenmond und rannte zur Reling, mit d'Averc knapp hinter ihm. Das Schiff kreischte und schwankte und schleuderte sie gegen die Heckreling. Mit Schürfwunden und Blutergüssen kämpften Falkenmond und d'Averc sich in die Höhe. Nach kurzem Zögern sprangen sie in die schäumenden Wogen.

Das Gewicht des gewaltigen Breitschwerts zog Falkenmond in die Tiefe. Durch das aufgewühlte Wasser sah er andere zum Meeresgrund sinken, und das Brausen der Brandung dröhnte dumpf in seinen Ohren. Aber er ließ die schwere Klinge nicht los, im Gegenteil, er bemühte sich, sie in die Hülle zu schieben, und setzte alle Kraft ein, sich mit dem Schwert in die Höhe zu kämpfen.

Endlich brach er durch die Wellen und sah das Schiff über sich. Die See war nun viel ruhiger, auch der Wind legte sich, und das Toben der Brandung wurde allmählich immer leiser, bis eine eigenartige Stille den Platz der bisherigen Kakophonie eingenommen hatte. Falkenmond schwamm auf einen abgeflachten Felsen zu und zog sich mühsam daran hoch. Dann schaute er sich um.

Die geflügelten Reptilien zogen immer noch ihre Kreise über dem Schiff, aber sie waren nun so hoch, daß ihre Schwingen die Luft nicht mehr aufrührten. Plötzlich tauchten sie in die Tiefe auf das Meer zu.

Eines nach dem anderen schlug durch die Wellen, das Wasser spritzte hoch auf und das Schiff stöhnte, als die dadurch aufgewühlten Wellen es hochhoben. Fast wäre Falkenmond von seinem Felsen gespült worden, hätte er sich nicht noch rechtzeitig daran festgeklammert. Die Monster waren verschwunden.

Falkenmond wischte sich das Wasser aus den Augen und spuckte den salzigen Schaum aus. Was würden die Reptilien als nächstes tun? Wollten sie ihre Beute so lange am Leben lassen, bis sie frisches Fleisch für ihre Brut brauchten? Er fand keine Antwort.

Er hörte einen Schrei und sah d'Averc und ein halbes Dutzend der Mannschaft über die rauhen Felsen auf ihn zuklettern. Der Franzose blickte ihm verwirrt entgegen. »Hast du die Bestien untertauchen sehen?«

Falkenmond nickte. »Ich frage mich, ob sie wohl zurückkommen werden.«

D'Averc blickte grimmig in die Richtung, wo die Ungeheuer verschwunden waren. Er zuckte die Schultern.

»Ich schlage vor, wir retten so viel wie möglich vom Schiff auf die Insel«, sagte Falkenmond. »Wie viele sind wir noch?« Er drehte sich fragend zum Bootsmannsmaat um, der hinter d'Averc hochgeklettert war.

»Ich glaube, noch alle, Sir, wir hatten Glück.« Der Maat deutete zum Schiff hinunter, wo der größte Teil der Mannschaft sich bereits am Felsenrand sammelte.

»Schickt ein paar Mann auf das Schiff, ehe es ganz auseinanderbricht«, befahl Falkenmond. »Vertäut es am Ufer und seht zu, daß ihr soviel wie möglich an Land schafft.«

»Jawohl, Sir. Aber was ist, wenn die Ungeheuer zurückkehren?«

»Damit beschäftigen wir uns, wenn es soweit ist.«

Falkenmond hielt Wache, während die Besatzung auf die Insel schleppte, was sie konnte.

»Denkst du, das Schiff kann repariert werden?« fragte ihn d'Averc.

»Vielleicht. Nun, da die See wieder ruhiger ist, besteht kaum Gefahr, daß es noch mehr beschädigt wird. Aber es verspricht eine langwierige Arbeit zu werden.« Falkenmond betastete das stumpfschwarze Juwel in seiner Stirn. »Komm, Huillam, wir wollen uns die Insel ansehen.«

Sie kletterten die Felsen empor bis zum Gipfel der Insel. Es schien hier keinerlei Leben zu geben. Das einzige, was sie vielleicht finden konnten, war Quellwasser und eventuell Schalentiere am Strand. Es war ein trostloser Ort, und ihre Überlebenschancen, wenn das Schiff nicht wieder seetüchtig gemacht werden konnte, waren gering, vor allem, falls die Ungeheuer zurückkehrten.

Endlich waren sie am Gipfel angelangt. Sie keuchten heftig vor Anstrengung.

»Die andere Seite ist genauso öde«, murmelte d'Averc und deutete in die Tiefe. »Ich frage mich . . .« Er hielt überrascht inne. »Bei den Augen Berezenaths! Ein Mann!«

Falkenmond sah in die Richtung, die d'Averc ihm wies.

Tatsächlich, am Strand war jemand. Als sie hinunterstarrten, blickte der Mann hoch und winkte ihnen zu, herunterzukommen.

Kopfschüttelnd – denn sie waren sich nicht sicher, ob sie nicht vielleicht von einer Halluzination getäuscht wurden – begannen sie den Hang zu dem Mann hinunterzuklettern. Er hatte die Hände in die Hüften gestemmt, die Beine gespreizt, und blickte ihnen grinsend entgegen. Sie hielten an.

Der Mann war auf merkwürdige, geradezu archaische Art gekleidet. Über seinem muskulösen Oberkörper trug er ein offenes Lederwams, das seine Arme und die Brust freiließ. Auf seine dichte rote Mähne hatte er eine wollene Haube gestülpt, aus der eine Fasanenfeder ragte. Seine engen Beinkleider waren von eigenartigem Karomuster, und seine Füße steckten in reichlich mitgenommenen Schnallenstiefeln. An einem Strick hatte er ein Kampfbeil über seinem Rücken hängen, dessen Stahlklinge schmutzbedeckt und vom vielen Gebrauch schartig war. Sein Gesicht war knochig und rot, und seine blauen Augen hatten einen leicht spöttischen Ausdruck.

»Ihr seid also Falkenmond und d'Averc«, begrüßte er sie mit einem eigenartigen Akzent. »Man ließ mich wissen, daß ihr vermutlich kommen würdet.«

»Und wer seid Ihr, Sir?« fragte d'Averc ein wenig von oben herab.

»Ich? Nun, ich bin Orland Fank. Wußtet Ihr das nicht? Orland Fank zu Diensten, meine Herren.«

»Lebt Ihr auf dieser Insel?« erkundigte sich Falkenmond.

»Ich habe hier gelebt, aber seit einiger Zeit nicht mehr, wißt ihr.« Fank nahm seine Haube ab und wischte sich die Stirn mit dem Arm. »Jetzt bin ich ein Reisender. Wie ihr, wenn ich recht gehört habe.«

»Und wer hat Euch das berichtet?« fragte Falkenmond.

»Ich habe einen Bruder, der eine etwas auffällige Rüstung aus schwarzem und goldenem Metall trägt...«

»Der Ritter in Schwarz und Gold!« stieß Falkenmond aus.

»Ja, man nennt ihn bei recht hochtrabenden Namen. Er hat euch gegenüber gewiß seinen einfachen Bruder nicht erwähnt, wie ich annehme.«

»Damit habt Ihr recht. Wer seid Ihr?«

»Das habt ihr mich bereits gefragt. Ich bin Orland Fank aus Skare Brae auf den Orkneyinseln, wißt ihr...«

»Die Orkneyinseln!« Falkenmonds Hand fuhr an sein Schwert. »Die gehören doch zu Granbretanien!«

Fank lachte. »Sagt zu einem Mann von den Orkneys, daß er zum Dunklen Imperium gehört, und er wird euch mit seinen Zähnen die Kehle herausreißen.« Er machte eine entschuldigende Geste und erklärte: »So machen wir es dort mit unseren Feinden, wißt ihr? Das ist so unsere Art.«

»So, dann ist also der Ritter in Schwarz und Gold ebenfalls von diesen Okneyinseln . . .«, murmelte d'Averc.

»Wie könnt Ihr so etwas glauben! Er soll von den Inseln sein, mit seiner prunkvollen Rüstung und seinen feinen Manieren!« Orland Fank lachte lauthals. »Nein, er stammt nicht von dort.« Mit seiner Haube wischte er sich die Tränen aus den Augen. »Wie kommt Ihr auf eine solche Idee?«

»Ihr sagtet doch, er sei Euer Bruder.«

»Das ist er auch. Bruder im Geiste, wie man so schön sagt. Vielleicht ist er auch mein leiblicher Bruder. Ich habe es vergessen. Es ist schon so lange her, daß wir zum erstenmal zusammentrafen.«

»Und was brachte euch zusammen?«

»Eine gemeinsame Sache, könnte man sagen. Ein Ideal.«

»Könnte vielleicht der Runenstab dieses Ideal sein?« flüsterte Falkenmond, und seine Stimme klang kaum lauter als die kleinen Wellen, die nunmehr ruhig gegen den Strand trieben.

»Durchaus.«

»Ihr seid plötzlich so kurzangebunden, Freund Fank«, wunderte sich d'Averc.

»Ja, wir von den Orkneyinseln sind ein wenig mundfaul.« Orland Fank lächelte. »Dort hält man mich doch tatsächlich für einen Schwätzer.« Es schien ihm allerdings nichts auszumachen.

Falkenmond deutete hinter sich. »Diese Ungeheuer, und die gespenstischen Wolken zuvor – wäre es möglich, daß sie etwas mit dem Runenstab zu tun haben?«

»Ich habe weder Ungeheuer noch Wolken gesehen. Ich bin ebenfalls gerade erst hier angekommen.«

»Wir wurden von riesigen Reptilien zu dieser Insel getrieben«, erklärte Falkenmond. »Und nun glaube ich zu verstehen, weshalb. Auch sie dienen zweifellos dem Runenstab.«

»Das könnte schon sein«, brummte Fank gleichgültig. »Ihr müßt wissen, Freund Dorian, das geht mich nichts an.«

»War es der Runenstab, der schuld an der Havarie unseres Schiffes ist?« fragte Falkenmond grimmig.

»Das kann ich wirklich nicht sagen«, erwiderte Fank und setzte seine Haube auf. »Ich weiß nur, daß ich hier bin, um euch ein Boot zu geben und zu erklären, wie ihr zum nächsten bewohnten Land kommt.«

»Ihr habt ein Boot für uns?« fragte d'Averc überrascht.

»Ja, es ist nicht gerade eine Schönheit, aber ein durchaus seetüchtiger Kahn. Er bietet gerade Platz für euch beide.«

»Nur für zwei? Wir haben eine Besatzung von fünfzig Mann!« rief Falkenmond entrüstet. »Wenn der Runenstab schon Wert darauf legt, daß ich ihm diene, dann sollte er bedachter handeln! Das einzige, was er bisher fertiggebracht hat, ist, mich gründlich zu verärgern!«

»Vergeßt den Ärger, er bringt nichts ein«, meinte Fank mit sanfter Stimme. »Ich hatte übrigens gedacht, Ihr seid im Auftrag des Runenstabs nach Dnark unterwegs. Mein Bruder sagte mir . . .«

»Euer Bruder bestand darauf, daß wir uns nach Dnark begeben. Aber ich hatte andere Verpflichtungen, Orland Fank. Verpflichtungen gegenüber meiner Frau, die ich schon seit Monaten nicht mehr gesehen habe, gegenüber meinem Schwiegervater, der auf meine Rückkehr wartet, gegenüber meinen Freunden . . .«

»Die Leute von der Burg Brass? Ja, ich habe von ihnen gehört. Sie sind im Augenblick durchaus sicher, wenn Euch das beruhigt.«

»Wißt Ihr das ganz bestimmt?«

»Ganz bestimmt. Ihr Leben verläuft ziemlich ereignislos, wenn man von den Schwierigkeiten mit diesem Elvereza Tozer absieht.«

»Tozer? Was ist mit diesem Renegaten?«

»Soviel ich weiß, hat er sich irgendwie seinen Ring wieder verschafft und ist fort.« Orland Fank machte eine ausholende Bewegung mit seiner Rechten.

»Fort? Wohin?«

»Wer weiß das schon? Ihr habt doch selbst Erfahrung mit Mygans Ringen.«

»Sie sind ziemlich unberechenbar.«

»Das habe ich auch gehört.«

»Nun, auf jeden Fall sind sie Tozer los.«

»Ich kenne den Mann gar nicht.«

»Er ist ein talentierter Dramatiker«, erklärte Falkenmond, »mit der moralischen Einstellung eines – eines . . .«

»Eines Granbretaniers?« schlug Fank vor.

»Genau.« Falkenmond runzelte die Stirn und starrte in Orland Fanks Augen. »Macht Ihr mir auch nichts vor? Sind meine Verwandten und Freunde sicher?«

»Ihre Sicherheit ist im Augenblick nicht bedroht.«

Falkenmond seufzte. »Wo ist dieses Boot? Und was ist mit meiner Besatzung?«

»Ich verstehe ein wenig vom Schiffsbau. Ich werde ihnen helfen, ihr Schiff wieder instandzusetzen, damit sie nach Narleen zurückkehren können.«

»Und warum können wir nicht mit ihnen fahren?« fragte d'Averc.

»Wenn ich recht verstanden habe«, erwiderte Fank mit Unschuldsmiene, »dann seid ihr ein recht ungeduldiges Paar und möchtet so schnell wie möglich weiter. Es kann Tage, ja Wochen dauern, bis das Schiff repariert ist.«

»Gut. Wir nehmen das Boot«, resignierte Falkenmond. »Täten wir es nicht, würde der Runenstab – oder welche Macht es sonst auch immer war, die uns hierher trieb – uns nur noch weitere Unannehmlichkeiten bereiten.«

»Das wäre sehr leicht möglich«, pflichtete Fank ihm lächelnd bei.

»Und wie wollt Ihr von der Insel fort, wenn wir Euer Boot nehmen?« erkundigte sich d'Averc.

»Ich fahre mit den Seeleuten nach Narleen. Ich habe viel Zeit.«

»Wie weit ist es bis zum Festland?« wollte Falkenmond wissen. »Und wie kommen wir dorthin? Habt Ihr einen Kompaß für uns?«

Fank schüttelte den Kopf. »Es ist nicht weit, und ihr benötigt keinen Kompaß, ihr braucht nur auf den richtigen Wind zu warten.«

»Was soll das wieder heißen?«

»Der Wind in dieser Gegend ist ein wenig eigenartig. Ihr werdet noch verstehen, was ich meine.«

Falkenmond zuckte resignierend die Schultern.

Sie folgten Orland Fank, der sie den Strand entlang führte.

»Es scheint, als hätten wir selbst nicht mehr viel zu sagen«, murmelte d'Averc, als das Boot vor ihnen lag.

5. Stadt der glühenden Schatten

Falkenmond lag mit finsterer Miene ausgestreckt in dem kleinen Boot, und d'Averc stand vor sich hin pfeifend am Bug, ohne die Gischt zu beachten, die ihm ins Gesicht sprühte. Einen ganzen Tag schon trieb der Wind sie auf einem offensichtlich recht eigenwilligen Kurs dahin.

»Jetzt verstehe ich, was Fank meinte«, brummte Falkenmond. »Das ist kein natürlicher Wind. Es gefällt mir absolut nicht, daß uns irgendeine übernatürliche Macht wie Marionetten tanzen läßt . . .« D'Averc grinste und deutete geradeaus. »Nun, vielleicht haben wir eine Gelegenheit, uns bei dieser übernatürlichen Macht zu beschweren. Schau, da vorn ist Land in Sicht.«

Widerwillig erhob sich Falkenmond und sah die vagen Umrisse am Horizont.

»Und so kehren wir also nach Amarekh zurück.« D'Averc lachte.

»Wenn es nur Europa wäre und ich dort Yisselda fände«, seufzte Falkenmond.

»Oder sogar Londra, wo mich Flana trösten würde.« D'Averc zuckte die Schultern und hustete theatralisch. »Doch es ist besser so, sie würde es nicht verdienen, mit einem Kranken, ja Sterbenden verbunden zu sein . . .«

Allmählich nahm die ferne Küste Form an. Sie sahen Klippen, hellen Strand, Hügel, und sogar ein paar Bäume. Da, plötzlich bemerkten sie im Süden einen eigenartigen, goldenen Schein – ein Licht, das in gleichmäßigem Rhythmus auf- und abflammte, wie im Gleichklang mit einem riesigen Herzen.

»Schon wieder ein beunruhigendes Phänomen«, murmelte d'Averc.

Der Wind blies heftiger, und das Boot brauste nur so dahin, geradewegs auf den goldenen Schein zu.

»Wir halten genau darauf zu«, stöhnte Falkenmond. »Ich werde solcher Dinge langsam überdrüssig!«

Nun erkannten sie, daß sie auf eine Bucht im Festland zutrieben. In dieser Bucht lag eine lange Insel, die über die Bucht hinaus ins Meer ragte. Vom anderen Ende der Insel kam das pulsierende Licht.

Das Land zu beiden Seiten bestand aus weißem Strand und bewaldeten Hügeln, aber nirgends war eine Spur menschlichen Lebens zu bemerken. Als sie der Quelle des Lichtscheins näher kamen, begann er zu erblassen, bis nur noch ein schwaches Glühen in der Luft hing. Das Boot verringerte die Geschwindigkeit, hielt jedoch nach wie vor direkt auf das Licht zu. Und dann sahen sie, was dort lag.

Eine Stadt von so unvorstellbarer Schönheit, daß sie sie nur wortlos bewundern konnten. Sie war gewiß so groß wie Londra, wenn nicht größer, aber ihre Gebäude waren von vollendeter Symmetrie; schlanke Türme und beeindruckende Kuppeldächer, und alles glühte in jenem eigenartigen Licht, doch durch das Gold waren nur zarte Farben zu erkennen – Rosa, Gelb, Blau, Grün, Violett und Rot –, wie ein Gemälde aus Licht, das mit Gold getönt war. Es schien eine Stadt zu sein, die nicht für Menschen, sondern für Götter geschaffen war.

Das Boot fuhr nun in den Hafen ein, dessen Kais in den gleichen sanften Farbtönen schimmerten wie die Gebäude.

»Es ist wie ein Traum . . .«, murmelte Falkenmond.

»Ein Traum vom Himmel«, erwiderte d'Averc ohne seinen üblichen Zynismus, so beeindruckt war er.

Das Boot hielt vor den Stufen zu einem Kai, und sie sahen, daß die wundervollen Farben sich im Wasser spiegelten.

»Es scheint, als sollten wir hier aussteigen«, sagte d'Averc schulterzuckend. »Wir haben Glück, unser Ziel hätte weniger angenehm sein können.«

Falkenmond nickte mit ernstem Gesicht und fragte: »Hast du Mygans Ringe noch in deinem Beutel, Huillam?«

D'Averc betätschelte den Beutel. »Ja, weshalb?«

»Ich wollte nur sichergehen, daß wir sie benutzen können, falls wir in Gefahr geraten, gegen die unsere Klingen nichts ausrichten können.«

D'Averc nickte zustimmend, dann runzelte er die Stirn. »Merkwürdig, daß wir auf der Insel nicht daran dachten . . .«

Falkenmond blickte ihn überrascht an. »Ja, das ist sehr eigenartig. Das verdanken wir zweifellos dieser übernatürlichen Macht, die auch unseren Geist beeinflußt. Wie ich sie hasse!«

D'Averc legte die Finger auf die Lippen und sagte in gespieltem

Tadel: »Wie kannst du nur so etwas in einer Stadt wie dieser sagen!«

»Ah – ich hoffe, ihre Bewohner sind so freundlich wie das Äußere der Stadt.«

»Wenn sie überhaupt welche hat«, gab d'Averc zu bedenken und blickte sich zweifelnd um.

Gemeinsam stiegen sie die Treppe hinauf und standen auf dem Kai. Vor ihnen lagen die seltsamen Gebäude und dazwischen verliefen breite Straßen.

»Komm, gehen wir in die Stadt«, schlug Falkenmond vor. »Wir sollten so schnell wie möglich herausfinden, warum man uns hierher geführt hat. Vielleicht erlaubt man uns dann, wieder nach Burg Brass zurückzukehren!«

Als sie eine Straße betraten, schien es ihnen, als glühten die Schatten, die die Gebäude warfen, mit einem eigenen Leben. Ganz aus der Nähe kamen ihnen die hohen Bauwerke geradezu unwirklich vor, und als Falkenmond eines berührte, zuckte er zurück. Nie zuvor war ihm etwas Ähnliches untergekommen. Es war nicht Stein oder Holz, und auch nicht Stahl; es war eine nachgiebige Substanz, die seine Finger prickeln ließ. Er erschrak über die Wärme, die sie ausstrahlte und die durch seine Finger in den Arm und durch den ganzen Körper floß.

Verwirrt schüttelte er den Kopf. »Es ist eher Fleisch als Stein!«

D'Averc betastete das Gebäude ebenfalls, ganz vorsichtig und war genauso überrascht. »Ja«, murmelte er, »oder eine Pflanze besonderer Art. Auf jeden Fall erscheint es mir organisch – etwas Lebendes!«

Sie spazierten weiter. Oft mündeten die breiten Straßen in große Plätze. Sie überquerten diese Plätze und gingen ohne Ziel eine weitere Straße entlang und blickten die Gebäude hoch, die ohne Ende zu sein schienen und sich in dem merkwürdigen Schein verloren.

Ihre Stimmen klangen gedämpft, als zögerten sie, die Stille der Stadt zu brechen.

»Hast du bemerkt«, flüsterte Falkenmond, »daß nirgends Fenster sind?«

»Und keine Türen«, d'Averc nickte. »Ich bin mir sicher, daß diese Stadt nicht für Menschen gebaut wurde – und auch nicht von Menschen!«

»Vielleicht waren es Wesen, die durch das Tragische Jahrtausend entstanden«, meinte Falkenmond. »Geschöpfe wie die Geistermenschen von Soryandum.«

D'Averc nickte zustimmend.

Vor ihnen schienen die merkwürdigen Schatten ineinanderzufließen, und als sie durch sie hindurchschritten, überkam sie ein ungemeines Wohlgefühl. Falkenmond lächelte trotz seiner Befürchtungen, und d'Averc erwiderte sein Lächeln. Die glühenden Schatten schwammen um sie herum. Falkenmond fragte sich, ob nicht vielleicht gar diese Schatten die Bewohner der Stadt waren.

Sie kamen auf einen gewaltigen Platz, zweifellos der Mittelpunkt der Stadt. Ein zylinderförmiges Bauwerk strebte hier in den Himmel, und obwohl es gewiß das gigantischste Gebäude der Stadt war, schien es auch das ätherischste. Seine Wände schimmerten in zartfarbigem Licht, und plötzlich bemerkte Falkenmond etwas.

»Huillam! Schau, Stufen, die zu einer Tür führen!«

»Was sollen wir tun?« fragte d'Averc.

Falkenmond zuckte mit den Schultern. »Eintreten natürlich, was haben wir schon zu verlieren?«

»Vielleicht werden wir die Antwort auf diese Fragen drinnen bekommen«, meinte sein Freund lächelnd. »Nach dir, Herzog von Köln!«

Die beiden stiegen die Stufen empor, bis sie die Tür erreichten. Sie war relativ klein – etwa mannshoch, und dahinter sahen sie mehr der glühenden Schatten.

Tapfer trat Falkenmond ein, d'Averc folgte ihm dichtauf.

6. Jehamiah Cohnahlias

Ihre Füße schienen geradezu in den Boden zu sinken, und die glühenden Schatten, die es auch im Inneren gab, hüllten die beiden Männer ein, als sie in die schillernde Dunkelheit des Turmes traten.

Ein sanfter Ton, wie ein unirdisches Wiegenlied, schwang in der Luft und erhöhte ihr Gefühl des Wohlbefindens, während sie immer tiefer in dieses fremdartige, organische Bauwerk eindrangen.

Und dann standen sie plötzlich in einem kleinen Raum, der voll des gleichen goldenen, pulsierenden Leuchtens war, das sie vom Boot aus gesehen hatten.

Und dieses Leuchten ging von einem Kind aus.

Es war ein Junge von orientalischem Äußeren, mit zarter, brauner Haut, in Gewändern, die so dicht mit Juwelen bestickt waren, daß der Stoff darunter überhaupt nicht mehr zu sehen war.

Er lächelte, und sein Lächeln glich dem milden Leuchten, das ihn umgab. Es war unmöglich, nicht Liebe für ihn zu empfinden.

»Herzog Dorian Falkenmond«, sagte er mit heller Stimme und verneigte sich, »und Sir Huillam d'Averc. Ich bin ein Bewunderer Eurer Gemälde und Architekturen.«

D'Averc starrte ihn erstaunt an. »Du kennst sie?«

»Sie sind großartig. Weshalb schafft Ihr nicht weitere?«

Der Franzose hüstelte verlegen. »Ich – ich habe wohl die leichte Hand dazu verloren. Der Krieg . . .«

»Ja, natürlich. Das Dunkle Imperium. Deshalb seid ihr ja hier.«

»Es sieht ganz so aus.«

»Man nennt mich Jehamiah Cohnahlias.« Der Junge lächelte erneut. »Und das ist alles, was ich euch über mich sagen kann, falls ihr die Absicht gehabt habt, mich nach mehr fragen zu wollen. Die Stadt hier heißt Dnark, und ihre Bewohner sind in der Außenwelt unter der Bezeichnung ›die Großen Guten‹ bekannt. Ihr habt bereits einige getroffen, glaube ich.«

»Die glühenden Schatten?« fragte Falkenmond.

»Ah, seht Ihr sie so? Ja, dann also die glühenden Schatten.«

»Sind sie intelligent?«

»Und ob. Mehr als das!«

»Und dies ist Dnark?« fragte Falkenmond weiter. »Ist es die legendäre Stadt des Runenstabs?«

»Das ist sie.«

»Merkwürdig, daß die Legenden davon berichten, er befände sich in Asiakommunista, nicht in Amarehk.«

»Das ist kein Zufall. Eine kleine Irreführung ist manchmal angebracht.«

Der Junge lächelte erneut.

»Offensichtlich«, meinte Falkenmond trocken, unfähig, in der Gegenwart des Kindes Ärger zu empfinden. »Erst schickte uns der Ritter in Schwarz und Gold hierher, und als wir uns weigerten, legte es uns sein Bruder nahe . . .«

»Ah ja, Orland Fank«, murmelte der Junge. »Ich hege eine besondere Zuneigung für diesen Diener des Runenstabs. Aber kommt jetzt mit in den Saal des Runenstabs.« Er runzelte die Stirn ein wenig. »Verzeiht, gewiß wollt ihr euch erst ein wenig erfrischen und euch vielleicht mit einem anderen Reisenden unterhalten, der erst vor ein paar Stunden vor euch hier ankam?«

»Kennen wir ihn?«

»Ich denke schon.«

Der Junge schien von seinem Stuhl zu fließen.

»Diesen Weg.«

»Wer mag das sein?« murmelte d'Averc. »Wer, außer uns, würde auf die Idee kommen, nach Dnark zu reisen?«

7. Ein wohlbekannter Reisender

Sie folgten Jehamia Cohnahlias durch die gewundenen Korridore des Gebäudes. Sie wirkten nun heller, denn die glühenden Schatten – die Großen Guten hatte der Junge sie genannt – waren verschwunden. Offenbar war es ihre Aufgabe gewesen, Falkenmond und d'Averc zu dem Kind zu geleiten.

Schließlich erreichten sie eine größere Halle, in der eine lange Tafel und Stühle, wahrscheinlich aus demselben Material wie die Wände, standen. Auf der Tafel war ein Mahl angerichtet – relativ einfache Kost, Fisch, Brot und grünes Gemüse.

Aber sie achteten jetzt nicht darauf, denn ihre Augen wurden von der Gestalt am entgegengesetzten Ende des Saals angezogen. Automatisch fuhren ihre Hände an die Schwerter, und ihre Mienen verzogen sich finster.

Schließlich stieß Falkenmond zwischen zusammengepreßten Zähnen den Namen hervor.

»Shenegar Trott!«

Die wohlbeleibte Gestalt mit der einfachen Silbermaske, die höchstwahrscheinlich eine Parodie der Züge darunter darstellte, kam auf sie zu.

»Guten Abend, meine Herren. Dorian Falkenmond und Huillam d'Averc, nehme ich an.«

Falkenmond wandte sich dem Jungen zu. »Weißt du, wer dieser Kerl ist?«

»Ein Forscher aus Europa, soviel ich weiß.«

»Er ist der Graf von Sussex, die rechte Hand des Reichskönigs Huon. Er hat halb Europa vergewaltigt. Nach Baron Meliadus ist er der sadistischste Schlächter überhaupt.«

»Aber meine Herren«, sagte Trott mit sanfter, amüsiert klingender Stimme. »Wir wollen doch nicht gleich mit gegenseitigen Beleidigungen aufwarten. Wir befinden uns hier auf neutralem Boden. Was den Krieg betrifft, das ist eine völlig andere Sache, die uns im Augenblick nicht beschäftigen sollte. Wir wollen uns wie zivilisierte Menschen benehmen, um nicht von vornherein einen schlechten Eindruck auf unseren jungen Gastgeber zu machen.«

Falkenmond blickte ihn düster an. »Wie seid Ihr nach Dnark gekommen, Graf Shenegar?«

»Per Schiff, Herzog von Köln. Unser Baron Kalan – den Ihr ja kennengelernt habt . . .« Trott kicherte, als Falkenmonds Hand unwillkürlich zu dem Juwel in seiner Stirn fuhr, das Kalan ihm dort eingepflanzt hatte, ». . . hat einen neuen Antrieb entwickelt, der unseren Schiffen beachtliche Geschwindigkeit verleiht. Der Antrieb ist ähnlich jenem unserer Ornithopter, nur etwas ausgefeilter, soviel ich weiß. Ich erhielt von unserem weisen Reichskönig Huon persönlich den Auftrag, nach Amarehk zu reisen und freundschaftliche Verbindung mit den Mächten aufzunehmen, die hier leben . . .«

»Um ihre Stärken und ihre Schwächen auszukundschaften, ehe ihr angreift!« knurrte Falkenmond. »Einem Diener des Dunklen Imperiums ist nicht zu trauen!«

Der Junge breitete die Hände aus, und ein Ausdruck der Betrübnis beschattete seine Züge. »Wir in Dnark suchen nur die Ausgeglichenheit. Das ist das Ziel des Runenstabs, den zu schützen wir hier sind, und der Grund für seine Existenz. Ich flehe euch an, spart eure Auseinandersetzungen für das Schlachtfeld auf und laßt uns gemeinsam das Mahl einnehmen, das ich vorbereiten ließ.«

»Aber ich muß dich warnen«, sagte d'Averc in leichterem Ton als Falkenmond, »daß Shenegar Trott bestimmt nicht hier ist, um Frieden zu bringen. Wohin immer er geht, führt er Tod und Vernichtung mit im Schlepp. Sei darauf vorbereitet; denn man hält ihn für den schlausten Fuchs von ganz Granbretanien.«

Der Junge schien äußerst verlegen. Ohne etwas zu erwidern, deutete er auf die Tafel. »Bitte nehmt Platz.«

»Und wo habt Ihr Eure Flotte, Graf Shenegar?« erkundigte sich d'Averc, als er sich auf der Bank niederließ und nach einer Platte mit Fisch griff.

»Flotte?« murmelte Trott unschuldig. »Ich habe nichts von einer Flotte gesagt. Mein Schiff liegt mit seiner Besatzung ein paar Meilen außerhalb der Stadt vor Anker.«

»Dann muß es aber ein recht beachtliches Schiff sein«, sagte Falkenmond und kaute an einem Stück Brot. »Denn es sieht einem Grafen des Dunklen Imperiums gar nicht ähnlich, eine Reise zu unternehmen, ohne gleichzeitig an eine Invasion zu denken.«

»Ihr vergeßt, daß wir in Granbretanien auch Wissenschaftler und Gelehrte sind«, protestierte Shenegar Trott scheinbar ein wenig gekränkt. »Wir suchen Wissen, Wahrheit und Vernunft. Unsere einzige Absicht in der Vereinigung der sich ständig bekriegenden europäischen Staaten war es, einen von der Vernunft bedingten Frieden in der Welt zu schaffen, damit der Fortschritt sich schneller ausbreiten möge.«

D'Averc hüstelte theatralisch, schwieg jedoch.

Trott tat nun etwas, das für einen Adligen des Dunklen Imperiums so gut wie ohne Präzedenz war. Er legte die Maske ab und ließ sich mit sichtlichem Genuß die Speisen schmecken. In Granbretanien galt es als geradezu obszön, die Maske in der Öffentlichkeit abzunehmen und gar noch in Gesellschaft anderer zu dinieren. Trott, das wußte Falkenmond, wurde von seinen Mitlords hauptsächlich seines Reichtums wegen geduldet, allerdings auch aufgrund seines taktischen Könnens als General und seines zweifellosen Mutes, den man in dem schwabbligfetten Grafen nicht erwartete.

Das nun entblößte Gesicht war tatsächlich dasjenige, das die

Maske in karikierter Form darstellte. Es war weiß, feist und wirkte intelligent. Die Augen wirkten völlig ausdruckslos, aber es war unverkennbar, daß Shenegar Trott jeder Regung, die er zeigen wollte, mit ihnen Ausdruck verleihen konnte.

Sie aßen schweigend. Nur der Junge berührte die Speisen nicht; er leistete ihnen lediglich Gesellschaft.

Schließlich deutete Falkenmond auf die unförmige Silberrüstung des Grafen. »Weshalb reist Ihr in so schwerer Aufmachung, Graf Shenegar, wenn Ihr Euch nur auf einer friedlichen Forschungsfahrt befindet?«

Shenegar Trott lächelte. »Woher soll ich wissen, welche Gefahren in dieser fremdartigen Stadt meiner harren würden? Ist es nicht klüger, auf alle Eventualitäten vorbereitet zu sein?«

D'Averc wechselte das Thema, denn sie würden ja doch nur nichtssagende Antworten von dem Granbretanier erhalten. »Wie steht der Krieg in Europa?« erkundigte er sich.

»Es gibt keinen Krieg in Europa.«

»Keinen Krieg? Weshalb wären wir dann hier? Ausgestoßen aus unseren eigenen Ländern!« rief Falkenmond.

»Es gibt keinen Krieg, denn ganz Europa lebt nun in Frieden unter der Oberherrschaft unseres allmächtigen Königs Huon«, erwiderte Trott. Er blinzelte Falkenmond verschmitzt zu und brachte ihn so um seine Entgegnung.

»Das heißt, von der Kamarg abgesehen«, fuhr der Graf fort. »Und die, wie ihr ja wißt, ist völlig vom Erdboden verschwunden. Mein Kampfgefährte, Baron Meliadus, ist äußerst verbittert darüber.«

»Davon bin ich überzeugt«, murmelte Falkenmond. »Und verfolgt er immer noch seinen Rachezug gegen uns?«

»Das kann man wohl sagen. Als ich Londra verließ, war er nahe daran, sich zum Gespött des Hofes zu machen.«

»Ihr scheint nicht sehr von dem Baron angetan zu sein«, meinte d'Averc.

»Oh, habt Ihr das bereits bemerkt? Wißt Ihr, wir sind nicht alle so wahnsinnig und habgierig, wie Ihr glaubt. Ich hatte schon viele Meinungsverschiedenheiten mit Baron Meliadus. Obgleich ich meinem Vaterland und meinem König treu geblieben bin, billige ich noch lange nicht alles, was in ihrem Namen geschieht, ja, was ich selbst getan habe. Ich führe lediglich meine Befehle aus. Ich bin Patriot.« Trott hob die Schultern. »Ich würde lieber zu Hause am Kaminfeuer sitzen und lesen und dichten. Ich galt einmal als vielversprechender Poet. Wußtet Ihr das?«

»Aber jetzt schreibt Ihr nur noch Epitaphe, und die in Feuer und Blut«, sagte Falkenmond bitter.

Graf Shenegar schien nicht gekränkt, im Gegenteil, er antwortete tolerant: »Ihr seht die Dinge lediglich anders als ich. Ich glaube an das Gute, das wir schließlich durch unsere Taten herbeiführen werden – daß die Einigkeit der Welt von größter Wichtigkeit ist, daß persönliche Interessen, auch wenn noch so edel, dem größeren Ziel geopfert werden müssen.«

»Das ist die übliche nichtssagende Erklärung der Granbretanier«, brummte Falkenmond, alles andere als überzeugt. »Es ist dasselbe Argument, das Meliadus gegenüber Graf Brass verwendete, kurz ehe er versuchte, dessen Tochter Yisselda zu vergewaltigen und zu entführen.«

»Ich habe bereits erklärt, daß ich mich von Baron Meliadus distanziere«, erinnerte Trott. »Jeder Hof braucht seinen Narren, jedes größere Ideal zieht auch jene an, die nur von Selbstsucht beherrscht werden.«

Des Grafen Antworten schienen mehr an den wartenden Jungen gerichtet als an Falkenmond und d'Averc.

Als das Mahl zu Ende war, zog sich Trott die Silbermaske wieder über den Kopf. Er verbeugte sich vor dem Kind. »Ich danke dir für deine Gastfreundschaft, mein junger Sir. Es wäre nett von dir, wenn du jetzt dein Versprechen wahrmachtest und mich den Runenstab bewundern ließest. Es würde mir eine große Freude sein, das legendäre Artefakt mit eigenen Augen zu sehen . . .«

Falkenmond und d'Averc warfen dem Jungen einen warnenden Blick zu, aber er schien es nicht zu bemerken.

»Es ist schon spät. Wir werden den Saal des Runenstabs lieber erst morgen besuchen«, vertröstete er den Grafen. »Wenn ihr durch diese Tür tretet, meine Herren«, er deutete quer durch den Raum, »findet ihr ein bequemes Nachtquartier. Ich werde euch rechtzeitig in der Frühe wecken.«

Shenegar Trott erhob und verbeugte sich. »Ich danke dir für dein Angebot, aber meine Männer würden sich Sorgen machen, wenn ich heute nicht mehr auf mein Schiff zurückkehrte. Ich werde mich am Morgen wieder hier einfinden.«

»Wie es Euch beliebt«, sagte Jehamiah Cohnahlias.

»Wir werden deine Gastfreundschaft dankbar in Anspruch nehmen«, wandte sich Falkenmond an den Jungen. »Aber laß dich noch einmal warnen: Shenegar Trott ist nicht das, was du in ihm zu sehen scheinst.«

»Eure Hartnäckigkeit ist bewundernswert.« Shenegar Trott lächelte und winkte allen noch mit seiner behandschuhten Rechten verabschiedend zu.

»Ich fürchte, unser Schlaf wird nicht der beste sein, nun, da wir wissen, daß sich unser Feind in Dnark befindet«, meinte d'Averc.

Der Junge lächelte. »Sorgt euch nicht. Die Großen Guten werden euch vor allem Bösen beschützen. Gute Nacht, meine Herren. Wir sehen uns morgen früh.«

Jehamiah Cohnahlias verließ den Raum mit beinahe schwebenden Schritten. D'Averc und Falkenmond betraten das angewiesene Zimmer, das mehrere Wandbetten in großen Nischen enthielt.

»Ich fürchte, Shenegar Trott führt nichts Gutes mit dem Jungen im Schild«, murmelte Falkenmond.

»Wir sollten uns um ihn kümmern und ihn so gut beschützen, wie es uns möglich ist«, schlug d'Averc vor. »Gute Nacht, Dorian.«

Falkenmond folgte dem Beispiel seines Freundes und streckte sich auf seinem Bett aus. Glimmende Schatten umwallten ihn, und wieder vernahm er die sanften Töne des unirdischen Wiegenliedes, das sie begrüßt hatte. Er fiel sofort in tiefen Schlaf.

8. Ein Ultimatum

Falkenmond erwachte spät. Er fühlte sich ausgeruht wie schon lange nicht mehr, doch da bemerkte er, daß die glühenden Schatten beunruhigt schienen. Sie leuchteten nun in einem kalten Blau und wirbelten angstvoll, wie es ihm vorkam.

Falkenmond sprang aus dem Bett und schnallte sich den Schwertgurt um. Er runzelte die Stirn. Lag die Gefahr, die er gefürchtet hatte, noch vor ihnen – oder schwebte sie bereits über ihren Häuptern? Die Großen Guten schienen keine Möglichkeit zu haben, sich ihm mitzuteilen.

D'Averc kam herbeigerannt. »Was glaubst du, ist los, Dorian?«

»Ich weiß es nicht. Ob Shenegar Trott eine Invasion beabsichtigt? Ob der Junge sich in Gefahr befindet?«

Plötzlich wanden die glühenden Schatten sich um sie. Sie spürten fast eisige Kälte und wurden eilig durch den Saal getragen, in dem sie gespeist hatten, und dann die Korridore entlang, bis sie außerhalb des Gebäudes waren. Hier wirbelten die Schatten sie zu dem goldenen Licht empor.

Jetzt erst ließ ihre Geschwindigkeit nach. Atemlos und überrascht über die plötzliche Aktivität der Schatten hingen die beiden Freunde nun reglos hoch über dem Hauptplatz.

D'Avercs Gesicht war bleich, denn seine Beine ruhten auf leerer Luft, die glühenden Schatten schienen noch weniger Substanz als diese zu haben. Trotzdem fielen sie nicht.

Drunten auf dem Platz waren nun winzige Figuren zu sehen, die sich auf den zylinderförmigen Turm zubewegten.

»Aber das ist ja eine ganze Armee!« keuchte Falkenmond. »Es sind gewiß gut tausend Mann. So also sieht Shenegar Trotts friedliche Forschungsfahrt aus. Er hat Dnark überfallen! Aber weshalb?«

»Ist das so schwer zu erraten, mein Freund?« sagte d'Averc grimmig. »Er sucht den Runenstab. Mit ihm könnte er über die ganze Welt herrschen!«

»Aber er weiß doch gar nicht, wo er sich befindet!«

»Das ist sicher der Grund, weshalb er den Turm angreift. Schau doch – sie dringen bereits ein!«

Von dünnen Schatten umgeben und von dem goldenen Licht, blickten die beiden Männer bestürzt auf die Szene hinab.

»Wir müssen sofort hinunter!« sagte Falkenmond entschlossen.

»Aber wir sind zwei gegen tausend!« gab d'Averc zu bedenken.

»Nicht, wenn das Schwert der Morgenröte seine grimmige Legion herbeiruft«, erinnerte ihn Falkenmond.

Die Großen Guten hatten offenbar seine Worte verstanden, denn sie senkten sich mit ihnen in die Tiefe. Falkenmond spürte das heftige Pochen seines Herzens, als sie immer schneller über den Platz herunterkamen, auf dem die maskierten Krieger des Dunklen Imperiums sich nun dicht drängten. Es waren hauptsächlich Angehörige des Falkenordens, der wie der Geierorden hauptsächlich aus Fremdenlegionären bestand – aus Überläufern, die noch grausamer als die Granbretanier waren. Die vom Wahnsinn gezeichneten Falkenaugen starrten wie in Vorfreude auf das Blutfest empor, das Falkenmond und d'Averc ihnen bieten würden, und ihre Schnäbel schienen bereit zum Zuschlagen, genau wie die Steinkeulen, Äxte und Speere in ihren Händen.

Die glühenden Schatten setzten d'Averc und den Herzog von Köln in der Nähe des Turmeingangs ab. Die beiden hatten gerade noch Zeit, ihre Klingen zu ziehen, als die Falken auch schon angriffen.

Aber da trat Shenegar Trott aus der Tür und rief seinen Männern zu: »Haltet ein, Falken. Es ist nicht nötig, Blut zu vergießen. Ich habe den Jungen!«

Falkenmond und d'Averc sahen, wie er das Kind, Jehamiah Cohnahlias, das sich zappelnd sträubte, an dessen Gewand hochhielt.

»Ich weiß, diese Stadt ist voll von übernatürlichen Wesen, die versuchen möchten, uns aufzuhalten«, fuhr der Graf fort. »Deshalb nehme ich mir die Freiheit, zu unserer Sicherheit diesen Jungen gefangenzuhalten. Sollte einer von uns bedroht werden, schlitze ich dem Kind die Kehle auf. Das ist lediglich eine Maßnahme, um Unannehmlichkeiten zu vermeiden . . .«

Falkenmond machte Anstalten, die Legion der Morgenröte zu rufen, aber Trott hob mahnend den Zeigefinger. »Möchtet Ihr schuld am Tod des Jungen sein, Herzog von Köln?«

Wütend senkte Falkenmond den Schwertarm und wandte sich an das Kind. »Ich habe dich vor seiner Hinterlist gewarnt!«

»Ja . . .« Jehamiah Cohnahlias würgte im Griff des Grafen. »Ich – hätte – auf Euch – hören sollen.«

Shenegar Trott lachte. Seine Maske glitzerte in dem goldenen Licht. »So, mein Junge, jetzt sagst du mir, wo der Runenstab zu finden ist.«

Das Kind deutete auf den Turm. »Die Halle des Runenstabs befindet sich darin.«

»Zeig ihn mir.« Trott wandte sich an seine Männer. »Beobachtet die beiden. Ich möchte sie lebend haben. Der König wird äußerst erfreut sein, wenn ich sowohl mit den Helden der Kamarg als auch mit dem Runenstab zurückkehre. Wenn sie eine falsche Bewegung machen, dann ruft es mir zu, ich werde dann dem Kind ein Ohr oder gleich beide abschneiden.« Er hielt dem Knaben das Messer vors Gesicht. »Folgt mir alle, bis auf die Wachen für die beiden Helden!«

Shenegar Trott schritt wieder ins Innere, und seine Falkenkrieger folgten ihm. Sechs blieben bei Falkenmond und d'Averc zurück.

Falkenmond sagte finster: »Wenn der Junge nur auf uns gehört hätte.« Er bewegte sich unwillkürlich, und schon drückten die Falken ihre Speerspitzen an seine Kehle. »Wie sollen wir ihn – und den Runenstab – jetzt vor Trott retten?«

Plötzlich blickten die Legionäre erstaunt in die Höhe. D'Avercs Blick folgte ihren. »Es sieht ganz so aus, als sollten wir befreit werden.« Er grinste.

Die glühenden Schatten kehrten zurück.

Ehe die Falken sich auch nur rühren oder den Mund öffnen konnten, wanden die Großen Guten sich um die beiden Männer und trugen sie erneut in die Höhe.

Die Krieger hieben nach ihren Füßen und rannten, als sie sie nicht mehr erreichen konnten, in den Turm, um ihren Führer zu warnen.

Immer höher stiegen die Großen Guten und trugen Falkenmond und d'Averc mit hinauf. Der goldene Nebel wurde so dicht, daß sie sich gegenseitig bald nicht mehr sehen konnten, geschweige denn die Gebäude der Stadt.

Es war ihnen, als reisten sie stundenlang auf diese seltsame Weise. Schließlich jedoch wurde der Goldnebel wieder dünner.

9. Der Runenstab

Als die goldenen Schleier zerrissen, blinzelte Falkenmond verwirrt; denn alle Arten von Farben drangen auf sie ein – Wellen und Strahlen, die seltsame Figuren in der Luft bildeten und alle von derselben Quelle kamen.

Er schloß die Lider halb, um sie gegen das Leuchten zu schützen, und blickte sich um. Sie schwebten nun über dem Dach einer Halle, deren Wände aus durchscheinendem Smaragd und Onyx zu bestehen schienen. In der Mitte der Halle erhob sich eine Plattform. Sie konnte durch Stufen von allen Seiten erreicht werden. Von einem Gegenstand auf dieser Plattform gingen die farbenprächtigen Lichtformen aus. Die Muster – Sterne, Kreise, Kegel und unvorstellbar komplexe Figuren – veränderten sich ständig, aber ihre Quelle blieb gleich. Sie war ein kleiner Stab, von der Länge eines Kurzschwerts in etwa, von einem stumpfen Schwarz, das offensichtlich stellenweise leicht verfärbt war. Diese Flecken schimmerten in einem tiefen melierten Blau.

Konnte das der Runenstab sein, fragte sich Falkenmond. Er schien nicht sehr beeindruckend für einen Artefakt von solch legendärer Macht. Er hatte ihn sich größer als ein Mensch und in leuchtenden Farben vorgestellt – aber dieses Ding konnte man ja in einer Hand halten!

Plötzlich drängten sich von einer Seitentür Männer in die Halle. Es waren Shenegar Trott und seine Falkenlegionäre. Der kleine Junge zappelte noch immer in Trotts Griff, und jetzt erfüllte das Gelächter des Grafen von Sussex die Halle.

»Ah, endlich! Nun ist er mein! Selbst der Reichskönig wird es nicht wagen, mir etwas abzuschlagen, wenn der Runenstab erst in meiner Hand ist.«

Falkenmond schnupperte. Ein bittersüßer Duft hing in der Luft. Und nun stieg ein sanftes Summen in der Halle auf. Die Großen Guten setzen ihn und d'Averc auf den Stufen unter dem Runenstab ab. Da entdeckte Graf Shenegar sie.

»Wie . . .?«

Falkenmond funkelte ihn finster an. Er deutet mit seiner Linken auf ihn und befahl: »Laßt das Kind los, Shenegar Trott!«

Der Graf kicherte. Er hatte sich schnell von seinem Staunen erholt. »Erst sagt ihr mir, wie ihr es fertiggebracht habt, noch vor mir hier anzukommen.«

»Mit Hilfe der Großen Guten, der übernatürlichen Wesen, die Ihr fürchtet. Wir haben auch noch andere Freunde, Graf Shenegar.«

Trotts Dolch zischte hoch, bis die Spitze auf die Nase des Kindes drückte. »Dann wäre ich ein Narr, die einzige Chance für meine Freiheit, wenn nicht gar meinen Erfolg loszulassen.«

Falkenmond hob das Schwert der Morgenröte. »Ich warne Euch, Graf, diese Klinge ist keine einfache Waffe. Seht Ihr, wie sie in rosigem Licht glüht?«

»Ja, sie ist hübsch. Aber kann sie mich auch zurückhalten, ehe ich dem Jungen die Augen aus dem Schädel steche, wie Pflaumen aus einem Glas?«

D'Averc blickte sich in der ungewöhnlichen Halle um, betrachtete die sich ständig veränderten Lichtmuster, die eigenartigen Wände und die glühenden Schatten, die nun hoch über ihnen hingen und offenbar zusahen. »Es scheint mir ein Patt zu sein, Dorian«, murmelte er. »Ich glaube, die Schatten können uns nicht weiterhelfen. Vermutlich sind sie nicht in der Lage, in Angelegenheiten der Menschen einzugreifen.«

»Wenn Ihr den Jungen freigebt, wäre ich bereit, Euch nicht daran zu hindern, Dnark zu verlassen«, versprach Falkenmond.

Shenegar Trott lachte lauthals. »Oh, wirklich? Und ihr wollt vielleicht eine ganze Armee aus der Stadt vertreiben, ihr beide?«

»Wir sind nicht ohne Verbündete«, versicherte ihm Falkenmond.

»Möglich. Aber ich schlage vor, ihr legt eure Schwerter nieder und gebt mir den Weg zum Runenstab frei. Wenn ich ihn habe, könnt ihr den Jungen bekommen.«

»Lebend?«

»Lebend.«

»Wie sollen wir ausgerechnet Shenegar Trott trauen«, rief d'Averc. »Er wird das Kind umbringen und uns dann aus dem Weg schaffen. Es ist nicht üblich, daß die Lords von Granbretanien ihr Wort halten.«

»Wenn wir nur eine Garantie hätten«, flüsterte Falkenmond verzweifelt.

In diesem Augenblick hörten sie eine vertraute Stimme hinter sich und drehten sich überrascht um.

»Ihr habt gar keine Wahl, als den Jungen freizulassen, Graf Trott.« Die Stimme dröhnte aus einem schwarz-goldenen Helm.

»So ist es. Mein Bruder spricht die Wahrheit . . .« Von der anderen Seite der Plattform trat Orland Fank hervor, der die gewaltige Kriegsaxt auf seiner ledergeschützten Schulter trug.

»Wie seid ihr hierhergelangt?« fragte Falkenmond überrascht.

»Das gleiche könnte ich auch fragen.« Fank grinste über das ganze Gesicht. »Zumindest habt ihr jetzt Freunde, mit denen ihr euch über dieses Dilemma unterhalten könnt.«

10. Der Geist des Runenstabs

Shenegar Trott kicherte erneut belustigt. »Ihr seid zwar nun zu viert, aber das ändert absolut nichts an der Situation. Ich habe tausend Mann zu meiner Verfügung. Der Junge ist in meiner Hand. Seid so gut, meine Herren, und tretet zur Seite, damit ich mir den Runenstab holen kann.«

Orland Fanks grobgeschnittenes Gesicht verzog sich zu einem breiten Grinsen, während der Ritter in Schwarz und Gold sein Gewicht ein wenig verlagerte. Falkenmond und d'Averc blickten sie fragend an. »Ich fürchte, Ihr überseht etwas«, erwiderte Fank laut.

»Und das wäre?« erkundigte sich Trott spöttisch und kam näher.

»Ihr seid der Meinung, Ihr könntet den Jungen halten, nicht wahr?«

»Ich könnte ihn töten, ehe ihr ihn erreicht.«

»Ja – aber seid Ihr sicher, daß der Junge sich nicht selbst befreien kann?«

»Das kann er nicht.« Trott hielt das Kind am Kragen noch höher und lachte laut. »Seht ihr?«

Da hielt der Granbretanier erschrocken den Atem an. Jehamiah Cohnahlias schien aus seinem Griff zu fließen und dehnte sich in einem schier endlosen Lichtstreifen über die Halle aus. Seine Züge waren noch erkennbar, doch auf unvorstellbare Weise in die Länge gezogen. Das Summen wurde zu deutlicher Musik, und der Duft nahm an Intensität zu.

Shenegar Trott tastete hastig nach der immer dünner werdenden Substanz des Kindes, aber sie war genausowenig zu greifen wie die der glühenden Schatten, die nun über ihn pulsierten.

»Bei Huons Thronkugel – er ist nicht menschlich!« schrie Trott in hilfloser Wut. »Er ist nicht menschlich!«

»Das hat er auch nicht behauptet«, erinnerte ihn Orland Fank geduldig und blinzelte Falkenmond vergnügt zu. »Seid Ihr und Euer Freund nun zu einem guten Kampf bereit?«

»Das sind wir«, Falkenmond grinste. »Und wie wir das sind!«

Der Junge – oder was immer er auch war – streckte sich nun über ihren Köpfen aus, um den Runenstab zu berühren. Die Lichtmuster wechselten immer schneller, und mehr und mehr füllten sie die Halle, so daß alle Gesichter von huschenden Farbstreifen überzogen waren.

Orland Fank beobachtete den Jungen mit größter Aufmerksamkeit, und als das Kind offenbar vom Runenstab aufgenommen wurde, wirkte sein Gesicht betrübt.

Bald war keine Spur mehr von Jehamiah Cohnahlias zu sehen. Doch der Runenstab leuchtete nun in einem glühenden Schwarz und schien ein eigenes Bewußtsein angenommen zu haben.

Falkenmond sog laut die Luft ein. »Wer war er, Orland Fank?«

Fank blinzelte. »Wer? Der Geist des Runenstabs. Er materialisiert sich selten in menschlicher Gestalt. Es war eine besondere Ehre für Euch.«

Shenegar Trott brüllte vor Wut, hielt jedoch inne, als eine tiefe Stimme aus dem geschlossenen Helm des Ritters in Schwarz und Gold dröhnte. »Bereitet Euch auf Euren Tod vor, Graf von Sussex.«

Trott lachte wie ein Irrer. »Ihr täuscht euch immer noch. Ihr seid nur vier – gegen tausend von uns. Ihr werdet sterben, und dann gehört der Runenstab mir!«

Der Ritter wandte sich an Falkenmond. »Herzog Dorian, würdet Ihr so gut sein und ein wenig Unterstützung herbeirufen?«

»Mit Vergnügen.« Falkenmond grinste und stieß das rosige Schwert hoch in die Luft. *»Ich rufe die Legion der Morgenröte!«*

Ein rosiges Leuchten erfüllte die Halle und flutete über die farbenprächtigen Muster in der Luft. Und da standen auch schon hundert wilde Krieger, jeder in seiner eigenen rötlichen Aureole.

Die Krieger waren von barbarischem Äußerem, als kämen sie aus einer längst vergangenen primitiven Zeit. Sie trugen schwere, mit Spitzen bewehrte, reich verzierte Streitkeulen und Lanzen, deren Schäfte bunt gefärbte Haarbüschel zierten. Ihre braunen

Körper und Gesichter waren farbbeschmiert. Bunte Lendentücher waren ihre einzige Kleidung, und Holzpanzer schützten Arme, Beine und Rumpf. Ihre schwarzen Augen blickten, als trauerten sie, und aus ihren Kehlen drang ein merkwürdig stöhnender Gesang wie eine Totenklage.

Das waren die Krieger der Morgenröte.

Selbst die unerschütterlichsten der Legionäre schrien erschrocken auf, als die Barbaren aus dem Nichts auftauchten. Shenegar Trott tat einen Schritt zurück.

»Ich würde Euch raten, Eure Waffen niederzulegen und Euch zu ergeben«, rief Falkenmond grimmig.

Trott schüttelte den Kopf. »Nie. Wir sind immer noch viel mehr als ihr!«

»So soll die Schlacht beginnen!« bestimmte Falkenmond und stieg die Stufen zu seinen Feinden hinunter.

Der Graf von Sussex zog seine gewaltige Klinge und stellte sich in Position zum Kampf. Falkenmond hieb mit seinem Schwert der Morgenröte auf ihn ein, aber Trott wich aus und schwang seine eigene Waffe nach ihm. Falkenmond war im Nachteil. Im Gegensatz zu dem vollgerüsteten Grafen trug er ein dünnes Seidengewand. Aber er hatte Glück; die Waffe des Grafen verfehlte ihn, wenn auch nur um Haaresbreite.

Das Klagelied der Barbaren schwoll zu einem wilden Geschrei an, als sie hinter Falkenmond die Stufen herunterstürmten und mit ihren Keulen und Lanzen ausholten. Die Falken stellten sich ihnen mutig entgegen und kämpften nicht schlechter als die unheimlichen Krieger, aber ihre Moral sank beträchtlich, als sie merkten, daß für jeden erschlagenen Barbaren ein neuer aus dem Nichts auftauchte, um seinen Platz einzunehmen.

D'Averc, Orland Fank und der Ritter in Schwarz und Gold stiegen die Stufen langsamer hinab. Im gleichen Rhythmus schwangen sie ihre Klingen und trieben die Falken zurück.

Wieder hieb Shenegar Trott auf Falkenmond ein und schlitzte ihm den Ärmel seines Hemdes auf. Falkenmonds Arm schnellte vor. Das Schwert der Morgenröte verbeulte Trotts Maske, so daß die Züge noch grotesker wirkten.

Doch dann, als Falkenmond zurücksprang, um den Zweikampf fortzusetzen, spürte er einen plötzlichen Schlag auf dem Hinterkopf. Mühsam drehte er sich halb um, sah, daß einer der Falken ihn mit dem Beilschaft getroffen hatte. Er wollte sich aufrichten, doch da gaben seine Knie nach. Als er die Besinnung verlor, bemerkte er noch, wie die Krieger der Morgenröte langsam zu verschwimmen schienen. Verzweifelt versuchte er, wieder Herr seiner Sinne zu werden, denn er befürchtete, daß die Krieger der Morgenröte nur existieren konnten, solange er bei vollem Bewußtsein war.

Aber es war zu spät. Als er auf die Stufen stürzte, hörte er Shenegar Trott kichern.

11. Der Tod eines Bruders

Wie aus der Ferne vernahm Falkenmond Kampflärm. Schwerfällig schüttelte er den Kopf und spähte durch einen rotschwarzen Schleier. Er versuchte sich aufzurichten, mußte jedoch feststellen, daß mindestens vier Leichen ihn zu Boden drückten. Seine Freunde hatten tüchtig Ernte gehalten.

Als es ihm endlich gelang, doch auf die Beine zu kommen, sah er, daß Shenegar den Runenstab erreicht hatte. Und dort stand auch der Ritter in Schwarz und Gold, schwer verwundet offenbar, und tat sein Bestes, die Granbretanier daran zu hindern, sich des Runenstabs zu bemächtigen. Aber Shenegar Trott hob eine gewaltige Keule und hieb sie auf den Helm des Ritters. Der Ritter taumelte, und der Helm barst.

Falkenmond stieß mit krächzender Stimme aus: »Legion der Morgenröte, zurück zu mir! Legion der Morgenröte!«

Da erschienen die barbarischen Krieger erneut und stürmten auf die erschrockenen Falken ein.

Falkenmond schwankte die Stufen empor, um dem Ritter zu Hilfe zu kommen. Von den anderen sah er nichts und wußte auch nicht, ob sie noch am Leben waren. Als er den Ritter fast erreicht hatte, fiel der Mann in der schwarz-goldenen Rüstung auf ihn und warf ihn zurück. Falkenmond versuchte, ihn zu halten, aber er spürte bereits, daß kein Leben mehr in dem Geheimnisvollen war.

Er bemühte sich, das Visier zurückzuschieben, und weinte um

den Mann, den er nie als seinen Freund betrachtet hatte, doch jetzt, da es zu spät war, tat er es. Er wollte das Gesicht desjenigen sehen, der so lange Zeit sein Geschick gelenkt hatte. Aber das Visier bewegte sich kaum einen Fingerbreit, denn Trotts Keule hatte es zu sehr eingebeult. »Ritter . . .«

»Der Ritter ist tot!« rief der Graf. Er hatte seine Maske abgenommen und griff nach dem Runenstab, während er triumphierend über die Schulter nach Falkenmond schaute. »Genauso, wie Ihr es in einem Augenblick sein werdet, Herzog von Köln!«

Mit einem Schrei ließ Falkenmond die Leiche fallen und stürmte die Stufen zu seinem Feind hinauf.

Aus der Fassung gebracht, drehte Trott sich um und hob die Keule erneut.

Falkenmond duckte sich unter dem Schlag hinweg und packte Trott. Sie rangen beide auf der obersten Stufe, während um sie herum das Gemetzel weiterging.

Während er kämpfte, sah Falkenmond d'Averc auf halber Treppenhöhe, sein Hemd bestand nur noch aus blutigen Fetzen und ein Arm hing schlaff an seiner Seite, aber er hielt fünf Falkenkrieger in Schach. Ein wenig höher schwang Orland Fank seine Kriegsaxt und stieß einen seltsamen, pfeifenden Schrei aus.

Trotts Atem kam pfeifend aus seinen wulstigen Lippen. Falkenmond staunte über die Stärke des feisten Gegners. »Ihr werdet sterben, Falkenmond«, krächzte der Graf. »Ihr müßt sterben, wenn der Runenstab mein sein soll!«

»Er wird nie Euer sein!« keuchte Falkenmond, während er mit dem Grafen rang. »Nie wird ein Mensch ihn besitzen.«

Mit einer blitzschnellen Drehung durchbrach Falkenmond die Deckung des Grafen und versetzte ihm einen gewaltigen Kinnhaken. Trott brüllte und griff nach ihm, aber Falkenmond hob seinen Fuß und stieß ihn gegen Trotts Brust, daß der Graf rückwärts gegen das Podest schlug. Endlich konnte Falkenmond sein Schwert wieder aufheben, und als Shenegar Trott, blind vor Wut, erneut auf ihn einstürmte, rannte er direkt in die Spitze des Schwertes der Morgenröte. Er starb mit einem wilden Fluch auf den Lippen, sein letzter Blick galt dem Runenstab.

Falkenmond zog sein Schwert aus dem feisten Leib und sah sich um. Seine Legion der Morgenröte machte die letzten Falken nieder.

D'Averc und Fank lehnten erschöpft gegen das Podest unterhalb des Runenstabs.

Ein paar Schreie erstarben noch unter den Keulen, dann herrschte Schweigen, wenn man von dem melodischen Summen und dem schweren Atmen der drei Überlebenden absah.

Als der letzte Granbretanier sein Leben aushauchte, verschwand die Legion der Morgenröte.

Falkenmond starrte auf die fette Leiche Shenegar Trotts herab und runzelte die Stirn. »Ihn haben wir besiegt – aber wenn der Reichskönig einen hierhergeschickt hat, dann werden auch andere folgen. Dnark ist nicht länger sicher vor dem Dunklen Imperium.«

Fank rieb sich die Nase mit dem Arm. »Es liegt an Euch, dafür zu sorgen, daß Dnark sicher ist – ja, daß der Rest der Welt sicher ist.«

Falkenmond grinste schief. »Und wie soll ich das fertigbringen?«

Fank begann zu sprechen, da fiel sein Blick auf den toten Ritter in Schwarz und Gold, und er stöhnte auf. »Bruder!« Dann stolperte er die Stufen hinunter, ließ seine Kriegsaxt fallen und nahm die Gestalt in der schweren Rüstung in die Arme. »Bruder . . .?«

»Er ist tot«, sagte Falkenmond leise. »Er starb von Trotts Hand, als er den Runenstab verteidigte. Ich erstach Trott . . .«

Fank weinte.

Lange standen die drei still nebeneinander und blickten auf das Schlachtfeld hinab. Die ganze Halle des Runenstabs war mit Leichen bedeckt. Selbst die Lichtmuster in der Luft hatten einen rötlichen Schimmer angenommen, und der bittersüße Duft war nicht stark genug, den Geruch des Todes zu überlagern.

Falkenmond steckte das Schwert der Morgenröte in die Hülle zurück. »Was jetzt?« fragte er. »Wir haben die Arbeit getan, die man von uns verlangte. Wir haben den Runenstab erfolgreich verteidigt. Erlaubt man jetzt unsere Rückkehr nach Europa?«

Da erklang eine Stimme hinter ihnen, die helle Stimme des Kindes Jehamiah Cohnahlias. Falkenmond drehte sich um und sah, daß das Kind jetzt auf der Plattform stand und den Runenstab in der Hand hielt.

»Hier, Herzog von Köln«, sagte der Junge, und seine schrägen

Augen leuchteten voll warmen Humors. »Nehmt, was Ihr Euch rechtmäßig verdient habt. Nehmt den Runenstab mit nach Europa, um dort das Geschick der Erde zu entscheiden.«

»Nach Europa! Ich glaubte, er könnte überhaupt nicht von seinem Platz bewegt werden.«

»Nicht von gewöhnlichen Sterblichen. Doch Ihr, als der Auserwählte des Runenstabs, dürft ihn nehmen.« Der Junge streckte ihn Falkenmond entgegen. »Nehmt ihn. Verteidigt ihn. Und betet, daß er Euch verteidigt.«

»Und wie sollen wir ihn benutzen?« erkundigte sich d'Averc.

»Als eure Standarte. Alle Menschen sollen wissen, daß der Runenstab mit euch reitet – daß der Runenstab auf eurer Seite ist. Sagt ihnen, daß Baron Meliadus es gewesen ist, der gewagt hat, auf den Runenstab zu schwören und dadurch die Ereignisse auslöste, die schließlich einen der beiden Gegenspieler völlig vernichten werden. Was immer auch geschieht, es wird endgültig sein. Tragt den Kampf nach Granbretanien, wenn ihr es könnt, oder sterbt bei dem Versuch. Die letzte große Schlacht zwischen Meliadus und Falkenmond wird bald geschlagen werden, und der Runenstab wird darüber wachen!«

Falkenmond nahm den Stab stumm entgegen. Er fühlte sich kalt an und ungemein schwer und leblos, obgleich er noch die farbigen Lichtmuster ausstrahlte.

»Steck ihn in dein Hemd und umwickle ihn mit Stoff«, riet ihm der Junge, »dann wird niemand die Kräfte sehen, die den Runenstab umgeben, bis du willst, daß man sie bemerkt.«

»Danke«, murmelte Falkenmond.

»Die Großen Guten werden euch helfen, nach Hause zu kommen. Lebt wohl, Falkenmond.«

»Lebt wohl? Wohin wirst du denn gehen?«

»Wohin ich gehöre.«

Und plötzlich veränderte der Junge sich wieder, zerfloß zu einem Strahl goldenen Lichts, der jedoch noch vage menschliche Form verriet, und verschwand im Runenstab. Sofort fühlte er sich warm und leicht und lebendig in Falkenmonds Hand an. Mit einem geheimen Schauder steckte der Herzog ihn unter sein Hemd.

Als sie aus der Halle schritten, bemerkte d'Averc, daß Orland Fank immer noch leise weinte.

»Was macht Euch solchen Kummer, Fank?« fragte er. »Ist es die Trauer um Euren Bruder?«

»Ja – aber noch größer ist die um meinen Sohn.«

»Euren Sohn? Was ist mit ihm?«

Orland Fank deutete mit dem Daumen auf Falkenmond, der ihnen in Gedanken versunken folgte. »Er hat ihn.«

»Was meint Ihr damit?«

Fank seufzte. »Ich weiß, es muß sein. Aber trotzdem bin ich ein Mensch, ich darf weinen. Ich spreche von Jehamiah Cohnahlias.«

»Der Junge? Der Geist des Runenstabs?«

»Ja. Er war mein Sohn – oder ich selbst. Ich habe es nie ganz verstanden . . .«

ZWEITES BUCH

Und so steht es geschrieben: »Jene, die beim Runenstab schwören, müssen – ob nun im Guten oder Bösen – die Konsequenzen des festgesetzten Musters der Bestimmung tragen, das sie durch ihren Schwur in Bewegung setzten.« Baron Meliadus von Kroiden hatte einen solchen Eid geleistet, hatte allen auf Burg Brass Rache geschworen, hatte geschworen, daß Yisselda, Graf Brass' Tochter, sein werden würde. An diesem Tag, vor vielen Monaten, hatte er das Muster des Geschicks festgelegt. Ein Muster, das ihn in seltsame zerstörerische Ränke verwickelte; das Dorian Falkenmond in unheimliche, verwegene Abenteuer an fernen Orten stürzte; und das sich nun seiner schrecklichen Vollendung näherte.

– Die hohe Geschichte des Runenstabs

1. Verschwörung

Von der Veranda hatte man einen guten Blick auf den blutroten Fluß Tayme, der sich zwischen den düsteren Türmen durch das Herz Londras wand.

Über den Türmen flatterten vereinzelt Ornithopter, bunte Vögel aus Metall, und unten auf dem Fluß trugen Barken aus Bronze und Ebenholz Fracht von der Küste und dorthin. Reiche Fracht brachten sie: Plündergut aus Europa und dem Osten, Männer, Frauen und Kinder als Sklaven für Londra. Eine purpurne Samtmarkise mit Quasten aus scharlachfarbener Seide schirmte die beiden auf der Veranda gegen Blicke von oben, und im Schatten, den die Markise warf, konnten sie auch von unten nicht gesehen werden.

Ein Messingtisch und zwei goldene, mit blauem Plüsch gepolsterte Stühle standen auf der Veranda. Und ein reichverziertes Platintablett trug einen Weinkrug aus dunkelgrünem Glas und zwei Becher aus demselben Material. Zu beiden Seiten der Tür, die auf die Veranda führte, stand je ein nacktes Mädchen mit rougegefärbtem Gesicht, Brüsten und Genitalien. Jeder, der mit dem Hof von Londra vertraut war, wußte, daß die Sklavinnen Baron Meliadus von Kroiden gehörten; denn er hielt nur weibliche Sklaven, und deren einzige Livree war die rote Farbe. Eines der Mädchen, die mit starrem Blick über den Fluß hinweg starrten, war blond, sie kam wahrscheinlich aus Deutschland, das der Baron erobert hatte, und das ihm nun rechtmäßig gehörte. Das andere Mädchen war dunkel und kam zweifellos aus dem Mittleren Osten, den Baron Meliadus mit blutigem Schwert in seinen Besitz gebracht hatte.

Auf einem der goldenen Stühle saß eine Frau. Ihr Körper war von Kopf bis Fuß in ein kostbares Brokatgewand gehüllt, und sie trug eine Silbermaske, die auf kunstvolle Weise einem Reiherkopf nachempfunden war. Ihr gegenüber saß eine Gestalt in schwerem, schwarzem Leder, auf deren Schultern eine gewaltige schwarze Maske saß, die einen knurrenden Wolf darstellte. Der Ledergewandete steckte ein goldenes Trinkrohr in seinen Becher, führte das andere Ende durch eine winzige Vorrichtung in seiner Maske und begann langsam den Wein zu saugen.

Die beiden sprachen nicht, die einzigen Geräusche kamen von unterhalb der Veranda – von den Wellen, die die Barken erzeugten und die gegen die Ufermauern schlugen, von einem entfernten Turm, in dem jemand gleichzeitig schrie und lachte, und von einem Ornithopter, dessen Metallflügel krachend schlugen, während er auf dem flachen Dach eines Turmes landete.

Schließlich begann der Mann mit der Wolfsmaske zu sprechen, mit einer tiefen, vibrierenden Stimme. Die andere Gestalt bewegt sich nicht, sondern schien weiter auf den blutroten Fluß zu starren, dessen eigenartige Farbe Abwässern besonderer Art zuzuschreiben war.

»Du stehst selbst unter leichtem Verdacht, Flana. König Huon äußerte die Ansicht, daß möglicherweise du etwas mit dem seltsamen Irrsinn zu tun haben könntest, der die Wachen der Asiakommunisten ausgerechnet in jener Nacht befiel, als die beiden Botschafter flohen. Zweifellos hilft es mir wenig, wenn ich diesen Verdacht teilte, aber ich denke nur an unser geliebtes Heimatland – nur an den Ruhm Granbretaniens.«

Der Sprecher verstummte, als erwarte er eine Erwiderung, erhielt aber keine.

»Es ist offensichtlich, Flana, daß die aktuelle Situation am Hof nicht zum Besten des Reiches ist. Ich habe nichts gegen Exzentrizität, im Gegenteil, ich bin schließlich ein echter Sohn Granbretaniens, aber es besteht ein Unterschied zwischen Exzentrizität und Senilität. Verstehst du, was ich meine?«

Flana Mikosevaar sagte nichts.

»Was ich meine«, fuhr der andere fort, »ist, daß wir einen neuen Herrscher brauchen – eine Kaiserin. Es gibt nur noch eine einzige lebende Blutsverwandte Huons – nur eine einzige, die alle als rechtmäßige Lehnsherrin, als Erbin des Throns anerkennen werden.«

Auch jetzt schwieg die Gräfin.

Die Gestalt in der Wolfsmaske beugte sich vor. »Flana, hörst du mich?«

Die Reihermaske wandte sich der Maske des knurrenden Wolfes zu.

»Flana – du könntest Reichskönigin von Granbretanien werden. Mit mir als Regent würden wir für die Sicherheit unserer Nation und unserer annektierten Gebiete sorgen. Wir würden Granbretanien noch größer machen – ja, wir könnten die ganze Welt erobern!«

Flana Mikosevaar sprach zum erstenmal. »Und was machten wir mit der Welt, wenn sie erst unser wäre?«

»Wir würden sie nutzen! Wir würden unseren Erfolg genießen!«

»Wird man denn der Vergewaltigung und des Mordens, des Folterns und der Vernichtung nie müde?«

Meliadus schien erstaunt über ihre Bemerkung. »Man kann natürlich aller Dinge müde werden. Aber es gibt so vieles – Kalans Experimente, beispielsweise, und Taragorms. Mit den unerschöpflichen Mitteln der ganzen Welt zu unserer Verfügung können unsere Wissenschaftler Großes leisten. Sie können uns Schiffe bauen, mit denen man durch den Kosmos fliegen kann. Schiffe, wie unsere Vorväter sie hatten und mit denen sie auch, wie die Legenden berichten, den Runenstab auf die Erde brachten! Wir könnten unsere Stärke mit dem ganzen Universum messen! Wir könnten neue Welten erreichen und sie erobern. Granbretaniens Abenteuer würden sich über Millionen von Jahren hinziehen!«

»Sind Abenteuer und Sensationen alles, was wir begehren sollten, Meliadus?«

»Weshalb nicht? Alles ist Chaos. Es gibt keinen Sinn in der Existenz. Der einzige Vorteil des Lebens ist, daß man alle Gefühle, die menschlicher Geist und Körper zu empfinden imstande sind, entdecken und auskosten kann. Und dazu braucht man doch gewiß zumindest eine Million Jahre, meinst du nicht?«

Flana nickte. »Das ist wohl das, was wir glauben.« Sie schien zu seufzen. »Deshalb kann ich wohl auch deinem Plan zustimmen, Meliadus, denn was du vorschlägst, wird mich zweifellos nicht mehr langweilen als irgend etwas anderes.« Sie zuckte die Schultern. »Gut, ich bin einverstanden, ich werde deine Königin sein, wenn du mich brauchst – und sollte Huon unsere Verschwörung entdecken, nun, es wird eine Wohltat sein zu sterben.«

Ein wenig beunruhigt durch Flanas merkwürdige Einstellung erhob sich Meliadus. »Du wirst mit niemandem darüber sprechen, Flana, bis die Zeit gekommen ist?«

»Ich werde schweigen.«

»Gut. Ich besuche jetzt Kalan. Er ist von meiner Absicht sehr angetan; denn er wird eine viel freiere Hand haben für seine Experimente, wenn uns das Glück hold ist. Auch Taragorm ist auf meiner Seite . . .«

»Du traust Taragorm? Eure Rivalität ist ein offenes Geheimnis.«

»Es stimmt, ich hasse Taragorm. Und er haßt mich. Aber es ist jetzt ein milderer Haß. Du erinnerst dich gewiß, daß unsere Rivalität begann, als Taragorm meine Schwester ehelichte, die ich selbst zu heiraten beabsichtigte. Doch vor kurzem kompromittierte sie sich – mit einem Esel, wie ich hörte –, und Taragorm entdeckte sie. Daraufhin ließ, wie du gewiß hörtest, meine Schwester sich und den Esel durch ihre Sklaven auf recht ungewöhnliche Weise hinschlachten. Taragorm und ich entledigten uns daraufhin gemeinsam der Sklaven, und während dieser Episode kehrte ein wenig unserer einstigen Freundschaft zurück. Meinem Schwager ist aber zu trauen. Er ist der Meinung, daß Huon ihn, was seine Forschungen betrifft, zu sehr an der Kandare hat.«

Die ganze Zeit über hatten sie sich im Flüsterton unterhalten und die Stimmen nicht gehoben, damit selbst die Sklavenmädchen sie nicht hören konnten.

Nun verbeugte er sich vor Flana und schnippte seinen Sklavenmädchen zu, diese rannten los, die Sänfte ihres Herrn bereitzustellen, damit er durch die Korridore Londras getragen werden konnte.

Dann verließ Meliadus die Veranda.

Flana starrte weiterhin über das Wasser. Sie dachte kaum noch an Meliadus' Verschwörung, sondern träumte von dem gutaussehenden d'Averc und von den Tagen, die noch kommen mochten, an denen sie sich wieder treffen würden, an denen d'Averc sie aus Londra mit all ihren Intrigen fortholen würde. Vielleicht brächte er sie nach Frankreich auf seine Ländereien – sie könnte sie ihm ja zurückgeben, wenn sie Königin wäre.

Vielleicht konnte es tatsächlich nutzen, wenn sie Reichskönigin würde. Sie könnte einen Gemahl wählen, und der wäre natürlich d'Averc – nachdem sie ihm Pardon für seine Verbrechen gegen Granbretanien gewährt hatte. Und vielleicht ließe sich diese Begnadigung auch auf seine Freunde ausdehnen – auf Falkenmond und die anderen?

Aber nein. Bei d'Averc mochte Meliadus ein Auge zudrücken, doch nie bei den anderen.

Vielleicht waren ihre Hoffnungen jedoch unerfüllbar. Sie seufzte. Doch was machte das schon aus? Es war ohnehin zweifelhaft, ob d'Averc überhaupt noch lebte. Inzwischen sah sie jedenfalls keinen Grund, nicht passiv an Meliadus' Ränken teilzunehmen, auch wenn sie ahnte, welch schreckliche Konsequenzen ein Scheitern haben würde. Er mußte wahrhaftig verzweifelt sein, überhaupt zu erwägen, den Erbherrscher zu stürzen. In den zweitausend Jahren seiner Regentschaft hatte bisher kein Granbretanier auch nur daran gedacht, Huon abzusetzen. Flana wußte nicht einmal, ob das überhaupt möglich war.

Sie schauderte. Machte man sie wirklich zur Königin, sie würde ganz sicher nicht die Unsterblichkeit wählen – schon gar nicht, wenn es bedeutete, ein so verschrumpeltes Ding wie Huon zu werden.

2. Gespräche neben der Maschine

Kalan von Vitall fingerte an seiner Schlangenmaske mit blassen alten Händen, deren Venen hervorstanden, daß sie selbst an sich windende blaue Schlangen erinnerten. Vor ihnen lag das große Laboratorium – eine riesige Halle mit niederer Decke, hier führten Männer in Uniform und Maske des Schlangenordens, dessen Grandkonnetabel Kalan war, Experimente durch. Seltsame Maschinen gaben noch seltsamere Geräusche und üble Gerüche von sich; winzige farbige Blitze umgaben diese Maschinen, so daß die gesamte Halle einer Teufelwerkstatt glich. Hier und dort waren Menschen beiderlei Geschlechts und verschiedenen Alters auf Maschinen gespannt oder in Maschinen eingepaßt worden; an ihnen führten die Wissenschaftler ihre Tests am menschlichen Körper und Geist durch. Die meisten waren auf irgendwelche Weise zum Schweigen gebracht worden, aber einige schrien oder stöhnten oder stießen seltsame Wahnsinnslaute aus, oft zum Ärgernis der Wissenschaftler, die sogleich Lumpen in die offenen Münder stopften oder Stimmbänder durchtrennten oder andere rasche Methoden anwendeten, um für Ruhe zu sorgen, während sie arbeiteten.

Kalan legte eine Hand auf Meliadus' Schulter und deutete auf eine Maschine, die unbenutzt in der Nähe stand.

»Erinnert Ihr Euch der Maschine, mit der wir Falkenmond testeten?«

»Allerdings«, brummte der Baron. »Daraufhin glaubtet Ihr doch, daß wir ihm trauen könnten.«

»Wir hatten es mit Faktoren zu tun, die unmöglich vorherzuberechnen waren«, sagte Kalan entschuldigend. »Aber deshalb erwähnte ich meine kleine Erfindung nicht. Man forderte mich heute morgen auf, sie erneut einzusetzen.«

»Wer?«

»König Huon persönlich. Er beorderte mich in den Thronraum und teilte mir mit, er wünsche mittels dieser Maschine ein Mitglied des Hofes zu testen.«

»Wen?«

»Was glaubt Ihr?«

»Mich!« stieß Meliadus wütend hervor.

»Er zieht Eure Loyalität wohl in Zweifel, Lord Baron . . .«

»Wieviel denkt Ihr, weiß er?«

»Nicht sehr viel. Er nimmt höchstens an, daß Ihr Euch mehr mit Euren eigenen Plänen beschäftigt, als ihm zu dienen. Ich glaube, er möchte lediglich wissen, wie stark Eure Treue ist und ob Ihr Eure Privatpläne schon aufgegeben habt.«

»Und Ihr beabsichtigt, seinen Befehl auszuführen, Kalan?«

Kalan zuckte mit den Schultern. »Schlagt Ihr vor, ich solle ihn ignorieren?«

»Nein – aber was können wir tun?«

»Ich werde Euch in die Maschine stecken, aber ich bin überzeugt, wir werden die Resultate erreichen, die in unserem Interesse sind.« Kalan kicherte, nichts mehr als ein hohler, säuselnder Ton kam aus der Maske. »Wollen wir anfangen, Baron Meliadus?«

Widerstrebend trat der Baron näher und blickte nervös auf die glänzende Maschine aus blauem und rotem Metall mit ihren rätselhaften Vorsprüngen, ihren vielgliedrigen Armen und dem seltsamen Beiwerk, dessen Sinn unergründlich schien. Ihr Hauptbestandteil jedoch war die große Glocke, die über dem Rest der Maschine von einem Gerüst hing.

Kalan zog an einem Hebel und machte eine entschuldigende Geste. »Vormals hatten wir für die Glocke eine eigene Halle, aber in letzter Zeit wurden wir äußerst eingeengt. Das ist eines meiner Hauptprobleme. Man verlangt soviel von uns und stellt uns so wenig Raum zur Verfügung.« Jetzt erscholl aus der Maschine ein Geräusch, das wie das Atmen eines gewaltigen Tieres klang. Meliadus machte einen Schritt zurück. Kalan kicherte wieder und winkte einige Diener in Schlangenmasken herbei, die ihm helfen mußten, die Mentalitätsmaschine zu bedienen.

»Wenn Ihr Euch freundlicherweise unter die Glocke stellen wollt, Meliadus, wir senken sie sofort herunter.«

Langsam und mißtrauisch tat der Baron wie geheißen. Die Glocke stülpte sich über ihn. Ihre fleischige Innenwand dehnte sich, dann zog sie sich zusammen, bis sie sich völlig an seinen Körper angeschmiegt hatte. Plötzlich war Meliadus, als bohrten sich heiße Drähte in seinen Schädel und stocherten in seinem Gehirn herum. Er versuchte zu schreien, aber die Glocke erstickte jeden Laut. Halluzinationen drängten sich ihm auf – Bilder aus seinem Leben –, hauptsächlich von Schlachten und Gemetzel, aber auch Falkenmonds verhaßtes Gesicht, zu tausend furchterregenden Fratzen verzerrt, schwamm vor seinen Augen, und hin und wieder huschte Yisseldas liebliches Antlitz darüber. Allmählich, eine Ewigkeit, wie ihm schien, war sein ganzes Leben an ihm vorbeigezogen, nicht in zeitlicher Reihenfolge, sondern nach der Bedeutung der Ereignisse für ihn. Alles überlagerte jedoch sein Haß auf den Herzog von Köln, sein Verlangen nach Yisselda, und sein Plan, Huon zu stürzen.

Dann hob sich die Glocke wieder, und er sah Kalan neben der Maschine stehen. Irgendwie fühlte Meliadus sich wie geläutert und bei bester Laune.

»Nun, Kalan, was habt Ihr entdeckt?«

»Soweit noch nichts, was ich nicht ohnehin schon wußte. In einer Stunde habe ich die endgültigen Resultate.« Er kicherte. »Es wird den König amüsieren, sie zu sehen.«

»Er wird sie hoffentlich nicht sehen.«

»Er wird erfahren, daß Euer Haß auf Falkenmond nicht mehr so allesbeherrschend und Eure Liebe für ihn, Huon, groß ist. Heißt es nicht, daß Liebe und Haß eng beisammen sind? Deshalb wird Euer Haß für Huon, mit etwas Manipulation meinerseits, zur Liebe.«

»Sehr gut. Und nun laßt uns den Rest unseres Projektes besprechen. Zuerst müssen wir einen Weg finden, Burg Brass in diese Dimension zurückzuholen – oder eine Möglichkeit für uns, dorthin zu gelangen. Zweitens müssen wir zusehen, daß sich das Schwarze Juwel in Falkenmonds Stirn wieder aktivieren läßt, damit wir ihn wieder in unsere Gewalt bekommen. Drittens müssen wir Waffen entwickeln, mit denen wir Huons Kräfte ausschalten können.«

Kalan nickte. »Ja, natürlich. Wir haben bereits die neuen Maschinen, die ich für die Schiffe konstruierte.«

»Die Schiffe, mit denen Trott aufbrach?«

»Ja. Mit diesen Motoren können die Schiffe schneller und weiter fahren, als man sich je auch nur vorstellte. Trotts Schiffe sind die einzigen, die bisher damit ausgestattet wurden. Er müßte sich eigentlich bald zurückmelden.«

»Wohin fuhr er eigentlich?«

»Ich bin mir nicht sicher. Nur er und König Huon wissen es – aber zweifellos weit weg, mehrere tausend Meilen zumindest. Vielleicht nach Asiakommunista.«

»Das klingt wahrscheinlich«, pflichtete Meliadus ihm bei. »Trotzdem, vergessen wir einstweilen Trott und unterhalten wir uns über die Einzelheiten unseres eigenen Planes. Taragorm arbeitet ebenfalls an einem Gerät, mit dem wir möglicherweise Burg Brass erreichen könnten.«

»Vielleicht wäre es ganz gut, wenn Taragorm sich darauf konzentriert, während ich versuche, eine Möglichkeit zu finden, das Schwarze Juwel zu reaktivieren«, meinte Kalan.

»Vielleicht«, murmelte Meliadus. »Zunächst werde ich meinen Schwager aufsuchen, denke ich. Ich verlasse Euch jetzt und komme in Kürze zurück.«

Damit winkte Meliadus seine Sklaven herbei, die die Sänfte brachten. Er kletterte hinein und grüßte Kalan noch einmal, dann wies er seine Mädchen an, ihn zum Palast der Zeit zu tragen.

3. Taragorm vom Palast der Zeit

In Taragorms Palast, der die Form einer gigantischen Uhr hatte, war die Luft mit Ticken und Tacken, dem Schlagen großer Pendel und dem Klicken der Unruhewellen erfüllt. Taragorm in seiner Uhrmaske, die ebenso exakt wie die anderen Uhren seines Palastes die Zeit anzeigte, nahm Meliadus' Arm und führte ihn durch die Pendelhalle, wo dicht über ihren Köpfen ein riesiges Pendel – es war aus Bronze, sah aus wie eine reich verzierte Sonne mit Strahlenkranz, und wog gut seine fünfzig Tonnen – die Luft durchschnitt.

»Nun, Schwager«, brüllte Meliadus über den Lärm hinweg. »Ich habe deine Nachricht bekommen, von der du sagtest, ich würde mich über sie freuen, aber auf der Botschaft stand nur, ich sollte dich aufsuchen.«

»Ich hielt es für besser, dir persönlich Bescheid zu geben, komm.« Taragorm führte Meliadus durch einen kurzen Gang in einen kleinen Raum, in dem nur eine antike Uhr stand. Taragorm schloß die Tür hinter sich, und es herrschte relative Stille. Er zeigte auf die Uhr. »Das ist wahrscheinlich die älteste Uhr der Welt, Bruder – eine ›Großvateruhr‹, so wurde sie genannt. Thomas Tompion hat sie gebaut.«

»Ich habe diesen Namen nie gehört.«

»Ein Meister seines Fachs – der Beste seiner Zeit. Er lebte lange Zeit vor dem Tragischen Jahrtausend.«

»Ah, ja? Und das hat irgend etwas mit deiner Botschaft zu tun?«

»Natürlich nicht.« Taragorm klatschte in die Hände, und eine kleine Seitentür öffnete sich. Eine hagere Gestalt, in Lumpen gekleidet, kam in den Raum. Eine einfache Ledermaske bedeckte das Gesicht des Neuankömmlings. Er verbeugte sich geziert vor Meliadus.

»Wer ist das?«

»Das ist Elvereza Tozer, Bruder. Erinnerst du dich an den Namen?«

»Natürlich! Der Mann, der Mygans Ring stahl und dann verschwand!«

»Genau. Berichtet meinem Schwager, Baron Meliadus, wo Ihr gewesen seid, Meister Tozer ...«

Wieder verbeugte sich Tozer und setzte sich dann auf den Rand eines kleinen Tisches, dann machte er eine weitausholende Geste. »Nun, ich war auf Burg Brass, mein Lord!«

Unvermittelt sprang Meliadus wie ein Tiger durch das Zimmer und packte den völlig Verblüfften am Kragen seines Hemdes. »*Wo* wart ihr?« brüllte er.

»Bu – burg Br – brass, Euer Ehren . . .«

Meliadus schüttelte Tozer und hob ihn dabei so hoch, daß er keinen Boden mehr unter den Füßen hatte. »Wie?«

»Ich bin durch Zufall dorthin gelangt – der Herzog von Köln nahm mich gefangen – man sperrte mich ein, nahm mir meinen Ring – ich konnte ihn wieder an mich bringen – flüchtete – kam wieder hier an . . .«, stotterte Tozer angsterfüllt.

»Er brachte Informationen mit sich, die viel interessanter sind«, warf Taragorm ein. »Sprecht, Tozer.«

»Die Maschine, die sie beschützt – die sie in dieser anderen Dimension hält –, befindet sich in den Verliesen der Burg; sie wird streng bewacht. Sie ist ein Kristallgerät, das sie aus einem Ort namens Soryandum haben. Dieses Gerät brachte sie dorthin, wo sie sich jetzt aufhalten, und es sorgt dafür, daß sie nicht auf unsere Ebene zurückkehren. Das ist wahr, mein Lord . . .«

Taragorm lachte. »Es ist wirklich wahr, Meliadus. Ich habe ihn dutzendmal dem Lügentest unterzogen. Ich habe von dieser Kristallmaschine gehört, glaubte jedoch nicht, daß es sie tatsächlich gibt. Und mit dem Rest der Informationen von Tozer bin ich ziemlich sicher, daß ich etwas erreichen kann.«

»Du kannst uns nach Burg Brass bringen?«

»Oh, das wird gar nicht nötig sein, Schwager. In kurzer Zeit bringen wir Burg Brass zu uns zurück.«

Meliadus starrte Taragorm einen Augenblick schweigend an, dann lachte er. Sein Gelächter war so laut, daß es fast den Lärm der Uhren übertönte.

»Endlich! Endlich! Hab Dank, Schwager! Habt Dank, Meister Tozer! Das Schicksal ist auf unserer Seite!«

4. Ein Auftrag für Meliadus

Am nächsten Morgen jedoch wurde Meliadus in den Thronraum König Huons beordert.

Auf dem Weg dorthin fragte er sich verbissen, ob Kalan ihn vielleicht verraten hatte. Hatte der Wissenschaftler Huon die wahren Ergebnisse der Mentalitätsmaschine übermittelt? Oder hatte der Reichskönig die Wahrheit erraten? Schließlich war der Monarch unsterblich. Er lebte schon seit zweitausend Jahren und hatte während dieser langen Zeit zweifellos eine Menge gelernt. Vielleicht waren Kalans gefälschte Ergebnisse zu plump gewesen? War das das Ende? Würde Huon seine Gottesanbeterinnengarde beordern, ihn zu vernichten?

Die riesigen Flügel schwangen auf. Die Heuschreckenkrieger wandten ihm ihre Masken zu. Am entgegengesetzten Ende der Halle hing die Thronkugel, schwarz und geheimnisvoll.

Meliadus machte sich auf den Weg zur Kugel.

Schließlich hatte er sie erreicht und sank vor ihr in die Knie, aber sie blieb schwarz. Spielte Huon mit ihm?

Nach einer Weile endlich wirbelte die Flüssigkeit in der Kugel auf, dunkelblau zunächst, dann grün, dann rosa und schließlich weiß, und nun war auch die fötusgleiche Gestalt mit den bösen schwarzen Augen, die auf Meliadus gerichtet waren, zu sehen.

»Baron . . .«

»Größter aller Herrscher.«

»Wir sind erfreut über Euch.«

Meliadus blickte erstaunt auf. »Erhabener König?«

»Wir sind erfreut über Euch und wollen Euch ehren. Ihr wißt von Shenegar Trotts Expedition?«

»Ich weiß davon, Mächtiger Herrscher.«

»Und wißt Ihr, wohin er fuhr?«

»Das weiß ich nicht, Licht des Universums.«

»Er fuhr nach Amarehk, um dort soviel wie möglich über diesen Kontinent zu erfahren – und festzustellen, ob wir bei einer Invasion auf Widerstand stoßen würden.«

»Es hat den Anschein, Sire, daß Graf Trott Schwierigkeiten hatte.«

»Offenbar. Er hätte bereits vor einer Woche zurück sein sollen. Wir sind beunruhigt.«

»Glaubt Ihr, er ist tot, Sire?«

»Das möchten Wir gern erfahren – und auch, wer ihn tötete, wenn er ermordet wurde. Baron Meliadus, Wir vertrauen Euch die zweite Expedition an.«

Wilde Wut quoll in Meliadus auf. Er sollte zweite Geige zu diesem feisten Hanswurst Trott spielen! Er, Meliadus, sollte seine Zeit vergeuden und die Küste nach den Spuren dieses Kerls absuchen! Davon wollte er nichts wissen! Er würde die Thronkugel jetzt gleich angreifen, wenn dieser senile Narr über ihm nicht die Macht hätte, ihn sofort niedermachen zu lassen. Mühsam schluckte er seinen Grimm. Ein neuer Plan begann sich in seinem Kopf zu formen.

»Ich bin geehrt, Majestät«, sagte er mit scheinbarer Demut. »Darf ich meine Mannschaft selbst auswählen?«

»Wenn Ihr wollt?«

»Dann nehme ich Männer, auf die ich mich absolut verlassen kann. Krieger der Wolfs- und Geierorden.«

»Aber das sind keine Seeleute!«

»Die Geier haben Matrosen in ihren Reihen, Herrscher der Welt. Sie werde ich auswählen.«

»Wie Ihr meint, Baron Meliadus, wie Ihr meint.«

Meliadus war mehr als überrascht, als er erfuhr, daß Trott nach Amarehk gesegelt war, er war erbost. Denn das bedeutete, daß König Huon den Grafen von Sussex mit einer Mission betraut hatte, die rechtmäßig seine, Meliadus', Aufgabe gewesen wäre. Noch ein Grund mehr, sich am Reichskönig zu rächen, dachte er. Im Augenblick war er jedoch froh, daß er sich scheinbar gefügt hatte, denn er erkannte ganz neue Möglichkeiten, Möglichkeiten, die ihm dieses Wesen, das er nun nach Falkenmond als seinen Erzfeind betrachtete, selbst in die Hand gegeben hatte.

Er tat, als überlege er kurz. »Wenn Ihr glaubt, daß man den Geiern nicht ganz trauen kann, Herr über Raum und Zeit, dürfte ich dann vorschlagen, ihren Führer mitzunehmen?«

»Ihren Führer? Asrovak Mikosevaar ist tot! Falkenmond hat ihn umgebracht!«

»Aber seine Witwe hat den Orden geerbt . . .«

»Flana! Eine Frau!«

»Ja, Allerhöchste Majestät. Sie wird die Geier unter Kontrolle halten.«

»Ich kann mir nicht einmal vorstellen, daß sie imstande ist, ein Kaninchen unter Kontrolle zu halten. Sie ist immer so abwesend. Aber wenn es Euer Wunsch ist, mögt Ihr sie mitnehmen.«

Eine weitere Stunde besprachen sie die Einzelheiten des Planes, und der König informierte Meliadus genauestens über Trotts Expedition.

Als Meliadus den Thronsaal verließ, funkelten seine Augen vor Triumph.

5. Die Flotte vor Deau-Vere

Die Türme der Stadt Deau-Vere, die von drei Seiten von Kais aus scharlachrotem Stein umgeben war, blickten herab auf die kleine Flotte, die in der bleigrauen See vor Anker lag. Auf den flachen Dächern der Gebäude standen Tausende von Ornithoptern – Flugmaschinen, die Vögeln und Fabeltieren kunstvoll nachempfunden waren – mit gefalteten Flügeln. In den Straßen schritten ihre Piloten in den Masken des Krähen- und Eulenordens, Seite an Seite mit den Matrosen in ihren Fisch- und Seeschlangenhelmen und der Infanterie und Kavallerie vor den Orden der Schweine, Totenköpfe, Hunde, Ziegen und Stiere, die darauf warteten, den Kanal zu überqueren – nicht per Schiff, sondern über die berühmte Silberbrücke, die am anderen Ende der Stadt zu sehen war, und deren gewaltiger Bogen sich in der Ferne verlor. Sie glänzte und funkelte im Licht des Tages, und ständig herrschte reger Verkehr auf ihr.

Die Kriegsschiffe im Hafen waren fast überfüllt mit Kriegern in Wolfs- und Geiermasken, die bis zu den Zähnen bewaffnet waren. Schwerter, Speere, Bogen, Köcher mit Pfeilen, Flammenlanzen, nichts fehlte. Das Flaggschiff trug die Banner sowohl des Grandkonnetabels des Wolfs- als auch des Geierordens. Letzterer war früher lediglich die Geierlegion gewesen, dann aber aufgrund besonderen Mutes im Kampf in Europa und auch zu Ehren ihres gefallenen Führers, Asrovak Mikosevaar, von Reichskönig Huon zum Orden erhoben worden.

Die Schiffe selbst waren ungewöhnlich, denn sie hatten keine Segel, sondern statt dessen gewaltige Paddelräder am Heck. Sie waren teils aus Holz und teils aus Metall erbaut. Das Holz war mit handgeschnitzten Ornamenten verziert und das Metall in barocke Muster geschmiedet. Die Basreliefs an den Seiten stellten historische Seeschlachten dar und die vergoldeten Galionsfiguren alte Götter Granbretaniens vor dem Tragischen Jahrtausend – *Jhone, Jhorg, Phowl, Rhunga,* von denen man sagte, daß sie das Land vor dem Tragischen Jahrtausend regiert hätten – *Chirshil,* der Heulende Gott; *Bjrin Adass,* der Singende Gott; *Jaejee Blad,* der Stöhnende Gott; *Jh'lm Slas,* der Weinende Gott; und *Aral Vilsn,* der Brüllende Gott, Allerhöchster Gottvater und *Skvese* und *Blansacredid,* den Göttern der Verdammnis und des Chaos.

Die *Aral Vilsn* war das Flaggschiff, und auf ihrer Brücke stand die dumpf vor sich hin brütende Gestalt Baron Meliadus'. Neben ihm stand Gräfin Flana Mikosevaar. Unterhalb der Brücke versammelten sich die Kapitäne der Schiffe in Wolfs- und Geiermasken, die Meliadus auf das Flaggschiff beordert hatte.

Erwartungsvoll sahen sie zur Brücke hoch, als Meliadus sich räusperte.

»Meine Herren, ihr fragt euch zweifellos, wohin unsere Reise geht, und gewiß staunt ihr über die seltsamen Schiffe, mit denen wir reisen werden. Die Schiffe werden von Maschinen angetrieben, ähnlich denen der Ornithopter, nur viel stärker; sie sind eine Erfindung des granbretanischen Genies Baron Kalan von Vitall. Sie tragen uns rascher als Segel über die Meere, und wir sind nicht mehr von den Launen der Elemente abhängig. Was unser Ziel anbelangt, das werde ich noch bekanntgeben. Das Flaggschiff, die *Aral Vilsn,* wurde nach dem allerhöchsten Gott des alten Granbretaniens benannt, der die Nation zu dem gemacht hat, was sie heute ist. Ihre Schwesterschiffe sind die *Skvese* und die *Blansacredid,* welche die alten Worte für Verdammnis und Chaos sind. Aber sie sind auch die Söhne von *Aral Vilsn* und stehen für den Ruhm Granbretaniens, den alten finsteren Ruhm, den düsteren Ruhm, den blutigen, schrecklichen Ruhm unseres Landes. Ein Ruhm, auf den ich und auf den sicherlich auch ihr stolz seid.« Meliadus hielt inne. »Wollt ihr diesen Ruhm verloren sehen?«

Die Antwort kam als dröhnendes Brüllen. »NEIN! NEIN! Bei *Aral Vilsn*, bei *Skvese* und *Blansacredid* – NEIN! NEIN!«

»Tätet ihr alles, um Granbretanien diese schwarze Macht und diesen dunklen Ruhm zu erhalten?«

»JA! JA! JA!«

»Und seid ihr bereit, mit mir ein Wahnsinnsabenteuer zu bestehen, wie einst *Aral Vilsn* und seine Streiter?«

»JA! Sagt uns, was es ist! Sagt es uns!«

»Ihr werdet nicht davor zurückschrecken? Ihr würdet es bis zum Ende durchstehen?«

»JA!«

»So folgt mir in meine Kabine, dort werde ich euch die Details des Planes bekanntgeben. Aber seid gewarnt, habt ihr erst die Kabine betreten, so müßt ihr mir für immer folgen. Wer meint, es nicht zu können, wird die Kajüte nicht mehr lebend verlassen!«

Meliadus schwang sich von der Brücke und stieg hinunter zu seiner Kajüte. Alle Kapitäne folgten ihm, und alle würden die Kajüte lebend wieder verlassen.

Nur die düstere Lampe verbreitete spärlich Licht in der Kapitänskajüte. Auf einem Tisch lagen Karten, doch Meliadus brauchte sie nicht. Er sprach mit leiser, aber eindringlicher Stimme.

»Ich werde keine Zeit verschwenden, meine Herren, sondern zur Sache kommen. Wir werden einen Verrat begehen . . .« Er räusperte sich. »Wir werden uns gegen unseren Herrscher Huon, den Reichskönig, erheben.«

Die Männer in ihren Wolfs- und Geiermasken, die um Meliadus standen, sogen scharf die Luft ein, keiner sprach.

»König Huon ist geistesgestört«, beeilte sich Meliadus zu sagen. »Es ist nicht persönlicher Ehrgeiz, der mich zu diesem Schritt treibt, sondern meine Liebe zu unserer Nation. Huon ist dem Wahnsinn verfallen – sein Gehirn hat unter seinem zweitausendjährigen Leben gelitten, statt an Weisheit zu wachsen. Er treibt die Ausbreitung unserer Macht zu rasch voran. Diese Expedition beispielsweise soll eigentlich nach Amarehk führen, damit wir feststellen, ob dieses Land erobert werden kann, und dabei haben wir gerade erst den Mittleren Osten unterworfen und Teile Muskovias sind noch nicht in unserer Hand.«

»Und Ihr möchtet an Huons Stelle regieren, eh, Baron?« fragte ein Geier zynisch.

Meliadus schüttelte den Kopf. »Durchaus nicht. Flana Mikosevaar wird unsere Königin werden. Geier und Wolf sollen den Platz des Gottesanbeterinnenordens einnehmen, als erste Orden des Reiches.«

»Aber die Geier sind lediglich ein Söldnerorden«, warf ein Wolfshauptmann ein.

Meliadus zuckte mit den Schultern. »Sie haben sich als treu erwiesen. Es ließe sich auch argumentieren, daß viele unserer eigenen Orden degenerieren, daß frisches Blut im Dunklen Imperium erforderlich ist.«

Ein Geierhauptmann sagte nachdenklich: »Flana würde also unsere Reichskönigin – und Ihr, Baron?«

»Regent und Prinzgemahl. Ich beabsichtige, Flana zu heiraten und ihr mit Rat und Tat zur Seite zu stehen.«

»Ihr wärt dann der eigentliche Reichskönig, bis auf den Titel«, meinte derselbe Geierhauptmann.

»Ich wäre mächtig, das stimmt – aber Flana ist von königlichem Blut, nicht ich. Sie ist erbfolgemäßig eure Reichskönigin. Ich bin lediglich der oberste Kriegsherr und überlasse alle Staatsgeschäfte ihr – denn der Krieg ist mein Leben, und ich bin nur daran interessiert, unsere Kriegsführung zu verbessern.«

Die Hauptleute nickten zufrieden.

Meliadus fuhr fort: »Anstatt demnach mit der Morgenflut nach Amarehk aufzubrechen, werden wir die Küste umschiffen und uns dabei Zeit lassen. Dann fahren wir in die Taymemündung ein und aufwärts nach Londra. Wir werden in der Stadt ankommen, ehe noch irgend jemand unsere Absicht auch nur zu ahnen vermag.«

»Aber Huon ist wohlbeschützt. Es ist unmöglich, seinen Palast zu stürmen. Bestimmt sind ihm viele Legionen der Stadt treu ergeben«, gab ein Wolfsmann zu bedenken.

»Wir haben auch in der Stadt unsere Verbündeten. Eine größere Anzahl der Legionen ist für uns. Taragorm ist auf unserer Seite, und er ist seit dem Tod seines Vetters der Kommandeur mehrerer tausend Krieger. Gewiß, der Orden des Frettchens ist nicht sehr groß, aber er hat viele Legionen in Londra stationiert, während die Legionen bedeutenderer Orden über Europa verteilt sind. Alle Edlen, die höchstwahrscheinlich auch Huon ergeben bleiben würden, befinden sich im Augenblick ebenfalls außerhalb Granbretaniens. Es ist die ideale Zeit zuzuschlagen. Auch Baron Kalan ist auf unserer Seite – er kann uns mit neuartigen Waffen unterstützen, die seine Schlangen zu handhaben wissen. Wenn wir einen schnellen Sieg erzielen – oder zumindest größere Erfolge verzeichnen –, werden sich uns sicherlich viele andere anschließen; denn wenige werden noch Verehrung für Huon empfinden, wenn Flana erst auf dem Thron sitzt.«

»Ich fühle Loyalität gegenüber König Huon . . .«, gab ein Wolfskapitän zu. »Es ist uns anerzogen.«

»Und ebenso steht es mit der Loyalität dem Geist *Aral Vilsns* gegenüber – gegenüber allem, wofür unser Land steht. Ist diese Loyalität nicht noch tiefer in uns?«

Der Kapitän überlegte einen Augenblick, ehe er nickte.

»Ja, Ihr habt recht. Vielleicht wird Granbretanien sich erst zu wahrer Größe erheben, wenn ein neuer Herrscher königlichen Blutes über das Dunkle Imperium regiert«, meinte er.

»So wird es sein!« versprach Baron Meliadus, und seine schwarzen Augen funkelten triumphierend aus der gefletschten Wolfsmaske.

6. Rückkehr nach Burg Brass

In der großen Halle von Burg Brass stand Yisselda Falkenmond, Graf Brass' Tochter, und die Tränen rannen von ihren Wangen.

Sie weinte vor Freude, und sie konnte es kaum glauben, daß der Mann vor ihr wahrhaftig ihr leidenschaftlich geliebter Mann selbst und kein Phantom war. Sie wagte nicht, ihn zu berühren, aus Angst, er mochte sich als Trugbild erweisen und wieder verschwinden. Falkenmond lachte. Er nahm sie in die Arme und küßte ihre

Tränen fort. Dann begann auch sie zu lachen, und ihr Gesicht strahlte vor Glück.

»O Dorian! Wir hatten solche Angst, daß man euch in Granbretanien getötet hätte!«

Falkenmond grinste. »Wenn ich so recht überlege, war Granbretanien noch der sicherste Ort unserer ganzen Reise. Ist es nicht so, Huillam?«

D'Averc hüstelte in sein Taschentuch. »Stimmt – und vielleicht auch der gesündeste.«

Der hagere Bowgentle mit dem gütigen Gesicht schüttelte leicht erstaunt den Kopf. »Aber wie seid ihr von Amarehk in jener Dimension zur Kamarg in dieser zurückgekehrt?«

Falkenmond schüttelte den Kopf. »Das kann ich Euch nicht beantworten, Sir Bowgentle. Die Großen Guten brachten uns hierher, das ist alles, was ich weiß. Die ganze Reise dauerte nur wenige Minuten.«

»Die Großen Guten! Ich habe nie von ihnen gehört!« sagte Graf Brass rauh. Er strich über seinen roten Schnurrbart und versuchte, Tränen in seinen Augen zu verbergen. »Irgendwelche Geister, hm?«

»In etwa, Vater.« Falkenmond streckte seinem Schwiegervater die Hand entgegen. »Ihr seht gut aus. Euer Haar ist rot wie immer.«

»Das ist kein Zeichen der Jugend«, brummte Graf Brass, »das ist Rost! Ich verrotte hier, während du vergnügt durch die ganze Welt bummelst.«

Oladahn, der zu kurz geratene Sohn einer Riesin aus den Bulgarbergen, trat ein wenig scheu näher. »Ich bin froh, Euch wiederzusehen, Freund Falkenmond. Und bei guter Gesundheit scheint Ihr auch zu sein.« Er grinste und bot Falkenmond einen Kelch Wein an. »Hier, nehmt einen Schluck als Willkommenstrunk!«

Falkenmond lächelte ihn an und leerte den Kelch in einem einzigen Zug. »Hab Dank, Freund Oladahn. Und wie geht es dir?«

»Es war schrecklich langweilig – und wir befürchteten, Ihr würdet nicht zurückkommen.«

»Nun, ich bin wieder hier, und ich glaube, ich habe genug zu erzählen, um euch allen ein paar Stunden die Langeweile zu vertreiben. Außerdem haben wir einen Auftrag, der euch von der Untätigkeit befreien wird, unter der ihr gelitten habt.«

»Heraus damit!« donnerte Graf Brass. »Schnell, berichte es gleich!«

Falkenmond lachte. »Sofort, doch laßt mich wenigstens meine Frau erst richtig ansehen.« Er blickte in Yisseldas Augen und sah, daß sie beunruhigt war. »Was ist, mein Liebling?« fragte er sanft.

»Ich habe das Gefühl, daß du bald wieder dein Leben riskieren wirst.«

»Vielleicht.«

»Wenn es sein muß, muß es wohl sein.« Sie seufzte, doch dann lächelte sie ihn an. »Aber hoffentlich nicht schon heute nacht.«

»Nein, und noch viele weitere Nächte nicht. Erst müssen wir die Pläne ausarbeiten.«

»Und ich habe dir viel zu erzählen«, murmelte sie und blickte auf den Steinboden.

Graf Brass trat zu den beiden und deutete auf die Tafel am entgegengesetzten Ende der Halle, die die Diener inzwischen gedeckt hatten. »Kommt, laßt uns essen. Wir haben das Beste aus Küche und Keller für eure Heimkehr aufgespart.«

Als sie mit angenehm vollem Magen am Feuer saßen, zeigte Falkenmond ihnen das Schwert der Morgenröte und den Runenstab, den er aus seinem Hemd zog. Sofort wurde die Halle von wirbelnden Flammen erhellt, die Muster in die Luft zeichneten, und der seltsame, bittersüße Geruch erfüllte den ganzen Raum.

Die anderen bestaunten das Ding ehrfürchtig, bis Falkenmond es wieder wegsteckte. »Dieser Stab ist unsere Standarte, meine Freunde«, erklärte er. »Ihm dienen wir nun, wenn wir ausziehen werden, um das ganze Dunkle Imperium zu bekämpfen.«

Oladahn kratzte sich am Pelz seines Gesichts. »Das ganze Dunkle Imperium, eh?«

Falkenmond lächelte sanft. »Du hast richtig verstanden.«

»Verfügt Granbretanien nicht über Millionen Krieger?« fragte Bowgentle unschuldig.

»Ja, *einige* Millionen, denke ich.«

»Und uns sind noch etwa fünfhundert Kamarganer in der Burg geblieben«, murmelte Graf Brass. »Laß mich mal ausrechnen . . .«

»Wir haben mehr als fünfhundert«, warf d'Averc ein. »Ihr vergeßt die Legion der Morgenröte.« Er deutete auf Falkenmonds Schwert, das in seiner Hülle neben Falkenmonds Sessel lag.

»Wie viele sind in dieser mysteriösen Legion?« erkundigte sich Oladahn.

»Ich weiß es nicht. Vielleicht eine unbegrenzte Zahl, vielleicht auch nicht.«

»Sagen wir tausend«, überlegte Graf Brass, »um bescheiden zu sein. Das macht fünfzehnhundert Krieger gegen . . .«

»Mehrere Millionen«, half d'Averc aus. »Richtig. Mehrere Millionen, mit allem Nachschub, den das Dunkle Imperium zu bieten hat, einschließlich unzähliger wissenschaftlicher Errungenschaften, gegen die wir nicht ankommen.«

»Wir haben das Rote Amulett und Mygans Ringe«, erinnerte ihn Falkenmond.

»Ah, ja . . .« Graf Brass zog die Brauen zusammen. »Die haben wir auch. Und wir haben das Recht auf unserer Seite – ist das auch einer unserer Pluspunkte, Dorian?«

»Vielleicht. Aber wenn wir Mygans Ringe nehmen, um in unsere eigene Dimension zu kommen, und ein paar kleinere Kämpfe in der Nähe unserer Heimat führen, können wir nach und nach eine Bauernarmee zusammenstellen.«

»Eine Bauernarmee, meinst du. Hm . . .«

Falkenmond seufzte. »Ich weiß, die Chancen stehen nicht gut . . .«

»Das stimmt, mein Junge.« Und nun strahlte Graf Brass über das ganze Gesicht.

»Was meinst du?«

»So gefällt es mir. Ich hole die Karten, dann können wir unsere Feldzüge planen.«

Während Graf Brass gegangen war, sagte Oladahn zu Falkenmond: »Wir haben vergessen zu erwähnen, daß Elvereza Tozer uns entkommen ist. Er tötete seinen Wächter bei einem Ausritt, kehrte hierher zurück, fand seinen Ring und verschwand.«

Falkenmond zog die Brauen zusammen. »Das freut mich gar nicht. Er könnte nach Londra zurückgekehrt sein.«

»Eben. Wir sind im Augenblick ziemlich verwundbar.«

Graf Brass kam mit den Karten zurück. »Wir wollen sehen . . .«

Eine Stunde später erhob sich Falkenmond, nahm Yisselda bei

der Hand, wünschte seinen Freunden eine gute Nacht und folgte seiner Frau in ihre gemeinsamen Gemächer.

Nach fünf Stunden lagen sie noch zärtlich umschlungen wach, und sie erzählte ihm, daß sie ein Kind haben würde.

Er nahm es schweigend auf und drückte sie zärtlich noch enger an sich. Als sie eingeschlafen war, stand er auf und schritt ans Fenster. Er starrte hinaus über die Lagunen der Kamarg und sagte sich, daß er nun für etwas noch Wichtigeres als ein Ideal zu kämpfen hatte.

Er hoffte, er würde leben, um sein Kind zu sehen.

Er hoffte, das Kind würde geboren werden, selbst wenn er nicht mehr leben sollte.

7. Der Kampf der Tierkrieger

Meliadus lächelte hinter seiner Maske, und seine Hand schloß sich enger um Flana Mikosevaars Schulter, als flußaufwärts die Türme Londras in Sicht kamen.

»Alles geht gut«, murmelte er. »Bald, meine Liebe, wirst du Königin sein. Sie ahnen nichts. Sie können es gar nicht ahnen. Seit hundert Jahrzehnten hat es keinen Aufstand wie diesen mehr gegeben! Sie sind nicht darauf vorbereitet. Wie sie die Architekten verfluchen werden, die die Kasernen am Fluß entlang bauten!« Er lachte leise.

Flana war des Klopfens der Maschinen und des Rumpelns des Paddelrades, das das Schiff antrieb, müde. Der Vorteil der Segelschiffe war ihre Lautlosigkeit, erkannte sie. Wenn sie erst herrschte, würden diese lärmenden Schiffe in der Nähe Londras nicht mehr erlaubt sein, aber der Lärm, der sie störte, und ihr Entschluß waren Dinge, die sie nur oberflächlich berührten. Die Welt um sie herum versank wieder, und sie hing ihren eigenen Gedanken nach. Sie vergaß Meliadus und seinen Plan, vergaß, daß der einzige Grund ihrer Zustimmung ihre Gleichgültigkeit dem eigenen Geschick gegenüber war. Sie dachte an d'Averc.

Die Kapitäne der Schiffe vor ihnen wußten, was sie zu tun hatten. Sie waren nicht nur mit Kalans Motoren ausgerüstet, sondern auch mit seinen Flammenkanonen, und sie kannten ihre Ziele – die Kasernen der Schweine-, Ratten- und Fliegenorden und weiterer, die in den Außenbezirken Londras am Fluß lagen.

Meliadus gab dem Kapitän seines Flaggschiffes den Befehl, die Fahne zu hissen, die das Zeichen für den Beginn des Bombardements war.

Londra wirkte in den frühen Morgenstunden düster wie immer, so dunkel und bizarr wie eh und je, mit ihren verrückten Türmen, die sich in den Himmel erstreckten wie die Finger eines Wahnsinnigen.

Es war sehr früh am Morgen. Von den Sklaven abgesehen, würde niemand auf sein. Niemand außer Taragorm, Kalan und deren Getreue, die auf Kampfgeräusche warteten, um ihre Männer einzusetzen. Ihre Absicht war, so viele wie nur möglich zu töten, um den Rest dann zum Palast zu treiben, wo sie umzingelt werden konnten, so daß sie bis zum Nachmittag nur noch ein Angriffsziel haben würden.

Meliadus wußte, selbst wenn sie soweit Erfolg haben würden, begann der eigentliche Kampf erst mit dem Sturm auf den Palast, und sie würden bei weitem in der Minderzahl sein, ehe Verstärkung eintraf.

Meliadus' Atem wurde heftiger. Seine Augen funkelten. Die Bronzerüssel der Kanonen spien Feuer. Innerhalb weniger Sekunden wurde die Morgenstille durch eine berstende Explosion zerrissen, als eine der Kasernen in die Luft flog.

»Großartig!« rief Meliadus. »Das ist ein gutes Omen. Mit einem solchen Erfolg hatte ich nicht so schnell gerechnet!«

Eine zweite Explosion erfolgte auf der anderen Uferseite – die Trümmer einer zweiten Kaserne regneten herab. Aus den anderen Gebäuden rannten verstörte Soldaten – manche hatten sogar ihre Masken zurückgelassen! Während sie kopflos herumhasteten, traf sie der Strahl der Flammenkanone und verbrannte sie zu Asche. Ihre Schreie gellten zu den schlafenden Türmen Londras empor – das erste Alarmzeichen für die meisten der Bürger.

Wolfsmasken drehten sich Geiermasken zu, beide nickten zufrieden und beobachteten das Gemetzel am Ufer. Schweine- und Rattenkrieger suchten Deckung. Fliegensoldaten warfen sich hinter die noch stehenden Gebäude, und die wenigen, die die Geistesgegenwart besessen hatten, Flammenlanzen mitzubringen, begannen das Feuer zu erwidern.

Der Kampf der Bestien untereinander begann.

Das war ein Teil des Schicksalsmusters, das sich ergeben hatte, als Baron Meliadus, bei seinem Hinauswurf auf Burg Brass, auf den Runenstab schwor.

Doch noch niemand wußte, wie das Muster als Ganzes aussehen und wer der endgültige Sieger sein würde: Huon, Meliadus oder Falkenmond.

8. Taragorms Erfindung

Gegen Mitte des Vormittags waren die Kasernen völlig dem Erdboden gleichgemacht, und die Überlebenden kämpften in den Straßen im Zentrum der Stadt. Die Verteidiger hatten inzwischen Verstärkung durch mehrere tausend Gottesanbeterinnenkrieger erhalten. Trotzdem war es ohne weiteres möglich, daß Huon immer noch keine Ahnung hatte, was tatsächlich vor sich ging. Vielleicht nahm er an, der Angriff erfolgte von Asiakommunisten, die sich als Granbretanier verkleidet hatten. Meliadus lächelte, als er mit Flana Mikosevaar von Bord ging und sich zu Fuß zum Palast der Zeit begab, beschützt von einem Dutzend Geiern und Wölfen. Die Überraschung war vollkommen. Seine Leute waren in den wenigen freien Straßen zurückgeblieben und hatten nicht das Labyrinth von Korridoren betreten, das die meisten der Türme miteinander verband. Als die gegnerischen Krieger auftauchten, hatten Meliadus' Männer sie sich aufs Korn genommen. Nun trieben sie sie in die Enge; denn es gab wenige Fenster, aus denen Huons Soldaten kämpfen konnten. Fenster gehörten so gut wie gar nicht zu Londras Architektur, denn die Granbretanier hielten nicht viel von frischer Luft und Tageslicht. Die paar Fenster, die es dennoch gab, lagen zu hoch, als daß Heckenschützen sie benutzen konnten. Selbst die

Ornithopter waren eine geringere Bedrohung, als Meliadus befürchtet hatte, denn sie konnten in den engen Straßenschluchten nicht manövrieren. Jedenfalls war der Baron äußerst zufrieden, als er den Palast der Zeit betrat und Taragorm in einer kleinen Kammer fand.

»Schwager! Unsere Sache steht besser, als wir erwarten konnten.«

»Ja«, antwortete Taragorm und nickte Flana zu, mit der er, genau wie Meliadus, eine kurze Zeit verheiratet gewesen war. »Meine Frettchen brauchten bisher kaum einzugreifen. Aber sie werden recht nützlich bei der Jagd jener sein, die sich in den Tunnels einnisten. Ich beabsichtige, sie von hinten an den Feind heranzuschicken, sobald wir ihre Widerstandsnester lokalisiert haben.«

Meliadus nickte zustimmend. »Du hast mir eine Botschaft geschickt, dich hier zu treffen. Was gibt es?«

»Ich glaube, ich habe jetzt die Möglichkeit gefunden, deine Freunde von Burg Brass in ihre ursprüngliche Umgebung zurückzuversetzen«, murmelte Taragorm sichtlich mit sich zufrieden.

Meliadus stieß ein tiefes Stöhnen aus, und es dauerte eine Weile, bis Flana begriff, daß er damit extremer Freude Ausdruck gab. »O Taragorm! Endlich werden die Kaninchen mein sein!«

Taragorm lachte. »Ich bin mir noch nicht völlig sicher, daß meine Maschine auch tatsächlich funktionieren wird, aber ich nehme es doch an, da ich sie nach einer alten Formel zusammenbaute, die ich in dem gleichen Buch entdeckte, das die Kristallmaschine von Soryandum erwähnt. Möchtest du sie gern sehen?«

»Welche Frage! Ich bitte dich, Schwager, führ mich zu ihr.«

»Hier entlang.«

Taragorm führte Meliadus und Flana durch zwei kurze Korridore voll Uhrenlärm zu einer niedrigen Tür, die er mit einem kleinen Schlüssel öffnete.

»Hier hinein.« Er nahm eine Fackel aus ihrem Halter vor der Tür und beleuchtete damit das Verlies, das er geöffnet hatte. »Hier«, sagte er, »ist etwa die gleiche Höhe wie der Kerker, in dem sich die Kristallmaschine von Burg Brass befindet. Die Stimme meiner Maschine vermag durch die Dimensionen zu dringen.«

»Ich höre nichts«, murmelte Meliadus ein wenig enttäuscht.

»Du hörst nichts, weil es hier nichts zu hören gibt. Aber glaub mir, sie macht einen beachtlichen Lärm in einer anderen Dimension.«

Meliadus trat auf das Ding zu. Es sah aus wie das Bronzegerüst einer Uhr von der Größe eines Mannes. Das Pendel schwang unterhalb hin und her. Es hatte Federn und Zahnräder und sah überhaupt in jeder Beziehung wie eine übermäßig vergrößerte Uhr aus. Auf der Rückseite befand sich ein Gong. Während er es noch betrachtete, erreichte der große Zeiger die halbe Stunde. Der Klöppel schlug auf den Gong. Sie sahen ihn vibrieren, hörten jedoch nicht den geringsten Laut.

»Unglaublich!« flüsterte Meliadus. »Aber wie funktioniert sie?«

»Ich muß sie erst noch genau justieren, um auch sicher sein zu können, daß sie in der richtigen Raumzeit zu hören ist. Glücklicherweise konnte ich diese mit Tozers Hilfe ziemlich exakt feststellen. Gegen Mitternacht dürften unsere Freunde auf Burg Brass eine unangenehme Überraschung erleben.«

Meliadus stöhnte vor Freude auf. »Mein edler Schwager! Ich verspreche dir, du wirst der reichste und höchstgeehrte Mann des Imperiums sein.«

Taragorms unförmige Uhrmaske verneigte sich. »So ist es rechtens«, murmelte er. »Aber ich danke dir, Schwager.«

»Bist du sicher, daß es funktionieren wird?«

»Wenn es das nicht tut, werde ich nicht der reichste und höchstgeehrte Mann des Reiches sein«, erwiderte Taragorm spaßend. »Zweifellos wirst du obendrein dafür sorgen, daß ich auf weniger angenehme Weise belohnt werde.«

Meliadus legte seinem Schwager die Arme um die Schultern. »Sprich doch nicht von solchen Dingen, Schwager!«

9. Huons Kriegsrat

»Nun, nun, meine Herren, ein Aufruhr also.« Die wohlklingende Stimme kam aus der runzligen Kehle, und die scharfen, schwarzen Augen huschten über die versammelten Masken.

»Es ist Verrat, Hoher Herrscher«, rief eine Gottesanbeterinnenmaske. Die Uniform des Sprechers war unordentlich, seine Maske von einer Flammenlanze versengt.

»Bürgerkrieg, Majestät«, betonte ein anderer.

»Und fast ein Fait accompli«, murmelte sein Nachbar mehr zu sich selbst. »Wir waren völlig unvorbereitet, Herr der Welt.«

»Das wart ihr allerdings, meine Herren. Wir müssen euch, aber auch Uns die Schuld geben. Wir wurden betrogen.«

Die Augen wanderten langsam über die Hauptleute. »Befindet sich Kalan unter euch?«

»Nein, Sire.«

»Und Taragorm?« fragte die klangvolle Stimme.

»Taragorm ist nicht anwesend, Herrscher über alle.«

»So . . . Und einige unter euch glauben, Meliadus auf dem Flaggschiff gesehen zu haben . . .«

»Mit Gräfin Flana, erlauchter Kaiser.«

»Das ist logisch. Ja, Wir wurden verraten. Doch es macht nichts. Wir nehmen an, der Palast ist in bestem Verteidigungszustand?«

»Nur eine ungewöhnlich große Streitmacht könnte auch nur hoffen, ihn einzunehmen, König der Welt.«

»Aber vielleicht verfügen sie über eine so ungewöhnlich große Streitmacht? Und wenn sie Kalan und Taragorm auf ihrer Seite haben, fehlt es ihnen auch nicht an anderen Kräften. Sind wir auf eine Belagerung vorbereitet, Hauptmann?« Huon richtete seine Frage an den Führer der Gottesanbeterinnengarde, der sich vor ihm verbeugte.

»In gewisser Weise, Majestät. Aber etwas wie dies ist ohne Präzedenz.«

»Das ist es allerdings. Vielleicht sollten wir für Verstärkung sorgen?«

»Vom Kontinent«, schlug der Hauptmann vor. »Alle treu ergebenen Barone befinden sich dort – Adaz Promp, Brenal Farun, Shenegar Trott . . .«

»Shenegar Trott ist nicht auf dem Kontinent«, erklärte Huon.

». . . Jerek Nankenseen, Mygel Holst . . .«

»Ja, ja. Die Namen Unserer Barone sind Uns wohlbekannt. Aber können wir sicher sein, daß sie auch wirklich treu ergeben sind?«

»Es ist anzunehmen, Großer Reichskönig, denn ihre Mannen fielen heute. Wären sie mit Meliadus verbündet, hätten sie gewiß auf seiner Seite gekämpft.«

»Ihr habt vermutlich recht. Also gut – ruft die Lords von Granbretanien zurück. Sagt ihnen, sie sollen sofort mit allen zur Verfügung stehenden Truppen anrücken, um diese Rebellion zu unterdrücken. Sagt ihnen, wie lästig Uns das alles ist. Der Kurier bricht am besten vom Dach des Palastes auf. Dort stehen einige Ornithopter bereit.«

Aus der Ferne war das Donnern einer Flammenkanone zu vernehmen, und der Thronsaal schien leicht zu vibrieren.

»Äußerst lästig«, seufzte der Reichskönig. »Wieviel hat Meliadus in der letzten Stunde eingenommen?«

»Er hat praktisch die ganze Stadt, mit Ausnahme des Palastes, Sire.«

»Ich wußte immer, daß er der beste meiner Generale war.«

10. Fast Mitternacht

Baron Meliadus saß in seinen eigenen Gemächern und blickte hinunter auf die vereinzelten Feuer. Besonders gefiel ihm der Anblick eines Ornithopters, der brennend über dem Palast abstürzte. Der Nachthimmel war klar, und die Sterne funkelten hell. Es war ein ungewöhnlich schöner Abend. Um ihn perfekt zu machen, spielte ein Quartett seiner Sklavinnen – einst berühmte Musikerinnen ihres Landes – ihm Weisen von London Johne, Granbretaniens größtem Komponisten.

Der Kontrapunkt der Explosionen, Schreie und das Krachen und Klirren von Metall hätte in Meliadus' Ohren gar nicht angenehmer klingen können. Er nippte an seinem Wein, konsultierte seine Karten und summte zur Musik.

Es klopfte an der Tür, und eine Sklavin meldete Vrasla Beli, den Oberkommandierenden seiner Infanterie, an.

»Hauptmann Beli?«

»Ich muß leider melden, Sir, daß unser Aufgebot schrumpft. Wir haben mit so wenigen Kriegern ein wahres Wunder vollbracht, Sir, aber wir können unsere Position nicht mehr lange ohne Verstärkung halten. Entweder das, oder wir müssen uns neu formieren . . .«

»Oder die Stadt ganz verlassen und unseren Kampfort außerhalb wählen – meint Ihr das, Hauptmann Beli?«

»Genau, Sir.«

Meliadus rieb seine Maske. »Wir haben Wolfs-, Geier-, ja sogar Frettchen-Einheiten auf dem Festland. Wenn wir sie hierher beorderten . . .«

»Aber bleibt uns die Zeit dazu, Sir?«

»Dafür werden wir sorgen müssen, Hauptmann.«

»Ja, Sir.«

»Bietet jedem Gefangenen einen Maskenwechsel an«, schlug er schließlich vor. »Sie sehen jetzt, daß wir am Siegen sind, und würden vielleicht ganz gern einem anderen Orden angehören.«

Beli salutierte. »König Huons Palast wird bestens verteidigt, Sir.«

»Und er wird bestens eingenommen werden, Hauptmann.«

Die Musik spielte weiter, und das Feuern draußen nahm seinen Lauf, und Meliadus war gewiß, daß alles nach Wunsch laufen würde. Es mochte dauern, bis der Palast genommen war, aber daß er genommen würde, dessen war er sich sicher.

Huon fände sein Ende, Flana setzte man an seiner Statt auf den Thron und er, Meliadus, würde der mächtigste Mann im Land.

Er sah auf die Uhr an der Wand. Es ging auf elf Uhr zu. Er stand auf und klatschte in die Hände. Die Mädchen hörten auf zu spielen. »Holt mir die Sänfte«, ordnete er an. »Ich begebe mich zum Palast der Zeit.«

Die selben vier Mädchen kehrten mit der Sänfte zurück, er stieg ein und ließ sich auf die weichen Kissen sinken.

Als er durch die Korridore getragen wurde, konnte Meliadus immer noch die Musik der Flammenkanonen und die Schreie kämpfender Männer hören. Zugegeben, der Sieg war noch nicht gesichert, und selbst nach Huons Tod mochte es einige Adlige geben, die Flana als Herrscherin nicht akzeptierten. Es würde ein paar Monate dauern, das Reich zu einigen – aber vielleicht konnte er den Haß auf ein anderes Ziel lenken, auf die Kamarg und Burg Brass.

»Beeilt euch«, rief er den nackten Mädchen zu. »Schneller! Wir dürfen nicht zu spät kommen!«

Falls Taragorms Maschine funktionierte, hätte er den doppelten Vorteil, er könnte seine Feinde endlich erreichen und das Reich vereinen.

Meliadus seufzte behaglich. Alles fügte sich auf wunderbare Weise.

DRITTES BUCH

Und nun näherte sich alles dem Finale. Die Helden der Kamarg schmiedeten ihre Pläne auf Burg Brass – Baron Meliadus die seinen in Taragorms Palast der Uhren und König Huon die seinen im Thronsaal – und alle diese Plätze begannen neu aufeinander einzuwirken. Auch der Runenstab, der Mittelpunkt des Dramas, übte seinen Einfluß auf die Spieler aus. Und jetzt war das Dunkle Imperium geteilt – gespalten wegen Meliadus' Haß auf Falkenmond, den er als sein Werkzeug hatte benutzen wollen, der jedoch so stark gewesen war, sich gegen ihn zu stellen. Vielleicht hatte der Runenstab damals – als Meliadus Falkenmond gegen Burg Brass einsetzen wollte – seinen ersten Zug getan. Es war ein sehr straff gewebtes Schicksalsmuster, dieses Drama – so straff, daß einige der Fäden dem Zerreißen nahe waren ...

– Die hohe Geschichte des Runenstabs

1. Die Uhr schlägt Mitternacht

Falkenmond zog sich fröstelnd den schweren Umhang über und wandte sein ernstes Gesicht den Kameraden zu. Alle blickten auf den Tisch. Das Feuer in der Halle brannte niedrig, aber die Gegenstände auf dem Tisch waren deutlich erkennbar.

Das erste war das Amulett, dessen rötlicher Schein die Gesichter wie mit Blut färbte. Dann lagen hier Mygans Kristallringe, die ihre Träger durch die Dimensionen zu bewegen vermochten. Sie waren ihre Garanten, in ihren eigenen Raum und die eigene Zeit zurückzukehren. Neben den Ringen ruhte in seiner Scheide das Schwert der Morgenröte, das gleichzeitig Falkenmonds Armee darstellte. Und schließlich, in ein Stück Tuch gehüllt, hatte auch der Runenstab – Falkenmonds Standarte und Hoffnung – auf dem Tisch Platz gefunden.

Graf Brass räusperte sich. »Aber meint ihr, es sei selbst mit diesen mächtigen Dingen möglich, ein Imperium, so groß wie das granbretanische, zu schlagen?«

»Wir haben den Schutz der Burg«, erinnerte ihn Oladahn. »Von ihr aus sind wir in der Lage, uns nach Belieben durch die Dimensionen zu bewegen. Das bedeutet, daß wir einen ausgedehnten Partisanenkrieg führen können, bis der Widerstand des Feindes gebrochen ist.«

Graf Brass nickte. »Was Ihr sagt, stimmt, aber ich bin doch skeptisch.«

»Ihr seid es gewohnt, klassische Schlachten zu schlagen«, erinnerte ihn d'Averc. Der schwarze Kragen eines Ledermantels umrahmte d'Avercs bleiches Gesicht. »Und Ihr wärt gewiß zuversichtlicher, wenn Ihr den Gegner in geschlossenen Reihen Euch gegenüber hättet, die Lanzenkrieger, die Bogenschützen, Kavallerie, Infanterie und so weiter. Aber solche Schlachten können wir nicht führen. Wir müssen aus dem Dunkel zuschlagen, aus der Deckung, zumindest anfangs.«

»Ihr habt recht, d'Averc, nehme ich an.« Graf Brass seufzte.

Bowgentle schenkte allen Wein nach. »Es ist vielleicht besser, wenn wir uns bald zu Bett legen, meine Freunde, damit wir morgen frisch sind und die Pläne in Ruhe ausarbeiten können.«

Falkenmond schritt zum hinteren Ende des Tisches, wo die Karten ausgebreitet lagen. Er rieb das Schwarze Juwel in seiner Stirn. »Ja, wir müssen unsere erste Kampagne sorgfältig vorbereiten.« Er studierte die Karte der Kamarg. »Die Möglichkeit besteht, daß die Granbretanier ein festes Lager um die Stelle errichtet haben, wo Burg Brass stand – vielleicht in der Hoffnung, daß sie wieder auftauchen wird.«

»Aber hattest du nicht das Gefühl, daß Meliadus' Macht im Sinken begriffen ist?« meinte d'Averc. »Trott schien jedenfalls der Ansicht.«

»Wenn das der Fall ist«, erwiderte Falkenmond nachdenklich, »könnten Meliadus' Legionen anderswo eingesetzt sein, da offenbar Unstimmigkeiten am Hof darüber herrschen, ob wir eine echte Bedrohung sind oder nicht.«

Bowgentle wollte gerade den Mund öffnen, doch dann legte er statt dessen den Kopf schief. Nun spürten alle das schwache Zittern im Boden.

»Es ist verdammt kalt«, brummte Graf Brass und schob einen weiteren Buchenstamm in den offenen Kamin. Funken sprühten, das Holz fing schnell Feuer, und die Flammen warfen zuckende, rote Schatten an die Wände. Graf Brass hatte seinen muskulösen Körper in einen dünnen, wollenen Morgenmantel gehüllt. Er zupfte nun daran, als bedauerte er, nicht etwas Festeres gewählt zu haben. Er warf einen Blick auf das Gestell an der gegenüberliegenden Wand mit den Speeren, Bogen, Pfeilen, Streitkeulen, Schwertern – und seinem eigenen riesigen Breitschwert, nebst seiner Bronzerüstung. Wolken schienen über sein Gesicht zu ziehen.

Wieder schüttelte ein Beben das Bauwerk, und die Waffen, die zur Zier an der Wand hingen, klirrten.

Falkenmond sah Bowgentle an und las in seinen Augen die gleiche Vorahnung einer unerklärlichen Gefahr, die er selbst empfand. »Ein leichtes Erdbeben, vielleicht«, murmelte er.

»Möglich«, meinte Bowgentle nicht sehr überzeugt.

Nun vernahmen sie ein Geräusch wie das Schlagen eines fernen Gongs, doch so schwach, daß es kaum hörbar war. Sie eilten zur

Haupttür der Halle. Graf Brass zögerte einen Augenblick, ehe er sie aufriß und in die Nacht hinausspähte.

Der Himmel war schwarz, aber die Wolken wirbelten aufgeregt durcheinander, als würde die Himmelskuppel jeden Moment bersten.

Nun ertönte das ferne Hallen wieder, deutlich hörbar diesmal. Es war der Klang einer riesigen, tiefklingenden Glocke oder eines Gongs, der in ihren Ohren summte.

»Es hört sich an, als befänden war uns im Glockenturm, während jemand an den Strängen zieht«, murmelte Bowgentle mit erschrockenen Augen.

Die Gesichter waren blaß und angespannt. Falkenmond schritt mit ausgestrecktem Arm in die Halle zurück, auf das Schwert der Morgenröte zu. D'Averc rief ihm nach: »Was befürchtest du, Dorian? Einen Angriff durch das Dunkle Imperium?«

»Das Dunkle Imperium«, echote Falkenmond, »oder etwas Übernatürliches.«

Ein dritter Glockenschlag dröhnte – und hallte über die weiten Marschen der Kamarg hinweg, über die Lagunen und das Schilf. Flamingos flatterten, aufgescheucht von dem Lärm, in die Höhe.

Ein vierter Glockenschlag folgte – ein großes, unheilverkündendes Dröhnen.

Graf Brass ging auf die Wand zu, wo die Waffen hingen, und holte sein Breitschwert.

Ein fünfter. D'Averc hielt sich die Ohren zu. »Das wird mir gewiß zumindest eine leichte Migräne einbringen«, beklagte er sich matt.

Ein sechster. Yisselda kam im Nachtgewand die Treppe heruntergeeilt. »Was ist das, Dorian? Vater, was ist das für ein Geräusch? Es hört sich wie Glockenschlagen an, ich fürchte, mein Trommelfell wird platzen ...«

Oladahn wirkte sehr ernst. »Mir scheint, es bedroht unsere Existenz«, sagte er. »Allerdings weiß ich nicht, warum ich das glaube ...« Ein siebenter Streich erklang, und Mauerwerk fiel von der Decke, als die Fundamente der Burg erzitterten.

»Wir schließen besser die Türen«, schlug Graf Brass vor, als das Echo verklungen war und er sich verständlich machen konnte. Sie drückten die großen Türflügel zu und schoben den schweren Eisenriegel vor.

Ein achter Schlag erfüllte die Halle, sie preßten sich die Hände gegen die Ohren. Ein riesiger Schild, der seit undenklicher Zeit an der Wand hing, fiel auf den Steinboden und rollte krachend unter den Tisch, wo er schließlich liegenblieb.

Die Diener rannten nun in die Halle, sie waren von Panik erfüllt.

Ein neunter Schlag, und die Fensterscheiben zersprangen. Glassplitter regneten durch die Halle. Falkenmond meinte auf einem Schiff zu stehen, das unvermittelt auf ein Riff aufgelaufen war; denn die ganze Burg erzitterte, und sie konnten sich kaum mehr auf den Beinen halten. Yisselda fiel, doch Falkenmond fing sie, ehe sie auf dem Stein aufschlug. Mit dem anderen Arm hatte er eine Säule umfaßt, damit er selbst nicht zu Boden stürzte. Das Dröhnen verursachte ihm Übelkeit, und sein Blick war verschwommen.

Das zehnte Mal donnerte der Schlag. Es schien, als erbebe die ganze Welt, und das Universum selbst war von diesem ohrenbetäubenden Hallen erfüllt, das das Ende prophezeite.

Bowgentle kippte ohnmächtig auf den Boden. Oladahn taumelte wie betrunken. Er brach schließlich ebenfalls auf dem Marmor zusammen. Falkenmond hielt verzweifelt Yisselda fest, obgleich er kaum noch imstande war, seinen eigenen Halt an der Säule zu bewahren. Übelkeit drohte, ihn zu erwürgen, und sein Schädel dröhnte. Graf Brass und d'Averc taumelten zum Tisch und hielten sich daran fest. Als der Schlag erstarb, hörte Falkenmond d'Averc rufen. »Falkenmond – schau dir das an!«

Mit dem Arm stützend um Yisselda, gelang es ihm, den Tisch zu erreichen. Er holte laut Luft, als er sah, daß Mygans Kristallringe zersplittert waren.

»Aus mit unserer Partisanentaktik«, sagte d'Averc heiser. »Vielleicht ist das sogar das Ende aller unserer Pläne ...«

Der elfte Schlag dröhnte. Er war tiefer und lauter als der vorherige. Die Burg wankte so stark, daß sie alle auf den Boden geschleudert wurden. Falkenmond schrie vor Schmerz, als das Hallen seinen Schädel zu zerreißen drohte. Alles bebte, und er rollte hilflos mit den anderen auf dem Boden hin und her, den Mächten ausgeliefert, die die Burg zu ihrem Spielball machten.

Als das Dröhnen wieder verklang, kroch er auf Händen und Füßen auf Yisselda zu und versuchte verzweifelt, sie zu erreichen. Tränen des Schmerzes strömten über sein Gesicht, und er wußte, daß die warme Flüssigkeit, die aus seinen Ohren rann, Blut war. Wie durch einen Nebel sah er Graf Brass, der sich am Tisch hochzuziehen versuchte. Aus den Ohren des Grafen quoll eine Flüssigkeit, die die Farbe seiner Haare hatte.

»Wir sind vernichtet!« hörte er den alten Grafen sagen. »Vernichtet von einem feigen Feind, den wir nicht einmal sehen können! Vernichtet von einer Kraft, gegen die unsere Schwerter nutzlos sind!«

Falkenmond kroch weiter auf Yisselda zu, die reglos auf dem Boden lag.

Und nun schlug die Glocke zum zwölften Mal – noch lauter und grauenvoller als zuvor. Die Steine der Burg drohten zu bersten. Das Holz des Tisches splitterte, und die schwere Tafel stürzte zusammen. Marmorfliesen brachen oder zersplitterten. Die Burg tanzte wie ein Korken im sturmgepeitschten Ozean, und Falkenmond brüllte auf, als statt der Tränen ihm nun Blut aus den Augen rann und seine Adern zu platzen drohten.

Dann wurde der tiefe Ton von einem anderen begleitet – einem unnatürlich schrillen Laut –, und Farben durchfluteten die Halle. Erst kam Violett, danach Purpur, gefolgt von Schwarz. Millionen winziger Glöckchen schienen gleichzeitig zu klingeln und zu klirren. Diesmal gelang es ihnen, den Laut zu lokalisieren. Er kam von unten – aus den Verliesen.

Falkenmond bemühte sich, auf die Füße zu kommen, doch er fiel wieder auf den gespaltenen Boden. Das tiefe Hallen erstarb allmählich, die Farben verblaßten, das Klirren erlosch.

Danach herrschte Schweigen.

2. Die verbrannten Marschen

»Der Kristall ist zersplittert . . .«

Falkenmond schüttelte den Kopf und blinzelte verwirrt. »Hm?«

»Der Kristall ist zersplittert.« D'Averc kniete neben ihm und half ihm auf die Beine.

»Yisselda – wie geht es ihr?« fragte Falkenmond.

»Nicht schlimmer als dir. Wir haben sie ins Bett gebracht. Der Kristall ist zersplittert.«

Falkenmond kratzte sich das verkrustete Blut von Ohren und Nase. »Du meinst Mygans Ringe?«

»D'Averc, sag es ihm doch deutlicher.« Es war Bowgentles Stimme. »Sag ihm, daß die Maschine der Geistermenschen zerbrochen ist.«

»Zerbrochen?« Falkermond starrte sie an. »War das das Klirren ganz am Schluß?«

»Das war es.« Graf Brass stand müde gegen einen Tisch gelehnt und wischte sich die Stirn. »Die Vibration ließ den Kristall zersplittern.«

»Dann . . .« Falkenmond blickte Graf Brass fragend an.

Graf Brass nickte. »Ja, wir sind in unserer eigenen Dimension zurück.«

»Und werden wir angegriffen?«

»Es sieht nicht so aus.«

Falkenmond holte tief Luft. Er ging schweren Schrittes zur Eingangstür. Mühsam zog er den Riegel zurück und stieß die Tür auf.

Es war noch Nacht. Dieselben Sterne schienen vom Himmel, aber die wirbelnden blauen Wolken waren verschwunden. Eine unheimliche Stille hing über dem ganzen Gebiet – und ein eigenartiger Geruch. Keine Flamingos schrien, kein Wind pfiff durch das Schilf.

»Wo sind die Legionen?« fragte d'Averc. »Es wäre anzunehmen, gewesen, daß sie unser harren würden – ein paar zumindest!«

Falkenmond runzelte die Stirn. »Wir werden bis zum Morgen warten müssen, ehe wir die Antwort darauf auch nur erraten können. Vielleicht sind sie irgendwo dort draußen versteckt und planen einen Überraschungsangriff.«

»Glaubt Ihr, wir haben die eigentümlichen Glockenschläge dem Dunklen Imperium zu verdanken?« fragte Oladahn.

»Zweifellos«, meinte Graf Brass. »Sie haben erreicht, was sie beabsichtigten. Es gelang ihnen, uns in ihre Dimension zurückzuholen.« Er rümpfte die Nase. »Ich möchte wissen, was dieser sonderbare. Geruch bedeutet.«

D'Averc suchte unter den Trümmern des zersprungenen Tisches. »Es ist ein Wunder, daß wir noch am Leben sind.«

»Der Tod schien eher leblose Dinge anzugreifen als uns«, stellte Falkenmond fest.

»Zwei unserer älteren Diener sind tot«, sagte Graf Brass leise. »Es war zuviel für ihr Herz, nehme ich an. Sie werden soeben im Innenhof beerdigt; denn wer weiß, ob das am Morgen noch möglich sein wird.«

»Was ist mit der Burg?« fragte Oladahn.

Graf Brass zuckte die Schultern. »Schwer zu sagen. Ich war in den Verliesen unten. Die Kristallmaschine ist völlig zersplittert, und ein paar Steine sind gespalten. Aber es ist eine alte, gutgebaute Burg; sie scheint nicht allzusehr gelitten zu haben. Es ist natürlich keine einzige Fensterscheibe ganz geblieben, überhaupt nichts aus Glas. Ansonsten . . .« Er zuckte erneut die Schultern, als wäre seine geliebte alte Burg nicht mehr von Bedeutung für ihn. ». . . ansonsten stehen wir offenbar noch immer auf festem Grund wie zuvor.«

»Wir wollen es hoffen«, murmelte d'Averc. Er hielt Falkenmond das Schwert der Morgenröte und das Rote Amulett entgegen. »Es ist sicherer, du nimmst sie an dich. Du wirst sie in Kürze brauchen.«

Falkenmond hängte sich das Amulett um den Hals und schnallte die Scheide am Gürtel fest. Dann bückte er sich und hob den in Stoff gewickelten Runenstab auf.

»Er scheint uns nicht das Glück zu bringen, das ich erhofft hatte«, seufzte er.

Langsam kam der Morgen, grau und kalt, mit einem Horizont weiß wie eine Leiche und Wolken von der Farbe bleicher Gebeine.

Fünf Helden erwarteten ihn. Sie standen vor den Toren der Burg auf dem Hügel, und ihre Hände umklammerten die Griffe ihrer Schwerter, bis die Knöchel weiß hervortraten, als sie die Szene unter sich sahen.

Es war die Kamarg, die sie zurückgelassen hatten, aber eine Kamarg verwüstet vom Krieg. Der Geruch, den sie sich zuvor nicht hatten erklären können, kam von Fäulnis und verbranntem Land. Denn soweit sie zu sehen vermochten, war alles schwarze Öde. Das Feuer aus den Flammenkanonen hatte die Marschen und Lagunen ausgetrocknet. Die Flamingos, die Pferde und Stiere waren tot oder geflohen. Es schien, als wäre die Welt nur noch eine See grauer Asche.

»Nichts ist mehr«, stöhnte Graf Brass. »Meine geliebte Kamarg, mein Volk, meine Tiere – es gibt sie nicht mehr. Ich war ihr gewählter Lordhüter und habe versagt. Nun habe ich nur noch meiner Rache zu leben. Laßt mich die Tore Londras erreichen und sehen, wie die Stadt fällt. Dann will ich sterben. Doch nicht eher!«

3. Blutbad des Dunklen Imperiums

Bis sie die Grenze der Kamarg erreicht hatten, waren Falkenmond und Oladahn von Kopf bis Fuß von klebriger Asche bedeckt, die ihre Nasen verklebte und die Kehlen zum Husten reizte. Auch auf ihren Pferden klebte eine dicke graue Schicht, und ihre Augen waren gerötet wie die ihrer Reiter.

Nun machte die See aus Asche versengtem Grasland Platz, doch noch immer gab es kein Anzeichen, daß die Legionen des Dunklen Imperiums das Land besetzt hielten.

Dünne Sonnenstrahlen brachen sich durch die Wolken. Falkenmond hielt sein Pferd an und studierte seine Karte. Er deutete nach Osten. »Verlin liegt in dieser Richtung. Wir wollen vorsichtig näher reiten und sehen, ob sich dort noch granbretanische Truppen befinden.«

Das Dorf kam endlich in Sicht. Falkenmond gab seinem Pferd die Sporen. Oladahn folgte ihm und rief: »Was ist los, Herzog Dorian? Was ist geschehen?«

Falkenmond antwortete nicht, denn als sie näher herankamen, war nur allzu deutlich, daß die Hälfte der Höfe in Trümmern lag und Leichen dicht an dicht die Straßen bedeckten. Aber auch hier waren keine granbretanischen Truppen.

Die meisten der Häuser waren von Flammenlanzenfeuer geschwärzt und ein Teil der Toten ihm zum Opfer gefallen. Vereinzelt lagen auch Leichen von Granbretaniern in ihren schweren Maskenrüstungen auf dem Boden.

»Sieht so aus, als wären es alles Wölfe gewesen«, murmelte Falkenmond. »Meliadus' Männer. Offenbar überfielen sie die Einwohner, und die haben es sich nicht ohne Gegenwehr gefallen lassen. Siehst du den Wolf dort? Er starb durch eine Sichel in seinen Rippen. Und jener dort hat einen Spatenhieb abbekommen, der Spaten steckt noch immer in seinem Hals . . .«

»Vielleicht haben die Bauern rebelliert«, meinte Oladahn, »und die Wölfe ergriffen Vergeltungsmaßnahmen.«

»Aber weshalb haben sie das Dorf verlassen?« gab Falkenmond zu bedenken. »Sie hatten einen Stützpunkt hier.«

Sie führten ihre Pferde über die Toten hinweg. Der Blutgeruch hing schwer in der Luft. Es war offenbar, daß dieses Gemetzel noch nicht lange zurücklag. Falkenmond deutete auf die Kadaver von Pferden, Rindern, ja selbst Hunden. »Sie haben nichts am Leben gelassen. Überhaupt nichts, nicht einmal Schlachtvieh. Als ob sie die Flucht vor einem mächtigeren Gegner ergriffen hätten!«

»Wer ist mächtiger als das Dunkle Imperium?« fragte Oladahn schaudernd. »Haben wir vielleicht einen neuen Feind zu befürchten, Freund Dorian?«

»Ich hoffe es nicht. Doch weiß ich nicht, was ich denken soll.«

»Ein schrecklicher Anblick!« stöhnte der Pelzgesichtige und wandte die Augen ab. Es lagen nicht nur tote Männer auf den Straßen, sondern auch Kinder, und jede Frau, ob jung oder alt, sah aus, als wäre sie vor ihrem Tod vergewaltigt worden. Sie hatten fast alle aufgeschlitzte Kehlen.

Falkenmond seufzte. »Überall das gleiche Bild, wo immer das Dunkle Imperium auch gewütet hat.«

Er hob den Kopf, als der Wind einen schwachen Laut herbeitrug. »Ein Schrei! Jemand lebt offenbar noch!«

Er folgte dem Laut in eine Seitenstraße. Die Tür des ersten Hauses war aufgebrochen, und der Körper eines Mädchens lag halb im Haus und halb auf der Straße. Der Schrei war hier lauter. Falkenmond ließ sein Pferd stehen und ging vorsichtig auf das Haus zu. Der Schrei war von den Lippen des Mädchens gekommen. Er kniete sich rasch neben sie und hob ihren Kopf. Ihre Blöße war nur mit den zerfetzten Überresten ihrer Unterkleidung bedeckt. Ein roter Strich verlief über ihre Kehle, wie von einer stumpfen Klinge. Sie war etwa fünfzehn, mit blonden Locken und stumpfen, blauen Augen. Sie keuchte, als der Herzog sie aufhob.

Falkenmond legte sie sanft wieder nieder und holte eine Flasche Wein aus seiner Satteltasche. Er hielt sie an ihre Lippen. Sie trank und schnappte nach Luft. Plötzlich weiteten sich ihre Augen vor Angst.

»Du brauchst dich nicht vor mir zu fürchten«, versicherte Falkenmond ihr. »Ich bin ein Feind des Dunklen Imperiums.«

»Und Ihr lebt?«

Falkenmond lachte grimmig. »Ja, ich lebe. Ich bin Dorian Falkenmond, Herzog von Köln.«

»Falkenmond von Köln? Wir hielten Euch für tot – oder für immer geflüchtet...«

»Nun, ich bin zurückgekommen, und ich schwöre dir, ich werde euer Dorf rächen. Was ist hier geschehen?«

»Ich weiß es selbst nicht recht, mein Lord, außer, daß diese Bestien von Granbretanien keinen von uns am Leben lassen wollten.« Sie blickte plötzlich auf. »Mein Vater und meine Mutter – meine Schwestern...«

Falkenmond blickte ins Hausinnere und schrak zurück. »Sie sind tot«, sagte er heiser. Es war eine Untertreibung. Sie waren auf bestialische Weise verstümmelt. Er hob das schluchzende Mädchen auf und trug sie zu seinem Pferd. »Ich bringe dich nach Burg Brass«, erklärte er ihr.

4. Neue Helme

Sie ruhte im weichsten Bett von Burg Brass, versorgt von Bowgentle und gepflegt und verwöhnt von Yisselda und Falkenmond, die ihr Gesellschaft leisteten, aber sie lag im Sterben. Ihre Wunden allein wären nicht tödlich gewesen, aber die Gram war zuviel für sie. Sie wünschte zu sterben, und die Bewohner der Burg Brass respektierten diesen Wunsch.

»Mehrere Monate«, murmelte sie, »hielten die Wolfstruppen unser Dorf besetzt. Sie nahmen alles, während wir hungerten. Wir hörten, daß sie ein Teil der Armee waren, die die Kamarg bewachen sollte, obwohl wir uns nicht vorstellen konnten, was in diesem Ödland noch zu bewachen war.«

»Sie warteten sicher auf unsere Rückkehr«, vermutete Falkenmond.

»Das scheint mir auch wahrscheinlich«, pflichtete sie ihm bei. Dann fuhr sie fort. »Gestern landete ein Ornithopter des Stützpunktes. Wir hörten Gerüchte, daß die Soldaten nach Londra zurückgerufen worden seien, und waren überglücklich darüber. Eine Stunde später fielen die Soldaten der Besatzung über das Dorf her, brandschatzten es, töteten und vergewaltigten. Sie hatten Befehl, nichts und niemanden am Leben zu lassen, so daß sie mit keinem Widerstand rechnen mußten, wenn sie zurückkehren würden, und daß keine, die zum Dorf kämen, etwas Eßbares fänden. Eine Stunde später waren sie bereits alle aufgebrochen.«

»Also beabsichtigen sie, wiederzukommen«, murmelte Falkenmond. »Ich frage mich, weshalb sie weg sind ...«

»Vielleicht ein Invasor?« meinte Bowgentle und legte dem Mädchen einen frischen Umschlag auf die Stirn.

»Das war auch mein erster Gedanke«, gestand Falkenmond. »Aber irgendwie paßt es nicht. Es ist so mysteriös – und beängstigend, daß wir so wenig wissen.«

Nach höflichem Klopfen betrat d'Averc das Krankenzimmer, »Ein alter Freund besucht uns, Dorian.«

»Ein alter Freund? Wer?«

»Der Mann von den Orkneyinseln – Orland Fank.«

Falkenmond erhob sich. »Vielleicht kann er Licht in das Dunkel bringen.«

Als er zur Tür ging, sagte Bowgentle leise. »Das Mädchen ist soeben gestorben, Herzog Dorian.«

»Sie weiß, daß sie gerächt wird«, murmelte Falkenmond düster und verließ den Raum.

»Etwas liegt in der Luft, da muß ich Euch beipflichten«, sagte Orland Fank zu Graf Brass, neben dem er am Kamin stand. Er winkte Falkenmond zur Begrüßung zu. »Und wie geht es Euch, Herzog Dorian?«

»Nun, den Umständen entsprechend gut. Habt Ihr eine Ahnung, weshalb die Legionen aufbrachen, Meister Fank?«

»Ich versicherte eben Graf Brass, daß ich es leider auch nicht weiß . . .«

»Ah, und ich hielt Euch für allwissend, Meister Fank.«

Fank grinste ein wenig verlegen und nahm die Haube ab, um sich damit über das Gesicht zu wischen. »Es braucht seine Zeit, Informationen zusammenzutragen, und ich war sehr beschäftigt, seit ihr Dnark verlassen habt. Ich habe übrigens Geschenke für alle Helden auf Burg Brass mitgebracht.«

»Das ist sehr nett von Euch.«

»Sie sind nicht von mir, müßt ihr wissen, sondern von – nun, vom Runenstab, nehme ich an. Ich gebe sie euch später. Sie haben wenig praktischen Wert, werdet ihr vielleicht denken, aber es ist schwer zu sagen, was nützlich ist und was nicht im Kampf gegen das Dunkle Imperium.«

Falkenmond wandte sich an d'Averc. »Was hast du auf deinem Ausritt entdeckt?«

»Bedauerlicherweise das gleiche wie du. Verwüstete Dörfer mit ihren in aller Eile hingemordeten Bewohnern. Zeichen eines überstürzten Aufbruchs überall. In den größeren Städten ist ein Bruchteil der Besatzung zurückgeblieben, wie ich erfahren konnte, aber hauptsächlich Artillerie, Kavallerie überhaupt keine.«

»Das scheint mir reiner Wahnsinn«, murmelte Graf Brass.

»Wenn sie wahrhaftig wahnsinnig sind«, meinte Falkenmond trocken, »dann können wir uns vielleicht ihren Mangel an Vernunft zunutze machen.«

»Das ist die richtige Einstellung, Herzog Dorian.« Fank schlug Falkenmond derb auf die Schulter. »Wie wär's, wenn ich euch jetzt die Geschenke brächte?«

»Wir haben nichts dagegen, Meister Fank.«

»Habt die Güte und stellt mir ein paar Diener zur Verfügung. Das Zeug ist entsetzlich schwer. Ich brachte es auf zwei Pferden hierher.«

Ein paar Minuten später kehrte Fank mit zwei Dienern zurück. Jeder von ihnen, auch er selbst, trug zwei sorgfältig mit Tuch umwickelte Gegenstände, die sie auf dem Boden abstellten.

»Öffnet sie, meine Herren.«

Falkenmond bückte sich und rollte die Stoffstreifen eines der Geschenke auf. Er blinzelte unwillkürlich, als ihm strahlende Helligkeit entgegenschlug und sein eigenes Gesicht sich ganz deutlich widerspiegelte. Überrascht riß er den Rest des Stoffes herunter und starrte erstaunt auf den Gegenstand zu seinen Füßen. Auch die anderen waren sprachlos.

Die Geschenke waren sechs Streithelme, die den ganzen Kopf bedeckten und auf den Schultern aufsaßen. Sie waren aus einem ihnen völlig unbekannten Metall gefertigt, glänzender als der feinste Spiegel. Von zwei Augenschlitzen abgesehen, war die Vorderseite völlig glatt, ohne jegliche Verzierung, so daß, wer immer auch in ihre Nähe kam, sein eigenes Spiegelbild sah. Die Rückseite bestand aus demselben Metall und hatte einen Kamm in der Mitte, zu beiden Seiten des Kamms waren einfache, aber präzis gearbeitete Verzierungen im Metall, die gewiß nicht das Werk eines einfachen Handwerkers waren. Falkenmond erkannte schnell, wie nützlich ein Helm wie dieser im Kampf sein würde, denn der Gegner wurde zweifellos durch sein eigenes Spiegelbild abgelenkt und mußte den Eindruck haben, gegen sich selbst zu kämpfen!

Falkenmond lachte laut. »Wer immer diese Helme auch erfunden hat, kann nur ein Genie sein! Sie sind die schönsten und nützlichsten, die ich je gesehen habe!«

»Probiert sie an«, forderte Fank sie auf und grinste zurück. »Ihr werdet feststellen, daß sie genau passen. Sie sind die Antwort des Runenstabs auf die Tiermasken des Dunklen Imperiums.«

»Wie werden wir wissen, welcher wem gehört?« klagte Graf Brass.

»Ihr werdet es feststellen«, versicherte ihm Fank. »Ihr habt ohnehin den richtigen geöffnet, den mit dem Kamm aus Messing.«

Graf Brass lächelte und stülpte sich den Helm über. Falkenmond blickte ihn an und sah sein eigenes Gesicht, mit dem stumpfen Schwarzen Juwel in Stirnmitte, ihm ein wenig verdutzt entgegenstarren. Falkenmond zog seinen Helm über, der einen goldenen Kamm hatte. Als er nun Graf Brass aus den Augenschlitzen betrachtete, schien es zuerst, als spiegelte der Helm des Grafen ihn nicht mehr wider, bis er erkannte, daß die Reflexionen im Gegenteil jetzt unendlich waren.

Auch die anderen trugen nun ihre Helme. D'Avercs hatte einen blauen Kamm, und Oladahns einen scharlachroten. Alle lachten zufrieden.

»Ein götterwürdiges Geschenk, Meister Fank«, sagte Falkenmond und nahm seinen Helm wieder ab. »Ein großartiges Präsent. Aber was ist mit den beiden übriggebliebenen Helmen?«

Fank lächelte geheimnisvoll. »Ah – ah, ja – sie gehören denen, die sie haben wollen.«

»Ist einer für Euch?«

»Nein, nicht für mich, nein. Ich muß gestehen, daß ich jegliche Art von Rüstung ablehne. Sie ist unbequem und erschwert mir nur die Handhabung meiner alten Streitaxt hier.« Er deutete mit dem Daumen auf die schwere Waffe, die an einem Strick über seinem Rücken hing.

»Aber wem mögen dann die beiden anderen Helme gehören?« fragte nun auch Graf Brass und schlüpfte aus seinem Helm.

»Ihr werdet es wissen, wenn ihr es wißt«, orakelte Fank. »Und dann werdet ihr es für selbstverständlich halten. Und wie geht es den Leuten von Burg Brass?«

»Ihr meint die Bürger auf dem Hügel?« fragte Falkenmond. »Einige starben bedauerlicherweise an den Auswirkungen der mysteriösen Gongschläge, die uns in unsere eigene Dimension zurückholten. Ein paar Häuser fielen ein, aber im großen und ganzen hatten wir Glück. Von der übriggebliebenen Kavallerie erlitt keiner Schaden.«

»Es sind an die fünfhundert Mann«, erklärte d'Averc. »Unsere gesamte Streitmacht.«

»Aha«, murmelte Fank und warf d'Averc einen Seitenblick zu. »Nun, ich muß mich wieder um andere Sachen kümmern.«

»Und welcher Art sind die, Meister Fank?« erkundigte sich Oladahn.

Fank blieb stehen. »Auf den Orkneys, mein Freund, stellt man keine solche Frage«, erwiderte er abweisend.

»Habt Dank für die Geschenke.« Oladahn verbeugte sich. »Und vergebt meine Neugier.«

»Eure Entschuldigung ist akzeptiert.«

»Ehe Ihr aufbrecht, Meister Fank, möchte ich Euch in unser aller Namen für diese höchstwillkommenen Präsente danken«, wandte Graf Brass sich an ihn. »Dürfen wir Euch noch mit einer Frage belästigen?«

»Ihr stellt alle zu viele Fragen, würde ich sagen«, brummte Fank.

»Aber wir auf den Orkneys sind ziemlich mundfaul . . . Nun, so fragt, Freund Brass, ich werde mein Bestes tun, Euch zu antworten, falls die Frage nicht zu persönlich ist.«

»Wißt Ihr, wieso die Kristallmaschine zersprang? Was die Ursache war?«

»Ich nehme an, daß Lord Taragorm, Herr des Zeitpalastes in Londra, herausfand, wie sie zu zerstören war, nachdem er erfahren hatte, woher sie stammte. Er hat viele alte Nachschlagewerke, die er konsultieren kann. Zweifellos konstruierte er eine Uhr, deren Gongschläge durch die Dimensionen zu dringen und aufgrund ihrer Frequenz und Stärke imstande sind, Kristall zum Zerspringen zu bringen. Das war auch, glaube ich, die einzige Waffe gegen die Leute von Soryandum, von denen ihr die Maschine bekommen habt.«

»Also war es das Dunkle Imperium, das uns zurückgeholt hat«, stellte Falkenmond fest. »Ich verstehe nur nicht, weshalb sie uns nicht erwarteten.«

»Vielleicht eine innenpolitische Krise«, meinte Orland Fank. »Lebt wohl, meine Freunde. Ich habe das Gefühl, daß wir uns bald wiedersehen werden!«

5. Fünf Helden und eine Heldin

Als die Tore sich hinter Fank schlossen, kam Bowgentle mit nachdenklicher Miene und schleppenden Schritten die Treppe herunter.

»Was hast du denn, Bowgentle?« fragte Graf Brass besorgt. Er ging ihm entgegen und legte die Hand auf den Arm des Freundes. »Du siehst sehr beunruhigt aus.«

Bowgentle schüttelte den Kopf. »Nicht beunruhigt – entschlossen. Ich bin zu einer Entscheidung gekommen. Es ist schon viele Jahre her, seit ich eine Waffe, größer als einen Bleistift, schwang und etwas Schwereres mit mir herumtrug als abstrakte philosophische Probleme. Nun bin ich bereit, stählerne Waffen in die Hand zu nehmen. Ich werde mit euch reiten, wenn wir gegen das Dunkle Imperium ins Feld ziehen.«

»Aber, Sir Bowgentle«, warf Falkenmond ein, »Ihr seid doch kein Krieger. Ihr seid unsere Stütze mit Eurer Güte und Weisheit. Das bedeutet uns mehr als Eure Waffenhilfe.«

»Aber dieser Kampf wird der letzte überhaupt sein, ob wir nun siegen oder verlieren«, erinnerte ihn Bowgentle. »Wenn ihr nicht zurückkehrt, habt ihr keinen Bedarf für meine Weisheit, und kommt ihr doch heim, werdet ihr meinen Rat kaum brauchen, denn dann seid ihr die Männer, die das Dunkle Imperium zerschlugen. Deshalb nehme ich das Schwert. Einer dieser Spiegelhelme wird mir passen, ich bin überzeugt davon. Der mit dem schwarzen Kamm.«

Falkenmond trat zur Seite, als Bowgentle den Helm hochhob. Langsam zog er ihn über den Kopf. Er paßte genau. In seiner glänzenden Oberfläche konnten sie sehen, was Bowgentle sah – ihre Gesichter, voll Bewunderung für ihn.

Falkenmond runzelte die Stirn. »Wir sind selbstverständlich einverstanden, wenn es wirklich Euer Wunsch ist, Sir Bowgentle, und freuen uns über Eure Begleitung. Aber für wen, glaubt Ihr, ist der sechste Helm?«

»Für mich!«

Die Stimme war sanft und lieblich, aber bestimmt. Falkenmond drehte sich um und starrte seine Frau ungläubig an.

»Nein, er ist nicht für dich, Yisselda ...«

»Wie kannst du so sicher sein?«

»Nun ...«

»Sieh ihn dir doch an – den Helm mit dem weißen Kamm. Ist er nicht kleiner als die anderen? Wie für einen Knaben – oder eine Frau.«

Widerwillig nickte Falkenmond.

»Und bin ich nicht Graf Brass' Tochter?«

»Das bist du.«

»Und reite ich schlechter als ihr?«

»Durchaus nicht.«

»Und habe ich als junges Mädchen nicht in der Arena als Stierkämpferin Ehren errungen? Habe ich nicht mit den Hütern der Kamarg den Umgang mit der Axt, dem Schwert und der Flammenlanze geübt, Vater?«

»Das ist wahr. Sie beherrscht alle diese Disziplinen«, mußte Graf

Brass zugeben. »Aber das allein genügt nicht für einen Krieger ...«

»Bin ich nicht stark?«

»Ja – für eine Frau ...«, erwiderte der Burgherr. »Sanft und stark wie Seide, glaube ich, bezeichnete es ein Poet hier am Ort.« Er warf einen leicht amüsierten Blick auf Bowgentle, dessen Gesicht sich verlegen rötete.

»Ist es vielleicht Ausdauer, an der es mir mangelt?« fragte Yisselda halb herausfordernd, halb amüsiert.

»Nein – deine Ausdauer ist bewundernswert«, versicherte ihr Falkenmond.

»Mut? Fehlt es mir an Mut?«

»Niemand hat mehr Mut als du, mein Kind«, sagte Graf Brass mit ehrlicher Überzeugung.

»Welche Eigenschaft fehlt mir dann zum Krieger?«

Falkenmond zuckte mit den Schultern. »Keine, Yisselda. Es ist nur, du – du bist eine Frau, und – und ...«

»Und Frauen kämpfen nicht. Sie bleiben zu Hause, am Kamin, und betrauern ihre gefallenen Lieben. Meinst du das?«

»Oder heißen sie willkommen ...«

»Oder heißen sie willkommen. Nun, damit gebe ich mich nicht zufrieden. Weshalb sollte ich auf Burg Brass bleiben? Wer wird mich beschützen?«

»Wir lassen ein paar Wachen zurück.«

»Ein paar Wachen – Männer, die euch im Kampf fehlen. Du weißt genau, daß ihr jeden einzelnen brauchen werdet.«

»Das stimmt«, gestand Falkenmond. »Aber da ist noch etwas, Yisselda. Hast du vergessen, daß du unser Kind trägst?«

»Wie könnte ich das? Ja, ich trage unser Kind – und ich trage es mit in die Schlacht. Denn wenn wir geschlagen werden, erbt es nichts als Zerstörung – und wenn wir gewinnen, lernt es den Triumph des Sieges fühlen, noch ehe es das Licht der Welt erblickt. Sollten wir jedoch alle fallen – so sterben wir wenigstens gemeinsam. Ich will nicht Falkenmonds Witwe sein, und auch nicht sein Waisenkind gebären. Auf Burg Brass bin ich allein nicht sicher, Dorian. Nein, ich reite mit euch.«

Sie bückte sich über den Spiegelhelm mit dem weißen Kamm und hob ihn hoch. Dann zog sie ihn über den Kopf, daß er auf ihren Schultern ruhte, und breitete die Arme aus.

»Seht ihr – er könnte gar nicht besser passen! Er wurde zweifellos für mich gefertigt. Wir reiten zusammen, wir sechs, und führen die Kamarganer gegen die geballte Macht des Dunklen Imperiums – fünf Helden und, hoffe ich, eine Heldin!«

»So soll es denn sein«, murmelte Falkenmond. Er nahm Yisselda in die Arme und drückte sie fest an sich. »So soll es sein.«

6. Ein neuer Verbündeter

Die Wölfe und Geier hatten sich ihren Weg vom Festland zurückgebahnt und strömten nun in Londra ein. Auch die Fliegen, Ratten, Ziegen, Hunde und all die anderen blutdurstigen Maskenkrieger Granbretaniens kehrten in die Metropole des Dunklen Imperiums zurück.

Von einem hohen Turm, der ihm nunmehr als Hauptquartier diente, beobachtete Meliadus, Baron von Kroiden, ihre Ankunft. Durch alle Tore der Stadt strömten sie herein und begannen zu kämpfen, kaum daß sie die Stadt betreten hatten. Eine Gruppe erschien ihm merkwürdig, und er kniff die Augen zusammen, um sie sich genauer betrachten zu können. Es war eine große Streitmacht, und sie ritten unter einem schwarzweiß gestreiften Banner, das ihre Neutralität anzeigte.

Nun konnte Meliadus auch das Banner neben dem gestreiften erkennen.

Er zog die Brauen zusammen.

Das Banner gehörte Adaz Promp, dem Großkonnetabel des Hundeordens. Bedeutete die neutrale Flagge, daß er sich noch für keine Seite entschlossen hatte? War es ein raffinierter Trick? Mit Adaz Promp an seiner Seite konnte er es wagen, den Palast selbst anzugreifen. Er griff nach seinem Wolfshelm und strich über das schwarze Metall.

Seit ein paar Tagen schon war der Kampf um Londra ins Stocken gekommen. Das gefiel Meliadus absolut nicht, um so weniger, da er keine Ahnung hatte, ob Taragorms Erfindung funktioniert und Burg Brass in ihre eigene Dimension zurückgeholt hatte. Seine frühere gute Laune durch die Anfangserfolge in der Schlacht um Londra hatten einer nervösen Unruhe Platz gemacht.

Die Tür ging auf. Automatisch stülpte Meliadus sich den Helm über und drehte sich um.

»Ah, du bist es, Flana. Was gibt es?«

»Taragorm ist hier.«

»Taragorm? Hat er gute Nachricht?«

Die Uhrenmaske tauchte hinter Flanas Reihermaske auf.

»Ich hatte gehofft, du hättest günstige Neuigkeiten, Schwager«, sagte Taragorm ätzend. »Wir haben seit ein paar Tagen schon keine größeren Erfolge zu verzeichnen.«

»Die Verstärkung trifft gerade ein«, erklärte Meliadus ungehalten und deutete mit der behandschuhten Rechten auf das Fenster. »Wölfe und Geier strömen herbei – und sogar ein paar Frettchen.«

»Ja, aber auch Verstärkung für Huon – und offensichtlich in der Überzahl.«

»Kalan dürfte seine neuen Waffen bald bereit haben«, sagte der Baron fast entschuldigend. »Sie werden uns einen Vorteil sichern.«

»Wenn sie funktionieren«, zweifelte Taragorm. »Ich fange an, mich zu fragen, ob wir nicht einen großen Fehler gemacht haben, als wir uns dir anschlossen.«

»Jetzt ist es zu spät, Schwager. Wir dürfen uns nicht streiten, sonst sind wir erledigt.«

»Ja, es ist zu spät, da muß ich dir beipflichten. Was auch geschieht, falls Huon siegt, sind wir alle verloren.«

»Huon wird nicht siegen.«

»Wir brauchen eine Million Mann, wenn wir den Palast angreifen und damit Erfolg haben wollen.«

»Wir werden sie finden. Wenn wir nur noch einen kleineren Vorteil errängen, würden viele zu uns überlaufen.«

Taragorm ging nicht darauf ein, sondern wandte sich statt dessen an Flana. »Es ist zu schade, Flana. Du hättest eine wunderschöne Königin abgegeben . . .«

»Das wird sie auch noch«, brauste Meliadus wütend auf und mußte sich beherrschen, um Taragorm nicht zu schlagen. »Dein Pessimismus kommt schon dem Verrat nah, Schwager.«

»Und wirst du mich deshalb hinrichten lassen, Schwager? Mich, mit all meinem Wissen? Nur ich kenne die Geheimnisse der Zeit.«

Meliadus schüttelte unwillig den Kopf. »Wie käme ich dazu, deinen Tod zu wünschen? Vergessen wir diese Unstimmigkeiten und konzentrieren wir uns lieber darauf, den Palast einzunehmen.«

Gelangweilt verließ Flana den Raum.

»Ich muß zu Kalan«, erklärte Meliadus. »Er ist mit seinem Zeitplan ein wenig zurück, weil er seine ganzen Geräte und Maschinen so überstürzt umquartieren mußte. Komm, Taragorm, begleite mich.«

Sie befahlen ihre Sänften herbei, stiegen ein und ließen sich von ihren Sklaven und Sklavinnen durch die düsteren Korridore und die gewundenen Rampen des Turmes hinab und zu den Gemächern tragen, die Kalan sich in aller Eile als Labor und Arbeitsräume eingerichtet hatte. Eine Tür öffnete sich, und faulig stinkende Hitze schlug ihnen entgegen. Meliadus spürte es sogar durch seine Maske hindurch. Er hustete, als er aus der Sänfte stieg, und trat in das Zimmer, in dem Kalan im Augenblick beschäftigt war. Kalans dürrer Oberkörper war nackt; er trug nur die Maske, während er die Schlangenwissenschaftler beaufsichtigte, die unter seiner Anleitung arbeiteten.

Er begrüßte sie ungehalten. »Was wollt ihr? Ich habe keine Zeit, mich zu unterhalten.«

»Wir interessieren uns nur, welche Fortschritte Ihr macht, Baron«, brüllte Meliadus über das brodelnde Geräusch, das den Raum füllte, hinweg.

»Gute, wie ich hoffe. Die Räumlichkeiten sind schrecklich primitiv, aber die Waffe ist fast fertig.«

Taragorm betrachtete zweifelnd den Wirrwarr von Schläuchen, Röhren und Drähten, von denen das brodelnde Geräusch und der Gestank kamen. »Das ist eine Waffe?«

»Es wird eine, es wird eine.«

»Was wird sie tun?«

»Schickt mir ein paar Männer, um sie auf unser Dach zu schaffen, dann werde ich es euch in ein paar Stunden zeigen können.«

Meliadus nickte. »Sehr gut. Es ist Euch klar, Kalan, was von Eurem Erfolg abhängt, nicht wahr?«

»Das kann man wohl sagen. Ich verfluche mich bereits, daß ich mich Euch angeschlossen habe, Meliadus, aber ich habe es nun einmal getan und werde nun mein Bestes tun. Bitte geht jetzt, damit wir in Ruhe arbeiten können. Ich werde euch Bescheid geben, wenn die Waffe einsatzbereit ist.«

Meliadus und Taragorm gingen zu Fuß zurück durch die Korridore. Die Sklaven folgten ihnen mit den Sänften.

»Ich hoffe nur, daß Kalan nicht ganz dem Wahnsinn verfallen ist«, sagte Taragorm düster, »sonst könnte es leicht sein, daß dieses merkwürdige Ding uns alle vernichtet.«

»Oder überhaupt nichts«, erwiderte Meliadus trocken.

»Wer ist jetzt der Pessimist, Schwager?«

Als Meliadus seine Gemächer erreichte, stellte er fest, daß er Besuch hatte. Ein fetter Mann, aufgeputzt in grellfarbiger Seide über einer Eisenrüstung, mit einem buntbemalten Helm, der einen wildgrinsenden Hund darstellte, wartete auf ihn.

»Baron Adaz Promp«, erklärte Flana, die aus einem anderen Zimmer trat, »kam kurz nachdem du weggegangen warst, Meliadus.«

»Baron«, Meliadus verbeugte sich förmlich. »Ich fühle mich geehrt.«

Adaz Promps glatte Stimme drang aus dem Helm. »Worum geht es, Meliadus? Was ist das Ziel?« kam er sofort zur Sache.

»Es geht – nun, um unsere Eroberungspläne. Und das Ziel? Ein nicht von Senilität beeinflußter Monarch auf Granbretaniens Thron. Ein Herrscher, der den Rat erfahrener Krieger, wie wir es wohl sind, beachtet.«

»Euren Rat, meint Ihr wohl.« Promp kicherte. »Nun, ich muß zugeben, daß ich eigentlich Euch für beeinflußbar hielt, vom Wahnsinn, meine ich, mein Lord, nicht Huon. Eure irre Rache gegen Falkenmond und Burg Brass erschien mir nicht gerade normal. Ich hielt sie für allzusehr von Euren privaten Gründen getrieben.«

»Und das glaubt Ihr nun nicht mehr?«

»Es ist mir gleichgültig. Ich fange nämlich an, Eure Meinung zu teilen, daß Falkenmond und seine Freunde die größte Gefahr für Granbretanien darstellen und ausgerottet gehören, ehe wir etwas anderes planen.«

»Weshalb habt Ihr Eure Meinung geändert, Adaz?« fragte Meliadus gespannt. »Weshalb? Habt Ihr etwas erfahren, von dem ich nichts weiß?«

»Wohl eher ein Verdacht«, erwiderte Adaz Promp aufreizend langsam. »Ein Hinweis hier, ein Hinweis da.«

»Welcher Art?«

»Ein Schiff, das uns in den nördlichen Meeren begegnete und das wir dann enterten, als wir von Skandia auf den Ruf unseres Reichskönigs herbeieilten. Ein Gerücht in Frankreich. Nichts weiter.«

»Was ist mit diesem Schiff? Was war es für ein Schiff?«

»Eines wie jene, die im Fluß vor Anker liegen – mit dem seltsamen Rad am Heck und ohne Segel. Es war arg mitgenommen und trieb steuerlos dahin. Es hatte zwei Mann an Bord, beide verwundet. Sie starben, noch ehe wir sie auf unser eigenes Schiff bringen konnten.«

»Eines von Trotts Schiffen. Aus Amarehk.«

»Richtig, das sagten sie uns.«

»Aber was hat das mit Falkenmond zu tun?«

»Nun, es scheint, als wären sie in Amarehk mit Falkenmond zusammengestoßen und hätten sich in einer blutigen Schlacht gegen ihn in einer Stadt namens Dnark die Verletzungen zugezogen. Sie behaupteten – ich muß hinzufügen, daß sie im Fieberwahn erzählten –, der Grund für diese Schlacht wäre der Runenstab gewesen.«

»Und Falkenmond hat den Sieg davongetragen.«

»Das hat er allerdings. Es waren tausend Mann, erfuhren wir. Trotts Leute, meine ich – und nur vier, einschließlich Falkenmond, gegen sie.«

»Und Falkenmond hat gesiegt?«

»Ja. Unterstützt von übernatürlichen Kriegern. So jedenfalls lallte der eine Verwundete, der noch lange genug lebte, die Geschichte zu erzählen. Es hörte sich an wie ein Phantasiegespinst, das jedoch mit Wahrheit vermengt ist, jedenfalls hat Falkenmond wohl eine vielfach stärkere Streitmacht geschlagen und höchstpersönlich Shenegar Trott getötet. Es scheint mir, als stünden ihm bestimmte wissenschaftliche Kräfte zur Verfügung, von denen wir nicht viel wissen. Das beweist auch die Art und Weise, auf die sie uns das letztemal entkamen. Das bringt mich zu meinem zweiten

Hinweis, den ich von einem Eurer eigenen Wölfe bekam, als wir durch Londra marschierten.«

»Erzählt.«

»Er hat gehört, daß Burg Brass wieder aufgetaucht ist, und daß Falkenmond und die anderen eine Stadt nördlich der Kamarg einnahmen und jeden einzelnen Mann unserer Besatzung niedermachten. Es ist nur ein Gerücht und wirklich schwer zu glauben. Woher könnte Falkenmond in so kurzer Zeit Krieger für eine solche Armee genommen haben?«

»Derartige Gerüchte sind in Kriegszeiten nicht ungewöhnlich«, sagte Meliadus nachdenklich. »Aber es kann trotzdem Wahrheit in ihnen stecken. Ihr glaubt also jetzt auch, daß Falkenmond eine größere Bedrohung darstellt, als Huon dachte?«

»Glauben ist zuviel gesagt, es ist mehr eine Ahnung. Aber ich habe andere Gründe. Ich bin der Ansicht, je eher wir diesen Kampf beenden, desto besser. Denn wenn Falkenmond eine Armee hat – vielleicht in Amarehk rekrutiert –, dann sollten wir hier möglichst schnell zu einem Ende kommen. Ich schließe mich Euch an, Meliadus. Ich kann Euch eine halbe Million Hunde zur Verfügung stellen.«

»Habt Ihr genug, um den Palast mit jenen zu nehmen, die ich befehlige?«

»Möglich, aber nicht ohne Artillerieschutz.«

»Den sollt Ihr kriegen.«

Meliadus schüttelte heftig Promps Hand. »O Baron Adaz, ich glaube, wir werden spätestens morgen den Sieg in der Tasche haben!«

»Aber wie viele von uns werden ihn noch erleben?« murmelte Promp nachdenklich. »Den Palast zu stürmen, wird uns ein paar tausend Mann kosten – vielleicht sogar Hunderttausende.«

»Der Sieg ist es wert, Baron, glaubt mir. Er ist es wert.«

Meliadus' Laune verbesserte sich zusehends – durch die Aussicht auf den Sieg über Huon, aber mehr noch, weil er hoffte, Falkenmond bald in seiner Macht zu haben, vor allem, wenn Kalan tatsächlich einen Weg finden konnte, das Schwarze Juwel zu reaktivieren, wie er es versprochen hatte.

7. Die Schlacht um Huons Palast

Meliadus sah zu, als sie das merkwürdige Ding auf dem Dach seines Hauptquartiers aufstellten. Sie waren hoch über den Straßen und ganz in der Nähe des Palastes, wo der Kampf wütete. Promp hatte seine Hunde noch nicht herangebracht. Er wollte abwarten, was Kalans Maschine erreichte, ehe er einen offenen Sturm auf die Palasttore wagte. Das gewaltige Bauwerk sah durchaus so aus, als könnte es jeden Angriff überstehen, ja, als würde es selbst das Ende der Welt überdauern. Kunstvoll ausgearbeitet hob es sich Stufe um Stufe in den tiefhängenden Himmel. An vier Außenseiten strebten gewaltige Türme in die Höhe, die in einem ungewöhnlichen goldenen Licht glühten. Groteske Basreliefs, die Szenen aus Granbretaniens glorreicher Vergangenheit darstellten, zierten es, und es leuchtete in tausend grellen, einander schneidenden Farben. Von hinter und über seinem Schutz von gigantischen Toren aus dreißig Fuß dickem Stahl schien es verächtlich auf die so sinnlos kämpfenden Menschlein herabzusehen.

Selbst Meliadus empfand einen momentanen Zweifel, als er es betrachtete, doch dann widmete er seine Aufmerksamkeit erneut Kalans Waffe. Aus der Masse von Drähten und Röhren schob sich ein riesiger Trichter, der in etwa an eine titanische Trompete erinnerte. Dieser Trichter schaute in Richtung der Palastmauern, wo sich die feindlichen Soldaten – hauptsächlich vom Gottesanbeterinnen-, Schweine- und Fliegenorden – dicht an dicht drängten. Außerhalb der Stadt sammelten sich Abteilungen anderer Orden, um Meliadus' Truppen von hinten anzugreifen. Er wußte deshalb, daß das Zeitelement von größter Wichtigkeit war. Gelang es ihm, einen Sieg an den Palasttoren davonzutragen, konnte er hoffen, daß zumindest ein Teil der Krieger in seinem Rücken zu ihm überlaufen würde.

»Sie ist bereit«, gab Kalan bekannt.

»Dann setzt sie ein«, knurrte Meliadus. »Nehmt Euch die Soldaten zum Ziel, die die Mauern bemannen.«

Kalan nickte, und seine Schlangen justierten die Waffe. Dann trat er vor und legte die Hand auf einen großen Hebel. Er wandte seine Maske dem bleichen Himmel zu, wie in einem stummen Gebet, dann drückte er den Hebel nach unten.

Die Maschine erbebte. Dampf stieg von ihr auf. Sie rumpelte und zischte, und aus ihrem Trichter wuchs eine gigantische, pulsierende, grüne Blase, von der unvorstellbare Hitze ausging. Die gespenstische Kugel löste sich aus dem Lauf und schwebte langsam auf die Palastmauer zu.

Meliadus beobachtete sie fasziniert. Er sah, wie sie die Mauer erreichte und sich auf eine Gruppe von etwa zwanzig Soldaten herabließ. Zufrieden registrierte er, daß ihr Gebrüll abrupt verstummte, als sie sich in dem heißen, grünen Zeug wanden und schließlich völlig verschwanden. Der grüne Hitzeball rollte an der Mauer entlang und verschluckte seine Opfer, bis er plötzlich platzte und grüne Flüssigkeit klebrig die Mauer hinunterfloß.

»Es ist geplatzt! Es funktioniert nicht!« kreischte Meliadus wütend.

»Geduld, Meliadus, Geduld!« rief Kalan. Seine Männer drehten die Waffe um ein paar Grad. »Seht her!« Wieder drückte er den Hebel herunter, wieder zischte und bebte die Maschine, und wieder formte sich eine gewaltige grüne Blase im Trichter. Auch sie schwebte zur Mauer und wälzte sich über eine andere Gruppe von Kriegern, und weiter und weiter. Diese rollte, bis kaum noch ein Soldat auf der Mauer übrigblieb, ehe auch sie schließlich platzte.

»Nun schicken wir sie über die Mauer.« Kalan kicherte und drückte erneut auf den Hebel. Diesmal wartete er nicht ab. Kaum hatte eine der grünen Kugeln den Trichter verlassen, drückte er wieder und schickte die nächste ab, bis zwei Dutzend der heißen Bälle über die Mauer und hinunter in den Innenhof dahinter geschwebt waren. Er werkte wie ein Wahnsinniger und war völlig in seine Arbeit vertieft, als die Maschine plötzlich heftig zitterte und zischte und ihre fast unerträgliche Hitze abdampfen ließ.

»Das Zeug zerfrißt alles!« rief Kalan aufgeregt. »Alles!« Er hielt einen Augenblick inne und deutete auf das Bauwerk. »Schaut, was sie mit den Mauern macht!«

Das klebrige Zeug fraß sich tatsächlich in den Stein. Gewaltige Brocken der kunstvoll behauenen Mauer lösten sich und polterten in die Tiefe und zwangen die Angreifer zurückzuspringen. Die Mixtur bahnte sich einen Weg durch den Stein wie kochendes Öl in Eis, und ließ große Lücken in der Verteidigung zurück.

»Aber wie sollen unsere Krieger da hindurch?« gab Meliadus zu bedenken. »Dem Zeug ist es doch egal, was es zu fressen kriegt!«

»Keine Angst«, beruhigte ihn Kalan. »Die Lösung ist nur wenige Minuten wirksam.« Wieder drückte er auf den Hebel und sandte eine weitere Riesenblase über die Mauer. Ein ganzer Teil der Mauer in Tornähe fiel zusammen. Als der Staub der Trümmer sich gelegt hatte, sah Meliadus, daß nun eine Bresche geschlagen war. Sofort hob sich seine Stimmung. Ein pfeifendes Heulen drang jetzt aus Kalans Maschine. Der Baron hantierte aufgeregt am Lenkmechanismus und erteilte seinen Männern hastige Anweisungen.

Taragorm trat auf das Dach und salutierte Meliadus. »Ich sehe, ich habe Kalan unterschätzt«, gestand er. Er schritt auf den Schlangenwissenschaftler zu. »Meinen Glückwunsch, Kalan.«

Kalan schwenkte die Arme und rief begeistert: »Seht her, Taragorm! Seht her! Hier, versucht es selbst! Es ist ganz einfach. Ihr müßt nur auf diesen Hebel drücken.«

Taragorm faßte den Hebel mit beiden Händen. Seine Uhrenmaske blickte in Richtung auf die Mauer, wo Huons Truppen sich in den Palast zurückzogen, verfolgt von den rollenden Todeskugeln.

Doch plötzlich donnerte eine Flammenkanone aus dem Palast. Endlich war es Huons Artillerie gelungen, dort Stellung zu beziehen. Mehrere Flammenblitze zischten über ihre Köpfe hinweg, andere prallten, ohne Schaden anzurichten, gegen die Mauer unterhalb.

Kalan grinste triumphierend. »Diese Kanonen sind wirkungslos gegen meine Waffe. Ziel auf sie, Taragorm. Da – schick ein Kügelchen dorthin!« Sein Finger deutete auf die Fenster, hinter denen die Kanonen aufgestellt waren.

Taragorm war genauso fasziniert von der Maschine wie Kalan. Meliadus amüsierte sich über die beiden Wissenschaftler, die damit spielten wie Kinder mit einem neuen Spielzeug. Er war jetzt in sehr guter Stimmung, denn es war offensichtlich, daß Kalans Waffe die Schlacht zu ihren Gunsten wendete. Es schien ihm nun an der Zeit, sich Adaz Promp anzuschließen und die Truppen anzuführen.

Er stieg die Stufen hinunter, die ihn ins Turminnere brachten, und rief nach seiner Sänfte. Als er darin saß, lehnte er sich bequem zurück und träumte von seinem baldigen Triumph.

Da hörte er über sich einen gewaltigen Knall, und eine Explosion erschütterte den ganzen Turm. Er sprang aus der Sänfte und rannte den Weg zurück, den er gekommen war. Als er sich dem Dach näherte, warf ihn eine ungeheuerliche Hitze zurück. Er sah Kalan, dessen Maske verzogen und verbeult war, durch den Dampf auf sich zukommen. »Verschwindet!« brüllte der Wissenschaftler. »Die Maschine ist explodiert. Ich stand gerade beim Ausgang, sonst wäre ich schon tot. Sie spuckte meine Mixtur über den ganzen Turm. Verschwindet, oder das Zeug frißt uns alle auf!«

»Taragorm!« stieß Meliadus aus. »Was ist mit Taragorm?«

»Es kann nichts mehr von ihm übrig sein«, murmelte Kalan. »Beeilt Euch. Wir müssen fort vom Turm, so schnell es nur geht.«

»Taragorm tot? Und das so bald, nachdem er mir gedient hat?« Meliadus folgte Kalan die Rampe hinunter. »Ich wußte, daß er mir Schwierigkeiten bereiten würde, sobald – Huon erst geschlagen ist, und fragte mich, was ich mit ihm machen sollte. Jetzt hat sich das Problem von selbst gelöst! Mein armer Schwager!«

Meliadus schüttelte sich vor Lachen, während er hinter Kalan herlief.

8. Flana beobachtet die Schlacht

Aus der Sicherheit ihres eigenen Turmes sah Flana zu, wie die Soldaten durch die Bresche in der Palastmauer ins Innere stürmten. In diesem Augenblick brach plötzlich der Turm ein, der Meliadus als Hauptquartier gedient hatte, und krachte polternd auf die niedrigen Gebäude und Straßen herab.

Sie nahm an, daß Meliadus dabei ums Leben gekommen war, sah jedoch bald darauf sein Banner, dem die Truppen in die Schlacht folgten. Auch Adaz Promps Standarte bemerkte sie und wußte nun, daß Wolf und Hund, die traditionellen Gegner, König Huon gemeinsam angriffen.

Sie seufzte. Der Schlachtenlärm wurde immer durchdringender, und sie konnte ihm nicht entfliehen. Sie sah, wie die Flammenkanonen vergeblich in den Hof zu zielen versuchten, wo die Krieger auf den Palasteingang zurannten, in den die grünen Kugeln riesige Löcher gefressen hatten. Aber die Artillerie war im Nahkampf nutzlos. Die Kanonen waren aufgestellt worden, weil man mit einer längeren Belagerung gerechnet hatte, und nun ließen sie sich nicht mehr rechtzeitig an strategisch günstigeren Punkten einsetzen. Einige Flammenlanzen feuerten aus den zerfressenen Türflügeln, aber keine größeren Waffen.

Der Schlachtenlärm schien in ihren Ohren zu verstummen, genau wie ihre Augen die Umgebung nicht mehr sahen, als Flana wieder von d'Averc zu träumen begann und sich fragte, ob er wohl kommen würde. Adaz Promps Neuigkeiten hatten ihrer Hoffnung frische Nahrung gegeben, denn wenn Falkenmond noch lebte, galt das höchstwahrscheinlich auch für d'Averc.

Aber war es ihr bestimmt, ihn jemals wiederzufinden? Oder würde er sein Ende in einem Gefecht finden, wenn er vergeblich gegen die ungeheure Macht Granbretaniens anrannte? Selbst wenn er nicht sofort starb, war ihm ein Leben als ewig gejagter Rebell gewiß, denn niemand konnte je hoffen, gegen das Dunkle Imperium zu siegen. Sie nahm an, daß Falkenmond, d'Averc und die anderen auf einem fernen Schlachtfeld fallen würden. Vielleicht gelang es ihnen vorher sogar noch, die Küste zu erreichen, aber es war unmöglich, daß sie bis in ihre Nähe kamen, denn die See trennte sie. Und die Silberbrücke, die einzige Verbindung, war uneinnehmbar für die kamarganischen Guerillas.

Flana überlegte, ob sie ihrem Leben nicht selbst ein Ende setzen sollte, aber vielleicht war es dazu noch zu früh? Wenn erst einmal alle Hoffnung verloren war, würde sie es tun, doch nicht zuvor. Und wenn sie Reichskönigin war, hätte sie doch einige Macht. Eine Chance bestand immerhin, daß Meliadus d'Averc verschonte, denn der Franzose war Meliadus im Grunde genommen gleichgültig, obgleich er Verrat gegen Granbretanien begangen hatte.

Ein Triumphgeschrei riß sie aus ihren Gedanken, und sie blickte wieder auf die Szene unter ihr.

Meliadus und Adaz Promp ritten in den Palast. Der Sieg war zweifellos ganz nah.

9. König Huons Ende

Baron Meliadus ritt sein Streitroß in vollem Galopp durch die hallenden Korridore in Huons Palast. So viele Male war er schon hier gewesen, doch immer in demütiger Ergebenheit oder zumindest in vorgetäuschter Demut. Nun hielt er seine Wolfsmaske stolz erhoben, und sein Schlachtruf gellte, während er sich einen blutigen Weg durch die Gottesanbeterinnengarde bahnte, die er während der letzten Audienz so gefürchtet hatte. Wild hieb er mit seinem gewaltigen Breitschwert um sich – dieselbe Klinge, mit der er Huons Macht in Europa verbreitet hatte. Er ließ seinen Rappen steigen, und der Hengst, der schon über Dutzende von eroberten Landen mit ihm getrabt war, schlug nun mit den schweren Hufen Gottesanbeterinnenkrieger nieder und stampfte auf Insektenmasken.

Meliadus lachte. Meliadus brüllte. Meliadus galoppierte zum Thronsaal, wo sich der Rest der Verteidiger sammelte. Er sah, wie sie am hinteren Ende des Korridors versuchten, eine Flammenkanone aufzustellen. Mit einem Dutzend berittener Wölfe stürmte er ohne zu zögern auf sie ein, ehe die überraschten Artilleristen noch ihre Waffen einzusetzen vermochten. Sechs Schädel flogen in gleichviel Sekunden von den Hälsen. Keiner der Kanoniere überlebte. Flammenlanzen zischten an dem schwarzen Wolfshelm vorbei, aber Meliadus beachtete sie überhaupt nicht. Die Augen seines Hengstes glühten vor Kampflust, und er stürmte auf die Feinde ein.

Meliadus drängte die Gottesanbeterinnengarde zurück. Sein Schwert zischte ohne Unterlaß durch die Luft, und Huons Krieger starben, überzeugt, daß Meliadus über übernatürliche Kräfte verfügte.

Aber es war reine Energie, sein Siegesbewußtsein, das Meliadus, Baron von Kroiden, antrieb, als er zwischen den massiven Toren zum Thronraum hindurchgaloppierte und dort die restlichen Wachen in vollkommener Verwirrung vorfand. Alle verfügbaren Männer waren zur Verteidigung der Tore nötig gewesen, und nur wenige Gottesanbeterinnenwachen kamen ihm nun mit vorgestreckten Spießen zögernd entgegen. Meliadus brüllte vor Lachen und ritt durch sie hindurch, ehe sie sich auch nur bewegen konnten. Er jagte auf die Thronkugel zu, auf demselben Weg, den er früher gekrochen war.

Die schwarze Kugel nahm allmählich hellere Farben an, und die verschrumpelte Gestalt des Reichskönigs Huon von Granbretanien wurde sichtbar. Die fötusgleiche Form wand sich in ihrem gläsernen Gefängnis wie ein mißgestalteter Fisch und zappelte in der engen Kugel, die ihr das Leben bedeutete. Huon war hilflos. Er war ungeschützt. Nie hatte er erwartet, sich gegen einen solchen Verrat schützen zu müssen. In all den zweitausend Jahren seiner Regentschaft hatte er nie auch nur daran gedacht, daß ein granbretanischer Edelmann sich gegen seinen rechtmäßigen Herrscher wenden könnte.

»Meliadus . . .« Furcht klang aus der wohlklingenden Stimme. »Meliadus – Ihr seid verrückt. Hört doch – Wir sind es, Euer Reichskönig, der zu Euch spricht. Wir befehlen Euch, sofort den Palast zu verlassen und all Eure Truppen zurückzuziehen. Ihr müßt mir Treue geloben, Meliadus!«

Die schwarzen Augen, sonst so spöttisch und durchdringend böse, waren nun voll tierischer Angst. Die Zunge fuhr über die dünnen Lippen wie eine Schlange, die nutzlosen Hände und Füße zuckten nervös.

»Meliadus!«

Meliadus' Gelächter dröhnte durch die Halle. Er hob sein Schwert und schlug auf die Thronkugel ein. Etwas wie ein elektrischer Schock durchfuhr ihn, als die Klinge in die Kugel drang. Ein betäubender Knall erklang, und die Kugel explodierte weißglühend. Ein letzter wimmernder Schrei war zu vernehmen, ehe die Scherben zu Boden fielen und die Flüssigkeit auf Meliadus herabspritzte.

Er blinzelte und erwartete, das verzerrte Gesicht und die häßliche Fötusgestalt seines ermordeten Königs vor seinen Füßen liegen zu sehen.

Aber er sah nichts – außer absoluter Schwärze.

Sein Gelächter wandelte sich in einen grauenhaften Entsetzensschrei.

»Bei Huons Zähnen! ICH BIN BLIND!«

10. Aufbruch der Helden

»Das Fort brennt gut.« Oladahn hatte sich umgedreht und warf einen letzten Blick zurück auf den Stützpunkt. Er war von einer größeren Infanterieabteilung des Rattenordens verteidigt worden. Nun war keiner von den Granbretaniern hier mehr am Leben, außer dem Kommandeur, dessen Todesqualen sich noch eine Weile hinziehen würden, denn die Bürger der Stadt hatten ihn gekreuzigt, wie er es mit so unzählig vielen aus ihrer Mitte getan hatte.

Sechs Spiegelhelme waren dem Horizont zugewandt, als Falkenmond, Yisselda, Graf Brass, d'Averc, Oladahn und Bowgentle ihren fünfhundert kamarganischen Flammenlanzenreitern voranzogen.

Das erste Gefecht seit ihrem Aufbruch von Burg Brass war ein totaler Sieg für sie gewesen. Mit der Überraschung auf ihrer Seite hatten sie den schwachbesetzten Stützpunkt in weniger als einer halben Stunde eingenommen.

Ohne allzu große Freude über ihren Erfolg empfinden zu können, aber auch keineswegs erschöpft, führte Falkenmond seine Kameraden zur nächsten Stadt, wo sie hofften, weitere Granbretanier zu schlagen.

Er hielt überrascht sein Pferd an, als er einen Reiter auf sie zugaloppieren sah und Orland Fank erkannte, dessen Streitaxt auf seinem breiten Rücken hüpfte.

»Seid gegrüßt, Freunde! Ich habe Neuigkeiten für euch – eine Erklärung. Die Tierkrieger sind übereinander hergefallen. In Granbretanien herrscht Bürgerkrieg. Londra ist das Schlachtfeld. Baron Meliadus rebelliert gegen Huon. Tausende auf beiden Seiten sind bereits gefallen.«

»Deshalb sind so wenige hier«, murmelte Falkenmond. Er nahm den Spiegelhelm ab und rieb sich die Stirn mit einem Seidentuch. Er hatte in den vergangenen Monaten nur selten eine Rüstung getragen und sich jetzt noch nicht wieder daran gewöhnt. »Sie sind also zurückgerufen worden, um den Reichskönig zu beschützen.«

»Oder um mit Meliadus gegen ihn zu kämpfen. Das ist doch gut für uns, meint ihr nicht?«

»Davon bin ich überzeugt«, versicherte ihm Graf Brass, und

seine Stimme klang ein wenig aufgeregter, als man es von ihm gewohnt war. »Je mehr von ihnen sich gegenseitig umbringen, desto besser unsere Chance. Wir müssen uns beeilen, zur Silberbrücke zu kommen, solange sie sich noch in den Haaren liegen. Sie dürfte wohl im Augenblick nicht allzu stark bewacht sein, und wir sollten deshalb keine größeren Schwierigkeiten haben, Granbretanien zu erreichen. Das Glück ist auf unserer Seite, Meister Fank!«

»Glück – Schicksal – oder Bestimmung«, erwiderte Fank leichthin. »Nennt es, wie Ihr wollt.«

»Sollten wir dann nicht möglichst umgehend aufbrechen?« meinte Yisselda.

»Ja«, erwiderte Falkenmond. »So schnell es nur geht, um ihre Verwirrung auszunutzen.«

»Sehr vernünftig.« Fank nickte. »Und da ich mich auch für vernünftig halte, werde ich mit euch reiten.«

»Ihr seid uns mehr als willkommen, Meister Fank.«

11. Neuigkeiten verschiedener Art

Meliadus lag keuchend auf der Trage, als Kalan sich über ihn beugte und die Augen mit seinen Instrumenten untersuchte.

»Was ist es, Kalan?« stöhnte er. »Weshalb bin ich blind?«

»Es kommt lediglich von der übermäßigen Lichteinwirkung während der Explosion«, erklärte der Wissenschaftler. »In zwei Tagen oder so werdet Ihr wieder sehen können.«

»In zwei Tagen oder so«, ächzte Meliadus. »Ich muß jetzt sehen! Ich muß mich um meine Truppen, um unseren Erfolg kümmern. Ich muß mich vergewissern, daß kein Komplott gegen mich geschmiedet wird. Ich muß die anderen Lords überreden, Flana die Treue zu schwören, und dann muß ich herausfinden, was Falkenmond macht. Meine Pläne – sollen sie meiner Augen wegen zunichte werden?«

»Die meisten der Barone haben Eure Partei ergriffen«, versicherte ihm Kalan. »Sie können wenig anderes tun. Lediglich Jerek Nankenseen und die Fliegen stellen noch eine größere Bedrohung dar, und Brenal Farnu ist sein Mann. Aber Farnu hat so gut wie keinen Orden mehr. Die meisten der Ratten fielen gleich in den ersten Schlachten.«

»Keine Ratten mehr . . .«, murmelte Meliadus plötzlich nachdenklich. »Wie viele, glaubt Ihr, Baron Kalan, sind insgesamt gefallen?«

»Etwa die Hälfte aller Soldaten der granbretanischen Streitkräfte.«

»Die Hälfte? Habe ich die Hälfte unserer Krieger auf dem Gewissen? Die Hälfte unserer Streitmacht.«

»Ist der Sieg, den Ihr errungen habt, es denn nicht wert?«

Meliadus' blinde Augen starrten zur Decke. »Ja, vermutlich . . .«

Er setzte sich abrupt auf. »Aber ich muß den Tod jener, die fielen, rechtfertigen können, Kalan. Ich tat es für Granbretanien – um die Welt von Falkenmond und dem Geschmeiß von Burg Brass zu befreien. Es muß mir gelingen, Kalan, sonst kann ich diese hohen Verluste nie rechtfertigen!«

»Macht Euch deshalb keine Sorgen«, beruhigte ihn Kalan. »Ich habe auch an einer anderen Maschine gearbeitet.«

»Eine neue Waffe?«

»Eine alte, die ich wieder zum Funktionieren bringen konnte.«

»Und welche Maschine ist das?«

Kalan kicherte. »Die des Schwarzen Juwels, Baron Meliadus. Falkenmond dürfte bald wieder in unserer Gewalt sein, und die Kraft des Schwarzen Juwels wird sein Gehirn aufzehren.«

Meliadus' Lippen verzogen sich zu einem zufriedenen Lächeln. »O Kalan – endlich!«

Der Wissenschaftler drückte den Baron auf die Trage zurück. Er gab eine Salbe in die geblendeten Augen. »Ruht Euch jetzt aus, Freund, und träumt von Eurer Rache. Wir werden sie gemeinsam genießen.«

Kalan blickte auf. Ein Kurier hatte den Raum betreten. »Was gibt es? Neuigkeiten?«

Der Kurier keuchte. »Ich komme vom Festland, Eure Excellenz. Ich bringe Nachricht über Falkenmond und seine Männer.«

»Was ist mit ihnen?« Wieder setzte sich Meliadus auf der Trage auf. Die Salbe troff auf seine Wangen herab, aber er achtete nicht darauf, daß ein Untergebener ihn ohne Maske sah. »Was ist mit Falkenmond?«

»Sie reiten über die Silberbrücke, mein Lord.«

»Sie beabsichtigen, Granbretanien zu überfallen?« murmelte Meliadus ungläubig. »Wieviel Mann sind es? Wie groß ist ihre Armee?«

»Fünfhundert Reiter, mein Lord.«

Meliadus begann zu lachen.

12. Die neue Reichskönigin

Kalan führte Meliadus die Stufen zum Thron empor, der nun den Platz der zerstörten Thronkugel einnahm. Flana Mikosevaar saß in ihrer juwelenverzierten Reihermaske darauf, eine Krone auf dem Haupt, im Amtsgewand der Herrscher gekleidet. Und vor Flana Mikosevaar knieten alle Edlen, die ihr treu ergeben waren.

»Seht eure neue Königin!« rief Meliadus mit stolzgeschwellter Brust, und seine Stimme schallte durch den riesigen Saal.

»Unter Königin Flana werdet ihr groß sein – größer als ihr es euch je erträumt habt. Mit Königin Flana beginnt ein neues Zeitalter – eine Ära lachenden Wahnsinns und tobenden Vergnügens der Art, wie wir von Granbretanien es schätzen. Die ganze Welt wird unser Spielfeld sein!«

Das Zeremoniell nahm seinen Verlauf, und jeder Baron schwor der Reichskönigin seinen Treueeid. Als es schließlich zu Ende war, sprach Meliadus wieder:

»Wo ist Adaz Promp, der Oberbefehlshaber der granbretanischen Streitkräfte?«

»Hier bin ich, mein Lord«, meldete sich Promp. »Und ich danke Euch für die Ehre.« Meliadus erwähnte hier zum erstenmal öffentlich, daß Adaz Promp den Oberbefehl über alle anderen Grandkonnetabels, von Meliadus selbst abgesehen, erhalten hatte.

»Könnt Ihr uns berichten, wie es mit den Rebellen aussieht, Baron Promp?«

»Es sind nur noch wenige übrig, mein Lord. Die Fliegen, die sich nicht fangen ließen, sind in alle Winde zerstreut, und ihr Grandkonnetabel, Jerek Nankenseen, ist tot. Ich habe ihn selbst getötet. Brenal Farnu und die wenigen noch lebenden Ratten haben sich in

Mäuselöcher irgendwo in Sussex verkrochen, die wir bald ausräuchern werden. Alle anderen sind sich in ihrer Ergebenheit für Königin Flana einig.«

»Das ist sehr befriedigend, Adaz Promp, und ich bin erfreut. Und was ist mit Falkenmonds lächerlichem Haufen? Kommt er immer noch mutig auf uns zu?«

»Unsere Ornithopterkundschafter melden, daß Falkenmond und sein Trupp bald die Brücke überquert haben werden.«

Meliadus kicherte. »Laßt sie heranreiten. Laßt sie wenigstens die Hälfte der Strecke zurücklegen, dann werden wir sie vernichten. Kalan, wie steht es mit Eurer Maschine?«

»Sie ist schon in Kürze einsatzbereit, mein Lord.«

»Gut. Und nun wollen wir aufbrechen, um Falkenmond und seinen Freunden ein würdiges Willkommen zu entbieten. Machen wir uns auf den Weg, meine Herren.«

Kalan führte Meliadus die Stufen wieder hinunter und den Saal entlang, bis sie zu der riesigen Flügeltür kamen, die nun nicht mehr von Gottesanbeterinnenkriegern bewacht wurde, sondern von der neuen Garde in Wolfs- und Geiermasken.

Meliadus bedauerte, daß er sie nicht sehen und so seinen Triumph noch mehr genießen konnte.

Nachdem die Tür sich hinter ihm geschlossen hatte, saß Flana wie erstarrt auf dem Thron und dachte an d'Averc. Sie hatte versucht, mit Meliadus über ihn zu sprechen, aber er hatte sie nicht einmal angehört. Sie fragte sich, ob er wohl getötet würde.

Sie dachte auch darüber nach, welches Erbe sie angetreten hatte. Als einzige der Edlen Granbretaniens, abgesehen von Shenegar Trott, der ja nun tot war, hatte sie viele alte Texte gelesen, von denen manche die Geschichte der Zeit vor dem Tragischen Jahrtausend behandelten. Sie war der festen Überzeugung, daß, was immer auch aus ihr und Meliadus wurde, sie nun über eine Nation herrschte, die sich in ihrem letzten Stadium der Dekadenz befand. Die Eroberungskriege, die inneren Unruhen – all das verriet ein Volk, das im Sterben lag. Obgleich der Tod selbst vielleicht erst in den nächsten zweihundert, fünfhundert oder tausend Jahren kommen mochte, wußte sie doch, daß das Dunkle Imperium dem Untergang geweiht war.

Sie betete, daß etwas Besseres seinen Platz einnehmen würde.

13. Was siehst du?

Meliadus hielt die Zügel des Pferdes seines Herolds. »Du darfst mich nicht verlassen, Junge. Du mußt mir sagen, was du siehst, damit ich die Schlacht entsprechend planen kann.«

»Ich werde es Euch sagen, mein Lord.«

»Gut. Haben sich die Truppen gesammelt?«

»Ja, mein Lord. Sie warten auf Euer Signal.«

»Und ist dieser Falkenmond bereits in Sicht?«

»Ein Trupp wurde auf der Silberbrücke gemeldet. Er reitet geradewegs in unsere Reihen, falls er nicht vorher flieht.«

Meliadus brummte. »Sie werden nicht fliehen – nicht Falkenmond –, nicht jetzt. Kannst du sie schon sehen?«

»Ich sehe etwas Blitzendes – wie ein Heliographensignal – eins – zwei – drei – vier – fünf – sechs. Die Sonne läßt sie so aufleuchten. Sechs Silberspiegel. Was das wohl bedeutet?«

»Die Sonne auf hochpolierten Lanzen?«

»Das glaube ich nicht, mein Lord.«

»Nun, wir werden es bald wissen.«

»Ja, mein Lord.«

»Was jetzt?«

»Ich sehe sechs Reiter an der Spitze einer Kavallerietruppe. Jeder der sechs glitzert, als hätte er eine Krone auf dem Kopf. Ah, es sind Helme, die so leuchten, mein Lord. Ihre Helme!«

»Sie glänzen so stark?«

»Sie bedecken den ganzen Kopf, auch das Gesicht. Ich kann sie kaum ansehen, so grell funkeln sie.«

»Eigenartig. Doch zweifellos werden diese Helme schon bald unter unseren Waffen zerbersten. Du hast meine Anweisung weitergegeben, Falkenmond lebend zu fassen, aber die anderen zu töten?«

»Das habe ich, mein Lord.«

»Gut.«

»Und ich habe sie auch darauf aufmerksam gemacht, daß sie Euch gleich Bescheid geben sollen, wenn Falkenmond nach seinem Kopf greift und anfängt, sich seltsam zu benehmen.«

»Ausgezeichnet.« Meliadus lachte. »Ausgezeichnet. Die Rache wird mein sein – so oder so.«

»Sie haben nun fast das Ende der Brücke erreicht, mein Lord. Sie sehen uns, aber sie halten nicht an.«

»Dann gib das Signal zum Angriff«, befahl Meliadus. »Stoß ins Horn, Junge.«

Der Herold tat wie geheißen.

»Greifen sie an?«

»Ja, mein Lord.«

»Und jetzt? Sind die Armeen schon aufeinander getroffen?«

»Das sind sie, mein Lord.«

»Und was tut sich?«

»Ich – ich weiß nicht recht, mein Lord – mit diesen blitzenden Helmen und – und es breitet sich ein merkwürdiges rotes Licht über die ganze Szene. Es scheinen viel mehr Männer in Falkenmonds Armee zu sein, als wir zuerst annahmen. Infanterie – und Kavallerie. Bei Huons Zähnen – verzeiht, mein Lord – bei Flanas Brüsten! Das sind die fremdartigsten Krieger, die ich je gesehen habe!«

»Wie sehen sie denn aus?«

»Barbarisch – primitiv – von ungeheurer Wildheit. Sie schneiden durch unsere Truppen wie Flammenlanzen durch Schnee!«

»Wa – as? Das kann nicht sein! Wir haben fünftausend Mann, und sie nur fünfhundert. Alle Berichte bestätigten diese Zahl.«

»Es sind mehr als fünfhundert, mein Lord, viel mehr!«

»Haben meine Kundschafter gelogen? Oder erliegen wir einem Trugbild? Die barbarischen Krieger müssen mit Falkenmond von Amarehk gekommen sein. Was jetzt? Was jetzt? Greifen unsere Truppen an?«

»Nein, mein Lord.«

»Was tun sie denn?«

»Sie verlieren an Boden, mein Lord.«

»Sie ziehen sich zurück? Unmöglich!«

»Sehr schnell sogar, mein Lord. Jene, die noch leben.«

»Was willst du damit sagen? Wie viele unserer fünftausend Mann sind es noch?«

»Etwa fünfhundert Infanteristen, mein Lord, und vielleicht hundert Reiter, aber das ist schwer zu schätzen, denn sie sind völlig verstreut.«

»Gib dem Piloten meines Ornithopters Anweisung, meine Maschine fertig zu machen.«

»Jawohl, mein Lord.«

»Nun, ist der Pilot aufbruchbereit?«

»Ja, mein Lord.«

»Was ist mit Falkenmond und seiner Armee? Und den Männern im Silberhelm?«

»Sie verfolgen die Überreste unserer Truppen, mein Lord.«

»Man hat mich getäuscht, Herold.«

»Das muß wohl so sein, mein Lord. Es sind viele tot. Und jetzt metzeln die Barbarenkrieger unsere Infanterie nieder. Nur die Kavallerie hat eine Chance zu entkommen.«

»Ich kann es nicht glauben! Verflucht sei diese Blindheit! Mir ist, als hätte ich einen Alptraum.«

»Ich führe Euch jetzt zum Ornithopter, mein Lord.«

»Danke dir, Herold. Nein, Pilot, nach Londra. Beeil dich, ich muß neue Pläne ausarbeiten.«

Als der Ornithopter sich in den blaßblauen Himmel hob, fühlte Meliadus einen Silberblitz über seine Augen huschen. Er blinzelte und blickte in die Tiefe. Er konnte sehen! Er konnte die sechs grellglänzenden Helme sehen, von denen der Herold ihm berichtet hatte. Er konnte die geschlagenen Legionen sehen, von denen er so sicher gewesen war, daß sie Falkenmonds Truppen niedermachen würden. Er konnte die wenigen Kavalleristen sehen, die um ihr Leben ritten. Und er hörte das ferne Gelächter, das er als das Falkenmonds erkannte.

Er schüttelte drohend die Faust. Falkenmond! Falkenmond!

Silber glitzerte, als ein Helm nach oben blickte.

»Eure Tricks helfen Euch nichts, Falkenmond!« brüllte er hinunter. »Ihr werdet noch heute nacht vernichtet werden. Ja, das werdet Ihr!«

Er starrte hinunter, schäumte vor Wut, denn Falkenmond lachte immer noch. Er hielt nach den Barbaren Ausschau, die seine Soldaten niedergemetzelt hatten. Aber er sah keinen einzigen.

Es war wahrhaftig ein Alptraum, dachte er. Oder hatte der Herold ihn belogen? War er auf Falkenmonds Seite? Oder waren die Wilden ganz einfach unsichtbar für seine Augen?

Meliadus rieb sich das Gesicht. Vielleicht machte die Blindheit ihm immer noch auf unberechenbare Weise zu schaffen? Vielleicht befanden sich die Barbaren auf einem anderen Teil des Schlachtfeldes?

Aber nein, er konnte keine Barbaren entdecken.

»Beeil dich, Pilot«, brüllte er durch das laute Flügelschlagen der metallenen Schwingen. »Beeil dich – wir müssen so schnell wie möglich nach Londra zurück.«

Falkenmond und seine Leute waren also nicht so leicht zu besiegen, wie er geglaubt hatte. Doch da erinnerte Meliadus sich an Kalan und die Maschine des Schwarzen Juwels. Er lächelte.

14. Die Kraft kehrt zurück

Sie waren selbst überrascht über ihren Sieg, der sie nur zwölf Tote und einige Leichtverletzte gekostet hatte. Falkenmond und seine Freunde nahmen ihre Silberhelme ab und blickten den flüchtenden Reitern nach.

»Sie hatten nicht mit der Legion der Morgenröte gerechnet.« Graf Brass lächelte. »Ihr Erscheinen verwirrte sie, und sie waren fast zu benommen, sich zu wehren. Aber bis wir Londra erreichen, werden sie besser vorbereitet sein.«

»Der Ansicht bin ich auch«, pflichtete ihm Falkenmond bei. »Und zweifellos wird Meliadus auch für die nächste Schlacht viel mehr Männer einsetzen.« Er betastete das Rote Amulett an seinem Hals und blickte Yisselda an, die ihr blondes Haar zurückstrich.

»Du hast gut gekämpft, mein Lord«, sagte sie. »Wie hundert Mann zusammen.«

»Das Amulett verleiht mir die Kraft von fünfzig und deine Liebe die von fünfzig mehr.« Er lächelte.

Sie lachte leise. »Solche Komplimente hast du mir nicht einmal gemacht, während du um mich geworben hast.«

»Das liegt vielleicht daran, daß ich dich jetzt mehr liebe denn je.«

D'Averc räusperte sich ein wenig verlegen. »Es wäre vielleicht angebracht, wir schlagen unser Lager in einiger Entfernung von all diesen Toten auf.«

»Ich kümmere mich um die Verwundeten«, erklärte Bowgentle. Er wandte sein Pferd und ritt zur kamarganischen Kavallerie, die es sich neben ihren Pferden bequem gemacht hatte.

»Ihr habt eure Sache großartig gemacht, Jungs«, rief Graf Brass ihnen zu. »Es ist wie in alten Zeiten. Nur ist unser Einsatz jetzt höher. Wir kämpfen, um Europa zu retten.«

Falkenmond wollte etwas sagen, da stieß er plötzlich einen furchtbaren Schrei aus. Er ließ den Helm fallen und drückte beide Hände gegen die Stirn. Seine Augen verdrehten sich vor Schmerz und Schrecken. Er schwankte und wäre gefallen, wenn Oladahn ihn nicht gehalten hätte.

»Was habt Ihr, Herzog Dorian?« fragte der Pelzgesichtige besorgt.

»Was ist mit dir, Liebster?« rief Yisselda erschrocken. Sie sprang vom Pferd und half Oladahn, ihn zu stützen.

Zwischen zusammengepreßten Zähnen gelang es Falkenmond ein paar Worte herauszustoßen. »Das – Juwel . . . Das Schwarze – Juwel – es frißt – wieder – an meinem – Verstand! Seine – Kraft – ist zurückgekehrt!« Er schwankte und fiel schlaff in ihre Arme. Seine Arme hingen kraftlos herunter, und sein Gesicht war kreidebleich. Sie sahen nun, da seine Hände sich nicht mehr vor sein Gesicht preßten, daß er recht hatte. Das Schwarze Juwel besaß wieder eigenes Leben. Es war nicht mehr stumpf, sondern glühte in düsterem Feuer.

»Oladahn, ist er tot?« schrie Yisselda voll Panik.

Der kleine Mann schüttelte den Kopf. »Nein – er lebt. Doch wie lange noch? Bowgentle! Sir Bowgentle! Kommt schnell!«

Bowgentle rannte herbei und nahm Falkenmond in die Arme. Es war nicht das erstemal, daß er den Herzog von Köln in diesem Zustand gesehen hatte. »Ich werde versuchen, ihm wenigstens eine zeitweilige Linderung zu verschaffen. Aber leider habe ich hier nicht die Mittel, die mir auf Burg Brass zur Verfügung standen.«

Zutiefst erschrocken sahen Yisselda und Oladahn und später auch Graf Brass zu, wie Bowgentle Falkenmond behandelte. Endlich schlug der Herzog die Augen auf.

»Das Juwel«, stieß er aus. »Ich habe geträumt, daß es sich wieder in mein Gehirn frißt . . .«

»Das wird es auch, wenn es uns nicht bald glückt, einen Weg zu finden, um es zu blockieren«, murmelte Bowgentle. »Die Kraft ist im Augenblick erloschen, aber wir wissen nicht, wann sie zurückkehrt und in welcher Stärke.«

Falkenmond taumelte auf die Füße. Er war bleich und vermochte kaum zu stehen. »Wir müssen weiter – nach Londra, so schnell es geht. Wenn uns die Zeit dazu bleibt.«

»Ja, wenn uns Zeit bleibt.«

15. Die Tore von Londra

Die Truppen hatten sich außerhalb von Londra gesammelt, als die sechs Reiter an der Spitze ihrer Kavallerie den Hügelkamm erreichten.

Falkenmond umklammerte das Rote Amulett. Er wußte, es allein hielt ihn noch am Leben, es half ihm, die Macht des Schwarzen Juwels zu bekämpfen. Irgendwo in der Stadt bediente Kalan die Maschine, die die grauenvolle Kraft in den Edelstein pumpte. Um an Kalan zu gelangen, mußte er die Stadt nehmen, mußte er die Legionen schlagen, die unter Meliadus' Führung auf ihn warteten.

Falkenmond zögerte nicht, er durfte es nicht, denn jede Sekunde seines Lebens war kostbar. Er zog das rote Schwert der Morgenröte und gab Befehl zum Angriff.

Die kamarganische Kavallerie stürmte den Hügel herab, auf eine Streitmacht zu, die ihnen um ein Vielfaches überlegen war.

Flammenlanzen spuckten aus den Reihen der Granbretanier, und das Feuer der Kamarganer erwiderte den Beschuß. Falkenmond hielt den richtigen Moment für gekommen und stieß den Schwertarm in die Höhe. »Legion der Morgenröte! Ich rufe die Legion der Morgenröte!« Und dann stöhnte er, als unerträglicher Schmerz sich in seinem Schädel breitmachte und er die Hitze des Juwels in seiner Stirn spürte. Er konnte nicht einmal mehr Antwort auf Yisseldas besorgte Frage nach seinem Befinden geben.

Und schon befanden sie sich mitten im Schlachtgetümmel. Falkenmonds Augen waren glasig vor Schmerz, er konnte den Feind kaum erkennen und vermochte auch zuerst nicht zu sagen, ob die Legion der Morgenröte erschienen war. Aber sie waren hier, die barbarischen Krieger, und ihr rötlicher Strahlenkranz leuchtete. Das Rote Amulett half ihm im Kampf gegen das Schwarze Juwel, und er spürte allmählich seine Kraft zurückkehren. Aber wie lange würde sie ihm bleiben?

Nun befand er sich in der Mitte einer Masse von ängstlich wiehernden und sich aufbäumenden Pferden und hieb mit dem Schwert auf Geierkrieger ein, die sich mit Keulen zur Wehr setzten. Er blockierte einen Schlag und erwiderte ihn, daß seine mächtige Klinge die Rüstung des Gegners durchdrang und ihm in die Brust fuhr. Dann warf er sich im Sattel herum und trennte einem anderen Gegner den Kopf vom Hals, und gleich darauf duckte er sich unter einer zischenden Keule und stach seinem Besitzer die Schwertspitze in die Seite.

Die Schlacht war laut, der Kampf heiß und hysterisch. Die Luft stank nach Angst, und Falkenmond wußte, daß dies die schlimmste Schlacht war, die er je bestritten hatte. Die granbretanischen Soldaten hatten beim Erscheinen der Legion der Morgenröte die Nerven verloren, sie kämpften wild in aufgelösten Reihen und hatten ihre Anführer verloren.

Falkenmond wußte, daß es ein gräßliches Gemetzel war, dessen Ende nicht viele erleben würden. Er ahnte, daß er nicht zu den wenigen Glücklichen zählen würde, denn der Schmerz in seinem Schädel nahm wieder zu.

Oladahn fiel, ohne daß seine Kameraden es bemerkten, einsam und ohne würdige Gegner – ein Dutzend Streitäxte, von Schweinekriegern geschwungen, zerstückelten ihn.

Und so starb Graf Brass:

Er traf auf drei Barone – Adaz Promp, Mygel Holst und Saka Gerden (letzterer vom Orden der Stiere). Sie sahen zwar nicht sein Gesicht, das vom Helm völlig verborgen war, aber sie erkannten seine Rüstung aus Messing, und sie stürmten gleichzeitig auf ihn ein – Hund, Ziege und Stier – mit ihren erhobenen Schwertern, um ihn niederzumachen.

Aber Graf Brass blickte von der Leiche seines letzten Gegners hoch (der sein Roß getötet und dadurch den Grafen gezwungen hatte, zu Fuß zu kämpfen). Er sah die drei Barone auf sich zukommen und packte sein Schwert mit beiden Händen. Als ihre Pferde ihn erreichten, schwang er die Klinge und zertrennte ihre Beine, daß die Barone über die Köpfe ihrer Rösser hinwegflogen und im Schlamm des Schlachtfeldes landeten. Das gab Graf Brass die

Chance, Adaz Promp in einer recht würdelosen Stellung, von der Kehrseite aus, niederzustechen und Mygel Holsts Kopf abzuschlagen, während der Ziegenbaron noch um sein Leben flehte. Er hatte demnach nur noch den Stier, Saka Gerden, gegen sich. Durch Brass' kurzen Kampf gegen seine beiden Kameraden war Saka die Zeit geblieben, auf die Füße zu kommen und sich um eine anständige Kampfposition zu bemühen. Allerdings schüttelte er, geblendet von Brass' Spiegelhelm, den Kopf. Als der Graf das bemerkte, riß er sich den Helm vom Kopf und zeigte sein vom Kampf gerötetes Gesicht mit dem rostfarbenen Schnurrbart und gleichfarbigem Haar. »Ich habe zwei auf etwas unfaire Weise erledigt«, brummte er, »deshalb ist es nur recht, daß ich Euch die Chance gebe, mich zu töten.«

Saka Gerden stürmte wie ein Stier, der ja sein Ordenstier war, auf ihn ein. Graf Brass wich zur Seite aus und brachte seine Klinge mit solcher Gewalt auf den Baron herab, daß sie Helm und Schädel spaltete. Als Gerden fiel, lächelte der Graf. Im gleichen Augenblick stieß ihm ein berittener Ziegenkrieger die Lanze durch den Nacken. Graf Brass drehte sich um, zerrte die Lanze aus der Hand seines Feindes und warf sein Breitschwert. Es blieb in der Kehle des Ziegenkriegers stecken. Auf diese Weise zahlte er es ihm mit gleicher Münze heim. So starb Graf Brass.

Orland Fank sah, wie es geschah. Er hatte die Freunde vor der Schlacht verlassen, sich dann aber ihnen wieder zugesellt und mit seiner Axt ordentlich gewütet. Er sah Graf Brass sterben. Es war im gleichen Augenblick, als die Krieger des Dunklen Imperiums, denen nun drei ihrer Führer fehlten, sich am Tor sammelten. Sie hätten auch dort nicht haltgemacht, wäre nicht Baron Meliadus, der in seiner schwarzen Rüstung, seiner schwarzen Wolfsmaske und dem gewaltigen Breitschwert furchterregend aussah, dort gestanden, um sie aufzuhalten.

Aber selbst Meliadus wurde zurückgedrängt, als Falkenmond, Yisselda, d'Averc, Bowgentle, Orland Fank und die übriggebliebenen Kamarganer nebst der Legion der Morgenröte, die ihre gespenstischen Klagelieder sang, auf die granbretanischen Tierkrieger einstürmten.

Es blieb keine Zeit, die Tore vor den Helden aus der Kamarg zu schließen. Baron Meliadus wußte nun, daß er Falkenmonds Macht richtig berechnet, aber dann in seiner Überheblichkeit doch unterschätzt hatte. Es blieb ihm nichts übrig, als soviel Verstärkung wie nur möglich heranzuschaffen und Kalan zu veranlassen, die Kraft des Schwarzen Juwels zu verstärken.

Aber plötzlich schlug sein Herz schneller, denn er sah Falkenmond im Sattel schwanken. Die Hände des Herzogs preßten sich gegen den Silberhelm, und der seltsame Mann mit der Mütze und den karierten Hosen hielt ihn und griff hinter ihm nach der Stoffrolle, die am Sattel befestigt war.

Fank flüsterte eindringlich. »Hört zu, Falkenmond. Es ist an der Zeit, den Runenstab zu benutzen, unsere Standarte zu zeigen. Tut es sofort, Falkenmond, oder Ihr habt nicht länger als eine Minute mehr zu leben.«

Falkenmond spürte die Kraft des Juwels an seinem Hirn nagen wie eine Ratte an den Gittern ihres Käfigs. Aber er nahm den Runenstab, als Fank ihn ihm reichte. Er hob ihn mit der Linken in die Höhe und sah die Wellen und Strahlen die Luft um ihn füllen.

Fank brüllte: »Der Runenstab! Der Runenstab! Wir kämpfen für den Runenstab.« Fank lachte und lachte, daß die Granbretanier vor Angst zurückfielen; trotz ihrer Übermacht so demoralisiert, daß Falkenmond schon an den Sieg glaubte.

Aber Baron Meliadus war nicht bereit, sich geschlagen zu geben. Er brüllte seine Männer an: »Das ist nichts weiter als ein harmloser Stab! Er kann euch nichts anhaben! Marsch, vorwärts! Auf sie!« Schwankend saß Falkenmond im Sattel, aber es gelang ihm, den Runenstab hoch erhoben durch die Tore Londras zu tragen, hinein in die Stadt, wo noch eine Million Gegner ihrer harrten.

Wie im Traum führte Falkenmond seine übernatürliche Legion gegen den Feind, mit dem Schwert der Morgenröte in der einen und dem Runenstab in der anderen Hand, während er sein Pferd mit den Knien lenkte.

Der Ansturm war so stark, als Schweine- und Ziegeninfanteristen sie aus den Sätteln zu reißen versuchten, daß sie sich kaum noch bewegen konnten. Falkenmond sah eine der Spiegelhelmgestalten mit größtem Heldenmut kämpfen, als ein Dutzend Krieger sie vom Roß zerrten. Er fürchtete, es sei Yisselda. Neue Kraft strömte in ihn, und er drehte sich um, um sie zu erreichen; aber inzwischen war bereits ein zweiter Spiegelbehelmter zu ihrer Hilfe geeilt. Da erst erkannte er, daß nicht Yisselda in Gefahr gewesen war, sondern Bowgentle, und daß Yisselda zu seiner Unterstützung gekommen war.

Aber es war zwecklos. Bowgentle verschwand unter den Leibern der Ziegen-, Schweine- und Hundekrieger, die sich auf ihn geworfen hatten. Und schließlich hob einer den blutigen Silberhelm in die Höhe, daß alle ihn zu sehen vermochten – aber nur einen Augenblick, denn schon hatte Yisseldas schmale Klinge den Arm am Handgelenk durchtrennt, und der Helm rollte zu Boden.

Eine neue ungeheure Schmerzwelle durchströmte Falkenmond. Zweifellos hatte Kalan die Intensität erhöht. Er keuchte, und alles begann vor seinen Augen zu schwimmen. Trotzdem glückte es ihm, sich vor den Waffen der Gegner zu schützen und den Runenstab festzuhalten.

Als seine Sicht für kurze Zeit wieder klar wurde, bemerkte er, daß d'Averc sein Pferd durch die Reihen der Granbretanier drängte. Mir wirbeldem Schwert bahnte er sich einen Weg, offensichtlich verfolgte er ein bestimmtes Ziel. Da wußte Falkenmond, wohin er wollte – zum Palast, zu der Frau, die er liebte, zu Königin Flana.

Und so starb d'Averc:

Irgendwie gelang es dem Franzosen, den Palast zu erreichen, der sich noch im gleichen Zustand wie nach dem Sturm von Meliadus' Truppen befand. Er konnte deshalb durch die Bresche in der Mauer reiten, und er sprang erst vor den Stufen vom Pferd, um sich die Wachen am Tor vorzunehmen. Sie hatten Flammenlanzen, er nur ein Schwert. Er warf sich flach auf den Boden, als die Feuerzungen über seinen Kopf hinwegzischten, und rollte sich in einen Graben, den Kalans grüne Kugeln ausgehöhlt hatten. Er fand dort eine Flammenlanze, die er über den Rand hob und mit der er die Wachen niederbrannte, ehe sie überhaupt begriffen, was vor sich ging.

Dann sprang d'Averc auf und rannte durch die hohen Korridore, in denen seine Schritte laut hallten. Er lief, bis er schließlich die Flügeltür zum Thronsaal erreichte. Die Wachen davor sahen ihn. Sie richteten ihre Waffen auf ihn, aber er schoß sie alle mit seiner

Flammenlanze nieder und wurde selbst leicht an der rechten Schulter gestreift. Er schob die Tür einen Spalt auf und spähte in den Thronsaal hinein. Eine Meile entfernt stand das Podest mit dem Thron, aber er konnte nicht sehen, ob Flana darauf saß. Der Saal schien leer zu sein.

D'Averc begann auf den fernen Thron zuzulaufen.

Immer wieder rief er den Namen seiner Geliebten: »Flana! Flana!«

Flana hatte auf ihrem Thron vor sich hin geträumt. Sie blickte auf, als sie die winzige Gestalt auf sich zukommen sah. Sie hörte ihren Namen in tausend Echos in dem riesigen Sall. *»Flana! Flana! Flana!«*

Da erkannte sie die Stimme, doch sie glaubte, daß sie immer noch nicht richtig wach war und weiterträumte.

Die Gestalt kam näher. Sie trug einen Helm, der wie hochpoliertes Silber, wie ein Spiegel glitzerte. Aber die Statur – die Statur ...

»Huillam?« rief sie unsicher. »Huillam d'Averc?«

»Flana!« Die Gestalt riß den Helm vom Kopf und schleuderte ihn von sich, daß er klirrend über den Marmorboden rollte.

»Huillam!« Sie erhob sich und begann die Stufen hinunterzusteigen.

Er breitete die Arme aus und lächelte glücklich.

Aber sie sollten einander nicht mehr lebend gehören, denn ein Flammenlanzenstrahl schoß von einer der hohen Galerien herab und verbrannte Huillams Gesicht, daß er vor unerträglichem Schmerz aufschrie und in die Knie sank. Da verzehrten die Flammen auch seinen Rücken. Er stürzte vor Flanas Füße und starb zu ihren Füßen, während ersticktes Schluchzen ihren Körper schüttelte.

Eine Stimme rief selbstzufrieden von der Galerie herunter: »Nun seid Ihr sicher, Madam.«

16. Der Endkampf

Die Krieger des Dunklen Imperiums schwärmten immer noch aus sämtlichen Rattenlöchem in diesem Labyrinth von einer Stadt, und Falkenmond bemerkte voll Verzweiflung, daß sich die Reihen seiner Legion der Morgenröte lichteten. Wenn nun ein Krieger getötet wurde, nahm nicht jedesmal wie bisher immer zuvor ein neuer seinen Platz ein. Um ihn herum war die Luft erfüllt von dem bittersüßen Duft des Runenstabs und den eigenartigen Lichtmustern.

Da entdeckte Falkenmond Meliadus, doch genau in diesem Augenblick fraß der Schmerz so sehr an seinem Gehirn, daß er von seinem Pferd stürzte.

Meliadus kletterte von seinem schwarzen Streitroß und schritt gemächlich auf Falkenmond zu. Der Runenstab war seiner Hand entglitten, und das Schwert der Morgenröte ruhte nur noch locker in der anderen.

Falkenmond bewegte sich und stöhnte. Um ihn herum wütete noch immer die Schlacht, aber es war ihm, als beträfe ihn das nicht mehr. Er fühlte, wie ihn jegliche Kraft verließ, fühlte den Schmerz wachsen, und als er die Augen wieder öffnete, sah er Meliadus geradewegs auf sich zukommen. Die Maske mit dem knurrenden Wolfsschädel schien triumphierend zu grinsen. Falkenmonds Kehle war völlig ausgedörrt, er brachte keinen Ton hervor. Er versuchte, den Runenstab zu erreichen, der neben ihm auf dem Kopfsteinpflaster lag.

»Ah, Falkenmond, endlich«, murmelte Meliadus sanft. »Ihr habt Schmerzen, wie ich sehe. Schwach seid Ihr auch. Icb bedauere, daß Ihr nicht mehr lange genug leben werdet, um Eure absolute Niederlage voll zu erfassen und Yisselda in meiner Hand zu sehen.« Meliadus' Stimme klang fast mitleidig und besorgt. »Könnt Ihr denn nicht aufstehen, Falkenmond? Verzehrt das Juwel Euer Gehirn hinter diesem Silberhelm? Soll ich zusehen, wie es Euer Ende herbeiführt, oder soll ich mir dieses Vergnügen selbst gönnen? Seid Ihr imstande zu antworten, Falkenmond? Möchtet Ihr nicht gern um Gnade bitten?«

Falkenmonds zuckende Hand hatte nun den Runenstab erreicht und schloß sich um ihn. Fast unmittelbar durchströmte ihn neue

Kraft – nicht viel, aber immerhin genug, ihn auf die Füße gelangen zu lassen. Er blieb schwankend stehen. Seine Haltung war schmerzverkrümmt. Sein Atem kam rasselnd. Mit verschleiertem Blick starrte er auf Meliadus, als der Baron das Schwert hob, um ihm den Tod zu geben.

Falkenmond versuchte, seine Klinge zu heben, aber es gelang ihm nicht.

Meliadus zögerte. »Ihr könnt nicht kämpfen? Nein, Ihr könnt es nicht. Ihr tut mir leid, Falkenmond.« Er streckte die Hand aus. »Gebt mir diesen kleinen Stab, Falkenmond. Auf ihn habe ich meinen Racheschwur geleistet, damals auf Burg Brass. Und nun ist meine Rache ihrer Vollendung nahe. Gebt her, laßt ihn mich halten.«

Falkenmond tat zwei taumelnde Schritte rückwärts. Er war vor Schwäche unfähig, auch nur einen Ton herauszubringen. Mühsam schüttelte er den Kopf.

»Falkenmond – gebt ihn her!«

»Ihr – werdet – ihn – nicht – bekommen . . .«, krächzte der Herzog von Köln.

»Dann muß ich Euch also zuerst töten.« Wieder hob Meliadus sein Schwert. Da pulsierte der Runenstab plötzlich in grellem Licht, und Meliadus starrte in seine eigenen Augen in der Wolfsmaske, die Falkenmonds Helm widerspiegelte. Es verwirrte Meliadus. Er zögerte.

Falkenmond, der weitere Kraft aus dem Runenstab schöpfte, hob seine Klinge. Er wußte, er würde nur Kraft für einen einzigen Hieb haben, und dieser Hieb mußte den Mann töten, der wie gelähmt durch sein eigenes Spiegelbild vor ihm stand.

Falkenmond hob das Schwert der Morgenröte und ließ es heruntersausen. Meliadus stieß eine grauenvollen Schrei aus, als die Klinge durch sein Schulterblatt ins Herz drang. Mit rasselndem Atem stieß er seine letzten Worte hervor:

»Dieses verfluchte Ding! Der verfluchte Runenstab! Er hat Granbretanien den Untergang gebracht!«

Falkenmond brach lautlos auf dem Boden zusammen. Er bezweifelte nicht, daß er nun sterben würde, daß Yisselda sterben würde und Orland Fank, denn auf ihrer Seite waren nur noch wenige Krieger übrig, und das Dunkle Imperium verfügte noch über unzählige.

17. Die trauernde Königin

Falkenmond erwachte und starrte voller Entsetzen direkt in die Schlangenmaske des Barons Kalan von Vitall. Er fuhr von der Bank hoch und tastete nach einer Waffe.

Kalan zuckte die Schultern und drehte sich den anderen zu, die im Schatten des Raumes standen. »Ich sagte Euch doch, daß ich es tun kann. Sein Gehirn ist wiederhergestellt, seine ganze törichte Persönlichkeit ist wie zuvor. Und jetzt, Königin Flana, erbitte ich Eure Erlaubnis, mit dem fortzufahren, worin Ihr mich gestört habt.«

Falkenmond erkannte die Reihermaske. Sie nickte einmal kurz, und Kalan schlurfte in das Nebenzimmer, dessen Tür er sorgfältig hinter sich schloß. Die Gestalten traten aus dem Schatten. Falkenmond sah nun voll Freude, daß eine von ihnen Yisselda war. Er schloß sie in die Arme und küßte sie.

»Ich hatte solche Angst, daß Kalan uns irgendwie hereinlegen würde«, murmelte sie. »Königin Flana hat dich gefunden, nachdem sie die Einstellung der Kämpfe befohlen hatte. Wir waren die letzten Überlebenden, Orland Fank und ich. Und wir hielten dich für tot. Aber Kalan brachte dich zum Leben zurük. Er holte das Juwel aus deiner Stirn und zerstörte die Maschine, daß niemand mehr die Macht des Schwarzen Steins zu befürchten braucht.«

»Und worin habt Ihr ihn gestört, Königin Flana?« fragte Falkenmond. »Weshalb war er so ungehalten?«

»Er wollte gerade seinem Leben ein Ende machen«, erwiderte Flana tonlos. »Ich drohte, ihn unsterblich zu machen, wenn er nicht tun würde, was ich von ihm verlangte.«

»D'Averc?« fragte Falkenmond und blickte sich um. »Wo ist denn d'Averc?«

»Tot«, erwiderte die Königin mit derselben ausdruckslosen Stimme. »Im Thronsaal von einem übereifrigen Krieger erschossen.«

Falkenmonds Freude wurde zur Trauer. »Sind denn alle tot? Graf Brass, Oladahn, Bowgentle?«

»Alle«, sagte Orland Fank leise. »Aber sie starben für eine große Sache und befreiten Millionen aus der Sklaverei. Bis zum heutigen Tag hat Europa nur Zwist und Krieg gekannt. Vielleicht werden die

Menschen von nun an den Frieden sichern, jetzt, da sie wissen, wohin Zank und Hader führen.«

»Graf Brass ersehnte den Frieden für Europa mehr als alles andere«, murmelte Falkenmond. »Ich wollte, er hätte ihn noch erleben können.«

»Vielleicht wird es sein Enkel«, flüsterte Yisselda.

»Ihr habt von Granbretanien nichts mehr zu befürchten, solange ich Königin bin«, versicherte ihnen Flana. »Ich werde Londra zerstören lassen und meine Heimatstadt Kanbery zur Hauptstadt erheben. Der Reichtum Londras – der mit Sicherheit größer ist als aller auf der ganzen Welt zusammen – soll zur Wiedergutmachung verwendet werden, um die Städte Europas neu aufzubauen, um die Bauern und Bürger zu entschädigen und ihnen einen Neuanfang zu ermöglichen. Sie sollen nicht länger unter dem leiden, was Granbretanien ihnen angetan hat.« Sie zog die Reihermaske hoch und entblößte ihr von Trauer erfülltes, liebliches Gesicht. »Und ich werde auch dieses unsinnige Tragen der Masken abschaffen.«

Orland Fank wirkte skeptisch, aber er schwieg. »Die Macht Granbretaniens ist für immer gebrochen«, sagte er. »Und die Arbeit des Runenstabs ist getan.« Er tätschelte das Bündel unter seinem Arm. »Ich nehme das Schwert der Morgenröte, das Rote Amulett und den Runenstab zur Aufbewahrung an mich. Aber sollte je wieder eine Zeit kommen, Freund Falkenmond, da Ihr diese Dinge benötigt, dann werdet Ihr sie wiederbekommen, das verspreche ich Euch.«

»Ich hoffe, diese Zeit wird nie kommen, Orland Fank.«

Fank seufzte. »Die Welt ändert sich nicht, Dorian Falkenmond. Es kommt lediglich hin und wieder vor, daß sie aus dem Gleichgewicht gerät, dann bemüht sich der Runenstab, es wiederherzustellen. Vielleicht sind die Tage der übertriebenen Schwankungen für ein Jahrhundert oder auch zwei vorbei? Ich weiß es nicht.«

Falkenmond lachte. »Das solltet Ihr aber – Ihr seid doch schließlich allwissend.«

Fank lächelte. »Nicht ich, mein Freund, sondern der, dem ich diene – der Runenstab.«

»Euer Sohn, Jehamiah Cohnahlias . . .«

»Ah, das ist ein Rätsel, das mir selbst der Runenstab nicht beantwortet.« Fank rieb sich die lange Nase und blickte sie darüber hinweg an. »Nun, damit sage ich euch, die ihr übriggeblieben seid, lebt wohl. Ihr habt gut gekämpft, und ihr habt der Gerechtigkeit zum Sieg verholfen.«

»Gerechtigkeit?« rief Falkenmond, als Fank den Raum verließ. »Gerechtigkeit? Gibt es denn so etwas überhaupt?«

»Sie kann in kleinen Mengen geschaffen werden«, versicherte ihm Fank. »Aber wir müssen schwer arbeiten, tapfer kämpfen und viel Weisheit benutzen, um auch nur ein Jota davon zu erzeugen.«

»Ja«, murmelte Falkenmond. »Vielleicht habt Ihr recht.«

Fank lachte. »Ich weiß, daß ich recht habe.« Und dann war er verschwunden, aber seine Stimme erreichte Falkenmond noch.

»Gerechtigkeit ist kein Gesetz, ist nicht die Ordnung, als die die Menschen sie gern ansehen. Gerechtigkeit ist Gerechtigkeit – das Gleichgewicht, die Ausgewogenheit. Denkt daran, Falkenmond. Denkt daran!«

Falkenmond legte den Arm um Yisseldas Schultern. »Das werde ich«, murmelte er. »Und jetzt kehren wir nach Burg Brass zurück und sorgen dafür, daß die Quellen wieder fließen, daß es wieder Schilf und Lagunen gibt und daß die Stiere und Pferde und Flamingos wiederkehren. Daß es wieder die Kamarg wird, die wir kennen.«

»Und die Macht des Dunklen Imperiums wird sie nie wieder bedrohen.« Königin Flana lächelte.

Falkenmond nickte. »Das glaube ich auch. Aber wenn ein anderes Unheil sich auf Burg Brass herabsenken will, werde ich bereit sein, gleichgültig wie mächtig es ist oder in welcher Gestalt es kommt. Die Welt ist noch wild. Die Gerechtigkeit, von der Fank sprach, ist noch in viel zu geringem Maße hergestellt. Wir müssen unser Bestes tun, noch ein wenig mehr davon zu erzeugen. Lebt wohl, Flana.«

Die Königin blickte ihnen nach und weinte leise.

ENDE DER SAGE
VOM HERZOG VON KÖLN

ERSTER BAND

Die Chronik von Burg Brass

GRAF BRASS

Und die Erde wurde alt, ihr Gesicht verlor an Ausdruckskraft. Sie schien launig und schrullig wie ein Mensch am Abend seines Lebens.

– Die hohe Geschichte des Runenstabs

Und als diese Periode ihr Ende gefunden hatte, folgte ihr eine neue. Eine mit denselben Helden, deren Erlebnisse vielleicht noch ungewöhnlicher und schrecklicher waren als die vergangenen. Und wieder war die Burg Brass in den Marschen der Kamarg der Ausgangspunkt und in mancher Weise der Mittelpunkt vieler dieser Ereignisse.

– Die Chronik von Burg Brass

ERSTES BUCH

Alte Freunde

1. Dorian Falkenmonds Heimsuchung

Ganze fünf Jahre hatten sie gebraucht, um die Kamarg wieder zu dem zu machen, was sie zuvor gewesen war. Nun nisteten die riesigen scharlachroten Flamingos wieder in ihren Marschen. Die wilden weißen Stiere fühlten sich in dem weiten Land wohl wie zuvor, und mit ihnen die gehörnten Rosse, die vor der Belagerung durch die bestialischen Armeen des Dunklen Imperiums hier in gewaltigen Herden umhergestreift waren. Und jeden einzelnen Tag dieser letzten fünf Jahre hatten sie benötigt, um die Wachtürme an den Grenzen neu zu erbauen oder wieder herzurichten, genau wie die Städte und die hehre Burg Brass in all ihrer trotzigen Schönheit. Vielleicht hatten sie in diesen fünf Jahren des Friedens die Mauern sogar noch fester, die Türme noch höher gebaut, als sie ursprünglich gewesen waren. Denn wie Dorian Falkenmond einst zu Königin Flana von Granbretanien sagte, die Welt war noch wild und wußte wenig von Gerechtigkeit.

Dorian Falkenmond, Herzog von Köln, und seine junge Frau Yisselda, des gefallenen Grafen Brass' Tochter, waren die einzigen Überlebenden jener Gruppe von Helden, die dem Runenstab gegen das Dunkle Imperium gedient und Granbretanien in der großen Schlacht von Londra besiegt hatten. Ihnen verdankte Königin Flana, die um ihre große Liebe trauerte, den Thron, von dem aus sie ihre grausame und dekadente Nation zurück zur Menschlichkeit und einem gesunden Leben führte.

Graf Brass war gefallen, als er die Barone Adaz Promp, Mygel Holst und Saka Gerden erschlagen hatte, die gleichzeitig auf ihn eingestürmt waren. Ehe er sich erneut ins Kampfgetümmel hatte stürzen können, war die Lanze eines Kriegers des Ziegenordens durch seine Brust gedrungen.

Oladahn von den Bulgarbergen, Tiermann und Falkenmonds treu ergebener Freund, war von den Äxten eines ganzen Trupps Schweinekrieger zerstückelt worden.

Bowgentle, der so unkriegerische Philosoph unterlag den sich vereint auf ihn werfenden Leibern von zwölf Ziegen-, Schweine-

und Hundekriegern, von denen einer ihm den Kopf vom Rumpf trennte.

Huillam d'Averc, der große Spötter, der Königin Flana liebte und von ihr wiedergeliebt wurde, hatte auf die ironischste Weise den Tod gefunden, als er in die Arme seiner Geliebten eilen wollte und einer ihrer Krieger ihn mit der Flammenlanze niedermachte, weil er an einen Angriff auf Flana glaubte.

Vier namhafte Helden waren gefallen. Doch außer ihnen hatten noch Tausende anderer, kaum weniger tapfer als sie, im Dienst des Runenstabs bei der Vernichtung der Tyrannei des Dunklen Imperiums ihr Leben gelassen, ohne daß ihre Namen in die Geschichte eingingen.

Und ein großer Bösewicht war nicht mehr. Baron Meliadus von Kroiden, der ehrgeizigste, zwielichtigste und schrecklichste aller Kriegslords von Granbretanien, hatte durch Falkenmonds Hand, von der Klinge des geheimnisvollen Schwertes der Morgenröte ins Herz getroffen, sein Leben ausgehaucht.

Und die in Ruinen liegende Welt schien erlöst zu sein.

Aber all das lag bereits fünf Jahre zurück. Viel war seither geschehen. Zwei Kinder wurden Falkenmond und seiner geliebten Frau, der Gräfin Brass, geboren. Der Älteste, Manfred, hatte rotes Haar und schien seines Großvaters Stimme, seine robuste Gesundheit und kräftige Statur geerbt zu haben. Das Mädchen, Yarmila, war mit ihrem goldgetönten Kupferhaar, ihrem sanften, aber unbeugsamen Willen und der bezaubernden Schönheit ganz wie ihre Mutter. Sie waren echte Brass und hatten wenig von den Herzogen von Köln an sich.

Außerhalb der Mauern von Burg Brass standen zur Erinnerung an ihre großen Taten, denen die Welt so viel verdankte, die Statuen der vier gefallenen Helden. Oft führte Dorian Falkenmond seine Kinder zu ihnen und erzählte ihnen von jenen, die sie darstellten, und von den Greueltaten des Dunklen Imperiums, das sie besiegt hatten. Aufmerksam lauschten die Kinder ihm und konnten nie genug kriegen. Und immer wieder versicherte Manfred seinem Vater, daß er, wenn er erst groß war, mit seinen eigenen Heldentaten seinem Großvater, dem er so sehr ähnlich war, Ehre machen würde. Und jedesmal antwortete Falkenmond, wie sehr er hoffte, daß solche Heldentaten nicht mehr nötig seien, wenn Manfred erwachsen war. Sah er dann das enttäuschte Gesicht seines kleinen Sohnes, lachte er und meinte, daß es viele Arten von Helden gäbe. Und wenn Manfred die Weisheit und Diplomatie und den großen Gerechtigkeitssinn seines Großvaters geerbt hatte, würde er der größte und beste aller Helden werden – ein Mann der Gerechtigkeit und des Friedens. Das tröstete Manfred nur ein wenig, denn ein Friedensrichter birgt für einen Vierjährigen bei weitem nicht so viel Romantik wie ein Krieger.

Manchmal ritten Falkenmond und Yisselda mit den Kindern unter einem weiten Himmel voll sanfter Pastellfarben durch die wilden Marschen der Kamarg mit ihren blassen Rot- und Gelbtönen, dem Braun, Dunkelgrün und Orange des Schilfes, das sich in den Zeiten des Mistrals tief im Winde beugte. Scharen der weißen Stiere donnerten an ihnen vorbei, oder auch Herden der gehörnten Pferde. Hin und wieder stiegen Schwärme der riesigen scharlachroten Flamingos vor ihnen auf und flogen mit weiten Schwingen über die Köpfe der Menschen hinweg, die sie aufgescheucht hatten. Sie wußten nicht, daß sie ihr geschütztes Leben Dorian Falkenmond verdankten, der, wie Graf Brass vor ihm, dafür sorgte, daß niemand die wildlebenden Tiere der Kamarg tötete. Und nur einige von ihnen durften gezähmt werden, um als Reittiere auf dem Land und, im Fall der Flamingos, in der Luft zu dienen. Zu diesem Zweck waren die Wachtürme der Kamarg ursprünglich errichtet worden, und deshalb nannte man die Männer, die von dort aus nach dem Rechten sahen, auch Hüter. Doch nun dienten sie sowohl zum Schutz der Bevölkerung der Kamarg als auch der Tiere. Sie achteten auf jede Bedrohung von außerhalb (ein Kamarganer würde gar nicht auf den Gedanken kommen, die Tiere, derengleichen es sonst nirgendwo auf der Welt gab, zu töten oder ihnen sonst ein Leid anzutun). Die einzigen Kreaturen, die gejagt werden durften, waren die Baragoons, die Marschbrabbler, Geschöpfe, die dereinst selbst Menschen gewesen waren, ehe sie durch Experimente in den Zauberlaboratorien des früheren, korrupten Lordhüters zu den grauenvollen Bestien gemacht wurden, die sie jetzt waren. Dieser Lordhüter wurde noch vor Graf Brass' Zeit von seinen eigenen Hütern in Stücke gerissen. Inzwischen gab es jedoch höchstens noch zwei oder drei Baragoons in den Marschen, die sich den Jägern hatten entziehen können. Plumpe Kreaturen waren es, acht Fuß hoch, fünf Fuß breit und grün wie Galle. Sie bewegten sich schlitternd auf dem Bauch und richteten sich gewöhnlich nur auf, um über ein Opfer herzufallen und es mit den stahlharten Klauen zu zerreißen. Yisselda und Falkenmond achteten darauf, jenen Marschen fernzubleiben, in denen die Baragoons noch hausen sollten.

Falkenmond liebte die Kamarg mehr als das Land seiner Väter im fernen Germania. Ja, er hatte sogar seinem Titel und Erbrecht auf die Ländereien entsagt, die nun von einem vom Volk gewählten Rat regiert wurden – wie so viele europäische Länder, die ihre Herrscher verloren und sich ebenfalls nach dem Untergang des Dunklen Imperiums zu einer neuen Staatsform, der Republik, entschlossen hatten.

Doch so sehr Falkenmond von den Menschen der Kamarg geliebt und geachtet wurde, war ihm doch bewußt, daß er nicht das Ansehen des alten Grafen Brass genoß. Wenn sie Rat brauchten, suchten die Kamarganer Gräfin Yisselda so häufig auf wie ihn, und sie blickten voll Erwartung auf den kleinen Manfred, denn sie sahen in ihm so etwas wie die Wiedergeburt ihres geliebten alten Lordhüters.

Ein anderer hätte das sicher übelgenommen, aber Falkenmond, der Graf Brass vielleicht noch mehr als sie geliebt hatte, nahm es hin, ohne sich gekränkt zu fühlen. Er hatte genug von Führerschaft und Heldentum. Er zog es vor, jetzt das Leben eines einfachen Landedelmanns zu führen. Die Leute sollten ihre eigenen Entscheidungen treffen, sich selbst regieren. Seine einzige Ambition war, seine Frau und seine Kinder glücklich zu sehen. Die Tage, da er die Geschichte gelenkt hatte, waren vorbei. Das einzige, was ihm geblieben war, um ihn an seinen Kampf gegen Granbretanien zu erinnern, war die seltsam geformte Narbe in der Mitte seiner Stirn, wo einst das schreckliche Schwarze Juwel, der Gehirnfresser, von Baron Kalan von Vitall eingepflanzt worden war – damals, vor vielen Jahren, als er gegen seinen Willen ausgesucht wurde, dem Dunklen Imperium gegen Graf Brass zu dienen.

Jetzt gab es das Schwarze Juwel nicht mehr, genausowenig wie Baron Kalan, der nach der Schlacht von Londra Selbstmord begangen hatte. Er war ein genialer Wissenschaftler gewesen, aber vielleicht der verruchteste aller Lords Granbretaniens. Er hatte geglaubt, es nicht ertragen zu können, unter der neuen und seiner Ansicht nach weichlichen Herrschaft Königin Flanas zu leben, die die erbliche Nachfolge des Reichskönigs Huon übernommen hatte. Huon war von Baron Meliadus in einem verzweifelten Versuch, die Macht an sich zu reißen, ermordet worden.

Falkenmond fragte sich manchmal, was aus Baron Kalan geworden wäre, und auch aus Taragorm, dem Herrn des Palasts der Zeit – er war in einer Explosion von Kalans teuflischen Waffen während der Schlacht von Londra getötet worden –, wenn sie die Schlacht überlebt hätten. Hätte man sie in Königin Flanas Dienste übernommen und ihre Genialität benutzen können, um die Welt, die sie zerstören halfen, wiederaufzubauen? Vermutlich nicht, dachte er. Sie waren beide vom Wahnsinn gezeichnet gewesen. Die abartige, grausame Philosophie, die Granbretanien dazu geführt hatte, die ganze Welt zu bekriegen – und fast zu erobern! –, hatte ihre Charaktere geformt.

Nach ihrem Ausflug durch die Marschen ritt die Familie gemächlich durch Aigues-Mortes, der befestigten Hauptstadt der Kamarg, und schließlich hoch zur Burg Brass, die auf einem Hügel direkt in der Mitte der Stadt stand. Sie war aus demselben weißen Stein erbaut wie der Großteil der Häuser von Aigues-Mortes, und obgleich die Burg eine Mischung verschiedenster architektonischer Stile war, strömte sie eine wohltuende Harmonie aus. Über die Jahrhunderte hinweg hatte es immer wieder Renovierungen gegeben, Anbauten waren dazugefügt worden, manche Flügel waren je nach Laune eines ihrer Besitzer niedergerissen und neu erbaut worden. Die meisten der Fenster waren aus kunstvoll bemaltem Glas, ihre Form dagegen war nicht einheitlich, es gab runde, ovale, quadratische, rechteckige. An den überraschendsten Stellen des Bauwerks erhoben sich Türme und Türmchen, rund und vieleckig, ja sogar minarettähnlich. Und Dorian Falkenmond hatte, wie es in seiner Heimat üblich war, viele Fahnenstangen anbringen lassen, von denen bunte Flaggen und Banner wehten, einschließlich der Standarten des Grafen Brass und der Herzoge von Köln. Steinerne Basilisken starrten schützend von den verschiedenen Dachebenen, und der Stein so manchen Giebels war von Künstlerhand in der

Form des einen oder anderen kamarganischen Wildtiers gehauen – und so blickten einen von oben herab Stiere, Flamingos, Einhörner und Marschbären an.

Wie in Graf Brass' Tagen erweckte die Burg den Eindruck von Kraft und Beschaulichkeit, ja Gemütlichkeit. Sie war nicht erbaut worden, um mit dem Geschmack oder der Macht ihrer Bewohner zu protzen. Sie war auch nicht als Bollwerk errichtet worden (obgleich sie sich als solches erwiesen hatte), noch waren bei ihren Renovierungen und Neuanbauten und ihrem Wiederaufbau ästhetische Überlegungen in Betracht gezogen worden. Sie war so gebaut worden, daß man sich darin wohl fühlen konnte und es an keiner Bequemlichkeit fehlte. Das war etwas, das beim Bau einer Burg wohl selten bedacht wurde. Auch die Terrassengärten rings um die Burgmauern trugen dazu bei, den Eindruck eines gemütlichen Heimes zu erhöhen. Hier in diesen Gärten wuchsen Nutz- und Zierpflanzen aller Arten, und sie versorgten nicht nur die Burgbewohner, sondern einen großen Teil der Stadt mit frischem Gemüse und Obst.

Nach ihrer Rückkehr in die Burg erwartete die Familie ein einfaches, aber geschmackvolles Mahl, das sie mit allen anwesenden Gefolgsleuten einnahm. Danach brachte Yisselda die Kinder ins Bett und erzählte ihnen eine Geschichte. Manchmal war es eine alte Legende über die Zeit vor dem Tragischen Jahrtausend, manchmal erfand sie selbst eine, und hin und wieder mußte sie auf Manfreds und Yarmilas Drängen Dorian holen, damit er von einem oder mehreren seiner Abenteuer in fernen Ländern berichtete, als er dem Runenstab gedient hatte. Dann erzählte er ihnen, wie er den kleinen Oladahn kennengelernt hatte, dessen Körper und Gesicht dicht mit pelzähnlichem rötlichen Haar bedeckt war und der behauptete, von den Bergriesen abzustammen. Er erzählte ihnen auch von Amarekh jenseits der großen See im Norden und von der magischen Stadt Dnark, wo er zum erstenmal den Runenstab gesehen hatte. Zugegeben, Falkenmond mußte diese Geschichte ein wenig mildern, denn die Wahrheit war finsterer und schrecklicher, als selbst die meisten Erwachsenen sie ertragen konnten. Am liebsten aber sprach er von seinen toten Freunden, ihrer Tapferkeit, ihrem Edelmut, und hielt so die Erinnerung an Graf Brass, Bowgentle, d'Averc und Oladahn lebendig, deren Taten in ganz Europa bereits Legende waren.

Wenn die Geschichten erzählt waren und die Kinder schliefen, setzten Yisselda und Dorian sich in die bequemen Sessel zu beiden Seiten des offenen Kamins, über dem Graf Brass' Messingrüstung neben seinem Breitschwert hing. Dann unterhielten sie sich miteinander oder lasen.

Hin und wieder kam ein Brief von Königin Flana, in dem sie erzählte, welche Fortschritte ihre Politik bisher erzielt hatte. Londra, die auf irre Weise überdachte Stadt, hatte sie fast ganz abreißen und dafür schöne, freie Häuser zu beiden Seiten der Thayme erbauen lassen, deren Wasser nicht länger rot von Blut gefärbt war. Das Tragen von Masken hatte sie abgeschafft und verboten. Nach einer Weile hatten die Menschen von Granbretanien sich auch daran gewöhnt, ihre nackten Gesichter zu zeigen, obwohl natürlich einige sich damit nicht abfinden konnten und erst bestraft werden mußten, ehe auch sie sich fügten. Die Tierorden gab es ebenfalls nicht mehr. Königin Flana hatte die Menschen ermutigt, die engen, überfüllten Städte zu verlassen und sich ein neues Heim in den so gut wie verlassenen ländlichen Gegenden zu schaffen, wo es riesige Eichen-, Ulmen und Nadelwälder gab. Viele Jahrzehnte hatte Granbretanien von seinen Raubzügen gelebt, jetzt mußte es sich selbst ernähren. Deshalb wurden die Soldaten der ehemaligen Tierorden dazu abkommandiert, einen Teil der Wälder zu roden, Vieh zu züchten und Getreide anzubauen. In den einzelnen Gegenden wurden Räte ernannt, um die Interessen ihrer Gemeinden zu vertreten. Königin Flana hatte auch ein Parlament zusammengestellt, das sie beriet und ihr half, gerecht zu regieren. Es war erstaunlich, wie schnell aus einer kriegerischen Nation, einer Nation mit fast ausschließlich militärischem Kastengefüge, ein Staat von tüchtigen Landleuten wurde. Der Großteil des Volkes widmete sich erleichtert seinem neuen Leben, nachdem es ihm klargeworden war, daß es jetzt frei von jenem Wahnsinn war, der einst das ganze Land verseucht hatte – mit der Absicht, sich über die ganze Welt auszubreiten.

Und so vergingen die Tage auf Burg Brass, einer so friedlich wie der andere.

So wäre es auch weitergegangen (bis Manfred und Yarmila erwachsen waren, Falkenmond und Yisselda zufrieden alt wurden und schließlich glücklich im Bewußtsein starben, daß die Kamarg ungefährdet war und die Tage des Dunklen Imperiums nie wiederkämen), wenn sich nicht im Spätsommer des sechsten Jahres nach der Schlacht von Londra etwas Seltsames angebahnt hätte. Dorian Falkenmond mußte nämlich zu seiner Überraschung feststellen, daß die Menschen von Aigues-Mortes ihn in immer größerer Zahl mit merkwürdigen Blicken bedachten, wenn er sie auf der Straße grüßte. Manche blickten sofort zur Seite, und andere murmelten etwas Unfreundliches vor sich hin.

Wie früher Graf Brass nahm inzwischen auch Falkenmond regelmäßig an dem großen Erntedankfest am Ende eines langen, arbeitsamen Sommers teil. Zu diesem Anlaß wurde Aigues-Mortes großzügig mit Blumen, Bannern und Wimpeln geschmückt, die Bürger warfen sich in ihren besten Staat, junge weiße Stiere durften, wie es ihnen Spaß machte, ungehindert durch die Straßen tollen, und die Hüter von den Wachtürmen schlüpften in ihre auf Hochglanz polierten Rüstungen, warfen ihre Seidenumhänge darüber, nahmen ihre Flammenlanzen in die Hand und schwangen sich auf ihre Pferde, um sich vom Volk bewundern zu lassen. Es gab Stierkämpfe in der uralten Arena am Rand der Stadt. Hier hatte Graf Brass dereinst das Leben des großen Matadors Mahtan Just gerettet, als er von einem mächtigen Bullen aufgespießt und fast getötet worden wäre. Graf Brass war in die Arena gesprungen und hatte das Tier mit bloßen Händen bezwungen. Der Jubel der Massen war unvorstellbar, denn Graf Brass war schon damals nicht mehr der Jüngste gewesen.

Doch jetzt wurde das Fest nicht allein mehr für die Kamarganer veranstaltet. Abgeordnete von überall in Europa kamen, um die Überlebenden der großen Schlacht von Londra zu ehren, und Königin Flana hatte bereits zweimal zu diesem Anlaß einen Besuch auf Burg Brass gemacht. In diesem Jahr war die Königin jedoch durch dringende Staatsaffären verhindert.

Falkenmond war sehr erfreut, daß Graf Brass' Traum von einem geeinten Europa sich offenbar zu verwirklichen begann. Die Kriege mit Granbretanien hatten geholfen, die alten Grenzen niederzureißen, und die Überlebenden hatten sich zusammengeschlossen. Europa bestand zwar immer noch aus Tausenden von kleinen Provinzen, jede unabhängig von den anderen, aber an vielen Projekten für das Allgemeinwohl arbeiteten sie gemeinsam.

Die Botschafter und Gesandten kamen aus Skandien, Muskovia, Arabien, den Ländern der Griechen und Bulgaren, aus Ukrania und Katalanien. In Kutschen, auf den Rücken edler Pferde reisten sie herbei, aber auch in Ornithoptern, die jenen der Granbretanier nachgebaut waren. Sie brachten Geschenke und hielten Ansprachen, und sie redeten von Dorian Falkenmond, als sei er ein Halbgott.

In den früheren Jahren hatten ihre Elogen die allgemeine begeisterte Zustimmung der Kamarganer gefunden. Aus irgendeinem, Falkenmond unerklärlichen Grund, bekamen sie jedoch heuer nicht den gleichen Applaus wie früher. Allerdings fiel dies nur wenigen auf, unter ihnen Falkenmond und Yisselda, die zutiefst erstaunt waren.

Die längste und überströmendste Rede in der alten Stierkampfarena kam von den Lippen Lonsons, dem Prinzen von Shkarlan, einem Vetter Königin Flanas und dem Abgesandten Granbretaniens. Lonson war jung und ein enthusiastischer Anhänger der Politik der Königin. Er war kaum siebzehn gewesen, als die Schlacht von Londra seiner Nation die pervertierte Macht nahm, und so trug er Falkenmond nichts nach – im Gegenteil, er sah in ihm den Erlöser, der seinem Inselkönigreich Frieden und geistige Gesundung gebracht hatte. Prinz Lonson schwelgte in seiner Rede vor Bewunderung für den neuen Lordhüter der Kamarg. Er erinnerte an dessen Heldentaten in den unzähligen Schlachten, an seine großen Erfolge, an seine übermenschliche Selbstbeherrschung und Willensstärke, an seine Genialität in Strategie und Diplomatie, die auch von späteren Generationen nie vergessen werden würde, sagte der Prinz. Dorian Falkenmond hatte nicht nur das kontinentale Europa gerettet, sondern auch das Dunkle Imperium – vor sich selbst.

Dorian Falkenmond, der mit seinen ausländischen Gästen in der Herrscherloge saß, lauschte verlegen der Rede und hatte nur den einen Wunsch, Lonson würde endlich zum Ende kommen. Er trug die Paraderüstung, die so prunkvoll wie unbequem war, und sein Nacken juckte entsetzlich. Aber es wäre doch zu unhöflich, den Helm während Prinz Lonsons Rede abzunehmen, um sich zu kratzen. Er betrachtete die Menge auf den Granitbänken und auch auf dem Boden in der Arena. Die meisten der Menschen lauschten sichtlich zustimmend, doch einige murmelten miteinander, andere machten finstere Gesichter. Ein alter Mann, ein ehemaliger Hüter, der in vielen Schlachten mit Graf Brass gekämpft hatte, spuckte sogar verächtlich in den Staub der Arena, als Prinz Lonson von Falkenmonds unerschütterlicher Treue seinen Kameraden gegenüber sprach.

Auch Yisselda sah es. Sie runzelte die Stirn und warf Falkenmond einen Blick zu, um festzustellen, ob er es auch bemerkt hatte. Ihre Augen trafen sich. Dorian Falkenmond zuckte die Schultern und lächelte ihr zu. Sie erwiderte sein Lächeln, aber ihre Stirn glättete sich nicht sofort.

Endlich war auch diese lange Rede vorbei. Es wurde viel geklatscht, und dann verließen die Menschen die Arena, damit der erste Stier hereingetrieben werden und der erste Toreador sein Glück versuchen konnte, sich die bunten Bänder an den Hörnern des Bullen zu holen – denn in der Kamarg bewiesen die Stierkämpfer nicht ihren Mut darin, daß sie die Tiere töteten. Die einzige Waffe gegen die schnaubenden Bullen war ihre Geschicklichkeit.

Als die Menge sich zurückgezogen hatte, blieb einer in der Arena – der alte Hüter. Falkenmond erinnerte sich jetzt an seinen Namen. Er hieß Czernik und war ein früherer Söldner aus Bulgarien, der sich Graf Brass angeschlossen und viele Feldzüge an seiner Seite mitgemacht hatte. Czerniks Gesicht war stark gerötet, als habe er zu tief in die Flasche geschaut, und sein Schritt war torkelnd, während er näher an Falkenmonds Loge herankam und mit dem Finger auf ihn deutete, ehe er nochmals in hohem Bogen vor ihm ausspuckte.

»Treue!« krächzte der Alte. »Ich weiß es besser! Ich weiß, wer Graf Brass gemordet – ihn an seine Feinde verraten hat! Feigling! Angeber! Falscher Held!«

Falkenmond erstarrte, als er das hörte. Wessen wollte der Alte ihn damit beschuldigen?

Ordnungshüter rannten hinaus und versuchten, Czernik so schnell wie möglich aus der Arena zu schaffen. Aber er wehrte sich mit Händen und Füßen.

»So versucht euer Herr die Wahrheit zu unterdrücken!« kreischte er. »Aber sie läßt sich nicht totschweigen! Er wurde angeklagt von dem einzigen, dessen Worten man Glauben schenken kann!«

Wäre nur Czernik es gewesen, der seine Feindseligkeit zeigte, hätte Falkenmond es als senile Phantastereien abgetan. Aber der alte Hüter war nicht der einzige. Er hatte lediglich ausgesprochen, was Falkenmond in mehr als einem Dutzend Gesichtern gelesen hatte – heute und schon in den vergangenen Tagen.

»Laßt ihn gewähren!« rief Falkenmond. Er erhob sich und lehnte sich über die Logenbrüstung. »Er soll sprechen.«

Einen Augenblick schwankten die Ordnungshüter, dann gaben sie den Greis frei. Czernik blieb am ganzen Leib zitternd stehen und funkelte Falkenmond böse an.

»Und jetzt möchte ich gern wissen, wessen du mich beschuldigst, Czernik. Sprich!«

Die Aufmerksamkeit aller hing nun an Falkenmond und dem Alten. Es herrschte eine unglaubliche Stille. Yisselda zupfte an dem Umhang, den ihr Mann über der Rüstung trug. »Hör nicht auf ihn, Dorian. Er ist betrunken. Er ist wahnsinnig!«

»Ich warte!« rief Falkenmond und blickte auf den plötzlich so schweigsamen Czernik.

Der Alte kratzte den Kopf unter dem schütteren grauen Haar. Er starrte in die Menge und murmelte etwas.

»Sprich deutlicher!« befahl Falkenmond. »Ich bin neugierig, was du zu sagen hast.«

»Ich nannte Euch einen Mörder! Und das seid Ihr auch!«

»Wer sagt, daß ich ein Mörder bin?«

Wieder war Czerniks Gemurmel nicht zu verstehen.

»Wer sagt das?«

»Der, den Ihr ermordet habt!« brüllte der Alte jetzt. »Der, den Ihr verraten habt!«

»Ein Toter? Wen habe ich verraten?«

»Den, den wir alle lieben! Dem ich durch hundert Provinzen folgte. Der, der mir zweimal das Leben rettete. Der, dem ich, ob tot oder lebendig, nie die Treue versagen würde.«

Yisselda flüsterte kopfschüttelnd: »Er kann niemand anderen als meinen Vater meinen ...«

»Sprichst du von Graf Brass?« fragte Falkenmond.

»Von wem sonst?« rief Czernik herausfordernd. »Graf Brass, der vor vielen Jahren in die Kamarg kam und sie aus der Tyrannei befreite. Der gegen das Dunkle Imperium kämpfte und die ganze

Welt gerettet hat! Seine Taten sind wohlbekannt. Was jedoch niemand wußte, ist, daß er in Londra von dem verraten wurde, der nicht nur nach seiner Tochter trachtete, sondern auch nach seiner Burg. Und um beides zu bekommen, tötete er ihn!«

»Du lügst«, sagte Falkenmond ruhig. »Wenn du jünger wärst, Czernik, würde ich verlangen, daß du mit dem Schwert für deine ehrenrührigen Worte einstehst. Wie kannst du nur solche Lügen glauben?«

»Viele glauben es, und es sind keine Lügen!« Czernik deutete auf die Menge. »Viele haben gehört, was ich hörte.«

»Wo hast du es denn gehört?« fragte nun Yisselda, die sich neben ihrem Mann an die Brüstung gestellt hatte.

»Im Marschland vor der Stadt. Des Nachts. So manche, die wie ich von einer anderen Stadt heimeilten, hörten es ebenfalls.«

»Und aus wessen lügnerischem Mund?« Falkenmond zitterte jetzt vor Grimm. Er und Graf Brass hatten Seite an Seite gefochten, jeder war bereit gewesen, sein Leben für den anderen zu geben. Und jetzt erzählte man eine solch schreckliche Lüge – eine Lüge, die eine Beleidigung für Graf Brass' Andenken war. Und deshalb war der Grimm in Falkenmond aufgestiegen.

»Aus seinem eigenen! Aus Graf Brass' Mund.«

»Betrunkener Narr! Graf Brass ist tot. Das weißt doch auch du!«

»Das wohl – aber sein Geist ist in die Kamarg heimgekehrt. Er reitet auf seinem großen Schlachtroß in seiner Rüstung aus glänzendem Messing. Und sein Haar und sein Schnurrbart sind so rot wie Messing, und seine Augen leuchten wie Messing. Er ist dort draußen, verräterischer Falkenmond, in den Marschen. Er ist hinter Euch her. Und jenen, denen er begegnet, erzählt er, wie Ihr ihn im Stich gelassen habt, als seine Feinde ihn bedrängten, wie Ihr ihn in Londra habt sterben lassen.«

»Das ist eine Lüge!« schrie Yisselda. »Ich war ebenfalls dort. Ich kämpfte mit ihm in Londra. Nichts hätte meinen Vater retten können.«

»Und«, fuhr Czernik mit lauter, jetzt etwas ruhigerer Stimme fort, »ich hörte von Graf Brass, wie Ihr Euch mit Eurem Liebsten zusammentatet, um ihn zu betrügen.«

»Oh!« Yisselda preßte die Hände an die Ohren. »Wie gemein! Wie niederträchtig!«

»Schweig jetzt, Czernik!« warnte Falkenmond mit dumpfer Stimme. »Halte deine Zunge im Zaum, denn du gehst zu weit.«

»Er wartet in den Marschen und wird eines Nachts Rache an Euch nehmen, wenn Ihr es wagen solltet, die Mauern von Aigues-Mortes zu verlassen. Und jener Geist ist noch viel mehr ein Held, mehr ein Mann als Ihr. Verräter! Ja, ein Verräter, das seid Ihr! Erst dientet Ihr Köln, dann dem Imperium, dann wurdet Ihr ihm abtrünnig, bis Ihr ihm wieder im Komplott gegen Graf Brass beistandet, um es gleich darauf erneut zu verraten. Eure Geschichte allein ist Beweis genug, daß ich die Wahrheit spreche. Ich bin nicht vom Wahnsinn besessen, und betrunken bin ich auch nicht. Ich bin nicht der einzige, der gesehen und gehört hat, was ich sah und hörte.«

»Dann wurdest du betrogen«, sagte Yisselda fest.

»Ihr seid es, die betrogen wurde, meine Lady!« knurrte Czernik.

Da kamen die Ordnungshüter herbei, und diesmal hielt Falkenmond sie nicht auf, als sie den alten Mann aus der Arena zerrten.

Der Rest der Festlichkeiten verlief in gedämpfter Stimmung. Falkenmonds Gäste waren durch den Vorfall in Verlegenheit gebracht worden und hielten es für besser, ihn schweigend zu ignorieren. Und die Menge zeigte kaum Interesse für die prächtigen Stiere und tapferen Toreadore, die sich so mutig und geschickt die bunten Bänder von den Hörnern der Bullen holten.

Danach folgte ein Bankett auf Burg Brass, zu dem außer den ausländischen Gästen alle bedeutenden Persönlichkeiten der Kamarg eingeladen waren. Bemerkenswert war, daß einige der letzteren nicht kamen. Falkenmond aß nur wenig, dafür trank er viel mehr als sonst. Er hatte verzweifelt versucht, die düstere Stimmung abzuschütteln, die ihn seit Czerniks Anklage erfüllte, aber es fiel ihm schwer, sich zu einem Lächeln zu zwingen, selbst als seine Kinder in die große Halle kamen, um ihn zu begrüßen und den Gästen vorgestellt zu werden. Jedes Wort kostete ihn Mühe, und auch zwischen seinen Gästen kamen kaum Gespräche auf. Viele der Botschafter suchten nach Entschuldigungen und zogen sich früh in ihre Gemächer zurück. So saßen bald nur noch Falkenmond und Yisselda in der großen Halle am Kopfende der Tafel und sahen zu, wie die Diener die Reste des Mahles abräumten.

»Was mag er nur gesehen haben?« fragte Yisselda schließlich, als auch der letzte Diener die Halle verlassen hatte. »Was kann er gehört haben, Dorian?«

Falkenmond zuckte die Schultern. »Er hat es uns ja deutlich genug gesagt – den Geist deines Vaters.«

»Ein Baragoon, der sich artikulierter als seine Artgenossen auszudrücken versteht?«

»Er hat deinen Vater beschrieben. Sein Pferd. Seine Rüstung. Sein Gesicht.«

»Aber Czernik war doch betrunken!«

»Er behauptete, auch andere hätten Graf Brass gesehen und die gleichen Anschuldigungen von seinen Lippen vernommen.«

»Dann kann es nur ein Komplott sein. Einer der Feinde – vielleicht ein Lord des Dunklen Imperiums, der überlebte und sich nun rächen will. Er hat sich als mein Vater maskiert.«

»Das wäre möglich«, murmelte Falkenmond. »Aber hätte nicht gerade Czernik eine solche Maskerade durchschaut? Er kannte Graf Brass viele Jahre und war ihm sehr nahe.«

»Ja, das stimmt«, mußte Yisselda zugeben.

Falkenmond erhob sich schwerfällig und schritt müde zum Kamin, über dem Graf Brass' Waffen und Rüstung hingen. Er blickte zu ihnen hoch und betastete sie. Dann schüttelte er den Kopf. »Ich muß mich selbst vergewissern, welcher Art dieser *Geist* ist. Weshalb sollte jemand versuchen, mich auf diese Weise schlechtzumachen? Wer könnte mein Feind sein?«

»Vielleicht Czernik selbst? Weil es ihm nicht gefällt, daß du nach Vaters Tod Herr der Burg bist?«

»Czernik ist alt – fast senil. Ein solch ausgeklügelter Betrug ist ihm nicht zuzutrauen. Das mag auch der Grund sein, weshalb er sich keine Gedanken darüber macht, daß Graf Brass in den Marschen gegen mich hetzt. Das ist nicht seine Art, und das müßte Czernik auch wissen. Graf Brass würde zur Burg kommen und mich offen zur Rede stellen oder zum Kampf fordern, wenn er wirklich etwas gegen mich hat.«

»Du redest ja, als glaubtest du Czernik tatsächlich!«

Falkenmond seufzte. »Ich muß mehr wissen. Ich muß mich in Ruhe mit Czernik unterhalten, genauere Einzelheiten erfahren . . .«

»Ich werde einen der Diener in die Stadt schicken, um ihn zu holen.«

»Nein, ich sehe selbst hinunter und suche ihn.«

»Bist du sicher . . .«

»Ich muß es tun.« Er küßte sie. »Ich werde diesem Alptraum ein Ende machen. Weshalb sollen wir uns von Phantomen quälen lassen, die wir nicht einmal selbst gesehen haben?«

Er warf sich einen dicken Umhang aus dunkelblauer Seide um und küßte Yisselda noch einmal, ehe er auf den Hof hinaustrat und sein gehörntes Roß zu satteln befahl. Wenige Minuten später ritt er aus der Burg und die Serpentinenstraße hinab zur Stadt. Wenige Lichter brannten in Aigues-Mortes, wenn man bedachte, daß heute ein Festtag war. Offenbar waren auch die Leute in der Stadt von der unerfreulichen Szene in der Arena betroffen, genau wie Falkenmond und seine Gäste. Ein Wind kam auf, als Falkenmond in die Stadt einritt, der rauhe Mistral der Kamarg, den die Menschen hier den Lebenswind nannten, weil er angeblich ihr Land während des Tragischen Jahrtausends gerettet hatte.

Wenn er Czernik überhaupt finden konnte, dann sicher am ehesten in einem der Weinhäuser im nördlichen Stadtviertel. Dorthin also ritt Falkenmond. Er überließ es dem Pferd, den Schritt zu wählen, denn tief innerlich schreckte er davor zurück, sich dieselben Lügen erneut anzuhören, diese Lügen, die ein schlimmes Bild auf alle warfen, selbst auf Graf Brass, den Czernik zu verehren behauptete.

Die alten Weinhäuser im Nordviertel waren hauptsächlich aus Holz und nur ihr Fundament aus dem weißen Stein der Kamarg. Das Holz hatte man in den verschiedensten Farben bemalt. Auf den Fassaden mancher der Weinhäuser waren sogar ganze Szenen abgebildet. Einige davon stellten Falkenmonds eigene Ruhmestaten dar, andere frühere Kämpfe Graf Brass', ehe er in die Kamarg kam, denn der alte Recke hatte in fast jeder Schlacht seiner Tage mitgefochten (und hatte manchmal sogar den Anlaß dazu gegeben). Viele der Weinhäuser hatten ihren Namen entsprechend gewählt und auch die vier Helden nicht vergessen, die dem Runenstab gedient hatten. Ein Weinhaus nannte sich *Magyarischer Feldzug*, ein anderes *Schlacht von Cannes*. Auf der anderen Straßenseite standen das *Fort von Balancia*, *Die neun Aufrechten* und *Das blutige Banner* – alle erinnerten an eine von vielen Heldentaten, die Graf Brass vollbracht hatte. Czernik müßte sich hier irgendwo aufhalten.

Falkenmond betrat das nächste Weinhaus, *Das Rote Amulett* (nach dem mystischen Juwel, das er dereinst um den Hals getragen hatte). Alte Soldaten drängten sich hier dicht an dicht. Viele davon kannte er. Sie waren alle ziemlich betrunken und hatten Becher mit Wein oder Krüge voll Bier vor sich stehen. Unter ihnen gab es kaum einen, der nicht von Kriegsnarben gezeichnet war. Ihr Gelächter war rauh, aber nicht lärmend, das war dafür ihr Gesang um so mehr. Falkenmond fühlte sich in solcher Gesellschaft wohl und grüßte alle freundlich. Als er einen einarmigen Sklaven entdeckte – ebenfalls einer von Graf Brass' Getrauen –, rief er erfreut:

»Josef Vedla! Guten Abend, Hauptmann. Wie geht es Euch?«

Vedla blinzelte und versuchte zu lächeln. »Auch Euch einen guten Abend, mein Lord. Ihr habt Euch schon seit Monaten nicht mehr in unserem Weinhaus sehen lassen.« Er senkte die Lider und widmete sich dem Inhalt seines Bechers.

»Leistet Ihr mir bei einer Kanne Gesellschaft?« lud Falkenmond ihn ein. »Ich habe gehört, der Wein soll in diesem Jahr besonders gut geraten sein. Vielleicht möchten sich auch noch einige andere unserer alten Freunde . . .«

»Nein, danke, mein Lord.« Vedla erhob sich. »Ich habe bereits etwas zu tief in den Becher geschaut.« Ein wenig schwerfällig zog er den Umhang mit seinem einen Arm enger um sich.

Nun fragte Falkenmond geradeheraus: »Josef Vedla, glaubt Ihr Czerniks Geschichte von seiner Begegnung mit Graf Brass in der Marsch?«

»Ich muß gehen.« Vedla schritt auf die niedrige Tür zu.

»Hauptmann Vedla! Bleibt stehen!«

Unwillig hielt Vedla an und drehte sich zögernd zu Falkenmond um.

»Glaubt Ihr, daß Graf Brass ihm erzählte, ich habe unsere gute Sache verraten? Daß ich ihn in eine Falle lockte?«

Vedla runzelte die Stirn. »Czernik allein würde ich nicht glauben. Er wird alt und erinnert sich nur noch an seine Jugend, als er mit Graf Brass focht. Vielleicht würde ich keinem alten Veteranen glauben, egal, was er mir erzählt – denn wir trauern immer noch um Graf Brass und wünschen uns, er lebte noch.«

»Genau wie ich.«

Vedla seufzte. »Ich glaube Euch, mein Lord. Aber ich fürchte, das tun jetzt nur noch wenige. Zumindest sind sich die meisten nicht sicher . . .«

»Wer hat denn diesen Geist sonst noch gesehen?«

»Verschiedene Kaufleute, die des Nachts von anderen Städten zurückkehrten und die Marschen überqueren mußten. Ein junger Stierkämpfer. Selbst ein Hüter, der auf einem der Osttürme Wache hielt, glaubt, in der Ferne eine Gestalt gesehen zu haben – eine Gestalt, die ohne alle Zweifel Graf Brass war.«

»Wißt Ihr, wo Czernik sich jetzt aufhält?«

»Vermutlich in der *Dnjepr-Überquerung* am Ende dieser Straße. Dort gibt er in letzter Zeit seine ganze Pension aus.«

Gemeinsam traten sie auf das Kopfsteinpflaster hinaus.

Falkenmond fragte ihn ernst: »Hauptmann Vedla, könnt Ihr glauben, daß ich Graf Brass verraten hätte?«

Vedla rieb seine narbige Nase. »Nein, und das können auch die wenigsten. Es fällt schwer, sich Euch als Verräter vorzustellen, Herzog von Köln. Aber die Geschichten sind alle gleich. Jeder, der diesem – diesem Geist begegnet ist, erzählt dieselbe.«

»Aber Graf Brass, ob nun lebend oder tot, würde sich doch nie an den Rand der Stadt verkriechen und nur jammern. Wenn er etwas gegen mich hätte, Rache an mir üben wollte, glaubt Ihr nicht, daß er dann zu mir kommen und mich fordern würde?«

»Ihr habt recht. Graf Brass war kein Mann des Zauderns. Doch«, Hauptmann Vedla lächelte schwach, »wir wissen auch, daß Geister sich auf Geisterart benehmen müssen.«

»Ihr glaubt also an Geister?«

»Ich glaube an nichts und alles. Das ist eine Lektion, die diese verrückte Welt mich gelehrt hat. Nehmt die Erlebnisse, die wir dem Runenstab verdanken – würde ein normaler Mensch glauben, daß sie tatsächlich wahr gewesen sein können?«

Falkenmond mußte Vedlas Lächeln erwidern. »Ich verstehe, was Ihr meint. Nun, dann eine gute Nacht, Hauptmann.«

»Gute Nacht, mein Lord.«

Josef Vedla stapfte in die entgegengesetzte Richtung, während Falkenmond sein Pferd die Straße hinunterführte, wo er das Schild *Dnjepr-Überquerung* entdeckte. Die Farbe blätterte davon ab, und das Weinhaus selbst hing durch, als wäre es seines mittleren Trägerbalkens beraubt. Es bot keinen sehr erfreulichen Anblick, und der Gestank, der herausdrang, war eine Mischung aus saurem Wein, Dung, ranzigem Fett und Erbrochenem. Es war zweifellos die letzte Zuflucht eines Trinkers, wo er für weniger Geld als anderswo noch einen vollen Becher bekommen konnte.

Die Spelunke war fast leer. Falkenmond mußte sich bücken, um durch die Tür zu kommen. Nur ein paar Fackeln und Kerzen erhellten die Gaststube. Alles bestätigte Falkenmonds ersten Eindruck: der dreckige Boden, die schmutzigen Tische und Bänke, das schäbige Leder der Weinbeutel, die überall herumlagen, die angeschlagenen Becher aus Holz und Glas, die schmuddelige Kleidung der Männer und Frauen, die betrunken herumsaßen oder auf den Bänken schnarchten. Die Gäste kamen nicht in die *Dnjepr-Überquerung*, um sich zu unterhalten, sondern nur, um sich so schnell und billig wie nur möglich vollaufen zu lassen. Ein kleiner, ungepflegter Mann mit einem Kranz öligen schwarzen Haares um die glänzende Glatze glitt aus der Düsternis herbei und lächelte zu Falkenmond hoch. »Bier, mein Lord? Guten Wein?«

»Ist Czernik hier?« fragte Falkenmond nur.

»Ja.« Der kleine Mann deutete mit einem Daumen auf eine Tür. »Er ist dort drin, um Platz für mehr zu schaffen. Er müßte gleich zurückkommen. Soll ich ihn rufen?«

»Nicht nötig.« Falkenmond blickte sich um und setzte sich auf eine Bank, die nicht ganz so von Schmutz zu kleben schien wie die anderen. »Ich warte auf ihn.«

»Einen Becher Wein, während Ihr wartet?«

»Ja, gut.«

Falkenmond ließ den Becher unberührt. Er ließ keinen Blick von der bestimmten Tür. Endlich kam der alte Veteran herausgetorkelt und begab sich zur Theke. »Noch eine Kanne«, murmelte er. Er fummelte in seiner Jacke nach seinem Beutel.

Falkenmond erhob sich. »Czernik?«

Der Alte wirbelte herum, daß er fast umgekippt wäre. Er tastete nach seinem Schwert, das er längst ins Pfandhaus gebracht hatte, um nicht Durst leiden zu müssen. »Seid Ihr gekommen, um mich umzubringen, weil ich die Wahrheit nicht verheimlichte? Wenn Graf Brass hier wäre ... Ihr wißt, wie diese Weinstube heißt?«

»*Dnjepr-Überquerung*.«

»Richtig. Seite an Seite erfochten wir uns die Dnjepr-Überquerung, Graf Brass und ich – gegen Prinz Ruchtofs Armeen, gegen seine Kosaken. Einen Damm errichteten wir mit ihren Leichen, daß der Fluß für immer sein Bett wechselte. Am Ende der Schlacht hatte keiner von Prinz Ruchtofs Armeen überlebt, und von unserer Seite waren Graf Brass und ich die einzigen.«

»Ich kenne die Geschichte.«

»Dann wißt Ihr, daß ich tapfer bin, daß ich keine Angst vor Euch habe! Mordet mich, wenn Ihr wollt. Aber Graf Brass selbst könnt Ihr nicht zum Schweigen bringen.«

»Ich bin nicht gekommen, um dir den Mund zu verbieten, Czernik, sondern um dir zuzuhören. Erzähl mir noch einmal, was du gesehen und gehört hast.«

Czernik blickte Falkenmond mißtrauisch an. »Ich habe Euch schon heute nachmittag alles gesagt.«

»Ich möchte es noch einmal hören. Ohne deine haßerfüllten Beschuldigungen. Wiederhole Graf Brass' Worte, wie du selbst sie gehört hast.«

Czernik zuckte die Schultern. »Er sagte, Ihr hättet vom ersten Moment an, als Ihr in die Kamarg kamt, ein Auge auf seine Länder und seine Tochter geworfen. Er sagte, Ihr hättet Euch schon mehrmals als Verräter erwiesen, bevor Ihr noch mit ihm zusammenkamt. Er sagte, Ihr habt in Köln gegen das Dunkle Imperium gekämpft, Euch danach den Tierlords angeschlossen, obgleich sie Euren eigenen Vater gemordet hatten. Dann habt Ihr Euch, als Ihr Euch stark genug glaubtet, gegen das Imperium gewandt, aber Ihr wurdet besiegt und in Ketten aus vergoldetem Eisen nach Londra geschleppt, wo Ihr, um Euer Leben zu retten, verspracht, das Imperium in einem Komplott gegen Graf Brass zu unterstützen. Kaum wart Ihr aus ihrer Sicht, kamt Ihr in die Kamarg und hieltet es für einfacher, das Imperium erneut zu verraten. Dann gebrauchtet Ihr Eure Freunde – Graf Brass, Oladahn, Bowgentle und d'Averc –, um das Imperium zu schlagen, und als sie Euch von keinem Nutzen mehr waren, sorgtet Ihr dafür, daß sie in der Schlacht von Londra fielen.«

»Eine überzeugende Geschichte«, sagte Falkenmond grimmig. »Sie hält sich genau an die Tatsachen und läßt die Einzelheiten aus, die meine Handlungen rechtfertigen. Sehr klug gemacht, wirklich.«

»Wollt Ihr behaupten, Graf Brass lügt?«

»Ich behaupte, wem immer auch du in den Marschen begegnet bist – einem Geist oder einem Sterblichen –, er ist gewiß nicht Graf Brass. Ich spreche die Wahrheit, Czernik, denn kein Verrat belastet mein Gewissen. Graf Brass kannte die Wahrheit. Weshalb sollte er nach seinem Tod lügen?«

»Ich kenne Graf Brass, und ich kenne Euch. Ich weiß, daß Graf Brass keine solche Lüge erzählen würde. Er war ein geschickter Diplomat, das ist allen bekannt. Aber seinen Freunden gegenüber kam keine Lüge über seine Lippen.«

»Dann war das, was du gesehen hast, auch nicht Graf Brass.«

»Doch! Was ich sah, war Graf Brass. Sein Geist! Graf Brass wie er gewesen war, als ich an seiner Seite ritt und sein Banner für ihn in der Schlacht gegen die Liga der acht in Italien hielt, zwei Jahre, ehe wir in die Kamarg kämen. Ich kenne Graf Brass . . .«

Falkenmond runzelte die Stirn. »Was war seine Botschaft?«

»Er wartet jede Nacht in den Marschen auf Euch, um Rache zu nehmen.«

Falkenmond atmete tief. Er schnallte seinen Schwertgürtel ein wenig fester. »Dann werde ich ihn heute nacht aufsuchen.«

Czernik sah erstaunt zu ihm auf. »Ihr habt keine Angst?«

»Weshalb sollte ich? Ich weiß, daß das, was immer du auch gesehen hast, nicht Graf Brass gewesen sein kann. Und weshalb sollte ich einen Betrüger fürchten?«

»Vielleicht entsinnt Ihr Euch nur nicht, ihn verraten zu haben?« meinte Czernik vage. »Könnte es sein, daß nur das Juwel in Eurer Stirn an allem schuld war? Möglicherweise zwang es Euch zu Taten, die Ihr vergessen habt, nachdem ihr von dem schrecklichen Ding befreit wart?«

Falkenmond lächelte Czernik düster an. »Ich danke dir für deine Worte, Czernik. Aber ich bezweifle, daß das Juwel mich in diesem Ausmaß beherrscht haben konnte. Es war ein wenig anderer Natur.« Er runzelte die Stirn. Einen Moment fragte er sich, ob Czernik nicht möglicherweise doch recht haben mochte. Es wäre entsetzlich, wenn es stimmte . . . Aber nein, es konnte nicht wahr sein! Yisselda würde die Wahrheit erkannt haben, und wenn er sie auch noch so sehr zu verbergen gesucht hätte. Yisselda wußte, daß er kein Verräter war.

Aber irgend etwas trieb sich in den Marschen herum und versuchte, die Kamarganer gegen ihn aufzuhetzen. Deshalb mußte er den Stier bei den Hörnern packen – den Geist aufdecken und Menschen wie Czernik ein für allemal beweisen, daß er niemanden verraten hatte.

Er wandte sich von Czernik ab, trat aus der Weinstube hinaus, schwang sich auf seinen Rapphengst und lenkte ihn zum Stadttor.

Durchs Tor hindurch ritt er, hinaus auf die mondhellen Marschen, während der Mistral in sein Gesicht peitschte, die Lagunen sich kräuselten und das Schilf sich in Erwartung seiner vollen Macht beugte, die dieser zum Sturm anwachsende Wind in wenigen Tagen zeigen würde.

Er ließ dem Pferd die Zügel, denn es kannte die Wege durch die Marschen besser als er. Und inzwischen spähte er durch die Düsternis und hielt Ausschau nach – einem Geist.

2. Die Begegnung in der Marsch

Die Marsch war voll Geräusche aller Art – ein Summen und Schwirren, Kreischen, Bellen und Heulen, als die Geschöpfe der Nacht sich auf Futtersuche machten. Hin und wieder tauchte ein größeres Tier aus der Dunkelheit auf und schoß an Falkenmond vorbei. Manchmal war ein Platschen in den Lagunen zu hören, wenn eine fischfangende Eule nach ihrem Opfer tauchte. Doch menschliche Gestalten – weder Geister noch Sterbliche – ließen sich nirgendwo blicken, während Falkenmond immer tiefer in die Dunkelheit ritt.

Dorian Falkenmond war verwirrt. Er war verbittert. Er hatte sich ein Leben ländlicher Ruhe erhofft. Die einzigen Probleme, mit denen er gerechnet hatte, waren die, die mit der Erziehung der Kinder zusammenhingen, alltägliche Probleme, wie jeder sie hatte.

Und nun diese verdammte Ungewißheit. Nicht einmal eine Kriegserklärung hätte ihn auch nur halb so sehr aus der Fassung bringen können. Ein Feldzug, selbst gegen das Dunkle Imperium, war etwas, das er diesen gemeinen Verdächtigungen vorgezogen hätte. Würde er die Messingornithopter Granbretaniens am Himmel sehen oder die Armeen in ihren Tiermasken, die grotesken Kutschen und alles andere Bizarre, das das Dunkle Imperium ausgemacht hatte, er hätte gewußt, was er tun müßte – oder wenn der Runenstab ihn erneut riefe.

Aber diese heimtückische Wühlarbeit! Wie konnte er gegen Gerüchte, gegen Geister ankommen, wenn sich alte Freunde gegen ihn stellten!

Immer noch trottete der gehörnte Hengst über die Marschwege. Immer noch waren keine Anzeichen, daß es außer ihm, Falkenmond, hier noch anderes menschliches Leben gab. Er wurde allmählich müde, denn er war heute schon früher aufgestanden als sonst, um sich für das Fest fertig zu machen. Er hegte bereits den Verdacht, daß nichts sich hier draußen befand, daß Czernik und die anderen sich das Ganze nur eingebildet hatten. Er lächelte über sich. Welch Narr er doch war, das Gerede eines Betrunkenen ernst zu nehmen.

Und gerade in diesem Augenblick sah er die Erscheinung! Sie saß auf einem ungehörnten Fuchshengst, dessen Roßpanzer rötlich schillerte. Die Rüstung der Gestalt leuchtete im Mondschein – sie war aus schwerem Messing. Ein glänzender Messinghelm, praktisch und ohne Zierat, ein glänzender Brustpanzer, ebenfalls aus Messing, genau wie die Beinschienen. Von Kopf bis Fuß steckte die Gestalt in Messing. Die Handschuhe und Stiefel waren aus Messingscheiben auf Leder genäht. Der Gürtel war eine Messingkette, die von einer schweren Messingschnalle zusammengehalten wurde, und vom Gürtel hing eine Scheide aus Messing. Nur in dieser Scheide steckte etwas, das nicht aus Messing, sondern gutem Stahl war, ein Breitschwert. Und da war das Gesicht – die goldbraunen Augen, die ernst und streng blickten, der dichte rötliche Schnurrbart, die rötlichen Brauen, der Bronzeton der Haut.

»Graf Brass!« keuchte Falkenmond. Dann schloß er die Lippen und musterte eingehend die Gestalt, denn er hatte Graf Brass ganz sicher tot auf dem Schlachtfeld gesehen.

Etwas war anders an diesem Mann, und Falkenmond brauchte nicht lange, um diesen Unterschied zu erkennen und zu wissen, daß Czernik die reine Wahrheit gesprochen hatte, als er behauptete, es sei der gleiche Graf Brass, an dessen Seite er die Dnjepr-

Überquerung erzwungen hatte. Denn dieser Graf Brass vor ihm war zumindest zwanzig Jahre jünger als der, den Falkenmond kennengelernt hatte, als er vor sieben oder acht Jahren zum erstenmal die Kamarg besuchte.

Die Augen funkelten, und der große Kopf, scheinbar ganz aus festem Messing, drehte sich ein wenig, um Falkenmond direkt anzusehen.

»Seid Ihr es?« dröhnte die tiefe Stimme Graf Brass'. »Meine Nemesis?«

»Nemesis?« Falkenmond lachte bitter. »Ich dachte, Ihr seid meine, Graf Brass!«

»Ich bin verwirrt.« Die Stimme war zweifellos die des Grafen, doch sie klang irgendwie nicht ganz wach. Auch seine Augen richteten sich nicht, mit der gleichen Festigkeit auf Falkenmond, wie dieser es gewohnt war.

»Was seid Ihr?« fragte Falkenmond. »Was führt Euch in die Kamarg?«

»Mein Tod. Ich bin tot, nicht wahr?«

»Der Graf Brass, den ich kannte, ist tot. Er fiel in der Schlacht von Londra vor fünf Jahren. Ich hörte, daß man mich seines Todes beschuldigte.«

»So seid Ihr der, den man Falkenmond von Köln nennt?«

»Ich bin Dorian Falkenmond, Herzog von Köln, das stimmt.«

»Dann muß ich Euch wohl töten«, erklärte dieser Graf Brass, aber seine Worte kamen nur widerwillig.

Obgleich sich alles in seinem Kopf zu drehen schien, sah Falkenmond doch, daß Graf Brass (oder wer auch immer dieses Wesen sein mochte), so unsicher war wie er selbst in diesem Augenblick. Gewiß war nur, während er, Falkenmond, Graf Brass erkannt hatte, sich der andere nicht bewußt gewesen war, wer ihm gegenüberstand.

»Weshalb müßt Ihr mich töten? Wer verlangt es von Euch?«

»Das Orakel. Obgleich ich jetzt tot bin, darf ich wieder leben. Aber wenn ich wieder lebe, muß ich sichergehen, daß ich nicht in der Schlacht von Londra falle. Deshalb bin ich gezwungen, den zu töten, der mich in diese Schlacht führen und an jene verraten wird, gegen die ich kämpfe. Und dieser eine ist Dorian Falkenmond von Köln, der es auf mein Land abgesehen hat – und auf meine Tochter.«

»Ich habe mehr als genug eigene Länder, und Eure Tochter wurde mir lange vor der Schlacht von Londra anvermählt. Jemand treibt ein böses Spiel mit Euch, Freund Geist.«

»Weshalb sollte das Orakel mich betrügen?«

»Habt Ihr noch nichts von falschen Orakeln gehört? Woher kommt Ihr?«

»Woher? Von der Erde natürlich.«

»Und wo, glaubt Ihr, befindet Ihr Euch jetzt?«

»Natürlich in der Unterwelt. Nur wenige können von hier entkommen. Aber ich kann es. Doch dazu muß ich Euch zuerst töten, Dorian Falkenmond.«

»Etwas will mich mit Eurer Hilfe vernichten, Graf Brass – wenn Ihr Graf Brass seid. Ich kann mir dieses Rätsel nicht erklären, aber ich habe das Gefühl, daß Ihr wirklich glaubt, Graf Brass zu sein, und auch, daß ich Euer Feind bin. Vielleicht ist alles eine Lüge – vielleicht nur ein Teil.«

Graf Brass runzelte die Stirn. »Ihr verwirrt mich. Ich verstehe es nicht. Darauf hat man mich nicht vorbereitet.«

Falkenmonds Mund war wie ausgedörrt. Sein Kopf schwirrte so sehr, daß er kaum denken konnte. So viele verschiedene Gefühle wirbelten durcheinander: Trauer um seinen toten Freund. Haß auf den, der das Gedenken an ihn entweihen wollte. Ein wenig Angst, daß es tatsächlich ein Geist war. Und tiefes Mitleid, wenn das vor ihm wirklich ein aus dem Grab geholter und zur Puppe erniedrigter Graf Brass war.

Nicht an den Runenstab dachte er bei diesem durchsichtigen Spiel, sondern an die makabre Wissenschaft des Dunklen Imperiums. Diese ganze Geschichte hatte die Prägung des perversen Genies Granbretaniens. Aber wie konnte sie in Szene gesetzt worden sein? Die beiden größten Zauberwissenschaftler des Dunklen Imperiums, Taragorm und Kalan, waren tot. Niemand war ihnen, solange sie lebten, an Genialität gleichgekommen, und niemand vermochte sie zu ersetzen, nachdem sie gestorben waren.

Weshalb sah Graf Brass soviel jünger aus, als er ihn gekannt hatte? Weshalb erkundigte er sich nicht nach Yisselda?

»Wer hätte Euch vorbereiten sollen?« fragte Falkenmond. Wenn es zu einem Kampf kam, würde Graf Brass ihn mit Leichtigkeit besiegen können. Graf Brass war der beste Kämpfer Europas gewesen. Selbst in seinen mittleren Jahren hatte es niemanden gegeben, der ihn im Zweikampf hätte schlagen können.

»Das Orakel. Und noch etwas verwirrt mich, mein zukünftiger Feind. Weshalb, wenn Ihr doch noch lebt, haust auch Ihr in der Unterwelt?«

»Das hier ist nicht die Unterwelt, wie Ihr glaubt. Hier ist das Land der Kamarg. Ihr erkennt es nicht, obgleich Ihr doch so viele Jahre lang sein Lordhüter wart – und es gegen das Dunkle Imperium zu verteidigen halft? Ich kann mir nicht denken, daß Ihr wahrhaftig Graf Brass seid.«

Die Gestalt hob nachdenklich die behandschuhten Finger an die Stirn. »Ihr glaubt also nicht, daß ich bin, wer ich bin? Aber wir sind uns nie begegnet ...«

»Nie begegnet! Wir haben in vielen Schlachten Seite an Seite gefochten. Wir haben einander das Leben gerettet. Ich glaube, ihr seid ein Mann, der Ähnlichkeit mit Graf Brass hat, und von einem Zauberer benutzt wird, der ihm einredete – und vermutlich mit Magie nachhalf –, daß er Graf Brass sei, und ihm dann den Auftrag erteilte, mich zu töten. Vielleicht ist das Dunkle Imperium nicht vollständig zerstört worden? Vielleicht gibt es einige von Königin Flanas Untertanen, die mich hassen. Sagt Euch das etwas?«

»Nein. Aber ich weiß, daß ich Graf Brass bin.«

»Woher wollt Ihr wissen, daß Ihr Graf Brass seid?«

»Weil ich es bin!« brüllte die Gestalt. »Tot oder lebend – *ich bin Graf Brass!*«

»Wie könnt Ihr Graf Brass sein, wenn Ihr mich nicht einmal erkennt? Wenn Ihr offenbar nichts weiter von Eurer Tochter wißt, als das, was Euch das ›Orakel‹ gesagt hat, daß ich es auf sie abgesehen habe! Wenn Ihr die Kamarg für die Unterwelt haltet! Wenn Ihr Euch an nichts erinnert, was wir gemeinsam im Dienst des Runenstabs taten! Wenn Ihr glaubt, daß ausgerechnet ich, der Euch liebte, dem Ihr sowohl das Leben als auch die Menschenwürde gerettet habt, Euch verraten würde!«

»Ich weiß nichts von allem, was Ihr da sagt. Aber ich weiß über alle Zweifel von meinen Reisen und Kämpfen im Dienst einer ganzen Reihe von Prinzen – in Magyarien, Arabien, Skandien, Slavien und den Landen der Griechen und Bulgaren. Und ich kenne meinen Traum, der all die sich befehdenden Herzogtümer und Königreiche und winzigen Provinzen Europas einigen soll. Ich weiß von meinen Erfolgen – ja, und auch Mißerfolgen. Ich erinnerte mich der Frauen, die ich liebte, der Freunde, für die ich Respekt empfand, und der Feinde, die ich bekämpfte. Und so weiß ich auch genau, daß Ihr mir weder Freund noch Feind seid – noch nicht! Aber daß Ihr mein verräterischer Feind sein werdet. Auf der Erde liege ich im Sterben. Hier suche ich nach dem, der mir schließlich alles rauben wird, was ich besitze, auch mein Leben.«

»Jetzt verratet mir erneut, wer Euch das alles weismachte?«

»Götter – übernatürliche Wesen – das Orakel selbst –, ich weiß es nicht.«

»Ihr glaubt an solche Dinge?«

»Früher nicht, doch jetzt muß ich wohl, denn ich bin ja persönlich der Beweis.«

»Das glaube ich nicht. Ich bin nicht tot. Ich hause auch nicht in der Unterwelt. Ich bin Fleisch und Blut, und wie es den Anschein hat, seid es auch Ihr, mein Freund. Ich haßte Euch, als ich heute abend ausritt, um Euch zu suchen. Nun sehe ich jedoch, daß Ihr nicht weniger getäuscht werden sollt als ich. Kehrt zu Euren Herren zurück. Sagt ihnen, es ist Falkenmond, der sich rächen wird – an ihnen!«

»Bei Narschas Strumpfband! Ich lasse mir keine Befehle erteilen!« donnerte der Mann in Messing. Seine behandschuhten Finger schlossen sich um den Griff des mächtigen Schwertes. Diese Bewegung war nur allzu typisch für Graf Brass. Auch der Gesichtsausdruck war der des alten Freundes. War dies vielleicht eine schreckliche Puppe, die mit Hilfe granbretanischer Wissenschaft dem Grafen nachgebildet worden war?

Falkenmond war inzwischen fast hysterisch vor Verwirrung und Sorge.

»Also gut«, rief er. »So laßt es uns angehen. Wenn Ihr wahrhaftig Graf Brass seid, werdet Ihr wenig Mühe haben, mich zu töten. Dann werdet Ihr zufrieden sein. Und ich ebenfalls, denn ich kann nicht weiterleben in dem Bewußtsein, daß die Menschen mir zutrauen, Euch verraten zu haben!«

Sichtlich nachdenklich erwiderte die Gestalt: »Ich bin Graf Brass, dessen seid versichert, Herzog von Köln. Aber was den Rest betrifft, so mag es wohl sein, daß wir beide die Opfer eines sehr ungewöhnlichen Komplotts sind. Ich war nicht nur Krieger, sondern auch Politiker. Ich habe einige gekannt, die sich ein Vergnügen daraus machten, Freund gegen Freund aufzuhetzen, um ihr eigenes Ziel zu fördern. O ja, es besteht durchaus die Möglichkeit, daß Ihr die Wahrheit sprecht ...«

»Schön«, murmelte Falkenmond erleichtert. »Dann begleitet mich zur Burg Brass, damit wir uns in Ruhe über alles unterhalten.«

Der Mann schüttelte den Kopf. »Das kann ich nicht. Ich habe die Lichter Eurer befestigten Stadt und der Burg darüber gesehen. Ich wollte sie auch besuchen, aber etwas hindert mich daran, eine – eine Barriere. Aber ich könnte nicht erklären, welcher Art sie ist. Deshalb war ich gezwungen, hier in dieser verdammten Marsch auf Euch zu warten. Ich hatte gehofft, diese unangenehme Sache möglichst schnell hinter mich zu bringen, aber jetzt ...« Die Gestalt runzelte erneut die Stirn. »Sosehr ich auch ein Mann der Tat bin, Herzog von Köln, war ich immer stolz auf meinen Gerechtigkeitssinn. Ich würde Euch nicht töten, um einen anderen an sein Ziel zu bringen – zumindest nicht, solange ich nicht weiß, worum es dabei geht. Ich muß mir alles, was Ihr gesagt habt, in Ruhe durch den Kopf gehen lassen. Dann, wenn ich zu der Überzeugung komme, daß Ihr mich belogen habt, nur um Eure Haut zu retten, werde ich Euch töten.«

»Oder«, fiel Falkenmond ein, »wenn Ihr nicht Graf Brass seid, ich Euch.«

Der Mann lächelte auf vertraute Weise – mit Graf Brass' Lächeln. »Ja, wenn ich nicht Graf Brass wäre.«

»Ich werde morgen mittag zurückkommen«, versprach Falkenmond. »Wo wollen wir uns treffen?«

»Mittag? Hier gibt es keinen Mittag. Wie wäre es möglich, ohne Sonne?«

»Sie wird in ein paar Stunden aufgehen«, versicherte ihm Falkenmond.

Der Mann in der Messingrüstung fuhr sich wieder mit den behandschuhten Fingern über die gerunzelte Stirn. »Nicht für mich«, erklärte er. »Nicht für mich.«

Das verwirrte Falkenmond aufs neue. »Aber Ihr seid doch schon seit Tagen hier, wie ich hörte.«

»Eine Nacht – eine lange, endlose Nacht!«

»Läßt Euch nicht auch diese Täuschung an ein böses Spiel denken, das man mit Euch treibt?« fragte Falkenmond.

»Ich muß über alles nachdenken.« Er seufzte tief. »Kommt, wann Ihr es für richtig haltet. Seht Ihr die Ruine – dort auf dem Hügel?« Er deutete dorthin.

Im Mondschein sah Falkenmond wie tiefe Schatten die Ruine eines alten Bauwerks, das vor unendlich langer Zeit einmal eine gotische Kirche gewesen sein sollte, wie Bowgentle ihm früher einmal erzählt hatte. Diese Ruine war Graf Brass' liebstes Ausflugsziel gewesen. Er war oft dorthin geritten, wenn er das Bedürfnis verspürt hatte, allein zu sein.

»Ja, ich sehe und kenne sie«, erwiderte Falkenmond.

»Dort werden wir uns treffen. Ich warte, solange meine Geduld es zuläßt.«

»Gut.«

»Und kommt bewaffnet, denn wir werden wahrscheinlich gegeneinander kämpfen müssen.«

»Ich konnte Euch also nicht überzeugen?«

»Ihr habt nicht sehr viel gesagt, Falkenmond. Nur vage Vermutungen. Hinweise auf Personen, die ich nicht kenne. Ihr glaubt, das Dunkle Imperium hält uns für so wichtig, daß es sich mit uns beschäftigen würde? Es hat wichtigere Dinge zu tun, sage ich.«

»Das Dunkle Imperium ist nicht mehr. Ihr habt mitgeholfen, es zu vernichten.«

Ein vertrautes Grinsen zog über die Züge des Mannes. »Da täuscht *Ihr* Euch, Herzog von Köln.« Er drehte das Streitroß und ritt in die Nacht.

»Wartet!« rief Falkenmond. »Was meint Ihr damit?«

Aber der Reiter hatte sein Pferd zum Galopp angetrieben.

Wild gab Falkenmond seinem Tier die Fersen und verfolgte ihn. »Was wollt Ihr damit sagen?« brüllte er.

Falkenmonds Pferd weigerte sich, in diesem Tempo durch die Dunkelheit zu brausen. Es schnaubte und bäumte sich auf. Doch Falkenmond stieß noch heftiger die Fersen in seine Weichen. »Wartet, so wartet doch!« schrie er.

Noch konnte er den Reiter vor sich sehen, doch seine Umrisse wirkten allmählich immer verschwommener. War er wahrhaftig ein Geist?

»Wartet.«

Falkenmonds Pferd glitt in dem Schlamm aus. Es wieherte ängstlich, als wolle er seinen Reiter vor ihrer gemeinsamen Gefahr warnen. Wieder stieß Falkenmond dem Tier die Fersen in die Weichen. Erneut bäumte es sich auf. Seine Hinterbeine rutschten noch weiter.

Falkenmond versuchte, die Herrschaft über das Pferd zurückzugewinnen, aber es stürzte und riß ihn mit sich.

Durch den Schlamm glitten sie ins Schilf am Rand des Pfades und schlugen heftig auf dem Sumpf auf, der gierig gluckernd nach ihnen griff. Falkenmond versuchte, sich an den Weg zurückzuziehen, aber seine Füße steckten noch in den Steigbügeln, und außerdem lag das Pferd mit seinem ganzen Gewicht auf seinem rechten Bein.

Jetzt griff er nach dem Schilfrohr. Es gelang ihm tatsächlich, ein paar Zentimeter hochzukommen, doch dann hielt er das Rohr mitsamt den Wurzeln in der Hand.

Er bemühte sich zur Ruhe, als ihm klar wurde, daß er mit jeder heftigen Bewegung tiefer in dem Sumpf versank.

Wenn er tatsächlich Feinde hatte, die seinen Tod wollten, hatte er ihnen in seiner Torheit diesen Wunsch auch noch selbst erfüllt!

3. Ein Brief von Königin Flana

Er konnte sein Pferd nicht sehen, aber er hörte es.

Das arme Tier schnaubte, als der Schlamm in seine Nüstern drang. Sein Strampeln wurde immer schwächer.

Falkenmond war es geglückt, seine Füße aus den Steigbügeln zu bekommen, und auch sein rechtes Bein war nun frei, doch nur noch seine Arme, sein Kopf und seine Schultern ragten aus dem Sumpf heraus. Millimeter um Millimeter glitt er in seinen Tod.

Er hatte versucht, auf den Rücken des Pferdes zu klettern und von dort aus auf den Pfad zu springen, aber es war ihm lediglich. gelungen, das bedauernswerte Tier noch tiefer in den Sumpf zu drücken. Der Atem des Pferdes kam nur noch schmerzhaft röchelnd. Falkenmond war sich klar, daß seiner bald nicht besser klingen würde.

Er war wütend auf sich – und hilflos. Durch seine eigene Dummheit hatte er sich hier hineingeritten. Statt weiterzukommen, hatte er nur ein neues Problem geschaffen. Und wenn er starb, das war ihm ebenfalls klar, würden viele sagen, daß er von Graf Brass' Geist getötet worden war. Das wiederum würde dazu führen, daß viele der Anschuldigung Czerniks Glauben schenkten. Ja, auch Yisselda würde man dann verdächtigen, ihm geholfen zu haben, ihren eigenen Vater zu verraten. Ihr würde nichts anderes übrigbleiben, als bei Königin Flana Zuflucht zu suchen oder sich nach Köln zurückzuziehen. Das bedeutete, daß sein Sohn Manfred sein Geburtsrecht, Lordhüter der Kamarg zu werden, verlöre – und seine Tochter Yarmila sich schämen würde, seinen Namen auch nur auszusprechen.

»Ich bin ein Narr!« fluchte er. »Und ein Mörder dazu, denn ich habe ein gutes Pferd in den Tod getrieben. Vielleicht hatte Czernik recht – möglicherweise veranlaßte das Schwarze Juwel mich zu schändlichen Taten, an die ich mich nicht erinnern kann. Vielleicht habe ich den Tod verdient.«

Und dann glaubte er, Graf Brass vorbeireiten und ihn mit höhnischem Gelächter verspotten zu hören. Aber vermutlich war es nur eine Marschgans, deren Schlag ein Fuchs gestört hatte.

Nun wurde sein linker Arm in die Tiefe gesaugt. Vorsichtig zog er ihn hoch. Selbst das Schilf war jetzt außerhalb seiner Reichweite.

Sein Pferd stieß einen letzten röchelnden Seufzer aus, ehe sein Schädel unter den Sumpf tauchte. Er spürte noch, wie sein Körper zuckte, als es einen letzten Atemzug zu holen versuchte. Dann war es still und nichts mehr von ihm zu sehen.

Immer mehr gespenstische Stimmen verhöhnten ihn. War das nicht Yisselda? Nein, der Schrei einer Möwe. Und die tieferen Stimmen seiner Soldaten? Nichts weiter als das Bellen und Brummen der Füchse und Marschbären.

Diese Täuschungen waren im Augenblick das schlimmste – denn es war sein eigenes Gehirn, das ihm diesen Trick spielte.

Welche Ironie! So lange und hart hatte er gegen das Dunkle Imperium gekämpft. So viele schreckliche Abenteuer hatte er überstanden – auf zwei Kontinenten. Und jetzt sollte er hier unbemerkt, allein, im Sumpf zugrunde gehen. Niemand würde je erfahren, wo oder wie er gestorben war. Kein Stein würde sein Grab schmücken, keine Statue würde man für ihn errichten, wie er es für seine vier Freunde getan hatte, und sie vor der Burg aufstellen. Aber wenigstens ist es ein stiller Tod, dachte er resigniert.

»Dorian!«

Diesmal war es offenbar ein Vogel, der seinen Namen rief. Er brüllte verärgert zurück: »Dorian!«

»Mein Lord von Köln«, brummte ein Marschbär.

»Mein Lord von Köln«, erwiderte Falkenmond im gleichen Tonfall. Jetzt war es völlig unmöglich, seinen linken Arm noch freizubekommen. Er spürte, wie sein Kinn im Sumpf versank. Der Druck des Moores machte ihm das Atmen schwer. Ein Schwindelgefühl erfaßte ihn. Er hoffte, er würde die Besinnung verlieren, ehe der Schlamm ihm Mund und Nase füllte.

Vielleicht würde er nach seinem Tod in einer Unterwelt aufwachen und dort Graf Brass wiedersehen – und Oladahn aus den Bulgarbergen – und Huillam d'Averc – und Bowgentle, den Philosophen und Poeten.

»Ah«, murmelte er, »wenn ich dessen nur sicher sein könnte, dann würde ich diesen Tod leichter ertragen. Doch das Problem meiner Ehre ist dadurch nicht gelöst – genausowenig wie Yisseldas. O Yisselda!« Ihren Namen stieß er laut hervor.

»Dorian!« Der Vogelruf hatte eine unheimliche Ähnlichkeit mit der Stimme seiner geliebten Frau. Er hatte gehört, daß Sterbende sich alles mögliche einbildeten. Vielleicht machte das für manche die letzten Sekunden erträglicher – doch für ihn wurden sie dadurch nur um so schlimmer.

»Dorian! Ich habe dich rufen gehört, Dorian? Wo bist du, Dorian? Was ist geschehen?«

Falkenmond rief dem Vogel zu: »Ich stecke im Sumpf, mein Liebstes, und ich sterbe. Sag ihnen allen, daß Falkenmond kein Verräter war – und kein Feigling. Aber ein Narr war er, sag ihnen das!«

Das Rohr am Rand des Pfades begann zu rascheln. Falkenmond blickte hoch und erwartete, einen Fuchs auftauchen zu sehen. Es würde schrecklich sein, noch im Versinken von einem Tier angefallen zu werden. Er schauderte.

Doch das Gesicht eines Menschen spähte durch das Schilf. Ein Gesicht, das er erkannte!

»Hauptmann?«

»Mein Lord!« rief Hauptmann Josef Vedla erschrocken. Dann drehte er sich um und sprach zu jemandem hinter sich. »Ihr hattet recht, meine Lady. Er ist hier. Und schon fast völlig im Sumpf versunken.« Eine Fackel leuchtete auf. Vedla streckte sie aus dem Rohr, um Falkenmond besser sehen zu können. Dann schrie er: »Schnell, Männer – das Seil!«

»Ich bin sehr froh, Euch zu sehen, Hauptmann Vedla. Ist meine Lady Yisselda bei Euch?«

»Ja, Dorian.« Ihre Stimme klang angespannt. »Ich fand Hauptmann Vedla. Er führte mich in das Weinhaus zu Czernik. Der Alte berichtete, daß du zu den Marschen reiten wolltest. So riefen wir so viele Männer zusammen, wie in der Eile möglich war, um uns bei der Suche nach dir zu helfen.«

»Ich bin euch allen sehr dankbar«, murmelte Falkenmond. »Eure Suche wäre nicht notwendig gewesen, wenn ich mich nicht so einfältig benommen hätte – uhh!« Das Sumpfwasser drang in seinen Mund.

Ein Seil flog ihm entgegen. Mit seiner glücklicherweise noch freien Rechten gelang es ihm gerade, es zu erfassen und die Hand in die Schlinge zu schieben.

»Zieht!« rief er. Er ächzte, als die Schlinge um sein Handgelenk sich zusammenzog, und ihm war, als risse man ihm den Arm aus.

Unsagbar langsam kam er aus dem Sumpf hoch, der sein Opfer nur widerwillig freigab. Doch endlich saß er keuchend am Rand des Pfades, und Yisselda umarmte ihn, ungeachtet des stinkenden Schlammes, der an ihm klebte. »Wir dachten, du seist tot!« schluchzte sie.

»Das glaubte ich ebenfalls«, murmelte er. »Doch statt dessen habe ich den Tod eines meiner besten Pferde verschuldet. Ich hätte den eigenen wahrhaftig verdient.«

Hauptmann Vedla blickte sich unruhig um. Im Gegensatz zu den in der Kamarg aufgewachsenen Hütern war er kein Freund der Marschen, nicht einmal im hellen Tageslicht.

»Ich sah den Burschen, der sich Graf Brass nennt«, wandte sich Falkenmond an ihn.

»Und Ihr habt ihn getötet, mein Lord?«

Falkenmond schüttelte den Kopf. »Ich glaube, er ist ein Schauspieler, der Graf Brass sehr ähnlich sieht. Aber er ist nicht Graf Brass – weder lebend nocht tot –, dessen bin ich mir fast sicher. Erstens ist er zu jung. Und er wurde nicht ausreichend in seine Rolle eingewiesen. Er kennt nicht einmal den Namen seiner Tochter. Er weiß nichts über die Kamarg. Aber fast genauso sicher bin ich mir, daß nichts Böses in ihm selbst ist. Er mag besessen sein, doch eher denke ich, man hat ihn hypnotisiert, zu glauben, er sei Graf Brass. Vermutlich stecken ein paar der nichtbekehrten Schurken des Dunklen Imperiums dahinter, die meinen Ruf morden und sich so an mir rächen wollen.«

Vedla wirkte ungemein erleichtert. »Jetzt kann ich diesen Klatschbasen wenigstens das Maul stopfen«, brummte er. »Aber dieser Bursche muß eine erstaunliche Ähnlichkeit mit dem alten Grafen haben, wenn er Czernik so täuschen konnte.«

»Ja – er hat sogar dieselben Manieren – Gesten, Ausdruck. Aber sein Benehmen scheint mir irgendwie unwirklich zu sein – er ist wie ein Träumer. Deshalb schließe ich auch, daß er nicht von sich aus Böses beabsichtigt, sondern von anderen benutzt wird.« Falkenmond erhob sich.

»Wo ist dieser falsche Graf Brass jetzt?« fragte Yisselda.

»Er verschwand in der Marsch. Ich folgte ihm, als mir das passierte.« Falkenmond lachte schwach. »Ich war schon so durcheinander, weißt du, daß ich einen Augenblick tatsächlich glaubte, er sei verschwunden – wie ein Geist.«

Yisselda lächelte. »Du kannst mein Pferd nehmen. Ich werde mich zu dir setzen, und wir werden so reiten, wie wir es schon oft getan haben.«

Erleichtert kehrte die kleine Gruppe in die Burg zurück. Am nächsten Morgen machte die Geschichte von Dorian Falkenmonds Begegnung mit dem ›Schauspieler‹ die Runde durch die ganze Stadt und kam auch zu Ohren der ausländischen Gäste in der Burg. Sie wurde zum Witz. Jeder war so froh, darüber lachen, sie erwähnen zu können, ohne Falkenmond dadurch zu beleidigen. Jetzt wurde das Fest erst wirklich zu dem, was es früher immer gewesen war, und je wilder der Wind blies, desto wilder wurde auch die Fröhlichkeit. Da er nun nichts mehr für seine Ehre zu befürchten hatte, beschloß Falkenmond, den falschen Grafen einen oder zwei Tage warten zu lassen, und sich erst einmal so richtig mit den anderen zu vergnügen – denn das hatte er sich verdient!

Doch dann, eines Morgens beim Frühstück, während Falkenmond und seine Gäste Pläne für den Tag machten, kam der junge Lonson von Shkarlan mit einem Brief in der Hand an den Tisch. Viele Siegel trug der Umschlag, und so wirkte er ungemein wichtig. »Er wurde soeben abgegeben, mein Lord«, erklärte der junge Prinz. »Ein Ornithopter brachte ihn von Londra. Er ist von Königin Flana persönlich.«

»Neuigkeiten von Londra! Wie schön!« Falkenmond nahm den Brief und brach die Siegel. »Setzt Euch, Prinz Lonson, und stärkt Euch, während ich lese.«

Prinz Lonson lächelte. Er setzte sich auf Yisseldas Aufforderung neben die Burgherrin und nahm sich von der großen Platte neben ihm ein dickes Steak auf seinen Teller.

Falkenmond las Königin Flanas Brief. Sie berichtete im allgemeinen von den Fortschritten ihrer Landwirtschaftspolitik. Auf diesem Gebiet verlief alles sehr erfreulich. Granbretanien hatte es bereits zu einem Getreideüberschuß gebracht, den es in Normandien und Hannoveranien gegen andere Erzeugnisse austauschen konnte. Aber erst gegen Ende des Briefes wurde Falkenmond hellwach.

». . . So komme ich jetzt zu dem einzigen Unerfreulichen dieses Briefes, mein teurer Falkenmond. Es hat den Anschein, daß meine Anstrengungen, das Land von allen Erinnerungen an unsere dunkle Vergangenheit zu befreien, nicht hundertprozentig erfolgreich waren. Mir wurde berichtet, es gäbe wieder Maskenträger. Wie ich hörte, wurde ein Versuch unternommen, einige der alten Tierorden neu aufleben zu lassen – vor allem den Orden des Wolfes, dessen Grandkonnetabel, wie Ihr Euch sicher entsinnt, Baron Meliadus war. Einigen meiner Agenten gelang es, sich als Mitglieder verkleidet Zutritt zu den Versammlungen zu verschaffen. Ein Eid wird geleistet, das wird Euch gewiß amüsieren (hoffe ich, und nicht im Gegenteil beunruhigen) – daß jeder seine ganze Kraft daransetzt, das Dunkle Imperium in all seiner Glorie wieder zu errichten, mich vom Thron zu stürzen und alle meine treuen Anhänger zu töten. Auch Euch und Eurer Familie müssen sie Rache schwören. Alle, die

die Schlacht von Londra überlebt haben, müssen ausgelöscht werden – das ist ihr Motto. In Eurer herrlichen Kamarg seid Ihr wohl kaum in irgendeiner Gefahr durch die paar granbretanischen Dissidenten, deshalb rate ich, laßt Euch durch den Gedanken an sie nicht den Schlaf stören. Ich weiß mit Sicherheit, daß diese Geheimbünde nicht sehr beliebt sind und auch nur in jenen Teilen Londras Zulauf finden, die bisher noch nicht umgebaut wurden. Der Großteil des Volkes – sowohl Aristokraten als auch Bürgerliche – sind glücklich mit ihrem neuen ländlichen Leben und der Parlamentsregierung, wie wir sie bereits früher hatten, ehe Granbretanien dem Wahnsinn des Dunklen Imperiums verfiel. Ich hoffe, wir haben diesen Irrsinn besiegt und können bald auch die letzten Widerstandsnester brechen. Ach ja, da ist noch ein, seltsames Gerücht, das meine Agenten jedoch nicht bestätigen konnten: Einige der schlimmsten Lords des Dunklen Imperiums sollen noch leben und irgendwo darauf warten, daß sie ihren ›rechtmäßigen Platz als Herrscher Granbretaniens‹ einnehmen können. Das kann ich nicht glauben, mir scheint es eine typische Propagandalüge zu sein, wie nur jene sie in die Welt setzen, die sich ausgestoßen fühlen. Unseren Sagen nach müssen Tausende von Helden, in ganz Granbretanien verstreut, in allen möglichen Höhlen schlummern und nur darauf warten, irgendeiner guten Sache zu Hilfe zu eilen, wenn die Zeit dafür gekommen ist (ich frage mich nur, weshalb sie offenbar nie gekommen ist oder kommt). Um jedoch sicherzugehen, versuchen meine Agenten, diesem Gerücht auf den Grund zu gehen. Leider muß ich gestehen, daß mehrere bereits ihr Leben einbüßten, als die Geheimbünde ihre wahre Identität feststellten. Es wird vermutlich noch einige Monate dauern, doch dann dürften wir mit allen Maskenträgern aufgeräumt haben, um so eher, da all die düsteren Bauten, die sie bevorzugen, nun ziemlich schnell niedergerissen werden.«

»Hat Flana unangenehme Neuigkeiten?« erkundigte sich Yisselda, als Falkenmond den Brief faltete.

Er schüttelte den Kopf. »Nicht wirklich. Es paßt nur zu etwas, das ich selbst erst kürzlich gehört habe. Sie schreibt, daß einige in Londra wieder Masken tragen.«

»Nun, das war doch wohl zu erwarten, nicht wahr? Ist es weitverbreitet?«

»Offenbar nicht.«

Prinz Lonson lachte. »Erstaunlich wenig, meine Lady, das kann ich Euch versichern. Die meisten der Bürger waren nur zu froh, sich der unbequemen Masken entledigen zu dürfen. Das gilt auch für die Aristokratie – mit Ausnahme einiger weniger, die den Tierorden angehörten und überlebten. Das sind glücklicherweise nicht sehr viele.«

»Flana erwähnte, ein Gerücht verbreite sich, daß einige der maßgeblichen Lords noch am Leben seien«, sagte Falkenmond ruhig.

»Unmöglich. Ihr habt doch Baron Meliadus selbst erschlagen, Herzog von Köln – ein Hieb durch die Schulter geradewegs bis zum Herzen!«

Zwei oder drei der Gäste schien Prinz Lonsons Bemerkung sichtlich zu schockieren. Er entschuldigte sich verlegen. »Graf Brass«, fuhr er fort, »tötete Adaz Prompt und noch ein paar. Shenegar Trott habt ebenfalls Ihr in den Tod geschickt, noch vor der Schlacht von Londra, damals in Dnark, vor dem Runenstab. Und die anderen – Mikosevaar, Nankenseen und der Rest – sie sind alle tot. Taragorm starb in der Explosion der Wunderwaffe, und Kalan beging Selbstmord. Wer könnte denn da noch übrig sein?«

Falkenmond zog die Brauen zusammen. »Ich könnte mir nur vorstellen, daß vielleicht Taragorm und Kalan am Leben blieben. Sie sind die einzigen beiden, deren Tod niemand sah.«

»Aber die Explosion von Kalans Kampfmaschine konnte niemand überlebt haben – und Taragorm hatte sie doch höchstpersönlich bedient!«

»Ihr habt recht.« Falkenmond lächelte. »Es ist dumm, die Zeit an solche Überlegungen zu vergeuden. Es gibt Besseres zu tun.«

Und wieder wandte er seine Aufmerksamkeit den Festlichkeiten des Tages zu.

Doch am Abend, das hatte er sich vorgenommen, würde er zu der Ruine reiten und jenen stellen, der sich Graf Brass nannte.

4. Ein Trupp von Toten

Und so ritt Dorian Falkenmond, Herzog von Köln, Lordhüter der Kamarg, bei Sonnenuntergang über die gewundenen Wege tief hinein in die Marschen. Er sah zu den über den Sümpfen kreisenden, scharlachroten Flamingos auf, blickte bewundernd auf die Herden weißer Stiere und gehörnter Pferde in der Ferne, die wie eilige Rauchschwaden durch das Grün und Braun des Schilfes huschten. Wie immer schien die untergehende Sonne die friedlichen Lagunen in blutgefüllte Teiche zu verwandeln. Schließlich, während der Mistral ihm die würzige Luft in die Nase blies, kam Falkenmond zu dem niedrigen Hügel, auf dem die uralte Ruine stand – eine Ruine, die völlig von Efeu umrankt war. Und dort stieg er mit den letzten Strahlen der Sonne vom Pferd und wartete auf den Geist.

Der Wind zupfte an seinem Umhang. Er peitschte gegen sein Gesicht, daß die Lippen vor Kälte blau anliefen. Er kräuselte das Fell seines Pferdes wie Wasser in einem Weiher. Er pfiff heulend über das weite, flache Marschland. Und als die Geschöpfe des Tages sich zur Ruhe begaben und noch ehe die der Nacht sich auf die Jagd machten, senkte sich eine schreckliche Stille über die Kamarg herab.

Selbst der Wind erstarb. Nicht länger raschelte das Rohr. Nichts regte sich mehr.

Und Falkenmond wartete.

Viel später erst hörte er gedämpften Hufschlag auf dem feuchten Marschboden. Er griff an seine linke Hüfte und lockerte das Breitschwert in seiner Hülle. Auch er trug jetzt eine Rüstung – einen stählernen Panzer, der für ihn nach Maß gemacht war und sich seinem Körper genau anpaßte. Er wischte sich die Haare aus der Stirn und drehte seinen Helm ein wenig, der so einfach und ohne Zierat wie der von Graf Brass war. Nun warf er seinen Umhang über die Schultern zurück, damit er ihn nicht in seiner Bewegungsfreiheit behindern würde.

Doch die Hufe, die er in der Ferne vernommen hatte, stammten von mehr als einem Pferd. Falkenmond lauschte angespannt. Es war heller Vollmond, doch die Reiter näherten sich von der anderen Seite der Ruine, so daß er sie nicht sehen konnte. Er zählte – dem Hufschlag nach waren es mindestens vier Rosse. Da brachte dieser falsche Graf demnach Verstärkung. Es war also eine Falle! Falkenmond suchte Deckung, doch die konnte er nur in der Ruine selbst finden. Vorsichtig kletterte er über die alten brüchigen Steine, bis er sicher sein konnte, der Sicht aller verborgen zu sein, die, gleich von welcher Seite, den Hügel hochkamen. Nur sein Pferd verriet seine Anwesenheit.

Die Reiter waren nun schon ganz nahe. Er konnte ihre Silhouetten deutlich sehen. In stolzer Haltung ritten sie. Wer sie wohl sein mochten?

Der Mond fiel auf glänzendes Messing. So wußte Falkenmond zumindest, daß einer von ihnen der falsche Graf war. Aber die drei anderen trugen unauffällige Kleidung. Sie hatten jetzt den Kamm erreicht und sahen sein Pferd.

Er hörte laut und klar Graf Brass' Stimme:

»Herzog von Köln?«

Falkenmond antwortete nicht.

Eine andere Stimme erklang, eine träge, matte Stimme. »Vielleicht zog er sich aus einem bestimmten Grund in die Ruine zurück?«

Falkenmond erkannte auch diese Stimme – und es war ein großer Schock für ihn, denn sie gehörte Huillam d'Averc, der auf so ironische Weise in Londra gestorben war.

Jetzt sah er eine Gestalt näher kommen, mit einem Taschentuch gegen die Lippen gepreßt. Ja, auch das Gesicht war ihm vertraut, es gehörte tatsächlich d'Averc. Und da wußte Falkenmond voll Schrecken im Herzen auch, wer die beiden anderen Reiter waren.

»Wir warten auf ihn. Er sagte doch, daß er hierherkommen würde, Graf Brass?« Zweifellos war es Bowgentle, der fragte.

»Ja, das sagte er.«

»Dann hoffe ich, er läßt sich nicht zuviel Zeit. Der Wind beißt selbst durch *meinen* dicken Pelz.« Das konnte nur Oladahn sein!

Für Falkenmond war das der schlimmste Alptraum, den er sich nur vorstellen konnte, ob er nun schlief oder wach war. Denn gab es etwas Furchtbareres, als Geister zu sehen und zu hören, die sich genauso benahmen und genauso aussahen wie seine besten

Freunde, die er vor fünf Jahren verloren hatte? Falkenmond hätte sein Leben gegeben, wenn es sie zurückbringen könnte, aber er wußte, daß das unmöglich war. Keine Medizin, kein Mittel konnte einen wiederauferstehen lassen, der wie Oladahn von den Bulgarbergen in Stücke gehackt worden war und dessen einzelne Teile in alle Winde verstreut wurden. Aber an dieser Erscheinung war nicht die geringste Wunde zu sehen, genausowenig wie an den anderen.

»Ich werde mir sicher eine Erkältung zuziehen – und vielleicht ein zweites Mal sterben.« Typisch d'Averc, der immer um seine angeblich angegriffene Gesundheit besorgt gewesen war, obgleich er tatsächlich von robuster Natur war.

Konnten diese vier wahrhaftig Geister sein?

»Ich frage mich, was uns zusammengeführt hat«, murmelte Bowgentle jetzt, doch laut genug, daß Falkenmond es verstehen konnte. »Und in einer so düsteren, sonnenlosen Welt noch dazu. Begegneten wir uns nicht bereits einmal, Graf Brass – in Rouen? Am Hof Hanals des Weißen, wenn ich mich nicht irre.«

»Ich glaube, Ihr habt recht.«

»Nach dem, was wir gehört haben, ist dieser Herzog von Köln im Blutvergießen noch schlimmer als Hanal. Das einzige, was wir vier gemeinsam haben, ist offenbar, daß wir durch seine Hand sterben werden, wenn wir ihn jetzt nicht töten. Und doch finde ich es schwer zu glauben . . .«

»Falkenmond vermutete, daß wir Opfer eines Komplotts sind, wie ich bereits erwähnte«, warf Graf Brass ein. »Es könnte stimmen.«

»Opfer sind wir ganz sicher!« D'Averc hob das seidene Spitzentuch an die Nase. »Aber ich stimme mit Euch überein, daß es angebracht ist, uns erst mit unserem Mörder zu unterhalten, ehe wir ihn töten. Was wäre, wenn wir ihm das Leben nehmen, und es geschähe doch nichts – wir müßten in diesem grauenvollen düsteren Ort für alle Ewigkeit verweilen. Und auch noch mit ihm als Gefährten, denn er wird dann ebenfalls tot sein.«

»Wie fandet Ihr den Tod?« erkundigte sich Oladahn.

»Auf nicht sehr angenehme Weise, durch eine Mischung aus Unersättlichkeit und Eifersucht. Unersättlich war ich, eifersüchtig ein anderer.«

»Ihr macht uns neugierig.« Bowgentle lachte.

»Eine meiner Geliebten war zufällig mit einem anderen verheiratet. Sie war eine einmalige Köchin – ihr Repertoire an Gerichten war unvorstellbar. Sie war unübertrefflich, meine Freunde, sowohl am Herd als auch im Bett. Nun, ich brachte eine Woche bei ihr zu, während ihr Gatte sich am Hof aufhielt – das war in Hannoveranien, wo ich damals geschäftlich zu tun hatte. Es war eine wundervolle Woche, aber auch sie mußte zu Ende gehen, denn ihr Gatte wurde des Nachts zurückerwartet. Um mich zu trösten, kochte meine Geliebte ein Traummahl. Sie hatte sich selbst damit übertroffen. Es gab Schnecken und Suppen und Ragouts und kleine Vögel in delikaten Soßen, und Soufflés –, oh, verzeiht . . . Nun, jedenfalls, es war ein Mahl, wie es besser nicht sein konnte. Ich aß mehr, als für meine zarte Gesundheit zuträglich war, und flehte meine Geliebte an, mir doch noch eine Stunde ihre Gunst im Bett zu beweisen, da ihr Gatte ja nicht vor zwei Uhr zurückzuerwarten war. Wir krönten das herrliche Mahl mit leidenschaftlicher Ekstase. Dann schliefen wir ein. Wir schliefen so tief, daß wir erst erwachten, als ihr Gatte uns wachrüttelte!«

»Und da brachte er Euch um?« fragte Oladahn.

»Nun, auf gewisse Weise. Ich sprang hoch. Ich hatte keine Klinge. Ich hatte auch keinen Grund, ihn zu töten, denn schließlich war ja er der Betrogene (und ich habe einen sehr ausgeprägten Gerechtigkeitssinn). Also, ich sprang hoch und hinaus zum Fenster und rannte, was meine Beine mich trugen. Ich war im Adamskostüm. Und es regnete. Neun Kilometer hatte ich bis zu meinem Quartier. Nun, dabei holte ich mir eine Lungenentzündung.«

Oladahn lachte. Seine Fröhlichkeit war unerträglich für Falkenmond. »Und wie seid Ihr gestorben?«

»Um genau zu sein – wenn dieses merkwürdige Orakel recht hat – sterbe ich jetzt erst, während mein Geist auf einem windigen Hügel sitzt und nicht viel besser dran ist, wie es mir scheint.«

D'Averc suchte neben den Mauern Zuflucht vor dem Wind. Er befand sich kaum zwei Meter von Falkenmond entfernt. »Also dann, woran sterbt Ihr gerade?«

»Ich bin von einem Felsen hinuntergefallen.«

»Einem hohen?«

»Nein –nur etwa drei Meter.«

»Und da seid Ihr in den Tod gestürzt?«

»Nein, an meinem Tod ist der Bär schuld, der unten auf mich wartete.« Wieder lachte Oladahn fröhlich.

Und erneut empfand Falkenmond einen tiefen Stich im Herzen.

»Ich starb an der skandischen Pest«, erklärte Bowgentle. »Oder ebenfalls, um genau zu sein, ich sterbe soeben daran.«

»Und ich in einer Schlacht gegen König Orsons Elefanten in Tarkien«, warf jener ein, der sich für Graf Brass hielt.

Wieder wurde Falkenmond an Schauspieler erinnert, die sich auf ihre Rolle vorbereiten. Und er hätte sie auch dafür gehalten, wären ihre kleinen Eigenheiten, sowohl in der Sprache als auch Haltung und den Bewegungen, nicht gewesen. Es gab minimale Unterschiede, doch keine, die Falkenmond hätten argwöhnen lassen, daß es sich nicht wirklich um seine Freunde handelte. Doch genauso wenig wie Graf Brass ihn gekannt hatte, kannten diese vier einander.

Falkenmond begann die Wahrheit zu ahnen. Er trat aus seinem Versteck und stellte sich ihnen gegenüber.

»Guten Abend, meine Herren.« Er verbeugte sich. »Ich bin Dorian Falkenmond von Köln. Ich kenne dich, Oladahn, und Euch, Sir Bowgentle – und dich, Huillam – und Graf Brass natürlich ebenfalls. Seid ihr gekommen, um mich zu töten?«

»Uns zu besprechen, ob wir es tun sollten«, erklärte Graf Brass und setzte sich auf einen niedrigen Stein der Ruine. »Ich halte mich für einen guten Menschenkenner, sonst hätte ich nicht so lange überlebt. Und so muß ich erklären, ich kann mir nicht vorstellen, Dorian Falkenmond, daß Ihr je zum Verräter werden könntet. Selbst in einer Lage, die einen Verrat entschuldigen würde, bezweifle ich, daß Ihr tatsächlich zum Verräter würdet. Und gerade das ist das erste, das mich an dieser Situation so beunruhigt. Zweitens sind wir Euch offensichtlich alle vertraut, während wir Euch nicht kennen. Drittens ist da noch die merkwürdige Tatsache, daß nur wir vier in diese seltsame Unterwelt geschickt wurden – das ist ein Zufall, der mich argwöhnisch macht. Und viertens wurde uns vieren eine ähnliche Geschichte erzählt, nämlich, daß Ihr uns zu einem bestimmten Zeitpunkt in der Zukunft verraten würdet. Angenommen, wir befinden uns jetzt alle in einer Zukunft, in der wir fünf uns schon lange kennen und vor einiger Zeit auch Freunde geworden sind – worauf läßt das schließen?«

»Daß ihr alle aus meiner Vergangenheit kommt!« rief Falkenmond. »Deshalb scheint Ihr mir viel jünger zu sein, Graf Brass – und auch Ihr, Sir Bowgentle – und du, Oladahn, und du ebenfalls, Huillam . . .«

»Wie schmeichelhaft«, sagte d'Averc ironisch.

»Das bedeutet demnach, daß keiner von uns auf die Weise gestorben ist, wie man uns glauben machen wollte. In meinem Fall also in der Schlacht von Tarkien, Bowgentle an der Pest in einer Burg, d'Averc an Lungenentzündung – und im Falle Oladahns durch einen Bären . . .«

»Genau«, bestätigte Falkenmond. »Denn ich lernte euch alle erst später kennen, und ihr wart ganz sicher lebendig. Aber ich erinnere mich auch, wie du, Oladahn, mir einmal erzähltest, daß du fast von einem Bären umgebracht worden wärst. Und Ihr, Graf Brass, glaubtet in der Schlacht von Tarkien schon nicht mehr an einen guten Ausgang für Euch. Und ja, Sir Bowgentle erwähnte die skandische Pest, an der er lange darniederlag.«

»Und ich?« fragte d'Averc interessiert.

»Ich vergaß, Huillam – denn deinen Erzählungen nach löste bei dir eine Krankheit die andere ab, dabei warst du immer bei bester Gesundheit.«

»Ah, dann wurde ich also geheilt?«

Falkenmond ignorierte d'Averc und fuhr fort: »Es dürfte demnach so gut wie feststehen, daß keiner von euch jetzt sterben wird, wie ihr glaubtet. Wer immer es auch ist, der uns alle hereinzulegen versucht, er möchte euch glauben machen, daß ihr nur durch seine Hilfe überleben könnt.«

»So ähnlich war auch mein Gedankengang.« Graf Brass nickte. »Aber ich fürchte, dann läßt meine Logik mich im Stich, denn es gibt ein Paradoxon. Weshalb erinnerten wir uns nicht, sobald wir uns trafen – treffen werden? – an diese heutige Begegnung?«

»Wir müssen die Verantwortlichen finden und ihnen diese Frage stellen«, schlug Bowgentle vor. »Ich muß gestehen, ich habe das Wesen der Zeit ein wenig studiert. Paradoxa wie diese würden sich – so zumindest glauben Anhänger einer bestimmten Theorie – von selbst lösen. Die Erinnerungen an alles, was dem normalen Zeitablauf widerspricht, erlöschen von selbst. Kurz gesagt, das

Gehirn stößt solche Paradoxe ab. Ich bin jedoch mit gewissen Anschauungen dieser Ideenrichtung nicht ganz einverstanden . . .«

»Vielleicht könnten wir diese philosophischen Betrachtungen auf einen späteren Zeitpunkt verlegen, Sir Bowgentle«, meinte Graf Brass sichtlich ungeduldig.

»Zeit und Philosophie sind im Grund genommen dasselbe Thema, Graf Brass. Und nur Philosophie kann das Wesen der Zeit ergründen.«

»Ich will Euch nicht widersprechen. Aber da besteht noch die Möglichkeit, daß wir von uns nicht wohlgesinnten Menschen manipuliert werden, die es irgendwie fertiggebracht haben, die Zeit zu beherrschen. Wie können wir an sie heran, und was tun wir, wenn wir sie gestellt haben?«

»Ich erinnere mich an Kristalle«, warf Falkenmond ein, »mit deren Hilfe Menschen sich in die verschiedenen Dimensionen der Erde versetzen konnten. Ich frage mich, ob diese Kristalle, oder etwas Ähnliches, auch in unserem Fall benutzt werden.«

»Ich weiß nichts über solche Kristalle«, brummte Graf Brass. Und die drei anderen hatten ebenfalls noch nie etwas davon gehört.

»Es existieren außer unserer noch andere Dimensionen«, erklärte Falkenmond. »Es könnte leicht sein, daß es solche gibt, in der Menschen leben, die mit jenen in dieser Dimension so gut wie identisch sind. Wir fanden, beispielsweise, eine Kamarg, die sich gar nicht allzu sehr von dieser unterschied. Ich frage mich, ob das die Antwort ist. Aber es könnte nicht die ganze sein.«

»Es fällt mir schwer, Euch zu folgen«, knurrte Graf Brass. »Ihr hört Euch schon fast so an wie dieser Zauberer . . .«

»Philosoph«, berichtigte Bowgentle, »und Poet.«

»Es gehören eben komplizierte Gedankengänge dazu, wenn wir der Wahrheit auf die Spur kommen wollen«, sagte Falkenmond überzeugt. Er erzählte ihnen von Elvereza Tozer und Mygans Kristallringen – wie er, Falkenmond, und d'Averc sie benutzt hatten, um sich durch die Dimensionen – ja vielleicht sogar durch die Zeit – zu versetzen. Und da sie alle Teilnehmer dieses Dramas gewesen waren, empfand Falkenmond die Merkwürdigkeit dieser Situation doppelt, denn er sprach von ihnen als von seinen vertrauten Freunden, und er wies auf Geschehnisse hin, die erst in ihrer Zukunft stattfinden würden. Doch als er geendet hatte, Falkenmond entsann sich auch der Geistmenschen, jenes sanftmütigen Volkes, von denen er eine Maschine erhalten hatte, die Burg Brass aus ihrer eigenen in eine sichere Raumzeit gehoben hatte, als Baron Meliadus sie seinerzeit angriff. Wenn sie nach Soryandum reisten, vielleicht könnten die Geistmenschen ihnen wieder helfen? Er erklärte seinen Freunden dieses Vorhaben.

»Es wäre einen Versuch wert«, meinte Graf Brass. »Aber einstweilen befinden wir uns hier noch in der Hand derjenigen, die uns hierher brachten, und wir wissen noch nicht, wie sie das fertiggebracht haben, und auch nicht, weshalb sie es taten.«

»Dieses Orakel, das ihr alle erwähnt habt, wo ist es denn?« fragte Falkenmond. »Könnt ihr mir genau berichten, was geschehen ist, nachdem ihr ›gestorben‹ seid?«

»Nun, ich befand mich plötzlich in diesem Land, und alle meine Wunden waren geheilt, und meine Rüstung war ohne Schaden.«

Die anderen erklärten, daß es ihnen ähnlich ergangen war.

»Mit einem Pferd und Nahrungsmitteln, die mir eine Zeitlang reichen dürften, auch wenn sie nicht gerade schmackhaft sind.«

»Und das Orakel? Was ist es?«

»Eine Art sprechende Pyramide von der Größe eines Mannes – glühend – diamantenähnlich, und sie schwebt über dem Boden. Sie erscheint und verschwindet offenbar nach Belieben. Sie erzählte mir alles, was ich Euch berichtete, als wir uns beim erstenmal begegneten. Ich hielt sie für übernatürlichen Ursprungs, obgleich das allem widersprach, was ich bisher glaubte . . .«

»Sie ist höchstwahrscheinlich durchaus natürlicher Herkunft«, vermutete Falkenmond. »Entweder das Werk irgendeines Zauberwissenschaftlers wie jene des Dunklen Imperiums – oder etwas, das unsere Vorfahren noch vor dem Tragischen Jahrtausend erfanden.«

»Ich hörte davon und muß zugeben, daß ich letzteres als Erklärung vorziehe«, gestand Graf Brass. »Es ist mir sympathischer.«

»Hat dieses ›Orakel‹ euch angeboten, euch wieder zum Leben zu erwecken, wenn ihr mich getötet habt?« fragte Falkenmond.

»Mir jedenfalls«, versicherte ihm Graf Brass.

»Mir genauso«, warf d'Averc ein, und die anderen nickten zustimmend.

»Nun, vielleicht könnten wir diese Maschine stellen – sofern es eine Maschine ist – und sehen, was passiert?« schlug Bowgentle vor.

»Da ist jedoch noch etwas, das ich nicht verstehe«, murmelte Falkenmond nachdenklich. »Wieso herrscht für euch hier endlose Nacht, während für mich die Tage ihren normalen Lauf nehmen?«

»Eine interessante Frage«, sagte d'Averc erfreut, »die wir dem Orakel unbedingt stellen sollten. Schließlich scheint dies das Werk des Dunklen Imperiums zu sein, das mir gewiß nichts Böses will – ich bin ja bekannterweise ein Freund Granbretaniens.«

Falkenmond lächelte. »Das bist du jetzt, Freund Huillam.«

»Wir wollen uns etwas einfallen lassen«, sagte der praktisch veranlagte Graf Brass. »Sollen wir zusehen, daß wir diese Diamantenpyramide finden?«

»Wartet hier auf mich«, bat Falkenmond. »Ich muß erst nach Hause zurück, werde jedoch noch vor Morgengrauen wieder hier sein – das ist in ein paar Stunden. Wollt ihr mir vertrauen?«

»Ich vertraue lieber einem Mann als einer Pyramide.« Graf Brass lächelte.

Falkenmond schritt zu seinem grasenden Pferd und schwang sich in den Sattel.

Während er die vier Männer auf dem niedrigen Hügel zurückließ, zwang er sich, so logisch wie nur möglich zu denken und alle Paradoxa zu vermeiden, die sich durch die heutige Begegnung ergeben hatten. Er durfte sich nur darauf konzentrieren, was diese Situation hervorgerufen haben mochte. Es gab zwei Wahrscheinlichkeiten, nach seiner Erfahrung jedenfalls, wer hier seine Hand im Spiel haben konnte – der Runenstab oder das Dunkle Imperium. Aber natürlich könnte es auch eine andere – Kraft sein. Doch die einzigen anderen mit einer so hochentwickelten Wissenschaft waren die Geistmenschen von Soryandum, und es erschien ihm äußerst unwahrscheinlich, daß sie sich in die Angelegenheiten anderer mischen würden. Außerdem wäre nur das Dunkle Imperium an seinem Tod interessiert, ironischerweise durch die Hand eines seiner Freunde – das würde in der Tat ihren perversen Neigungen entsprechen! Doch die Tatsache blieb, daß alle großen Führer des Dunklen Imperiums tot waren. Aber andererseits waren ja auch Graf Brass, Oladahn, Bowgentle und d'Averc tot.

Falkenmond holte einen tiefen Atemzug der kalten Luft, als

Aigues-Mortes in Sicht kam. Seine Gedanken waren schon so weit gegangen, zu erwägen, ob das Ganze nicht vielleicht eine komplizierte Falle war und auch er bald tot sein würde.

Deshalb ritt er nach Burg Brass zurück, um sich von seiner Eheliebsten zu verabschieden, seine Kinder Lebwohl zu küssen und einen Brief zu schreiben, der erst geöffnet werden sollte, wenn er nach einer bestimmten Zeit nicht zurück war.

ZWEITES BUCH

Alte Feinde

1. Eine sprechende Pyramide

Falkenmonds Herz war schwer, als er zum drittenmal Burg Brass verließ. Die Freude über das Wiedersehen mit seinen alten Freunden war getrübt, weil er wußte, daß sie im Grund genommen eben doch Geister waren. Er hatte sie tot gesehen, sie alle. Außerdem waren diese Männer, denen er heute begegnet war, Fremde. Während er sich an gemeinsame Erlebnisse erinnerte, wußten sie nichts davon, ja sie kannten einander nicht einmal. Was ihn aber am meisten bedrückte, war die Gewißheit, daß sie in ihrer eigenen Zukunft sterben würden, und daß sein Zusammensein mit ihnen vielleicht nur ein paar Stunden dauern würde, bis sie wieder – von wem oder was auch immer sie manipulierte – weggerissen wurden. Es konnte sogar leicht sein, daß sie bereits verschwunden waren, ehe er den Hügel erreichte.

Deshalb hatte er Yisselda nur das Allernötigste über die Geschehnisse der Nacht erzählt und ihr lediglich gesagt, daß er noch einmal fort mußte, um herauszubekommen, wer hinter seiner Verleumdung steckte. Alles Weitere hatte er in seinem Brief niedergelegt, damit sie die Wahrheit erfahren würde, soweit er sie selbst kannte, falls er nicht mehr zurückkehrte. Er hatte weder Bowgentle, d'Averc noch Oladahn erwähnt und noch einmal erklärt, daß er jenen, der sich als Graf Brass ausgab, für einen Schauspieler hielt. Er wollte nicht, daß sie sich wie er quälte.

Es waren immer noch ein paar Stunden vor Sonnenaufgang, als er den Hügel erreichte und feststellte, daß die vier Männer mit ihren Pferden noch auf ihn warteten. Vor der Ruine schwang er sich von seinem Tier. Die vier kamen aus den Schatten auf ihn zu, daß er einen Augenblick tatsächlich glaubte, er befände sich in einer Unterwelt, in der Gesellschaft von Toten, aber sofort schob er diesen morbiden Gedanken von sich und sagte:

»Graf Brass, etwas beunruhigt mich.«

Der Mann in Messing blickte ihn fragend an. »Und das wäre?«

»Als wir uns nach unserer ersten Begegnung trennten, erwähnte ich, das Dunkle Imperium sei vernichtet. Da sagtet Ihr, ich täusche mich. Das verwirrte mich so sehr, daß ich versuchte, Euch zu folgen, und dabei in den Sumpf geriet. Was meintet Ihr damit? Wißt Ihr mehr, als Ihr mir gesagt habt?«

»Ich sprach die reine Wahrheit. Das Dunkle Imperium wird immer stärker, es hat bereits seine Grenzen gesprengt.«

Da wurde Falkenmond etwas klar, und er mußte lachen. »In welchem Jahr war diese Schlacht von Tarkien, von der Ihr spracht?«

»In diesem, selbstverständlich. Das siebenundsechzigste Jahr des Stieres.«

»Nein, Ihr irrt Euch«, warf Bowgentle ein. »Wir haben jetzt das einundachtzigste Jahr der Ratte . . .«

»Das neunzigste des Frosches«, sagte d'Averc bestimmt.

»Das fünfundsiebzigste der Ziege«, widersprach ihm Oladahn.

»Ihr täuscht euch alle«, erklärte Falkenmond. »Das Jahr, in dem wir hier gemeinsam auf dem Hügel stehen, ist das neunundachtzigste der Ratte. Deshalb hat für euch das Dunkle Imperium seine volle Macht noch nicht erreicht. Aber ich weiß, daß es sein Ende fand – hauptsächlich durch uns fünf. Versteht ihr nun, weshalb ich argwöhne, daß wir die Opfer der Rache des Dunklen Imperiums sind? Entweder hat irgendein Zauberer Granbretaniens in die Zukunft geschaut und erkannt, was wir fünf getan haben, oder einer hat den Untergang der Tierlords überlebt und versucht nun, sich zu rächen. Wir fünf kamen vor sechs Jahren im Dienst des Runenstabs zusammen, von dem ihr zweifellos gehört habt, um gegen das Dunkle Imperium zu kämpfen. Wir vernichteten es, aber vier mußten diesen Sieg mit dem Tod bezahlen – ihr vier. Außer dem Geistvolk von Soryandum, das sich nicht in die Angelegenheiten Sterblicher einmischt, sind nur die Zauberwissenschaftler des Dunklen Imperiums fähig, die Zeit zu manipulieren.«

»Ich habe mich oft gefragt, wie ich einmal sterben werde«, murmelte Graf Brass, aber jetzt möchte ich es eigentlich gar nicht mehr so genau wissen.«

»Wir haben nur Euer Wort, Freund Falkenmond«, sagte D'Averc. »Doch es bleiben uns noch viele ungelöste Rätsel – unter ihnen die Tatsache, daß wir uns später, wenn wir uns tatsächlich zusammentun, wie Ihr sagt, nicht an die jetzige Begegnung erinnern.« Er hob die Brauen und hüstelte in sein seidenes Spitzentuch.

Bowgentle lächelte. »Ich habe doch die Theorie bereits erwähnt, die dieses Paradoxon erklärt. Die Zeit muß nicht unbedingt in einer geraden Linie fließen. Wir bilden uns nur ein, daß es so ist. Die *reine* Zeit mag sogar unberechenbarer Natur sein . . .«

»Ja, ja«, brummte Oladahn. »Irgendwie, guter Sir Bowgentle, gelingt es Euch immer wieder, mich mit Euren Erklärungen noch mehr zu verwirren.«

»Dann laßt uns ganz einfach sagen, daß die Zeit nicht das ist, wofür wir sie halten«, schlug Graf Brass vor. »Und dafür haben wir nun wohl alle den Beweis – auch wenn wir Herzog Dorian nicht glaubten –, denn wir wurden alle vier aus verschiedenen Jahren gerissen und stehen jetzt doch gemeinsam hier. Ob wir nun in der Zukunft oder der Vergangenheit sind, spielt keine Rolle. Wichtig ist unser Wissen, daß wir aus verschiedenen Zeitperioden hierhergebracht wurden. Das bestätigte in gewisser Weise Herzog Dorians Vermutung und widerspricht den Behauptungen der Pyramide.«

»Ich muß Euch recht geben, Graf Brass«, sagte Bowgentle. »Sowohl verstandes- als auch gefühlsmäßig bin ich bereit, mich in dieser Sache Herzog Dorian anzuschließen. Ich bin mir durchaus nicht sicher, was ich getan hätte, denn es widerspricht meiner Lebensphilosophie, jemanden zu töten.«

»Nun, wenn Ihr beide überzeugt seid, bin ich es wohl auch.« D'Averc gähnte. »Ich war nie ein sehr guter Menschenkenner, und ich wußte auch selten, was ich persönlich wirklich wollte. Als Architekt schuf ich zumeist großartige Bauwerke für irgendeinen unbedeutenden Prinzen, der mich schlecht entlohnte und fast immer schnell von irgend jemandem entthront wurde. Seinem Nachfolger gefiel mein Werk selten – und meistens hatte ich den Burschen ohnehin bereits auf irgendeine Weise beleidigt. Als Künstler suchte ich Gönner, die nahezu ohne Ausnahme starben, ehe sie mich wirklich unterstützen konnten. Deshalb wurde ich schließlich auch ein freier Diplomat – um die Politik verstehen zu lernen, ehe ich in meinen alten Beruf zurückkehrte. Aber bis jetzt, fürchte ich, verstehe ich sie immer noch nicht . . .«

»Das liegt höchstwahrscheinlich daran, daß Ihr am liebsten Eurer eigenen Stimme lauscht«, warf Oladahn nicht unfreundlich ein. »Wäre es nicht besser, wir machten uns jetzt auf die Suche nach der Pyramide, meine Herren?« Er befestigte seinen Köcher auf dem Rücken und hing sich den Bogen über die Schulter. »Wir wissen ja schließlich nicht, wieviel Zeit uns noch bleibt.«

»Du hast recht«, pflichtete ihm Falkenmond bei. »Vielleicht verschwindet ihr bei Tagesanbruch alle vor meinen Augen. Es würde mich immer noch brennend interessieren, weshalb der Tag für mich auf völlig normale Weise verläuft, während es für euch ständig Nacht ist.« Er schwang sich wieder auf sein Pferd. Seine Sattelkörbe waren jetzt mit Proviant gefüllt, und zwei Lanzen steckten in Hüllen, die hinter dem Sattel herabhingen. Das hochgewachsene, gehörnte Tier war das beste Roß im Stall der Burg Brass. Man nannte es Funke, weil seine Augen wie Feuer glühten.

Auch die anderen stiegen jetzt auf ihre Pferde. Graf Brass deutete südwärts. »Dort unten liegt eine teuflische See – unüberquerbar, wie man mir versicherte. Wir müssen zu ihrer Küste, und dort werden wir irgendwo das Orakel finden.«

»Es ist nichts Teuflisches an dieser See, in die übrigens die Rhone fließt. Man nennt sie das Mittelmeer.«

Graf Brass lachte laut. »Wirklich? Wie oft habe ich es schon überquert! Ich hoffe, Ihr habt recht, Freund Falkenmond – und ich glaube schon jetzt, daß es stimmt. Oh, ich kann es kaum erwarten, mich im Schwertkampf mit einem dieser Betrüger zu messen!«

»Wenn sie uns überhaupt diese Möglichkeit geben«, sagte Falkenmond trocken. »Denn ich habe das Gefühl – obwohl ich bei weitem kein so guter Menschenkenner bin wie Ihr, Graf Brass –, daß sie sich unseren Schwertern wohl kaum stellen werden. Ihre Waffen sind anderer Art.« Falkenmond deutete auf die langen Schäfte, die hinter seinem Sattel hochragten. »Ich habe zwei Flammenlanzen mitgebracht, denn ich rechnete mit einer ähnlichen Situation.«

»Nun ja, Flammenlanzen sind besser als nichts«, meinte D'Averc, aber er wirkte ein wenig skeptisch.

»Ich halte nicht viel von Zauberwaffen«, brummte Oladahn und warf einen mißtrauischen Blick auf die Lanzen, »Sie ziehen für ihren Träger das Verderben an.«

»Ihr seid abergläubisch, Oladahn. Flammenlanzen sind durchaus nicht das Produkt übernatürlicher Zauberei, sondern einer Wissenschaft, die vor dem Tragischen Jahrtausend in hoher Blüte stand.«

»Gibt nicht gerade das mir recht, Sir Bowgentle?« Oladahn grinste.

Bald sahen sie das Glitzern des dunklen Meeres. Falkenmond spürte, wie seine Bauchmuskeln sich verkrampften, als er an die bevorstehende Begegnung mit der mysteriösen Pyramide dachte, die seine Freunde hatte aufwiegeln wollen, ihn zu töten.

Aber die Küste, als sie sie endlich erreichten, war leer. Nur ein bißchen Tang lag herum, spärliches Gras und vereinzelte Sträucher wuchsen auf den sandigen Erhebungen in Strandnähe, und die Brandung rauschte über die weißen Kiesel. Graf Brass führte sie hinter einen Sandhügel, wo er aus seinem Umhang einen Windschutz errichtet hatte. Hier hatte er auch seinen Proviant und einen Teil seiner Ausrüstung zurückgelassen, ehe er sich aufmachte, Falkenmond zu suchen. Unterwegs hatten die vier Falkenmond erzählt, wie sie einander getroffen und jeder zuerst gedacht hatte, der andere sei Falkenmond.

»Hier erscheint sie, wenn sie kommt.« Graf Brass deutete. »Ich schlage vor, Ihr verbergt Euch hinter dem Dickicht, Herzog Dorian. Ich werde der Pyramide erklären, daß wir Euch getötet haben, dann sehen wir, was geschieht.«

»Sehr gut.« Falkenmond holte seine Flammenlanzen aus den Hüllen und versteckte sein Pferd hinter den hohen Sträuchern. Aus der Entfernung sah er, daß die vier Männer sich unterhielten, dann hörte er Graf Brass laut rufen:

»Orakel! Wo bist du? Du kannst mich jetzt freigeben. Die Tat ist vollbracht! Falkenmond lebt nicht mehr!«

Falkenmond fragte sich, ob jene, die die Pyramide bedienten, über eine Möglichkeit verfügten, festzustellen, ob Brass die Wahrheit sagte. Konnten sie diese Welt als ein Ganzes sehen, oder war ihnen nur ein Blick auf einen Teil davon gestattet? Hatten sie menschliche Agenten, die für sie arbeiteten?

»Orakel!« rief Graf Brass erneut. »Falkenmond starb durch meine Hand!«

Es schien Falkenmond sicher, daß es ihnen nicht gelungen war, dieses sogenannte Orakel zu täuschen. Der Mistral pfiff immer noch über die Lagunen und Marschen, das Meer peitschte gegen die Küste, Gras und Schilf wogten im heftigen Wind. Der Morgen war nicht mehr fern. Bald würde das erste hellere Grau den Himmel verwandeln und, wer weiß, vielleicht verschwanden dann seine Freunde.

»Orakel! Wo bist du?«

Etwas flimmerte, aber vermutlich waren es nur vom Wind getriebene Glühwürmchen. Dann flitterte es direkt über Graf Brass' Kopf.

Falkenmond nahm eine der Flammenlanzen in die Hand und tastete nach dem Knopf, der rubinrotes Feuer auslösen würde.

»Orakel!«

Nun waren weiße, noch unscharfe Umrisse zu erkennen. Das war die Ursache des flimmernden Lichtes, und die Silhouette war die einer Pyramide. Darin befand sich etwas Schattenhaftes, das durch das allmählich hellere Leuchten der Pyramide verborgen wurde.

Jetzt schwebte eine wie Brillanten glänzende Pyramide von Mannesgröße über Graf Brass' Kopf, beziehungsweise ein wenig rechts davon.

Falkenmond strengte sowohl Augen wie Ohren an, als eine Stimme aus der Pyramide drang.

»Das habt Ihr gut gemacht, Graf Brass. Als Belohnung schicken wir Euch und Eure Begleiter zurück in die Welt der Lebenden. Wo ist Falkenmonds Leiche?«

Falkenmond glaubte, seinen Ohren nicht zu trauen – denn die Stimme war ihm nur allzu bekannt.

»Leiche?« Graf Brass' Stimme klang erstaunt. »Ihr habt nichts von seiner Leiche gesagt. Warum auch? Ihr handelt in meinem Interesse, nicht ich in Eurem – so jedenfalls habt Ihr behauptet.«

»Aber die Leiche ...« Die Stimme klang nun fast nörgelnd.

»Hier ist die Leiche, Kalan von Vitall!« Falkenmond erhob sich hinter dem Dickicht und schritt auf die Pyramide zu. »Zeigt Euch, Feigling! Ihr habt also gar nicht Selbstmord begangen. Nun, dann werde ich Euch jetzt in den Tod helfen ...« In seinem Grimm drückte Falkenmond auf die Flammenlanze. Das rote Feuer schlug gegen die pulsierende Pyramide, daß sie zu heulen und wimmern und schließlich zu winseln begann. Und nun war sie durchsichtig, und die Gestalt darin, mit dem angstverzerrten Gesicht, konnte von allen gesehen werden.

Ja, es war tatsächlich der oberste Wissenschaftler des Dunklen Imperiums. »Ich vermutete, daß nur Ihr es sein konntet«, brummte Falkenmond. »Keiner sah Euch sterben, obwohl jeder glaubte, die unkenntlichen Überreste in Eurem Labor seien Eure sterbliche Hülle. Es war eine gute Täuschung.«

»Es ist zu heiß!« kreischte Kalan. »Diese Maschine ist sehr empfindlich. Ihr werdet sie zerstören!«

»Sollte ich deshalb traurig sein?«

»Die Konsequenzen – sie wären furchtbar!«

Aber Falkenmond ließ weiter das rubinrote Feuer über die Pyramide streifen, und Kalan machte sich immer kleiner und wimmerte unablässig.

»Wie habt Ihr es geschafft, diese Männer glauben zu machen, sie befänden sich in einer Unterwelt? Und in ständiger Nacht?«

Kalan heulte. »Wie, glaubt Ihr wohl? Ich ließ ihre Tage in Sekundenschnelle vergehen, das heißt, ich beschleunigte sie und verzögerte ihre Nächte.«

»Und wie habt Ihr die Barriere errichtet, die sie davon abhielt, Burg Brass oder die Stadt zu erreichen?«

»Auf gleiche Weise. Ah! Hört auf! Jedesmal, wenn sie an die Stadtmauer kamen, zog ich sie ein paar Minuten in ihre Vergangenheit zurück, so daß sie nie ganz an die Mauern herankamen. Das war natürlich eine plumpe Methode. Aber ich warne Euch, Falkenmond, die Maschine ist nicht krude – sie ist überempfindlich. Die geringste Funktionsstörung könnte uns alle vernichten.«

»Solange ich Eurer Vernichtung sicher wäre, Kalan, würde es mir nichts ausmachen.«

»Ihr seid grausam, Falkenmond!«

Falkenmond lachte über den anklagenden Klang. Und das mußte ausgerechnet von Kalan kommen, der das Schwarze Juwel in seine Stirn eingepflanzt, der Taragorm geholfen hatte, den Schutz der Burg Brass, die Kristallmaschine, zu zerstören – der das größte und verruchteste Genie des Dunklen Imperiums gewesen war und ihm mit seiner Wissenschaft zur Macht verholfen hatte! Er, ausgerechnet er, warf ihm Grausamkeit vor!

Noch lauter lachte Falkenmond und hüllte die Pyramide in das Feuer seiner Flammenlanze.

»Ihr zerstört meine Kontrollen!« kreischte Kalan. »Wenn ich jetzt aufbreche, kann ich erst wieder zurückkehren, nachdem sie repariert sind. Ich werde nicht in der Lage sein, Eure Freunde zu entlassen.«

»Ich glaube, wir kommen sehr wohl ohne deine Hilfe aus, kleiner Mann!« Graf Brass lachte dröhnend. »Obgleich ich deine Sorge um uns zu würdigen weiß. Du dachtest, uns zu täuschen, und nun hast du dich selbst betrogen.«

»Ich sprach die Wahrheit – Falkenmond wird euch in den Tod führen.«

»Möglich, aber es wird ein ruhmvoller Tod sein, an dem Herzog Dorian keine Schuld trägt.«

Kalans Gesicht verzerrte sich. Der Schweiß floß ihm über Stirn und Wangen, als die Pyramide immer heißer wurde.

»Also gut. Ich ziehe mich zurück. Aber ich werde Rache an euch allen nehmen – ob lebend oder tot, ihr entgeht mir nicht. Ich kehre zurück...«

»Nach Londra?« rief Falkenmond. »Habt Ihr Euch in Londra verkrochen?«

Kalan lachte wild. »Londra? Ja – aber kein Londra, das Ihr kennt. Auf Wiedersehen, grausamer Falkenmond!«

Die Pyramide verschwamm, bis sie schließlich ganz verschwunden war und die fünf schweigend am Strand zurückließ, denn im Augenblick schien es keine Worte zu geben.

Eine Weile später deutete Falkenmond auf den Horizont.

»Seht!« rief er.

Die Sonne ging auf.

2. Die Rückkehr der Pyramide

Eine Zeitlang, während sie als Frühstück den unschmackhaften Proviant verzehrten, den Kalan für Brass und die anderen zurückgelassen hatte, debattierten sie, wie es weitergehen sollte.

Es war nun offenbar, daß die vier, momentan jedenfalls, in Falkenmonds Zeit gestrandet waren. Wie lange sie hierbleiben konnten, war nicht abzuschätzen.

»Ich sprach bereits über Soryandum und die Geistmenschen«, sagte Falkenmond. »Sie sind unsere einzige Hoffnung, Hilfe zu erlangen, denn ich glaube nicht, daß der Runenstab sich unserer annehmen würde, selbst wenn wir ihn fänden und darum ersuchten.« Er hatte ihnen von einem großen Teil der Ereignisse in ihrer Zukunft und seiner Vergangenheit berichtet.

»Dann sollten wir uns beeilen«, meinte Graf Brass, »ehe Kalan zurückkommt – denn das wird er ganz sicher. Wie können wir nach Soryandum gelangen?«

»Ich weiß es nicht«, gestand Falkenmond. »Sie versetzten ihre Stadt in eine andere Dimension, als sie vom Dunklen Imperium bedroht wurden. Ich kann nur hoffen, daß sie an ihren alten Ort zurückkehrten, nachdem keine Gefahr mehr für sie bestand.«

»Und wo liegt Soryandum – oder vielmehr, wo lag es?« fragte Oladahn.

»In der syrianischen Wüste.«

Graf Brass hob die buschigen roten Brauen. »Eine große Wüste, Freund Falkenmond. Eine weite Wüste, und allem Leben feindlich gesinnt.«

»Und Ihr erwartet, daß wir diese Wüste überqueren, um eine Stadt zu suchen, die *vielleicht* dort ist?« D'Averc lächelte säuerlich.

»Sir Huillam – ich glaube, ich vergesse mein früheres vertrauliches Du, da Ihr mich ja jetzt noch zu wenig kennt –, es ist unsere einzige Hoffnung.«

D'Averc zuckte die Schultern und wandte sich ab. »Vielleicht wird die trockene Luft gut für meine Lunge sein.«

»Dann müssen wir über das Mittelmeer«, stellte Bowgentle fest. »Wir brauchen also ein Schiff.«

»Nicht allzu weit von hier gibt es einen Hafen«, versicherte ihnen Falkenmond. »Dort müßte es möglich sein, eine Passage bis an die Küste Syraniens zu bekommen, wenn wir Glück haben, bis zum Hafen von Hornus. Dort werden wir versuchen, Kamele zu mieten und reiten dann am Euphrat landeinwärts.«

»Eine Reise von vielen Wochen«, sagte Bowgentle nachdenklich. »Gibt es keinen kürzeren Weg?«

»Es ist der schnellste. Natürlich würden wir in einem Ornithopter flinker vorankommen, aber wie Ihr sicher wißt, sind sie nicht sehr verläßlich und fliegen außerdem nicht so weit. Die Reitflamingos wären eine Lösung gewesen, aber ich halte es nicht für richtig, die Aufmerksamkeit der Kamarg auf uns zu lenken. Es würde zu einer zu großen Verwirrung führen und allen, die wir lieben oder lieben werden, Schmerz bereiten. Deshalb schlage ich vor, wir begeben uns inkognito nach Marshais, dem größten Hafen der Gegend, und besorgen uns eine Überfahrt als unbekannte Reisende auf dem nächstbesten Schiff.«

»Ich sehe, Ihr habt alles schon wohl überlegt.« Graf Brass erhob sich und begann seine Sachen in den Sattelkörben zu verstauen. »Wir werden Eurem Plan folgen, mein Herzog von Köln, und hoffen, daß uns Kalan nicht findet, ehe wir Soryandum erreicht haben.«

Zwei Tage später kamen sie – vermummt in Kapuzenumhängen – in die geschäftige Stadt Marshais, die vermutlich der größte Seehafen an dieser Küste war. Über hundert Schiffe lagen vor Anker, hochmastige, seetüchtige Kauffahrer, die kein Wetter in Verlegenheit bringen würde. Und ihre Besatzung waren tüchtige Seeleute, von Sonne und Wind gebräunt, rauhe, harte Burschen, die sich nur um ihre eigenen Angelegenheiten kümmerten. Viele rannten mit nackten Oberkörpern herum und trugen nur kurze Kilts aus Seide oder Baumwolle und Bein- und Armbänder, gewöhnlich aus edlen Metallen mit kostbaren Steinen. Um Hals und Kopf hatten sie lange Tücher geschlungen, so grellfarbig wie ihre Kilts. Viele hatten in ihren Gürteln Waffen stecken – Dolche und Kurzsäbel. Und die meisten dieser Männer besaßen nicht viel mehr, als was sie am Leibe trugen – doch das war gewöhnlich ein kleines Vermögen wert (das sie allerdings so manches Mal in wenigen Stunden in den unzähligen Spielhöllen, Weinhäusern, Tavernen und Freudenhäusern verspielten und verpraßten, die sich in den Straßen um den Hafen dicht an dicht drängten).

In dieses Gewimmel und Gewirr und die grellen Farben kamen die fünf müden Reiter, mit den Kapuzen über das Gesicht gezogen, weil sie verhindern wollten, daß man sie erkannte. Und Falkenmond wußte nur zu gut, wie sehr diese Gefahr bestand, denn die Bilder der fünf Helden waren in so mancher Gaststube zu finden, ihre Statuen schmückten den Marktplatz fast jeder Stadt, und immer noch gingen ihre Erlebnisse von Mund zu Mund. Doch noch eine Gefahr sah Falkenmond, nämlich, daß man sie gerade wegen ihrer Vermummung für Männer des Dunklen Imperiums halten mochte, die nichts dazugelernt hatten und sich immer noch hinter Masken verbargen.

In einer der Nebenstraßen fanden sie ein Gasthaus, das ein wenig ruhiger als die meisten zu sein schien, und nahmen sich ein großes Zimmer, in dem sie die Nacht verbringen konnten, während einer von ihnen sich zum Kai begeben sollte, um nach einem geeigneten Schiff Ausschau zu halten.

Falkenmond übernahm diese Aufgabe, denn er hatte sich inzwischen einen Bart wachsen lassen, der ihm noch am ehesten half, unerkannt zu bleiben. Gleich nachdem sie ihr Abendessen eingenommen hatten, machte er sich also auf den Weg. Auf einem Kauffahrer, der mit der Flut am Morgen aufbrechen würde, konnte er zu einem vernünftigen Preis Passage für sie buchen. Sein Ziel war zwar nicht Hornus, sondern Behruk, ein Stück weiter an der Küste, aber für Falkenmonds Zwecke fast genauso gut. Mit dieser erfreulichen Nachricht kehrte Falkenmond in das Gasthaus zurück. Sie begaben sich bald darauf zur Ruhe, aber keiner der fünf schlief sehr gut, denn die Ungewißheit, wann die Pyramide mit Kalan zurückkehren würde, quälte sie alle.

Falkenmond war inzwischen klargeworden, woran die Pyramide ihn erinnert hatte. Sie war im Prinzip offenbar etwas Ähnliches wie die Thronkugel des Reichskönigs Huon – jene Hülle, die das Leben dieses unvorstellbar alten Herrschers geschützt und erhalten hatte, bis Baron Meliadus ihn ermordete. Vielleicht hatte die gleiche Wissenschaft beides hervorgebracht! Das war zumindest höchstwahrscheinlich. Vielleicht aber hatte Kalan irgendwo auch ein Lager alter Maschinen entdeckt, wie sie überall auf der Welt vergraben waren, und eine davon benutzt? Nicht in Londra, sondern einem anderen Londra, das hatte er doch gesagt?

Falkenmond schlief von allen am unruhigsten, denn diese und tausend andere Gedanken schwirrten ihm durch den Kopf. Als er endlich doch schlummerte, hielt er das blanke Schwert in der Hand.

An einem klaren Herbsttag stachen sie mit dem hohen, schnellen Segler mit dem Namen *Die rumänische Königin* in See (ihr Heimathafen befand sich im Schwarzen Meer). Ihre Segel und Decks blitzten weiß und sauber in der frühen Morgensonne, und sie glitt mit großer Geschwindigkeit durch das Wasser.

Die ersten beiden Tage machten sie gute Fahrt, aber am dritten flaute der Wind ab, und die Segel hingen schlaff von den Masten. Der Kapitän zögerte, zu den Rudern zu greifen, denn er hatte nur wenige Männer Besatzung und wollte nicht, daß sie sich überanstrengten. Deshalb entschloß er sich, einen Tag abzuwarten, in der Hoffnung, daß der Wind wieder aufkommen würde. Die Küste von Kypros, einem Inselkönigreich, das wie so viele andere ein Vasallenstaat des Dunklen Imperiums gewesen war, war bereits im Osten auszumachen. Es war frustrierend für die fünf Freunde, es durch die kleinen Bullaugen nur aus der Ferne sehen zu können, ohne ihm näher zu kommen. Alle fünf waren während der bisherigen Reise unter Deck geblieben. Falkenmond hatte dem Kapitän dieses merkwürdige Benehmen damit erklärt, daß sie Angehörige einer religiösen Sekte auf Pilgerfahrt seien, und getreu ihrem Gelübde den ganzen Tag im Gebet verbringen müßten. Der Kapitän, ein ehrenhafter Seemann, der an nichts weiter als an einem anständigen Preis für die Überfahrt interessiert war, akzeptierte diese Erklärung ohne Gegenfragen.

Es war gegen Mittag des nächsten Tages, der Wind war immer noch nicht aufgekommen, als Falkenmond und die anderen vom Oberdeck Gebrüll, Flüche und aufgeregtes Hin- und Hertrampeln hörten.

»Was mag geschehen sein?« wunderte sich Falkenmond. »Piraten? Ganz in der Nähe hier hatten wir schon einmal mit Korsaren zu tun, nicht wahr, Oladahn?«

Aber der Pelzgesichtige blickte ihn nur erstaunt an. »Wie? Dies ist meine erste Seereise, Herzog Dorian.«

Da erinnerte sich Falkenmond natürlich, daß das Abenteuer mit dem Schiff des Wahnsinnigen Gottes für Oladahn noch in der Zukunft lag, und er entschuldigte sich bei dem kleinen Mann aus den Bulgarbergen.

Die Aufregung oben wurde lauter. Durch die Bullaugen konnten sie jedoch nichts Ungewöhnliches sehen, weder ein angreifendes Schiff noch irgendwelche Anzeichen eines Kampfes. Vielleicht war ein Seeungeheuer, eine Kreatur, die das Tragische Jahrtausend überstanden hatte, außerhalb ihrer Sichtweite aus dem Wasser aufgetaucht?

Falkenmond erhob sich, warf sich den Umhang über und zog die Kapuze ins Gesicht. »Ich werde nachsehen, was los ist«, erklärte er.

Er öffnete die Kabinentür und stieg die paar Stufen zum Oberdeck hoch. Und dort, in Hecknähe, war das Objekt, das eine solche Aufregung unter der Mannschaft verursacht hatte. Die Stimme Kalan von Vitalls klang heraus und forderte die Männer auf, sich auf die Passagiere zu stürzen und sie sofort zu töten, wenn sie nicht wollten, daß das Schiff unterginge.

Die Pyramide strahlte ein blendend weißes Glühen aus, das sich scharf vom Blau des Himmels und der See abhob.

Sofort rannte Falkenmond in die Kabine zurück und griff nach einer Flammenlanze.

»Die Pyramide ist zurückgekehrt!« rief er seinen Freunden zu. »Bleibt hier, ich kümmere mich darum.«

Er hastete den Niedergang hoch und rannte über Deck auf die Pyramide zu, während die verstörten Seeleute zurückwichen.

Wieder schoß ein Strahl rubinroten Feuers aus der Flammenlanze und schloß sich um das Weiß der Pyramide, daß es aussah, als vermische sich Blut mit Milch. Aber diesmal drang kein Angstschrei aus dem Innern, nur höhnisches Gelächter.

»Ich habe gegen Eure kruden Waffen Vorkehrungen getroffen, Dorian Falkenmond.«

»Dann wollen wir sehen, in welchem Maß«, erwiderte Falkenmond grimmig. Er vermutete, daß Kalan selbst nicht genau wußte, wie weit er bei der Benutzung der Pyramide und der Manipulierung der Zeit gehen konnte.

Und nun stand Oladahn mit einem Schwert in seiner pelzüberzogenen Hand neben ihm, und sein Gesicht war vor Wut verzerrt.

»Hebe dich hinweg, falsches Orakel!« brüllte er. »Wir haben keine Angst mehr vor dir!«

»Dazu hättest du aber jeden Grund«, erwiderte Kalan, dessen Gesicht verschwommen durch das halbtransparente Material der Pyramide zu erkennen war. Er schwitzte. Ganz offensichtlich erzielte das Feuer der Flammenlanze doch eine Wirkung. »Denn ich habe die Mittel, alle Zeitabläufe dieser Welt. – und anderer ebenfalls – zu beherrschen.«

»Dann tut es doch!« rief Falkenmond und stellte seine Flammenlanze auf höchste Intensität.

»Ahhh! Narr! Wenn Ihr meine Maschine zerstört, vernichtet Ihr den Stoff, aus dem die Zeit selbst ist. Alle Zeitströme werden durcheinanderfließen – im ganzen Universum wird Chaos herrschen. Alles Leben wird erlöschen!«

Da stürmte Oladahn mit wirbelndem Schwert auf die Pyramide ein und versuchte, durch das seltsame Material zu hacken, das Kalan vor dem Feuer der Flammenlanze schützte.

»Komm zurück, Oladahn!« schrie Falkenmond. »Du kannst mit dem Schwert nichts ausrichten!«

Aber Oladahn schlug zweimal heftig nach der Maschine – und das Schwert drang tatsächlich ein. Fast hätte es Kalan von Vitall erwischt, ehe der Zauberwissenschaftler ihn sah und ein paar Handgriffe an einer winzigen Pyramide vornahm, die er in den Fingern hielt. Boshaft grinste er Oladahn jetzt an.

»Oladahn! Vorsicht!« brüllte Falkenmond, der eine neue Gefahr witterte. Doch der Mann aus den Bulgarbergen holte zu einem neuen Hieb gegen Kalan aus –

– und schrie erschrocken auf!

Verwirrt blickte er sich um, als sähe er etwas anderes als die Pyramide und das Schiffsdeck.

»Der Bär!« heulte er. »Der Bär hat mich!«

Und dann war er mit einem grauenvollen Schrei verschwunden.

Falkenmond ließ die Flammenlanze fallen und rannte vorwärts. Aber er sah nur noch vage Kalans kicherndes Gesicht, ehe auch die Pyramide verschwand.

Von Oladahn war nichts zu sehen. Da war Falkenmond klar, daß der kleine Bergmensch zumindest für den Augenblick in seine eigene Zeit zurückversetzt worden war. Aber würde ihm gestattet sein, dort zu bleiben?

Falkenmond hätte sich deshalb keine so großen Sorgen gemacht – er wußte schließlich, daß Oladahn den Kampf mit dem Bären lebend überstanden hatte –, wenn ihm nicht plötzlich die ganze Macht bewußt geworden wäre, über die Kalan nun verfügte.

Unwillkürlich schauderte er. Er drehte sich um und bemerkte, daß sowohl Kapitän als auch Mannschaft ihn argwöhnisch beäugten.

Ohne ein Wort ging Falkenmond an ihnen vorbei, zurück zu seiner Kabine. Es war nun dringender und wichtiger als zuvor, Soryandum und das Geistvolk zu finden.

3. Die Reise nach Soryandum

Bald nach dem Vorfall auf Deck erhob sich ein so starker Wind, daß an einen aufkommenden Sturm zu denken war. Der Kapitän befahl in aller Eile, die Segel zu hissen, damit sie den Wind nutzen und möglichst noch vor dem Sturm Behruk erreichen konnten.

Falkenmond hegte den Verdacht, daß die Hast des Kapitäns mehr mit dem Wunsch zu tun hatte, seine Passagiere loszuwerden, als seine Ladung zu löschen. Er konnte den Mann gut verstehen. Ein anderer Kapitän hätte den Vorfall möglicherweise zum Anlaß genommen, die vier über Bord zu werfen.

Falkenmonds Haß auf Kalan von Vitall wuchs. Das war das zweite Mal, daß ihn ein Lord des Dunklen Imperiums seines Freundes beraubt hatte, und irgendwie empfand er den Verlust diesmal noch schmerzhafter, obwohl er darauf vorbereitet gewesen war. Er beschloß, gleichgültig, was geschehen mochte, Kalan zu finden und zu töten.

Als sie auf dem weißen Kai des Behruker Hafens an Land gingen, vermummten die vier sich nicht mehr. Obwohl auch hier entlang der arabischen Küste die Legenden über sie verbreitet waren, kannte doch kaum einer sie persönlich, genausowenig wie ihre Bilder. Trotzdem beeilten sie sich, am Markt vier kräftige Kamele zu erstehen und sofort zu ihrer Expedition ins Inland aufzubrechen.

Nach vier Tagen hatten sie sich an den Ritt auf ihren schaukelnden Tieren gewöhnt und empfanden ihn nicht mehr als so unbequem wie am Anfang. Am Ende der vier Tage hatten sie auch den Rand der Syrianischen Wüste erreicht. Nun folgten sie dem Euphrat, der sich durch hohe Sanddünen wand. Falkenmond studierte häufig die Karte und wünschte sich, Oladahn – der Oladahn, der an seiner Seite in Soryandum gegen d'Averc gekämpft hatte, der seinerzeit noch ihr Feind gewesen war – wäre hier und könnte ihm helfen, sich an ihren damaligen Weg zu erinnern.

Die heiße Sonne hatte Graf Brass' Rüstung in grellglänzendes Gold verwandelt, und sie blendete nun die Augen seiner Gefährten kaum weniger, als die Pyramide Kalan von Vitalls es getan hatte. Dorian Falkenmonds Stahlpanzer dagegen leuchtete wie Silber. Bowgentle und Huillam d'Averc, die keine Rüstung trugen, machten ein paar beißende Bemerkungen darüber, schwiegen jedoch, als ihnen klar wurde, daß die beiden gepanzerten Männer viel mehr unter der Hitze litten als sie.

Am fünften Tag verließen sie den Euphrat und ritten geradewegs in die Wüste. Stumpfgelber Sand erstreckte sich in allen Richtungen. Manchmal, wenn ein schwacher Wind aufkam, kräuselte er sich und erinnerte sie auf schier unerträgliche Weise an das Wasser, das ihnen nun so fern war.

Am sechsten Tag kauerten sie müde über den Knäufen ihrer hohen Sättel. Ihre Augen waren stumpf, ihre Lippen aufgesprungen, und sie gönnten sich nur wenige Tropfen Wasser, da sie nicht wußten, wann sie wieder ein Wasserloch finden würden.

Am siebten Tag glitt Bowgentle aus dem Sattel und blieb reglos im Sand liegen. Sie benötigten die Hälfte ihres Wasservorrats, um ihn wieder zu sich zu bringen. Danach suchten sie den Schatten einer Düne und blieben dort den Rest des Tages und die ganze Nacht hindurch, bis Falkenmond sich am frühen Morgen hochschleppte und erklärte, er würde allein weiterreiten.

»Allein? Weshalb?« Graf Brass erhob sich ebenfalls, und seine Messingrüstung knarrte.

»Ich werde mich umsehen, während ihr euch noch ein wenig ausruht. Ich könnte schwören, daß Soryandum sich ganz hier in der Nähe befand. Ich werde von hier aus in allmählich weiteren Kreisen danach suchen, bis ich die Stadt oder zumindest die Stelle finde, an der sie gestanden hat, denn selbst wenn sie nicht zurückgekehrt ist, muß es da Wasser geben.«

»Klingt sehr vernünftig«, pflichtete Graf Brass ihm bei. »Und wenn Ihr müde seid, kann einer von uns Euch ablösen, und dann ein anderer und so weiter. Aber seid Ihr wirklich sicher, daß die Stadt in der Nähe lag?«

»Das bin ich. Ich halte jetzt einmal Ausschau nach den Hügeln, die das Ende der Wüste anzeigen und sich außerhalb der Stadt befinden. Wenn nur die Dünen nicht so hoch wären! Stünden sie nicht im Weg, müßte man sie zweifellos von hier aus sehen.«

»Also gut«, erklärte Graf Brass sich einverstanden. »Wir werden hier warten.«

Falkenmond gelang es endlich, sein Kamel auf die Beine zu locken, dann ritt er davon.

Aber erst am Nachmittag, nachdem er die zwanzigste Düne an diesem Tag hochgeklettert war, entdeckte er in der Ferne die grünen Hügel, zu deren Füßen Soryandum gelegen hatte.

Die Ruinenstadt des Geistvolks sah er jedoch nicht. Seinen Weg hatte er sorgfältig auf der Karte eingetragen und konnte nun ohne Schwierigkeiten zu seinen Freunden zurückfinden.

Er hatte die Düne, wo sie sich befanden, schon fast erreicht, als er zum drittenmal die Pyramide sah. Unüberlegterweise hatte er die Flammenlanzen zurückgelassen, und er wußte nicht, ob einer der anderen damit umgehen konnte, und ob sie überhaupt bereit wären, sie zu benutzen, nach dem, was Oladahn passiert war.

Falkenmond kletterte von seinem Kamel und schlich sich so vorsichtig wie nur möglich näher, indem er auch die geringste Deckung ausnutzte. Automatisch hatte er sein Schwert gezogen.

Jetzt hörte er bereits die Stimme aus der Pyramide. Kalan von Vitall versuchte wieder einmal, seine Freunde zu überreden, ihn zu töten.

»Er ist euer Feind. Was immer ich auch sonst gesagt haben mag, ich sprach die Wahrheit, als ich Euch erklärte, daß er Euch in den Tod führen wird. Ihr, Huillam d'Averc, seid doch ein Freund Granbretaniens – Falkenmond wird Euch dazu bringen, Euch gegen das mächtige Dunkle Imperium zu stellen. Und Ihr, Sir Bowgentle, Ihr haßt doch die Gewalt – Falkenmond wird einen Mann der Gewalt aus Euch machen. Und Euch, Graf Brass, der Ihr Euch immer neutral verhalten habt, wo es die Belange Granbretaniens betraf, wird er in eine neue Richtung weisen, daß Ihr gerade gegen jene Macht kämpft, die Ihr immer für den einigenden Faktor für die Zukunft Europas gehalten habt. Doch nicht genug, daß man euch so weit täuscht, bis ihr gegen euer besseres Wissen das Dunkle Imperium bekämpft, werdet Ihr auch noch alle den Tod finden. Bringt Falkenmond jetzt um und ...«

»Tötet mich doch!« Falkenmond war, verärgert über Kalans Schliche, aus seiner Deckung getreten. »Tötet mich doch selbst, Kalan! Oder könnt Ihr es nicht?«

Die Pyramide schwebte weiter über den Köpfen der drei Männer, als Falkenmond vom Kamm der Düne auf sie hinabschaute.

»Und weshalb würde mein Tod zu diesem Zeitpunkt alles, was bereits geschehen ist, ändern, Kalan? Eure Logik ist entweder nicht gut durchdacht, oder aber Ihr habt uns nicht alles erzählt, was wir wissen sollten.«

»Außerdem finde ich Euch ziemlich eintönig und ermüdend«, sagte Huillam d'Averc gähnend. Er zog seine schmale Klinge aus der Hülle. »Und ich bin sehr durstig und erschöpft, Baron Kalan. Ich glaube, ich versuche mein Glück gegen Euch, da es wenig anderes in dieser öden Wüste zu tun gibt!«

Plötzlich war er vorgesprungen und stach die Klinge in schneller Folge durch die weiß glänzende Substanz der Pyramide.

Kalan schrie, als wäre er getroffen. »Denkt an Euch, d'Averc! Es ist in Eurem eigenen Interesse, sich mit mir gutzustellen!«

D'Averc lachte und stieß erneut sein Schwert in die Pyramide.

Schrill kreischte Baron Kalan: »Ich warne Euch, d'Averc, wenn Ihr mich dazu zwingt, werde ich diese Welt von Euch befreien!«

»Diese Welt hat mir nichts zu bieten – und sie will auch nicht, daß ich in ihr als Gespenst herumspuke. Ich glaube, ich werde Euer Herz schon noch finden, wenn ich lange genug herumstochere, Baron Kalan.«

Wieder stieß er zu.

Wieder schrie Kalan auf.

»Vorsicht, d'Averc!« brüllte Falkenmond. Er rannte und rutschte die Düne hinunter und versuchte, die Flammenlanze zu erreichen. Aber d'Averc war verschwunden, ehe er auch nur in ihrer Nähe war.

»D'Averc!« Falkenmonds Stimme klang fast wie ein Schluchzen. »D'Averc!«

»Seid still, Falkenmond!« Kalans Stimme klang nun höhnisch. »Hört mir zu, ihr anderen. Tötet ihn jetzt – oder ihr werdet d'Avercs Schicksal erleiden!«

»So schrecklich scheint es mir nicht zu sein.« Graf Brass lächelte.

Falkenmond hatte die Flammenlanzen erreicht und hob eine auf. Kalan konnte es offenbar durch die Pyramide sehen, denn er schrie: »Oh, Ihr seid niederträchtig, Falkenmond! Aber auch Ihr werdet noch sterben!«

Und gleich darauf verschwand die Pyramide.

Graf Brass blickte sich um. In sarkastischem Ton meinte er: »Wenn wir Soryandum finden, könnte es leicht sein, daß es gar nicht mehr nötig ist, Freund Falkenmond. Unser Häuflein schrumpft zusehends.«

Falkenmond seufzte tief. »Gute Freunde ein zweites Mal zu verlieren, ist schier unerträglich. Ihr könnt das vermutlich nicht verstehen. Oladahn und d'Averc waren Fremde für Euch. Aber für mich waren sie teure alte Freunde.«

Bowgentle legte sanft eine Hand auf Falkenmonds Schulter. »Ich verstehe es, Herzog Dorian. Diese ganze Geschichte trifft Euch viel schlimmer als uns. Während wir hauptsächlich verwirrt sind – weil wir aus unserer Zeit gerissen wurden und ständig mit Todesomen konfrontiert werden und Befehle von seltsamen Maschinen erhalten, Fremde zu töten –, seid Ihr zutiefst betrübt. Und die Trauer ist das lähmendste aller Gefühle. Sie beraubt Euch der Willenskraft, wenn Ihr sie am meisten benötigt.«

»Ja, das stimmt.« Wieder seufzte Falkenmond. Er warf die Flammenlanze von sich. »Nun, ich habe Soryandum gefunden – oder zumindest die Hügel, bei denen die Stadt liegen müßte. Wir können sie noch vor Anbruch der Nacht erreichen, glaube ich.«

»Dann wollen wir eilen«, meinte Graf Brass. Er wischte sich den Sand vom Gesicht. »Wenn wir Glück haben, bleibt uns der Anblick der Pyramide für ein paar Tage erspart. Und bis dahin sind wir vielleicht mit der Lösung unseres Rätsels ein wenig vorangekommen.« Er klopfte Falkenmond freundschaftlich auf den Rücken. »Kommt, Junge. Steigt auf Euer Kamel. Man kann nie wissen – vielleicht kommt alles noch zu einem guten Ende. Möglicherweise seht Ihr sogar Eure anderen Freunde wieder.«

Falkenmond lächelte bitter. »Ich habe das Gefühl, ich werde viel Glück brauchen, wenn ich nur meine Frau und meine Kinder je wiedersehe, Graf Brass.«

4. Eine Begegnung mit noch einem anderen alten Feind

Aber am Fuß der grünen Hügel, die das Ende der Syrianischen Wüste bildeten, lag kein Soryandum. Doch Wasser fanden sie, und auch Anzeichen, daß hier eine Stadt gestanden haben mußte. Falkenmond hatte seinerzeit gesehen, wie sie verschwand, als das Dunkle Imperium sie bedroht hatte. Ganz offensichtlich hatten die Geistmenschen gewußt, daß die Gefahr noch nicht vorüber war. Im Gegensatz zu ihm, dachte Falkenmond bitter. Demnach war also ihre weite Reise umsonst gewesen. Nur eine schwache Hoffnung gab es noch, nämlich, daß die Höhle mit den uralten Geräten und Instrumenten, aus der er damals die Kristallmaschinen geholt hatte, noch existierte. Niedergeschlagen führte er seine zwei Gefährten tief ins Hügelland, bis Soryandum, beziehungsweise da, wo es sein müßte, mehrere Kilometer hinter ihnen lag.

»Es sieht ganz so aus, als hätte ich euch vergebens all den Strapazen ausgesetzt, meine Freunde«, wandte Falkenmond sich an Bowgentle und Graf Brass. »Und schlimmer noch, einer falschen Hoffnung.«

»Vielleicht auch nicht«, meinte Bowgentle nachdenklich. »Es könnte doch durchaus sein, daß wir die Maschinen noch finden. Und da ich ein wenig Erfahrung mit diesen Dingen habe, wäre ich möglicherweise sogar in der Lage festzustellen, wie sie sich benutzen lassen.«

Graf Brass war den beiden ein Stück voraus. Trotz seiner schweren Messingrüstung kletterte er hurtig den steilen Hang hoch und blieb am Kamm stehen, um in das in der Tiefe liegende Tal hinabzuschauen.

»Ist das dort Eure Höhle, Herzog Dorian?« rief er.

Falkenmond und Bowgentle beeilten sich, zu ihm hochzukommen. »Ja, das ist die Felswand!« Es war ein Felsen, der aussah, als hätte das Schwert eines Giganten ihn gespalten. Dort, etwas südlich, entdeckte Falkenmond den Granithaufen aus den Steinen des gespaltenen Berges vor dem Eingang zur Höhle. Und nun sah er auch die Öffnung selbst, einen schmalen Spalt in der Felswand. Sie sah nicht anders aus, als sie sie bei ihrem letzten Besuch zurückgelassen hatten. Falkenmond begann sich ein wenig wohler zu fühlen.

Er eilte den Hügel hinab. »Kommt!« rief er. »Hoffen wir, daß die Schätze noch unberührt sind.«

Aber etwas hatte Falkenmond in seiner Aufregung und seinem Gedankenwirrwarr vergessen. Er dachte nicht mehr daran, daß die uralte Technologie des Geistvolks bewacht wurde. Und gegen diesen Wächter hatten er und Oladahn schon einmal gekämpft, ohne ihm etwas anhaben zu können. Ein Wächter, mit dem sich nicht verhandeln ließ. Wie sehr Falkenmond jetzt wünschte, sie hätten die Kamele nicht zurückgelassen, denn mit ihnen hätten sie eine Chance gehabt zu entkommen.

»Was ist das für ein merkwürdiger Laut?« fragte Graf Brass, als ein gräßliches, wenn auch gedämpftes Heulen aus dem Felsspalt drang. »Wißt Ihr, was das ist, Herzog Dorian?«

»Ja«, murmelte Falkenmond düster. »Es ist das Brüllen des Maschinenungeheuers – der mechanischen Bestie, die die Höhle bewacht. Ich hatte geglaubt, sie wäre vernichtet worden, aber ich fürchte, nun wird sie uns vernichten.«

»Wir haben Schwerter«, sagte Graf Brass grimmig.

Falkenmond lachte wild. »Schwerter, ja.«

»Und wir sind zu dritt. Drei Männer, die sich wohl zu helfen wissen.«

»Ja«, murmelte Falkenmond nur.

Das Heulen wurde stärker, als das Untier sie witterte.

»Eine winzige Hoffnung haben wir«, erklärte Falkenmond. »Das Ungeheuer ist blind. Unsere einzige Chance liegt darin, uns aufzuteilen und so schnell uns unsere Beine tragen zu unseren Kamelen zu laufen. Vielleicht können uns dort meine Flammenlanzen ein wenig helfen.«

»Weglaufen?« brummte Graf Brass. Er zog sein mächtiges Breitschwert und strich sich über den roten Schnurrbart. »Ich habe noch nie gegen eine mechanische Bestie gekämpft. Ich möchte nicht die Flucht ergreifen, Herzog Dorian.«

»Dann müßt Ihr vielleicht zum drittenmal sterben!« brüllte Falkenmond verzweifelt über die Schulter zurück. »Hört auf mich, Graf Brass – Ihr wißt, daß ich kein Feigling bin –, wenn wir am Leben bleiben wollen, müssen wir die Kamele erreichen, ehe die Bestie uns erwischt. Seht!«

Das blinde Maschinenungeheuer tauchte aus dem Felsspalt auf. Es streckte seinen Schädel witternd und lauschend aus, um zu ergründen, wo sich jene befanden, deren Geruch es so sehr haßte.

»Bei Nion!« keuchte Graf Brass. »Ist das ein großes Tier!«

Es war gut doppelt so groß wie der Graf. Seinen Rücken entlang verlief ein Kamm rasiermesserscharfer Hörner. Sein metallener Schuppenpanzer glitzerte in allen Regenbogenfarben und blendete sie, als es mit großer Geschwindigkeit auf sie zuhopste. Es hatte kurze Hinter- und lange Vorderbeine, die in scharfen Metallklauen ausliefen. Seiner Gestalt nach erinnerte es in etwa an einen Gorilla. Es hatte Facettenaugen, die jedoch in seinem Kampf gegen Falkenmond und Oladahn von Falkenmond mit dem Schwertgriff zerbrochen worden waren. Bei jeder Bewegung klirrte es. Seine Stimme war metallisch und schmerzte in den Ohren der Männer. Auch der Geruch, der ihnen schon in dieser Entfernung in die Nase stieg, war metallisch.

Falkenmond zupfte Graf Brass am Arm. »Bitte, Graf Brass, ich flehe Euch an. Hier ist nicht der richtige Ort, es auf einen Kampf mit dieser Bestie ankommen zu lassen.«

Diese Logik sprach Graf Brass an. »Da mögt Ihr recht haben. Also gut, wir ziehen uns auf die Ebene zurück. Wird es uns dann folgen?«

»Oh, dessen könnt Ihr sicher sein!«

Dann trennten die drei sich und begannen auf verschiedenen Wegen zum Ort der verschwundenen Stadt zurückzulaufen. Sie hofften, das Untier würde eine Weile brauchen, sich zu entscheiden, wem es folgen sollte.

Ganz offensichtlich witterten ihre Kamele das Maschinenungeheuer, denn sie zerrten heftig an den Zügeln, mit denen sie sie festgebunden hatten. Sie versuchten sich aufzubäumen, ihre Nüstern und Mäuler waren angstvoll verzerrt, sie rollten die Augen und stampften nervös mit allen Beinen.

Als die Männer keuchend auf sie zuliefen, warfen die Berge das heulende Kreischen des Ungeheuers hundertfach verstärkt zurück. Es klang grauenvoll.

Falkenmond reichte Graf Brass eine Flammenlanze. »Ich bezweifle, daß sie viel gegen die Bestie ausrichten wird, aber wir dürfen nichts unversucht lassen.«

»Mir hätte ein Kampf Mann gegen Untier mehr zugesagt«, brummte der Graf.

»Der könnte Euch leicht noch bevorstehen«, unkte Falkenmond.

Hopsend, watschelnd, auf allen vielen rennend, erschien das gigantische Metalltier auf dem nächsten Hügel. Es hielt kurz an, als suche es nach ihrer Witterung – vielleicht hatte es aber auch ihren Herzschlag gehört.

Bowgentle stellte sich hinter seine Freunde, denn er hatte keine Flammenlanze. »Ich werde des Sterbens müde«, sagte er lächelnd. »Soll das vielleicht das Schicksal der Toten sein, immer und immer wieder zu sterben? Es ist keine angenehme Vorstellung.«

»Jetzt!« rief Falkenmond und drückte auf den Auslöser seiner Flammenlanze. Sofort folgte Graf Brass seinem Beispiel.

Rubinrotes Feuer peitschte gegen die mechanische Bestie. Sie schnaubte. Ihre ohnehin funkelnden Schuppen glitzerten noch stärker und glühten stellenweise weiß. Aber die Hitze schien keine Wirkung auf das Untier zu haben. Es spürte das Feuer nicht und konnte natürlich die Flammenlanzen auch nicht sehen. Kopfschüttelnd schaltete Falkenmond die Lanze aus, und Graf Brass tat es ihm gleich. Es wäre Dummheit, die Energie der Lanzen zu vergeuden.

»Es gibt nur eine Möglichkeit, mit einem solchen Ungeheuer fertig zu werden«, murmelte Graf Brass.

»Und die wäre?«

»Es müßte in eine Grube gelockt werden.«

»Aber wir haben keine Grube«, gab Bowgentle nervös zu bedenken, während er keinen Blick von dem immer näher kommenden Ungeheuer ließ.

»Oder über eine Felswand«, sagte Graf Brass jetzt. »Daß es in die Tiefe stürzt und zerschellt.«

»Es gibt hier aber auch keine solche Felswand in der Nähe«, erklärte ihm Bowgentle geduldig.

»Dann wird es uns wohl erwischen.« Graf Brass zuckte die Schultern. Ehe sie noch ahnen konnten, was er vorhatte, zog er das Breitschwert aus der Scheide und stürmte mit einem wilden Schlachtruf auf das Maschinenungeheuer ein – ein Metallmann gegen ein Metalltier, wie es aussah.

Die Bestie brüllte. Sie hielt abrupt an, hob sich auf die Hinterbeine und schwang wild mit den Klauen um sich, daß sie durch die Luft schnitten.

Graf Brass duckte sich unter die erhobenen Vorderbeine und hieb nach der Mitte des Untiers. Klirrend schlug das Schwert gegen die Schuppen, und dann noch einmal. Jetzt sprang Graf Brass schnell zurück, aus der Reichweite der messerscharfen Krallen, und hieb gegen das mächtige Klauengelenk, als es nach ihm greifen wollte.

Falkenmond schloß sich ihm nun an. Er hieb mit seinem Schwert auf die Hinterbeine des Ungeheuers ein. Bowgentle, der seine Abneigung gegen das Töten bei diesem mechanischen Ding vergaß, stieß seine Klinge in den Metallrachen. Doch das Untier schloß ihn, und das Schwert zerbrach.

»Zieht Euch zurück, Sir Bowgentle«, drängte Falkenmond. »Ohne Waffe dürft Ihr nicht in den Kampf eingreifen.«

Beim Klang seiner Stimme drehte sich der Schädel des Ungeheuers, und es schlug mit den Krallen nach Falkenmond. In seinem Ausweichmanöver stolperte Falkenmond und fiel.

Da stürmte erneut Graf Brass herbei und brüllte kaum weniger laut als sein mechanischer Gegner. Wieder klirrte die schwere Klinge gegen die Schuppen. Und wieder drehte das Ungeheuer sich, um sich auf den neuen Angreifer zu werfen.

Aber die drei Männer ermüdeten allmählich. Die Reise durch die Wüste hatte sie geschwächt, und ihre Flucht vor dem Untier über die Hügel hatte sie auch Atem gekostet. Falkenmond sah schon ihr unvermeidliches Ende voraus – und niemand würde je erfahren, wo und wie sie gestorben waren.

Er hörte Graf Brass' Schrei, als er mehrere Schritte durch einen Schwinger der Bestie zurückgeschleudert wurde. Durch seine schwere Rüstung behindert, stürzte er hilflos auf den Boden, ohne gleich wieder aufstehen zu können.

Das Metallungeheuer schien die Hilflosigkeit seines Gegners zu spüren und watschelte auf Graf Brass zu, um ihn unter seinen mächtigen Beinen zu zerstampfen.

Falkenmond stieß einen unartikulierten Schrei aus. Er rannte auf das Untier zu und hieb das Schwert mit aller Gewalt auf seinen Rücken. Aber es hielt nicht an. Immer näher watschelte es auf Graf Brass zu.

Falkenmond wirbelte herum, um sich zwischen die Metallkreatur und seinen Freund zu stellen. Er schlug auf seine Klauen ein, auf seinen Leib. Seine eigenen Knochen schmerzten entsetzlich bei jedem Aufprall des Schwertes.

Doch immer noch dachte das Ungeheuer gar nicht daran, seine Richtung zu ändern. Die blinden Augen stierten geradeaus.

Dann schleuderte es auch Falkenmond zur Seite. Zerschunden und benommen lag er auf dem Boden und sah entsetzt und hilflos zu, als Graf Brass sich bemühte, hochzukommen. Er sah eines der monströsen Beine sich über Graf Brass' Kopf heben, sah, wie der Freund einen Arm hob, als könnte er sich so gegen das Untier schützen. Irgendwie gelang es Falkenmond, auf die Füße zu kommen und vorwärtszutaumeln, aber er wußte, er würde Graf Brass nicht mehr retten können, selbst wenn er das Maschinenungeheuer noch rechtzeitig genug erreichte. Und während er darauf zuschwankte, stürzte Bowgentle herbei – Bowgentle, der außer dem Schwertstumpf keine Waffe hatte –, als könnte er die Bestie mit bloßen Händen zur Seite schieben.

Und Falkenmond dachte: »Ich habe meine Freunde wieder in den Tod geführt. Es stimmt, was Kalan sagte. Ich scheine ihre Nemesis zu sein.«

5. Ein anderes Londra

Da zögerte das Untier plötzlich.

Fast kläglich winselte es.

Graf Brass nutzte die Gelegenheit. Eilig rollte er sich unter dem mächtigen Fuß weg. Er hatte zwar immer noch nicht die Kraft, sich zu erheben, aber er kroch mit dem Schwert in der Hand hastig davon.

Sowohl Bowgentle und Falkenmond hatten angehalten. Sie fragten sich erstaunt, weshalb das Ungeheuer plötzlich wie erstarrt war.

Die mechanische Bestie krümmte sich. Ihr Wimmern klang nun wie flehend und furchterfüllt. Sie drehte den Schädel, als hörte sie eine Stimme, die außer ihr niemand vernahm.

Endlich kam Graf Brass schwerfällig auf die Füße und bereitete sich erschöpft auf die Fortsetzung seines Kampfes mit dem Untier vor.

Doch mit einemmal stürzte das Maschinenungeheuer mit einem Krach zu Boden, daß es die Erde unter seinen Füßen erschütterte. Die vielfarbig funkelnden Schuppen wurden matt. Es sah aus, als begännen sie zu rosten. Die Bestie rührte sich nicht mehr.

»Wa-as bedeutet das?« fragte Graf Brass verwirrt. »Hat unser Wille es getötet?«

Falkenmond lachte, als der erste schwache Schimmer sich in der klaren Wüstenluft abzeichnete. »Nicht unserer, aber vielleicht ein anderer.«

Bowgentle schluckte, als auch er die sich bildenden Umrisse bemerkte. »Was ist das? Eine Geisterstadt?«

»Fast.«

Graf Brass knurrte. Er packte sein Schwert fester. »Mir gefällt diese neue Gefahr nicht besser.«

»Es dürfte keine Gefahr sein – zumindest nicht für uns«, beruhigte ihn Falkenmond. »Soryandum kehrt zurück.«

Allmählich festigten sich die vagen Umrisse, nahmen Form an, bis schließlich eine ganze Stadt in der Wüste lag. Eine uralte Stadt war es, die eigentlich nur aus Ruinen bestand.

Graf Brass strich sich über den roten Bart. Seiner Haltung war anzusehen, daß er von Falkenmonds Worten nicht völlig überzeugt und bereit war, sich zu verteidigen.

»Steckt Euer Schwert ein, Graf Brass«, riet ihm Falkenmond. »Das ist wirklich das Soryandum, das wir suchten. Die Geistmenschen, jene Unsterblichen, von denen ich Euch erzählte, sind gerade rechtzeitig zu unserer Hilfe gekommen. Seht doch, wie schön Soryandum ist!«

Soryandum war von malerischer Schönheit, trotz seiner Ruinen – oder vielleicht gerade deshalb? Ihre Mauern waren von Moos überwachsen, die Brunnen plätscherten friedlich, Efeu umrankte die teilweise eingestürzten Türme, und überall, aus allen Mauerspalten und den Ritzen im Pflaster spitzten gelbe, rote und purpurne Blumen hervor, und grüne Ranken schlangen sich um die Säulen aus Granit und Obsidian. Eine wundersame Stimmung herrschte in dieser stillen Stadt, in der nur das fröhliche Zwitschern und Trillern von Vögeln zu hören war, die sich ihre Nester unter den morschen Dachsparren gebaut hatten. Und ganz sanft strich der Wind durch die verlassenen Straßen und wirbelte den Staub auf.

»Das ist Soryandum«, sagte Falkenmond erneut, und seine Stimme klang fast ehrfüchtig.

Sie standen auf einem von Ruinen umringten Platz, neben dem toten Metallungeheuer.

Graf Brass fand als erster seine Fassung wieder. Er schritt vorsichtig über das mit blühendem Unkraut durchzogene Pflaster und berührte eine Hauswand. »Sie ist ja ganz fest«, brummte er. »Wie kann das möglich sein?«

»Ich habe stets heimlich gelächelt, wenn jemand von seinem Glauben an das Übernatürliche sprach«, murmelte Bowgentle. »Aber jetzt fange ich fast an, mir Gedanken zu machen . . .«

»Nichts Übernatürliches, sondern eine uralte Wissenschaft hat Soryandum zurückgebracht«, versicherte ihm Falkenmond, »genau wie dieselbe Wissenschaft die Stadt hatte verschwinden lassen. Ich holte dem Geistvolk die Maschine, die es dazu benötigte, denn sie selbst können ihre Stadt nicht mehr verlassen. Diese Menschen waren früher einmal genau wie wir, aber über die Jahrhunderte hinweg – durch einen Prozeß, den ich nicht einmal ahnen kann – haben sie sich ihrer körperlichen Form entledigt und sind zu Wesen des Geistes geworden. Aber sie können leibliche Gestalt annehmen, wenn sie es wollen, und sie verfügen über viel größere Kraft als die meisten Sterblichen. Sie sind friedliebende Menschen – und so schön wie ihre Stadt.«

»Eure Worte sind sehr schmeichelhaft, alter Freund«, erklang es aus der leeren Luft.

»Rinal?« Falkenmond glaubte die Stimme zu erkennen, »Seid Ihr es?«

»Richtig geraten. Aber wer sind Eure Begleiter? Ihre Anwesenheit verwirrte unsere Instrumente. Deshalb zögerten wir auch, uns und unsere Stadt zu zeigen, da es ja hätte sein können, daß sie etwas Schlimmes gegen die Stadt im Schilde führen und sie Euch überlisten, sie nach Soryandum zu bringen.«

»Sie sind gute Freunde«, versicherte ihm Falkenmond, »aber nicht aus dieser Zeit. Ist es das, was Eure Instrumente verwirrt, Rinal?«

»Könnte sein. Nun, ich vertraue Euch, Falkenmond, und aus gutem Grund. Ihr seid ein willkommener Gast in Soryandum, denn nur Euch verdanken wir unser Überleben.«

»Und ich Euch das meine.« Falkenmond lächelte. »Wo seid Ihr, Rinal?«

Die hochgewachsene Gestalt Rinals erschien plötzlich neben ihm. Der Körper war nackt, ohne jeglichen Schmuck, und milchig durchscheinend, sein Gesicht schmal, und die Augen wirkten blind – so blind wie die des Maschinenungeheuers –, zweifellos aber sahen sie Falkenmond ganz deutlich.

»Geisterstadt, Geistmenschen.« Graf Brass schüttelte den Kopf und schob das Schwert in die Hülle zurück. »Doch wenn Ihr unser Leben vor diesem Ding gerettet habt«, er deutete auf das Metalltier, »muß ich Euch danken.« Jetzt erst hatte er sich völlig von seiner Überraschung erholt und besann sich seiner Manieren. »Ich danke Euch aus tiefster Seele, Sir Geist.«

»Ich bedauere, daß unser Metallwächter Euch solche Unannehmlichkeiten bereitet hat«, entschuldigte sich Rinal. »Wir schufen ihn vor vielen Jahrhunderten, um unsere Schätze zu behüten. Wir hätten ihn längst vernichtet, aber wir befürchteten, die Knechte des Dunklen Imperiums könnten zurückkehren, sich unserer Maschinen bemächtigen und sie zum Bösen verwenden. Außerdem konnten wir nichts gegen das Metalltier unternehmen, solange es nicht in den Stadtbereich kam, denn wie Ihr, Dorian Falkenmond, ja wißt, haben wir außerhalb Soryandums keine Macht. Unsere Existenz ist untrennbar mit der Stadt verbunden. Es war jedoch einfach, der Bestie den Befehl zu sterben zu erteilen, nachdem sie erst hier war.«

»Wie gut, daß Ihr uns den Rat gabt, hierher zu fliehen, Herzog Dorian«, sagte Bowgentle erleichtert seufzend. »Hätten wir es nicht getan, wären wir jetzt alle drei tot.«

»Wo ist Euer anderer Freund?« erkundigte sich Rinal. »Jener, der seinerzeit mit Euch nach Soryandum kam.«

»Oladahn ist ein zweites Mal gestorben«, murmelte Falkenmond düster.

»Ein zweites Mal?«

»Ja. Genau wie diese, meine beiden Freunde, einem zweiten Tod sehr nahe kamen.«

»Ihr weckt meine Neugier.« Rinal lächelte. »Kommt, wir werden eine kleine Stärkung für euch besorgen, und während ihr sie zu euch nehmt, erklärt ihr mir und den paar anderen Überlebenden meines Volkes diese Rätsel.«

Rinal führte die drei Gefährten durch die Ruinen Soryandums, bis sie zu einem noch einigermaßen gut erhaltenen, dreistöckigen Haus kamen, das seltsamerweise keine Tür in Bodenhöhe hatte.

Falkenmond war schon einmal hier gewesen. Es unterschied sich nicht sehr von den anderen Ruinenhäusern Soryandums, aber hier wohnten die Geistmenschen, wenn sie körperliche Gestalt annahmen.

Zwei weitere ihrer Art schwebten von dem oberen Stockwerk zu Falkenmond, Graf Brass und Bowgentle herunter. Die drei Geistmenschen trugen die Freunde nun mühelos mit ihnen zurückschwebend zu einem breiten Fenster im ersten Stock, das als Eingang diente.

In einem leeren, sauberen Zimmer setzte man den dreien Speisen vor, obgleich die Geistmenschen selbst keine Nahrung benötigten. Die Speisen waren ungemein schmackhaft, wenn auch fremdartig, Graf Brass ließ es sich sofort schmecken und sprach kaum ein Wort, während Falkenmond Rinal berichtete, weshalb sie seine und die Hilfe seines Volkes benötigten.

Aber auch als Falkenmond geendet hatte, aß Graf Brass genußvoll weiter. Bowgentle, der sich heimlich darüber amüsierte, war weniger am Essen interessiert, als möglichst viel über Soryandum und seine Bewohner, ihre Geschichte und Wissenschaften zu erfahren. Rinal bemühte sich, diesen Durst zu stillen, während Falkenmond sich nun dem köstlichen Mahl widmete. Rinal erzählte Bowgentle, daß während des Tragischen Jahrtausends die meisten großen Städte und Nationen sich darauf konzentriert hatten, immer neuere und mächtigere Kriegswaffen zu produzieren. Dank seiner abgelegenen Lage war es Soryandum möglich gewesen, neutral zu bleiben. Statt sich wie fast alle anderen mit der Erfindung von Waffen zu beschäftigen, widmeten die Soryander sich friedlichen Wissenschaften, wie der Erforschung von Materie, Raum und Zeit. Deshalb hatten die Soryander und ihre Stadt das Tragische Jahrtausend überlebt und nichts von ihrem Wissen vergessen, während überall sonst alles zerstört war und man die Wissenschaften als Zauberei ablehnte, weil die Nachkommen von Aberglauben erfüllt waren.

»Deshalb suchten wir Euch auf, um Eure Hilfe zu erbitten«, sagte Falkenmond. »Wir möchten gern herausfinden, wie es Baron Kalan gelang zu entfliehen, und wohin er sich zurückgezogen hat. Und natürlich liegt uns viel daran zu erfahren, wie er es fertigbringt, den Strom der Zeit zu manipulieren – denn das hat er getan, als er Graf Brass und Bowgentle und die anderen, die ich erwähnte, aus einer Zeit in die andere versetzte – und trotzdem kein Paradoxon verursacht hat, zumindest, soweit wir es feststellen können.«

»Das scheint mir das einfachste der Probleme zu sein«, sagte Rinal lächelnd. »Dieser Kalan muß über enorme Energien verfügen. Ist er derjenige, der Eure Kristallmaschine vernichtete – die, die wir Euch gaben, um Eure Stadt und Burg aus dieser Raumzeit zu heben?«

»Nein, ich glaube, das war Taragorm«, erwiderte Falkenmond. »Aber Kalan ist nicht weniger fähig als der ehemalige Herr des Palasts der Zeit. Ich vermute jedoch, daß er sich der genauen Natur seiner Macht über die Zeit nicht sicher ist. Er zögert, sie voll auszuprobieren. Und er scheint auch zu glauben, daß mein Tod zu diesem Zeitpunkt die Vergangenheit ändern würde. Wäre das möglich?«

Rinal blickte ein wenig zweifelnd auf den Boden. »Es könnte sein«, erwiderte er schließlich. »Dieser Baron Kalan scheint sich mit dem Wesen der Zeit doch ziemlich gut auszukennen. Natürlich, objektiv betrachtet, gibt es so etwas wie Vergangenheit, Gegenwart oder Zukunft überhaupt nicht. Mir erscheint Baron Kalans Plan unnötig kompliziert. Wenn er die Zeit in diesem Ausmaß manipulieren kann, wäre es doch günstiger für ihn, zu versuchen, Euch zu töten, *ehe* – natürlich subjektiv gesprochen – Ihr dem Runenstab zu Diensten sein konntet.«

»Das würde dann alle Ereignisse ändern, die mit unserem Sieg über das Dunkle Imperium zu tun hatten?«

»Das ist eines der Paradoxa. Ereignisse sind Ereignisse, sie geschehen. Sie sind Wirklichkeit. Aber die Wirklichkeit variiert in den verschiedenen Dimensionen. Es ist durchaus möglich, daß eine Dimension der Erde dieser so sehr gleich ist, daß es auch zu ähnlichen Ereignissen kommt, die dort aber vielleicht noch bevorstehen, während sie hier überstanden sind ....« Rinal lächelte. Graf Brass' Stirn war tief gerunzelt, er zupfte an seinem Schnurrbart und schüttelte den Kopf, als hielte er Rinal für verrückt.

»Nun, hättet Ihr eine andere Erklärung, Graf Brass?«

»Mein Interessengebiet ist die Politik«, brummte Graf Brass. »Ich konnte mich nie für die Abstrakta der Philosophie begeistern. Mein Gehirn ist nicht geschult, Euren Vermutungen zu folgen.«

Falkenmond lachte. »Auch meines nicht. Nur Sir Bowgentle versteht offenbar, was Rinal meint.«

»Nicht alles«, wehrte Bowgentle bescheiden ab. »Aber einen Teil doch. Ihr glaubt also, Kalan könnte sich in einer anderen Dimension der Erde aufhalten, wo es einen Graf Brass gibt, der vielleicht nicht genau wie dieser Graf Brass ist, der neben mir sitzt?«

»Wa-as?« knurrte Graf Brass. »Habe ich einen Doppelgänger?«

Wieder lachte Falkenmond. Aber Bowgentles Gesicht war ernst, als er erwiderte: »Nicht ganz, Graf Brass. Ich würde eher annehmen, daß in dieser Welt Ihr der Doppelgänger seid – und ich ebenso. Ich glaube nicht, daß dies unsere Welt ist – daß unsere Vergangenheit nicht völlig, nicht in allen Einzelheiten so ist, wie Freund Falkenmond sich an sie erinnert. Wir wurden ohne unseren Willen als Eindringlinge hierhergebracht, um Herzog Dorian zu töten. Aber aus welchen Gründen – abgesehen vielleicht von perversen Rachegelüsten – tötet Kalan Herzog Dorian nicht selbst? Weshalb muß er uns dazu benutzen?«

»Wegen der Auswirkungen – wenn Eure Theorie stimmt . . .«, warf Rinal ein. »Seine Handlungsweise würde möglicherweise etwas für ihn Nachteiliges heraufbeschwören. Tötet er Falkenmond selbst, geschieht ihm etwas – es käme zu einer Kettenreaktion, die anders verlaufen würde, wenn einer von euch Falkenmond in den Tod schickte.«

»Aber er muß die Möglichkeit doch in Betracht gezogen haben, daß wir uns nicht dazu überreden lassen, Herzog Dorian umzubringen.«

»Nein, ich glaube, das hat er nicht. Ich denke eher, daß die Dinge völlig entgegen seiner Erwartung verliefen. Deshalb versuchte er auch weiterhin, euch zu überreden, Falkenmond das Leben zu nehmen, selbst dann noch, als für ihn offensichtlich war, daß ihr ihm mißtrautet. Er muß einen Plan entwickelt haben, der von der Voraussetzung ausgeht, daß Falkenmond durch eure Hand in der Kamarg den Tod findet. Darum wird er immer hysterischer. Zweifellos hängt viel von seinem Plan ab, daß er alles durch Falkenmonds Weiterleben gefährdet sieht. Deshalb hat er sich auch nur jener von euch entledigt, die ihn direkt angegriffen haben. Er ist irgendwie verwundbar. Es wäre gewiß günstig, wenn ihr herausbekämt, auf welche Weise.«

Falkenmond zuckte die Schultern. »Wie sollen wir das herausfinden, wenn wir nicht einmal wissen, wo Kalan sich versteckt hält?«

»Oh, es wäre möglich, ihn aufzuspüren«, erwiderte Rinal nachdenklich. »Wir haben so einiges erfunden, als wir nach einer Möglichkeit forschten, unsere Stadt durch die Dimensionen zu bewegen – Sensoren und ähnliche Instrumente beispielsweise, mit denen man die verschiedenen Ebenen des Multiversums abtasten kann. Wir werden uns darum kümmern. Für uns haben wir nur eine einzige Sonde gebraucht, um dieses Gebiet unserer eigenen Erde zu beobachten, während wir uns in einer anderen Dimension aufhielten. Die restlichen zu aktivieren, wird nur eine kurze Weile dauern. Würde euch das helfen?«

»Sehr sogar«, versicherte ihm Falkenmond.

»Bedeutet das, daß wir eine Chance bekommen, Kalan zu fassen?«

Bowgentle legte eine Hand auf die Schulter des Mannes, der in späteren Jahren sein bester Freund werden würde. »Ihr verlangt ein wenig zu viel, Graf. Rinals Instrumente gestatten nur einen Blick in diese Dimensionen. Sie aufzusuchen, bedürfte es sicher anderer Maschinen.«

Rinal nickte. »Das stimmt. Aber laßt uns erst einmal sehen, ob wir diesen Baron Kalan des Dunklen Imperiums überhaupt finden können. Die Wahrscheinlichkeit ist nicht allzu groß – denn es gibt unendlich viele Dimensionen allein dieser Erde.«

Fast den ganzen nächsten Tag, während Rinal und seine Leute an ihren Maschinen arbeiteten, schliefen sich Falkenmond, Bowgentle und Graf Brass gründlich aus, um sich von den Strapazen der Reise und des Kampfes mit der Metallbestie zu erholen.

Am Abend aber schwebte Rinal durch das Fenster ihres Zimmers. Die Sonne schickte ihre letzten Strahlen durch die Stadt. Sie drangen durch Rinals durchsichtigen Körper, daß es aussah, als leuchte er von innen heraus.

»Die Instrumente sind bereit«, erklärte er. »Wollt ihr mitkommen? Wir fangen jetzt an, die Dimensionen abzutasten.«

Graf Brass sprang hoch. »Ja, natürlich«

Die beiden anderen erhoben sich ebenfalls, als zwei von Rinals Volk ebenfalls durch das Fenster schwebten. In ihren starken Armen trugen sie sie von außen in das obere Stockwerk, wo eine

Anzahl von Maschinen standen, die keinerlei Ähnlichkeit mit irgendwelchen hatten, die die drei Menschen je zuvor gesehen hatten. Wie das Kristallgerät, das Burg Brass durch die Dimensionen versetzt hatte, sahen auch diese mehr wie Juwelen als wie Geräte aus – einige dieser glitzernden Kostbarkeiten waren fast von Mannesgröße. Vor jeder dieser ungewöhnlichen Maschinen schwebte ein Geistmensch und hantierte an einem kleineren Juwel, nicht unähnlich jener winzigen Pyramide, die Falkenmond in Baron Kalans Hand gesehen hatte.

Tausende von Bildern schoben sich über den Schirm, als die Sonden in die Dimensionen des Multiversums tauchten. Fremdartige Szenen huschten vorbei, die kaum auf eine Erde schließen ließen, wie Falkenmond sie kannte.

Stunden später tief Falkenmond: »Halt! Dort! Eine Tiermaske! Ich habe sie gesehen!«

Der Geistmensch an dieser Sonde strich über eine Reihe von Kristallen und versuchte, das Bild zurückzuholen, das so flüchtig zu sehen gewesen war, aber es glückte ihm nicht.

Die Sonde begann ihre Suche von neuem. Zweimal glaubte Falkenmond, Szenen zu sehen, die auf Kalans Anwesenheit hindeuteten, aber beide Male verloren sie sich wieder.

Und dann endlich, durch reinen Zufall, stießen sie auf eine weiße, glühende Pyramide – zweifellos die, in der Baron Kalan reiste.

Die Sensoren empfingen ein ungewöhnlich starkes Signal, denn die Pyramide war gerade selbst unterwegs – zurück zu ihrer Heimatbasis, wie Falkenmond sehnlichst hoffte.

»Wir können ihr ohne weiteres folgen. Paßt auf.«

Falkenmond, Graf Brass und Bowgentle starrten auf den Schirm, der die milchige Pyramide schattenhaft zeigte, bis sie schließlich zu einem Halt kam und durchsichtig zu werden begann. Jetzt konnten sie Baron Kalan von Vitalls Züge ganz deutlich erkennen. Er konnte natürlich nicht ahnen, daß er beobachtet wurde, und ausgerechnet auch noch von jenen, die er zu vernichten suchte. Aus der Pyramide kletterte er in einen großen, dunklen und schmutzigen Raum, der gut und gern eine Kopie seines alten Laboratoriums in Londra sein mochte. Er hatte die Stirn gerunzelt und studierte Notizen, die er sich offenbar unterwegs gemacht hatte. Eine weitere

Gestalt kam in den Raum und sprach zu ihm. Das heißt, ihre Lippen bewegten sich, aber die drei Freunde hörten keinen Laut. Die Gestalt war auf die alte Weise der Bürger des Dunklen Imperiums gekleidet. Sie trug eine Maske, die ihren Kopf völlig bedeckte. Die Maske war aus in verschiedenen Farben emailliertem Metall und so gegossen, daß sie einer zischenden Schlange ähnelte.

Falkenmond erkannte sie als den vermummenden Kopfputz des Ordens der Schlange – jenes Ordens, dem alle Zauberer und Wissenschaftler des alten Granbretaniens angehört hatten. Jetzt reichte der Schlangenköpfige Kalan eine ähnliche Maske, die dieser eilig über den Kopf zog – denn kein Granbretanier seiner Art ertrug es lange, sich unmaskiert von einem anderen sehen zu lassen.

Kalans Maske hatte dieselbe Schlangenform wie die seines Dieners, aber sie war kunstvoller gefertigt und mit Juwelen verziert.

Falkenmond rieb sich das Kinn und überlegte, weshalb ihm irgend etwas an dieser Szene falsch vorkam. Er wünschte sich, d'Averc, der viel vertrauter als er mit den Eigenheiten des Dunklen Imperiums gewesen war, wäre jetzt hier, denn gewiß fiele ihm sofort auf, was nicht stimmte.

Ob es vielleicht an den Masken lag? Sie waren bei weitem nicht so sorgfältig gearbeitet wie die, die er an den Männern des Dunklen Imperiums gesehen hatte. Ja selbst die der niedrigsten Diener waren feiner gewesen. Aber weshalb war das so?

Jetzt folgte die Sonde Kalan aus dem Labor durch gewundene Korridore, die sehr jenen ähnelten, die die einzelnen Gebäude in Londra miteinander verbunden hatten. Oberflächlich betrachtet, mochte dieser Ort durchaus die alte Hauptstadt Granbretaniens sein. Aber wiederum waren auch diese Gänge nicht ganz gleich. Der Stein der Wand war gröber bearbeitet, die Wandmalereien und Mosaiken schienen von mittelmäßigen Künstlern geschaffen zu sein. Das wäre in Londra nie geduldet worden, denn obgleich die Lords des Dunklen Imperiums einen abartigen Geschmack gehabt hatten, hatten sie nur die höchste Vollendung in künstlerischer und handwerklicher Arbeit, selbst bis in die geringsten Einzelheiten, geduldet.

Hier fehlte das Detail. Das Ganze wirkte wie eine schlechte Kopie,

Die Szene wechselte, als Kalan einen neuen Raum betrat, wo sich mehrere Maskierte befanden: Auch dieses Zimmer sah bekannt aus, war aber von so kruder Ausstattung wie alles Bisherige.

Graf Brass kochte fast vor Ungeduld. »Wann können wir dort hin? Das ist unser Feind! Wir wollen ihn so schnell wie möglich stellen!«

»Es ist nicht so einfach, durch die Dimensionen zu reisen«, erklärte Rinal mild. »Ganz davon abgesehen, haben wir noch nicht berechnet, wo dieser Ort sich befindet, den wir im Augenblick beobachten.«

Falkenmond lächelte Graf Brass an. »Habt Geduld, Sir.«

Dieser Graf Brass war viel ungestümer als der, den Falkenmond gekannt hatte. Zweifellos lag es daran, daß er zwanzig Jahre jünger war. Oder vielleicht war er auch nicht ganz derselbe, wenn Rinals Theorie stimmte – nur fast der gleiche aus einer anderen Dimension. Trotzdem, dachte Falkenmond, ich bin mit ihm einverstanden, woher er auch immer sein mag.

»Die Schärfe der Aufzeichnung läßt nach«, erklärte der Geistmensch, der die Sonde bediente. »Die Dimension, die wir hier abtasten, muß viele Ebenen entfernt sein.«

Rinal nickte. »Daran besteht kein Zweifel. Offenbar handelt es sich um eine, die selbst unsere abenteuerlustigen Vorfahren nie erforschten. Es wird schwierig werden, ein Tor zu finden.«

»Kalan fand eines«, bemerkte Falkenmond.

Rinal lächelte schwach. »Durch Wissen oder Zufall, Freund Falkenmond?«

»Durch Berechnungen, sicherlich. Denn wo sonst hatte er ein anderes Londra finden können?«

»Städte lassen sich erbauen«, gab Rinal zu bedenken.

»Genau wie neue Wirklichkeiten«, murmelte Bowgentle.

6. Noch ein Opfer

Die drei Männer warteten geduldig, während Rinal und seine Leute sich eine Möglichkeit ausdachten, in diese Dimension zu gelangen, in der Baron Kalan von Vitall sich versteckt hielt.

»Da dieser neue Kult vom echten Londra ausgeht, ist anzunehmen, daß Baron Kalan seine Anhänger heimlich besucht. Das erklärt auch das Gerücht, daß einige der Lords des Dunklen Imperiums sich noch in Londra aufhalten sollen«, überlegte Falkenmond laut. »Unsere einzige andere Chance wäre, uns nach Londra zu begeben und Kalan dort zu finden, wenn er seinen nächsten Besuch macht. Aber reicht uns dafür die Zeit?«

Graf Brass schüttelte den Kopf. »Dieser Kalan befindet sich offenbar in einer Zwangslage und muß seinen Plan schnell ausführen. Ich verstehe nur nicht, wieso, wenn er doch mit allen Raum- und Zeitdimensionen nach Belieben spielen kann. Aber obwohl er doch gewiß auch uns manipulieren könnte, wie es ihm gefällt, tat er es nicht. Ich frage mich, weshalb wir für seine Pläne so ungeheuer wichtig sind?«

Falkenmond zuckte die Schultern. »Das sind wir vielleicht gar nicht. Er wäre nicht der erste granbretanische Lord, den sein Rachedurst den Überblick verlieren läßt.« Er erzählte ihnen die Geschichte von Baron Meliadus.

Bowgentle hatte inzwischen die Kristallgeräte studiert, um herauszufinden, wie sie wohl funktionierten, aber er kam nicht dahinter. Keines von ihnen war im Augenblick in Betrieb, denn die Geistmenschen hielten sich in einem anderen Teil des Hauses auf und beschäftigten sich mit dem Problem, Instrumente herzustellen, die sich durch die Dimensionen bewegen könnten. Sie würden nach dem Prinzip der Kristallmaschine vorgehen, die ihre Stadt versetzte, diese selbst konnten sie jedoch nicht dazu benutzen, da sie sie im Fall der Gefahr für sich benötigten.

Bowgentle kratzte sich am Kopf. »Ich komme mit diesen Dingen nicht klar. Mit Sicherheit kann ich nur sagen, daß sie funktionieren.«

Graf Brass' Rüstung knarrte leicht, als er zum Fenster schritt und in die kühle Nacht hinausstarrte. »Ich habe genug davon, hier eingesperrt zu sein«, brummte er. »Ein bißchen frische Luft täte mir sicher gut. Was ist mit euch beiden?«

Falkenmond schüttelte den Kopf. »Ich schlafe mich lieber aus.«

»Ich begleite Euch«, sagte Bowgentle. »Aber wie kommen wir hier heraus?«

»Ruft Rinal«, riet Falkenmond ihnen. »Er wird euch hören.«

Zwei Geistmenschen eilten herbei und trugen die beiden, die sich in den Armen der zwei zerbrechlich Aussehenden offensichtlich nicht sehr wohl zu fühlen schienen, durch das Fenster und in die Tiefe. Falkenmond machte es sich in einer Zimmerecke bequem und schlief.

Aber beunruhigende Träume quälten ihn, in denen seine Freunde zu seinen Feinden, die Lebenden zu Toten, die Toten zu Lebenden und einige zu Ungeborenen wurden. Er zwang sich, wach zu werden, und stellte mit schweißüberströmter Stirn fest, daß Rinal neben ihm stand.

»Die Maschine ist bereit«, erklärte ihm der Geistmann. »Aber ich fürchte, sie ist nicht perfekt. Sie kann lediglich der Pyramide folgen. Sobald sie sich hier in dieser Welt wieder materialisiert, wird unsere Kugel ihr auf der Spur bleiben, wohin immer sie sich auch begeben mag – aber sie hat weder eigenen Antrieb noch eine Steuerung – sie kann, sozusagen, nur im Schlepptau der Pyramide bleiben. Die Gefahr besteht, daß Ihr für alle Zeit in einer anderen Dimension gefangen bleibt.«

»Ich bin bereit, dieses Risiko auf mich zu nehmen«, erklärte Falkenmond. »Es wird leichter zu ertragen sein als die Alpträume, die mich quälen. Wo sind Graf Brass und Bowgentle?«

»Sie spazieren durch die Straßen Soryandums. Soll ich sie holen lassen?«

»Ja«, bat ihn Falkenmond und rieb sich den Schlaf aus den Augen. »Wir sollten unsere Pläne so schnell wie möglich machen. Ich habe das Gefühl, daß wir Baron Kalan schon sehr bald wiedersehen werden.« Er streckte sich und gähnte. Der Schlaf hatte ihn nicht erfrischt, im Gegenteil, er fühlte sich müder als zuvor.

»Oder besser doch nicht«, sagte er nun. »Ich schließe mich lieber ihnen an. Die Nachtluft wird auch mir guttun.«

»Wie Ihr wollt. Ich bringe Euch hinunter.« Rinal schwebte auf Falkenmond zu. Als er ihn zum Fenster hob, fragte Falkenmond: »Wo ist die Maschine, von der Ihr gesprochen habt?«

»Die Dimensionskugel? Unten, in unserem Labor. Möchtet Ihr sie noch heute nacht sehen?«

»Das wäre vielleicht am klügsten. Ich bin ziemlich sicher, daß Kalan nicht lange auf sich warten lassen wird.«

»Gut. Ich werde Euch nach Eurem Gespräch mit Euren Freunden zu ihr bringen. Ihre Bedienung ist sehr einfach – es gibt kaum Armaturen, da der Zweck der Maschine ja lediglich ist, einer anderen zu folgen. Aber ich verstehe natürlich Eure Ungeduld, sie zu sehen. Also sprecht jetzt mit Euren Freunden.«

Der Geistmann, der in der mondbeschienenen Straße kaum zu

sehen war, verließ Falkenmond, um ihn nach Bowgentle und Graf Brass suchen zu lassen.

Falkenmond ließ sich Zeit und spazierte gemächlich durch die von blühenden Pflanzen durchwachsenen Straßen zwischen den Ruinen, aus deren Öffnungen das Mondlicht strahlte. Er genoß die Stille und den Frieden und begann sich wieder wohler zu fühlen. Auch sein Kopf wurde in der würzigen, kühlen Luft bald klarer.

Nach einer Weile hörte er Stimmen irgendwo vor sich und wollte seinen Freunden gerade zurufen, als ihm bewußt wurde, daß es sich um drei und nicht zwei handelte. Im Schatten der Hausmauern und auf Zehenspitzen näherte er sich ihnen eilig. Hinter einer zerbrochenen Säule hielt er an und spähte hinaus auf einen nicht sehr großen Platz, auf dem Bowgentle und Graf Brass standen. Brass war wie erstarrt, und Bowgentle sprach mit leiser Stimme mit einem Mann, der mit überkreuzten Beinen in der Luft über ihm saß. Die Umrisse der Pyramide glühten nur schwach, als hätte der Baron sich bemüht, nicht auf sie aufmerksam zu machen. Kalan funkelte Bowgentle wütend an.

»Was wißt Ihr von solchen Dingen?« brüllte er unbeherrscht. »Ihr – der Ihr selbst kaum wirklich seid!«

»Das mag sein. Aber ich nehme stark an, daß Eure eigene Wirklichkeit gefährdet ist. Habe ich recht? Weshalb könnt Ihr Falkenmond denn nicht selbst töten? Wegen der Auswirkungen, richtig? Habt Ihr die Möglichkeiten einer solchen Handlung berechnet? Und sie sind wohl nicht sehr erfreulich für Euch?«

»Schweigt!« schrie Kalan. »Oder ich verbanne Euch ins Nichts. Ich biete Euch ein ganzes Leben, wenn Ihr Falkenmond tötet oder Graf Brass dazu bringt, es zu tun!«

»Weshalb habt Ihr denn nicht Graf Brass ins Nichts befördert, als er Euch angriff? Vielleicht, weil Falkenmond nur von einem von uns beiden getötet werden kann, nun, da Oladahn und d'Averc nicht mehr hier sind?«

»Sagte ich nicht, Ihr sollt schweigen!« fauchte Kalan. »Ihr hättet mit dem Dunklen Imperium zusammenarbeiten sollen, Sir Bowgentle. Eine Intelligenz wie Eure ist unter diesen Barbaren vergeudet.«

Bowgentle lächelte. »Barbaren? Ich habe ein wenig von dem erfahren, was das Dunkle Imperium in meiner Zukunft mit seinen Feinden machen wird. Eure Wortwahl ist nicht sehr treffend, Baron Kalan.«

»Ich warne Euch«, knirschte Kalan jetzt drohend. »Ihr geht zu weit. Ich bin immer noch ein Lord des Dunklen Imperiums und dulde eine solche Vertraulichkeit nicht!«

»Euer Mangel an Toleranz war schon einmal Euer Verhängnis – oder wird es sein. Es wird uns allmählich klar, was Ihr mit Eurer Londra-Imitation bezweckt . . .«

»Ihr wißt Bescheid?« Ein Zug von Angst huschte über Kalans Züge. Er benetzte die Lippen und zog die Brauen zusammen. »Ihr wißt es also? Ich glaube, wir haben einen Fehler begangen, als wir eine Figur mit Eurem Verstand und Eurer Einsicht aufs Spielbrett brachten.«

»Da mögt Ihr recht haben.«

Kalan fummelte an der kleinen Pyramide in seiner Linken. »Dann ist es wohl am klügsten, auch diese Figur jetzt zu opfern«, murmelte er.

Bowgentle schien zu ahnen, was Kalan vorhatte. Er machte einen Schritt zurück. »Ist es wirklich weise? Manipuliert Ihr nicht vielleicht Kräfte, die Ihr kaum versteht?«

»Vielleicht.« Baron Kalan kicherte. »Aber das dürfte Euch wenig nützen, nicht wahr?«

Bowgentle wurde bleich.

Falkenmond wollte auf den Platz laufen. Er machte sich Gedanken über Graf Brass' starre Haltung, er schien offenbar nichts von dem zu bemerken, was vorging. Doch noch ehe er den ersten Schritt tat, spürte er eine leichte Berührung an der Schulter. Er wirbelte herum und zog das Schwert. Aber es war nur der nahezu unsichtbare Geistmann Rinal, der hinter ihm stand. Rinal wisperte:

»Die Kugel kommt. Hier ist Eure Chance, der Pyramide zu folgen.«

»Aber Bowgentle befindet sich in Gefahr«, murmelte Falkenmond. »Ich muß versuchen, ihn zu retten.«

»Das werdet Ihr nicht können. Es ist ohnehin unwahrscheinlich, daß ihm wirklich etwas zustößt. Er wird in seine eigene Zeit oder Dimension zurückkehren und sich nicht mehr an diese Ereignisse hier erinnern als an einen schwindenden Traum.«

»Aber er ist mein Freund . . .«

»Ihr werdet ihm besser helfen können, wenn Ihr eine Möglichkeit findet, Kalans Manipulationen für immer zu stoppen.« Rinal deutete. Mehrere seiner Leute schwebten durch die Straße auf sie zu. Sie trugen eine große Kugel, die gelb glühte. »Es werden ein paar Sekunden nach dem Verschwinden der Pyramide vergehen, ehe Ihr ihr folgen könnt.«

»Aber Graf Brass – er ist wie erstarrt!«

»Sobald Kalan nicht mehr hier ist, wird er wieder zu sich kommen.«

»Weshalb solltet Ihr mein Wissen fürchten, Baron Kalan?« fragte Bowgentle soeben. »Ihr seid stark, ich bin schwach. Ihr seid es doch, der mich wie eine Marionette bewegt.«

»Je mehr Ihr wißt, desto weniger kann ich vorhersehen«, brummte Kalan. »So einfach ist das, Sir Bowgentle. Lebt wohl!«

Bowgentle schrie auf. Er wirbelte herum, als versuche er zu entkommen. Doch noch im Laufen begann er zu verschwinden, bis er nicht mehr zu sehen war.

Falkenmond hörte Baron Kalan höhnisch kichern. Er haßte dieses Gelächter! Nur Rinals Hand auf seiner Schulter hielt ihn zurück, Kalan jetzt anzugreifen, der von seiner Anwesenheit nichts ahnte und sich gerade an Graf Brass wandte.

»Ihr werdet viel gewinnen, wenn Ihr mir helft, Graf Brass, und nur verlieren, tut Ihr es nicht. Weshalb muß es immer Falkenmond sein, der mir keine Ruhe läßt? Ich hatte es für die einfachste Sache der Welt gehalten, ihn auszuschalten. Und doch taucht er in jeder Wahrscheinlichkeitsebene auf, die ich erforsche. Manchmal glaube ich, er ist unsterblich – ewig. Nur wenn er von einem anderen Helden, einem anderen Diener dieses verdammten Runenstabs getötet wird, können die Ereignisse den Verlauf nehmen, den ich beabsichtige. Also erschlagt ihn, Graf Brass. Verdient Euch das Leben für Euch und mich!«

Graf Brass bewegte den Kopf und blinzelte. Er blickte sich um, als sähe er weder die Pyramide noch ihren Passagier.

Kalans Maschine begann nun in milchigem Weiß aufzuglühen, dann wurde das Weiß zu funkelnder Glut, die Graf Brass blendete, daß er fluchte und schützend den Arm vor die Augen legte.

Dann verschwand das Glühen, und nur noch die schwachen Umrisse der Pyramide waren in der Nacht zu erkennen.

»Schnell!« drängte Rinal. »Hinein in die Kugel.«

Falkenmond kletterte durch eine Öffnung, die wie ein Schleiervorhang war und sich sofort hinter ihm wieder verdichtete. Durch ihn hindurch sah er Rinal zu Graf Brass schweben, ihn hochheben, zur Kugel tragen und ihn hastig hineinstoßen, daß er, immer noch mit dem Schwert in der Hand, vor Falkenmonds Füße fiel.

»Der Saphir!« rief Rinal. »Ihr braucht nur die Hand auf den Saphir zu legen. Ich wünsche Euch Erfolg in jenem anderen Londra, Dorian Falkenmond!«

Falkenmond griff nach dem Saphir, der vor ihm in der Luft schwebte.

Sofort begann die Kugel sich um sie zu drehen, während er und Graf Brass unbewegt blieben. Sie befanden sich nun in absoluter Schwärze, abgesehen von dem Leuchten der weißen Pyramide vor ihnen.

Plötzlich tauchte eine Landschaft sonnenbeschienener grüner Hügel auf, die jedoch so eilig schwand, wie sie gekommen war. Weitere Gegenden folgten in schneller Reihenfolge: Megalithen aus Licht; Seen aus brodelndem Metall; Städte aus Glas und Stahl; Schlachtfelder, auf denen Tausende ihr Leben ließen; Wälder, durch die schattenhafte Riesen schritten; eisbedeckte Meere. Und immer befand die Pyramide sich vor ihnen, während sie durch eine Ebene der Erde nach der anderen tauchte, durch Welten, die völlig fremdartig waren, aber auch solche, die absolut identisch mit Falkenmonds Welt zu sein schienen.

Schon einmal zuvor war Falkenmond durch die Dimensionen gereist, doch damals, um der Gefahr zu entgehen, jetzt dagegen reiste er ihr entgegen.

Graf Brass schüttelte verwirrt den Kopf. »Was ist eigentlich geschehen? Ich erinnere mich, daß ich versuchte, Baron Kalan anzugreifen. Ich dachte mir, ehe er mich ins Nichts schickte, würde ich mir sein Leben nehmen. Doch als nächstes befand ich mich in diesem – diesem, Fahrzeug. Wo ist Bowgentle?«

»Bowgentle war es gelungen, Kalans Plan zu durchschauen«, erwiderte Falkenmond grimmig und starrte blicklos auf die leuchtende Pyramide vor ihnen. »Und so schickte Kalan ihn dorthin zurück, von woher er kam. Aber Kalan verriet sich – er ahnte nicht, daß ich es hörte. Er sagte, ich könne nur von einem Freund getötet werden – und zwar durch einen Diener des Runenstabs. Und dadurch könnte dieser Freund sich das eigene Leben retten.«

Graf Brass zuckte die Schultern, »Es scheint mir immer noch ein sehr abartiges Komplott zu sein. Weshalb sollte es eine Rolle spielen, von wem Ihr getötet werdet?«

»Nun, Graf Brass«, sagte Falkenmond ernst. »Ich habe oft gesagt, daß ich alles dafür geben würde, wenn Ihr nicht in der Schlacht von Londra gefallen wärt. Ich würde dafür sogar mein Leben geben. Wenn also die Zeit kommen sollte, da Ihr genug von all dem hier habt, braucht Ihr mich nur umzubringen.«

Graf Brass lachte. »Wenn Ihr unbedingt sterben wollt, Dorian Falkenmond, bin ich sicher, daß Ihr einen kaltblütigeren Meuchelmörder in Londra finden könnt – oder wo immer wir nun auch hinreisen.« Er schob sein Schwert in die schwere Messingscheide zurück. »Ich spare mir meine Kraft lieber, um mit Baron Kalan und seinen Knechten abzurechnen, wenn wir sie erst erreichen.«

»Wenn sie nicht auf uns vorbereitet sind«, murmelte Falkenmond, während die Szenen außerhalb der Kugel immer schneller wechselten. Ihm wurde vom Zusehen schwindlig, und er schloß die Augen. »Diese Reise durch die Unendlichkeit scheint mir eine Endlosigkeit zu dauern! Einmal verfluchte ich den Runenstab, weil er sich in meine Angelegenheiten mischte, aber nun wünschte ich von Herzen, Orland Fank wäre hier, um mir zu raten. Aber es ist ja offensichtlich, daß der Runenstab nichts mit dieser Sache zu tun hat und auch nicht daran interessiert ist.«

»Um so besser«, brummte Graf Brass. »Für meinen Geschmack gibt es hier ohnehin bereits viel zuviel Zauberei und Wissenschaft. Ich werde glücklich sein, wenn alles vorbei ist, auch wenn es mit meinem Tod endet.«

Falkenmond nickte zustimmend. Er dachte an Yisselda und die Kinder. Er erinnerte sich des ruhigen Lebens in der Kamarg und welche Zufriedenheit es ihm gegeben hatte, die Tierwelt in den Marschen wieder heranwachsen zu sehen, und mitzuerleben, wenn die Ernte eingebracht wurde. Er bereute es bitter, daß er sich in die Falle hatte locken lassen, die Kalan ihm gestellt hatte, um in der Kamarg zu spuken.

Da lief es ihm heiß den Rücken hinab. War *alles* eine Falle?

Hatte Kalan vielleicht sogar *beabsichtigt*, daß sie ihm folgten? Eilten sie nun geradewegs in seine Falle? In ihr Verderben?

DRITTES BUCH

Alte und neue Träume

1. Die unfertige Welt

Graf Brass, der nicht sonderlich bequem an die gekrümmte Kugelhülle gelehnt saß, ächzte und drehte sich auf die Seite. Er spähte durch den gelben Schleier der Wand und beobachtete blinzelnd, wie die Umwelt der Kugel sich vierzigmal in der Sekunde veränderte. Die Pyramide war immer noch voraus. Manchmal konnte er die Silhouette Baron Kalans darin sehen, und manchmal nahm die Pyramide das undurchsichtige blendende Weiß an.

»Oh, meine Augen schmerzen«, stöhnte er. »Dieser ständig wechselnde Ausblick! Und mein Kopf brummt, wenn ich nur versuche, darüber nachzudenken, was vorgeht. Wenn ich jemals von diesem Abenteuer erzählen sollte, würde mir niemand glauben.«

Falkenmond bat ihn zu schweigen, denn die Szenen wechselten nun viel langsamer, und schließlich umgab sie wieder völlige Schwärze, in der sich außer ihnen nur die schwach glühende Pyramide befand.

Und plötzlich drang von irgendwoher Licht.

Falkenmond erkannte Baron Kalans Labor. Er handelte instinktiv und schnell. »Beeilt Euch, Graf Brass. Wir müssen die Kugel verlassen.«

Sie sprangen durch den Schleiervorhang auf die schmutzigen Bodenfliesen. Glücklicherweise befanden sie sich hinter verschiedenen, großen, grotesk geformten Maschinen an einem Ende des Labors.

Falkenmond sah die Kugel erzittern, dann war sie verschwunden. Nun bot ihnen nur noch Kalans Pyramide eine Chance, diese Dimension wieder zu verlassen. Bekannte Gerüche und Geräusche drangen auf Falkenmond ein. Er erinnerte sich schaudernd, wie er vor langen Jahren als Baron Meliadus' Gefangener das erste Mal Kalans Labor betreten und Kalan ihm das Schwarze Juwel in die Stirn gepflanzt hatte. Er spürte eine seltsame Kälte in seinen Knochen, obwohl ihre Ankunft offenbar unbemerkt geblieben war, denn Kalans Gehilfen widmeten ihre ganze Aufmerksamkeit der

Pyramide. Sie standen bereit, ihrem Herrn die Maske auszuhändigen, sobald er aus seinem ungewöhnlichen Fahrzeug stieg. Die Pyramide schwebte nun auf den Boden. Kalan kletterte heraus, nahm wortlos seine Maske entgegen und stülpte sie sich über. Seine Bewegungen verrieten Hast. Er sagte etwas zu seinen Dienern, die ihm daraufhin alle folgten, als er das Labor verließ.

Vorsichtig kamen Falkenmond und Graf Brass aus ihrem Versteck hervor. Beide hatten ihre Schwerter gezogen. Nachdem sie sich vergewissert hatten, daß sich tatsächlich keine Menschenseele mehr im Labor aufhielt, überlegten sie ihren nächsten Schritt.

»Vielleicht sollten wir warten, bis Kalan zurückkehrt, und ihn dann auf der Stelle töten«, schlug Graf Brass vor. »Zur Flucht können wir seine eigene Pyramide verwenden.«

»Aber wir wissen nicht, wie sie zu bedienen ist«, gab Falkenmond zu bedenken. »Nein, ich bin dafür, daß wir uns erst ein wenig in dieser Welt umsehen und versuchen, etwas über Kalans Pläne herauszufinden, ehe wir ihn töten. Es wäre ja möglich, daß er Verbündete hat, die mächtiger sind als er und die dann seine Pläne weiterführen.«

»Klingt vernünftig«, gab Graf Brass zu. »Aber dieser Ort hier macht mich nervös. In engen Wänden fühlte ich mich nie wohl. Ich ziehe das Freie vor. Deshalb hielt ich es auch selten lange in einer Stadt aus.«

Falkenmond betrachtete Baron Kalans Maschinen. Viele von ihnen waren ihm dem Aussehen nach vertraut, aber er wußte nicht, wie sie funktionierten. Er fragte sich, ob er sie gleich vernichten, oder lieber erst herausfinden sollte, wozu sie gut waren. Ahnungslos mit der Art von Kräften herumzuexperimentieren, mit denen Baron Kalan sich beschäftigte, mochte sich als verhängnisvoll herausstellen.

»Mit den richtigen Masken und geeigneter Kleidung hätten wir eine größere Chance, uns umzusehen, ohne unsere Identität zu verraten«, sagte Falkenmond nachdenklich. »Ich glaube, wir sollten uns als erstes darum kümmern.«

Graf Brass pflichtete ihm bei.

Sie öffneten die Tür des Labors und kamen auf einen niedrigen Gang. Die Luft war stickig und stank nach Moder. Ganz Londra hatte früher so gerochen. Doch nun, da Falkenmond sich die

Wandmalereien näher ansehen konnte, war er sicher, daß das hier nicht die alte granbretanische Hauptstadt war. Das Fehlen von Details war zu auffällig. Die Bilder waren nur in Umrissen gearbeitet und mit Farben gefüllt, doch nicht mit den verschiedenen geschickten Tönen talentierter Künstler. Wo die Farben sich im alten Londra geschnitten hatten, um eine bestimmte Wirkung zu erzielen, waren diese hier nur schlecht gewählt. Es erweckte den Eindruck, als hätte jemand, der Londra nicht länger als eine halbe Stunde gesehen hatte, versucht, es nachzuahmen.

Selbst Graf Brass, der die Hauptstadt Granbretaniens ein einziges Mal besucht hatte, fiel der Unterschied auf. Sie schlichen vorsichtig den Gang weiter, ohne auf irgend jemanden zu stoßen, und überlegten, wohin Baron Kalan sich wohl begeben haben mochte, als der Korridor eine Biegung machte und sie plötzlich zwei Soldaten in Heuschreckenmasken – König Huons alter Leibgarde – gegenüberstanden, die mit Lanze und Schwert bewaffnet waren.

Sofort machten Graf Brass und Falkenmond sich zum Kampf bereit, da sie erwarteten, von den beiden Kriegern angegriffen zu werden. Die beiden Heuschreckenmasken nickten auf den Schultern der Männer, doch sie blickten Graf Brass und seinen Begleiter nur erstaunt an.

Einer der Soldaten sprach mit gedehnter, stumpf klingender Stimme: »Weshalb tragt ihr keine Maske? Soll das so sein?«

Seine Stimme klang wie die eines Träumenden und ähnlich wie Graf Brass', als Falkenmond ihn in der Marsch aufgesucht hatte.

»Ja, so soll es sein«, bestätigte Falkenmond. »Und ihr habt uns eure Masken zu überlassen.«

»Aber auf den Gängen die Masken abzunehmen, ist verboten«, erklärte der zweite Soldat. Seine behandschuhte Rechte fuhr zu dem schweren Insektenhelm, als wolle er ihn festhalten. Die Heuschreckenaugen schienen Falkenmond spöttisch anzustarren.

»Dann müssen wir mit euch darum kämpfen«, knurrte Graf Brass. »Zieht eure Schwerter.«

Langsam holten die beiden ihre Klingen aus den Scheiden. Langsam verteidigten sie sich.

Es war grauenvoll, diese zwei zu töten, denn sie unternahmen kaum etwas zu ihrem Schutz. In weniger als dreißig Sekunden lagen sie auf dem Rücken. Falkenmond und Graf Brass machten sich sofort daran, ihre Masken und Oberkleidung aus grünem Samt und dunkler Seide an sich zu nehmen. Sie schafften es gerade noch. Falkenmond überlegte sich soeben, was sie mit den Leichen tun sollten, als diese urplötzlich verschwanden.

»Neue Zauberei?« knurrte Graf Brass argwöhnisch.

»Oder eine Erklärung, weshalb sie sich so merkwürdig benommen haben«, erwiderte Falkenmond nachdenklich. »Sie verschwanden auf die gleiche Weise wie Bowgentle, Oladahn und d'Averc. Der Heuschreckenorden war der kriegerischste in Granbretanien. und wer ihm angehörte, war erwiesenermaßen arrogant, stolz und schnell mit der Waffe. Entweder waren diese beiden also nicht wirklich aus Granbretanien und spielten nur ihre Rolle, wie Baron Kalan es haben wollte – oder sie stammten *tatsächlich* aus Londra und befanden sich in einer Art Trance.«

»Ja, es hatte wahrhaftig den Anschein, als bewegten sie sich im Traum«, murmelte Graf Brass.

Falkenmond rückte seine eroberte Maske auf dem Kopf zurecht. »Wir benehmen uns am besten ähnlich, wenn wir mit jemandem zusammenkommen«, schlug er vor. »Auch das dürfte zu unserem Vorteil sein.«

»Zumindest werden wir keine Schwierigkeiten mit den Leichen haben«, flüsterte Graf Brass, »wenn alle, die wir töten, mit solcher Schnelligkeit verschwinden.«

Sie hielten bei mehreren Türen an, doch keine ließ sich öffnen. Inzwischen waren sie auch schon an einer größeren Zahl Maskierter vorbeigekommen, Soldaten der größeren Orden: des Schweines, Drachen, Geiers und dergleichen, doch einem Angehörigen des Ordens der Schlange waren sie noch nicht begegnet, und gerade einer von ihnen hätte sie am ehesten zu Baron Kalan führen können. Es wäre auch sehr nützlich, die Heuschreckenmasken gegen Schlangenmasken auszutauschen.

Schließlich kamen sie zu einer Tür, vor der zwei Männer in den gleichen Masken wie ihren Posten standen. Eine bewachte Tür muß in einen wichtigen Raum führen, dachte Falkenmond. Vielleicht ließe sich dort die Lösung zu dem Problem finden, dessentwegen sie Kalan gefolgt waren. Seine Gedanken überschlugen sich, dann sagte er mit einer so verträumten Stimme, wie er nur fertigbrachte.

»Wir haben den Befehl, euch abzulösen.«

»Uns ablösen?« murmelte einer der Soldaten. »Haben wir denn schon eine volle Wachperiode hinter uns? Ich glaubte, wir seien erst eine Stunde hier. Aber die Zeit . . .« Er hielt inne. »Es ist alles so merkwürdig hier.«

»Wir sollen euch ablösen«, sagte Graf Brass, der Falkenmonds Plan erriet. »Mehr wissen wir nicht.«

Wie Schlafwandler salutierten die beiden. Wie Schlafwandler zogen sie sich zurück und überließen Falkenmond und Graf Brass ihre Posten.

Kaum waren die beiden außer Sichtweite, drehte Falkenmond sich um und versuchte, die Tür zu öffnen. Aber sie war, wie alle anderen bisher, verschlossen.

Graf Brass blickte sich schaudernd um. »Das hier scheint mir viel eher eine echte Unterwelt zu sein, als jene, in der ich mich ursprünglich fand.«

»Ihr seid der Wahrheit vielleicht sehr nahe«, brummte Falkenmond, während er sich mit dem Schloß befaßte. Wie fast alles hier war es auch primitiv. Er holte den spitzen Dolch mit dem smaragdbesetzten Griff hervor, den er dem einen der Heuschreckenkrieger abgenommen hatte, und steckte die Spitze ins Schloß. Er bewegte sie ein paar Sekunden versuchsweise, dann drehte er sie scharf. Ein Klicken war zu hören, und die Tür schwang auf.

Die beiden Gefährten traten in den dahinter liegenden Raum.

Beide hielten unwillkürlich bei dem sich ihnen bietenden Anblick den Atem an.

2. Ein Museum der Lebenden und Toten

»König Huon!« flüsterte Falkenmond. Schnell schloß er die Tür hinter ihnen und blickte zu der großen Kugel auf, die hoch von der Decke hing. In ihr schwamm die runzlige Gestalt des uralten Königs, der einst mit der klangvollen Stimme eines jungen Mannes gesprochen hatte.

»Ich dachte, Meliadus habe Euch ermordet!«

Ein kaum hörbares Wispern drang aus der Kugel. »Meliadus«, klang es wie ein schwaches Seufzen. »Meliadus.«

»Der König träumt«, sagte die Stimme Flanas, der Königin von Granbretanien.

Und nun sahen sie auch sie in ihrer Reihermaske aus Goldfiligran mit den Reiheraugen aus facettierten Splittern von tausend seltenen Edelsteinen. Sie trug ein wallendes Brokatgewand und kam langsam auf sie zu.

»Flana?«

Falkenmond schritt ihr entgegen. »Wie kommt Ihr hierher?«

»Ich bin in Londra geboren. Wer seid Ihr? Doch auch wenn Ihr vom Orden des Königs seid, dulde ich nicht, daß Ihr so vertraulich zu Flana, der Gräfin von Kanbery, sprecht.«

»Jetzt Königin Flana«, berichtigte Falkenmond.

»Königin – Königin – Königin . . .«, wisperte die ferne Stimme König Huons hinter und über ihnen.

»König . . .« Eine weitere Gestalt schritt, ohne sie zu beachten, an ihnen vorbei. »König Meliadus . . .«

Da wußte Falkenmond, daß er das Gesicht Baron Meliadus', seines Erzfeinds, sehen würde, wenn er dieser Gestalt den Helm vom Kopf risse. Aber er wußte auch, daß seine Augen so stumpf sein würden, wie zweifellos auch die von Flana waren. Er sah sich um. Noch viele andere befanden sich in diesem Raum – alles Edle des Dunklen Imperiums: Flanas früherer Gatte, Asrovak Mikosevaar; Shenegar Trott in seiner Silbermaske; Pra Flenn, Herzog von Lakasdeh im grinsenden Drachenhelm, der noch vor seinem neunzehnten Geburtstag gestorben war und mit eigener Hand über hundert Männer und Frauen getötet hatte, ehe er achtzehn wurde. Doch obgleich das hier eine Zusammenkunft der grausamsten und unerbittlichsten Kriegsherren Granbretaniens zu sein schien, achtete keiner auf sie. Sie hatten kaum Leben in sich. Nur Flana – die in Falkenmonds Welt noch zu den Lebenden zählte – war offenbar in der Lage, einigermaßen vernünftig zu sprechen. Der Rest war wie Schlafwandler, die ein oder zwei Worte murmelten, aber nicht mehr. Falkenmonds und Graf Brass' Eindringen in dieses makabre Museum der Lebenden und Toten hatte sie aufgescheucht wie Vögel in einer Voliere.

Es war kein schönes Gefühl, besonders für Falkenmond, der viele dieser Männer eigenhändig getötet hatte, diese Schlafwandler hier zu sehen. Er griff nach Flanas Arm und nahm gleichzeitig seine Maske ab, damit sie sein Gesicht sehen konnte.

»Flana! Erkennt Ihr mich denn nicht? Ich bin Falkenmond! Wie seid Ihr hierhergekommen?«

»Nehmt sofort Eure Hände von mir, Krieger!« sagte sie automatisch, obwohl es ihr ganz offensichtlich völlig gleichgültig war. Flana hatte nie viel vom Protokoll gehalten. »Ich kenne Euch nicht. Setzt Eure Maske wieder auf.«

»Dann müßt Ihr aus einer Zeit vor unserer ersten Begegnung gezogen worden sein – oder aus einer völlig anderen Welt«, überlegte Falkenmond laut.

»Meliadus ... Meliadus ...«, wisperte König Huon in der Thronkugel über ihren Köpfen.

»König ... König ...«, murmelte Meliadus in der Wolfsmaske.

Und »Runenstab«, murmelte der fette Shenegar Trott, der beim Versuch, sich diesen mystischen Stab anzueignen, gestorben war. »Runenstab ...«

Das war offenbar alles, wovon sie sprechen konnten: von ihren Ängsten oder Ambitionen, jenen Ängsten und Ambitionen, die ihr Leben beherrscht und sie in ihr Verderben geführt hatten.

»Ihr habt recht«, wandte Falkenmond sich an Graf Brass. »Das hier ist die Welt der Toten. Aber wer hält diese bedauernswerten Kreaturen hier fest? Aus welchem Grund wurden sie wiedererweckt? Es ist wie eine makabre Schatzhöhle – mit menschlichem Plündergut aus der Zeit, alles hier zusammengehamstert.«

Graf Brass schüttelte sich. »Ich frage mich, ob ich vielleicht bis vor kurzem noch Teil dieser Sammlung war. Wäre das möglich, Herzog Dorian?«

»Das hier sind alle Edle des Dunklen Imperiums. Nein, ich glaube, Ihr wurdet aus einer Zeit gerissen, lange ehe sie starben. Eure Jugend spricht dafür – und daß Eure letzte Erinnerung die an die Schlacht von Tarkien ist.«

»Ich danke Euch für diese Beruhigung«, murmelte Graf Brass.

Falkenmond legte einen Finger auf die Lippen. »Hört Ihr es auch? Draußen auf dem Gang?«

»Ja«, erwiderte der Graf schnell.

»Wir ziehen uns in die Schatten zurück«, drängte Falkenmond.

»Ich glaube, jemand kommt hierher. Er wird sicher das Fehlen der Wachen bemerken.«

Kein einziger in dem großen Raum, nicht einmal Flana, versuchte sie aufzuhalten, als sie sich durch die Menge drängten und sich in die dunkelste Ecke drückten, wo sie durch die breitschultrigen Gestalten von Adaz Promp und Jerek Nankenseen verborgen waren. Die beiden hatten schon früher immer gern des anderen Gesellschaft gesucht.

Die Tür flog auf. Baron Kalan von Vitall, Grandkonnetabel des Ordens der Schlange, starrte unter seiner Maske zweifellos verwirrt und gleichzeitig wütend herein.

»Die Tür offen und die Wachen verschwunden!« tobte er. Er funkelte die Gesellschaft der lebenden Toten an. »Wer von euch ist dafür verantwortlich? Befindet sich gar einer unter euch, der mehr als nur träumt? Der mir die Macht rauben, sie an sich reißen möchte? Ihr, Meliadus – seid Ihr wach?« Er zerrte den Wolfshelm hoch, aber Meliadus' Gesicht war leer, die Augen stumpf.

Kalan schlug ihn auf die Lippen, doch Meliadus rührte sich nicht. Kalan knurrte aufgebracht.

»Ihr, Huon? Selbst Ihr seid nicht mehr so mächtig wie ich. Das gefällt Euch wohl nicht?«

Aber Huon wisperte weiter nur den Namen des einen, der ihn ermorden würde: »Meliadus ... Meliadus ...«

»Shenegar Trott?« Kalan rüttelte die Schultern des unbewegten Grafen von Sussex. »Habt Ihr die Tür geöffnet und die Wachen fortgeschickt? Und weshalb?« Kalan runzelte die Stirn.

»Nein, es kann nur Flana gewesen sein ...« Er suchte nach der Reihermaske von Flana Mikosevaar, der Herzogin von Kanbery. »Flana ist die einzige, die etwas ahnt ...«

»Was wollt Ihr jetzt schon wieder von mir, Baron Kalan?« fragte Flana und kam näher. »Ich bin müde, Ihr müßt mir Ruhe gönnen.«

»Ihr könnt mich nicht täuschen, zukünftige Verräterin. Ich habe hier einen Feind, und das seid Ihr. Wer könnte es sonst sein? Es ist im Interesse aller anderen, daß das alte Imperium neu entsteht.«

»Wie gewöhnlich verstehe ich Euch nicht, Kalan.«

»Nun, es stimmte, daß Ihr mich nicht verstehen solltet – aber ich frage mich ...«

»Eure Wachen kamen herein«, fuhr Flana fort. »Unhöfliche Burschen, aber einer sah eigentlich recht manierlich aus.«

»Sah manierlich aus? Hatten sie denn ihre Masken abgenommen?«

»Einer.«

Kalans Augen huschten durch den Raum, als er über die Bedeutung ihrer Bemerkung nachdachte. »Wie . . .«, murmelte er. »Wie . . .« Er blickte Flana finster an. »Ich glaube immer noch, daß Ihr es getan habt!«

»Ich weiß nicht, wessen Ihr mich beschuldigt, Kalan, und es ist mir auch egal, denn dieser Alptraum wird bald enden, wie jeder schließlich endet.«

Kalans Augen glitzerten höhnisch hinter der Schlangenmaske. »Glaubt Ihr, Madam?« Er drehte sich um, um das Schloß zu untersuchen. »Meine Pläne gehen ständig schief. Jeder meiner Schritte beschwört weitere Komplikationen herauf. Es muß doch eine Möglichkeit geben, mit einem einzigen Schlag die Sache wieder völlig in den Griff zu bekommen. O Falkenmond, Falkenmond, ich wollte, Ihr würdet endlich sterben!«

Bei diesen Worten trat Falkenmond aus der Ecke und tupfte Kalan mit der flachen Klinge auf die Schulter. Kalan drehte sich um. Die Schwertspitze glitt unter die Maske und drückte ganz leicht gegen Kalans Kehle.

»Hättet Ihr Euren Wunsch von Anfang an ein wenig höflicher formuliert«, sagte Falkenmond mit grimmigem Humor, »hätte ich ihn Euch vielleicht erfüllt. Doch jetzt habt Ihr mich beleidigt, Baron Kalan. Zu oft schon wart Ihr nicht gerade freundlich zu mir.«

»Falkenmond . . .« Kalans Stimme klang fast wie die der lebenden Toten um ihn. »Falkenmond . . .« Er holte Luft. »Wie seid Ihr hierhergekommen?«

»Wißt Ihr es denn nicht, Kalan?« Graf Brass trat neben ihn. Er nahm seine Maske ab und widmete Kalan ein breites Grinsen – das erste, das Falkenmond seit seinem Auftauchen in der Kamarg an ihm sah.

»Ist das noch Verrat? Hat *er* euch . . . Nein, er würde mich doch nicht hintergehen. Es steht zuviel für uns beide auf dem Spiel.«

»Von wem sprecht Ihr?«

Aber Kalan hatte sich wieder gefaßt. »Mich zu diesem Zeitpunkt zu töten, wäre unser aller Verhängnis«, erklärte er.

»Ja, und Euch nicht zu töten, dürfte die gleichen Folgen haben.«

Graf Brass lachte. »Was haben wir denn zu verlieren, Baron Kalan?«

»Ihr, Euer Leben, Graf Brass!« sagte Kalan heftig. »Ihr würdet wie diese anderen hier. Spricht Euch das an?«

»Nein.« Graf Brass schlüpfte aus der Heuschreckenkleidung, die er über der Messingrüstung getragen hatte.

»Dann seid kein Narr!« zischte Kalan. »Tötet Falkenmond jetzt!«

»Was hattet Ihr eigentlich versucht, Kalan?« warf nun Falkenmond ein. »Wolltet Ihr das ganze Dunkle Imperium neu aufleben lassen? Hofftet Ihr, ihm seine alte Macht wiederzugeben – in einer Welt, in der Graf Brass und ich und die anderen nie existierten? Aber als Ihr in die Vergangenheit zurückkehrtet und die Menschen hierher brachtet, um Londra nachzubauen, mußtet Ihr feststellen, daß ihre Erinnerung nur schwach war. Es schien, als träumten sie alle. Sie hatten zu viele widersprüchliche Erlebnisse. Das verwirrte sie – und versetzte ihre Gehirne in Schlummer. Sie konnten sich nicht an Einzelheiten erinnern – deshalb sind alle Eure Wandgemälde und Artefakte so primitiv, nicht wahr? Und aus dem gleichen Grund sind Eure Wachen nutzlos. Und werden sie hier getötet; verschwinden sie – denn nicht einmal Ihr könnt die Zeit in einem Maß kontrollieren, daß sie das Paradoxon zweifach Toter dulden würde. Ihr begannt zu erkennen, daß – wenn Ihr die Geschichte ändert; und selbst wenn es Euch gelänge, das Dunkle Imperium wiederzuerrichten – alle unter dieser geistigen Verwirrung leiden würden. Alles würde genauso schnell zusammenbrechen, wie Ihr es aufbautet. Euer Triumph würde zu Schall und Rauch. Ihr könntet nur über unwirkliche Kreaturen in einer unwirklichen Welt herrschen.«

Kalan zuckte die Schultern. »Wir haben bereits Schritte unternommen, das zu ändern. Es gibt Lösungen, Falkenmond. Vielleicht sind unsere Ambitionen ein bißchen weniger grandios, aber das Ergebnis mag sehr wohl das gleiche sein.«

»Was habt Ihr vor?« knurrte Graf Brass.

Kalan lachte freudlos. »Das hängt davon ab, was Ihr jetzt mit mir tut. Das versteht Ihr doch gewiß? Schon jetzt gibt es verwirrende Strudel in den Zeitströmen. Eine Dimension wird mit Bestandteilen einer anderen blockiert. Mein ursprünglicher Plan war ganz simpel, mich an Falkenmond zu rächen, indem ich ihn von einem seiner Freunde töten ließ. Ich gebe zu, es war dumm von mir, das für so einfach zu halten. Außerdem begannt Ihr zu erwachen, statt in Eurem Traumstadium zu verharren. Ihr machtet Euch Gedanken und weigertet Euch, auf mich zu hören. Das hätte nicht sein dürfen, und ich verstehe nicht, was schiefgegangen ist.«

»Indem Ihr meine Freunde aus einer Zeit holtet, zu der wir uns noch nicht kannten, habt Ihr einen völlig neuen Möglichkeitsstrom geschaffen«, sagte Falkenmond. »Und diesem entsprangen Dutzende weitere Möglichkeiten – Halbwelten, die Ihr nicht unter Kontrolle habt, die sich mit der vermischten, aus der wir ursprünglich alle kamen . . .«

»Stimmt.« Kalan nickte. »Aber es besteht immer noch eine Hoffnung, Graf Brass, wenn Ihr Falkenmond tötet. Ihr müßt doch nun wirklich erkannt haben, daß Eure Freundschaft mit ihm Euch in den Tod führte, oder vielmehr es in Eurer Zukunft tun wird . . .«

»Also wurden Oladahn und die anderen lediglich in ihre eigene Zeit zurückversetzt. Und sie werden glauben, sie hätten nur geträumt«, warf Falkenmond ein.

»Selbst dieser Traum wird verblassen, und sie werden ihn vergessen. Sie werden nie wissen, daß ich ihnen helfen wollte, ihr Leben zu retten.«

»Und weshalb habt *Ihr* mich nicht getötet, Kalan? Ihr hattet doch mehrmals die Gelegenheit dazu. Deshalb vielleicht, weil eine solche Handlung, wie ich vermute, unausbleiblich zu Eurem eigenen Tod führen würde?«

Kalan schwieg. Aber gerade sein Schweigen bestätigte die Richtigkeit von Falkenmonds Vermutung.

»Und nur, wenn ich von einem meiner bereits toten Freunde getötet würde, wäre es möglich, meine unliebsame Gegenwart aus all den möglichen Welten zu entfernen, die Ihr erforscht habt – jene Halbwelten, die Eure Instrumente entdeckten und in denen Ihr hofftet, das Dunkle Imperium wiederaufstehen zu lassen? Versucht Ihr deshalb so hartnäckig, Graf Brass zu überreden, daß er mich tötet? Und beabsichtigt Ihr, nachdem er es getan hat, das Dunkle Imperium in seine Ursprungswelt zurückzuversetzen – mit Euch als dem Drahtzieher dieser Puppen?« Falkenmond machte eine allumfassende Handbewegung, als er auf die Lebendtoten deutete. Selbst Königin Flana war nun still, als ihr Gehirn die Aufnahme der Information verweigerte, die zu ihrem Wahnsinn führen mochte. »Diese Schatten hier sollen dann als die großen Kriegslords gelten, die vom Tode auferstanden sind, um Granbretanien zu neuem Ruhm zu verhelfen. Ihr werdet sogar eine neue Königin Flana haben, die dem Thron zugunsten dieses Schattenhuons entsagt.«

»Für einen Barbaren seid Ihr recht intelligent«, erklang eine amüsierte Stimme von der Tür. Falkenmond hielt weiter die Spitze seines Schwertes gegen Kalans Kehle gedrückt, während er sich dem Ursprung der Stimme zuwandte.

Eine bizarre Gestalt stand dort an der Tür zwischen zwei mit Flammenlanzen bewaffneten Heuschreckenkriegern, die durchaus nicht verträumt aussahen. Ganz offensichtlich gab es in dieser Welt auch Menschen, die nicht nur Schatten waren. Falkenmond erkannte die Gestalt in der riesigen Maske, die gleichzeitig eine funktionierende Uhr war und gerade jetzt, während ihr Träger noch sprach, die ersten acht Takte von Shenevens *Zeitantipathien* schlug. Sie war ganz aus vergoldetem und emailliertem Messing, mit Ziffern aus eingelegtem Perlmutt, Zeigern aus Silberfiligran und einem goldenen Pendel in einem Behälter über der Brust.

»Ich dachte mir, daß auch Ihr hier sein könntet. Lord Taragorm«, sagte Falkenmond. Er senkte sein Schwert, als das Feuer einer Flammenlanze seine Hüfte streifte.

Taragorm aus dem Palast der Zeit lachte hell.

»Seid gegrüßt, Herzog Dorian. Ich nehme an, Ihr habt bereits bemerkt, daß meine beiden Begleiter nicht der Gesellschaft der Träumenden angehören. Sie entkamen mit mir bei der Belagerung von Londra, als es Kalan und mir klar wurde, daß die Schlacht für uns verloren war. Selbst damals konnten wir schon ein wenig in die Zukunft sehen. Mein bedauerlicher Unfall war wohlvorbereitet – eine Explosion extra zu dem Zweck, glauben zu machen, ich sei ihr zum Opfer gefallen. Und Kalans Selbstmord, wie Ihr wißt, war nichts weiter als sein erster Sprung durch die Dimensionen. Wir arbeiten seither vortrefflich zusammen. Allerdings ist es bedauerlicherweise zu Komplikationen gekommen.«

Kalan nahm Falkenmond und Graf Brass die Schwerter ab. Graf Brass war zu verwirrt, im Augenblick an Widerstand zu denken. Er hatte Taragorm, den Herrn des Palasts der Zeit, in seinem seltsamen Kostüm noch nie zuvor gesehen.

Taragorm klang zutiefst amüsiert, als er fortfuhr: »Nun, da Ihr so freundlich wart, uns zu besuchen, hoffe ich, daß wir dieser Komplikationen endlich Herr werden können. Mit einem derartigen Glücksfall hatte ich wahrhaftig nicht gerechnet. Ihr wart schon immer sehr beharrlich, Falkenmond.«

»Und wie, glaubt Ihr, Euch von diesen Komplikationen befreien zu können, die Ihr selbst geschaffen habt?«

Das Zifferblatt neigte sich ein wenig schräg. Das Pendel darunter schwang gleichmäßig weiter, dafür sorgte die komplexe Maschinerie, die einen Ausgleich für jegliche Bewegung Taragorms schuf.

»Das werdet Ihr selbst sehen, wenn wir in Kürze nach Londra zurückkehren. Ich spreche natürlich von dem echten Londra, in dem wir bereits erwartet werden, nicht von dieser schlechten Kopie – übrigens Kalans Idee, nicht meine.«

»Ihr habt mich aber dabei unterstützt!« warf Kalan gekränkt ein. »Und ich muß schließlich die ganzen Risiken auf mich nehmen, indem ich ständig durch Tausende von Dimensionen hin und zurück reise . . .«

»Wir wollen doch nicht, daß unsere Gäste uns für uneinig halten, Baron Kalan«, tadelte Taragorm. Zwischen den beiden hatte es schon immer eine gewisse Rivalität gegeben. Die Uhrenmaske verbeugte sich flüchtig vor Falkenmond und Graf Brass. »Habt die Ehre, uns zu begleiten, während wir die letzten Vorbereitungen zu unserer Rückreise in die alte Heimat treffen.«

»Und wenn wir uns weigern?« fragte Falkenmond finster.

»Dann müßt Ihr für immer und alle Zeit hierbleiben. Ihr wißt, daß wir Euch nicht selbst töten dürfen, darauf baut Ihr, nicht wahr? Nun, lebend hier oder tot anderswo macht keinen großen Unterschied, Freund Falkenmond. Und jetzt bedeckt eure nackten Gesichter. Ihr mögt meine Bitte vielleicht für unfein halten, aber ich bin in dieser Beziehung schrecklich altmodisch.«

»Ich bedaure, daß ich Euch auch in dieser Weise beleidigt habe«, entschuldigte sich Falkenmond spöttisch. Er gestattete, daß die beiden Wachen ihn zur Tür brachten. Mit einer tiefen Verbeugung verabschiedete er sich von Flana mit den stumpfen Augen und mit einer Handbewegung von den anderen, die, wie ihm schien, sogar zu atmen aufgehört hatten. »Lebt wohl, traurige Schatten«, rief er. »Ich hoffe, ich werde zu guter Letzt doch noch die Ursache für eure Befreiung sein.«

»Das hoffe ich ebenfalls«, versicherte ihm Taragorm amüsiert. In diesem Augenblick bewegten die Zeiger auf dem Zifferblatt sich um einen Bruchteil, und die Uhr schlug die volle Stunde.

3. Graf Brass entscheidet sich für das Leben

Sie waren wieder in Baron Kalans Labor.

Falkenmond musterte heimlich die beiden Wachen, die nun ihre Schwerter hatten. Er bemerkte, daß auch Craf Brass sich offenbar überlegte, ob es möglich wäre, trotz ihrer Flammenlanzen etwas gegen sie zu unternehmen.

Kalan befand sich bereits in der weißen Pyramide. Er nahm Justierungen an den kleinen Pyramiden vor, die vor ihm hingen. Da er noch immer die Schlangenmaske trug, hatte er offenbar leichte Schwierigkeiten, mit ihnen zurechtzukommen. Falkenmond, der ihn dabei beobachtete, dachte, daß gerade das ein Hauptmerkmal der arroganten Kultur des Dunklen Imperiums symbolisierte.

Irgendwie war Falkenmond völlig ruhig, während er über seine Lage nachdachte. Der Instinkt riet ihm abzuwarten, bis der richtige Augenblick kam. Aus diesem Grund entspannte er sich jetzt und achtete nicht weiter auf die Wachen mit ihren Flammenlanzen. Er konzentrierte sich auf Kalans und Taragorms Gespräch.

»Die Pyramide ist gleich soweit«, versicherte Kalan Taragorm. »Aber wir müssen dann sofort aufbrechen.«

»Sollen wir uns vielleicht alle wie Ölsardinen in dieses Ding zwängen?« fragte Graf Brass lachend. Da wurde Falkenmond bewußt, daß auch sein Freund abzuwarten beschlossen hatte.

»So ist es«, erklärte Taragorm.

Noch während sie zusahen, begann die Pyramide anzuschwellen, bis sie doppelt, dann dreifach und vierfach so groß wie zuvor war und schließlich den ganzen freien Raum in der Mitte des Labors einnahm. Plötzlich hüllte sie auch Graf Brass, Falkenmond, Taragorm und die beiden Heuschreckenkrieger ein, während Kalan sich über ihren Köpfen weiter mit seinen seltsamen Armaturen beschäftigte.

»Na, seht Ihr?« fragte Taragorm amüsiert. »Kalan war schon immer sehr begabt, was das Wesen des Raumes betrifft, während meine Stärke in der Erkenntnis der Natur der Zeit liegt. Deshalb gelang es uns auch, gemeinsam solch nützliche Spielzeuge wie diese Pyramide zu schaffen.«

Nun setzte die Pyramide sich in Bewegung und glitt durch die Myriaden Dimensionen der Erde. Wieder sah Falkenmond bizarre Szenen, und viele, auf gewisse Weise verzerrte, ähnliche Welten wie seine eigene, und manche davon anders als jene, die ihm auf dem Weg zu Kalans und Taragorms Halbwelt aufgefallen waren.

Und jetzt befanden sie sich erneut in der Dunkelheit des scheinbaren Nichts. Außerhalb der schwach flackernden Pyramidenwände sah Falkenmond nur absolute Schwärze.

»Wir sind hier«, brummte Kalan und hantierte an einer seiner winzigen Kristallpyramiden. Ihr ungewöhnliches Fahrzeug begann zu schrumpfen, bis es schließlich gerade groß genug war, Kalan einzuhüllen. Es wurde zuerst milchig, ehe es in dem bekannten blendenden Weiß glühte. Trotzdem trug es, wie es so über ihren Köpfen hing, nicht dazu bei, die Dunkelheit zu erhellen. Falkenmond konnte nicht einmal sich selbst, geschweige denn die anderen sehen. Er fühlte, daß er auf festem Boden stand, und er roch modrig-feuchte Luft. Probehalber stampfte er einmal auf. Dieses Geräusch hallte von fernen Wänden wider. Offenbar befanden sie sich in einer Höhle oder einem großen Gewölbe.

Kalans Stimme dröhnte aus der Pyramide.

»Der große Augenblick ist gekommen. Die Wiederauferstehung unseres ruhmvollen Imperiums steht bevor. Wir, die wir den Toten das Leben wiedergeben, und den Lebenden den Tod bringen können, sind der alten Lebensweise Granbretaniens treu geblieben. Wir haben geschworen, das Imperium zur alten Größe zu erheben und seine Macht über die ganze Welt auszubreiten. Nun sollt ihr, unsere Getreuen, jenen sehen, den ihr am meisten haßt!«

Plötzlich war Falkenmond in Licht gebadet. Woher es kam, war nicht zu erkennen, aber jedenfalls blendete es ihn, daß er die Augen mit den Händen schützte. Fluchend drehte er sich nach der einen und der anderen Seite, um der grellen, schmerzenden Helligkeit auszuweichen.

»Seht, wie er sich windet!« rief Kalan von Vitall. »Seht, wie er sich zu verkriechen sucht, unser Erzfeind!«

Falkenmond zwang sich stillzustehen und seine Augen trotz des blendenden Lichts zu öffnen.

Ein durchdringendes Flüstern drang von allen Seiten auf ihn ein. Er blickte sich um, aber außer der grellen Helligkeit konnte er immer noch nichts sehen. Das Flüstern wurde zu einem Summen, das Summen zu einem Murmeln, das Murmeln zum Dröhnen, und aus dem Dröhnen erwuchs ein einzelnes Wort aus tausend Kehlen.

»Granbretanien! Granbretanien! Granbretanien!«

Und dann herrschte Schweigen.

»Macht Schluß damit!« donnerte Graf Brass' Stimme in der Stille. »Ahhh . . .«

Und nun war auch Graf Brass in die grauenvolle Helligkeit gehüllt.

»Hier ist der andere!« erschallte Kalans Stimme aufs neue. »Seht ihn euch an, ihr Getreuen, und zeigt ihm euren Haß, denn er ist Graf Brass. Ohne seine Hilfe hätte Falkenmond nie vernichten können, was wir lieben. Durch Verrat, Heimtücke, meuchlerische Feigheit und indem sie die Hilfe jener anflehten, die stärker waren als wir, glaubten sie, das Dunkle Imperium vernichten zu können. Aber das Dunkle Imperium ist nicht zerstört. Es wird noch stärker und größer werden! Seht ihn euch an, diesen Grafen Brass!«

Falkenmond sah, wie das weißglühende Licht um Graf Brass eine eigenartige bläuliche Färbung annahm, bis auch Graf Brass' Messingrüstung blau schimmerte und er die behandschuhten Finger an den Helm drückte und einen grauenvollen Schmerzensschrei ausstieß.

»Haltet ein!« rief Falkenmond. »Weshalb quält ihr ihn so?«

Taragorms amüsierte Stimme klang ganz aus der Nähe. »Aber Freund Falkenmond, das müßte Euch doch wahrhaftig klar sein.«

Fackeln flammten plötzlich auf. Und Falkenmond sah, daß sie sich tatsächlich in einer riesigen Höhle befanden. Und sie – Graf

Brass, Taragorm, die beiden Wachen und er selbst – standen auf einer Plattform auf der Spitze einer Zikkurat in der Mitte der Höhle, während Baron Kalan in seiner Pyramide über ihren Köpfen schwebte.

Und unter ihnen drängten sich dicht an dicht gut tausend maskierte Gestalten, deren Helme Tierköpfe – Schweine, Wölfe, Bären, Geier und andere – darstellten. Sie jubelten begeistert, als Graf Brass, immer noch von den schrecklichen blauen Flammen eingehüllt, vor Schmerz schreiend auf die Knie sank.

Die flackernden Flammen offenbarten Wandmalereien und Skulpturen und Basreliefs, die, nach den deutlichen Einzelheiten ihrer Abartigkeit, offensichtlich Arbeit des echten Dunklen Imperiums waren. Da wußte Falkenmond, daß sie sich in dem richtigen Londra befanden, vermutlich in einer Höhle weit unterhalb der Stadt.

Er versuchte, an Graf Brass heranzukommen, aber das Licht um seinen eigenen Körper hinderte ihn daran.

»Martert mich!« rief Falkenmond. »Laßt Graf Brass in Ruhe – peinigt mich!«

Wieder erklang Taragorms amüsierte Stimme: »Aber das tun wir doch, Falkenmond, oder nicht?«

»Hier ist jener, der euch der Ausrottung nahe brachte!« schallte Kalans Stimme von oben. »Er ist es, der in seinem Stolz glaubte, uns alle vernichtet zu haben. Aber wir werden *ihn* vernichten! Und mit seinem Tod wird jeglicher Widerstand gegen uns enden. Wir werden wiederaufstehen, wir werden erobern und herrschen. Die Toten werden wiederkehren und uns führen – König Huon ...«

»König Huon!« tobte die maskierte Menge begeistert.

»Baron Meliadus!« rief Kalan.

»Baron Meliadus!« brüllte die Menschenmasse.

»Shenegar Trott, Graf von Sussex!«

»Shenegar Trott!«

»Und alle großen Helden und Halbgötter Granbretaniens werden zurückkommen!«

»Alle! Alle!«

»Ja, das werden sie. Und sie werden Rache an der ganzen Welt nehmen!«

»Rache!«

»Die Maskenmenschen Granbretaniens werden ihre Rache bekommen!«

Und wieder, ganz plötzlich, senkte sich Schweigen auf alle herab.

Und wieder schrie Graf Brass vor Schmerzen auf. Er versuchte, sich zu erheben, während er mit beiden Händen auf seine Rüstung schlug, um die blauen Flammen, die ihn erfaßt hatten, zu löschen.

Falkenmond sah, daß Graf Brass' Augen wie im Fieber brannten, Schweiß über seine Stirn rann und seine Lippen vor Schmerz verzerrt waren. »Hört auf!« brüllte er.

Aber nun lachten die Menschen unter den Tiermasken. Die Schweine kicherten, die Hunde kläfften, die Wölfe heulten, die Insekten zischten vor Schadenfreude. Nichts hätte sie mehr begeistern können, als Graf Brass einer solchen Tortur und seinen Freund solchem Leid ausgesetzt zu sehen.

Falkenmond wurde klar, daß sie hier in einem Ritual gefangen waren – einem Ritual, das man diesen Maskenträgern als Belohnung für ihre Treue zu den finsteren Lords des Dunklen Imperiums versprochen hatte.

Wohin würde dieses Ritual führen?

Er begann es zu ahnen.

Graf Brass rollte sich vor unerträglicher Qual über den Boden, daß er fast über den Rand der Zikkurat fiel. Doch jedesmal, wenn er ihm zu nahe kam, schob ihn etwas zurück in die Mitte. Die blaue Flamme zerrte an seinen Nerven. Seine Schreie wurden lauter und lauter. Der ungeheure Schmerz raubte ihm jede Würde.

Falkenmond liefen die Tränen über das Gesicht, als er Kalan und Taragorm anflehte, dem grausamen Spiel ein Ende zu machen.

Endlich hörten sie damit auf. Graf Brass erhob sich, am ganzen Körper bebend. Die blaue Flamme wurde wieder zu weißem Licht, bis schließlich auch das schwand. Graf Brass' Gesicht war angespannt, seine Lippen blutig gebissen, und aus seinen Augen leuchtete das Grauen.

»Seid Ihr bereit, Euch selbst zu töten, Falkenmond, um die Qualen Eures Freundes zu beenden?« klang Taragorms Stimme höhnisch neben ihm. »Würdet Ihr es tun?«

»Das also ist die Alternative. Zeigte Euer Blick in Raum und Zeit, daß Ihr ans Ziel gelangt, wenn ich mich selbst morde?«

»Es erhöht unsere Chancen. Am besten wäre es natürlich, wenn sich Graf Brass überreden ließe, Euch das Leben zu nehmen, aber wenn nicht . . .« Taragorm zuckte die Schultern. »Euer Selbstmord dürfte das Zweitbeste sein.«

Falkenmond blickte auf Graf Brass. Einen Moment trafen sich ihre Augen, und er sah, wie schmerzerfüllt die des anderen waren. Deshalb nickte er. »Ich werde es tun. Aber zuerst müßt Ihr Graf Brass freigeben.«

»Euer eigener Tod wird Graf Brass die Freiheit bringen«, rief Kalan von oben aus der Pyramide. »Seid dessen versichert.«

»Ich traue Euch nicht«, brummte Falkenmond.

Die Menschen in den Tiermasken starrten zu ihm herauf. Sie hielten den Atem an, als sie darauf warteten, daß ihr Feind sich das Leben nähme.

»Genügt Euch das, als Beweis unserer Ehrlichkeit?« Das weiße Licht schwand nun auch um Falkenmond. Taragorm nahm dem Krieger neben ihm Falkenmonds Schwert ab und gab es seinem Besitzer zurück. »Hier. Jetzt könnt Ihr Euch selbst oder mich töten. Tötet Ihr jedoch mich, werden Graf Brass' Qualen nie enden. Tötet Ihr Euch, hören sie sofort auf.«

Falkenmond fuhr mit der Zunge über die trockenen Lippen. Er schaute von Graf Brass zu Taragorm, dann zu Kalan und schließlich hinunter auf die blutgierige Menge. Sich zum Vergnügen dieser degenerierten, perversen Meute zu töten, erfüllte ihn mit Abscheu. Aber es war der einzige Weg, Graf Brass zu retten. Was aber wurde aus dem Rest der Welt? Er war zu benommen, darüber nachzudenken, sich die Konsequenzen auszumalen. Langsam drehte er das Schwert in seiner Hand, bis der Knauf auf dem Boden ruhte und die Spitze unter dem Brustpanzer an seine Haut drückte.

»Ihr werdet zugrunde gehen«, rief Falkenmond, während er erbittert die erwartungsvolle Menge betrachtete, »ob ich nun lebe oder sterbe. Ihr werdet nicht überleben, weil eure Seelen verrottet sind. Ihr wurdet schon einmal vernichtet, weil ihr euch gegeneinander, statt gegen die gemeinsame Gefahr wandtet, die euch bedrohte. Ihr kämpftet Tierorden gegen Tierorden, als wir Londra angriffen. Ohne eure Hilfe hätten wir es nie geschafft.«

»Schweigt!« schrie Kalan aus seiner Pyramide. »Tut, wozu Ihr Euch einverstanden erklärt habt, Falkenmond, oder Graf Brass wird wieder zu tanzen und winseln beginnen.«

Doch da erklang Graf Brass' tiefe Stimme.

»Nein!« rief er.

»Wenn Falkenmond sein Versprechen zurücknimmt, Graf Brass, werden die Schmerzen Euch zerfressen«, wandte Taragorm sich an ihn, und seine Stimme klang, als spreche er mit einem Kind. »Nein«, erklärte Graf Brass. »Ich werde keine Schmerzen mehr erleiden.«

»Ihr wollt Euch ebenfalls töten?«

»Mein Leben bedeutet mir jetzt nur noch wenig. Falkenmonds wegen litt ich so. Wenn er schon sterben muß, dann gewährt mir das Vergnügen, ihn in den Tod zu schicken. Das wäre ja ohnehin, was ihr von Anfang an von mir wolltet. Ich sehe nun ein, daß ich viel zuviel Widerwärtigkeiten auf mich genommen habe, nur um einen zu schützen, der wahrhaftig mein Feind ist. Ja – laßt mich ihn töten. Dann werde auch ich sterben – im Bewußtsein, daß ich gerächt bin.«

Zweifellos hatten die Schmerzen Graf Brass den Verstand geraubt. Seine Augen rollten. Seine Lippen zogen sich wie die Lefzen eines Hundes zurück und offenbarten elfenbeinfarbige Zähne. »Ja, ich werde gerächt sterben.«

Taragorm schien überrascht zu sein. »Das ist mehr, als ich erhoffte. Unser Vertrauen in Euch war demnach doch gerechtfertigt.« Höchst erfreut nahm er dem Heuschreckensoldaten das Schwert und gab es Graf Brass zurück.

Mit beiden Händen griff er danach. Seine Augen verengten sich, als er sich umdrehte und Falkenmond ansah.

»Ich werde mich besser fühlen, wenn ich einen Feind mit in den Tod nehme«, erklärte er.

Er hob das lange, breite Schwert über den Kopf. Seine Messingrüstung zog das Licht der Fackeln an, daß es schien, als brenne sein ganzer Körper in goldenem Feuer.

Falkenmond blickte in die funkelnden Augen und las den Tod in ihnen.

4. Ein gewaltiger Wind bläst

Aber nicht seinen Tod sah Falkenmond – sondern Taragorms.

Mit ungeheurer Flinkheit hatte Graf Brass sich umgewandt, und während er Falkenmond zurief, sich der Wachen anzunehmen, sauste das Schwert herab auf die kunstvolle Uhrenmaske.

Die Menge heulte auf, als sie begriff, was vorging. Die Tiermasken schwankten von Seite zu Seite, als die ersten der Kreaturen des Dunklen Imperiums die Stufen der Zikkurat hochzuklettern begannen.

Kalan schrie auf. Falkenmond drehte eilig sein Schwert und hieb den beiden Wachen die Flammenlanzen aus den Händen. Sie wichen zurück. Kalans Stimme wurde zu einem hysterischen Wimmern. »Narren! Dummköpfe!«

Taragorm taumelte. Es war ganz offensichtlich, daß er für das weiße Feuer verantwortlich war, denn es flackerte um Graf Brass, als er das Schwert zum zweiten Schlag erhob. Taragorms Uhr war gespalten, die Zeiger verbogen, aber der Kopf darunter war offenbar noch heil.

Das Schwert sauste in die geborstene Maske, und die beiden Teile fielen zu Boden.

Ein Kopf kam zum Vorschein, der im Verhältnis zu dem Körper, auf dem er saß, viel zu klein war. Ein runder, häßlicher Schädel war es, wie er nur aus dem Tragischen Jahrhundert hatte entstehen können.

Und dann wurde dieses kleine, runde weiße Ding durch einen Hieb von Graf Brass' Schwert vom Hals gefegt. An Taragorms Tod konnte jetzt kein Zweifel mehr bestehen.

Von allen Seiten kletterten nun Maskierte auf die Plattform der Zikkuratspitze.

Graf Brass brüllte vor Kampfesfreude, während er das Schwert schwang und die Angreifer zurück in die Tiefe sandte.

Falkenmond war immer noch am entgegengesetzten Zikkuratrand mit den beiden Heuschreckenkriegern beschäftigt, die inzwischen ihre eigenen Schwerter gezogen hatten.

Und nun blies plötzlich ein starker Wind durch die Höhle – ein pfeifender, heulender Wind!

Falkenmond stieß die Schwertspitze durch den Augenschlitz des vorderen Heuschreckensoldaten. Schnell zog er die Klinge zurück und schwang damit aus. Mit solcher Wucht schlug sie zu, daß sie durch das Metall und in den Hals des Gegners drang. Jetzt konnte er sich Graf Brass anschließen.

»Graf Brass!« rief er. »Graf Brass!«

»Der Wind!« kreischte Kalan von Panik erfüllt. »Der Zeitwind!«

Falkenmond achtete nicht auf ihn. Er mußte seinen Freund erreichen und, wenn das Geschick es so wollte, mit ihm sterben.

Doch der Wind blies immer heftiger. Er peitschte gegen Falkenmond, daß er kaum noch vorwärts kam, und er warf die maskierten Anhänger des Dunklen Imperiums zurück über den Rand der Plattform.

Falkenmond sah Graf Brass das Breitschwert mit beiden Händen schwingen. Immer noch leuchtete die Messingrüstung wie die Sonne selbst. Er stand mit gespreizten Beinen auf den Gefallenen, die er in den Tod geschickt hatte, und brüllte seinen Schlachtruf hinaus, während weitere der Maskierten mit Schwertern und Lanzen auf ihn losgingen und seine eigene Klinge sich mit der Regelmäßigkeit des ehemaligen Taragorm-Pendels bewegte.

Und Falkenmond lachte. So hatte er sich den Tod vorgestellt und gewünscht, wenn es schon einmal soweit sein mußte. Schwer kämpfte er gegen den Wind an. Er fragte sich, woher er in dieser Höhle kommen konnte, während er weiter versuchte, Graf Brass zu erreichen.

Doch da erfaßte ihn der sturmartige Wind. Er wehrte sich mit Händen und Füßen, als er ihn davontrug und die Zikkurat unter ihm zurückblieb. Graf Brass' Gestalt war bereits so winzig, daß er trotz der leuchtenden Rüstung kaum noch zu erkennen war. Und während er an Kalans Pyramide vorbeigezerrt wurde, zersplitterte sie. Kalan schrie gellend, als er hinab zu den Kämpfenden stürzte.

Falkenmond versuchte festzustellen, was ihn hielt, aber es war nichts zu sehen. Also konnte es tatsächlich nur der Wind sein.

Was hatte Kalan gerufen? Der Zeitwind?

Hatten sie, indem sie Taragorm töteten, andere Kräfte des Raumes und der Zeit wachgerufen – vielleicht das Chaos ausgelöst, das Kalans und Taragorms Experimente so nahegebracht hatte?

Chaos! Würde er nun für alle Ewigkeit von diesem Wind durch Raum und Zeit getragen werden?

Nein, vermutlich nicht. Er befand sich nun nicht mehr in der Höhle, sondern in Londra, doch nicht in der schlechten Kopie. Das hier war das echte Londra der schlimmen alten Tage. Er sah die verrückten Türme und Minarette. Die juwelenbesetzten Kuppeln zu beiden Seiten des blutroten Flusses Thayme. Der Wind hatte ihn in die Vergangenheit geweht. Metallflügel knarrten, als er an zahllosen Ornithoptern vorbeigetragen wurde. Es herrschte große Geschäftigkeit in diesem Londra. Worauf bereitete es sich vor?

Wieder sah Falkenmond auf Londra hinab. Doch nun tobte eine wütende Schlacht. Ganze Straßenzeilen brannten. Explosionen donnerten, Todesschreie zerrissen die Luft. Da wußte Falkenmond, daß er auf die Schlacht von Londra hinabsah.

Und hinunter fiel er, immer tiefer, bis er keinen klaren Gedanken mehr fassen konnte und kaum noch wußte, wer er war.

Doch da war er plötzlich jener Dorian Falkenmond, Herzog von Köln, der im Silberhelm mit dem Schwert der Morgenröte kämpfte, dem das Rote Amulett über der Brust hing und der das Schwarze Juwel in seiner Stirn eingebettet hatte.

Er war wieder in der Schlacht von Londra.

Und er dachte seine neuen und alten Gedanken zusammen, während er sein Pferd mitten in das Getümmel trieb. Fast unerträglichen Schmerz empfand er in seinem Kopf, und er wußte, daß das Schwarze Juwel an seinem Verstand fraß.

Überall um ihn kämpften die Männer. Die gespenstische Legion der Morgenröte, die ein rosiges Glühen ausstrahlte, schlug sich durch Krieger in Wolfs- und Geiermasken. Alles schien drunter und drüber zu gehen. Durch seine schmerzbetäubten Augen konnte Falkenmond kaum sehen, was vor sich ging. Er erkannte zwei oder drei seiner karmarganischen Krieger und sah zwei oder drei der Spiegelhelme mitten in diesem Hexenkessel. Er wurde sich bewußt, daß sein eigener Schwertarm sich hob und senkte, hob und senkte, während er die Krieger des Dunklen Imperiums zurücktrieb, die von allen Seiten auf ihn eindrängten.

»Graf Brass«, murmelte er. »Graf Brass.« Er erinnerte sich, daß er unbedingt seinen Freund hatte erreichen wollen, aber er wußte nicht mehr so recht weshalb. Er sah die barbarischen Krieger der Morgenröte mit ihren bemalten Gesichtern, ihren Hakenkeulen und den spitzen Lanzen, sah, wie sie die geschlossenen Reihen der

Soldaten des Dunklen Imperiums niederrannten. Er blickte sich um, um zu sehen, welcher der Spiegelhelmträger Graf Brass war.

Doch immer schlimmer wurde der Schmerz in seinem Kopf. Er keuchte und wünschte sich, den Helm vom Schädel reißen zu können, aber er hatte in seinem wütenden Kampf gegen die auf ihn Eindringenden keine Hand frei.

Dann sah er etwas golden blitzen und wußte, daß es der Messinggriff von Graf Brass' Schwert war. Auf ihn trieb er nun sein Pferd zu.

Der Mann im Spiegelhelm und der Messingrüstung kämpfte gegen drei hohe Lords des Dunklen Imperiums. Falkenmond sah ihn mutig mit gespreizten Beinen, ohne Pferd, im Schlamm stehen, während die drei Tierlords – Hund, Ziege und Stier – auf ihren Rossen auf ihn einstürmten. Er sah Graf Brass mit dem Schwert nach den Beinen der Pferde seiner Gegner schlagen. Er sah Adaz Promp direkt vor Graf Brass' Füße stürzen, und sah, wie der granbretanische Kriegsherr den Tod durch Graf Brass' Klinge fand. Er sah Mygel Holst um sein Leben flehen, und sah, wie sein Kopf von den Schultern flog. Nun war von den dreien nur noch Saka Gerden im schweren Stierhelm am Leben. Er erhob sich aus dem Schlamm und schüttelte den Kopf, als der Spiegelhelm ihn blendete.

Weiter bahnte Falkenmond sich einen Weg – durch das Getümmel. »Graf Brass!« schrie er. »Graf Brass!«

Obgleich er wußte, daß dies nur ein Traum war, eine verzerrte Erinnerung an die Schlacht von Londra, empfand er doch den Zwang, seinen alten Freund zu erreichen. Doch noch ehe er an seiner Seite war, riß Graf Brass den Helm von seinem Kopf und stellte sich Saka Gerden ohne ihn zum Kampf. Und schon hieben die beiden aufeinander ein.

Falkenmond war nun schon ganz nahe. Und während er sich automatisch gegen seinen eigenen Angreifer wehrte, kannte er nur ein Ziel: zu Graf Brass zu gelangen.

Da sah Falkenmond einen Reiter vom Ziegenorden mit der Lanze in der Hand von hinten auf Graf Brass einstürmen. Falkenmond schrie, gab seinem Pferd die Sporen und stach das Schwert der Morgenröte tief in die Kehle des Ziegenreiters, gerade als Graf Brass Saka Gerdens Schädel spaltete.

Falkenmond schob den toten Ziegenkrieger aus dem Sattel und rief: »Ein Pferd für Euch, Graf Brass.«

Der Graf grinste Falkenmond dankbar an und schwang sich auf den Rücken des Rosses. Sein Spiegelhelm blieb vergessen im Schlamm liegen.

»Danke!« brüllte er nun durch den Schlachtenlärm. »Wir müssen zusehen, daß wir uns für den Endkampf neu formieren.«

Ein irgendwie merkwürdiges Echo hing seiner Stimme nach. Falkenmond schwankte im Sattel, als der Schmerz durch das Schwarze Juwel immer schlimmer wurde. Er hielt in dem Getümmel Ausschau nach Yisselda, ohne sie jedoch zu finden.

Sein Pferd galoppierte immer schneller, und der Schlachtenlärm blieb hinter ihm zurück. Und dann saß er überhaupt nicht länger auf seinem Rücken. Der Wind hatte ihn erfaßt. Ein kräftiger, kalter Wind, wie der Mistral der Kamarg.

Der Himmel verdunkelte sich. Das Schlachtfeld lag weit zurück. Er fiel durch die Nacht. Wo zuvor Männer um ihr Leben gefochten hatten, wiegte sich jetzt das Rohr im Wind. Glitzernde Lagunen dehnten sich unter ihm aus und weite Marschen. Er hörte das traurige Heulen des Marschfuchses und hielt es für Graf Brass' Stimme.

Und mit einemmal hatte der Wind nachgelassen.

Er versuchte, sich mit eigener Hilfe zu bewegen, aber etwas zerrte an ihm. Er trug nicht länger den Spiegelhelm und hielt auch das Schwert nicht mehr in der Hand. Er begann wieder klarer zu sehen, als der grauenvolle Schmerz in seinem Kopf nachließ.

Er steckte bis zum Hals im Sumpf. Es war Nacht. Das Moor wollte ihn immer weiter schlucken. Vor sich sah er ein Pferd. Er griff danach, aber er konnte nur einen Arm freibekommen. Jemand rief seinen Namen, doch er glaubte, es wäre ein Vogelschrei.

»Yisselda«, flüsterte er. »O Yisselda!«

5. Einem Traum gleich

Ihm war, als wäre er bereits tot. Erinnerung und Phantasie vermischten sich, als er darauf wartete, daß die Marsch ihn verschluckte. Gesichter zeichneten sich ab. Er sah plötzlich das vertraute Gesicht Graf Brass', das, während er es beobachtete, älter zu werden schien. Er sah Oladahns, Bowgentles, d'Avercs, Yisseldas; er sah Kalan von Vitalls und Taragorms Palast der Zeit. Tiermasken starrten ihn von allen Seiten an. Er sah Rinal vom Geistvolk, Orland Fank vom Runenstab und seinen Bruder, den Ritter in Schwarz und Gold. Wieder sah er Yisselda. Aber sollten da nicht auch noch andere Gesichter sein? Kindergesichter? Und weshalb verwechselte er sie mit dem von Graf Brass? Graf Brass als Kind? Er hatte ihn doch damals gar nicht gekannt. Er war zu dieser Zeit ja noch nicht einmal auf der Welt gewesen.

Graf Brass' Gesicht wirkte besorgt. Es öffnete die Lippen. Es sprach.

»Seid Ihr es, Freund Falkenmond?«

»Ja, Graf Brass. Ich bin es, Falkenmond. Werden wir zusammen sterben?«

Er lächelte die Vision an.

»Er spricht immer noch im Wahn«, sagte eine betrübt klingende Stimme, die nicht Graf Brass gehörte. »Es tut mir leid, mein Lord. Ich hätte ihn zurückhalten sollen.«

Falkenmond erkannte Hauptmann Vedlas Stimme.

»Hauptmann Vedla? Seid Ihr gekommen, um mich ein zweites Mal aus dem Moor zu ziehen?«

Ein Strick landete neben Falkenmonds freiem Arm. Automatisch schlüpfte er mit dem Handgelenk durch die Schlinge. Jemand zerrte an dem Seil. Langsam wurde er aus dem Sumpf gezogen.

Sein Kopf schmerzte noch entsetzlich, als wäre das Schwarze Juwel nie entfernt worden. Doch allmählich schwand der Schmerz, und er konnte etwas klarer denken. Weshalb sollte er ein verhältnismäßig unbedeutendes Ereignis – auch wenn er dabei fast den Tod gefunden hätte – ein zweites Mal erleben?

»Yisselda?« Er suchte unter denen, die sich zu ihm herabbeugten, nach ihrem Gesicht. Aber seine so lebhafte Phantasie hielt immer noch an. Statt ihrer sah er Graf Brass, umgeben von seinen kamarganischen Kriegern. Es war überhaupt keine Frau unter ihnen.

»Yisselda?« fragte er erneut.

»Kommt, Junge«, sagte Graf Brass sanft. »Wir bringen Euch in die Burg zurück.«

Falkenmond fühlte sich von den kräftigen Armen hochgehoben und zu einem wartenden Pferd getragen.

»Könnt Ihr ohne Hilfe reiten?« fragte der Graf.

»Ja.« Falkenmond kletterte in den Sattel des gehörnten Hengstes und richtete sich auf, aber er schwankte noch ein wenig, als seine Füße nach den Steigbügeln tasteten. Er lächelte. »Seid Ihr noch ein Geist, Graf Brass? Oder seid Ihr nun wahrhaftig dem Leben wiedergegeben? Ich sagte, ich würde alles tun, wenn wir Euch zurück hätten.«

»Dem Leben wiedergegeben? Ihr solltet doch wirklich wissen, daß ich nicht tot bin!« Graf Brass lachte schallend. »Waren es diese alten Ängste, die Euch durch den Kopf spukten, Falkenmond?«

»Ihr seid nicht in Londra gefallen?«

»Dank Euch, nein. Ihr habt mir das Leben gerettet. Hätte dieser Ziegenreiter mich mit der Lanze erwischt, wäre ich jetzt gewiß tot.«

Falkenmond lächelte schwach. »Also können die Ereignisse verändert werden, und ohne Nachwirkungen offenbar. Aber wo sind jetzt Kalan und Taragorm? Und die anderen?« Er wandte sich an Graf Brass, während sie nebeneinander über den alten Marschpfad ritten. »Und Bowgentle, und Oladahn, und d'Averc?«

Graf Brass runzelte die Stirn. »Seit fünf Jahren tot. Erinnert Ihr Euch denn nicht?« Er räusperte sich. »Wir haben im Dienst des Runenstabs viel verloren. Ihr Eure geistige Gesundheit.«

»Meine geistige Gesundheit?«

Die Lichter von Aigues-Mortes kamen in Sicht. Falkenmond konnte bereits die Umrisse von Burg Brass auf dem Hügel sehen.

Wieder räusperte sich Graf Brass. Falkenmond starrte ihn an. »Meine geistige Gesundheit?«

»Ich hätte es nicht erwähnen sollen. Wir sind bald zu Hause.« Graf Brass wich seinem Blick aus.

Sie ritten durch das Stadttor und die gewundenen Straßen und Gäßchen. Einige der Krieger verabschiedeten sich, als sie der Straße zur Burg nahe kamen, denn sie hatten ihre Quartiere in der Stadt.

»Gute Nacht!« rief ihnen Hauptmann Vedla noch zu.

Bald blieben nur Graf Brass und Falkenmond übrig. Sie erreichten den Burghof und schwangen sich von ihren Pferden.

Die große Halle sah nicht viel anders aus, als Falkenmond sie zum letztenmal gesehen hatte. Aber irgendwie schien es ihm, als fehle etwas.

»Schläft Yisselda schon?« fragte er.

»Ja«, murmelte Graf Brass düster. »Sie schläft.«

Falkenmond betrachtete seine schlammbeschmutzte Kleidung. Nicht länger trug er die Rüstung. »Ich nehme wohl am besten ein Bad und gehe dann ebenfalls zu Bett«, murmelte er. Er blickte Graf Brass lächelnd an. »Ich bildete mir ein, Ihr wärt in der Schlacht von Londra gefallen.«

»Ja«, erwiderte Graf Brass besorgt. »Ich weiß. Aber Ihr seid Euch doch jetzt klar, daß ich kein Geist bin?«

»Ja, natürlich.« Falkenmond lachte glücklich. »Kalans Plan diente uns besser als ihm selbst.«

Graf Brass runzelte die Stirn. »Wenn Ihr meint«, murmelte er unsicher, denn er wußte nicht, wovon Falkenmond sprach.

»Und doch entkam er«, fuhr Falkenmond fort. »Er könnte uns erneut Schwierigkeiten bereiten.«

»Er entkam? Aber nein. Er beging Selbstmord, nachdem er das Juwel aus Eurem Kopf entfernte. Deshalb auch Eure manchmal wirren Gedanken.«

Plötzlich erfüllte Falkenmond Furcht.

»Ihr erinnert Euch demnach nicht mehr an unser letztes Abenteuer?« fragte er. Er stellte sich neben Graf Brass, der sich am Kaminfeuer wärmte.

»Abenteuer? Meint Ihr die Marsch? Ihr seid wie in Trance davongeritten, nachdem Ihr etwas gemurmelt habt, daß ich dort draußen spuke. Vedla sah, wie Ihr aufgebrochen seid, und kam hierher, um es mir zu berichten. Deshalb ritten wir Euch nach, und es gelang uns glücklicherweise auch, Euch zu finden, ehe Ihr ganz im Sumpf versankt . . .«

Falkenmond starrte Graf Brass wie gelähmt an, dann drehte er sich um. Hatte er den Rest nur geträumt? War sein Geist wahrhaftig verwirrt gewesen?

»Wie – wie lange ist es her, daß ich mich in dieser Trance, wie Ihr sagt, befunden habe, Graf Brass?«

»Nun, seit Londra. Ihr schient anfangs, nach der Entfernung des Juwels, völlig vernünftig zu sein. Aber dann spracht Ihr von Yisselda, als lebte sie noch: Und Ihr erwähntet andere, die Ihr für tot hieltet – mich, beispielsweise. Es ist natürlich nicht erstaunlich, da Ihr ja so viel mitgemacht habt, denn das Juwel war . . .«

»Yisselda!« schrie Falkenmond erschrocken. »Ihr sagt, sie sei tot?«

»Ja – sie fiel in der Schlacht von Londra. Sie kämpfte heldenhaft, ehe ...«

»Aber die Kinder – die Kinder ...« Falkenmond versuchte, sich an ihre Namen zu erinnern. »Wie hießen sie nur? Ich – ich kann mich einfach nicht mehr entsinnen ...«

Graf Brass seufzte tief und legte seine behandschuhten Finger auf Falkenmonds Schulter. »Ihr habt auch immer von Kindern gesprochen. Aber es gab keine. Wie wäre das auch möglich gewesen?«

»Keine Kinder?«

Falkenmond fühlte eine entsetzliche Leere in sich. Er bemühte sich, sich an etwas zu erinnern, das er erst vor kurzem gesagt hatte. *Ich würde alles dafür geben, wenn Graf Brass wieder lebte.*

Und nun lebte Graf Brass wieder, doch dafür waren seine große Liebe, seine bezaubernde Yisselda und seine Kinder im Nichts verschwunden – es hatte sie in den fünf Jahren seit der Schlacht von Londra überhaupt nicht gegeben!

»Ihr scheint mir heute ein wenig vernünftiger zu sein«, sagte Graf Brass. »Ich hoffte schon immer, daß Euer Gehirn wieder gesund würde. Vielleicht ist es jetzt geheilt?«

»Geheilt?« Welch Hohn! Falkenmond drehte sich um und sah seinen alten Freund an. »Haben alle in Burg Brass – in der ganzen Kamarg – mich für verrückt gehalten?«

»Verrückt ist sicher nicht der richtige Ausdruck«, erwiderte Graf Brass. »Ihr befandet Euch in einer Art Trance, als sähet Ihr die Dinge ein wenig anders, als sie wirklich waren ... Ja, besser kann ich es eigentlich nicht beschreiben. Wäre Bowgentle hier, er könnte es gewiß. Bestimmt hätte er Euch mehr als jeder von uns helfen können.« Der Graf in der Messingrüstung schüttelte den rothaarigen Kopf. »Ich weiß es nicht, Falkenmond.«

»Und jetzt ist mein Geist wieder gesund«, murmelte Falkenmond bitter.

»Es sieht so aus.«

»Dann war mein Wahnsinn vielleicht dieser Wirklichkeit vorzuziehen.« Falkenmond schritt müde zur Treppe. »Wie schwer das zu ertragen ist!«

Es konnte doch sicher nur ein schrecklicher Traum sein? Gewiß hatte Yisselda, hatten die Kinder gelebt?

Aber bereits jetzt schwanden die Erinnerungen, wie ein Traum sich nach dem Erwachen verliert. Am Fuß des Treppenaufgangs drehte er sich noch einmal zu Graf Brass um, der mit gesenktem Kopf in das Feuer starrte.

»Wir leben – Ihr und ich. Und unsere Freunde sind tot. Eure Tochter ist tot. Ihr habt recht, Graf Brass, wir haben viel verloren in der Schlacht von Londra – auch Eure Enkel.«

»Ja«, murmelte Graf Brass kaum hörbar. »Die Zukunft ging verloren, könnte man sagen.«

Epilog

Fast sieben Jahre waren seit der großen Schlacht von Londra vergangen, in der die Macht des Dunklen Imperiums gebrochen worden war. Und viel hatte sich in diesen sieben Jahren getan. Fünf von ihnen hatte Dorian Falkenmond, Herzog von Köln, unter Wahnsinn gelitten. Selbst jetzt noch, zwei Jahre nach seiner Heilung, war er nicht der gleiche, der so voll Mut dem Runenstab gedient hatte. Er war jetzt von grimmigem Charakter, in sich zurückgezogen und einsam. Nicht einmal sein alter Freund, Graf Brass, außer ihm noch der einzige Überlebende der Schlacht, verstand ihn noch.

»Der Verlust seiner Freunde – und seiner geliebten Frau ist daran schuld«, raunten sich die Bürger des wiederaufgebauten Aigues-Mortes zu. Und sie bedauerten Dorian Falkenmond, wenn er allein durch die Stadt, hinaus zum Tor und über die weiten Marschen ritt, wo die großen scharlachroten Flamingos über seinem Kopf kreisten, und die weißen Stiere dahingaloppierten.

Und Falkenmond ritt gewöhnlich zu einem niedrigen Hügel, der sich mitten aus der Marsch erhob. Dort stieg er von seinem Pferd und fühlte es hoch zu der Ruine einer uralten Kirche, die lange vor Beginn des Tragischen Jahrtausends erbaut worden war.

Und dann versuchte er einen Traum zurückzurufen.

Den Traum von Yisselda und seinen zwei Kindern, an deren Namen er sich einfach nicht entsinnen konnte. Hatten sie in seinem Traum überhaupt je Namen gehabt?

Ein törichter Traum war es gewesen – ein Traum, von den Dingen, die hätten sein können, wenn Yisselda in der Schlacht von Londra nicht gefallen wäre.

Und manchmal, wenn die Sonne am Horizont der weiten Marschen unterging oder ein sanfter Regen sich über die Lagunen senkte, stand er hoch oben auf der Ruine und hob seine Arme den Wolken entgegen, die über den sich verdunkelnden Himmel segelten, und schrie ihren Namen in den Wind.

»Yisselda! Yisselda!«

Dann nahmen die Vögel, die mit dem Wind zogen, diesen Ruf auf.

»Yisselda!«

Eine Weile später senkte Falkenmond den Kopf und weinte. Und er fragte sich, weshalb er immer noch hoffte, trotz all der offensichtlichen Wirklichkeit, daß er eines Tages seine verlorene Liebe wiederfinden würde.

Weshalb glaubte er denn insgeheim, daß irgendwo – auf einer anderen Erde vielleicht – die Toten noch lebten? Gewiß war eine solche Überlegung, ja Besessenheit ein Beweis, daß immer noch etwas von diesem Wahn, dieser Krankheit in ihm steckte.

Dann seufzte er und glättete seine Züge, damit niemand, der ihn vielleicht zufällig sah, bemerken möge, daß seine Trauer ihn übermannt hatte. Schließlich stieg er auf sein Pferd und kehrte in der Dämmerung des frühen Abends zur Burg Brass zurück, wo Graf Brass auf ihn wartete.

DAMIT ENDET DIE ERSTE CHRONIK
VON BURG BRASS

ZWEITER BAND

Die Chronik von Burg Brass

DER HELD VON GARATHORM

ERSTES BUCH

Aufbruch

1. Grübeleien und Träumereien

Nicht länger wurde Dorian Falkenmond von Wahnvorstellungen verfolgt, aber er war auch nicht völlig gesund. Manche machten dafür das Schwarze Juwel verantwortlich. Sie sagten, es habe ihn seelisch krank gemacht, als es aus seiner Stirn entfernt wurde. Andere meinten, der Krieg gegen das Dunkle Imperium hätte ihn aller Energie beraubt, die normalerweise für ein ganzes Leben hätte reichen müssen. Wieder andere schworen, daß nur die Trauer um Yisselda, die Tochter Graf Brass' und sein geliebtes Weib, die in der Schlacht um Londra gefallen war, ihn verwandelt hätte. Während der fünf Jahre, die der Wahnsinn ihn umhüllte, hatte er so getan, als lebe sie mit ihm auf Burg Brass und habe ihm sogar einen Sohn und eine Tochter geboren.

Doch während über die Ursache in den Tavernen und Weinhäusern von Aigues-Mortes, der befestigten Stadt rings um Burg Brass, debattiert wurde, war die Wirkung offensichtlich.

Falkenmond grübelte.

Falkenmond härmte sich ab und mied menschliche Gesellschaft, selbst die seines guten Freundes Graf Brass. Falkenmond saß allein in einem kleinen Gemach im obersten Stockwerk des höchsten Turmes und starrte, das Kinn auf die Fäuste gestützt, hinaus über die Marschen, das sich im Winde wiegende Rohr und die Lagunen. Doch seine Augen sahen nicht die weißen Stiere, die gehörnten Rosse, oder die riesigen scharlachroten Flamingos der Kamarg, statt dessen blickten sie in eine düstere, unendliche Ferne.

Falkenmond versuchte, einen Traum – oder vielleicht war es auch eine Wahnvorstellung gewesen? – zurückzurufen. Er bemühte sich, sich an Yisselda zu erinnern und an die Namen der Kinder, die er sich eingebildet hatte, während der Wahnsinn seinen Geist umwölkte.

Aber Yisselda war nur ein Schatten, und von den Kindern ließ sich nicht die geringste Erinnerung heraufbeschwören. Weshalb nur empfand er diese unbegreifliche Sehnsucht nach ihnen?

Warum dieses Gefühl eines unerträglichen Verlusts? Weshalb nährte er manchmal den Gedanken, daß sein jetziges Leben es war, das der Wahnsinn zeichnete, und daß sein Traum – der Traum von Yisselda und den Kindern – die Wirklichkeit gewesen war?

Falkenmond verstand sich selbst nicht mehr, und aus diesem Grund legte er auch keinen Wert darauf, mit anderen zusammenzukommen. Er war ein Geist, der durch seine eigenen Gemächer spukte – ein trauriger Geist, der nur seufzen und stöhnen und schluchzen konnte.

Zumindest war er in seinem Wahnsinn stolz und aufrecht gewesen, murmelten die Bürger, und sein Leben wirklicher als jetzt.

»Wahnsinnig war er viel glücklicher«, sagten die Leute.

Wäre es Falkenmond zu Ohren gekommen, er hätte ihnen beigepflichtet.

Hielt er sich nicht im Turm auf, so war er in dem Raum zu finden, in dem seine Kriegspieltische sich befanden. Hier hatte er Modelle von Städten und Burgen aufgestellt mit Miniaturfiguren. In seinem Wahnsinn hatte er dieses komplexe Spielzeug von Vaiyonn, einem einheimischen Handwerker, bestellt. Um sich immer wieder an den Siegen über die Lords von Granbretanien erfreuen zu können, hatte er zu Vaiyonn gesagt. In Zinn gegossen und bunt bemalt, waren als winzige Figürchen auch Falkenmond, Herzog von Köln, selbst zu finden, genau wie Graf Brass, Yisselda, Bowgentle, Huillam d'Averc und Oladahn von den Bulgarbergen – die Helden der Kamarg, von denen die meisten ihr Leben in Londra gelassen hatten. Auch die Miniaturfiguren ihrer alten Feinde, der Tierlords, fehlten nicht. Es gab Baron Meliadus in seinem Wolfshelm genauso wie König Huon in seiner Thronkugel, Shenegar Trott, Adaz Promp, Asrovak Mikosevaar und seine Frau, Flana (jetzt die sanftmütige Königin von Granbretanien). Infanterie, Kavallerie und Flieger des Dunklen Imperiums standen den Hütern der Kamarg, den Kriegern der Morgenröte und Soldaten von hundert kleinen Nationen gegenüber.

Und Dorian Falkenmond bewegte alle diese winzigen Gestalten über seine riesigen Tische und probierte mit ihnen tausend Variationen ein und derselben Schlacht aus, um festzustellen, wie ihr Ausgang sich auf die nächste Schlacht ausgewirkt hatte. Oft ruhten seine Finger auch auf den Figuren seiner toten Freunde, am häufigsten auf Yisselda. Wie hätte er sie retten können? Welche Kette von Umständen hätte ihr ein Weiterleben garantiert?

Manchmal betrat Graf Brass mit besorgtem Blick den Raum. Er strich sich durch das ergrauende rote Haar und beobachtete Falkenmond, wie er, in seine Miniaturwelt vertieft, hier eine Schwadron Kavallerie vorrückte und dort eine Infanterieeinheit zurückzog. Falkenmond bemerkte entweder Graf Brass' Anwesenheit nicht, oder er zog es vor, seinen alten Freund zu ignorieren, bis dieser sich räusperte, um auf seine Gegenwart aufmerksam zu machen. Dann sah Falkenmond mit nach innen gerichtetem Blick und ohne Freude über Graf Brass' Besuch hoch. Woraufhin Graf Brass sich nach seinem Befinden erkundigte und Falkenmond kurz erwiderte, daß es ihm gutginge. Daraufhin nickte Graf Brass und sagte, das freue ihn. Falkenmond wartete dann ungeduldig darauf, zu seinem Manöver zurückkehren zu können, während Graf Brass sich im Zimmer umsah und vielleicht eine Schlachtaufstellung betrachtete und eine bestimmte Taktik Falkenmonds bewunderte.

Dann sagte Graf Brass: »Ich reite heute morgen zu einer Inspektionstour der Türme. Es ist ein herrlicher Tag. Begleitet mich doch, Dorian.«

Aber fast immer schüttelte Falkenmond den Kopf und erklärte: »Ich habe so viel zu tun.«

»Das hier?« fragte Graf Brass und deutete mit weitausholender Gebärde auf die Modelltische. »Wozu soll es gut sein? Der Krieg ist vorbei. Sie sind tot. Können Eure Überlegungen und Strategien sie zurückbringen? Ihr seid wie ein Mystiker – ein Zauberer –, der glaubt, durch Manipulationen der Bildnisse könnten auch die manipuliert werden, die sie darstellen. Ihr quält Euch nur. Wie könntet Ihr die Vergangenheit ändern? Vergeßt es! Vergeßt es, Herzog Dorian.«

Aber der Herzog von Köln runzelte die Stirn, als habe Graf Brass eine besonders beleidigende Bemerkung gemacht, und wandte seine volle Aufmerksamkeit wieder seinem Spielzeug zu. Dann seufzte Graf Brass, murmelte ein paar freundliche Worte und verließ das Zimmer.

Falkenmonds Schwermut verdüsterte die Atmosphäre der ganzen Burg, und es wurden bereits Stimmen laut, die vorschlugen, der Herzog solle doch, auch wenn er ein Held von Londra war, nach Germania und zu seinen Stammländern zurückkehren, die er seit seiner Gefangennahme durch die Lords des Dunklen Imperiums in der Schlacht von Köln nicht mehr besucht hatte. Ein entfernter Verwandter regierte nun dort als Oberbürger und Präsident der vom Volk gewählten Regierung, die die Monarchie abgelöst hatte, von der Falkenmond der letzte lebende direkte Angehörige war. Aber Falkenmond hätte nicht einmal im Traum daran gedacht, daß er außer seinen Gemächern in Burg Brass noch ein anderes Zuhause hatte.

Selbst Graf Brass dachte manchmal insgeheim, daß es für Falkenmond besser gewesen wäre, er hätte mit Yisselda den Tod in der Schlacht von Londra gefunden.

Und so vergingen die traurigen Monate, alle schwer von Sorgen und nutzlosen Grübeleien, während Falkenmonds Geist sich immer mehr mit seinen einzigen Gedanken an Yisselda und die Kinder befaßte, bis er kaum noch Essen und Trinken zu sich nahm und selbst den Schlaf vergaß.

Graf Brass und sein alter Kriegskamerad, Hauptmann Josef Vedla, debattierten oft miteinander über dieses Problem, aber sie fanden keine Lösung. Stundenlang saßen sie sich in den bequemen Sesseln zu beiden Seiten des Kamins in der großen Halle von Burg Brass gegenüber, tranken den einheimischen Wein und diskutierten über Falkenmonds Melancholie. Beide waren Soldaten, und Graf Brass war auch einmal Staatsmann gewesen, aber beiden fehlten die Worte, sich treffend über die Krankheit der Seele auszudrücken.

»Ein bißchen mehr Bewegung würde ihm helfen«, meinte Josef Vedla eines Abends. »Der Geist geht in einem untätigen Körper allmählich zugrunde. Das ist altbekannt.«

»Ja, dessen ist sich ein gesunder Geist auch bewußt. Aber wie kann man das einem kranken Gehirn klarmachen?« gab Graf Brass zu bedenken. »Je länger er allein in seinen Gemächern verharrt und mit diesen verdammten Zinnsoldaten spielt, desto schlimmer wird es mit ihm. Und je kränker er wird, desto schwieriger ist es wiederum für uns, ihm mit Vernunft beizukommen. Die Jahreszeiten bedeuten ihm überhaupt nichts. Er bemerkt nicht einmal, ob es Tag oder Nacht ist. Ich schaudere, wenn ich nur daran denke, was in seinem Kopf vorgeht.«

Hauptmann Vedla nickte. »Er war früher alles andere als verinnerlicht. Er war ein Mann! Ein Krieger! Ein praktischer Mann mit gutem Menschenverstand! Manchmal scheint er mir fast ein völlig anderer Mensch zu sein. Als wäre die alte Falkenmond-Seele durch das Grauen des Schwarzen Juwels aus seinem Körper vertrieben und durch eine andere Seele ersetzt worden!«

Graf Brass mußte lachen. »Ihr entwickelt ja geradezu Phantasie in Euren alten Tagen, Hauptmann. Ihr habt den früheren Falkenmond bewundert, weil er ein Praktiker war – und nun kommt Ihr selbst mit solchem Unsinn!«

Hauptmann Vedla zwang sich zu einem Lächeln. »Das habe ich wohl verdient. Aber wenn man die Macht der ehemaligen Lords des Dunklen Imperiums bedenkt – und die übernatürlichen Kräfte jener, die uns im Kampf beistanden, ist mein Gedankengang vielleicht gar nicht so abwegig.«

»Möglich. Und gäbe es nicht offensichtlichere Erklärungen für Falkenmonds Zustand, würde ich Eurer Theorie möglicherweise beipflichten.«

Ein wenig verlegen murmelte Hauptmann Vedla: »Es war wirklich nur eine Theorie.« Er hob sein Glas, daß das flackernde Feuer sich in ihm fing, und betrachtete den schweren roten Wein darin. »Und dieses Zeug ist zweifellos daran schuld, daß ich es überhaupt wage, diese Theorien zu äußern.«

»Da wir von Granbretanien sprachen«, sagte Graf Brass ein wenig später, »würde es mich interessieren, wie Königin Flana mit ihrem Problem der Unbelehrbaren zurechtkommt, die sich heimlich im schwer zugänglichen Untergrund Londras treffen oder dort sogar hausen, wie sie in ihren Briefen schrieb. In den letzten Monaten habe ich kaum von ihr gehört. Ich frage mich, ob die Situation sich verschlechtert hat, so daß sie ihr mehr Zeit widmen muß.«

»Habt Ihr denn nicht einen Brief von ihr erhalten?«

»Ja, durch Kurier, vor zwei Tagen. Aber er war viel kürzer als gewöhnlich. Er schien mir fast förmlich. Sie lud mich nur wie üblich ein, sie zu besuchen, wann immer ich Lust dazu verspüre.«

»Könnte es vielleicht sein, daß sie sich ein wenig gekränkt fühlt, weil Ihr ihre Einladung noch nicht angenommen habt?« meinte Vedla. »Möglicherweise glaubt sie, Eure Freundschaft für sie sei abgekühlt?«

»Keineswegs, sie ist nach meiner toten Tochter meinem Herzen am nächsten.«

»Aber weiß sie das? Habt Ihr es ihr schon einmal geschrieben?« Vedla schenkte sich Wein nach. »Frauen brauchen solche Bestätigungen, glaubt es mir. Selbst Königinnen.«

»Flana ist über so etwas hinaus. Sie ist zu intelligent. Zu warmherzig.«

»Hm«, brummte Hauptmann Vedla, und es klang, als bezweifle er Graf Brass' Worte.

Graf Brass entging der Unterton nicht. »Ihr, glaubt, ich sollte ihr vielleicht in – in blumigerer Sprache schreiben?«

»Nun . . .« Hauptmann Vedla grinste.

»Ich bin nicht sehr einfallsreich, was poetische Ausschmückungen angeht«, murmelte Graf Brass.

»Euer Stil – egal, welches Thema Ihr behandelt – ähnelt gewöhnlich Befehlsvermittlungen während der Hitze einer Schlacht«, mußte Hauptmann Vedla zugeben, und er grinste dabei. »Ich meine das natürlich nicht als Beleidigung. Ganz im Gegenteil.«

Graf Brass zuckte die Schultern. »Ich möchte nicht, daß Flana glaubt, ich denke nicht mit der größten Zuneigung an sie. Aber ich kann es ihr nicht schreiben. Vielleicht sollte ich tatsächlich ihre Einladung annehmen und sie in Londra besuchen?« Er blickte sich in der halbdunklen Halle um. »Es wäre sicher eine angenehme Abwechslung. Irgendwie ist die Burg nicht mehr so freundlich und heimisch wie früher – ja, in letzter Zeit finde ich sie sogar bedrückend.«

»Ihr könnt Falkenmond mit Euch nehmen. Er mochte Flana. Das wäre eine Möglichkeit, ihn von seinen Zinnsoldaten wegzulocken.« Hauptmann Vedla hörte den Spott aus seiner eigenen Stimme und schämte sich. Er empfand große Sympathie für Falkenmond und zweifellos Respekt, selbst in dessen jetzigem Zustand. Aber Falkenmonds düstere Grübeleien betrübten alle zutiefst, die ihn von früher gekannt hatten

»Ich werde ihm den Vorschlag machen«, versprach Graf Brass, obwohl er sich insgeheim nichts mehr wünschte, als eine Weile von Falkenmond wegzukommen. Aber sein Verantwortungsbewußtsein ließ nicht zu, daß er allein reiste, ohne seinen alten Freund zumindest zum Mitkommen aufgefordert zu haben. Und Vedla hatte recht. Ein Besuch Londras mochte Falkenmond tatsächlich aus seiner Brüterei reißen. Das Risiko bestand natürlich, daß das Gegenteil der Fall sein würde. Graf Brass sah jedenfalls schon eine anstrengende Reise mit noch größerer Nervenbelastung voraus, als alle um Falkenmond hier auf der Burg ausgesetzt waren.

»Gleich morgen früh werde ich mit ihm sprechen«, murmelte Graf Brass nach diesen Überlegungen. »Möglicherweise kann durch eine Rückkehr nach Londra, auf den echten Schauplatz der Schlacht – statt dieser endlosen taktischen Spiele –, seine Melancholie ausgetrieben werden . . .«

Hauptmann Vedla pflichtete ihm bei. »Daran hätten wir schon eher denken sollen«, meinte er.

Graf Brass ahnte, daß der Hauptmann den Vorschlag, Falkenmond mitzunehmen, nicht ganz ohne Hintergedanken gemacht hatte.

»Und würdet Ihr mitkommen, Hauptmann Vedla?« erkundigte er sich deshalb mit leichtem Lächeln.

»Jemand müßte hierbleiben und für Euch nach dem Rechten sehen«, gab Vedla zu bedenken. »Sollte der Herzog von Köln jedoch ablehnen, Euch zu begleiten, würde ich es Euch natürlich nicht zumuten, allein zu reisen.«

»Ich verstehe«, murmelte Graf Brass. Er lehnte sich in seinen Sessel zurück, nippte am Wein und bemühte sich, ein heimliches Grinsen zu unterdrücken, als er seinen alten Freund ansah.

Nachdem Hauptmann Josef Vedla sich zurückgezogen hatte, blieb Graf Brass in seinem Sessel sitzen. Er unterdrückte sein Grinsen nicht länger. Er genoß es regelrecht, denn es war lange her, daß er überhaupt einen Grund zur Erheiterung gehabt hatte. Und nun, da er sich mit dem Gedanken einer Reise nach Londra vertraut gemacht hatte, freute er sich sogar schon auf sie, denn plötzlich war ihm das Ausmaß klar geworden, in dem die Stimmung in der Burg auf ihn drückte – ausgerechnet in seiner geliebten Burg, die einst so bekannt für ihren inneren Frieden war.

Er starrte hinauf auf die rauchgeschwärzten Sparren der Halle und dachte bedrückt an Falkenmond und was aus ihm geworden war. Er fragte sich, ob es wirklich so gut war, daß die Vernichtung des Dunklen Imperiums der Welt Frieden gebracht hatte. Es war leicht möglich, daß Falkenmond, sogar noch mehr als er selbst, erst richtig lebte, wenn Gefahr drohte. Gäbe es beispielsweise Schwierigkeiten in Granbretanien – es konnte ja sein, daß die unbelehrbaren Überreste der ehemaligen Maskenträger Königin Flana schwer zu schaffen machten –, wäre es sicher keine schlechte Idee, wenn Falkenmond sich der Sache annähme, die Unruhestifter entdeckte und Schluß mit ihnen machte.

Graf Brass hatte das Gefühl, daß eine Aufgabe dieser Art das einzige wäre, das seinen Freund retten konnte. Instinktiv erriet er, daß Falkenmond nicht für den Frieden geschaffen war. Es gab solche Männer – vom Schicksal zum ewigen Kampf bestimmt, ob nun zum Guten oder zum Bösen.

Graf Brass seufzte und widmete sich seinem neuen Plan. Er würde Flana gleich am Morgen schreiben, daß er beabsichtigte, ihre freundliche Einladung anzunehmen. Es war bestimmt faszinierend festzustellen, was aus dieser einst so ungewöhnlichen Stadt geworden war, seit er sie das letzte Mal als Eroberer gesehen hatte.

2. Graf Brass macht eine Reise

»Übermittelt Königin Flana meine ergebensten Empfehlungen«, sagte Falkenmond abwesend. Er hielt die kleine Zinnfigur in der Hand, die Flana darstellte, und drehte sie einmal in diese, dann in die andere Richtung, während er sprach. Graf Brass war nicht einmal sicher, ob sich Falkenmond bewußt war, daß er sie vom Spielbrett hochgehoben hatte. »Sagt ihr, ich fühle mich nicht wohl genug, diese Reise zu unternehmen.«

»Ihr würdet Euch sicherlich gleich besser fühlen, wenn Ihr erst unterwegs wärt«, gab Graf Brass zu bedenken. Er bemerkte, daß Falkenmond dunkle Vorhänge vor die Fenster gezogen hatte. Lampen brannten im Zimmer, obgleich es schon fast Mittag und strahlend hell im Freien war. Und es roch dumpfig hier und ungesund, und der ganze Raum schien mit düsteren Erinnerungen gefüllt zu sein.

Falkenmond rieb sich die Narbe auf der Stirn, wo einst das Schwarze Juwel eingebettet gewesen war. Seine Haut wirkte wächsern, die Augen brannten in einem erschreckenden, fieberigen Glanz. Er hatte so sehr abgenommen, daß seine Kleider schlotternd an ihm hingen. Er blickte hinab auf den Tisch, auf dem das ungemein komplexe Modell des alten Londra aufgebaut war, mit seinen Tausenden von verrückten Türmen, die durch ein Labyrinth von Tunneln miteinander verbunden waren, so daß keiner der Bürger sich dem Tageslicht hatte aussetzen müssen. Plötzlich wurde es Graf Brass klar, daß Falkenmond nun unter der Krankheit jener litt, die er geschlagen hatte. Es hätte ihn gar nicht gewundert, wenn Falkenmond anfinge, ähnliche reichverzierte Masken zu tragen, wie seine ehemaligen Gegner, die Tierlords.

»Londra hat sich verändert, seit Ihr es das letzte Mal gesehen habt«, versuchte Graf Brass zu Falkenmond durchzudringen. »Ich habe gehört, daß die Türme niedergerissen wurden, daß alle Straßen mit Blumenrabatten geschmückt sind, und an Stelle des Tunnels Grünflächen und Parks angelegt wurden.«

»Ja, das habe ich auch gehört«, erwiderte Falkenmond ohne Interesse. Er wandte sich von Graf Brass ab und begann eine Division Kavallerie des Dunklen Imperiums außerhalb der Mauern zu plazieren. Er schien von einer Situation auszugehen, in der das Dunkle Imperium Graf Brass und die anderen Diener des Runenstabs besiegt hatte. »Es muß sehr – hübsch aussehen. Aber ich persönlich ziehe es vor, mich an das frühere Londra zu erinnern.« Seine Stimme klang schneidend. »So wie es war, als Yisselda dort fiel.«

Graf Brass fragte sich, ob Falkenmond wohl vielleicht gar ihm die Schuld am Tod seiner Tochter gab – ihn verdächtigte, mit jenen zusammengearbeitet zu haben, die in der Schlacht gegen sie kämpften. Er unterdrückte seinen Unmut. »Aber die Reise selbst! Wäre das nicht eine großartige Abwechslung? Als Ihr die Welt dort draußen zum letztenmal saht, lag sie in Ruinen. Jetzt steht alles in voller Blüte.«

»Ich habe hier wichtige Dinge zu tun«, murmelte Falkenmond.

»Welche Dinge?« Graf Brass' Stimme klang bei dieser Frage fast scharf. »Ihr habt Eure Gemächer seit Monaten nicht verlassen.«

»In all dem liegt die Antwort«, erwiderte Falkenmond kurz,

während er unwirsch auf den Tisch deutete. »Es gibt einen Weg, Yisselda zu finden.«

Graf Brass lief es kalt über den Rücken.

»Yisselda ist tot«, sagte er leise.

»Sie lebt«, widersprach Falkenmond. »Sie lebt. Irgendwo! An einem anderen Ort.«

»Wir waren uns einmal einig, Ihr und ich, daß es kein Leben nach dem Tod gibt«, erinnerte Graf Brass seinen Freund. »Außerdem – möchtet Ihr wahrhaftig einen Geist ins Leben zurückrufen? Würde es Euch beglücken, Yisseldas Schatten herbeizubeschwören?«

»Wenn das alles wäre, was ich zurückholen könnte – ja! Ich würde mich selbst damit zufriedengeben.«

»Ihr liebt eine Tote!« Graf Brass' Stimme zitterte fast. »Und durch Eure Liebe zu ihr scheint Ihr mir nun in den Tod verliebt zu sein.«

»Was gibt es denn im Leben noch zu lieben?«

»Viel, sehr viel! Ihr würdet es selbst feststellen, wenn Ihr Euch entschließen könntet, mit mir zu reisen.«

»Ich habe kein Bedürfnis, Londra zu sehen. Ich hasse diese Stadt!«

»Dann begleitet mich zumindest einen Teil des Weges.«

»Nein. Meine Träume beginnen wiederzukehren. Und in diesen Träumen komme ich Yisselda ein wenig näher – und unseren zwei Kindern.«

»Es gab diese Kinder nie. Ihr habt sie erfunden. In Eurem Wahnsinn habt Ihr sie Euch ausgedacht.«

»Nein. Gestern nacht träumte ich, ich hätte einen anderen Namen, sei jedoch der gleiche Mann. Ein seltsamer, archaischer Name war es. Ein Name vor dem Tragischen Jahrtausend. John Daker. Ja, das war er. Und John Daker fand Yisselda.«

Graf Brass brach es fast das Herz bei den aus dem Irrsinn geborenen Worten seines Freundes. »Diese Überlegungen, diese Träume bringen Euch nur noch größeres Leid, Dorian. Sie verschlimmern die Tragödie. Glaubt es mir, ich spreche die Wahrheit.«

»Ich weiß, daß Ihr es gut meint, Graf Brass. Ich achte Eure Einstellung und verstehe, daß Ihr glaubt, mir zu helfen. Aber ich bitte Euch einzusehen, daß Ihr das Gegenteil damit bewirkt. Ich muß diesem Weg folgen. Ich weiß, daß er mich zu Yisselda führt.«

»Ja«, murmelte Graf Brass voll Kummer. »Ich pflichte Euch bei. Er führt Euch in den Tod.«

»Ist das der Fall, habe ich nichts zu befürchten.« Falkenmond drehte sich wieder um und sah Graf Brass an. Der Graf spürte, wie es ihm kalt ums Herz wurde, als er in das eingefallene weiße Gesicht und die glühenden Augen blickte, die tief in den Höhlen lagen.

»O Falkenmond«, murmelte er. »O Falkenmond.«

Ohne sein weiteres Wort schritt er zur Tür.

Ehe er sie hinter sich schloß, hörte er noch Falkenmonds hysterisch klingende Stimme.

»Ich *werde* sie finden, Graf Brass!«

Am nächsten Tag zog Falkenmond die Vorhänge ein wenig zur Seite, um durch das Fenster auf den Hof hinunterzublicken. Graf Brass brach auf. Sein Gefolge saß bereits auf den edlen Pferden, deren Samt- und Satindecken die Farben des Grafen aufwiesen – ein Rot in mehreren Tönen. Wimpel und Bänder flatterten von den Flammenlanzen in ihren Sattelhüllen. Und der Wind bauschte die Umhänge der Männer, so daß die frühe Morgensonne sich auf den glänzenden Rüstungen spiegeln konnte. Die Pferde stampften ungeduldig und schnaubten. Diener eilten geschäftig herum und reichten den Reitern zur inneren Erwärmung dampfende Getränke. Und dann trat Graf Brass auf den Hof und schwang sich auf seinen rotbraunen Hengst. Seine Messingrüstung flammte in der Sonne, als stünde sie in Feuer. Der Graf blickte zum Fenster hinauf, und sein Gesicht wirkte nachdenklich. Dann strafften sich seine Züge, als er sich zu seinen Leuten umdrehte, um einen Befehl zu erteilen. Und Falkenmond sah ihnen allen weiter zu.

Während er hinunter auf den Hof schaute, konnte er sich von dem Eindruck nicht lösen, besonders feingearbeitete Modelle vor sich zu haben. Modelle, die sich bewegten und redeten, die aber eben trotzdem nur Modelle wie seine Zinnfiguren waren. Ihm schien, als brauchte er nur hinunterzugreifen und einen der Reiter hochzuheben. Vielleicht Graf Brass selbst, um ihn in eine ganz andere Richtung als Londra zu schicken. Er hegte einen vagen, unbestimmten Groll gegen seinen alten Freund, den er sich nicht erklären konnte. Manchmal träumte er, daß Graf Brass sich sein Leben mit dem seiner Tochter erkauft hatte. Aber wie sollte das möglich sein? Außerdem war das etwas, das Graf Brass nie zuzutrauen wäre. Ganz im Gegenteil, der alte Haudegen hätte ohne lange Überlegungen sein Leben für jemanden, der ihm nahe war, gegeben. Und trotzdem spukte dieser Gedanke immer wieder in Falkenmonds Kopf herum.

Einen flüchtigen Moment empfand er fast ein wenig Bedauern – vielleicht hätte er Graf Brass doch nach Londra begleiten sollen? Er sah zu, wie Hauptmann Vedla befahl, das Fallgitter zu heben. Graf Brass hatte Falkenmond gebeten, sich während seiner Abwesenheit um Burg und Land zu kümmern. Aber die Dienstboten auf der Burg und die Hüter der Kamarg konnten sehr wohl ohne ihn zurechtkommen, ohne seine Entscheidungen zu brauchen.

Jetzt war auch keine Zeit für Entscheidungen und Handlungen, sondern für Überlegungen. Falkenmond war entschlossen, einen Weg durch diese Vorstellungen zu finden, die er in seinem Kopf verborgen fühlte und die er doch irgendwie – noch – nicht erreichen konnte. So sehr seine alten Freunde auch sein ›Spiel mit den Zinnsoldaten‹ verachteten, er wußte, daß er durch sie – indem er sie in immer neuen Aufstellungen bewegte – diese sich ihm immer entziehenden Gedanken einmal zu fassen bekäme. Und sie würden ihm die Wahrheit seiner eigenen Situation verraten. Verstand er diese erst, würde er Yisselda lebend wiederfinden. Und er war sich fast sicher, daß er auch zwei Kinder entdecken würde – einen Jungen und ein Mädchen, wenn er sich nicht täuschte. Alle hatten sie ihn für wahnsinnig gehalten – fünf Jahre lang. Er war jedoch überzeugt, daß er es nicht gewesen war. Er glaubte, sich selbst zu gut zu kennen – und wenn der Wahnsinn ihn jemals erfassen sollte, dann auf eine andere Weise, als seine Freunde es für möglich hielten.

Nun winkten Graf Brass und sein Gefolge den Zurückbleibenden zu, dann ritten sie durch das Tor.

Im Gegensatz zu Graf Brass' Vermutung hielt Falkenmond sehr viel von seinem alten Freund, und es schmerzte ihn ein wenig, ihn fortreiten zu sehen. Aber Falkenmonds Problem war, daß er seine Gefühle nicht mehr zeigen und ausdrücken konnte. Er war viel zu sehr mit seinen eigenen Überlegungen beschäftigt, mit seinem Problem, das er durch die Manipulationen der winzigen Figuren auf seinen Tischen zu lösen hoffte.

Falkenmond blickte Graf Brass und seinen Männern nach, als sie die Serpentinenstraße zur Stadt hinunter und schließlich durch Aigues-Mortes ritten. Die Bürger hatten sich am Straßenrand gesammelt, um Graf Brass Lebewohl zu wünschen und ihm nachzuwinken. Schließlich erreichte der kleine Trupp das Tor und den breiten Weg durch die Marschen. Bis sie außer Sicht waren, verfolgte Falkenmond sie mit den Augen, dann erst wandte er sich vom Fenster ab und beschäftigte sich wieder mit seinen winzigen Modellfiguren.

Gegenwärtig arbeitete er eine Situation aus, in der man ihm das Schwarze Juwel nicht eingepflanzt hatte. In ihr gab es zwar Oladahn von den Bulgarbergen, nicht aber die Legion der Morgenröte. Hätte in diesem Fall das Dunkle Imperium geschlagen werden können? Und wenn ja, wie hätte es sich ermöglichen lassen? Er erreichte den Punkt, an dem er schon Hunderte Male angelangt war: die Schlacht von Londra. Aber diesmal, zum erstenmal kam ihm der Gedanke, daß ja auch er hätte fallen können. Hätte das Yisseldas Leben gerettet?

Wenn er hoffte, durch diese Permutationen vergangener Ereignisse einen Weg zu finden, um die Wahrheit zu ergründen, die er tief in seinem Gehirn versteckt glaubte, so schlug es auch diesmal fehl. Er beendete die mit dieser Möglichkeit verbundenen Taktiken, er registrierte die neuentstehenden Eventualitäten, und überdachte die nächsten Entwicklungen. Er wünschte, Bowgentle wäre nicht in Londra gefallen. Bowgentle hatte viel gewußt und hätte ihm vielleicht jetzt helfen können.

Aber was das betraf, kämen vielleicht auch die Kuriere, die Gesandten des Runenstabs in Betracht – der Ritter in Schwarz und Gold, Orland Fank oder sogar der mysteriöse Jehamia Cohnalias, der nie von sich behauptet hatte, menschlich zu sein. Im Dunkel vieler Nächte hatte er hilfesuchend nach ihnen gerufen, aber sie waren nicht gekommen. Der Runenstab war nun in Sicherheit, und sie bedurften Falkenmonds nicht mehr. Er hatte sich von ihnen im Stich gelassen gefühlt, obwohl er wußte, daß sie ihm zu nichts verpflichtet waren.

Aber konnte nicht vielleicht der Runenstab irgendwie mit den

Geschehnissen verwickelt sein, die ihn betrafen? War dieses seltsame Artefakt vielleicht einer neuerlichen Gefahr ausgesetzt? Hatte es eine weitere Reihe von Ereignissen in Bewegung gesetzt – ein neues Schicksalmuster zu weben begonnen? Falkenmond hatte irgendwie das Gefühl, daß seiner Situation mehr anhaftete, als die normalen, sichtbaren Tatsachen schließen ließen. Er war vom Runenstab und seinen Dienern genauso manipuliert worden, wie er jetzt seine Zinnsoldaten bewegte. Zog der Runenstab vielleicht wieder an den Fäden, die ihn zu seiner Marionette machten? Hatte er sich deshalb seinen Modellfiguren zugewandt, um sich selbst etwas vorzumachen – um zu glauben, daß er zumindest sie manipulieren konnte, wenn doch in Wirklichkeit er manipuliert wurde.

Er schob diesen Gedanken zur Seite. Er mußte sich seinen ursprünglichen Überlegungen widmen.

Und so vermied er, den Tatsachen ins Auge zu sehen.

Indem er vortäuschte, die Wahrheit zu suchen, gelang es ihm, der Wirklichkeit zu entkommen. Denn die Realität seiner Lage wäre möglicherweise unerträglich für ihn gewesen.

3. Eine Lady in eiserner Rüstung

Ein Monat verging.

Zwanzig Möglichkeiten probierte Falkenmond inzwischen mit seinen Modellen aus. Doch sie brachten ihm Yisselda nicht näher, nicht einmal in seinen Träumen.

Unrasiert, mit roten Augen, das Gesicht voll Pickel, die Haut schuppig, schwach vor unterbliebener Nahrungsaufnahme, und schlaff von Mangel an körperlicher Tätigkeit, erinnerte nichts mehr an den Helden, weder geistig, charakterlich, der Dorian Falkenmond einst gewesen. Er sah dreißig Jahre älter aus, als er tatsächlich war. Seine Kleidung – schmutzig, zerrissen, stinkend – schien die eines Bettlers zu sein. Sein ungewaschenes Haar hing in fetten Strähnen in sein Gesicht. Sein Bart wies häßliche Flecken und Spuren undefinierbarer Substanzen auf. Er hatte sich angewöhnt, mit sich zu reden, sich häufig zu räuspern und zu hüsteln.

Seine Diener gingen ihm aus dem Weg, wo sie konnten. Er hatte selten Grund, sie zu rufen, und so fiel ihm ihre Abwesenheit auch gar nicht auf.

Bis zur Unkenntlichkeit hatte er sich verändert, dieser Mann, der der Held von Köln, der Diener des Runenstabs, der ruhmreiche Krieger gewesen war, der die Unterdrückten zum Sieg über das Dunkle Imperium geführt hatte.

Sein Leben schwand von ihm, auch wenn er selbst es nicht bemerkte.

In seiner Besessenheit mit alternativen Schicksalen war er nahe daran, sein eigenes zu einem Ende zu bringen, sich selbst zu vernichten.

Und seine Träume wandelten sich. Weil sie sich veränderten, schlief er noch seltener als zuvor. In seinen Träumen hatte er viele Namen. Einer davon war John Daker, aber viel öfter wurden ihm die anderen bewußt – Erekose und Urlik. Nur der vierte Name entglitt ihm, obgleich er wußte, daß er existierte. Wenn er erwachte, konnte er sich nie an diesen vierten Namen erinnern. Er begann sich zu fragen, ob es so etwas wie Reinkarnation gab. Entsann er sich vielleicht seiner früheren Leben? Das war jedenfalls seine instinktive Schlußfolgerung. Aber sein gesunder Menschenverstand ließ diese Erklärung nicht zu.

In seinen Träumen begegnete er auch manchmal Yisselda. Und in diesen Träumen war er immer beunruhigt, spürte er die schwere Last der Verantwortung auf sich drücken – und ein Schuldbewußtsein. Er hatte jedesmal das Gefühl, es sei seine Pflicht, irgend etwas ganz Bestimmtes zu tun, aber nie wurde ihm klar, was das sein mochte. Hatte er andere Leben hinter sich, die genauso tragisch gewesen waren wie dieses? Der Gedanke an eine Ewigkeit der Tragödie war zuviel für ihn. Er verscheuchte ihn, ehe er sich ganz formen konnte.

Und doch schienen ihm diese Vorstellungen irgendwie halbvertraut. Wo hatte er von ihnen gehört? War er ihnen begegnet? In anderen, früheren Träumen? Im Gespräch mit jemandem? Mit Bowgentle, vielleicht? In Dnark, der fernen Stadt des Runenstabs?

Er begann sich bedroht zu fühlen. Er lernte Furcht kennen. Selbst die Zinnfiguren auf seinen Tischen waren halbvergessen. Er sah aus den Augenwinkeln bereits sich bewegende Schatten. Was beschwor diese Angst herauf?

Er dachte, er sei vielleicht nahe daran, die Wahrheit über Yisselda zu verstehen, und irgendwelche Kräfte sollten es verhindern, Kräfte, die ihn möglicherweise töten würden, wenn er herausfand, wie er seine Liebste erreichen konnte.

Das einzige, was Falkenmond nicht in Betracht zog – die einzige Antwort, die ihm gar nicht in den Sinn kam –, war, daß diese Furcht im Grund genommen eine Angst vor sich selber war, die Angst, sich einer unerfreulichen Wahrheit zu stellen. Die Lüge war es, die bedroht wurde, die Lüge, die seinen Verstand schützte; und wie die meisten Menschen es tun, kämpfte er, um diese Lüge zu verteidigen.

Zu dieser Zeit war es auch, daß er seine Diener verdächtigte, sich mit seinen Feinden im Bund zu befinden. Er war überzeugt, sie hätten versucht, ihn zu vergiften. Er begann, seine Türen zu versperren und weigerte sich, sie zu öffnen, wenn die Diener Einlaß erbaten, um zumindest die notwendigsten Handgriffe zu tun. Er aß gerade so viel, daß er nicht direkt verhungerte. Er sammelte Regenwasser in Bechern, die er auf seine äußeren Fenstersimse stellte, und nur dieses Wasser trank er. Doch immer öfter überwältigte die Erschöpfung seinen geschwächten Körper. Dann kamen die kleinen Träume zu dem Mann, der in der Dunkelheit hauste. Träume, die an sich nicht unangenehm waren – er sah freundliche Landschaften, fremde Städte, Schlachten, an denen er, Falkenmond, nie teilgenommen hatte, merkwürdige, fremdartige Leute, denen er selbst in seinen Abenteuern im Dienst des Runenstabs nie begegnet war. Aber diese Träume erschreckten ihn. Auch Frauen kamen in diesen Träumen vor. Einige von ihnen mochten Yisselda gewesen sein, doch empfand er nie Freude, wenn er sie sah, nur eine tiefe Unruhe. Und einmal, ganz flüchtig, träumte er, er blicke in einen Spiegel und sähe statt seines eigenen Spiegelbilds eine Frau.

Eines Morgens erwachte er aus seinem quälenden Schlummer, doch statt sich zu erheben, wie es seine Gewohnheit war, und sich direkt zu seinen Tischen mit den Modellen zu begeben, blieb er liegen und starrte zu den Sparren in seinem Zimmer hoch. In dem schwachen Licht, dem es gelang, durch die dicken Vorhänge zu dringen, sah er ganz deutlich Kopf und Schultern eines Mannes, der dem toten Oladahn glich. Die Ähnlichkeit lag hauptsächlich in der Art, wie er seinen Kopf hielt, in seinem Gesichtsausdruck und den Augen. Ein breitkrempiger Hut saß keck auf dem langen schwarzen Haar, und eine kleine schwarz-weiße Katze hockte auf seiner Schulter. Falkenmond bemerkte, ohne sich darüber zu wundern, daß die Katze Flügel hatte, die auf dem Rücken gefaltet waren.

»Oladahn?« murmelte Falkenmond, obgleich er wußte, daß es nicht sein alter Gefährte war.

Das Gesicht lächelte und öffnete die Lippen, um zu sprechen, doch dann war es plötzlich verschwunden.

Falkenmond zog das schmutzige seidene Bettuch über den Kopf und blieb am ganzen Leib zitternd liegen. Er hatte das Gefühl, daß der Wahnsinn nach ihm griff. Graf Brass hatte vielleicht doch recht gehabt, wenn er behauptete, er habe die fünf Jahre lang Halluzinationen nachgehangen.

Später erhob Falkenmond sich doch und zog seinen Spiegel unter den Decken hervor, mit denen er ihn vor ein paar Wochen verdeckt hatte, weil er sein Spiegelbild nicht sehen wollte.

Er starrte auf die heruntergekommene Gestalt, die durch das staubige Glas zurückstierte.

»Ich sehe einen Wahnsinnigen«, murmelte Falkenmond. »Einen sterbenden Irren!«

Das Spiegelbild äffte die Bewegungen seiner Lippen nach. Die Augen wirkten verstört. Über ihnen, in Stirnmitte, war eine bleiche kreisrunde Narbe zu erkennen, wo einst das Schwarze Juwel geglüht hatte, jener Edelstein, der das Gehirn eines Menschen zerstören konnte.

»Es gibt noch andere Dinge, die an eines Mannes Verstand zehren«, murmelte der Herzog von Köln. »Weniger sichtbare Dinge als Juwelen, schlimmere Dinge! Mit welcher Schläue doch die Lords des Dunklen Imperiums noch nach ihrem Tod nach mir greifen, um sich zu rächen. Indem sie Yisselda mordeten, brachten sie auch mir den allmählichen Tod.«

Er bedeckte seinen Spiegel wieder und seufzte abgrundtief. Schwerfällig kehrte er zu seinem Bett zurück und setzte sich nieder. Aber er wagte es nicht mehr, zur Decke hochzublicken, wo er den Mann gesehen hatte, der Oladahn ähnelte.

Er fand sich mit der Tatsache seines Elends, seines baldigen Todes und seines Wahnsinns ab. Müde zuckte er die Schultern.

»Ich war ein Krieger«, murmelte er, »und wurde zum Narren. Ich machte mir etwas vor. Ich glaubte, ich könnte erreichen, was geniale Wissenschaftler und Zauberer erreichen, was Philosophen ergründen. Doch dazu war ich nie fähig. Statt dessen verwandelte ich mich von einem vernünftigen Mann zu diesem erbärmlichen und kränklichen Bündel aus Haut und Knochen. Und hör mir zu, Falkenmond! Du redest mit dir selbst! Du murmelst, du phantasierst, du wimmerst. Dorian Falkenmond, Herzog von Köln, es ist zu spät zur Umkehr. Du verrottest!«

Ein schwaches Lächeln huschte über seine Lippen. »Deine Bestimmung war es, zu kämpfen, ein Schwert zu schwingen, die Riten des Krieges zu zelebrieren. Und nun sind Tische zu deinem Schlachtfeld geworden, und du hast die Kraft verloren, auch nur einen Dolch zu führen, viel weniger ein Schwert. Du könntest nicht einmal mehr auf einem Pferd sitzen, wenn du es wolltest.«

Er ließ sich auf sein schmutziges Kissen zurückfallen und barg sein Gesicht unter den Armen. »Mögen die Kreaturen kommen«, brummte er. »Mögen sie mich quälen. Es stimmt! Ich bin wahnsinnig!«

Er zuckte zusammen, denn er glaubte, jemanden neben sich ächzen gehört zu haben. Er zwang sich, nachzusehen.

Die Tür war knarrend aufgeschwungen, als ein Diener sie geöffnet hatte. Er stand jetzt verlegen an der Tür.

»Mein Lord?«

»Sind sie alle überzeugt, daß ich wahnsinnig bin, Voisin?«

»Mein Lord?«

Der Diener war ein alter Mann, ein Greis, einer der wenigen, die sich noch regelmäßig um Falkenmond kümmerten. Er diente ihm treu, seit der Herzog von Köln das erste Mal auf Burg Brass gekommen war. Trotzdem senkte er jetzt verlegen die Augen.

»Sie halten mich also alle für wahnsinnig, ja, Voisin?«

Der Greis breitete hilflos die Hände aus. »Manche, mein Lord. Andere sagen, Ihr seid krank – eine körperliche Krankheit. Ich mache mir schon seit einer Weile Gedanken, ob wir nicht vielleicht einen Arzt rufen sollten . . .«

Ein wenig des alten Argwohns kehrte zurück. »Ärzte? Giftmischer?«

»O nein, mein Lord!«

Falkenmond riß sich zusammen. »Nein, natürlich nicht. Ich danke dir für deine Sorge, Voisin. Was hast du mir gebracht?«

»Nichts, mein Lord, außer Neuigkeiten.«

»Von Graf Brass? Wie gefällt es ihm in Londra?«

»Nicht von Graf Brass. Von einem Besucher. Ein alter Freund des Grafen, wenn ich richtig gehört habe. Als er erfuhr, daß der Graf sich auf Reisen befindet und Ihr ihn hier vertretet, bat er, Ihr möget ihn empfangen.«

»Ich?« Falkenmond grinste grimmig. »Wissen sie dort draußen in der Welt, was aus mir geworden ist?«

»Ich glaube nicht, mein Lord.«

»Was hast du gesagt?«

»Daß Ihr Euch nicht wohl fühlt, ich Euch aber die Botschaft überbringen würde.«

»Und das hast du getan.«

»Jawohl, mein Lord.« Voisin zögerte. »Soll ich sagen, daß Euer Gesundheitszustand nicht erlaubt ...«

Falkenmond wollte nicken, doch dann änderte er seinen Entschluß. Er stützte sich aufs Bett und erhob sich. »Nein, ich werde den Besuch empfangen. In der Halle.«

»Möchtet Ihr Euch erst – frisch machen, mein Lord? Heißes Wasser ...«

»Nein, ich werde den Gast in einigen Minuten begrüßen.«

»Ich richte es aus.« Ein wenig hastig verließ Voisin Falkenmonds Gemach, ganz offensichtlich verstört über Falkenmonds Entschluß.

Mit voller Absicht, um zu schockieren, machte Falkenmond keine Anstalten, etwas zur Verschönerung seines Aussehens zu unternehmen. Sollte der Besuch ihn nur so sehen, wie er war.

Außerdem war er ganz bestimmt wahnsinnig. Selbst der Gast konnte eine seiner Phantasievorstellungen sein. Er mochte sich irgendwo und überall befinden – im Bett, an seinen Tischen, ja selbst auf einem Ritt durch die Marschen –, und sich nur einbilden, daß jemand ihn zu sprechen bat. Als er sein Schlafgemach verließ und durch den Raum mit seinen Tischen schritt, streifte er mit seinen schmutzigen Ärmeln ganze Reihen von Zinnsoldaten, dann warf er absichtlich ein paar Türme von Londra um und stieß mit dem Fuß so wild gegen ein Tischbein, daß die ganze Stadt Köln erbebte.

Das Licht der farbigen Fenster an beiden Enden des Korridors blendete ihn, und er blinzelte.

Dann schritt er zum Treppenaufgang, der zur großen Halle hinunterführte. Er fühlte sich so schwindlig, daß er sich ans Geländer klammern mußte. Seine Schwäche amüsierte ihn. Er freute sich auf den Schock seines Besuchers, wenn er ihn erblickte.

Ein Diener eilte herbei, um ihm zu helfen, und Falkenmond stützte sich schwer auf den Arm des jungen Mannes, als sie ganz langsam hinunterstiegen.

Und endlich hatte Falkenmond die Halle erreicht.

Eine Gestalt in Rüstung bewunderte gerade eine von Graf Brass' Schlachttrophäen – eine Lanze und einen verbeulten Schild, die er vor vielen Jahren während der Stadtkriege am Rhein von Orson Kach erobert hatte.

Falkenmond erkannte die Gestalt nicht. Sie war nicht sonderlich groß, war untersetzt, und ihre Haltung und Bewegungen wirkten ein wenig herausfordernd. Sicher einer von Graf Brass' alten Kriegskameraden, als er noch Söldnergeneral gewesen war.

»Seid gegrüßt«, krächzte Falkenmond. »Ich bin der gegenwärtige Hüter von Burg Brass.«

Die Gestalt drehte sich um. Kühle graue Augen musterten Falkenmond von oben bis unten. Ihr Gesicht verriet keinen Schock, ja war absolut unbewegt, als sie auf ihn zutrat und ihm die Hand entgegenstreckte.

Es war im Gegenteil nun Falkenmonds Gesicht, das Überraschung verriet.

Denn sein Besucher, der in einer eisernen Rüstung steckte, war eine Frau von mittleren Jahren.

»Herzog Dorian?« sagte sie. »Ich bin Katinka van Bak. Ich bin seit vielen Nächten unterwegs.«

4. Neuigkeiten von hinter den Bulgarbergen

»Ich bin in dem jetzt von der See bedeckten Hollandien geboren«, erklärte Katinka van Bak. »Meine Eltern waren allerdings Kaufleute aus Muskovia. In den Kämpfen zwischen unserem Land und den Belgischen Staaten wurden Vater und Mutter getötet und ich gefangengenommen. Eine Weile diente ich im Gefolge des Prinzen von Berlin. Er hatte die Belgier in ihrem Krieg unterstützt, und ich gehörte zu seinem Beutegut.« Sie hielt inne, um sich noch eine Scheibe kalten Bratens auf ihren Teller zu legen. Ihre Rüstung hatte sie abgelegt und trug nun ein einfaches Seidenhemd und eine blaue Baumwollkniehose. Und obgleich sie ihre Ellbogen auf den Tisch stützte und sich ungezwungen und ganz unladylike benahm, war sie doch nicht unfeminin, und Falkenmond stellte bald fest, daß sie ihm sehr gefiel.

»Ich verbrachte fast die ganze Zeit mit Kriegern, und so erwuchs in mir bald das Bedürfnis, es ihnen gleichzutun. Es machte ihnen Spaß, mir beizubringen, mit Schwert und Bogen umzugehen, und sie amüsierten sich, wenn ich mich absichtlich selbst dann noch dumm stellte, als ich schon lange gut damit umzugehen verstand. Dadurch erweckte ich ihren Argwohn nicht, was meine Pläne betraf.«

»Ihr beabsichtigtet zu fliehen?«

»Ein wenig mehr als das.« Katinka van Bak lächelte und wischte sich über die Lippen. »Der Zeitpunkt kam, da Prinz Lobkowitz von meiner Exzentrizität erfuhr. Ich erinnere mich an sein Gelächter, als man ihn zu dem Platz außerhalb der Mädchenunterkünfte führte. Der Soldat, der mich besonders protegiert hatte, reichte mir ein Schwert, und er und ich führten einen Zweikampf vor, um dem Prinzen zu zeigen, auf welch charmante, wenn auch vielleicht nicht sehr gekonnte Weise ich focht. Prinz Lobkowitz amüsierte sich sichtlich. Er erklärte, er habe an diesem Abend Gäste geladen, und es wäre doch eine großartige Idee, wenn ich statt der üblichen Jongleure und Gaukler auftrat. Das paßte mir wunderbar in den Kram. Ich klimperte mit den Wimpern und lächelte verlegen, und tat, als wäre ich überglücklich über solche Ehre und als ob ich nicht wüßte, daß alle über mich lachten.«

Falkenmond versuchte, sich Katinka van Bak in der Rolle einer Naiven vorzustellen, aber das war zuviel für seine Phantasie. »Und was geschah?« Er war ehrlich gespannt. Zum erstenmal seit Monaten lenkte ihn etwas von seinen eigenen Problemen ab. Er stützte sein bartstoppeliges Kinn auf eine schmutzige Hand, als Katinka van Bak fortfuhr.

»Nun, an diesem Abend wurde ich den Gästen vorgestellt, die mir lächelnd zusahen, wie ich nacheinander gegen mehrere von Prinz Lobkowitz' Krieger kämpfte. Sie aßen tüchtig, während sie zusahen, und tranken noch mehr. Verschiedene Gäste boten dem Prinzen hohe Summen für mich. Doch das hob natürlich nur seinen Besitzerstolz, und er lehnte alle Angebote ab. Ich erinnere mich noch, wie er mir zurief:

›Und nun, kleine Katinka, welche weiteren kriegerischen Künste beherrschst du? Was wirst du uns als nächstes bieten?‹

Ich hielt den richtigen Augenblick für gekommen. Ich machte einen hübschen Knicks und erwiderte mit scheinbar naiver Kühnheit:

›Ich habe gehört, daß Ihr einer der besten Schwertkämpfer seid, Eure Hoheit. Der beste in der ganzen Provinz Berlin.‹

›Das sagt man wohl‹, erwiderte Lobkowitz.

›Würdet Ihr mir die Ehre erweisen, die Klingen mit mir zu kreuzen, mein Lord? Damit ich meine Geschicklichkeit gegen den besten Kämpfer in diesem Saal unter Beweis stellen kann?‹

Prinz Lobkowitz war verständlicherweise ziemlich verblüfft, doch dann lachte er. Er konnte vor seinen Gästen schlecht nein sagen, und damit hatte ich gerechnet. Also entschloß er sich, mir die Freude zu machen, aber er sagte ernst:

›In Berlin haben wir unterschiedliche Regeln für die verschiedenen Arten von Zweikampf. Wir fechten um den ersten Stich, den ersten Schnitt auf der linken Wange, dann den ersten auf der rechten, und so weiter – bis das Duell mit dem Tod endet. Ich möchte nicht gern deine Schönheit verunstalten, kleine Katinka.‹

›Dann laßt uns bis zum Tod kämpfen, Eure Hoheit!‹ rief ich und tat, als wäre ich berauscht von der bisherigen Begeisterung der Zuschauer.

Gelächter brandete auf. Aber ich bemerkte auch, daß viele Augen aufgeregt von mir zum Prinzen huschten. Es bezweifelte natürlich niemand, daß er jeden Zweikampf gewinnen würde, aber es würde ein Erlebnis für sie sein, mein Blut fließen zu sehen.

Lobkowitz war zu betrunken, um klar denken zu können und sich die Folgen meines Vorschlags zu überlegen. Aber er wollte vor seinen Gästen das Gesicht nicht verlieren.

›Ich möchte eine so talentierte Sklavin nicht verlieren‹, erklärte er in väterlichem Ton. ›Wir sollten uns vielleicht lieber einen anderen Einsatz als das Leben einfallen lassen, kleine Katinka.‹

›Meine Freiheit‹, schlug ich vor.

›Nein, denn ein so unterhaltsames Mädchen wie dich gibt man nicht gern her . . .‹, begann er. Doch da brüllte ihm die Menge zu, eine sportlichere Einstellung zu zeigen. Schließlich wußten sie alle, daß er eine Weile Katz und Maus mit mir spielen konnte, ehe er mich mit einem Hieb kampfunfähig machte oder mich entwaffnete.

›Also gut!‹ Er lächelte und zuckte die Schultern. Dann ließ er sich von seiner Leibwache eine Klinge geben und trat zu mir auf die Plattform. ›Wir wollen anfangen‹, sagte er. Ich sah seiner Haltung an, daß er beabsichtigte, das Duell so lange wie möglich hinauszuziehen, um seinen Gästen seine Geschicklichkeit zu beweisen.

Der Kampf begann meinerseits recht tolpatschig. Die Gäste jubelten mir zu, um mich zu ermutigen, und einige schlossen bereits Wetten ab, wie lange der Kampf dauern würde – natürlich setzte keiner darauf, daß ich gewinnen würde.« Katinka füllte ihren Becher mit Apfelsaft nach und leerte ihn, ehe sie fortfuhr.

»Wie Ihr gewiß inzwischen erraten habt, Herzog Dorian, hatte ich mich heimlich zu einem wahrhaft guten Fechter entwickelt. Langsam begann ich meine Geschicklichkeit zu zeigen, und allmählich wurde es Prinz Lobkowitz klar, daß er sich besser anstrengen mußte, um sich zu verteidigen. Es wurde ihm bewußt, wie ich merkte, daß er gegen einen Gegner kämpfte, der ihm sehr wohl ebenbürtig sein mochte. Der Gedanke, von einem Sklaven – schlimmer noch, einer Sklavin! – geschlagen zu werden, war nicht angenehm. Er begann jetzt ernsthaft zu fechten. Er fügte mir zwei Verletzungen zu – eine auf der linken Schulter, die andere am Oberschenkel. Aber ich beachtete sie nicht. Und nun, wie ich mich erinnere, herrschte absolute Stille in dem großen Saal, wenn man vom Klirren der Klingen und Prinz Lobkowitz' keuchendem Atem absah. Eine ganze Stunde fochten wir. Er hätte mich getötet, wenn es ihm gelungen wäre.«

»Ich entsinne mich«, murmelte Falkenmond nachdenklich, »an eine Geschichte, die von Mund zu Mund ging, als ich noch in Köln herrschte. So seid Ihr also die Frau, die . . .«

»Die Prinz Lobkowitz in Berlin im Zweikampf das Leben nahm. Richtig. Vor seinen eigenen Gästen, in der Gegenwart seiner Leibwachen tötete ich ihn. Mit einem sauberen Stich ins Herz machte ich ihm ein Ende. Er war der erste, der durch meine Klinge fiel. Und ehe die Zuschauer sich noch entschieden hatten, ob sie ihren Augen trauen konnten, hob ich meinen Degen und erinnerte sie an die Abmachung – daß ich durch einen Sieg über den Prinzen meine Freiheit wiedergewänne. Ich bezweifle, daß auch nur einer aus des Prinzen näherem Gefolge sich an diese Abmachung gehalten hätte. Sie würden mich an Ort und Stelle umgebracht haben, wären nicht Lobkowitz' Freunde gewesen und jene, die ein Auge auf seine Ländereien geworfen hatten. Mehrere von ihnen kamen herbeigerannt und boten mir eine Stellung in ihrem Haus oder auf ihrem Hof an. Natürlich nicht meiner Geschicklichkeit im Fechten wegen, sondern weil ich etwas war, mit dem sie angeben konnten. Ich nahm einen Posten im Wachbataillon von Guy O'Pointte an, dem Erzherzog von Bavarien. Und zwar entschied ich mich sofort dafür, denn der Erzherzog hatte die an Zahl stärkste Leibwache bei sich, da er einer der mächtigsten der anwesenden Edlen war. Danach entschloß sich das Gefolge des Prinzen, die Abmachung zu akzeptieren.«

»Und so wurdet Ihr zum Krieger?«

»Ja. Mit der Zeit arbeitete ich mich zum Generalfeldmarschall Guy O'Pointtes hoch. Als der Erzherzog von der Familie seines Onkels ermordet wurde, verließ ich die Dienste Bavariens und suchte eine neue Position. Damals lernte ich Graf Brass kennen. Wir dienten als Söldner in gut der Hälfte aller Armeen in Europa – und häufig auf der gleichen Seite! Zur ungefähr selben Zeit, als Graf Brass sich hier in der Kamarg niederließ, ritt ich ostwärts und trat in den Dienst des Prinzen von der Ukraine als Berater seiner Streitmächte. Wir haben eine gute Verteidigung gegen die Legionen des Dunklen Imperiums aufgestellt.«

»Seid Ihr in die Gefangenschaft der Tierlords geraten?«

Katinka van Bak schüttelte den Kopf. »Ich flüchtete zu den Bulgarbergen, wo ich blieb, bis Ihr und Eure Gefährten in der Schlacht von Londra das Blatt wendeten. Danach wurde es meine Aufgabe, die Ukraine wiederaufzubauen. Die einzige Überlebende der königlichen Familie war die jüngste Nichte des Prinzen, und sie war noch ein Kind. Also wurde ich ohne mein Dazutun Regentin der Ukraine.«

»Und Ihr habt dieser Stellung nun entsagt? Oder besucht Ihr uns lediglich inkognito?«

»Weder das eine noch das andere«, erwiderte Katinka van Bak kurz, und es klang ein wenig, als wiese sie Falkenmond zurecht, weil er ihr vorgriff. »Ein Feind drang in die Ukraine ein und eroberte sie.«

»Wa-as? Wer war es? Ich glaubte, die Welt befände sich in relativem Frieden!«

»So ist es auch. Oder war es zumindest, bis wir, die wir östlich der Bulgarberge leben, von einer Armee hörten, die sich in den Bergen sammelte.«

»Die Unverbesserlichen des ehemaligen Dunklen Imperiums!« rief Falkenmond.

Katinka van Bak hob Schweigen gebietend die Hand. »Es war eine Vagabundenarmee«, fuhr sie fort. »Ja, das war es zweifellos. Aber ich glaube nicht, daß es sich um Überreste der Legionen des Dunklen Imperiums handelte. Obgleich sie wirkungsvolle Waffen hatten, glich doch kein einziger der Krieger dem anderen. Sie trugen die unterschiedlichste Kleidung und jeder andere Arten von Waffen, und sie waren verschiedenster Rassen – einige davon zweifellos nicht menschlich! Ihr versteht doch? Jeder sah aus, als gehöre er zu einer eigenen Armee, völlig unabhängig von der anderen!«

»Ein Trupp, vielleicht, von Soldaten, die der Vernichtung durch das Dunkle Imperium entgingen?«

»Das glaube ich nicht. Ich weiß nicht, woher sie kamen. Ich weiß nur, daß sie die Berge zur uneinnehmbaren Festung ausbauten und von dort aus operieren. So viele Strafexpeditionen auch gegen sie ausgeschickt wurden, keine einzige kehrte je zurück. Sie rotten ganze Völker aus – bis zum letzten Neugeborenen; plündern Dörfer, Städte, Länder. In dieser Beziehung sind sie eher wie

Banditen denn eine organisierte Armee mit einem Endziel. Es hat jedenfalls den Anschein, daß sie die Länder lediglich des Beuteguts wegen überfallen. Ihr Aktionsradius wird immer weiter, aber alles bringen sie in ihre Bergfestung, die Wertsachen, die gestohlenen Nahrungsmittel und hin und wieder auch Frauen.«

»Wer ist ihr Anführer?«

»Ich weiß es nicht, obgleich ich gegen sie gekämpft habe, als sie die Ukraine überfielen. Entweder führen mehr als einer sie an oder überhaupt keiner. Es gibt keinen, mit dem man verhandeln könnte. Sie scheinen nur von Raub- und Mordgier getrieben zu werden. Sie sind wie die Heuschrecken – ja, eine bessere Beschreibung für sie gibt es nicht. Selbst das Dunkle Imperium ließ Überlebende zurück, denn es plante, die ganze Welt zu beherrschen, und brauchte Untertanen. Aber diese – was immer sie auch sind – sind viel schlimmer.«

»Es fällt mir schwer, mir einen Angreifer vorzustellen, der schrecklicher ist als das Dunkle Imperium«, sagte Falkenmond. »Aber«, fügte er hastig hinzu, »ich glaube Euch selbstverständlich, Katinka van Bak.«

»Jemand anderem könnt Ihr auch keinen Glauben schenken, denn ich bin die einzige Überlebende. Und das verdanke ich nur meiner Erfahrung, die mir sagt, wann eine Situation hoffnungslos ist und wie man noch einigermaßen ungeschoren davonkommt. Niemand lebt mehr in der Ukraina, auch in vielen anderen Landen jenseits der Bulgarberge nicht.«

»Ihr seid also geflohen, um die Länder diesseits der Berge zu warnen? Vielleicht, um eine Armee gegen dieses mächtige Lumpenpack aufzustellen?«

»Ich floh, belassen wir es dabei. Ich habe meine Geschichte allen erzählt, die mir geneigt ihr Ohr liehen, aber ich glaube nicht, daß es viel fruchten wird. Die wenigsten interessiert es, was den Menschen so fern von hier zustieß, selbst wenn man mir überhaupt glaubte, was ich noch bezweifle. Eine Armee aufstellen zu wollen, ist deshalb aussichtslos. Und ich sollte wohl auch hinzufügen, daß jegliche Armee aus normalen Sterblichen, die sich gegen sie wendete, bis zum letzten Mann vernichtet würde.«

»Wollt Ihr weiter nach Londra? Graf Brass dürfte inzwischen dort angekommen sein.«

Katinka van Bak seufzte und gähnte. »Nicht sofort, jedenfalls, wenn überhaupt. Ich bin müde. Seit ich die Ukrania verließ, kam ich kaum mehr aus dem Sattel. Wenn Ihr nichts dagegen habt, würde ich gern auf Burg Brass bleiben, bis mein alter Freund zurückkehrt, außer es überkommt mich doch noch, nach Londra weiterzureisen. Im Augenblick jedoch hege ich keinen größeren Wunsch, als mich in diesen Mauern auszuruhen.«

»Ihr seid selbstverständlich herzlich willkommen«, versicherte ihr Falkenmond eifrig. »Es ist mir eine große Ehre. Ihr müßt mir noch viel mehr von den alten Tagen erzählen – und über Eure Theorie, was diese Vagabundenarmee betrifft – von woher sie kommen mag und so weiter.«

»Was das betrifft, habe ich nicht die geringste Ahnung«, gestand Katinka van Bak. »Es gibt keine logische Erklärung. Sie tauchten über Nacht auf, und seither sind sie hier. Eine Unterhaltung mit ihnen ist absolut unmöglich. Genausogut könnte man versuchen, mit einem Orkan reden zu wollen. Irgendwie haftet ihnen etwas wie Verzweiflung an, eine wilde Verachtung für das Leben, auch ihres eigenen. Und die Kleidung und das Aussehen dieser Krieger, wie ich schon sagte, sind kunterbunt. Keiner ist wie der andere. Und doch war mir, als hätte ich zwei oder drei der Gesichter in dieser wilden Menge erkannt – Soldaten, von denen ich sicher war, daß sie schon vor vielen Jahren ins Reich der Toten eingingen. Und ich möchte schwören, daß auch Graf Brass' alter Freund Bowgentle mit ihnen ritt. Doch war ich überzeugt, gehört zu haben, daß er in Londra fiel . . .«

»Das stimmt auch. Ich sah seine sterblichen Überreste.« Falkenmond, dessen Interesse bisher nicht allzu groß gewesen war, wollte nun immer mehr erfahren. Ihm war, als wäre er jetzt ganz dicht an der Lösung des Rätsels, mit dem er sich die ganze lange Zeit vergebens beschäftigt hatte. Vielleicht war er doch nicht wahnsinnig gewesen? »Bowgentle, sagt Ihr? Und andere, die Ihr kanntet und von denen Ihr doch wißt, daß sie tot sind?«

»So ist es.«

»Gehören auch Frauen dieser Armee an?«

»Ja. Ein paar.«

»Habt Ihr eine oder auch mehr von ihnen erkannt?« Falkenmond lehnte sich über den Tisch und fixierte Katinka van Bak atemlos.

Sie runzelte die Stirn, dann schüttelte sie so energisch den Kopf, daß ihre grauen Zöpfe auf die Brust schwangen. »Nein.«

»Nicht vielleicht Yisselda? Yisselda von Brass?«

»Die ebenfalls in Londra fiel?«

»So heißt es.«

»Nein. Außerdem würde ich sie kaum erkannt haben. Sie war noch ein Kind, als ich sie das letzte Mal sah.«

Falkenmond ließ sich wieder auf seinen Stuhl fallen. »Ja, daran dachte ich nicht.«

»Das heißt natürlich nicht, daß sie nicht vielleicht doch dieser Armee angehört«, fuhr die Kriegerin fort. »Es gab ja so viele. Ich habe nicht die Hälfte von denen gesehen, die uns überfielen.«

»Aber Ihr habt Bowgentle erkannt! Wer weiß, vielleicht waren alle dabei, die in Londra starben?«

»Ich sagte, ich glaubte einen Mann zu sehen, der Ähnlichkeit mit Bowgentle hatte. Aber weshalb sollte der Philosoph, oder überhaupt einer Eurer alten Freunde sich einer solchen Armee anschließen?«

»Hm.« Falkenmond zog nachdenklich die Brauen zusammen. Seine Augen wirkten absolut nicht mehr stumpf, und seine Bewegungen waren nun sogar energisch. »Nehmen wir an, er und die anderen befinden sich in einer Art Trance? Wurden irgendwie beeinflußt? Gezwungen, jemandem zu Willen zu sein? Das Dunkle Imperium verfügte durchaus über Kräfte, so etwas zu ermöglichen.«

»Es klingt ein wenig phantastisch, Herzog Dorian . . .«

»Nicht mehr als die Geschichte des Runenstabs, von der wir mit Sicherheit wissen, daß sie auf Wahrheit beruht.«

»Da mögt Ihr recht haben, aber . . .«

»Ein Gedanke, der mich schon seit langem bewegt«, gestand Falkenmond, »sagt mir, daß Yisselda nicht in Londra fiel, auch wenn es noch so viele Zeugen ihres Todes und ihrer Bestattung gab. Es ist auch möglich, daß keiner unserer alten Freunde sein Leben in Londra ließ – daß sie alle die Opfer eines Gegenplans des Dunklen Imperiums wurden. Könnte es nicht sein, daß man für Yisselda und die anderen Leichen unterschob, während die echten, lebenden Menschen zu den Bulgarbergen – mit vielen weiteren Gefangenen – gebracht wurden? Wäre es nicht möglich, daß Ihr gegen eine

Armee von Sklaven des Dunklen Imperiums gekämpft habt, die unter der Kontrolle jener stand, die unserer Rache entgingen?«

»Aber nur wenige von ihnen entkamen. Und keiner der Lords des Dunklen Imperiums überlebte die Schlacht von Londra. Wer also hätte solche Pläne aufarbeiten und durchführen können, wenn sie überhaupt vorstellbar wären, was sie meines Erachtens nicht sind, Herzog Dorian.« Katinka van Bak verzog den Mund. »Ich hielt Euch für einen Mann von scharfem Verstand und für eine Kriegernatur, wie ich es bin.«

»Dafür hielt ich mich ebenfalls – bis sich mir diese Idee unüberwindbar aufdrängte, daß Yisselda noch lebt. Irgendwo.«

»Es kam mir zu Ohren, daß Ihr nicht mehr Euer altes Selbst seid . . .«

»Ihr wollt damit sagen, Ihr habt gehört, daß ich verrückt bin! Nun, Madam, das glaube ich selbst durchaus auch. Vielleicht habe ich mich in letzter Zeit mit verrückten Gedanken beschäftigt. Aber nur, weil die Vorstellungen Wahrheit in sich tragen.«

»Ich akzeptiere Eure Worte«, erklärte Katinka van Bak ruhig. »Aber ich brauche echte Beweise für eine solche Theorie. *Mir* sagt kein Instinkt, daß die Toten leben . . .«

»Ich glaube, Graf Brass ahnt es, auch wenn er es sich nicht eingestehen will. Ich glaube, es ist etwas, das er nicht einmal in Betracht zu ziehen wagt, aus Angst, der Wahnsinn würde nach ihm greifen, wie er es von mir vermutet.«

»Das könnte es sein«, pflichtete Katinka van Bak ihm bei. »Aber ich habe auch keine Beweise, daß Graf Brass so denkt, wie Ihr meint.«

Falkenmond nickte. Er überlegte kurz, dann sagte er: »Angenommen, ich wüßte einen Weg, diese Eure Armee zu schlagen – was würdet Ihr dann sagen? Wenn meine Theorien mich zur Wahrheit über den Ursprung dieser Armee führten und mir so helfen, ihre Schwächen zu erkennen?«

»Dann wären Eure Theorien von praktischem Wert«, gestand ihm Katinka van Bak zu. »Aber unglücklicherweise gibt es nur eine Weise, sie zu erproben, und die kann das Leben kosten, wenn man sich getäuscht hat. Habe ich recht?«

»Ich würde dieses Risiko ohne Bedenken eingehen. Als ich gegen das Dunkle Imperium kämpfte, erkannte ich nur zu bald, daß es unmöglich war, durch direkte Konfrontation etwas zu erreichen. Suchte man jedoch nach den Schwächen seiner Führer und machte man sie sich zunutze, konnte es durchaus geschlagen werden. Das lernte ich im Dienst des Runenstabs.«

»Ihr glaubt, Ihr wißt, wie man dieses Gesindels Herr wird?« fragte Katinka van Bak bereits ein wenig hoffnungsvoll.

»Natürlich ist mir die genaue Art der Schwäche dieser Armee noch nicht bekannt. Aber ich bin überzeugt, daß ich sie leichter als sonst irgend jemand ergründen könnte.«

»Ja, ich glaube, da habt Ihr recht!« Katinka van Bak grinste. »Ich fürchte nur, daß es bereits zu spät ist, nach Schwächen zu forschen.«

»Ich müßte sie beobachten können! Wenn ich ein Versteck finden könnte, vielleicht in den Bergen selbst, und dort ein Auge auf sie haben könnte, würde mir vermutlich ein Weg einfallen, sie zu schlagen.« Falkenmond dachte an noch etwas anderes, das er durch eine solche Beobachtung gewinnen könnte, aber das behielt er für sich. »Ihr habt Euch in jenen Bergen eine lange Zeit verborgen, Katinka van Bak, deshalb könntet Ihr mir besser als irgend jemand anderer, Oladahn vielleicht ausgenommen, einen Schlupfwinkel zeigen, von dem aus ich diese Bande überwachen könnte.«

»Das wäre mir vermutlich möglich, aber ich bin gerade erst von dort geflohen. Ich lege keinen Wert darauf, mein Leben zu verlieren. Ich glaube, das erwähnte ich. Weshalb sollte ich Euch in die Bulgarberge, in den Stützpunkt des Feindes, bringen?«

»Habt Ihr denn nicht zumindest eine Spur von Hoffnung gehegt, Eure Ukrania rächen zu können? Habt Ihr nicht vielleicht ganz heimlich gedacht, daß Ihr die Hilfe Graf Brass' und seiner Kamarganer gegen Eure Feinde gewinnen könntet?«

Katinka van Bak lächelte. »Nun, ich wußte, daß diese Hoffnung dumm war, aber ...«

»Und nun biete ich Euch eine Chance für diese Rache. Ihr braucht nichts anderes zu tun, als mich in die Bulgarberge, in einen einigermaßen sicheren Schlupfwinkel zu bringen, dann könnt Ihr Euch ohne weiteres wieder zurückziehen, wenn Ihr es wollt.«

»Sind Eure Motive selbstlos, Herzog Dorian?«

Falkenmond zögerte. »Vielleicht nicht völlig«, gestand er. »Ich möchte meine Theorie erproben und erfahren, ob Yisselda noch lebt und ob ich sie retten kann.«

»Dann bringe ich Euch in die Bulgarberge.« Katinka van Bak lächelte trocken. »Ich traue niemandem, der behauptet, völlig selbstlos zu handeln, aber das ist ja bei Euch nicht der Fall.«

»Ja, ich glaube, Ihr könnt mir ruhig vertrauen«, murmelte Falkenmond.

»Ich sehe allerdings ein Problem«, fuhr die Kriegerin offen fort. »Ich bin mir nicht sicher, ob Ihr bei Eurem gegenwärtigen Gesundheitszustand die Reise überstehen werdet.« Sie griff nach ihm und befingerte seinen Arm wie eine Bäuerin, die auf dem Markt eine Gans kaufen will. »Ihr müßt erst wieder ein bißchen Fleisch auf die Knochen bekommen. Vor einer Woche breche ich keinesfalls mit Euch auf. Seht zu, daß Ihr etwas Ordentliches in den Magen kriegt. Macht Ertüchtigungsübungen. Reitet. Und wir werden ein paar Probekämpfe miteinander versuchen . . .«

Falkenmond lächelte. »Ich bin froh, daß Ihr mir wohlgesinnt seid, meine Lady, sonst würde ich es mir gründlich überlegen, ehe ich auf Euren letzten Vorschlag einginge.«

Da warf Katinka van Bak ihren Kopf zurück und lachte herzhaft.

5. Ein zwiespältiger Ritt

Jeder Knochen schmerzte Falkenmond. Er gab kein gerade imposantes Bild ab, als er in den Hof hinausstolperte, wo Katinka van Bak bereits auf einem feurigen Hengst wartete, dessen Atem in der kalten Morgenluft weiße Wölkchen bildete. Falkenmonds Pferd war ein gesetzteres Tier und bekannt für seine Ausdauer und Verläßlichkeit. Trotzdem sah Falkenmond diesem Ritt nicht gerade voll Erwartung entgegen. Sein Magen hatte sich verkrampft, er fühlte sich schwindelig, seine Beine waren weich wie Gummi. Und das, obwohl er eine Woche fleißiger Körperübungen und kräftigenden Essens hinter sich hatte. Er sah ein wenig besser aus und sauberer auch, aber er war lange nicht wieder jener Runenstabheld, der vor sieben Jahren Londra erobert hatte. Er fröstelte, denn der Winter zog in die Kamarg ein. Enger wickelte er sich in den festen

Lederumhang, der dick gefüttert und fast zu warm war, wenn er ihn schloß. Und schwer war, so schwer, daß er ihn beim Gehen schier zu Boden drückte. Er trug keine Waffen. Sein Schwert und seine Flammenlanze steckten bereits in ihren Hüllen am Sattel. Unter dem Umhang war er in ein dickes, gesepptes rotes Wams gekleidet, eine weiche Hirschlederhose, die Yisselda einst für ihn bestickt hatte, und kniehohe Stiefel aus festem, glänzendem Leder. Den Kopf schützte ein einfacher Helm, aber auf den Rest der Rüstung hatte er verzichtet, denn er fühlte sich noch zu schwach, sie zu tragen. Falkenmond war immer noch nicht gesund, weder physisch noch psychisch. Nicht sein Ekel über das, was aus ihm geworden war, hatte ihn dazu getrieben, in dieser einen Woche etwas für seine Gesundheit zu tun – sondern sein irrer Glaube, er würde Yisselda lebendig in den Bulgarbergen finden.

Mühsam gelang es ihm, aufs Pferd zu steigen. Dann verabschiedete er sich von der Dienerschaft, ohne daran zu denken, daß Graf Brass ihm die Verantwortung über Burg und Provinz während seiner Abwesenheit übertragen hatte. Er folgte Katinka van Bak aus dem Tor und hinunter durch die leeren Straßen von Aigues-Mortes. Niemand stand am Straßenrand, um ihm Glück zu wünschen, denn niemand, außer dem Gesinde auf der Burg, wußte, daß er die Kamarg verließ, um in den Osten zu ziehen.

Gegen Mittag hatten die beiden Reiter das sich im Wind neigende Rohr, die Marschen und Lagunen hinter sich. Sie folgten einer breiten weißen Straße, vorbei an den gewaltigen steinernen Türmen an den Grenzen des Landes, dessen Lordhüter Graf Brass war.

Bereits jetzt bedauerte Falkenmond, mitgekommen zu sein, denn obwohl sie durchaus noch keine große Strecke hinter sich gelegt hatten, war er erschöpft vom Reiten. Seine Arme, mit denen er sich am Sattelknauf festhielt, schmerzten kaum weniger als seine Schenkel, und seine Beine waren völlig gefühllos. Katinka van Bak dagegen schien frisch wie am Morgen zu sein. Hin und wieder hielt sie ihren Hengst an, damit Falkenmond aufholen möge, aber seinen Vorschlägen, eine Rast zu machen, verschloß sie die Ohren. Falkenmond fragte sich, ob er diese Reise durchhalten konnte oder ob er nicht bereits auf dem Weg zu den Bulgarbergen sterben würde.

Immer öfter dachte er darüber nach, wie es überhaupt dazu gekommen war, daß er diese wilde, herzlose Frau je sympathisch finden konnte.

Einer der Hüter winkte ihnen oben vom Turm zu. Sein Reitflamingo stand neben ihm, und sein roter Mantel flatterte im Wind, daß Falkenmond Mann und Tier flüchtig ein Wesen zu sein schienen. Der Hüter hob salutierend seine lange Flammenlanze, als er den Herzog beim Näherkommen erkannte, während Falkenmond es nur mühsam fertigbrachte, zurückzuwinken.

Dann blieb der Turm zurück, und sie erreichten die Straße nach Lyonesse, von der aus sie einen Blick auf die Schweizerberge hatten, von denen man behauptete, das Gift des Tragischen Jahrtausends hafte ihnen immer noch an. Diese Berge waren unpassierbar, aber ganz abgesehen davon, wollte Katinka van Bak ohnehin nach Lyonesse. Sie hatte dort Bekannte, die ihr die nötige Ausrüstung und ausreichend Proviant für den Rest der Reise besorgen konnten.

Ihr Nachtlager schlugen sie am Straßenrand auf, und als sie am frühen Morgen erwachten, war Falkenmond von seinem nahen Tod überzeugt. Die Schmerzen des vergangenen Tages waren nichts gegen die unerträglichen Qualen, unter denen er nun litt. Katinka van Bak zeigte jedoch auch jetzt kein Erbarmen mit ihm. Sie half ihm auf sein geduldiges Pferd, ehe sie sich selbst auf ihren Hengst schwang. Dann griff sie nach dem Zügel des seinen und führte Pferd und schwankenden Reiter hinter sich her.

So ritten sie drei Tage mit kaum einer Rast, bis Falkenmond die Kräfte völlig verließen und er ohnmächtig aus dem Sattel glitt. Es war ihm jetzt völlig gleichgültig, ob er Yisselda finden würde oder nicht. Er war auch Katinka van Bak ihres herzlosen Benehmens wegen nicht mehr böse, denn selbst dazu wäre er zu schwach gewesen. Sein ganzer Körper war ein einziger Schmerz. Wenn das Pferd sich bewegte, ließ er sich dahintragen, hielt es an, rutschte er auf den Boden. Er aß, was Katinka van Bak ihm hin und wieder zuschob. Und er schlief die paar Stunden, die sie ihm gestattete. Und dann verlor er die Besinnung.

Er erwachte einmal flüchtig, und als er die Augen öffnete, sah er seine Beine auf der anderen Seite des Pferdebauchs herunterbaumeln. Da wurde ihm klar, daß die Frau die Reise fortgesetzt und ihn über dem Sattel festgebunden hatte.

Und auf diese Weise hielt Dorian Falkenmond, Herzog von Köln, Diener des Runenstabs und Held von Londra, Einzug in das uralte Lyon, die Hauptstadt von Lyonesse.

Als er das nächste Mal erwachte, lag er in einem weichen Bett. junge Mädchen beugten sich lächelnd über ihn und boten ihm zu essen an. Sein Verstand weigerte sich eine Weile, ihre Wirklichkeit anzuerkennen. Aber sie waren tatsächlich echt, das Essen schmeckte, und die Rast tat ihm gut.

Zwei Tage später verließ Falkenmond unwillig, aber in bedeutend besserer Verfassung, mit Katinka van Bak die Stadt, um sich weiter auf den Weg zu den Bulgarbergen und dem Geheimnis der Vagabundenarmee zu machen.

»Langsam setzt Ihr wieder ein wenig Fleisch an, Freund«, brummte Katinka van Bak eines Morgens, als sie durch ein sanftes Hügelland ritten, das die strahlende Sonne in ein leuchtendes Grün tauchte. Sie ritt nun neben ihm, da es nicht länger nötig war, sein Pferd am Zügel zu führen. Sie schlug ihm kräftig auf die Schulter. »Ihr habt stabile Knochen. Euch fehlte nichts, was nicht wieder aufgepäppelt werden konnte, wie Ihr zugeben müßt.«

»Die Gesundheit durch solche Torturen wiederzuerlangen, Madam«, sagte Falkenmond stöhnend, »ist nicht sehr erstrebenswert.«

»Ihr werdet mir noch dankbar sein.«

»Ich muß Euch ehrlich gestehen, Katinka van Bak, daß ich mir da nicht so sicher bin.«

Da erschallte Katinka van Baks herzhaftes Lachen, und sie gab ihrem Hengst die Sporen, damit er sich auf dem schmalen Feldweg ein bißchen beeile.

Aber Falkenmond mußte insgeheim selbst zugeben, daß seine Knochen bei weitem nicht mehr so schmerzten und daß er bereits die ausgedehntesten Tagesritte ohne größere Schwierigkeiten durchstand. Hin und wieder machte sein Magen ihm noch zu schaffen, und er war bei weitem nicht so kräftig und ausdauernd wie früher, aber er begann bereits, Freude an seiner Umgebung, ihrer Schönheit, dem würzigen Duft und dem Gesang der Vögel zu empfinden. Er staunte, wie wenig Schlaf Katinka van Bak zu brauchen schien. Sie ritt gewöhnlich bis in die tiefe Nacht hinein, bis sie sich endlich entschloß, ihr Nachtlager aufzuschlagen. Sie kamen infolgedessen zwar schnell voran, aber Falkenmond überwand nie ganz seine Müdigkeit.

Der zweite, größere Abschnitt ihrer Reise begann, als sie das Territorium des Herzogs Mikael von Bazhel erreichten. Herzog Mikael war ein entfernter Verwandter von Falkenmond, und Katinka van Bak hatte während einer Auseinandersetzung seinerseits mit einem anderen Verwandten, dem jetzt lange toten Thronschleicher von Straßburg, für ihn gekämpft. Während der Besetzung seiner Gebiete durch das Dunkle Imperium war Herzog Mikael den schlimmsten Demütigungen ausgesetzt gewesen, von denen er sich bis jetzt noch nicht erholt hatte. Er war dadurch ausgesprochen menschenfeindlich geworden, so daß jetzt seine Frau die Regierungsobliegenheiten für ihn übernommen hatte. Sie hieß Julia von Padova und war die Tochter des Verräters von Italien, Enric, der einen Pakt mit dem Dunklen Imperium gegen seine Landsleute geschlossen hatte und trotzdem von den Tierlords niedergemetzelt worden war. Vielleicht gerade weil ihr der gemeine Verrat ihres Vaters bewußt war, herrschte Julia von Padova gut und mit relativer Gerechtigkeit über die Provinz. Falkenmond machte zu Katinka van Bak einige Bemerkungen über die offensichtliche Wohlhabenheit des Landes. Gut ernährte Rinder grasten auf den saftigen Weiden. Die Bauernhäuser waren sauber und weiß getüncht und hatten die in diesem Landstrich üblichen holzverkleideten Giebel, die zum Teil kunstvoll geschnitzt waren.

Aber als sie nach Bazhel, der Hauptstadt, kamen, empfing Julia von Padova sie nur mit mäßiger Freundlichkeit, und ihre Gastlichkeit hielt sich in Maßen. Sie schien offensichtlich nicht gern an die alten finsteren Tage erinnert zu werden, als das Dunkle Imperium über ganz Europa geherrscht hatte. Deshalb war sie nicht erfreut, Falkenmond zu sehen, denn gerade er hatte ja eine so bedeutende Rolle als Feind des Imperiums gespielt, daß seine Anwesenheit unvermeidbar böse Erinnerungen heraufbeschwor – an die Demütigung ihres Gatten und den Verrat ihres Vaters.

Deshalb blieben Katinka van Bak und Falkenmond auch nicht lange in Bazhel, sondern ritten weiter nach Munchein, wo der alte Prinz sie mit Geschenken schier überschüttete und sie anflehte, ein wenig länger zu bleiben und ihm von ihren Abenteuern zu erzählen. Abgesehen von ihrer Warnung vor der Vagabundenarmee und einem Bericht der Greuel, die von den Bulgarbergen ausgingen (den der Prinz mit Skepsis aufnahm), erwähnten sie nichts von ihren Absichten. Jedenfalls trennten sie sich nur ungern von ihm. Mit besseren Waffen als ihren alten und auch besserer Kleidung zogen sie weiter. Falkenmond hatte allerdings seinen schweren Lederumhang behalten, denn der nahende Winter machte sich immer bemerkbarer.

Als Dorian Falkenmond und Katinka van Bak in Linz ankamen, das jetzt eine Republik war, sanken bereits die ersten Schneeflocken auf die Straßen der kleinen hölzernen Stadt herab, die statt der alten, völlig von den Armeen Granbretaniens vernichteten aufgebaut worden war. »Wir müssen unbedingt schneller vorankommen«, mahnte Katinka van Bak, während sie in der Wirtsstube eines sauberen Gasthauses nahe des Hauptplatzes ein Mahl zu sich nahmen. »Sonst kommen wir nicht mehr über die Pässe, und unsere ganze Reise war umsonst.«

»Ich weiß nicht, ob sie nicht ohnehin umsonst war«, murmelte Falkenmond und nippte genußvoll an seinem dampfenden Glühwein. Er erinnerte nun in nichts mehr an jene Kreatur, die er auf Burg Brass geworden war, und sah nun wieder so aus wie vor dieser Zeit, so daß alle seine alten Freunde ihn sofort erkannt hätten. Sein Gesicht war stark und fest. Die Muskeln zeichneten sich unter seinem Seidenhemd ab. Seine Augen glänzten nicht weniger als sein langes helles Haar.

»Ihr meint, Ihr zweifelt jetzt daran, daß Ihr Yisselda finden werdet?«

»Das auch. Aber ich frage mich, ob diese Vagabundenarmee wirklich so stark ist, wie Ihr glaubt. Vielleicht war es reines Glück und purer Zufall, daß sie Eure Truppen so schnell und vollkommen niedermachen konnten.«

»Wie kommt Ihr plötzlich darauf?«

»Weil wir überhaupt nichts davon gehört haben, nicht einmal einen Hauch von Gerüchten, daß eine solche Armee von den Bulgarbergen aus operiert.«

»Ich habe sie gesehen«, erinnerte ihn Katinka van Bak. »Sie ist gewaltig! Das müßt Ihr mir glauben! Und sie ist mächtig – unaufhaltbar, fürchte ich, wenn sie es vorhaben sollte, die ganze Welt zu erobern. Auch das dürft Ihr mir glauben.«

Falkenmond zuckte die Schultern. »Ich glaube Euch ja, Katinka van Bak. Aber ich finde es merkwürdig, daß man nicht das geringste über sie hört. Wenn wir von ihr berichten, findet sich nie irgend jemand, der unsere Geschichte bestätigt. Es ist also kein Wunder, daß man uns offenbar nicht sehr ernst nimmt.«

»Euer Verstand wird wieder schärfer«, lobte Katinka van Bak, »aber das bewirkt gleichzeitig, daß es Euch schwerer fällt, an das Phantastische zu glauben.« Sie lächelte ihn an. »Ist das nicht häufig der Fall?«

»Sehr oft, ja.«

»Möchtet Ihr umkehren?«

Falkenmond betrachtete den heißen Wein in seinem Glas. »Es ist ein langer Weg zurück nach Hause. Aber ich habe ein schlechtes Gewissen, weil ich einfach meine Pflichten vergaß, als ich mich auf dieses Abenteuer einließ.«

Ihr Lächeln wurde noch breiter. »Ihr habt diese Pflichten nicht sehr gut erfüllt, denn Ihr wart dazu gar nicht in der Lage – weder psychisch noch physisch.«

»Das stimmt«, erwiderte Falkenmond grimmig. »Diese Reise hat mir ungemein geholfen. Doch das ändert nichts an der Tatsache, daß ich verantwortlich für die Kamarg bin, auch wenn ich das in meinem Zustand nicht beachtet hatte.«

»Es ist viel weiter zurück zur Karmarg als zu den Bulgarbergen«, gab sie zu bedenken.

»Ihr wart anfangs diejenige, die gezögert hat«, meinte Falkenmond. »Doch jetzt seid Ihr ganz offensichtlich sehr erpicht darauf, weiterzumachen.«

Sie zuckte die Schultern. »Was ich beginne, führe ich gern zu Ende. Ist das so ungewöhnlich?«

»Ich würde sagen, für Euch ist es typisch, Katinka van Bak. Falkenmond seufzte. »Also gut, reiten wir weiter zu den Bulgarbergen, so schnell unsere Pferde uns tragen. Und dann wollen wir sofort zur Kamarg zurückeilen, wenn wir herausgefunden haben, was wir wollten. Und mit Hilfe der kamarganischen Streitmacht werden wir schon einen Weg finden, jene zu vernichten, die Euer Land verwüsteten. Wir werden uns mit Graf Brass besprechen, der ganz sicherlich bis dahin auch zurück sein wird.«

»Ein sehr vernünftiger Vorschlag, Falkenmond«, lobte Katinka van Bak sichtlich erleichtert. »Und jetzt ziehe ich mich ins Bett zurück.«

»Ich trinke noch meinen Wein aus, dann werde ich Eurem Beispiel folgen.« Falkenmond lachte. »Ihr schafft es immer noch, mich hundemüde zu machen.«

»Lassen wir noch einen Monat vergehen, dann dürfte es umgekehrt sein. Gute Nacht, Falkenmond.«

Am nächsten Morgen galoppierten ihre Pferde über eine dünne Schneedecke, und weitere Flocken fielen aus dem tiefhängenden Himmel. Doch gegen Nachmittag verzogen sich die dichten Wolken, die Sonne wagte sich hervor, und bald war der Schnee geschmolzen. Auch wenn dieser erste Schneefall kaum von Bedeutung gewesen war, gab es ihnen doch einen Vorgeschmack auf das, was sie zweifellos in stärkerem Maße erwarten würde, wenn sie sich den Bulgarbergen näherten.

Sie ritten durch hügeliges Land, das einst zum Königreich Vien gehört hatte, doch so verwüstet worden war dieses Königreich, daß von seiner Bevölkerung kaum etwas geblieben war. Nun wuchs Gras auf dem verbrannten Boden, und die zahllosen Ruinen waren von Grün überwuchert und wirkten ungemein malerisch. Später einmal würden Reisende sicher diese hübschen Relikte bewundern und vielleicht sogar deshalb hierher kommen. Aber Falkenmond dachte, er selbst könnte nie vergessen, daß sie der Grausamkeit und dem Machthunger des Dunklen Imperiums zuzuschreiben waren.

Als sie am Fuß eines niedrigen Berges vorbeikamen, auf dem noch die Überreste einer Burg zu sehen waren, glaubte Falkenmond, von dort etwas zu hören.

»Habt Ihr es auch gehört?« rief er leise Katinka van Bak zu, die vor ihm ritt.

»Eine Stimme? Ja. Aber ich verstand die Worte nicht. Ihr?« Sie drehte sich im Sattel und blickte zu ihm zurück.

Er schüttelte den Kopf. »Nein. Sollen wir nachsehen?«

»Wir haben wenig Zeit.« Sie deutete auf den Himmel, wo sich neue Wolken bildeten.

Aber inzwischen hatten beide ihre Pferde angehalten und blickten zu der Burgruine hoch.

»Guten Tag!«

Die Stimme klang fröhlich, hatte jedoch zweifellos einen merkwürdigen Akzent.

»Ich war mir ziemlich sicher, daß Ihr diesen Weg kommen würdet, Held.«

Ein schlanker junger Mann trat aus der Ruine. Ein breiter Hut, dessen Krempe auf einer Seite nach oben gestülpt war, saß verwegen auf seinem Kopf, und eine Feder wippte aus dem Hutband. Er trug ein staubiges Samtwams und blaue Samtbeinkleider. Seine Füße steckten in weichen Hirschlederstiefeln. Über den Rücken hatte er einen kleinen Sack geschlungen. Und von seiner Seite hing ein einfaches, schmales Schwert.

Falkenmond starrte ihn an. Grauen zeichnete sich in seiner Miene ab, als er ihn erkannte.

Unwillkürlich griff er nach dem Schwert, obwohl der Fremde keinerlei Feindseligkeit bewies.

»O?« rief der junge Mann lächelnd. »Ihr haltet mich doch nicht etwa gar für einen Feind? Laßt Euch versichern, daß ich das keineswegs bin.«

»Ihr kennt ihn, Falkenmond?« erkundigte sich Katinka van Bak scharf. »Wer ist er?«

Er war der Bursche, den Falkenmond als Vision über seinem Bett gesehen hatte, kurz bevor die Kriegerin nach Burg Brass gekommen war, und den er im ersten Augenblick für Oladahn gehalten hatte.

»Ich weiß nicht«, erwiderte Falkenmond schwer. »Das Ganze riecht mir allzu sehr nach Zauberei – das Werk des Dunklen Imperiums, möglicherweise. Er sieht – er ähnelt einem guten alten Freund. Und doch gleichen sie sich eigentlich gar nicht . . .«

»Einem guten alten Freund?« echote der Fremde. »Nun, Held, das bin ich auch. Wie nennt man Euch auf dieser Welt?«

»Ich verstehe Euch nicht.« Fast unwillig steckte Falkenmond das Schwert in die Hülle zurück.

»Ich bin Jhary-a-Conel, und ich sollte von Rechts wegen gar nicht hier sein. Aber merkwürdige Risse ergeben sich in letzter Zeit im Multiversum! Aus vier verschiedenen Inkarnationen wurde ich in ebenso vielen Minuten gezerrt! Also, wie nennt man Euch?«

»Ich verstehe immer noch nicht«, brummte Falkenmond. »Wie

man mich nennt? Ihr meint, wer ich bin? Ich bin der Herzog von Köln, Dorian Falkenmond von Namen.«

»So seid nochmals gegrüßt, Herzog Dorian. Ich bin Euer Gefährte. Obwohl ich natürlich nicht sagen kann, wie lange ich bei Euch bleiben darf. Wie ich schon bemerkte, seltsame Risse . . .«

»Ihr redet wirres Zeug daher, Sir Jhary«, warf Katinka van Bak ein. »Wie kommt Ihr in dieses menschenleere Land?«

»Ohne mein Dazutun wurde ich in diese Öde befördert, Madam.«

Plötzlich bewegte sich der Sack auf des jungen Mannes Rücken. Er hüpfte und wand sich. Jhary-a-Conel setzte ihn vorsichtig ab und holte eine kleine geflügelte schwarz-weiße Katze heraus. Auch sie hatte Falkenmond in seiner Vision gesehen.

Falkenmond erschauderte. Obgleich er durchaus nichts Unsympathisches an dem jungen Mann finden konnte, hatte er doch die schreckliche Vorahnung, daß Jhary-a-Conels Erscheinen Unerfreuliches für ihn nach sich ziehen würde. Genausowenig, wie er nicht begriff, weshalb er fand, daß der Bursche Oladahn ähnelte, entschlüpfte es ihm immer wieder, weshalb so viele andere Dinge ihm vertraut zu sein schienen. Es war wie unerklärbare Echos; wie jene, die ihn überzeugt hatten, daß Yisselda noch lebte . . .

»Kennt Ihr Yisselda?« fragte er schließlich. »Yisselda von Brass?«

Jhary-a-Conel runzelte überlegend die Stirn. »Ich glaube nicht. Aber andererseits kenne ich so viele Menschen und vergesse die meisten, genau wie ich möglicherweise eines Tages auch Euch vergessen werde. Das ist mein Schicksal. Genau wie Eures auch.«

»Ihr sprecht, als wäre Euch mein Geschick nicht fremd. Weshalb solltet Ihr mehr davon wissen als ich selbst?«

»Weil ich es in diesem Fall eben weiß. Ein andermal erkennt vielleicht keiner von uns den anderen. Held, was ruft Euch jetzt?«

Als Diener des Runenstabs wunderte Falkenmond sich nicht einmal allzu sehr über diese sicher merkwürdig klingende Frage, die nicht so leicht ein anderer stellen mochte. Aber wovon der Bursche sonst noch gesprochen hatte, blieb ihm unverständlich.

»Nichts ruft mich. Ich bin mit dieser Dame auf einer dringenden Mission.«

»Dann dürfen wir nicht säumen. Einen Moment.«

Jhary-a-Conel rannte den Hügel eilig wieder hoch und verschwand in der Burgruine. Einen Augenblick später tauchte er mit einem alten gelben Pferd wieder auf. Es war der häßlichste Gaul, den Falkenmond je gesehen hatte.

»Ich glaube nicht, daß Ihr mit diesem Tier unser Tempo werdet einhalten können«, bezweifelte Falkenmond. »Außerdem war überhaupt keine Rede davon, daß Ihr uns begleitet.«

»Dazu bedarf es keiner Worte.« Jhary-a-Conel steckte den Fuß in den Steigbügel und schwang sich auf den Klepper, der unter seinem Gewicht fast zusammenzusacken schien.

»Schließlich ist es unser Los, miteinander zu reiten.«

»Das ist vielleicht Eure Ansicht, mein Freund«, sagte Falkenmond grimmig. »Aber ich glaube nicht daran.« Und doch war ihm insgeheim bewußt, daß er es doch tat. Irgendwie war es das Natürlichste auf der Welt für ihn, daß Jhary mitkommen sollte. Gleichzeitig ärgerte er sich über die Anmaßung des anderen und seine eigene innere Überzeugung, daß er tatsächlich recht hatte.

Falkenmond warf einen schnellen Blick auf Katinka van Bak, um festzustellen, was sie davon hielt. Sie hob lediglich die Schultern. »Ich habe nichts dagegen, wenn wir noch eine gute Klinge bei uns haben.«

Eines mißfälligen Kopfschüttelns konnte sie sich jedoch nicht enthalten, als sie das gelbe Pferd näher betrachtete. »Allerdings fürchte ich, daß wir uns Eurer Gegenwart nicht sehr lange erfreuen können.«

»Das wird sich noch herausstellen«, sagte Jhary-a-Conel grinsend. »Wohin gedenkt Ihr zu reiten?«

»Weshalb fragt Ihr?« erkundigte er sich barsch.

Jhary zuckte die Schultern. »Mir fiel gerade ein, daß ich Unerfreuliches über eine wilde Bande in den Bergen östlich von hier gehört habe. Sie überfallen und vernichten alles in einem Blitzangriff und kehren dann in ihren Schlupfwinkel zurück.«

»Mir kam Ähnliches zu Ohren«, gestand Falkenmond vorsichtig. »Wie erfuhrt Ihr davon?«

»Durch einen Reisenden, den ich unterwegs traf.«

Endlich fand Falkenmond Katinka van Baks Geschichte durch einen anderen bestätigt. Er war äußerst erleichtert, daß sie ihm keine Lügenmär aufgetischt hatte. »Wir reiten ungefähr in diese

Richtung«, erklärte er. »Vielleicht werden wir selbst etwas von diesen Banditen sehen.«

»Das wäre sehr leicht möglich«, warf Katinka van Bak mit grimmigem Lächeln ein.

Und nun waren sie zu dritt unterwegs zu den Bulgarbergen – ein seltsames Trio, wahrhaftig. Mehrere Tage ritten sie schon gemeinsam dahin, aber Jharys Gaul schien keine Schwierigkeiten zu haben, mit den beiden anderen Pferden Schritt zu halten.

Eines Tages wandte Falkenmond sich an ihren neuen Gefährten und fragte ihn: »Seid Ihr je einem Mann namens Oladahn begegnet? Er war ziemlich klein, und am ganzen Leib mit pelzähnlichem, rotem Haar bedeckt. Er behauptete, von den Riesen der Bulgarberge abzustammen (die, meines Wissens, noch nie jemandem untergekommen sind). Ein ausgezeichneter Bogenschütze war er.«

»Ich lernte viele ausgezeichnete Bogenschützen kennen, unter ihnen Rackhir, den Roten, der vielleicht der beste Bogenschütze des ganzen Multiversums ist, doch nie einen namens Oladahn. War er ein guter Freund von Euch?«

»Lange Zeit mein engster.«

»Vielleicht trug ich diesen Namen?« murmelte Jhary-a-Conel überlegend mit zusammengezogenen Brauen. »Ich nannte natürlich viele Namen mein eigen. Irgendwie ist mir, als müsse ich ihn kennen. Genau wie Euch zweifellos die Namen Corum oder Urlik vertraut sind.«

»Urlik?« Falkenmond spürte, wie er erblaßte. »Was wißt Ihr über diesen Namen?«

»Es ist Eurer. Das heißt, einer zumindest, genau wie Corum. Obgleich Corum der Rasse nach kein Mensch war und Ihr Euch deshalb vermutlich nicht so leicht an ihn erinnern könnt.«

»Ihr sprecht so selbstverständlich von Inkarnationen! Wollt Ihr wahrhaftig behaupten, Ihr könnt Euch an vergangene Leben so leicht wie an vergangene Abenteuer erinnern?«

»An manche, doch durchaus nicht an alle. Und das ist auch gut so. In einer anderen Inkarnation entsinne ich mich möglicherweise gerade an diese nicht mehr. Obwohl, wie ich bemerke, sich in diesem Fall mein Name nicht geändert hat.«

Er nickte und lachte. »Meine Erinnerungen kommen und gehen – nicht anders als Eure. Das ist unser Glück.«

»Ihr sprecht in Rätseln, Freund Jhary.«

»Das sagt Ihr oft.« Wieder zuckte Jhary die Schultern. »Doch dieses gegenwärtige Abenteuer erscheint mir ein wenig anders zu sein, das muß ich zugeben. Ich befinde mich zur Zeit in einer recht ungewöhnlichen Lage. Ständig werde ich, scheinbar aufs Geratewohl, durch die Dimensionen gewirbelt. Das ist Rissen und Verzerrungen des Kontinuums zuzuschreiben, zweifellos herbeigeführt durch irgendeinen unüberlegten oder ungeschickten Zauber. Und dann kommt natürlich das Interesse ins Spiel, das die Chaoslords immer sofort zeigen, wenn sich ihnen solche Gelegenheiten bieten. Ich bin ziemlich überzeugt, daß sie auch hier mitmischen.«

»Die Chaoslords? Wer sind sie?«

»Oh – das ist etwas, das Ihr selbst feststellen müßt, wenn Ihr es noch nicht wißt. Manche meinen, sie leben am Ende der Zeit, und ihre Versuche, das Universum nach ihren Vorstellungen zu manipulieren, seien der Tatsache zuzuschreiben, daß ihre eigene Welt dem Untergang nahe ist. Aber das ist, meines Erachtens, eine zu engstirnige Ansicht. Andere glauben, daß sie in Wirklichkeit eigentlich gar nicht existieren, sondern periodisch durch die Überzeugung der Menschen heraufbeschworen werden.«

»Seid Ihr selbst ein Zauberer, Master Jhary?« fragte Katinka van Bak und zügelte ihr Pferd ein wenig, um neben den beiden herzureiten.

»Nein, das würde ich nicht sagen.«

»Dann zumindest ein Philosoph.«

»Nur meine Erfahrung macht mich vielleicht dazu.«

Aber Jhary hatte jetzt genug von diesem Gesprächsthema und weigerte sich, weiter darüber zu sprechen.

»Meine einzige Erfahrung der Art, die Ihr angedeutet habt«, murmelte Falkenmond, »war mit dem Runenstab. Könnte er vielleicht etwas mit den Geschehnissen in den Bulgarbergen zu tun haben?«

»Der Runenstab? Vielleicht.«

Die große Stadt Pescht lag unter einer schweren Schneedecke. Ihre Häuser aus stabilem, weißem, zum Teil kunstvoll gehauenem Stein hatten den Belagerungen und der Eroberung durch das Dunkle Imperium getrotzt. Und so sah die Stadt auch jetzt nicht viel anders aus als vor der Zeit, da Granbretanien Mord und Krieg durch Europa trug. Der Schein des Vollmonds ließ die Schneekristalle glitzern, als sie des Nachts in Pescht einritten, und so sah es aus, als brenne die ganze Stadt in einem weißen Feuer.

Sie kamen erst nach Mitternacht am Stadttor an. Es kostete sie große Mühe, den Wächter aufzuwecken, der sie erst, nachdem sie ausführlich erklärt hatten, was sie in der Stadt wollten, mürrisch und brummelnd einließ. Durch breite, verlassene Straßen ritten sie auf dem Weg zum Palast Prinz Karls von Pescht. Der Prinz hatte Katinka van Bak einst den Hof gemacht und sie gebeten, seine Frau zu werden. Obwohl sie drei Jahre liiert gewesen waren, hatte die Kriegerin sich doch nicht entschließen können, zu heiraten. So jedenfalls erzählte Katinka van Bak es Falkenmond. Jetzt hatte der Prinz eine Prinzessin aus Zagredien geehelicht und war glücklich mit ihr. Katinka und er waren jedoch auch jetzt noch gute Freunde. Auf ihrer Flucht aus der Ukraine war sie eine Zeitlang als Gast bei ihm geblieben. Er würde zweifellos erstaunt sein, sie nun wiederzusehen.

Prinz Karl von Pescht war wahrhaftig überrascht. In seinem kostbaren Morgenmantel aus Brokat kam er mit schlafverschwollenen Augen in die große Prunkhalle. Aber obwohl man ihn aus dem Schlummer gerissen hatte, war er sichtlich erfreut über das Wiedersehen.

»Katinka! Ich dachte, du wolltest den Winter in der Kamarg verbringen!«

»Das war auch meine ursprüngliche Absicht.« Sie trat auf ihn zu, faßte den hochgewachsenen Mann an den Schultern und küßte ihn auf beide Wangen. Es schien, als zeichne sie einen verdienstvollen Soldaten mit einem Orden aus, und nicht, als begrüße sie einen ehemaligen Liebsten. »Aber Herzog Dorian überredete mich, ihn zu den Bulgarbergen zu bringen.«

»Dorian? Der Herzog von Köln? Ich habe viel von Euch gehört, junger Mann. Es ist mir eine Ehre, euch unter meinem Dach aufnehmen zu dürfen.« Prinz Karl lächelte ehrlich erfreut, als er Falkenmond kräftig die Hand schüttelte. »Und dies?«

»Ein Weggefährte«, erklärte Falkenmond. »Sein Name ist etwas ungewöhnlich. Er heißt Jhary-a-Conel.«

Jhary schwang höflich in weitem Bogen seinen Hut und verbeugte sich. »Es ist mir eine große Ehre, den Prinzen von Pescht kennenzulernen.«

Prinz Karl lachte. »Und mir eine Freude, einem Begleiter des großen Helden von Londra Gastfreundschaft zu gewähren. Ich finde es großartig, daß Ihr hier seid. Ihr werdet doch eine Zeitlang bleiben?«

»Ich fürchte, nur eine Nacht«, erwiderte Falkenmond. »Unsere Mission in den Bulgarbergen ist dringend.«

»Welch wichtiger Grund könnte euch dorthin führen? Selbst die legendären Bergriesen sollen inzwischen alle ausgestorben sein.«

»Ihr habt es dem Prinzen nicht erzählt?« wandte Falkenmond sich erstaunt an Katinka van Bak. »Ich meine, von den Plünderern? Ich dachte...«

»Ich wollte ihn nicht beunruhigen«, erwiderte sie.

»Aber diese Stadt liegt doch gar nicht so weit von den Bulgarbergen entfernt und könnte sich leicht in Gefahr befinden, bald angegriffen zu werden!« rief Falkenmond verwirrt.

»In Gefahr? Angriff? Ein Feind von jenseits der Berge?« Prinz Karl sah sie verblüfft an.

»Banditen«, erklärte Katinka van Bak und warf Falkenmond einen warnenden Blick zu. »Eine Stadt von der Größe Peschts hat nichts zu befürchten. Und für ein Land in so gutem Verteidigungszustand wie deines besteht wohl kaum Gefahr.«

»Aber...« Falkenmond biß sich auf die Lippen. Zweifellos hatte Katinka van Bak guten Grund, dem Prinzen zu verschweigen, was sie wußte. Aber was mochte dieser Grund sein? Argwöhnte sie möglicherweise, daß Prinz Karl mit den Banditen gemeinsame Sache machte? Aber in diesem Fall hätte sie doch ihn, Falkenmond, warnen können, ehe sie hier ankamen. Außerdem war es unvorstellbar, daß dieser sympathische ältere Mann sich mit einem solchen Lumpenpack verbünden würde. Prinz Karl hatte tapfer und geschickt gegen das Dunkle Imperium gekämpft, ehe er von den Tierlords interniert worden war. Aber selbst dann hatte man ihn keinen Demütigungen unterworfen, wie das Imperium es normalerweise mit gefangenen Aristokraten getan hatte.

»Ihr werdet müde von dem langen Ritt sein«, meinte Prinz Karl taktvoll. Er hatte seine Dienerschaft bereits beauftragt, Gemächer für seine Gäste zu bereiten. »Bestimmt wollt ihr euch schlafen legen. Ich war zu selbstsüchtig in meiner Freude, dich wiederzusehen, Katinka, und diesen großen Helden hier kennenzulernen.« Er lächelte und legte einen Arm um Falkenmonds Schulter. »Aber beim Frühstück können wir uns doch noch ein wenig unterhalten? Ehe ihr aufbrecht?«

»Mit größtem Vergnügen, Sire«, versicherte ihm Falkenmond.

Als Falkenmond in einem breiten, bequemen Bett in einem freundlichen Zimmer lag, in dessen Kamin ein wohliges Feuer prasselte, beobachtete er die über die schweren Vorhänge und Wandteppiche huschenden Schatten und grübelte darüber nach, weshalb Katinka van Bak dem Prinzen wohl nichts über die Vagabundenarmee erzählt hatte. Doch schon bald fiel er in einen tiefen, traumlosen Schlummer.

Der große Schlitten hätte ein Dutzend schwerbewaffneter Männer befördern und sich leicht für ein Vermögen verkaufen lassen können, denn er war mit Gold und Platin, Elfenbein und Ebenholz eingelegt und mit kostbaren Steinen besteckt. Die Schnitzereien seines Holzrahmens waren die Arbeit eines begnadeten Künstlers. Falkenmond und Katinka van Bak hatten sich gewehrt, dieses kostbare Geschenk anzunehmen, aber Prinz Karl hatte darauf bestanden. »Der Schlitten ist genau das Richtige für dieses Wetter«, erklärte er. »Eure Pferde können nebenher traben und werden frisch sein, wenn ihr sie braucht.« Acht schwarze Wallache zogen ihn mit Geschirren aus schwarzem Leder mit Silberbeschlägen. Silberglöckchen hingen daran, aber aus Gründen, die keiner Erklärung bedurften, hatte man ihre Klöppel umwickelt.

Der Schnee fiel in dichten Flocken, und die Straßen, die aus Pescht hinausführten, waren eisigglatt. Unter diesen Umständen schien es wirklich das beste, den Schlitten zu benutzen. Er war vollbeladen mit Proviant, warmen Pelzen und einem Zelt, das selbst bei stürmischem Wetter schnell aufgebaut werden konnte. Dann hatte der Prinz ihnen noch schon fast antike Gerätschaften mitgegeben, die in etwa nach dem Prinzip der Flammenlanzen funktionierten. Auf diesen Geräten konnten sie ihr Essen wärmen, ja sogar bereiten – und der auswahlreiche Proviant, mit denen der Prinz sie versorgt hatte, hätte eine kleine Armee satt gemacht. Es war wahrhaftig nicht nur Höflichkeit gewesen, als Prinz Karl ihnen versichert hatte, daß er sich über ihren Besuch freue.

Jhary-a-Conel hatte keine Hemmungen, den Schlitten anzunehmen. Er freute sich wie ein Kind, als er hineinkletterte und es sich zwischen Haufen weicher Pelze bequem machte. »Erinnert Ihr Euch, als Ihr Urlik wart?« fragte er Falkenmond. »Urlik Skarsol, Prinz des Südeises? Damals zogen Bären Euren Schlitten.«

»Ich entsinne mich an nichts dergleichen«, erwiderte Falkenmond scharf. »Ich wollte, ich verstünde Eure Motive, auf diesen Behauptungen zu bestehen.«

»Nun ja«, Jhary-a-Conel seufzte und fuhr philosophisch fort: »Vielleicht werdet Ihr es später verstehen.«

Prinz Karl verabschiedete sie persönlich und winkte ihnen noch lange von der trutzigen Stadtmauer aus nach.

Der große Schlitten flog nur so dahin. Falkenmond fragte sich erstaunt, weshalb diese Art von Fortbewegung und ihre Geschwindigkeit ein solches Glücksgefühl und doch gleichzeitig Besorgnis in ihm auslösten. Wieder hatte Jhary etwas erwähnt, das den Hauch eines Echos der Erinnerung in ihm weckte. Und doch war es offenbar, daß er nie dieser ›Urlik‹ gewesen sein konnte – auch wenn er von dem Namen geträumt hatte.

Das Wetter war ideal für eine Schlittenfahrt. Es hatte aufgehört zu schneien, und der Schnee war gefroren. Die acht schwarzen Wallache schienen unermüdlich im Geschirr, als sie den Schlitten immer näher zu den Bulgarbergen zogen.

Und immer noch schien Falkenmond etwas schrecklich vertraut zu sein. Er sah vor seinem inneren Auge einen silbernen Wagen, dessen vier Räder an Schiern befestigt waren und der über ein weites Eisland dahinschoß. Und er sah auch ein Schiff – aber ein Schiff, das über eine andere Eisfläche flog. Es handelte sich bei diesen beiden Bildern nicht um die gleichen Welten, dessen war er erstaunlicherweise sicher. Und keine dieser beiden Welten war diese, seine, Falkenmonds, Welt. Verärgert schob er diese unsinnigen Gedanken von sich, so gut er nur konnte. Aber sie waren hartnäckig.

Vielleicht sollte er sich mit seinen Fragen an Katinka van Bak und Jhary-a-Conel wenden, aber er brachte sie einfach nicht über die Lippen. Er fürchtete, daß ihm die Antworten nicht gefallen würden.

Und so fuhren sie weiter, durch den jetzt wirbelnden Schnee, während das Terrain immer mehr anstieg und ihre Geschwindigkeit sich ein wenig verringerte.

Nach dem Aussehen der Gegend zu schließen, durch die sie jetzt kamen, hatten in letzter Zeit sicherlich keine Überfälle stattgefunden. Mit den Händen an den Zügeln der schwarzen Wallache machte Falkenmond Katinka van Bak darauf aufmerksam.

»Weshalb erwartet Ihr hier Zeichen von Mord und Brandschatzen?« erwiderte sie kurz. »Ich sagte Euch doch, daß sie sich mit ihren Überfällen auf die Lande jenseits der Berge beschränkten.«

»Dann muß es dafür eine Erklärung geben«, meinte Falkenmond. »Und wenn wir sie finden, entdecken wir damit möglicherweise auch ihre Schwäche.«

Die Straße wurde schließlich so steil, daß die Hufe der Pferde auf dem Eis ausglitten, als sie sich plagten, den Schlitten zu ziehen. Es hatte nachgelassen zu schneien und war inzwischen später Nachmittag geworden. Falkenmond deutete auf eine Bergwiese unterhalb des Weges. »Die Pferde könnten dort noch Gras unter dem Schnee finden – und seht! Da ist auch eine Höhle, wo sie vor dem Wetter geschützt wären. Ich fürchte, sie dorthin zu bringen, ist das einzige, was wir noch für sie tun können.«

»Ihr habt recht«, pflichtete ihm Katinka van Bak bei.

Sie hatten ziemliche Schwierigkeiten, den Schlitten den steilen Hang hinunterzubekommen und die Wiese mit dem Schneepolster zu erreichen. Falkenmond schaufelte das kalte Weiß mit den Stiefeln ein wenig zur Seite, aber die Wallache brauchten seine Hilfe gar nicht. Sie waren solches Wetter und das Leben im Freien gewöhnt und benutzten von selbst ihre Hufe, um den Schnee wegzuscharren, damit sie grasen konnten. Da der Sonnenuntergang nicht mehr fern war, beschlossen die drei, die Nacht mit den Pferden in der Höhle zu verbringen, ehe sie sich früh am Morgen weiter auf den Weg machten.

»Die Umstände hier sind durchaus günstig für uns«, meinte Falkenmond. »Denn unsere Feinde haben wenig Chancen, auf uns aufmerksam zu werden.«

»Stimmt«, murmelte Katinka van Bak.

»Andererseits«, fuhr Falkenmond fort, »müssen wir jedoch doppelt vorsichtig sein, denn auch wir werden sie nicht entdecken, ehe sie uns nicht unmittelbar gegenüberstehen. Kennt Ihr Euch hier ein wenig aus, Katinka van Bak?«

»O ja, ziemlich gut sogar«, versicherte sie ihm. Sie machte ein kleines Feuer in der Höhle, denn die Kochgeräte des Prinzen vermochten die Höhle nicht zu wärmen.

»Das ist ja richtig gemütlich«, seufzte Jhary-a-Conel zufrieden. »Ich hätte nichts dagegen, den Winter hier zu verbringen und erst weiterzureisen, wenn der Frühling kommt.«

Katinka warf ihm einen verächtlichen Blick zu. Er grinste nur und schwieg.

Der Himmel hing kalt und tief über ihnen, als sie die Pferde am Zügel weiterzogen. Von ein wenig ausgetrocknetem Moos und ein paar verkrüppelten grauen und braunen Birken abgesehen, wuchs hier nichts in diesen Bergen. Ein schneidender Wind pfiff. Ein paar Aasgeier hoben sich kreisend zwischen den schroffen Felsspitzen. Ihr eigener schwerer Atem und das Scharren der Hufe auf dem eisbedeckten Stein, wenn sie Halt suchten, waren die einzigen Geräusche. Der Ausblick von diesen hohen Bergpfaden war über alle Maßen schön, aber auch mörderisch. Ja, hier war der Tod überall, denn die Berge waren erbarmungslos, ja grausam im Winter, und so mancher Reisende hatte hier in Schnee und Eis sein Leben gelassen.

Falkenmond trug nun noch einen dicken Pelz über seinem Lederumhang. Obgleich er schwitzte, wagte er es nicht, sich auch nur von einem Kleidungsstück zu befreien, denn er befürchtete, er würde an der Stelle anfrieren, wenn er anhielt. Auch die anderen trugen warme Pelze mit Kapuzen, Pelzhandschuhen und pelzgefütterten Stiefeln. Der Pfad, dem sie folgten, führte fast ständig steil hoch. Nur hin und wieder kreuzte ihn ein anderer, der in Serpentinen ins Tal führte.

Die Berge erschienen trotz ihrer tödlichen Schönheit friedlich.

Eine wohltuende Ruhe herrschte in den Tälern. Falkenmond konnte sich kaum vorstellen, daß eine riesige Armee hier in diesen Bergen ihren Stützpunkt hatte. Nichts deutete darauf hin, daß dieses Gebirge mit den schroffen Gipfeln und den malerischen Tälern je bezwungen worden war. Ihm schien, als käme er hier in jungfräuliches Land. Obgleich der Weg beschwerlich war und ermüdend, fühlte er sich hier entspannter und wohler als seit langer Zeit. Er hatte nun kaum Verpflichtungen. Die einzige im Augenblick war eigentlich nur, am Leben zu bleiben.

Schließlich erreichten sie einen etwas breiteren Pfad, auf den Falkenmond, hätte er Verlangen danach gehegt, sich hätte ohne weiteres quer legen können. Dieser Pfad endete plötzlich an einem riesigen dunklen Höhleneingang.

»Was ist das?« erkundigte sich Falkenmond bei Katinka van Bak. »Es sieht aus, als ginge es hier nicht weiter. Ist es vielleicht gar ein Tunnel?«

»Stimmt«, versicherte ihm Katinka van Bak. »Es ist ein Tunnel.«

»Wieviel weiter müssen wir noch, wenn wir sein Ende erreicht haben?« Falkenmond stützte sich gegen die Felswand direkt am Tunneleingang.

»Das kommt darauf an«, erwiderte Katinka van Bak rätselhaft.

Falkenmond war zu müde, sie zu fragen, was sie damit meinte. Er beugte den Oberkörper vor und trat in den Tunnel. Sein Pferd zog er hinter sich her. Er war erleichtert, daß seine Stiefel nicht länger im Schnee kleben blieben. Es war warm hier im Berg, und es roch recht ungewöhnlich, nach Frühling, wie ihm schien. Er erwähnte es auch, aber da die anderen diesen Geruch nicht bemerkten, fragte er sich, ob nicht vielleicht seinem dicken Pelz Parfümduft anhaftete. Der Boden der Höhle wurde ebener, und das Gehen fiel viel leichter. »Es ist schwer zu glauben, daß dieser Tunnel natürlichen Ursprungs sein soll. Er scheint mir wie eines der Weltwunder«, meinte er.

Sie schritten nun schon eine Stunde dahin, ohne daß sich das Ende des Tunnels abzeichnete. Falkenmond wurde sichtlich nervös.

»Er kann nicht natürlich sein«, wiederholte er. Mit seinen behandschuhten Fingern betastete er die Wand, aber sie fühlte sich nicht an und sah auch nicht so aus, als hätten Werkzeuge sie bearbeitet. Er drehte sich zu den beiden anderen um und bemerkte ihren eigenartigen Gesichtsausdruck. Oder täuschte er sich in der Düsternis? »Was meint Ihr, Katinka van Bak?« fragte er. »Ihr kennt doch diese Höhle, diesen Tunnel. Wird er irgendwo in der Geschichte erwähnt? In Legenden vielleicht?«

»Ja«, erwiderte sie kurz. »Aber geht weiter, Falkenmond. Wir werden die andere Seite bald erreicht haben.«

»Wohin führt er denn?« Er drehte sich nun ganz zu ihnen um, daß er ihnen unmittelbar gegenüberstand. Die Lichtkugel in seiner Hand brannte stumpf und färbte in sein Gesicht ein dämonisches Rot. »Vielleicht geradewegs ins Lager des Dunklen Imperiums? Arbeitet ihr beide etwa für meine alten Feinde? Ist das eine Falle? Keiner von euch beiden hat mir wirklich genug erzählt.«

»Wir stehen nicht im Sold Eurer Feinde«, versicherte ihm Katinka van Bak. »Geht weiter, Falkenmond, ich bitte Euch. Oder ist es Euch lieber, wenn ich vorausgehe?« Sie machte einen Schritt an ihm vorbei.

Unwillkürlich legte Falkenmond die Rechte an den Schwertgriff und schob dabei den Pelzumhang zur Seite. »Nein, Katinka van Bak, ich traue Euch, aber trotzdem warnt etwas in mir mich vor einer Falle. Weshalb ist das so?«

»Ihr müßt weitergehen, Held!« sagte Jhary-a-Conel ruhig, während er das Fell seiner kleinen schwarzweißen Katze streichelte, die aus seinem Wams herausgekrochen war. *»Ihr müßt!«*

»Held? Warum wiederholt Ihr es immer wieder?« Noch fester umklammerte Falkenmonds Hand den Schwertgriff. »Welche Art von Held bin ich denn?«

»Der Ewige Held«, erwiderte Jhary auch jetzt ruhig. »Der Krieger des Schicksals . . .«

»Nein!« Obgleich die Worte für ihn keinen Sinn ergaben, konnte Falkenmond nicht ertragen, sie zu hören. »Nein!«

Seine Hände flogen zu den Ohren.

In diesem Augenblick stürzten seine beiden Freunde sich auf ihn.

Er war noch immer nicht so kräftig wie vor Beginn seines Wahnsinns, und dazu hatte der anstrengende Aufstieg ihn ermüdet. Er wehrte sich gegen die zwei, bis er Katinka van Baks Dolch an seiner Kehle spürte und ihre beschwörende Stimme hörte.

»Euch zu töten wäre die einfachste Weise, unser Ziel zu erreichen, Falkenmond. Aber sie wäre nicht sehr angenehm. Außerdem möchte ich Euch nicht gern aus diesem Körper reißen, denn es könnte sein, daß Ihr in ihn zurückkehren möchtet. Also werde ich Euch nur töten, wenn Ihr mich dazu zwingt. Versteht Ihr?«

»Ich verstehe Verrat!« erwiderte er wild und wehrte sich noch heftiger, aber genauso erfolglos gegen den Griff der beiden. »Da dachte ich, ich rieche den Frühling, dabei roch ich Verrat – Verräter, die sich als Freunde ausgaben.«

Einer der beiden löschte die Lichtkugel.

»Wo sind wir hier?« fragte er. Wieder spürte er die Dolchspitze am Hals. »Was habt Ihr mit mir vor?«

»Es ging nicht anders, Held«, murmelte Katinka van Bak betrübt. »Es war nicht anders zu machen, Held.«

Es war das erste Mal, daß sie ihn Held nannte – vielleicht, weil Jhary-a-Conel dieses Wort so oft benutzt hatte?

»Wo sind wir hier?« fragte er erneut. *»Wo?«*

»Ich wollte, ich wüßte es«, erwiderte Katinka van Bak, und ihre Stimme klang fast noch betrübter.

Dann schlug sie ihn offenbar mit dem Panzerhandschuh auf den Kopf. Er spürte den Schlag und erriet, was es gewesen war. Einen Augenblick glaubte er sogar, daß er seinen Zweck, ihn besinnungslos zu machen, nicht erreicht hatte. Doch inzwischen war er bereits in die Knie gesackt, und es schien, als löse sein Körper sich von ihm und verlöre sich in der Schwärze der Höhle.

Und dann wußte er, daß ihr Schlag doch den von ihr beabsichtigten Zweck erfüllt hatte.

ZWEITES BUCH

Eine Heimkehr

1. Ilian von Garathorm

Falkenmond lauschte den Geistern.

Jeder sprach mit seiner eigenen Stimme zu ihm.

Mit Falkenmonds Stimme ...

... da war ich Erekose, und ich kämpfte gegen die Rasse der Menschen. Und Urlik Skarsol war ich, Prinz des Südeises, der die Silberkönigin vom Mond tötete. Ich war es, der das Schwarze Schwert trug. Jetzt hänge ich in der Leere des Nichts und warte auf meine nächste Aufgabe. Durch sie wird mir vielleicht eine Möglichkeit gegeben, zu Ermizhdad, meiner verlorenen Liebsten, zurückzukehren. Vielleicht finde ich Tanelorn.

(Ich war Elric.)

Soldat des Schicksals ... Werkzeug der Zeit ... Der Ewige Held ... Verdammt zu nie endendem Kampf.

(Ich war Corum. In mehr als einem Leben war ich Corum.)

Ich weiß, wie es begann. Vielleicht endet es in Tanelorn.

Rhalina, Yisselda, Cymoril, Zarozina ...

So viele Frauen.

(Ich war Arflane. Asquiol. Aubec.)

Alle sterben, nur ich nicht.

(Ich war Falkenmond ...)

»Nein! Ich BIN Falkenmond!«

(Wir alle sind Falkenmond. Falkenmond ist wir.)

Alle leben, nur ich nicht.

John Daker? War er der erste?

Oder der letzte?

Ich habe so viele verraten, und so viele verrieten mich.

Gesichter schwammen vor seinen Augen. Jedes Gesicht war anders. Jedes Gesicht war sein Gesicht. Er schrie und versuchte, sie fortzuschieben. Aber er hatte keine Hände.

Er versuchte, zu sich zu kommen. Lieber durch Katinka van Baks Dolch zu sterben, als diese Qualen zu erdulden! Das war es, wovor er sich gefürchtet, was er zu entgehen versucht hatte.

Das war der Grund, weshalb er sein Gespräch mit Jhary-a-Conel nicht weitergeführt hatte. Aber jetzt stand er trotzdem allein gegen tausend Manifestationen seines Selbst.

Der Kampf ist ewig. Der Krieg ist endlos.

Und nun müssen wir Ilian werden. Ilian, deren Seele vertrieben wurde. Ist das nicht eine seltsame Aufgabe?

»Ich bin Falkenmond! Nur Falkenmond!«

Und ich bin Falkenmond – und Urlik Skarsol – und Ilian von Garathorm. Vielleicht finde ich hier Tanelorn? Lebe wohl, Südeis und sterbende Sonne. Lebe wohl. Silberkönig und Schreiender Kelch. Lebe wohl, Graf Brass. Lebe wohl, Urlik. Lebe wohl, Falkenmond . . .

Flüchtig fühlte Falkenmond, wie seine Erinnerungen schwanden. Statt ihrer drängten sich Millionen anderer auf. Erinnerungen an bizarre Welten und exotische Landschaften, an sowohl menschliche als auch nichtmenschliche Geschöpfe. Erinnerungen, die ganz einfach nicht die eines einzelnen Mannes sein konnten – und doch waren sie wie die Träume, die sich ihm auf Burg Brass aufgedrängt hatten. War das überhaupt auf Burg Brass gewesen? Vielleicht doch anderswo? In Melniboné? In der Burg Erorn an der See? An Bord des seltsamen Schiffes, das jenseits der Erde dahinsegelte? Wo? Wo hatte er diese Träume gehabt?

Plötzlich wußte er, daß er sie an all diesen Orten geträumt hatte und sie an allen diesen Orten wieder träumen würde.

Er wußte, daß es so etwas wie die Zeit nicht gab.

Vergangenheit, Gegenwart und Zukunft waren dasselbe. Sie existierten alle im gleichen Augenblick – und es gab sie zu keinem.

Er war Urlik Skarsol, Prinz des Südeises, und seinen Schlitten zogen Bären über die gewaltige Eisfläche unter einer sterbenden Sonne. Seinem Ziel sollten sie ihn entgegenbringen. Wie Falkenmond Yisselda gesucht hatte, so suchte auch er nach einer Frau, die er nicht erreichen konnte. Ermizhdad hieß sie. Doch Ermizhdad hatte nicht Urlik Skarsol geliebt, sondern Erekose. Aber Erekose war auch Urlik Skarsol.

Tanelorn – das war Urliks Ziel!

Tanelorn – sollte es auch Falkenmonds sein?

Der Name war so vertraut. Viele Male hatte er Tanelorn gefunden, und einmal sogar dort gelebt, doch jedesmal war Tanelorn anders.

Und es gab da ein Schwert. Ein Schwert, das viele Manifestationen hatte. Ein schwarzes Schwert. Doch oft zeigte es sich auch anders. Ein Schwert . . .

Ilian von Garathorm nannte ein gutes Schwert ihr eigen. Ilian griff danach, aber es hing nicht an ihrer Seite. Ilians Finger tasteten über das Kettenhemd, über Seide, über Fleisch. Ilians Hände berührten saftiges Gras, und Ilians Nase nahm den würzigen Duft des Frühlings auf. Ilians Augen öffneten sich. Zwei Fremde standen vor ihr: ein junger Mann und eine Frau mittleren Alters. Doch ihre Gesichter waren ihr vertraut.

Falkenmond sagte: »Katinka van . . .« Und dann vergaß Ilian den Rest des Namens. Falkenmond fühlte seinen Körper und war verwirrt. »Was habt Ihr aus mir gemacht?« Und Ilian wunderte sich über diese Worte, obgleich sie aus ihrem eigenen Mund kamen.

»Seid gegrüßt, Ilian von Garathorm, Ewiger Held«, sagte der junge Mann lächelnd. Eine kleine schwarzweiße Katze saß auf seiner Schulter. Die Katze hatte ein Flügelpaar auf dem Rücken gefaltet.

»Und Falkenmond, lebt wohl – für den Augenblick zumindest«, sagte die Frau mittleren Alters, die in einer ziemlich mitgenommenen Panzerrüstung steckte.

»Falkenmond?« fragte Ilian nachdenklich. »Der Name ist mir vertraut. Doch einen Augenblick dachte ich, ich würde auch Urlik Skarsol genannt. Wer seid Ihr?«

Der junge Mann verbeugte sich, doch an ihm wirkte es nicht herablassend spöttisch oder mitleidig, wie Ilian es selbst am Hof gewöhnt war.

»Ich bin Jhary-a-Conel. Und diese Dame ist Katinka van Bak, an die Ihr Euch vielleicht erinnert.«

Ilian runzelte überlegend die Stirn. »Ja . . . Katinka van Bak! Ihr wart es doch, die mich rettete, als Ymryls Meute mich verfolgte . . .«

Und dann schwand einen Augenblick Ilians Erinnerung.

Falkenmond knurrte durch Ilians Lippen: »Was habt Ihr mir angetan, Katinka van Bak?« Entsetzt betastete er seinen Körper. Die Haut war weicher, die Form anders. Er war kleiner. »Ihr habt eine Frau aus mir gemacht!«

Jhary-a-Conel beugte sich vor. Seine Augen leuchteten in abnormaler Eindringlichkeit. »Es mußte sein. Ihr seid Ilian von Garathorm. Diese Welt braucht Ilian. Vertraut uns. Es wird auch Falkenmond von Nutzen sein.«

»Ihr habt dieses Komplott gemeinsam geschmiedet! Es gab gar keine Armee in den Bulgarbergen! Dieser Tunnel . . .«

»Führte hierher, nach Garathorm«, beendete Katinka van Bak den Satz für ihn. »Ich entdeckte diesen Weg zwischen den Dimensionen, als ich mich vor dem Dunklen Imperium versteckte. Ich war hier, als Ymryl und die anderen ankamen. Ich rettete Euer Leben, Ilian, aber sie waren mit ihrer Zauberei imstande, Euren Geist aus Eurem Körper zu vertreiben. Ich war voll Angst und Verzweiflung für Garathorm. Da traf ich Jhary. Er hatte einen Einfall. Falkenmond war dem Tode nahe. Als eine Manifestation des Ewigen Helden konnte sein Geist Ilians ersetzen – denn sie ist eine weitere Manifestation dieses Helden, müßt Ihr wissen. Die Geschichte, die ich Euch erzählte, war dazu bestimmt, Euch hierher, durch den Tunnel zu bringen. Die Armee gibt es wirklich. Sie treibt ihr Unwesen jenseits der Bulgarberge, wie ich sagte – nämlich hier in Garathorm!«

Falkenmonds Gedanken überschlugen sich. »Ich verstehe nicht«, murmelte er. »Ich befinde mich also im Körper eines – einer anderen? Das wolltet Ihr doch sagen. Das *kann* nur das Werk des Dunklen Imperiums sein!«

»Glaubt mir, das ist es nicht!« versicherte ihm Katinka van Bak ernst.

»Obgleich das Dunkle Imperium zweifellos etwas damit zu tun hatte, daß es überhaupt zu dieser Katastrophe kam«, warf Jhary-a-Conel ein. »Genau wie und inwieweit muß sich noch herausstellen. Doch nur als Ilian könnt Ihr hoffen, etwas gegen jene zu erreichen, die nun diese Welt beherrschen. Es ist Ilians Geschick, wißt Ihr? Nur Ilians. Falkenmond hätte hier nichts erreicht . . .«

»Also habt ihr mich in den Körper dieser Frau verbannt . . . Aber wie? Welche Zauberei steckt dahinter?«

Jhary blickte in das dichte Gras. »Ich habe ein wenig Geschick in dieser Beziehung. Aber Ihr müßt vergessen, daß Ihr Falkenmond seid. Falkenmond hat keinen Platz in Garathorm. Ihr *müßt* zu Ilian werden, wenn unsere Bemühungen nicht umsonst sein sollen. Ilian – von Ymryl begehrt. Und da er sie nicht besitzen konnte, vertrieb er ihre Seele aus ihrem Leib. Selbst Ymryl erkannte nicht, was er tat – wußte nicht, daß es Ilians Los ist, ihn zu bekämpfen. Ymryl sieht in Euch, Ilian, lediglich eine begehrenswerte Frau, auch wenn sie sein erbittertster Feind ist, der den Rest der Armee ihres Vaters gegen ihn einsetzte.«

»Ymryl . . .« Falkenmond bemühte sich, an seiner eigenen Identität festzuhalten, aber schon wieder entschlüpfte sie ihm. »Ymryl, der dem Chaos dient. Ymryl mit dem gelben Horn. Sie kamen aus dem Nirgendwo und eroberten Garathorm. Ah, ich entsinne mich der Feuer. Ich erinnere mich an meinen Vater, den gütigen Pyran. Trotz all seiner Abneigung vor Gewalttätigkeiten verteidigte er das Land doch lange . . .«

»Und dann übernahmt Ihr Pyrans flammendes Banner. Erinnert Ihr Euch, Ilian? Ihr nahmt die brennende Flagge, das Zeichen der Freiheit Garathorms, und seid gegen Ymryls Streitmacht gezogen . . .«, sagte Katinka van Bak sanft. »Ich hatte Euch gelehrt, mit Schwert, Schild und Axt umzugehen, als man mich gastlich auf Pyrans Hof aufnahm, nachdem ich vor dem Dunklen Imperium geflohen war. Und Ihr setztet das Gelernte wirkungsvoll in die Tat um, bis von unserer Seite nur Ihr und ich allein auf dem Feld überlebten.«

»Ich entsinne mich«, murmelte Ilian. »Und man verschonte uns nur, weil man sich über uns amüsierte, nachdem man unser Geschlecht entdeckt hatte. Ah, diese Demütigung, als Ymryl mir den Helm vom Kopf riß. ›Du wirst an meiner Seite herrschen‹, sagte er. Dann griff er mit einer Hand, die noch vom Blut meiner Leute besudelt war, nach mir und betätschelte mich. O ja, ich erinnere mich!« Ilians Stimme wurde hart und wild. »Und ich erinnere mich, daß ich in diesem Augenblick schwor, ihn zu töten. Doch dazu war mir nur ein Weg offen, und dem konnte ich nicht folgen. Nein, ich konnte es nicht. Und weil ich mich ihm widersetzte, warf er mich in das Verlies . . .«

»Und ich hatte Glück, daß ich Euch befreien konnte. Wir flohen. Seine Meute verfolgte uns. Wir kämpften gegen sie und vernichteten sie. Aber Ymryls Zauberer fand uns. In seinem Grimm befahl Ymryl ihm, Euren Geist zu vertreiben.«

»Ja, so war es. Sie griffen an. An mehr entsinne ich mich nicht.«

»Wir hatten uns in der Höhle versteckt. Es war meine Absicht,

Euch in meine eigene Welt mitzunehmen, wo ich Euch sicher glaubte. Doch als Eure Seele Euch verließ, war es sinnlos geworden. Ich traf Jhary-a-Conel, der von den gleichen Kräften nach Garathorm gezogen worden war wie Ymryl. Wir überlegten, was wir tun konnten. Eure Erinnerungen befanden sich noch in Eurem Kopf. Es fehlte nur eine – eine *Essenz*. Also mußten wir eine neue Seele finden. Und Falkenmonds lag damals brach, während er in seinem Turm auf Burg Brass dahinsiechte. So entschlossen wir uns, wenn auch mit ehrlichem Bedenken, zu tun, was getan werden mußte. Und jetzt habt Ihr wieder eine Seele.«

»Und Ymryl?«

»Er hält Euch für erledigt. Zweifellos hat er Euch bereits vergessen und bildet sich ein, ganz Garathorm zu beherrschen, ohne etwas befürchten zu müssen. Seine Vagabundenarmee schändet Land und Leute. Und trotzdem haben diese Kreaturen kaum vermocht, die Schönheit Garathorms zu mindern.«

»Ja, Garathorm ist von sanftem Zauber«, bestätigte Ilian. Sie blickte sich um, von wo sie hier am Hang des Berges standen, mit der Höhlenöffnung hinter ihnen. Sie schien ihre Welt aus neuen Augen, wie zum erstenmal, zu sehen.

Unweit war der Rand des riesigen Waldes – des Waldes, der dieser Welt einzigen Kontinent bedeckte. Von Garathorm abgesehen, war alles Meer mit vereinzelten winzigen Inseln. Die Bäume waren hoch. Manche wuchsen hundert Meter und mehr in die Höhe. Der Himmel war weit und blau, und eine große goldene Sonne schien von ihm herab. Ihre Strahlen kosten Blumen, deren Köpfe bestimmt zwölf Fuß im Durchmesser betrugen. Ihre Farben blendeten schier in ihrer Intensität. Rot-, Blau- und Gelbtöne herrschten hier vor. Schmetterlinge, die in der Größe zu den Blumen paßten, flatterten von einer Blüte zur anderen, und ihre Flügelpracht übertraf sogar noch die der Blumen. Ein besonders schöner Falter mit einer Flügelspannweite von zwei Fuß ließ sich gerade auf eine nahe Blume herab. Und zwischen den rankenumschlungenen Baumstämmen flogen große Vögel mit schillerndem Gefieder. Ilian wußte, daß es kaum ein Tier in diesem Wald gab, vor dem die Menschen sich fürchten mußten. Sie atmete genußvoll die würzige Luft ein und lächelte.

»Ja«, sagte sie glücklich. »Ich bin Ilian von Garathorm. Wer könnte auch nur den Wunsch hegen, jemand anderer zu sein? Wer möchte anderswo als in Garathorm leben, selbst in diesen Zeiten?«

»Ihr habt ja so recht«, pflichtete Jhary-a-Conel ihr erleichtert bei.

Katinka van Bak wickelte einen großen Pelzumhang aus, der Ilian zuvor nicht aufgefallen war. Mehrere Tontöpfe kamen zum Vorschein. Ihre Deckel waren mit Wachs versiegelt.

»Eingewecktes«, erklärte Katinka van Bak. »Fleisch, Obst und Gemüse. Sie werden uns eine Weile satt machen. Laßt uns jetzt essen.«

Und während sie aßen, erinnerte sich Ilian des Grauens der vergangenen Monate.

Garathorm war vor etwa zwei Jahrhunderten zu einem geeinigten Land geworden, dank der Diplomatie (nicht zu verschweigen dem Machthunger) von Ilians Vorfahren. Und seit dieser Zeit herrschten Frieden und Wohlstand für die Bürger dieses großen bewaldeten Kontinents. Wissenschaft und Künste gediehen. Garathorms Hauptstadt, das herrliche Virinthorm, fast ganz aus Ebenholz erbaut, war zu gewaltiger Größe angewachsen. Seine Randgebiete dehnten sich mehrere Meilen von der Altstadt unter den Ästen der titanischen Bäume aus. Sie schützten Garathorm vor den schweren Regenfällen, die einen Monat jedes Jahr diesen Inselkontinent heimsuchten. Früher einmal, sagte man, hatte es noch andere Kontinente gegeben, und Garathorm war zu der Zeit eine Wüste gewesen. Dann war es zu Kataklysmen gekommen, die vermutlich das Polareis zum Schmelzen gebracht hatten. Als die Erde sich wieder beruhigt hatte, war von allen Kontinenten nur Garathorm übriggeblieben. Und Garathorm verwandelte sich. Es wurde zu einem Land, wo die Pflanzen sich zu gigantischer Größe entwickelten. Die Ursache dafür war nicht bekannt. Garathorms Gelehrte suchten immer noch nach der Antwort. Vielleicht lag sie unter dem Meer, auf den versunkenen Ländern?

Vor zwanzig Jahren hatte Pyran, Ilians Vater, den Thron nach dem Tod seines Onkels bestiegen. Nur zwei Jahre früher, auf den Tag fast, war Ilian geboren. Mit Pyrans Regentschaft begann für Garathorm, was viele als das Goldene Zeitalter bezeichneten. Ilian war in einer Atmosphäre von echter Menschlichkeit, Glück und

Zufriedenheit aufgewachsen. Als immer schon lebhaftes Mädchen hatte sie viel Zeit damit verbracht, auf den Straßen ähnelnden Vayna durch die Wälder zu reiten. Der Vayna kam auf dem Boden unvorstellbar schnell voran und war auch nicht viel langsamer, wenn er die dicken Äste entlanglief und von Zweig zu Zweig sprang, während sein Reiter sich auf seinem Rücken festklammerte. Vaynareiten war einer der beliebtesten Zeitvertreibe in Garathorm. Als Katinka van Bak vor mehreren Jahren plötzlich auf dem Hof von König Pyran aufgetaucht war, völlig erschöpft, verwirrt und dem Tode nahe durch die unzähligen Wunden, hatte Ilian sich sofort von ihr angezogen gefühlt. Katinkas Geschichte war sehr seltsam gewesen. Irgendwie war die Kriegerin durch die Zeit versetzt worden – ob in die Zukunft oder die Vergangenheit, das wußte sie nicht –, nachdem sie vor ihren Feinden geflohen war, von denen sie in einer großen Schlacht besiegt worden war. Die Einzelheiten ihrer Reise durch die Zeit waren sehr vage gewesen, da sie sich ihrer selbst nicht klar war. Jedenfalls wurde sie schnell zu einem beliebten Gast auf dem Hof. Um sich selbst zu beschäftigen und gleichzeitig Ilian zu helfen, hatte sie sich einverstanden erklärt, die Königstochter die Kriegskünste zu lehren. In Garathorm gab es keine Soldaten. Das Königreich hatte lediglich die Palastwachen und kleinere Trupps von Hütern, deren Aufgabe es war, die abgelegeneren Siedler vor den Angriffen der glücklicherweise nur sehr wenigen Raubtiere zu schützen, die noch auf Garathorm lebten. Trotzdem schien Ilian ein angeborenes Talent für den Umgang mit Waffen zu haben. Sie beherrschte Schwert- und Axtkampf bald so, als hätte sie zeit ihres Lebens nichts anderes geübt. Es erfüllte sie mit tiefer Befriedigung, alles zu lernen, was Katinka van Bak sie lehren konnte. So glücklich ihre Kindheit gewesen war, schien ihr doch irgend etwas gefehlt zu haben – das sie nun, in ihren Mädchenjahren, errungen hatte.

Ihr Vater amüsierte sich über ihre Begeisterung für diese archaische Beschäftigung, die sich als ansteckend für viele der jungen Leute am Hof erwies. Schließlich gab es mehrere hundert Mädchen und Burschen, die mit Schwert und Schild umzugehen wußten, und bei keiner Feierlichkeit fehlte nun ein ritterliches Turnier.

Vielleicht war es kein Zufall gewesen, sondern der Eingriff des Schicksals, das für eine kleine, aber ungemein waffengewandte

Armee gesorgt hatte, die sich gegen Ymryl bei dessen Erscheinen stellen konnte.

Ymryl war plötzlich aufgetaucht. Nur ein paar Gerüchte kamen vor ihm auf dem Hof an. König Pyran hatte sofort Späher ausgeschickt, um sich zu vergewissern, inwieweit die beunruhigenden Berichte aus den fernen Gebieten des Kontinents auf Wahrheit beruhten. Aber noch ehe die Kundschafter zurückkehrten, war Ymryl bereits angerückt. Es stellte sich später heraus, daß sein Trupp nur Teil einer größeren Armee war, die über ganz Garathorm dahingefegt war und alle der Provinzstädte innerhalb von wenigen Wochen eingenommen hatte. Anfangs dachte man, er stammte von einem bisher unbekannten Land jenseits des Meeres, aber es gab keinerlei Beweise dafür. Daraufhin schloß man, daß Ymryl und seine Kumpane genau wie Katinka van Bak auf geheimnisvolle, unerklärliche Weise nach Garathorm gekommen waren, um so mehr, da sie offenbar selbst nicht wußten, wie sie hierher geraten waren. Aber die Überlegungen, was sie hierher gebracht hatte, wurden unwichtig. Man mußte sich völlig darauf konzentrieren, sich gegen sie zur Wehr zu setzen. Die Wissenschaftler wurden beauftragt, neue Waffen zu erfinden, und die Techniker, sie zu entwickeln und selbst wirkungsvolle Methoden zur Vernichtung des Feindes zu ersinnen. Doch sie waren es nicht gewöhnt, sich mit kriegerischen Dingen zu befassen, und deshalb war die Produktion von Waffen nicht ausreichend. Katinka van Bak, Ilian und etwa zweihundert weitere trafen sich gegen Ymryls bunt zusammengewürfelte Armee und erzielten auch einige Siege in kleineren Scharmützeln. Aber als Ymryl soweit war, die baumgeschützte Stadt Virinthorm anzugreifen, tat er es, ohne daß es gelang, ihn aufzuhalten. Zu zwei Schlachten kam es auf einer großen Lichtung außerhalb der Stadt. Bei der ersten Schlacht holte König Pyran die alte Kriegsflagge seiner Ahnen hervor – die brennende Fahne, die in einem seltsamen Feuer flammte und aus unvernichtbarem Stoff gefertigt war. Mit diesem Banner in seiner eigenen Hand ritt er Ymryl an der Spitze eines Heeres von armselig bewaffneten und ausgebildeten Bürgern entgegen. König Pyran wurde mit seinen Leuten niedergemetzelt. Ilian gelang es noch, die flammende Standarte aus der toten Hand zu ziehen, ehe sie mit dem Rest ihrer eigenen, im Kampf geübten Krieger flüchtete – jener Mädchen und

Burschen, die sich wie sie für die Kriegskunst begeistert und sie für sich zum Sport gemacht hatten.

Dann kam es zur zweiten und letzten Schlacht, in der Ilian und Katinka van Bak ein paar hundert Überlebende gegen Ymryl führten. Sie hatten sich großartig gehalten, und viele der Invasoren waren unter ihren Klingen gefallen; aber schließlich war die Übermacht der Ymrylarmee doch zu erdrückend. Ilian war nicht sicher, ob überhaupt jemandem aus ihren Reihen die Flucht geglückt war. So wie es aussah, waren sie und Katinka van Bak die einzigen Überlebenden gewesen.

Man hatte sie beide gefangengenommen. Ymryl hatte nicht nur ein wildes Verlangen nach ihr empfunden, sondern auch sofort erkannt, daß er, mit ihr an seiner Seite, keine Schwierigkeiten haben würde, über jene Bürger zu herrschen, die sich immer noch in den Wäldern jenseits von Virinthorm versteckten und des Nachts hervorkamen, um seine Männer im Schlaf zu töten.

Als sie sich weigerte, ihm zu Willen zu sein, hatte er den Befehl erteilt, sie in den Kerker zu werfen, sie wachzuhalten und ihr nur so viel zu essen zu geben, daß sie am Leben blieb. Er hatte gewußt, daß sie sich schließlich einverstanden erklären würden, zu tun, was er verlangte.

Und nun, als sie aß, erinnerte Ilian sich plötzlich, was sie getan hatte – etwas, das Katinka van Bak nicht erwähnte. Da konnte sie kaum noch den Bissen in ihrem Mund hinunterschlucken. Sie drehte sich um, um Katinka van Bak anzusehen.

»Weshalb habt Ihr mich nicht daran erinnert?« fragte sie kalt. »An meinen Bruder ...«

»Dafür ist nicht Euch die Schuld zu geben«, versicherte ihr Katinka van Bak. Die Ältere senkte den Blick. »Ich hätte dasselbe wie Ihr getan. Jeder hätte es. Sie folterten Euch.«

»Ich verriet ihnen, wo er sich versteckt hielt. Und sie fanden und mordeten ihn.«

»Sie folterten Euch«, wiederholte Katinka van Bak rauh. »Sie marterten Euren Körper. Sie ließen Euch nicht schlafen. Sie gaben Euch nichts zu essen. Sie wollten zweierlei von Euch. Ihr gabt ihnen nur eines. Das war schon ein Sieg!«

»Ihr wollt damit sagen, ich gab ihnen meinen Bruder, statt mich selbst? Und das nennt Ihr Sieg?«

»Unter diesen Umständen, ja. Vergeßt es, Ilian. Es gelingt uns vielleicht noch, Euren Bruder – und die anderen zu rächen.«

»Ich habe viel gutzumachen«, murmelte Ilian. Sie spürte die Tränen in ihren Augen und versuchte, sie zurückzuhalten.

»Es gibt sehr viel zu tun«, erklärte Jhary-a-Conel.

2. Ausgestoßene aus tausend Welten

Die kleine schwarz-weiße Katze segelte hoch über dem Wald in einer warmen Luftströmung. Die Sonne machte sich daran, am Horizont zu versinken. Die Katze wartete geduldig, denn sie zog es vor, des Nachts den Dingen nachzugehen, die sie beschäftigte. Vom Boden aus, wenn man sie überhaupt entdeckte, mochte man sie für einen Falken halten. Sie schwebte, indem sie ihre Position durch geringe Bewegungen ihrer schwarzen Flügel mit den weißen Spitzen hielt. Sie befand sich ganz in der Nähe der Stadt, die von einer großen grausamen Armee eingenommen worden war.

Katinka van Bak hatte nicht gelogen, als sie die Armee beschrieb, der sie unterlegen war. Die Unwahrheit hatte sie lediglich gesagt, was den Ort des Kampfes betraf und die Absichten dieser Armee. In gewisser Hinsicht befand sie sich tatsächlich in den Bulgarbergen, denn existierte dieses Land nicht auf mysteriöse Weise in diesem Gebiet?

Als die Sonne immer tiefer sank, ließ auch die Katze sich langsam herab, bis sie es sich schließlich auf einem Ast nahe des Wipfels eines der höchsten Bäume bequem machte. Eine sanfte Brise strich durch den Wald. Die Blätter raschelten, und die Bäume wogten leicht, so daß sie vom Standpunkt der Katze wie die grünen Wellen eines Meeres aussahen.

Jetzt sprang die Katze auf einen tiefer liegenden Ast, und dann auf einen weiteren, ehe sie die Flügel ausbreitete und ein paar Fuß flog, bevor sie wieder festen Halt fand.

Langsam tauchte sie immer tiefer zu der Stadt hinab, deren Lichter noch weit unter ihr zu sehen waren. Es war nicht das erste Mal, daß Schnurri, denn so nannte ihr menschlicher Freund sie, für

Jhary-a-Conel auf Kundschaft ging, daß sie dort Späherdienste leistete, wo er oder seine Freunde es nicht selbst tun konnten.

Schließlich streckte sich Schnurri auf einem Zweig unmittelbar über der Stadtmitte aus. Virinthorm hatte keine Stadtmauern, denn eine Befestigung war seit langer Zeit nicht mehr nötig gewesen. Alle vornehmeren Häuser waren aus kunstvoll geschnitztem und poliertem Ebenholz errichtet und mit Elfenbein eingelegt, das von den Menschen an der Küste im Süden erstanden worden war. Diese Leute hatten früher einmal Wale gejagt, doch die wenigen Überlebenden wurden nun selbst gejagt. Die anderen Häuser waren aus Hartholz, denn Stein war in Garathorm eine Seltenheit. Sie alle wirkten freundlich und wohnlich – alle, die vom Feuer verschont geblieben waren, das die Invasoren gelegt hatten.

Noch tiefer tauchte die Katze herab, bis sie ihre Krallen in das glatte Dach eines hohen Gebäudes stieß und am First entlangkletterte.

Ein grauenvoller Gestank stieg von dieser Stadt zu ihr empor – der Gestank von Tod und Verwesung. Schnurri fand ihn gleichzeitig unangenehm und interessant, aber sie gestattete ihren Instinkten nicht, seinem Ursprung nachzugehen, um eigene Nachforschungen zu betreiben. Statt dessen breitete sie erneut die Flügel aus, flog von dem Gebäude fort und wieder zurück, ehe sie steil in die Tiefe tauchte und schließlich sanft durch ein offenes Fenster glitt.

Der ungewöhnliche sechste Sinn hatte die Katze nicht getäuscht. Sie befand sich in einem Schlafzimmer. Kostbare Brokat- und Seidengewänder lagen herum und auch Umhänge aus wertvollsten Federn. Das Bett war nicht gemacht und wirkte, genau wie der Rest des Gemachs, schrecklich unordentlich. Leere Trinkbecher waren überall verstreut, und es war nicht zu übersehen, daß im Lauf der vergangenen Wochen oder Monate viel Wein in diesem Zimmer verschüttet worden war. Auf dem Bett ruhte ein nackter Mann, und an seiner Seite schliefen aneinandergekauert zwei junge Mädchen, deren Leiber unzählige kleinere Verletzungen und Blutergüsse aufwiesen. Beide hatten schwarzes Haar und helle Haut. Das Haar des Mannes war von so grellem Gelb, daß es gefärbt zu sein schien, zumal, da sein Körperhaar nicht vom gleichen Ton war, sondern von einem rötlichen Braun. Sein Körper selbst war ungewöhnlich muskulös und maß gewiß gut sieben Fuß. Der Kopf war groß und lief von den breiten Backenknochen zum Kinn fast spitz zu. Ein barbarischer Schädel war es, aber doch verriet er eine Spur von Schwäche. Etwas an diesem spitzen Kinn und dem grausamen Mund verwischte den Eindruck, daß er gutaussehend war (obwohl zweifellos einige ihn dafür halten mochten), und ließen das Gesicht im Gegenteil merkwürdig abstoßend erscheinen.

Dieser Mann war Ymryl.

An einem Band um seinen Hals hing ein silberverziertes Horn aus Bernstein.

Das war Ymryl mit dem Gelben Horn!

Dieses Horn war meilenweit zu hören, wenn er hineinblies, um seine Mannen herbeizurufen. Man munkelte, daß der Ton dieses Hornes auch noch anderswo vernommen werden konnte. Ja, man raunte sich zu, daß es in der Hölle zu hören war, wo Ymryl Kumpane hatte.

Ymryl rührte sich, als spüre er die Anwesenheit der Katze. Schnell flog Schnurri zu einem Sims an der entferntesten Wand. Einmal hatten hier Siegestrophäen gestanden. Aber der goldene Schild, den einer von Ilians Vorfahren errungen hatte war schon vor Monaten heruntergezerrt worden. Ymryl hustete und ächzte, dann öffnete er seine Lider einen schmalen Spalt. Er rollte sich auf die andere Seite, stützte den Ellbogen auf den Rücken eines der Mädchen, und goß sich Wein aus dem Krug ein, der neben dem Bett auf einem Tischchen stand. Er leerte den Kelch in einem Zug, sog die Luft ein und setzte sich abrupt höher in dem Bett auf.

»Garko!« brüllte er. »Garko! Komm her!«

Aus einem anderen Zimmer schoß ein seltsames Geschöpf herein. Es hatte vier kurze Beine, einen runden Körper mit Gesicht, doch ohne das, was man normalerweise Kopf nennt, und lange spinnendürre Arme, die in riesigen Pranken ausliefen.

»Herr?« flüsterte Garko.

»Wie spät ist es?«

»Kurz nach Sonnenuntergang, Herr.«

»Also habe ich den ganzen Tag verschlafen, hm?« Ymryl stellte die Füße auf den Boden und schlüpfte in einen Mantel aus des Königs Garderobe. »Zweifellos war es wieder ein ereignisloser Tag gewesen. Nichts Neues aus dem Westen?«

»Nichts. Wenn sie einen Angriff planten, müßten wir es inzwischen wissen, Herr.«

»Das ist anzunehmen. Bei Arioch! Ich langweile mich immer mehr. Allmählich befürchte ich, daß wir alle irgendwie zur Strafe an diesen verdammten Ort verbannt wurden. Ich wollte nur, ich wüßte, in welcher Weise ich die Chaosherrscher beleidigt habe, wenn dem so ist. Anfangs waren wir alle überzeugt, man habe uns hier ein Paradies zum Plündern vorgesetzt. Wenige der Menschen hier verstanden etwas vom Kämpfen. Es war so einfach, ihre Städte zu erobern. Und jetzt gibt es nichts mehr für uns zu tun. Wie steht es mit den Experimenten des Zauberers?«

»Er versucht immer noch verzweifelt, mit seiner Dimensionsreisemaschine zurechtzukommen. Ich habe wenig Vertrauen in ihn, Herr.«

Ymryl zog die Nase hoch. »Nun, er hat das Mädchen für mich getötet – oder zumindest etwas Gleichwertiges mit ihr getan. Und noch dazu aus der Entfernung. Das war sehr geschickt. Vielleicht findet er doch noch einen Weg hindurch für uns.«

»Vielleicht, Herr.«

»Ich verstehe einfach nicht, weshalb selbst die Mächtigsten unter uns einfach nicht in der Lage sind, sich mit den Chaoslords in Verbindung zu setzen. Wenn ich nicht Ymryl mit dem Gelben Horn wäre, würde ich mich jetzt verlassen fühlen. Ich herrschte über ein großes Reich in meiner eigenen Welt, Garko. Ich regierte es im Namen des Chaos. Ich brachte Arioch viele Opfer dar, Garko. Sehr viele.«

»Das habt Ihr mir erzählt, Herr.«

»Und es sind noch andere hier, die Könige in ihren eigenen Welten waren. Manche herrschten über gewaltige Reiche. Und kaum einer von uns lebte zur gleichen Zeit, ja nicht einmal auf der gleichen Ebene. Das ist es, was mich so verwirrt. Jedes Geschöpf, ob nun menschlich oder nichtmenschlich, wie du, kam zu genau dem gleichen Zeitpunkt hier an und aus einer anderen Welt. Es kann nur das Werk Ariochs sein oder irgendeines anderen mächtigen Chaoslords, denn wir alle – oder nahezu alle – sind Diener dieser Herrscher der Entropie. Und trotzdem unterrichtet uns Arioch nicht von seinen Gründen, uns hierherzubringen.«

»Es könnte doch sein, daß er gar keine hat, Herr.«

Ymryl schnaubte abfällig. Ohne es wirklich böse zu meinen, gab er Garko einen Klaps. »Arioch tut nichts grundlos. Aber er ist gut zu jenen, die ihm dienen, ohne Fragen zu stellen – so wie ich ihm viele Jahre in meiner eigenen Welt diente. Ich dachte zuerst, meine Versetzung hierher wäre eine Belohnung . . .«

Ymryl nahm seinen Kelch, füllte ihn erneut und trat damit ans Fenster, durch das er auf die eroberte Stadt blickte. Dann legte er den gelbhaarigen Kopf ein wenig zurück und trank den Wein in einem Schluck. »Mir ist entsetzlich langweilig. Ich dachte, jene, die die westlichen Provinzen besetzten, würden bald Lust nach mehr Macht und Plündergut verspüren und versuchen, uns anzugreifen. Doch nun scheint mir, als seien sie nicht weniger vorsichtig als ich. Sie möchten nicht Ariochs Grimm auf sich lenken, indem sie über die anderen herfallen. Ich ändere langsam meine Meinung, was das betrifft. Ich glaube allmählich, daß Arioch eben gerade erwartet, daß wir gegeneinander kämpfen. Er möchte feststellen, wer der Stärkste ist. Das mag der Grund sein, weshalb er uns alle hierherversetzte. Eine Probe, verstehst du, Garko?«

»Eine Probe. Ja, ich verstehe, Herr.«

Ymryl schnüffelte. »Ruf den Zauberer. Ich möchte mich mit ihm beraten. Vielleicht kann er mir helfen, zu verstehen, was zu tun ist.«

Garko watschelte rückwärts aus dem Gemach. »Ich werde ihn rufen, Herr.«

Die kleine schwarz-weiße Katze beobachtete Ymryl, der mit zusammengezogenen Brauen überlegend im Zimmer hin- und herschritt. Eine ungeheure Kraft schien von diesem Mann auszuströmen, und doch war eine Unentschlossenheit an ihm zu spüren, die möglicherweise neu an ihm war. Vielleicht war er noch stärker gewesen, ehe er sich dem Chaos verschrieb. Man sagte, daß das Chaos jene verkrüppelte, die ihm dienten – und nicht immer nur physisch.

Wieder hielt Ymryl abrupt an und starrte um sich, als spüre er die Anwesenheit der Katze. Doch dann hob er nur den Kopf und murmelte fast flehend:

»Arioch! Weshalb zeigt Ihr Euch nicht? Weshalb schickt Ihr uns keine Botschaft?«

Ein paar Augenblicke blieb Ymryl erwartungsvoll stehen, doch dann setzte er sein Hin- und Hergerenne fort.

Wenig später kehrte Garko zurück.

»Der Zauberer ist hier, Herr.«

»Führe ihn herein.«

Eine gekrümmte Gestalt in langem, grünem Umhang, der mit schwarzen Schlangen bestickt war, kam herein. Über dem Kopf trug er eine Maske, die nach einem zustoßenden Schlangenschädel geformt war. Diese Maske war aus ziseliertem Platin geschmiedet und mit kostbaren Edelsteinen verziert.

»Weshalb habt Ihr mich gerufen?« Die Stimme des Zauberers klang durch die Maske leicht gedämpft und trotz ihrer hörbaren Unterwürfigkeit ein wenig quengelnd. »Ich war mit einem wichtigen Experiment beschäftigt.«

»Wenn dieses Experiment genauso erfolgreich ist wie die bisherigen, dann kann es ruhig ein wenig warten, Baron Kalan.«

»Ich nehme an, Ihr habt recht.« Die Schlangenmaske drehte sich nach links und nach rechts, als ihr Besitzer sich in dem hell beleuchteten Gemach umsah. »Was wolltet Ihr mit mir besprechen, Ymryl?«

»Ich wollte Eure Meinung über unsere Lage erfahren. Meine eigene kennt Ihr ja – daß wir aufgrund eines Planes der Chaosherrscher hier sind . . .«

»Ja. Und wie Ihr wißt, habe ich keinerlei Erfahrung mit diesen übernatürlichen Wesen. Ich bin Wissenschaftler. Wenn es solche Wesen gibt, dann scheinen sie mir unüberlegt, ja geradezu dumm zu handeln . . .«

»Schweigt!« Ymryl hob die Hand. »Ich dulde Eure Lästerungen, Baron Kalan, weil ich Eure Fähigkeiten respektiere. Ich habe Euch versichert, daß Herzog Arioch vom Chaos und die anderen nicht nur existieren, sondern ein großes Interesse an den Belangen der Menschheit zeigen, und zwar in jeder Beziehung.«

»Also gut, wenn ich diese Eure Ansicht akzeptieren muß, dann verstehe ich genausowenig wie Ihr, weshalb sie sich nicht zeigen. Meine Theorie hängt mit meiner persönlichen Erfahrung zusammen. Durch meine Experimente im Bereich der Zeitmanipulation verursachte ich einen gewaltigen Riß im Raumzeitgefüge, der unter anderem auch zu diesem Phänomen führte. Wie Ihr habe ich das Gefühl, hier gestrandet zu sein. Jedenfalls zeitigten keine meiner Bemühungen, meine Pyramide durch die Dimensionen zu schicken, den geringsten Erfolg. Das an sich ist schon ein Problem, auf das ich schwer eine Antwort finde. Es kam zweifellos zu einigen Verbindungen der Ebenen – aber weshalb so viele verschiedene Menschen und andere Kreaturen aus so unzähligen verschiedenen Ebenen sich so urplötzlich in dieser Welt fanden, genau wie wir, weiß ich nicht.«

Ymryl gähnte und spielte mit dem Gelben Horn. »Genau das gleiche hörte ich schon oft von Euch – daß Ihr es nicht wißt!«

»Ich versichere Euch, Ymryl, daß ich an dem Problem arbeite. Aber ich muß es auf meine eigene Weise tun ...«

»Oh, ich gebe Euch keine Schuld. Zauberer. Mir scheint es nur eines der ironischsten Dinge zu sein, daß von so vielen klugen Menschen hier keiner das Problem lösen kann. Die Sprachen, mit denen wir uns untereinander verständigen, klingen alle gleich, doch sind sie auf grundlegende Weise verschieden. Unsere Begriffe sind nicht dieselben. Was ich Zauberei nenne, bezeichnet Ihr als ›Wissenschaft‹. Ich spreche von Göttern und Ihr von den Gesetzmäßigkeiten der Wissenschaft. Es ist im Grunde genommen alles das gleiche. Nur die Worte als solche verwirren uns.«

»Ihr seid ein intelligenter Mann, Ymryl«, sagte Kalan, »daran besteht kein Zweifel. Ich frage mich nur, weshalb Ihr Eure Zeit so vergeudet. Ihr scheint wenig Befriedigung aus Euren Handlungen zu gewinnen, nicht einmal aus Eurem Blutvergießen, Huren und Saufen ...«

»Ihr fangt an, zu weit zu gehen, selbst für meine Langmut«, sagte Ymryl gefährlich sanft. »Ich muß meine Zeit irgendwie verbringen. Und ich habe wenig Respekt vor Gelehrsamkeit, außer wenn sie Nutzen bringt. Euer Wissen kam mir einmal zustatten. Ich hege nun geduldig die Hoffnung, daß es sich ein zweites Mal als brauchbar erweisen wird. Ich bin verdammt, Baron Kalan, das müßt Ihr verstehen. Ich weiß es. Verflucht, seit ich dieses Gelbe Horn, das um meinen Hals hängt, als Geschenk annahm. Dieses Horn half mir, vom Anführer einer Bande von Viehdieben zum Herrscher von Hythiak aufzusteigen – Hythiak ist das mächtigste Reich meiner Welt!« Ymryl lächelte düster. »Herzog Arioch persönlich gab mir das Horn. Ich brauchte nur hineinzublasen, um Hilfe aus der Hölle herbeizuholen, wann immer ich sie benötigte. Es machte mich groß. Doch gleichzeitig machte es mich auch zum Sklaven der Chaosherrscher. Nie kann ich dieses Geschenk zurückgeben oder mich sonstwie von ihm befreien, genauso wenig wie ich mich weigern kann, den Chaoslords zu dienen. Und da ich verdammt bin, habe ich keine Freuden am Leben. Ich hatte großen Ehrzgeiz, als ich noch ein Viehdieb war. Nun empfinde ich nur noch Sehnsucht nach dieser glücklichen Zeit, als ich meine Tage mit Saufen, Morden und Huren zubrachte.« Ymryls finsteres Lächeln weitete sich zu einer Grimasse. »Ich fürchte, ich habe sehr wenig durch diesen Handel gewonnen.«

Er legte einen Arm um die gebeugten Schultern des Zauberers und führte ihn aus dem Zimmer.

»Kommt. Zeigt mir, welche Fortschritte Ihr mit Euren Experimenten gemacht habt.«

Die kleine Katze kroch ein wenig näher an den Rand des Simses und blickte hinunter. Die beiden jungen Mädchen schliefen noch fest verschlungen.

Schnurri hörte das Echo von Ymryls Gelächter aus dem Korridor. Sie setzte vom Sims ab, flog über das Bett, zum Fenster hinaus und zurück zu Jhary-a-Conel.

3. Eine Zusammenkunft im Wald

»Also können wir bald mit Streitigkeiten unter den Invasoren rechnen«, sagte Jhary-a-Conel. Auf irgendwelche rätselhafte Weise hatte die Katze ihm alles mitgeteilt, was sie gesehen und gehört hatte. Er kraulte ihr rundes Köpfchen, und sie schnurrte.

Der Morgen dämmerte bereits. Katinka van Bak führte drei Pferde aus dem Tunnel heraus. Zwei davon waren edle Tiere, Hengste, beide. Das dritte war Jharys gelber Gaul. Ilian hatte sich inzwischen daran gewöhnt, Dinge als vertraut zu empfinden, die sie sicher war, nie zuvor gesehen zu haben. Sie kletterte auf einen der beiden Hengste und machte es sich im Sattel bequem, ehe sie die Waffen begutachtete, die in eigenen Hüllen davon hinunterhingen – das Schwert und die Lanze mit dem merkwürdigen rubinähnlichen Stein, wo normalerweise die eiserne Spitze sein sollte.

Ohne darüber nachzudenken, suchte sie nach dem Edelsteinknopf etwa in Schaftmitte. Sie wußte, daß, wenn sie ihn drückte, eine Flamme aus dem Rubinende der Lanze schösse. Philosophisch zuckte sie die Schultern. Sie war froh, eine Waffe zu haben, die ebenso wirkungsvoll zu sein schien wie so manche, über die Ymryls Krieger verfügten. Sie bemerkte, daß Katinka van Bak eine gleiche Waffe hatte, während Jhary-a-Conels mehr üblicher Art waren, nämlich eine ganz normale Lanze, ein Schild und ein Schwert.

»Was ist mit diesen Göttern, in die Ymryl offenbar sein ganzes Vertrauen setzt?« fragte Katinka van Bak Jhary, als sie in den gigantischen Wald ritten. »Gibt es sie wirklich?«

»Es gab sie einst – oder wird sie geben. Ich nehme an, daß sie ins Dasein gerufen werden, wenn die Menschen fest genug an sie glauben. Aber ich kann mich natürlich auch täuschen. Doch seid versichert, Katinka van Bak, daß sie, wenn sie existieren, ungemein mächtig sind.«

Katinka van Bak nickte. »Aber weshalb helfen sie dann Ymryl nicht?«

»Es wäre möglich, daß sie es tun, ohne daß Ymryl es merkt«, gab Jhary zu bedenken. Er atmete tief die frische, süßliche Luft ein. Bewundernd betrachtete er die riesigen Blüten, die verschiedenen Grün- und Brauntöne der Bäume. »Doch oft sind diese Götter nicht in der Lage, persönlich menschliche Welten zu betreten. Sie müssen deshalb durch Mittelsmänner wie Ymryl handeln. Nur ein mächtiger Zauberer könnte Arioch eine Tür öffnen, glaube ich.«

»Und dieser Lord des Dunklen Imperiums – dieser Baron Kalan – hat nicht die nötigen Fähigkeiten dazu?«

»Seine Fähigkeiten wären zweifellos ausreichend – in seiner eigenen Dimension. Aber wenn er nicht an Arioch glaubt, kann er Ymryl nicht helfen. Zum Glück für uns.«

»Der Gedanke an noch mächtigere Kreaturen als Ymryl und seine Meute, mit der er Garathorm eroberte, ist nicht sehr angenehm«, murmelte Ilian. Obgleich die merkwürdigen Halberinnerungen, die ihr von Zeit zu Zeit durch den Kopf huschten, sie nicht störten, war ihre Stimmung doch immer düsterer geworden, seit sie sich an ihren Verrat an ihrem Bruder Bradne erinnert hatte. Sie hatte seine Leiche selbst nicht gesehen, aber gehört, daß nicht viel davon übrig war, als Ymryls Schlachter sie zur Stadt zurückbrachten. Denn kurz zuvor, noch ehe Ymryl sich an Ilians Grauen erfreuen konnte, hatte Katinka van Bak sie aus dem Kerker geholt.

Ymryl hatte sich ausgemalt, was folgen würde. Sie wäre so voll Abscheu vor sich selbst gewesen, daß sie alles getan hätte, was er von ihr verlangte. Sie wußte, sie hätte sich ihm schon fast voll Dankbarkeit ergeben, nur um ihre schreckliche Schuld zu sühnen. Sie stieß pfeifend den Atem aus, als sie sich ihrer Gefühle erinnerte. Nun, zumindest hatte sie Ymryl diese Genugtuung versagt.

Geringer Trost, dachte sie zynisch. Aber sie hätte sich keineswegs besser gefühlt, wenn sie mit Ymryl das Bett hätte teilen müssen. Es hätte ihr Schuldgefühl nicht gemindert, sondern lediglich ihre Hysterie zu diesem Zeitpunkt noch erhöht. Nie würde sie ihr eigenes Gewissen beruhigen können, auch wenn keiner ihrer Freunde ihr die Schuld für das Geschehene gab. Aber zumindest konnte sie aus ihrem Haß das Beste machen. Sie war entschlossen, Ymryl und alle seine Kumpane zu vernichten, obgleich sie sicher war, daß das zu ihrem eigenen Untergang führen würde. Aber genau das war es, was sie bezweckte. Keinesfalls würde sie sterben, ehe nicht Ymryl geschlagen oder tot war!

»Wir müssen mit der Möglichkeit rechnen, daß Eure Landsleute sich uns nicht zeigen werden«, gab Katinka van Bak zu bedenken. »Die, die Ymryl nicht bekämpfen, sind vorsichtig geworden, und befürchten Verrat von jeder Seite.«

»Und vor allem von mir«, murmelte Ilian bitter.

»Sie wissen vielleicht gar nichts von Eures Bruders Gefangennahme und Ermordung«, meinte Jhary. »Oder zumindest nicht von den Umständen, die dazu führten . . .«

»Ymryl wird dafür gesorgt haben, daß jeder Eures Volkes erfuhr, was Ihr getan habt«, widersprach Katinka van Bak Jhary. »Das würde jedenfalls ich an seiner Stelle tun. Und Ihr könnt Euch darauf verlassen, daß er die Tatsachen so auslegte, wie es am besten in seinen Kram paßte. Nachdem die letzte Angehörige des Königshauses sich als Verräterin erwiesen hat, wird der Widerstand des Volkes geringer werden, und Ymryl hat dadurch leichtes Spiel. Ich habe selbst viele Städte erobert und weiß, was man tun muß. Und ganz sicher war auch Virinthorm nicht Ymryls erste Stadt. Wenn er Euch nicht auf eine Weise benutzen konnte, Ilian, tat er es eben auf eine andere.«

»Keine Auslegung meines Verrats kann schlimmer sein als die Wahrheit«, sagte Ilian leise.

Die ältere Frau schwieg. Sie preßte die Lippen aufeinander, stieß dem Pferd die Absätze in die Seite, und ritt voraus.

Fast den ganzen Tag brachen sie sich einen Weg durch den verschlungenen Wald. Je tiefer sie kamen, desto dunkler wurde es – aber es war eine beruhigende Dunkelheit von tiefem Grün und voll des würzigen Duftes. Sie befanden sich nordöstlich von Virinthorm und entfernten sich von der Stadt. Katinka glaubte zu ahnen, wo sie einige der überlebenden Garathormer finden mochten.

Endlich kamen sie auf eine warme, sonnenbeschienene Lichtung, an deren Helligkeit ihre Augen sich erst gewöhnen mußten. Katinka van Bak deutete auf die andere Seite dieser Lichtung.

Ilian sah dunkle Formen unter den Bäumen, unebene, ausgezackte Formen. Da erinnerte sie sich.

»Ja, natürlich!« rief sie. »Tikaxil! Ymryl weiß nichts von dieser alten Stadt!«

Tikaxil hatte es lange vor Virinthorm gegeben. Es war einst eine blühende, wohlhabende Handelsstadt gewesen, die Wiege von Ilians Vorfahren. Eine befestigte Stadt war es, mit Mauern aus starken Hartholzblöcken, von denen einer auf den anderen gesetzt war. Die meisten dieser Blöcke waren inzwischen verschwunden, aber ein paar Bruchstücke der Brustwehr waren doch zurückgeblieben. Und es gab noch ein paar Ebenholzhäuser, die, obwohl sie hinter den dichten Ranken und niedrigen Zweigen kaum noch als solche zu erkennen waren, doch noch fast so bewohnbar waren wie zu der Zeit, als man sie neu errichtet hatte.

In der Mitte der Lichtung hielten die drei an. Sie blieben jedoch auf ihren Tieren sitzen und sahen sich vorsichtig um. Riesige Äste bewegten sich über ihnen im Wind, und fleckige Schatten huschten über das Gras.

Ilian sah diese Schatten als jene von Menschen. Es war leicht möglich, daß Ymryls Männer sich hier einquartiert hatten und nicht ihre eigenen Leute – falls überhaupt jemand sich hier befand. Ihre Hand lag um den Schaft der so merkwürdig vertrauten Flammenlanze, jederzeit bereit, einen Angriff abzuwehren.

Katinka van Bak hob die Stimme und sprach deutlich betont:

»Wenn ihr unsere Freunde seid, werdet ihr uns erkennen. Ihr

werdet wissen, daß wir hier sind, um uns mit euch gegen Ymryl zu verbünden.«

»Es scheint niemand hier zu sein«, meinte Jhary-a-Conel. Er stieg vom Pferd und sah sich weiterhin wachsam um. »Aber jedenfalls ist es ein guter Platz, um die Nacht zu verbringen.«

»Seht! Das ist eure Königin Ilian, Pyrans Tochter! Erinnert ihr euch, wie sie das flammende Banner gegen Ymryls Armee in die Schlacht trug? Und ich bin Katinka van Bak und euch gewiß ebenfalls als Ymryls Feindin bekannt. Das hier ist Jhary-a-Conel. Ohne seine Hilfe stünde eure Königin heute nicht hier.«

»Ihr haltet nur den Vögeln und Eichhörnchen eine Ansprache, Katinka van Bak«, brummte Jhary-a-Conel. »Es sind keine Garathormer hier.«

Er hatte seinen Satz kaum beendet, als die Netze auch schon über ihre Köpfe flogen. Dank ihrer Erfahrung wehrten die drei sich nicht dagegen, sondern versuchten völlig ruhig, ihre Schwerter aus den Scheiden zu ziehen, um sich freizuschneiden. Aber Katinka und Ilian saßen immer noch auf ihren Pferden. Ilian wäre es schon fast geglückt, sich aus den Maschen zu befreien, aber ihr Hengst wieherte vor Angst und bäumte sich ständig auf. Nur Jhary, der bereits im Gras gestanden hatte, konnte unter dem Netzrand hindurchschlüpfen und stand mit der Klinge in der Hand bereit, als etwa zwanzig Männer und Frauen von hinter den Brustwehrruinen hervorstürmten.

Ilians Arme verfingen sich in den teilweise zerschlitzten Maschen des Netzes, und als sie versuchte, wenigstens davon freizukommen, rutschte sie von dem unruhigen Pferd und landete unsanft auf dem Boden.

Jemand stieß sie heftig in den Bauch. Sie zog vor Schmerz die Luft ein und hörte verschiedene Stimmen sie mit Beleidigungen überschütten, obgleich sie die einzelnen Worte nicht verstand.

Katinka van Bak hatte ganz offensichtlich die Situation falsch eingeschätzt. Diese Menschen waren zweifellos keine Freunde.

4. Ein Pakt wird geschlossen

»Ihr seid Dummköpfe!« sagte Katinka van Bak geringschätzig. »Ihr verdient die Chance nicht, die wir euch bieten. Eure Handlung paßt wunderbar in Ymryls Pläne. Seht ihr denn nicht ein, daß ihr genau das tut, was er sich von euch erhofft?«

»Schweigt!« Der junge Mann mit der Narbe quer über dem Kinn funkelte sie böse an.

Ilian hob den Kopf und schüttelte schwach den Kopf, um ihr Gesicht von den schweißnassen Haarsträhnen zu befreien. »Weshalb versucht Ihr es denn immer wieder, Katinka? Aus ihrer Sicht gesehen, haben sie schließlich recht.«

Seit drei Tagen hingen sie schon an den Armen von einem Baum. Sie wurden nur heruntergelassen, um etwas Essen zu sich zu nehmen und sich erleichtern zu können. Doch trotz des damit verbundenen Schmerzes war es nichts, verglichen mit dem, was Ilian in Ymryls Kerker erduldet hatte. Am ersten Tag hatte sie noch mehrere Tritte in den Magen bekommen. Man hatte sie angespuckt, sie geschlagen, sie gedemütigt. Aber es machte ihr nichts aus. Sie hatte es verdient, weshalb also dagegen aufbegehren?

»Sie vernichten sich selbst, wenn sie uns vernichten«, sagte Jhary-a-Conel ruhig. Auch er schien die Schmerzen kaum zu empfinden. Es hatte den Anschein, als habe er während ihrer Folter die meiste Zeit geschlafen. Seine schwarz-weiße Katze war verschwunden.

Der junge Mann blickte von Ilian zu Katinka und Jhary. »Wir sind ohnehin zum Untergang verdammt«, brummte er. »Es wird nicht mehr lange dauern, bis Ymryls Bluthunde uns aufstöbern.«

»Genau das wollte ich damit andeuten«, warf Katinka van Bak ein.

Ilian blickte über die Ruinen der alten Stadt. Von den Stimmen angelockt, kamen die anderen zu dem Baum, an dem die drei Gefangenen hingen. Ilian erkannte viele der Gesichter. Es waren junge Menschen, mit denen sie in den guten alten Tagen viel zusammen gewesen war. Sie gehörten zu den von Katinka van Bak ausgebildeten Kämpfern, die Ymryl am längsten widerstanden hatten, und dazu kamen noch ein paar Bürger, denen es entweder geglückt war, aus Virinthorm zu fliehen, oder die sich zur Zeit der Eroberung nicht in der Stadt aufgehalten hatten. Es gab keinen einzigen unter ihnen, der sie nicht haßte, wie man nur jemanden hassen kann, den man einmal aus tiefster Seele bewundert und verehrt hatte und dann feststellen muß, wie verachtenswert er war.

»Kein einziger – weder unter euch noch uns – ist hier, der Ymryl nicht die Information gegeben hätte, die er aus ihr herausfolterte«, sagte Katinka van Bak hart. »Ihr kennt das Leben schlecht, wenn ihr das nicht versteht. Ihr seid immer noch weich, auch wenn ihr als Kämpfer euren Mann steht. Ihr seid ganz einfach nicht realistisch. Wir sind die einzige Chance für euch, gegen Ymryl zu kämpfen und diesen Kampf zu gewinnen. Uns zu mißhandeln bedeutet, euch ins eigene Fleisch zu schneiden. Vergeßt euren Haß auf Ilian – zumindest bis wir Ymryl besiegt haben. Ihr habt zu wenige Hilfsmittel, meine Freunde, als daß ihr die besten mißachten dürftet!«

Der junge Mann mit der Narbe hieß Mysenal von Hinn. Er war ein entfernter Verwandter Ilians. Früher einmal, dessen war Ilian sicher, hatte er sie glühend verehrt, wie so viele junge Männer des Hofes. Mysenal runzelte die Stirn. »Eure Worte klingen durchaus vernünftig, Katinka van Bak«, gestand er. »Und Ihr wart uns früher auch ein guter Ratgeber. Aber wie sollen wir jetzt wissen, daß diese sinnvoll klingenden Worte nicht benutzt werden, um uns hereinzulegen? Aus allem, was uns bekannt ist, könnte es doch ohne weiteres sein, daß Ihr einen Pakt mit Ymryl abgeschlossen habt, um uns in seine Hände zu spielen.«

»Ihr dürft nicht vergessen, daß ich Katinka van Bak bin. Etwas Derartiges würde ich nie tun.«

»Königin Ilian verriet ihren eigenen Bruder«, gab Mysenal zu bedenken.

»Unter unerträglichen Martern«, erinnerte Katinka ungeduldig. »Ich hätte sicher unter den gleichen Umständen auch dasselbe getan. Habt ihr denn überhaupt eine Ahnung, wie geschickt Ymryl in dieser Beziehung ist?«

»Ein wenig«, gestand Mysenal. »Doch . . .«

»Und weshalb, glaubt ihr, würden wir hierherkommen, wenn wir mit Ymryl im Bunde stehen? Da wir ohnehin wußten, wo ihr euch versteckt hieltet, hätten wir es ihm doch nur zu berichten brauchen. Er hätte einen starken Trupp geschickt, der euch überrascht und vernichtet hätte . . .«

»Nicht überrascht. Wir haben Wachen auf den höchsten Ästen in einem Umkreis von mehr als einer Meile. Wir wären sofort darauf aufmerksam geworden und hätten uns in Sicherheit gebracht. Wir wußten schließlich auch, daß ihr kamt, und hatten uns darauf vorbereitet oder vielleicht nicht?«

»Allerdings. Aber trotzdem solltet ihr meine Worte bedenken.«

Mysenal von Hinn seufzte. »Einigen von uns ist es ein größeres Bedürfnis, sich an dieser Verräterin zu rächen, als gegen Ymryl zu kämpfen. Manche von uns sind der Ansicht, daß wir hier ein neues Leben beginnen sollten, in der Hoffnung, daß Ymryl uns vergißt.«

»Das wird er nicht. Er langweilt sich und wird bald auf die Idee kommen, euch höchstpersönlich zu jagen. Er duldet euch hier lediglich, weil er annahm, daß jene, die den Westen eroberten, sich bereits daranmachten, Virinthorm anzugreifen. Nur deshalb hielt er den größten Teil der Streitkräfte in der Stadt. Aber jetzt weiß er, daß der Westen in nächster Zeit keinen Angriff auf ihn beabsichtigt. Und so wird er Zeit haben, sich an euch zu erinnern.«

»Die Invasoren sind sich uneinig?« Mysenal klang interessiert. »Sie kämpfen gegeneinander?«

»Noch nicht. Aber es ist unausbleiblich. Ich sehe, Ihr erkennt die Bedeutung. Das war eines der Dinge, derentwegen wir zu euch kamen.«

»Wenn sie übereinander herfallen, haben wir eine größere Chance, die zu schlagen, die Virinthorm einnahmen!« Mysenal rieb sich die Narbe. »Ja.« Dann runzelte er erneut die Stirn. »Aber diese Information könnte auch zu eurer List gehören, uns hereinzulegen.«

»Es ist schwierig, die Wahrheit zu erkennen«, warf Jhary-a-Conel müde ein. »Weshalb akzeptiert ihr nicht ganz einfach die Tatsache, daß wir kamen, um uns mit euch gegen Ymryl zu verbünden? Es ist die logischste Erklärung.«

»Ich glaube ihnen.« Ein Mädchen rief es. Es war Lyfeth, Ilians älteste Freundin, die ihren Bruder geliebt hatte.

Lyfeths Worte hatten Gewicht, denn schließlich hatte das Mädchen am meisten Grund, Ilian zu hassen.

»Ich bin dafür, daß wir sie herunterholen, für eine Weile zumindest. Wir sollten uns alles in Ruhe anhören, was sie zu sagen haben. Katinka van Bak verdanken wir es schließlich, daß wir Ymryl wenigstens einen gewissen Widerstand bieten konnten, das solltet ihr nicht vergessen. Und gegen diesen Jhary-a-Conel haben wir überhaupt nichts. Was – was Ilian betrifft«, ganz offenbar fiel es Lyfeth schwer, diesen Namen auch nur auszusprechen, »könnte es doch sein, daß sie tatsächlich Abbuße für ihren Verrat leisten will. Ich will nicht behaupten, daß ich Bradne nicht verraten hätte, wenn man mich all diesen Foltern ausgesetzt hätte, wie Katinka van Bak sie beschrieb. Ilian war meine Freundin, und ich hielt sehr viel von ihr – wie wir alle! Sie kämpfte tapfer im Namen ihres gefallenen Vaters, unseres geliebten Königs. Ja, ich bin bereit, ihr zu trauen – mit einer Spur Vorsicht, zugegeben.«

Lyfeth trat unter Ilian.

Ilian senkte den Kopf und schloß die Augen. Sie konnte Lyfeth nicht ins Gesicht sehen.

Aber Lyfeth streckte eine Hand aus, faßte Ilian am Kinn und zwang ihr Gesicht hoch.

Ilian öffnete die Augen und bemühte sich, Lyfeths Blick standzuhalten. Lyfeths Miene verriet eine Mischung aus Haß und Mitgefühl.

»Hasse mich, Lyfeth von Ghant«, murmelte Ilian so, daß nur ihre ehemalige Freundin sie hören konnte. »Ich verlange gar nicht, daß du noch Sympathie für mich empfindest. Aber höre mich auch an, denn ich bin wirklich nicht gekommen, um euch zu verraten.«

Lyfeth biß sich auf die Unterlippe. Sie war einmal bezaubernd schön gewesen – schöner noch als Ilian –, aber nun wirkte ihr Gesicht hart, und ihre Haut war rauh und bleich. Ihr früher langes seidiges Haar war jetzt kurzgeschnitten und stumpf. Sie trug keinen Schmuck, wie sie ihn vorher so geliebt hatte. Ihr geflickter Kittel war grün, um sich nicht vom Laubwerk des Waldes abzuheben, und an der Taille mit einem breiten, handgewebten Gürtel zusammengehalten, von dem ein Schwert und ein Jagdmesser hingen. Ihre nackten Füße steckten in Sandalen mit dicker Sohle. Ihre Kleidung war genau wie die der anderen hier auch. Mit ihrem Kettenhemd und den geschmeidig weichen Beinkleidern fühlte Ilian sich hier fehl am Platz.

»Ob du gekommen bist, uns zu verraten oder nicht, ist nicht von großer Bedeutung«, erwiderte Lyfeth, »denn wir haben nach wie vor jeden Grund, dich für deinen Verrat an Bradne zu bestrafen. Eine sehr unzivilisierte Einstellung, Ilian, das ist mir klar, aber ich fürchte, keiner von uns kann dagegen an. Wir sind jedoch bereit, auf dich zu hören, wenn du wahrhaftig einen Weg weißt, Ymryl zu schlagen. Katinka van Bak hat uns mit ihren Vernunftgründen so gut wie überzeugt.« Lyfeth nahm ihre Hand von Ilians Kinn und wandte sich um: »Schneidet sie herunter.«

»Ymryl mit dem Gelben Horn beschäftigt sich bereits mit Plänen, den Westen anzugreifen«, erklärte Jhary-a-Conel. Schnurri war zurückgekehrt und hatte sich auf ihrem Lieblingsplatz auf seiner Schulter niedergelassen. Abwesend streichelte Jhary sie, während er Mysenal und den anderen berichtete, was er durch ihre Hilfe erfahren hatte. »Wißt ihr, wer jetzt über den Westen herrscht?«

»Ein Kagat namens Bärenpranke hat die Städte Bekthorm und Rivensz eingenommen«, erwiderte Lyfeth. »Aber wir erfuhren vor kurzem, daß er von einem Rivalen getötet worden sein soll und daß nun an seiner Statt zwei oder drei andere ihr blutiges Zepter schwingen, unter ihnen ein Arnald von Grovent, der wenig Ähnlichkeit mit einem Menschen hat. Sein Körper ist der eines Löwen, und der Kopf der eines Affen, aber er geht aufrecht auf zwei Beinen.«

»Eine Chaos-Kreatur«, sagte Jhary-a-Conel nachdenklich. »Es sind sehr viele davon hier. Es sieht ganz so aus, als hätte man alle, die dem Chaos dienen, hierher nach Garathorm verbannt! Ein sehr unangenehmer Gedanke.«

»Was ist mit Poytarn und Masgha?« fragte Ilian. Das waren zwei weitere größere Städte im Westen.

Mysenal blickte sie erstaunt an. »Ihr habt nicht davon gehört? Eine riesige Explosion zerstörte Masgha – und alle, die sich in der Stadt aufhielten. Die Explosion hatte nichts mit einem Widerstand gegen die Eroberer zu tun, sondern war offenbar dem Experiment eines Zauberers zuzuschreiben.«

»Und Poytarn?«

»Gebrandschatzt und leer. Die Plünderer zogen weiter, offenbar in der Hoffnung, anderswo noch reichere Beute zu machen. Sie werden sehr enttäuscht worden sein, denn die Städtchen an der Küste sind längst verlassen. Die Küstenbewohner hatten von uns allen noch das meiste Glück, denn sie konnten sich rechtzeitig über das Meer absetzen und zu fernen Inseln flüchten. Die Invasoren haben keine Schiffe und waren deshalb nicht in der Lage, sie zu verfolgen. Ich hoffe, es geht ihnen gut. Wir hätten es ihnen gern nachgemacht, aber bedauerlicherweise verfügen auch wir nicht über Schiffe.«

»Sie haben keine Gegenangriffe versucht?«

»Noch nicht«, erwiderte Lyfeth. »Aber wir hoffen, sie werden es bald tun.«

»Oder überhaupt nicht«, warf jemand ein. »Sie haben vermutlich genug Verstand, die richtige Zeit abzuwarten – oder werden die Probleme auf dem Festland überhaupt vergessen.«

»Trotzdem sind sie potentielle Verbündete«, sagte Katinka van Bak erfreut. »Ich hatte keine Ahnung, daß so viele entkommen konnten.«

»Aber wir haben keine Möglichkeit, uns mit ihnen in Verbindung zu setzen«, gab Lyfeth zu bedenken. »Wie schon gesagt, uns sind keine Schiffe geblieben.«

»Wir finden vielleicht andere Mittel. Doch damit beschäftigen wir uns später.«

»Ich glaube, Ymryl setzt sehr viel Vertrauen in das Gelbe Horn, das er um den Hals trägt«, sagte Ilian nachdenklich. »Wenn man es stehlen oder vernichten könnte, würde das vielleicht sein Selbstvertrauen erschüttern. Vielleicht gewinnt er sogar tatsächlich seine Kraft aus diesem Horn, wie er selbst fest glaubt. Ist das wirklich der Fall, wäre es um so mehr Grund, ihn davon zu trennen.«

»Ein guter Gedanke«, gab Mysenal zu, »aber wohl nicht so leicht in die Tat umzusetzen. Was meint Ihr, Katinka van Bak?«

Katinka nickte. »Aber es ist ein wichtiger Faktor, und wir müssen sehen, ob sich in dieser Beziehung nicht etwas tun läßt.« Sie rieb sich die Nase. »Als erstes brauchen wir jedenfalls bessere Waffen, als ihr hier habt. Etwas Moderneres. Wenn jeder von uns mit einer Flammenlanze bewaffnet wäre, könnten wir unsere Schlagkraft verdreifachen. Wie viele seid ihr hier, Lyfeth?«

»Dreiundfünfzig.«

»Also brauchen wir vierundfünfzig gute Waffen – die zusätzliche für Jhary-a-Conel, dessen Waffen so primitiv wie eure sind. Energiewaffen sollten es sein ...«

»Ich sehe, worauf Ihr hinaus wollt«, murmelte Jhary. »Ymryl und die anderen verfügen über solche Waffen und werden sie natürlich in ihrem unvermeidlichen Kampf gegeneinander einsetzen. Wenn wir zu diesem Zeitpunkt ebenfalls im Besitz von, sagen wir, Flammenlanzen sind, haben wir eine bedeutend größere Chance als mit unseren Schwertern und Äxten allein.«

»Richtig. Das Problem ist jedoch, wie an eine solche Menge derartiger Waffen heranzukommen?«

»Dazu müßten wir nach Virinthorm hineingelangen«, murmelte Ilian. Sie erhob sich, streckte, vor Schmerz leicht zusammenzuckend, ihre mit Blutergüssen überzogenen Glieder aus. Sie hatte ihren Kettenpanzer gegen einen grünen Kittel ausgetauscht, wie ihn die anderen trugen. Sie hatte alles getan, um ihren früheren Freunden zu zeigen, daß sie nichts mehr begehrte, denn als eine von ihnen anerkannt zu werden. »Dort können wir solche Waffen finden.«

»Und den Tod!« warf Lyfeth ein. »Zweifellos wartet dort der Tod auf uns.«

»Wir müßten natürlich alles tun, daß man uns nicht entdeckt!« Katinka van Bak strich sich über die Lippen.

»Besser noch«, meinte Jhary-a-Conel, »wir schaffen die Waffen zu uns.«

»Was soll das heißen?« fragte ihn Ilian erstaunt.

5. Einbruch in Virinthorm

Sie waren acht.

Ilian schritt den anderen voraus. Sie trug nun wieder ihren glänzenden Kettenpanzer und den Helm über dem goldenen Haar, dazu das schmale Schwert in den behandschuhten Fingern.

Über die breiten Äste der hohen Bäume führte sie die sieben, als befände sie sich auf festem Boden, denn die Baumwege waren ihr von Kindheit an vertraut.

Virinthorm lag vor ihnen.

Über den Rücken hatte sie sich eine der beiden Flammenlanzen geschlungen. Die andere war mit Katinka van Bak im Lager zurückgeblieben.

Ilian hielt an, als sie den Außenbezirk von Virinthorm erreichten und sie die Eroberer auf den Straßen der Stadt sehen konnten.

Virinthorm war seit der Übernahme durch Ymryls Armee in verschiedene Lager aufgegliedert, und in jedem Lager hatte sich eine bestimmte Gruppe von Menschen und anderen Kreaturen aus ähnlichen Ären oder Welten, oder solche Wesen, die sich körperlich ähnlich waren, zusammengefunden.

Das Lager, das Ilian und ihre kleine Gruppe jetzt auskundschafteten, war von ihr extra dafür ausgewählt worden. In ihm hausten Krieger, die in vielerlei Hinsicht den Menschen ähnlich, aber doch keine Menschen waren.

Die Züge dieser Geschöpfe – die aus verschiedenen Raumzeitgefügen gerissen und hierher versetzt worden waren – waren Ilian vertraut. Und nun, da sie sie näher betrachtete und beobachtete, fiel es ihr schwer, ihren Plan in die Tat umzusetzen. Sie waren alle groß und schlank und gutgewachsen, hatten schillernde, mandelförmige Augen mit gelber oder blauer Pupille und purpurner oder silberner Iris, breite, volle Lippen, und eine intensiv rosige, seltsame goldgesprenkelte Haut. Sie bewegten sich mit einer Grazie, die den menschlichen Gang wie das Watscheln einer Ente erscheinen ließ. Zweifellos entstammten sie einer stolzen und intelligenten Rasse, und es war offenkundig, daß sie nichts mit den anderen zu tun haben wollten. Ilian wußte aber auch, daß gerade sie von allen Invasoren am grausamsten vorgehen konnten.

»Nennt sie die Älteren, oder Vadhagh, oder Melnibonéaner«, hatte Jhary-a-Conel zu ihr gesagt, »aber vergeßt nicht, daß sie alle von Grund auf verderbt sind, sonst hätten sie sich nicht mit Ymryl zusammengetan, und daß sie dem Chaos aus freiem Willen dienen, genau wie Ymryl. Gestattet Euch kein Bedauern für sie.«

Ilian zog die Flammenlanze von ihrem Rücken und bahnte sich einen Weg zur gegenüberliegenden Seite der Enklave dieser Nichtmenschen. Auf dieser Seite hatte sich nämlich ein Trupp von Kriegern zusammengetan, die alle gegen Ende des Tragischen Jahrtausends oder unmittelbar danach geboren waren. Als Gruppe waren sie eine der bestbewaffneten. Jeder von ihnen hatte zumindest eine Flammenlanze.

Bis zur Abenddämmerung war noch etwa eine Stunde. Ilian hatte die Zeit richtig ausgesucht. Aufs Geratewohl richtete sie ihre Flammenlanze auf einen der nichtmenschlichen Krieger mit einer Sicherheit und Geschicklichkeit, die sie eigentlich gar nicht haben durfte, und drückte auf den Juwelenknopf. Sofort schoß ein Strahl roten Lichts aus der Rubinspitze und brannte ein Loch durch Harnisch, Brust und Rücken des Getroffenen. Dann nahm Ilian den Finger vom Knopf und zog sich zwischen das dichtere Laubwerk zurück, um zu beobachten, was nun geschehen würde.

Schon hatte sich eine große Menge der Krieger um den Toten versammelt. Viele der fremdartigen Männer deuteten auf das anschließende Lager. Schwerter glitten aus ihren Hüllen. Ilian hörte Flüche, ein wütendes Durcheinanderrufen. Bis jetzt ging alles nach Plan. Die Nichtmenschlichen waren offenbar zu dem Schluß gekommen, daß einer von den Flammenlanzenträgern den hinterhältigen Mord begangen hatte.

Etwa dreißig der nichtmenschlichen Krieger, deren Rüstung und Kleidung verschiedenster Art waren und von denen jeder sich ein wenig vom anderen unterschied, ließen den Toten liegen und machten sich mit finsteren Gesichtern auf den Weg zum Lager nebenan.

Ilian lächelte, während sie sie beobachtete. Ihre alte Freude an Kampf, Taktik und Strategie kehrte zurück.

Sie sah die Nichtmenschen gestikulieren, als sie das nächste Lager erreichten. Menschliche Krieger kamen aus den Häusern gerannt und schnallten sich im Laufen die Schwertgürtel um. Ilian wußte, daß Ymryl innerhalb der Lager die Benutzung von Energiewaffen verboten hatte, und daß gerade deshalb dieses Verbrechen besonders schwerwiegend war. Aber sie erwartete nicht, daß es deswegen nun gleich zu einem regelrechten Kampf kommen würde. Sie hatte bemerkt, daß die Disziplin in den Lagern strikt genug war, um Streitigkeiten zwischen den verschiedenen Gruppen zu verhindern.

Schwerter aus dem Tragischen Jahrtausend blitzten im Licht der untergehenden Sonne, aber noch wurden sie nicht benutzt. Ein Mann, der ganz offensichtlich der Führer der Nichtmenschlichen war, redete erregt auf den menschlichen Führer des anschließenden Lagers ein. Dann kehrten die Nichtmenschen, begleitet von einer Gruppe der Menschen, in ihr Lager zurück, und alle betrachteten die Leiche. Nun wehrte der Führer des Trupps aus dem Tragischen Jahrtausend sich lautstark gegen die Anschuldigung, einer seiner Männer sei für den Tod des Nichtmenschen verantwortlich. Er erklärte, daß sie, wie ja zu sehen war, alle nur mit Schwertern und Dolchen bewaffnet waren. Aber der Führer der Nichtmenschen ließ sich nicht so leicht beruhigen. Er hegte keinen Zweifel daran, woher der Strahl aus der Flammenlanze gekommen war. Dann deutete der menschliche Führer in die Richtung seines eigenen Lagers, und nun brachen alle nach dorthin auf. Hier wies der Mensch auf ein stabil gebautes Haus, dessen Türen und Fenster mit Vorhängeschlössern gesichert waren. Er schickte einen seiner Leute weg. Als der Mann zurückkam, übergab er seinem Führer einen Ring mit vielen Schlüsseln. Mit einem der Schlüssel öffnete der Führer die Vordertür. Ilian mußte ihre Augen sehr anstrengen, um ins Innere sehen zu können. Wie sie gehofft hatte, war dies tatsächlich das Haus, in dem die Flammenlanzen aufbewahrt wurden. Sich dessen zu vergewissern, war eines der Dinge gewesen, die sie unbedingt hatte tun müssen, ehe sie einen weiteren Schritt ihres Planes unternehmen konnte. Als die beiden Gruppen sich trennten, nicht ohne sich noch mit finsteren Blicken zu bedenken, machten Ilian und ihre kleine Gruppe es sich auf den Zweigen bequem, um die Nacht abzuwarten.

Sie lagen auf den Ästen über dem Lager der Menschen aus dem Tragischen Jahrtausend, fast unmittelbar über dem Haus mit den Flammenlanzen.

Ilian gab einem ihrer Begleiter einen Wink. Er nickte und zog einen kostbaren Dolch aus seinem Kittel. Dieser in der Schlacht erbeutete Dolch hatte einem der hochgewachsenen Nichtmenschen gehört. Leise schwang sich der junge Mann durch die Zweige, bis er in ihrem Schatten auf der Straße landete. Er mußte fast eine halbe Stunde warten, ehe einer der Menschenkrieger vorbeikam. Er sprang ihn von hinten an, drückte ihm einen Arm um den Hals und hob den Dolch. Dann stieß er ihn seinem Gefangenen ins Fleisch. Der Krieger schrie. Erneut stach der Dolch zu. Der junge Mann wollte nicht sofort töten, sondern einstweilen nur dafür sorgen, daß der Mann schrie – was er auch tat.

Erst mit dem dritten Stich löschte er sein Leben aus. Noch während der Tote auf den Boden fiel, kletterte der junge Mann bereits ein Haus hoch und sprang von seinem Dach auf die unteren Äste eines der Bäume, und von dort aus zu seinen Kameraden zurück.

Diesmal kamen die Krieger aus dem Tragischen Jahrtausend herbeigerannt und sammelten sich um den Toten, aus dessen Hals der Dolch eines Nichtmenschlichen ragte.

Es bestand für sie gar kein Zweifel, wie es geschehen war. Trotz ihrer Unschuld, trotz ihrer Beteuerungen und der Inaugenscheinnahme der gut verschlossenen Energiewaffen, hatten die Nichtmenschlichen sich auf gemeine Weise für ein Verbrechen an ihnen gerächt, das sie gar nicht hatten verüben können.

Gemeinsam rannten die menschlichen Krieger ins Lager der Nichtmenschlichen.

Darauf hatte Ilian gewartet. Sie ließ sich auf das Dach des Waffenhauses herabfallen, schwang schnell ihre Flammenlanze vom Rücken und schnitt mit ihrem Strahl eine kreisrunde Öffnung ins Dach, die gerade groß genug war, daß sie hindurchschlüpfen konnte. Inzwischen waren auch die anderen ihr gefolgt. Einer nahm ihr die Flammenlanze ab, während sie ins Hausinnere sprang.

Sie befand sich auf dem Speicher, die Lanzen aber waren in den Räumen darunter aufbewahrt. Glücklicherweise fand sie schnell die Falltür und schwang sich von ihr in die dunklere Tiefe. Langsam gewöhnten ihre Augen sich an die Düsternis. Ein wenig Licht drang durch die Ritzen der Fensterläden. Ah, hier war zumindest ein Teil der Lanzen. Sie kehrte den Weg zurück, den sie gekommen war, und bedeutete ihren Begleitern, ausgenommen einem, der als Wache zurückblieb, ihr zu folgen. Während sie eine Kette bildeten, um die Lanzen aus der Kammer zum Dach zu befördern, sah sie sich in den anderen Zimmern um. Hier fand sie nicht nur weitere Lanzen, sondern auch Schwerter und Wurfbeile. Aber es war unmöglich, sich davon ebenfalls etwas mitzunehmen, denn mehr als sechzig Lanzen konnten sie kaum tragen, und die Energiewaffen waren wichtiger. Als sie sich umdrehte, um zu ihren Leuten zurückzukehren, kam ihr plötzlich ein Gedanke. Aber woher wußte sie überhaupt, daß die Rubinspitzen der Lanzen sich von den Schäften abschrauben ließen? Sie nahm sich jedoch keine Zeit, sich darüber den Kopf zu zerbrechen, sondern machte sich sofort an die Arbeit. Mit flinken Fingern schraubte sie die Rubinspitzen ab und legte sie in die Zimmermitte. Dann nahm sie eine der Äxte und zerschmetterte damit das Gewinde unterhalb der Spitze, denn die Rubine selbst waren unzerbrechlich. Die Krieger würden Schwierigkeiten haben, die Lanzen zu reparieren, wenn das überhaupt noch möglich war. Jedenfalls war das das Beste, was sie tun konnte.

Sie hörte heftige Stimmen im Freien. Leise schlich sie zum nächsten Fenster und spähte durch einen Spalt im Laden hinaus.

Andere Soldaten waren nun auf der Straße zu sehen. Ihrem Äußeren nach gehörten sie zu jenen, die Ymryl zu seiner Leibwache auserkoren hatte. Zweifellos hatte er sie geschickt, um die Unruhe im Keim zu ersticken. Ilian mußte Ymryl gegen ihren Willen bewundern. Er schien sich nicht viel um diese Dinge zu kümmern, und trotzdem handelte er immer sofort, wenn Gefahr für die Einigkeit in seinem Lager drohte. Die Soldaten brüllten auf die bereits gegeneinander kämpfenden Menschen und Nichtmenschen ein und zwangen sie dazu, ihre Waffen niederzulegen.

Ilian kletterte zum Speicher hoch, wo ihr Trupp gerade die letzte Lanze durch die Öffnung im Dach schob.

»Verschwindet jetzt, schnell!« flüsterte sie.

»Und Ihr, Königin Ilian?« fragte der junge Mann, der den Krieger getötet hatte.

»Ich komme nach. Ich muß erst noch versuchen, hier etwas zu Ende zu bringen.«

Sie sah ihnen nach, bis auch der letzte durch die Öffnung verschwunden war, dann kehrte sie ins Erdgeschoß zurück und machte sich daran, die Spitzen der übrigen Flammenlanzen abzuschrauben. Als sie das Gewinde der letzten zerschmetterte, hörte sie aufgeregte Schreie. Wieder spähte sie durch den Spalt im Fensterladen.

Mehrere der Männer auf der Straße deuteten auf das Dach des Waffenhauses. Ilian schaute sich nach ihrer eigenen Waffenlanze um, bis ihr klar wurde, daß die anderen auch sie mitgenommen hatten. Ihr war nur ihr Schwert geblieben. Hastig kletterte sie durch die Falltür auf den Speicher und schwang sich durch die selbstgeschaffene Öffnung im Dach.

Und schon hatte man sie entdeckt!

Ein Pfeil schwirrte so dicht an ihrer Schulter vorbei, daß sie sich unwillkürlich duckte und dabei ihren Halt auf dem First verlor. Sie rollte das Dach auf der anderen Hausseite herunter. Doch schon kam auch hier eine ganze Meute angerannt. Es gelang ihr gerade noch, sich am Dachrand festzuhalten, als sie darüber rutschte. Ihre Arme wurden ihr fast aus den Schultern gerissen, während sie daran hing. Von links und rechts und hinter ihr pfiffen Pfeile auf sie zu. Ein paar prallten gegen ihren Helm und den Kettenpanzer, drangen jedoch glücklicherweise nicht hindurch. Irgendwie fand sie einen Fußhalt und konnte sich wieder aufs Dach stemmen. Sie kletterte geduckt am Rand entlang und hielt verzweifelt Ausschau nach einem tiefhängenden Zweig, zu dem sie hochspringen könnte. Aber keiner befand sich in erreichbarer Nähe. Und nun tauchten am First die ersten Krieger auf. Sie hatten also inzwischen festgestellt, was mit ihren Waffen geschehen war und wie die Diebe ins Haus gelangt waren. Sie hörte ihre wütenden Schreie und war froh, daß sie noch einmal umgekehrt war, um die restlichen Flammenlanzen unschädlich zu machen. Hätten sie sie jetzt noch, wäre sie bereits tot.

Endlich hatte sie den hinteren Giebel erreicht und machte sich daran, zum Nachbarhaus zu springen. Es war die einzige Möglichkeit, noch zu entkommen.

Sie stieß sich mit aller Kraft ab und sprang ins Leere, die Hände nach der Giebelverzierung des nächsten Hauses ausgestreckt. Und tatsächlich gelang es ihr, die Finger um das kunstvolle Schnitzwerk zu klammern. Doch es gab unter ihrem Gewicht nach. Sie hörte, wie es sich knarrend löste. Sie sah sich schon in die Tiefe stürzen, aber dann hielt die Giebelzier doch noch, und sie konnte sich hochziehen. Aber inzwischen hatte man sie wieder entdeckt. Erneut schwirrten die Pfeile auf sie zu. Hastig sprang sie auf das nächste, etwas nähere Haus. Mit Entsetzen wurde sie sich bewußt, daß sie so immer tiefer in die Stadt geriet. Wie sehr sie hoffte, ein Ast würde doch endlich weit genug herabhängen, daß sie ihn erreichen könnte. In den Bäumen hätte sie viel eher eine Chance zu entkommen. Doch inzwischen war es ihr ein Trost, daß ihre Kameraden sich in die entgegengesetzte Richtung mit den Flammenlanzen in Sicherheit bringen konnten.

Nach drei weiteren Dächern hätten ihre Verfolger sie zumindest für den Augenblick verloren. Aber es war ihr klar, daß ihre Gnadenfrist nicht lange währen würde.

Wenn sie ins Innere eines der Häuser gelangen und sich dort verstecken könnte, würde man annehmen, die Flucht wäre ihr geglückt. Gab man dann die Verfolgung auf, würde es nicht mehr so schwer sein, sich unbemerkt zu entfernen.

Sie sah ein unbeleuchtetes Haus ganz in der Nähe.

Sie sprang auf das andere Dach, kletterte über den Dachrand und von dort auf ein Fenstersims. Mit dem Jagdmesser öffnete sie die Fensterläden, kletterte ins Innere und zog die Läden hinter sich wieder zu.

Sie war müde. Der Kettenpanzer war schwer und drückte sie schier nieder. Sie wollte, sie hätte Zeit, ihn auszuziehen. Ohne ihn konnte sie höher springen und schneller klettern. Aber es war wohl zu spät, sich darüber Gedanken zu machen.

Das Zimmer, in dem sie nun stand, roch muffig, als wären die Fenster seit langem nicht mehr geöffnet worden. Als sie es durchqueren wollte, stieß sie ihr Knie gegen etwas Hartes. Eine Truhe? Ein Bett?

Und nun hörte sie ein würgendes Stöhnen.

Ilian spähte durch die Düsternis.

Jemand lag auf einem Bett – eine Frau! Und sie war geknebelt und gefesselt!

War sie eine Garathormerin, die von einem der Invasoren gefangengehalten wurde? Ilian beugte sich über sie, um das Tuch, das als Knebel diente und straff um den Mund gespannt war, zu lösen.

»Wer seid Ihr?« flüsterte sie. »Habt keine Angst vor mir. Ich rette Euch, wenn es möglich ist, obgleich ich mich selbst in größter Gefahr befinde.«

Ilian holte erschrocken Luft, als das Tuch ab war.

Sie erkannte das Gesicht.

Es war das Gesicht eines Geistes!

Grauen schüttelte sie. Ein Grauen, das sie sich nicht erklären konnte. Ein Grauen, wie sie es nie zuvor erlebt hatte. Denn obgleich sie das Gesicht kannte, wußte sie nicht, wem es gehörte.

Und genausowenig konnte sie sich erinnern, wo sie es je zuvor gesehen hatte.

Sie kämpfte gegen den Impuls an, die gefesselte Frau ihrem Schicksal zu überlassen und einfach davonzulaufen.

»Wer seid Ihr?« fragte die Fremde.

6. Der falsche Held

Ilian gewann ihre Selbstbeherrschung zurück. Sie fand eine Lampe, Feuerstein und Zunder und zündete die Lampe an, während sie tief atmete und zu begreifen versuchte, was in ihr vorgegangen war. Der Schock, als sie die Gefangene erkannt hatte, war groß gewesen – und doch könnte sie schwören, daß sie diese Frau noch nie gesehen hatte.

Ilian drehte sich wieder zu ihr um. Die Fremde trug ein schmutziges, einst weißes Gewand. Ganz offensichtlich hielt man sie schon seit längerer Zeit hier gefangen. Sie versuchte, sich aufzusetzen. Ihre Hände waren in einem komplizierten Lederharnisch auf die Brust gefesselt, der auch ihre Beine und den Hals band.

Ilian fragte sich, ob sie vielleicht eine Irre war, die man in diesen Zwangsharnisch hatte stecken müssen. Vielleicht war es sehr unüberlegt von ihr gewesen, sie einfach von dem Knebel zu befreien. Die Frau hatte einen wahrhaft wilden Ausdruck an sich, aber das konnte natürlich auch daran liegen, daß sie so lange schon gefangengehalten wurde.

»Seid Ihr von Garathorm?« fragte Ilian sie. Sie hob die Lampe, um sich das bleiche Gesicht der Fremden näher anzusehen.

»Garathorm? Dieser Ort hier? Nein!«

»Ihr kommt mir bekannt vor.«

»Ihr mir ebenfalls. Aber . . .«

»Ja«, sagte Ilian tief seufzend. »Es geht Euch also wie mir. Ihr habt mich nie zuvor gesehen.«

»Doch, ich glaube schon.« Die Frau sah sie überlegend an, doch dann sagte sie: »Ich heiße Yisselda von Brass. Ich bin Baron Kalans Gefangene, und war es auch schon, ehe wir hierher kamen.«

»Weshalb hält er Euch denn gefangen?«

»Er fürchtet, ich könnte entkommen und gesehen werden. Er will mich für sich selbst. Offenbar sieht er eine Art Talisman in mir. Er hat mir körperlich kein großes Leid zugefügt. Glaubt Ihr, Ihr könntet diesen Harnisch aufschneiden?«

Durch die vernünftig klingende Stimme beruhigt, beugte Ilian sich über Yisselda von Brass und durchtrennte die Lederriemen. Yisselda stöhnte, als sie ihre Glieder wieder zu spüren begann. »Oh, ich danke Euch!«

»Ich bin Ilian von Garathorm. Königin Ilian.«

»König Pyrans Tochter!« Yisselda war sichtlich überrascht. »Aber Kalan hat Euch doch die Seele herausgezogen, oder nicht?«

»So sagte man es mir. Aber ich habe jetzt eine neue Seele.«

»Wirklich?«

Ilian lächelte. »Verlangt nicht, daß ich es Euch erkläre. Also sind nicht alle, die so plötzlich auf unsere Welt kamen, schlecht.«

»Die meisten von ihnen sind es. Fast alle dienen dem Chaos, erzählte mir Kalan, und sie bilden sich ein, daß sie nicht getötet werden können. Aber er selbst glaubt nicht, daß das stimmt.«

Ilian zitterte. Sie fragte sich, weshalb sie dieses schreckliche Verlangen empfand, diese Frau in mehr als kameradschaftlicher Weise in ihre Arme zu schließen. Nie hatte sie etwas Ähnliches empfunden. Ihre Knie waren weich. Ohne zu überlegen, setzte sie sich auf das Bett.

»Schicksal«, murmelte sie. »Sie sagten mir, ich diene dem Schicksal. Wißt Ihr etwas davon, Yisselda von Brass? Ich kenne Euren Namen so gut – und auch Baron Kalans. Mir deucht, ich habe Euch gesucht – mein ganzes Leben nach Euch gesucht – und doch bin nicht ich es, der es tat. Oh...« Ilian fühlte sich einer Ohnmacht nahe. Sie preßte die Hände aufs Gesicht. »Es ist schrecklich!«

»Ich verstehe Euch. Kalan ist der Meinung, daß seine Experimente mit den Krümmungen der Zeit diese Situation herbeigeführt haben. Unsere Leben sind irgendwie verwirrt. Eine Wahrscheinlichkeit schneidet sich mit der anderen. Unter diesen Umständen ist es vielleicht sogar möglich, sich selbst zu begegnen.«

»Kalan ist dafür verantwortlich, daß Ymryl und die anderen hierherkamen?«

»Das nimmt er jedenfalls an. Er verbringt seine ganze Zeit damit, das von ihm zerstörte Gleichgewicht wiederherzustellen. Und ich bin ihm für seine Experimente sehr wichtig. Er hat kein Bedürfnis danach, morgen mit Ymryl in den Kampf zu ziehen.«

»Morgen? Kampf gegen wen?«

»Gegen Arnald von Grovent im Westen, wenn ich es richtig verstanden habe.«

»Ah, dann ist es also soweit!« Ilian vergaß im Augenblick alles andere. Sie war begeistert. Ihre Chance kam schneller, als sie zu hoffen gewagt hatte.

»Baron Kalan ist Ymryls Maskotte, sozusagen.« Yisselda hatte von irgendwo einen Kamm zum Vorschein gebracht und versuchte, ihr verfilztes Haar in Ordnung zu bringen. »Genau wie ich seine bin. Ich verdanke mein Leben nur einer Kette von Aberglauben.«

»Und wo ist Kalan jetzt?«

»Zweifellos in Ymryls Palast – Eures Vaters Palast, nicht wahr?«

»Unser Haus, ja. Was macht er dort?«

»Er experimentiert. Ymryl hat ihm dort ein Laboratorium eingerichtet, obgleich Kalan es vorzieht, hier zu arbeiten. Er setzt mich dann neben sich und spricht zu mir, als wäre ich ein Schoßhündchen. Ansonsten kümmert er sich kaum um mich. Es ist wohl unnötig, zu erwähnen, daß ich nicht viel von dem verstehe, was er erzählt. Ich war jedoch dabei, als er Eure Seele stahl. Es war grauenvoll! Wie habt Ihr sie nur zurückgewonnen?«

Ilian antwortete nicht darauf. »Wie hat er es getan? Wie hat er sie – gestohlen?«

»Mit einem Juwel, ähnlich dem, das Falkenmonds Geist zu verzehren drohte, als es in seine Stirn gebettet war. Nun, jedenfalls ein Edelstein mit ähnlichen Eigenschaften . . .«

»Falkenmond? Der Name . . .«

»Ja? Kennt Ihr ihn? Wie geht es ihm? Aber er ist doch gewiß nicht in dieser Welt? Oder doch?«

»Nein – nein. Ich kenne ihn nicht. Ich wüßte auch nicht woher. Und doch klingt dieser Name so vertraut.«

»Ihr fühlt Euch nicht wohl, Ilian von Garathorm?«

»Ich – ich weiß nicht.« Ilian war, als würde sie nun doch in Ohnmacht fallen. Zweifellos hatten die Anstrengungen und Aufregungen, Ymryls Soldaten zu entkommen, sie doch mehr mitgenommen, als ihr zuerst bewußt gewesen war. Sie bemühte sich, nicht einfach umzukippen. »Dieses Juwel«, fragte sie. »Hat Kalan es? Und er glaubt, meine Seele befände sich in ihm?«

»Ja. Aber er täuscht sich ganz offensichtlich. Irgendwie wurde sie daraus befreit.«

»Offensichtlich.« Ilian lächelte grimmig. »Auf jeden Fall müssen wir uns nun einen Fluchtweg überlegen. Ihr seht mir nicht kräftig genug aus, von Dach zu Dach mit mir zu springen und durch die Bäume zu klettern.«

»Ich könnte es versuchen«, meinte Yisselda. »Ich bin stärker, als ich aussehe.«

»Gut, dann wollen wir es versuchen. Wann rechnet Ihr mit Kalans Rückkehr?«

»Er hat das Haus erst vor kurzem verlassen.«

»Dann haben wir also Zeit. Ich werde sie nutzen, mich ein wenig auszuruhen. Mein Kopf tut so weh.«

Yisselda streckte die Hände aus, um Ilians Schläfen zu massieren, aber Ilian wich zurück. »Nein!« Sie benetzte die trockenen Lippen. »Nein. Aber ich danke Euch für Euren guten Willen.«

Yisselda trat an das geschlossene Fenster und öffnete vorsichtig den Laden einen Spalt. In tiefen Zügen atmete sie die kühle Nachtluft.

»Kalan soll Ymryl helfen, sich mit seinem finsteren Gott, diesem Arioch, in Verbindung zu setzen.«

»Den Ymryl für seine Versetzung hierher verantwortlich hält?«

»Ja. Ymryl wird in sein Gelbes Horn blasen, und Kalan will versuchen, irgendeine Formel zusammenzusetzen. Kalan glaubt jedoch nicht an einen Erfolg.«

»Das Horn ist Ymryl teuer, nicht wahr? Nimmt er es je ab?«

»Nie«, sagte Yisselda. »Der einzige, der Ymryl dazu bewegen könnte, es abzulegen, ist Arioch selbst.«

Die Zeit verging mit qualvoller Langsamkeit. Während Ilian sich auszuruhen versuchte, blies Yisselda die Lampe aus und beobachtete die Straßen. Sie stellte fest, daß immer noch Patrouillen nach Ilian suchten. Einige entdeckte sie sogar auf den Dächern. Aber endlich schienen sie die Suche aufzugeben, und Yisselda weckte Ilian, die inzwischen doch in unruhigen Schlummer gefallen war.

Yisselda schüttelte sie sanft an der Schulter. Ilian erwachte sofort, offenbar aus einem bösen Traum.

»Sie sind fort«, sagte Yisselda. »Ich glaube, wir können es nun wagen. Wollen wir durch die Tür auf die Straße hinausgehen?«

»Nein. Ein Seil würde uns gute Dienste leisten. Glaubt Ihr, im Haus ist irgendwo eines zu finden?«

»Ich werde nachsehen.«

Yisselda kehrte schon nach wenigen Minuten mit einem längeren Seil zurück, das sie sich um die Schultern geschlungen hatte. »Es war das längste, das ich finden konnte«, erklärte sie. »Meint Ihr, es ist genug?«

»Das wird sich herausstellen.« Ilian lächelte. Sie öffnete das Fenster ganz und blickte hoch. Der nächste stärkere Ast befand sich etwa zehn Fuß, darüber. Ilian nahm das Seil, band eine Schlinge an einem Ende und rollte es so auf, daß es den gleichen Durchmesser wie die Schleife hatte. Dann schwang sie das Seil mehrmals über den Kopf, ehe sie es hochwarf.

Die Schleife schlang sich über den Ast und hielt, auch als Ilian fest daran zog.

»Ihr müßt auf meinen Rücken klettern«, wies Ilian Yisselda an. »Eure Beine um meine Mitte klammern und Euch an mir festhalten. Glaubt Ihr, Ihr schafft es?«

»Ich muß«, erwiderte Yisselda leise. Sie tat wie aufgefordert. Dann stieg Ilian mit ihrer Last auf das Fenstersims. Sie griff nach dem Seilende, wickelte es sich zweimal um das Handgelenk, umklammerte es mit beiden Händen, dann schwang sie sich hinaus über die Hausdächer. Fast hätte sie dabei das Türmchen der alten Handelshalle gestreift. Ihre Füße fanden einen Ast, während sie gleichzeitig mit ihrer ganzen Kraft mit den Händen versuchte, Halt am Ast darüber zu finden. Da begannen ihre Füße zu rutschen. Yisselda griff nach dem oberen Ast, zog sich daran hoch, legte sich mit dem Bauch darüber und half Ilian herauf. Keuchend lagen sie nebeneinander auf dem mächtigen Ast.

Als sie wieder zu Atem gekommen waren, sprang Ilian hoch. »Folgt mir«, bat sie. »Streckt die Arme seitwärts aus, damit Ihr Euer Gleichgewicht besser halten könnt, und schaut nicht in die Tiefe.«

Sie rannte den Ast entlang.

Mit zitternden Knien folgte Yisselda ihr.

Am frühen Morgen hatten sie das Lager erreicht.

Katinka van Bak eilte aus der Hütte, die sie sich selbst aus alten Brettern gebaut hatte, und strahlte über das ganze Gesicht. »Wir hatten Angst um Euch«, sagte sie. »Selbst die, die behaupten, Euch so sehr zu hassen. Die anderen, die mit Euch ausgezogen waren, kamen ungehindert mit den Flammenlanzen zurück. Das war eine gute Beute.«

»Wunderbar. Und ich habe einiges erfahren, das uns von Nutzen sein wird.«

»Gut. Sehr gut! Doch jetzt möchtet Ihr sicher zuerst ein ordentliches Frühstück, und zweifellos wollt Ihr Euch ausruhen. Aber wer ist das?« Jetzt erst schien Katinka van Bak die junge Frau im schmutzigen weißen Kleid zu bemerken.

»Sie heißt Yisselda von Brass. Genau wie Ihr ist sie nicht von Garathorm . . .«

Ilian sah, wie ungeheures Erstaunen über Katinka van Baks Züge flog. »Yisselda? Graf Brass' Tochter?« '

»Ja«, rief Yisselda, erfreut, daß man sie kannte. »Leider jedoch ist Vater tot. Er fiel in der Schlacht von Londra.«

»Nein, nein! Er ist zu Hause auf Burg Brass! So hatte Falkenmond also doch recht! Ihr lebt! Das ist das Seltsamste, das ich je gehört habe – aber auch das Erfreulichste!«

»Ihr habt Dorian gesehen? Wie geht es ihm?«

»Oh . . .« Katinka van Bak schien offensichtlich verlegen. »Es geht ihm gut. Er war krank, aber alles spricht dafür, daß er sich wieder völlig erholen wird.«

»Ich möchte so schnell wie möglich zu ihm. Er befindet sich nicht auf dieser Ebene?«

»Das ist bedauerlicherweise nicht möglich.«

»Wie kamt Ihr hierher? Auf die gleiche Weise wie ich?«

»Ja, in etwa.« Katinka van Bak drehte sich um, als sie Schritte hörte. Jhary-a-Conel war aus einem der noch stehenden Ebenholzhäuser getreten. Er rieb sich mit beiden Händen den Schlaf aus den Augen und wirkte durchaus noch nicht völlig wach. »Jhary!« rief Katinka van Bak. »Jhary! Das ist Yisselda von Brass. Falkenmond hatte recht!«

»Sie lebt!« Jhary klatschte sich auf die Schenkel und blickte nicht ganz ohne Ironie von Ilian auf Yisselda und dann wieder zurück.

»Ha! Das ist der beste Witz überhaupt! Es ist nicht zu glauben!« Er brach in ein für Ilian und Yisselda unverständliches Gelächter aus.

Ärger stieg in Ilian auf. »Ich habe genug von Euren Rätseln und merkwürdigen Andeutungen, Sir Jhary!«

»Ich verstehe, Madam!« Jhary lachte weiter. »Aber ich halte es für das Beste, die Sache mit Humor zu sehen.«

DRITTES BUCH

Ein Abschied

1. Triumphale Schlacht, süße Rache

Sie zählten nun schon fast hundert, und der Großteil war mit Flammenlanzen bewaffnet. In aller Eile hatte Katinka van Bak sie in deren Benutzung eingewiesen. Manche der Waffen funktionierten nicht mehr ganz einwandfrei, denn sie waren schon sehr alt, aber trotzdem gaben sie allen, die sie trugen, großes Selbstvertrauen.

Ilian drehte sich im Sattel und blickte zu ihrer Streitmacht zurück. Jeder der Männer und Frauen war beritten, die meisten auf den flinken Vayna. Jeder salutierte das flammende Banner in ihrer Hand. Diese feurige Flagge, die brannte, ohne daß dadurch ihr Stoff beschädigt wurde, flatterte über ihrem Kopf. Die Standarte war ihrer aller Stolz und würde sie nach Virinthorm begleiten.

Unter den titanischen grünen Bäumen ritten sie dahin: Ilian, Katinka van Bak, Jhary-a-Conel, Yisselda von Brass, Lyfeth von Ghant, Mysenal von Hinn und der Rest. Und sie alle, außer Katinka van Bak, waren noch sehr jung.

Ilian hatte das Gefühl, wenn auch jene, die sie führte, ihr Verbrechen nicht vergessen hatten, sie doch wieder ganz zu ihnen gehörte. Aber viel würde davon abhängen, wie die bevorstehende Schlacht ausging.

Sie ritten durch den Morgen, und gegen Nachmittag sahen sie Virinthorm in der Ferne vor sich liegen.

Späher hatten bereits Kunde gebracht, daß Ymryl mit seiner Hauptmacht aufgebrochen war. Er hatte weniger als ein Viertel seiner Leute zur Verteidigung der Stadt zurückgelassen, von denen keiner mit einem massiven Angriff rechnete. Allerdings waren diese Verteidiger fünfhundert Mann stark und hätten mehr als genügt, Ilians Trupp zu schlagen, wäre dieser nicht mit Flammenlanzen bewaffnet gewesen.

Doch selbst die Flammenlanzen vergrößerten nur die Chance der Garathormer. Eine Sicherheit war noch lange nicht gegeben, daß es ihnen gelingen würde, Ymryls Krieger zu besiegen. Hier jedoch war die einzige Chance, die sie hatten, und sie mußten sie nutzen.

Sie sangen, während sie immer näher an die Stadt heranritten. Sie sangen die alten Lieder ihres Landes. Fröhliche Weisen waren es, die ihre Liebe für ihre schöne grüne Welt ausdrückten. Sie verstummten auch nicht, als sie die Außenbezirke Virinthorms erreichten und ausfächerten.

Ymryls Männer hatten sich der Stadtmitte zu eingenistet. In der Nähe des großen Bauwerks, das einst das Heim von Ilians Familie gewesen war und nun zu Ymryls Palast geworden war.

Ilian bedauerte, daß Ymril selbst sich nicht in der Stadt befand. Sie konnte es nicht erwarten, sich an ihm zu rächen, wenn ihre Pläne den gewünschten Erfolg brachten.

Die hundert jungen Garathormer, nun dünn verteilt, hatten ihre Reittiere zurückgelassen und in einem Kreis um die Stadtmitte ihre Posten bezogen. Manche lagen hinter schnell errichteten Barrikaden, andere auf Dächern, während wieder andere in Eingängen kauerten. Fast hundert Flammenlanzen waren auf die Stadt gerichtet, als Ilian auf die breite Hauptstraße hinausritt und rief:

»Ergebt Euch im Namen Königin Ilians!«

Ihre Stimme klang laut und stolz.

»Ergebt Euch, Krieger Ymryls! Wir sind zurückgekehrt, um unsere Stadt zu befreien.«

Die paar Invasoren auf den Straßen drehten sich überrascht um und griffen nach ihren Waffen. Männer waren es in verschiedenartigster Kleidung, in allen Arten von Rüstungen; Männer der unterschiedlichsten Gestalten; Männer, deren ganzer Körper mit Haaren bedeckt war; Männer, die völlig haarlos waren; Männer mit vier Armen oder vier Beinen; Männer mit Tierschädeln; Männer mit buschigen Schweifen, oder Hörnern, oder behaarten Ohren; Männer mit Hufen statt Füßen; Männer mit grüner, blauer, roter oder schwarzer Haut; Männer mit bizarren Waffen; Männer, die mißgestaltet waren; Männer, so klein wie Zwerge, und andere, so groß wie Riesen; Hermaphroditen; Männer mit Flügeln oder durchsichtiger Haut. Sie alle eilten auf die Straße, sahen Königin Ilian von Garathorm – und lachten.

Ein Krieger mit orangefarbigem Bart, der bis zum Gürtel reichte, rief laut:

»Ilian ist tot! Und das wirst auch du sein, noch ehe die nächste Minute um ist.«

Als Antwort hob Ilian ihre Flammenlanze, drückte auf den Juwelenknopf, und der rote Strahl brannte ein Loch in die Stirn des Höhnenden. Sofort warf ein hundeköpfiger Soldat eine heulende Scheibe, die Ilian im letzten Augenblick mit dem kleinen Schild an ihrem rechten Arm abwehren konnte. Sie wirbelte ihr Pferd herum und nahm Deckung. Auch die Verteidiger hinter ihr suchten Deckung, als die roten Strahlen aus allen Richtungen auf sie zuschossen.

Rund eine Stunde wütete der Kampf. Beide Seiten benutzten Energiewaffen, während Katinka van Bak von Garathormer zu Garathormer ritt und Anweisungen erteilte, den Ring enger zu schließen, damit die Verteidiger auf ein möglichst kleines Gebiet konzentriert waren. Sie befolgten ihren Rat, wenn auch nicht ohne Schwierigkeiten, denn obgleich der Feind über weniger Energiewaffen verfügte, hatte er doch größere Erfahrung in ihrem Einsatz.

Ilian kletterte auf ein Dach, um einen Überblick über die Schlacht zu gewinnen. Sie hatte schon zehn ihrer Leute verloren, der Feind hingegen viel mehr. Sie zählte mindestens vierzig Tote. Aber offenbar formierten die Fremden sich nun zu einem Gegenangriff. Viele hatten sich auf ihre verschiedenartigen Reittiere, darunter ein paar eroberte Vayna geschwungen.

Ilian kletterte wieder hinunter und suchte nach Katinka van Bak.

»Sie planen offenbar einen Durchbruch, Katinka!« erklärte sie.

»Dann müssen wir sie aufhalten!«

Ilian stieg auf ihren Vayna. Der langbeinige Vogel krächzte, als sie ihn herumschwang, und rannte zu dem Haus, in dem Jhary hinter einem zum Hauptplatz führenden Fenster Stellung bezogen hatte.

»Jhary! Sie greifen an!« rief sie.

Und schon kam ein Trupp Kavalleristen mit lautem Schlachtgeheul die Straße entlang. Einen Augenblick schien es Ilian, als müsse sie sich ihnen allein stellen. Sie hob ihre Flammenlanze und drückte auf den Knopf. Rubinrote Strahlen schossen heraus und schnitten durch die Leiber der vordersten Reiter. Sie stürzten leblos von ihren Tieren und behinderten so die Nachfolgenden, wodurch der Sturm an Wucht verlor.

Aber Ilians Lanze war nun so gut wie nutzlos. Der Strahl flackerte und war so kraftlos, daß er kaum die Haut der Krieger versengte.

Ilian warf die Lanze von sich, zog ihr schmales Schwert und nahm ihr Jagdmesser in die Hand, die die Zügel hielt, dann trieb sie ihr Vayna vorwärts. Die flammende Standarte hinter ihr im Sattel knisterte und prasselte, als sie mit zunehmender Schnelligkeit dahinritt.

»Für Garathorm!« rief sie.

Ein Jubel erfüllte sie – ein düsterer, schrecklicher Jubel.

»Für Pyran und Bradne!«

Ihr Schwert stach in das durchsichtige Fleisch einer gespenstischen Kreatur, die mit stählernen Klauen nach ihr zu greifen versuchte.

»Für die Rache!«

O wie süß sie war, diese Rache! Wie befriedigend! So nahe war Ilian dem Tod, und doch fühlte sie sich lebendiger als je zuvor. Ja, das war ihr Los – das Schwert in der Schlacht zu schwingen, zu kämpfen, zu töten!

Und während sie kämpfte, war ihr, als focht sie nicht allein diese Schlacht, sondern Tausende andere Schlachten gleichzeitig. Und in jeder hatte sie einen anderen Namen, aber die wilde, grimmige Begeisterung war in allen die gleiche.

Um sie herum brüllte und heulte der Feind. Rüstungen klirrten, und ein Dutzend Schwerter suchte sie gleichzeitig, aber sie lachte nur.

Und ihr Gelächter war eine mächtige Waffe. Es ließ das Blut ihrer Gegner stocken. Es erfüllte sie mit lähmendem Grauen.

»Für den Krieger des Schicksals!« hörte sie sich selbst schreien. »Für den Ewigen Helden! Für den Kampf ohne Ende!« Die Bedeutung dieser Worte war ihr nicht klar, obgleich sie wußte, daß sie sie schon oft zuvor gerufen hatte und sie immer wieder rufen würde, ob sie nun diese Schlacht überlebte oder nicht.

Nun kamen auch ihre eigenen Leute von überall herbei. Sie sah Jhary-a-Conels gelben Gaul mit den Hufen um sich schlagen und feindliche Krieger niedertrampeln. Das Pferd schien übernatürlich intelligent. Was es tat, war nicht aus Panik geboren, kein wildes Aufbäumen und Umsichstoßen. Das Tier kämpfte gezielt mit seinem Herrn. Und es grinste! Es hatte die mächtigen gelben Zähne gefletscht, und seine gelben Augen funkelten, während sein Reiter grinsend um sich hieb.

Und da war Katinka van Bak. Kühl, methodisch und unerschütterlich ging sie ihrem selbsterkorenen Handwerk nach. Mit einer Hand schwang sie eine doppelschneidige Streitaxt, mit der anderen eine eisendorngespickte Keule, die sie in diesem Handgemenge für wirkungsvoller hielt als das Schwert. Sie trieb ihr kräftiges Roß tief in das Schlachtgewühl und tat, was zu tun war. Im Gegensatz zu Ilian und Jhary lächelte Katinka nicht, denn der Kampf erweckte keine besonderen Gefühle in ihr. Er gehörte für sie zu ihrer Arbeit. Ilian staunte selbst über die Begeisterung, die sie erfüllte. Ihr ganzer Körper prickelte davon. Sie hätte eigentlich müde sein müssen, aber statt dessen fühlte sie sich munterer als je zuvor.

»Für Garathorm! Für Pyran! Für Bradne!«

»Für Bradne!« echote eine Stimme hinter ihr. »Und für Ilian!«

Lyfeth von Ghant, die jetzt unmittelbar hinter ihr ritt, schwang ihr Schwert mit einer Mischung aus sorgfältiger Berechnung und wilder Begeisterung, die Ilians nahekam. Und ganz in der Nähe kämpfte Yisselda von Brass und erwies sich als geschickte Kriegerin, die den Eisendorn ihres Schildes fast genauso wirkungsvoll einsetzte wie ihre Schwertklinge.

»Was sind wir doch für Frauen!« rief Ilian. »Was sind wir für Kriegerinnen!«

Sie bemerkte, wie sehr es den Feind verwirrte, als er entdeckte, wie viele Frauen gegen ihn kämpften. Es gab offenbar nur wenige Welten, wo Frauen wie Männer fochten. Auf Garathorm hatte man es nicht gekannt, ehe nicht Katinka van Bak erschienen war.

Ilian sah, daß Mysenal von Hinn ihr kurz zulächelte, als er mit leuchtenden Augen an ihr vorbei zu einer Gruppe feindlicher Soldaten ritt, deren Rückzug durch Flammenlanzenstrahlen von den Dächern abgeschnitten war.

Zwei oder drei Häuser hatten durch Treffer der Energiewaffen Feuer gefangen, und Rauch qualmte durch die Straßen.

Ilians Augen brannten, als sie hustend und würgend hindurchritt, doch dann hatte sie ihn hinter sich und schloß sich Mysenal im Angriff auf den abgeschnittenen Feind an.

Obgleich sie nun aus Dutzend kleineren Verletzungen blutete, war Ilian doch unermüdlich. Mit dem Schild stürzte sie einen Reiter vom Pferd, während sie gleichzeitig mit dem Schwert einem grünbepelzten Zwerg ein Ende machte. Als der Zwerg fiel, zog sie eilig die Klinge aus seinem Leib, um eine Axt abzuwehren, die ein Krieger in purpurner Rüstung auf sie geschleudert hatte. Seine spitzen Stahlzähne knirschten, als er mit der Lanze in seiner anderen Hand ausholte. Ilian beugte sich aus ihrem Sattel und trennte die Hand vom Gelenk. Faust und Lanze fielen auf den Boden. Der Stumpf, aus dem das Blut floß, führte die Wurfbewegung fort. Erst jetzt wurde dem Krieger mit den Stahlzähnen bewußt, was geschehen war, und er wimmerte. Ilian kümmerte sich nicht mehr um ihn. Sie ritt einer Kämpferin zu Hilfe, die neben ihrem toten Vayna stand und verzweifelt versuchte, die Schwerthiebe von drei Männern mit Schuppenhaut (die jedoch völlig unterschiedlich gekleidet waren) abzuwehren. Ilian trennte den Schädel eines der Reptilmänner vom Rumpf, stürzte den zweiten vom Pferd und stach dem dritten die Klinge ins Herz. Das Mädchen lächelte ihr dankbar zu, ehe sie die ihr entfallene Flammenlanze aufhob und auf eine offene Tür zurannte.

Und dann hatte Ilian mit etwa zwanzig ihrer Leute den Stadtplatz erreicht.

»Wir sind durch!« rief sie triumphierend.

Doch nun kamen die Chaoskrieger, die sich nicht am Reiterangriff beteiligt hatten, aus allen Häusern gestürzt, und schon war Ilian von Feinden bedrängt.

Und wieder lachte sie jubelnd, als ihr blitzendes Schwert Leben um Leben nahm.

Die Sonne machte sich daran, hinter den Wäldern unterzugehen.

»Beeilt euch!« rief Ilian ihren Gefährten zu. »Laßt uns die Entscheidung herbeiführen, ehe die Nacht anbricht und die Dunkelheit uns die Arbeit erschwert.«

Die restlichen gegnerischen Kavalleristen waren zurück auf den Platz gedrängt worden. Die übrigen feindlichen Krieger begannen sich zu dem großen Gebäude zurückzuziehen, in dem Ilian geboren war und das Ymryl seinen ›Palast‹ nannte. In diesem Haus war es auch gewesen, wo Ilian unter unerträglichen Folterqualen das Versteck ihres Bruders preisgegeben hatte.

Einen Augenblick verdrängte finsterste Verzweiflung Ilians

Hochgefühl, und sie hielt an. Die Schlachtgeräusche um sie schienen zu verstummen, alles vor ihren Augen schien zu verschwimmen. Sie sah nur Ymryls Gesicht vor sich, fast jungenhaft in seinem Ernst, als er sich über sie beugte und fragte: »Wo ist er? Wo ist Bradne?«

Und sie hatte es ihm verraten!

Ilian zitterte. Sie senkte das Schwert, ohne auf die Feinde rings um sie zu achten. Fünf gräßlich mißgestaltete Kreaturen, deren Gesichter und sichtbare Haut mit riesigen Warzen bedeckt waren, versuchten, sie anzuspringen, griffen nach ihr. Sie spürte ihre scharfen Krallen, die durch die Glieder ihres Kettenhemdes drangen. Sie blickte über sie hinweg.

»Bradne ...«, murmelte sie.

»Seid Ihr verwundet, Mädchen?« Katinka van Bak eilte herbei. Ihre Axt landete auf einem Schädel, die Keule zerschmetterte eine Schulter. Die warzigen Gegner quiekten. »Was ist mit Euch?«

Ilian riß sich aus ihren düsteren Erinnerungen und hieb mit dem Schwert hinab auf einen warzenbedeckten Leib. »Alles wieder in Ordnung«, versicherte sie Katinka.

»Es sind noch etwa hundert übrig!« rief Katinka van Bak ihr zu. »Sie haben sich im Haus Eures Vaters verbarrikadiert. Ich bezweifle, daß es uns gelingt, sie noch vor Anbruch der Dunkelheit heraus zu holen.«

»Dann müssen wir Feuer an das Haus legen«, sagte Ilian kalt. »Und sie ausräuchern.«

Katinka runzelte die Stirn. »Das gefällt mir nicht. Selbst ihnen sollte man die Gelegenheit bieten, sich zu ergeben ...«

»Verbrennt sie und verbrennt das Haus! Verbrennt es!« Ilian wirbelte ihren Vayna herum und sah sich auf dem Platz um. Er war mit Leichen bedeckt. Von ihren eigenen Leuten waren noch etwa fünfzig übrig. »Das wird uns weiteren Kampf ersparen. Oder nicht, Katinka van Bak?«

»Das wohl, aber ...«

»Und die Leben unserer Leute, die uns noch geblieben sind?«

»Ja ...«, Katinka sah Ilian an, aber das Mädchen wandte das Gesicht ab. »Ja. Aber was ist mit dem Haus selbst? Eure Familie hat seit Generationen darin gelebt. Es ist das prächtigste Gebäude von Virinthorm, ja selbst in ganz Garathorm ist kaum ein schöneres zu finden. Sein Holz ist kostbar. Viele der Baumarten, aus deren Holz es errichtet ist, gibt es nicht mehr . . .«

»Verbrennt es! Ich könnte dort nicht mehr leben!«

Katinka seufzte. »Ich werde den Befehl geben, obgleich es mir nicht behagt. Wollt Ihr mir nicht gestatten, unseren Feinden eine Chance zu geben, mit leeren Händen herauszukommen?«

»Sie kannten kein Erbarmen mit uns.«

»Aber wir sind nicht sie. Moralisch . . .«

»Ich will im Augenblick nichts von Moral hören!«

Katinka van Bak übermittelte Königin Ilians Befehl.

2. Ein unmöglicher Tod

Die Gesichter der jungen Männer und Frauen wirkten grimmig, als sie ins Feuer starrten und zusahen, wie Pyrans prachtvolles Haus niederbrannte und die Nacht erhellte. Der Geruch dieses gewaltigen Scheiterhaufens reizte ihre Nasen, und sie hörten die grauenvollen Schreie, die aus dem dicken schwarzen Rauch drangen.

»Es ist nur gerecht«, sagte Ilian von Garathorm.

»Aber es gibt andere Formen von Gerechtigkeit«, erwiderte Katinka van Bak leise. »Ihr könnt die Schuld, die Euch quält, nicht ausbrennen.«

»Kann ich das nicht, Madam?« Ilian lachte rauh. »Wie erklärt Ihr Euch dann die Befriedigung, die mich dabei erfüllt?«

»Ich bin Derartiges nicht gewöhnt«, murmelte Katinka van Bak. Ihre Worte galten allein Ilians Ohren. Nur zögernd fuhr sie fort: »Ich bin nicht zum erstenmal Zeuge solcher Racheakte, aber mir gefällt dieses Gefühl der Unruhe nicht, das ich dabei empfinde. Ihr seid grausam geworden, Ilian.«

»Das ist das Schicksal des Ewigen Helden«, warf Jhary ein, dem die leisen Worte nicht entgangen waren. »Es ist stets so. Laßt es Euch nicht betrüben, Katinka van Bak. Der Held muß immer versuchen, sich von einer quälenden Bürde zu befreien. Eines der Mittel dazu ist die gewollte Grausamkeit – eine Handlung, die dem Gewissen des Helden entgegenwirkt. Ilian glaubt, sie trägt nur die

Schuld des Verrats an ihrem Bruder. Aber das ist nicht so. Es ist eine Schuld, wie Ihr, Katinka van Bak, und ich, sie nie kennen werden. Und dafür sollten wir unseren Göttern danken!«

Ilian schauderte. Sie hatte Jharys Worte nur halb verstanden, aber ihre Bedeutung beunruhigte sie.

Schulterzuckend wandte Katinka van Bak sich um. »Wie Ihr glaubt, Jhary. Ihr wißt mehr von solchen Dingen als ich. Und es gäbe ohne Euer Wissen überhaupt keine Ilian, die gegen Ymryl kämpfen könnte.« Schweren Herzens stapfte sie davon und verschwand in den Schatten des dichten Rauches. Jhary blieb eine Weile neben Ilian stehen, dann verließ auch er sie und starrte abseits in die flammenden Ruinen ihres früheren Zuhauses.

Die Schreie erstarben, und der Gestank verkohlenden Fleisches wurde von dem würzigen Duft reifen Holzes überlagert. Ilian fühlte sich völlig ausgelaugt, als steckte kein eigenes Leben mehr in ihr. Und als die Flammen langsam niederbrannten, trat sie näher heran, als suche sie ihre Wärme, denn sie empfand eine ungeheure Kälte, obgleich die Nacht lau war.

Als Jhary sie fand, war es schon fast Morgen. Sie stapfte durch die geschwärzten Gebeine, die noch glühenden Holzreste und die heiße Asche, und hin und wieder stieß sie einen verkohlten Schädel oder ein paar Knochen zur Seite.

»Neuigkeiten!« rief Jhary.

Sie blickte aus stumpfen Augen zu ihm hoch.

»Ymryl hat seinen Feldzug siegreich beendet. Er hat Arnald getötet und erfahren, was hier geschehen ist. Er befindet sich bereits auf dem Rückmarsch.«

Ilian zog tief die beißend rauchige Luft ein. »Dann müssen wir unsere Vorbereitungen treffen.«

»Mit nur noch der Hälfte unserer ohnehin kleinen Streitmacht dürften wir einen harten Stand gegen Ymryls Armee haben. Er verfügt nun auch noch über Arnalds Truppen, beziehungsweise über das, was davon übriggeblieben ist. Wir werden zumindest tausend Mann gegen uns haben! Vielleicht wäre es besser, wir kehrten auf die Bäume zurück und führten einen Partisanenkrieg gegen sie.«

»Wir werden nach unserem ursprünglichen Plan vorgehen«, sagte Ilian hart.

Jhary-a-Conel zuckte die Schultern. »Wie Ihr meint.«

»Wurden Ymryls Flammenkanonen gefunden?«

»Ja. Sie waren in dem Keller einer Kelterei westlich von hier untergebracht. Katinka van Bak sorgte dafür, daß sie noch während der Nacht in einem Verteidigungsring in Stellung gebracht wurden. Weitere sind so postiert, daß sie alle Straßen zum Stadtplatz unter Beschuß nehmen können. Es ist gut, daß wir sofort handelten. Ich persönlich rechnete nicht so schnell mit Ymryls Rückkehr.«

Ilian watete durch die Asche. »Katinka van Bak ist ein erfahrener Heerführer.«

»Das ist unser Glück«, brummte Jhary.

Kurz nach Mittag berichteten die Kundschafter, daß Ymryl eine ähnliche Taktik anwandte, wie Ilian sie benutzt hatte. Er schloß einen Ring um die ganze Stadt. Ilian hoffte, daß Ymryls Späher die hastig getarnten Flammenkanonen nicht entdeckt hatten. Die Hälfte ihrer kleinen Streitmacht hatte sie an diese Kanonen abkommandiert, nachdem Katinka ihnen ihre Bedienung beigebracht hatte.

Etwa eine Stunde später donnerte bereits die erste Welle der Kavallerie, alle in glänzender Rüstung und mit flatternden Bannern, die vier Hauptstraßen zum Stadtplatz entlang.

Der Platz selbst schien verlassen, abgesehen von den Toten, die man dort liegengelassen hatte.

Das Tempo der Reiterei verringerte sich, als die ersten sahen, was vor ihnen lag.

Von irgendwo aus der Höhe war der Ton eines silberhellen Hornes zu vernehmen.

Und schon heulten die Flammenkanonen.

Wo die Kavallerie sich befunden hatte – am Ende aller vier Straßen –, lag nur noch brennender Staub, Funken, die der Wind davontrug, und Asche, die auf den Boden herabsank.

Ilian lächelte in ihrem Versteck auf einem der Bäume. Sie erinnerte sich, wie diese gleichen Flammenkanonen ihr eigenes Volk niedergebrannt hatten.

Die Übermacht des Feindes war nun um einige hundert Krieger geringer. Aber die Flammenkanonen konnten jetzt nicht mehr benutzt werden, da ihre Ladung erschöpft war. Es gehörten ausgebildete Fachleute dazu, sie mit einer genau berechneten Substanz zu füllen, die nur tropfenweise in die einzelnen Kammern gegeben werden durfte. Ilian sah nun ihre Leute, die die Kanonen bedient hatten, zum Stadtplatz laufen und in den Häusern verschwinden.

Schweigen senkte sich auf Virinthorm herab.

Und dann erdröhnte aus dem Westen das Klappern von Hufen. Das durch das Laubwerk gefilterte Sonnenlicht spiegelte sich auf edelsteinbesetzten Masken und glänzenden Pferdepanzern.

Aus ihrem Baum, etwa dreihundert Fuß entfernt, rief Katinka van Bak:

»Es ist Kalan und ein Trupp Krieger des Dunkeln Imperiums. Sie haben ebenfalls Flammenlanzen.«

Baron Kalans Schlangenmaske glitzerte, als er in halsbrecherischem Galopp die breite Straße entlangdonnerte. Aus den Häusern zischten die dünnen roten Strahlen aus Ilians restlichen Flammenlanzen. Mehrere der Strahlen schienen durch Kalan zu dringen, ohne ihm etwas anzuhaben. Da glaubte Ilian, daß ihre Augen sie täuschten, denn nicht einmal der Zauberer konnte gegen diese tödlichen Flammen gefeit sein.

Andere jedoch fielen, noch ehe ihre Kameraden dazu kamen, das Feuer zu erwidern. Sie richteten ihre eigenen Waffen auf gut Glück auf die Häuser, aus denen sie angegriffen wurden, bis die Luft ein Gitter aus rubinroten Strahlen zu sein schien.

Doch immer noch ritt der Baron geradewegs auf den Platz zu. Sein Pferd keuchte, und Blut rann aus den Wunden, die Kalans Sporen ihm gerissen hatten.

Kalan lachte. Es war Ilian ein vertrautes Gelächter, obgleich sie sich anfangs nicht entsinnen konnte, woher sie es kannte, bis ihr bewußt wurde, daß ihr eigenes während der Schlacht am Vortag nicht anders geklungen hatte.

Kalan ritt, bis er zum Stadtplatz kam. Abrupt wich sein Gelächter einem wütenden Aufheulen, als er die Ruinen des abgebrannten Palasts sah.

»Mein Labor!« rief er erstickt.

Er sprang vom Pferd und wanderte durch die Trümmer. Er sah

sich mit verzweifeltem Blick suchend um, ohne auf irgendwelche Gefahren zu achten, während hinter ihm seine Männer eine wilde Schlacht mit Ilians Kriegern ausfochten, die aus den Häusern herausgeeilt waren.

Ilian beobachtete ihn fasziniert. Was suchte er?

Zwei von ihren Männern lösten sich aus dem Handgemenge und rannten auf Kalan zu. Er drehte sich um, als er sie hörte, und wieder lachte er, während er sein Schwert zog.

»Laßt mich in Ruhe«, rief er den beiden Kriegern zu. »Ihr könnt mir nichts anhaben.«

Und nun riß Ilian unwillkürlich den Mund auf. Sie sah, wie einer der Männer sein Schwert in Kalans Brust stieß und die Spitze am Rücken wieder herausdrang. Sie sah Kalan zurückweichen und mit seinem eigenen Schwert eine tiefe Wunde in die Schulter seines Angreifers schlagen. Der Krieger ächzte. Kalan stieß nun die Klinge in den Hals des Mannes und sah zu, wie er in die Asche der Ruine sank. Der andere Krieger zögerte, ehe er mit dem Schwert ausholte, um zu versuchen, dem Lord des Dunklen Imperiums den ungeschützten Unterarm abzuhacken. Die Gewalt des Hiebes war stark genug dazu, aber wieder blieb Kalan unverletzt. Entsetzt sprang der Krieger zurück. Kalan kümmerte sich nicht um ihn, sondern setzte seine verzweifelte Suche unter den verkohlten Leichen und der Asche fort. Nur flüchtig blickte er zu dem Garathormer hoch und brummte: »Ich kann nicht getötet werden. Also vergeudet nicht meine Zeit, und ich werde auch Euch nichts antun. Ich muß hier etwas suchen. Welcher Narr hat eine so sinnlose Zerstörung angerichtet?« Als der Krieger blieb, wo er war, hob sich der Schlangenhelm erneut, und Kalan sagte, als erkläre er es einem unwissenden Kind: »Ich kann nicht getötet werden. Im ganzen unendlichen Kosmos gibt es nur einen Mann, der mich töten könnte. Aber ich sehe ihn hier nicht. Hebt Euch hinweg!«

Ilian fühlte mit ihrem verwirrten Krieger, als er wie benommen davonstolperte.

Und da kicherte Kalan plötzlich. »Ich habe es!« rief er triumphierend. Er bückte sich und zog etwas aus der Asche.

Ilian schwang sich aus den Bäumen und sprang auf den Stadtplatz herab. Über ein Meer von Leichen hinweg rief sie ihm zu. »Baron Kalan!«

Er blickte auf. »Ich habe es . . .« Es sah aus, als wollte er es, was immer es auch war, zeigen, doch dann zögerte er. »Aber – das kann nicht sein! Haben mich denn alle meine Kräfte verlassen?«

»Ihr dachtet wohl, Ihr hättet mich getötet?« Ilian schritt über die Toten auf ihn zu. Sie hatte gesehen, daß er unverletzbar war, aber sie mußte ihn stellen. Etwas tief in ihr, etwas, das sie sich nicht erklären konnte, zwang sie dazu.

»Getötet? Unsinn! Es war viel raffinierter. Das Juwel verzehrte Eure Seele. Es war meine vollendetste Erfindung dieser Art, viel besser als alles, was mir bisher gelungen war. Ich hatte sie eigentlich für jemand anderen bestimmt, aber die Umstände erforderten, daß ich sie einsetzte, wenn ich nicht unter Ymryls Händen sterben wollte.«

Aus der Ferne klang nun Schlachtenlärm. Ilian wußte, daß ihre Leute jetzt gegen Ymryls Armee kämpften. Aber ohne zu zögern, schritt sie weiter auf Kalan zu.

»Ich habe mehr als einen Grund, mich an Euch zu rächen, Baron Kalan«, erklärte sie.

»Ihr könnt mich nicht töten, Madam, wenn Ihr das beabsichtigt«, sagte er. »*Ihr* könnt es nicht.«

»Aber ich muß es versuchen.«

Der Schlangenlord zuckte gleichgültig die Schultern. »Wenn Ihr wollt. Es würde mich viel mehr interessieren, wie es Eurer Seele gelang, aus meinem Juwel zu entfliehen. Alles wies darauf hin, daß sie dort eine Ewigkeit gefangensäße. Mit einem solchen Juwel hätte ich noch viel kompliziertere Experimente anstellen können. Wie entkam sie? Sagt es mir!«

Jemand rief von der anderen Seite des Platzes: »Sie entkam nicht, Baron Kalan! Sie entkam gar nicht!« Es war Jhary-a-Conels Stimme.

Die Schlangenmaske drehte sich in seine Richtung. »Was wollt Ihr damit sagen?«

»Erkanntet Ihr denn nicht das Wesen dieser Seele, die Ihr in Eurem Edelstein einzusperren versuchtet?«

»Wesen? Was . . .?«

»Kennt Ihr die Legende vom Ewigen Helden?«

»Ich habe etwas darüber gelesen, ja . . .« Die Schlangenmaske wandte sich von Jhary Ilian zu, und dann wieder zurück. Und immer näher kam Ilian dem Baron.

»Dann entsinnt Euch doch, was Ihr darüber gelesen habt.«

Da stand Ilian vor Baron Kalan von Vitall. Mit einem Hieb ihres Schwertes schlug sie den Schlangenhelm von seinen Schultern und legte so ein bleiches Gesicht mittleren Alters bloß, mit spärlichem, weißem Bart und noch spärlicherem Haupthaar. Kalan blinzelte und versuchte, sein Gesicht zu bedecken, doch dann ließ er die Hände an die Seiten fallen.

Sein Schwert hing an einer Schlaufe von einem Handgelenk, eine Faust umklammerte das Ding, das er in der Ruine gesucht hatte.

»Trotzdem könnt Ihr mich nicht töten, Ilian von Garathorm«, sagte er ruhig. »Und selbst wenn Ihr es könntet, würde es furchtbare Folgen nach sich ziehen. Laßt mich gehen, oder nehmt mich gefangen, wie es Euch beliebt. Ich habe wichtigere Dinge zu bedenken . . .«

»Nehmt Euer Schwert, Baron Kalan, und verteidigt Euch!«

»Ich würde es bedauern, Euch das Leben nehmen zu müssen«, sagte Kalan, und seine Stimme klang nun hart, »denn Ihr stellt für einen Wissenschaftler wie mich ein Rätsel dar, das mich sehr fesselt. Aber ich *werde* Euch töten, Ilian, wenn Ihr mich weiterhin belästigt.«

»Und ich werde Euch töten, wenn ich kann.«

»Ich erwähnte bereits, daß ich nur von einer Kreatur im ganzen Multiversum getötet werden kann«, sagte Kalan ruhig. »Und das seid nicht Ihr. Außerdem hängt mehr davon ab, als Ihr Euch vorstellen könnt, daß ich am Leben bleibe . . .«

»Verteidigt Euch!«

Kalan zuckte die Schultern und hob sein Schwert.

Ilian holte aus, stach zu. Kalan parierte sorglos. Ihre Klinge, nur halb abgewehrt, setzte ihren Stoß fort, und die Spitze drang in sein Fleisch. Kalans Augen weiteten sich.

»Es schmerzt!« stieß er erstaunt hervor.

Ilian war kaum weniger erstaunt, als sie das Blut fließen sah. Kalan stolperte rückwärts und blickte auf seine Wunde. »Das gibt es nicht«, flüsterte er.

Und wieder stach Ilian zu, diesmal, um das Herz zu treffen, gerade, als Kalan sagte: »Nur Falkenmond kann mich töten. Es ist unmöglich . . .«

Da fiel er rückwärts in die Asche, daß eine kleine graue Wolke um ihn aufstieg. Selbst seine toten Züge verrieten noch sein Erstaunen.

»Nun sind wir beide gerächt, Baron Kalan«, sagte Ilian in einer Stimme, die nicht wie ihre eigene klang.

Sie beugte sich über den Toten, um zu sehen, was Kalan so Kostbares gesucht und gefunden hatte, und nahm es ihm aus den Fingern.

Es war etwas, das wie polierte Kohle aussah – ein ungleichmäßig geschliffener Stein. Sie ahnte, was es war.

Als sie sich wieder aufrichtete, bemerkte sie, daß das Licht um sie herum sich irgendwie verändert hatte. Es sah aus, als hätten Wolken sich vor die Sonne geschoben, dabei war der Regen erst in zwei Monaten fällig.

Jhary-a-Conel kam auf sie zugerannt. »Ihr habt ihn also getötet!« rief er. »Aber ich fürchte, Eure Tat wird uns noch mehr Unannehmlichkeiten bringen.« Er blickte auf das Juwel in ihrer Hand. »Paßt gut darauf auf!« rief er ihr zu. »Wenn wir beide überleben sollten, werde ich Euch zeigen, was Ihr damit tun müßt.«

Aus dem verdunkelten Himmel, durch die obersten Zweige von Garathorms titanischen Bäumen, kam ein seltsames Geräusch. Es hörte sich an wie das Flügelschlagen eines gigantischen Vogels. Und gleichzeitig drang ein Gestank herab, der den der Verwesung ringsum wie einen süßen Duft erscheinen ließ.

»Was geschieht, Jhary?« Eine ungeheure Angst erfüllte Ilian. Sie wollte vor dem schrecklichen Ding fliehen, das sich offensichtlich auf Virinthorm herabsenkte.

»Kalan warnte Euch, daß es Folgen haben würde, wenn man ihn hier tötete. Ihr müßt wissen, daß seine Experimente das Gleichgewicht des gesamten Multiversums ins Schwanken brachten. Dadurch, daß Ihr ihn getötet habt, ermöglicht Ihr dem Multiversum, sich selbst zu heilen, aber das wird zu weiteren Störungen führen.«

»Aber was verursacht dieses Geräusch? Diesen Gestank?«

»Horcht!« sagte Jhary-a-Conel. »Dann vernehmt Ihr noch etwas anderes.«

Ilian lauschte, und nun konnte sie in der Ferne das Auf- und Abschwellen des Kriegshornes hören. Ymryls Horn.

»Er hat Arioch, den Herrn des Chaos, gerufen«, erklärte Jhary. »Kalans Tod ermöglichte es ihm endlich, hierher zu kommen. Ymryl hat einen neuen Verbündeten, Ilian.«

3. Das schwankende Gleichgewicht

Jhary lachte wild und voll Verzweiflung, als er auf sein gelbes Pferd stieg und immer wieder aufs neue einen Blick zum Himmel warf. Es war noch dunkel, aber das gräßliche Geräusch flatternder Titanenflügel war, genau wie der grauenvolle Gestank, vergangen.

»Nur Ihr, Jhary, wißt, wogegen wir nun kämpfen müssen«, sagte Katinka van Bak ernst. Mit dem Ärmel wischte sie sich den Schweiß aus dem Gesicht. Das Schwert, das sie gegen Axt und Keule ausgetauscht hatte, hielt sie in der Hand.

Yisselda von Brass ritt auf sie zu. Am Arm hatte sie eine lange, aber glücklicherweise nicht sehr tiefe Schnittwunde, auf der das Blut bereits verkrustete.

»Ymryl hat seinen Angriff abgebrochen«, rief sie. »Ich kann mir nicht vorstellen, welche Strategie er jetzt verfolgt...« Sie verstummte, als sie Kalan tot in der Asche liegen sah. »Aha«, murmelte sie. »Dann ist er also doch getötet worden. Gut! Wißt ihr, er glaubte nämlich fest, daß nur mein Gatte, Falkenmond, ihn töten könnte.«

Katinka van Bak lächelte. »Ja«, sagte sie. »Ich wußte es.«

»Habt Ihr eine Ahnung, wie Ymryls nächste Schritte aussehen?« wandte Yisselda sich an sie.

»Er braucht sich jetzt wenig um Strategie zu sorgen, nach dem, was Jhary uns berichtete«, erwiderte die Kriegerin müde. »Er hat nun die Hilfe von Dämonen.«

»Ihr benutzt die Bezeichnung, die Eurer Einstellung am besten zusagt«, murmelte Jhary. »Wenn ich Arioch als Wesen von beachtlicher geistiger und physischer Macht bezeichnete, würdet Ihr seine Existenz zweifellos ohne Einschränkung akzeptieren.«

»Ich akzeptiere sie ohnehin!« schnaubte Katinka van Bak. »Ich habe ihn gehört – und gerochen!«

»Nun«, warf Ilian mit leiser Stimme ein. »Wir müssen unseren Kampf gegen Ymryl fortführen, selbst wenn er hoffnungslos ist. Sollten wir unsere defensive Strategie beibehalten oder lieber angreifen?«

»Es macht sicher keinen großen Unterschied mehr«, meinte Jhary-a-Conel. »Aber ist es nicht glorreicher, im Angriff zu fallen?« Er lächelte leicht und murmelte, mehr zu sich selbst als zu den anderen: »Merkwürdig, daß der Tod immer unwillkommen ist, obgleich ich doch mein Los verstehe.«

Sie hatten ihre Reittiere zurückgelassen und schlichen nun durch die Bäume, so leise sie konnten. Den toten Kriegern des Dunklen Imperiums, die Baron Kalan geführt hatte, hatten sie die Flammenlanzen abgenommen und sich damit bewaffnet.

Jhary kletterte voraus. Er blieb stehen und hob Vorsicht heischend die Hand, als er durch das Laub in die Tiefe blickte und seine Nase rümpfte.

Sie sahen Ymryls Lager unter sich. Er hatte es unmittelbar am Rand der Stadt aufgeschlagen. Sie sahen auch Ymryl selbst und das Gelbe Horn, das bei jeder Bewegung auf seiner nackten Brust hüpfte. Er trug nur seidene Beinkleider über nackten Füßen. Seine Arme bedeckten Lederbänder, dicht mit Juwelen besetzt, und um die Mitte hatte er einen breiten Gürtel geschlungen, in dem sein schweres Schwert, ein breiter Dolch und eine Waffe steckten, mit der man winzige Pfeile über weite Entfernungen schießen konnte. Sein dichtes, wirres Haar hing ihm ins Gesicht, und seine unregelmäßigen Zähne blitzten, als er seinen neuen Verbündeten mit einem nervösen Grinsen bedachte.

Dieser neue Verbündete war gut neun Fuß hoch, sechs Fuß breit und hatte dunkle Schuppenhaut. Er war nackt, ein Hermaphrodit, und aus seinem Rücken wuchs ein Paar ledriger Flügel, die er gefaltet hatte. Er schien Schmerzen zu haben, wenn er sich bewegte, wie jetzt, um nach den weiteren Überresten eines Kriegers zu greifen, an denen er hungrig kaute.

Das Beunruhigendste an ihm war sein Gesicht. Es veränderte sich ständig. Einen Augenblick wirkte es abstoßend brutal und häßlich, im nächsten war es das eines makellos schönen Jünglings. Nur die Augen, die schmerzerfüllten Augen, veränderten sich nicht. Hin und wieder funkelten sie vor Intelligenz, doch gewöhnlich wirkten sie grausam, wild, primitiv.

Ymryls Stimme zitterte, aber sie klang auch triumphierend. »Ihr werdet mir nun beistehen, nicht wahr, Lord Arioch? So vereinbarten wir es in unserem Pakt . . .«

»Ah, der Pakt«, brummte der Dämon. »Ich habe so viele abgeschlossen. Und so viele haben ihn in letzter Zeit gebrochen . . .«

»Ich bin nach wie vor Euer treuer Diener, mein Lord.«

»Ich stehe selbst unter Druck. Gewaltige Kräfte werfen sich gegen mich auf vielen Ebenen und in vielen Zeiten. Menschen griffen störend in das Multiversum ein. Es gibt kein Gleichgewicht mehr. Das Chaos zerfällt, und die Ordnung ist nicht mehr . . .«

Arioch schien mehr zu sich als zu Ymryl zu sprechen.

Zögernd fragte Ymryl: »Aber Eure Macht? Ihr habt doch Eure Macht noch?«

»Ja, einen großen Teil davon. Sicher, ich kann Euch hier in Eurer Situation helfen, Ymryl, solange sie anhalten wird.«

»Anhalten? Was meint Ihr damit, Lord Arioch?«

Aber der Chaoslord nagte stumm das Fleisch vom letzten Knochen und warf ihn von sich. Dann schleppte er sich schwerfällig durchs Lager und starrte auf die Stadt.

Ilian lief ein kalter Schauder über den Rücken, als sie sah, wie das Gesicht sich erneut veränderte und sich nun in eine feiste Wüstlingsvisage mit faulenden Zähnen verwandelte. Die Lippen bewegten sich, als Arioch vor sich hin murmelte: *»Es ist reine Ansichtssache, Corum. Wir folgen unseren Launen . . .«* Arioch runzelte nun finster die Stirn. *»Ah, Elric, teuerster meiner Sklaven — alles dreht sich — alles dreht sich. Was bedeutet es?«* Und wieder wandelte sich das Gesicht und wurde zum Antlitz eines schönen Jünglings. *»Die Ebenen überschneiden sich. Die Waagschalen kippen. Die alten Schlachten geraten in Vergessenheit. Alles ändert sich. Sterben die Götter wahrhaftig? Können die Götter sterben?«*

Sosehr ihr auch vor diesem Ungeheuer ekelte, empfand Ilian unwillkürlich eine merkwürdige Sympathie für Arioch, als sie seine Überlegungen mitanhörte.

»Wie sollen wir zuschlagen, großer Arioch?« Ymryl trat zu seinem übernatürlichen Herrn. »Werdet Ihr uns führen?«

»Euch führen? Es ist nicht meine Art, Sterbliche in die Schlacht zu führen. Ah!« Arioch stieß einen Schmerzensschrei aus. »Ich kann nicht hierbleiben!«

»Ihr müßt, Herzog Arioch! Unser Pakt!«

»Ja, Ymryl, unser Pakt. Ich gab Euch das Horn, das Bruder des Schicksalshorns ist. Und es gibt nur noch wenige, die den Chaosherrschern ergeben sind, nur noch wenige Welten, wo wir überleben können . . .«

»Dann gebt Ihr uns die Macht?«

Wieder änderte sich Ariochs Gesicht, nahm seine primitive, dämonische Form an. Und Arioch knurrte. Jede Spur von Intelligenz schwand aus seinen Zügen. Schnaubend holte er Luft. Sein Körper wechselte die Farbe, und während er gleichzeitig anschwoll, leuchtete er in Rot- und Gelbtönen, als brenne ein mächtiges Feuer in ihm.

»Er sammelt seine Kräfte«, flüsterte Jhary-a-Conel in Ilians Ohr. »Wir müssen jetzt zuschlagen. Jetzt! Ilian.«

Er sprang und drückte gleichzeitig auf seine Flammenlanze. Mitten hinein in die Reihen der gewaltigen Armee rannte er, und vier der Krieger hatten bereits den Tod gefunden, ehe auch nur einem bewußt wurde, daß der Feind sich zwischen ihnen befand. Nun sprangen weitere von Ilians Kämpfern, Jharys Beispiel folgend, aus den Bäumen. Katinka van Bak, Yisselda von Brass, Lyfeth von Ghant, Mysenal von Hinn, sie alle sprangen hinunter ins Gefecht, in den sicheren Tod. Und Ilian fragte sich, weshalb sie noch zögerte.

Sie sah Ymryl drängend Arioch zurufen, sah, wie Arioch nach Ymryl griff. Da begann auch Ymryls Körper zu glühen, in dem gleichen Feuer zu brennen wie Ariochs.

Und Ymryl brüllte, zog sein Schwert und stürmte gegen Ilians Handvoll Krieger.

Jetzt sprang Ilian – genau zwischen Ymryl und ihre Getreuen.

Ymryl war besessen. Eine ungeheure Kraft ging von ihm aus, als hätte Arioch persönlich von ihm Besitz ergriffen. Selbst seine sterblichen Augen waren jetzt die Ariochs. Er fletschte die Zähne. Mit erhobenem Schwert rannte er auf das Mädchen zu. »Ah, Ilian!« rief er. »Diesmal wirst du sterben!«

Ilian versuchte, seinen Hieb zu parieren, aber so groß war Ymryls Kraft jetzt, daß ihr eigenes Schwert zurückgeschlagen wurde, daß es gegen ihren eigenen Körper drückte. Sie stolperte rückwärts und war kaum imstande, Ymryls nächsten Schlag abzuwehren. Sie kämpfte mit hoffnungsloser Wildheit und wußte, daß sie jeden Augenblick unter Ymryls Klinge fallen würde.

Hinter Ymryl war Arioch zu ungeheurer Größe angeschwollen. Sein Körper wuchs weiter und immer weiter, doch er schien dabei mehr und mehr an Substanz zu verlieren. Sein Gesicht veränderte sich jede Sekunde, und sie hörte seine Stimme schwach rufen:

»Das Gleichgewicht! Das Gleichgewicht! Es schwankt! Es krümmt sich. Es zerrinnt! Es ist der Untergang der Götter! O diese nichtswürdigen Kreaturen – diese Menschen . . .«

Und dann war Arioch verschwunden. Doch Ymryl war geblieben, ein Ymryl voll von Ariochs schrecklicher Macht.

Ilian zog sich unter dem Hagel von Hieben immer weiter zurück. Ihre Arme schmerzten. Ihre Beine und ihr Rücken schmerzten. Sie hatte Angst. Sie wollte nicht von Ymryl getötet werden.

Von irgendwoher hörte sie einen anderen Laut. War es ein Triumphgeschrei? Bedeutete es, daß alle ihre Kameraden tot waren? Daß Ymryls Soldaten jeden einzelnen von ihnen getötet hatten?

War sie die letzte von Garathorm?

Sie fiel zurück, als Ymryl ihr mit einem mächtigen Hieb das Schwert aus der Hand schlug. Und mit einem weiteren zerschmetterte er ihren Schild. Und nun zog Ymryl den Arm zurück für den Todesstoß.

4. Das Seelenjuwel

Ilian versuchte, Ymryl in die Augen zu blicken, als sie starb – in jene Augen, die nicht länger seine eigenen, sondern Ariochs waren.

Doch da erlosch das Licht in ihnen, und Ymryl schaute sich verwundert um. Sie hörte, wie er sagte:

»Dann ist es also vorbei? Wir dürfen heim?«

Er schien etwas zu sehen, das sich nicht auf Garathorm befand. Und er lächelte.

Ilian griff nach ihrem Schwert am Boden. Mit aller Kraft stieß sie es hoch. Sie sah das Blut aus Ymryls Wunde schießen, und noch erstaunter, während er allmählich im Nichts verschwand, genau wie Arioch vor ihm.

Verwirrt taumelte sie nun hoch. Sie wußte nicht, ob sie Ymryl getötet hatte oder nicht. Sie würde es auch nie erfahren.

Katinka van Bak lag ganz in der Nähe. Sie hatte eine große blutende Wunde in der Brust. Ihr Gesicht war weiß, als befände sich kein Tropfen Blut mehr in ihrem Körper. Sie röchelte. Als sie Ilian erkannte, sagte sie keuchend:

»Ich hörte die Geschichte von Falkenmonds Schwert. Schwert der Morgenröte wurde es genannt. Es konnte Krieger aus einer anderen Ebene, einer anderen Zeit herbeirufen. Wäre es nicht möglich, daß ein anderes Schwert Ymryl zu sich geholt hat?« Sie wußte wohl kaum selbst, was sie sagte.

Jhary-a-Conel, gestützt von Yisselda von Brass, hinkte aus dem Schlachtenstaub. Sein Bein war aufgeschlitzt, doch glücklicherweise schien es keine sehr ernste Wunde.

»So habt Ihr uns also doch gerettet, Ilian«, sagte er. »Wie es der Ewige Held auch sollte und doch nicht immer tut.« Er grinste.

»Ich euch – uns – gerettet? Nein, ich kann es mir selbst nicht erklären. Ymryl verschwand einfach!«

»Ihr habt Kalan getötet. Kalan war es, der die Umstände schuf, die es Ymryl und den anderen ermöglichten, nach Garathorm zu kommen. Mit Kalans Tod begann der Riß im Multiversum sich wieder zu schließen. Und indem es sich selbst heilte, mußten Ymryl und alle, die ihm dienten, in ihre eigenen Welten zurückkehren. Ich bin sicher, daß es so geschah. Die Zeiten sind sehr ungewöhnlich, Ilian von Garathorm, fast so unverständlich für mich, wie sie es für Euch sind. Ich bin daran gewöhnt, daß die Götter ihren Willen durchsetzen – aber Arioch, ich glaube, hat sein Ende gefunden. Ich frage mich, ob die Götter auf allen Ebenen sterben?«

»Auf Garathorm hat es nie Götter gegeben«, versicherte ihm Ilian. Sie bückte sich über Katinka van Bak, um ihre Wunde zu versorgen. Sie hoffte nur, daß sie nicht wirklich so schlimm war, wie sie aussah. Aber ihre Hoffnung schien sich nicht erfüllen zu wollen. Katinka lag zweifellos im Sterben.

»Dann sind sie also alle fort?« fragte Yisselda, ohne daß ihr offenbar bewußt wurde, wie schwer verletzt Katinka van Bak war.

»Alle – einschließlich der Leichen«, erwiderte Jhary. Er suchte nach etwas in dem Beutel, der von seinem Gürtel hing. Dann brachte er ein Fläschchen zum Vorschein. »Es wird ihr helfen«, sagte er zu Ilian. »Es ist ein schmerzstillender Trank.«

Ilian drückte die Flasche an Katinka van Baks Lippen, aber die Kriegerin schüttelte den Kopf. »Nein«, murmelte sie. »Ich würde darauf einschlafen. Aber ich möchte das Weilchen, das mir vom

Leben noch bleibt, wachbleiben. Und ich muß nach Hause zurück.«

»Nach Hause? Nach Virinthorm?« fragte Ilian sanft.

»Nein, mein eigenes Zuhause. Zurück durch die Bulgarberge.« Katinkas Augen suchten Jhary-a-Conel. »Werdet Ihr mich dorthin bringen, Jhary?«

»Wir brauchen eine Bahre.« Er drehte sich um und fragte Lyfeth, die gerade herbeikam. »Kann jemand von euch eine Bahre anfertigen?«

»Ihr lebt noch?« fragte Ilian erfreut. »Wie ist das möglich? Ich dachte, der Tod sei uns allen sicher...«

»Das Seevolk half uns!« erklärte Lyfeth, ehe sie sich umdrehte, um für eine Bahre zu sorgen. »Hast du sie denn nicht gesehen?«

»Die Seemenschen? Ich war so mit dem Dämon beschäftigt...«

»Gerade als Jhary in das Lager hinuntersprang, sahen wir ihre Banner. Deshalb wählten wir diesen Augenblick für den Angriff. Schau!«

Während sie bereits auf die Bäume zuschritt, um Zweige zu schneiden, deutete Lyfeth.

Ilian lächelte vor Freude, als sie die Krieger sah, von denen jeder mit einer großen Harpune bewaffnet war und auf einer kräftigen Kreatur saß, die einem Seelöwen ähnelte. Nur wenige Male hatte sie Gelegenheit gehabt, einen des Seevolks zu sehen, aber sie wußte, daß sie stolze und starke Menschen waren, die auf ihren amphibischen Reittieren Wale jagten.

Während Yisselda Katinka van Baks Wunde verband, dankte Ilian König Treshon, dem Führer des Seevolks, für seine Hilfe.

Er stieg von seinem Reittier und verneigte sich. »Meine Lady«, sagte er, »meine Königin.« Obgleich er den Jahren nach schon ein alter Mann sein müßte, war seine bronzefarbige Haut glatt und straff, und die Muskeln spielten geschmeidig darunter. Er trug ein ärmelloses Kettenhemd und ein Lederwams wie alle seine Krieger auch. »Nun kann Garathorm wieder in Frieden leben.«

»Wußtet Ihr von unserer Schlacht?« fragte ihn Ilian.

»Nein. Aber unsere Spione beobachteten Arnald von Grovent – der schließlich der Anführer derer wurde, die unsere Städte eroberten. Als er sich auf den Marsch machte, um gegen Ymryl zu kämpfen, beschlossen wir, selbst anzugreifen. Es war die beste Zeit, während ihre Kräfte geteilt waren und sie sich auf einen Angriff von anderer Seite konzentrierten . . .«

»Wir machten es nicht anders!« rief Ilian. »Wie gut, daß wir uns beide für die gleiche Strategie entschieden.«

»Wir hatten einen klugen Ratgeber«, sagte König Treshon lächelnd.

»Einen Ratgeber? Wen?«

»Den jungen Mann dort . . .« König Treshon deutete auf Jhary-a-Conel, der neben Katinka van Bak auf dem Boden saß und sich leise mit ihr unterhielt. »Er besuchte uns vor etwa einem Monat und schlug den Plan vor, dem wir folgten.«

Nun lächelte auch Ilian. »Er weiß viel, dieser junge Mann.«

»Ja, meine Lady.«

Ilian tastete in ihren Gürtelbeutel und spürte die harten Kanten des Schwarzen Juwels. Sie hing ihren Gedanken nach, während sie zu den anderen zurückkehrte, nachdem sie sich von König Treshon verabschiedet hatte.

»Ihr gabt mir den Rat, gut auf dieses Juwel aufzupassen«, wandte sie sich an Jhary und hielt den Stein hoch, daß er ihn sehen konnte.

»Ich bin sehr froh, daß er noch hier ist«, versicherte ihr Jhary. »Ich befürchtete schon, er wäre dorthin zurückgeholt worden, wo Baron Kalans Leiche jetzt liegt.«

»Ihr habt viel von dem geplant, was hier geschehen ist, Jhary-a-Conel, nicht wahr?«

»Geplant? Nein! Ich diene, das ist alles. Ich tue, was getan werden muß.» Jhary war bleich. Ilian bemerkte, daß er zitterte.

»Was ist mit Euch? Seid Ihr schlimmer verletzt, als wir dachten?«

»Nein. Aber die Kräfte, die Arioch und Ymryl aus Eurer Welt zogen, greifen auch nach mir. Wir müssen uns beeilen, um zur Höhle zurückzukommen.«

»Zur Höhle?«

»Wo wir uns das erste Mal begegneten.« Jhary sprang auf und rannte zu seinem gelben Gaul. »Setzt Euch auf welches Reittier Ihr auch finden könnt. Und sorgt dafür, daß zwei Eurer Krieger Katinkas Bahre tragen. Bringt Yisselda von Brass mit Euch. Schnell! Eilt zur Höhle!« Und schon ritt er davon.

Ilian stellte fest, daß die Bahre schon fast fertig war. Sie berichtete Yisselda, was Jhary ihr aufgetragen hatte. Dann sahen beide sich nach Reittieren um.

»Aber weshalb bin ich dann noch in dieser Welt?« fragte Yisselda verwundert. »Hätte ich nicht in die zurückkehren müssen, wo Kalan mich gefangengehalten hatte?«

»Ihr spürt nichts? Nichts, das Euch von hier wegzuziehen versucht?«

»Nein, nichts, gar nichts.«

Impulsiv küßte Ilian Yisselda leicht auf die Wange. »Lebt wohl«, murmelte sie.

Yisselda sah sie überrascht an. »Kommt Ihr denn nicht mit uns in die Höhle?«

»Doch, ich komme mit. Aber ich mußte ganz einfach jetzt Lebewohl sagen. Ich weiß selbst nicht, weshalb.«

Ilian spürte ein wunderbares Gefühl inneren Friedens. Sie berührte das Schwarze Juwel in ihrem Gürtelbeutel und lächelte.

Jhary erwartete sie am Höhleneingang. Er schien noch schwächer zu sein als zuvor. Seine kleine schwarz-weiße Katze hielt er an seine Brust gedrückt.

»Ah!« murmelte er erleichtert. »Ich hatte schon Angst, ich würde bei eurer Ankunft nicht mehr hier sein.«

Lyfeth von Ghant und Mysenal von Hinn hatten darauf bestanden, Katinka van Baks Bahre selbst zu tragen. Sie wollten damit gerade die Höhle betreten, als Jhary sie aufhielt. »Es tut mir leid«, sagte er, »aber ich muß euch jetzt bitten, hier zu warten. Sollte Ilian nicht zurückkehren, müßt Ihr einen neuen Herrscher wählen.«

»Einen neuen Herrscher? Was beabsichtigt Ihr mit ihr zu tun?« Mysenal legte die Hand um den Schwertgriff. »Wer kann ihr in der Höhle etwas tun?«

»Niemand wird ihr etwas antun. Aber Kalans Juwel hält immer noch ihre Seele gefangen...« Jhary lief der Schweiß in Strömen über das Gesicht. Er keuchte und schüttelte den Kopf. »Ich kann es euch jetzt nicht erklären. Aber seid versichert, daß ich eure Königin beschützen werde...«

Er folgte Yisselda und Ilian, die jetzt Katinka van Baks Bahre trugen.

Ilian war erstaunt, wie tief die Höhle war. Endlos schien sie in den Berg hineinzuführen, und je weiter sie kamen, desto kälter wurde es. Aber sie sagte nichts, denn sie vertraute Jhary-a-Conel.

Sie drehte sich nur einmal um, als sie Mysenals Stimme ihr aufgeregt nachrufen hörte: »Wir wissen nun, daß Ihr keine Schuld habt, Ilian. Ihr konntet nicht anders ...«

Und sie wunderte sich über den Ton seiner Stimme, und weshalb er es plötzlich so eilig hatte, ihr das zu sagen. Nicht, daß es ihr viel bedeutete, denn sie kannte ihre Schuld, war sich ihrer nur zu sehr bewußt, gleichgültig, was die anderen dachten.

Katinka van Bak fragte mit schwacher Stimme: »War es nicht hier, Jhary-a-Conel?«

Jhary nickte. Als es immer dunkler geworden war, je tiefer sie in den Berg eindrangen, hatte er von irgendwoher plötzlich eine merkwürdige Kugel zum Vorschein gebracht – eine Kugel, die von innen heraus glühte. Er setzte sie jetzt auf dem Boden ab. Ilian holte erschrocken Luft. Neben der Kugel lag die Leiche eines hochgewachsenen, gutaussehenden Mannes, der dick in Pelz gehüllt war. Soweit sie sehen konnte, wies sein Körper keine Wunde auf, auch sonst gab es keine Anzeichen, woran er gestorben sein mochte. Und sein Gesicht erinnerte sie an jemanden. Sie schloß die Augen. »Falkenmond ...« murmelte sie. »Mein Name ...«

Yisselda schluchzte, als sie sich neben die Leiche kniete. »Dorian! Mein Liebster! Mein Liebster!« Sie blickte Jhary-a-Conel an. »Weshalb habt Ihr mich nicht darauf vorbereitet?«

Jhary kümmerte sich nicht um sie, sondern drehte sich zu Ilian zu, die benommen an der Wand lehnte. »Gebt mir das Juwel«, bat er sie. »Das Schwarze Juwel, Ilian. Gebt es mir, schnell!«

Als Ilian in ihrem Gürtelbeutel danach tastete, berührten ihre Finger erstaunlicherweise etwas Warmes, Vibrierendes.

»Der Stein – lebt!« rief sie. »Er lebt!«

»Ja. Beeilt Euch!« drängte Jhary mit kaum noch verständlicher Stimme. »Kniet Euch neben ihn ...«

»Neben die Leiche?« Ilian wich ekelerfüllt zurück.

»Tut, worum ich Euch bitte!« Jhary sammelte seine letzten Kräfte und zerrte Yisselda von Falkenmonds Körper weg, und befahl Ilian, sich daneben zu knien. Voll Abscheu gehorchte sie.

»Jetzt drückt das Juwel auf die Stirn – genau dort, wo Ihr die Narbe seht!«

Mit zitternden Fingern tat sie es.

»Und nun legt Eure eigene Stirn auf den Stein!«

Sie biß die Zähne zusammen und beugte sich über die Leiche, bis ihre Stirn das pulsierende Juwel berührte. Und plötzlich fiel sie *in* diesen Stein und durch ihn hindurch. Und während dieses Sturzes fiel ihr jemand entgegen. Es war, als eile sie auf ihr Spiegelbild zu. Sie schrie auf.

Sie hörte Jharys schwaches Lebewohl und versuchte zu antworten, aber sie konnte es nicht. Immer tiefer fiel sie, durch Korridore endloser Gefühle, Erinnerungen, der Schuld und Wiedergutmachung . . .

Sie war Asquiol und Arflane und Alaric. Sie war John Daker, Erekose und Urlik. Sie war Corum und Elric und Falkenmond . . .

»Falkenmond!« Sie rief den Namen mit ihren eigenen Lippen, und es war ein Schlachtruf! Sie kämpfte gegen Baron Meliadus und Asrovaak Mikosevaar in der Schlacht um die Kamarg. Sie kämpfte erneut gegen Meliadus in Londra, und Yisselda war an ihrer Seite. Sie und Yisselda blickten auf das Schlachtfeld, als alles vorüber war, und sie stellten fest, daß von ihren Kameraden nur sie beide überlebt hatten

»Yisselda!«

»Ich bin hier, Dorian! Ich bin hier!«

Er öffnete die Augen und murmelte: »Also hat Katinka van Bak mich doch nicht betrogen! Aber welch ausgefallene Art und Weise, mich zu dir zu bringen. Weshalb ein so komplizierter Weg?«

»Vielleicht werdet Ihr es eines Tages herausfinden«, flüsterte Katinka van Bak kaum noch verständlich von ihrer Bahre. »Ich kann es Euch nicht mehr sagen, ich muß meinen Atem sparen. Ich brauche euch beide, mich aus diesem Berg herauszuschaffen und zur Ukrania zu bringen, wo ich sterben möchte.«

Falkenmond erhob sich. Er fühlte sich entsetzlich steif, als hätte er monatelang am gleichen Fleck gelegen. Er sah das Blut auf ihrem Verband. »Ihr seid verwundet! Aber so stark kann ich Euch doch gar nicht verletzt haben! Zumindest erinnere ich mich nicht . . .« Er legte die Hand auf seine Stirn. Etwas Warmes, wie Blut, befand sich dort. Aber als er seine Finger zurückzog, flackerte nur flüchtig etwas dunkel Leuchtendes auf, ehe es wieder verschwand. »Wie – konnte es dann geschehen – Jherek? Sicher nicht ...«

Katinka van Bak lächelte. »Nein. Yisselda wird Euch erzählen, wo ich mir meine Verwundung holte.«

Eine fremde Frau sagte mit sanfter, wohlklingender Stimme hinter Falkenmond: »Sie erlitt sie, als sie ein Land retten half, das nicht einmal ihr eigenes war.«

»Das wäre nicht das erste Mal«, erklärte Falkenmond und drehte sich um. Er blickte in ein Gesicht von bezaubernder Schönheit, von dem eine gewisse Traurigkeit ausging. Er müßte eigentlich den Grund dieser Traurigkeit kennen, dachte er, wenn er sich Zeit zum Überlegen nähme. »Wir kennen uns?« fragte er.

»Ihr kennt euch«, versicherte ihm Katinka. »Aber nun müßt ihr euch schnell trennen, sonst wird es noch weitere Störungen im Gleichgewicht des Multiversums geben, wenn ihr beide euch am selben Ort befindet. Glaubt mir, Ilian von Garathorm, und hört auf meine Warnung. Kehrt zurück! Eilt zu Mysenal und Lyfeth. Sie werden Euch helfen, Euer Land wieder aufzubauen ...«

»Aber ...« Ilian zögerte. »Ich möchte mich gerne noch mit Yisselda und Falkenmond unterhalten.«

»Dazu habt Ihr kein Recht. Ihr seid zwei Aspekte ein und desselben. Nur unter bestimmten Umständen könnt ihr euch begegnen. Das weiß ich von Jhary-a-Conel. Geht jetzt! Beeilt Euch!«

Immer noch zögernd drehte das schöne Mädchen sich um. Das goldene Haar schwang auf die Schultern, ihr Kettenhemd klirrte. Sie schritt hinein in die Dunkelheit und war bald verschwunden.

»Wohin führt dieser Tunnel, Katinka van Bak?« erkundigte sich Falkenmond. »Zur Ukraine?«

»Nicht zur Ukraine. Und bald wird er nirgendwo mehr hinführen. Ich hoffe, sie wird ein wenig Glück haben, diese junge Königin. Es gibt viel für sie zu tun. Und ich habe das Gefühl, daß sie Ymryl wieder begegnen wird.«

»Ymryl?«

Katinka van Bak seufzte. »Ich sagte Euch, daß ich meinen Atem nicht verschwenden möchte. Ich brauche ihn, um am Leben zu bleiben, bis wir die Ukraine erreicht haben. Hoffen wir, daß der Schlitten noch auf uns wartet.«

Falkenmond zuckte die Schultern. Er wandte sich zu Yisselda um und blickte sie voll Liebe an. »Ich wußte, daß du lebst«, sagte er. »Sie hielten mich für wahnsinnig. Aber ich wußte, daß du lebst!«

Sie umarmten sich. »O Dorian!« flüsterte Yisselda. »Wenn du wüßtest, was ich alles erlebt habe.«

»Erzähl es ihm später«, brummte die sterbende Katinka van Bak. »Hebt lieber jetzt die Bahre auf und bringt mich zum Schlitten.«

Als die beiden sich bückten, um die Bahre zu tragen, fragte Yisselda: »Wie geht es den Kindern, Dorian?«

Und sie wunderte sich, weshalb Falkenmond den Rest des Weges durch den Tunnel in Schweigen verharrte.

DAMIT ENDET DIE ZWEITE CHRONIK
VON BURG BRASS

DRITTER BAND

Die Chronik von Burg Brass

DIE SUCHE NACH TANELORN

ERSTES BUCH

Welt im Wahnsinn –
Ein Held der Träume

1. Ein alter Freund auf Burg Brass

»Verloren?«

»Ja.«

»Aber nur Träume, Falkenmond. Verlorene Träume?« Der Ton war fast pathetisch.

»Ich fürchte, nein.«

Die kräftige Gestalt des Grafen Brass trat vom Fenster zurück, so daß plötzlich Licht auf Falkenmonds hageres Gesicht fiel. »Ich wollte, ich *hätte* zwei Enkel! Wie sehr ich mir das wünschte! Vielleicht, eines Tages . . .«

Es war ein bereits so oft wiederholtes Gespräch, daß es schon fast zum Ritual geworden war. Graf Brass mochte keine Rätsel und Unklarheiten. Sie waren seinem offenen Charakter zuwider.

»Es waren ein Junge und ein Mädchen.« Falkenmond war noch immer müde, aber es steckte kein Wahnsinn mehr in ihm. »Manfred und Yarmila. Der Junge war dir sehr ähnlich.«

»Wir haben es dir gesagt, Vater.« Yisselda trat mit den Händen unter der Brust verschränkt aus dem Schatten am Kamin. Ihr grünes Gewand war am Hals und an den Ärmeln mit Hermelin besetzt. Seit ihrer Rückkehr mit Falkenmond vor einem Monat war sie sehr blaß. »Wir sagten es dir – und wir müssen sie finden.«

Graf Brass fuhr sich durch das graumelierte rote Haar und zog die roten Brauen zusammen. »Ich glaubte Falkenmond nicht – aber euch beiden glaube ich jetzt, wider meinen Willen.«

»Deshalb auch dein ständiges Argumentieren, Vater.« Yisselda legte ihre Hand auf seinen Brokatärmel.

»Bowgentle könnte möglicherweise diese Paradoxa erklären«, murmelte Graf Brass. »Doch einen anderen gibt es nicht, der die richtigen Worte fände, damit ein einfach denkender Krieger wie ich sie versteht. Ihr seid der Meinung, ich wäre aus dem Tod zurückgeholt worden, aber ich habe keine Erinnerung an das Sterben. Und Yisselda wurde aus dem Nichts befreit, dabei war ich überzeugt, daß sie in der Schlacht von Londra fiel. Nun sprecht ihr von Kindern, die auch irgendwo im Nichts sein sollen. Ein grauenvoller Gedanke! Kinder, die solche Schrecken erdulden müssen! Nein, diese Möglichkeit will ich nicht in Betracht ziehen.«

»Aber wir müssen es.« Falkenmond sprach mit der Entschlossenheit eines Mannes, der viele einsame Stunden mit seinen düstersten Gedanken gekämpft hat. »Nichts wird uns daran hindern, alles zu tun, um sie zu finden. Deshalb brechen wir heute nach Londra auf, in der Hoffnung, daß vielleicht Königin Flanas Wissenschaftler imstande sind, uns zu helfen.«

Graf Brass zupfte an seinem dicken roten Schnurrbart. Die Erwähnung Londras weckte andere Gedanken in ihm. Eine Spur von Verlegenheit zeichnete sich auf seinem Gesicht ab. Er räusperte sich.

Yisselda lächelte voll gütigen Humors. »Hast du eine Botschaft an Königin Flana?«

Ihr Vater zuckte die Schultern. »Die üblichen freundschaftlichen Wünsche und Grüße. Ich habe vor, ihr zu schreiben. Vielleicht reicht mir die Zeit für einen, Brief, ehe ihr abreist.«

»Sie würde sich bestimmt mehr freuen, wenn du selbst mitkämst.« Sie warf Falkenmond, der sich den Nacken rieb, einen verschwörerischen Blick zu. »In ihrem letzten Brief an mich schrieb sie, wie glücklich sie über deinen Besuch gewesen ist. Sie erwähnte deine weisen Ratschläge und deinen gesunden Menschenverstand in Staatsangelegenheiten. Sie ließ durchblicken, daß sie dir eine hohe Stellung auf dem Hof von Londra anbieten möchte.«

Graf Brass' ohnedies dunkles Gesicht färbte sich noch tiefer rot. »Sie erwähnte etwas Ähnliches. Aber sie braucht mich nicht in Londra.«

»Vielleicht nicht der Ratschläge wegen«, meinte Yisselda. »Aber möglicherweise deine Freundschaft. Sie war den Männern früher nicht abgeneigt. Aber seit d'Avercs schrecklichem Ende . . . Ich habe gehört, daß sie keine Gedanken an eine Heirat hegt, doch hörte ich auch, daß sie Überlegungen wegen der Erbfolge anstellt. Nun gibt es ihrer Meinung nach lediglich einen einzigen Mann, der ihr vielleicht soviel bedeuten könnte wie Huillam d'Averc. Ich fürchte, ich drücke mich ein wenig unbeholfen aus . . .«

»Das tust du allerdings, Tochter. Aber es ist verständlich, denn andere Gedanken beschäftigen dich. Ich bin jedoch gerührt von deiner Bereitschaft, dich mit meinen so unbedeutenden Angelegenheiten zu befassen.« Graf Brass lächelte und legte einen Arm um Yisselda. Der Brokatärmel fiel zurück und offenbarte seinen bronzefarbigen muskulösen Unterarm. »Aber ich bin zu alt, mich noch einmal zu verehelichen. Dächte ich an eine zweite Heirat, wüßte ich wahrhaftig keine bessere Gattin als Flana. Aber an meinem schon vor vielen Jahren gefaßten Entschluß, zurückgezogen in der Kamarg zu leben, hat sich nichts geändert. Außerdem habe ich die Verantwortung für die Menschen hier. Dürfte ich mich meiner Pflichten denn einfach entledigen?«

»Wir könnten sie übernehmen, wie wir es bereits einmal taten, als du . . .« Sie verstummte.

»Als ich tot war?« Graf Brass runzelte die Stirn. »Ich bin dankbar, daß ich keine solchen Erinnerungen an dich habe, Yisselda. Als ich aus Londra zurückkehrte und dich hier fand, war ich überglücklich. Ich suchte nach keiner Erklärung. Mir genügte es, daß du lebst. Aber andererseits hatte ich dich vor einigen Jahren in der Schlacht von Londra selbst fallen gesehen. Doch das war eine Erinnerung, die ich nur zu gern bezweifelte. Eine Erinnerung an Kinder wiederum – von solchen Gedanken heimgesucht zu werden, zu wissen, daß sie irgendwo voll Angst leben –, nein das ist zu grauenvoll!«

»Es ist ein uns bereits vertrautes Gefühl«, sagte Falkenmond. »Wir können nur hoffen, daß wir sie finden; hoffen, daß sie nichts von all dem wissen; hoffen, daß sie glücklich sind, auf welcher Ebene sie sich jetzt auch befinden.«

Es klopfte an der Tür. »Herein« rief Graf Brass mit rauher Stimme.

Hauptmann Josef Vedla trat ein. Er schloß die Tür hinter sich und blieb einen Augenblick stumm stehen. Der alte Recke trug, was er sein ›Zivil‹ nannte – Hirschlederhemd, Wildlederwams und -beinkleider und Stiefel aus altem, schwarzem Leder. Ein langer Dolch steckte im Gürtel. »Der Ornithopter ist gleich bereit«, meldete er. »Er wird euch nach Karlye bringen. Die Silberbrücke ist in ihrer alten Schönheit wiederaufgebaut. Wenn Ihr möchtet, Herzog Dorian, könnt ihr sie nach Deau-Vere überqueren.«

»Danke, Hauptmann Vedla. Es wird mir ein Vergnügen sein, die gleiche Route zu nehmen wie damals, als ich zum erstenmal in die Kamarg kam.«

Yisseldas Hand lag noch in der ihres Vaters. Sie streckte die andere nach Falkenmond aus. Ihre klaren Augen musterten kurz sein Gesicht, und sie drückte seine Hand. Er atmete tief. »Dann müssen wir aufbrechen.«

»Da ist noch etwas . . .« Josef Vedla zögerte.

»Noch etwas?«

»Ein Reiter, Herzog Dorian. Unsere Hüter sahen ihn. Ihre Heliographmeldung kam vor wenigen Minuten an. Er nähert sich der Stadt.«

»Wo hat er die Grenze überschritten?« erkundigte sich Graf Brass.

»Das ist ja das Sonderbare. Man hat ihn an der Grenze nirgends gesehen. Er war schon den halben Weg in der Kamarg, ehe man ihn entdeckte.«

»Das ist allerdings ungewöhnlich. Unsere Hüter sind normalerweise äußerst wachsam.«

»Das waren und sind sie auch heute. Er kam nicht auf einer der üblichen Straßen.«

»Nun, zweifellos werden wir die Möglichkeit haben, ihn zu fragen, wie er es fertigbrachte, nicht gesehen zu werden«, sagte Yisselda ruhig. »Schließlich ist er nur ein Reiter, keine ganze Armee.«

Falkenmond lachte. Einen Augenblick waren sie alle übermäßig besorgt gewesen. »Laßt ihm entgegenreiten, Hauptmann Vedla. Ladet ihn auf die Burg ein.«

Vedla salutierte und verließ den Raum.

Falkenmond schritt ans Fenster und blickte über die Dächer von Aigues-Mortes auf die Felder und Lagunen jenseits der alten Stadt. Der Himmel war von einem klaren, kräftigen Blau, das das ferne Wasser widerspiegelte. Ein schwacher Winterwind neigte das Schilfrohr. Er bemerkte eine Bewegung auf der breiten weißen Straße, die durch die Marschen zur Stadt führte. Er sah den Reiter. Er kam rasch in einem gleichmäßigen Galopp daher. Aufrecht und stolz saß er im Sattel. Und seine Haltung erschien Falkenmond vertraut. Doch aus dieser Entfernung war noch zu wenig zu erkennen. Falkenmond mußte sich gedulden, bis er näher war. »Er erinnert mich an jemanden, aber ich bin mir nicht klar, an wen.«

»Er hat sich nicht angemeldet.« Graf Brass zuckte die Schultern. »Aber es ist ja nicht mehr wie früher. Die Zeiten sind friedlicher.«

»Für manche«, murmelte Falkenmond und ärgerte sich sogleich über das Selbstmitleid, das aus diesen Worten klang. Zu lange hatte er sich ihm hingegeben, und nun, da er es endlich überwunden glaubte, war er überempfindlich, wenn sich doch immer wieder Nachwehen bemerkbar machten. Denn hatte er sich früher von diesem Gefühl völlig überwältigen lassen, so lehnte er es nun ab und zeigte eine absolute Gleichmütigkeit – eine Erleichterung für alle, außer jenen, die ihn wirklich gut kannten und ihm die größte Zuneigung entgegenbrachten. Yisselda ahnte seine Gedanken. Sanft strich sie ihm mit einem Finger über Lippen und Wange. Er lächelte sie dankbar an, zog sie an sich und küßte sie auf die Stirn.

»Aber jetzt muß ich mich für unsere Reise fertig machen«, entschuldigte sie sich.

»Bleibst du hier bei Vater, um den Besucher zu empfangen?« fragte sie.

Falkenmond nickte. »Ja, es könnte schließlich sein...«

»Du darfst dir keine falschen Hoffnungen machen«, mahnte sie ihn liebevoll. »Die Chance, daß er etwas über Manfred und Yarmila weiß, ist mehr als gering.«

»Du hast recht.«

Yisselda lächelte ihrem Vater zu und verließ den Raum.

Graf Brass trat an einen polierten Eichentisch, auf dem ein Tablett stand. Er hob einen Zinnkrug. »Trinkst du noch ein Glas Wein mit mir, ehe ihr aufbrecht?«

»Ja, gern.«

Falkenmond setzte sich zu Graf Brass an den Tisch und nahm den kunstvoll geschnitzten Holzkelch, den der alte Recke ihm reichte. Er trank den Wein und unterdrückte die Versuchung, ans Fenster zurückzukehren, um festzustellen, ob er den Besucher jetzt erkennen würde.

»Mehr denn je bedaure ich, daß Bowgentle nicht mehr unter uns weilt. Er könnte uns gut beraten«, sagte Graf Brass. »All diesem Gerede von weiteren Existenzebenen, an deren Wahrscheinlichkeitswelten, und über die Möglichkeit, daß tote Freunde doch noch leben könnten, haftet ein bedrückender Okkultismus an. Mein ganzes Leben lang habe ich den Aberglauben verabscheut und pseudophilosophische Theorien verachtet. Ich habe eben nicht den

Verstand, um ohne weiteres den Unterschied zwischen Scharlatanerie und den wahren metaphysischen Dingen zu erkennen.«

»Bitte betrachte es nicht als morbide Wunschträume, wenn ich sage, ich habe Grund zur Annahme, daß uns Bowgentle eines Tages wiedergegeben wird.«

»Der Unterschied zwischen uns, nehme ich an«, sagte Graf Brass, »ist, daß du dir trotz aller wiedergewonnenen geistigen Stabilität gestattest, gewissen Hoffnungen nachzuhängen, während ich, zumindest aus meinen bewußten Gedanken, schon seit langer Zeit den Glauben an Wunder verbannte. Dein Glaube daran erwacht offenbar immer wieder aufs neue.«

»Ja – durch viele Leben hindurch.«

»Wie meinst du das?«

»Ich denke an meine Träume. An die seltsamen Träume, in denen ich mich in den verschiedensten Körpern sehe. Ich dachte, diese Träume entsprängen meinem Wahnsinn, aber nun bin ich mir nicht mehr so sicher. Sie wiederholen sich auch jetzt noch regelmäßig.«

»Seit du mit Yisselda zurückgekehrt bist, erwähntest du sie nicht mehr.«

»Sie quälen mich nicht wie früher, aber ich erlebe sie jede Nacht aufs neue. Ich bin Elric und Erekose und Corum, ja, hauptsächlich diese drei, aber auch noch viele andere. Manchmal sehe ich den Runenstab, manchmal ein schwarzes Schwert. Und alles erscheint mir von großer Bedeutung. Ja, hin und wieder, wenn ich allein bin, vor allem, wenn ich durch die Marschen reite, werden die gleichen Träume auch am Tag in mir wach. Vertraute und fremde Gesichter schieben sich vor mein inneres Auge. Ich höre Wortfetzen, und am häufigsten diese so schreckliche Phrase: ›Ewiger Held‹. Früher hätte ich geglaubt, nur ein Wahnsinniger könne von sich selbst als einem Halbgott denken . . .«

»Genau wie ich«, versicherte ihm Graf Brass und schenkte Falkenmond Wein nach. »Aber es sind die anderen, die ihre Helden zu Halbgöttern erheben. Wie sehr ich wünschte, die Welt brauchte keine Helden.«

»Eine gesunde Welt bedarf ihrer auch nicht.«

»Aber vielleicht könnte nur eine Welt ohne Menschen gesund sein.« Graf Brass' Lächeln wirkte düster. »Vielleicht sind wir es, die die Welt zu dem machen, was sie ist?«

»Wenn ein Mensch gesunden kann, dann kann unsere Rasse es ebenfalls.« Falkenmond blickte Graf Brass fest an. »Darauf beruht mein Glaube.«

»Ich wollte, ich könnte ihn mit dir teilen. Wie ich es sehe, wird der Mensch sich dereinst selbst vernichten. Meine einzige Hoffnung besteht darin, daß dieses Geschick sich möglichst lange hinausschieben läßt, daß die unheilvollsten Taten gezügelt werden können, daß sich ein wenig Gleichgewicht aufrechterhalten läßt.«

»Gleichgewicht! Die Vorstellung, wie das kosmische Gleichgewicht und der Runenstab sie symbolisieren. Habe ich schon erwähnt, daß ich an dieser Philosophie zweifle? Daß ich zur Schlußfolgerung gelangte, das Gleichgewicht genüge nicht – jedenfalls nicht in dem Sinn, wie du es meinst. Ausgeglichenheit in einem Menschen ist gut – sie stellt das Gleichgewicht zwischen den Bedürfnissen des Geistes und des Körpers her. Wir sollen sie erstreben. Aber wie sieht es mit der Welt aus? Würden wir sie durch ein Gleichgewicht nicht zu sehr lähmen?«

»Ich fürchte, ich kann dir nicht mehr ganz folgen.« Graf Brass lachte. »Ich war nie ein sehr bedachter Mann im eigentlichen Sinne des Wortes, aber jetzt bin ich hauptsächlich ein müder Mann. Vielleicht ist es die Müdigkeit, die deine Gedanken beherrscht?«

»Es ist der Grimm«, sagte Falkenmond. »Wir dienten dem Runenstab. Das kam uns teuer zu stehen. Viele starben. Viele erlitten furchtbare Qualen. In uns ist immer noch eine schreckliche Verzweiflung. Und versprach man uns nicht, daß wir mit seiner Hilfe rechnen könnten, wenn wir ihrer bedurften? Brauchen wir sie denn vielleicht jetzt nicht?«

»Möglicherweise nicht wirklich.«

Falkenmond lachte bitter. »Wenn du recht hast, möchte ich keine Zukunft erleben, in der wir sie *wirklich* brauchen.«

Plötzlich wurde ihm etwas klar. Er rannte ans Fenster. Der Reiter hatte inzwischen längst die Marschstraße verlassen und die Stadt erreicht. Er konnte von diesem Fenster aus nicht mehr gesehen werden. »Ich weiß jetzt, wer er ist!« rief Falkenmond.

In diesem Augenblick klopfte es auch bereits an der Tür. Mit langen Schritten beeilte sich Falkenmond, sie zu öffnen.

Und da stand er, hochgewachsen, keck und stolz, eine Hand an der Hüfte, die andere am Knauf seines einfachen Schwertes, ein zusammengefalteter Umhang über der rechten Schulter, die Mütze schief auf dem Kopf und das rote Gesicht zu einem Lächeln verzogen. Es war der Orkneymann, der Bruder des Ritters in Schwarz und Gold – Orland Fank, Diener des Runenstabs.

»Einen schönen Tag, Euch, Herzog von Köln«, begrüßte er Falkenmond.

Falkenmond runzelte die Stirn, sein Lächeln war düster. »Auch Euch einen schönen Tag, Meister Fank. Seid Ihr gekommen, einen Gefallen zu erbitten?«

»Die Orkneyer erbitten nichts um nichts, Herzog Dorian.«

»Und der Runenstab – was erbittet er?«

Orland Fank trat nun in das Zimmer, mit Hauptmann Vedla hinter ihm. Er stellte sich an den Kamin und wärmte sich die Hände, während er sich umsah. Er amüsierte sich sichtlich über ihre Verwirrung.

»Ich danke Euch, daß Ihr mir durch diesen Herrn hier Eure Einladung übermittelt habt.» Sein lächelnder Blick richtete sich kurz auf den Hauptmann. »Ich war mir über Euren Empfang nicht klar.«

»Ihr hattet Grund, Euch darüber Gedanken zu machen, Meister Fank.« Falkenmonds Gesichtsausdruck ähnelte nun sehr dem des Mannes von den Orkneyinseln. »Mir ist, als entsinne ich mich eines Schwures, Eures Schwures, als wir uns verabschiedeten. Seither überstanden wir Kämpfe, die nicht geringer als jene waren, die wir im Dienst des Runenstabs fochten – und nie griff der Runenstab hilfreich ein.«

Fank zog die Brauen zusammen. »Das stimmt. Doch gebt die Schuld dafür weder mir noch dem Runenstab. Jene Kräfte, die in Euer Leben und das Eurer Lieben eingriffen, wirkten auch auf den Runenstab ein. Er ist von dieser Welt verschwunden, Falkenmond von Köln. Ich suchte ihn in Amarekh, in Asiakommunista, in allen Ländern der Erde. Dann hörte ich von Eurem angeblichen Wahnsinn, von seltsamen Geschehnissen in der Kamarg – und machte mich sofort vom Hof von Muskovia auf den Weg hierher, um Euch zu fragen, ob Ihr eine Erklärung für die ungewöhnlichen Ereignisse des vergangenen Jahres habt.«

»Ihr – das Orakel des Runenstabs – kommt Auskunft suchend zu uns?» Graf Brass lachte dröhnend und schlug sich klatschend auf die Schenkel. »Die Welt scheint wahrhaftig auf dem Kopf zu stehen!«

»Ich komme auch selbst nicht ohne Neuigkeiten, die Euch interessieren dürften!« Fank straffte die Schultern und drehte den Rücken zum Feuer. Nicht länger wirkte seine Miene amüsiert. Falkenmond bemerkte jetzt, wie angespannt, wie müde er war.

Falkenmond schenkte Wein in einen der Kelche und reichte ihn Fank, der ihn mit einem dankbaren Blick entgegennahm.

Graf Brass bedauerte seinen unpassenden Heiterkeitsausbruch. Ein tiefer Ernst zog über sein Gesicht. »Verzeiht mir, Meister Fank. Ich bin ein schlechter Gastgeber.«

»Und ich ein ungelegener Gast, Graf. Aus den Vorbereitungen auf Eurem Innenhof schließe ich, daß jemand heute die Burg zu verlassen gedenkt.«

»Yisselda und ich reisen nach Londra«, erklärte ihm Falkenmond.

»Yisselda? Dann stimmt es also. Ich hörte die widersprüchlichsten Geschichten – daß Yisselda tot sei und Graf Brass – ich konnte es weder bestätigen noch widerlegen, denn ich mußte feststellen, daß meine Erinnerung mir die seltsamsten Streiche spielt. Ich verlor das Vertrauen zu meinem eigenen Gedächtnis ...«

»Uns ergeht es nicht besser«, versicherte ihm Falkenmond. Er berichtete Fank alles, woran er sich entsinnen konnte (es war ziemlich wirr, und es gab verschiedenes, dessen er sich nur teilweise oder sehr vage erinnerte), was seine kürzlichen Abenteuer betraf, die ihm bereits jetzt unwirklich erschienen. Er erzählte ihm auch von seinen Träumen, die ihm wiederum nun viel wirklicher vorkamen. Fank blieb vor dem Kamin stehen. Er hatte die Hände am Rücken verschränkt, sein Kopf hing bis fast zur Brust herab, er lauschte mit absoluter Konzentration. Hin und wieder nickte er, manchmal stieß er einen eigenartigen Grunzton aus, und ganz selten bat er um eine nähere Erklärung. Während er zuhörte, betrat Yisselda im Reisekostüm – ein festes Lederwams und Lederbeinkleider – den Raum und setzte sich schweigend ans Fenster. Erst gegen Ende von Falkenmonds Bericht fügte auch sie ein paar Worte hinzu.

»Es stimmt«, sagte sie, als Falkenmond geendet hatte. »Die Träume erscheinen einem wie die Wirklichkeit, und die Wirklichkeit wie Träume. Wißt Ihr eine Erklärung dafür, Meister Fank?«

Fank rieb sich die Nase. »Es gibt viele Versionen der Wirklichkeit, meine Dame. Manche würden vielleicht sagen, unsere Träume spiegeln die Wirklichkeit auf anderen Ebenen wider. Eine große Spaltung findet statt, aber ich glaube nicht, daß sie durch Kalans und Taragorms Experimente verursacht wurde. Soweit es deren Eingriff betrifft, dürfte der Schaden zum größten Teil behoben sein. Ich glaube, daß die beiden lediglich diese größere Spaltung ausnutzten. Möglicherweise verschlimmerten sie den Zustand auch, aber das ist alles. Ihre Anstrengungen hatten keine besonderen Auswirkungen. Unmöglich können sie all diesen Aufruhr herbeigeführt haben. Ich vermute, daß eine gewaltige Auseinandersetzung stattfindet. Ja, ich bin fast sicher, daß schreckliche und titanische Kräfte am Werk sind, und daß der Runenstab aus dieser Ebene zu einem Krieg abberufen wurde, den wir nur ahnen können – ein ungeheuerlicher Krieg, in dem das Geschick der Ebenen für eine so lange Zeit bestimmt werden wird, welche die meisten als Ewigkeit bezeichnen würden. Ich spreche von etwas, über das ich wenig weiß, meine Freunde. Ich habe lediglich den Begriff ›die Konjunktion der Millionen Sphären‹ von einem im Sterben liegenden Philosophen in Asiakommunista gehört. Sagt Euch dieser Begriff etwas?«

Der Begriff war Falkenmond vertraut, und doch war er sicher, daß er ihn noch nie, auch nicht in seinen ungewöhnlichen Träumen, gehört hatte. Das sagte er Fank.

»Ich hatte gehofft, Ihr wüßtest mehr, Herzog Dorian. Aber ich glaube, dieser Begriff ist von allergrößter Bedeutung für uns. Nun habe ich durch Euch erfahren, daß Ihr Eure verlorenen Kinder sucht, während meine Suche dem Runenstab gilt. Was ist mit dem Wort ›Tanelorn‹? Sagt Euch das etwas?«

»Eine Stadt«, murmelte Falkenmond. »Es ist der Name einer Stadt.«

»Ja, das habe auch ich gehört. Und doch gibt es keine Stadt dieses Namens auf dieser Welt. Sie muß in einer anderen liegen. Ob wir dort den Runenstab finden würden? Und Eure Kinder?«

»In Tanelorn?«

»In Tanelorn.«

2. Auf der Silberbrücke

Fank hatte vorgezogen, auf Burg Brass zu bleiben. Er sah zu, als Falkenmond und Yisselda in die weich gepolsterte Kabine des großen Ornithopters stiegen. In seiner kleinen, offenen Kanzel hantierte der Pilot bereits an den Kontrollen.

Graf Brass stand neben Fank am Burgtor. Beider Blicke waren auf die Flugmaschine gerichtet. Ihre schweren Metallflügel fingen an zu schlagen, und der seltsame Motor des uralten technischen Wunders begann zu murmeln und zu flüstern. Emaillierte Silberfedern sträubten sich, die Maschine ruckte an, und ein Windstoß wehte Graf Brass' rote Haarfülle zurück, während Fank mit beiden Händen die Mütze festhielt. Und dann setzte der Ornithopter sich in Bewegung.

Graf Brass winkte. Die Maschine legte sich ein wenig schräg, als sie sich über die roten und gelben Dächer der Stadt erhob, dann machte sie einen plötzlichen Bogen, um einem Schwarm der wilden, riesigen Flamingos auszuweichen, die plötzlich aus einer Lagune im Westen aufgestiegen waren, und gewann mit jedem Schlag ihrer klirrenden Schwingen an Höhe und Geschwindigkeit. Bald schien es Falkenmond und Yisselda, als gäbe es nur noch das kalte, klare Blau des Winterhimmels rings um sie.

Seit ihrer Unterhaltung mit Orland Fank hatte Falkenmond seinen Gedanken nachgehangen, und Yisselda wollte ihn dabei nicht stören. Doch jetzt wandte er sich mit einem leichten Lächeln an sie.

»Es gibt immer noch weise Männer in Londra. Königin Flanas Hof hat viele Gelehrte, viele Philosophen angelockt. Vielleicht ist jemand unter ihnen, der uns helfen kann.«

»Du weißt etwas über Tanelorn?« fragte Yisselda.

»Mir ist lediglich der Name vertraut, obgleich ich das Gefühl habe, als *müßte* ich mehr darüber wissen, als sei ich schon dort gewesen, ja möglicherweise schon öfter als einmal. Und doch wissen wir beide, daß das nicht der Fall sein kann.«

»In deinen Träumen, vielleicht, Dorian?«

Er zuckte die Schultern. »Manchmal scheint mir, als wäre ich in meinen Träumen schon überall gewesen – in jedem Zeitalter der Erde, ja sogar auf anderen Welten, jenseits der Erde. Von einem bin ich fest überzeugt: Es gibt tausend andere Erden, ja selbst tausend andere Galaxien – und die Ereignisse auf unserer Erde spiegeln sich auf allen anderen wider, die gleichen Schicksale finden auch dort auf leicht veränderte Weise ihre Erfüllung. Aber ob diese Schicksale von uns selbst abhängen oder von anderen, übernatürlichen Gewalten gelenkt werden, das weiß ich nicht. Gibt es so etwas wie die Götter, Yisselda?«

»Die Menschen machen die Götter. Bowgentle sagte einmal, der Geist des Menschen sei so mächtig, daß er alles zur ›Wirklichkeit‹ werden lassen kann, wenn er dieser ›Wirklichkeit‹ tatsächlich bedarf.«

»Vielleicht sind diese anderen Welten wirklich, weil sie zu dem einen oder anderen Zeitpunkt unserer Geschichte von genügend Menschen gebraucht wurden. Könnte es sein, daß alternative Welten auf diese Weise geschaffen werden?«

Nun zuckte sie die Schultern. »Das zu beweisen, dürfte wohl weder dir noch mir gelingen, und wenn wir noch soviel Information darüber zusammentragen können.«

Ohne weitere Worte gaben sie diesen Gedankengang auf und bewunderten die herrliche Aussicht, die ihnen durch die Fenster der Kabine geboten wurde. Mit gleichmäßigem Flügelschlag verfolgte der Ornithopter sein nördliches Ziel an der Küste. Er überflog die klingelnden Türme der Kristallstadt Parye, die nun in ihrer vollen Pracht neuerstanden war. Das Sonnenlicht brach sich in den unzähligen Prismen der Türme, die die zeitlose, geheimnisvolle Technik der Stadt hervorgebracht hatte, und verwandelte sich in funkelnde Regenbogentöne. Staunend sahen sie ganze Gebäude, vergoldet und uralt, in ungeheuerliche, offenbar feste, acht-, zehn- und zwölfflächige Kristallstrukturen gehüllt.

Geblendet von all dem Glanz, wandten sie sich von den Fenstern ab, doch auch zurückgelehnt in den weichen Sitzen konnten sie noch den Himmel in seinen sanften, pulsierenden Farben über Parye sehen und das einschmeichelnde, musikalische Klingeln der Glasornamente hören, mit denen die Bürger von Parye ihre mit Quarz gepflasterten Straßen schmückten. Selbst jene vom Wahnsinn besessenen, blutdurstigen Zerstörer hatten Ehrfurcht vor dieser Kristallstadt empfunden – und nun war sie schöner und prächtiger denn je. Man sagte, die Kinder in Parye würden blind geboren, und es dauere manchmal bis zu drei Jahren, ehe ihre Augen fähig waren, den Glanz aufzunehmen, der für die Bewohner Paryes alltäglich war.

Als die Stadt zurücklag, gerieten sie in eine graue Wolkenwand. Der Pilot, den eine Heizung in seiner Kanzel und die dicke Fliegerkleidung warmhielten, suchte nach freiem Himmel über der Wolkenwand, ohne ihn zu finden. Daraufhin flog er tiefer, bis sie sich kaum mehr als zweihundert Fuß über dem flachen, schneebedeckten Ackerland vor Karlye befanden. Ein Nieselregen setzte ein, und während er allmählich immer heftiger wurde, ging die Sonne unter, so daß sie Karlye in der Dämmerung erreichten. Die freundlichen gelben Lichter hinter den Fensterscheiben der steinernen Häuser schienen sie willkommen zu heißen. Der Ornithopter kreiste über den malerisch geformten Dächern aus dunkelrotem und grauem Schiefer, bis er sich langsam auf die Mulde des kreisrunden, grasbedeckten Landefelds niederließ, um das sich die Stadt ausbreitete. Für einen Ornithopter setzte das Transportmittel ziemlich sanft auf. Trotzdem hielten Falkenmond und Yisselda sich an den Hängegriffen fest, bis die Maschine über die schlimmsten Unebenheiten hinweggerollt war und der Pilot, von dessen transparentem Gesichtsschutz das Wasser herabrann, ihnen bedeutete, daß sie aussteigen durften.

Der Regen peitschte jetzt gegen das Kabinendach. Falkenmond und Yisselda schlüpften in dicke Umhänge, die ihnen bis zu den Füßen reichten. Männer kamen über das Landefeld auf sie zugelaufen, geduckt im stürmischen Wind zogen sie eine Droschke. Falkenmond wartete, bis sie dicht neben dem Ornithopter anhielt, dann öffnete er dessen Tür und half Yisselda über den aufgeweichten Boden zu dem handgezogenen Gefährt. Sie stiegen ein, und schlingernd rollte die Droschke auf die Gebäude am fernen Ende des Flugplatzes zu.

»Wir übernachten in Karlye«, sagte Falkenmond, »und brechen früh am Morgen zur Silberbrücke auf.«

Graf Brass' Beauftragte in Karlye hatten Zimmer für Falkenmond und Yisselda ganz in der Nähe des Flughafens in einem kleinen, aber gemütlichen Gasthaus besorgt, offenbar eines der wenigen, die die Eroberung durch das Dunkle Imperium unbeschädigt überstanden hatten. Yisselda erinnerte sich, daß sie bereits als kleines Mädchen mit ihrem Vater hier abgestiegen war, und sie empfand eine große Freude darüber, bis ihre Gedanken an ihre Kindheit sie an ihre verlorene Yarmila erinnerten. Als Falkenmond den Schatten bemerkte, der ihr Gesicht verdunkelte, und ahnte, was in ihr vorging, legte er tröstend den Arm um ihre Schultern, nachdem sie sich nach einem guten Abendessen auf ihre Zimmer zurückzogen. Der Tag war anstrengend gewesen, und sie fühlten sich beide zu müde, aufzubleiben und sich noch zu unterhalten.

Falkenmonds Schlaf wurde fast unmittelbar von den nur allzu vertrauten Träumen heimgesucht. Gesichter und Bilder heischten um seine Aufmerksamkeit. Augen richteten sich beschwörend auf ihn. Hände streckten sich bittend nach ihm aus. Es war, als flehe eine ganze Welt, ja vielleicht sogar ein ganzes Universum ihn um seine Hilfe an.

Er war Corum – Corum von der nichtmenschlichen Rasse der Vadhagh – und ritt gegen die grauenerregenden Fhoi Myore, das Kalte Volk aus dem Nichts . . .

Er war Elric – der letzte Prinz von Melniboné – eine brüllende Klinge in der Rechten, seine Linke am Knauf eines ungewöhnlich geformten Sattels, auf dem Rücken eines riesigen Reptils, dessen Geifer zu Feuer wurde, wo er die Erde berührte . . .

Er war Erekose – bedauernswerter Erekose –, der die Älteren in den Sieg über sein eigenes, menschliches Volk führte. Und er war Urlik Skarsol, Prinz des Südeises, der seine Verzweiflung über sein Geschick, das Schwarze Schwert tragen zu müssen, hinausschrie . . .

TANELORN . . .

Oh, wo war Tanelorn . . .?

War er nicht zumindest einmal schon dort gewesen? Entsann er sich nicht des wundersamen Gefühls absoluten Seelenfriedens, einer wohltuenden Einheit des Geistes, wie nur jene sie empfinden können, die zutiefst gelitten hatten?

TANELORN . . .

»Zu lange trug ich meine Last – zu lange bezahlte ich Erekoses große Schuld . . .« Seine Stimme sprach es, doch nicht seine Lippen formten diese Worte – andere Lippen waren es, nichtmenschliche Lippen . . . »Ich brauche Ruhe – ich muß Ruhe haben . . .«

Und nun zeigte sich ein neues Gesicht – ein Gesicht geprägt von unbeschreiblichem Bösen, doch es verriet keine Selbstsicherheit – ein dunkles Gesicht war es –, wirkte es verzweifelt? War es sein Gesicht? War auch das sein Gesicht?

AHHHH, ICH LEIDE!

Hierhin und dorthin marschierten die wohlbekannten Armeen. Bekannte Schwerter hieben und stachen. Bekannte Gesichter schrien und gingen zugrunde. Blut strömte aus den Leibern – ein bekanntes Blutvergießen . . .

TANELORN – habe ich den Frieden Tanelorns denn nicht verdient?

Noch nicht Held. Noch nicht . . .

Es ist ungerecht, daß ich, ich allein, so leiden soll.

Nicht du allein leidest. Die Menschheit leidet mit dir.

Es ist ungerecht!

Dann sorge für Gerechtigkeit!

Ich kann es nicht. Ich bin nur ein Mensch.

Du bist der Held! Du bist der Ewige Held!

Ich bin ein Mensch!

Du bist ein Mann! Du bist der Held der Ewigkeit!

Ich bin nur ein Mensch!

Du bist der Held!

Ich bin Elric! Ich bin Urlik! Ich bin Erekose! Ich bin Corum! Zu viele bin ich! Viel zu viele!

Du bist eins!

Und nun empfand Falkenmond in seinen Träumen (wenn es Träume waren) für einen flüchtigen Moment den Frieden – ein Gefühl, das zu groß für Worte war. Er war eins. Er war eins . . .

Doch schon war es vorbei und wieder war er viele. Und er schrie in seinem Bett und flehte um Frieden.

Yisselda klammerte sich an ihn, als er um sich schlug und sich aufbäumte. Und Yisselda weinte. Da fiel Licht durch das Fenster auf sein Gesicht. Der Morgen graute.

»Dorian! Dorian!«

»Yisselda!«

Tief atmete er ein. »O Yisselda!« Er war zutiefst dankbar, daß zumindest sie ihm nicht genommen worden war, denn außer ihr hatte er keinen Trost auf der ganzen Welt, auf all den Welten, die sich ihm während des Schlafens offenbarten. Und so hielt er sie in seinen starken Armen an sich gedrückt und weinte ein wenig, und sie weinte mit ihm. Dann standen sie auf, kleideten sich schweigend an und verließen in aller Stille, ohne zu frühstücken, das Gasthaus. Sie stiegen auf die Pferde, die für sie bereitstanden, und ritten aus Karlye, die Küste entlang, durch den dichten Regen, den die graue, aufgewühlte See ihnen entgegenzuschicken schien, bis sie die Silberbrücke erreichten, die sich über die dreißig Meilen Wasser zwischen dem Festland und der Insel von Granbretanien erstreckte.

Die Silberbrücke war nicht mehr, wie Falkenmond sie in den vergangenen Jahren gekannt hatte. Ihre hohen Pfeiler, im Augenblick von Nebel, Regen und hoch oben auch von Wolken verborgen, trugen nicht länger kriegerische Reliefs, die vom Ruhm des Dunklen Imperiums zeugen sollten. Statt dessen schmückten neue Bilder sie, eines zum Andenken an jede Stadt den Kontinents, die die granbretanischen Kriegsherren dereinst geplündert und geschändet hatten. Eine große Anzahl von Bildern war es, die alle harmonisch die Natur priesen. Die gewaltige Brücke war auch jetzt noch eine Viertelmeile breit, doch keine Kriegsmaschinen wurden jetzt darüber geschleppt; keine der Tierkrieger des Dunklen Imperiums überquerten sie mehr. Prächtige Handelskarawanen zogen in jede der beiden Richtungen, und Reisende aus Normandien, Italien, Slavien, Polanz, Skandien, den Bulgarbergen, den großen deutschen Stadtstaaten, Pescht, Ulm, Vien und Krahkov, ja selbst dem fernen, geheimnisumwitterten Muskovia. Fuhrwerke rollten über sie, gezogen von Pferden, von Ochsen, sogar von Elefanten. Kamele und Maultiere und Esel wurden darüber getrieben. Seltsame uralte Wagen, die mechanisch bewegt wurden, waren zu sehen. Nicht immer funktionierten sie noch einwandfrei, und wenn sie stehenblieben, war es schwierig, sie wieder in Gang zu bringen, denn das Prinzip ihres Antriebs war vielleicht lediglich noch einer Handvoll kluger Männer und Frauen bekannt. Reiter trabten über die Silberbrücke, und Männer, die Hunderte von Meilen zu Fuß zurückgelegt hatten, nur um dieses Wunderwerk zu sehen, schritten ehrfurchtsvoll darüber. Die unterschiedliche Kleidung, die zu sehen war, zeugte zuweilen von fremden Landen, so manche war unansehnlich, geflickt, staubig, manche protzig in ihrem übertriebenen Prunk. Pelze, Leder, Seide, Wolle, die Häute fremder Tiere, die

Federn seltener Vögel schmückten Kopf und Rücken der Reisenden. Jene in den kostbaren Gewändern litten am meisten unter dem kalten Regen, denn er drang durch kunstvoll gefärbte Stoffe und fand die nackte, frierende Haut darunter. Falkenmond und Yisselda trugen ihre einfache warme Reisekleidung ohne jegliche Verzierung, und ihre Pferde waren gute, kräftige Tiere, die unermüdlich dahintrabten. Bald schon hatten sie sich der Menge angeschlossen, die westwärts zog, dem dereinst gefürchteten Land entgegen, das jetzt von Königin Flana in ein Zentrum der Kultur und des Handels verwandelt worden war und von einer gerechten Regierung verwaltet wurde. Es hätte schnellere Möglichkeiten gegeben, Londra zu erreichen, aber Falkenmond trieb das Verlangen, die Stadt auf jenem Wege zu erreichen, auf dem er sie zum erstenmal verlassen hatte.

Seine Laune wurde besser, als er auf die zitternden Trossen schaute, die die Hängebrücke hielten, auf die kunstvolle Silberverzierung der mächtigen Stahlpfeiler, die nicht nur erbaut waren, um Millionen Tonnen zu tragen, sondern auch, um dem stetigen Schlagen der Wellen und dem Druck der Strömung weit unterhalb der Oberfläche zu widerstehen. Die Brücke war ein Monument der Leistung des Menschen, sowohl von Nutzen als auch großer Schönheit, und ohne jegliche übernatürliche Hilfe errichtet. Sein Leben lang hatte Falkenmond die Philosophie abgelehnt, daß der Mensch allein nicht fähig war, Wunderwerke zu schaffen, daß er von höheren Wesen Unterstützung haben müßte (von Göttern, von fremden Intelligenzen von außerhalb des Sonnensystems), um das erreicht zu haben, was er bisher schuf. Nur jene, die Angst vor der Kraft in sich selbst hatten, brauchten einen solchen Glauben, dachte Falkenmond. Er bemerkte, daß der Himmel sich aufhellte und ein paar zaghafte Sonnenstrahlen die silberbezogenen Trossen umschmeichelten und sie noch heller als zuvor glitzern ließen. Er holte einen tiefen Atemzug der ozonreichen Luft und blickte lächelnd zu den kreischenden Möwen hoch, die ein Schiff begleiteten, dessen Segel gerade unter der Brücke hinwegtauchten. Dann machte er Yisselda auf die Schönheit und Zartheit eines Reliefs aufmerksam, das ihm besonders gefiel, und auf die feine Silberfiligranarbeit, an einer Strebe. Sowohl er als auch Yisselda fanden ein wenig innere Ruhe, während sie sich für dieses Meisterwerk einer Brücke interessierten, und für die Aussicht, die sie von hier hatten, und sie waren der gleichen Meinung, daß alle Schönheit, die sie in Londra erwartete, ganz sicher nicht mit der dieser neuerschaffenen Brücke vergleichbar sein konnte.

Doch plötzlich schien es Falkenmond, als senke sich ein Schweigen auf die Brücke herab. Das Knarren der Wagen und das Dröhnen der Hufe verstummte, genau wie das Kreischen der Möwen und das Donnern der Brandung. Er wollte sein Erstaunen darüber Yisselda mitteilen, aber sie war verschwunden. Erschrocken blickte er sich um und stellte mit wachsendem Entsetzen fest, daß er völlig allein auf der Brücke war.

Ein dünner Schrei, wie aus weiter Ferne – vielleicht war es Yisselda, die ihn rief – drang an sein Ohr, dann erstarb auch er.

Falkenmond wollte sein Pferd herumwirbeln, um zurückzureiten, in der Hoffnung, wenn er es schnell genug tat, wieder zu Yisselda zu gelangen.

Aber sein Pferd weigerte sich. Es schnaubte, es stampfte auf das Metall der Brücke. Es wieherte.

Und Falkenmond schrie in seiner unbeschreibbaren Verzweiflung ein qualvolles: »NEIN!«

3. Im Nebel

»Nein!«

Eine andere Stimme war es – eine dröhnende, schmerzerfüllte Stimme, viel lauter als Falkenmonds, lauter als ein Donner.

Die Brücke schwankte, das Pferd bäumte sich auf, und Falkenmond stürzte schwer auf den Metallboden. Er versuchte vergebens, sich zu erheben, wollte zurückkriechen, dorthin, wo er sicher war, Yisselda wiederzufinden.

»Yisselda!« rief er.

»Yisselda!«

Ein boshaftes Lachen erschallte hinter ihm.

Mit gespreizten Armen und Beinen lag er noch auf dem Bauch, aber es gelang ihm zumindest, den Kopf zu drehen. Er sah sein Pferd stürzen und an den Brückenrand rutschen, wo es mit zappelnden Beinen und rollenden Augen gegen das Geländer gepreßt wurde.

Nun versuchte Falkenmond, sein Schwert unter dem Umhang hervorzuholen, aber er lag darauf, und es ließ sich nicht herausziehen.

Wieder erschallte das Gelächter, aber seine Lautstärke und -höhe hatten sich verändert. Es klang weniger selbstsicher. Und dann dröhnte die Stimme erneut:

»Nein!«

Falkenmond empfand eine grauenvolle Angst, eine Furcht, bei weitem größer als jede, die er bisher gekannt hatte. Er hatte nur einen Wunsch, fortzukriechen von der Quelle dieser Angst, aber er zwang sich, noch einmal seinen Kopf zu drehen und dieses Gesicht, das er aus dem Augenwinkel bemerkt hatte, anzusehen.

Das Gesicht füllte den gesamten Horizont aus, es starrte aus dem Nebel, der um die schwankende Brücke wirbelte. Es war das dunkle Gesicht seiner Träume. Die Augen wirkten drohend und waren doch von einem eigenen Grauen erfüllt, und die riesigen Lippen formten erneut das Wort, das gleichzeitig eine Herausforderung, ein Befehl und eine Bitte war:

»Nein!« Endlich glückte es Falkenmond, auf die Füße zu kommen. Mit gespreizten Beinen hielt er sein Gleichgewicht und erwiderte mit aller Willenskraft, einem Willen, der ihn selbst erstaunte, den starrenden Blick.

»Wer bist du?« rief Falkenmond. Seine Stimme war dünn, der Nebel schien die Worte zu verschlucken. »Wer bist du?«

Das Gesicht hatte offenbar keinen Körper. Es war schön und finster und von einem dunklen, unbeschreibbaren Ton. Die Lippen glühten in einem ungesunden Rot; die Augen waren möglicherweise schwarz, vielleicht aber auch blau oder braun, und in den Pupillen glitzerte ein wenig Gold.

Falkenmond erkannte, daß die Kreatur sich in Qualen wand, aber auch, daß sie ihn bedrohte, daß sie ihn vernichten würde, gäbe man ihr die Möglichkeit dazu. Seine Hand tastete nach dem Schwert, doch er ließ sie sinken, als ihm klar wurde, welch nutzlose Geste es wäre, die Klinge zu ziehen.

»SCHWERT . . .«, sagte das Wesen. *»SCHWERT . . .«* Das Wort hatte eine beachtliche Bedeutung. *»SCHWERT . . .«* Wieder wech-

selte die Stimme den Tonfall und klang nun wie die eines hoffnungslos Schmachtenden, der um die Erwiderung seiner Liebe flehte und sich selbst dafür haßte, aber auch das, was er liebt. Eine Drohung klang aus seiner Stimme, und der Tod.

»ELRIC? URLIK? ICH... ICH WAR TAUSEND – ELRIC? ICH...?«

War dies eine schreckliche Manifestation des Ewigen Helden – seiner, Falkenmond, selbst? Blickte er auf seine eigene Seele?

»ICH – DIE ZEIT – DIE KONJUNKTUR – ICH KANN HELFEN...«

Falkenmond schob den Gedanken von sich. Es war möglich, daß dieses Wesen etwas von ihm darstellte, aber es war nicht ganz er. Er wußte, daß es eine getrennte Identität hatte, und er wußte auch, daß es Fleisch, daß es eine Form brauchte – und das war es, was er ihm geben konnte. Nicht sein eigenes Fleisch, aber etwas, das sein war.

»Wer bist du?« Falkenmond spürte die Kraft in seiner Stimme, als er sich zwang, auf dieses dunkle, finster starrende Gesicht zu blicken.

»ICH...«

Die Augen konzentrierten sich auf Falkenmond. Haß funkelte aus ihnen. Instinktiv wollte Falkenmond zurückweichen, aber er blieb scheinbar ungerührt stehen und erwiderte den durchdringenden Blick dieser boshaften Riesenaugen. Die Lippen verzogen sich zu einem Fletschen und offenbarten gekerbte, flammende Zähne. Falkenmond schauderte.

Wie von selbst drängten sich Worte über seine Lippen. Er sprach sie mit fester Stimme, obgleich er weder ihren Ursprung noch ihre Bedeutung kannte. Er wußte nur, daß es die richtigen Worte waren.

»Du mußt gehen«, sagte er. »Du bist hier fehl am Platz.«

»ICH MUSS ÜBERLEBEN – DIE KONJUNKTUR – DU WIRST MIR ÜBERLEBEN HELFEN, ELRIC...«

»Ich bin nicht Elric.«

»DU BIST ELRIC!«

»Ich bin Falkenmond!«

»UND WENN SCHON? ES IST NUR EIN ANDERER NAME. ALS ELRIC LIEBE ICH DICH AM STÄRKSTRN. ICH HABE DIR SO SEHR GEHOLFEN...«

»Du willst mich vernichten«, sagte Falkenmond, »das zumindest weiß ich. Ich lasse mir nicht von dir helfen. Deiner Hilfe verdanke ich meine Ketten durch all die Jahrhunderte. Es wird die letzte Tat des Ewigen Helden sein, zu deiner Vernichtung beizutragen!«

»DU KENNST MICH?«

»Noch nicht. Doch hüte dich vor dem Tag, da ich dich erkenne!«

»ICH ...«

»Du mußt weg! Ich beginne, dich zu erkennen!«

»NEIN!«

»Du mußt fort!« Falkenmond spürte, wie seine Stimme zu zittern anfing, und er bezweifelte, daß er auch nur noch einen weiteren Augenblick in dieses schreckliche Gesicht sehen konnte.

»Ich ...« Die Stimme klang schwächer, weniger drohend, dafür fast flehend.

»Du mußt weg!«

»Ich ...«

Da nahm Falkenmond alle ihm noch verbliebene Willenskraft zusammen und lachte das Wesen aus.

»Fort mit dir!«

Falkenmond breitete die Arme aus, als er zu fallen begann, denn Gesicht und Brücke verschwanden im gleichen Moment.

Er fiel Hals über Kopf durch den kalten Nebel. Sein Umhang flatterte um ihn und verfing sich zwischen den Beinen. Und dann tauchte Falkenmond in eisiges Wasser. Er schnappte nach Luft. Meerwasser drang in seinen Mund. Er hustete, und Eissplitter glitten in seinen Hals. Er würgte das Wasser hoch, versuchte aufzutauchen, aber er begann zu ertrinken.

Sein Körper quälte sich, während er sich bemühte, Luft zu holen und das Wasser auszuspucken, aber es gab keine Luft, nur Wasser war um ihn. Einmal öffnete er die Augen, und sein Blick fiel auf seine Hände, da sah er, daß sie knochenweiß waren – die Hände eines Toten. Weißes Haar strömte um sein Gesicht. Er wußte, daß er nicht länger Falkenmond hieß. Er begehrte dagegen auf, drückte die Lider zusammen und stieß seinen alten Schlachtruf aus, den Schlachtruf seiner Vorfahren, den er Hunderte von Malen in seinem Kampf gegen das Dunkle Imperium gebrüllt hatte.

Falkenmond! Falkenmond! Falkenmond!

»Falkenmond!«

Das war nicht sein eigener Schrei. Er kam von über ihm aus dem Nebel. Er zwang seinen Körper aufzutauchen, preßte das Wasser aus seiner Lunge und keuchte in der frostigen Luft.

»Falkenmond?«

Eine dunkle Silhouette hob sich von der Meeresoberfläche ab. Er hörte ein gleichmäßiges platschendes Geräusch.

»Hier!« rief Falkenmond.

Ein kleines Ruderboot näherte sich ihm. Eine nicht übermäßig große Gestalt saß darin. Sie war in einen wasserdichten Umhang gehüllt, trug einen breitkrempigen, triefenden Hut, der den größten Teil ihres Gesichts verbarg. Aber die grinsenden Lippen waren unverkennbar, kaum weniger unverkennbar als die Begleiterin des Näherkommenden, die am Bug saß und deren gelbe Augen Falkenmond mit offensichtlicher Besorgnis anstarrten. Sie war ein sehr nasses kleines Geschöpf, die schwarz-weiße Katze Schnurri. Nun breitete sie die Flügel aus, um das Wasser abzuschütteln, und miaute.

Falkenmond klammerte sich an den hölzernen Bootsrand, und Jhary-a-Conel holte erst die Ruder ein, ehe er dem Herzog von Köln ins Boot half.

»Es ist klug, für einen wie mich, seinen Instinkten zu vertrauen«, sagte Jhary-a-Conel und streckte Falkenmond eine Flasche entgegen. »Wißt Ihr, wo wir sind, Dorian Falkenmond?«

Falkenmond konnte nicht antworten, denn Lunge und Magen waren noch voll Wasser. Er legte sich ins Boot und übergab sich, während Jhary-a-Conel, selbsterkorener Begleiter von Helden, wieder zu rudern begann.

»Ich glaubte mich zuerst auf einem Fluß, denn in einem See«, erklärte Jhary, »doch jetzt bin ich der Ansicht, daß wir uns auf einem Meer befinden. Ihr habt eine Menge davon verschluckt. Was meint Ihr?«

Falkenmond spuckte das letzte Wasser über Bord. Er wunderte sich über seinen Impuls zu lachen. »Ein Meer«, erwiderte er. »Wie kommt Ihr dazu, hier herumzurudern?«

»Eine Ahnung.« Erst jetzt schien Jhary die kleine schwarz-weiße, geflügelte Katze zu bemerken und blickte auf. »Aha! Dann bin ich also Jhary-a-Conel, oder?«

»Wart Ihr Euch dessen nicht bewußt?«

»Mir ist, als hätte ich einen anderen Namen gehabt, als ich zu rudern begann. Dann kam der Nebel.« Jhary zuckte die Schultern. »Ist egal. Es ist für mich nichts Neues. Aber Ihr, Falkenmond, wie kamt Ihr dazu, in diesem Meer zu *schwimmen*?«

»Ich stürzte von einer Brücke«, sagte Falkenmond kurz. Er wollte jetzt nicht über seine Erlebnisse sprechen und fragte Jhary auch nicht, ob sie näher an Frankreich oder Granbretanien waren, um so weniger, als ihm gerade bewußt wurde, daß er keine Veranlassung hatte, eine so enge Vertrautheit diesem Jhary-a-Conel gegenüber zu empfinden. »Ich lernte Euch auf dem Weg zu den Bulgarbergen kennen, nicht wahr? Mit Katinka van Bak?«

»Ich entsinne mich vage. Ihr wart eine Weile Ilian von Garathorm, und dann erneut Falkenmond. Wie schnell in dieser Zeit Eure Namen wechseln! Ihr verwirrt mich, Herzog Dorian.«

»Ihr sagt, meine Namen wechseln. Habt Ihr mich in anderer Gestalt gekannt?«

»Gewiß. Gut genug, daß mir unsere jetzige Unterhaltung eine ermüdende Wiederholung zu sein scheint.« Jhary-a-Conel grinste.

»Nennt mir einige dieser Namen.«

Jhary runzelte die Stirn. »Mein Gedächtnis ist in dieser Hinsicht nicht besonders gut. Manchmal, deucht mir, erinnere ich mich an vieles meiner vergangenen (und zukünftigen) Inkarnationen. Doch des öfteren, wie diesmal, weigert mein Verstand sich, sich mit anderem als den dringlichsten Problemen zu beschäftigen.«

»Das finde ich sehr unbequem«, murmelte Falkenmond. Er blickte auf, als versuche er, die Brücke zu sehen, aber immer noch umgab sie dichter Nebel. Er wünschte aus tiefstem Herzen, daß Yisselda in Sicherheit und auf ihrem Weg nach Londra war.

»Genau wie ich, Herzog Dorian. Ich frage mich, ob ich hier überhaupt etwas verloren habe, wißt Ihr!« Jhary-a-Conel legte sich fest in die Ruder.

»Was ist mit der *Konjunktur der Millionen Sphären*? Verrät Euer mangelhaftes Gedächtnis Euch darüber etwas?«

Jhary-a-Conel zog die Brauen zusammen. »Irgendwie scheint mir der Begriff vertraut zu sein. Offenbar ein Ereignis von großer Bedeutung. Erzählt mir mehr davon.«

»Das kann ich nicht, Ich hatte gehofft ...«

»Sollte ich mich an etwas darüber erinnern, lasse ich es Euch wissen.«

Die Katze miaute. Jhary drehte den Kopf. »Aha! Land in Sicht! Hoffen wir, daß es uns freundlich ist.«

»So habt Ihr keine Ahnung, wo wir sind?«

»Nicht die geringste, Herzog Dorian.« Der Bootskiel scharrte über Kies. »Irgendwo auf einer der fünfzehn Ebenen, nehme ich an.«

4. Die Zusammenkunft der Weisen

Fünf Meilen waren sie schon über Kreideberge gekommen, ohne Anzeichen zu finden, daß das Land bewohnt war.

Falkenmond hatte Jhary-a-Conel alles erzählt, was ihm widerfahren war und was ihm Rätsel aufgab. Er entsann sich kaum der Abenteuer in Garathorm, doch Jhary erinnerte sich an mehr. Er sprach von den Göttern des Chaos und dem ewigen Kampf zwischen den Göttern. Doch ihre Unterhaltung, wie das bei Gesprächen häufig der Fall ist, verursachte nur neue Verwirrung, so beschlossen sie, ihren verschiedenen Mutmaßungen nicht weiter nachzugehen.

»Eines weiß ich ganz bestimmt«, versicherte Jhary-a-Conel. »Falkenmond, Ihr braucht Euch keine Sorgen um Eure Yisselda zu machen. Obgleich ich natürlich zugeben muß, daß ich von Natur aus optimistisch bin – entgegen so manchem widersprüchlichen Anschein –, und mir ist auch durchaus klar, daß wir viel zu gewinnen oder alles zu verlieren haben. Diese Kreatur, der Ihr Euch auf der Brücke gegenübersaht, muß über ungeheuerliche Kräfte verfügen, wenn sie Euch aus Eurer eigenen Welt reißen konnte. Es dürfte auch kein Zweifel bestehen, daß sie Euch nicht wohlgesinnt ist. Aber ich habe nicht die geringste Ahnung, wer sie sein könnte, noch wann und ob sie uns wiederfinden wird. Mir erscheint Euer Vorhaben, Tanelorn zu suchen, von größter Bedeutung.«

»Ja.« Falkenmond schaute sich um. Sie standen auf der Kuppe

eines der vielen niedrigen Hügel. Der Himmel klärte sich auf, der Nebel war fast ganz verschwunden. Eine gespenstische Stille herrschte. Es gab offenbar keine andere Art von Leben hier als das Gras, keine Vögel, keine wilden Tiere, die doch gerade hier, wo es anscheinend keine Menschen gab, gedeihen müßten. »Unsere Chancen, Tanelorn zu finden, sind zumindest jetzt nicht gerade sehr groß, Jhary-a-Conel.«

Jhary streichelte die schwarz-weiße Katze, die seit Beginn ihres Marsches geduldig auf seiner Schulter saß. »Ich fürchte, ich muß Euch recht geben. Trotzdem glaube ich, daß es kein Zufall war, der uns in dieses schweigende Land führte. Wir dürften nicht nur Feinde, sondern auch Freunde haben.«

»Manchmal zweifle ich an dem Wert der Art von Freunden, die Ihr meint«, sagte Falkenmond bitter, und dachte dabei an Orland Fank und den Runenstab. »Freunde oder Feinde – wir sind Figuren auf ihrem Spielbrett.«

»Gewiß keine einfachen Figuren.« Jhary grinste. »Ihr solltet Euch Eures Wertes besser bewußt sein. Ich zumindest halte mich für etwas Besseres.«

»Gleichgültig, welchen Rang ich auch einnehme, allein die Idee, mich auf dem Spielbrett herumschieben zu lassen, mißfällt mir.«

»Dann liegt es an Euch, Euch davon zu lösen«, war Jharys mysteriöse Antwort. »Selbst wenn es die Vernichtung des Spielbretts bedeuten sollte.« Er weigerte sich, diese Bemerkung näher zu erklären. Er behauptete, es sei reine Intuition, nicht Logik gewesen, die sie ihn hatte aussprechen lassen. Aber sie machte einen starken Eindruck auf Falkenmond und verbesserte seine Laune beachtlich. Voll neuer Energie machte er sich auf den Weg, und mit so großen Schritten, daß Jhary bald zu stöhnen anfing und Falkenmond bat, sich doch ein wenig Zeit zu lassen.

»Schließlich wissen wir ja gar nicht, wohin der Weg uns führt«, gab er zu bedenken.

Falkenmond lachte. »Wie recht Ihr habt. Doch im Augenblick ist es mir völlig gleichgültig, selbst wenn er direkt in der Hölle endet.«

Die niedrigen Hügel erstreckten sich in allen Richtungen, und als der Abend hereinbrach, schmerzten ihre Beine, und ihre leeren Mägen grollten vor Hunger, doch noch gab es nirgendwo ein

Anzeichen, daß außer ihnen in diesem Land etwas Lebendes zu finden war.

»Wir sollten wohl dankbar sein«, brummte Falkenmond, »daß zumindest das Wetter hier verhältnismäßig angenehm ist.«

»Aber langweilig«, klagte Jhary. »Befinden wir uns hier vielleicht nur in einem angenehmeren Teil des Nichts?«

Falkenmond achtete nicht länger auf seinen Begleiter. Er hatte die Augen halb zusammengekniffen und spähte durch die zunehmende Düsternis. »Jhary, schaut! Seht Ihr dort etwas?«

Jhary folgte Falkenmonds deutendem Arm. »Auf dem Kamm?«

»Ja. Ist es nicht ein Mensch?«

»Ich glaube schon.« Impulsiv formte Jhary die Hände zu einem Trichter und brüllte: »Hallo! Seht Ihr uns? Seid Ihr von hier, mein Herr?«

Plötzlich war die Gestalt viel näher. Es sah aus, als flackere schwarzes Feuer um ihre Konturen. Sie war ganz in glänzendes Material gehüllt, das jedoch nicht Metall sein konnte. Ihr dunkles Gesicht war fast völlig durch einen hohen Kragen verborgen, trotzdem genügte Falkenmond das, was davon noch zu sehen wir, die Gestalt zu erkennen. *»Schwert ...«*, murmelte die Gestalt. *»Ich«*, sagte sie. *»Elric.«*

»Wer seid Ihr?« fragte Jhary-a-Conel. Falkenmond hätte keinen Laut herausgebracht. Seine Kehle war verkrampft, seine Lippen gelähmt.

Tiefer Schmerz und wilder Haß brannten in den Augen des Fremden. Er machte eine Bewegung. Es sah aus, als hätte er die Absicht, Jhary zu zerreißen – aber dann hielt etwas ihn davon ab. Er zog sich zurück und starrte erneut auf Falkenmond. Mit gefletschten Zähnen knurrte er: *»Liebe!«* Und noch einmal *»Liebe«*. Es schien, als wäre ihm dieses Wort neu, als versuche er, es zu lernen. Die schwarzen Flammen um seinen Körper flackerten und verlöschten wie eine Kerze, die ein Windstoß ausbläst. Er keuchte. Er deutete auf Falkenmond. Dann hob er die Hand, als wolle er Falkenmond den Weg versperren. *»Geh nicht. Zu lange waren wir zusammen. Wir dürfen uns nicht trennen. Einst befahl ich. Jetzt flehe ich dich an. Was habe ich dir getan? Ich habe dir in all meinen Manifestationen immer nur geholfen. Jetzt nahmen sie mir meine Form. Du mußt sie finden, Elric. Deshalb lebst du wieder.«*

»Ich bin nicht Elric. Ich bin Falkenmond!«

»Ach, ja. Ich entsinne mich jetzt. Das Juwel. Es geht auch mit dem Juwel. Aber das Schwert ist besser.« Die gutgeschnittenen Züge verzerrten sich vor Qual. Die schrecklichen Augen stierten vor sich hin. Unvorstellbare Pein sprach aus ihnen. Es war ganz offensichtlich, daß sie Falkenmond momentan nicht sehen konnten.

»Wer bist du?« Diesmal stellte Falkenmond ihm diese Frage.

»Ich habe keinen Namen, außer du gibst mir einen. Ich habe keine Form, außer du findest sie für mich. Ich habe nur Macht. Ah! Und Schmerzen!« Wieder verzerrten sich die Züge vor Qual. *»Ich brauche... Ich brauche...«*

Jharys Hand fuhr ungeduldig an die Hüfte, aber Falkenmond hielt seinen Gefährten zurück. »Nein, zieh es nicht!«

»Das Schwert!« rief die Kreatur jetzt eifrig.

»Nein«, sagte Falkenmond ruhig, ohne überhaupt zu wissen, was er dem seltsamen Wesen verweigerte. Es war jetzt finster, doch die dunklere Aura der Gestalt drang durch die normale Schwärze der Nacht.

»Ein Schwert!« Es war ein Befehl! Ein Schrei! *»Das Schwert!«* Nun erst wurde Falkenmond bewußt, daß die Kreatur keine eigenen Waffen hatte. »Such dir ein Schwert, wenn du so versessen darauf bist«, sagte er. »Von uns wirst du keines bekommen.«

Blitze schossen plötzlich aus dem Boden rings um die Füße der Gestalt. Sie keuchte. Sie zischte. Sie kreischte: *»Du wirst zu mir kommen! Du wirst mich noch brauchen! Törichter Elric! Uneinsichtiger Falkenmond! Dummer Erekose! Pathetischer Corum! Du wirst mich brauchen!«*

Das Kreischen hallte noch nach, als die Gestalt bereits verschwunden war.

»Er kennt alle Eure Namen«, sagte Jhary. »Wißt Ihr, wie man ihn nennt?«

Falkenmond schüttelte den Kopf. »Nicht einmal in meinen Träumen.«

»Ich glaube nicht, daß ich ihm auch nur in einem meiner vielen Leben je begegnet bin. Mein Gedächtnis ist zwar nie sehr gut, aber ich bin sicher, ich würde es wissen, wenn ich ihn schon einmal gesehen hätte. Wir sind in ein merkwürdiges Abenteuer verwickelt, in ein Abenteuer von ungewöhnlicher Bedeutung«, meinte Jhary nachdenklich.

Falkenmond unterbrach die Überlegungen seines Gefährten. Er deutete hinab ins Tal. »Was meint Ihr, Jhary? Haltet auch Ihr das für ein Feuer? Ein Lagerfeuer? Vielleicht stoßen wir doch endlich auf Bewohner dieses Landes.«

Ohne sich Gedanken darüber zu machen, ob eine direkte Annäherung klug sei, stiegen sie in der Dunkelheit mühsam den Hügel hinab und erreichten schließlich die Talsohle. Das Feuer war nicht mehr weit entfernt.

Als sie näher kamen, stellte Falkenmond fest, daß eine Gruppe von Männern das Feuer umgab, doch das Seltsame war, daß jeder der Männer auf einem Pferd saß und die Pferde die Köpfe direkt auf die Flammen gerichtet hatten, so daß die Gruppe einen exakten, stummen Kreis bildete. So ruhig verhielten sich die Pferde, so unbewegt saßen die Reiter in den Sätteln, daß Falkenmond sie für Statuen gehalten hätte, wären nicht die Atemwölkchen um ihre Lippen gewesen.

»Guten Abend«, grüßte er kühn. Doch keiner antwortete. »Wir sind Reisende, wir haben uns verirrt und wären euch dankbar, wenn ihr uns den Weg weisen könntet.«

Der Reiter, der Falkenmond am nächsten war, drehte den langen Kopf. »Deshalb sind wir hier, Herr Held. Deshalb haben wir uns hier zusammengefunden. Willkommen! Wir haben Euch erwartet.«

Nun, da Falkenmond dicht heran war, erkannte er, daß das Feuer nicht normaler Art war, sondern ein Strahlenkranz, der von einer Kugel, etwa von der Größe einer Faust, ausging. Die Kugel schwebte einen Fuß über dem Boden. In ihr vermeinte Falkenmond, weitere kreisende Kugeln zu sehen. Er wandte seine Aufmerksamkeit jedoch wieder den Berittenen zu. Er kannte den Mann nicht, der gesprochen hatte. Er war hochgewachsen, schwarz, sein Körper halb nackt, seine Schultern in ein Cape aus weißem Fuchspelz gehüllt. Falkenmond verbeugte sich knapp, doch höflich. »Ihr wißt, wer ich bin, doch ich bedauerlicherweise nicht, wer Ihr seid.«

»Ihr kennt mich«, versicherte ihm der Schwarze. »Zumindest in einer Eurer parallelen Existenzen. Man nennt mich Sepiriz, den letzten der Zehn.«

»Und das hier ist Eure Welt?«

Sepiriz schüttelte den Kopf. »Es ist niemandes Welt. Diese Welt wartet noch darauf, besiedelt zu werden.« Er blickte an Falkenmond vorbei auf Jhary-a-Conel. »Seid gegrüßt, Meister Moonglum von Elwher.«

»Mein gegenwärtiger Name ist Jhary-a-Conel.«

»Richtig«, murmelte Sepiriz. »Euer Gesicht ist anders. Auch Eure Gestalt, wenn ich sie näher betrachte. Wie auch immer, Ihr tatet gut daran, den Helden zu uns zu bringen.«

Falkenmond starrte Jhary an. »Ihr kanntet also unseren Weg?«

Jhary breitete hilflos die Hände aus. »Nur irgendwie ganz tief in meinem Kopf. Ich hätte es Euch nicht sagen können, wärt Ihr auf den Gedanken gekommen, mich zu fragen.« Er betrachtete interessiert den Kreis der Reiter. »Ihr seid also alle hier.«

»Ihr kennt sie alle?» fragte Falkenmond.

»Ich glaube ja. Mein Lord Sepiriz – aus der Kluft von Nihrain, wenn ich mich nicht irre, nicht wahr? Und Abaris, der Magier.« Er blickte auf einen alten Mann in prachtvollem Gewand, das mit seltsamen Symbolen bestickt war. Der Greis bestätigte seinen Namen mit einem stillen Lächeln. »Und Ihr seid Lamsar, der Eremit«, wandte Jhary-a-Conel sich an den nächsten Reiter, der sogar noch älter als Abaris zu sein schien. Er trug geöltes Leder, an dem stellenweise Sand klebte, auch sein Bart war nicht frei von Sand. »Ich grüße Euch«, murmelte er.

Erstaunt erkannte Falkenmond einen weiteren der Reiter. »Ihr seid doch tot!« rief er. »Ihr seid bei der Verteidigung des Runenstabs in Dnark gefallen!« Ein Lachen schallte aus dem geheimnisvollen Helm, als der Ritter in Schwarz und Gold, Orland Fanks Bruder, den gerüsteten Kopf zurückwarf. »Manche Tode sind von größerer Dauer als andere, Herzog Dorian.«

»Ihr seid Aleryon vom Tempel der Ordnung«, sagte Jhary zu einem weiteren alten Mann mit bartlosem, bleichem Gesicht. »Lord Arkyns Diener. Und Ihr seid Amergin, der Erddruide. Auch Euch kenne ich.«

Amergin, ein gutaussehender Mann, in losem, weißem Gewand und mit goldenem Schmuck gehaltenem Haar, neigte ernst den Kopf.

Der letzte Reiter war eine Frau. Ihr Gesicht war zur Gänze hinter einem goldenen Schleier verborgen, und sie trug ein Gewand aus einem hauchdünnen Silbergewebe. »Euer Name, meine Dame, ist mir unbekannt, obgleich mir deucht, als müsse ich Euch aus einer anderen Welt kennen.«

Wie von selbst sprachen Falkenmonds Lippen: »Ihr wurdet auf dem Südeis getötet, o Lady des Kelches, Silberkönigin. Getötet von . . .«

»Dem Schwarzen Schwert? Graf Urlik! Ich hätte Euch nicht erkannt!« Ihre Stimme war sanft und traurig, und plötzlich sah Falkenmond sich in Rüstung und dicke Pelze gehüllt auf einer gewaltigen, eisglitzernden Ebene, mit einem riesigen, schrecklichen Schwert in der Hand. Er schloß die Augen und stöhnte. »Nein . . .«

»Es ist vorbei«, versicherte sie ihm. »Es ist vorbei. Ich handelte gegen Euch, edler Held. Nun möchte ich Euch helfen.«

Wie auf einen unhörbaren Befehl hin stiegen die sieben Reiter von ihren Pferden und drängten sich dichter an die kleine Kugel.

»Was ist diese Kugel?« erkundigte sich Jhary-a-Conel nervös. »Sie ist magisch, nicht wahr?«

»Sie gestattet, daß wir sieben uns hier gemeinsam auf dieser Ebene aufhalten können«, erklärte Sepiriz. »Wie Ihr wißt, werden wir in unseren Welten als Weise erachtet. Die Zusammenkunft wurde einberufen, damit wir über die Ereignisse debattieren können, denn wir alle hatten ähnliche Erlebnisse. Unsere Weisheit verdanken wir Wesen, die bedeutend größer sind als wir selbst. Sie vermitteln uns das Wissen, wenn wir es von ihnen erbitten. Doch in letzter Zeit war es unmöglich, mit ihnen in Verbindung zu treten. Sie alle sind mit so bedeutenden Dingen beschäftigt, daß sie keine Zeit für uns haben. Manche von uns kennen diese Wesen als Lords der Ordnung, und wir dienen ihnen als Vermittler – dafür schenken sie uns die Erleuchtung. Doch wie gesagt, hörten wir schon längere Zeit nichts mehr von diesen großen Lords und befürchten nun, daß sie unter dem Angriff größerer Mächte stehen, als je zuvor in diesem Multiversum bekannt waren.«

»Des Chaos?« fragte Jhary.

»Möglich. Aber wir haben auch gehört, daß die Chaoslords ebenfalls unter Angriff stehen, und nicht durch die Ordnung. Das kosmische Gleichgewicht selbst ist bedroht, wie es scheint.«

»Das ist der Grund, weshalb der Runenstab aus meiner Welt gerufen wurde«, sagte Falkenmond.

»So ist es«, bestätigte der Ritter in Schwarz und Gold.

»Und habt Ihr eine Ahnung, welcher Art diese Bedrohung ist?« erkundigte sich Jhary.

»Nein. Nur, daß sie etwas mit der Konjunktur der Millionen Sphären zu tun hat. Aber das wißt Ihr ja, Herr Held.« Sepiriz wollte fortfahren, als Jhary eine Hand hob.

»Ich kenne diesen Begriff, doch nichts weiter. Mein schwaches Gedächtnis – das mir schon viel Kummer erspart hat – spielt mir wieder einmal einen Streich . . .«

»Ah«, murmelte Sepiriz mit gerunzelter Stirn. »Dann sollten wir vielleicht nicht davon sprechen . . .«

»Doch, bitte tut es«, bat Falkenmond, »denn dieser Begriff bedeutet viel für mich.«

»Ordnung und Chaos befinden sich in einem großen Krieg miteinander. Es ist ein Krieg, der auf allen Ebenen der Erde ausgetragen wird, ein Krieg, in den die Menschheit unwissentlich verwickelt ist. Ihr, als der Held der Menschheit, kämpft in jeder Eurer Manifestation vorgeblich auf der Seite der Ordnung.« Sepiriz seufzte. »Aber Ordnung und Chaos schwächen einander. Manche glauben, sie verlieren die Kraft, das kosmische Gleichgewicht aufrechtzuerhalten, und sie sind auch der Meinung, daß alle Existenz endet, wenn das Gleichgewicht schwindet. Andere sind der Ansicht, daß sowohl das Gleichgewicht als auch die Götter zum Untergang verdammt sind, daß die Zeit der Konjunktur der Millionen Sphären gekommen ist. Ich habe nichts davon in meiner Welt Elric gegenüber erwähnt, denn er ist bereits verwirrt genug. Ich weiß nicht, wieviel ich Euch sagen soll, Falkenmond. Die Moralität solch monumentaler Probleme auch nur zu erahnen, beunruhigt mich. Doch wenn Elric das Schicksalshorn blasen . . .«

». . . und Corum Kwll freigeben . . .«, warf Aleryon ein.

». . . und Erekose nach Tanelorn kommen soll«, fügte die Lady des Kelches hinzu.

». . . kann es nur in einer kosmischen Spaltung von unvorstellbarem Ausmaß enden. All unsere Weisheit hat uns hier verlassen. Wir haben Angst davor, etwas zu unternehmen. Es gibt nichts und niemanden, der uns raten könnte, der uns sagt, wie wir am besten vorgehen sollen ...«

»Niemand, außer dem Kapitän.« Abaris, der Magier, seufzte.

»Und wie wollen wir wissen, daß er nicht seine eigenen Ziele verfolgt? Wer gibt uns die Gewißheit, daß er so selbstlos ist, wie er uns glauben machen möchte?« Zweifel und Sorge sprachen aus Lamsar, dem Eremiten. »Wir wissen nichts über ihn. Er ist erst kürzlich in den fünfzehn Ebenen aufgetaucht.«

»Der Kapitän?« fragte Falkenmond aufgeregt. »Ist er das Wesen, das Dunkelheit ausstrahlt?« Er beschrieb die Kreatur, die er auf der Brücke und später auf dieser Welt gesehen hatte.

Sepiriz schüttelte den Kopf. »Auch der, den Ihr schildert, ist uns unbekannt, obgleich einige von uns ihn ebenfalls gesehen haben. Deshalb sind wir so ratlos. Diese verschiedenen Wesen erscheinen plötzlich im Multiversum, und wir, wissen nichts über sie. Unsere Weisheit läßt uns im Stich ...«

»Nur der Kapitän ist verläßlich«, warf Amergin ein. »Wir müssen ihn aufsuchen. Wir selbst können nicht helfen.« Er starrte auf die leuchtende Kugel in ihrer Mitte. »Erlöscht ihr Licht?«

Falkenmond blickte auf die Kugel. Auch er bemerkte, daß ihr Leuchten schwächer wurde. »Ist es wichtig?« erkundigte er sich.

»Es bedeutet, daß uns nur noch wenig Zeit hier bleibt«, erklärte Sepiriz. »Wir werden in Bälde auf unsere eigenen Welten, in unsere eigene Zeit, zurückgeholt werden. Nie wieder werden wir auf diese Weise zusammenkommen können.«

»Erzählt mir mehr von der Konjunktion der Millionen Sphären«, drängte Falkenmond.

»Sucht Tanelorn«, riet ihm die Silberkönigin.

»Meidet das Schwarze Schwert!« mahnte Lamsar, der Eremit.

»Kehrt aufs Meer zurück«, war der Rat des Ritters in Schwarz und Gold. »Geht an Bord des Dunklen Schiffes.«

»Was ist mit dem Runenstab?« fragte Falkenmond. »Muß ich ihm weiterhin dienen?«

»Nur, wenn er auch Euch dient«, versicherte ihm der Ritter in Schwarz und Gold. Das Licht der Kugel war nahezu erloschen. Die sieben stiegen auf ihre Pferde. Sie waren nur noch als Schatten zu erkennen.

»Und meine Kinder?« rief Falkenmond drängend. »Wo sind sie?«

»In Tanelorn«, flüsterte die Silberkönigin. »Sie warten auf ihre Wiedergeburt.«

»Bitte, erklärt es mir!« flehte Falkenmond sie an.

Aber ihr Schatten schwand als erster mit dem letzten Funken der Kugel. Bald war nur der schwarze Riese Sepiriz zu sehen, doch auch seine Stimme klang schon sehr schwach.

»Ich beneide Euch um Eure Größe, Ewiger Held, doch nicht um Euren Seelenkampf.«

Da schrie Falkenmond hinein in die Schwärze:

»Es genügt nicht! Es genügt nicht! Ich muß mehr wissen!«

Jhary legte mitfühlend eine Hand auf Falkenmonds Arm. »Kommt, Herzog Dorian. Nur indem wir tun, was man uns riet, werden wir mehr erfahren. Laßt uns ans Meer zurückkehren.«

Doch da war auch Jhary-a-Conel verschwunden, und Falkenmond war ganz allein.

»Jhary? Jhary-a-Conel?«

Falkenmond rannte durch die Nacht, durch das Schweigen. Sein Mund öffnete sich zu einem Schrei, der nicht kam, seine Augen brannten von Tränen, die nicht flossen, und in seinen Ohren hörte er nichts als das Schlagen seines eigenen Herzens, das wie eine Klagetrommel klang.

5. An der Küste

Jetzt war es dunkel. Nebel hing über dem Meer und kroch auf das steinige Land. Silbergraue Lichter schwebten im Nebel, und die Felsen hinter Falkenmond wirkten unheimlich. Er hatte nicht geschlafen. Er kam sich wie ein Gespenst in einer Geisterwelt vor. Er war von allen verlassen. Er starrte in den Nebel, seine kalte Hand umklammerte den Schwertknauf, sein Atem setzte sich in weißen Wölkchen von Lippen und Nasenöffnungen ab. Er wartete, wie ein Jäger am frühen Morgen auf das Wild wartet, und gestattete sich nicht den geringsten Laut, um nicht das kleinste Geräusch zu überhören, das ihm die Anwesenheit des erwarteten Wildes, oder was immer, verraten würde. Da er keine andere Alternative hatte, als den Rat der sieben Weisen zu befolgen, wartete er auf das Schiff, das sie ihm vorhergesagt hatten. Er wartete ohne wirkliches Interesse, ob es kommen würde oder nicht, aber er wußte, es würde kommen.

Ein roter Punkt schimmerte über seinen Kopf. Zuerst hielt er ihn für die Sonne, doch die Farbe stimmte nicht. Der Punkt war rubinrot. Ein Stern an diesem fremden Firmament, dachte er. Das rote Licht tönte den Nebel nun rosig. Gleichzeitig vernahm er ein rhythmisches Knarren im Wasser und wußte, daß ein Schiff anlegte. Er hörte das Platschen eines Ankers. Stimmengemurmel, das Klirren einer Talje und ein leichteres Platschen, als ein kleines Boot zu Wasser gelassen wurde. Er wandte seine Aufmerksamkeit wieder dem roten Stern zu, aber er war verschwunden, nur sein rotes Licht war geblieben. Der Nebel löste sich auf. Er sah die Umrisse eines hohen Schiffes. Seine Vorder- und Achterdecks waren bedeutend höher als das Hauptdeck. Je eine Laterne hing am Bug und am Heck, die sich mit dem Wellengang hoben und senkten. Die Segel waren vertäut, Mast und Reling geschnitzt. Die handwerkliche Arbeit war Falkenmond fremd.

»Bitte . . .«

Falkenmond blickte nach links. Die Kreatur stand dort. Ihre dunkelflammende Aura flackerte um sie, ihre brennenden Augen flehten ihn an.

»Du störst mich«, sagte Falkenmond. »Ich habe keine Zeit für dich.«

»Schwert . . .«

»Such dir selbst ein Schwert – dann werde ich mit Vergnügen gegen dich kämpfen, wenn das dein Wunsch sein sollte.« Seine Stimme klang fest und selbstsicher, obgleich die Angst in ihm wuchs. Er wollte die Gestalt nicht ansehen.

»Das Schiff . . .«, sagte die Kreatur. *»Ich . . .«*

»Was?« Falkenmond drehte sich um und sah, daß die Augen ihn verschlagen ansahen.

»Nimm mich mit. Ich kann dir dort helfen. Du wirst Hilfe brauchen.«

»Nicht deine«, wehrte Falkenmond ab. Er blickte auf das Wasser und das Boot, das ihn abholen sollte.

Ein Mann stand aufrecht darin. Seine Rüstung war offenbar

mehr nach Regeln der Geometrie angefertigt denn zu dem Zweck, als Schutz gegen Feindwaffen zu dienen. Sein großer Schnabelhelm verbarg den größten Teil des Gesichts, aber blaue Augen und ein lockiger blonder Bart waren zu erkennen.

»Sir Falkenmond?« Die Stimme des Mannes klang leicht und freundlich. »Ich bin Brut, ein Ritter aus Lashmar. Ich glaube, wir haben dasselbe Ziel.«

»Ziel?« Falkenmond bemerkte, daß die dunkle Gestalt verschwunden war.

»Tanelorn.«

»Stimmt. Ich suche Tanelorn.«

»Dann findet Ihr Gleichgesinnte auf dem Schiff.«

»Was ist das für ein Schiff? Wohin fährt es?«

»Nur jene an Bord wissen es.«

»Ist einer an Bord, der sich Kapitän nennt?«

»Gewiß, unser Kapitän.« Brut kletterte aus dem Boot und hielt es in den Wellen fest. Die Ruderer drehten den Kopf, um Falkenmond zu mustern. Nach den Gesichtern zu schließen, waren es alle erfahrene Krieger, die mehr als eine Schlacht hinter sich hatten. Der Recke Falkenmond erkannte andere Recken, wenn er sie sah.

»Und wer sind diese Männer?«

»Unsere Kameraden.«

»Was macht uns zu Kameraden?«

»Nun«, Bruts humorvolles Lachen minderte durchaus nicht die Bedeutung seiner Worte. »Wir sind alle verdammt, Sir.«

Aus einem ihm selbst nicht erklärlichen Grund beunruhigte diese Erklärung Falkenmond nicht, sondern erleichterte ihn sogar. Er lachte ebenfalls und ließ sich von Brut in das Boot helfen. »Suchen nur die Verdammten Tanelorn?«

»Ich habe noch nie von anderen gehört.« Brut legte eine Hand auf Falkenmonds Schulter, als er sich neben ihn stellte. Die Wellen erfaßten das Boot, die Krieger krümmten ihre Rücken und ruderten dem Schiff entgegen, dessen dunkle, polierte Hülle ein wenig des rubinfarbigen Lichtes von oben widerspiegelte. Falkenmond bewunderte seinen Bau und den hohen geschwungenen Bug.

»Ich kenne keine Flotte, die über ein solches Schiff verfügt«, sagte er.

»Es gehört auch zu keiner Flotte, Sir Falkenmond.«

Falkenmond blickte zurück. Das Land war verschwunden, verschlungen vom dichten Nebel.

»Wie kamt Ihr an jene Küste?« fragte Brut ihn.

»Das wißt Ihr nicht? Ich dachte, es sei Euch bekannt. Ich hatte Antworten auf meine Fragen erhofft. Man sagte mir, ich solle dort auf das Schiff warten. Ich verirrte mich – ich wurde von einer Kreatur, die mich haßt, aber vortäuscht, mich zu lieben, aus meiner Welt gerissen.«

»Von einem Gott?«

»Von einem Gott ohne die üblichen Attribute, falls es sich um einen Gott handelt«, erwiderte Falkenmond trocken.

»Ich hörte, daß die Götter ihre beeindruckendsten Attribute verlieren«, sagte Brut von Lashmar. »So sehr geschwächt ist ihre Macht.«

»Auf dieser Welt?«

»Das hier ist keine ›Welt‹«, erklärte ihm Brut erstaunt.

Das Boot erreichte das Schiff. Falkenmond bemerkte, daß eine stabile Strickleiter für sie herabgelassen worden war. Brut hielt sie am Fußende fest und bedeutete ihm, hochzuklettern. Falkenmond unterdrückte seine Vorsicht, die ihm riet, sich seine nächsten Schritte erst zu überlegen, ehe er an Bord stieg, und erklomm die Leiter.

Ein Befehl erschallte. Davits wurden ausgeschwenkt, um das Boot an Bord zu hieven. Eine Woge erfaßte das Schiff, ächzend schwankte es. Langsam kletterte Falkenmond höher. Er hörte das Schlagen eines Segels und das Knarren des Gangspills. Er hob die Augen. Ein unerwarteter Strahl des roten Sterns, der aus einem Riß in der Wolkendecke lugte, blendete ihn.

»Dieser Stern«, rief er. »Was ist er, Brut von Lashmar? Folgt ihr ihm?«

»Nein«, erwiderte der blonde Krieger, und seine Stimme klang plötzlich düster. »Er folgt uns.«

ZWEITES BUCH

Zwischen den Welten –
Unterwegs nach Tanelorn

1. Die wartenden Krieger

Falkenmond sah sich um, als Brut von Lashmar sich ihm an Deck anschloß. Ein Wind war aufgekommen und füllte das große schwarze Segel. Ein vertrauter Wind war es. Falkenmond hatte ihn zumindest schon einmal selbst erlebt, als er und Graf Brass in den Höhlen unterhalb Londras gegen Kalan, Taragorm und ihre Anhänger gekämpft hatten. Das war damals gewesen, als die Manipulationen der zwei größten Zauberwissenschaftler des Dunklen Imperiums die Substanz des Raumes und der Zeit angegriffen hatten. Aber auch wenn der Wind ihm vertraut war, legte Falkenmond keinen Wert darauf, seinen schneidenden Atem auf seiner Haut zu spüren. Er war Brut deshalb dankbar, als er ihn das Deck entlangführte und die Tür der Heckkajüte aufriß. Eine große Laterne schaukelte an vier Silberketten von der Decke. Ihr durch rotes Glas gedämpftes Licht verteilte sich durch die verhältnismäßig geräumige Kabine. In der Mitte der Kajüte stand ein schwerer, mit den Beinen am Boden befestigter Tisch, und um ihn herum befanden sich mehrere geschnitzte Stühle, von denen einige besetzt waren. Die meisten der Anwesenden standen jedoch herum. Alle blickten Falkenmond neugierig entgegen.

»Das ist Dorian Falkenmond, Herzog von Köln«, stellte Brut ihn den anderen vor. Dann wandte er sich an in Falkenmond. »Ich ziehe mich einstweilen zu meinen Kameraden in meiner eigenen Kabine zurück, werde Euch jedoch bald wieder abholen, damit Ihr dem Kapitän Eure Aufwartung machen könnt.«

»Weiß er, wer ich bin? Daß ich mich an Bord befinde?«

»Natürlich. Er sucht sich seine Passagiere sehr sorgfältig aus, unser Kapitän.« Brut lachte, und die grimmigen, harten Männer in der Kajüte stimmten in sein Lachen ein.

Falkenmonds Blick fiel auf einen der stehenden Männer – einen Recken mit ungewöhnlichen Zügen, der eine Rüstung von so feiner Handarbeit trug, daß sie fast ätherisch wirkte. Eine Brokatklappe bedeckte sein rechtes Auge, und ein Handschuh, den Falkenmond für versilberten Stahl hielt (obgleich er tief im Herzen wußte, daß es mehr als ein Handschuh war), seine Linke. Das schmale, lange, spitz zulaufende Gesicht des Kriegers, die mandelförmigen Augen mit goldener Pupille und purpurner Iris und das fast spinnwebfeine Haar verrieten, daß der Fremde einer nur fern mit den Menschen verwandten Rasse angehörte. Trotzdem empfand Falkenmond eine Vertrautheit mit ihm, die ihn magnetisch anzog und beunruhigte.

»Ich bin Corum, der Prinz im scharlachroten Mantel«, sagte der hochgewachsene Krieger und kam auf Falkenmond zu. »Ihr seid Falkenmond vom Runenstab, nicht wahr?«

»Ihr kennt mich?«

»Ich habe Euch oft gesehen. In Visionen, Sir – in Träumen. Kennt Ihr mich denn nicht?«

»Nein . . .« Aber Falkenmond kannte Prinz Corum. Auch er hatte ihn in Visionen gesehen. »Doch. Ich muß zugeben, daß ich Euch ebenfalls kenne . . .«

Prinz Corum lächelte ein wenig traurig, ein wenig grimmig.

»Wie lange seid Ihr schon an Bord dieses Schiffes?« fragte Falkenmond ihn. Er ließ sich auf einem der freien Stühle nieder und griff nach dem Weinbecher, den einer der anderen Krieger ihm anbot.

»Wer kann das schon sagen?» murmelte Corum. »Einen Tag oder ein Jahrhundert. Es ist ein Traumschiff. Ich ging an Bord in der Hoffnung, die Vergangenheit zu erreichen. Das letzte, woran ich mich erinnere, ehe ich hier ankam, war, daß ich ermordet wurde – verraten von jemandem, den ich zu lieben glaubte. Dann befand ich mich an einer nebligen Küste und war überzeugt, daß meine Seele im Limbus angekommen war, und da nahm dieses Schiff mich auf, und ich wehrte mich nicht dagegen, denn ich hatte nichts anderes zu tun. Seither füllten andere die Kabinen. Es fehlt nur noch einer, hörte ich, dann sind wir vollzählig. Ich nehme an, wir sind nun unterwegs, um diesen letzten Passagier abzuholen.«

»Und unser Bestimmungshafen?«

Corum nahm einen Schluck aus seinem Weinkelch. »Oft vernahm ich den Namen Tanelorn, doch der Kapitän selbst erwähnte ihn mir gegenüber nie. Vielleicht spricht nur die Hoffnung ihn aus. Ich weiß nichts von einem bestimmten Ziel.«

»Dann hat Brut von Lashmar mich getäuscht.«

»Wohl eher sich selbst«, meinte Corum. »Aber möglicherweise fahren wir wirklich nach Tanelorn. Ich erinnere mich schwach, daß ich schon einmal dort gewesen bin.«

»Und habt Ihr dort Frieden gefunden?«

»Für eine kurze Zeit, glaube ich.«

»Dann ist Euer Gedächtnis wohl auch nicht das beste?«

»Es ist nicht schlechter als das der meisten von uns, die auf dem Dunklen Schiff reisen«, erwiderte Corum.

»Habt Ihr schon einmal von der Konjunktion der Millionen Sphären gehört?«

»Ja, irgendwie erweckt es eine vage Erinnerung. Es ist eine Zeit großer Veränderungen auf allen Ebenen, nicht wahr? Ein Zeitpunkt, da die Ebenen sich an bestimmten Punkten ihrer Geschichte überschneiden. Wenn die normale Wahrnehmung von Zeit und Raum bedeutungslos wird und umstürzende Veränderungen der Wirklichkeit selbst möglich werden. Wenn alte Götter sterben . . .«

»Und neue geboren werden?«

»Vielleicht. Falls sie gebraucht werden.«

»Könnt Ihr mir das näher erklären, Sir?«

»Wenn ich meinem Gedächtnis nachhelfen könnte, Dorian Falkenmond, wäre ich dazu gewiß in der Lage. Es ist so viel in meinem Kopf, das ich irgendwie nicht heraus bekomme. Wissen ist dort, Erkenntnis, aber auch Schmerz – vielleicht sind Wissen und Schmerz so eng miteinander verbunden, daß eines mit dem anderen vergraben ist. Ich glaube, ich war vom Wahnsinn besessen.«

»Genau wie ich«, versicherte ihm Falkenmond. »Aber mein Geist war auch gesund. Jetzt scheine ich mich in einem Zwischenstadium zu befinden. Es ist ein sehr merkwürdiges Gefühl.«

»Wie gut ich es kenne«, murmelte Corum. Er drehte sich um und deutete mit seinem Becher auf die anderen Anwesenden. »Laßt mich Euch mit unseren Kameraden bekanntmachen. Das hier ist Emshon von Ariso . . .«

Ein Mann mit wildem Blick und buschigem Schnurrbart blickte vom Tisch auf und brummte etwas. Er hatte eine dünne Röhre in der Hand, die er in regelmäßigen Abständen an die Lippen hob. In der Röhre schwelten Kräuter einer bestimmten Art. Ihren Rauch atmete der zwergwüchsige Krieger ein. »Seid gegrüßt, Falkenmond. Ich hoffe, Ihr seid ein besserer Seemann als ich, denn dieses verdammte Schiff hat die Angewohnheit, sich des öfteren wie eine unwillige Jungfrau aufzubäumen.«

»Emshon ist von etwas düsterem Gemüt«, sagte Corum lächelnd, »und seine Worte sind hin und wieder ein wenig grob. Aber er ist, die meiste Zeit zumindest, recht angenehme Gesellschaft. Und das hier ist Keeth Leidträger. Er ist davon überzeugt, allen, die mit ihm reisen, Unglück zu bringen . . .«

Keeth blickte verlegen zur Seite und murmelte etwas, das keiner verstehen konnte. Zum Gruß zog er eine kräftige Pranke aus seinem Bärenfellumhang, doch das einzige, was Falkenmond von seinen Worten verstehen konnte, war: »Es stimmt. Es stimmt!« Keeth Leidträger war ein großer, schwerfälliger Kämpfer mit einer Pelzmütze, der unter seinem Umhang Lederflickwerk und Wollwams trug.

»John ap-Rhyss.« Corum deutete auf einen hochgewachsenen, hageren Mann, dessen Haar weit über die Schultern fiel und dessen herabhängender Schnurrbart sein melancholisches Aussehen noch erhöhte. Er war ganz in gebleichtes Schwarz gekleidet, nur ein helles Symbol war über dem Herzen auf sein Hemd gestickt. Er trug einen dunklen, breitkrempigen Hut, und sein begrüßendes Grinsen wirkte ein wenig spöttisch.

»Heil Euch, Herzog Dorian. Wir haben von Euren Abenteuern im Lande Yel gehört. Ihr kämpft gegen das Dunkle Imperium, nicht wahr?«

»Ich tat es«, erwiderte Falkenmond. »Aber der Kampf ist längst gewonnen.«

»Bin ich schon so lange fort?« John ap-Rhyss runzelte die Stirn.

»Es ist sinnlos, die Zeit auf normale Weise messen zu wollen«, warnte Corum. »Findet Euch damit ab, daß in Falkenmonds unmittelbarer Vergangenheit das Dunkle Imperium besiegt ist, während es in Eurer noch mächtig ist.«

»Man nennt mich Überläufer Nikhe«, machte John ap-Rhyss' Nebenmann sich selbst bekannt. Er hatte einen Bart, rotes Haar und eine ruhige, trockene Art. Seine Kleidung bildete einen auffallenden Gegensatz zu der düsteren von ap-Rhyss. Überall bedeckten sie klingelnde Talismane, Glasperlen, verzierte Lederstücke, Stickereien und Glückbringer aus Gold, Silber und Messing. Seine

Schwerthülle war mit Halbedelsteinen in der Form von winzigen Falken, Sternen und Pfeilen geschmückt. »Ehe Ihr es von anderen erfahrt, möchte ich Euch gleich darauf hinweisen, daß man mich in bestimmten Gegenden meiner eigenen Welt als Verräter betrachtet, da ich während einer Schlacht einmal aus gutem Grund die Seiten wechselte. Ich bin kein Infanterist oder Kavallerist wie die meisten von euch, sondern ein Seemann. Mein Schiff wurde von einem Zerstörer der Flotte König Fesfatons gerammt. Ich war am Ertrinken, als man mich an Bord dieses Schiffes zog. Ich glaubte, man würde mich zur Unterstützung der Mannschaft benötigen, aber man behandelt mich als Passagier.«

»Wer ist dann die Mannschaft des Schiffes?« erkundigte sich Falkenmond, denn außer diesen Kriegern hatte er niemanden gesehen.

Überläufer Nikhe lachte in seinen roten Bart. »Verzeiht«, entschuldigte er sich. »Aber es sind keine Seeleute an Bord, wenn Ihr vom Kapitän abseht.«

»Das Schiff benötigt keine Mannschaft«, erklärte Corum ruhig. »Wir haben uns schon gefragt, ob der Kapitän es kommandiert, oder es ihn.«

»Es ist ein magisches Schiff, und ich wollte, ich hätte nichts damit zu tun«, sagte einer, der bisher geschwiegen hatte. Er war feist und steckte in einem stählernen Brustharnisch, der mit nackten Frauen in allen möglichen Posen graviert war. Darunter trug er ein rotes Seidenhemd, und um seinen Hals ein schwarzes Tuch. Goldene Ringe baumelten von seinen großen Ohrläppchen, und sein schwarzes Haar fiel in Ringellocken bis zu den Schultern. Sein schwarzer Spitzbart war gestutzt, und sein Schnurrbart über den Wangen bis fast zu den harten, braunen Augen hochgezwirbelt. »Ich bin Baron Gotterin von Nimplaset-in-Khorg, und ich kenne das Ziel dieses Schiffes.«

»Und das wäre, mein Herr?«

»Die Hölle, Sir. Ich bin tot, wie alle anderen auch, nur sind einige zu feige, es zuzugeben. Auf der Erde sündigte ich voll Eifer und mit viel Phantasie, und ich habe keinen Zweifel an meinem Schicksal.«

»Eure Phantasie läßt Euch offenbar jetzt im Stich, Baron Gotterin«, sagte Corum trocken.

Baron Gotterin zuckte die Schultern und beschäftigte sich mit dem Inhalt seines Bechers.

Ein alter Mann trat aus den Schatten. Er war dünn, aber kräftig und trug fleckige, gelbe Lederkleidung, die seine Blässe noch betonte. Auf dem Kopf saß ein verbeulter Schlachthelm aus Holz und Eisen, die Holzteile mit Messingnägeln beschlagen. Seine Augen waren blutunterlaufen, er wirkte launenhaft, und seine Mundwinkel hingen mürrisch nach unten. Er kratzte sich am Nacken und brummte: »Ich wäre lieber in der Hölle als auf diesem verdammten Schiff gefangen. Wie wir alle hier bin ich ein Soldat, und ich habe keinen anderen Wunsch, als meinem Beruf wieder nachgehen zu können. Im Augenblick kenne ich nur Langeweile.« Er nickte Falkenmond zu. »Ich bin Chaz von Elaquol und habe die zweifelhafte Ehre, nie einer siegreichen Armee angehört zu haben. Ich floh, geschlagen wie üblich, als meine Verfolger mich in die See hetzten. Ich habe kein Glück in der Schlacht, doch nie wurde ich je gefangengenommen. Das hier aber war meine ungewöhnlichste Rettung, wenn man es so nennen kann.«

»Thereod von den Höhlen.« Einer, der noch bleicher als Chaz war, verbeugte sich knapp. »Ich grüße Euch, Falkenmond. Dies hier ist meine erste Seereise, deshalb finde ich alles daran interessant.« Er war der Jüngste der Anwesenden und schien ein wenig ungeschickt in seiner Bewegung. Seine Kleidung war aus den leicht schillernden Häuten irgendwelcher Reptilien, genau wie die Mütze auf seinem Kopf. Sein Schwert war so lang, daß es noch einen guten Fuß über seinen Rücken herausragte (über den er es geschlungen hatte) und fast den Boden berührte.

Der letzte, den Falkenmond kennenlernen sollte, mußte von Corum erst wachgerüttelt werden. Er saß am Tischende, einen leeren Becher in den behandschuhten Fingern, und sein Gesicht unter dem blonden, herabhängenden Haar verborgen. Er rülpste, grinste verlegen und blickte Falkenmond gutmütig, aber ein wenig töricht an. Dann füllte er seinen Becher nach, goß den Wein in einem Zug hinunter und öffnete schließlich die Lippen, um zu sprechen, aber es gelang ihm nicht. Die Augen fielen ihm wieder zu, und er begann zu schnarchen.

»Das ist Reingir«, sagte Corum, »mit dem Spitznamen ›Fels‹, doch wie er dazu kam, konnte er uns nicht erzählen, da er dazu noch nie lange genug nüchtern war. Er war betrunken, als er an Bord kam, und er hält diesen Zustand seither aufrecht. Er wird jedoch nie ausfallend und singt manchmal sogar sehr unterhaltend für uns.«

»Und Ihr wißt nicht, weshalb wir alle mehr oder weniger hier eingesammelt wurden? Wir haben offenbar nicht viel mehr gemeinsam, als daß wir alle Krieger sind.«

»Wir wurden ausgewählt, um gegen irgendeinen Feind des Kapitäns zu kämpfen«, behauptete Emshon. »Aber was geht dieser Kampf mich an? Ich hätte es vorgezogen, daß man mich nach meiner Meinung fragte, ehe man mich in engere Wahl zog. Ich hatte einen Plan, des Kapitäns Kajüte zu stürmen und das Kommando über das Schiff zu übernehmen, um zu freundlicheren Gestaden zu segeln, aber diese ›Helden‹ wollen nichts davon wissen. Viel Mut hat keiner. Der Kapitän brauchte nur zu furzen, und sie würden sich in die Hosen machen!«

Die anderen schienen sich über Emshons Wortwahl zu amüsieren. Offenbar waren sie sie hinlänglich gewöhnt.

»Wißt Ihr, weshalb wir hier sind, Prinz Corum?« fragte Falkenmond. »Habt Ihr mit dem Kapitän darüber gesprochen?«

»Gesprochen – ja, und nicht zu kurz. Aber ich werde nichts sagen, ehe Ihr ihn nicht selbst gesehen habt.«

»Und wann wird das sein?«

»Sehr bald, nehme ich an. jeder von uns wurde kurz nach seiner Ankunft zu ihm beordert.«

»Und erfuhr so gut wie nichts!« beklagte sich Chaz von Elaquol. »Mich interessiert einzig und allein, wann der Kampf beginnt. Und ich wünsche mir, daß wir ihn gewinnen. Ich möchte wenigstens einmal auf der Seite des Siegers sein, ehe ich sterbe!«

John ap-Rhyss lächelte, daß seine Zähne glitzerten. »Ihr macht uns keinen großen Mut mit den vielen Geschichten Eurer Niederlagen.«

Chaz erklärte mit ernster Stimme: »Es ist mir gleichgültig, ob ich die bevorstehende Schlacht überlebe oder nicht, aber ich habe das starke Gefühl, daß sie für einige von uns den Sieg bringen wird.«

»Nur für einige?« Emshon von Ariso schnaubte und machte eine abfällige Geste. »Für den Kapitän, höchstwahrscheinlich.«

»Ich bin der Meinung, daß wir für etwas Großes bestimmt sind«, sagte Überläufer Nikhe ruhig. »Es ist keiner unter uns, der dem Tod nicht nahe war, ehe das Dunkle Schiff uns aufnahm. Wenn wir sterben müssen, ist es sicherlich für eine gute Sache.«

»Ihr seid romantisch veranlagt, Sir«, brummte Baron Gotterin. »Ich bin Realist. Ich glaube nichts von dem, was der Kapitän uns erzählte. Ich weiß ganz sicher, daß wir unserer Strafe entgegensehen.«

»Was immer Ihr auch sagt, Sir, beweist nur eines – Eure stumpfsinnige, primitive Einstellung.« Emshon fand seine Bemerkung sichtlich gelungen. Er grinste.

Baron Gotterin drehte sich wortlos um und sah sich den melancholischen Augen Keeth Leidträgers gegenüber, der sofort verlegen hüstelte und zu Boden blickte.

»Diese Sticheleien verdrießen mich«, sagte Thereod von den Höhlen. »Hätte jemand Lust, eine Partie Schach mit mir zu spielen?« Er deutete auf ein großes Spielbrett, das mit Lederriemen an einer Wand befestigt war.

»Ich«, rief Emshon. »Obgleich ich es eintönig finde, daß ich Euch immer schlage.«

»Mir ist das Spiel noch neu«, erwiderte Thereod sanft. »Aber ich lerne, das müßt Ihr doch zugeben, Emshon.«

Emshon erhob sich und half Thereod das Brett loszubinden. Gemeinsam trugen sie es zum Tisch. Thereod holte aus einer Truhe eine Schachtel mit Figuren und stellte sie auf. Einige der anderen sahen den beiden beim Spiel zu.

Falkenmond wandte sich an Corum. »Sind alle hier unsere Gegenstücke?«

»Gegenstücke oder andere Inkarnationen, meint Ihr das?«

»Andere Manifestationen des sogenannten Ewigen Helden«, sagte Falkenmond. »Ihr kennt die Theorie. Sie erklärt, weshalb wir einander erkennen, weshalb wir uns in Visionen gesehen haben.«

»Natürlich kenne ich die Theorie«, versicherte ihm Corum. »Aber die wenigsten der Krieger hier dürften unsere Gegenstücke sein, wie Ihr es nanntet. Einige kommen von den gleichen Welten. John ap-Rhyss, beispielsweise, ist aus Eurer und aus fast derselben Zeit. Nein, unter all den Anwesenden hier teilen nur Ihr und ich – wie soll ich es sagen? – eine Seele miteinander.«

Falkenmond blickte Corum durchdringend an. Dann erschauderte er.

2. Der blinde Kapitän

Falkenmond hatte keine Vorstellung, wieviel Zeit vergangen war, als Brut in die Kajüte zurückkehrte. Aber Emshon und Thereod hatten inzwischen schon zwei Partien Schach beendet und ein neues Spiel begonnen.

»Der Kapitän ist bereit, Euch jetzt zu empfangen, Falkenmond.« Brut sah müde aus. Nebel drang durch die geöffnete Tür, ehe er sie hastig schloß.

Falkenmond erhob sich von seinem Stuhl. Sein Schwert verfing sich unter dem Tisch. Er mußte sich bücken, um es freizubekommen. Dann hüllte er sich in seinen Umhang und hakte ihn zu.

»Tanzt doch nicht gleich, wenn er pfeift«, brummte Emshon mißmutig und sah vom Spielbrett auf. »Schließlich brauchen nicht wir ihn, sondern er braucht uns, für was immer er auch vorhat.«

Falkenmond lächelte. »Es ist meine Neugier, die mich eilen läßt, Emshon von Ariso.«

Er folgte Brut aus der Kajüte und das eisige Deck entlang. Ihm war, als hätte er ein großes Rad am Bug gesehen, als er an Bord gekommen war, und jetzt bemerkte er eines am Heck. Er machte Brut darauf aufmerksam.

Brut nickte. »Es gibt zwei, aber nur einen Steuermann. Vom Kapitän abgesehen, ist er die einzige Besatzung an Bord.« Brut deutete auf den dichten, weißen Nebel, und jetzt erst fielen Falkenmond die Umrisse eines Mannes mit beiden Händen am Ruder auf. Er schien ihm fast reglos zu sein, als wäre er ein Teil des Steuerrads und des Decks, und einen Augenblick hegte Falkenmond Zweifel, daß der Mann überhaupt lebte. Er trug ein dickes, gestepptes Wams und ebensolche Beinkleider. Aus der Bewegung des Schiffes erkannte Falkenmond, daß es mit höherer als normaler Geschwindigkeit durch die Wellen brauste, und als er zum Segel hochblickte, sah er, daß es prall gefüllt war, obgleich kein Wind wehte, nicht einmal dieser unirdische, mit dem er bereits Bekanntschaft geschlossen hatte.

Sie kamen an einer Kajüte vorbei, ähnlich der, die sie verlassen hatten, und erreichten das höher gelegene Vorderdeck. Unter ihm befand sich eine Tür, die nicht aus dem gleichen dunklen Holz war wie der Rest des Schiffes, sondern aus Metall, aber aus einem Metall voll irgendwie vibrierenden, organischen Eigenschaften und einem rötlichen Ton, der Falkenmond an einen Fuchspelz erinnerte.

»Das ist die Kajüte des Kapitäns«, sagte Brut. »Ich verlasse Euch hier. Ich hoffe, Ihr erhaltet zumindest auf einige Eurer Fragen Antwort.«

Brut kehrte zu seiner eigenen Kabine zurück und überließ Falkenmond seinen Betrachtungen der sonderbaren Tür. Schließlich streckte er prüfend eine Hand danach aus, um das Metall zu betasten. Es war warm. Falkenmond hatte das Gefühl, als hätte ihn ein leichter Schlag getroffen.

»Tretet ein, Falkenmond«, forderte ihn eine Stimme aus dem Innern auf. Es war eine tiefe, melodische Stimme, aber sie klang, als käme sie aus weiter Ferne.

Falkenmond suchte nach der Klinke oder einem anderen Öffnungsmechanismus, fand jedoch nichts Derartiges. Er drückte gegen die Tür, da sprang sie bereits auf. Helles, rubinrotes Licht schlug gegen die inzwischen an die Düsternis der Heckkabine gewöhnten Augen. Falkenmond blinzelte, aber er bewegte sich auf das Licht zu, während die Tür sich hinter ihm schloß. Die Luft war warm und süßlich. Messing, Gold und Silber glitzerte, Glas spiegelte. Falkenmond sah kostbare Wandbehänge, einen weichen, vielfarbigen Teppich, rote Lampen, kunstvolle Schnitzereien, sanftes Purpur, Dunkelgrün und Gelb; einen hochpolierten Schreibtisch mit gedrechselter, funkelnder Goldumrandung. Verschiedene Instrumente lagen darauf, Karten, ein Buch. Truhen standen an den Wänden und eine verhängte Koje. Hinter dem Schreibtisch hatte ein Mann sich aufgerichtet, der nach Gesicht und Gestalt ein Verwandter Corums sein mochte. Er hatte den gleichen schmalen, spitzzulaufenden Kopf, das gleiche feine rotgoldene Haar, die großen mandelförmigen Augen. Sein loses Gewand war gelblichbraun, seine Sandalen waren silberfarbig und mit Silbersenkeln über die Waden gebunden. Ein Reif aus blauem Jade hielt sein Haar zusammen. Aber es waren die Augen, die Falkenmonds Blick sofort auf sich zogen. Sie waren von einem milchigen Weiß mit blauen Pünktchen. Der Kapitän war blind.

»Seid gegrüßt, Falkenmond«, sagte er lächelnd. »Hat man Euch schon mit unserem Wein willkommen geheißen?«

»Ja, ich hatte bereits etwas Wein.« Falkenmond beobachtete den Mann, als er zielsicher auf eine Truhe zuschritt, auf der auf einem Tablett eine Silberkanne und Silberbecher standen.

»Trinkt Ihr noch einen Schluck mit mir?«

»Sehr gern, Sir.«

Der Kapitän schenkte ein, und Falkenmond griff nach einem der Becher. Er nippte am Wein, und großes Wohlbehagen erfüllte ihn.

»Einen Wein dieser Art habe ich noch nicht gekostet«, erklärte er.

»Er hat eine belebende Wirkung, und Ihr braucht seinen Genuß nicht zu bereuen, das versichere ich Euch«, sagte der Kapitän und nahm einen Schluck aus seinem Becher.

»Ich hörte ein Gerücht, Sir, daß Euer Schiff nach Tanelorn unterwegs ist.«

»Viele unter denen, die mit uns fahren, sehnen sich nach Tanelorn«, erwiderte der Kapitän und wandte die blinden Augen Falkenmond zu. Einen Moment hatte Falkenmond das Gefühl, als hätte der andere ihm zutiefst in die Seele geschaut. Er durchquerte die Kabine und starrte durch eines der Bullaugen auf den weißen, wirbelnden Nebel. Das stetige Auf und Ab des durch die Wellen tauchenden Schiffes schien noch ausgeprägter zu werden.

»Eure Antwort ist nicht sehr vielsagend.« Falkenmond drehte sich wieder um. »Ich hatte gehofft, Ihr wärt offener zu mir.«

»Ich bin so offen, wie ich nur sein kann, Herzog Dorian, seid dessen versichert.«

»Versicherungen . . .«, begann Falkenmond, doch dann schluckte er den Rest des Satzes.

»Ich weiß«, murmelte der Kapitän. »Einem gequälten Geist wie Eurem nutzen sie wenig. Aber ich glaube, mein Schiff bringt Euch Tanelorn und Euren Kindern näher.«

»Es ist Euch bekannt, daß ich meine Kinder suche?«

»Ja, ich weiß, daß Ihr ein Opfer der Risse seid, die sich durch die Konjunktur der Millionen Sphären ergeben.«

»Könnt Ihr mir mehr darüber verraten, Sir?«

»Ihr wißt bereits, daß viele Welten in Verbindung mit Eurer existieren, jedoch Barrieren Wahrnehmung und Kontakt verhindern. Ihr wißt, daß ihre Geschichte häufig der Eurer Welt ähnelt. Ihr wißt auch, daß die Wesen, die von manchen die Lords der Ordnung und die Lords des Chaos genannt werden, ständig um die Oberherrschaft über diese Welten Krieg gegeneinander führen, und daß die Bestimmung gewisser Männer und Frauen ist, an diesen Kriegen aktiv teilzunehmen.«

»Ihr sprecht von dem Ewigen Helden?«

»Von ihm und jenen, die sein Los teilen.«

»Jhary-a-Conel?«

»Das ist einer seiner Namen. Und Yisselda ist ein anderer. Auch sie hat viele Gegenstücke.«

»Und was ist mit dem kosmischen Gleichgewicht?«

»Von ihm und dem Runenstab ist nur wenig bekannt.«

»Ihr dient weder dem einen noch dem anderen?«

»Ich glaube nicht.«

»Das zumindest empfinde ich als Erleichterung«, versicherte ihm Falkenmond und stellte seinen leeren Becher auf das Tablett zurück. »Ich bin des Geredes über große Bestimmungen müde.«

»Ich werde von nichts weiter als unserer Sache des Überlebens sprechen«, beruhigte ihn der Kapitän. »Mein Schiff ist schon immer *zwischen* den Welten gefahren – und beschützt so vielleicht die vielen Grenzen, wo sie am gefährdetsten sind. Ich glaube, mein Steuermann und ich haben nie ein anderes Leben gekannt. Ich beneide Euch, Held – ich beneide Euch um die Vielfalt Eurer Erlebnisse.«

»Ich hätte nichts dagegen, mit Euch zu tauschen.«

Der Blinde lachte leise. »Ich fürchte, das ist nicht möglich.«

»Meine Anwesenheit auf Eurem Schiff hängt also irgendwie mit der Konjunktur der Millionen Sphären zusammen?«

»Allerdings. Wie Ihr wißt, ist diese Konjunktur sehr selten. Und diesmal kämpfen die Lords der Ordnung und des Chaos und ihre unzähligen Anhänger mit besonderer Heftigkeit, um eine Entscheidung herbeizuführen, wer über die Welten herrschen wird, sobald die Konjunktur vorüber ist. Ihr seid dabei in allen Euren Gestalten einbezogen, denn Ihr seid von größter Wichtigkeit für sie, dessen müßt Ihr Euch bewußt sein. Als Corum habt Ihr ein besonderes Problem für sie aufgeworfen.«

»Corum und ich sind demnach der gleiche?«

»Verschiedene Manifestationen des gleichen Helden, aus verschiedenen Welten zu verschiedenen Zeiten geholt. Eine gefährliche

Sache – normalerweise sind zwei Erscheinungen des Helden in derselben Welt zur selben Zeit alarmierend. Und diesmal haben wir gleich vier solcher Erscheinungen. Ihr habt Erekose noch nicht getroffen?«

»Nein.«

»Er ist in der Vorderkajüte untergebracht mit acht weiteren Kriegern. Sie warten nur noch auf Elric. Wir sind zu ihm unterwegs. Er muß aus einer Zeit geholt werden, die Eure Vergangenheit wäre. Genau wie Corum aus einer Zeit gezogen wurde, die Eure Zukunft wäre, würdet Ihr die gleiche Welt teilen. Derart sind die Kräfte gegenwärtig am Werk, die uns zu so ungeheuerlichen Einsätzen und Risiken veranlassen. Ich hoffe, sie erweisen sich als erfolgreich.«

»Und was sind diese Kräfte?«

»Ich sage Euch, was ich den beiden anderen bereits berichtet habe und was ich auch Elric erzählen werde. Zu mehr bin ich nicht in der Lage, also stellt keine weiteren Fragen, wenn ich geendet habe. Erklärt Ihr Euch damit einverstanden?«

»Es bleibt mir wohl keine andere Wahl«, sagte Falkenmond.

»Wenn die Zeit gekommen ist, werde ich Euch berichten, was ungesagt blieb.«

»Fahrt fort, Sir«, bat Falkenmond höflich.

»Unser Ziel ist eine Insel, die gleichzeitig im Nichts oder Limbus, wenn Ihr es lieber so nennen wollt, und auf allen Welten ist, auf denen die Menschheit lebt. Diese Insel – oder vielmehr die Stadt auf dieser Insel – wurde viele Male angegriffen. Und sowohl Ordnung als auch Chaos möchten über sie herrschen, doch nie ist das der einen oder anderen Seite geglückt. Früher einmal stand sie unter dem Schutz von Wesen, die als Graue Lords bekannt waren, aber diese sind längst verschwunden – niemand weiß wohin. Dann kamen Feinde von ungeheurer Macht – Wesen, die alle Welten für immer vernichten möchten. Die Konjunktur erst ermöglichte ihr Eindringen in unser Multiversum. Und nun, da sie diesen Stützpunkt an unseren Grenzen übernommen haben, werden sie ihn nicht verlassen, bis sie alles Leben vernichtet haben.«

»Dann müssen sie wahrhaftig sehr mächtig sein. Und dieses Schiff hat die Aufgabe, einen Trupp von Kriegern zu sammeln und aufzunehmen, um sich mit jenen zusammenzutun, die diesen Feind bekämpfen?«

»Das Schiff ist unterwegs, um gegen den Feind zu kämpfen, ja.«

»Aber gewiß werden wir geschlagen?«

»Nein. Allein, in irgendeiner Eurer Manifestationen, hättet Ihr allerdings nicht die Macht, diesen Feind zu besiegen. Deshalb wurden auch die anderen gerufen. Später erzähle ich Euch mehr.« Der Kapitän hielt inne, als lausche er auf etwas außerhalb des Schiffes. »Ah, ich glaube, es ist soweit. Wir werden nun auch unseren letzten Passagier finden. Geht jetzt, Falkenmond. Verzeiht meine Manieren, aber Ihr müßt mich nun verlassen.«

»Wann werde ich mehr erfahren, Sir?«

»Bald.« Der Kapitän deutete auf die Tür, die sich geöffnet hatte. »Bald.«

Mit dem Kopf voll von allem, was er erfahren hatte, stolperte Falkenmond zurück in den Nebel.

Weit in der Ferne hörte er das Donnern einer Brandung. Da wußte er, daß das Schiff sich Land näherte. Einen Augenblick nahm er sich vor, an Deck zu bleiben und sich das Land anzusehen, wenn das möglich war, aber dann änderte etwas seinen Entschluß, und er eilte zur Heckkajüte, nachdem er einen letzten Blick auf den reglosen, geheimnisvollen Steuermann geworfen hatte, der immer noch wie erstarrt am Vorderruder stand.

3. Die Insel der Schatten

»Hat der Kapitän Euch aufgeklärt, Sir Falkenmond?« Emshon griff nach der schwarzen Dame, als Falkenmond zurück in die Kajüte kam.

»Ein wenig. Allerdings gab er mir dadurch noch mehr Rätsel auf«, gestand Falkenmond. »Weshalb, eigentlich, scheint unsere Zahl von Bedeutung zu sein? Zehn Mann in einer Kajüte?«

»Vermutlich finden gerade zehn bequem Platz in einer Kabine«, meinte Thereod, der offenbar am Gewinnen war.

»Auf dem Zwischendeck müßte genügend Raum sein«, überlegte Corum laut. »Platzmangel dürfte also nicht der Grund sein.«

»Was ist mit Schlafmöglichkeiten?« fragte Falkenmond. »Ihr seid alle länger an Bord als ich. Wo schlaft ihr?«

»Wir schlafen nicht«, brummte Baron Gotterin. Der feiste Mann deutete mit einem Daumen auf den schnarchenden Reingir. »Außer ihm. Und er schlummert die ganze Zeit.« Er befingerte seinen öligen Bart. »Wer schläft schon in der Hölle?«

»Ihr stimmt immer die gleiche Leier an, seit Ihr an Bord kamt«, wies John ap-Rhyss ihn zurecht. »Ein taktvoller Mann würde schweigen oder sich etwas Neues einfallen lassen.«

Gotterin lachte höhnisch und wandte ap-Rhyss den Rücken zu.

Der hochgewachsene, langhaarige Mann aus Yel seufzte und nahm einen tiefen Schluck aus seinem Becher.

»Der letzte wird bald an Bord geholt werden«, sagte Falkenmond. Er sah Corum an. »Er heißt Elric. Ist Euch der Name bekannt?«

»Das ist er. Euch nicht?«

»Doch.«

»Elric, Erekose und ich kämpften zu einer Zeit der Krise Seite an Seite. Der Runenstab rettete uns damals aus dem einstürzenden Turm von Voilodion Ghagnasdiak.«

»Was wißt Ihr vom Runenstab? Hat er etwas mit dem kosmischen Gleichgewicht zu tun, von dem ich in letzter Zeit so viel hörte?«

»Möglich«, erwiderte Corum. »Aber erwartet keine Aufklärung von mir, Freund Falkenmond. Ich bin genauso verwirrt wie Ihr.«

»Beide scheinen auf das Gleichgewicht der Kräfte bedacht zu sein.«

»So ist es.«

»Gleichgewicht der Kräfte bedeutet in diesem Fall die Erhaltung der Macht der Götter. Weshalb kämpfen wir dafür, ihre Macht zu erhalten?«

Corums Gedanken verirrten sich in die Vergangenheit. »Tun wir das denn?«

»Tun wir es vielleicht nicht?«

»Gewöhnlich schon, nehme ich an«, antwortete Corum. »Ihr werdet so rätselhaft wie der Kapitän.« Falkenmond lachte. »Was meint Ihr eigentlich?«

Corum schüttelte verwirrt den Kopf. »Ich bin mir selbst nicht sicher.«

Falkenmond wurde bewußt, daß er sich wohler fühlte als seit langem. Er erwähnte es.

»Ihr habt des Kapitäns Wein getrunken«, sagte Corum. »Er, glaube ich, ist es, der uns bei Kräften hält. Es ist mehr davon hier. Ich bot Euch lediglich den normalen an, aber wenn Ihr möchtet . . .«

»Nicht jetzt, danke. Aber er schärft den Verstand.«

»Oh, wirklich?« warf Keeth Leidträger ein. »Ich fürchte, er stumpft meinen ab. Ich bin völlig durcheinander.«

»Das sind wir alle«, brummte Chaz von Elaquol abweisend. Er zog sein Schwert ein Stück aus der Scheide, dann schob er es zurück. »Ich habe nur dann einen klaren Kopf, wenn ich kämpfe.«

»Ich nehme an, daß es bald zum Kampf kommen wird«, sagte Falkenmond.

Das lenkte die Aufmerksamkeit aller auf ihn, und Falkenmond berichtete, was er vom Kapitän erfahren hatte. Aufgeregt gaben die Männer sich allen möglichen Vermutungen hin, und selbst Baron Gotterin schien aufzuleben und sprach nicht mehr von der Hölle und der Bestrafung für seine Sünden.

Falkenmond neigte dazu, Prinz Corums Nähe zu meiden, nicht weil er ihm unsympathisch war (im Gegenteil, er fühlte sich ihm sehr zugetan), sondern weil allein der Gedanke, eine Kabine mit einer seiner Inkarnationen zu teilen, ihm die Ruhe raubte. Corum schien es ähnlich zu ergehen. So verlief die Zeit.

Später schwang die Tür auf, und zwei hochgewachsene Männer traten ein. Einer war dunkel, kräftig und breitschultrig, mit einem von Sorgen und unzähligen Narben gezeichneten Gesicht, das trotzdem ungemein gutaussehend war. Es fiel schwer, sein Alter zu schätzen, vermutlich war er etwa vierzig. Sein dunkles Haar war mit Silber durchzogen. Seine tiefliegenden Augen wirkten intelligent und verrieten einen tiefen Kummer. Er trug feste Lederkleidung, die an Schultern, Ellbogen und Handgelenken mit verbeulten Eisenplättchen verstärkt war. Er erkannte Falkenmond und nickte Corum zu, als sähe er ihn nicht zum erstenmal. Sein Begleiter war schlank und hatte der Figur nach viel mit Corum und dem Kapitän gemein. Seine Augen waren rot und glühten wie die Kohlen eines übernatürlichen Feuers aus einem kreideweißen, blutlosen Gesicht – das Gesicht eines Leichnams. Auch sein langes Haar war weiß. Er war in einen schweren Lederumhang gehüllt, dessen Kapuze er zurückgestreift hatte. Aus dem Umhang hoben sich die Umrisse eines großen Breitschwerts ab. Falkenmond fragte sich, weshalb bei ihrem Anblick etwas kalt nach seinem Herzen zu greifen schien.

Corum erkannte den Albino. »Elric von Melniboné!« rief er. »Meine Überlegungen scheinen sich zu bewahrheiten!« Er blickte Falkenmond auffordernd an, aber dieser hielt sich zurück. Er war sich nicht sicher, ob er sich über das Erscheinen des weißen Schwertkämpfers freuen sollte. »Seht, Falkenmond, er ist derjenige, von dem ich Euch erzählte.«

Der Albino blickte ihn verwirrt an. »Ihr kennt mich, Sir?«

Corum lächelte. »Auch Ihr müßt mich kennen, Elric. Erinnert Euch doch! Der Turm von Voilodion Ghagnasdiak! Wir waren gemeinsam dort, mit Erekose – wenngleich einem etwas anderen Erekose.«

»Ich kenne keinen solchen Turm, keinen ähnlichen Namen. Und Erekose sehe ich heute zum erstenmal.« Elric sah seinen Begleiter fast hilfesuchend an. »Ihr kennt mich und meinen Namen, Sir, aber ich kenne Euch nicht. Ich muß gestehen, das bringt mich ein wenig aus der Fassung.«

Jetzt erst öffnete der andere die Lippen. Seine Stimme war tief, wohlklingend und melancholisch. »Auch ich hatte Prinz Corum, ehe ich an Bord kam, nicht persönlich kennengelernt«, erklärte Erekose. »Doch er besteht darauf, daß wir bereits einmal gemeinsam kämpften, und ich glaube ihm. Die Zeit verläuft auf den verschiedenen Ebenen nicht immer gleich. Prinz Corum könnte sehr wohl in Tagen leben, die wir der Zukunft zurechnen.«

Falkenmonds Kopf schwirrte. Er wollte nichts mehr hören. Er sehnte sich nur noch nach der verhältnismäßigen Unkompliziertheit seiner eigenen Welt. »Ich hatte mir eine Erholung von derartigen Paradoxa erhofft«, gestand er. Er rieb sich die Augen und die Stirn und betastete flüchtig die Narbe, wo einst das Schwarze Juwel eingebettet gewesen war. »Aber ich fürchte, sie ist gegenwärtig auf keiner der Ebenen zu finden. Alles ist in Bewegung, ja selbst unsere Manifestationen können sich jeden Augenblick verändern.«

Corum war hartnäckig, er redete immer noch auf Elric ein. »Wir waren drei! Entsinnt Ihr Euch denn wirklich nicht, Elric? Die drei, die eins sind?«

Offenbar hatte Elric keine Ahnung, wovon Corum sprach.

»Nun ja.« Corum zuckte die Schultern. »Jetzt sind wir vier. Sagte der Kapitän etwas von einer Insel, die wir stürmen sollen?«

»Das hat er.« Der Neuangekommene blickte von Gesicht zu Gesicht. »Wißt Ihr, wer diese Feinde sein könnten?«

Falkenmond empfand jetzt fast ein freundschaftliches Gefühl für den Albino. »Wir wissen nicht mehr und nicht weniger als Ihr, Elric. Ich suche eine Stadt namens Tanelorn und zwei Kinder. Vielleicht suche ich auch den Runenstab, doch dessen bin ich mir nicht ganz sicher.«

Corum, der sich immer noch bemühte, Elrics Gedächtnis aufzufrischen, warf ein: »Wir fanden ihn einmal. Wir drei! In Voilodion Ghagnasdiaks Turm. Er war uns von großer Hilfe.«

Falkenmond fragte sich, ob Corum ganz bei Sinnen war. »So wie er vielleicht mir von Hilfe sein könnte. Ich diente ihm dereinst. Ich nahm viel für ihn auf mich.« Er starrte Elric verblüfft an, denn das weiße Gesicht wurde ihm mit jedem Augenblick vertrauter. Da erkannte er auch, daß es nicht Elric war, den er fürchtete, sondern das mächtige Schwert des Albinos.

»Wir haben viel gemeinsam, wie ich bereits erwähnte, Elric.« Erekose bemühte sich sichtlich, die Atmosphäre zu entspannen. »Vielleicht haben wir auch die gleichen Herren?«

Elrics Schulterzucken wirkte arrogant. »Ich diene keinem Herrn außer mir selbst.«

Unwillkürlich mußte Falkenmond lächeln. Er stellte fest, daß auch die beiden anderen lächelten.

Und als Erekose murmelte: »Von Abenteuern wie diesen vergißt man vieles – wie von Träumen.« Fast gegen seinen Willen sagte Falkenmond voll Überzeugung: »Dies *ist* ein Traum! Seit kurzem habe ich viele wie ihn.« Corum, der nun für sich selbst sprach, flüsterte: »Es ist alles ein Traum, wenn man es so nimmt. Das ganze Leben.«

Elric machte eine abfällige Geste, die Falkenmond ein wenig ärgerte. »Traum oder Wirklichkeit, es läuft beides auf das gleiche hinaus, oder nicht?«

»Wie recht Ihr habt.« Erekoses Augen wirkten noch melancholischer.

»In meiner eigenen Welt«, sagte Falkenmond scharf, »kannten wir den genauen Unterschied zwischen Traum und Wirklichkeit. Erregt eine solche Unsicherheit nicht eine seltsame Form von Lethargie in uns?«

»Dürfen wir es uns denn erlauben zu denken?« fragte Erekose fast heftig. »Können wir uns denn eine gründliche Analyse leisten? Was meint Ihr ehrlich, Sir Falkenmond?«

Da erkannte auch Falkenmond plötzlich Erekoses Schicksal. Und er wußte, daß es auch seines war. Beschämt schwieg er.

»Ich erinnere mich jetzt«, sagte Erekose sanfter. »Ich war, bin oder werde Dorian Falkenmond sein. Ja, ich erinnere mich!«

»Und das ist unser groteskes und erschreckendes Los«, erklärte Corum. »Wir alle sind ein und derselbe, doch nur Ihr, Erekose, könnt Euch aller Inkarnationen entsinnen.«

»Ich wollte, mein Erinnerungsvermögen wäre weniger gut«, flüsterte der kräftige Mann. »So lange schon suche ich Tanelorn und meine Ermizhdad. Und nun kommt die Konjunktion der Millionen Sphären, wenn alle Welten sich überschneiden und es Wege von allen zu allen gibt. Finde ich den Weg, werde ich Ermizhdad wiedersehen – sie und alles, was mir teuer ist. Und der Ewige Held findet seine Ruhe. Wir alle werden unsere Ruhe finden, denn unser Schicksal ist so eng miteinander verknüpft. Die Zeit ist wieder einmal für mich gekommen. Ich weiß jetzt, daß ich die zweite Konjunktion erlebe. Die erste riß mich aus einer Welt und stürzte mich in endlose Kämpfe. Gelingt es mir nicht, diese zweite zu nutzen, werde ich nie Frieden kennen. Jetzt ist meine einzige Chance. Ich hoffe aus tiefstem Herzen, daß wir nach Tanelorn kommen.«

»Das hoffe ich mit Euch«, murmelte Falkenmond.

Als die anderen beiden die Kajüte wieder verlassen hatten, erklärte Falkenmond sich zu einer Partie Schach mit Corum einverstanden (obgleich er immer noch davor zurückscheute, zuviel Zeit in der Gesellschaft des anderen zu verbringen). Es wurde ein merkwürdiges Spiel – jeder ahnte des anderen Zug genau voraus. Corum fand sich lachend damit ab. Er lehnte sich in seinem Stuhl zurück. »Es hat wohl wenig Sinn weiterzumachen, was meint Ihr?«

Falkenmond pflichtete ihm erleichtert bei. In diesem Augenblick trat Brut von Lashmar mit einer Kanne Glühwein in einer Hand ein.

»Mit besten Empfehlungen des Kapitäns«, sagte er und stellte die Kanne in eine dafür bestimmte Mulde in der Mitte des Tisches. »Habt Ihr gut geschlafen?«

»Geschlafen?« echote Falkenmond erstaunt. »Habt Ihr geschlafen? Wo schlaft Ihr denn?«

Brut runzelte die Stirn. »Man machte Euch demnach nicht auf die Kojen im Zwischendeck aufmerksam. Wie habt Ihr es fertiggebracht, so lange wach zu bleiben?«

Hastig warf Corum ein: »Vergessen wir die Frage.«

»Trinkt den Wein«, forderte Brut sie ruhig auf. »Er wird euch stärken.«

»Uns stärken?« Eine wilde Bitterkeit stieg in Falkenmond auf. »Oder uns die gleichen Träume aufdrängen?«

Corum schenkte für sie beide ein und zwang Falkenmond den Becher fast auf. Er wirkte beunruhigt.

Falkenmond machte Anstalten, den Wein auszuschütten, aber Corum legte seine Silberhand auf Falkenmonds Arm.

»Nein, Falkenmond. Bitte trinkt. Wenn der Wein uns allen den Traum verständlich macht, um so besser.«

Falkenmond zögerte, überlegte einen Augenblick, und als ihm sein Gedankengang mißfiel, goß er den Wein in sich hinein. Es war ein guter Wein, und er hatte dieselbe Wirkung wie der, den er in Gesellschaft des Kapitäns genossen hatte. Seine Stimmung wurde sofort besser. »Ihr habt recht«, wandte er sich an Corum.

»Der Kapitän möchte gern, daß die vier zu ihm kommen«, sagte Brut ernst.

»Hat er uns etwas Neues zu berichten?« fragte Falkenmond. Er bemerkte, daß die anderen in der Kajüte aufmerksam lauschten. Einer nach dem anderen kamen sie an den Tisch und bedienten sich aus der Kanne. Wortlos tranken sie.

Falkenmond und Corum erhoben sich und folgten Brut aus der Kabine. Auf dem Deck versuchte Falkenmond über die Reling hinauszusehen, aber der Nebel war zu dicht. Ihm fiel jedoch ein Mann auf, der in nachdenklicher Haltung ganz in der Nähe stand. Er erkannte Elric und rief in freundlicherem Ton als bisher:

»Der Kapitän bittet uns vier, ihn in seiner Kabine aufzusuchen.«

Und nun sah er Erekose aus seiner Kabine kommen und ihnen zunicken. Elric trennte sich von der Reling und schritt voraus zum Vorderdeck und zur rotbraunen Tür. Er klopfte, und sie traten in die wohlige Wärme und den Luxus der Kapitänskajüte.

Der Blinde begrüßte sie. Er deutete auf die Truhe mit der silbernen Weinkanne und den silbernen Bechern und bat sie, sich zu bedienen.

Erstaunt stellte Falkenmond fest, daß er ein ungewöhnliches Verlangen nach dem Wein verspürte und es seinen Gefährten offenbar nicht besser erging.

»Wir nähern uns unserem Ziel«, erklärte der Kapitän. »Es wird nicht mehr lange dauern, bis wir von Bord gehen. Ich glaube nicht, daß unsere Feinde uns erwarten, trotzdem dürfte es ein schwerer Kampf gegen die beiden werden.«

Falkenmond hatte zuvor den Eindruck gewonnen, daß sie gegen viele kämpfen müßten. »Zwei?« fragte er. »Nur zwei?«

»Nur zwei.«

Falkenmond schaute auf die anderen, aber sie erwiderten seinen Blick nicht. Sie sahen den Kapitän an.

»Ein Bruder und seine Schwester«, sagte der Blinde. »Zauberer aus einem dem unseren völlig unähnlichen Universum. Aufgrund kürzlicher Risse in unseren Welten – über die Ihr, Falkenmond, und auch Ihr, Corum, Bescheid wißt – gewannen diese Wesen Kräfte, über die sie normalerweise nicht verfügen. Und da sie jetzt große Macht haben, dürsten sie nach mehr – nach aller Macht in unserem Universum. Diese Wesen sind amoralisch auf eine andere Art als die Lords der Ordnung und des Chaos. Sie kämpfen nicht um die Herrschaft über die Erde wie diese Götter. Ihr einziges Bestreben ist, die wesentliche Energie unseres Universums für ihre Bedürfnisse umzuwandeln. Ich glaube, sie verfolgen ein bestimmtes Ziel in ihrem eigenen Universum, das sie, wenn ihnen der Entzug und die Umwandlung der Energie aus dem unseren gelänge, rascher erreichen würden. Bis jetzt haben sie trotz günstiger Umstände ihre volle Macht noch nicht erlangt. Aber die Zeit liegt nicht mehr fern, da sie sie sich aneignen werden. Agak und Gagak, so werden ihre Namen mit menschlicher Zunge ausgesprochen, stehen außerhalb der Macht unserer Götter, und so riefen wir eine mächtigere Gruppe zusammen – euch!«

Falkenmond wollte fragen, wieso sie mächtiger als die Götter sein konnten, aber er unterließ es, obwohl er bereits die Lippen geöffnet hatte.

»Genauer gesagt, den Ewigen Helden«, fuhr der Kapitän fort, »in vier seiner Inkarnationen (mehr als vier können wir nicht riskieren, wollen wir nicht weitere unwillkommene Spaltungen zwischen den Ebenen der Erde herbeiführen): Erekose, Elric, Corum und Falkenmond. Jeder von euch wird vier weitere Mächte befehligen, gute Krieger auf ihre Weise, deren Geschicke eng mit den euren verbunden sind, auch wenn sie euer Los nicht in jeder Beziehung teilen. Jeder von euch kann sich die vier selbst aussuchen, die er am liebsten als Kampfgefährten hat. Ich glaube, die Wahl wird euch nicht schwerfallen. Wir werden jetzt in Kürze unser Ziel anlaufen.«

Falkenmond überlegte, ob er den Kapitän mochte oder nicht. Er hatte das Gefühl, ihn herauszufordern, als er sagte: »Und ihr werdet uns führen?«

Der Kapitän schien es ehrlich zu bedauern, als er sagen mußte: »Das kann ich leider nicht. Ich darf euch nur zur Insel bringen und dann auf die Überlebenden warten – wenn es Überlebende gibt.«

Elric runzelte die Stirn und kleidete Falkenmonds Bedenken in Worte. »Ich glaube nicht, daß dieser Kampf mich etwas angeht.«

Aber der Kapitän antwortete bestimmt und voll Überzeugung. »Es ist euer Kampf – und meiner ebenfalls. Wie gern würde ich mit euch an Land gehen, wenn es mir gestattet wäre. Doch das ist es nicht.«

»Und weshalb nicht?« fragte Corum.

»Ihr werdet es eines Tages erfahren.« Ein Schatten huschte über die Züge des Blinden. »Mir fehlt der Mut, es euch zu sagen. Meine besten Wünsche begleiten euch. Seid dessen versichert.«

Falkenmond stellte fest, daß er wieder einmal zynisch über den Wert von Versicherungen dachte.

»Nun«, sagte Erekose, »da es mein Los ist zu kämpfen, und da ich, genau wie Falkenmond, weiterhin die Absicht habe, Tanelorn zu suchen, und ich Grund zur Annahme habe, es finden zu können, wenn ich im Kampf mein Bestes gebe und Erfolg verzeichnen kann, erkläre zumindest ich mich einverstanden, gegen diese beiden, Agak und Gagak, vorzugehen.«

Falkenmond zuckte die Schultern und nickte. »Ich gehe mit Erekose – aus ähnlichen Gründen.«

Corum seufzte. »Ich ebenfalls.«

Elric blickte von einem zum anderen der drei. »Es ist noch nicht lange her, da glaubte ich, nicht einen Kameraden zu haben. Und jetzt habe ich viele. Allein schon aus diesem Grund werde ich mit ihnen kämpfen.«

Erekose sagte erfreut: »Das ist vielleicht der beste der Gründe.«

Wieder sprach der Kapitän. Seine blinden Augen schienen auf etwas weit hinter ihnen zu starren. »Es gibt keine Belohnung für eure Taten, außer meiner Versicherung, daß euer Sieg der Welt viel Leid erspart. Und Ihr, Elric, habt noch weniger zu erwarten, als die anderen sich erhoffen mögen.«

Elric schien ihm nicht zu glauben, aber Falkenmond konnte nichts aus des Albinos Zügen entnehmen, als er sagte: »Vielleicht nicht.«

»Möglich.« Der Kapitän wirkte plötzlich entspannt, sein Ton klang leichter. »Noch ein wenig Wein, meine Freunde?«

Sie tranken den Wein, den er ihnen nun einschenkte, und warteten, bis er fortfuhr. Sein Gesicht war jetzt erhoben, der Decke zugewandt, und seine Stimme schien aus der Ferne zu kommen.

»Auf dieser Insel liegen Ruinen – vielleicht waren sie einst die Stadt Tanelorn –, und in der Mitte der Ruinen steht ein einziges intaktes Gebäude. In ihm hausen Agak und seine Schwester. Dieses Gebäude müßt ihr angreifen. Ihr werdet es, wie ich hoffe, sofort erkennen.«

»Und wir müssen dieses Geschwisterpaar töten?« Erekoses Stimme klang gleichgültig.

»Wenn ihr es fertigbringt. Auch sie haben Diener, die ihnen beistehen. Sie müssen genauso getötet werden. Dann müßt ihr dieses Gebäude in Brand stecken. Das ist sehr wichtig.« Der Kapitän hielt kurz inne. »Ja, es muß verbrannt werden. Auf andere Weise ist es nicht zu vernichten.«

Falkenmond bemerkte, daß Elric lächelte. »Es gibt wenig andere Möglichkeiten, Gebäude zu vernichten, Sir Kapitän.«

Es schien Falkenmond eine unnötige Bemerkung zu sein, und er rechnete es dem Kapitän hoch an, als er sich verbeugte und mit großer Höflichkeit sagte: »Ja, das stimmt. Trotzdem sind meine Worte es wert, nicht vergessen zu werden.«

»Habt Ihr eine Ahnung, wie diese beiden aussehen, dieser Agak und diese Gagak?« erkundigte sich Corum.

Der Kapitän schüttelte den Kopf. »Nein. Es wäre möglich, daß sie Wesen unserer eigenen Welten ähnlich sehen. Genausogut kann es aber auch sein, daß dies nicht der Fall ist. Nur wenige haben sie gesehen. Vor kurzem gelang es ihnen überhaupt erst, Gestalt anzunehmen.«

»Und wie kann man sie am besten überwältigen?« fragte Falkenmond fast herausfordernd.

»Durch Mut und List«, erwiderte der Kapitän.

»Ihr drückt Euch nicht sehr klar aus, Sir«, sagte Elric in einem Ton, der Falkenmonds glich.

»Ich drücke mich so klar aus, wie ich es nur kann. Doch jetzt, meine Freunde, rate ich euch, euch auszuruhen und eure Waffen bereitzuhalten.«

Sie traten hinaus in den wirbelnden Nebel. Seine Ruhelosigkeit wirkte wie eine Drohung.

Erekoses Stimmung hatte umgeschlagen. »Wir haben wenig freien Willen«, murmelte er dumpf, »sosehr wir uns auch das Gegenteil einzureden versuchen. Ob wir nun fallen oder diesen Kampf überleben, hat keine große Bedeutung für die anderen.«

»Ich finde, Ihr habt eine allzu düstere Einstellung, Freund«, sagte Falkenmond spöttisch. Er hätte sich noch weiter darüber ausgelassen, doch Corum unterbrach ihn.

»Eine sehr realistische Einstellung, würde ich sagen.«

Sie erreichten die Kajüte, in der Erekose und Elric untergebracht waren. Corum und Falkenmond verabschiedeten sich von ihnen und tasteten sich weiter, durch das dichte, fast an ihnen klebende Weiß, zu ihrer eigenen Kabine, um dort ihre vier Kampfgefährten auszuwählen.

»Wir sind die vier, die eins sind«, sagte Corum. »Wir haben große Macht. Ich weiß, daß wir über große Macht verfügen.«

Aber Falkenmond war es müde, sich über Dinge zu unterhalten, die für seine praktische Lebenseinstellung zu mysteriös waren.

Er hob das Schwert, dessen Klinge er gerade schärfte.

»Das hier ist die verläßlichste Kraft«, erklärte er. »Der blanke Stahl.«

Viele der anderen Krieger pflichteten ihm bei. »Wir werden sehen«, meinte Corum.

Während er die Klinge polierte, dachte Falkenmond unwillkürlich an die Umrisse jenes anderen Schwertes, die sich aus Elrics Umhang abgehoben hatten. Er wußte, daß er es erkennen würde, wenn er es sah. Es war ihm jedoch unerklärlich, weshalb er es so fürchtete, und das störte ihn. Dann wanderten seine Gedanken zu Yisselda, Yarmila und Manfred, zu Graf Brass und den Helden der Kamarg. Zu diesem Abenteuer war es teils deshalb gekommen, weil er gehofft hatte, alle seine alten Kameraden wiederzufinden und jene, die ihm am teuersten waren. Und nun bestand die Gefahr, daß er keinen einzigen von ihnen je wiedersehen würde. Und doch erschien es ihm wert, für des Kapitäns Sache zu kämpfen, wenn ihn das Tanelorn und dann seinen Kindern näherbrachte. Doch wo war Yisselda? Würde er auch sie in Tanelorn wiederfinden?

Schon bald waren sie bereit. Falkenmond hatte John ap-Rhyss, Emshon von Ariso, Keeth Leidträger und Überläufer Nikhe um sich geschart, während Baron Gotterin, Thereod von den Höhlen, Chaz von Elaquol und Reingir, der Fels – letzterer aus seinem trunkenen Schnarchen gerissen und benommen auf die Füße taumelnd –, die Kampfgefährten Corums sein würden. Auch wenn er es nicht offen aussprach, Falkenmond war überzeugt, daß er sich die besseren Männer ausgesucht hatte.

Im Gleichschritt marschierten sie hinaus in den Nebel und an die Reling. Die Ankerkette klirrte, das Schiff hatte bereits angehalten. Sie sahen felsiges Land vor sich – eine alles andere als einladend aussehende Insel, dachte Falkenmond. Konnte es wirklich möglich sein, daß sie Tanelorn, die ersehnte Stadt der Ruhe und des Friedens, beherbergte?

John ap-Rhyss rümpfte die Nase. Er wischte sich die Nässe des Nebels aus dem Schnurrbart, während die andere Hand den Schwertgriff umklammerte. »Ich habe selten einen unfreundlicheren Ort gesehen«, brummte er.

Der Kapitän hatte seine Kajüte verlassen. Sein Steuermann stand jetzt neben ihm. Jeder hatte einen Arm voll Fackeln.

Falkenmond schluckte, als er sah, daß der Steuermann ein Zwillingsbruder des Kapitäns sein konnte – nur waren seine Augen gesund und wirkten scharf und wissend. Falkenmond fiel es schwer, ihm ins Gesicht zu schauen, als der Steuermann ihm eine Fackel entgegenstreckte. Er nahm sie wortlos und schob sie durch seinen Gürtel.

»Nur Feuer kann diesen Feind für immer vernichten.« Der Kapitän reichte Falkenmond jetzt eine Zunderschachtel, damit sie die Fackeln anzünden konnten, wenn die Zeit dafür gekommen war. »Ich wünsche euch Erfolg, ihr Krieger.«

Inzwischen hatte jeder seine Fackel und Zunderschachtel bekommen. Erekose war der erste, der sich über die Reling schwang und die Strickleiter hinunterkletterte. Er nahm sein Schwert aus der Scheide, damit es nicht ins Wasser hing, als er bis zur Mitte in die milchige See tauchte. Die anderen folgten ihm und wateten durch das seichte Küstenwasser, bis sie alle an den Strand gelangten und hinüber aufs Schiff zurücksahen.

Falkenmond fiel auf, daß der Nebel nicht bis ans Land reichte, das nun ein wenig freundlicher wirkte. Normalerweise hätte er die Gegend hier als monoton erachtet, aber verglichen mit dem Schiff war sie farbenfroh mit ihren roten Felsen, die mit Flechten in verschiedenen Gelbtönen überzogen waren. Und hoch über dem Kopf hing eine große Scheibe, blutrot und unbewegt – die Sonne. Sie warf viele Schatten, fand Falkenmond.

Doch es dauerte eine Weile, ehe ihm bewußt wurde, wie viele Schatten sie wirklich warf – Schatten, die nicht allein von den Felsen stammen konnten –, Schatten aller Größen und aller Formen.

Manche davon, das sah er, waren die Schatten von Menschen.

4. Eine Gespensterstadt

Der Himmel war wie eine schwärende Wunde, voll von ekligen, ungesunden Blau-, Braun-, dunklen Rot- und Gelbtönen. Und Schatten waren zu sehen, die sich im Gegensatz zu denen auf dem Boden manchmal bewegten.

Ein Krieger namens Hown Schlangenbeschwörer, einer von Elrics Kampfgefährten, dessen Rüstung seegrün schillerte, sagte: »Ich war selten an Land, das muß ich zugeben, aber die Art dieses Landes hier ist ungewöhnlicher als jegliche, die ich je kannte. Das Land schimmert, es verzerrt sich!«

»Stimmt«, murmelte Falkenmond. Auch ihm war inzwischen aufgefallen, daß ein Streifen flackernden Lichtes von Zeit zu Zeit über die Insel fiel und die Umrisse der anschließenden Felsen verschwimmen ließ.

Ein barbarischer Krieger mit Zöpfen und funkelnden Augen, man nannte ihn Ashnar, den Luchs, fühlte sich offenbar hier nicht sehr wohl. »Woher kommen alle diese Schatten?« knurrte er. »Weshalb können wir nicht sehen, wer oder was sie wirft?«

Sie machten sich auf den Weg ins Innere der Insel, obgleich alle nur ungern die Küste und das Schiff hinter sich ließen. Corum wirkte am wenigsten beunruhigt. Er sprach in einem Ton philosophischer Neugier.

»Es könnte sein, daß diese Schatten von Dingen geworfen werden, die in einer anderen Dimension der Erde existieren. Wenn alle Ebenen hier zusammentreffen, wie erwähnt wurde, wäre das eine wahrscheinliche Erklärung. Es ist keinesfalls das Merkwürdigste, das ich bei einer solchen Konjunktur erlebt habe.«

Ein Schwarzer, dessen Gesicht eine V-förmige Narbe aufwies, und der Otto Blendker hieß, fuhr über den quer über seine Brust verlaufenden Schulterriemen und brummte: »Eine *wahrscheinliche*? Dann kann ich nur hoffen, daß niemand mit einer *unwahrscheinlichen* Erklärung kommt.«

»In der tiefsten Höhle meines eigenen Landes habe ich eine ähnliche Merkwürdigkeit erlebt«, erzählte Thereod von den Höhlen, »aber bei weitem nicht in diesem Ausmaß. Dort überschnitten sich die Dimensionen, wie man behauptete. Corum dürfte demnach recht haben.« Er schob das lange, schmale Schwert auf seinem Rücken ein wenig zur Seite. Dann wandte er sich nicht mehr an die Allgemeinheit, sondern unterhielt sich mit dem zwergenhaften Emshon von Ariso, der wie üblich etwas auszusetzen hatte.

Falkenmond dachte immer noch darüber nach, ob der Kapitän sie nicht doch betrogen hatte. Sie hatten schließlich keinen Beweis, daß der Blinde wohlmeinend war. Wie leicht wäre es möglich, daß der Kapitän selbst irgend etwas mit den Welten beabsichtigte und ihn und seine Mitstreiter für seine eigenen Zwecke ausnutzte. Aber er schwieg darüber, denn die anderen waren ganz offensichtlich bereit, dem Wunsch des Kapitäns zu willfahren, ohne seine Lauterkeit in Frage zu stellen.

Wie von selbst hafteten seine Augen wieder an der Form des Schwertes unter Elrics Umhang, und er fragte sich, weshalb es ein so ungutes Gefühl in ihm weckte. Dann verlor er sich jedoch in anderen Gedanken und achtete kaum auf die beunruhigende Gegend. Er ließ alles, was ihn hierhergebracht hatte, noch einmal an seinem geistigen Auge vorbeiziehen. Erst Corums Stimme riß ihn aus seinen Überlegungen.

»Vielleicht ist das hier Tanelorn – oder vielmehr all die verschiedenen Varianten, die es von dieser Stadt je gegeben hat. Denn Tanelorn existierte in vielen Formen, und jede davon war von den Wünschen jener abhängig, deren Sehnsucht nach ihr am größten war.«

Falkenmond blickte auf und sah die Stadt. Es war eine verrückte Anordnung von Ruinen, die auch jetzt noch jede nur mögliche Art von Bauweise verrieten, als hätte ein Gott Muster von Häusern aus jeder Welt des Multiversums geholt und sie planlos hier aufgestellt. Alle waren zerfallen, und die Ruinen erstreckten sich bis an den Horizont, doch immer noch war zu erkennen, was sie einst gewesen waren – trutzige Türme, schlanke Minarette, phantasievolle Burgen, und alle warfen sie ihre Schatten. Außerdem gab es auch in der Stadt unzählige Schatten, die scheinbar keinen Ursprung hatten – zweifellos Schatten von Gebäuden, die für ihre Augen unsichtbar blieben.

Falkenmond war zutiefst enttäuscht. »Das ist nicht das Tanelorn, das ich zu finden erwartete«, erklärte er.

»So geht es Euch wie mir.« Auch Erekoses Stimme verriet seine bittere Enttäuschung.

»Vielleicht ist es gar nicht Tanelorn.« Elric blieb abrupt stehen. Seine roten Augen studierten die Ruinen. »Vielleicht nicht.«

»Es könnte eine Grabstätte sein.« Corum zog die Brauen zusammen. »Eine Grabstätte all der vergessenen Varianten dieser seltsamen Stadt.«

Falkenmond blieb nicht wie sie stehen. Er stapfte weiter, bis er die Ruinen erreicht hatte. Die anderen folgten ihm und kletterten schließlich wie er über die Trümmer, betrachteten hier ein Relief, dort eine gestürzte Statue. Falkenmond hörte, wie Erekose hinter ihm leise zu Elric sagte:

»Habt Ihr bemerkt, daß die Schatten jetzt alle eine bestimmte Form haben?«

Und dann vernahm Falkenmond Elrics Erwiderung: »Ja, es sind die Schatten der Bauwerke hier, als sie noch ganz waren. Aus den Ruinen läßt sich erkennen, wie sie früher ausgesehen haben müssen, und die Schatten beweisen es.«

Falkenmond sah sich um und stellte fest, daß Elric recht hatte. Es war eine Stadt voll von Gespenstern der Vergangenheit.

»So ist es«, pflichtete Erekose Elric bei.

Falkenmond drehte sich zu ihnen um. »Man versprach uns Tanelorn! Doch Tanelorn ist tot!«

»Möglich«, sagte Corum nachdenklich. »Aber zieht keine voreiligen Schlüsse, Falkenmond.«

»Das dort, etwas links von uns, dürfte das Zentrum sein«, meinte John ap-Rhyss. »Sollten wir nicht vielleicht gleich dort nach jenen zu suchen beginnen, gegen die wir kämpfen müssen?«

Die anderen pflichteten ihm bei. Sie änderten ihre Marschrichtung ein wenig, um zu einem geräumten Platz zwischen den Ruinen zu kommen, wo ein Gebäude zu erkennen war, dessen Konturen im Gegensatz zu allen anderen scharf waren. Auch seine Farben waren leuchtender und vielfach von gebogenen Metallstreben überlagert, die in allen nur denkbaren Winkeln verliefen und durch pulsierende, glühende Rohre verbunden waren, die aus Kristall sein mochten.

»Es sieht mehr einer Maschine als einem Gebäude ähnlich.« Falkenmonds Neugier war erwacht.

»Eher noch einem Musikinstrument als einer Maschine.« Corum betrachtete das Bauwerk.

Die vier Helden hielten an, und ihre Männer mit ihnen.

»Das muß die Behausung der Zauberer sein«, meinte Emshon von Ariso. »Sie geben sich offenbar mit nichts Geringerem zufrieden. Und seht doch – es sind in Wirklichkeit zwei völlig gleiche Gebäude, die durch die Rohre verbunden sind.«

»Ein Haus für den Bruder, das andere für die Schwester«,

brummte Reingir, der Fels. »Zwei Gebäude«, murmelte Erekose. »Darauf waren wir nicht vorbereitet. Sollen wir uns teilen und beide angreifen?«

Elric schüttelte den Kopf. »Ich schlage vor, wir greifen erst eines gemeinsam an, um unsere Kräfte nicht zu schwächen.«

»Er hat recht«, stimmte Falkenmond ihm zu und fragte sich insgeheim, weshalb er ein ungutes Gefühl hatte, wenn er daran dachte, daß er Elric in das Gebäude folgen sollte.

»Wohlan, dann wollen wir nicht zaudern«, sagte Baron Gotterin. »Laßt uns die Hölle betreten, wenn wir uns nicht bereits in ihr befinden.«

Corum warf dem Baron einen amüsierten Blick zu. »Ihr seid offenbar entschlossen, Eure Theorie zu beweisen.«

Wieder ergriff Falkenmond die Initiative und machte sich über den ebenen Platz auf den Weg zu dem, was er für die Türöffnung des nächsten Gebäudes hielt – ein dunkler, asymmetrischer Spalt.

Als die zwanzig Krieger sich ihm vorsichtig näherten, begann das Gebäude heller zu glühen und mit gleichmäßigem Schlag zu pulsieren. Ein fast unhörbares Wispern ging von ihm aus. Obwohl er die Zaubertechnologie des Dunklen Imperiums gewöhnt war, stellte Falkenmond fest, daß dieses merkwürdige Gebäude immer noch Furcht in ihm erregte, und so hielt er sich zurück und überließ Elric die Führung. Der Albino und seine vier Auserwählten schritten durch das schwarze Portal, dann erst folgten Falkenmond und seine Mannen. Sie befanden sich nun in einem Gang, der fast unmittelbar nach dem Eingang abbog. Feuchtwarme Luft herrschte hier, daß ihnen schon bald dicke Schweißtropfen über die Gesichter perlten. Sie blieben stehen, blickten einander fragend an, ehe sie weiterschlichen, bereit, sich den Verteidigern zu stellen, wer immer diese auch sein mochten.

Sie waren schon eine Weile den Korridor entlanggeschritten, als mit einemmal die Wände und der Boden so heftig zu beben begannen, daß Hown Schlangenbeschwörer stürzte und schwer auf Gesicht und Bauch landete, was ihn zu einem wilden Fluch veranlaßte. Den anderen gelang es mit Mühe, sich auf den Beinen zu halten. Gleichzeitig erschallte von irgendwo voraus eine dröhnende, aber noch ferne Stimme, aus der nörgelnd Entrüstung klang.

»Wer? Wer? Wer?« Von unpassendem Humor bewegt, dachte

Falkenmond, daß diese Stimme eher das Bild eines Tieres als eines intelligenten Wesens in ihm wachrief.

»Wer? Wer? Wer dringt hier ein?«

Mit Hilfe der anderen war Hown wieder auf die Beine gekommen. Sie torkelten weiter. Offenbar war das Beben geringer geworden, oder sie paßten sich ihm besser an, denn sie kamen bald wieder schneller voran. Die Stimme fuhr fort zu murmeln, zu sich selbst, wie es schien.

»Ein Angriff? Wer? Was?«

Niemand fand eine Erklärung für diese Stimme. Sie verwirrte nur alle. Stumm folgten sie Elric in einen verhältnismäßig großen Raum. Hier war die Luft noch wärmer, noch drückender. Klebrige Flüssigkeit tropfte von der Decke und schob sich wie Harz an den Wänden hinab. Falkenmond fühlte Ekel in sich aufsteigen und mußte dagegen ankämpfen, sich nicht einfach umzudrehen und davonzulaufen. Da schrie Ashnar, der Luchs, plötzlich auf und deutete auf die Ungeheuer, die durch die Wände drangen und mit klaffenden Rachen auf sie zuglitten. Schlangenähnliche Kreaturen waren es, deren Anblick in Falkenmond noch größere Übelkeit erregte.

»Angreifen!« donnerte die Stimme *»Zerstören! Vernichten!«*

Irgendwie erschien Falkenmond diese Stimme, dieser Befehl geistlos.

Instinktiv scharten die Krieger sich zu vier Trupps und stellten sich Rücken an Rücken, um den Angriff abzuwehren.

Statt Zähne hatten die Bestien scharfe Kiefer wie Scherenklingen, die sie schleifend öffneten und schlossen, während sie ihre formlosen, abscheulichen Leiber durch den schleimigen Schlamm auf dem Boden wanden.

Elric zog als erster das Schwert. Wie gebannt starrte Falkenmond einen Moment auf die gewaltige schwarze Klinge, die der Albino über den Kopf hob. Er hätte schwören mögen, daß ein Stöhnen von diesem Schwert ausgegangen war, das nun aus sich heraus glühte, als besäße es ein eigenes Leben. Doch dann ließ er seine Klinge durch die Luft sausen und hieb auf die schleimigen Ungeheuer überall um sie herum ein. Leicht wie Butter ließen die formlosen Leiber sich durchtrennen, und ein grauenvoller Gestank stieg von ihnen auf, der den Männern fast den Atem raubte. Die Luft wurde dicker, der Schleim auf dem Boden tiefer. Elric brüllte auf seine Gefährten ein: »Schlagt euch einen Weg durch sie hindurch! Wir müssen zu der Öffnung dort drüben!«

Falkenmond sah die Öffnung. Einen besseren Plan als Elrics gab es nicht. Er stieß vorwärts, mit seinen Männern an der Seite. Mit jedem Schritt vernichteten sie zahllose der grauenvollen Kreaturen, wodurch der Gestank immer unerträglicher wurde.

»Diese Untiere sind nicht schwer zu bekämpfen.« Hown Schlangenbeschwörer keuchte. »Doch jedes, das wir töten, raubt uns durch seinen Gestank ein wenig mehr unserer Überlebenschance.«

»Sehr geschickt von unseren Feinden geplant«, krächzte Elric.

Der Albino erreichte als erster die Öffnung. Er winkte den anderen zu, sich zu beeilen.

Hauend, stoßend, schneidend erreichte auch der Rest den Durchgang. Die Bestien zögerten sichtlich, ihnen zu folgen. Die Luft in dem Korridor war ein wenig atembarer. Falkenmond lehnte sich schnaufend an die Wand des Ganges und hörte zu, wie die anderen debattierten, war jedoch unfähig, selbst ein Wort einzuwerfen.

»Angreifen! Angreifen!« befahl die ferne Stimme. Doch kein weiterer Angriff kam.

»Mir gefällt die Burg hier gar nicht.« Brut von Lashmar begutachtete einen Riß in seinem Umhang. »Große Zauberei ist hier am Werk.«

»Das war uns schon zuvor bekannt«, brummte Ashnar, der Luchs, und ließ seinen Blick wachsam umherschweifen.

Otto Blendker, ein weiterer von Elrics Männern, wischte sich den Schweiß von der Stirn. »Sie sind Memmen, diese Zauberer. Sie sind zu feige, sich selbst zu zeigen.« Er brüllte jetzt fast: »Sind sie von so abscheulichem Aussehen, daß sie es nicht wagen, sich sehen zu lassen?« Falkenmond war klar, daß Blendker beabsichtigte, die beiden Zauberer, Agak und Gagak, herauszufordern. Aber selbst sein Hohn lockte sie nicht hervor.

Schließlich schlichen sie weiter durch die weichen, fast fleischähnlichen Gänge, die häufig ihre Richtung änderten und an manchen Stellen so eng waren, daß sie sich kaum hindurchzwängen konnten. Auch das Licht wechselte ständig, manchmal war es blendend hell, manchmal erlosch es völlig, so daß sie sich durch absolute Finsternis tasten mußten und vorsichtshalber eine Kette bildeten, um nicht getrennt zu werden.

»Der Schräge des Bodens nach zu schließen, kommen wir immer höher«, bemerkte Falkenmond zu John ap-Rhyss, der neben ihm schritt. »Wir dürften das obere Ende des Bauwerks bald erreicht haben.«

Ap-Rhyss antwortete nicht. Er hatte die Zähne zusammengepreßt, als bemühe er sich, seine Angst nicht zu verraten.

»Der Kapitän meinte, daß die Zauberer vermutlich ihre Gestalt wechseln würden«, sagte Emshon von Ariso. »Sie ändern sie offenbar sehr häufig, denn diese Korridore sind nicht für Wesen einer bestimmten Größe geschaffen.«

Elric, der an der Spitze der zwanzig schritt, rief über die Schulter. »Ich kann es nicht erwarten, diesen Gestaltwandlern endlich zu begegnen.«

Ashnar, der Luchs, neben ihm, brummte: »Man sagte mir, es gäbe Schätze hier. Ich war bereit, mein Leben für einen lohnenden Gegenwert einzusetzen. Aber hier ist nichts, was mir zusagen würde.« Er berührte die Wand. »Nicht einmal Stein oder Ziegel. Woraus sind diese Wände? Was meint Ihr, Elric?«

Falkenmond hatte sich bereits die gleiche Frage gestellt und hoffte jetzt, daß der Albino eine Antwort wüßte. Aber Elric schüttelte den Kopf. »Es ist auch mir ein Rätsel, Ashnar.«

Falkenmond hörte Elric überrascht Luft holen und sah ihn sein seltsames, schweres Schwert heben – und da kamen ihnen neue Angreifer entgegen. Es waren Kreaturen mit roten, gefletschten Rachen, und ihr stacheliges Fell war orange. Geifer troff von gelben Stoßzähnen. Elric als vorderster war als erster bedroht. Doch sein Schwert drang tief in den Leib des ersten Angreifers, dessen Klauen sich bereits um ihn legten. Das Ungeheuer glich einem riesigen Pavian, und es lebte noch, trotz der Klinge im Bauch.

Doch schon war auch Falkenmond von einem der Affen bedroht. Die Bestie wich geschickt seinen Hieben aus und griff selbst an. Falkenmond wurde sich bewußt, daß er allein gegen dieses Untier kaum eine Chance hatte. Er sah Keeth Leidträger ihm zur Hilfe kommen, ohne auf seine eigene Sicherheit zu achten. Seine Miene verriet Resignation, als er das Schwert schwang. Der Affe wandte seine Aufmerksamkeit von Falkenmond ab und warf sein ganzes Gewicht auf ihn. Keeth' Klinge stieß in die Brust des Ungeheuers, aber dessen Zähne bohrten sich in die Kehle des großen Mannes, und Blut spritzte aus der Halsschlagader.

Falkenmond stieß sein Schwert zwischen die Rippen des Affen, aber er wußte, daß es zu spät war, Keeth Leidträger zu retten, der bereits auf den feuchten Boden sackte. Corum kam herbei und stach von der anderen Seite auf das Ungeheuer ein. Es taumelte, seine Augen wurden glasig, und es stürzte rückwärts auf die Leiche Leidträgers.

Falkenmond wartete nicht auf einen neuen Angriff, sondern sprang über die Toten, um Baron Gotterin zu Hilfe zu eilen, den ein weiterer der orangen Affen umklammerte. Zähne schnappten und rissen das feiste Gesicht vom Schädel. Gotterin brüllte einmal auf, triumphierend fast, als fände er seine Theorie zu guter Letzt bestätigt. Dann starb er. Ashnar, der Luchs, benutzte sein Schwert wie eine Axt und köpfte Gotterins Gegner. Er stand auf dem Kadaver eines anderen toten Affen. Wie durch ein Wunder war es ihm gelungen, zwei der Bestien ohne Hilfe zu töten. Er brüllte einen monotonen Schlachtgesang und war von wilder Kampfeslust erfüllt.

Falkenmond grinste dem Barbaren zu und eilte Corum zu Hilfe. Er hieb die Klinge tief in Hals und Rücken des Pavians. Blut spritzte in seine Augen, daß er nichts mehr sehen konnte und einen Moment glaubte, er sei verloren. Aber das Untier war erledigt. Es zuckte nur noch kurz. Corum stieß es mit dem Schwertknauf von sich.

Falkenmond bemerkte, daß Chaz von Elaquol ebenfalls gefallen war, aber daß Überläufer Nikhe noch lebte und trotz der klaffenden Wunde in seiner Wange über das ganze Gesicht grinste, während John ap-Rhyss, Emshon von Ariso und Thereod von den Höhlen nur geringfügige Verletzungen davongetragen hatten. Erekoses Männer hatten weniger Glück gehabt. Einem hing ein Arm herab, nur noch von ein paar Muskelsträngen gehalten, ein anderer hatte ein Auge verloren, und einem dritten war die Hand abgebissen worden. Die anderen versorgten sie, so gut es möglich war. Brut von Lashmar, Hown Schlangenbeschwörer, Ashnar, der Luchs, und Otto Blendker waren so gut wie gar nicht verwundet.

Ashnar blickte triumphierend auf die Kadaver der beiden Affen.

»Ich fürchte, dieses Abenteuer bringt uns nicht viel Gewinn ein.« Er hechelte wie ein Hund nach einer erfolgreichen Jagd. »Je weniger Zeit wir damit verschwenden, desto besser. Was meint Ihr, Elric?«

»Ich pflichte Euch bei.« Elric schüttelte Blut von seinem furchterregenden Schwert. »Kommt!«

Ohne auf die anderen zu warten, eilte er auf den Raum vor ihnen zu. Dieser Raum, nicht mehr als eine große Kammer, glühte in einem merkwürdigen rosigen Licht. Falkenmond und die anderen folgten ihm hinein.

Elrics Augen weiteten sich vor Grauen. Er bückte sich und zerrte an etwas. Jetzt spürte Falkenmond, daß sich etwas um seine Beine legte. Auch er blickte hinab. Es waren Schlangen. Der ganze Boden war mit Schlangen bedeckt – lange, dünne Reptile, fleischfarbig und augenlos. Er hackte auf die ein, die sich immer enger um seine Fußgelenke wanden. Es gelang ihm auch, zwei oder drei der Köpfe abzutrennen, aber ihre Leiber lockerten sich nicht. Seine Kameraden um ihn heulten vor Ekel und Furcht und versuchten sich zu befreien.

Da plötzlich begann Hown Schlangenbeschwörer, der Krieger in der schillernden seegrünen Rüstung, zu singen.

Seine Stimme klang wie das Rauschen eines Wasserfalls im stillen Gebirge. Trotz seines angespannten Gesichts sang er ruhig und ohne Aufregung. Und bald schon gaben die Schlangen die Beine der Männer frei und sanken auf den Boden zurück. Sie rührten sich nicht mehr, es schien, als schliefen sie.

»Jetzt verstehe ich, wie Ihr zu Eurem Beinamen kamt«, sagte Elric erleichtert.

»Ich war mir nicht sicher, ob mein Lied auch auf sie wirken würde«, sagte der Schlangenbeschwörer, »denn diese hier sind so ganz anders als alle Schlangen in den Meeren meiner eigenen Welt.«

Sie ließen die Reptilien zurück. Der Weg führte nun noch steiler aufwärts, und es war nicht leicht, sich auf dem nachgiebigen, schleimigen Boden zu halten. Die Hitze wurde immer unerträglicher. Falkenmond fürchtete, daß er umkippen würde, wenn er nicht bald frischere Luft zu atmen bekäme. Er fand sich jedoch damit ab, daß er auf dem Bauch kriechen mußte, um sich durch so manche winzige, gummiartige Spalte zu zwängen; oder sich mit den Armen gegen die engen Wände stemmen mußte, um nicht den Halt zu verlieren, wenn die hohen Gänge wie schmale Klüfte erbebten und klebrige Flüssigkeit auf ihn herabregnete; und daß er die winzigen Kreaturen abwehren mußte, die sie hin und wieder wie Mücken umschwärmten. Und immer wieder hörte er die Stimme wimmern:

»Wo? Wo? Ohh, diese Qualen!«

Die kleinen, insektenähnlichen Quälgeister umgaben sie in dichten Wolken. Sie stachen sie in die Gesichter und Hände. Sie waren zwar kaum zu sehen, aber nur allzu wirklich.

»Wo?«

Halb blind kämpfte Falkenmond sich weiter. Verzweifelt unterdrückte er den Drang, sich zu übergeben. Er keuchte nach Luft. Er sah die Krieger torkeln und fallen und war kaum noch fähig, ihnen wieder hochzuhelfen. Immer steiler führte der Gang aufwärts, er wand sich in alle Richtungen. Und Hown Schlangenbeschwörer sang pausenlos, denn immer noch war der Boden nicht frei von Schlangen.

Ashnars Triumphgefühl war erstorben. »Viel länger können wir es nicht durchhalten«, unkte er. »Und wenn wir schließlich auf den Zauberer und seine Schwester stoßen, werden wir nicht mehr in der Lage sein, etwas gegen sie zu unternehmen.«

»Das ist auch meine Überlegung«, gestand Elric. »Aber was können wir denn sonst tun, als uns weiterzuschleppen?«

»Nichts«, hörte Falkenmond Ashnar brummen. »Nichts.« Und immer aufs neue vernahmen sie die Stimme, manchmal lauter, manchmal leiser:

»Wo?« fragte sie.

»Wo?« drängte sie.

»Wo? Wo? Wo?«

Und bald wurde sie zu einem Brüllen. Sie gellte in Falkenmonds Ohren. Sie rieb an seinen Nerven.

»Hier!« murmelte er. »Hier sind wir, Zauberer!«

Und dann hatten sie das Ende des Ganges erreicht und sahen einen Torbogen von normalen Ausmaßen vor sich, und dahinter einen hellbeleuchteten Raum.

»Zweifellos Agaks Gemach«, meinte Ashnar, der Luchs.

Sie traten in einen achteckigen Raum.

5. Agak und Gagak

Jede der acht sich nach innen neigenden Wände des Gemachs leuchtete in einer anderen milchigen Farbe. Und jede dieser Farben veränderte sich im Einklang mit den anderen. Hin und wieder wurde eine Seite fast völlig durchsichtig, und man konnte durch sie die Ruinen der unter ihr liegenden Stadt sehen und das andere Gebäude, das mit diesem durch ein Netzwerk von Rohren und Strängen verbunden war.

Seltsame Geräusche waren zu hören – ein Seufzen, Flüstern, Blubbern. Sie kamen aus einem großen, in der Mitte des Raumes eingelassenen Teich.

Zögernd traten sie an diesen Teich und betrachteten ihn. Sie sahen, daß die Substanz in ihm vielleicht der Lebensstoff selbst sein mochte, denn sie bewegte sich unaufhörlich, bildete Formen – Gesichter, Rümpfe, Gliedmaßen aller Arten von Menschen und Tieren, Strukturen, die in ihrer architektonischen Vielfalt jenen der Stadt Konkurrenz machten; ganze Landschaften in Miniaturform; fremdartige Firmamente, Sonnen und Planeten; Geschöpfe von unglaublicher Schönheit und solche von abgrundtiefer Häßlichkeit; Bilder von Schlachten, häuslichem Frieden, Ernten, Zeremonien, Prunkszenen; Schiffe von sowohl bekannten als auch grotesken Formen, von denen manche durch die Luft flogen oder durch die Schwärze des Alls oder tief unterhalb der Meeresoberfläche dahinbrausten, und sie schienen aus Material zu bestehen, für das sie keine Namen wußten, aus ungewöhnlichen Holzarten und merkwürdigen Metallen.

Fasziniert starrte Falkenmond in diesen Teich, bis eine Stimme, die Stimme, aus der bewegten Substanz schallte.

»WAS? WAS? WER IST EINGEDRUNGEN?«

Falkenmond sah Elrics Gesicht im Becken, er sah auch Corum und Erekose. Und als er sein eigenes erkannte, wandte er sich ab.

»WER IST EINGEDRUNGEN? ACH, ICH BIN ZU SCHWACH!«

Elric antwortete als erster:

»Wir sind die, die du vernichten möchtest! Wir sind die, die du zu deiner Stärkung zu verschlingen begehrst.«

»ACH! AGAK! ICH BIN KRANK! AGAK, WO BIST DU?«

Falkenmond tauschte einen verwirrten Blick mit Corum und Erekose. Keiner konnte sich des Zauberers unerwartete Reaktion erklären.

Gestalten hoben sich aus der wallenden Substanz und tauchten wieder unter.

Falkenmond sah Yisselda und andere Frauen, die ihn an sie erinnerten, obgleich sie ihr nicht ähnlich waren. Er schrie auf und wollte sich über das Becken beugen, aber Erekose hielt ihn zurück. Die Gestalten der Frauen lösten sich auf, und an ihrer Stelle erhoben sich die gewundenen Türme einer fremdartigen Stadt.

»MEINE KRAFT VERLÄSST MICH, AGAK ... ICH BENÖTIGE NEUE ENERGIEQUELLEN ... WIR MÜSSEN JETZT BEGINNEN, AGAK ... WIR BRAUCHTEN SO LANGE, HIERHERZUKOMMEN. ICH DACHTE, ICH KÖNNTE MICH AUSRUHEN. ABER DIE KRANKHEIT HÄNGT HIER IN DER LUFT. SIE HAT MEINEN KÖRPER VERSEUCHT. AGAK, WACH AUF! WACH AUF!«

Falkenmond kämpfte gegen den Schauder an, der ihn schütteln wollte.

Elric starrte konzentriert in den Teich. Sein weißes Gesicht verriet, daß er zu verstehen begann.

»Ein Diener Agaks, der mit der Verteidigung dieses Raumes betraut wurde?« fragte Hown Schlangenbeschwörer.

»Wird Agak aufwachen?« Bruts Blick wanderte hastig durch das achtseitige Zimmer. »Wird er kommen?«

»Agak!« Ashnar, der Luchs, warf seinen Kopf zurück, daß die Zöpfe über den Rücken baumelten, und brüllte herausfordernd: »Feigling!«

»Agak!« schrie John ap-Rhyss und zog sein Schwert.

»Agak!« gellte Emshon von Ariso.

Und nun stimmten auch alle anderen, von den vier Helden abgesehen, in den Ruf ein.

Falkenmond begann zu verstehen, was die Worte bedeutet hatten. Und etwas erwachte in seinem Gehirn und verriet ihm, wie die Zauberer vernichtet werden konnten. Seine Lippen formten das Wort »nein«, aber er konnte ihm keine Stimme verleihen. Er blickte die anderen drei Manifestationen des Ewigen Helden an und las auch in ihren Gesichtern die Furcht.

»Wir sind die vier, die eins sind.« Erekoses Stimme klang zittrig.

»Nein . . .«, begehrte Elric auf. Er wollte offenbar sein schwarzes Schwert in die Hülle zurückschieben, aber ganz offensichtlich widersetzte es sich ihm. Panik und Entsetzen leuchteten aus den roten Augen des Albinos.

Falkenmond machte einen kurzen Schritt zurück, voll Haß auf die Bilder, die sich vor sein inneres Auge schoben, und auf den Zwang, der sich seines Willens bemächtigt hatte.

»AGAK! SCHNELL.«

Die Substanz im Teich brodelte.

Falkenmond hörte Erekose.

»Wenn wir es nicht tun, werden sie alle unsere Welten verschlingen. Nichts wird übrigbleiben.«

Falkenmond war es gleichgültig.

Elric, der dem Teich am nächsten stand, preßte die Hände an den kreideweißen Kopf. Er schwankte und drohte zu fallen. Falkenmond machte eine Bewegung, um ihn zu stützen. Er hörte das Stöhnen des Albinos, und Corums drängende, echoende Stimme hinter ihm und empfand eine verzweifelte, aber rückhaltlose Kameradschaft für seine drei Gegenstücke.

»Dann müssen wir es wohl tun«, sagte Corum.

Elric keuchte. »Ich nicht! Ich bin ich!«

»Wie ich!« Falkenmond streckte eine Hand aus, aber Elric sah sie nicht.

»Es ist unsere einzige Chance«, erklärte Corum. »Das einzige, was wir tun können. Seht ihr das denn nicht ein? Wir sind die einzigen Geschöpfe unserer Welten, die über die Möglichkeit verfügen, die Zauberer zu vernichten – auf die einzige Weise, in der sie vernichtet werden können!«

Falkenmonds Augen trafen sich mit Elrics, ihrer beider mit Corums, und die der drei mit Erekoses. Das Wissen war in Falkenmond, und die Persönlichkeit, die Falkenmond war, schreckte davor zurück. »Wir sind die vier, die eins sind!« Erekoses Stimme klang fest. »Unsere vereinte Kraft ist größer als nur die Summe. Wir müssen uns vereinen, Brüder. Wir müssen erst hier siegen, ehe wir hoffen können, Agak zu schlagen.«

»Nein . . .«, weigerte sich Elric und sprach nur aus, was auch Falkenmond empfand.

Aber etwas, das größer war als er, übernahm in seinem Innern. Falkenmond trat an eine Ecke des Teiches und stellte fest, daß die anderen bereits an den restlichen drei Seiten standen.

»AGAK!« rief die Stimme. *»AGAK!«* Das Wallen und Brodeln im Teich wurde noch stärker.

Falkenmond konnte nicht sprechen. Er sah, daß die Gesichter seiner drei Gegenstücke so erstarrt wie sein eigenes waren.

Er war sich kaum der Krieger bewußt, die ihnen hierher gefolgt waren. Sie zogen sich jetzt von dem Teich zurück, um den Eingang zu bewachen. Sie sahen sich wachsam nach Zeichen von Bedrohung um und beschützten die vier. Aber ihre Augen verrieten Grauen.

Falkenmond sah das schwarze Schwert sich aufrichten, aber seine Furcht davor verließ ihn, als auch sein eigenes Schwert sich dem anderen entgegenhob. Dann berührten alle vier Klingen sich. Ihre Spitzen trafen sich genau über der Mitte des Teiches.

Im gleichen Augenblick, als die Schwertspitzen sich berührten, keuchte Falkenmond auf. Er spürte eine ungeheure Macht seine Seele füllen. Er hörte Elrics Schrei und wußte, daß der Albino das gleiche erlebte. Falkenmond haßte diese Macht. Sie raubte ihm den eigenen Willen. Selbst jetzt wünschte er sich, ihr zu entfliehen.

»Ich verstehe.« Es war Corums Stimme, aber es waren Falkenmonds Lippen, die sich bewegten. *»Es ist die einzige Chance!«*

»O nein, nein!« Und nun drang Falkenmonds Stimme aus Elrics Kehle.

Falkenmond spürte sein Ich schwinden.

»AGAK! AGAK!« Die Substanz im Teich brodelte, wallte, warf sich in aufgeregten Wellen hoch. *»SCHNELL! WACH AUF!«*

Falkenmond wußte, daß seine Persönlichkeit verblich. Er war Elric. Er war Erekose. Er war Corum. Aber er war auch Falkenmond. Ein bißchen von ihm war noch Falkenmond. Und er war tausend andere – Urlik, Jherek, Asquiol ... Er war Teil eines gigantischen, eines edlen Geschöpfs ...

Sein Körper hatte sich verwandelt. Er schwebte über dem Teich.

Das Rudiment Falkenmonds konnte es sehen, ehe auch es sich dem Hauptwesen anschloß.

An jeder Seite des Kopfes war ein Gesicht, und jedes dieser Gesichter gehörte zu einem seiner Gefährten. Die Augen waren ernst und erschreckend, sie bewegten sich nicht. Es hatte acht Arme, die sich nicht regten. Es kauerte auf acht Beinen über dem Teich, und seine Rüstung überschnitt sich, und die verschiedenen Farben verschwammen ineinander, und doch war alles irgendwie scharf getrennt.

Das Wesen umklammerte mit allen acht Händen ein einziges gewaltiges Schwert, und sowohl es selbst auch das Schwert leuchtete in einem gespenstischen goldenen Licht.

»Ah!« dachte er. *»Jetzt bin ich ganz.«*

Die vier, die eins waren, drehten das monströse Schwert, daß die Spitze auf die verzweifelt wallende Masse im Teich deutete.

Die Substanz fürchtete das Schwert. Sie wimmerte.

»Agak, Agak ...«

Das Wesen, von dem Falkenmond ein Teil war, sammelte seine Kraft und begann das Schwert in die Tiefe zu stoßen.

Formlose Wellen wogten über die Oberfläche des Teiches. Die Farbe der Substanz wechselte von einem kränklichen Gelb zu einem fahlen Grün.

»Agak, ich sterbe ...«

Unaufhaltsam stieß das Schwert in die Tiefe. Seine Spitze berührte die Oberfläche.

Die Substanz wich nach allen Seiten zurück. Sie versuchte, sich über die Seiten und auf den Boden zu heben. Das Schwert drang tiefer, und nun spürten die vier, die eins waren, neue Kraft durch die Klinge hochströmen. Ein Röcheln war zu hören, und die Bewegung der Substanz ließ nach. Sie wurde still. Sie wurde grau.

Und dann sanken die vier, die eins waren, hinunter in den Teich, um sich von der Substanz aufnehmen zu lassen.

Falkenmond ritt nach Londra, und in seiner Begleitung befanden sich Huillam d'Averc, Yisselda von Brass, Oladahn von den Bulgarbergen, Bowgentle, der Philosoph, und Graf Brass. Jeder von ihnen trug einen Spiegelhelm, der die Strahlen der Sonne reflektierte.

Falkenmond hielt das Schicksalshorn in der Hand. Er hob es an die Lippen. Er stieß hinein, um die Nacht der neuen Erde anzukünden – die Nacht, die dem neuen Morgen vorhergeht. Und obgleich

Triumph aus dem Hornschall klang, empfand Falkenmond dieses Gefühl nicht. Voll unendlicher Einsamkeit und unendlichem Leid stand Falkenmond mit dem Horn an den Lippen.

Falkenmond erlebte die Qualen erneut, die er im Wald erlitten hatte, als Glandyth ihm die Hand abgeschlagen hatte. Er schrie, als der Schmerz erneut in das Handgelenk zurückkehrte und er das Feuer in seinem Gesicht spürte, und da wußte er, daß Kwll ihm das Juwelenauge seines Bruders aus dem Schädel gerissen hatte, nun da seine Macht wiedererstanden war. Rote Dunkelheit schwamm in seinem Gehirn. Rotes Feuer raubte ihm die Kraft. Roter Schmerz löste sein Fleisch auf.

Und Falkenmond rief mit einer Stimme, aus der die tiefsten Qualen sprachen:

»Welchen Namen werde ich tragen, wenn ihr mich das nächste Mal ruft?«

»Jetzt herrscht Frieden auf der Erde. Die stille Luft verbreitet nur weiches Lachen, das Murmeln freundlicher Unterhaltung, und die sanften Laute kleiner Tiere. Wir und die Erde befinden uns im Frieden.«

»Aber wie lange wird das währen?«

»Oh, wie lange kann es währen?«

Das Geschöpf, das der Ewige Held war, sah jetzt alles ganz klar. Es prüfte seinen Körper, alle Gliedmaßen, jegliche Funktion. Es hatte die Tat vollbracht. Es hatte dem Teich die Lebenskraft zurückgegeben.

Durch sein achtseitiges Auge blickte es in alle Richtungen gleichzeitig über die ausgedehnten Ruinen der Stadt, dann wandte es seine Aufmerksamkeit den Zwillingen zu.

Agak war schließlich doch, aber zu spät aus dem Schlaf gerissen worden, nämlich durch die Schreie seiner sterbenden Schwester Gagak, in deren Körper die Sterblichen eingedrungen waren. Sie hatten ihre Intelligenz überwältigt und benutzten nun ihr Auge. Bald würden sie auch versuchen, ihre Macht anzuwenden.

Agak brauchte seinen Kopf nicht zu drehen, um das Wesen zu sehen, das er noch für seine Schwester hielt. Wie ihre, so war auch seine Intelligenz in dem riesigen achteckigen Auge enthalten.

»Hast du mich gerufen, Schwester?«

»Ich sprach nur deinen Namen, Bruder, das war alles.« Es steckte noch genügend der rudimentären Lebenskraft Gagaks in den vieren, die eins waren, um es ihnen zu ermöglichen, ihre Stimme und Ausdrucksweise nachzuahmen.

»Du hast geschrien?«

»Ein Traum.« Die vier hielten inne und fuhren nach einer Weile fort. *»Eine Krankheit. Ich träume, etwas auf dieser Insel raube mir mein Wohlbefinden.«*

»Ist das möglich? Wir wissen nicht genug über diese Dimensionen, noch über die Kreaturen, die sie bewohnen. Doch keine kann so mächtig wie Agak und Gagak sein. Fürchte dich nicht, Schwester. Wir müssen bald mit unserer Arbeit beginnen.«

»Es war nur ein Traum. Jetzt bin ich wach.«

Agak war verwundert. *»Du sprichst so seltsam.«*

»Der Traum ...«, antwortete das Wesen, das in Gagaks Körper eingedrungen war und sie vernichtet hatte.

»Wir müssen anfangen«, sagte Agak. *»Die Dimensionen verändern sich, und die Zeit ist gekommen. Ah! Ich spüre es! Es wartet darauf, daß wir es übernehmen. So viel Energie! Wir werden alles erobern, wenn wir nach Hause zurückkehren.«*

»Ich spüre es ebenfalls«, erwiderten die vier, und es stimmte.

Das Wesen, das eins aus vieren war, fühlte das ganze Universum, Dimension um Dimension, um sich wirbeln. Sterne und Planeten und Monde auf allen Ebenen, und alle voll der Energie, die Agak und Gagak in sich aufzunehmen beabsichtigt hatten. Und es steckte noch soviel von Gagak in den vieren, um sie den tiefen, erwartungsvollen Hunger spüren zu lassen, der nun, da die Dimensionen ihre Konjunktur erreicht hatten, bald gestillt werden konnte.

Die vier waren versucht, sich Agak bei diesem Festschmaus anzuschließen, obgleich sie wußten, daß sie dadurch ihrem eigenen Universum das letzte Fünkchen Energie rauben würden. Sterne würden erblassen, Welten untergehen. Selbst die Lords der Ordnung und des Chaos würden sterben, denn die waren Teil des gleichen Universums. Doch die Erlangung einer so ungeheuren Macht war vielleicht ein so schreckliches Verbrechen wert ...

Das Wesen unterdrückte sein Verlangen und sammelte seine Kräfte zum Angriff, ehe Agak Argwohn schöpfte.

»Wollen wir uns jetzt stärken, Schwester?«

Da wurde den vieren, die eins waren, bewußt, daß das Schiff sie gerade im richtigen Augenblick auf der Insel abgesetzt hatte, ja fast wären sie zu spät gekommen.

»Schwester!« Wieder klang Agak verwundert. *»Was...?«*

Das Wesen wußte, daß es sich nun von Agak trennen mußte. Die Rohre und Streben lösten sich von ihm und wurden in Gagak gezogen.

»Was soll das?« Agaks ungewöhnlicher Körper erzitterte kurz. *»Schwester?«*

Die vier bereiteten sich vor. Obgleich sie Gagaks Gedächtnis und ihre Erinnerungen übernommen hatten, waren sie doch nicht sicher, daß sie Agak in Gagaks erkorener Gestalt angreifen konnten. Und da die Zauberin über die Fähigkeit verfügt hatte, ihre Form zu verwandeln, veränderte sich nun auch das Wesen, das eins aus vieren war. Es ächzte und stöhnte grauenvoll, denn der Schmerz war fast unerträglich, als es alle der von Gagak gestohlenen Stoffe zusammenzog, bis das, was zuvor wie ein Gebäude ausgesehen hatte, nun zu gallertigem, formlosem Fleisch wurde. Und Agak sah wie erstarrt dabei zu.

»Schwester? Was ist mit dir...?«

Das Gebäude, die Kreatur, die Gagak war, hieb um sich, schmolz und schien sich gleichzeitig aufzublähen.

Sie kreischte vor Schmerz.

Sie nahm ihre Gestalt an.

6. Die Schlacht um alles

Vier Gesichter lachten von einem gigantischen Kopf. Acht Arme winkten triumphierend, acht Beine setzten sich in Bewegung. Und über dem Kopf schwenkte das Wesen ein gewaltiges Schwert.

Es rannte.

Es stürzte sich auf Agak, solange der fremdartige Zauberer sich noch in seiner starren Form befand. Sein Schwert wirbelte und sprühte gespenstische goldene Funken. Das eine, das vier war, war so groß wie Agak. Und in diesem Augenblick war es stark.

Aber Agak, der die Gefahr erkannte, begann zu saugen. Nun brauchte er dieses so angenehme Ritual nicht mehr mit seiner Schwester zu teilen. Und er mußte sich die Energie dieses Universums einverleiben, wollte er die Kraft erlangen, die er benötigte, um seinen Angreifer zu besiegen, der seine Schwester ermordet hatte.

Welten starben, als Agak saugte.

Aber es war nicht genug.

Agak versuchte es mit List.

»Das hier ist das Zentrum eures Universums. Alle seine Dimensionen überschneiden sich. Komm, ich gestatte dir, meine Macht mit mir zu teilen. Meine Schwester ist tot. Ich finde mich damit ab. Nun sollst du mein Gefährte werden. Mit dieser Macht könnten wir ein viel reicheres Universum als dieses hier erobern!«

»Nein!« sagte das Wesen und kam näher.

»Auch gut. Ich gab dir eine Chance. Nun wird nichts mehr deine Vernichtung aufhalten.«

Das Vierwesen schwang das Schwert. Es sauste herab auf das Facettenauge, in dem Agaks Intelligenzteich blubberte, genau wie es zuvor Gagaks getan hatte. Aber Agak war bereits stärker und heilte sich sofort.

Und nun schossen Agaks Tentakel heran und peitschten auf das Vierwesen ein. Doch dessen Schwert durchtrennte sie, noch ehe sie seinen Leib erreicht hatten. Und Agak saugte noch mehr Energie auf. Sein Körper, den die Sterblichen irrtümlich für ein Gebäude gehalten hatten, begann rot zu glühen und strahlte eine unvorstellbare Hitze aus.

Das Schwert donnerte und strahlte auf. Schwarzes Licht vermischte sich mit goldenem und strömte gegen das Rot.

Und währenddessen spürte das Vierwesen, wie sein Universum schrumpfte und starb.

»Gib zurück, was du gestohlen hast, Agak!« befahl es.

Flächen und Winkel und Bogen, Drähte und Rohre flackerten in tiefroter Hitze. Agak seufzte. Das Universum wimmerte.

»Ich bin stärker als du!« rief Agak. *»Jetzt!«*

Und wieder saugte er.

Das Vierwesen wußte, daß Agaks Aufmerksamkeit nur abgelenkt war, solange er sich mit neuer Energie füllte. Und dem Wesen wurde auch klar, daß es ebenfalls Energie aus seinem eigenen Universum ziehen mußte, um Agak vernichten zu können. Und so hob es das Schwert.

Die Klinge schnitt durch Tausende von Dimensionen und nahm ihre Energie in sich auf.

Dann schwang es sich zurück, und schwarzes Licht schoß heraus.

Sie sauste herab, und nun wurde Agak sich ihrer bewußt. Seine Gestalt begann sich zu wandeln.

Herab auf des Zauberers riesiges Auge, herab auf Agaks Intelligenzteich glitt die schwarze Klinge.

Agaks zahllose Tentakel schnellten sich ihr entgegen, um den Zauberer zu schützen, aber das Schwert schnitt durch sie hindurch, als wären sie überhaupt nicht vorhanden. Und es drang in die achtseitige Kammer, die Agaks Auge war, und sie sank in Agaks Intelligenzteich, tief in des Zauberers Sinneszentrum, und sog Agaks Energie in sich und leitete sie weiter an seinen Herrn, dem einen, der vier war.

Und etwas gellte durch das Universum.

Und etwas sandte ein Beben durch das Universum.

Und das Universum war tot, als Agak starb.

Das Vierwesen nahm sich nicht die Zeit, sich zu vergewissern, daß Agak wirklich vernichtet war.

Er riß das Schwert herum und zurück durch die Dimensionen. Und in alles, was die Klinge berührte, kehrte die geraubte Energie zurück.

Das Schwert schwang in weitem Bogen.

Rundum schwang es und strömte die zurückgewonnene Energie aus.

Und das Schwert heulte in einem Triumphgesang.

Und winzige Fünkchen schwarzen und goldenen Lichtes huschten davon und wurden wieder aufgenommen.

Falkenmond kannte nur das Wesen des Ewigen Helden. Er kannte die Natur des Schwarzen Schwertes. Er kannte den Charakter Tanelorns. Denn in diesem Augenblick hatte jener Teil, der Falkenmond war, Einblick in das ganze Multiversum. Es steckte in ihm. Er enthielt es. In diesem Moment gab es keine Rätsel für ihn.

Er entsann sich, was eine seiner Erscheinungen in der CHRONIK DES SCHWARZEN SCHWERTES, *die über die Taten des Ewigen Helden berichtete, gelesen hatte: »Denn allein der menschliche Geist ist frei, die gewaltige Weite der kosmischen Unendlichkeit zu erforschen, das normale Bewußtsein zu überschreiten oder durch die verborgenen Gänge des menschlichen Gehirns in seinen grenzenlosen Dimensionen zu streifen. Universum und Individuum sind miteinander verbunden, eines spiegelt sich im anderen, und jedes enthält das andere ...«*

»Ha!« schrie das Individuum, das Falkenmond war. Und er frohlockte, er triumphierte. Das war das Ende der Verdammnis des Ewigen Helden!

Einen Augenblick war das Universum tot gewesen. Nun lebte es wieder, und es verfügte zusätzlich zu seiner eigenen Energie auch noch über die Agaks.

Agak lebte, aber er war erstarrt. Er hatte versucht, seine Gestalt zu verändern. Nun sah er zur Hälfte noch so aus, wie Falkenmond ihn gesehen hatte, als er auf die Insel kam, zur anderen aber wie ein Teil des Vierwesens. Hier war Corums Gesicht, dort ein Bein, da ein Stück der Schwertklinge. Man konnte glauben, Agak habe angenommen, daß das Vierwesen nur geschlagen werden könnte, wenn er seine Gestalt annahm, genau wie das Wesen Gagaks Form übernommen hatte.

»Wir hatten so lange darauf gewartet ...«, seufzte Agak, und dann war er tot.

Und das Vierwesen steckte das Schwert in die Scheide zurück.

Falkenmond dachte ...

Ein Heulen erschallte durch die Ruinen der Vielstadt, und ein starker Wind toste gegen den Körper des Vierwesens, so daß es sich gezwungen sah, sich auf seine acht Beine zu knien und seinen viergesichtigen Kopf vor dem Sturm zu schützen.

Falkenmond fühlte . . .

Dann nahm das Wesen allmählich wieder die Gestalt Gagaks, der Zauberin, an, und dann lag es in Gagaks reglosem Intelligenzteich . . .

Falkenmond wußte . . .

. . . und dann hob es sich darüber, schwebte einen Moment in der Luft und zog das Schwert aus dem Teich heraus.

Falkenmond war Falkenmond. Falkenmond war der Ewige Held auf seinem letzten Abenteuer.

Dann trennten sich die vier Wesen voneinander, und Elric und Falkenmond und Erekose und Corum standen am Rande des Teiches, und ihre Schwertspitzen berührten sich über ihm in der Mitte des toten Gehirns.

Falkenmond seufzte. Staunen erfüllte ihn – und Furcht. Und dann schwand die Furcht, als eine ungeheuerliche Erschöpfung sie ablöste, die jedoch voll Erleichterung und Zufriedenheit war.

»Nun habe ich wieder Fleisch! Nun habe ich wieder Fleisch!« sagte eine pathetische Stimme.

Sie kam aus dem Barbaren Ashnar, dessen Gesicht blutig war und aus dessen Augen der Wahnsinn sprach. Er hatte sein Schwert fallen gelassen, ohne es zu bemerken. Mit den Nägeln beider Hände riß er an seinem Gesicht. Und er kicherte.

John ap-Rhyss hob den Kopf vom Boden. Haßerfüllt starrte er auf Falkenmond, doch dann wandte er den Blick ab. Emshon von Ariso, der sein Schwert ebenfalls vergessen hatte, kroch zu John ap-Rhyss und half ihm auf die Beine. Ein kalter Haß strömte von den beiden Männern aus.

Andere waren tot oder wahnsinnig. Elric half Brut von Lashmar hoch.

»Was habt Ihr gesehen?« fragte der Albino.

»Mehr als ich trotz all meiner Sünden verdient hatte. Wir waren gefangen – gefangen in diesem Schädel . . .« Der Ritter von Lashmar brach zusammen. Er schluchzte wie ein kleines Kind. Elric legte stützend den Arm um Brut und strich über sein blondes Haar. Er fand keine Worte des Trostes. Erekose murmelte fast nur zu sich selbst: »Wir müssen gehen.« Als er auf die Tür zuschritt, drohten seine Füße unter ihm davonzugleiten.

»Es war nicht fair«, sagte Falkenmond zu John ap-Rhyss und Emshon von Ariso, »daß ihr mit uns leiden mußtet. Es war nicht fair.«

John ap-Rhyss spuckte auf den Boden.

7. Die Helden trennen sich

Sie standen im Freien zwischen den Schatten der Gebäude, die es nicht gab oder von denen nur noch Ruinen existierten, unter einer blutroten Sonne, die sich nicht um das geringste bewegt hatte, seit sie auf der Insel gelandet waren. Falkenmond sah zu, wie die Leichen der Zauberer verbrannten.

Prasselnd und heulend verschlangen die Flammen Agak und Gagak, und der aufsteigende Rauch war weißer als Elrics Gesicht, und röter als die Sonne, und er begann den Himmel zu verbergen.

Falkenmond konnte sich kaum an das erinnern, was er in Gagaks Schädel erlebt hatte, aber im Augenblick empfand er eine tiefe Bitterkeit.

»Ich frage mich, ob der Kapitän wußte, weshalb er uns hierherschickte«, wandte Corum sich an Falkenmond.

»Oder ob er ahnte, was geschehen würde«, überlegte Falkenmond laut und fuhr sich mit der Hand über den Mund.

»Nur wir – nur dieses Wesen – konnte gegen Agak und Gagak etwas erreichen, und nur, weil es sie auf ihre eigene Weise bekämpfte.« Ein tiefes Wissen leuchtete aus Erekoses Augen. »Alles andere wäre vergebens gewesen. Kein anderes Geschöpf hätte die benötigten Eigenschaften, die ungeheuren Kräfte besessen, die unbedingt erforderlich waren, um diese fremdartigen Zauberer zu besiegen.«

»Ja, so sieht es aus«, murmelte Elric. Der Albino war schweigsam, als lausche er in sich hinein.

Corum versuchte ihn zu trösten. »Ihr werdet vermutlich dieses Erlebnis vergessen, wie Ihr die anderen vergessen habt – oder vergessen werdet.«

Düster erwiderte Elric: »Vielleicht, Bruder, vielleicht.«

Nun bemühte Erekose sich, sie in eine bessere Stimmung zu bringen. Er lachte. »Wer könnte sich schon an so etwas erinnern?«

Falkenmond mußte ihm beipflichten. Bereits jetzt verblaßte die Erinnerung an das Geschehene und schien nicht mehr als ein ungewöhnlich realistischer Traum. Sein Blick wanderte über die Krieger, die mit ihm gekämpft hatten. Auch jetzt wichen sie ihm noch aus. Ganz offensichtlich gaben sie ihm und seinen anderen Erscheinungen die Schuld an dem Grauen, das sich ihnen offenbart hatte. Ashnar, der Luchs, der Mann ohne Nerven, hatte Zeuge ihrer Gefühle sein müssen, die sie gezwungen gewesen waren, zu unterdrücken und zu beherrschen. Und nun stieß er einen schrillen Schrei aus und rannte auf das Feuer zu. Er lief, bis er es fast erreicht hatte, und Falkenmond befürchtete schon, er würde sich hineinstürzen, doch da änderte er im letzten Moment die Richtung. Er rannte in die Ruinen, und die Schatten verschlangen ihn.

»Es hat keinen Sinn, ihm zu folgen«, flüsterte Elric. »Was könnten wir schon für ihn tun?« Seine roten Augen waren schmerzerfüllt, als er die Leiche Hown Schlangenbeschwörers betrachtete. Aber es war keineswegs eine Geste der Gleichgültigkeit, sondern die eines Mannes, der versuchte, eine schwere Last auf den Schultern zurechtzurücken.

John ap-Rhys und Emshon von Ariso stützten den benommenen Brut von Lashmar, als sie das Feuer hinter sich ließen, um zum Strand zurückzukehren, wo das Schiff wartete.

Während sie dahinstapften, wandte Falkenmond sich an Elric. »Euer Schwert – es deucht mir bekannt. Es ist keine gewöhnliche Klinge, nicht wahr?«

»Nein, es ist keine gewöhnliche Klinge, Herzog Dorian«, bestätigte ihm der Albino. »Sie ist uralt, zeitlos, sagen manche. Manche glauben, sie wäre für eine Schlacht gegen die Götter geschmiedet worden. Es gab eine zweite wie sie, aber sie ging verloren.«

»Ich fürchte mich vor ihr«, murmelte Falkenmond. »Doch ich weiß nicht, weshalb.«

»Es ist klug, sie zu fürchten«, versicherte ihm Elric. »Sie ist mehr als ein Schwert.«

»Ein Dämon?«

»Wenn Ihr es so nennen wollt.« Mehr wollte Elric nicht sagen. »Es ist das Schicksal des Ewigen Helden, diese Klinge in Zeiten der Entscheidung auf Erden zu tragen«, sagte Erekose. »Ich trug sie, doch ich möchte sie nie wieder halten, wenn man mir die Wahl läßt.«

»Selten hat der Held die Wahl«, warf Corum mit einem tiefen Seufzer ein.

Sie hatten den Strand erreicht und hielten an. Sie blickten hinaus auf den weißen Nebel, der über dem Wasser wallte. Die dunklen Umrisse des Schiffes waren deutlich zu erkennen.

Corum, Elric und einige der anderen schritten auf den Nebel zu, aber Falkenmond, Erekose und Brut von Lashmar zögerten gleichzeitig. Falkenmond war zu einem Entschluß gekommen.

»Ich werde nicht auf das Schiff zurückkehren«, erklärte er. »Ich glaube, ich habe meine Passage bezahlt. Wenn Tanelorn überhaupt zu finden ist, sollte ich es wohl hier suchen.«

»Ganz meine Meinung«, pflichtete ihm Erekose bei. Er drehte sich halb um und blickte auf die Ruinen.

Elric blickte Corum fragend an. Der Vadhag lächelte. »Ich habe Tanelorn bereits gefunden. Ich kehre auf das Schiff zurück, in der Hoffnung, daß es mich an einer bekannten Küste absetzt.«

»Das hoffe ich auch.« Nun richtete Elrics fragender Blick sich auf Brut, den er stützte.

Brut flüsterte etwas. Falkenmond verstand ein paar der Worte: »Was war es? Was ist mit uns geschehen?«

»Nichts.« Elric drückte Bruts Schulter, dann gab er sie frei.

Brut wich vor Elric zurück. »Ich bleibe. Es tut mir leid.«

»Brut?« Elric runzelte die Stirn.

»Ich kann nichts dafür, aber ich fürchte mich vor Euch. Und ich fürchte mich vor dem Schiff.« Brut stolperte rückwärts, dann drehte er sich um und rannte landeinwärts.

»Kamerad«, sagte Corum und legte eine Hand auf Elrics Schulter. »Laßt uns weggehen. Was auf dieser Insel liegt, fürchte ich viel mehr als das Schiff.«

Mit einem letzten düsteren Blick auf die Ruinen murmelte der Albino: »So wie ich.«

»Wenn das Tanelorn sein soll, ist es gewiß nicht der Ort, den ich suchte«, sagte Otto Blendker.

Falkenmond erwartete, daß John ap-Rhyss und Emshon von Ariso sich Blendker anschließen würden.

»Wollt ihr denn bei mir bleiben?« fragte Falkenmond sie erstaunt.

Der hochgewachsene, langhaarige aus Yel und der stämmige, rauhe Krieger von Ariso nickten gleichzeitig.

»Wir bleiben«, brummte John ap-Rhyss.

»Aber ihr empfindet keine Zuneigung für mich, dachte ich.«

»Ihr sagtet, daß wir eine Ungerechtigkeit erdulden mußten.« John ap-Rhvss blickte Falkenmond fest an. »Nun, das stimmt. Und nicht Ihr seid es, den wir hassen, Falkenmond, sondern jene Mächte, die uns alle lenken. Ich bin froh, daß ich nicht Falkenmond bin, und doch beneide ich Euch irgendwie.«

»Beneiden?«

»Auch ich beneide Euch«, gestand Emshon ernst. »Ich würde viel geben, eine solche Rolle spielen zu dürfen.«

»Selbst Eure Seele?« fragte Erekose.

»Was ist das?« John ap-Rhyss wich dem forschenden Blick des großen kräftigen Mannes aus. »Eine Fracht, die wir vielleicht schon viel zu früh auf unserer Reise abladen. Und dann versuchen wir, uns den Rest unseres Lebens zu erinnern, wo wir sie verloren haben, um sie wiederfinden zu können.«

»Ist es das, was Ihr sucht?« fragte Emshon ihn.

John ap-Rhyss grinste ihn an. »Glaubt, was Ihr wollt.«

»Dann sagen wir euch Lebewohl.« Corum grüßte sie. »Wir setzen unsere Reise mit dem Schiff fort.«

»Ich ebenfalls.« Elric hüllte sich enger in den Umhang und zog die Kapuze tief ins Gesicht. »Ich wünsche Euch Erfolg bei Eurer Suche, Brüder.«

»Und wir Euch mit Eurer«, sagte Erekose. »Das Horn muß geblasen werden.«

»Ich verstehe Euch nicht.« Elrics Stimme klang kalt. Er drehte sich um und watete ins Wasser, ohne eine Erklärung abzuwarten.

»Aus unserer Zeit gerissen, von Paradoxa gequält, von Wesen herumgeschoben, die sich weigern, uns zu erleuchten – das ist ermüdend, nicht wahr?« Corum lächelte.

»Ermüdend«, wiederholte Erekose lakonisch. »Ja, das ist es.«

»Mein Kampf ist zu Ende«, erklärte Corum. »Ich glaube, es wird mir bald gestattet sein zu sterben. Ich habe meine Zeit als Ewiger

Held abgedient. Nun kehre ich zu Rhalina, meiner sterblichen Gefährtin, zurück.«

»Und mir bleibt die Suche nach meiner unsterblichen Ermizhdad«, sagte Erekose.

»Meine Yisselda lebt, versicherte man mir«, sprach nun Falkenmond. »Aber ich suche meine Kinder.«

»Alle Teile des Wesens, das der Ewige Held ist, kommen zusammen.« Corum blickte sie der Reihe nach an. »Wer weiß, vielleicht ist dies das letzte Abenteuer von uns allen.«

»Werden wir danach den Frieden finden?« fragte Erekose.

»Der Frieden kommt erst dann zu einem Menschen, wenn er ihn nach einem harten Kampf mit sich selbst in seinem Innern findet. Gewiß ist euch das inzwischen ebenfalls klar geworden.« Wieder sah Corum sie alle an.

»Gerade dieser Kampf ist so schwer«, murmelte Falkenmond.

Corum schwieg. Er folgte Elric und Otto Blendker in das Wasser. Kurz darauf hatte der Nebel sie verschlungen. Bald danach hörten sie gedämpfte Rufe und eine Weile später das Rasseln der Ankerkette. Das Schiff verschwand.

Erleichtert drehte Falkenmond sich um, obgleich der Gedanke an das Bevorstehende seine Stimmung nicht hob.

Die schwarze Gestalt war zurückgekehrt. Sie grinste ihn an. Es war ein böses, aufdringliches Grinsen.

»Schwert«, sagte sie. Und sie deutete aufs Meer, wo das Schiff verschwunden war. *»Schwert. Du wirst mich brauchen, Held. Bald!«*

Erekose verriet zum erstenmal Angst. Wie Falkenmond bei der ersten Begegnung mit dieser Erscheinung wollte auch er instinktiv das Schwert ziehen. Aber etwas hielt ihn zurück. John ap-Rhyss und Emshon von Ariso schrien erstaunt auf und griffen ebenfalls nach der Klinge. »Laßt sie in der Scheide«, befahl Falkenmond.

Brut von Lashmar starrte die Gestalt nur benommen an.

»Schwert«, wiederholte die Kreatur. Ihr schwarzer Strahlenkranz erweckte den Anschein, als tanze sie. Aber ihr Körper stand absolut ruhig. *»Elric? Corum? Falkenmond? Erekose? Urlik . . . ?«*

»Ah!« rief Erekose. »Jetzt erkenne ich dich. Geh! Geh!«

Die schwarze Erscheinung lachte. *»Ich kann nicht, ich kann nie. Nicht, solange der Held mich benötigt.«*

»Er braucht dich nicht mehr«, erklärte ihr Falkenmond fest, ohne zu wissen, was er mit seinen Worten meinte.

»O doch! O doch!«

»Geh!«

Die Erscheinung grinste böse. »Wir sind jetzt zwei«, sagte Erekose. »Zwei sind stärker.«

»Aber das ist nicht gestattet!« protestierte die Gestalt. *»Das war nie erlaubt!«*

»Wir haben eine andere Zeit, die Zeit der Konjunktur.«

»Nein!« schrie die Erscheinung entsetzt. Erekose lächelte verächtlich.

Die schwarze Gestalt schoß vorwärts, wuchs zu gewaltigen Ausmaßen; wich zurück, wurde winzig. Dann nahm sie ihre vorherige Größe wieder an und floh über die Ruinen. Ihr Schatten hüpfte hinter ihr her, nicht immer im Einklang mit ihren Bewegungen. Die ungeheuren, schweren Schatten dieser Ansammlung von Städten schienen sich auf die Gestalt zu werfen. Mit Bocksprüngen wich sie ihnen aus.

»Nein!« hörten sie sie brüllen. *»Nein!«*

John ap-Rhyss fragte: »War das, was von dem Zauberer übriggeblieben ist?«

»Nein, sondern das, was von unserer Nemesis übriggeblieben ist«, antwortete Erekose.

»So kennt Ihr diese Erscheinung?« Falkenmond sah ihn an.

»Ich glaube es zumindest.«

»Erzählt mir von ihr. Sie verfolgt mich, seit mein jetziges Abenteuer begann. Ich nehme an, sie ist für meine Trennung von Yisselda verantwortlich, und auch für die von meiner Welt.«

»Dazu hat sie gewiß nicht die Macht«, versicherte ihm Erekose. »Aber zweifellos ist sie erfreut, diese Chance zu nutzen. Ich habe sie nur einmal zuvor und nur ganz flüchtig in dieser Manifestation gesehen.«

»Wie wird sie genannt?«

»Sie hat viele Namen«, erwiderte Erekose nachdenklich.

Sie machten sich auf den Weg zurück zu den Ruinen. Die Erscheinung war verschwunden. Aber sie fanden zwei neue Schatten vor, zwei riesige Schatten – die von Agak und Gagak, wie sie ausgesehen hatten, als die Helden beim erstenmal hier angekommen waren. Die Körper der beiden Zauberer waren inzwischen verbrannt, aber ihre Schatten waren geblieben.

»Sagt Ihr mir einen?« bat Falkenmond. Erekose biß sich auf die Lippe, ehe er antwortete, dann ruhte sein Blick kurz direkt auf Falkenmonds Augen. »Ich glaube, ich verstehe jetzt, weshalb der Kapitän zögerte, seine Vermutung zu offenbaren, von etwas zu sprechen, dessen er sich nicht absolut sicher sein konnte. Es ist äußerst gefährlich, in dieser Situation, Schlüsse zu ziehen. Es könnte schließlich leicht sein, daß ich mich irre.«

»Oh!« rief Falkenmond enttäuscht. »So verratet mir wenigstens, was Ihr vermutet, auch wenn Ihr Euch nicht sicher seid, Erekose.«

»Ich glaube, einer ihrer Namen ist ›Sturmbringer‹«, murmelte der Mann mit dem narbigen Gesicht.

»Jetzt weiß ich, weshalb ich mich vor Elrics Schwert fürchtete«, flüsterte Falkenmond.

Sie erwähnten dieses Thema nicht mehr.

DRITTES BUCH

In dem vieles Verschiedene sich als das gleiche herausstellt

1. In Schatten gestrandet

»Wir sind wie Geister, nicht wahr?«

Erekose lag auf einem Trümmerhaufen und starrte zu der unbewegten roten Sonne empor. »Ein Gespräch zwischen Geistern . . .« Er lächelte, um anzudeuten, daß er seinen Gedanken nur Ausdruck gab, um die Zeit zu vertreiben.

»Ich bin hungrig«, erklärte Falkenmond. »Das beweist mir zweierlei – daß ich einen normalen Körper besitze, und daß eine ziemliche Zeit verstrichen sein muß, seit unsere Kameraden auf das Schiff zurückkehrten.«

Erekose atmete tief die kühle Luft ein. »Stimmt. Ich frage mich jetzt, weshalb ich hiergeblieben bin. Vielleicht ist es unser Schicksal, hier gestrandet zu sein – eine Ironie, findet Ihr nicht auch? Da wir Tanelorn suchen, ist es uns gestattet, in *allen* Tanelorns zu existieren. Könnte das alles sein, was uns bleibt?«

»Das glaube ich nicht«, widersprach Falkenmond. »Irgendwo finden wir eine Tür in den Welten, die wir suchen.«

Falkenmond saß auf der Schulter einer zerfallenen Statue und schaute, ob unter den unzähligen Schatten nicht einige waren, die er kennen müßte.

In ihrer Nähe wühlten John ap-Rhyss und Emshon von Ariso in dem Schutt nach einer Truhe, die Emshon vor ihrem Kampf gegen die Zauberbestien hier gesehen haben wollte. Er war sicher, daß sie etwas Wertvolles enthielt. Brut von Lashmar, der sich inzwischen ein wenig erholt hatte, stand ein Stück abseits von ihnen, ohne sich an ihrer Suche zu beteiligen.

Brut war es auch, der eine Weile später bemerkte, daß eine Zahl von Schatten, die bisher starr gewesen waren, sich jetzt bewegten. »Falkenmond!« rief er. »Schaut! Erwacht die Stadt zum Leben?«

Der Rest der Stadt blieb wie zuvor, aber in einem kleinen Teil davon, am Rand, wo die Silhouette eines mit Reliefs verzierten Hauses sich gegen die fleckige weiße Wand eines eingestürzten Tempels abhob, bewegten sich drei oder vier Schatten von Menschen. Aber es waren nur Schatten – die Männer, die sie warfen, blieben unsichtbar. Es war wie ein Spiel, das Falkenmond einst gesehen hatte, bei dem Marionetten hinter einem Schirm bewegt worden waren.

Erekose war aufgesprungen. Er stapfte durch den Schutt auf die sich bewegenden Schatten zu, mit Falkenmond dicht hinter ihm, während die anderen ein wenig zögernd folgten.

Und nun vernahmen sie auch noch gedämpfte Geräusche: das Klirren von Schwertern, Schreie, das Knarren von schweren Stiefeln.

Erekose hielt an, als er einen Schatten von etwa seiner eigenen Größe fast erreicht hatte. Vorsichtig streckte er die Hand aus, um ihn zu berühren und trat dabei noch einen Schritt näher an ihn heran.

Da verschwand Erekose!

Nur sein Schatten war zurückgeblieben und hatte sich den anderen angeschlossen. Falkenmond sah Erekoses Schatten das Schwert ziehen und sich neben einen anderen stellen, der ihm bekannt vorkam. Es war der Schatten eines Mannes, kaum größer als Emshon von Ariso, der dem Schattenspiel mit offenem Mund und fast glasigen Augen zusah.

Allmählich wurden die Bewegungen der kämpfenden Schatten langsamer. Falkenmond überlegte, wie er Erekose zurückholen könnte, als der breitschultrige Held bereits erschien und jemanden mit sich zog. Die anderen Schatten waren wieder erstarrt.

Erekose keuchte. Der Mann, den er bei sich hatte, war mit einer Unzahl kleinerer Wunden übersät, aber er schien nicht ernsthaft verletzt zu sein. Er grinste erleichtert und klopfte sich den weißen Staub von dem orangeroten Pelz, der seinen ganzen Körper bedeckte, dann steckte er sein Schwert in die Scheide und strich die Barthaare mit einer prankengleichen Hand glatt. Es war Oladahn! Oladahn von den Bulgarbergen, der von den Bergriesen abstammte – und Falkenmonds bester Freund und Gefährte während vieler seiner größten Abenteuer; Oladahn, der in der Schlacht von Londra gefallen war, und den Falkenmond danach als Geist mit glasigen Augen in den Marschen der Kamarg gesehen hatte, und schließlich an Bord der *Rumänischen Königin*, wo er mutig Baron Kalans Kristallpyramide angegriffen hatte und deshalb verschwunden war.

»Falkenmond!« Oladahns Freude über das Wiedersehen mit seinem alten Kameraden ließ ihn alles andere vergessen. Er lief dem Herzog von Köln entgegen und umarmte ihn.

Falkenmond lachte mit Tränen in den Augen. Er blickte zu Erekose hoch. »Ich weiß nicht, wie Ihr ihn gerettet habt, aber ich bin Euch sehr dankbar!« Erekose wurde von ihrer Freude angesteckt. Auch er lachte. »Ich weiß es selbst nicht, wie ich ihn gerettet habe!« Er warf einen schnellen Blick auf die starren Schatten. »Ich fand mich plötzlich in einer Welt, die kaum wirklicher als diese war, und half jene zurückdrängen, die Euren Freund hier bedrängten – ich kämpfte voll Verzweiflung, als unsere Bewegungen immer schwerfälliger wurden. Dann fiel ich zurück – und hier waren wir!«

»Wie gelangtest du an diesen Ort, Oladahn?«, fragte Falkenmond.

»Mein Leben war ziemlich verwirrend, und meine Abenteuer recht ungewöhnlich, seit ich Euch zuletzt an Bord des Schiffes sah, Freund Falkenmond«, erwiderte Oladahn. »Eine Weile war ich Gefangener des Barons Kalan. Ich war wie zu Stein erstarrt, konnte mich nicht bewegen, aber mein Gehirn funktionierte normal. Das war gar nicht angenehm. Doch plötzlich war ich frei und fand mich auf einer Welt, mitten in einer Schlacht zwischen vier oder fünf verschiedenen Gegnern. Einmal kämpfte ich auf dieser, dann auf einer anderen Seite, ohne je zu verstehen, worum es eigentlich ging. Dann war ich mit einemmal zurück in den Bulgarbergen und rang gegen einen Bären, was mir nicht sehr gut bekam. Und auf einmal befand ich mich auf einer Metallwelt, wo ich das einzige Wesen aus Fleisch und Blut zwischen Maschinen verschiedenster Art war. Als mich gerade eine dieser Maschinen zerstückeln wollte, rettete mich Orland Fank – Ihr erinnert Euch doch an ihn? Er brachte mich auf die Welt, von der Euer Freund hier mich soeben holte. Fank und ich suchten dort den Runenstab. Es war eine Welt voller Städte und Kriege. Ein Auftrag Fanks führte mich in ein besonders arges Viertel einer dieser Städte. Mehr Gegner, als ich meistern konnte, warfen sich dort auf mich. Als ich den Todesstoß schon kommen sah, erstarrte ich plötzlich. Diese Starre hielt Stunden oder auch Jahre an, bis Euer Kamerad hier mich rettete. Verratet mir, Falkenmond, was wurde aus unseren anderen Freunden?«

»Das ist eine lange Geschichte, und es wäre sinnlos, sie dir jetzt erzählen zu wollen, da ich wenige der Ereignisse erklären kann«, erwiderte Falkenmond. Er berichtete jedoch von einigen seiner eigenen Erlebnisse, von Graf Brass, Yisselda und seinen verlorenen Kindern, von Taragorms und Kalans Niederlage, von den Wirren, die ihre aus dem Wahnsinn geborenen Rachepläne dem Multiversum gebracht hatten, und schloß: »Aber von d'Averc und Bowgentle weiß ich gar nichts. Sie verschwanden auf die gleiche Art wie du. Ich nehme an, daß ihre Abenteuer sehr den deinen ähneln dürften. Es ist ungemein bedeutungsvoll – oder findest du nicht? –, daß du dem Tod entrissen wurdest.«

»Ganz meine Meinung«, versicherte ihm Oladahn. »Ich dachte, ich hätte vielleicht einen übernatürlichen Beschützer – obgleich ich es müde wurde, vom Regen in die Traufe zu kommen. Und wo sind wir hier?« Er strich sich über die Barthaare und blickte sich um. Brut, John und Emshon, die ihn mit kaum unterdrücktem Staunen anstarrten, nickte er freundlich zu. »Es scheint mir auch von Bedeutung zu sein, daß man mir gestattete, mich Euch wieder anzuschließen. Aber wo ist Fank?«

»Ich ließ ihn auf Burg Brass zurück. Er erwähnte jedoch nichts von einer Begegnung mit dir. Zweifellos nahm er seine Suche nach dem Runenstab wieder auf und fand dich während dieses Abenteuers.« Falkenmond erzählte ihm nun, was er wußte, über die Art der Insel, auf der sie sich befanden.

Oladahn hörte ihm zu, ohne ihn zu unterbrechen. Er kratzte sich nur nachdenklich den roten Pelz auf seinem Kopf und zuckte die Schultern. Noch ehe Falkenmond ganz geendet hatte, begutachtete er die vielen Risse und Löcher in seinem Wams und dem zweiteiligen Kilt und zupfte am verkrusteten Blut über seinen zahllosen Verletzungen.

»Nun, Freund Falkenmond«, sagte er ein wenig abwesend. »Mir genügt es, wieder an Eurer Seite zu sein. Gibt es etwas zu essen hier?«

»Nichts«, seufzte John ap-Rhyss mitfühlend. »Wir werden verhungern, wenn wir kein Wild auf dieser Insel finden. Aber ich fürchte, außer uns gibt es nichts Lebendes hier.«

Wie als Antwort zu dieser Behauptung kam ein Heulen vom jenseitigen Stadtrand. Sie hoben die Köpfe und blickten in diese Richtung.

»Ein Wolf?« fragte Oladahn.

»Ein Mensch, glaube ich«, erwiderte Erekose. Er hatte sein Schwert noch nicht zurückgesteckt und benutzte es jetzt, um zu deuten.

Ashnar, der Luchs, rannte auf sie zu. Er sprang über Trümmer und schoß um zerbröckelte Turmruinen. Er schwenkte sein Schwert über dem Kopf, die kleinen eingeflochtenen Knochen in seinen Zöpfen tanzten um seinen Schädel, und seine Augen stierten fast gläsern. Falkenmond dachte, er beabsichtigte, sie anzugreifen, da erst wurde er aufmerksam auf einen hageren, großen Mann mit rotem Gesicht, einer Mütze, einem Kilt und einem karierten Schal, dessen Enden hinter ihm herflogen, und einem in seiner Scheide an seiner Seite hüpfenden Schwert. Der Mann verfolgte Ashnar.

»Orland Fank!« rief Oladahn. »Warum jagt er diesen Barbaren?«

Falkenmond konnte jetzt Fanks Rufe verstehen. »Bleib stehen, Mann!« brüllte er. »Ich tu dir doch nichts!«

Und dann stolperte Ashnar und fiel. Wimmernd versuchte er sich aufzurichten, als Fank ihn erreichte und ihm das Schwert aus der Hand schlug. Dann packte er die Zöpfe und riß den Kopf des Kriegers zurück.

»Behandelt ihn ein wenig sanfter, Fank!« rief Falkenmond. »Sein Geist ist verwirrt.«

Fank blickte hoch. »Ah, Ihr seid es, Sir Falkenmond. Und Oladahn! Ich wunderte mich schon, wo du abgeblieben bist – hast mich einfach im Stich gelassen, eh?«

»Fast«, erwiderte Oladahn. »Und mich dem Bruder Tod ergeben, in dessen Arme Ihr mich geschickt habt, Meister Fank.«

Fank grinste und ließ Ashnars Zöpfe los.

Der Barbar machte keine Anstalten, sich zu erheben. Er blieb wimmernd im Staub liegen.

»Was hat Euch dieser Mann getan?« fragte Erekose Fank streng.

»Nichts. Ich konnte nur keinen anderen Lebenden in dieser trostlosen Gegend entdecken. Ich wollte ihm lediglich ein paar Fragen stellen. Als ich mich ihm näherte, stieß er ein wildes Geheul aus und ergriff die Flucht.«

»Wie seid Ihr hierhergelangt?« erkundigte sich Erekose jetzt.

»Durch Zufall. Meine Suche nach einem bestimmten Artefakt führte mich durch mehrere der vielen Ebenen der Erde. Ich hatte gehört, daß der Runenstab möglicherweise in einer gewissen Stadt zu finden sei – einer Stadt, die manche Tanelorn nennen. Also machte ich mich auf die Suche nach ihr. Meine Nachforschungen brachten mich zu einem Zauberer in einer Stadt auf einer Welt, wo ich Oladahn fand. Der Zauberer war ein Mann ganz aus Metall. Er war in der Lage, mir den Weg zu der nächsten Ebene zu weisen, wo Oladahn und ich uns aus den Augen verloren. Ich entdeckte ein Tor, trat hindurch, und hier bin ich.«

»Dann laßt uns sofort zu diesem Tor eilen«, rief Falkenmond.

Orland Fank schüttelte den Kopf. »Nutzlos. Es schloß sich hinter mir. Außerdem habe ich kein Verlangen danach, auf diese kriegerische Welt zurückzukehren. Ist das hier nicht Tanelorn?«

»Das hier sind alle Tanelorns«, erwiderte Erekose. »Das jedenfalls vermuten wir, Meister Fank. Zumindest, was von ihnen übriggeblieben ist. Hieß denn die Stadt, in der Ihr gewesen seid, nicht auch Tanelorn?«

»Früher einmal«, brummte Fank. »Der Legende nach, jedenfalls. Aber dann kamen Menschen, die sich ihrer wundersamen Eigenschaften für eigennützige Zwecke bedienten, und da starb Tanelorn, und sein absolutes Gegenteil entstand an seiner Stelle.«

»So kann Tanelorn also sterben?« fragte Brut von Lashmar zutiefst enttäuscht. »Es ist nicht ewig?«

»Jede andere Stadt wäre diesem Trümmerhaufen verlorener Ideale vorzuziehen«, brummte Emshon von Ariso und bekundete damit, daß er Orland Fanks Worte zwar richtig verstanden hatte, sie ihn aber nicht sonderlich beeindruckten. Der zwergwüchsige Krieger zupfte an seinem Schnurrbart und brummelte etwas Unverständliches.

»Das hier wären demnach all die ›Fehlschläge‹«, murmelte Erekose. »Das bedeutet, daß wir zwischen den Ruinen der Hoffnung stehen. Eine Öde verlorenen Glaubens und gebrochener Treue.«

»So sehe zumindest ich es«, versicherte ihm Fank. »Aber trotzdem müßte von hier aus ein Weg zu einem Tanelorn zu finden sein, das keiner Versuchung zum Opfer fiel. Nach ihm müssen wir suchen.«

»Aber wie sollen wir wissen, was wir genau suchen?« fragte John ap-Rhyss völlig logisch.

»Die Antwort liegt in uns selbst«, erwiderte Brut mit einer Stimme, die nicht wirklich seine war. »So sagte man es einmal zu mir. ›Such nach Tanelorn in dir selbst‹, riet mir eine alte Frau, als ich sie fragte, wo ich die legendäre Stadt finden könnte, um meinen Frieden zu erlangen. Ich erachtete diesen Rat als ohne echte Bedeutung, als philosophische Spitzfindigkeit. Doch jetzt wird mir klar, daß er wörtlich gemeint war. Wir haben die Hoffnung verloren, meine Herren. Tanelorn aber öffnet seine Tore nur jenen, die hoffen. Wir können nicht mehr glauben, aber den Glauben, das Vertrauen brauchen wir, ehe wir jenes Tanelorn sehen können, das uns helfen kann.«

»Eure Worte scheinen mir wohldurchdacht, Brut von Lashmar«, sagte Erekose. »Wenn ich mir auch im Lauf der Zeit den Zynismus des Kriegers angeeignet habe, verstehe ich Euch sehr wohl. Aber wie kann ein Sterblicher hoffen und Vertrauen haben, wenn er in einer Welt lebt, die von einander ständig bekriegenden Göttern beherrscht wird, wenn gerade jene, zu denen er sich aufzusehen ersehnt, so unzuverlässig sind?«

»Wenn Götter sterben, blüht die Selbstachtung«, murmelte Orland Fank. »Jene, die Achtung vor sich selbst und deshalb auch Achtung vor anderen haben können, brauchen keine Götter und ihresgleichen. Götter sind für Kinder und die Ängstlichen, die keine Verantwortung, weder für sich selbst noch für andere auf sich zu nehmen wagen.«

»Richtig!« applaudierte John ap-Rhyss, dessen sonst so melancholische Züge jetzt geradezu fröhlich wirkten.

Und plötzlich erfüllte sie alle eine innere Freude. Sie lachten glücklich, als sie einander ansahen.

Falkenmond zog sein Schwert aus der Scheide, hob es der starren Sonne entgegen und rief:

»Tod den Göttern und Leben für die Menschen! Mögen die Lords des Chaos und der Ordnung einander in sinnlosem Hader vernichten. Möge das kosmische Gleichgewicht seine Waagschalen heben oder senken, wie es mag, es soll unser Geschick nicht länger bestimmen!«

»Nie wieder!« schrie Erekose, und auch er hob sein Schwert. »Das ist vorbei!«

Und John ap-Rhyss und Emshon von Ariso und Brut von Lashmar, sie alle hoben ebenfalls ihre Schwerter und stimmten in den Ruf mit ein.

Nur Orland Fank zauderte. Er zupfte an seinem Kilt, fuhr sich über das Gesicht.

Als sie ihre ungestüme Kundgebung beendet hatten, fragte er: »Dann wird mir wohl keiner mehr helfen, den Runenstab zu suchen?«

»Vater, du mußt nicht länger suchen.«

Das Kind, das Falkenmond in Dnark gesehen und das sich in pure Energie verwandelt hatte, um in den Runenstab zu dringen, als Shenegar Trott, der Graf von Sussex, ihn stehlen wollte, saß auf einer Marmortreppe. Ja, es war das Wesen, das man den Geist des Runenstabs genannt hatte und dessen Namen Jehamiah Cohnahlias war. Das Lächeln des Jungen war strahlend. Freundlich sagte er:

»Seid gegrüßt, ihr alle. Ihr habt den Runenstab gerufen.«

»Wir riefen ihn nicht«, widersprach Falkenmond.

»Eure Herzen riefen ihn. Und hier habt ihr euer Tanelorn!«

Der Junge breitete die Arme aus, und während er es tat, verwandelte sich die Stadt. Licht in allen Regenbogenfarben leuchtete vom Himmel. Die Sonne erschauderte und brannte nun golden. Türme, spitz wie Nadeln, hoben sich in die flimmernde Luft, reine, durchscheinende Farben verbreiteten sich, und eine große Ruhe beherrschte die Stadt – die Stille des Friedens.

»Hier ist euer Tanelorn!«

2. In Tanelorn

»Kommt, ich zeige euch ein wenig seiner Geschichte«, forderte das Kind sie auf.

Es führte sie durch stille Straßen, wo die Menschen sie mit ruhigem, freundlichem Lächeln grüßten.

Wenn die Stadt leuchtete, dann jetzt mit Licht von einer Art, dessen Quelle nicht erkennbar war. Wenn sie eine Farbe hatte, dann eine Art von Weiß, wie bestimmte Jadesteine sie haben. Aber als Weiß enthielt sie alle Farben, ja die Stadt war von allen Farben. Sie blühte, sie war glücklich, sie war von Frieden erfüllt. Familien lebten hier; Künstler und Handwerker arbeiteten hier; Bücher entstanden. Sie lebte. Ihre Harmonie war nicht blutlos, es war nicht der falsche Frieden, jener, die dem Körper die Freude, dem Geist die Anregung versagen. Das hier war Tanelorn!

Ja, das hier war endlich *das* Tanelorn, vielleicht das Urbild für so viele andere Tanelorns.

»Wir befinden uns im Zentrum«, sagte das Kind, »im ewigen Zentrum des Multiversums.«

»Welche Götter verehrt man hier?« fragte Brut von Lashmar, dessen Stimme und Miene entspannt waren.

»Keine«, erwiderte das Kind. »Sie werden nicht gebraucht.«

»Ist das der Grund, weshalb sie, wie man sagt, Tanelorn hassen?« Falkenmond trat zur Seite, um eine sehr alte Frau vorbeizulassen.

»Das könnte sein«, erwiderte das Kind. »Denn die Stolzen ertragen es nicht, übersehen zu werden. Hier in Tanelorn ist der Stolz anderer Art, er zieht es vor, in Frieden gelassen zu werden.«

Der Junge führte sie vorbei an hohen Türmen und malerischen Zinnen und durch Parks, in denen fröhliche Kinder spielten.

»Sie spielen Krieg! Sogar hier spielen sie Krieg!« rief John ap-Rhyss erschüttert.

»Auf diese Weise lernen die Kinder«, versicherte ihm Jehamiah Cohnahlias. »Und wenn sie das Kriegsspiel von Grund auf lernen, werden sie den Krieg ablehnen, wenn sie erwachsen sind.«

»Aber die Götter führen Krieg!« gab Oladahn zu bedenken.

»Dann sind sie Kinder«, sagte der Junge.

Falkenmond bemerkte, daß Orland Fank weinte. Aber er schien durchaus nicht unglücklich zu sein.

Sie kamen zu einem freien Platz, einer Art Amphitheater, aber seine Seiten bestanden aus drei Reihen von Statuen, alle etwas überlebensgroß. Die Statuen waren von derselben Farbe wie die Stadt, erfüllt von einem Glühen, als trügen sie inneres Leben. Die ganze vorderste Reihe bestand nur aus Kriegern, die zweite Reihe hauptsächlich aus Kriegern, und die dritte nur aus Frauen. Tausende dieser Statuen schien es hier zu geben, aufgestellt in einem gewaltigen Kreis unter einer Sonne, die genau in der Mitte hing. Sie war rot und still wie auf der Insel – aber das Rot war sanft, der Himmel ein warmes, helles Blau. Es sah aus, als wäre es hier immer Abend.

»Seht!«, sagte das Kind. »Seht, Falkenmond und Erekose. Diese hier seid ihr.« Es hob einen Arm in dem schweren goldenen Ärmel und deutete auf die erste Reihe der Statuen. In seiner Hand hielt es einen stumpf-schwarzen Stab, den Falkenmond als den Runenstab erkannte. Und jetzt fiel ihm zum erstenmal auf, daß Runen in den Stab geprägt waren, die jenen auf Elrics Schwert ähnelten – dem Schwarzen Schwert, genannt Sturmbringer.

»Seht euch ihre Gesichter an!« forderte Jehamiah Cohnahlias sie auf. »Seht, Erekose! Seht, Falkenmond! Seht, Ewiger Held!«

Und nun erblickte Falkenmond an den Statuen Gesichter, die er erkannte. Er sah Corum, er sah Elric, und gleichzeitig hörte er Erekose flüstern: »John Daker, Urlik Skarsol, Asquiol, Aubec, Arflane, Valadek ... Sie sind alle hier – alle, außer Erekose ...«

»Und außer Falkenmond«, murmelte der Herzog von Köln.

»Es sind Lücken in den Reihen, leere Podeste«, stellte Orland Fank fest. »Weshalb?«

»Sie werden erst noch gefüllt«, versicherte ihm das Kind.

Falkenmond erschauderte.

»Sie sind alle Manifestationen des Ewigen Helden«, sagte Orland Fank. »Ihre Kameraden, ihre Gefährten. Alle an einem Ort. Weshalb sind wir hier, Jehamiah?«

»Weil der Runenstab uns gerufen hat.«

»Ich diene ihm nicht länger!« erklärte Falkenmond. »Ich verdanke ihm viel Leid.«

»Ihr braucht ihm nicht zu dienen, außer auf eine Weise«, sagte das Kind sanft. »Er dient Euch. Ihr habt ihn gerufen.«

»Wir haben ihn nicht gerufen, das erwähnten wir bereits!«

»Und ich erklärte euch, daß eure Herzen ihn riefen. Ihr habt das Tor nach Tanelorn gefunden, ihr habt es geöffnet, ihr habt mir gestattet, euch zu finden.«

»Das ist mystische Faselei unverschämtester Art!« rief Emshon von Ariso empört. Er wollte sich umdrehen.

»Es ist jedoch die Wahrheit«, versicherte ihm das Kind. »Der Glaube blühte in euch auf, als ihr in jenen Ruinen standet. Nicht der Glaube an ein Ideal oder an Götter oder das Schicksal der Welt – sondern der Glaube an euch selbst. Es ist eine Kraft, die jeden Feind besiegt. Es ist die einzige Kraft, die den Freund, der ich euch bin, herbeirufen konnte.«

»Aber das ist eine Sache, die die Helden betrifft« warf Brut von Lashmar ein. »Ich bin kein Held, Junge, nicht wie diese beiden, jedenfalls.«

»Das müßt Ihr natürlich selbst wissen.«

»Ich bin ein einfacher Soldat, ein Mann mit vielen Fehlern . . .« John ap-Rhyss seufzte. »Ich suchte nur Ruhe.«

»Und Ihr habt sie gefunden. Ihr habt Tanelorn gefunden. Interessiert Euch denn der Ausgang eures Abenteuers auf dieser Insel nicht?«

John ap-Rhyss blickte das Kind mit erhobenen Brauen an. Dann zupfte er an seiner Nase. »Nun . . .«

»Es ist das wenigste, das Ihr Euch verdient habt. Es wird Euch kein Leid geschehen, Krieger.«

John ap-Rhyss zuckte die Schultern, und Emshon und Brut taten es ihm schließlich gleich.

»Jenes Abenteuer, wie du es nanntest, hatte es denn mit unserer Sache zu tun?« fragte Falkenmond eifrig. »Oder steckte noch etwas anderes dahinter?«

»Es war des Ewigen Helden letzte große Tat für die Menschheit. Der Kreis hat sich geschlossen. Ihr versteht, was ich meine, Erekose?«

Erekose neigte den Kopf. »Ich verstehe es.«

»Die Zeit bricht an für die allerletzte Tat«, erklärte das Kind. »Die Tat, die euch von dem Fluch befreien wird.«

»Frei von dem Fluch?«

»Freiheit, Erekose! Freiheit für den Ewigen Helden und für alle, denen er in all der langen Zeit gedient hat.«

Hoffnung leuchtete in Erekoses Augen auf.

»Aber sie muß erst noch verdient werden«, mahnte der Geist des Runenstabs.

»Wie kann ich sie mir verdienen?«
»Ihr werdet es erfahren. Jetzt – seht!«
Das Kind deutete mit dem Stab auf die Statue Elrics.
Und ihre Blicke folgten ihm.

3. Die Tode der Nichtsterbenden

Sie beobachteten, wie eine der Statuen mit leerem Gesicht und steifen Beinen von ihrem Podest stieg; und wie ihr Gesicht allmählich lebendig wurde (obgleich seine Farbe kreideweiß blieb); wie ihre Rüstung sich schwarz färbte; und schließlich ein echter Mensch vor ihnen stand, der sie jedoch nicht sah.

Die Szenerie um ihn hatte sich völlig verwandelt. Falkenmond spürte, daß etwas in ihm ihn immer näher zu jenem zog, der eine Statue gewesen war. Es war, als berührten sich ihre Gesichter. Doch auch jetzt war der andere sich Falkenmonds Gegenwart nicht bewußt.

Und dann blickte Falkenmond aus Elrics Augen. Falkenmond war Elric. Erekose war Elric.

Er zerrte das Schwarze Schwert aus der Brust seines besten Freundes. Er schluchzte, als er es herausholte. Und endlich hatte er es frei und schleuderte es von sich. Es landete mit einem seltsam gedämpften Laut. Er sah, wie das Schwert sich bewegte, wie es auf ihn zukam. Und dann hielt es an. Aber es beobachtete ihn.

Er setzte ein großes Horn an seine Lippen und holte tief Atem. Er hatte jetzt die Kraft, das Horn zu blasen, während er zuvor zu schwach dazu gewesen war. Die Kraft eines anderen erfüllte ihn.

Er blies einen Ton auf dem Horn, es war ein gewaltiger schmetternder Laut. Und dann herrschte Schweigen auf der steinernen Ebene. Schweigen wartete auf den hohen und fernen Bergen.

Ein Schatten bildete sich am Himmel. Ein riesiger Schatten war es, und nun kein Schatten mehr, sondern Umrisse, die sich bald ausfüllten – und zur Titanenhand wurden, die eine Waage hielt –

eine Waage, deren Schalen heftig schwankten. Doch allmählich beruhigte sich ihre Bewegung, bis die beiden Schalen ihr Gleichgewicht hielten. Dieser Anblick erleichterte seinen Kummer ein wenig. Er ließ das Horn fallen.

»Das ist schon etwas«, hörte er sich selbst sagen. »Und wenn es nur eine Illusion ist, ist sie zumindest beruhigend.«

Doch nun, als er sich umdrehte, bemerkte er, daß das Schwert sich von selbst in die Luft gehoben hatte. Es bedrohte ihn. »STURMBRINGER!«

Die Klinge schnellte in seine Brust, drang in sein Herz – und trank seine Seele. Tränen strömten aus seinen Augen, während das Schwert saugte. Er wußte, daß ein Teil seines Selbst nun nie mehr Frieden finden würde.

Er starb.

Er löste sich aus dem gefallenen Leib und war wieder Falkenmond. Er war wieder Erekose.

Die beiden Aspekte des gleichen Wesens sahen zu, wie das Schwert sich aus dem Leichnam des letzten der Strahlenden Kaiser zurückzog. Sie sahen zu, wie das Schwert seine Form veränderte (obgleich ein Hauch der Klinge blieb und menschliche Proportionen annahm, während sie über dem Besiegten stand).

Das neugeformte Wesen war das gleiche, das Falkenmond auf der Silberbrücke und auf der Insel gesehen hatte. Es lächelte.

»Lebe wohl, Freund!« rief es. »Ich war tausendmal schlechter als du!«

Und dann tauchte es in den Himmel. Mit einem boshaften Lachen, das keine Spur von Güte kannte, verhöhnte es das kosmische Gleichgewicht, seinen Erzfeind.

Dann war es verschwunden, das Bild war verschwunden, und die Statue des Prinzen von Melniboné stand wieder auf ihrem Podest.

Falkenmond keuchte, als wäre er am Ertrinken gewesen. Sein Herz klopfte wild.

Er sah Oladahns Gesicht zucken, und er sah den Schock in seinen Augen. Er sah Erekoses Stirnrunzeln, und er sah Orland Fank sich das Kinn reiben. Er sah das friedliche Gesicht des Kindes. Er sah John ap-Rhyss, Emshon von Ariso und Brut von Lashmar, und als er sie näher betrachtete, stellte er fest, daß sie an dem, was er soeben miterlebt hatte – wenn es ihnen überhaupt bewußt geworden war – nichts Beunruhigendes gefunden hatten.

»Dann stimmt es also«, sagte Erekose mit seiner tiefen Stimme. »Dieses – Wesen und das Schwert sind ein und dasselbe.«

»Oft«, sagte das Kind. »Aber manchmal ergreift nicht sein ganzer Geist Besitz von dem Schwert. Kanajana war nicht das ganze Schwert.«

Es deutete. »Schaut zu.«

»Nein!« weigerte sich Falkenmond.

»Gebt acht!« mahnte Jehamiah Cohnahlias. Eine weitere der großen Statuen stieg von ihrem Podest.

Es war ein gutaussehender Mann mit nur einem Auge und nur einer Hand. Er hatte die Liebe kennengelernt und das Leid. Und die Liebe hatte ihm geholfen, das Leid zu ertragen. Seine Züge waren ruhig. Irgendwo schlugen die Wellen gegen den Strand. Er war heimgekehrt.

Wieder spürte Falkenmond, wie er in dem anderen aufgenommen wurde, und er wußte, daß es Erekose genauso erging. Er war Corum Jhaelen Irsei, der Prinz im Scharlachroten Mantel, der Letzte der Vadhagh, der sich geweigert hatte, die Schönheit zu fürchten, und dem sie zugefallen war; der sich geweigert hatte, einen Bruder zu fürchten, und der verraten worden war; der sich geweigert hatte, eine Harfe zu fürchten, und von ihr erschlagen worden war. Corum, der von einem Ort verbannt worden war, an den er nicht gehörte, war heimgekehrt.

Er trat aus einem Wald und kam zu einem Strand. Bald würde Ebbe sein und die Landbrücke freilegen, die zum Mordelberg führte, wo er glücklich mit einer Frau der kurzlebigen Mabden-Rasse gewesen war. Doch die Frau war gestorben und hatte ihn allein zurückgelassen (denn Kinder gibt es selten aus einer solchen Vereinigung).

Die Erinnerung an Mabden war schwach, aber die an Rhalina, die Markgräfin aus dem Osten, konnte nicht schwinden.

Die Landbrücke erschien, und er schritt darüber. Die Burg auf dem Mordelberg war verlassen, das sah man an ihrem Zustand.

Der Wind wisperte durch die Türme, ein freundlicher Wind, der ihn willkommen hieß.

Am fernen Ende der Landbrücke, am Tor zum Burghof, stand einer, den er erkannte. Ein Alptraumwesen war es, von grünlichem Blau, mit vier plumpen Beinen, vier muskulösen Armen, einem barbarischen Kopf ohne Nase, mit den Atemöffnungen in der Gesichtsmitte, einem breiten, grinsenden Mund voll scharfer Zähne, und Facettenaugen, wie die einer Fliege. Schwerter von ungewöhnlichem Aussehen hingen von seinem Gürtel. Es war der Verlorene Gott Kwll.

»Sei gegrüßt, Corum.«

»Sei gegrüßt, Bezwinger der Götter. Wo ist dein Bruder?« Corum war erfreut, seinen alten widerstrebenden Verbündeten wiederzusehen.

»Er geht seine eigenen Wege. Es ist langweilig hier, und wir sind bereit, das Multiversum zu verlassen. Es bietet uns nichts mehr, und es hat auch keinen Platz mehr für dich.«

»So sagte man es mir.«

»Wir werden auf eine unserer Reisen gehen, zumindest bis zur nächsten Konjunktion.« Kwll deutete auf den Himmel. »Wir müssen uns beeilen.«

»Wohin wollt ihr?«

»Es gibt einen anderen Ort – ein Ort, den jene verließen, die ihr vernichtet habt – ein Ort, wo man noch Götter brauchen kann. Würde Corum mit uns kommen? Der Held muß bleiben, aber Corum könnte uns begleiten.«

»Ist das nicht ein und dasselbe?«

»Sie sind ein und dasselbe. Aber jenes, das nicht dasselbe ist, das, was Corum ist, kann mit uns kommen. Es ist ein Abenteuer.«

»Ich bin der Abenteuer müde, Kwll.«

Der Verlorene Gott grinste. »Überlege es dir. Wir brauchen ein Maskottchen. Wir brauchen deine Kraft.«

»Welche Kraft sollte das denn sein?«

»Die Kraft des Menschen.«

»Das ist etwas, das alle Götter brauchen, nicht wahr?«

»So ist es wohl«, gab Kwll ein wenig widerstrebend zu. »Aber manche benötigen sie mehr als andere. Rhynn und Kwll haben

Kwll und Rhynn, doch es würde ihnen Spaß machen, wenn du mit ihnen kämst.«

Corum schüttelte den Kopf.

»Es ist dir doch klar, daß du nach der Konjunktion nicht mehr leben kannst.«

»Es ist mir klar, Kwll.«

»Und du weißt, daß nicht ich es war, der tatsächlich die Lords des Chaos und der Ordnung vernichtete.«

»Ich glaube, ich weiß es.«

»Ich beendete lediglich, was du begonnen hattest, Corum.«

»Du bist sehr gütig.«

»Ich spreche die Wahrheit. Ich bin ein prahlerischer Gott, und ich kenne keine Treue, außer der zu Rhynn. Aber im großen und ganzen bin ich ein ehrlicher Gott, deshalb wollte ich, daß du die Wahrheit kennst, nun, da wir Abschied nehmen.«

»Ich danke dir, Kwll.«

»Lebe wohl.« Die barbarische Gestalt verschwand.

Corum schritt durch den Hof und die staubigen Hallen und Säle und Gänge der Burg, bis hinauf zu dem hohen Turm, von wo aus er über das Land sehen konnte. Und er wußte, daß Lwym-an-Esh, jenes liebliche Land, nun versunken war und nur noch ein paar Streifen aus den Wellen ragten. Da seufzte er, aber er war nicht unglücklich.

Und während er hinausblickte, sah er eine schwarze Gestalt über die Wellen springen und sich ihm nähern. Es war eine grinsende Gestalt mit beschwörendem Blick.

»Corum? Corum?«

»Ich kenne dich«, sagte Corum.

»Nehmt Ihr mich bei Euch auf, Corum? Ich kann viel für Euch tun. Ich werde Euer Diener sein, Corum.«

»Ich brauche keinen Diener.«

Die Gestalt stand mit der Bewegung der Wellen schaukelnd auf dem Wasser.

»Laßt mich in Eure Burg, Corum.«

»Mir ist nicht der Sinn nach Gästen.«

»Ich kann jene, die Ihr liebt, zu Euch bringen.«

»Sie sind bereits bei mir.« Corum stellte sich auf die Zinnen und lachte hinunter auf die schwarze Gestalt, die ihn böse anfunkelte.

Und Corum sprang so, daß sein Körper auf den Felsen am Fuß von Mordelberg aufschlagen und sein Geist von ihm befreien würde.
Da heulte die schwarze Gestalt vor Wut und Hilflosigkeit, und schließlich voll Angst . . .

»Das war die letzte Chaoskreatur, nicht wahr?« fragte Erekose, als auch die Szene schwand und die Statue Corums ihren Platz wieder einnahm.

»In dieser Gestalt, ja«, erwiderte das Kind. »Das arme Ding.«

»Ich hatte so oft mit ihr zu tun«, sagte Erekose. »Sie hat auch manchmal Gutes getan . . .«

»Das Chaos ist nicht durch und durch schlecht«, erklärte Jehamiah Cohnahlias. »Genausowenig wie die Ordnung von Grund auf gut ist. Sie sind beide primitive Unterteilungen, die den menschlichen Charakter beeinflussen wollten. Es gibt andere Elemente . . .«

»Du meinst das kosmische Gleichgewicht?« fragte Falkenmond. »Und den Runenstab?«

»Ihr könnt beide das Gewissen nennen. Aber was ist mit der Toleranz?« fragte Orland Fank.

»Sie alle sind primitiv«, versicherte ihnen das Kind.

»Ihr gebt das zu?« Oladahn war sichtlich erstaunt. »Aber wäre denn das, was sie ablöst, besser?«

Jehamiah Cohnahlias lächelte, doch er antwortete nicht darauf.

»Möchtet ihr mehr sehen?« fragte er Falkenmond und Erekose.

Beide schüttelten den Kopf.

»Die schwarze Gestalt will uns einschüchtern«, sagte Falkenmond. »Sie ist auf unsere Vernichtung aus.«

»Sie braucht eure Seelen«, erklärte das Kind.

John ap-Rhyss sagte ruhig: »In Yel, in den Dörfern, gibt es eine Legende über eine solche Kreatur. Saytunn nennt man sie dort. Ist das ihr Name?«

Der Junge zuckte die Schultern. »Gebt ihr irgendeinen Namen, und ihre Macht wächst. Verweigert ihn ihr, und ihr schwächt sie. Ich nenne sie Furcht. Der schlimmste Feind der Menschheit.«

»Aber ein guter Freund für jene, die sie zu benutzen wissen«, warf Emshon von Ariso ein.

»Vielleicht für eine Weile«, brummte Oladahn.

»Ein falscher, verräterischer Freund selbst jenen, denen sie am meisten hilft«, versicherte ihnen das Kind. »O wie sehr sie begehrt, in Tanelorn eingelassen zu werden.«

»Sie kann nicht herein?«

»Nur jetzt, denn sie kommt, um zu schachern.«

»Womit handelt sie denn?« erkundigte sich Falkenmond.

»Mit Seelen, wie ich bereits erwähnte. Ja, mit Seelen. Seht, ich gewähre ihr nun Einlaß.« Jehamiah Cohnahlias wirkte ein wenig besorgt, als er den Stab ausstreckte. »Sie eilt aus dem Limbus herbei.«

4. Gefangene des Schwertes

»Ich bin das Schwert«, sagte die schwarze Gestalt. Sie machte eine gleichgültige Geste, die alle Statuen einschloß. »Sie waren mein. Mir gehörte das Multiversum.«

»Du wurdest enteignet«, erklärte das Kind.

»Von dir?« Die schwarze Gestalt lächelte.

»Nein«, erwiderte Jehamiah Cohnahlias. »Wir teilen ein Geschick, das weißt du doch.«

»Du kannst mir nicht zurückgeben, was ich haben muß«, murmelte die Gestalt. »Wo ist es?« Er blickte sich um. »Wo?«

»Ich habe es noch nicht gerufen. Wo sind . . .«

»Oh, meine Tauschwaren? Sie werde ich rufen, sobald ich weiß, daß du hast, was ich brauche.« Er grinste Falkenmond und Erekose grüßend zu und sagte gleichgültig, zu niemandem im besonderen: »Ich nehme an, daß die Götter alle tot sind.«

»Zwei sind geflohen«, erwiderte das Kind. »Die restlichen sind tot, das stimmt.«

»Dann bleiben also nur noch wir.«

»Ja«, murmelte Jehamiah Cohnahlias. »Das Schwert und der Stab.«

»Erschaffen am Anfang«, sagte Orland Fank leise. »Nach der letzten Konjunktion.«

»Nur wenige Sterbliche wußten es«, brummte die schwarze Gestalt. »Mein Körper wurde gemacht, um dem Chaos zu dienen, seiner für das Gleichgewicht, andere für die Ordnung, aber sie alle sind jetzt nicht mehr.«

»Was wird ihren Platz einnehmen?« fragte Erekose.

»Das muß erst noch entschieden werden«, erwiderte die schwarze Gestalt. »Ich bin hier, um mir meinen Körper einzuhandeln. Es ist mir egal, welche Manifestation. Meinetwegen beide.«

»Du bist das Schwarze Schwert?«

Das Kind deutete erneut mit dem Stab. Jhary-a-Conel stand vor ihnen, den Hut schief auf dem Kopf, seine Katze auf der Schulter. Er betrachtete Oladahn mit amüsiertem Blick. »Dürfen wir denn beide hier sein?« Oladahn sah ihn erstaunt an. »Ich kenne Euch nicht, mein Herr.«

»Dann kennt Ihr Euch selbst nicht, Sir.« Jhary verbeugte sich vor Falkenmond. »Seid gegrüßt, Herzog von Köln. Ich glaube, das gehört Euch.« Er hatte etwas in der Hand und näherte sich ihm, um es ihm zu geben, als das Kind ihn aufhielt.

»Bleib stehen. Zeig es ihm.«

Jhary-a-Conel machte eine theatralische Geste und beäugte die schwarze Gestalt. »Ihm zeigen? Muß ich das? Dem Winsler?«

»Zeig es mir«, flüsterte die schwarze Gestalt. »Bitte, Jhary-a-Conel.«

Jhary strich dem Kind über die Haare, wie ein Onkel seinen Lieblingsneffen begrüßen mochte. »Wie geht es dir, Vetter?«

»Zeig es ihm«, wiederholte Jehamiah Cohnahlias.

Jhary legte eine Hand auf den Knauf seines Schwertes, streckte erst ein Bein, dann seinen Ellbogen aus, dann blickte er nachdenklich auf die schwarze Gestalt, und plötzlich, mit der Flexigkeit eines Bühnenzauberers, wies er vor, was seine Finger bisher verborgen hatten.

Die schwarze Gestalt atmete heftig.

»Das Schwarze Juwel!« keuchte Falkenmond. »Ihr habt das Schwarze Juwel!«

»Ich gebe mich mit dem Juwel zufrieden«, erklärte das schwarze Wesen eifrig. »Hier . . .«

Zwei Männer, zwei Frauen und zwei Kinder erschienen. Goldene Ketten banden sie – Stränge aus goldener Seide.

»Ich behandelte sie gut«, versicherte das Wesen, das sich selbst Schwert nannte.

Einer der beiden Männer, er war groß, schlank, von übertriebener Eleganz und langsamen Bewegungen, hob müde seine gefesselten Handgelenke. »Oh«, murmelte er. »Diese luxuriösen Ketten.«

Falkenmond erkannte alle, außer einer. Kalter Grimm erfüllte ihn.

»Yisselda! Yarmila und Manfred! D'Averc! Bowgentle! Wie kommt es, daß ihr Gefangene dieser Kreatur seid?«

»Es ist eine lange Geschichte . . .«, begann Huillam d'Averc mit gelangweilter Stimme, doch Erekoses überdröhnte sie.

Seine Stimme überschlug sich schier vor Freude.

»Ermizhdad! Meine Ermizhdad!«

Die Frau, die Falkenmond nicht gekannt hatte, entstammte einer Rasse, die Elrics und Corums glich. Auf ihre Weise war sie schön wie Yisselda. Es gab viel in den völlig verschiedenen Gesichtern der beiden Frauen, das sie einander ähnlich machte.

Bowgentle drehte sich offenbar völlig ruhigen Gesichts in diese, dann eine andere Richtung, und murmelte: »Dann sind wir also endlich in Tanelorn.«

Die Frau namens Ermizhdad zerrte an ihren Ketten, um Erekose zu erreichen.

»Ich dachte, du bist Kalans Gefangener«, wandte Falkenmond sich in der allgemeinen Verwirrung an d'Averc.

»Das glaubte ich ebenfalls. Aber dieser wohl etwas verrückte Herr hier unterbrach unsere Reise durch den Limbus . . .« D'Averc verzog sein Gesicht, als Erekose die schwarze Gestalt anfunkelte.

»Du mußt sie freilassen!«

Das Wesen lächelte. »Ich will zuerst das Juwel haben. Sie und die anderen für das Juwel. So hatten wir es abgemacht.«

Jhary-a-Conel krampfte die Finger um den schwarzen Edelstein. »Warum entreißt du es mir nicht einfach? Du behauptest doch, du hättest Macht.«

»Nur ein Held darf es ihm geben«, erklärte das Kind.

»Das weiß er.«

»Dann gebe ich es ihm!« schrie Erekose.

»Nein«, wehrte Falkenmond ab. »Wenn jemand das Recht dazu hat, dann ich. Durch das Schwarze Juwel machte man mich zum

Sklaven. Nun kann ich es benutzen, um jene zu befreien, die ich liebe.«

Das schwarze Gesicht blickte ihn aufgeregt an.

»Noch nicht«, wehrte das Kind ab.

Falkenmond achtete nicht darauf. »Gebt mir das Schwarze Juwel, Jhary.«

Jhary-a-Conel sah erst den einen an, den er ›Vetter‹ genannt hatte, dann Falkenmond. Er zögerte.

»Dieses Juwel«, erklärte Jehamiah Cohnahlias ruhig, »ist ein Aspekt eines der zwei mächtigsten Dinge, die gegenwärtig im Multiversum existieren.«

»Und was ist das zweite?« fragte Erekose und blickte sehnsüchtig die Frau an, die er durch eine Ewigkeit gesucht hatte.

»Das andere ist der Runenstab.«

»Wenn das Schwarze Juwel die Furcht ist, was ist dann der Runenstab?« erkundigte sich Falkenmond.

»Die Gerechtigkeit«, erwiderte der Junge. »Der Feind der Furcht.«

»Wenn ihr beide über soviel Macht verfügt, warum habt ihr dann uns in diese Sache verwickelt?« fragte Oladahn.

»Weil weder das eine noch das andere ohne den Menschen existieren kann«, erklärte Orland Fan. »Sie begleiten den Menschen, wohin immer er auch geht.«

»Deshalb seid ihr hier«, sagte das Kind. »Wir sind eure Schöpfungen.«

»Und doch lenkt ihr unser Geschick.« Erekoses Blick wich nicht von Ermizhdad. »Wie?«

»Weil ihr es gestattet«, erwiderte Jehamiah Cohnahlias.

»Also dann, ›Gerechtigkeit‹, beweise, daß du dein Wort hältst«, brummte die Schwert genannte Kreatur.

»Ich gab mein Wort, dich in Tanelorn einzulassen. Mehr kann ich nicht tun«, sagte das Kind. »Der Handel selbst muß mit Falkenmond und Erekose abgeschlossen werden.«

»Das Schwarze Juwel für deine Gefangenen? Ist das der Handel?« erkundigte sich Falkenmond. »Was gewinnst du aus dem Schwarzen Juwel?«

»Es wird ihm etwas der Macht zurückgeben, die er während des Krieges zwischen den Göttern verlor«, erklärte das Kind. »Und diese Macht wird es ihm ermöglichen, sich weitere Macht zu verschaffen, mit deren Hilfe er ohne Schwierigkeiten in das neue Multiversum gelangen kann, das nach der Konjunktur existieren wird.«

»Macht, die dir gut dienen wird«, versprach die schwarze Gestalt Falkenmond.

»Macht, die wir nie begehrten«, brummte Erekose.

»Was verlieren *wir*, wenn wir dem Handel zustimmen?« erkundigte sieh Falkenmond.

»Ihr verliert fast sicher meine Hilfe«, sagte der Geist des Runenstabs.

»Weshalb?«

»Das sage ich nicht.«

»Rätsel, immer wieder Rätsel!«, brummte Falkenmond. »Eine Verschwiegenheit, die meines Erachtens fehl am Platz ist, Jehamiah Cohnahlias.«

»Ich sage nichts, weil ich euch achte«, erwiderte das Kind. »Aber wenn sich die Gelegenheit ergeben sollte, dann benutzt den Stab, um das Juwel zu zerschlagen.«

Falkenmond nahm Jhary das Schwarze Juwel aus der Hand. Es war leblos, ohne das vertraute Pulsieren, und er wußte, daß es leblos war, weil seine Essenz in einer anderen Gestalt vor ihm stand.

»So«, sagte Falkenmond. »Das ist dein Zuhause.«

Mit dem Juwel auf der Handfläche streckte er der schwarzen Gestalt den Arm entgegen.

Die Ketten aus goldener Seide lösten sich von den Gliedmaßen der sechs Gefangenen.

Mit einem triumphierenden, bösen Lachen nahm die Kreatur Falkenmond das Juwel aus der Hand.

Falkenmond umarmte seine Kinder. Er küßte seine Tochter. Er küßte seinen Sohn.

Erekose nahm Ermizhdad in die Arme, aber er konnte nicht sprechen.

Der Geist des Schwarzen Juwels hob den Stein an die Lippen.

Und er verschlang ihn.

»Nehmt das!« sagte das Kind drängend zu Falkenmond. »Schnell!« Er gab ihm den Runenstab.

Die schwarze Gestalt triumphierte. »Ach bin wieder ganz! Ich bin mehr als ganz!«

Falkenmond küßte Yisselda von Brass. *»Ich bin wieder ganz!«*

Als Falkenmond hochblickte, war der Geist des Schwarzen Juwels verschwunden.

Falkenmond drehte sich mit einem Lächeln um, um das Kind darauf aufmerksam zu machen. Es hatte ihm den Rücken zugewandt, drehte jedoch in diesem Augenblick den Kopf.

»Ich habe gewonnen!« triumphierte das Kind.

Sein Gesicht war jetzt voll zu sehen. Falkenmond glaubte, sein Herz müsse stillstehen. Übelkeit würgte ihn.

Das Gesicht des Kindes war noch sein eigenes, aber es hatte sich verändert. Es glühte in einem düsteren Licht. Und nun grinste es voll teuflischer Freude – und war die Fratze der Kreatur, die das Schwarze Juwel verschlungen hatte. Es war das Gesicht des Schwarzen Schwerts.

»Ich habe gesiegt!«

Und das Kind begann zu kichern.

Es wuchs.

Es wuchs, bis es die Größe einer der Statuen rings um die Gruppe hatte. Sein Gewand löste sich in Fetzen auf und fiel von ihm ab. Und dann war es ein Mann, dunkel und nackt, mit einem roten Rachen voll langer, spitzer Zähne und einem glühenden gelben Auge. Und es strahlte eine spürbare, erschreckende Macht aus.

»ICH HABE GESIEGT!«

Er blickte sich suchend um, ohne auf die Menschen zu achten.

»Schwert?« sagte der Schwarze. »Schwert, wo bist du denn?«

»Es ist hier«, erwiderte eine neue Stimme. »Ich habe es hier. Kannst du mich sehen?«

5. Der Kapitän und der Steuermann

»Es wurde auf dem Südeis gefunden, bei Sonnenaufgang, kurz nachdem Ihr jene Welt verlassen hattet, Erekose. Es hatte etwas getan, was für die Menschheit nicht gerade von Vorteil war, und so wurde sein Geist ausgetrieben.«

Der Kapitän stand vor ihnen, und seine blinden Augen starrten durch sie hindurch. Und neben ihm hatte sich sein Zwillingsbruder, der Steuermann, eingefunden. Seine Arme waren ausgestreckt, und auf seinen Handflächen ruhte das große schwarze Runenschwert.

»Es war die Manifestation dieses Schwertes, die wir suchten«, fuhr der Kapitän fort. »Es war eine sehr lange Suche, und wir verloren unser Schiff dabei.«

»Aber es ist doch kaum Zeit vergangen, seit wir uns von Euch verabschiedeten«, sagte Erekose überrascht.

Der Kapitän lächelte ironisch. »Etwas wie die Zeit gibt es nicht«, erklärte er. »Vor allem nicht in Tanelorn und schon gar nicht, während der Konjunktion der Millionen Sphären. Wenn die Zeit existierte, wie die Menschen glauben, wie könntet Ihr und Falkenmond dann gemeinsam hier sein?«

Erekose schwieg, aber er drückte seine Prinzessin noch enger an sich.

Das Wesen donnerte: »GIB MIR DAS SCHWERT!«

»Ich kann nicht«, sagte der Kapitän. »Das weißt du genau. Und du kannst es dir nicht nehmen. Du kannst nur eine der zwei Manifestationen, das Schwert oder das Juwel, übernehmen (oder von ihr übernommen werden). Nie beide!«

Die schwarze Gestalt fletschte die Zähne, aber sie machte keine Anstalten, nach dem Schwert zu greifen.

Falkenmond blickte auf den Stab, den das Kind ihm gegeben hatte und er sah, daß er sich nicht getäuscht hatte: Die Runen im Stab glichen jenen auf der schwarzen Klinge. Er wandte sich an den Kapitän.

»Wer hat diese Artefakte hergestellt?«

»Die Schmiede, die dieses Schwert im Anfang des großen Kreislaufs machten, benötigten einen Geist, der ihm innewohne, um ihm Macht über alle anderen Waffen zu geben. Sie schlossen einen Handel mit diesem Geist (dessen Namen wir nicht nennen wollen).« Der Kapitän drehte sein blindes Gesicht der schwarzen Kreatur zu. »Du warst damals sehr erfreut über diesen Handel. Zwei Schwerter wurden geschmiedet, und in jedes davon schlüpfte ein Teil von mir. Aber eines der Schwerter wurde zerstört, und so übernahmst du das andere ganz. Die Schmiede, die diese Schwerter gehämmert hatten, waren keine Menschen, aber sie arbeiteten für die Menschheit. Sie versuchten zu jener Zeit, gegen das Chaos zu kämpfen, denn sie waren treue Diener der Lords der Ordnung. Sie glaubten, sie könnten Chaos mit Chaos besiegen. Sie erkannten ihren Irrtum jedoch allzu bald . . .«

»Das taten sie allerdings!« Die schwarze Kreatur grinste.

»Also schufen sie den Runenstab, und sie suchten die Hilfe deines Bruders, der der Ordnung diente. Es war ihnen jedoch nicht bewußt, daß du und er nicht wirklich Brüder seid, sondern Aspekte des gleichen Wesens, die nun wieder vereint sind – aber durchdrungen von der Macht des Schwarzen Juwels, das deine eigene dunkle Macht vervielfältigt. Ein Paradoxon.«

»Ein Paradoxon, das ich sehr nützlich finde«, erklärte die schwarze Gestalt.

Der Kapitän ignorierte sie und fuhr fort. »Sie stellten das Juwel als Falle für dich her, in der sie dich gefangenhielten. Das gab dem Juwel große Macht. Es hielt nicht nur die Seelen anderer, und deine Seele ebenfalls, genau wie das Schwert, aber es war auch möglich, dich aus dem Juwel zu entlassen, so wie du manchmal aus dem Schwert entlassen werden konntest . . .«

»›Verbannt‹ ist ein besseres Wort«, warf die Kreatur ein, »denn ich liebe meinen Körper, das Schwert. Es wird immer Männer geben, die mich als Schwert tragen werden.«

»Nicht immer«, widersprach der Kapitän. »Eine Waage war das letzte große Artefakt, das diese Schmiede herstellten, ehe sie in ihre eigenen Welten zurückkehrten – es war ein Symbol des Gleichgewichts zwischen Ordnung und Chaos. Mit einer eigenen Macht, die es auf den Runenstab übertrug – um eben das Gleichgewicht zwischen Ordnung und Chaos herzustellen. Und das ist, was dich im Augenblick in Schach hält.«

»Nicht, wenn ich das Schwarze Schwert habe!«

»Du hast so lange versucht, die völlige Herrschaft über die Menschheit zu erlangen, und hin und wieder ist es dir für eine Weile auch geglückt. Die Konjunktion findet auf vielen verschiedenen Welten statt, in vielen verschiedenen Zeitaltern, und die Manifestationen des Ewigen Helden vollbringen ihre großen Taten, um das Multiversum von den Göttern zu befreien, die ihre Vorväter erschufen. Und in einer Welt, die frei von Göttern ist, wäre die Macht dein, nach der du immer verlangtest. Du erschlugst Elric auf einer Welt, und die Silberkönigin auf einer anderen. Du versuchtest, Corum zu morden, und du brachtest viele andere um, die glaubten, du dientest ihnen. Aber Elrics Tod setzte dich frei; und der Tod der Silberkönigin brachte der sterbenden Erde Leben (das war zwar in deinem Interesse, aber der Menschheit war dadurch noch viel mehr gedient). Nach deiner Loslösung konntest du deinen ›Körper‹ nicht zurückbekommen. Du spürtest, wie deine Macht schwand. Da führten die Experimente zweier wahnsinniger Zauberer auf Falkenmonds Welt eine Situation herbei, die du nutzen konntest. Du brauchst den Ewigen Helden, das ist dein Schicksal, aber er braucht dich nicht mehr. Also mußtest du Gefangene machen, um sie dem Helden als Tauschobjekte anbieten zu können. Jetzt hast du die Macht des Juwels, und du hast den Körper deines Bruders übernommen, der einst Orland Fanks Sohn war. Nun möchtest du das kosmische Gleichgewicht zerstören, aber es ist dir klar, daß du dann gleichzeitig dich selbst zerstören würdest – außer du kannst Zuflucht in einem neuen Körper finden.«

Der Kapitän drehte sich, so daß seine blinden Augen sich auf Falkenmond und Erekose richteten.

»Außerdem«, sagte er, »muß das Schwert von einer Manifestation des Helden geführt werden. Wie willst du sie dazu bringen, oder vielmehr einen von ihnen, daß sie tut, was du begehrst?«

Falkenmond sah Erekose an. »Meine Loyalität gehörte immer dem Runenstab, wenngleich ich sie ihm manchmal widerstrebend gab.«

»Und wenn ich etwas wie Loyalität kannte, dann empfand ich sie für das Schwarze Schwert«, erklärte Erekose.

»Wer von euch wird dann das Schwarze Schwert tragen?« fragte die Kreatur eifrig.

»Keiner braucht es zu tragen«, warf der Kapitän schnell ein.

»Aber ich habe jetzt die Macht, alle hier zu vernichten!«

»Alle außer den beiden Aspekten des Ewigen Helden«, erinnerte ihn der Kapitän. »Und meinem Bruder und mir kannst du auch nichts anhaben.«

»Ich werde Ermizhdad, Yisselda, die Kinder und die anderen hier vernichten. Ich werde sie verschlingen. Ich werde mir ihre Seelen nehmen.« Das schwarze Wesen öffnete den roten Rachen und griff mit einer Hand in schwarzem Strahlenlicht nach Yarmila. Das Kind zuckte mit keiner Wimper, aber es wich vor ihm zurück.

»Und was geschieht mit uns, nachdem du das kosmische Gleichgewicht zerstört hast?« fragte Falkenmond.

»Nichts«, erwiderte die schwarze Gestalt. »Ihr könnt den Rest eures Lebens in Tanelorn verbringen. Nicht einmal ich vermag Tanelorn zu zerstören, obgleich der Rest des Multiversums mein sein wird.«

»Es stimmt, was er sagt«, erklärte der Kapitän. »Und er wird sein Wort halten.«

»Aber die ganze Menschheit, mit Ausnahme der wenigen in Tanelorn, wird leiden.«

»Stimmt.« Der Kapitän nickte. »Wir alle werden leiden, außer euch.«

»Dann darf er das Schwert nicht bekommen«, sagte Falkenmond fest. Aber er senkte die Augen, um dem Blick jener, die er liebte, nicht begegnen zu müssen.

»Die Menschheit leidet in jedem Fall«, sagte Erekose. »Ich habe Ermizhdad durch eine ganze Ewigkeit gesucht. Jetzt habe ich sie endlich gefunden. Zu lange diente ich der Menschheit, außer einem Mal. Zu lange habe ich gelitten.«

»Wollt Ihr eine Übeltat wiederholen?« fragte der Kapitän ruhig.

Erekose ignorierte ihn und blickte Falkenmond eindringlich an. »Die Macht des Schwarzen Schwertes und die Macht des Gleichgewichts sind im Augenblick gleich stark, Kapitän? Sagtet Ihr das?« erkundigte er sich.

»So ist es.«

»Und dieses Wesen kann entweder in das Schwert oder das Juwel schlüpfen, aber keinesfalls in beide, richtig?«

Da verstand Falkenmond, was Erekose mit diesen Worten bezweckte, aber seinem ausdruckslosen Gesicht war nichts anzumerken.

»Schnell«, drängte die schwarze Gestalt hinter ihnen. »Beeilt Euch! Das Gleichgewicht materialisiert!«

Einen Augenblick empfand Falkenmond etwas Ähnliches, wie zu dem Zeitpunkt, als sie zusammen gegen Agak und Gagak gekämpft hatten – ein Einssein mit Erekose, bei dem er dessen Gedanken und Gefühle teilte.

»Beeile dich, Erekose!« rief das Wesen. »Nimm das Schwert!«
Erekose drehte Falkenmond den Rücken und starrte zum Himmel empor.

Das kosmische Gleichgewicht – eine Waage mit beiden Schalen, unbewegt und ausgeglichen – hing glänzend am Himmel über dem gewaltigen Platz der Statuen, über jeder Manifestation des Ewigen Helden, die es je gegeben hatte, über jeder Frau, die er je liebte, über jedem Gefährten, den er je hatte. Und in diesem Augenblick schienen die Waagschalen sie alle zu bedrohen.

Erekose machte drei Schritte, bis er vor dem Steuermann stand. Auch sein Gesicht, genau wie das des Kapitäns, war ausdruckslos.

»Gebt mir das Schwarze Schwert!« verlangte der Ewige Held.

6. Das Schwert und der Stab

Erekose legte eine große Hand auf den Griff des Schwarzen Schwertes, und die andere unter die Klinge. So hob er es aus den Händen des Steuermanns.

»Ah!« rief die Kreatur. »Wir sind vereint!«

Und sie floß in das Schwert und lachte, während sie sich mit ihm verband. Und das Schwert begann zu pulsieren und zu singen. Es strahlte schwarzes Feuer aus – und die Gestalt war verschwunden.

Aber das Schwarze Juwel war zurückgekehrt. Falkenmond sah Jhary-a-Conel sich danach bücken und es aufheben.

Und jetzt glühte Erekoses Gesicht in einem eigenen Licht – ein Licht der Wildheit, der Schlachtenlust. Seine Stimme war ein vibrierendes Donnern. Seine Augen funkelten, als er das Schwert mit beiden Händen über dem Kopf hielt und zu der Klinge hochsah.

»Endlich!« brüllte er. »Endlich kann Erekose sich an dem rächen, das so lange sein Schicksal manipuliert hat! Ich werde das kosmische Gleichgewicht zerstören! Mit dem Schwarzen Schwert werde ich all das Leid zurückzahlen, das ich durch all die Zeitalter des Multiversums erdulden mußte. Nicht länger diene ich der Menschheit. Jetzt diene ich nur dem Schwert. Und so befreie ich mich aus den Ketten der Äonen!«

Und das Schwert stöhnte und zuckte ungeduldig, und sein schwarzes Leuchten fiel auf Erekoses Heldengesicht und spiegelte sich in den schlachtendurstigen Augen.

»Jetzt vernichte ich das Gleichgewicht!«

Das Schwert schien Erekose vom Boden zu reißen, ihn hinauf in den Himmel zu ziehen, wo das Symbol des Gleichgewichts, die Waage, still und friedlich hing. Und Erekose, der Ewige Held, war zu gewaltiger Größe gewachsen, und das Schwert warf finster seinen Schatten auf das Land.

Falkenmond ließ die Augen nicht vom Himmel, aber er flüsterte Jhary-a-Conel zu: »Jhary – das Juwel! Legt es vor mir auf den Boden!«

Und Erekose holte mit beiden Armen zum Schlag aus – und ließ das Schwert herniedersinken.

Ein Laut erklang, als läuteten zehn Millionen Glocken auf einmal, und dann ein Schmettern, als spalte sich der Kosmos. Das Schwarze Schwert schnitt durch die Ketten, die eine der Waagschalen hielten. Sie fiel.

Mit aller Kraft schlug er den Runenstab auf das pulsierende Juwel.

Das Juwel zersplitterte. Es schrie vor Wut und stöhnte und ächzte. Auch der Stab in Falkenmonds Hand zersplitterte. Und das dunkle Licht, das aus dem zerschmetterten Juwel drang, vermischte sich mit dem goldenen Licht aus den Überresten des Stabes. Ein Heulen, ein Wimmern, ein Winseln erhob sich und erstarb allmählich, und eine Kugel aus rötlicher Substanz hing vor ihnen. Sie glühte nur schwach, denn die Macht des Runenstabs hatte die Macht des Schwarzen Schwertes aufgehoben. Dann schwebte die rote Kugel himmelwärts, höher, immer höher, bis sie hoch über ihren Köpfen anhielt.

Da erinnerte sich Falkenmond an den Stern, der dem Dunklen Schiff auf seiner Reise durch die Meere des Limbus gefolgt war. Und dann nahm das warme Rot der Sonne die rote Kugel auf.

Das Schwarze Juwel war nicht mehr. Der Runenstab war nicht

mehr. Vernichtet waren auch das Schwarze Schwert und das kosmische Gleichgewicht. Einen flüchtigen Augenblick hatte ihr Geist gleichzeitig Zuflucht im Juwel und im Stab gesucht. Und in diesem Moment, als das eine das andere vernichtete, konnte Falkenmond das eine benutzen, um das andere zu zerstören. Das hatte Erekose mit ihm vereinbart, ehe er das Schwarze Schwert nahm.

Und nun fiel etwas vor Falkenmonds Füße.

Weinend kniete Ermizhdad sich neben den Leichnam. »Erekose! Erekose!«

»Er hat alles wiedergutgemacht«, sagte Orland Fank. »Und nun ruht er in Frieden. Er fand Tanelorn, und er fand Euch, Ermizhdad – und er starb für das, was er fand.«

Aber Ermizhdad hörte Orland Fank nicht, denn sie schluchzte. Sie empfand nur Verlorenheit.

Die andere Schale schnellte hoch, und der Waagebalken schwang heftig auf seiner Achse.

Und die Welt erzitterte.

Der gewaltige Kreis der Statuen bebte, und sie drohten einzustürzen. Und alle, die es sahen, hielten erschrocken den Atem an.

Und irgendwo fiel etwas und zerbrach in unsichtbare Scherben.

Sie hörten Gelächter vom Himmel, aber es war unmöglich zu sagen, wer hohnlachte – der Mann oder das Schwert.

Erekose, gigantisch und erschreckend, zog die Arme zum zweiten Hieb zurück.

Das Schwert schwang durch den Himmel. Blitze zuckten, Donner grollte. Es durchschnitt die Ketten der anderen Waagschale, und auch sie fiel.

Und wieder erzitterte die Welt.

»Ihr habt die Welt von den Göttern befreit, doch nun nehmt ihr ihr auch die Ordnung.«

»Nur die Macht!« erklärte Falkenmond.

Der Steuermann sah ihn verstehend an.

Falkenmond blickte auf den Boden, wo das Schwarze Juwel stumpf und leblos vor ihm lag. Dann schaute er zum Himmel auf, als Erekose das Schwert zum dritten- und letztenmal herabsausen ließ und nun auch das mittlere Waagestück zerstörte.

Ein grelles Licht zuckte aus den zerschmetterten Überresten, und ein seltsames, fast menschliches Heulen hallte gellend durch die Welt. Da waren sie geblendet und nahezu taub.

Aber Falkenmond hörte trotzdem das eine Wort, auf das er gewartet hatte. Er vernahm Erekoses Titanenstimme:

»JETZT!«

Und plötzlich vibrierte der Runenstab voll Leben in Falkenmonds rechter Hand, und das Schwarze Juwel pulsierte. Da hob Falkenmond den Arm zu einem mächtigen Hieb, dem einzigen, der ihm vergönnt sein würde.

7. Zurück zur Burg Brass

»Die Zeit der Konjunktur ist fast vorbei«, sagte der Kapitän. »Das Multiversum beginnt einen neuen Zyklus – frei von Göttern, frei von dem, was Ihr, Falkenmond, vielleicht ›kosmische Gerichtsbarkeit‹ nennen würdet. Vielleicht wird es nie wieder Helden brauchen.«

»Nur Vorbilder«, murmelte Jhary-a-Conel. Er schlurfte zu den Statuen, zu einem leeren Podest. »Lebt wohl ihr alle. Lebt wohl, Held, der nicht länger Held zu sein braucht, und vor allen Dingen, Ihr, Oladahn, lebt wohl.«

»Wohin geht Ihr, Freund« erkundigte sich der kleine Mann aus den Bulgarbergen und kratzte den roten Pelz seines Kopfes.

Jhary hielt an und hob die kleine schwarz-weiße Katze von seiner Schulter. Er deutete auf das leere Podest zwischen den Statuen. »Ich nehme meinen für mich freigehaltenen Platz ein. Ihr lebt, ich lebe. Mein letztes Lebewohl für Euch.«

Er stieg auf das Podest und war augenblicklich eine Statue mit verwegenem, selbstzufriedenem Lächeln.

»Ist hier auch Platz für mich?« fragte Falkenmond und drehte sich zu Orland Fank um.

»Nicht jetzt«, erwiderte der Orkneymann. Er nahm Jhary-a-Conels geflügelte Katze auf den Arm und streichelte sie. Sie schnurrte.

Ermizhdad stand auf. Sie weinte nicht länger. Stumm, ohne ein

Wort zu den anderen, trat sie auf die Statuenreihe zu und fand ebenfalls ein leeres Podest. Sie hob die Hand zu einem letzten Gruß und stieg auf das Podest, wo sie den gleichen blassen, aus innen heraus leuchtenden Ton der anderen Statuen annahm. Falkenmond sah, daß die Statue neben ihr Erekose war, der sein Leben opferte, als er das Schwarze Schwert nahm.

»Möchtet Ihr und Eure Lieben in Tanelorn bleiben, Falkenmond?« fragte der Kapitän. »Ihr habt Euch das Recht dazu verdient.«

Falkenmond legte die Arme um die Schultern seiner Kinder. Er sah ihre strahlenden Augen, und Glück erfüllte ihn. Yisselda legte zärtlich eine Hand auf seine Wange und lächelte ihn an.

»Nein«, erwiderte Falkenmond. »Wir möchten nach Burg Brass zurückkehren. Es genügt mir zu wissen, daß es Tanelorn gibt. Was ist mit dir, Huillam? Oladahn? Und Ihr, Sir Bowgentle?«

»Ich habe so viel zu erzählen, und ich täte es am liebsten an einem prasselnden Feuer, mit einem Kelch des lieblichen Weines der Kamarg in der Hand und mit guten alten Freunden um mich«, sagte d'Averc. »Bestimmt würden meine Geschichten, die auf Burg Brass viel Interesse fänden, die Leute hier in Tanelorn nur langweilen. Ich begleite euch.«

»Ich ebenfalls!« rief Oladahn.

Bowgentle zauderte als einziger. Er blickte nachdenklich auf die Statuen und dann auf die Türme Tanelorns. »Ein ungemein interessanter Ort. Ich frage mich, wer ihn geschaffen hat.«

»Wir«, erwiderte der Kapitän. »Mein Bruder und ich.«

»Ihr?« Bowgentle lächelte. »Ich verstehe.«

»Und was ist euer Name?« erkundigte sich Falkenmond. »Ich meine, wie nennt man Euch und Euren Bruder?«

»Wir haben nur einen Namen«, sagte der Kapitän.

Und der Steuermann erklärte: »Wir werden Mensch genannt.« Er nahm seinen Bruder am Arm und führte ihn fort von den Statuenreihen, hinein in die Stadt.

Stumm blickten Falkenmond, seine Familie und seine Freunde ihnen nach.

Orland Fank brach mit einem Räuspern das Schweigen. »Ich glaube, ich werde bleiben. Alle meine Aufgaben sind erfüllt. Meine Suche ist zu Ende. Ich habe gesehen, daß mein Sohn Frieden gefunden hat. Ich bleibe in Tanelorn.«

»Gibt es denn keine Götter mehr, denen Ihr dienen könnt?« erkundigte sich Brut von Lashmar.

»Götter sind nur Metaphern«, sagte Orland Fank. »Als Metaphern sind sie durchaus brauchbar – aber man sollte ihnen nie die Möglichkeit geben, selbständige Wesen zu werden.«

Wieder räusperte er sich, offenbar verlegen über seine nächsten Worte. »Der Wein der Poesie wird zu Gift, wenn er mit Politik in Berührung kommt.«

»Ihr drei seid herzlich eingeladen, mit uns nach Burg Brass zu kommen«, sagte Falkenmond zu den Kriegern.

Emshon von Ariso zupfte an seinem Schnurrbart und blickte fragend auf John ap-Rhyss, der sich wiederum an Brut von Lashmar wandte.

»Unsere Reise ist vorüber«, erklärte Brut. »Wir sind nur einfache Soldaten«, sagte John ap-Rhyss. »Die Geschichte wird uns nicht als Helden betrachten. Ich bleibe in Tanelorn.«

»Ich begann als Lehrer in einer Schule«, sagte Emshon von Ariso. »Nie dachte ich daran, in den Krieg zu ziehen. Doch da lernte ich Demütigungen, Ungerechtigkeiten und Mißstände kennen, und ich war überzeugt, daß nur ein Schwert dergleichen beheben könnte. Ich glaube, ich tat in dieser Hinsicht mein Bestes, und bilde mir ein, mir den Frieden verdient zu haben. Auch ich bleibe in Tanelorn.«

Falkenmond neigte, ihren Entschluß ehrend, den Kopf. »Ich danke euch für eure Hilfe, meine Freunde.«

»Wollt Ihr denn nicht hierbleiben?« fragte John ap-Rhyss. »Habt denn nicht auch Ihr Euch das Recht verdient, hier glücklich zu sein?«

»Möglich. Aber ich hänge sehr an Burg Brass, und ich habe dort einen guten Freund zurückgelassen. Vielleicht können wir alles, was wir wissen, weitergeben und die Menschen lehren, Tanelorn in sich selbst zu finden.«

»Sie brauchen nur eine Chance, dann finden die meisten es. Nur die Verehrung von falschen Idolen und auch die Furcht vor ihrer eigenen Menschlichkeit blockieren ihren Weg nach Tanelorn.«

»Oh, ich fürchte um meine sorgfältig entwickelte Persönlichkeit«, lachte Huillam d'Averc. »Gibt es denn etwas Langweiligeres als einen bekehrten Zyniker?«

»Überlaß die Entscheidung Königin Flana«, riet ihm Falkenmond grinsend. »Nun, Orland Fank, wir möchten uns verabschieden, aber wie können wir zurückkehren, nun, da keine übernatürlichen Wesen unsere Geschicke mehr lenken und der Ewige Held endlich seinen Frieden hat?«

»Mir ist immerhin noch ein wenig meiner alten Macht verblieben«, erklärte Orland Fank fast gekränkt. »Und es ist nicht schwierig, sie zu benutzen, solange die Sphären in Konjunktion sind. Da zum Teil ich für eure Anwesenheit hier verantwortlich bin und zu einem anderen jene sieben, die Ihr, Falkenmond, in der noch ungeformten Welt im Limbus traft, ist es nur recht, daß ich euch zu eurer ursprünglichen Reise zurückschaffe.« Sein rotes Gesicht verzog sich zu einem fast fröhlichen Grinsen. »Ihr Helden der Kamarg, lebt wohl. Ihr kehrt heim in eine Welt frei von Macht. Seht zu, daß die einzige Macht, die Ihr fürderhin sucht, die stille Macht ist, die der Selbstachtung entspringt.«

»Ihr wart immer ein Moralist, Orland Fank!« Bowgentle legte die Hand auf die Schulter des Orkneymanns. »Aber es ist eine Kunst, eine so einfache Moralität in einer so komplizierten Welt zur Wirkung zu bringen.«

»Es ist nur die Dunkelheit in unseren Seelen, die Komplikationen schafft«, versicherte ihm Orland Fank. »Viel Glück euch allen!« Er lachte jetzt über das ganze Gesicht, und die Mütze hüpfte auf seinem Kopf. »Laßt uns hoffen, daß der Tragödie ein Ende gesetzt ist.«

»Und vielleicht die Zeit der Komödie gekommen ist.« Huillam d'Averc lächelte und schüttelte den Kopf. »Kommt – Graf Brass erwartet uns.«

Und sie standen auf der Silberbrücke zwischen den anderen Reisenden, die sich in beiden Richtungen über diese hohe Straße bewegten. Die strahlende Wintersonne schien herab auf sie und ließ das Meer silbrig funkeln.

»Die Welt!« rief Huillam d'Averc. Er rollte die Worte voll Genuß auf der Zunge. »Endlich, endlich wieder die Welt!«

D'Avercs Begeisterung steckte Falkenmond an. »Wohin gehst du?« fragte er den Freund. »Nach Londra oder zur Kamarg?«

»Nach Londra, selbstverständlich. Und zwar sofort!« erklärte d'Averc. »Erwartet mich denn nicht ein Königreich?«

»Ihr wart nie ein Zyniker.« Yisselda lächelte. »Und Ihr könnt uns auch jetzt nicht glauben machen, daß Ihr einer seid. Überbringt Königin Flana unsere herzlichen Grüße. Sagt ihr, wir werden sie bald besuchen.«

Huillam d'Averc schwenkte den Arm in einer höfischen Verbeugung. »Und meine Grüße an Euren Vater, Graf Brass. Sagt ihm, es wird nicht lange dauern, dann sitze ich an seinem Kamin und trinke seinen Wein. Ist die Burg noch so zugig, wie sie immer war?«

»Wir werden ein Zimmer extra für einen von Eurer zarten Gesundheit vorbereiten«, versicherte ihm Yisselda. Sie nahm die Hand ihres Sohnes Manfred und die Hand ihrer Tochter Yarmila. Jetzt erst bemerkte sie, daß Yarmila etwas im Arm hielt. Es war Jhary-a-Conels kleine schwarz-weiße Katze Schnurri.

»Meister Fank gab sie mir, Mutter«, sagte das Kind.

»Dann behandle sie gut«, riet ihr Vater. »Denn ein Tier wie sie ist ein sehr großer Schatz.«

»Dann lebt wohl einstweilen, Huillam d'Averc«, verabschiedete sich Bowgentle. »Die Zeit, die wir miteinander im Limbus verbrachten, fand ich besonders interessant.«

»Genau wie ich, Meister Bowgentle. Obwohl ich wünschte, wir hätten das Kartenspiel noch.« Wieder verbeugte der übertrieben elegant Gekleidete sich.

»Auch dir Lebewohl, Oladahn, kleinster aller Riesen. Ich wollte, ich könnte deinen Prahlereien lauschen, wenn du erst zurück in der Kamarg bist.«

»Ich fürchte, ich kann Euch in dieser Beziehung nicht das Wasser reichen, Sir Huillam.« Oladahn grinste über seine schlagfertige Antwort und strich die Barthaare glatt. »Ich freue mich schon, wenn auch Ihr auf die Burg kommt.«

Falkenmond machte sich bereits auf den Weg zurück über die glänzende Brückenstraße, denn er konnte es kaum noch erwarten, wieder auf Burg Brass zu sein, um seine Kinder zu ihrem Großvater zu bringen.

»Wir kaufen uns in Karlye Pferde«, erklärte er. »Wir haben Kredit dort.« Er wandte sich an seinen Sohn. »Sag mir, Manfred, erinnerst du dich an alles, was du während deiner Abwesenheit von zu Hause erlebt hast?« Er bemühte sich, seine Besorgnis aus der Stimme fernzuhalten.

»Nein, Vater«, beruhigte ihn Manfred. »Ich erinnere mich nur an sehr wenig.« Er zog seinen Vater an der Hand und rannte zum Festlandende der Brücke.

DAMIT ENDET DIE DRITTE CHRONIK
VON BURG BRASS
UND DAMIT ENDET AUCH DIE LANGE GESCHICHTE
DES EWIGEN HELDEN

Band 20 186

Michael Moorcock

Der Mars-Krieger

Nach den Bestsellern *Das Buch Corum* und *Der ewige Held* der dritte Sonderband von Michael Moorcock.

Ein defekter Materietransmitter schleudert den amerikanischen Wissenschaftler Michael Kane durch Raum und Zeit. Als er endlich auf dem Planeten Mars landet, findet er sich in einer barbarischen Welt wieder, die von Riesen, Spinnen und seltsamen Zauberern bedroht wird. Doch Michael Kane läßt sich auf den Kampf um die Zukunft des roten Planeten ein. In immer neuen Abenteuern stellt er sich auf die Seite der friedlichen Marsvölker, um sie vor dem Untergang zu retten.

BASTEI LÜBBE

Sie erhalten diesen Band im Buchhandel, bei Ihrem Zeitschriftenhändler sowie im Bahnhofsbuchhandel.